원문대조
한국신화

이복규 李福揆, Lee, Bok-kyu

국제대학(현 서경대학교) 국어국문학과 졸업
경희대학교 대학원 국어국문학과 석·박사과정 수료(문학박사)
국제어문학회·온지학회 회장 역임
현 서경대학교 문화콘텐츠학부 국어국문학전공 교수
이복규교수 교회용어 설교예화 카페 http://cafe.naver.com/bokforyou
저서로는 『설공찬전연구』(박이정, 2003), 『부여·고구려 건국신화연구』(집문당, 1998),
　　　『이강석구연설화집』(민속원, 1999), 『중앙아시아 고려인의 구전설화』(집문당, 2008)
　　　등 단독저서 30여 종이 있다.

양정화 梁貞花, Yang, Jung Hwa

서경대학교 국어국문학과 졸업
단국대학교 대학원 문예창작학과 석사 수료
서경대 교양학부, 서경대 천성마을 행복학습관 강의

원 문 대 조

한국신화

이복규 · 양정화 엮음

민속원

머리말

신화는 신성한 이야기입니다. 정확하게 말하면 신성하게 여기는 이야기입니다. 이 세상이 처음에 어떻게 만들어졌는가? 만물과 사람은 어떻게 만들어졌는가? 어떻게 살아야 하는가? … 이런 의문에 대하여 답해 주고 생각하게 하는 이야기입니다.

고전이란, 많이 알고 있으나 정작 읽지는 않는 책이라고들 정의합니다. 우리 신화는 이보다 더합니다. 많이 알고 있지도 않습니다. 그러면서도 서양 신화에 대해서는 잘도 압니다. 우리말과 글은 모르면서도 영어에는 민감하듯.

그간 몇몇 책이 나와 우리 신화를 소개하고 이해하게 해 주어 고마운 일입니다. 작가들이 낸 책도 있고, 전문 학자가 낸 책도 있습니다. 하지만 각각 아쉬움이 있습니다. 작가들이 낸 책은 쉽기는 하지만 원전에서 멀어지기 일쑤이고, 전문가들이 낸 책은 어려운 것은 물론 자료의 일부만 다루었거나 해석이 더 많은 비중을 차지하고 있습니다.

이런 아쉬움을 덜어보려, 사제 간인 우리 두 사람이 용기를 내었습니다. 우리 구전 신화의 여러 유형을 망라하면서, 신화의 전문全文을 원전대로 싣고, 일반인 누구나 읽을 수 있도록 현대문으로 바꾸어 나란히 놓아 대조하게 엮었습니다. 원문을 그대로 실어줌으로써 전문가에게도 도움이 되고, 현대문을 함께 실음으로써 일반인도 친근하게 읽게 한 것입니다.

우리 신화는 서양 신화와도 다르고 중국이나 일본 신화와도 다릅니다. 같은 점도 있지만 엄연히 다릅니다. 예컨대 서양의 신화는 신들의 이야기이지만, 우리 신화는 신들의 이야기라기보다는 신이 된 인간의 이야기가 더 많습니다. 서양 신화에는 창조신화가 있지만 우리 신화는 개벽신화라 하여 창조 이후의 단계를 보여줍니다. 서양 신화가 비극적인 결말인 데 비해 우리 신화는 행복한 결말을 선호하는 것도 다릅니다. 중국 신화, 일본 신화와의 차이에 대해서도 말할 게 있지만 줄입니다. 자료들을 꼼꼼히 읽다 보면 저절로 드러날 일이니 각자 찾아보고 생각해야 합니다.

이 책을 내기로 마음먹은 데는 현실적인 이유가 있습니다. 최근 서경대학교의 '한국문화의 원형' 과목에서 구전 신화자료를 강독하며 절감했습니다. 한국문화의 원형을 알게 하고 이를 컨텐츠화하는 데 우리 구전 신화만큼 적실한 자료가 없는데, 그 전모를 읽을 수 있는 책이 없다는 걸 알았습니다. 해석보다도 자료 자체를 풍부하게 읽게 하기 위해서는 새로운 책이 필요하다고 느껴 이 책을 내놓습니다.

우선 지금까지 채록되어 있는 신화를 대상으로 전국에 분포되어 있는 이야기를 찾아내고, 설화 전반에서 신화소神話素를 지닌 이야기를 추가하였습니다. 대체로 서사구조가 완벽한 것을 중심으로 하였으나, 하나의 구조로 이루어지지 않은 것은, 전해지는 짧은 이야기를 한데 모았습니다. 같은 신에 대한 이야기라도 구술자에 따라 달라진 내용이 있을 경우, 이들을 독립 작품처럼 수록해 놓았으며, 손님굿의 뒷부분처럼 신화내용과 무관한 부분은 생략하기도 하였습니다.

　　문헌신화는 이미 많이 알려진 데다 원형성을 따질 때는 구전신화와 구별되므로 여기에는 넣지 않았습니다(다만 '주몽신화'의 일부 각편은 특별하다고 보아 포함했습니다). 구비 전승되어온 신화 가운데 44편을 소개하되, 주제에 따라, '세상을 건 내기', '모험을 떠난 여신들', '신에 맞선 인간', '가족과 집, 갈등 그리고 화합', '신들의 사랑', '신들이 지켜주는 것들', '그 밖의 다른 신들의 이야기', 이렇게 모두 7장으로 나누어 실었습니다.

　　원전의 각주는 살려두되 현대문에서는 각주가 불필요할 정도로 풀어내어 일반인들도 쉽게 읽을 수 있도록 했습니다. 직역을 중심으로 하되 경우에 따라서는 의역을 하기도 했습니다. 현대문으로 바꾸는 과정에서, 제주도 방언과 무속 용어의 난해성 때문에 고생이 많았습니다. 제주도 출신 학자인 진성기, 현용준, 장주근 선생님 등의 선행 연구 성과를 참고해 해결했습니다만 몇 군데는 여전히 미상입니다. 더러 원문에 달린 각주가 미비하여 우리의 현대문과 차이나기도 한다는 것을 밝혀둡니다. 끝 부분에 실은 기타 신화의 일부는 원문과 현대문의 차이가 거의 없어 현대문만 제시했습니다. 관련 사진 자료도 넣어 덜 지루하게 마음 써 보았습니다.

　　이 책을 출간하도록 자료 이용을 흔쾌히 허락해 주신 진성기, 현용준, 최인학, 서대석, 김헌선 선생님 고맙습니다. 추천의 말씀을 보내주신 진성기, 최운식, 김선자 선생님께도 감사드립니다. 무속 사진 자료를 이용하도록 협조해 준 원광대학교 박물관의 배려도 잊을 수 없습니다. 민속원 홍종화 사장님은 어려운 가운데서도 흔쾌히 이 책을 출판해 주셨습니다.

2017년 3월

북한산 자락에서

이복규 · 양정화

차례

제 1 부
세상을 건 내기

원문 출처

창세가   손진태, 『조선신가유편』, 2012.
천지개벽 이야기   현용준·현길언, 『제주설화집성』, 제주대학교 탐라문화연구소, 1982.
베포도업침   현용준, 『제주도무속자료사전』, 신구문화사, 1980.
천지왕본풀이   현용준, 『제주도무속자료사전』, 신구문화사, 1980.
천지왕본   진성기, 『제주도무가본풀이사전』, 민속원, 1991.
설문대할망   현용준·현길언, 『제주설화집성』, 제주대학교 탐라문화연구소, 1982.
                 현용준·김영돈, 『한국구비문학대계』, 한국정신문화연구원, 1980~.
                 현용준, 『제주 전설』, 서문당, 1977.
맹진국할망본   진성기, 『제주도무가본풀이사전』, 민속원, 1991.
저승할망본   진성기, 『제주도무가본풀이사전』, 민속원, 1991.
삼승할망본풀이   장주근, 『제주도 무속과 서사무가』, 역락.
할망본   진성기, 『제주도무가본풀이사전』, 민속원, 1991.
마고할미   현용준·김영돈, 『한국구비문학대계』, 한국정신문화연구원, 1980~.

제1부

세상을 건 내기

옥황상제 천지왕

1장

세상이 열린 이야기

〈창세가〉
〈천지개벽 이야기〉
〈베포도업침〉

우리 신화에도 세상이 처음 시작되는 이야기가 있다. 맞붙었던 하늘과 땅이 떨어져 열리고 그때 동시에 나타난 거신 미륵이 인간과 세상을 만들었다가 떠나가 버리는 이야기를 하는 〈창세가〉이다. 〈창세가〉는 크게 세 가지를 이야기한다. 세상이 열리고 미륵이 등장하여 옷을 지어 입고 물과 불을 찾아내는 첫 이야기는 만물이 살아갈 수 있는 토대가 만들어지는 부분이다. 두 번째는 인간이 세상에 탄생하는 과정이다. 하늘에서 받은 벌레가 자라 인간이 되고, 남녀로 구분해 각각 짝을 이루고 인류의 조상이 되어 세상으로 퍼져나간다. 세 번째 이야기에서는 석가라는 새로운 신이 등장하여 세상을 차지하기 위한 내기를 한다. 두 번의 내기에서 이긴 미륵은 세 번째 내기에서 석가의 속임수를 알고 세상을 넘겨주지만, 이후 세상이 겪게 될 온갖 나쁜 일을 경고하고 떠나가 버린다.

〈천지개벽 이야기〉에서는 세상이 열리는 과정을 흥미진진하게 펼쳐내고 있다. 천지개벽이 되는 순간부터 세상의 만물이 만들어지고 정리되는 모든 이치를 알려주는 것뿐만 아니라 이승과 저승이 존재가 어떻게 구분되는지, 인류가 어떻게 나와서 물과 불, 곡식을 가질 수 있게 된 사연까지도 모두 알려준다.

〈베포도업침〉은 천지개벽하여 세상이 시작되었지만 혼돈이 완전히 정리되지 않은 시기가 계속되고 있는 가운데, 신들 가운데 으뜸인 천지왕이 혼란스러운 인간 세상을 두 아들이 다스리도록 한 이야기를 들려준다.

1. 미륵과 석가의 내기 〈창세가〉

1)
하늘과 땅이 생길 적에
미륵님이 탄생하였으니
하늘과 땅이 서로 붙어 떨어지지 않아
하늘은 가마솥의 뚜껑처럼 도드라지고,
땅에는 네 귀퉁이에 구리기둥을 세우고.
그때는 해도 둘이요, 달도 둘이요.
달 하나 떼어서 북두칠성 남두칠성 마련하고,
해 하나 떼어서 큰 별을 마련하고,
작은 별은 백성의 직성별로 마련하고,
큰 별은 임금과 대신 별로 마련하고.
미륵님이 옷이 없어서 지으려고 하는데,
옷감이 없어
이 산 저 산 넘어가는
뻗어 가는 칡을 파내어, 벗겨내어,
삼아내어, 익혀내어,
하늘 아래 베틀 놓고,
구름 속에 잉앗대 걸고,
들고 짱짱, 놓고 짱짱 짜내어서
칡장삼을 마련하니,
한 필이 지개요, 반 필이 소매라.
다섯 자가 섶이고, 세 자가 깃이다.
머리 고깔 지을 때는,
한 자 세 치를 떼어 내어 지은 즉,
눈 근처에도 안 내려와.

두 자 세 치를 떼어 내어,
머리 고깔 지어 내니,
귀 근처에도 안 내려와,
석 자 세 치 떼어 내어, 머리 고깔 지어내니,
턱 근처로 내려왔다.
미륵님이 탄생하여,
미륵님의 세월에는
생식으로 잡수시어,
불에 익히지 않고, 생 낟알을 잡수시어,
미륵님은 섬들이로 잡수시어,
말들이로 잡수시고,
"이렇게는 못 하리라.
내 이리 탄생하여, 물의 근본 불의 근본,
찾아낼 이 나 밖에는 없다. 찾아내야겠다."
풀메뚜기 잡아와,
형틀에 올려놓고, 정강이를 때리며,
"여봐라, 풀메뚜기야.
물의 근본, 불의 근본을 아느냐?"
풀메뚜기 말하기를,
"밤이면 이슬 받아먹고, 낮이면 햇살 받아먹고
사는 짐승이 어찌 알겠습니까?
나보다 한 번 더 먼저 본
풀개구리를 불러 물으십시오."
풀개구리를 잡아다가, 정강이를 때리시며,
"물의 근본, 불의 근본을 아느냐?"

---

1 직성(直星)은 제웅직성(直星), 토직성(土直星), 금직성(金直星), 일직성(日直星), 화직성(火直星), 계도직성(計都直星), 월직성(月直星), 목직성(木直性)의 이홉 별로서 사람의 운명을 관장하는 별을 말한다.

1)

한을과 싸이 생길 적에

彌勒님이 誕生한 즉,

한을과 싸이 서로부터, 써러지〻 안이하소아,

한을은 북개쪽지처럼 도〻라지고,

싸는 사四귀에 구리기동을 세우고.

그째는 해도 둘이요, 달도 둘이요.

달 하나 씌여서 北斗七星 南斗七星 마련하고,

해 하나 씌여서 큰별을 마련하고,

잔별은 百姓의 直星[1]별노 마련하고,

큰별은 님금과 大臣별노 마련하고.

미럭님이 옷이 업서 짓겟는대,

가음이 업서

이 山 져 山 넘어가는,

버덜어가는

삼아 내여,[2] 익여 내여,

한을 알에 배틀 노코,

구름 속에 영애[3] 걸고,

들고쌍〻, 노코쌍〻 싸내여서

칙長衫을 마련하니,

全匹이 지개요, 半匹이 소맬너라.

다섯자이 섭힐너라. 세자이 짓일너라.

마리 곡갈 지어되는,

자 세치를 씌치 내여 지은 즉은,

눈 무지도 안이 내려라,

두 자 세 치를 씌치 내여,

마리 곡갈 지어 내니,

귀 무지도 안이 내려와,

석 자 세 치 씌치 내여, 마리 곡갈 지어내니,

턱 무지에를 내려왔다.

미럭님이 誕生하야,

미럭님 歲月에는,

生火食을 잡사시와,

불 안이 넛코, 생 나달을 잡수시와,

미럭님은 섬두리로 잡수시와,

말두리로 잡숫고,

이레서는 못 할러라.

내 이리 誕生하야, 물의 根本 불의 根本,

내 밧게는 없다, 내여야 쓰겟다.

풀맷독이 잡아 내여,

스승틀에 올녀 놋코, 습문삼치 째리내여,

여봐라, 풀맷독아,

물의 根本 불의 根本 아느냐.

풀맷독이 말하기를,

밤이면 이슬 바다 먹고, 나지면 햇발 바다 먹고

사는 즘생이 엇지 알나,

나보다 한 번 더 번지 본

풀개고리를 불너 물어시오.

풀개고리를 잡아다가, 습문삼치 째리시며,

물의 根本 불의 根本 아느냐.

---

2 껍질을 벗겨낸 것을 실처럼 서로 꼬아서 잇는 것.

3 잉아. 베틀의 날실을 한 칸씩 걸러서 끌어 올리도록 맨 굵은 실.

풀개구리 말하기를,
"밤이면 이슬 받아먹고, 낮이면 햇살 받아먹고
사는 짐승이 어찌 알겠습니까?
나보다 두 번 세 번 더 먼저 본
생쥐를 잡아다가 물어보십시오."
생쥐를 잡아다가, 정강이를 때리며,
"물의 근본 불의 근본을 아느냐?"
쥐가 말하기를,
"나에게 무슨 공을 세워주겠습니까?"
미륵님 말하기를,
"너는 천하의 뒤주를 차지하라."
그런 즉, 쥐가 말하기를,
"금정산에 들어가서
한쪽은 차돌이오, 한쪽은 시우쇠요,
툭툭 치니 불이 났소.
소하산 들어가니,
샘물 솔솔 흘러나와 물의 근본."
미륵님, 물과 불의 근본을 알았으니,
인간에 대해 말해보자.

2)
옛날 옛 시절에, 미륵님이
한쪽 손에 은쟁반 들고, 한쪽 손에 금쟁반 들고,
하늘에 축사(祝辭)하니, 하늘에서 벌레가 떨어져,
금쟁반에도 다섯이오, 은쟁반에도 다섯이라.
그 벌레가 자라서,
금벌레는 남자가 되고, 은벌레는 여자가 되는데,
은벌레 금벌레 자라나서, 부부로 맺어주니,
세상에 사람이 나왔다.
미륵님 세월에는,
자루 째, 그릇 째 잡숫고, 인간세상이 태평하고.

그랬는데,
석가님이 내려와서,
이 세월을 빼앗자고 하는데,
미륵님의 말씀이,
"아직은 내 세월이지, 네 세월은 못 된다."
석가님의 말씀이,
"미륵님 세월은 다 지나갔다.
이제는 내 세월을 만들겠다."
미륵님의 말씀이,
"네가 내 세월을 빼앗겠거든,
너와 내가 내기를 하자,
더럽고 축축한 이 석가야."
그러거든, 동해바다 속에 금병에 금줄 달고,
석가님은 은병에 은줄 달고,
미륵님 말씀이,
"내 병의 줄이 끊어지면 네 세월이 되고,
네 병의 줄이 끊어지면 네 세월 아직 아니다."
동해바다 속에서 석가 줄이 끊어졌다.
석가님이 배를 내밀며,
"내기 한 번 더 하자.
성천강을 여름에 붙게 하겠느냐?"
미륵님은 동지채를 올리고,
석가님은 입춘채를 올리니,
미륵님은 강이 얼어붙게 하고, 석가님이 졌구나.
석가님이,
"또 한 번 더 하자.
너와 내가 한방에 누워,
모란꽃이 모랑모랑 피어서,
내 무릎에 올라오면 내 세월이오,
네 무릎에 올라오면 네 세월이라."
석가는 도둑심사를 먹고 잠자는 척하고,

---

4 금정산(金鼎山)으로 추측하나, 맥락상 '쇠'의 의미를 나타내는 산으로 볼 수 있다.
5 무쇠를 불려 만든 쇠붙이의 하나.

풀개고리 말하기를,
밤이면 이슬 바다 먹고, 나지면 햇발 바다 먹고
사는 즘생이 엇지 알나,
내보다 두 번 세 번 더 번지 본
새양쥐를 잡아다 물어보시오.
새양쥐를 잡아다가, 슥문삼치 쌔리내여,
물의 根本 불의 根本 아느냐.
쥐 말이,
나를 무슨 功을 시워 주겟슴닛가.
미럭님 말이,
너를 天下의 두지를 차지하라,
한즉, 쥐 말이,
금덩山⁴ 들어가서,
한 싹은 차돌이오, 한 싹은 시우쇠⁵요,
툭々 치니 불이 낫소.
소하山⁶ 들어가니,
삼취 솔々 나와 물의 根本.
미럭님, 水火根本을 알엇스니,
人間을 말하여 보자.

2)
옛날 옛 時節에, 彌勒님이
한싹 손에 銀쟁반 들고, 한싹 손에 金쟁반 들고,
한을에 祝詞하니, 한을에서 벌기 써러저,
金쟁반에도 다섯이오 銀쟁반에도 다섯이라.
그 벌기 질이와서,
金벌기는 사나희 되고, 銀벌기는 계집으로 마련하고,
銀벌기 金벌기 자리와서, 夫婦로 마련하야,
世上 사람이 나엿서라.
彌勒님 歲月에는,
섬두리 말두리 잡숫고, 人間世月이 太平하고.

그랫는대,
釋迦님이 내와셔서,
이 歲月을 아사뺏자고 마련하와,
미럭님의 말슴이,
아직은 내 歲月이지, 너 歲月은 못 된다.
釋迦님의 말슴이,
彌勒님 歲月은 다갓다,
인제는 내 歲月을 만들겟다.
彌勒님의 말슴이,
너 내 歲月을 앗겟거든,
너와 나와 내기 시행하자,
더럽고 축々한 이 釋迦야,
그러거든, 東海中에 金瓶에 金줄 달고,
釋迦님은 銀瓶에 銀줄 달고,
彌勒님의 말슴이,
내 瓶의 줄이 끊어지면 너 歲月이 되고,
너 瓶의 줄이 끊어지면 너 歲月 아직 안이라.
東海中에서 釋迦 줄이 끊어것다.
釋迦님이 내밀엇소아,
또 내기 시행 한 번 더 하자.
成川江 여름에 江을 붓치겟느냐.
미럭님은 冬至채⁷를 올니고,
석가님은 立春채를 올니소아,
미럭님은 강이 맛붓고, 석가님이 젓소아.
석가님이
또 한 번 더하자,
너와 나와 한 房에서 누어서,
모란쏫치 모랑~ 피여서,
내 무럽헤 올나오면 내 歲月이오,
너 무럽헤 올나오면 너 歲月이라.
釋迦는 盜賊 心事를 먹고 반잠 자고,

---
6 어떤 산인지는 찾아볼 수 없으며, 등산 동호인들이 사용하는 말을 살펴볼 때, '산에 오르다'는 뜻이 있는 듯하다.
7 동지를 상징하는 채.

미륵님은 진짜 잠을 잤다.
미륵님 무릎 위에, 모란꽃이 피어올랐구나.
석가가 꽃줄기를 꺾어다가
제 무릎에 꽂았다.
일어나서,
"축축하고 더러운 이 석가야.
내 무릎에 꽃이 핀 것을
네 무릎에 꺾어 꽂았으니,
꽃이 피어 열흘이 못 가고,
심어서 십 년이 못가리라."
미륵님이 석가의
나머지 성화를 받기 싫어서
석가에게 세월을 주기로 하고,
"축축하고 더러운 석가야,
네 세월이 되고 나면,
가문마다 솟대 서고,
네 세월이 되고 나면,
가문마다 기생 나고,
가문마다 과부 나고,
가문마다 무당 나고,
가문마다 역적 나고,
가문마다 백정 나고,
네 세월이 되고 나면,

합둘이 치들이 나고,
네 세월이 되고 나면,
삼천 명 중에 일천 명은 건달이 되느니라."
세월이 그러하니 말세가 된다.
그리고는 삼일 만에
삼천 명 중에 일천 명의 건달이 나와서,
미륵님이 그 때 도망가니,
석가님이 중을 데리고 찾아 떠나서,
산 속에 들어가니 노루와 사슴이 있구나.
그 노루를 잡아내어,
그 고기로 삼천 꼬치를 꿰어서
이 산중의 오래된 나무를 꺾어내어,
그 고기를 구워 먹으려니,
삼천 중 가운데 둘이 일어나며,
고기를 땅에 던져 버리고,
나는 성인 되겠다고
그 고기를 먹지 않으니,
그 중 둘이 죽어서 산위의 바위 되고.
산위의 소나무 되고.
지금 인간들이 삼사월이 다가오면,
상향미(上䬾米)로 지은 노구메로, 꽃전놀이,
화전놀이를 한다.

---

8   새를 올린 신대의 일종.
9   문맥 상 세상에 내린 저주를 뜻한다고 볼 때, '합둘이'와 '치들이'를 장애상태를 나타낸 것으로 보는 것이 가능하다. 혹은 합둘이는 '아부꾼', 치들이는 '치받는 사람'인 듯.
10 아무 일도 하지 않고 놀고 지내는 사람을 속되게 이르는 말.

미럭님은 찬잠을 잣다.
미럭님 무럽 우에, 모란쏘치 피여 올낫소아,
釋迦가 中등사리로 썩거다가,
저 무럽헤 쏘젓다.
이러나서,
축々하고 더럽은 이 釋迦야,
내 무럽헤 쏘치 피엿슴을,
너 무럽헤 썩거 쏘젓서니,
쏘치 피여 열헐이 못 가고,
심어 十年이 못 가리라.
미럭님이 석가의
너머 성화를 밧기 실허,
釋迦에게 歲月을 주기로 마련하고,
축々하고 더러운 석가야,
너 歲月이 될나치면,
썩이 마다 솟대⁸ 서고,
너 歲月이 될나치면,
家門마다 妓生 나고,
家門마다 寡婦 나고,
家門마다 무당 나고,
家門마다 逆賊 나고,
家門마다 白丁 나고,
너 歲月이 될나치면,

합둘이 치들이⁹ 나고,
너 歲月 될나치면,
三千 중에 一天居士¹⁰ 나너니라.
歲月이 그런 즉 末世가 된다.
그리든 三日 만에,
三千중에 一天居士 나와서,
彌勒이 그 적에 逃亡하야,
석가님이 중이랑 다리고 차자 써나서와,
山中에 드러가니 노루 사슴이 잇소아,
그 노루를 잡아내여,
그 고기를 삼십(三千) 꼿을 씨워서
此山中 老木을 썩거내여,
그 고기를 구워 먹어리,
三千중 中에 둘이 이러나며,
고기를 싸에 써저트리고,
나는 聖人 되겠다고,
그 고기를 먹지 안이 하니,
그 중 둘이 죽어 山마다 바우 되고.
山마다 솔나무 되고.
지금 人間들이 三四月이 當進하면,
새앵미 녹음에,¹¹ 꼿前 노리,
화前 노리.¹²

---

11 노구메. 산천의 신령에게 제사하기 위해 노구솥에 지은 메밥.
12 화전놀이. 삼월 삼짇날 꽃잎으로 전을 부쳐 먹고 노는 부녀자의 봄놀이. 문맥상 화전놀이의 기원이 육식을 거부하고 성인이 된 두 사람을 기린다는 인식을 보여준다.

2. 세상에 정해진 이치 〈천지개벽 이야기〉

옛날은
그래 여기가 아직은 공하나 같은 시절이었어.
그냥 낮도 캄캄 밤도 캄캄.
하늘과 땅이 딱 맞붙었어.
그냥 맞붙어 있어서
이제 이것이 천지개벽을 시키는데.
그러니 심방에서 굿을 하자고 마당에 서서
"예, 천지개벽으로 제 올리자.
천지개벽 도업으로 제 올리자."
네 그렇게 하지.
천지개벽을 시켜야 이제 그렇게 해주는 거지.
그렇게 해서 그걸 그냥 개벽을 시켜.
이제 모두 개벽을 시키자고 하는데
하늘에서 이제 맑은 이슬이 떨어지고,
아래로는 흑이슬이 솟아나고.
하늘로는 청이슬이 솟아나고,
완전히 꼭 떡징같이 구분이 나네.
하늘이
하늘 위로 치솟아 붙을 때에는,
이거 다 심방 말이라네.
치솟아 붙는데,
이제 하늘이 꼭 떡징 같이 구분이 나는데
구천 세 하늘이 위로 팍 치솟아 붙으니,
둘은 어스름 새벽 가운데로 견우성 별.
물장오리 바로 옆으로 일곱 칠성.

다 달은 동서 샛별 모두 솟아 떴지.
솟아 뜨니 이제 막 천지개벽이 되었다.
이제 하늘과 땅이 갈라지니,
하늘로 이제는 위로
천황(天皇)닭이 목을 들어 울고,
지황(地皇)닭은 날개를 들어 울고,
인황(人皇)닭은 이제 꼬꼬. 꼬끼오 꼭꼭.
이놈의 먼동 금동 대명천지로 밝아가니
동으로 잇몸을 드러내고,
서로는 먹이 들이고.
동서남북으로 다 좌우팔방 날개를 드니
이젠 동성 개문 열렸으니
참 밝아지네.
이젠 달과 해가 둘이 딱 떠오르고,
달이 둘이 떠올랐지.
인간 백성들이 다 낮에는 더워 죽고,
밤에는 추워 죽고.
접시 물에도 목까지 물에 빠져 죽고,
가지나무에도 목 메여져 죽고.
그렇게 막 되었어.
인간 세상이 전부 다 죽게 되니
하늘의 옥황상제가
"그 활 잘 쏘는 유궁거자를 불러들여라."
하니 그때 유궁거자라고
활을 잘 쏘는 사람을 불러들인다.

---

13 한라산 중턱에 있는 봉우리. 수심을 알 수 없으며 가득하지만 넘치지 않는다고 한다. 만약 물이 넘치면 제주도 전체가 물에 잠긴다고 하며, 거인 설화 '설문대할망'이 빠져 죽었다고 전해진다.

잇날은
이 이디 이제 일목공 시절이 뒈어.
막 낮도 왁왁 밤도 왁왁.
하늘과 땅이 딱 맞부떳어.
막 맞부뜨난 이젠
이것이 천지개벽(天地開闢)을 시기난.
게난 심방덜이 굿ᄒ젠 마당의 산,
"예, 천지개벽으로 제래자.
이망지 도업으로 제 올리자."
니 그렇게 ᄒ지.
이망을 시겨야 이제 경ᄒ는 거주게.
경ᄒ난 그걸 막 이망을 시견.
이제 ᄆ 개벽을 시기젠 ᄒ난
하늘론 이제 묽은 이슬이 떨어지곡,
알로는 흑이슬이 솟아지고.
하늘로는 청이슬이 솟아지난,
영 딱 떡징 ᄀ찌 굽을 나네.
하늘이
하늘 우터레 지돋아 부뜰 때엔,
이거 다 심방 말미라게.
지돋아 부뜨는디,
이제 하늘이 딱 떡징 ᄀ찌 굽이 나그네
구천 싀 하늘이 우테레 팍 지돋아 부뜨난,
돌은 어스름 새벨 가운딜로 전후셍벨.
물장우리¹³ ᄇ름 여흘이 일곱칠성.

다 돌은 동상새벨 ᄆ딱 솟아 떳지.
솟아 뜨난 이젠 막 이망지 도업이 뒌.
이젠 하늘과 땅일 굽이 나난,
하늘로 이젠 우의로
천앙둑은 목을 들런 울고,
지앙둑은 늘갤 들런 울고,
인앙둑은 이젠 고고. 윤리 지이 반반.¹⁴
이놈의 먼동 금동 대멩 천지(大明天地)로 붉아가난
동으로 늬염을 드리곡,
서으로 출리 드르곡.
동서남북으로 다 좌우팔방 늘갤 들르니
이젠 동성 개문(開門) 열려시난
ᄎᆷ 붉아그네.
이젠 월광 해가 둘이 딱 떠오르고.
둘이 둘이 떠올랏지.
인간 백성덜이 다 낮인 좃아 죽곡,
밤인 곳아 죽곡.
접시엣 물에도 야개 물에 빠져 죽곡,
가지남에도 목을 매여져 죽곡.
영ᄒ게 막 뒈엇어.
인간 세상을 좃다 다 죽게 뒈난
하늘 옥황상제가,
"그 활 잘 쏘우는 유궁거즐 불러들이라."
ᄒ난 이젠 유궁저ᄌ
막 활 잘 쏘우는 사람을 불러들이난.

---

14 고요한 때에 들리는 닭의 울음소리.

천근들이 활에
백근 화살을 탁 물리네.
앞에 오는 해는 냐두고
뒤에 오는 해를 쏘아다가
동해 용궁 광덕황 해뜬국에 딱 기울여 두고,
다시 이제는
앞에 오는 달은 그대로 두고
뒤에 오는 달은 또 그걸 딱 쏘아다가
서해용궁 광덕활월에 탁 기울리니,
이젠 평온한 시절이 되지.
구르는 돌도 말하고
나무도 말하고.
이제 짐승들도 말 하고.
귀신을 부르면 그만 산 사람이 대답하고,
산 사람 부르면 그만 귀신이 대답하고.
이거 구분을 나눌 수가 없어.
이젠 남정종 화정여가 저승으로 불러,
저승 것은 붉은 깃,
이승 것은 흰 깃을 들어서 딱 구분을 지운다.

귀신과 산 사람을 구분을 딱 지으니,
하늘에서도 이제는 제피가루를
가랑비 서릿발로 싹 뿌리니
모두 혀가 잘려 더 이상 말을 못 하니,
이제야 모두 평화로운 시절을
모두 만들어 놓으니,
무엇을 먹고, 이렇게 살아.
그러나 천황씨가 열두 양반 열두 사람이,
지황씨가 열하나 양반 열한 사람이,
인황씨가 아홉 양반 아홉 사람이
도업하여 왔다.
태고적 천황씨가
이제 화식을 불화식으로 전해주니,
염제 신농씨가 이제
거기의 모든 곡식을 전해주네.
모두 먹고 살도록 모두 그렇게 한다.
그거 보아라.
모든 이치가 신의 법이다.

천근들이 쌀에
백근 화살에 탁 살 물려네,
앞의 오는 해는 나두고
뒤에 오는 해는 쏘아다가
동의 용궁 광덕황 해턴국의 탁 지울리고,
또시 이젠
앞의 오는 둘은 생겨 두고
뒤에 오는 둘은 또르 그걸 탁 쏘아다가
서의용궁 광덕황월 탁 지울리니,
이젠 펭긍시절이 뒈지.
도여도 돌도 말 ᄀ른곡
낭도 말 ᄀ른곡.
이제 중승 덜토 말 ᄀ른곡.
귀신을 불르민 오꼿 생인(生人) 대답ᄒᆞ곡,
생인 불르민 오꼿 귀신 대답ᄒᆞ곡.
이거 긂을 갈를 수가 엇어.
이제 정종 화장녀가 저승더렌 불러,
저승더렌 붉은 짓,
이승더렌 흰 짓 들런 딱 긂을 지우난.

귀신 생인 긂을 탁 지우니,
하늘로 이젠 줴피 ᄀᆞ를을
ᄀᆞ랑비 서빗발로 싹 허트난
ᄆᆞ딱 세 즐란 이젠 말을 못 ᄀᆞ난,
이젠 ᄆᆞ딱 펭구ᄒᆞᆫ 시절을
ᄆᆞ딱 맹글아 노난,
무싱거 먹엉 잇날 거 살아.
ᄒᆞ나 천앙씨가 열두 양반 열두 생인이,
지앙씨가 열ᄒᆞ나 양반 열혼 생인이,
인앙씨가 아옵 양반 아옵 생인이
도업ᄒᆞ연 오란.
태고라 천앙씨가
이제 화식(火食)을 불화식으로 설연시기니,
염제실농씨(炎帝神農氏)가 이제
거세기 ᄆᆞᆫ 곡석 설연시겨네,
ᄆᆞ딱 먹어 살게 다 경ᄒᆞ엿젠 ᄒᆞ다.
거 바.
다 이치가 신 벱이라.

3. 해와 달과 별이 생긴 내력 〈베포도업침〉

천지혼합(天地混合)으로 이르자.
천지혼합을 이르기 이전
천지혼합 시절,
하늘과 땅이 구분이 없어
네 귀의 날이 컴컴해올 때
천지는 한 묶음이었습니다.
천지가 한 묶음이었을 때,
개벽하는 일이 시작됩니다.
개벽하는 일에 이릅니다.
개벽하던 시절,
하늘이 열리는 것은
자시(子時)에,
땅이 열리는 것은
축시(丑時)에,
인간은
인시(寅時)로 모여,
하늘에 머리를 열고
땅의 머리 열릴 때
상갑자년 갑자월 갑자일 갑자시에
하늘과 땅 사이에
떡징 같이 구분이 났습니다.
삼경에 문이 열려
새날이 시작되길,
이 하늘에는 하늘로 청이슬,
땅으로는 흑이슬,
중앙에 황이슬이 내려
물이 합쳐질 때

천지인황 개벽으로 이릅니다.
인황 개벽을 이르니,
하늘에서
동으로는 청구름,
서로는 백구름,
남으로는 적구름,
북으로는 흑구름,
중앙에 황구름 떠 올 때,
수성 문이 열려
개벽에 이릅니다.
이 하늘에는
천황닭은 목을 들어 울고,
지황닭은 날갯짓하고,
인황닭은 꼬리를 칠 때,
갑을동방 잇몸 들어
먼동이 터 올 때,
동성 문이 열려
개벽에 이릅니다.
동성 문이 열려 개벽하니,
이 하늘에는
해가 먼저 나옵니까,
별이 먼저 나옵니까.
별이 먼저 나옵니다.
갑을동방 동산샛별 견우성이 뜨고,
경진서방 서산샛별 직녀성이 뜨고,
남방국 노인성,
해자북방 북두칠원성군

천지혼합(天地混合)으로 제이르자.
천지혼합을 제일릅긴
천지혼합시 시절,
하늘과 땅이 굽이 엇어
늬 귀 줌쏙허여 올 때
천지가 일무꿍뒈옵데다.
천지가 일무꿍뒈여올 때
계벽시(開闢時) 도업(都業)이 뒈옵데다.
계벽시 도업으로 제이르자.
계벽시 시절,
천과이(天開)는
즈(子)ᄒ고
지벽(地闢)에는
축(丑會)ᄒ야
인ᄀ이(人開)
인이(寅會) 도업(都業)ᄒ야,
하늘 머리 올립고
땅의 머리 올려 올 때
상갑즈년(上甲子年) 갑즈월 갑즈일 갑즈시(甲子時)예
하늘 땅 새(間)
떡징 즈찌 굽이 나옵데다.
상경 계문
도업(三更開門都業) 제일릅긴,
요 하늘엔 하늘로 청이슬(靑露)
땅으론 흑이슬(黑露)
중왕(中央) 황이슬(黃露) ᄂ려
합수(合水)뒐 때

천지인왕(天地人皇) 도업으로 제이르자.
인왕(人皇)도업 제이르니,
하늘엔
동(東)으론 청구름(靑雲)
서으로 벡구름(白雲)
낭(南)그론 적구름
북으론 흑구름
중왕(中央) 황구름 뜨고 올 때에
수성게문(水星開門)
도업 제이르자.
요 하늘엔
천왕둑(天皇鷄)은 목을 들러,
지왕둑(地皇鷄)은 늘 갤(羽) 치와,
인왕둑(人皇鷄) 출릴(尾) 칠 때,
갑을동방(甲乙東方) 늬엄 들러
먼동 금통이 터 올 때
동성게문(東星開門)
도업으로 제이르자.
동성게문 도업ᄒ니,
요 하늘엔
헤(太陽)가 믄저나며
벨(星)이 믄저 나옵데가.
벨이 믄저 나옵데다.
갑을동방(甲乙東方) 동산사별 전오셍(牽牛星)이 뜨고,
경진서방(庚辛西方) 서산사별 지네셍(織女星)이 뜨고,
남방국(南方國) 노인성(老人星),
헤저북방(亥子北方) 북두칠원성군(北斗七元星君)

선오성별 개벽할 때
선오성별 개벽으로 이르자.
선오성별 개벽하여
하늘에
낮에는 해가 둘이 뜨고
밤에는
달이 둘이 떠서,
낮에는
만민 백성이 더워서 말라 죽고
밤에는
만민 백성이 추위로 얼어 죽는데,
하늘옥황 천지왕이
서쪽 섭지땅에
좋은 첩을 두어
대별왕도 태어나고
소별왕도 태어나

백근 화살에 백근 활,
작은 대나무저울로
무게를 달아다가
백근 화살 한 대를
비비둥둥 시위를 당겨,
뒤에 오는 해 하나 쏘아
동해바다에 바치고,
밤에는 달 하나 쏘아서
서해바다에 바치어,
그 법으로
낮에는 해 하나 생기고
밤에는 달 하나 생겨,
낮의 더워서 말라 죽던 백성,
밤에 추위로 얼어 죽던 백성
살기 편할 때
월일광 개벽으로 이르자.

---

15 '선오'는 조운음(調韻音)이고, '성별'은 '星별'인지, '先爲星별'인지 해석불가.

선오성별[15] 도업홀 때
선오성별 도업으로 제이르자.
선오성별 도업ᄒᆞ야
요 하늘엔
낮의는
일광(日光)이 둘이 뜨고
밤의는
월광(月光)이 둘이 뜰 때,
낮읜
만민 벡성(萬民百姓) 좃아 죽고
밤읜
만민 벡성 곳아 실려 죽을 때,
하늘옥황(玉皇) 천지왕(天地王)이
서이 섭지[16]땅
호첩(好妾)을 두어
대별왕도 도업ᄒᆞ고

소별왕도 도업허여
벡근 쌀(百斤矢)에 벡근 활(百斤弓)
아끈 장때 저울려다
벡근 쌀 흔대
비비등등 지울려
뒤예 오는 일광(日光) ᄒᆞ나(一) 쏘와다
동이와당 진도밧제여,
밤읜 월광 ᄒᆞ나 쏘와다
서이와당 진도밧제허여,
그 법으로
낮의 일광 ᄒᆞ나 셍기고
밤의 월광 ᄒᆞ나 셍겨,
낮의 좃아 죽던 벡성(百姓)
밤의 곳아 죽던 벡성
살기 펜(便)홀 때
월일광(月日光) 도업(都業)으로 제 이르자.

---

16 섭제(攝提) 땅. 사략(史略) 태고(太古) 항 '天皇氏… 歲起攝提'에서 따온 말인 듯.

2장

세상의 모든 구분과 조화

〈천지왕본풀이〉
〈천지왕본〉

〈천지왕본풀이〉에서는 삶과 죽음을 가르는 이승과 저승이 나누어지고, 이승이 혼탁하고 어지러운 이유에 대한 이야기다. 천지왕이 꿈을 꾼 뒤 인간세상으로 내려와 총명부인과의 사이에서 두 아들 대별왕과 소별왕을 낳고, 세상을 어지럽히는 수명장자를 응징한 뒤 하늘로 올라간다. 이후 대별왕과 소별왕은 자라서 하늘로 올라가 두 개씩 있는 해와 달을 정리하여 천지왕으로부터 아들로 인정을 받는다. 천지왕은 두 아들에게 각각 이승과 저승을 다스리게 하는데, 저승보다 이승에 마음이 끌린 소별왕은 대별왕과의 내기에서 속임수를 써서 이승을 차지한다. 이로 인해서 저승에서는 모든 일이 공평하게 처리되지만 이승에는 온갖 나쁜 일들이 끊이지 않는다.

〈천지왕본〉에서는 세상을 어지럽게 만드는 수명장자과 천지왕이 대결에 대한 이야기이다. 아직 세상에 체계가 마련되지 않은 틈을 타 고약한 방법으로 천하거부가 된 수명장자를 징치하기 위해 천지왕이 나서지만, 신조차 두려워하지 않고 맞서는 정면으로 수명장자의 기개를 보고 포기를 하고, 세상을 다스릴 아들을 낳기 위해 서수암이를 찾아서 가버린다.

1. 세상의 조화를 이뤄낸 신들 〈천지왕본풀이〉

월일광 개벽에 이르니,
대별왕도 개벽 소별왕도 개벽에 이른다.
대별왕과 소별왕이 개벽할 때,
옥황상제는 천지왕이다.
하루는 자다가 꿈을 꾸는데
해 둘, 달 둘,
해와 달 둘을 내보내니
인간 백성이
낮에는 해가 둘이 비추니 뜨거워서
낮에 천 명이 더워서 죽게 되고,
밤에는 달도 둘을 내보내어
인간 백성이 추워서 죽게 될 때,
옥황상제 천지왕이 하루는 꿈을 꾸는데
해도 하나 먹어 버리고
달도 하나 들러먹어 버리니,
총명왕 총명부인의 천상배필을 맺고자
지국성으로 내려간다.
내려가 보니,
총명부인은 가난하고 가난해서
저녁 지을 쌀이 없다.
수명장자가 같은 동네에서 부자로 사는데,
수명장자 집에 가서
쌀 한 되를 빌리려고 가니,
쌀 한 되 되고서 흰 모래를 섞어서 주었다.
총명부인 와서 아홉 번을 열 번을 씻어서
진지를 지어 천지왕께 진지상을 올리니,
천지왕 내외가 수저를 잡고
첫 숟가락을 들었는데 돌을 씹었구나.

천지왕이
"총명부인, 어떤 일로
첫 숟가락에 돌이 씹힙니까?"
"그런 게 아닙니다.
진지 쌀이 없어서 수명장자 부자에게 가서
쌀 한 되 빌리려고 했더니,
흰 모래를 섞어 주니
아홉 번 열 번을 씻어 진지를 지었는데도
첫 숟가락에 돌이 씹힙니다."
"괘씸하다, 괘씸해.
수명장자가 없는 인간들에게
쌀 빌려 준다고 하면서 흰 모래를 섞어 주고,
없는 인간들이 좁쌀 빌리러 오면
검은 모래 섞어 주고,
없는 인간들 쌀 빌리러 오면
큰 그릇으로 받아다가
작은 그릇으로 팔아서 부자 되었구나."
"수명장자 딸들은 없는 인간들에게
잡초를 메어 달라고 해서
와서 잡초 메어주면,
좋은 장은 자기네가 먹고 구린 장을 주어서
부자가 되었습니다.
수명장자 아들들은
마소에게 물을 먹여 오라고 하면
말발굽에 오줌을 누고
물을 먹이고 왔다고 하면서 삽니다."
"괘씸하다. 수명장자 괘씸하구나."
옥황상제 천지왕이

월일광 도업 제이르니,
대별왕도 도업 소별왕도 도업 제이르자.
대소별왕 도업홀 적,
옥황상제(玉皇上帝) 천지왕(天地王)이웨다.
ᄒ를날은 꿈에 몽(夢)이 베이난
일광(日光) 둘, 월광(月光) 둘,
헤 둘 둘을 내보내니
인간 백성(人間百姓),
낮인 헤가 둘이 비추니 뜨거와서
낮의 천명(千名) 좆아 죽게 뒈옵고
밤인 둘도 둘을 내보내와
인간 백성 얼고 추워 죽게 뒐적의
옥황상제 천지왕, ᄒ를날은 꿈에 몽(夢)이 오는디
헤(日)도 ᄒ나 먹어 베고
둘도 ᄒ나 들러먹어 베니
총맹왕총맹부인에 천상베필(天上配匹) 뭇져
지국성 ᄂ려 산다.
ᄂ려사난
총맹부인은 가난ᄒ고 서난 헤여서
저냑 짓일 ᄀ음이 엇어진다.
수명장제(長者)가 ᄒ 동네예 부제(富者)로 사난
수명장제 칩(家)의 간
대미(大米) ᄒ뒈(一升) 뀌웁센 가시니,
대미 ᄒ뒈 뒈고서 벡모살(白沙)을 허꺼서 주었고나.
총맹부인 오라근 아옵볼을 열볼을 싯어서
진지를 지어서 천지왕께 진짓상을 올리니,
천지왕 네웨(內外)가 수제 심고
쳇수까락 들으니 머을이야 멕혔구나,

천지왕이
"총맹부인, 어떤 일로
쳇수까락에 머을이 멕힙네까?"
"그런 게 아니웨다.
진지 쏠이 엇어서 수명장제 부제(富者)예 간
대미(大米) ᄒ 뒈 꾸레 갔더니,
벡모살(白沙)을 서꺼 주으시난
아홉볼 열볼을 밀어와 진지를 지어도
쳇수까락에 머을이 멕힙네."
"괘씸ᄒ다, 괘씸허여.
수명장제가 없는 인간덜
대미 꿔 주렝 ᄒ민 벡모살 허꺼 주고,
없는 인간덜 소미(小米) 꾸레 오라시민
흑모살(黑沙) 허꺼주고,
없는 인간덜 쏠 꾸레 오라시민
큰 말로 받아당
족은 말(小斗)로 풀앙 부제(富者) 뒈니"
"수명장제 똘덜은 없는 인간덜
검질(雜草) 메여 도랭허영,
오라그네 검질 메여 주머는
조은 장(醬)은 지네 먹곡 고린 장을 주어서
부제 뒈였수다.
수명장제 아들덜
ᄆ쉬(牛馬) 물을 멕여 오랭 ᄒ민
ᄆᆯ발통에 오좀(小便) 겨 두고
쉬 물 멕여 ᄋ랐수댕 연ᄒ멍 ᄭᅵ옵네다."
"괘씸ᄒ다. 수명장제 괘씸ᄒ고낭아."
옥황상제 천지왕이

"벼락장군 내보내라.
벼락사자 내보내라.
우레장군 내보내라. 우레사자 내보내라.
화덕진군 화덕장군 내보내라."
수명장자 집의 울타리 안 전체에
불벼락을 내린다.
"수명장자 집에 사람 죽었던 곳에
일곱 신당이 뒤에 들어서서 얻어먹도록 하고
화덕진군, 화덕사제 나간 곳은
불직사자가 얻어먹도록 마련하라.
수명장자 딸에게 자루가 부러진 숟가락 하나 찔러서
팥벌레 몸으로 만들고,
수명장자 아들들은
마소에게 마실 물을 안 먹였으니,
똥소리개 몸으로 환생을 시켜서
주둥이 꼬부라지게 하여
비가 오다 그치면
날개에 묻은 물이나 핥아 먹게 하라."
법체계를 마련하고,
천지왕은 총명부인과 합궁일을 받아서
천상배필 맺어 두고 말을 하기를
"아들 형제 두었으니 태어나거든
큰아들에게는
성은 강씨 '대별왕'으로 이름을 짓고
작은 아들에게는
성은 풍성 '소별왕'으로
이름을 지어라."
"증거가 될 물건을 두고 가십시오."
증거가 될 물건을 주는 게 박씨 한 알,
박씨 두 알, 두 알을 주고 가며
"나를 찾아오려고 할 때,

정월 첫째 돼지날 박씨 심으면
알 도리 있으리라."
일러두고 옥황으로 올라간다.
아니나 다를까 총명부인 임신이 되어서
아들 형제가 태어난다.
형제 둘이 한 살, 두 살 되어
열다섯 십오 세로 성장하고
삼천선비 서당으로
글공부 활공부를 갔더니
"아비 없는 호로자식이라."
이 말씀을 들어서 어머님에게 와서
"아버님을 찾아 주십시오."
"너의 아버님은 옥황상제 천지왕이다."
"증거품이 있습니까?"
"박씨 두 알을 내어 주며
아버지를 찾으려거든
정월 첫째 돼지날 심어 두면
알 도리 있으리라고 일러두고
옥황으로 갔구나."
"아버님이 주신 증거품을 주옵소서."
정월의 첫째 돼지날에
박씨 내어 놓고 심을 때,
큰형님 박씨를 심고
작은 아우도 박씨를 심었더니
옥황으로 줄이 뻗어 간다.
형제 둘이 이 가지 저 가지 밟아가며
옥황으로 가 보니,
아버님이 앉으시는 용상 뿔에 감겨졌구나.
아버님은 없고 용상만 있다.
형제 둘이 용상에 앉아보는데
"이 용상아, 저 용상아.

---

17 거리에서 집으로 드나드는 골목길인 '올레' 어귀에 대문 대신 가로 걸쳐 놓은 나뭇대.

"베락장군(霹靂將軍) 내보내라.
베락亽제(霹靂使者) 내보내라.
울레장군 내보내라. 울레亽제 내보내라.
화덕진군(火德眞君) 화덕장군 내보내라."
수명장제 침(家)의 정[17]을 더께 놓고
불천수를 시겨간다.
"수명장제 칩의 사름 죽어난 딘
일곱 신당 뒤예 들어 사근 얻어 먹고
화덕진군(火德眞君) 화덕亽제(火德使者) 나간 딘
불찍亽제라 얻어먹기 서련ᄒ라.
수명장제 똘아기 족수까락 ᄒ나 찔러그네
풋버렝이 몸으로 마련ᄒ고,
수명장제 아들덜
ᄆ쉬(牛馬) 물을 아니 멕여그넹에,
똥소로기 몸으로 환생(還生)을 시겨근
주둥이 꼬부라지게 허영
비오라나민
늘갯물(羽水)이나 홀타 먹게 ᄒ라."
법지법(法之法) 마련허여 두고,
천지왕이 총멩부인광 하꽁일(合宮日)을 받아근
천상베필(天上配匹) 무어 두고 말을 ᄒ뒈
"아들 성제(兄弟) 뒈시니 솟아나거들랑
큰아들랑그넹에
성(姓)은 강씨 '대별왕'으로 일름(名)을 짓곡
족은 아들랑
성은 풍성(風姓) '소별왕'으로
일름성명(姓名) 지와 두라."
"본메본짱 두고 갑서."
본메본짱 주는 게 큭씨 ᄒ 방올과
박씨 ᄒ 방올, 두 방올을 주어 가며
"나를 촛아 올 때랑

정월이라 췟돗날(初亥日) 큭씨 박씨 싱그민
알 도레(道理) 이시리라."
일러두고 옥황으로 올라간다.
아닐커라 총멩부인 포테중(胞胎中)이 뒈야서
아들 성제(兄弟) 솟아난다.
성제 둘이 ᄒ 설(一歲) 두 설 뒈여
열다섯은 십오세 왕구녁은 차가난
삼천선비 서당(書堂)의
글봉비(工夫) 활공비를 갔더니
"아비 엇인 호로ᄌ식이라."
이 말씀을 들어서 어머님에 오라근
"아바님을 촛아 줍서."
"너의 아바님은 옥황상제 천지왕이 뒈여지는구나."
"본메나 주옵데가?"
"큭씨 박씨 두 방올을 내여 주멍
아방국[18]을 촛거든
정월이라 췟돗날(初亥日) 싱거 두민
알 도레 이시리라 일러두고
옥황(玉皇)으로 갔구나."
"아바님이 주신 본메를 줍서."
정월이라 췟돗날은
큭씨 박씨 내여놓고 싱글 제,
큰성님(伯兄) 박씨를 싱그고
족은 아시 큭씨를 노았더니
옥황데레 줄이 벋어 가옵데다.
성제(兄弟) 둘이 이 가지 저 가지 발아저전
옥황으로 가고 보니,
아바님이 타시는 용상뿔(龍床角)에 감아지였고나.
아바님은 웃고 용상만 이십데다.
성제 둘이 용상(龍床)을 타아저네
"이 용상아 저 용상아

18 -국은 부모를 일컬을 때 흔히 '-국'이 붙음.

주인 모를 용상이로구나!"
봉황의 눈을 부릅뜨고 전일 같은 팔뚝,
동석 같은 주먹을 내두르며 소리를 내올리며
"이 용상아, 저 용상아.
주인 모르는 용상이로구나!"
용상 옆을 지나가다가
용상 왼뿔 부러져서,
지상으로 떨어지는구나.
그 법으로 우리나라 왕도
왼뿔 없는 용상 앉게 되었다.
인간 세상으로 해가 둘이 비추고,
달이 둘이 비추어
인간 백성이 살 수가 없어지니,
천근 활 백근 화살을 둘러 받아
앞에 오는 해는 섬기고,
뒤에 오는 해는 쏘아다가
동해바다에 바쳐 식혀두고,
앞에 오는 달을 섬기고
뒤의 달을 쏘아서 서해바다에 식혀두니,
그 법으로
해는 동쪽으로 뜨고
달은 서쪽으로 지는 법,
법을 만드는 법을 마련해 두고
"보십시오. 우리 형제가
이승법, 저승법 차지하게 합시다."
"어서 그렇게 하자."
이승법, 저승법 마련하려 하는데
서룬 형님도 이승법에 들려하고,
아우도 이승법에 들어서자고 할 때
"보십시오. 우리 수수께끼를 해서
이기는 자가 이승법을 차지하고,

지는 자는 저승법을 차지하는
것이 어떠합니까?"
"그럼 그렇게 하자. 서룬 아우야,
어떤 나무는 밤낮 평생 잎이 지지 않고,
어떤 나무는 잎이 지느냐?"
"서룬 형님,
오곡이라 짤막하게 짧은 나무는
평생 잎이 지지 않고,
오곡이라 속이 빈 나무는 밤낮 평생 잎이 집니다."
"서룬 아우. 모르면 말을 말아라.
푸른 대나무는 마디마디 속이 비어도
푸른 잎이 아니 진다."
그 말꼬리를 이어 간다.
"서룬 아우야,
어떤 일로 동산의 풀이 못 자라고
구덩이의 풀은 잘 자라느냐?"
"서룬 형님아.
이삼사월 봄비가 오더니
동산의 흙이 구덩이로 가서
동산의 풀이 못 자라고,
구덩이의 풀은 잘 자랍니다."
"서룬 동생아, 모르면 말을 마라.
어떤 일로 인간의 머리는 길고
발등의 털은 짧으냐?"
그 말꼬리를 이어가는구나.
"좋습니다. 서룬 형님.
그러면 꽃이나 심어서
태어나고 잘 자라나는 자가
이승법을 차지하고,
시들어 가는 꽃이 되는 자,
저승법을 차지하여

임제(主人) 모른 용상이로고나!"
붕에눈(鳳眼)을 브릅뜨고 전일ᄀᄃ뜬 픗따시
동숙ᄀᄃ튼 주먹을 내둘르멍 소리를 내올리멍
"이 용상아 저 용상아
임제(主人) 모른 용상이로고나!"
용상 옆을 지나가난
용상(龍床) 웬뿔(左角) 무지러지여,
지국성데레 하전(下轉)ᄒᄂ는구나.
그 법으로 우리 나라님(王)도
웬뿔 웃인 용상 타기 마련ᄒᄂ다.
인간데레 월광(月光) 둘이 비추고
일광(日光) 둘이 비추와
인간 백성(百姓) 살 수가 엇어지니
천근 활(千斤弓) 벡근쌀(百斤矢)을 둘러받아
앞의 헷님 ᄒᄂ나 셍겨근
뒤예 오는 헷님 ᄒᄂ나 마쳐다가
동이와당 진도밧제 시겨두고,
앞의 오는 둘(月) ᄒᄂ나 셍겨 두고
뒤옛 둘은 마쳐단 서이(西海)와당 진도밧제 시겨근,
그 법으로
헤(日)는 ᄒᄂ나 동방으로 뜨오웁고
둘은 ᄒᄂ나 서방(西方)으로 지는 법,
법지법(法之法)을 마련허여 두고,
"옵서. 우리 성제(兄弟)가
이승법 저승법(後世法) ᄎᄌ지ᄒᄀ기 마련ᄒᆞ주."
"어서 걸랑 기영ᄒᆞ라."
이승법 저승법 마련ᄒᄌ저 ᄒᄂ는디
설운 성님도 이승법을 들어사저,
설운 아시(弟)도 이승법을 들어사저 홀 때예
"옵서. 우리 예숙이나 제껴근
이기는 자 이승법을 ᄎᄌ지ᄒᄀ곡,

지는 자(者)랑 저승법을 ᄎᄌ지ᄒᄀ기
마련기 어찌오ᄒᄅ리까?"
"어서 걸랑 기영ᄒᆞ라. 설운 아시야,
어떤 낭(木)은 주야펭셍(晝夜平生) 섶(葉)이 아니 지곡,
어떤 낭은도 섶이 지느니?"
"설운 성님아,
오곡(五穀)이라 딩돌막이 ᄌ른 낭
주야 펭셍 섶이 아니 지고,
오곡이라 게구린 낭 주야펭셍 섶이 지웁네다."
"서룬 동싱(同生) 모른 말을 말라.
청대(靑竹) ᄀᄃ대는도 ᄆᄃ디ᄆᄃ디 구리여도
청댓 섭(葉)이 아니 진다."
그 말곡지 지어 간다.
"설운 아시야,
어떤 일로 동산엣 풀은도 메[19]가 즐라지고
굴렁엣 풀은도 메가 질어지느냐?"
"설운 성님아,
이 삼 ᄉᄝ월(四月) 봄 샛비가 오더니
동산엣 흑(土)은 굴엉데레 가난
동산엣 풀메가 즐라지고,
굴렁엣풀은 메가 질어집네다."
"설운 동싱(同生)아, 모른 말을 말라.
어떤 일로 인간 사름은 머리는도 질어지고
발등엣 털은 쪼르느냐?"
그 말곡지 지어가는고나.
"옵서. 설운 성님아.
계건 꼿(花)이나 싱경 환셍(還生)ᄒᄀ고
번성(繁盛)ᄒᄂ는 자랑그네
이싱법(此世法)을 들어사곡,
검뉴울꼿 뒈는 자,
저승법을 들어사기

19 흙의 비옥도(肥沃度)에 따른 초목의 성장도.

시작하는 것이 어떠합니까?"
"어서 그렇게 하자."
바구왕에 가서 꽃씨를 받아오자.
지부왕에 가서 꽃씨를 받아다가
은동이 놋동이 주수리 남동이에
꽃씨를 심었더니,
서룬 형님이 심은 꽃은 무성한 번성꽃이 되고
작은 아우가 심은 꽃은 시들어가는 꽃이 되었구나.
"이보십시오. 형님.
잠을 오래 자는 경쟁을 해보는 것이 어떠하오리까?"
"그럼 그렇게 하자."
서룬 형님의 무정한 눈에 잠이 든다.
서룬 아우는 겉눈은 감고 속눈은 떴다가,
형님 앞의 꽃을 자기 앞으로 당겨 놓고,
자신의 꽃은 형님 앞에 놓아두고,
"형님, 형님, 일어나십시오. 점심을 드십시오."
일어나 보니,
형님 앞에 있던 무성한 꽃은 아우 앞에 가고,
아우 앞의 시들어가는 꽃은 형님 앞에 가 있구나.
서룬 형님 대별왕이 말을 하되
"서룬 아우, 소별왕아.
이승법을 차지하고 들어서라마는
인간 세상에는 살인 역적이 많을 것이다.
남의 것을 훔치는 도둑이 많을 것이다.
남자가 열다섯 십오 세가 되면
자기 가족 놔두고
남의 가족을 우러러보는 일이 많아지리라.
여자식도 열다섯 십오 세가 넘어가면
자기 남편 놓아두고

남의 남편 우러러보는 일이 많아지리라."
법을 만드는 방법을 마련하여
"나는 저승법을 마련하마.
저승법은 맑고 청량한 법이다."
저승법을 차지하고 들어간다.
서룬 아우는 이승법을 정하는데,
천지왕이 근본입니다.
대별왕과 소별왕 개벽을 이루자.
대별왕이 개벽을 이루니,
열다섯 십오 성인으로 개벽을 이루자.
천황씨 열두 양반,
지황씨 열한 양반,
인황씨 아홉 양반으로
개벽을 이루자.
천왕이 베풀어 개벽,
지왕이 베풀어 개벽,
인왕 베풀어 개벽을 이루자.
산 베풀어
물 베풀어
사람 베풀어 이루자.
우리나라 고구려 백성 베풀어 개벽 이루자.
왕이 나와 나라가 있고,
나라가 있어 왕이 있다.
왕 베풀고 나라 베풀어 개벽을 이루자.
모든 관청도 개벽을 이루자.
모든 관청이 개벽을 이루면,
모든 관청 개벽을 어디이며
모든 관청 설비가 어디겠느냐 하거든.

마련ᄒ기 어찌ᄒ오리까?"
"어서 걸랑 기영ᄒ라."
"바구왕에 간 꼿씨를 타는고나.
지부왕(地府王)에 가서 꼿씨를 타단
은(銀)동이 놋(銅)동이 주수리남동이예
꼿씨를 싱겄더니,
설운 성님 싱근 꼿 번성꼿(繁盛花)이 뒈고
족은 아시 싱근 꼿 검뉴울꼿 뒈얐고나."
"옵서. 성님,
줌심벡이나 자 보기 어찌ᄒ오리까?"
"어서 걸랑 기영ᄒ라."
설운 성님 무정(無情) 눈에 줌이 든다.
설운 아시 겉눈은 금고 속눈은 텄다서,
성님 앞읫 꼿은 이녁앞데레 드려놓고,
이녁 꼿은 성님 앞데레 노아두고,
"성님 성님, 일어납서. 줌심(點心)도 자십서."
일어나고 보난,
성님 앞읫 환셍꼿은 아시 앞의 가고,
아시 앞읫 검뉴울꼿은 성님 앞의 가았고나.
설운 성님 대별왕이 말을 ᄒ뒈
"설운 아시 소별왕아
이승법(此世法)이랑 ᄎ지ᄒ여 들어사라마는
인간의 살인(殺人) 역적(逆賊) 만ᄒ리라.
고믄도독 만리라.
남ᄌᄌ식(男子子息) 열다섯 십오세가 뒈며는
이녁(自己) 가속(家屬) 노아두고
놈의 가속 울러르기 만ᄒ리라.
예ᄌ식(女子息)도 열다섯 십오세가 넘어가민
이녁냄편(男便) 노아두고

놈의 냄편 울러르기 만ᄒ리라."
법지법(法之法)을 마련해야
"나는 저승법(此世法)을 마련ᄒ마.
저승법은 묽고 청낭(淸朗)한 법이로다."
저승법을 ᄎ지해야 들어산다.
설운 아시 이승법 마련ᄒ던
천지왕 본이웨다.
대소별왕 도업 제이르자.
대별왕 도업 제이르니,
열다섯 십오셍일(十五聖人) 도업 제이르자.
천왕씨(天皇氏) 열 두 양반,
지왕씨(地皇氏) 열 ᄒ 양반,
인왕씨(人皇氏) 아옵 양반(九兩班)
도업(都邑)으로 제이르자.
천왕 베포 도업(天皇都邑)
지왕 베포 도업
인왕 베포 도업 제이르자.
산(山) 베포
물 베포
원(員) 베포 제이르자.
우리나라 고구려 신(臣) 베포 도업 제이르자.
왕(王)이 나사 국(國) 입고,
국이 나 왕입네다.
왕 베포 국 베포 도업 제이르자.
제청(祭廳) 도업 제이르자.
제청 도업 제일릅긴
제청 도업이 어디며
제청 설유가 어딜러냐 ᄒ옵거든.

2. 천지왕도 못 이긴 수명장자 〈천지왕본〉

수명이라 하는 사람이
천하의 큰 부자로 잘 살고 있는데,
하녀를 몇 명 데리고
아버지를 병풍을 쳐서 모셔 두고
밤에 중식까지 잘 먹이며 살았습니다.
수명의 아버지가 갓 예순이 되니
식상 식술을 치워버리고
아침에도 죽, 낮에도 죽, 저녁에도 죽,
하루 죽 세 사발씩을 먹이기로 하니,
수명이 아버지 끼니 들러온 하녀한테
"이거 어떻게 이리 한 때에
죽 한 사발씩만 주느냐?
나 배고파서 못살겠다."
하녀가 말을 하기를
"큰 주인님 말이, 꼭 이처럼만 하라고 하였습니다."
이젠 수명이 아버지는 아들을 불러다놓고
"어떤 일이냐?"
하니까
"아버지, 사람 한 대가 서른인데,
아버진 금년이 예순, 두 대를 살았으니
너무 살았습니다.
아버지가 두 대를 살아도
더 잘 먹고 싶으면 죽어서 저승에 가서도
이승의 귀신으로 먹으러 오지를 않겠다고 하면,
죽어서 삼년상에 식상 술상 놓는 몫으로
지금 잘 대접하겠습니다."
"아, 그렇게 하겠다."
"그러면, 아버지는 죽어서도

인간이 하는 초하루 보름 제사,
명절 기일제 때에 절대로 오지 않겠다고
증서를 쓰십시오."
아버지는 그렇게 하기로 증서를 쓰니까,
수명이는 아버지가 죽어서 먹을 몫으로
소 잡아 놓고,
예전과 같이 밤에 중식까지 잘 먹이는데,
예순 하나 되는 해가 막 시작되는 이튿날에
그만 황천길을 떠났구나.
수명이는 죽은 아버지를
거적에 싸서 가서 띄어버리고,
아버지 상에 물을 한 모금 떠 놓는 일 없이
아무것도 없이 편하게 지내었습니다.
섣달그믐이 되니까
저승에서는 옥문을 열어놓고
저승 제자들을 모두 불러서
"이승으로 명절 먹으러 갔다가 오너라."
보내니까 다른 제자들은 모두 내려갔는데,
어떤 제자가
옥방 속에서 옥퉁소를 부는 소리가 난다.
천지왕이 통인남장에게 말하기를
"저기 가 봐라.
어떤 자가 옥퉁소를 부느냐? 물어봐라."
"가 보니 수명이 아버지가 노래를 하고 있습니다."
"그러면 지금 가서 불러오라."
수명의 아버지가 천지왕 앞으로 오니,
"너는 어떤 자냐? 다른 자는 옥문이 열려
명절 먹으로 보내주니 기뻐서 나가는데,

쉬맹이라 흔 사름이
천하거부로 잘 살아지난,
하님년은 멧개 둘고
아방을 팽풍 치연 모사두서
밤이 중석ᄁᆞ지 잘 먹이멍 살았수다.
쉬맹이 아방이 ᄀᆞᆺ 예쉰이 나난
식상 식술을 설러불고
아칙이도 죽, 낮이도 죽, ᄌᆞ냑이도 죽,
ᄒᆞ로 죽 시발쏙을 먹이기로 ᄒᆞ니,
쉬맹이 아방은 때 들러온 하님년신디,
"이거 어떵ᄒᆞ난 웅 흔 때
죽 흔사발쏙만 주느냐?
내 배고파서 못살겠다."
하님년은 말을 ᄒᆞ되,
"한집님 말이, 똑 이ᄎᆞ록만 ᄒᆞ랜 홉디다."
이젠 쉬맹이 아방은 아들을 불러다놓고
"어떵흔 일곤?"
ᄒᆞ난,
"아바지, 사름 흔대가 서른인디,
아바진 금년이 예쉰, 두대를 살아시니
너미 살았수다.
아바지가 두대를 살아도
더 잘 먹을커건 죽엉 저싱 가도 하다
이싱에 귀신으로 먹으레 오질 말키엥 ᄒᆞ민,
죽엉 삼년상에 식상 식술 놓는 몫,
잘 대접홀쿠다,"
"아, 경 홀키여."
"경ᄒᆞ건, 아방은 죽엉 가도

인간이 초흐를 보름 식개 멩질
기일제ᄉᆞ 때에 하다 오지 아니ᄒᆞ키엥
징서를 씹서."
아방은 경 ᄒᆞ기로 징서를 씨난,
쉬맹인, 아방이 죽엉 강 먹는 몫,
쇠잡아 놓고
전이 일체로 밤이 중석ᄁᆞ지 잘 먹이는디,
예쉰 ᄒᆞ나 나는 해엔, 막 먹는 뒷날은
그만 황천질을 떠났구나.
쉬맹인, 죽은 아방을
거적에 싼 간 틔와불고,
아방상에 물 흔적 거려 놓는 양 엇이
펀찍ᄒᆞ연 지내였수다.
섯둘 구뭄은 둥ᄒᆞ난
저싱선 감옥문을 올아놓고
저싱 제자들을 ᄆᆞᆫ 불런,
"이싱에 멩질 먹으레 강 오랜."
보내난, 다른 제ᄌᆞ들은 매딱 ᄂᆞ려갔는디,
어떤 제ᄌᆞ가
옥방속에서 옥통ᄌᆞ를 부는 소리가 난다.
천지왕이 토인 남상ᄀᆞ라 말을 ᄒᆞ되,
"저디 강 봐라,
어떤 ᄌᆞ가 옥통ᄌᆞ를 부느냐? 어봐라."
"가 보난 쉬맹이 아방이노랜 홉디다."
"ᄒᆞ건, 이레, 강 불러오라."
쉬맹이 아방은 천지왕 앞으로 오난,
"ᄂᆞ는 어떤 ᄌᆞ냐? 다른 제ᄌᆞ는 옥문을 올으
멩일먹으레 보내난 지꺼지연 나가는디,

너는 왜 안 가고 있느냐?"
"나는 인간 세상에 가도
어느 누가 물 한 모금 차려줄
자가 없어서 안 갔습니다."
"그렇다 해도 이때는 다 간다. 가서 보아라."
"아들은 이승서 천하부자로 잘 살아도
저승 가면 안 얻어먹기로 다짐을 써 두어서,
이승에서 저승 것까지 모두 먹고 왔습니다."
"그래도 섣달그믐에는 그렇게 하지 않는다.
가 보아라."
이리하여 수명의 아버지가
인간 세상으로 나와서 아들집으로 갔구나.
수명이 아버지가 인간세상의 수명이 집으로 왔어도
아무것도 줄 생각을 안 하니, 허탈하게 앉아 있다가
물 한 모금을 못 얻어먹고 저승으로 갔습니다.
수명의 아버지가 이승에 나왔다가
저승으로 가니 천지왕이 말을 하기를
"가서 명절 음식 먹고 왔느냐?"
"그러니까 내가 처음부터
안 가겠다고 하지 않았습니까?
그냥 와버렸습니다."
그러자 천지왕은 군졸들을 내세워서,
"인간 세상의 수명이를 가서 잡아오라."
하니까,
군졸들이 수명이를 잡으러 와서 보니,
짖는 개도 아홉이고, 무는 개도 아홉이고,
타는 말도 아홉이고, 찌르는 소도 아홉이고,
조금도 들어갈 수가 없어
저승으로 되돌아가니, 천지왕에게
"수명이네 집에는 조금도 들어갈 수가 없었습니다."
말하니까,
천지왕은 그만 화를 내며 군사를 거느리고
수명이를 잡으러 인간 세상으로 내려와 보니

아니나 다를까
개와 소와 말이 딱 지키고 서 있으니
들어갈 수가 없었다.
수명이네 집에 들어갈 수가 없어서
집 앞 골목 구슬나무 윗가지에 올라앉아서
일만 군사에게 말을 하기를
"열두 흉사(凶事)를 들이라.
그놈의 집 솥 앞에 가서 온통 개미를 들끓게 해라."
솥 앞에 개미가 들끓으니까,
하녀는
"솥 앞에 개미가 들끓습니다."
수명이가 말을 하기를
"그것이 흉사가 아니다."
"솥 뒤에 문둥이버섯이 났습니다."
"장자 집에 반찬 떨어졌거니 차가버섯 대신 났다.
그것은 흉사가 아니다. 반찬 대신 볶아라."
"큰솥이 저 집 앞 골목으로
엉금엉금 걸음을 했습니다."
"장자 집에 매일 불 떼어버리니 더위 식히러 나갔다.
그게 흉사는 아니다."
이제는
"밭갈이 소가 지붕 한 가운데로 들어서
지붕 상마루를 넘고 있습니다."
"장자 집에서 소를 잘 먹여 살쪄버리니
기름 겨워서 그러고 있다.
그것도 흉사가 아니다."
천지왕은 일만 군사 시켜서
수명이한테 흉사를 들여 봐도
수명이가 끄떡도 안하니
이젠 쇠철망을 가져다가
수명 머리에 팍 씌우니까,
그제야 수명이는
"아이고! 머리빡이야, 에이구! 머리빡이야.

는 무사 아니감시니?"
"나는 인간이 가도 어느 누게
물 흔적 ㅎ영 줄
제가 엇언 아니갔수다."
"경 ㅎ여도 이 때엔 다 간다. 강 보아라."
"아들은 이싱서 천하거부로 잘 살아도
저싱 가민 아니얻어먹기로 댁임을 써여두언,
이싱서 저싱 껏ㄲ지, 뭔 먹언 오랐수다."
"경ㅎ여도 섯둘구믐엔 경 아니ㅎ다.
강 보라."
이젠 쉬맹이 아방은
인간일 나오란 아들집일 갔구나.
쉬맹이 아방이 인간이 쉬맹이 집일 오라서도
아무것도 줄 회겔 아니ㅎ연, 펀찍덜 앚이난,
물 흔적을 못얻어먹고 저싱엘 갔수다.
쉬맹이 아방이 이싱에 나왔단
저싱엘 가시난, 천지왕이 말을 ㅎ되,
"느 간 맹질 먹언 완디야?"
"게메, 나 체얌부떠
아니가키엔 아니ㅎ디가.
그냥 오라부럿수다."
그젠 천지왕은 군졸들을 내세완,
"인간에 쉬맹일 강 심엉오라."
ㅎ난,
군졸들이 쉬맹이 심으레 완 보난,
죽구는 개도 아옵이고, 무는 개도 아옵이고,
차는 물도 아옵이고, 찌르는 쇠도 아옵이고,
굿딱 들어갈 수가 엇언,
저싱으로 되돌아간, 천지왕ㄱ라
"쉬맹이네 집일 굿딱 들어갈 수가 엇입디덴."
골으난,
천지왕은 그만 홰를 내고 군ㅅ를 거느리고
쉬맹일 심으레 인간이 ㄴ려완 보난,

아닐카,
개영, 쇠영, 물이영 딱 직ㅎ여 사부난
들어갈 수가 엇었수다.
쉬맹이네 집에 들어갈 수가 엇이난,
올래 뭉쿠실낭 상가지에 올라 앚안
일만 군ㅅㄱ라 말을 ㅎ되,
"열두 숭험을 들이라.
그놈의 집 솥앞이 강 장삼게염이를 일루라."
솥앞이 게염이가 일어나난,
늦인득이 정하님은
"솥앞이 게염이가 일었수다."
쉬맹이가 말을 ㅎ되,
"그게 숭험이 아니다."
"솥뒤에 용달버섯이 났수다."
"장재칩이 반찬 떨어져가난 초기 대신 났다.
그게 숭험이 아니다. 반찬 대신 볶으라."
"말치가 저 올래에
엉기덩기 걸음을 햄쑤다."
"장재칩이 매날 불심아부난 더위 깨래 나갔다.
그게 숭험이 아니다."
이젠
"밭갈쇠가 지붕 한간으로 들언
지붕 상무를 넘엄수다."
"장재칩이 쇠 잘 멕이난 슬쳐부난
콥재완 경ㅎ염다.
것도 숭험이 아니다."
천지왕은 일만군ㅅ 시견
쉬맹이신디 숭험을 들여봐도
쉬맹이가 ㄲ딱을 안 ㅎ난
이젠 쒸철망을 굿다단
쉬맹이 대갱이레 팍 씌우나,
그젠 쉬맹인
"아이구! 대맹이여, 애이구! 대맹이여.

큰 아들아 도끼 가져와서
내 머리빡을 찍어다오.
머리빡이 아파서 못살겠다."
큰아들은 말을 하되,
"아버지 머리빡을 도끼로 어떻게 찍습니까?
나는 못하겠습니다."
둘째 아들보고 말하여도
"아버지 머리빡을 못 찍겠습니다."
작은 아들보고 말하여도
"못 찍겠습니다."
하여서 할 수 없이,
이제는 제일 큰 하녀를 불러서
"내 머리빡을 도끼로 찍어라.
아파서 못살겠다."
하니 하녀는 차마 주인의 머리빡을
찍을 수가 없어서,
도끼를 들어서 머리빡을 찍는 것처럼 하다가
대문지방을 덜렁 찍으니까,
천지왕은 수명이 머리빡에 씌운
철망 부서질까봐 철망을 확 걷으니
아픈 머리빡은 바로 나아진다.
천지왕은 끝내 수명이를 잡지 못하고
박이왕집으로 가는구나.
박이왕 집에는 예쁜 딸 서수암이가 있는데
이 딸은 박이왕과 총명부인 사이에
낳은 딸이다.
천지왕은 그날 저녁은
박이왕 집에 잠을 자게 되는구나.
밤에는 천지왕이 총명부인을 보고,
"어디 혼기 찬 새 각시가 있으면
데려다가 어두운 밤이나 새어서 가겠지마는
발 시려서 자지를 못하겠습니다."
하니까 총명부인은 그때부터

딸 방으로 들락날락 하면서,
무슨 말을 말할 듯 말듯 하다가
그냥 나가고 그냥 나가고 하니까,
서수암이가
"어머님, 무슨 말을 하려다가 하지 않고
그렇게 하십니까?"
하니까,
"사실 그게 아니라,
천지왕이 내려와서 잠을 자는데,
혼기가 찬 색시가 있으면 구해 달라고 하여도,
너에게 끝내 입에서 말이 안 나와
그냥 간 것이다."
"어머님. 내 나이 이제 열여섯 아닙니까?
그런 천지왕 같은 사위를
맺으려고 하면 무슨 분합(分合)을 합니까?"
하니까 그날 밤에는 서수암이가 등불을 들고
천지왕이 자고 있는 방으로 들어간다.
천지왕은 인기척 소리가 나니,
"거기 누구냐?"
"서수암이입니다."
"괘씸하다. 네 방으로 가라."
서수암은 애달파하며 제 방으로 돌아온다.
다음날 밤에는 이 날 저 날 밤 자시에
천지왕이 등불을 들고 서수암이의 방으로 와서,
서수암이에게
"지나간 밤, 내가 한 말에 네가 애달팠느냐?
남자가 여자 방을 찾아가지
여자가 남자 방을 먼저 가는 법이 아니다.
너를 문책(問責)하느니라."
그날 밤에는 천지왕과 서수암이가
천상배필(天上配匹) 맺었구나.
밤에는 누웠다가 천지왕이 벽 쪽으로 돌아누우며
한숨을 "후~" 하며 쉬니,

큰 아들아 도치 フ정 오랑
나 대맹이 직어도라,
대맹이 아판 못살키여."
큰아들은 말을 ㅎ되,
"아방 대강일 도치로 어떵 직음네까?
난 못ㅎ쿠다."
셋아들フ라 フ라도
"아방 대강일 못직으쿠다."
족은아들フ라 フ라도
"못직으쿠다."
ㅎ연 홀 수 엇이,
이젠 수ㅁ름 종년을 불런
"나 대갱일 도치로 직어도라.
아판 못살키여."
ㅎ난, 종년은 ᄎ마 한집 대갱일
직을 수라 엇언,
도칠 들런 대갱일 직는 것추록 ㅎ단
대문지방을 더락기 찍으난
천지왕은 쉬맹이 대갱이 씌운
철망 부서지카푸댄 철망을 확 걷우우난
아픈 개강인 옥곳 나사진다.
천지왕은 ᄂ시 쉬맹일 잡지 못ㅎ연
바구왕집으로 가는구나.
바구왕칩인 곱딱ㅎ 뚤 서수암이가 시였는디,
이 뚤은 바구왕광 총맹부인 ᄉ이에
낳은 뚤이우다.
천지왕은 그날 ᄎ냑은
바구왕칩이 좀을 자게 되는구나.
밤인 천지왕이 총맹부인フ라,
"어디 당혼싼 새각씨라 시민 ᄃ라당
인방이나 새영 가주기마는!
발실려완 자질 못ㅎ쿠다."
하난 총맹부인은 그젠

뚤방일 들락날락 ㅎ멍,
미신 말 フ를 듯 フ를 듯 ㅎ당
그냥 나곡 그냥 나곡, 하난,
서수암인,
"어머님, 미신 フ를 말을 아니フ란
기영 ㅎ염수가?"
하난,
"ᄉ실이 기영 아니 ㅎ였저,
천지왕이 ᄂ려오란 밤을 자는디
당혼싼 새각시나 시민 구ㅎ여 도랜 ㅎ여도,
늘フ라 ᄂ시 입에 말이 아니나오란
그냥 감フ라."
"어머님아, 나 나이, 이제 열ᄋᆞᆺ 아니우꽈,
그런 천지왕 ᄀᆞ튼 사월
ㅎ여질 것 ᄀᆞ트민 미신 분압을 흡네까."
ㅎ난, 그날 밤인 서수암이가 등불을 들런
천지왕방으로 들어간다.
천지왕은 인기척 소소리가 나난,
"거, 누게냐?"
"서수암이 올십네다."
"괴씸ㅎ다. ᄂ방으로 나고가라."
서수암인 애삭ㅎ연 지방으로 돌아온다.
뒷날 밤인 이 날 저 날 야ᄌᆞ시에
천지왕이 등불을 들르고 서수암이방으로 완,
서수암이フ라.
"지나간 밤, 내 ᄀᆞᆯ은 말에 느가 애삭ㅎ였느냐?
남ᄌᆞ가 예ᄌᆞ방을 춫아가지
예ᄌᆞ가 남ᄌᆞ방을 ᄆᆞ녀 가는 법이 아니다.
늘フ라 문첩ㅎ노라."
그날 밤은 천지왕광 서수암인
천상배필 시겼구나,
밤이는 누었단 천지왕이 백장데레 돌아누멍
한숨을 "후~" ㅎ게 쉬난,

서수암이 하는 말이,
"인간 세상에 내려와서 누추한 인간과
밤을 지내서 그럽니까?"
"그런 것은 아니다.
내가 아들 형제를 너의 몸에 두고 가지만은
누가 이 아이들을 천지왕 아들이라고
크게 여겨주지 않을 것이라 그런다.
아들 형제를 낳으면
큰아들은 대별왕, 작은 아들은 소별왕,
딸 형제를 낳거든 큰 딸은 대별대기
작은 딸은 소별대기로 하여라."
증거품으로 용 얼레빗 한쪽과
박씨 두 알과 대님 한 짝을 내어주면서,
"박씨를 이월이 되면 첫 돼지날에 심어서
칠월 되면 첫 돼지날에 북돋아주어서
줄이 뻗어 가면 그 줄을 타고
옥황으로 아버지에게 올라오라."
서수암이가 그날 저녁
천지왕과 천상배필을 삼은 지
아홉 달, 열 달 꽉 차서 아들 형제를 낳으니
큰아들은 대별왕, 작은 아들은 소별왕이라
이름을 지었구나.
이 아들들을 기르는 것이 나이 세 살 되니
기는 것도 글발이요, 우는 것도 글소리라.
나이 일곱 살이 되니
글 한자를 가르치면 열자씩 통달하고,
이렇게 일천서당에 보내니
너무도 글을 잘 하네. 이렇게 해가니,
다른 선비들이 시기하고
"건달뱅이가 생긴 것이다. 낮의 갈보가 낳은 거여."
하며 놀려대니까, 아들들은 집에 와서,
어머니를 닦달하며,
"우리 아버지는 누구입니까? 찾아주십시오."

"천지왕이 너의 아버지이다."
"그러면 우리 아버지가
증거품도 안 두고 가셨습니까?"
"왜 안 두고 갔겠느냐.
박씨 두 알하고, 용 얼레빗 한쪽 하고,
대님 한 짝 두고서 갔다."
"그러면 이리 내놓아서 보십시오."
서수암이는 아들들한테 증거품을 내어주고,
이월이 되면 첫 돼지날에
형제가 박 씨 한 알씩 심고,
칠월이 되어 첫 돼지일에 북돋워주어
그 박에 줄이 뻗으니,
박줄로 높은 상공 옥황으로 올라가니,
천지왕의 노둣돌에서 형제가 놀고 있으니,
천지왕의 기둥통인이 보고
"어떤 인간이
우리 천지왕 노둣돌에 와서 노느냐?"
하니까,
대별왕과 소별왕 형제는
"왜 우리도 천지왕 만큼은 되는 놈이다.
왜 우리가 천지왕 노는데 못 놀 사람이냐?"
그 말을 듣고
기둥통인이 바로 천지왕에게 가서
"어떤 누추한 인간이
천지왕님 노둣돌에서 놀고 있습니다."
"가서 물어봐라. 어떤 놈이냐?"
"물어보니까 우리도 천지왕 만큼은
하는 사람이라고 합니다."
"지금 가서 그 아이들 데려오너라."
통인이 나가서 대별왕 형제를 데려서 오니
천지왕이 말을 하기를
"너희 외조(外祖) 외편(外便)은 어디냐?
성준 성편(姓便)은 어디냐?"

서수암이 ᄒᆞ는 말이,
"인간이 ᄂᆞ려오랑 누춰ᄒᆞᆫ 인간광
밤을 자지니 그럼네까?"
"그런 것은 아니다.
내가 아들 성젤 느 몸에 두엉 감건마는
누게가 이 아이들은 천지왕 아들이엥
크리 내겨주지 안홀 거니 그러는다.
아들랑근 성젤 낳건
큰아들은 대밸왕, 족은 아들은 소밸왕,
ᄄᆞᆯ 성제랑 나아지건 큰ᄄᆞᆯ랑 대밸대기
족은 ᄄᆞᆯ랑 소밸대기로 ᄒᆞ여라."
본매본장은 용얼래기 ᄒᆞᆫ착 ᄒᆞ고
큭씨 두 방울광 다림 ᄒᆞᆫ착을 내여주명,
"큭씨랑, 이월 나건 쳇 돗일에 싱경
칠월 나건 쳇돗일에 수둔 주엉
줄번어가건 그 줄 바랑
옥황데레 아방국에 올라오라."
서수암인 그날ᄎᆞᆨ
천지왕광 천상배필 무은 게,
아옵들 열둘 춘짐 식건 아들 성젤 낳안,
큰아들은 대밸왕, 족은 아들은 소밸왕
일름을 지왔구나.
이 아들들을 질우는 게 혼이 시슬 나난
기는 것도 글발이요, 우는 것도 글소리라.
혼 일곱슬 나난
글 ᄒᆞᆫ제를 ᄀᆞ리치민 열제쏙 통달ᄒᆞ곡,
웅 일천서당에 보내난
하도 글이 좋앙ᄀᆞ네, 수뭇 ᄒᆞ여가난,
다른 선비들은 시기ᄒᆞ고
"밤공다리 생긴 거여 낮간나이 낳은 거여."
ᄒᆞ멍, 졸려가난, 아들들은 집일 오란,
어녕국을 납날ᄒᆞ멍,
"우리 아방 누게우꽈? 촛아줍서."

"천지왕이 느아방이여."
"게난, 우리 아방이
본미본장도 아니두언 갑디가?"
"무사 아니두엉 가느니,
큭씨 두방울 ᄒᆞ고, 용얼래기 ᄒᆞᆫ착 하고
다림 ᄒᆞᆫ착 두언 갔저."
"게건, 이레 내여놉서 보저."
서수암인 아들들신디 본미본장을 내여주고,
이월 난 쳇독일에
성제라 큭씨 ᄒᆞᆫ방울쏙 싱건,
칠월 나난 쳇돗일에 수둔주고
그 큭에 줄이 번으난,
큭줄로 노기상공 옥활데레 올라가난,
천지왕네 ᄆᆞᆯ팡돌에 성제라 놀암시난,
천지왕의 지동토인은 보안
"어떤 인간이
우리 천지왕 ᄆᆞᆯ팡돌에 왕 노느냐?"
ᄒᆞ난,
대밸왕광 소밸왕, 성젠,
"무사 우리도 천지왕만인 ᄒᆞᆫ 놈이다.
무사, 우리가 천지왕 노는 디 못 놀 사름이냐?"
그 말 들언,
토인은 이젠 천지왕신디 간,
"어떤 누춰ᄒᆞᆫ 인간이
천지왕님 ᄆᆞᆯ팡돌에 놀암수다."
"강 물어봐라, 어떤 놈이냐?"
"물어보난, 우리도 천지왕만인
ᄒᆞᆫ 사름이노랜 홉디다."
"이레, 강 가이들 들아오라."
토인이 나간 대밸왕 성젤 들안 오난,
천지왕은 말을 ᄒᆞ되,
"느가 외진외펜 어디냐?
성진성펜 어디냐?"

"우리 외할아버지는 박이왕입니다.
우리 외할머니는 총명부인입니다.
우리 어머니는 서수암입니다.
아버지는 천지왕입니다."
"허허, 너 그러면 증거품은 가지고 있느냐?"
용 얼레빗에 대님 한쪽 내어놓으니까
정확하게 맞아 떨어진다.
"내 자식이 분명하다."
"우리가 아버지 자식이면
아버지 무릎에 앉아보아야 자식이 되지요.
그렇지 않으면 자식이 됩니까?"
"그러면 이리 와서 앉아라."
큰아들 대별왕은 무릎에 앉아서
똥오줌을 싸면서 어리광을 부린다.
이제는 대별왕이 말을 하기를
"큰 어머니 낳은 자식이 되려고 하면
큰어머니 다리로 나와야 됩니다."
천지왕이 말을 하기를,
"그래, 너 하고픈 대로 하라."
그러자 형제가 아버지 무릎에서
온갖 어리광을 부리다가
큰어머니 굴중이 가랑이로 들어갔다가 나온다.
대별왕은 큰어머니 굴중이
왼쪽 가랑이로 들어가서
오른쪽 가랑이로 나오고,
소별왕은 큰어머니 굴중이
오른쪽 가랑이로 들어가
왼쪽 가랑이로 나온다.
천지왕은 큰아들 대별왕에게
"너는 대별왕이니 이승왕을 가져 차지하라.
작은 아들 너는 소별왕이니
저승왕을 가져서 차지하라."
하니, 작은 아들은 욕심이 많아서,

아버지가 말한 대로 하지 않고
대별왕에게 말을 하기를
"보십시오. 우리 수수께끼나 해봐서
수수께끼에 이기는 자가 이승을 차지하고,
수수께끼에 지는 자가 저승을 차지합시다."
그렇게 하여 소별왕이 대별왕에게
"속이 여문 나무가
겨울과 여름에 잎이 푸릅니까,
속빈 나무가
겨울과 여름에 잎이 푸릅니까?"
"어떻게 그리된단 말이냐?
속이 여물어야
겨울이며 여름이며 잎이 푸르다."
"그러면 왜 대나무마디는 속이 비어도
겨울이며 여름이며
잎이 파랗게 돋습니까?
형님이 수수께끼에 졌습니다."
"또 깊은 구렁의 풀이 길게 납니까,
높은 동산의 풀이 길게 납니까?"
"어디 높은 동산에
풀이 길게 난다는 말이냐?
깊은 구렁의 풀이 길게 나지."
"그러면 왜 사람 머리엔 높아도
머리털이 까맣게 나고
발등에는 털 한 점도 안 났습니까?
형님 수수께끼 졌습니다.
저승으로 가야 하겠습니다."
형은 수수께끼에 아우한테 지니까
눈만 말똥말똥 하고 있으니
아우가 말을 하기를
"그러면 이번에는
다른 수수께끼를 한 번 더 합시다.
지는 자가 저승에 가기로 하지요.

"우리 외할으방은 바구왕이우다.
우리 외할망은 총맹부인이우다.
우리 어멍은 서수암이우다.
아방국은 천지왕이 올씁네다."
"허허, 느 게니 본미본장이나 ᄀ졌느냐?"
용얼래기에 다림 ᄒ착 내여놓난
벳짝ᄒ게 맞어진다.
"내 ᄌ식이 분맹ᄒ다."
"우리가 아방 ᄌ식이민
아방 동ᄆ립에 앚어봐사 식이 됩주,
경아니ᄒ디 ᄌ식이 됩네까?"
"게건, 이레 왕 앚이라."
큰아들 대뱉왕은 동마립에 앚안
똥오좀을 싸멍 홍애를 ᄒ다.
이젠 대뱉왕이 말을 ᄒ되,
"큰어멍 낳은 적시 되젱 ᄒ민
큰어멍 가달로 나오라나사 됩니다."
천지왕이 말을 ᄒ되,
"기여, 느 ᄒ지그려운냥 ᄒ라."
이젠 성제가 아방동ᄆ립에서
온 조새 ᄆ 흔단
큰어멍 굴중이 가달로 들어갔단 나온다.
대별왕은 큰어멍 굴중이
윈착 가달로 들어간
ᄂ단착 가달로 나오곡,
소뱉왕은 큰어멍 굴중이
ᄂ단착 가달로 들어간
윈착 가달로 나온다.
천지왕은, 큰아들 대뱉왕ᄀ라
"느 대뱉왕이메 이싱왕을 강 촛이ᄒ라,
족은 아들은, 느 소뱉왕이메
저싱왕을 강 촛이ᄒ라."
ᄒ난, 족은아들은 욕심이 씨연,

아방 ᄀ른양 아니ᄒ연,
대뱉왕ᄀ라 말을 ᄒ되,
"옵서, 우리 예숙이나 줏겨봥,
예숙에 이기는 제랑 이싱을 ᄎ지ᄒ게
예숙에 지는 제랑 저싱을 ᄎ지ᄒ십다."
경ᄒ연, 소뱉왕은 대뱉왕신디,
"쏙이 읍은 낭기
저실이영 ᄋ름이영 섶이 삼네까,
쏙구린 낭기
저실이영 ᄋ름이영 섶이 삼네까?"
"어디 지영ᄒ여진댄 말이냐?
쏙이 올아사
저실이영 ᄋ름이영 섶이 산다."
"게난, 무사 댓ᄆ작은 쏙이 구리여도
저실이영 ᄋ름이영
섶이 퍼렁케 돋읍네까
성님 예숙 지엾수다."
"또, 짚은 굴형에가 풀이 걸게 납네까
높은 동산이 풀이 걸게 납네까?"
"어디, 높은 동산이
풀이 걸게 난댄 말이냐
짚은 굴형에가 풀이 걸게 나지."
"게난 무사 사름 머리엔 높아도
머리턱이 거멍케 나고
발등엔 꺼럭 흔점도 안났수가?
성님 예숙 지엾수다.
저싱으로 가사 홀쿠다."
성은 예수에 아시안티 지난
눈말 멀쭉멀쭉 ᄒ여가난,
아시가 말을 ᄒ되,
"게멘, 이번이랑
ᄄ난 예숙을 흔번 더 줏겨봥.
지는 제랑 저싱을 가기로 ᄒ주,

이번에는 우리가 꽃을 심어서
꽃이 좋은 편이
이승을 차지하기로 합시다."
소별왕은 형님인 대별왕을 이겨서,
이승을 차지할 궁리를 한다.
은동이에 꽃을 심어서 보니
대별왕 앞의 꽃은 만발하고
소별왕, 자기 앞의 꽃은
시들해져 가는구나.
그렇게 하고 밤에 누어서 자는데
소별왕은 일어나서
몰래 형 앞의 꽃을 제 앞으로 당겨다 놓고서
모른 척 하며 누워 갔다.
다음날 일어나니
형은 벌써 눈치를 채고 말을 하기를
"괘씸하다. 내 앞의 꽃이 걸어서
네 앞으로 갔느냐?
네가 욕심이 너무 세다.
나는 저승을 차지하러 간다."
이렇게 하여
대별왕과 소별왕 형제가 갈라져서
대별왕은 저승을 차지하고,
소별왕은 이승 차지를 하였다.
그렇게 해서 저승과 이승을
제각기 차지하여 다스리는데,
한 하늘에 해도 둘, 달도 둘,
욕심 센 놈이 많고,
도둑과 원수가 많고,
인간 세계에 불화가 많고,
서로 피할 일이 많아지고,
나무, 돌, 저 풀숲새가
말을 소곤소곤하고,
귀신을 부르면 사람이 대답하고,

사람을 부르면 귀신이 대답하고,
하늘에 미신이 일고, 집집마다 찾아온다.
그렇게 하여
소별왕은 이승을 차지하였건만,
이승 다스리기가 힘겨워서,
이승 법을 다스리지를 못해
대별왕 형님에게
저승으로 사과하러 찾아가는구나.
소별왕이 말을 하기를
"형님이 이제라도 이승을 차지하십시오."
대별왕이 말을 하기를
"그것은 못하는 법이다.
할아버지 갈 곳은 손자가 대신 가도,
손자가 갈 곳은 할아버지가 대신 못 간다.
네가 차지한대로 어서 가거라.
내가 큰 법은 가서 다스려 주마.
그 대신 작은 법은 내가 못 다스린다."
그렇게 하여
대별왕은 활 선생을 거사님을 불러다가,
백근 활에 천근 화살에
흑개구리 가래 박은 마른 쌀을
한줌 씩 물려다가
앞에 오는 해는 쏘아서
동해바다 광덕왕에게 기울게 하고
앞에 오는 달은 살려두고
뒤에 달은 쏘아다가
서해바다 달뜬국에 기울게 하니,
한 하늘에 달도 하나 해도 하나 되는구나.
나무, 돌, 온갖 풀숲새 등 말하는 것은
후춧가루 닷 말 닷 되, 칠새오리 말 빻아두어
남풍이 갑자기 동서로 삭삭 불어버리니
나무, 돌, 숲새, 까마귀의 혀가
슬슬 잘려서 말 못하게 되었구나.

이번이랑, 우리 고장을 싱정
고장 좋은 펜이
이싱을 츠지ㅎ기로 흡주."
소밸왕은 성님인 대밸왕을 이경,
이싱을 츠지홀 궁량을 틀엄신디.
은동이에 고장을 싱건 보난
대밸왕 앞잇 고장은 만발ㅎ고
소밸왕, 이녁 앞잇 고장은
유울 고장이 되어가는구나.
그 영ㅎ난 밤인 누언 자는디.
소밸왕은 일어난
슬쩨기 성 앞잇 고장을 지앞데레 둥기여다놓완
몰른 척 ㅎ연 누언 잤수다.
붉는날은 일어나난
성은 불써 눈치 알안, 말을 ㅎ되,
"괴씸ㅎ다. 나 앞잇 고장이
걸음걸언 느 앞데레 간나?
느가 욕심이 너미 씨다.
난 저싱 츠이ㅎ레 간다."
웅 ㅎ연
대밸왕광 소밸왕 성제라 갈라산.
대밸왕은 저싱 츠이,
소밸왕은 이싱 츠일 ㅎ였수다.
경ㅎ연 저싱광 이싱을
질루지쑥 츠지ㅎ연 다시리는디,
흔 하늘엔 해도 둘, 둘도 둘,
욕심 씬 놈이 하고,
도독 적간이 하고,
인간이 불목이 하고,
상팻짓이 하영 있고,
낭기, 돌 제푸싱새라
말을 종종 굿고,
귀신 불렁 생인 대답,

생인 불렁 귀신 대답ㅎ곡,
수천이 속신ㅎ고, 일가 방문ㅎ여 온다.
경ㅎ여가난,
소밸왕은 이싱 츳일 ㅎ였건만,
이싱 다시리기가 제완,
이싱 법을 다시리질 못ㅎ연,
대밸왕 성님신디
저싱데레 빌레 츳안 가는구나.
소밸왕이 말을 ㅎ되,
"성님이 이제랑 이싱 츳일 흡서."
대밸왕이 말을 ㅎ되,
"그건 못ㅎ는 법이다.
할으방 갈 딘 손지가 대력 가도,
손지 갈 딘 할으방은 대력 못간다.
느가 츳이흔대로 어서 가거라.
내가 큰 법은 강 다시려 주마.
그 대신 족은 법은 내가 못다시린다."
그영ㅎ연,
대밸왕은 활선싱 거지님 불러단,
백근 활에 천근 쌀에
흑개구리 가래 박은 곱은 쌀을
오니줌쑥 물려단에
앞이 오는 해는 쏘와단에
동의 와당 광덕왕에 지부찌고
앞에 오는 둘은 생겨두고
뒤엣 둘은 쏘와다가
서의 와당 둘튼국이 지울리난,
흔 하늘에 둘도 ㅎ나 해도 ㅎ나 되는구나.
낭기, 돌, 제푸싱세 말 굿는 건,
후츳굴리 닷말 닷되 칠새오리 말 바소완
마브름 주제에 동서레레 삭삭 불려부나.
낭기, 돌, 제푸싱새, 감악새가 세가
칭칭 자련 말 못굿게 되었구나.

귀신과 사람이 서로 말하는 것은
화정여와 남정종을 불러다가
백근 저울에 재어 보아
백근이 찬 것은 인간세계로 가게 하고,
백근이 못 찬 것은 눈동자 두 개를 박아서
옥황에게 올리니
귀신은 눈동자가 둘이라
저승과 사람을 보고
사람은 눈동자가 하나뿐이라
귀신을 못 본다.
그렇게 하여 대별왕과 소별왕은
아버지 명을 어기고
천지왕이 말한 대로 하지 않았기 때문에
인간 세상에 갖가지 도둑들이 많고
원수가 많고
나쁜 일이 많이 납니다.

토인성수

화덕진군

귀신광 생인이 서로 말 긋는 건
화정여광 남정종[20]을 불러다가
백근 저울에 저우려봔,
백근 찬 건 인간데레 지부찌고
백근 못찬 건 공ㅈ 둘 박안
옥황데레 지울리난
귀신을 공ㅈ가 둘이난
저싱광 생인을 ㅂ래고
생인은 공ㅈ가 ㅎ나 매기난
귀신을 못ㅂ랜다.
경ㅎ연 대밸왕광 소밸왕은
아방 맹을 어견
천지왕 굴은양 ㅎ지 아니ㅎ여부난,
인간 세상이 하근 도둑들이 하고
불목ㅈ가 하고,
나쁜 일이 하영 납네다.

___

20 중국사략(中國史略)에 나오는 '火正黎', '南正重'의 예법이며, 여기서는 다툼의 한계를 구별하는 예일 듯.

3장

세상을 만든 거대 여신

〈설문대할망〉
〈마고할미〉

우리 세상의 곳곳을 창조하고 제주도까지 만들어낸 설문대할망과 마고할미는 우리 신화를 대표하는 거대 여신이라 할 수 있다. 치마폭에 흙을 담아서 제주도의 모든 산과 오름을 만든 여신의 이야기를 모은 〈설문대할망〉에서는 할망의 모든 행적이 제주에서 살아가는 사람들이 산에 어떻게 속속들이 들어가 있는지를 살펴볼 수 있다.

〈마고할미〉에서는 인간세상의 만물이 어떻게 지금과 같은 모습을 하게 되었는지를 이야기한다. 산맥이 쭉쭉 뻗어가고 그 사이마다 골짜기가 생긴 이유, 극심한 가뭄에도 마르지 않는 샘물 등 마고할미가 세상에 만들어 놓은 것들에 대해 살펴볼 수 있다.

1. 제주도를 만든 여신 〈설문대할망〉

참 설문대할망이
원 어떤 모양새가 되는지 모르지만,
제주도에서 말할 것 같으면
당신이 속옷 하나만
명주 속옷 하나 해줄 것 같으면
내가 여기 진도까진가 거기까지
다리를 놔주겠다고 했어.
명주 쉰 통을 들이고도
속옷 하나를 못해놓기로
참 그 다릴 참 못 났다고 해.
(조사자 : 다리를 안 놨어요?)
다리를 놓지 못했다고 하는 전설이
그거 하나 나오는 것이오.
하니까 한라산 꼭대기에서
대정 산방산에,
한라산이 너무 높으니까
굽어 가지고 빨래하기에
바닷물에 빨래하기에 좀 높아가지고
좀 뭐하려고 한라산 봉우리를
조금 꺾어다가 던지니
산방산 되었다고. 그런 전설인데,
거 이제 당최,
(조사자 : 거, 저 설문대할망이 빨래하려고 하는데
답답하니까 그걸 뽑아서 던져버렸군요?)
그리해서 던져버리니
산방산이 한라산 봉우리인데,
한라산은 암산이 되고,
산방산은 숫산이 되었다고.

그러니 우리 제주도가 섬이라
바닥이 넓지 않아도
제주도가 뭘 하면 우양호사라고,
우양호사가 사방으로
우도는 소섬,
양은 비양도,
범호자는 대정 범섬,
정의 사자섬.
우양호사가 사방에 있으니까
제주도가 어떤어떤 큰 대환은
잘 미치지 안한다는 것이오.

가만 있자. 설문대 할망,
성산면에 거기는 설문대할망 때에
설문대할망만큼 큰
하르방도 있었던 모양입니다.
설문대할망 시절에는.
큰 할망이 있으니까
하르방도 있어야 할 거지요.
그러니 얼마나 컸던지 몰라도,
하도 크니까, 거,
이제 그 뭐 완도까지 다리 놔 줄 테니
속옷 하나 해 달라 했다고 않습니까?
뭐 밥을 먹을 수가 없고,
반찬을 당할 수가 없고 해서,
아, 하루는 배고파서 설문대할망하고
설문대하르방하고 앉아서,
"아, 이거 우리가 배가 고파서

춤 설문대할망이
원 어떤 서늉새가 돼여난딘 모르주만
제주도에서 말흘 것 ᄀ트민
당신이 속옷 ᄒ나만
멩주 속옷 ᄒ나 해줄 것 ᄀ트민
내가 여기서 진도ᄁ진가 그ᄁ지
ᄃ릴 놔주겟다고 햇어.
멩주 쉰통을 들이고도
속옷 ᄒ나를 못해놓기로
춤 그 ᄃ릴 춤 못 낫다고 ᄒ여.
(다릴 안 낳예?)
ᄃ리를 놓지 못햇다고 ᄒ는 전설이
그거 ᄒ나 나오는 것이로돼.
ᄒ니까 한라산 고고리를다
대정(大靜) 산방산(山房山)이,
한로산이 너미 노프니까니
굽어 가지고 서답ᄒ기예
바당물에 빨래ᄒ기에 좀 노파 가지고
좀 뭐흘랴고 한로산 봉우리를다가
조금 꺼꺼다가 던지니
산방산 돼엿다곤 그런 전설인디,
거 이제 당추,
(거 저 설문대할망이 서답ᄒ젠 ᄒ난
답답ᄒ난 거 뽑안 데껴불엇구나예?)
경ᄒ연 던져부리니
산방산이 할로산 봉우린디,
한로산은 암산이 돼고
산방산은 가니 숫산이 돼였다고.

게니 우리 제주도가
절도(絶島)이 바닥이 너르지 안ᄒ여도
제주도가 뭘ᄒ민 우양호사라고,
우양호사가 ᄉ방으로.
우도(牛島)는 소섬,
양은 비양도(飛揚島),
범호자는 대정 범섬(虎島),
정의 사ᄌ섬.
우양호사가 ᄉ방에 잇으니까니
제주도가 어떤어떤 큰 대환은
잘 미치지 안흔다는 거주.

ᄀ만 잇자, 설문대할망.
성산면(城山面)옛 것은 설문대할망 때예
설문대할망만이 ᄒ
하르방도 잇엇던 모양이라마씀.
설문대할망 시절에는,
큰 할망이 이시니까
하르방도 잇어사 ᄒ 겁주게.
경ᄒ니, 얼마나 컷던지는 몰라도,
하도 커 부니까,
이제는 그 뭐 완도ᄁ장 ᄃ리 놔 주크메
속옷 ᄒ나 해 주랜 햇댄 안흡니까?
거, 뭐 밥을 먹을 수가 없고,
반찬을 당홀 수가 없고 해서,
아, ᄒ룬은 배 고파서 설문대할망ᄒ고
설문대하르방ᄒ고 앉어서,
"아, 이거 우리가 배가 고파서

살 수가 없으니까,
(조사자 : 두 부처가 앉아서 말이죠)
무엇을 먹으며 살 것이냐?"
하니, 하르방이
"가만있어 봐. 오늘은 좋은 수가 있어.
할망은 저 방 뒤
'섭지코지' 가서 속옷 벗어두고
거기 가만히 들어앉아 다리 벌리고 있어."
(방 뒤?)
예. '섭지코지'라고 하는 데가 있지요.
(조사자 : '방 뒤'면 저, 어디?)
신양리.
아, 그러니까 할망은 속옷을 벗어두고,
그렇게 그 '섭지코지' 앞의 물에 가서
다리를 벌리고 가만히 앉고,
하르방은 저 하도 아래 우도 동쪽 어귀,
그 우도하고 성산 사이에
물길이 아주 세지요.
고기도 많고, 그런 모양이오.
우도 동쪽 어귀로 가서는
자지를 꺼딱꺼딱하게 해 가지고는
바다를 막 자지로 가니까,
그놈의 고기를 막 쫓으니까,
그 할망은 다리 떡 벌리고 앉으니까
그 할망 하문으로 고기들이 그만
모두 와르르하게 들어가니
꼭 잠그고 나왔지.
"그거 이제랑 펴 놔."
해서, 펴 놓고는 하루는 고기 잡아서
요기했다고 합니다.

거기 방뒤 '섭지코지'가
이제 어떤 사람들은 웃음꺼리고 하자 하면
'설문대코지'라고도 합니다.
(조사자 : 그렇게 하루 식량을 채웠군요.)
그런 거지요.

설문대할망 감투가 여기 있지요.
(조사자 : 아, 감투요? 어디 있어요?)
고지렛도.
그런데 거기 경주이원흠이
족감석이라 새겨져있지요.
경주 이씨 이원흠에 대한 겨레 족자,
감동 감자,
친족이 감동해서 새긴 돌이라
써진 게 있긴 있는데.
우리가 옛날에 들으니까,
설문대할망이 키도 크고
힘도 세고 했던 모양입니다.
그래서 발 한쪽은 사라봉에 디디고
한쪽 발은 저기 물장오리라고 거기를 디뎌서
산짓물에서 빨래하다가,
산짓물에 빨래하려고 꾸벅하다가
벗겨져서 떨어졌다 그렇게 말합니다.
그 돌을 보면 한 편으로
영 모자 모양으로 된 곳이 있어.
(조사자 : 예, 있습니다.)
(조사자 : 그게 어디 있어?)
여기서 주차장 갈 만큼 가면
바로 가까우니 볼 수 있소.

---

21 제주 오라동에 있는 한천 남쪽에 예전에 '고지레'라는 동네가 있었는데, 동네에 들어가는 뜻으로 '고지렛도'라는 이
름이 생겼다.

살 수가 없으니까,
(두 부체가 앚안야)
무시걸 먹엉 살 것이냐?"
하니, 하르방이,
"그만 셔 봐. 오널은 좋은 수가 잇어.
할망이라그네 저 방뒤
'섭지코지' 가그네 속옷 벗어둬그네
거기 그만이 들어앚앙 가달 벌경 잇어."
(방뒤?)
예. '섭지코지'옌 흔 디 잇수다.
('방뒤'민 저, 어디?)
신양리(新陽里).
아, 경흐니까, 할망은 속옷을 벗어두고,
이제는 그 '섭지코지' 앞의 물에 가네
가달 벌견 그만이 앚곡,
하르방은 저 하도(下道) 아래 소섬(牛島) 동어귀,
-그 소섬흐고 성산(城山) 새예
물질이 아주 쎕주.
고기도 많곡, 경흔 모양입데다.-
소섬 둥어귀로 가서는
조젱이를 꺼딱꺼딱흐게 해 가지고는
바당을 막 조젱이로 가니까,
그놈으 고기를 막 쪼츠지까,
그 할망은 가달 떡 벌경 앚이니까
그 할망 하문더레 궤기들이 그만
몬딱 와르르흐게 들어가난
꼭 중간 나오란.
"그게 이제랑 파 놔."
해네, 파 놔네 흐루는 궤기 잡아서
요기햇잰 흡네다.

거기 방뒤 '섭지코지'가,
이제 어떤 사름덜은 우시게로 흐쟁 흐민
'설문대코지'엥도 흡네.
(경해연 흐룰 식량을 채왓구나마씀.)
경흔 겁주게.

설문대할망 감투가 요디 이십쥬.
(아 감투마씸? 어디 잇어마씸?)
고지렛도.[21]
기연디 거기 경주이원흠(慶州李元欽)이
족감석(族感石)이라 새겨젓쥬.
경주 이씨 이원흠에 대한 겨레족재(簇字),
감동감재(感字),
친족이 감동해서 새긴 돌이라
써진 게 잇긴 잇는디.
우리가 엿날 들으니까,
설문대할망이 키도 크고
심도 쎄고 흐여난 모양입니다.
그래서 흔착발은 사라봉에 디디고
흔착발은 저디 물장오리[22]라고 거길 디디여서
산짓물에서 뺄래흐다가,
산짓물에 뺄래흐잰 구빡흐단
벗어지영 털어젓다 그렇게 말흡니다.
그 돌을 보민 흔펜으로
영 모주(帽子) 모냥으로 뒌 디가 잇언.
(예, 있읍니다.)
(거 어디 잇어?)
여기서 주차장 감만 흐민
바로 가까우난 볼 수 잇수다.

---

22 한라산 중턱 제주시 봉개동 지경에 있는 못으로 깊이를 헤아릴 길이 없다고 한다.

(조사자 : 가운데 이렇게 보면
바로 모자 썼던 것처럼 되었습니다.)
그 모자 모양으로 된 거기에
경주이원흠 족감석이라
우리가 보니까 써 있습니다.
'경주'라는 건 '경주 이씨',
원흠의 본관 '경주 이씨'를 말하고,
'경주 이씨'라고도 안 하고
그냥 '경주 이원흠 족감석'이라.
이원흠 친족들이 감동한 돌이라 하니,
그건 이원흠 이름을 나타내는 거지. 그건
(이원흠씨하고 설문대할망하고 무슨?)
관계 없습니다.
거기 글 새기는 일만 물어 보지도 않고
이름을 나타내려고 하는 것뿐이지요.
(조사자 : 설문대할망이 한라산을
어떻게 만들었다고 합니까?)
예전에 아이들이 전설을 써 주시오
하기에 써 줬는데, 뭐라고 써줬는가 하니,
옛날에는 여기가 하늘과 땅이 붙었다.
붙었는데 큰 사람이 나와서 떼어 버렸다.
떼어 보니, 여기는 물바닥이라 살 수가 없으니
가에로 물을 파면서,
목포까지 안 팠으면
길을 그냥 내볼 텐데 거기까지 파버리니
목포도 끊어졌다.
그것은 그때 여기를
육지 만드는 법이 잘못된 거지요.
그런데 설문대할망이 흙을 싸다가
거길 메우려고 싸다가 걸어가다
많이 떨어지면 큰오름이 되고,

적게 떨어지면 작은 오름이 되었다.
그건 옛말입니다.
(조사자 : 어떻게요?)
치마에, 치마에 흙을 싸다가
많이 떨어지면 한라산이 되고,
적게 떨어지면 오름이 되었다.
그건 옛날 전설이고.
내 생각으로는 이 제주도를
처음 만드는 분이 잘못 생각하였어.
사방으로 흙을 위로 던졌으면
바다는 바다대로 가고,
육지는 돌려 쳤으면 될 건데,
왜 육지로 가는 데를 파버렸느냐,
나 같으면 파지 마시라 할 걸.
(조사자 : 육지하고 붙었다가는)
붙은 게 아니고 전부 물바다로 봐서
하늘과 땅이 붙었는데,
천지개벽할 때 아무리 하여도
연 사람이 있을 것이란 말이오.
그 연 사람이 누가 열었느냐 하면
아주 키 크고 힘센 사람이 딱 떼어서
하늘은 위로 가게하고,
땅을 밑으로 하여서 하고 보니
여기가 물바다고 살 수가 없으니
가에로 돌아가며 흙을 파 올려서
제주도를 만들었다 하는데,
그거 다 전설로 하는 말이지요.
(조사자 : 하, 다 바다였는데, 예)
예.
(조사자 : 또 속옷 이야기가 있던데)
제주도에서, 속옷이 아니고 허리.

23　제주도에서는 한라산을 주봉(主峰)으로 하여 곳곳에 솟아있는 크고 작은 삼백수십의 기생화산을 '오름'이라고 한다.

(가운디 영 보민
바로 모즈 써난 것フ치록 되었읍니다.)
그 모즈 모양으로 뒈 거기에
경주이원흠 족감석이라
우리가 보니까 써 이십다.
'경주'라는 건 '경주이씨'.
원흠의 본관 '경주이씨'를 말ᄒ고,
'경주이씨'이엔도 안ᄒ고
그냥 '경주이원흠 족감석'이라.
이원흠 친족덜이 감동ᄒᆫ 돌이라 ᄒ니
그건 이원흠 이름을 나타내는 거주 그건.
(이원흠씨ᄒ고 설문대할망ᄒ고 무슨?)
관계 읎습니다.
그디 글 새기는 이만 물어 보도 않고
이름을 나타내우잰 ᄒ는 것뿐입쥬.
(설문대할망이 한라산을
어떵ᄒᆼ영 만들엇댕 합니까?)
요전이 아으덜이 전설을 써 주기오
ᄒ기에 써 줘신디, 뭐엔 써줘싱고 ᄒ니,
엿날에는 여기가 하늘광 땅이 부떳다.
부떳는디 큰 사름이 나와서 떼여 부럿다.
떼연 보니, 여기 물바닥이라 살 수가 읎으니
ᄀᆺ디로 물을 파면서,
목포(木浦)ᄭᆞ지 아니 파시민
질을 그냥 내 볼테인디 그ᄭᆞ지 파부니
목포도 끊어젓다.
그것은 그때에 여기를
육지 맨드는 법이 잘못ᄒᆫ 거쥬.
기연디 설문대할망이 흑을 싸다가,
거길 메울려고 싸다가 걸어가당
많이 떨어지민 큰 오롬[23]이 뒈곡,

족게 떨어지문 족은 오롬이 뒈엿다,
그건 엿말입니다.
(어떵마씸?)
치매에, 치매에 흑을 싸다가
많이 떨어지민 한라신이 뒈곡,
족게 떨어지민 도둘봉이 뒈엿다,
그건 엿날 전설이곡.
저 생각으론 이 제주도를
처음 맨드는 분이 잘못 생각ᄒᆞ엿어.
ᄉ방으로 흑을 지쳐시민
바다는 바다대로 가곡,
육진 돌라져시민 뒐 건디,
웨 육지레 가는디 파부럿느냐.
나 ᄀᄄ민 파지 맙셍 ᄒ컬.
(육지ᄒ곡 부떳당은에)
부뜬 게 아니고 전부 물바다로 보아서
하늘광 땅이 부떳는디
천지개벽홀 때 아미영ᄒᆞ여도
열린 사름이 이실 거라 말이우다.
그 열린 사름이 누게가 열럿느냐 ᄒ민
아주 키 크고 쎈 사름이 딱 떼어서
하늘은 우테레 가게 ᄒ고
땅을 밋트로 ᄒᆞ여서 ᄒ고 보니
여기 물바다로 살 수가 읎으니
ᄀᆺ드로 돌아가멍 흑 파 올려서
제주도를 맨들엇다 ᄒ는디
거 다 전설로 ᄒ는 말입쥬.
(하, 다 바당이엇는데 예.)
예.
(또 속옷 이야기가 잇던데 예.)
제주두에서, 속옷이 아니ᄀ 허리.[24]

---

24 치마 같은 옷.

허리만 만들어주면
목포로 가는 다리를 놔주겠다.
그런데 그걸 해 주지 못해서
다리를 못 놓고.
그런데 명주가 몇 동이 드는지
알 게 뭐야. 원. 워낙 커놓으니까.
그러니까 못 놓았지요.
그런데 그때도 그런 말이 있었답니다.
만일 다리를 놓았더라면
호랑이가 힘겨워서 못 살 거라고.
호랑이, 범이 들어오거든.
그런데 제주도에 왜 범이 없어졌느냐 하면
구구곡이라고 아흔아홉 골이 있습지요.
거 백골 되어서야 범이 와서 살 터인데,
골 하나가 부족하니 범은 범하지 못한다.
육지에 가도 제주도 사람한테는
범이 다니지도 못한다고, 흙내 난다고.
제주도 사람한테는 범이 안 와.
(조사자 : 그런데 원래 제주도에 범이 있었다가
어디 중국 사람이 들어와서는
한 골짜기에 몰아다가 범들을 죽여 버렸다
하는 말도 있던데요.)
그런 말 못 들었소.
그런데 우리 자란 후에까지 있었던 것이
사슴, 산 멧돼지, 멧돼지,
그것은 우리 자란 후에까지 있었지요.
설문대하르방이 있었지요.
(조사자 : 설문대하르방도 있었습니까?)
설문대할망이 있는데, 하르방이 없습니까?
할망이 있으면 하르방이 있지요.
하르방이 있다가,

"고기가 꼭 먹고 싶다."
고 할망이 말하니까 하는 말이
"한라산 꼭대기에 가 있다가
내 말대로만 하십시오."
갔어. 갔는데 하르방에게,
"당신은 한라산 꼭대기에 가서
대변보면 그것으로
나무를 막 패어 두드리면서
오줌을 작작 갈기십시오.
갈기면 산돼지고 노루고 다 잡아질 터입니다."
아닌게 아니라,
이렇게 했더니 산돼지고 노루고 막 도망가.
할망은 자빠져 누워 있었어.
비바람 피하려고 하더니
그것들은 할망 거기 가서 모두 숨었어.
숨으니 이젠 그것들 잡아다
한 일 년 반찬 하여 먹었다고 해.

설문대할망이 있었지요.
그 이야기가 사실인지 아닌지는 모르지요.
거 뭐, 비단 백 필만 해서
속옷 만들어 주면
추자도까지 다리를 놔 주겠다 했다고.
만들다 보니 한 필이 부족해서
못해주니 그걸 안 해줘 버렸다고.
그러니 설문대할망이 그래도
물장오리에서 빠져 죽었다고 하니
물장오리가 원
그렇게 깊은가 모르겠어. 그렇게.
한라산을 머리에 베고
추자는 발을 걸치고 하여

허리만 당후여 주면
목포레 가는 드릴 놔주겠다.
그연디 그걸 후여 주질 못후여서
드릴 못 놨고.
기여니 명지가 멧동[25]이 드는지
알 게 뭐야 원, 워낙 커노니까.
기영후난 못 놨쥬.
기연디 그 때도 그런 말이 잇엇답니다.
만일 드릴 놓았더민
호랑이 제와서 못 살 거라고.
호랑이, 범이 들어오거든.
헌데 제주도에 웨 범이 읎어젓느냐 후면은
구구곡(九九谷이)라고 아은아옵골이 이십쥬.
거 백골 뒈여서는 범이 와 살 터인디
골 후나히 부족후니 범은 범후지 못후다.
육지 가도 제주도 사름신디
범이 댕이도 못후다고, 흑내 남젱.
제주도 사름안틴 범이 아니 오라.
(기연디 원래 제주도에 범이 잇엇단
어디 중국 사름이 들어완에
흔 골짜기에 몰아단 범들을 죽여부럿다
후는 말도 잇는디예)
그런 말 못 들어낫수다.
흔디 우리 욱은 후에꺼지 잇어난 게
깍녹·산뒈지, 곧 멧돼지,
그것은 우리 욱은 후에까지 잇어나십쥬.
설문대하르방이 잇어낫쥬.
(설문대하르방도 잇어마씸?)
설문대할망이 이신디 하르방이 웃입니까.
할망이 이시민 하르방이 잇쥬.
하르방이 잇다가,

"궤기가 꼭 먹고 싶다."
고. 할망이 굳는 말이,
"한라산 꼭대기에 강 잇다가
나 말대로만 흡서."
갓어. 갓는디 하르방 보고,
"당신이랑 한라산 꼭대기에 가서
대변 보멍 그것으로
낭을 막 패어 두드리멍
오줌을 작작 굴깁서.
굴기면은 산톳이고 노루고 다 잡아질텝쥬."
아닌게 아니라,
이영햇더니 산톳이고 노루고 막 도망가.
할망은 자뻐젼 누워 잇엇댄.
비ㅂ름 피후젠 후단
그것들은 할망 그디 간 ᄆ딱 곱안.
곱으니 이젠 그것들 잡아단
흔 일년 반찬 후연 먹엇댄 후여.

설문대할망이 잇어나십쥬.
원 그건 모릅쥬.
서 뭐, 비난 백필만 허영
소중기 맨들어 주민
추ᄌ도꺼지 드리 놔 주멘 허였다고.
주문후단 흔 필이 부족허여서
못허여 주니 걸 아이 허여 줘 부럿다고.
거니 설문대 할망이 경허여도
족은장오리에는 빠젼 죽었다고 후니
족은장오리가 원
그렇게 짚은가 모르겠어, 그렇게.
한라산 머릿박후고 사수(泗水)후고
추ᄌ(楸子島)는 발 걸치고 허연

누운 할망이라고 하니, 허허허.
엉뚱한 할망이지.
그 할망이 그렇게 하였지.
한라산 위에 가가지고
이렇게 다리를 벌려 오줌을 싸는데,
포수가 노루들, 사슴들을
쫓아가면서 총으로 쏘려고.
굴속에 숨어 버려.
어, 보니, 이렇게 보니 엉큼한 할망인데,
할망 거기에 들어가 버렸어.
사슴이. 하하하하.
(조사자 : 사슴이?)
사슴이 들어가 근지러워가니
오줌을 싸니 그것이 내가 되었다고.
설문대할망이 크긴 큰 모양이야.
사슴 여남은 마리가 거기 들어가게끔.
허허허허.

오백장군의 어머니 설문대할망은
굉장히 키가 클 뿐만 아니라 힘도 세었다.
흙을 파서
삽으로 일곱 번 떠서 던진 것이
한라산이 되었으며,
도내 여러 곳의 산들은 다
할머니가 신고 있던
나막신에서 떨어진 한 덩이의 흙들이다.
그리고 오백형제나 되는
많은 아들을 거느리고 살았다.
그런데 이 할머니의 아들에 대해서는
이러한 이야기가 있다.
흉년이 든 어느 해,
아들들이 도둑질하러 다 나가 버렸다.

아버지는 아들들이 돌아오면 먹이려고
죽을 쑤다가 잘못하여
그 커다란 가마솥에 빠지고 말았다.
아들들은 그런 줄도 모르고
돌아오자마자 죽을 퍼 먹기 시작하였다.
여느 때 없이 죽 맛이 참으로 좋았다.
그런데 맨 나중에 돌아온 아들은
이상하게 여겼다.
죽 맛이 갑자기 좋아질 리가 없었기 때문이다.
그는 국자로 죽 솥을 휘저었다.
그러자 사람의 두개골같이 보이는 뼈가 나왔다.
그리고 보니 아버지가 보이질 않았다.
아버지가 죽을 휘젓다
빠져 죽었음이 틀림없었다.
그래서 그들은 날이면 날마다
멀리서 아버지를 그리며 울다 보니
화석으로 굳어져 버렸다.
그리하여
남편과 또 그 많은 아들들을 잃어버린
설문대할망은 홀몸이 되었다.
이제 갈 데도 올 데도 없는 단신이라
만단수심(萬端愁心)을 다 잊어버리고자 나다녔다.
할망은
한라산을 베개 삼고 누우면
발끝은 바닷물에 잠기어 물장구를 쳤다.
그리고 빨래를 할 때만 하여도
한쪽 발은 한라산,
또 한쪽은 관탈섬을 디디었다.
그리고 서귀포와 법환리의 앞바다에 있는
섶섬에는 커다란 구멍이 두 개 뚫려 있는데,
이것은 이 할망이 누울 때
잘못 발을 뻗쳐 생긴 것이라 한다.
그런데 이 할망은 늘 도민들에게

뉘난 할망이라고 하니, 허허허.
엉뚱흔 할망이주.
그 할망이 경 허였주계.
한라산 우의 가가지고
을 가달 벌건 오줌을 싸는디,
포수가 각록덜을, 사슴덜을
다울려가지고 총으로 쏘을랴고.
거, 굴 속에 곱아 부러.
어, 보니, 웅 보니 엉큼흔 할망인디,
할망 그디 가 들어가 부렀어,
각록이. 하하하하.
(각록이?)
각록이. 들어가 근지러와가니
오줌 싸니 것이 내가 뒈였다고.
설문대 할망이 크긴 커난 모양이라 양.
각록 으나믄 개가 그디 들어가게쿠름.
허허허허.

오백장군의 어머니 설문대할망은
굉장히 키가 클 뿐만 아니라 힘도 세었다.
흙을 파서
삽으로 일곱 번 떠 던진 것이
한라산이 되었으며,
도내 여러 곳의 산들은 다
할머니가 신고 있던
나막신에서 떨어진 한 덩이의 흙들이다.
그리고 오백형제나 되는
많은 아들을 거느리고 살았다.
그런데 이 할머니의 아들에 대해서는
이러한 이야기가 있다.
흉년이 든 어느 해,
아들들이 도둑질하러 다 나가 버렸다.

아버지는 아들들이 돌아오면 먹이려고
죽을 쑤다가 잘못하여
그 커다란 가마솥에 빠지고 말았다.
아들들은 그런 줄도 모르고
돌아오자마자 죽을 퍼 먹기 시작하였다.
여느 때 없이 죽 맛이 참으로 좋았다.
그런데 맨 나중에 돌아온 아들은
이상하게 여겼다.
죽 맛이 갑자기 좋아질 리가 없었기 때문이다.
그는 국자로 죽솥을 휘저었다.
그러자 사람의 두개골같이 보이는 뼈가 나왔다.
그리고 보니 아버지가 보이질 않았다.
아버지가 죽을 휘젓다
빠져 죽었음이 틀림없었다.
그래서 그들은 날이면 날마다
멀리서 아버지를 그리며 울다 보니
화석으로 굳어져 버렸다.
그리하여
남편과 또 그 많은 아들들을 잃어버린
설문대할망은 홀몸이 되었다.
이제 갈 데도 올 데도 없는 단신이라
만단수심을 다 잊어버리고자 나다녔다.
할머니는
한라산을 베개 삼고 누우면
발 끝은 바닷물에 잠기어 물장구를 쳤다.
그리고 빨래를 할 때만 하여도
한쪽 발은 한라산,
또 한쪽은 관탈섬을 디디었다.
그리고 서귀포와 법환리의 앞바다에 있는
섶섬에는 커다란 구멍이 두 개 뚫려 있는데,
이것은 이 할머니가 누울 때
잘못 발을 뻗쳐 생긴 것이라 한다.
그런데 이 할머니는 늘 도민들에게

명주 백동을 모아
속옷을 한 벌만 만들어 준다면
본토에까지 걸어가 다닐 수 있도록
다리를 만들어 주마고 하였다.
이 말을 들은 도민들은
모을 수 있는 데까지 모았으나
꼭 한 동이 모자랐다.
육지와의 다리는 실현되지 못하였지만,
조천리에 있는 엉장매코지는
이 할망이 놓으려던 다리의 흔적이며,
신촌리의 암석에 있는 큰 발자국은
그 때의 자취라고 한다.
이 할망은 자신의 키가 큰 것을
늘 자랑하였다.
그래서 이 용연물이 깊다기에
들어섰더니 발등까지 겨우 닿았으며,
홍릿물은 무릎까지 올라왔다.
그러나 한라산의 물장오리 물은
밑이 없는 연못이라 나오려는 순간
그만 빠져 죽고 말았다 한다.
애월면 곽지리에 흡사 솥 받침 모양으로
바위 세 개가 세워져 있는 곳이 있다.
이것은 설문대할망이 솥을 앉혀
밥을 해먹었던 곳이라 한다.
할망은 밥을 해 먹을 때,
앉은 채로
애월리의 물을 떠 넣었다 한다.

구좌면 송당리의 동북쪽 들판에 있는
세 개의 바위는 설문대할망이
작은 솥을 걸어 놓고 밥을 짓던 곳이다.

성산면 성산리 일출봉에는
많은 기암이 있는데,
그 중에 높이 솟은 바위에
다시 큰 바위를 얹어 놓은 듯한
기암이 있다.
이 바위는
설문대할망이 길쌈할 때
접싯불을 켰던 등잔이라 한다.
처음은 위에
다시 바위를 올려놓지 않았는데,
불을 켜 보니 등잔이 얕아서
다시 바위를 하나 올려놓아
등잔을 높인 것이라 한다.
등잔으로 썼다 해서
이 바위를 등경돌이라 한다.

본래 성산이 앞바다에 있는 소섬은
따로 떨어진 섬이 아니었다.
옛날 설문대할망이 한쪽 발은
선상면 오조리의 식산봉에 디디고,
한쪽 발은 성산면 성산리 일출봉에
디디고 앉아 오줌을 쌌다.
그 오줌 줄기의 힘이
어떻게 세었던지 육지가 패어지며
오줌이 장강수가 되어 흘러 나갔고,
육지 한 조각이 동강이 나서 섬이 되었다.
이 섬이 바로 소섬이다.
그때 흘러나간 오줌이
지금의 성산과 소섬 사이의 바닷물인데,
그 오줌 줄기의 힘이 하도 세었기 때문에
깊이 패어서 지금 고래, 물개 따위가 사는
깊은 바다가 되었고,

명주 백동을 모아
속옷을 한 벌만 만들어 준다면
본토에까지 걸어가 다닐 수 있도록
다리를 만들어 주마고 하였다.
이 말을 들은 도민들은
모을 수 있는 데까지 모았으나
꼭 한 동이 모자랐다.
육지와의 다리는 실현되지 못하였지만,
조천리에 있는 엉장매코지는
이 할머니가 놓으려던 다리의 흔적이며,
신촌리의 암석에 있는 큰 발자국은
그 때의 자취라고 한다.
이 할머니는 자신의 키가 큰 것을
늘 자랑하였다.
그래서 이 용연물이 깊다길래
들어섰더니 발등까지 겨우 닿았으며,
홍릿물은 무릎까지 올라왔다.
그러나 한라산의 물장오리 물은
밑이 없는 연못이라 나오려는 순간
그만 빠져 죽고 말았다 한다.
애월면 곽지리에 흡사 솥덕 모양으로
바위 세 개가 세워져 있는 곳이 있다.
이것은 선문대할망이 솥을 앉혀
밥을 해먹었던 곳이라 한다.
할망은 밥을 해 먹을 때,
앉은 채로
애월리의 물을 떠 넣었다 한다.

구좌면 송당리의 동북쪽 들판에 있는
세 개의 바위는 석문대학망이
작은 솥을 걸어 놓고 밥을 짓던 곳이다.

성산면 성산리 일출봉에는
많은 기암이 있는데,
그 중에 높이 솟은 바위에
다시 큰 바위를 얹어 놓은 듯한
기암이 있다.
이 바위는
설문대할망이 길삼할 때
접시불을 켰던 등잔이라 한다.
처음은 위에
다시 바위를 올려놓지 않았는데,
불을 켜 보니 등잔이 얕으므로
다시 바위를 하나 올려놓아
등잔을 높인 것이라 한다.
등잔으로 썼다 해서
이 바위를 등경돌이라 한다.

본래 성산이 앞바다에 있는 소섬은
따로 떨어진 섬이 아니었다.
옛날 설문대할망이 한쪽 발은
선상면 오조리의 식산봉에 디디고,
한쪽 발은 성산면 성산리 일출봉에
디디고 앉아 오줌을 쌌다.
그 오줌 줄기의 힘이
어떻게 세었던지 육지가 패어지며
오줌이 장강수가 되어 흘러 나갔고,
육지 한 조각이 동강이 나서 섬이 되었다.
이 섬이 바로 소섬이다.
그때 흘러나간 오줌이
지금의 성산과 소섬 사이의 바닷물인데,
그 오줌 죽기의 힘이 하도 세엇기 때문에
깊이 패어서 지금 고래, 물개 따위가 사는
깊은 바다가 되었고,

그때 세차게 오줌이 흘러가던 흔적으로
지금도 이 바다는 조류가 세어서
파선하는 일이 많다.
여기에서 배가 깨어지면 조류에 휩쓸려 내려가
그 형체를 찾을 수가 없다.
일설에는 이 할망이
성산 일출봉과 성산면 시흥리 바닷가의
바람알선돌이라는 바위를 디디고 앉아
오줌을 누었다고 하기도 한다.

제주도의 많은 오름들은
할머니가 삽으로 흙을 날라 가면서
한 줌씩 집어 놓은 것이라 한다.
구좌면의 다랑쉬오름은
산봉우리가 움푹하게 패어져 있는데,
이것은 할머니가 흙을 집어넣고 보니
너무 많아 보여서
주먹으로 봉우리를 탁 쳐 버렸더니
움푹 패어진 것이라 한다.

굿청

그때 세차게 오줌이 흘러가던 흔적으로
지금도 이 바다는 조류가 세어서
파선하는 일이 많다.
여기에서 배가 깨어지면 조류에 휩쓸려 내려가
그 형체를 찾을 수가 없다.
일설에는 이 할머니가
성산 일출봉과 성산면 시흥리 바닷가의
브름알선돌이라는 바위를 디디고 앉아
오줌을 누었다고 하기도 한다.

제주도의 많은 오름들은
할머니가 삽으로 흙을 날라 가면서
한 줌씩 집어 놓은 것이라 한다.
구좌면의 드랑쉬는
산봉우리가 움푹하게 패어져 있는데,
이것은 할머니가 흙을 집어넣고 보니
너무 많아 보여서
주먹으로 봉우리를 탁 쳐 버렸더니
움푹 패어진 것이라 한다.

말명신

2. 인간 세상으로 온 여신 〈마고할미〉

그 다음에는 이 마고할미 이야긴데,
마고할미는 그러니까
굉장히 큰 그런 천지창조와 관련된
세상을 만든 할멈이라고 할 수 있는데
우리 경화동에도 그런 게 있어요.
마고할미가 얼마나 발자국 하나가
산 하나에 찍힐 딱 그 정도니까.
그래서 경화동에
그 바다 쪽으로 보면 등대가 있고
등대 옆에 섬이 이렇게 두 개 있어요.
그런데 거기를 자세히 보면
길쌈할 때 도투마리처럼 그렇게 보여요.
그래서 도투마리 섬이라고 하는데
그런데 그것도 마고할미가
그 섬이 마고할미가 길쌈했던 그런 흔적이다
그런 얘기를 두면서
진해가 그러니까 어떻게 보면
신이 내린 땅이 그런 인식을 갖고 있죠.
그리고 그 뒤쪽으로도 큰 바위가 있고
그런데 그 바위가 마치 뭐처럼 생겼냐면
이 공기놀이 하는 것처럼 생겼어요.
돌이 그래서 공기놀이 하는 돌이라고
그렇게 장천동에 또 그런 이야기가
또 경화동에서 나오고 있어요.
(조사자 : 공기놀이가 신의 놀이였네.)
예. 마고할미의 장난감.

할머니가 산성을 지키고 있는 걸
보통 마고할매라고 하고 했던 곳인데
진해에도
마고할매에 대한 전설이 있습니다. 예.
진해 경화동이 바로 여기에요.
경화동에서 동남쪽으로 바다를 보면
행암동 앞바다에 등대가 있어요.
그 등대 곁에는 섬이 두 개 있는데
이 섬을 도투마리 섬이라고 합니다.
(조사자 : 도투마리요.)
교수님. 도투마리가 뭐에요?
제가 알기로는 실을 배를 짜는데
사용되는 거라고
제가 예전에 한번 듣기는 했는데
(조사자 : 한번 알아보겠습니다.)
예. 이 바닷물이 들어왔을 때
이 두 섬으로 보이지만
바닷물이 나와 버리면 두 섬이 아니고
한 섬으로 이렇게 보이는 곳이 있어요.
그 모양이 마치
도투마리 같다고 해서 붙여진 이름인데요.
예. 아득한 옛날 하늘에서 길쌈을 하던 신선인
마고할미가 베를 짤 때가 되면
이곳에 와서 그 섬을 도투마리라 하고
지금 등대에 있는 곳에 잿불을 놔서
재황산 기슭 속천 바다에 있는 바위를 끌고
이렇게 끌개를 하여 베를 짜고
베를 다 짜고 나면은

그 다음에는 이 마고할미 이야긴데,
마고할미는 인제
굉장히 큰 그런 천지창조와 관련된
세상을 만든 할멈이라고 할 수 있는데
우리 경화동에도 그런 게 있어요.
마고할미가 얼마나 발자국 하나가
산 하나에 찍힐 딱 그거니까.
그래서 경화동에
그 바다 쪽으로 보면 등대가 있고
등대 옆에 섬이 이렇게 두 개 있어요.
그런데 그길 자세히 보면은
길쌈할 때 도투마디처럼 그렇게 보여요.
그래서 도투마리 섬이다라고 하는데
그런데 그것도 마고할미가
그 섬이 마고할미가 길쌈했던 그런 흔적이다
그런 얘기를 두면서
진해가 인제 어떻게 보면은
신이 내린 땅이 그런 인식을 갖고 있죠.
그리고 그 뒤쪽으로도 큰 바위가 있고
그런데 그 바위가 마치 뭐처럼 생겼냐면
이 공기놀이 하는 것처럼 생겼어요.
돌이 그래서 공기놀이 하는 돌이라고
그렇게 장천동에 또 그런 이야기가
또 경화동에서 나오고 있어요.
(조사자 : 공기놀이가 신의 놀이였네.)
예. 마고할미이 장난감.

할머니가 산성을 지키고 있는 걸
보통 마고할매라고 하고 했던 곳인데
진해에도
마고 할매에 대한 전설이 있습니다. 예.
진해 경화동이 바로 여기에요.
경화동에서 동남쪽으로 바다를 보면
행암동 앞바다에 등대가 있어요.
그 등대 곁에는 섬이 두 개 있는데
이 섬을 도투마디 섬이라고 합니다.
(조사자 : 도투마디요.)
교수님. 도투마디가 뭐에요?
제가 알기로는 실을 배를 짜는데
사용되는 거라고
제가 예전에 한번 듣기는 했는데
(조사자 : 한번 알아보겠습니다.)
예. 이 바닷물이 들어왔을 때
이 두 섬으로 보이지마는
바닷물이 나와 버리면은 두섬이 아니고
한섬으로 이렇게 보이는 곳이 있어요.
그 모양이 마치
도투마디 같다고 해서 붙여진 이름인데요.
예. 아득한 옛날 하늘에서 길쌈을 하던 신선인
마고할미가 베를 맬때가 되면
이곳에 와서 그 섬을 도투마디라 하고
지금 등대에 있는 곳에 잿불을 놔서
재황산 기슭 속처 바다에 있는 바위를 끌고
이렇게 끌개를 하여 배를 매고
배를 다 매고 나면은

다시 하늘로 올라가고 그랬다고 하네요.
그래서 이 베를 짜러 하늘에서 내려올 때
밟은 자국이 발자국이 딛을 곳에 있는
바위에 있다고 합니다.
한 번 찾으러 가볼까요?
호호. 그래서 죽공 마을 뒷산에 서있는 듯한
큰 바위가 있어서 선바위,
서 있다 해서 선바위라 했겠죠.
이 바위가 전하기는 개우지 바위라고도 해서
마고할미가 하늘에서
공기놀이를 하면 돌이 떨어진 바위라 해서
개우지 바위라고도 합니다.
이 바위의 밑바닥에 패여 들어가 있어서
이것을 두고 마고할미가 똬리를 틀어서
받치고 다닌 자국이라고 합니다.
(조사자 : 재밌다. 개우지라는 것이
새 이름일까요. 혹시 뭐 들은 건 없으신가요?)
아뇨 저도 전혀…… 없어요.
우리가 개우지, 개우지 하면은
뭐 좀 안 좋은 어감 아닌가요?
(조사자 : 좀 그런……)
예……
(조사자 : 가마우지. 이런 새 같아서)
그건 아닌 거 같아요.
(조사자 : 이것도 한 번 찾아봐야겠다.
마을에서 그냥 그렇게 불렀던 것은)
분명 뜻은 있을 텐데.
아무도 거기에 대한 그런 게 없어서
저도 전해 듣지 못한 것 같습니다.

그 다음에 그 저기
지금 삼천포 지역에 가면

그 늑도라는 섬이 있어요. 늑도(勒島).
늑도 그게 아까 억누를 늑(勒)자입니다.
늑도인데, 그 늑도는 그 우리나라 국가지정
사적지, 섬전체가 사적지로 됐어요.
왜냐면 삼천포 창선대교를 놓는 과정에
그 우리 뭐, 뭐를 건설할 때 보면
일단은 유물부터 뭐가 혹시 있는가,
조사부터 하잖아요.
그걸 조사를 하는 과정에
그 다리가 지나가는 다릿발만 지나가는
그 부분만 팠는데도
1,300점이 넘는 유물이 나왔어요.
근데 그 유물이 청동기, 신석기시대의……
근데 늑도라는 섬이
그 뭐 한 텔레비전에서도 방영이 되기를
그 국제무역항이라고까지 했었어요.
왜냐면 옛날에
지금은 국제무역항하면 어마어마한 규모지만
옛날에는 이 나라 저 나라 배가 와서 닿으면
다 국제무역항이 되는 거예요.
서로 물물교환을 하고
문화가 섞이고 교류를 하는 곳이니까
근데 그 늑도라는 섬이 그럴 수밖에 없는 게
이 그 부산 쪽,
그러니까 일본이나 부산 쪽에서
저렇게 그 청국 중국 쪽으로 가려면
그리 지나가게 되는데
대부분 큰 바다로 안 돌아가고
연안을 따라가요. 왜냐하면
큰 바다로 가면 풍랑을 만나거나 하면은
살아날 방법이 없기 때문에
대부분은 이렇게 사람, 이렇게 닿을 수 있는,
이렇게 섬, 섬, 섬 사이를 많이 지나가게 되는데

다시 하늘로 올라가고 그랬다고 하네요.
그래서 이 베를 매러 하늘에서 내려올 때
밝은 자국이 발자국이 대일 곳에 있는
바위에 있다고 합니다.
한번 찾으러 가볼까요?
호호. 그래서 죽공 마을 뒷산에 서있는 듯한
큰 바위가 있어서 선바위,
서있다 해서 선바위라 했겠죠.
이 바위가 전하기는 개우지 바위라고도 해서
마고할미가 하늘에서
공기놀이를 하면 돌이 떨어진 바위라 해서
개우지 바위라고도 합니다.
이 바위의 밑바닥에 패여 들어가 있어서
이것을 두고 마고할미가 또아리를 받쳐
받치고 다닌 자국이다라고 합니다.
(조사자 : 재밌다. 개우지라는 것이
새 이름일까요. 혹시 뭐 들은 건 없으신가요?)
아뇨 저도 전혀. 없어요.
우리가 개우지 개우지 하면은
뭐 좀 안 좋은 어감 아닌가요?
(조사자 : 좀 그런……)
예……
(조사자 : 가마우지. 이런 새같아 갖고)
그건 아닌 거 같아요.
(조사자 : 이것도 함 찾아봐야겠다.
마을에서 그냥 그렇게 불렀던 거는)
분명 뜻은 있을 텐데.
아무도 거기에 대한 그런 게 없어서
저도 전해 듣지 못한 것 같습니다.

ㄱ 나음에 ㄱ 저기
인제 삼천포 지역에 가면은

그 늑도라는 섬이 있어요. 늑도.
늑도 그게 아까 억누를 늑잡니다.
늑돈데 그 늑도는 그 우리나라 국가지정
사적지 성전체가 사적지로 됐어요.
왜냐면 삼천포 창선대교를 놓는 과정에
그 우리 뭐, 뭐를 건설할 때 보면은
일단은 유물부터 뭐가 혹시 있는가
조사부터 하잖아요.
그걸 조사를 하는 과정에
그 다리가 지나가는 다릿발만 지나가는
그 부분만 팠는데도
1,300점이 넘는 유물이 나왔어요.
근데 그 유물이 청동기 신석기시대의……
근데 늑도라는 섬이
그 뭐 한 티비에서도 방영이 되기를
그 국제무역항이라고까지 했었어요.
왜냐면 옛날에
지금은 국제무역항하면 어마어마한 규모지만
옛날에는 이 나라 저 나라 배가 와서 닿으면
다 국제무역항이 되는 거에요.
서로 물물교환을 하고
문화가 섞이고 교류를 하는 곳이니까
근데 그 늑도라는 섬이 그럴 수밖에 없는 게
이 그 부산 쪽,
그러니까 일본이나 부산 쪽에서
저렇게 그 청구 중국 쪽으로 갈려면
그리 지나가게 되는데
대부분 큰 바다로 안 돌아가고
연안을 따라가요. 왜냐하면
큰 바다로 가면 풍랑을 만나거나 하면은
살아날 방법이 없기 때문에
대부분은 이렇게 사람, 이렇게 닿을 수 있는,
이렇게 섬섬섬 사이를 많이 지나가게 되는데

그 늑도를 앞을 지나가는 곳에 그 해류,
해류의 흐름이 노트가 굉장히 낮아서
전부 다 배가 그 늑도로 그냥 들어갈 수,
딱 늑도에 닿게 만들어져 있대요.
그게 그래서 배가 지나오다가 잠시
항상 닿게 되어 있는 거라.
근데 늑도하고 바로 앞에 초향도라고,
그 초향도란 섬에는
유물이 전혀 나오질 않았어요.
딱 붙어 있는데도
그러니까 항상 배가 늑도 쪽만 닿게
이렇게 해류가 흐른단 얘기예요.
근데 그 늑도에는 어떤 전설이 있냐면
마고할멈 서답돌 그런 전설이 있어요.
마고할멈이란 얘기는
옛날에 어느 나라 할 것 없이
마고할멈은 있어.
그러니까 천지창조를 하는
조물주 같은 존재인데
주로 왜 할멈을 했는지 몰라.
어머니에게 모태 신앙,
우리가 그 모계사회에서 출발을 하다보니까
어떤 여자가
더 훨씬 더 남자보다는 강한 존재로
그렇게 부각이 된 거 같은데,
그 마고할멈이 지리산 마고할멈이라.
마고, 이게 마귀할멈으로 오인 되어서
나쁜 할머니로 이렇게 또 마구
와전되기도 하는데
그게 아니고 마고라는 얘기는 그
(조사자 : 지모신)
예예예. 그런 지모.
우리 보통은 어머니 모태신앙적인 이런 건데

아주 힘이 세고 덩치도 굉장히 크고
그게 그런 거죠.
뭐든지 다 가능한.
근데 그 마고할멈이 지리산 천왕봉에 살다가
이 늑도에 한 번 놀러 왔는데
너무 섬이 살기 좋은 거라.
지리산은 뭐 그야말로
척박하고 춥고 그렇게 살기가 어려운데
이 바닷가에 오니까,
먹을 것도 많지, 경치도 좋지. 너무 좋아.
그래서 내 그냥 여기서 살려한다 싶어서
거기에 터를 딱 잡아 놓으니까
남의 동네에서 와서 사니까
뭐 해줘야 될 거 아닌가. 그렇지요.
그래서 이 할매가
내가 너희 동네 와서 살려고 하는데
내가 뭘 좀 해줄까? 이러거든.
그러니까 늑도 사람이
할매는 힘도 세보이고
아주 뭐든지 할 것 같으니까
할매, 우리 저 육지에 가게
징검다리나 좀 놔 주시오. 말했어.
징검다리나 좀 놔주소.
그러면 우리가 육지를 맘대로
배 안타고도 갈 건데.
오냐. 해주마.
그래가지고 이 마고할멈이
지리산 산신령을 찾아가서
자기 보다 더 계급이 높은
산신령을 찾아가서
내가 늑도라는 곳에 갔는데
그 동네 사람들을 위해서
징검다리를 놔주려고 하니까

그 늑도를 앞을 지나가는 곳에 그 해류,
해류의 흐름이 노트가 굉장히 낮아서
전부다 배가 그 늑도로 마 들어갈 수
딱 늑도에 닿게 만들어져 있대요.
그게 그래서 배가 지나오다가 잠시
항상 닿게 되어 있는 거라.
근데 늑도하고 바로 앞에 초향도라고,
그 초향도란 섬에는
유물이 전혀 나오질 않았어요.
딱부터 있는데도
그러니까 항상 배가 늑도 쪽만 닿게
이렇게 해류가 흐른단 얘기에요.
근데 그 늑도에는 어떤 전설이 있냐면
마고할멈 서답돌 그런 전설이 있어요.
마고 할멈이란 얘기는
옛날에 어느 나라 할 것 없이
마고 할멈은 있어.
그러느께네 천지창조를 하는
조물주 같은 존잰데
주로 왜 할멈을 했는지 몰라.
어머니에게 모태 신앙,
우리가 그 모계사회에서 출발을 하다보니까
어떤 여자가
더 훨씬 더 남자보다는 강한 존재로
그렇게 부각이 된 거 같은데,
그 마고 할멈이 지리산 마고 할멈인기라.
마고 이게 마귀할멈으로 오인 되가지고
나쁜 할머니로 이렇게 또 막
와전되기도 하는데
그게 아니고 마고라는 얘기는 그
(조사자 : 지모신)
예예예. 그런 지모 우리 보통은
어머니 모태신앙적인 이런 건데

아주 힘이 세고 덩치도 굉장히 크고
인자 그런 거죠.
뭐든지 다 가능한.
근데 그 마고할멈이 지리산 천왕봉에 살다가
이 늑도에 한 번 놀러를 왔는데
너무 섬이 살기 좋은 거라.
지리산은 뭐 그야말로
척박하고 춥고 마 살기가 어려운데
이 바닷가에 오니까네
묵을 것도 많제 경치도 좋제 너무 좋아.
그래서 내 마 요서 살란다 싶어가지고
거를 터를 떡 잡아논게네
남의 동네에서 와서 사니까
뭐 해줘야 될 거 아니가. 그지예.
그래서 이 할매가
내가 너 동네와서 살라코는데
내가 뭘 좀 해줄꼬 이러거든.
그러니까 늑도 사람이
할매는 힘도 세보이고
되게 뭐든지 할 것 같은 게네
할매, 우리 저 육지에 가구로
징검다리나 좀 놔 주소 한기라.
징검다리나 좀 놔주소.
그라모 우리가 육지를 맘대로
배 안타고도 갈낀데.
오냐 해주꾸마.
그래가지고 이 마고할멈이
지리산 산신령을 찾아가꼬
자기 보다 더 계급이 높은
산신령을 찾아가갖고
내가 늑도라는 곳에 가는데
그 동네 사람들을 위해서
징검다리를 놔줄려 보니까네

찢어지지 않는
질긴 가죽 치마가 있어야 되겠는데
(조사자 : 아, 돌 나르려고)
예. 돌을 날라주려고 하는데
가죽치마를 하나 내려주시오. 했지.
그러니까 산신령이
응? 어디 산귀신이 바다로 가서 살려하네.
못 간다. 못 준다.
안 주려고 하지.
그래서 이 마고할멈이 포기를 하고
그냥 자기 무명치마에다가
돌을 담아 나르기 시작했어.
그래서 큰 돌을
그 치마에다가 넣어 나르다가
그 북쪽에 돌을 한 세 개나 네 개쯤 놨어.
큰, 큰 돌을.
그러다가 그만 치마가 헤져가지고
다 못 놓고 뭐, 할매가 죽고 말았어.
그래서 그 이야기가 어떻게 됐냐면
그 늑도 뒤쪽에 서북쪽으로
돌이 드문드문 네 개쯤 놓인 거기에
그러니까 마고 할멈 서답돌,
서답이란 얘기는 경상도 말로
빨랫돌이란 얘기야.
빨래 빨래하는 빨래…
그 마고 할멈이 치마에 싸다가 놓던 돌이고
그 반대쪽에 대방이라는 곳에는
드문드문 돌이 놓여 있어.
그래서 드문 돌이 또 있어. 드문 돌. 드문 돌.
근데 그 드물 돌이 몇 개 있고,
이게 마고 할멈 서답돌이
완전히 연결이 됐으면
징검다리가 생겼을 거야.

근데 그 어떤 사람은
그 임진왜란 당시에 저쪽에서 이쪽까지
철 쇠줄을 메어가지고
왜선들이 지나가는 것을 방해를 하려고
돌을 놨다는 설도 있고,
기존에 있던 이야기를 가지고
이야기를 지어냈다는 설도 있고
여러 가지가 있지만
일단 우리는 이런 그 옛날이야기에서
그런 이야기를 해.
그리고 지금은 그 마고할멈한테 바랐던
그 늑도의 바람은 이루어졌어요.
창선삼천포대교가 쫙 놓이면서
그 사람들은
그야말로 육지로 마음대로 가는
즉, 마고할멈의 그때 못한 소원이
다 이루어진 셈이 됐습니다.

키가 얼마나 컸는지
자세히 잘 알 수는 없지요.
말할 수도 없지요.
지금 완도로 가자면 남창 앞에
달도라는 섬이 있어요.
그 앞의 그 사이가 제일
호남일대는 제일 깊더랍니다.
그런데
'얼마나 깊은가 보자.'
거기에 한 번 내려가 보니까 그래도 겨우
마고할미의 넓적다리에 닿더래요.
그래서 "그만큼 깊구나." 그렇게 하고 나왔는데,
여기는 또 이 건너편에서 저 건너편 산을 보면
이렇게 바로 가까워요.

찢어지지 않는
질긴 가죽 치마가 있어야 되겠는데
(조사자 : 아 돌 날릴려고)
예. 돌을 날라줄라카는 게네
가죽치마를 하나 내려주소 캤는기라.
그런게네 산신령이
응? 어디 산귀신이 바다로 가서 살라코네.
몬 간다. 몬 준다.
안 줄라 쿠는거라.
그래가지고 이 마고할멈이 포기를 하고
고마 자기 무명치마에다가
돌을 날라 나르기 시작했어.
그래가지고 큰 돌을
그 치마에다가 나르고 나르다가
그 북쪽에 돌을 한 세 개나 네 개쯤 났어.
큰, 큰 돌을.
그러다가 고마 치마가 헤져가지고
다 못 놓고 뭐 할매가 죽고 말았는기라.
그래가지고 그 이야기가 어떻게 됐냐면
그 늑도 뒤쪽에 서북쪽으로
돌이 드문드문 네 개쯤 놓인 그게 인자
마고 할멈 서답돌,
서답이란 얘기는 경상도 말로
빨랫돌이란 얘긴기라.
빨래 빨래하는 빨래..
그 마고 할멈이 치마에 싸다가 놓던 돌이고
그 반대쪽에 대방이라는 곳에는
드문드문 돌이 놓여 있다.
그래서 드문 돌이 또 있어. 드문 돌. 드문 돌.
근데 그 드물 돌이 몇 개 있고,
이게 마고 할멈 서답돌이
완천히 연결이 됐으면
징검다리가 생겼을끼라.

근데 그 어떤 사람은
그 임진왜란 당시에 저쪽에서 이쪽까지
철 철주를 메어가지고
왜선들이 지나갈 거를 방해를 시킬려고
돌을 났다라는 설도 있고,
기존에 있던 이야기를 가지고
이야기를 지어냈다는 설도 있고
여러 가지가 있지만
일단 우리는 이런 그 고사에서
그런 이야기를
그리고 지금은 그 마고할멈한테 바랬던
그 늑도의 바램은 이루어졌어요.
창선삼천포대교가 쫙 놓이면서
그 사람들은
그야말로 육지로 마음대로 가는
즉, 마고할멈의 그때 못한 소원이
다 이루어진 셈이 됐습니다.

키가 언마나 컸든가
자사히 잘 알 수는 없지요.
말할 수도 없지요.
지금 완도로 가자면 남창(南倉) 앞에
달도라는 섬이 있어요.
그 앞에 그 사이강이 질로
호남일대는 질 짚드랍니다.
그란디
'언마나 짚은가 보자.'
그 한번 내려가 본께 그래도 포로시
마고할미의 넙턱지에가 닿드라요.
그래서 '그만치 짚구나.' 그라고 나왔는디,
여그는 또 이 건네서 저 건네 산을 보머는
이렇게 곧 가차요.

그런데 이것이 또
"네가 얼마나 넓은가 보자."
그러면서 이 바위 끝에다 대고
저 건너 바위 끝에다 가랑을 대보니까
겨우 닿더래요.
그래서 마구할미가
얼마나 크다는 것을 알았더래요.
(용둠벙에서 물 먹었다고 안 해요?)
물 먹었지. 그렇지.
그 선바위에다 발 딛고,
저 오심이 고개에 손 딛고
그 용둠벙에서 물을 마셨어.

천태산 마고할매가
갱이 바다로 와 가지고
그냥 치마로 돌을 싸서 건너와
피왕성을 쌓았다 해요. 피왕성을.
둔덕 피왕성을 압니까?
(조사자 : 예.)
쌓고, 쪼개는 건데,
돌이 많이 남더라 말입니다.
남았는데, 이놈을 줄줄 부어 버렸어.
그냥 검은 돌이라. 그래.
그래서 던졌는데, 그래 놓고는 거기에다
오줌을 누어 버렸어.
오줌을 누어 버렸는데,
그 물이 지금도 바로 동이로 부은 것처럼
뭐, 다른 데는 안 나와도
농막 앞에 내려오는 그 물이 그 물인데
피왕성 밑에 가만히 들어보면
물 내려가는 소리가 꿀꿀꿀
바로 땅 밑으로 아득히 나거든.

(청중 : 둔덕면 이야깁니다.)
그래. 그 저저 천태산 마고할매가,
그래 피왕성을 쌓고 남은 돌로
갖다가 부어 버렸는데
검은 돌이라고 이름을 짓고,
그래서 오줌을 싸 가지고
검은 돌 밑에 물이 나간다.
이런 전설이 있습니다.

이 앞에 가은산이요.
가은산이 옛날에 뭐, 뭐
그런 얘기는 들었어요.
저, 저기 아흔 아홉 구렁이란 거죠.
이 앞산이 저 상촌 저 꼭대기까지.
그래, 이 마고할머니라는 분이 있었대요.
마고할머니. 이름이 마고란.
그 양반이 거기 못, 나물이,
나물을 뜯으러 갔다드나.
뭐 부럼을 주우러 갔는데,
가서는 금반지를 잊어버렸다 하네.
그러니까 막 몇 천 년 뭐,
거기 역사가 몇 만 년이 된 되는 역사지 뭐.
(조사자 : 예, 예.)
그 금반지 찾느라고 손가락으로
그 이래 후비적후비적 판 게,
그래서 그 마고 할머니가 파 가지고
아흔아홉 구렁이야.
그것을 세면 아홉, 아흔아홉 구렁이 맞대요.
그래, 그 마고 할머니라는 분이 금반지를,
거 나물 뜯으러 갔다든가.
뭐 하여튼, 들은 지도 하도 오래돼서
우리 조그마할 때 그 얘기를 들었는데.

그란디 이것이 또
'늬가 언마나 너른가 보자.'
그라고 이 바우 끝어리에다 대고
저 건네 바우 끝어리다 가랑을 대본게
포로시 닿드라요.
그래서 마구할마니가
언마나 크다는 것을 알았드라요.
(용둠벙에서 물 묵었닥 안 합디요?)
물 묵었제 인자.
그 선바우에다 발 딛고,
저 오심이고개에 손 딛고
그 용둠벙에서 물을 마셨어.

천태산 마고 할매가
갱이 바다로 와 가지고
그냥 치매로 돌을 싸가 건너와
폐왕성을 쌓다 캐요. 피왕성을.
둔덕 피왕성을 압니까?
(조사자 : 예.)
쌓고, 쪼개는 긴데,
돌이 많이 남더라 말입니다.
남았는데, 이 놈을 줄줄 부우 뺐어.
마아, 검은 돌이라. 그래.
그래서 싸뺐는데 그래 놓고는 게다
오줌을 누우 뺐어.
오줌을 누 뺐는데,
그 물이 지금도 바리 동우드리
마 다른 데는 안 나와도
농막 앞에 내려오는 그 물이 그 물인데
피왕성 밑에 가만히 들어보몬
물나가는 소리가 꿀꿀꿀
바리 지동(地動) 하득히 나거든.

(청중 : 둔덕면 이야깁니다.)
그래. 그 저저 천태산 마고 할매가,
그래 피왕성을 쌓고 남은 돌로
갖다가 부우 비맀는데
검은돌이라고 이름을 짓고,
그래서 오줌을 싸 가지고
검은돌 밑에 물이 나간다.
이런 전설이 있읍니다.

이 앞에 가는산이요.
가는산이 옛날에 뭐, 뭐
그런 얘기는 들었어요.
저, 저기 아흔 아홉 구렁이란 거죠.
이 앞산이 저 상촌 저 꼭대기꺼정.
그래 이 마고 할머니라는 분이 있었대요.
마고 할머이. 이름이 마고란.
그 양반이 거기 못, 나물이,
나물을 뜨러 갔다드나.
뭐 부럼을 줏으러 갔는데,
가 가지고 금반지를 잊어 먹었대는구만.
그래니까 막 및 천년 뭐,
그기 역사가 및 만년이 된 되는 역사지 뭐.
(조사자 : 예, 예.)
그 금반지 찾느라고 손꼬락으로
그 이래 호비작호비작 판 게,
그래서 그 마고 할머니가 파 가지고
아흔아홉 구렁이야.
그게 시면은 아홉, 구십아홉구렁이 맞대요.
그래 그 마고 할머니라는 분이 금반지를,
거 나뭃 뜨러 갔다두가
뭐 하이튼, 들은지도 하도 오래돼서
우리 쪼만해서 그 얘기를 들었는데

(조사자 : 아, 재밌는 이야기네.)
그래서 그걸 금반지 찾으러 가 가지고
후비적후비적
손가락으로 판 구렁이라는 거예요, 그게.
그러니까 아흔아홉 골이구나.
(조사자 : 아, 그거 어려서부터 들으셨어요.
그거를?)
그 얘긴 들었어요.
(조사자 : 금반지는 찾았더랍니까, 혹시?)
못 찾았대요.
(조사자 : 못 찾았대요?)
그리고 우리 조그마할 때
그 얘기를 들었기 때문에
지금은 그런 얘기가 나오지도 않고.
옛날 그 우리,
나도 우리 할머니한테 그 얘기를 들었지 뭐.
그래서 이렇게 가은산이
아흔아홉 골, 구렁이 골이 졌다, 지금 그래.
우리 할머니가 그렇게 말씀하셨어.

마구할미가 산을 조화 있게 만들어서
다시 빼 돌려서 저 소백산맥이,
그 태백산맥이 여기서부터 시작해서
소백산맥이 산맥으로 쭈욱 가고
영주, 북쪽, 죽령, 조령, 추풍령을 넣어서
지리산을 만들잖아요.
바로 여기서 뺑 돌려서 이쪽으로 가지요.
뺑 돌아서 그 다음에는
영월을 가는 산맥을 하나 만들지요.
여기서 정선을 가면 산맥이 나오고,
바로 여기서 쭈욱 빠져 나가는
금산을 만들었지요.

여기서 빠져 나가서
삼척 남산을 딱 만들었지요.
이 봉황산 줄기는
이 대관령을 쭈욱 내려오다가
두타산을 만들어 놓고
두타산 줄기가 여기 와서 부딪히고
여기 와서 태백산을 만들어 놓고
거기의 줄기가 저기 오다가,
근산하고 이 봉황산하고 딱 마주치지요.
이 계곡 사이에 오십천이 있다 이러고
그 지대가 이상 지대죠.
근산은 가까울 근(近)자,
황지를 중심으로 해서
산이 다 이렇게 다 그렇죠.
쭉 우리 산이. 저 북쪽에서는
백두산을 중심으로 해서 만들어서
그것을 만들어 그 쪽이 쭉쭉쭉 내려오다가
여기에 와서
이 산을 고봉을 만들어서 에워싸서
저 쪽으로 경기도로 지금 가서
여기에 와서 에워싸서 어떻게 돌다가,
"너는 이쪽으로 가라. 저쪽으로 가라."
해서 산이 에워싸서
그래서 그 계곡물이
줄줄줄 내려 온 이런 것이죠.
황지라는 곳이
신성한 신령이 깃들어 있다 하는 것이
바로 그것이고
신라도 그때부터
산에 대해서 연구가 있었던 것 같아요.
그러기 때문에
신라의 북쪽 북악이 태백산입니다.
그러니 태백산에다 산신제를 지내지요.

(조사자 : 아, 재밌는 이야기네.)
그래서 그걸 금반지 찾으러 가 가지고
호비작호비작
손꼬락으로 판 구렁이라는 거예요, 그게.
그러니께 아흔아홉골이구나.
(조사자 : 아, 그거 어려서부터 들으셨어요.
그거를?)
그 애긴 들었어요.
(조사자 : 금반지는 찾았더랍니까, 혹시?)
못 찾았대요.
(조사자 : 못 찾았대요?)
그러구 우리 쪼만해서
그 얘기를 들었기 때문에
시방 그런 얘기가 비추도 안 하고.
옛날 그, 우리,
나도 우리 할머니한테 그 얘기를 들었지 뭐.
그래서 이게 가는산이
아흔아홉 골 구렁이 골이 졌다. 인제 그래.
우리 할머니가 그렇게 말씀하셨어.

마구할미가 산을 조화있게 만들어서
다시 빼 돌려서 저 소백산맥이,
그 태백산맥이 여기서부터 시작해서
소백산맥이 산맥으로 쭈욱 가가지고
영주, 북쪽, 죽령, 조령, 추풍령을 넣어서
지리산을 만들잖아요.
바로 여기서 뺑 돌려서 이 쪽으로 가지요.
뺑 돌아서 그 다음에는
영월을 가는 산맥을 하나 만들지요.
여기서 정선을 가면 산백이 나오고,
바로 여기서 쭈욱 빠져 나가는
금산을 만들었지요.

여기서 빠져 나가서
삼척 남산을 딱 만들었지요.
이 봉황산 줄기는
이 대관령을 쭈욱 내려오다가
두타산을 만들어 놓고
두타산 줄기가 여기 와서 부딪히고
여 와서 태백산을 만들어 놓고
거기의 줄기가 저기 오다가,
근산하고 이 봉황산하고 딱 마주치지요.
이 계곡 사이에 오십천이 있다 이러고
그 지대가 이상 지대죠.
근산은 가까울 근자(字),
황지를 중심으로 해서
산이 다 이렇게 다 그렇죠.
쭉 우리 산이 저 북쪽에서는
백두산을 중심으로 해서 만들어서
그것을 만들어 그 쪽이 쭐쭐쭐 내려오다가
여기에 와서
이 산을 고봉을 만들어서 에워 싸서
저 쪽으로 경기도로 시방 가서
여기에 와서 에워싸서 어떻게 돌다가,
"니는 이 쪽으로 가라. 저 쪽으로 가라."
해서 산이 에워 싸서
그래서 그 계곡물이
줄줄줄 내려 온 이런 것이죠.
황지라는 곳이
신성한 신령이 깃들어 있다 하는 것이
바로 그것이고
신라도 그때부터
산에 대해서 연구가 있었던 것 같아요.
그러기 때문에
신라의 북쪽 북악이 태백산입니다.
그러니 태백산에다 산신제를 지내지요.

산신제를 여기 와서 지내는데,
여기 바로 태백산 꼭대기에 산신당이 있어서
거기에서 지냈는데,
이조에 들어오면서 영월 단종이 돌아가셔서
단종이 산신이 되어서 그 산신당에다
단종 그 신을 모셔 놓는 곳이 있었어요.
그러니 그 시대도
아주 옛날 신라 시대지만도
여기에 답사를 많이 했든가 해서
여기의 구조를 알고,
그래서 태백산 조선시대 중기까지에
산신제가 있는데
항상 소를 거기에다
춘추로 제사를 두 번 지냈는데
소를 매놓고
아무 소리도 안 하고 도망을 치는데
이 소를 쳐다보면 부정을 탄다 해서
도망을 치는데 3일 후에 가서
소를 몰고 와서 잡아서 어물(魚物)을 만들어
산신령에게 제사를 올리지요.
그런 풍습이 있다 나왔고,
내가 단군신화하고
관계가 맞아 들어가지요.
단군신화에 보면 천신이 여기 내려 왔다.
단목하에 내려 와서
칠신을 만들었다 이랬는데,
여기 삼척에 있는 신을 다시 모셔서
금강사에 천왕신으로 모셔 와서
각 지방 각 마을에
여러 가지 신을 나눠 줘서
각 마을마다 제사를 올리는
그런 얘기가 나오는 걸 보면
단군신화하고

아주 비슷한 그런 것이 있는데
평야하고, 거기가 머니깐
지금 환웅이 태백산이다
이렇게 얘기할 수 있고
내가 이렇게도 생각해요.
일연이라는 중이 경상도에서 글을 썼거든요.
경상도의 신라의 문화
뭐 이런 것을 쓸 수 없나 해서
신라가 여기에서 가까운데,
이것을 지적했는지는 의문입니다만
태백산 지대가 고봉입니다.
이것이 여기에서 저 낙동강을 서쪽으로 하고,
그 동쪽으로 쭈욱 가서
이것이 쭉 내려가서 포항까지 내려가지요.

옛날에 천태산 마고선녀가 살았는데,
마고선녀, 마고할미가 살았는데,
다 장사인데,
하루는 시어머니가 오더니 얼굴을 보고
"너 왜 말랐니?"
빼빼 말라, 저—가 왜 마르냐고 물으니,
"제가 방귀를 못 뀌어서 그렇습니다."
아범은 앞 기둥 쥐고,
어머니는 뒷 기둥 쥐고……,
한 번 뀌니, 뀌이—, 핑—.
그이 집이 흔들흔들 그네.
세 번째 뀌니 집이 막 넘어가려고 한다.
"야야, 그만 뀌어라. 집 넘어간다."
장산데,
장사가 둘이 들어 떠받쳐 올려야 되나?
집이 쾅쾅 그런단 말이야.
(청중 : 마고할미 힘이 그렇게 센가?)

산신세를 여 와서 지내는데,
여기 바로 태백산 꼭대기에 산신당이 있어서
거기에서 지냈는데,
이조에 들어오면서 영월 단종이 돌아가셔서
단종이 산신이 되어서 그 산신당에다
단종 그 신을 모셔 놓는 곳이 있었어요.
그러니 그 시대도
아주 옛날 신라 시대지만도
여기에 답사를 많이 했거든가 해서
여기의 구조를 알고,
그래서 태백산 이조 시대 중기까지에
산신제가 있는데
항상 소를 거기에다
춘추로 제사를 두 번 지냈는데
소를 매놓고
아무 소리도 안 하고 도망을 치는데
이 소를 쳐다보면 부정을 탄다 해서
도망을 치는데 3일 후에 가서
소를 몰고 와서 잡아서 어물을 만들어
산신령에게 제사를 올리지요.
그런 풍습이 있다 나왔고,
내가 단군 신화하고
관계가 맞아 들어가지요.
단군 신화에 보면 천신이 여기 내려 왔다.
단목하에 내려 와서
칠신을 만들었다 이랬는데,
여기 삼척에 있는 신을 다시 모셔서
금강사에 천왕신으로 모셔 와서
각 지방 각 부락에다
여러 가지 신을 나눠 줘서
각 부락마다 제사를 올리는
그런 얘기가 나오는 걸 보면
단군 신화하고

아주 비슷한 그런 것이 있는데
평야하고, 거기가 머니깐
지금 환웅이 태백산이다
이렇게 얘기할 수 있고
내가 이렇게도 생각해요.
일연이라는 중이 경상도에서 글을 썼거든요.
경상도의 신라의 문화
뭐 이런 것을 쓸 수 없나 해서
신라가 여기에서 가깝는데,
이것을 지적했는지는 의문입니다만
태백산 지대가 고봉입니다.
이것이 여기에서 저 낙동강을 서쪽으로 하고,
그 동쪽으로 쭈욱 가서
이것이 쭉 내려가서 포항까지 내려가지요.

옛날에 천태산 마고선녀가 살았는데,
마고선녀도, 마고해미가 살았는데,
다 장사인데,
하루는 시애미가 오드니 얼굴을 보고
"니 왜 말랐노?"
패패 말라, 저―가 왜 마르냐고 물으이,
"제가 똥을 못 뀌 그렇습니다.
아범을라 앞 기둥 쥐고,
어멈을라 뒷 기둥 쥐고…,
한 뀌 뀌이―, 핑―"
그이 집이 흔들흔들 그네.
시 번째 뀌이 집이 막 넘어갈라 칸다.
"야야, 고만 뀌라. 집 넘어간다."
장산데,
장사가 둘이 들어 떠받쳐 올리이 되나?
집이 쾅쾅 근단 말이여.
(청중: 마고할미 힘이 그코 센가?)

세고말고.

머, 마고할미 방귀 꼈다 하는 것이

서리머에 들어 가보면 마고가 쑥 들어가 있고,

(청중 : 저―옥계, 옥계에 가면 바위가 모두

폭폭 들어갔으니 마고선녀 방귀 끼어서 그래.

바위가 들어갔다 이러지.)

여, 저기 보면 우리 여기 임진왜란 때

성을 쌓고 전쟁한 산이요.

황석산이라는 산이 있어요.

그게 일명 우리 마을에서 부르기는

돌문산이라고 말하는데,

거기 돌문산이 왜 돌문산이냐?

돌문을 달아놓고 성을 쌓아 놓고

돌문을 달았다고

돌문산이라고 이렇게 부르는데,

거기에 성을 쌓으려고

옛날에 마귀할머니라 하는 분이

성을 쌓으려고

돌을 치마폭에다 치마 가득 쌓고 가는데,

거기 용추골 입구에 가면

가다가 치마폭이 터져서

거기 내려놨다 하는

그런 설이 있는데,

그 돌무더기를 차에 실으면

몇 십차가 될 겁니다.

그런 돌무더기가 있어요.

(조사자 : 마귀할머니라고 합니까?)

예, 마귀할머니.

산막리에 있는

속칭 천마산이라고 합니다.

천마산 뒤에 가면

할미성이라고 있는데

옛날에 에, 어머니 한 분이

남매를 데리고 생활하는 도중

그 어머니는 그 아들과 딸이

에, 너무나 천재였기 때문에

그 하나를 사람의 도리는 아니지만,

에, 너무도 옛날로 말하면

장수라고 말할까요?

그래서

그 하나를 없애는 방법을 생각했지요.

그래서 그 아들과 딸한테

에, 한 가지 내기를 시켰답니다.

그래서 그 어머니는 아들이나 딸이나 간에

하나는 옛날로 한양,

서울에 갔다 오게 하고,

하나는 천마산 그 상상봉에다가

성을 쌓으라고 했지요.

그래서 그 어머니는

기왕 아들을 구하기 위해서

그 아들을 한양에 갔다 오라고

사전에 아들한테 짜고서

그 아들을 서울로 보낸 후

또 딸한테는 성을 쌓으라고 했습니다.

그래서 그 어머니는

성을 쌓는 것을 지켜보데

그 딸이 기술이 대단하여,

그 딸이

돌이 산봉우리까지

계속 바람에 날려 오는 것을

집어놓기가 바쁘게 성을 쌓는데

그 어머니는 생각 끝에

시고말고.
머, 마고할미 똥 낏다 하는게
서리머 들가보면 마고가 쑥 드가 있고,
(청중 : 저—옥계, 옥계 가면 바우가 마커
폭폭 드갔으이 마고선녀 똥 끼가주고 그래.
방우가 드갔다 이래지.)

여, 저게 보면 우리 여 임진왜란 때
성을 쌓고 전쟁한 산이요.
황석산이라는 산이 있어요.
그게 일명 우리 마을에서 부르기는
돌문산이라고 말하는데,
거 돌무산이 왜 돌문산이냐?
돌문을 달아놓고 성을 쌓아 놓고
돌문을 달았다고
돌문산이라고 이렇게 부르는데,
거기에 성을 쌓을라고
옛날에 마귀할머니라 하는 분이
성을 쌓을 라고
돌을 치마폭에다 한치마 쌓고 가는데,
거기 용추골 입구에 가면
가다가 치마폭이 터져서
거기 비어났다 하는
그런 설이 있는데,
그 돌무더기가 차에 실으면
몇 십차 될 겁니다.
그런 돌무더기가 있어요.
(조사자 : 마귀할머니라고 합니까?
예, 마귀 할마이.

산막리에 있는

속칭 천마산(天摩山)이라고 합니다.
천마산 뒤에 가면
할미성(城)이라고 있는데
옛날에 에, 어머니 한 분이
남매를 데리고 생활하는 도중
그 어머니는 그 아들과 딸이
에, 너무나 천재였기 때문에
그 하나를 사람의 도리는 아니지만,
에, 너무도 옛날로 말하면
장수라고 말할까요?
그래서
그 하나를 없애는 방법을 구상했지요.
그래서 그 아들과 딸한테
에, 한 가지 내기를 시켰답니다.
그래서 그 어머니는 아들이나 딸이나 간에
하나는 옛날로 한양,
서울이라는 데를 갔다오게 하고,
하나는 천마산 그 상상봉에다가
성을 쌓으라곤 했지요.
그래서 그 어머니는
기왕 아들을 구하기 위해서
그 아들을 한양에 갔다 오라고
사전에 아들한테 짜그서
그 아들을 서울로 보낸 후
또 딸한테는 그 성을 쌓으라고 했습니다.
그래서 그 어머니는
성을 쌓는데 지켜있는 동안
그 딸이 기술이 늠름하여,
그 딸이
돌이 산봉우리까지
계속 바람에 날려오는 것을
집어놓기가 바쁘게 성을 쌓는 도중에
그 어머니는 생각 끝에

아들이 한양에서 돌아오기 전에
성이 완성될까봐
에, 그 어머니가 꾀병을 한 거죠. 즉,
"배가 아프다."
하고 산에서부터 굴렀습니다.
그 후 이 효성이 지극한 딸이
어머니가 아프다고 하니까,
"내기도 좋지만 어머니를 구해야겠다."
하고 구하다 보니

그 남동생이 서울에 갔다가 돌아와서
그 딸은 성을 완공 못한 채
어머님에 말씀대로 세상을 버렸다 합니다.
그래서 에,
지금 천마산에 위치하고 있는
상상봉에 할미성이라고 되어 있습니다.
그래서 그 할미성은
옛날에 장수가 쌓다가 완공을 못하고
그대로 방치해 있지요.

산신

아들이 한양에서 돌아오기 전에
성이 완성될까봐
에, 그 어머니가 꾀병을 한 거죠. 즉,
"배가 아프다."
고 산에서부터 굴렀습니다.
그 후 이 효성이 지극한 딸이
어머니가 아프다고 하니까,
"내기도 좋지만 어머니를 구해야겠다."
고 구하다 보니

그 남동생이 서울에 갔다가 돌아와서
그 딸은 성을 완공 못한 채
어머님에 말씀대로 세상을 버렸다 합니다.
그래서 에,
지금 천마산에 위치하고 있는
상상봉에 할미성이라고 되어 있습니다.
그래서 그 할미성은
옛날에 장수가 쌓다가 완공을 못하고
그대로 방치해 있지요.

제석상

4장

인간의 탄생과 운명

〈명진국할망본〉
〈저승할망본〉
〈삼승할망본풀이〉
〈할망본〉

모든 사람의 탄생과 운명을 관장하는 삼승할망을 다룬 이 이야기에서는 이승할망과 저승할망이 어떻게 인간 생불과
운명을 점지하는 일을 맡게 되었는지, 삼승할망이 인간의 운명을 어떻게 만들어주는지를 보여준다. 또 생불할망이
점지해 준 아이가 태어나고 자라는 과정에서 신들의 능력이 얼마만큼 영향을 미치는지 살펴볼 수 있다.

인간의 탄생을 점지하는 생불할망의 이야기 〈명진국할망본〉, 생분한망이 되고 싶었기만 결국 죽은 이기를 보살피는
일을 맡은 저승할망의 이야기 〈저승할망본〉, 그리고 생불 차지를 위한 두 할망이 벌인 내기 〈삼승할망본풀이〉과
함께 〈할망본〉에서는 인간 아이들에게 마마를 퍼트리는 무서운 대별상을 무릎 꿇게 한 삼승할망의 대찬 활략상이
생동감있게 표현되고 있다.

1. 탄생을 점지하는 생불할망 〈명진국할망본〉

명진국 할아버님은 석해대왕이고,
명진국 할마님은 북해송상 석해운산이다.
명진국 할마님이 세상에 내려올 때,
옛날 옛적 병오년 초사흘
자시(子時)에 발목하고,
축시(丑時)에 등극(登極)하고,
인시(寅時)에 아이가 태어났다.
이 할마님이 일곱 살 되니
앉아서 천리(千里)를 보고,
서서 만리(萬里)를 보고,
하늘 아래를 굽어보면서
한 손으로 단수 육갑(六甲),
또 한 손으로 오행 육갑(六甲)을 짚으니,
열다섯 십오 세가 되니
옥황상제님이
자기 아랫사람 책방(冊房) 도사를 내려 보내며
"석해산 명진국 대감님 집에 가서
옥황에서 명진국 애기를 불렀으면 한다고 하여
데리고 오너라."
하였다.
명진국 대감님은 옥황에서 하는 명령이라
못하겠다고도 못하고 호이 탄식을 하다가
딸자식을 옥황으로 올려 보냈다.
그때 명진국 애기는 옥황으로 올라가려 하니

참먹같이 땋은 머리를 밀기름 끓어서
왼쪽으로 세 번 오른쪽으로 세 번 바르고
삼동나무 용얼레빗으로
왼쪽으로 세 번, 오른쪽으로 세 번 내리 빗었다.
그리하고 다시 왼쪽으로 둘러 방패건지
왼쪽으로 둘러 코끈지를 둘러 얹고,
은비녀 은가락지 놋비녀 놋가락지 둘러 끼었다.
물명주 핫바지를 차려 입고
물명주 단속곳을 둘러 입었다.
열두 폭 다홍다단 홑안치마에
구슬둥이 겹저고리 둘러 입었다.
코재비버선에 네 눈 그린
태사신을 둘러 신었다.
물명주 한 삼으로 차리고
명진국 애기가
물명주 청너울을 둘러썼다.
명진국 애기가 부모님 전에
"옥황상제님 전에 다녀오겠습니다."
인사를 하고 은지팡이를 짚고
노각성다리를 타고 옥황으로 올라갔다.
옥황상제님은 외사랑방 내사랑방에 들어앉았다.
명진국 애기가 옥황상제님께 엎드려 절을 하니,
"너희 할머니는 누구냐?"
"서개남 무광보살입니다."

---

26 命긴國. 명진국.
27 釋迦大王.
28 北海聖山 釋迦山.

맹진국[26] 할으바님은 석해대왕[27]이고
맹진국 할마님은 북해송상 석해산[28]이우다.
맹진국 할마님이 금시상 도ᄂᆞ릴 땐
옛날 옛적 뱅오년 초사을날
ᄌᆞ시에 발복ᄒᆞ고
축시엔 등국ᄒᆞ고
인시엔 생불을 ᄂᆞ리왔수다.
이 할마님이 일곱술 나난
앚아 천리 보고
ᄉᆞ 만릴 보고
하늘 알을 굽엉 보멍
흔손으로 단수육갑
또 흔손으론 오행육갑[29]을 짚으난
열다ᄉᆞᆺ 시오세가 되난
옥황상제님은
이벡 몸받은 책실도서를 내리왕 보내멍
"석해산 맹진국 대감님집이 강
옥황이서 맹진국 애길 불럼수댕 ᄒᆞ영
ᄃᆞ랑오라."
ᄒᆞ였수다.
맹진국 대감님은 옥황이서 ᄒᆞ는 맹영이라
못ᄒᆞ쿠댕도 못ᄒᆞ고 호이 탄식을 ᄒᆞ다가
지집ᄌᆞ식을 옥황으로 올려 보내였수다.
이젠 맹진국 애긴 옥황으로 올르젠 ᄒᆞ난

춤먹 ᄀᆞᆺ은 수패머리를 밀치름[30] 꾀완
외우 시번 ᄂᆞ다 시번 볼르고
삼동낭긔 용얼래기로
외우 시번 ᄂᆞ다 시번 ᄂᆞ리글렸수다.
그영ᄒᆞ고 또시 외우 둘러 방패건지
ᄂᆞ다 둘러 코끈지를 둘러옛고
은빗네 은가락지 놋빗네 놋가락지 둘러쪘수다.
물맹지 핫바질 츨려 입고
물맹지 단속옷을 둘러입었수다.
열두폭 대홍대단 홑안치매에
구실둥이 줍ᄌᆞ구리 둘러입었수다.
코제비보선에 늬눈그려
감악창신을 둘러신었수다.
물맹지 한삼으로 츨리고
맹진국 애기가
물맹지 청너월을 둘러썼수다.
맹진국 애기가 부미님전이
"옥황상제님전이 가고 오겠수다."
인ᄉᆞ를 ᄒᆞ고 은주랑을 짚고
노각성ᄃᆞ리[31]를 타고 옥황으로 올라갔수다.
옥황상제님은 외ᄉᆞ랑 내ᄉᆞ랑에 들어앚았수다.
맹진국 애기가 옥황상제님께 엎더지고 절을 ᄒᆞ니,
"느네 할망은 누게고?"
"서개남 무광보살이우다."

29 五行六甲.
30 밀과 참기름을 섞어 끓인 머릿기름의 하나.
31 하늘로 오르내리는 상상의 다리.

"너희 아버지는 누구냐?"
"석해산 석해대왕입니다."
"너희 어머니는 누구냐?"
"북해송상입니다."
"네 이름은 무엇이냐?"
"석해산 명진국 애기라고 합니다."
"어느 날 어느 시에 태어났느냐?"
"병오년 정월 초사흗날 자시에 등극했습니다.
축시에 세상에 환생(還生)했습니다.
인시에 인간으로 태어났습니다."
"이제 너 몇 살이냐?"
"십오 세가 되었습니다."
"네가 세상에 앉아서 천리 보고
서서 만리를 본다 하니,
세상에 내려가서 인간백성 아이를 점지해라."
"소녀는 아무것도
배운 일도 들은 일도 없습니다."
"그건 네가 말을 잘못한 것이다.
아무리해도 너 말고는 누구도
세상에 가서 아이를 줄 자가 없다."
"그러하면 옥황상제님이
세상 할머님 법지법을 마련하여 주십시오."
"그런 건 두말하지 마라."
그리고 옥황상제님이
꽃삼월 초사흗날 명진국 애기한테
중선반에 은대야에 꽃씨 은씨 내어주고
"명진국 애기야, 세상으로 내려라."
할 때는 앞에 보니 애기 삼승을 내어주고,
뒤엔 걸레 삼승을 내어주고,

업개 삼승을 거느렸다.
다시 옥황상제님은
은가위 하나에, 참실 세 묶음에
꽃씨 은씨를 내어주니
명진국 애기는 사월 초파일날로
석해산을 내려오고
아버지, 어머님께 인사를 드렸다.
그렇게 하여,
이층 팔자집을 지어서는
문 안에는 애기보살을 거느리고,
문 바깥에는 업개보살을 거느렸다.
층계 위에는 걸레보살을 거느렸다.
명진국 애기가 절집 불당을 지어서는
할머님 절하는 불당을 모셨다.
중선반의 은대야에 꽃을 심었다.
꽃뿌리는 외뿔이다.
꽃가지는 사만오천육백가지를 벌렸다.
꽃가지 아래에는 꽃망울 맺혔다.
꽃망울 안에서 꽃이 피었다.
동으로 뻗은 가지는 동쪽나무이고,
지장대왕님이 받은 꽃이 무성하다.
서로 뻗은 가지는 서쪽나무이고,
북단명 꽃이 무성하다.
남으로 뻗은 가지는 남장수꽃이 무성하다.
할머님 받은 꽃은 일월이 놀아난다.
옥황상제님이 호적을 둘러보면서
생불을 내릴 때,
단명꽃에 진 애기는 단명(短命)을 한다.
남장수꽃이 무성한 애기는 장수(長壽)가 된다.

---

32 어린아이를 돌봐주는 삼신 할머니.
33 아기를 봐주는 사람.

"느네 아방은 누게고?"

"석해산 석해대왕이우다."

"느네 어멍은 누게고?"

"북해송상이우다."

"느 일홈은 뭣고?"

"석해산 맹진국 애기엥 흡네다."

"어느 날 어느 시에 나시니?"

"뱅오년 정월 초사을날 즈시에 등국했수다.

축시엔 금시상 도환싱 흐였수다.

인시엔 인간이 생불흐였수다."

"이제 느 몟술인디?"

"시오세가 되었수다."

"느가 금시상 앚아 천리 보고

스 만리 본다 흐니,

금시상 도느려서 인간백성 생불이나 주라."

"소녀는 아무것도

배운 일도 들은 일도 웃이우다."

"거, 느가 헛말이여,

아맹해도 느 말고는 누게라

금시상 강 생불 줄 즈가 웃다."

"그영흐건 옥황상제님이

금시상 할마님 법지법을 마련흐여 줍서."

"걸랑 두말 말라."

이제는 옥황상제님이

꽃삼월 초사을날 맹진국 애기신디

중선반에 은대양에 고장씨 은씨를 내여주고

"맹진국 애기야, 금시상 도느리라."

홀 땐, 앞인 보난 애기 삼싱³²을 내여주고

뒤엔 걸레 삼싱을 내여주고

업게³³ 삼싱을 거느렸수다.

따시 옥황상제님은

은ㄱ새 흐나에, 춤씰 석죄에

고장씨 은씨를 내여주난

맹진국 애긴 스월초파일날로

석해산을 느려오고

아바지 어머님께 선신문안을 드렸수다.

기영흐연, 이젠

이층경 팔제집을 짓어단에

문안엔 애기보살을 거느리고

문 뱃겼딘 업게보살을 거느렸수다.

층경 우티는 걸레보살을 거느렸수다.

맹진국 애기가 절간 불법집을 짓어단에

할마님 절배당을 무었수다.

중선반에 은대양에 고장을 숲었수다.

고장불히는 외불힙네다.

고장가지는 스만오천육백가지에 벌렸수다.

고장가지 아랜 동이 무잤수다.

동무진 아래는 고장이 피였수다.

동데레 벋은 가진 동개남이고,

지장대왕³⁴님이 받은 고장이 등성흡네다.

서레레 벋은 가진 서개남이고

북단맹³⁵ 고장이 등성흡네다.

남데레 벋은 가진 남장수³⁶ 고장이 등성흡네다.

할마님 받은 고장은 일월이 히롱흡네다.

옥황상제님이 호적을 둘러보멍

생불을 느리울 때

단맹고장에 진 애기는 북단맹을 흡네다.

남장수 고장이 등성흔 애기는 남장수가 됩네다.

---

34 地藏大王.

35 北短命.

36 南長壽.

북단명꽃에 둘러싸한 애기는 단명을 한다.
할마님이 애기를 내리는데
하루에도 수천만 명 애기를 내리운다.
할머님이 애기를 내릴 때는
옥황상제님의 호적을 들어보며
그 자손이 북단명 꽃에 둘러친 애기는
저승으로 보낸다.
할머님이 남장수 꽃에 둘러친 애기를
잉태해 주면 옥황상제님이 보고
천년만년 명 장수 시킨다.
할머님은 인간 백성 열다섯 십오 세가 되어
부부간 정을 섞어 살아가면
애기 어머니에 애기를 주었다.
일곱 달 반 짐, 열 달 찬 짐을 실어서
할머님이 배 바깥에서 애기를 낳게 했다.
할머님이 배 바깥에서 내온 자손을
옥황상제님이 탯줄을 대칼로 잘랐다.
탯줄을 참실 세 자로 동여매었다.
애기 낳은 지 사흘 되니

할머님이 쑥을 삶아서
애기 어머니 목욕을 시켰다.
애기 낳은 지 사흘 지나니
애기 주머니는 터진 방으로 가서 살았다.
애기 낳은 지 사흘 지나니
애기 어머니 젖을 일흔여덟 젖줄로 세워
애기 젖을 먹였다.
애기 배내옷을 지어 입혔다.
할머님 생신일은
초사흘 열사흘 스무사흘이다.
이렛날은 애기 요람에 눕혀두었다.
애기가 아프면 애기를 요람에 눕혀두고
초사흘 열사흘 스무사흘마다
할머님 전에 불공을 드립니다.
삼불두 명진국 할머님께서
이 자손 나이는 아무 살
아무 이름 일흔여덟 젖줄로
할머님이 오셔서 앉으십시오.

북단맹 고장에 둘러친 애기는 북단맹을 흡네다.
할마님이 생불을 ㄴ리우는디
ㅎ르에도 수천만맹을 생불을 ㄴ리웁네다.
할마님이 생불을 ㄴ리울 때는
옥황상제님의 호적을 들러보멍
그 ㅈ손이 북단맹에 둘러친 애긴
저싱데레 보냅네다.
할마님이 남장수고장에 둘러친 애기에
생불을 주민 옥황상제님이 보왕
천년만년 맹장수 시깁네다.
할마님은 인간백성 열다ㅅ 시오세가 되영
부배간 정을 섞엉 살아가민
애기어멍에 생불을 주었수다.
일곱둘 반짐, 열둘 춘짐을 실어서
할마님이 배뱄겼디 생불을 시겼수다.
할마님 배뱄겼디 내운 ㅈ손을
옥황상제님이 뱃똥줄을 대칼로 끄챴수다.
뱃똥줄을 춤씰 석죄로 줄라매엿수다.
애기 낭 사흘 되난

할마님이 속을 숢아서
애기어멍 목욕을 시겼수다.
애기 낭 사흘 넘으난
애기방석은 터진 방으로 간 술았수다.
애기 난 사흘 넘으난
애기어멍 ㅈㅅ을 일은ㅇ둡 ㅈ줄로 세완에
애기 ㅈㅅ을 멕엿수다.
애기 봇딧창옷을 지연 입엿수다.
할마님 생신일은
초사을 열사을 쑤무사을입네다.
일롓날은 애깃구덕 줄안 눅졌수다.
애기가 괴로우민 애길 구덕에 눅져두서
초사을 열사을 쑤무사을마다
할마님전이 불공을 흡네다.
삼불두 맹진국 할마님께서
이 ㅈ손 나은 선슬 아무가이
일은ㅇ둡 ㅈ줄로
할마님이 은등ㅎ영 점제흡서.

2. 죽은 애기를 보살피는 할망 〈저승할망본〉

저승할망의 아버지는 동해용왕 동경국이다.[37]
이 저승할망이
동해용왕 동경국 따님애기로 태어나
한두 살에 아버지, 어머니 몸에 불효를 하고
일곱 살 되는 해에는
무쇠장이를 불러다 은곽 녹곽을 짜고
동경국 따님애기를 들여앉혀,
죽으라고 바닷물에 띄워버렸다.
이 따님애기 바다에 띄울 때
은단병에 젖을 담고, 은같은 마마주술,[38]
금같은 마마주술을 물려주고[39]
일흔여덟 자물쇠를 채워 놓고
동해용왕에게 가도록 내리밀어버렸다.
동경국 따님애기는 곽 속에 들어앉아서
물 아래도 삼 년, 물 위에도 삼 년,
연삼년을 둥둥 떠다니면서
동쪽 바다 들 물결 서쪽 바다 썰 물결 떠다닌다.
동경국 따님애기가
동서바다 동글동글 타고 다니다가
청룡산을 넘었다. 황룡산도 넘었다.
아미산이라 하는 곳에 가서 저절로 밀려났다.
여기서 마침 인뱅사 인대감은 애기가 없어서
아미산에서 석 달 열흘 기도를 드리는 중에
무쇠뒤주가 올랐으니,
주워놓고 그냥 부술 수가 없어서

동개남 미양사 호도절간 중이대사를 불러다가
무쇠뒤주를 부수고 뒤주 뚜껑을 열어보니
달덩이 같은 아이가 앉았구나!
"네가 귀신이냐, 사람이냐?"
"귀신이 어떻게 이런 곳에 올 수 있습니까?"
"그러면 너는 부모가 있느냐? 성은 무엇이냐?"
"아버지는 동경국입니다.
나는 동경국 따님애기로서 한두 살에 불효하고
일곱 살에 무쇠석함에 담겨서
일흔여덟 자물쇠 통쇠를 채워
죽어라 동해용왕으로 띄워버리니
물 아래로 삼년, 물 위로도 삼년
연삼년을 둥둥 떠다니다가
이곳에 도착하였습니다."
"온 걸 보니 불쌍하다."
인뱅사 인대감이 말하기를
"어느 날, 어느 시에 태어났느냐?"
동경국 따님애기가 말하기를,
"삼구월 초아흐렛날 태어났습니다."
"불쌍하다.
너는 이제 저승할망으로 들어서라."
"왜 나는 옥황의 명진국 애기만큼
인격이 못나고 얼굴이 부족해서
저승할망으로 가라고 하십니까?
무슨 일로 소녀는 저승으로 가라고 하십니까?"

---

37 東海龍王 東京國.
38 은같은 마마 呪術.
39 금같은 마마 呪術.

저싱할망의 아방국은 동해요왕 동경국[37]이우다.
이 저싱할망이
동해요왕 동경국 뜨님애기로 나실 적이
흔두술에 아방 어멍 몸에 불효가 나고
혼일곱술 나는 해오년엔
무쇠쟁일 불러단에 은곽 녹곽을 추고
동경국 뜨님애길 들여앚져,
죽으라고 바당물레레 띄와불었수다.
이 뜨님애길 바당에 틔울 적인
은당팽에 줏을 질고 은준지[38]
금준지[39]를 물리고
일은ㅇ돕 통쇠를 체와놓고
동해용왕데레 간 ㄴ리밀려불었수다.
동경국 뜨님애긴 곽속에 들어앚인냥
물 아래도 삼년 물 우이도 삼년
연삼년을 동글동글 터댕기멍
동의 와당 들물쑐 서의 와당 쓸물쑐에 트고 댕깁네다.
동경국 뜨님애기가
동서와당 동글동글 트고 댕기단
청용산을 넘었수다. 황용산도 넘었수다.
아미산이라 흔 딜 간 지밀렸수다.
여기서 마춤 인뱅ㅅ[40] 인대감은 애기라 읍서
아미산에서 석돌 열을 수륙을 들이는 중에
무쇠두주가 올라시니,
봉가놓고, 그냥 파옥홀 수가 읏어서

동개남 미양ㅅ 호도절간 중이대ㅅ를 불러다가
무쇠두주를 파옥ㅎ고 두주쏘곱을 올련 보난
월궁신예가 앚았구나!
"느가 구신인댜 생인인댜?"
"구신이 어떵 응흔 고단 올 수가 십네까?"
"경ㅎ민, 느가 부미나 시냐? 성은 미신것고?"
"아방국은 동경국이우다.
나는 동경국 뜨님애기로써 흔두술에 불효나고
온일곱술에 무쇠석합에 담안
일은ㅇ둡 상거심[41] 통쇨 체완
죽으렌 동해용왕데레 띄와부난
물아래도 삼년 물우이도 삼년
연삼년을 동글동글 터댕기단
이 곳에 당도ㅎ였수다."
"온 걸 보니 불쌍ㅎ다."
인뱅ㅅ 인대감은 말을 ㅎ되,
"어느날 어느 시에 난댜?"
동경국 뜨님애기가 말을 ㅎ되,
"삼구월 초아으렛날 낫쑤다."
"불쌍ㅎ다,
ㄴ는 이제랑 저싱할망으로 들어ㅅ라."
"무사 난 옥황의 맹진국 애기만이
인격이 못나멍 얼굴이 부죽ㅎ연
저싱할망으로 가렌 ㅎ염쑤과?
미신 일로 소녀는 저싱을 가렌 ㅎ염쑤가?"

40 '인'은 성씨이고, '뱅ㅅ'는 사람의 이름인 듯.
41 '상'은 '上'이고, '거심'은 '거스르다'의 뜻으로 거꾸로 된 큰 물림의 뜻.

"아무리해도 너는 삼구월 초아흐렛날에 태어났으니
저승할망으로 밖에는 안 된다.
그러하면 이제부터 옥황상제님의 북단명꽃을
네가 차지하라."
"그럼 할 수 없지만, 억지로 하는 것은 아닙니다."
그리하여 동해용궁 따님 애기가
저승할망으로 갈라설 때에는
삼구월 초아흐렛날
아홉 구천왕을 거느리고
붉은 가위에 붉은 참실에
저승 구천나무 할망을 거느리고
저승으로 들어갔다.
명진국할망은 이승에 있고,
저승애기는 저승할망한테 바쳐가며
저승애기는 모두 저승으로 보낸다.
명진국할망은
이승에 자신이 내린 애기만
향물 삶아 목욕시키고 차지한다.
그렇게 하다가도
할망이 아차 잊어버리면
북단명꽃으로라도
그냥 생불을 주어버리면

옥황상제님은
그 애기를 저승으로 보내버린다.
명진국할망이
하루 수천만 명 애기를 내려 주면
옥황상제님은 자주 호적문서 둘러보며
할망이 잊어버리더라도
북단명꽃에 가서 애기를 내려 준 것이 있으면
저승할망에게 보내어 준다.
저승할망 생신일은
초아흐레 열아흐레 스무아흐렛날이다.
남장수꽃을 둘러친 애기라도
저승할망이 오라해서 귀신이 붙어
젖에나 기저귀나 요람에도 붙어 오면
그 애기가 괴롭거나 아프게 되면
저승할망 날로
초아흐레 열아흐레 스무아흐레 날을 받아
저승할망 길을 잘 닦으면
애기가 아팠다가도 빨리 나아서 좋아집니다.
그렇지 않으면 이승의
명진국할망이 노한 일이 있어서
애기가 아프거나 괴롭거나 한 것은
명진국할망에게 잘 빌어주면 살려줍니다.

"아맹ᄒᆞ여도 는 삼구월 초아ᄋᆞ렛날사 낳부난
저싱할망으로 백인 아니된다.
경ᄒᆞ메 이제랑 옥황상제님의 북단맹 고장을
느가 ᄎᆞ지ᄒᆞ라."
"게멘, ᄒᆞᆯ 수 읏이 막무관아니우다."
그영ᄒᆞ연, 동해용궁 ᄄᆞ님 애기가
저싱할망으로 갈라슬 때엔
삼구월 초아ᄋᆞ렛날
아옵 구천왕을 거느리고
붉은 ᄀᆞ새에 붉은 ᄎᆞᆷ씰에
저싱 구천낭긔할망을 거느리고
저싱으로 들어갔수다.
맹진국할망은 이싱에 신
저싱애긴 저싱할망신디 바쩌가멍
저싱애긴 ᄆᆞᆫ딱 저싱으로 보냅네다.
맹진국할망은
이싱에 임제 몸받은 애기만
상물 ᄉᆞᆷ안 목욕시기고 ᄎᆞ지ᄒᆞᆸ네다.
경ᄒᆞ당도
할마님이 아꼿 잊어불엉
북단맹 고장데레라도
강 생불을 주어불민

옥황상제님은
그 애길 저싱으로 보내여붑네다.
맹진국 할마님이
ᄒᆞᆯᆨ 수천만맹 생불을 주민
옥황상제님은 흔짓네 호적문셀 들렁보왕
할망이 잊어불엉이라도
북단맹 고장에 강 생불을 준 것이 시민
저싱할망신데레 보내여붑네다.
저싱할망 생신일은
초아ᄋᆞ레 열아ᄋᆞ레 쑤무아ᄋᆞ렛날이우다.
남장수 고장을 둘러친 애기라도
저싱할마님이 오랑 촉기되영
ᄀᆞᆺ에나 지성귀에나 구덕에라도 붙엉 오민
그 애기가 괴로우나 아픔이 되민
저싱할망날로
초아ᄋᆞ레 열아ᄋᆞ레 쑤무아ᄋᆞ렛날을 받앙
저싱할망질을 잘 치민
애기라 아팠당도 거씬 낫앙 조아집네다.
경아니ᄒᆞ영 이싱에
맹진국할망만 애든 일이 시영
애기가 아프다 괴로우나 ᄒᆞᆫ 건
맹진국할마님상에 잘 빌어주민 살려줍네다.

3. 생불 차지를 위한 두 할망의 내기 〈삼승할망본풀이〉

동해용궁 셋째딸애기가
한 살 때에 어머니 젖가슴 두드린 죄,
두 살 때에 아버지 수염 훑은 죄,
세 살 때가 되니 널어놓은 곡식을 흩트려버린 죄,
네 살 때에는 깨끗하게 빨아놓은 옷을 더럽힌 죄,
다섯 살에는 나는 어린 순 꼭지를 막아버린 죄,
죄를 다 만들어 무쇠석함을 짜서
그 안에 집어놓고
자물쇠 통쇠로 설컹 잠가서
귀양정배 아무데라도 가라고
용왕 황제국에 띄워버리니
물 위로 출렁출렁 삼년,
물 아래로 출렁출렁 삼년을 살았구나.
중간에도 삼년 출렁출렁 살아나
귀양정배 올 때에 무쇠석함에
글 삼제를 새겨서
"임보로 임박사 시대가 되거든 문을 여시오."
라고 하여 떡하니 새겨놓았더니 떠다니다가
청모래 백모래밭에 와서 걸린다.
모래밭에 있으니 임보로 임박사 시대가 오고
임박사는 물가의 백모래밭을 돌다가 보니
무쇠석함이 있다.
필시 사정이 있을 것이라 가 바라보니
"임보로 임박사 시절 되거든 문을 여시오."라는
글이 새겨져 있으니, 이거 분명히 사연이 있구나.
가서 보자하고 쇠시슬 통쇠 스르륵 열어보니

꽃 같은 애기씨가 있었구나.
"아이고. 너는 누구냐?"
"나는 동해용궁 셋째딸애기입니다." 하니,
"무슨 일로 여기로 왔느냐?"
"아버지 눈에 벗어나고 어머니 눈에 걸리니
귀양정배 보내버리니 여기까지 왔습니다."
"너, 잘하는 것이 무엇이냐?"
"아이고. 나는 아무것도 못합니다마는
시켜보십시오. 해보겠습니다."
하니,
"그러면 아직 우리 인간 세상에
인간 명진국할망이 없으니
네가 그러면 우리 집에 가서
우리 안부인 잉태를 시켜보아라."
"그럼 그렇게 하겠습니다."
임박사 안부인 잉태를 시킨다.
한 달, 두 달, 아홉 달, 열 달 만삭되어도
잉태시킬 줄은 알아도 해산시킬 줄은 몰라.
열 달이 넘어가니 애기 어머니도 죽을 사경,
뱃속에 있는 애기도 죽을 사경이 되어 가는데,
그때 임박사가 하도 갑갑하고 답답하여
임박사가 정성을 들여간다.
청결한 좋은 들로 산천 영기(靈氣) 보아 찾아가
두 이레 열나흘 동안 금바랑 소리로
옥황에게 하소연을 하는데 옥황상제님이,
"어떤 일로 인간이

---

42 三角鬚. 양 뺨과 턱에 삼각형을 이루어 난 수염.

동이용궁 말잿뜰아기

혼살쩍에 어머님 젓가심 두두린 죄

두 살쩍에 아바지 산각수[42] 훑은 죄

시살쩍은 나난 널은 날레 허데긴 죄

니살쩍은 당허니 뻬헌 입성 범을린 죄

다섯 살은 나난 댈차종자 우 막은 죄

죄를 다 마련하여 무쇠설각 짜

그 안더레 디려놓안

상거슴 통쇄로 절로 싱강 잠가놔

귀양정배 아무데라도 가렌

요왕황저국에 띄와부난

물로 위도 흥당망당 연 3년

물 아래도 흥당망당 연 3년 살암구나.

중간에도 연 3년 흥당망당 살아나

귀양 정배 올 때에 무쇠설캅에

글 삼제를 메기되어

'임보로 임박사시절 당허건 계문계탁'

엔 해연 딱허게 박여보난 떠댕기다

청몰래 백몰래왓데 완 걸어진다.

몰래왓대 이시난 임보로 임박사 시절 나난

임박산 차에 물가 백몰래왓디 돌단 보난

무쇠설캅이 있었고나.

필야곡절한 거엔 간 바래여보난

'임보로 임박사시절 당허건 계문계탁'이엔

글 삼제 박여시난 이거 필야곡절하다.

강 보저. 상거슴 통쇠 설랑하게 열안보난

꽃같은 아기씨가 있었구나.

"아이고 너는 누구냐?"

"나는 동해용궁 말제뜰아깁네덴." 흐난

"어떤 일로 이딜 오랐느냐?"

"아방 눈에 굴리나고 어멍 눈에 시찌 나난[43]

귀양정배 보내여부난 이까지엥 오랐읍네다."

"너 잘 흐는 것이 멋일러냐?"

"아이고 난 아무것도 못헙니다마는

시겨봅서. 허여보쿠댄"

영흐난.

"경흐건 아직은 우리 인간에

인간 명진국 할마님이 어시나난

널란 경하랑 우리집이 강

우리 안부인 포태(胞胎)나 시켜보라."

"어서 기영 헙서."

임박사 안부인 포태를 시깁대다.

한달 두달 아호열달 준삭되어도

포태시킬 줄은 알아도 해산헐 줄은 몰란

열달이 넘어가난 아기 어멍도 죽을 수경,

뱃속에 있는 아기도 죽을 수경이 되어가난

그때엔 임박사가 하도 갑갑하고 답답허난

임박사가 몸모욕 흐여간다.

챙결터 좋은 들로 산천영기 보안 촛앙가난

두 일레 열나흘동안 금바랑소리를

옥황데레 원정을 들어가난 옥황상저님이

"어떵헌 일로 인간에

43 부모의 눈에 벗어났다는 뜻의 상투적인 표현.

청원하는 원통한 백성이 있기에
두 이레 열나흘을 밤낮으로 옥황에게
금바랑 소리로 하소연을 하느냐?"
하니, 그때 선관도사가 인간 세상을 굽어보다가
임보로 임박사가 옥황에게 금바랑을 올리고 있더라.
"너는 어떤 일로
옥황에게 금바랑 소리를 울리느냐?"
"아이고! 우리 집의 안부인이
잉태되었으나 해산을 못해서
어머니와 애기가
죽을 사경이 되었습니다.
아이고, 해산시켜 줄 할머님이나
내보내어 주십시오.
옥황상제님이 하소연을 들어주십시오."
하여,
선관도사님은 옥황상제님 앞에 가서
임박사가 말한 대로 여쭈니
옥황상제님이 곰곰이 생각하여 보다가
"인간 세상에 가서 해산시키려 하면
아무나 가서는 그냥 해산도 못시키는데,
어느 누구를 인간에게 내보낼 까나."
생각 끝에 명전대왕 따님애기를 불러다,
"너, 인간 세상에 가서
해산시켜 주고 오너라."
하니,
"아이고.
내가 어찌 그런 중대한 일을
할 수가 있습니까?"
"일흔일곱 해 동안 배운 것이니
어서 가서 해산시켜 주고 오너라."

하니,
"아이고. 날 내보내려고 하시거든
내가 말하는 대로 차려주십시오.
남방사주 저고리에 백방사주 말바지 입고,
열두 폭 대홍대단 홑단치마도 주십시오."
외코 좁은 백농버선 나막창신 둘러 신고
만상족두리 호양미 감태 둘러쓰고
물명주 장옷 열두 단추를 달고
할망은 내려가려 하다가
"참실도 빨리 주십시오. 은가위도 내어주십시오.
금주랑 철죽대 은주랑 말죽대도 주십시오."
모두 차려와 주니 이곳 산으로 내려와서
임보로 임박사네 집으로 들어간다.
기둥에 가서 마패 물명주 치마 벗어 걸어두고,
북덕자리에 차려놓아
애기 어머니 상가마를 살살 열세 번 쓸어
애기 어머니 가슴을 쓸어가니
애기가 머리를 돌려간다.
그때 애기 어머니 열두 뼈가 모두 문이 열려
은가위로 애기 코 주둥이를 톡 건드리니
머리 받은 양수가 쏟아지며
할머님에게 작은 힘 큰 힘을 주며
임박사 안부인 없는 힘을 내두른다.
없는 힘이 솟아나와 고운 맵시 고운 기상 보이는
인간을 탄생시킵니다.
그때 다시 태반을 내와
애기와 어머니와 구분하고 참실로 탯줄을 묶어
은가위로 탯줄을 끊어
애기 목욕시켜 모두 구분지어 놓으니
동해용궁 셋째딸애기가 와서,

---

44 다수의 사람이 연달아 글을 써서 관청에 하소연하는 일.
45 좋은 명주로 지은 얼굴을 가리는 나들이 옷.

칭원허고 원통헌 백성이 있어나
두 일레 열나흘을 밤낮으로 옥황데레
금바랑소리로 등장[44]을 들엄시니?"
영ᄒ난 그때 선관도서가 인간에 굽언보난
임보로 임박사가 옥황데레 금바랑을 올렴더라.
"너 어떤 일로
옥황데레 금바랑소리 울리느냐?"
"아이고 우리집이 안부인
포태되어 해산 못해여
어멍과 아기에
죽을 사경되였수다.
아이고 해산시켜 줄 할마님이나
내보내어 줍센.
옥황성저님이 등장을 들엄수덴."
ᄒ난
선관도서님은 옥황성저님 전에 간
임박사 ᄀ른대로 여쭈시니
옥황성저님 곰곰들이 생각ᄒ연 보난
"인간에 간 해산시기젱 ᄒ민
아무나 강 경 해산도 못시기고
어느 누궤 인간드레 네보내코나."
생각 끝에 명전대왕 ᄄᆞ님애기 불러다
"너 인간에 가
해산시겨 두엉 오랜."
ᄒ난
"아이고
내가 어찌 그런 엄중한 일을
홀 수가 있습네가."
"이른일곱해 동안 배운 거
어서 강 해산시켜 두엉 오랜"

ᄒ난
"아이고 날 내보내커나
나 ᄀᆞᆮ는양 출려줍서.
남방사주 저고리에 북방사주 말바지 입고
열두복 대홍대단 홑단치매도 줍서."
외코 좁은 백농보선 나막창신 둘러 신고
만상족도리 호양미감태 둘러쓰고
물명지 장옷[45] 열두 단추를 달고
할마님은 내려사젠 ᄒ난
"참실도 혼제 줍서. 은ᄀᆞ새도 내여줍서,
금주랑 철죽대[46] 은주랑 말죽대도 줍서."
ᄆᆞᆫ뜩 출려와 주난 이곳 산으로 내려사난
임보로 임박사네 집에 날려 들어간다.
지동들에 간 마패 물맹지 치매 벗언 걸어두고
북덕자리[47]에 출려놓아
아기 어멍 상가매[48] 설설 열시번 실어
아기 어멍 오순이 실어가난
아기 머리에 돌려간다.
그 때에 아기 어멍 열두 뻬 다 문을 열려
은ᄀᆞ새로 아기 코 주둥이 주악 건드리난
머리 받은 물 시더지엉
할마님에사 아끈장석 한 장석 김을 주난
임박사 안부인 없는 장석 내ᄃᆞᆫ른다.
없는 힘이 내솟아 고운 맵시 고운 기상 그려나
인간 탄생 시깁대다.
그때엔 다시 조친건 내왕
아기왕 어멍광 갈란 참실로 배똥줄 묶언
은ᄀᆞ새로 뱃동줄 끊어
아기 몸모욕시겨 ᄀᆞᆸ 갈라시난
동이용궁 ᄆᆞᆯ젯딸애기 나산

---

46 할머님이 짚고 다니는 지팡이.
47 아기를 해산할 때 짚을 깔아놓은 자리.
48 머리 꼭대기의 소용돌이 머리털.

"어디 다녀와 보니 아이고 해산되었구나.
아이고, 내가 잉태 준 것을
어느 년이 와서 해산을 시켰느냐."
달려들어 머리를 잡고 매질하니
넋 나간 명진국할망은
옥황에게 올라가 옥황상제님 앞에 가서,
"아이고, 사실이 이러이러하여 올라왔습니다."
옥황상제가 불러간다.
"동해용궁 셋째 딸도 불러라.
명전대왕 따님애기도 불러라.
너희들 이라 오너라.
은동이, 놋동이, 주서리 나무그릇에
이렇게 물을 하나씩 줄 테니
이 물을 바닥에 부어서
이 물을 다시 은동이로 담아 보아라."
그 물을 아래 바닥에 비워 담는데,
명전대왕 따님애기는
그 물을 그릇들에 몽땅 담아 버리고,
동해용궁 셋째딸애기가 비운 물은
어느 동안 땅 아래로 스며들어버려
담을 수가 없다.
"너희들 이제는 꽃씨 한 방울씩 줄 테니,
이 꽃씨를 심어 거름 주고, 물 주어 키워보아라."
하니,
거름 주고 물 주어 키워놓은 것을 보니
명전대왕 따님애기가 심은 꽃을 보니
뿌리는 외뿌리에 가지가지 송이송이
사만오천육백가지 벌어지어
동으로 뻗은 가지는 동청목(東靑木)이고
서로 뻗은 가지는 서쪽나무 서백금(西白金)이요,
남으로 뻗은 가지는 남적수(南赤樹),

북으로 뻗은 가지는 북흑수(北黑水)가 되어,
파릇파릇 자라나고,
동해용궁 셋째딸애기가 심은 꽃을 보니
가지는 외가지 하나 나오고,
뿌리를 보니 아래로 뿌리만
사만오천육백가지 뿌리로 뻗었구나.
그때 옥황상제가 둘을 불러다 놓고,
"이걸 보나 저걸 보나 명전대왕 따님애기는
인간 명진국할망으로 들어앉아
피어있는 집안 자손에도 그냥 잉태를 주고,
가난한 집안 자손에게도 그냥 잉태를 주어
가지가지 송이송이 벌어지게 시켜주어라."
용해용궁 셋째딸애기를 불러다
"너는 저승 구천왕구불법으로 들어서서
명전대왕 따님애기가 잉태해주고 나두거든
세 달 만에 물과 피를 흐르게 하고,
다섯 달에 어머니 일곱 달, 아홉 달 만에
몸으로 내리게 하며,
법지법 마련하고, 그 다음에
애기 나온 지 사흘 만에, 이레 만에, 백일 만이나
애기 어머니가 애기 업고 다니거들랑
삼거리나 사거리나 놀다가
애기 젖 냄새 맞춰 달려들어
밤낮 우는 버릇도 불러주고,
밤이 되면 시간 맞춰 우는 버릇 들이게 하여 울게 하고,
낮이 되면 낮 역시 시간 맞춰 울게 하여
혼이 급하면, 혼이 늦으면
청풍청새 지어 불러주고,
애기 젖은 열다섯 십오 세 안의 애기들
서천꽃밭으로 데리고 가고."
법지법 마련하는 동해용궁 셋째딸애기,

---

49 아기를 데리고 가는 사자.

"댕기다 오란 보난 아이고 해산되었고나.
아이고 내가 포태 준 거
어느 년이 오라 해산을 시켰느냐."
날려들멍 머리 심언 매탁허니
넋난 명진국 할마님은
옥황드레 도올란 옥황상저님전에 간
"아이고 사실이 약햐약햐 ᄒ여 오랐읍네다."
옥황상제가 불러간다.
"동이용궁 말쨋뚤도 불러라.
명전대왕 따님애기도 불러라.
너네딜 이라 오라.
은동이 놋동이 주서리 남동이에
이레 물을 하나씩 주커메
이 물을 알들에 비와그네
이물을 다시 은동이로 담앙 보라."
그 물을 알뜰에 비완 담는게
명전대왕 따님애긴
그 물을 그릇들에 오못 땅땅 부어난
동이용궁 물쨋뚤애기 비온 물은
어느 동안 땅 알래레 숨어버련
담을 수가 없고.
"너네딜 이제랑 꽃씨 한 방울씩 주커메
이 꽃씨 심거 수둠 주고 물 주어 키와보랜."
허난
수덤 주고 물 주어 키움는 것 보난
명전대왕 뚤님애기 심근 꽃은 보난
불리는 외불리에 가지가지 송애송애
ᄉ만오천육백가지 버러지어
동딜에 벋은 가진 동청록이고
서더래 벋은 가지 서과냥 서백금이요
남더래 벋은 가진 남장수

북더래 벋은 가진 북하수나 되었,
프룩프룩 자라나고
동이용궁 말쨋뚤아기가 심근 꽃은 보난
가지는 외가지 하나 나오고,
불리는 보난 알로 불리만
ᄉ만오천육백가지 불리로 벋었구나.
그 때엔 옥황상제가 둘이 불러다 놓아
"이걸 보나 저걸 보나 명전대왕 뚜님아기랑
인간 명진국 할마님으로 들어상
피인 집안 자손에도 강 포태를 주고
가난한 집안 자손에도 강 포태 주어
가지가지 송애송애 벌어지게 시겨주라."
동이용궁 말쨋뚤애긴 불러다
"널라근 저승 구천왕구불법[49]으로 들어사그나
명진대왕 뚜님애기 포태주엉 나두거든
석달만에 물로 피를 흘르게 ᄒ고
다섯달 어멍 일곱달 아홉달 만이나
몸천으로 나리게 하며
법지법 마련허고 널라그네
아기 나은 사흘만이 일레만이 백일만이나
아기어멍 아기 업엉 댕겨글랑
삼도전 시커리나 사도전 니커리나 놀다가
아기 젖냄새 맞차 딸라들어
토로락징도 불러주고
밤이 되면 밤 역시 ᄒ여 도락[50]해여 울개ᄒ고
낮인 되민 낮 역시 ᄒ여 울게 ᄒ고
혼사를 급현매 혼일레 늦은매
정풍청새 지엉 불러주고
아기젖은 열다섯 십오세 안의 아기들
서천꽃밭데레 돌앙가고"
법지법 마련허던 동이용궁 말젓뚤아기,

---

50 위의 '토호락징'의 준말.

명전대왕 따님애기 한 달 여섯 번 상을 받아
초사흘 초이래 열사흘 열이레
스무사흘 스무이레. 이때 되면 상 받아
열다섯 안에 애기들 아프면
날도 달도 안 보고
이날은 가서 할머니 상 차려놓고 빌고
떡도 드리고 하면 좋고,
구삼승 상 받는 날은

초아흐레 열아흐레 스무아흐레 날에
구삼승 동해용궁 셋째딸애기 상 받는
법지법을 마련하였다.
그 법으로 이공 서천 도산국
법을 마련하였다.
할머니와 동해용궁 셋째딸애기
난산국 본산국 시주 낙향 본이다.

삼승할망

명전대왕 뜨님애기 한달 여섯 번 상을 받아
초사흘 초일레 열사흘 열일레
스무사흘 스무일레 이 땐 되민 상 받앙
열다섯 안에 아기털 아프민
날도 달도 아니보아
이날인 강 할마님 상 찰려놓아 빌고
떡도 디리고 허민 좋고
구삼싱 상 받는 날은

초아흐레 열아흐레 스물아흐렛날랑
구삼싱 동이용궁 말젯뜰아기 상받으렌
법지법을 마련하였수다.
그 법으로 이공 서천 도산국
법을 마련흐였수다.
할마님과 동이용궁 말젓뜰아기
난산국 본산국 시주 낙향 본이외다.

용궁부인

4. 대별상을 무릎 꿇게 한 삼승할망 이야기 〈할망본〉

삼승할아방 천주보살, 삼승할망 지장보살,
삼승아방 석해대왕, 삼승어멍 석해여래,
할마님은 명진국 따님애기,
삼진정월 초하루 날 자시생(子時生)이다.
꽃이 좋은 꽃삼월 열사흗날 등극하였다.
옥황상제 대명왕이 임수를 새겼다.
대명왕이 분부를 주기를
"세상에 내려와 인간 아기를 내려 주어라."
"그렇게 하겠습니다."
쉰대자 땋은 머리를 얹어
앞에는 은비녀, 뒤에는 놋비녀,
남방사지 붕애바지, 열두 폭 금새허리
대공단 홑단치마, 구슬둥이 겹저고리,
코재비버선에 내눈콧댕이를 둘러 신고,
은가위를 품에 품고
한쪽 손에 참실 세통을 쥐고
한쪽 손엔 은주령 막대기를 짚고
구덕삼승 거느리고 걸레삼승 거느리고
업개삼승 거느리고 일곱 삼보살을 거느리고
잎이 좋은 잎 사월달 초파일날에
지금 세상에 금법당의 생불땅 석해산에
무쇠금당으로 토성(土城)을 두르고,
누룩으로 내성(內城)을 두르고
열두 지옥문을 잡고
옥황상제 대명왕의 분부를 받고
서천꽃밭에 올라서서 꽃씨를 따다가
할망 앞에 오색창을 달았다.
문 안에서 오행팔괘(五行八卦)를 둘렀다.

문 밖에는 단수육갑을 짚었다.
앉아서 천리를 본다. 서서 만리를 본다.
상통천문(上通天文) 하달지리(下達地理)를 한다.
동개남의 지장대왕 거느리고,
서개남의 생불보살 거느리고,
건삼절로 남자애기 내려주고,
곤삼절은 여자애기 내려주고,
할망 앞에 생불꽃은 뿌리 아래 나무 나고,
나무 아래는 가지 나고, 가지 아래는 잎이 돋고,
앞 아래는 꽃 피어, 꽃 아래는 꽃봉오리 맺어
뿌리를 보니 한 뿌리 나무를 보니 한 나무,
가지를 보니 사만오천육백가지 벌어지고,
동청목(東靑木)은 서백금(西白金)
남적화(南赤火)는 북흑수(北黑水)
천지중앙 윗가지는 할머님 자손
환생꽃, 창백꽃, 번성꽃이 등성하였다.
하루는 뜻밖에 어전국 대별상 마누라님이
태기를 주려고 큰길로 내리더니,
큰길로는 대장행차가 있어
할망은 여자의 길이 되어서
길 아래로 내려서고 본즉,
대별상 마누라님
억만 대병을 거느리고 넘어가니
할망은 대별상 대부인네
석 달 열흘 태기를 주어두고
할망 전에 석해산에 올라서고 보니
할망 자손 얼굴이 천하일색이었는데
좋은 얼굴이 없어지고,

삼싱할으방 천주보살 삼싱할망 지장보살
삼싱아방 석해대왕 삼싱어멍 석해여래.
할마님은 맹진국 뜨님애기
삼진정월 초ᄒᆞ룰날 ᄌᆞ시생이우다.
꼿이 좋은 꽃삼월 열사흘날 등국ᄒᆞ였수다.
옥황상제 대명왕이 임수를 제겼수다.
대명왕이 분부를 주되.
"금시상에 도느려 인간 생불을 주라."
"그영 ᄒᆞ겠수다."
쉰대자 수패건지를 ᄋᆞ자,
앞이는 은빗네, 뒤에는 놋빗네,
남방ᄉᆞ주 붕애바지 열두폭금새호리
대공대단 홑단치매 구실둥이 줍저구리
코제비보선에 네눈이콧댕이를 둘러신고
은ᄀᆞ새를 쿰에 쿰고
ᄒᆞᆫ착 손에 춤씰 석쵤 죄고
ᄒᆞᆫ착 손엔 은주령막대기를 짚으고
구덕삼싱 거느리고 걸레삼싱 거느리고
업게삼싱 거느리고 일곱 삼보살을 거느리고
섶이 좋은 섶ᄉᆞ월달 초파일날로
금시당에 금법당의 생불땅 석해산에
무쇠금당으로 토성을 둘르고
누룩으론 내성을 둘르고
열두 지옥문을 심고
옥황상제 대명왕의 분부를 맡고
서천고장밧에 올라ᄉᆞ고 고장씨를 타단에
할망 앞에는 옥새창을 둘렸수다.
문안에서 오행팔괄 둘렀수다.

문뱅이는 단수육갑을 짚었수다.
앚아 천리를 봅네다. ᄉᆞ고 만리를 봅네다.
상통천문 하달지리를 ᄒᆞᆸ네다.
동개남의 지장대왕 거느리고
서개남의 생불보살 거느리고
건삼절로 남중보살 생불주고
곤삼절은 여중보살 생불주고,
할망 앞이 생불고장은 불휘 아래 낭기 나고
낭 아래는 가지 나고 가지 아랜 섶이 돋고
섶 아래는 고장 피여, 고장 아래는 동이 못아.
불휘 보난 ᄒᆞᆫ불휘 낭도 보난 ᄒᆞᆫ낭
가진 보난 스만오천육백가지 ᄇᆞ려지고
동청목은 서백금
남적화는 북흑수
천지중앙 상가지는 할마님 ᄌᆞ손
환생고장 창백고장 번성고장이 등성ᄒᆞ였수다.
ᄒᆞ룰날은 해움엇이 어전국 대벨상 마누라님전이
태길 주젱 대해로 ᄂᆞ리더니
대해론 대장행ᄎᆞ가 당ᄒᆞ니
할마님은 예ᄌᆞ질이 되어서
길 알로 ᄂᆞ려ᄉᆞ고 본즉
대벨상 마누라님
억만대병을 거느리고 넘어가니
할마님은 대벨상 대부인네
설둘열을 태기를 주어두고
할마님전에 석해산에 온라ᄉᆞ고 ᄇᆞ니
할마님 ᄌᆞ손 얼골이 천하일색이랐는데
좋은 얼골이 엇언,

박박 얽은 속돌화리가 되고,
불에 그슬린 나무토막이 되고
더러워서 볼 수가 없으니,
대별상이 만삭이 되자
열 달에 해산을 안 시키고,
열두 달에 해산을 안 시켜주고,
스물넉 달에 해산을 안 시켜주고,
애기 어머니가 머리로 밭을 갈아
죽을 지경이 되었다.
대별상이 석가여래한테 점을 쳐 보니까
"할망이 노하고 애달아서
해복을 안 시켜준다."
"그러면 어떡하면 좋을까?"
"할망 앞에 굽히고 굴복을 하시오."
대별상이 고깔을 쓰고, 장삼을 입고,
바랑을 치고, 석해산에 올라서서
문 밖에서 낮도 이레 굴복을 하고
밤도 이레 굴복을 하고.
두 이레 열나흘이 되니
업개삼승이 내려와 말하기를
"대별상의 마누라. 어떤 일입니까?"
"너희 할마님이 있느냐?"
"예. 있습니다."
"가서 문안 말씀 여쭈어라."
"그건 그렇게 하겠습니다."
"할마님아, 할마님아.
대별상의 마누라님은 문 바깥에서
밤도 이레, 낮도 이레 두 이레 열나흘을 굴복하며
할마님 앞에 문안 말씀 여쭈라고 합니다."
"야! 그럴 일이 있어.
열두 지옥문을 열어줘라."
그러자 대별상이 문문마다 빌어가며
금마당에 들어가니

한 무릎은 돋우어 꿇고, 한 무릎은 접어 꿇고,
할망한테 굽어 굴복을 하는데.
할망이 말씀하기를
"대별상은 어떤 일로 나한테 굴복하는가?"
대별상이 말하기를
"할마님이 무슨 섭섭한 일이 있어서
내 자손을 열 달에 해복을 안 시켜주고
열두 달에 해복을 안 시켜주고,
스물넉 달에 해복을 안 시켜주고,
애기 어머니가 머리로 밭을 갈아
죽을 사경이 되었습니다.
내 자손을 해복을 시켜 주십시오."
할망이 말씀하기를
"대별상이 마누라님은 어떡하여
내 자손의 본디 모양이 좋았는데,
고운 얼굴 얽게 하고 박박 얽은 속돌화리
불 그슬린 나무토막을 만들어 놓았소.
더러워서 볼 수가 없으니
서신국 자손인들 해복을 시켜줄 수가 있을까."
"과연 잘못하였습니다."
대별상이 말씀하기를
"할마님아. 그러면 할망 자손의 좋은 얼굴을
내어주면 해복을 시켜 주겠습니까?"
"그건 그리 합시다."
이렇게 대별상이 올라서고
일만 군졸 거느리고
삼천군병 거느리고
억만대병 거느리고
선배나리 선봉대장 거느리고
후배나리 후배대장 거느리고
영기지기, 몸기지기, 파랑기, 당두기,
영사명기 거느리고 군문 잡아 내려서고,
침방으로 좌정하고.

복복 얽은 속돌화리가 되고
불기신 낭토막이 되고
더러워 브랠 수가 엇이니,
대밸상이 포암을 흐자
열둘에 해복을 아니시겨 주어
열두둘에 해복을 아니시겨주어
쑤무넉둘에 해복을 아니시겨 주어
애기어멍이 머리로 밧을 갈아
죽을지경이 되어.
대별상이 석해열이안티 점을 치여 보난
"할마님이 노흐고 애둘아서
해복을 아니시겨준다."
"게멘 어떵흐민 좋으리!"
"할망 앞이 굽엉 굴복을 흡서."
대밸상이 송낙을 씨고, 장삼을 입고,
바랑을 치고, 석해산에 올라스고
문 뱃에서 낮도 일뢰 굴복을 하고
밤도 일뢰 굴복을 흐고.
두 일뢰 열나흘이 되니
업게삼싱이 느리고 말을 흐되,
"대뻴상의 마누라 어떵흔 일이우꽈?"
"느네 할망이 시냐?"
"예, 싯수다."
"강 문안말씀 여쭈우라."
"게멘 그영흡주."
"할마님아 할마님아,
대뻴상의 마누라님은 문뱃겻딜로
밤도 일뢰 낮도 일뢰 두일뢰 열나을 굴복흐멍
할마님전이 문안말씀 여쭈우렌 흐염쑤다."
"야! 경흘 일이 싯져,
열두 주옥문을 올려주라."
니세븐 내뻴상이 문분마다 빌어가멍
금마당에 들어가니

흔 독무립은 도두꿀고 흔 독무립은 저비꿀고
할망안티 굽엉 굴복을 흐여가니.
할마님 말씀흐되,
"대별상은 어떵흔 일로 나신디 굴복인고?"
대뻴상이 말을 흐되,
"할마님이 미신 일이 애둘은 일이 시연
내 주손을 열둘에 해복을 아니시겨주고
열두둘에 해복을 아니시겨 주고
쑤물넉둘에 해복을 아니시겨주고
애기어멍이 머리로 밧을 갈아
죽을스경이 되었수다.
내 주손을 해복을 시겨 줍서."
할머님이 말씀흐되,
"대뻴상이 마누라님은 어떵흐연
내 주손에 본디 서늉이 좋아낫는되,
곤 얼골 엇게 흐고 복복 얽은 속돌화리
불그신 낭토막을 맹글아 놓왕,
더러와서 브랠 수가 엇이니
서신국 주손인들 해복을 시겨 줄 수가 시랴."
"과연 잘 못흐였수다."
대뻴상이 말씀흐되,
"할마님아, 게민, 할망 주손에 좋은 얼골
내와주민 해복을 시겨 줄쿠과?"
"걸랑 그영 흡서."
이젠 대뻴상이 올라스고
일만군줄 거느리고
삼천군벵 거느리고
억만대뱅 거느리고
선배 나리 선봉대장 거느리고
후배 나리 후배대장 거느리고
영기지기, 몸기지기, 파랑기, 당두기,
연새명기 거느리고 군문잡아 느려스고
침방으로 좌정흐고.

할망 자손 불러다가 사흘 눕혀 사흘 잠재워,
사흘 솟아나게 하여 사흘 불리어,
열이틀 열사흘 되니
전처럼 아주 좋은 얼굴 닦아두고,
애기 눈에 청가루, 백가루,
사방으로 걸음걸이 할 수가 없어.
이제는 할망이 노하여
서신국 대별상은
할망 오시는 길에 정성들여 마음먹고
마름꽃자리를 한 방에
은주술, 금주술 다리를 놓으니
할망은 방으로 들어가다가
주술에 주르르 미끄러져 내리니,
할망이 말하기를
"우리는 이런 좋은 방안으로 다녀본 적 없다.
부엌에 내려서고 보리 짚 한 묶음 가져오너라."
보릿짚을 깔아놓고 애기 어머니 앉혀놓고,
할망이 근가위로 애기 어머니 뼈끝마다
살끝 마다 잘라 물려 앉혀 두고,
할망이 은 같은 손으로
애기머리 삼세번을 쓸어내리니
애기가 깜짝깜짝 세 번을 놀라서
애기머리 돈으니까 할망의 땀끝이 나,
애기 어머니 열두 구멍문을 열어
해복을 시켜주고,
애기는 종이막 씌워진 채 놓아두고,
할망은 석해산에 올라서고
대별상은 애기 해복한 걸 보니
뒤웅박도 아니고 나무바가지도 아니라.
사람의 얼굴이 없어 대별상이 말하기를
"할머님이 어딜 갔느냐?"
"모릅니다."
한 사흘, 한 이레 기다려도 안 온다.

찾아보니 할망은 석해산에 올랐구나.
대별상이 고깔을 쓰고, 장삼을 입고,
바랑을 치고, 석해산에 올라서서
밤도 이레, 낮도 이레 굴복을 하고,
두 이레 열나흘이 되니,
업개삼승이 나와 말하기를
"대별상이 마누라, 어떤 일입니까?"
"너희 할마님 문안에 있느냐?"
"예, 있습니다."
"문안 말씀을 아뢰어라."
"할머님아, 할머님아. 대별상이 마누라가
문 밖에서 굴복을 하고 저번처럼
문안 말씀 아뢰라고 합니다."
"열두 군문을 열어주어라."
대별상 마누라가 문문마다 굽어들며
굴복을 하여 금마당에 들어오니,
할망은 둥근 방석 하나를 털어 내어주니
대별상이 한쪽 무릎은 돋우어 꿇고
한쪽 무릎은 접어 꿇어 굴복을 하니,
할망이 말씀하기를
"대별상 마누라.
또 어떤 일로 나한테 굴복합니까?"
"할머님아. 그러한 말씀 하지 마십시오.
할머님이 내 자손을 해복시켜 주어
지극히 황송하다마는
내 자손 얼굴을 보지 못하였습니다.
내 자손 얼굴 보게 하여주십사고 굴복합니다."
할망이 말씀하시기를
"서신국 대별상도
내 자손 전의 얼굴 내어주어서 고마운데,
어떡해서 내 자손 눈에 청가루, 백가루 덮어
눈동자 문을 잠가 사방으로 발걸음을 못나게 하니
열두 뼈를 갖추어 낳은 보람이 없으니

할망ᄌ손 불러다가 사을 눅져, 사을 줌재와,
사을 솟져, 사을 불려,
예레틀 열사을 되니
전광 일체 좋은 얼골 닦겨두고,
애기눈에 철ᄀ리 백ᄀ리
ᄉ군문에 걸음발 홀 수가 엇어.
이제는 할마님이 노ᄒ여.
서신국 대벨상은
할마님 오시는 질헤 정성ᄒ고 ᄆ심먹언
능화자리ᄒᆫ 구둘에
은준지 금준지 ᄃ릴 놓니
할마님은 구둘로 들어가단
준지에 좌륵기 느끼련 느려지니,
할마님이 말을 ᄒ되,
"우리는 웅ᄒᆫ 좋은 방안으로 댕겨본디 웃다.
정짓간에 느려ᄉ고 보릿낭 흔뭇 ᄋ져오라."
보릿낭글 끌 아놓고 애기어멍 앚져놓고
할마님이 은ᄀ새로 애기어멍 꽝끝마다
술끝마다 끄차, 물려앚져 두고
할마님이 은ᄀᆯ은 손으로
애기머리 삼시번을 씰ᄄᆞ리난
애기가 주악주악 시번을 노래연
애기머리 도지난 할마님이 뚬끗이 나,
애기어멍 열두구해문이 울려
해복을 시겨두고,
애긴 종이봇 씨와진 채 놓아두고
할마님은 석해산에 올라ᄉ고
대벨상은 애기해복ᄒᆫ 걸 보니
두웅박도 아니고 낭박새기도 아니라.
사름의 얼골이 엇어. 대벨상일 말을 ᄒ되,
"할마님이 어딜 가시니?"
"몰르쿠다."
ᄒᆫ 사을 ᄒᆫ 일뢰 지드려도 아니오라.

츳사보난 할망은 석해산이 올랐구나.
대벨상이 송낙을 씨고 장삼을 입고
바랑을 치고 석해산에 올라ᄉ고,
밤도 일뢰 낮도 일뢰 굴복을 ᄒ고,
두일뢰 열나을이 되니,
업개삼싱이 나오고 말을 ᄒ되,
"대벨상이 마누라 어떵ᄒᆫ 일이우꽈?"
"느네 할마님 문안에 시냐?"
"예, 싰수다."
"문안 말씀을 솔라."
"할마님아 할마님아 대벨상이 마누라가
문뱃이로 굴복을 ᄒ고 전번에ᄎ록
문안말씀 술우랜 ᄒ염쑤다."
"열두군문 올아주라."
대벨상 마누라가 문문마다 굽엉들멍
굴복을 ᄒ여 금마당에 도ᄂ리니,
할마님은 돌래방석 ᄒ나 털언 내여주니
대벨상이 ᄒᆫ착 독ᄆ립은 도드꿀고
ᄒᆫ착 독ᄆ립은 저비꿀려 굴복을 ᄒ여가니,
할마님 말씀ᄒ되,
"대벨상 마누라,
또시 어떵ᄒᆫ 일로 나신디 굴복이우꽈?"
"할마님아, 그영ᄒᆫ 말씀 맙서,
할마님이 내 ᄌ손을 해복시켜 주어
지극히 황송ᄒ우다마는
내 ᄌ손 얼골을 보지 못ᄒ쿠다.
내 ᄌ손 얼골 보게 ᄒ여줍센. 굴복이우다."
할마님이 말씀ᄒ되,
"서신국 대벨상도
내 ᄌ손 전잇 얼골 내와주언 고마웁되,
어떵ᄒ나 내 ᄌ손 눈에 청ᄀ리 백ᄀ리 덖어
동ᄌ문 중가 ᄉ군문에 걸음발을 못내ᄒ니
열두신짱 곳게 난 보람이 엇이니

이런 억울한 일이 어디 있습니까?
서신국 자손도 얼굴을 내어주지 못하겠습니다."
대별상이 말하기를
"과연 잘못하였습니다.
그러면 할마님 자손의 동자문(童子門)을 열어
군문에 발걸음을 시켜주면
내 자손 얼굴을 보여주시겠습니까?"
할망이 말하기를
"그럼 그렇게 합시다."
이렇게 대별상 마누라가
물명주 한 쌈, 강명주 한 쌈 하여서
애기 눈을 좌우 세 번 씩 쓰다듬어주니
애기 동자문이 열려서
애기가 사군문에 걸음을 해가니
할망이 기뻐하고.
이번에는 할망이 대별상의 군문으로 가서
서신국 자손을 안아보니
애기종이 물이 말랐구나.
할망이 근가위로 종이막을 잘라서 벗겨버리니
서신국 자손 얼굴이 훤하다.

서신국의 자손 얼굴을 보니
한이 없이 기뻐하는 법이다.
할망은 참실 세 묶음으로 애기 탯줄을 잘라 묶고,
은가위로 탯줄을 끊자,
덕든산에 산샘이물을 들여와서,
산샘이물을 솥에 넣어 불을 피워 물을 끓인다.
들의 숙을 넣어라.
애기 어머니 머리 목욕, 몸 목욕을 시켜라.
애기는 솜으로 감싸서 채롱짝에 눕혀라.
배내옷을 입혀라. 유모 정해라.
애기 어머니 젖가슴을 열어라. 젖줄 당겨라.
애기 젖 먹여라.
이 자손은 동으로 뻗은 애기니 부자로 살아라.
이 자손은 서로 뻗은 애기니 가난하게 살아라.
이 자손은 남으로 뻗은 애기니 명장수(命長壽)하라.
복장수(福長壽)하라.
이 자손은 북으로 뻗은 애기니 단명(短命)하라.
저승 구할망과 제축하라.
정끼 정풍 정새 제축하라.

이런 칭원흔 일이 어디 시우꽈?
서신국 ㅈ손도 얼골을 내와주지 못ㅎ쿠다."
대벨상이 말을 ㅎ되,
"과연 잘 못ㅎ여졌수다.
게멘 할망 ㅈ손에 동ㅈ문을 올려
군문에 걸음발을 시겨주민
내 ㅈ손 얼골을 배와주쿠과?"
할마님이 말을 ㅎ되,
"걸랑 그영 흡서."
이제는 대벨상 마누라가
물맹지 흔씀, 갱맹지 흔씀, ㅎ연
애기눈을 외우 ᄂ다 시번쓱 어름씨난
애기 동ㅈ문이 올려서
애기가 ᄉ군문에 걸음발을 일라가니
할마님이 지꺼지고.
이번에는 할마님이 대벨상에 군문으로 간
서신국 ㅈ손을 안아보난
애기종이봇물이 몰랐고나.
할마님이 은ᄀ새로 종이봇을 ᄀ산 벳겨부난
서신국 ㅈ손 얼골이 훤ᄒ다.

서신국이 ㅈ손 얼골을 보니
흔이 엇이 지뼈ᄒ든 법이우다.
할마님은 춤씰 석죄로 애기뱃도롱줄 즐라매여
은ᄀ새로 뱃도롱줄을 ᄁ차,
덕든산에 산샘이물을 들러오라,
산샘이물을 솔디 놓완 불을 숨앙 물을 꾀우라.
세경속을 드리라.
애기어멍 머리목욕 몸목욕을 시기라.
애기랑 소개로 ᄁ령 차롱착에 눅지라.
못디창옷 입지라. 유모 정ᄒ라.
애기어멍 ㅈ가심을 올리라. ㅈ줄 둥기라.
애기 ㅈ멕이라.
이 ㅈ손은 동드레 벋은 애기여 부제로 살라.
이 ㅈ손은 서레레 벋은 애기여 가난ᄒ게 살라.
이 ㅈ손은 남데레 벋은 애기여 맹장수 ᄒ라.
복장수 ᄒ라.
이 ㅈ손은 북데레 벋은 애기여 단맹ᄒ라.
저싱구할망이랑 제추[51] ᄒ라.
정끼 정풍 정세 제추ᄒ라.

---

51 문맥상 '제사하여 빌어라'인 듯.

원문 출처

세경본풀이   진성기, 『제주도무가본풀이사전』, 민속원, 1991.

오구굿   서대석, 『동해안무가』, 형설출판사.

초공본풀이   현용준, 『제주도무속자료사전』, 신구문화사, 1980.

원천강본풀이   赤松智城·秋葉隆, 심우성 역, 『조선무속의 연구』, 동문선, 1991.

원천강본   진성기, 『제주도무가본풀이사전』, 민속원, 1991.

제2부

모험을 떠난 여신들

1장

운명을 개척한 세경신

〈세경본풀이〉

세경신 자청비가 이루어낸 사랑과 운명의 여정을 이야기하는 〈세경본풀이〉. 엄청난 수륙공양과 백일치성으로 태어난 자청비는 문국성 문도령과의 사랑을 위해서 부모에게 쫓겨나 인간세상에서 천상으로 찾아가고, 힘든 여정 끝에 사랑을 이루어 다시 인간세상으로 돌아오지만 끊임없는 밀려오는 고난으로 결국 문도령과의 인연을 뒤로한 채 세경신으로서 이 운명을 선택한다.

상세경 문도령, 중세경 자청비, 하세경 정수남이 펼치는 천상과 지상을 넘나드는 화려한 대장정은 인간 세상으로 오곡씨를 가지고 온 자청비와 자청비의 믿음과 사랑을 깨닫지 못해 끝내 돌아서게 만들어버리는 문도령, 그리고 목축신이 되어 자청비와 함께 세상을 다니는 정수남의 이야기로 펼쳐진다.

운명을 개척한 세경신 〈세경본풀이〉

세경본을 풉니다.
세경할아방은 동해바다 김진국 노불(老佛)이다.
세경할망은 서해바다 조진국 노불이다.
세경아방은 수영대장 녹복 전상이다.
세경어멍은 전제석궁 외동딸이다.
상세경은 문도령이다.
중세경은 자청비다.
하세경은 정수남이다.
김진국 대감과 조진국 부인이
열다섯 십오 세에 부부를 맺어
삼십년이 가까워도 한 명의 혈육도 없어서
걱정하고 있었다.
춘삼월 호시절이라
김진국과 조진국은 꽃구경을 나가니
어미 본 나비는 어미 품에 너울너울,
아비 본 나비는 아비 품에 너울너울.
꽃나무 아래에서 어떤 거지 부부가
세 살 난 아기 하나를 보면서
배꼽이 빠지도록 크게 웃고 있구나.
"저런 거지도 애기 하나를 놓고
크게 웃음을 웃는데,
나는 무슨 일로 애기 하나가 없는고?"
김진국 대감이 말을 하기를,
"조진국 부인. 집으로 먼저 가시오.
나는 저기 바둑 장기 두는 데서 더 놀다 가겠소."

"그럼 그렇게 하시오."
조진국 부인은 집으로 돌아가고,
김진국 대감은 바둑 장기 두는 곳으로
발을 돌려 걸어가니, 바둑 두던 노인네들은
"아이 없는 김 대감이 온다."
하며 바둑 장기 치워버리는구나.
김진국 대감은 그걸 보고
어이없고, 가치 없어
집으로 돌아와 안사랑에 들어가
문을 걸고 드러누웠구나.
조진국 부인은 눈치를 차리고 나서
저녁밥을 지어놓고,
"김진국 대감님. 저녁밥을 드십시오."
"난 저녁 먹을 생각이 없으니
아무 말도 하지 마시오."
"김진국 대감님. 저녁밥을 드십시오.
우리도 웃을 일이 있습니다."
김진국은 그 말을 듣고 저녁밥을 먹으니,
조진국 부인은 은단병에 서단마개를 막고
참실로 병모가지를 졸라매고
이리 굴렸다가 저리 굴렸다가 하면서,
"김진국 대감님. 이거 보십시오.
정말 우습지 않습니까?"
"조진국 부인. 그게 무슨 웃을 일입니까?"
김진국과 조진국은 눈물로 세수를 하고 있는데,

---

1 '노'는 '北', '불'은 '붉'의 원뜻이다. 이는 日神에서 비롯한 '붉神道'를 뜻한다.
2 秀穎大將. 벼, 수수이삭이 잘 여무는 대장.

세경본을 품네다.
세경할으방은 동이와당 짐진국 노불[1]이우다.
세경할망은 서이와당 조진국 노불이우다.
세경아방은 수영대장[2] 누비[3] 전상이우다.
세경어멍은 전제석궁 외뚤애기우다.
상세경은 문도령이우다.
중세경은 ᄌ청비우다.
하세경은 정수남이우다.
짐진국 대감님광 조진국 부인님이
열다섯 시오세에 부배간을 무어
근삼십이 근당ᄒ여도 일신 서리 엇어
호호 근심흡데다.
춘삼월 호시절이라
짐진국광 조진국은 고장귀경을 나아가니
에미 본 내비는 에미쿰에 하올하올
애비 본 내비는 애비쿰에 하올하올.
고장낭 알선 어떤 게와시 두갓새가
혼 시실 난 애기 ᄒ나을 놀리멍
배설이 그차지게 크게 웃엄고나,
"저런 게와시도 애기 ᄒ나을 놓왕
크게 웃임을 웃이는디
나는 무신 일로 ᄒ연 애기 ᄒ나가 엇인고?"
짐지국 대감님이 말을 ᄒ되,
"조진국 부인님아 집으로 몸첨 강 시민
난 저디 바독 장귀 두는 디나 강 놀당 가쿠다."

"어서 걸랑 기영 흡서."
조진국 부인님은 집으로 돌아가고
김진국 대감님은 바독 장귀 두는데레
발을 돌려 걸어가난 바독 두단 노인노장들은
"애기 엇인 짐대감이 온댕."
ᄒ멍 바독 장귈 설러부는구나.
짐진국 대감님은 그걸 보난
어이 엇고 ᄀ이 엇고
집으로 돌아오라 안수랑에 들어가고
문을 걸어 드러누웠구나.
조진국 부인님은 눈치를 알은 후젠
ᄌ냑밥을 지어놓고
"짐진국 대감님아 ᄌ냑밥을 자십서."
"난 ᄌ냑 먹을 생각이 엇이매.
아뭇말로 맙서."
"짐진국이 대감님아. ᄌ냑밥을 자십서.
우리도 웃일 일이 싰쑤다."
짐진국은 그 말을 듣고 ᄌ냑밥을 먹으난
조진국이 부인님은 은단펭에 서단마개를 막안
춤씰로 팽애개길 졸라매고
이레 둥글렸다 저레 둥글렸다 ᄒ멍
"짐진국이 대감님아 이거 봅서.
오즉 우습지 아니ᄒ우꽝?"
"조진국이 부인님아, 그게 미신 웃일일이우꽝?"
짐진국광 조진국은 눈물로 시술 ᄒ염떠니마는

---

3   녹(祿)과 봉(俸).

어떤 중이 골목에서 들어오면서,
"소승, 뵈옵니다."
하니 정술대기가 나가서,
"어느 절에서 왔습니까?"
"동개남 상주절입니다. 시주 삼헌 내어주십시오."
김진국 대감이 그 말을 듣고는,
"소서중이거든 어서 들어오십시오."
소서중이 들어가니 김진국 대감은
"우리 팔자나 말해 주십시오."
소서중은 대문전으로 시주 삼헌 올리고,
남의 나라 소책력(小冊曆)과
우리나라 대책력(大冊曆)을 내어놓고
초장, 이장, 제삼장을 걷어보더니,
"자식 없을 팔자입니다."
"그러면 자식 없을 팔자는 알고,
자식 있을 팔자는 모릅니까?"
"자식 있을 팔자도 압니다."
"아이고! 고맙고도 고마워라!"
소서중은 말을 하기를,
"동개남 상주절로 와서 수륙제(水陸齋)를 드리면
자식을 볼 수 있습니다."
"그러면 수륙제 경비는 얼마나 듭니까?"
"물명주 세 동, 송낙지 구만 장,
대백미 일천 석, 소백미 일천 석.
이렇게 모두 차려서 불공 대통일을 받아서
우리 절에 수륙 드리러 오십시오."
"아이고! 고맙고도 고마워라!"
김진국 대감과 조진국 부인은
소서중한테 불공 대통일(大通日)을 받아 모두 차려서
동개남 상주절로 수륙 들이러 가다가

쉼돌에 앉아 쉬려고 쉼돌 위에 앉았는데,
서개남 금법당 소서중을 만났구나.
"어디로 가는 노인노장입니까?"
"동개남 상주절에 수륙들이러 갑니다."
"그 절은 수덕이 없습니다."
이 말에 김진국 대감과 조진국 부인은
실망하여 가슴이 먹먹한데,
"어떡할까?"
하는데 김진국 대감이
"아무리 그래도 우리가 온 길로 가는 것이 옳습니다."
김진국 대감과 조진국 부인은
동개남 상주절로 들어갔다.
소서중이 나오고
수륙채 물품들을 부처님 장대를 내어 와
모두 재어 보니
"아흔아홉 근 뿐입니다."
대서중이 말을 하기를,
"오늘 오는 도중에
서개남 금법당 소서중을 만났습니까?"
"예."
"그 때문에 한 근이 줄어들었습니다."
그렇게 그럭저럭 해서
석달 열흘 백일 대불공을 들입니다.
백일이 다 되어가니 물품이 없어진다.
"대사님, 증거품이나 지니게 하여 주십시오."
"오늘 밤에 자고 날이 밝으면 내려가십시오."
"예, 그러하면 고맙습니다."
김진국 대감과 조진국 부인은
그날 밤 잠을 자고 날이 밝아 일어나,
서로 꿈에서 본 것을 말한다.

---

4 大冊曆.

어떤 중이 올래에 들어오멍
"소승 뵙네다."
ᄒ연, 정술대기가 나아가고
"어느 절에서 옵디강?"
"동개남 상주절입네다. 권제 삼문 내여줍서."
짐진국 대감님이 그 말을 들은우젠
"소서중이건 어서 들어옵서."
소서중이 들어가난 짐진국 대감님은
"우리 팔제나 글리어 줍서"
소서중은 대문전으로 권제 삼문 도올리고
놈이 나라 소청역광
우리나라 대청역⁴을 내여놓고
초장 이장 제삼장을 걷어보완
"ᄌ식 엇일 팔제우다."
"게민 ᄌ식 엇일 팔젠 알곡
ᄌ식 실 팔젠 몰릅네까?"
"ᄌ식 실 팔제도 앖네다."
"아이구! 고마움도 고마울서!!"
소서중은 말을 ᄒ대,
"동개남 상주절로 왕 수륙을 들이민
ᄌ식 볼 수라 있수다."
"게난, 수륙챈 언매나 듧네깡?"
"물맹지 석동, 송낙지⁵ 구만장,
대백미 일천석 소백미 일천석.
웅 ᄆ 출령 불공 대통일을 받앙
우리 절에 수륙들이레 옵서."
"아이구! 고마움도 고마울서!!"
짐진국대감님광 조진국부인님은
소서중안티 불공 대통일을 받안 ᄆ 출련,
동개남 상주절로 수륙 들이레 가단

수름돌에 수름 쉬멍 팡돌우티 앚았는디
서개남 금법당 소서중을 만났구나.
"어디레 가는 노인노장이우꽝?"
"동개남 상주절에 수륙들이레 감쑤다."
"그 절은 수덕이 엇입네다."
이 말에 짐진국대감님광 조진국부인님은
닌착ᄒ고⁶ 가심이 먹먹ᄒ연
"어떵ᄒ콘?"
ᄒ는디, 짐진국 대감님이
"아맹ᄒ나때나 우렁 온 질로 가는 게 올쑤다."
짐진국대감님광 조진국부인님은
동개남 상주절로 들어갔쑤다.
소서중이 나오고
수륙채 물품들을 부처님 장대를 내여 놓완
ᄆ 저우려 보완
"아은 아옵근 매기우다."
대서중이 말을 ᄒ대,
"오늘 오는 도중에
서개남 금법당 소서중을 만납디강?"
"예."
"그 때문에 ᄒ근이 축났쑤다."
이젠 그영저영 ᄒ연
석둘 열을 백일 대불공을 들입네다.
백일이 근당ᄒ여가난 본매본장 엇어진다.
"대서님 본매본장이나 제겨줍서."
"오늘 밤이랑 잤당 붉는날랑 ᄂ려갑서."
"예, 게멘 고맙쑤다."
짐진국대감님광 조진국부인님은
그 날 밤 줌을 자고 날이 붉아 일어나고,
서로 꿈본 말을 ᄒ네.

---

5 고깔 만드는 종이.
6 실망했을 때의 마음 상태.

김진국 대감이 말을 하기를,
"간밤에 꿈에 보니
자소주에 제육안주를 먹었으면 좋을 건데,
어떻게 하여
청감주에 호박안주를 먹는 것이 보였습니다."
조진국부인님도 말을 하기를,
"나도 꿈을 보니
대감님 상투에 은비녀를 꽂은 것이 보이고,
내 치맛자락에는
땋은 머리 한 다발이 들어 있었습니다."
김진국 대감과 조진국 부인은
꿈에서 본 것을 대사님에게 아뢴다.
대사님은 해몽을 하고,
"딸자식이 들어설 듯합니다."
"애기 없는 팔자에 딸자식이면 어떻고
아들자식이면 어떻습니까.
부처님이 점지하여주는 대로
아무 애기나 받겠습니다."
김진국 대감과 조진국 부인은
작별 불공을 드리고 집으로 돌아왔다.
합궁 날을 선택하고 천상배필 물었더니
이튿날부터 태기가 있었구나.
한두 달이 지나가고
아홉 달 열 달이 차니,
하루는 월궁선녀(月宮仙女)가 태어났습니다.
사흘 되는 날 아기 몸 감기고 요람에 눕혀
많이 자라, 많이 자라 하면서 키웠다.
나이 세 살 되는 해에 생일이 돌아오자
김진국 대감이 애기 보러 들어가니
조진국 부인은 애기에게,
"네 아버지다. 인사를 드려라."
하니,
애기가 아버지 무릎에 가서 팔짝 앉았다가

어머니 무릎에 가서 팔짝 앉았다가 하니
그제야 집안에 웃음이 났다.
조진국 부인이,
"낭군님아! 아기 보십시오. 오죽 곱습니까!
우리가 이 아기 낳자고 하여 자청하고
공을 들였으니
이름은 자청비로 하는 것이 어떻습니까?"
"그 이름 지어 보니 좋습니다."
아기 이름을 '자청비'로 짓고,
그날부터 늦인덕정술데기를 부르고,
"자청비를 열다섯 십오 세까지만
별충당에 데려가 키워라."
정술데기는 자청비를 데리고 별충당에 내려간다.
별충당에 들어가고 자청비를 열다섯 십오 세까지
잘 살펴 키운다.
하루는 정술데기가 빨래를 하여 널어 가는데,
자청비가 하는 말이,
"정술데기야,
너는 어떻게 손발이 고와졌느냐?"
"주천당 연하못에 가서 빨래를 하니
손발이 고와졌습니다."
"나도 가서 빨래하면 손발이 고와지느냐?"
"예. 곱고말고요!"
자청비는 아버지, 어머니 방에 가서,
"그 바지 더러워졌습니다. 벗으십시오.
열두 폭치마 더러워졌습니다. 벗으십시오."
하여 모두 바구니에 담아 놓고
박바가지 하나 들고
주천당 연하못에 빨래하러 간다.
자청비가 연하못에서 빨래를 하고 있는데,
난데없이 말방울 소리가 나서 고개를 들어 보니
하늘 옥황 문국성 문도령이 청마를 타고,
말이 목마를까 싶어

짐진국대감이 말을 ᄒᆞ대,
"간 밤에 꿈을 보난
ᄌᆞ소주에 제육안줄 먹어뵈시민 좋을 건디,
어떵ᄒᆞ난
청감쥐에 호박안줄 먹어뵙디다."
조진국부인님도 말을 ᄒᆞ대,
"나도 꿈을 보난
대감님 상통에 은빗녤 질러 뵈고,
나 치맷통엔
둘위짓인 머리 ᄒᆞᆫ다발이 들어 뵙디다."
짐진국대감님광 조진국부인님은
꿈본 말을 대서님께 술라간다.
대서님은 해몽을 ᄒᆞ고
"지집ᄌᆞ속 생불이 들어설 듯 ᄒᆞ우다."
"애기 엇인 팔제에 지집ᄌᆞ속이민 어떵ᄒᆞ고
아들ᄌᆞ속 이민 어떵ᄒᆞ우꽈.
부처님이 점지ᄒᆞ여주는대로
아무 애기나 받으쿠다."
짐진국대감님광 조진국 부인님은
작벨 불공을 드려두고 집으로 돌아오라.
합궁일을 택일ᄒᆞ고 천상배필 무었더니
붉는날부떤 태기가 시였구나.
ᄒᆞᆫ 두 들이 지나가고
아옵둘 열둘이 ᄎᆞ오가니
ᄒᆞ를날은 월궁선녀가 솟아났쑤다.
사을 되는 날 애기 몸 ᄀᆞᆷ지고 구덕에 눅젼
왕이자랑 왕이자랑 ᄒᆞ명 키왔수다.
혼 시슬 나는 해엔 생일날이 돌아오란
짐진국 대감님이 애기 보레 들어가난
조진국부인님은 애기ᄀᆞ라
"느 아방이여, 선신문안을 드리라."
ᄒᆞᆫ,
애기가 아방 독ᄆᆞ립에 강 졷작 앚았닥

어명 독ᄆᆞ립에 강 졷작 앚았닥 ᄒᆞ여가난
그제사 집안에 웃음이 났쑤다.
조진국 부인님은
"낭군님아! 애기 봅서. 오죽 곱쑤광!
우리가 이 애기 낳젠 ᄒᆞ난 ᄌᆞ자지고
공이 들어시매
일흠이랑 ᄌᆞ청비로 ᄒᆞ기가 어떵ᄒᆞ우꽈?"
"그 일흠 지완 보난 좋쑤다."
애기 일흠을 'ᄌᆞ청비'로 지우고
그 날부떠 늦인덕정술더기를 불르고
"ᄌᆞ청비를 열다숫 시오세까지만
밸충당에 ᄃᆞ랑 강 질루라."
정술더긴 ᄌᆞ청빌 ᄃᆞ란 밸충당에 ᄂᆞ려간다.
밸충당에 드러가고 자청빌 열다숫 시오세ᄭᆞ지
잘 슬펴 질룹네다.
ᄒᆞ로은 정술더기가 스답을 ᄒᆞ연 널어가난
ᄌᆞ청비가 ᄒᆞ는 말이,
"정술더기야,
는 어떵ᄒᆞ난 손발이 고와졈시니?"
"주천당 연하못에 간 스답을 ᄒᆞ여가난
손발이 고와졈쑤다."
"나도 강 스답ᄒᆞ민 손발이 고와지느냐?"
"예, 곱곱말곡마씸!"
ᄌᆞ청비는 아방 어멍 방에 간
"그 바지 버물었쑤다 벗입서,
열두폭치매 버물었수다. 벗입서."
ᄒᆞ연, ᄆᆞᆫ 구덕에 담아 놓고
쿡박새기 ᄒᆞ나 드려놓고
주천당 연하못에 스답ᄒᆞ레 감네다.
ᄌᆞ청비가 연하못에서 스답을 ᄒᆞ염더니
난디엇이 믈방울소리가 나 고개를 득고 보난
하늘옥황 문국성문도령은 청총매를 타고,
믈 물그리왐시카푸댄

연하못 물을 먹이러 오는구나.
자청비는 못 본 것처럼 하며 빨래를 하는데,
문국성 문도령은 심술을 부려
자청비 빨래하는 앞으로 가서
청마 머리를 확 돌리면서 물을 흩트러버린다.
자청비는 그렇게 해도 모르는 척 빨래를 하는데,
문도령은 자청비가 무슨 말을 할 때까지
기다리다가 아무 말도 하지 않으니
이젠 할 수 없이 참다 참다 지쳐서,
"애기 씨! 물이나 한 바가지 떠 주십시오.
먹고 가게."
자청비는 바가지에 물을 떠서
버드나무 잎을 흩어 넣어 내밀었다.
문도령은 그 물을 받아먹으며,
"그 애기 씨, 얼굴은 곱다마는
마음씨는 먼지 같구나."
자청비가 말을 하기를,
"도령님은 하나는 알고
둘은 모르는 도령님이로구나.
먼 길에 청마를 타고 급히 달려왔을 텐데
물을 받아서 급히 먹으면 물채 걸릴까 걱정되어
잇몸으로 쪽쪽 물을 빨아먹도록
나뭇잎을 흩어 놓았습니다.
갖가지 병에는 약이 있어도
물채에는 약이 없습니다.
어디로 가는 도령님입니까?"
"나는 글공부 가는 문도령입니다."
"우리 오빠도 세 달 전부터
글공부를 가려 하여도
벗이 없어서 못가고 있습니다.
우리 오빠와 같이 가서

공부하면 어떻습니까?"
"그러면 어서 빨리 가서 보내십시오."
자청비는 하던 빨래를 거두어서
집으로 달려왔다.
자청비는 어머니 방에 들어가서,
"어머님. 딸자식은 글공부를 못합니까?"
"왜 못 하느냐.
할 수 있으나 공부해서 무슨 일에 쓰겠느냐?"
자청비는 다시 아버지 방에 들어가서,
"아버님.
딸자식은 공부를 못 하는 법입니까?"
"공부 못하는 법은 없지마는
공부하면 무슨 일에 쓰느냐?"
"그러면 부모님 돌아가시면
축지방(祝紙榜)을 누구에게 빌어 쓸 것입니까?"
김진국 대감은 자청비가 축지방 쓸 말을 하자,
"딸자식인들 왜 공부를 못하겠느냐?
어서 하고 싶으면 해 보아라."
자청비는 이 말이 떨어지자
부모님께 떠나는 인사하고
남자 옷으로 갈아입고 달려간다.
주천당 연하못에 가보니
문도령이 기다리고 있구나.
"아이구! 오래 기다리게 해서 미안합니다.
난 김도령입니다.
부모님에게 이별 인사하고 오느라
늦어졌습니다."
"그것 이상하다.
조금 전에 본 애기 씨와 얼굴이 비슷하다."
"그러면 같은 어머니, 같은 아버지의 애기가
비슷하지 안 비슷하니까? 빨리 갑시다."

연하못 물을 멕이레 오는구나.
ᄌ청비는 몬본것처록 ᄒ멍 ᄉ답을 ᄒ여가난
문국성문도령은 심술을 부려
ᄌ청비 ᄉ답ᄒ는 앞데레 간
청총매 머릴 확 돌리멍 물을 꾸제겨부는구나.[7]
ᄌ청빈 경ᄒ여도 속슴ᄒ연 ᄉ답을 ᄒ여가난
문도령은 ᄌ청비가 미신 말을 홀 틸
지드리단 아무 말도 안ᄒ여가난
이젠 홀 수 엇이 ᄎ단 ᄎ단 버쳔
"애기씨! 물이나 ᄒ 박새기 떠 줍서,
먹엉 가져."
ᄌ청비는 바새기에 물을 거려
버드낭섶을 홀타놓완 안내엇쑤다.
문도령은 그 물을 받안 먹으멍
"그 애기씨 얼굴은 곱다마는
ᄆ심새는 구둠 ᄀ트구나."
ᄌ청비가 말을 ᄒ대,
"도령님은 ᄒ 일 알곡
두 일 몰른 도령님이로구나.
먼 질에 청총맬 탕 급히 들려온 때
물을 받앙 급히 먹으민 물채 걸카 걱정되언
니염으로 쪽쪽 물을 뺄아먹도록
낭섶을 홀타 놓았쑤다.
각긋 뱅에 약이 셔도
물채엔 약이 엇입네다.
어드레 가는 도령님이우꽝?"
"나는 글봉비 가는 문도령이우다."
"우리 오라방도 석둘전부떠
글공빌 가젠 ᄒ여도
벗이 엇언 못감쑤다.
우리 오라방꽝 ᄒ디 강

공비ᄒ기 어떵ᄒ우꽝?"
"게건 어서 ᄒ저 강 보냅서."
ᄌ청비는 ᄒ단 ᄉ답 거두설런
집으로 ᄃ불려왔쑤다.
ᄌ청빈 어멍방에 늘려들고
"어머님아 지집ᄌ속은 글공비를 못ᄒᆸ네까?"
"무사 못ᄒᆷ이사
ᄒ느니마는 공비ᄒ민 미싱 것에 씨느니?"
ᄌ청빈 또시 아방방에 늘려들고
"아바님아
지집ᄌ속은 공비를 못ᄒ는 법이우까?"
"공비 못ᄒ는 법이사 엇주마는
공빈 ᄒ민 미싱 것에 씨느니?"
"게민 부무님네 돌아가시민
축지방을 누게 빌엉 씰 거우꽝?"
짐진국대감님은 ᄌ청비가 축지방 씰 말을 ᄀ라사,
"지집ᄌ속인들 무사 공빌 못ᄒ느니?
어서 ᄒ여지건 ᄒ여 보라."
ᄌ청빈 이 말이 뗄어지난
부모님께 터나는 인ᄉᄒ고
남복 입성 글아입고 ᄃ불려갑네다.
주천당 연하못딜 간 보난
문도령이 지드럼구나.
"아이구! 오래 지드리게 ᄒ연 미안ᄒ우다.
난 짐도령이우다.
부모님전이 이밸 인ᄉᄒ영 오는 게
늦어졌쑤다."
"것도 이상ᄒ다.
ᄒ술 인칙 본 애기씨꽝 얼굴이 ᄏᆺ둥ᄒ다."
"게민 ᄒ 어멍 ᄒ 아방엣 애기가
ᄏᆺ 둥ᄒ주 ᄏᆺ둥 아홉네까? ᄒ저 글유서."

---

7 흙물을 일으켜 물을 흐리게 만들어버리는 행동.

문도령과 김도령은 서당으로 들어갔다.
서당에 가서 같은 방안에 잠을 자면서
삼년 동안 글공부를 하게 되었다.
그렇게 하니 이때
김도령은 문도령에게 하는 말이
물 한 항아리를 길어다 놓고
항아리 가장자리에 붓대를 걸쳐 놓으면서,
"잠 잘 때, 이 붓대를 건드려 떨어뜨리면
과거에 낙방하니 명심하여 자게."
하니 문도령은 그것을 진짜로 여겨
그날 밤부터 깊은 잠을 안자며 조심하는데,
다음날에 서당에서 초시험을 보게 되었다.
초시험을 보는데 문도령은 잠을 설쳐서
꼬박꼬박 졸며 시험을 보니
초시험에 떨어지고,
김도령은 아무 걱정 없이
이리 돌아누워 씽씽 저리 돌아누워 씽씽
잠을 잘 자 놓아서 초시험에 합격이 되었다.
김도령과 문도령은
같이 글공부를 하면서 삼년을 살면서,
갖가지 시합에
문도령은 김도령한테 떨어진다.
글짓기 시합을 해도 지고,
활쏘기 시합을 해도 지고,
씨름을 해도 지고,
오줌싸기 시합을 해도 지고,
문도령은 모든 일에 김도령한테 졌다.
오줌싸기 시합에는
김도령은 대붓통을 하문에 꽉 질러서
큰소리를 지르며 갈기니 문도령보다 더 나갔다.
갖가지 시합에 져버리니

문도령은 공부에 실망하여
부모님께 글을 쓰고,
"불러주십시오." 부친다.
문도령 부친 문국성은 화답하기를,
"서수왕 셋째딸아기를 구하였으니
빨리 와서 장가를 가라."
하였다.
이러한 글을 받은 문도령은
서장님께 가서 아뢰고 나가고자 한다.
김도령도 눈치를 알아서 서장님께 가서,
"저도 문도령 장가가는 데
참석하고 오겠습니다."
"어서 그건 그리 하라."
김도령과 문도령은
같이 나서 집으로 오게 되었다.
집으로 오는 중간에
주천당 연하못에 가까워오니
김도령이 말을 하기를,
"문도령아. 우리 삼년 간 그늘에서
글공부를 했으니 몸에 때인들 없겠느냐?
우리 이 연하못에서
목욕이나 하고 가는 것이 어떻겠는가?"
"그래. 그렇게 하자."
김도령과 문도령은 옷을 벗고
연하못으로 참방 빠졌다.
김도령은 문도령에게 말을 하되,
"나는 갖가지 시합에 이겼으니
보다 위에서 목욕할 테니
문도령은 보다 아래에 가서 목욕 하게."
문도령은 그것을 진짜 말인 것 같아
보다 아래로 간다.

문도령광 짐도령은 서당으로 들어갔쑤다.
서당엔 가난 흔 방안에 줌을 자멍
삼년간을 글공빌 ᄒ게 되었쑤다.
정ᄒ난 이 때
짐도령은 문도령ᄀ라 ᄒ는 말이
물 흔 허벅을 질어다 놓완
허벅바위레 붓대를 걸쳐 놓멍
"줌잘 때 이 붓대를 것정 털어치우민
과거에 낙방ᄒ매 맹심ᄒ영 자게."
ᄒ난 문도령은 고정이 진정으로
그 날 밤부떠 짚은 줌을 안자멍 조심ᄒ는디,
붉는날은 서당에서 초시엄을 보게 되었쑤다.
초시험을 보는디 문도령은 줌덜래여놓난
꾸박꾸박 졸멍 시엄을 보안
초시엄에 떨어지고,
짐도령은 아못 걱정 엇이
이레 돌아누엉 씽씽 저래 돌아누엉 씽씽
줌을 실피 자놓난 초시엄에 합격이 되었쑤다.
짐도령광 문도령은
흔디 글공빌 ᄒ멍 연삼년을 살아가는디.
각굿 심백에
문도령은 짐도령안티 털어집네다.
글짓기 심백을 ᄒ여도 지고,
활쏘기 심백을 ᄒ여도 지고,
씨름을 ᄒ여도 지고,
오좀싸기 심백을 ᄒ여도 지고
문도령은 범수에 짐도령안티 지였쑤다.
오좀싸기 심백에는
짐도령은 대불통을 하문데레 꼭기 질런
장석[8] 치멍 글기난 문도령보단 더 나갔쑤다.
각굿 심백에 지여 놓난

문도령은 공비에 닛착ᄒ고
부무님께 글을 씨고
"불러줍센" 부찝네다.
문도령 부친 문국성은 화답ᄒ기를
"서수왕 말젓뚤애길 구ᄒ여시매
흔정 오랑 장갤 가라."
ᄒ였쑤다.
응한 글을 받은 문도령은
ᄉ장님께 가 슬르고 나고 가젠 흡네다.
짐도령도 눈칠 알안 ᄉ장님께 간
"저도 문도령 장개가는 디
참석ᄒ고 오겠습네."
"어서 게건 그영 ᄒ라."
짐도령광 문도령은
긑이 나산 집으로 오게 되였쑤다.
집으로 오는 중간에
주천당 연하못딜 근당ᄒ난
짐도령이 말을 ᄒ되,
"문도령아, 우리 연삼년간 그늘에서
글공비사 ᄒ였주만 몸에 땐들 엇느냐?
우리 이 연하못디서
모욕이나 ᄒ영 감이 어떵ᄒ코?"
"어서 걸랑 기영 ᄒ자."
짐도령과 문도령은 옷을 벗고
연하못디레 춤방 ᄲᅡ졌쑤다.
짐도령은 문도령ᄀ라 말을 곳되
"나는 각굿 심백에 이겨시난
ᄇ람 우터서 몸곰으커메
문도령이랑 ᄇ름 알레레 강 몸을 곰주!"
문도령은 고정이 진정이로 곡는양
ᄇ름 알레레 갑네다.

---

8 힘쓸 때 내는 소리.

이때 자청비는 버드나무 잎을 훑어 내어
손끝에 자기 피를 불끈 내어 글을 쓰기를,
"무심한 문도령아.
삼년을 같은 방안에서 살아도
남녀구별도 못하는 문도령아.
나는 집으로 갑니다."
문도령이 몸을 씻으며 보니
어떤 버드나무 잎이
동글동글 물위에서 떠오르는데
그걸 주워서 보니 그러한 내용이로구나.
문도령은 용심이 나서
빨리 옷을 입고 나오려고 하는 것이
바지 한 가랑이에 두 다리를 넣고
픽픽 자빠지면서 겨우 옷을 입어
자청비네 집으로 달려간다.
그 사이에 자청비는 부모님에게 가서,
"글공부 마치고 왔습니다."
"기특하고 착하구나."
자청비는 부모님 앞에 선신문안을 드려두고
"어머님! 같은 서당의 글벗이
집에 와서 놀다 가기로 하였습니다."
어머님이 말씀하기를,
"여자냐? 남자냐?"
"여자입니다."
"열다섯 십오 세 안이냐, 바깥이냐?"
"십오 세 안입니다."
"그러면 네 방으로 데려 가거라."
자청비는 정술데기에게 이러저러하게 시켜 두고,
문도령은 자청비 방으로 가보니
자청비가 천하일색이라 둘이는 마주앉아
주안상을 받아 놓고

한두 잔을 하다 보니,
문도령은 술에 흠뻑 취하고
손을 슬쩍슬쩍 내밀어가니
자청비는 변소에 갔다 오겠다고 하며
나왔다가 들어갈 때는
종이에 먹으로 글씨를 쓰는데
"나는 부모님 허락 없이는
문도령 소원을 못 들어주겠습니다."
이러한 글을 문도령한테 내밀어두고 숨어버렸다.
문도령은 술을 깨고 보니
갈 시간이 다 되었구나.
문도령은 복숭아나무 씨 두 알을 놓고
글을 쓰기를,
"이 복숭아씨를 심어 꽃이 피면
자청비 만나러 오겠습니다."
문도령은 떠나가고
자청비는 잠을 자다가 깨어나
방에 가 보니
문도령은 없고 그러한 글만 남았구나.
자청비는 그 복숭아씨를 디딤돌 아래에 심고
꽃이 필 때를 기다린다.
자청비는 기다려도 문도령은 오지 않고,
마음은 점점 바빠지고.
하루는
자청비가 남의 집에 놀러 가보니
머슴들이 마른 나무도 쉰 동,
젖은 나무도 쉰 동 해 누누이 쌓였구나.
우리 집의 종놈은
염통 같은 보리밥에 건삼 같은 된장에
핏섬 같이 마구 먹으면서 무엇을 하고 있는가!
자청비는 종놈을 부르고,

이 때 ᄌ청빈 버드낭섶을 홀타 내연
손뿌리에 ᄌ지피를 불끈 내완 글을 씨되,
"무심ᄒ 문도령아.
연삼년을 ᄒ 방안에 살아도
남녀귀별 몬ᄒ는 문도령아,
나는 집으로 감쑤다."
문도령이 몸 굼으멍 보난
어떵ᄒ 버드낭섶이
동글동글 물우티서 터오란
그걸 봉간 보난 그영 ᄒ 내용이로구나.
문도령은 용심이 나고
재게 옷을 입엉 나오젠 ᄒ 게
바지 ᄒ 굴에 양다릴 질르고
팡팡 느려지멍 제우 옷을 입어
ᄌ청비네 집데레 다불려 갑네다.
그 새 ᄌ청비는 부무님전에 가고
"글공비 ᄆ찬 오랐쑤다."
"기특ᄒ고 착ᄒ구나."
ᄌ청빈 부무님전에 선신문인을 드려두고
"어머님아! ᄒ 서당이 글벗이
집이 오랑 놀당 가기로 ᄒ엾쑤다."
어머님이 말씀ᄒ되
"예ᄌ냐? 남ᄌ냐?"
"예ᄌ우다."
"열다섯 시오세 안가 바깥가?"
"십오세 안이우다."
"계건 느 방으로 ᄃ랑 가라."
ᄌ청비는 정술댁이ᄀ라 이영저영 시겨 두고,
문도령은 ᄌ청비방으로 간 보난
ᄌ청비가 천하일색이라 둘이는 맞앚아
주안상을 받아 놓고

ᄒ 두 잔을 ᄒ단 보난
문도령은 술에 흠뿍 취ᄒ고
손을 주왁주왁⁹ 내물아가난
ᄌ청빈 통시 강 올쿠댄 ᄒ연
나왔단 들어갈 땐
종이에 먹으로 글을 씨되,
"나는 부무님 어락 엇이는
문도령 소원 못들겠쑤다."
웅ᄒ 글을 문도령신디 내물아두언 곱아불었쑤다.
문도령은 술을 깨연 보난
갈 시간이 건당ᄒ였고나.
문도령은 도실남씨 두 방울을 놓안
글을 씨되,
"이 도실씨를 싱건 고장이 피민
ᄌ청비 상봉ᄒ레 오겠쑤다."
문도령은 터나가고
ᄌ청빈 ᄌ을 자단 깨여난
방에 간 보난
문도령은 엇고 그영 ᄒ 글만 남았고나.
ᄌ청빈 그 도실씨를 엿돌 알레레 싱그고
고장이 필 딜 지드립네다.
ᄌ청빈 지드려도 문도령은 아니오고
ᄆ심은 점점 바빠지고.
ᄒ를날은
ᄌ청비가 놈으 집에 놀레 간 보난
종놈들이 관낭도 쉰동
늘낭도 쉰동 ᄒ여다가 눌눌이 눌었구나.
우리집이 종놈은
읍통ᄀ튼 보리밥에 검삼 ᄀ튼 개미장에
핏섬ᄀ이 짓먹으멍 미싱걸 ᄒ엾신고!
ᄌ청비는 종녹을 불르고

---

9 손을 자꾸 내미는 모양.

"내일부터 숲에 가서 나무를 해 오너라."
종놈이 말을 하기를,
"마소를 차려 주십시오."
자청비가 말 아홉, 소 아홉을 차려 주니
종놈은 나무하러 간다.
종놈은 마소를 몰아 나무하러 가서
나뭇가지에 마소를 매어 두고 잠을 자는구나.
종놈은 잠을 자다가 깨어나 보니
마소는 목이 말라서 모두 죽었구나.
종놈 정수남이는
죽은 마소들을 손톱으로 모두 벗겨
모닥불을 피워서 구우면서
익었는가 한 점, 덜 익었는가 한 점,
이번 한 점, 저번 한 점 먹다 보니
소 아홉, 말 아홉을 모두 먹었구나.
해를 보니 서산에 지고 이만하면 어떡할까
가죽을 짊어지고 집으로 오는 도중에
몸이나 씻고 가자고 샘물 곁으로 가 보니
오리가 물에 앉아서 이리 하올 저리 하올
하올하올 헤엄을 치는구나.
"오리야. 이리 오너라.
내가 잡아가서 자청비 애기씨 눈에 들어
저녁이나 얻어먹자."
오리가 말을 안 들으니 황도끼를 들고 맞추니
오리는 팔딱 도끼는 첨벙!
이제 정수남이는
옷을 벗고 도끼 찾으러 물로 들어가니
피차 같은 도둑놈이
갈중이 갈잠뱅이를 모두 가져가버리고,
"이 일을 어떡하면 좋을까!"
동으로 바라보니 개나무잎이 번들번들,
서로 바라보니 칡넝쿨도 번들번들,
칡넝쿨을 걷어다가 아랫도리를 감싸 숨기고

날을 보니 어둑어둑.
마당으로 들어와
널 위에 올라간 주젱이를 내려 쓰고
장독 뒤에 들어간다.
장독 뒤에 들어가니
오년 묵은 장독 위에 우두커니 앉아있으니
하녀가 장 뜨고 국 끓여서
정수남이 오면 주려고 장독 뒤에 가 보니
눌주젱이가 있구나.
겁이나 돌멩이로 퍽 맞추니
삼년 묵은 간장독이 팍 깨진다.
아이고! 큰일 났구나.
"애기 씨, 상제님. 큰일이 났습니다."
"무슨 일이 났느냐?"
"장독이 주젱이를 썼습니다.
아니, 걸음을 걷습니다. 흉사입니다."
"어떤 일이냐?"
"장 떠다가 저녁 해 났다가
정수남이 오면 주려고 장독 뒤에 가 보니
장독이 주젱이를 쓰고 걸음을 걷고,
장독이 깨지고 하였습니다. 흉사입니다."
"그거 흉사재화 아니다. 정수남이 짓이다.
그 놈 이리 잡아들여라."
하인은 장독 뒤에 가서
"네가 산 사람이냐, 귀신이냐?"
"귀신은 뭘 귀신이 이런 데 올 필요 있느냐?
산 사람이다. 정수남이다."
주젱이를 벗겨 보니 정수남이가 맞다.
"어서 애기 씨, 상제님한테 가 보아라."
정수남이가 방에 들어가니,
자청비가 말을 하기를
"네, 이놈아!
소 아홉 마리, 말 아홉 마리는

"널부떠랑 고지 강 낭을 ᄒ영 오라."
종놈이 말을 ᄒ되
"물마쉴 출려 줍서."
ᄌ청빈 물 아옵 쇠 아옵을 출려 주난
종놈은 낭고지를 갑네.
종놈은 물마쉴 물안 낭고질 가고
낭가젱이레 물ᄆ쉴 매여 두고 잠을 자는구나.
종놈은 줌자단 깨여난 보난
물ᄆ쉬는 물그리완 매딱 죽었구나.
종놈 정수남이는
죽은 ᄆ쉬들을 송콥으로 매딱 뱃기멍
울밋불을 최질런 지더두서
익어시냐 흔점 설어시냐 흔점
그번 흔점 저번 흔점 먹단 보난
쇠 아옵 물 아옵을 ᄆ 먹었구나.
해는 보난 서산에 지고 이만ᄒ민 어떵ᄒ린
가죽을 질머지고 집으로 오는 도중
몸이나 곰앙 가주긴 습통 즉글으로 가단 보난
올랭이가 물에 앚안 이레 하올 저레 하올
하올하올 히염구나.
"올랭이야, 이레 오라.
나 심엉 강 ᄌ청비 애기씨 눈에 들룽
ᄌ냑이나 얻어먹저,"
올랭이가 말을 안드르난 황구도칠 들런 마치난
올랭이는 풋딱 도치는 춤방!
이젠 정수남인
옷을 벗고 도치 ᄎ지레 물레레 들어가난
핏체ᄀ른 도독놈은
갈중이 갈줌뱅일 ᄆ딱 ᄀ져가불언,
"이 일을 어떵ᄒ민 졸코!"
동데레 브래여 보난 개낭설이 번들번들
서데레 브래여보난 끅정동도 번들번들,
끅정동을 걷어다가 원수님을 강직ᄒ고

날은 보난 어둑어둑.
마당으로 들어오란
눌우티 올라간 주젱이를 느리완 썬
장팡뒤에 들어간다.
장팡뒤에 들어가난
오년 묵은 장황우티 조지래기 앚아시난
종년은 장거려당 국끌령
정수남이 오민 주젠 장팡뒤에 간 보난
눌주젱이가 싯구나.
겁나난 돌새기로 다라 마치난
삼년 묵은 근장황이 팟상 벌러진다.
아이고! 큰일 났구나.
"애기씨 상제님아, 큰 일이 났수다."
"미신 일이 났느냐?"
"장황이 주젱일 썼수다.
아니, 걸음을 걸읍네다. 숭시재외우다."
"어떵ᄒ 일이냐?"
"장 거려당 ᄌ냑 ᄒ영 났당
정수남이 오민 주젠 장팡 뒤에 간 보난
장황이 주젱일 씨고 걸음을 걷고,
장황이 벌러지고 ᄒ였수다. 숭시우다."
"그거 숭시재외 아니다. 정수남이 짓이여.
그놈 이레 심어 들이라."
종년은 장팡뒤에 간
"느가 생인이냐 귀신이냐?"
"귀신이 뭔 귀신이 웅혼 디 올 필요 있느냐?
생인이다. 정수남이노라."
주젱일 벗견 보난 정수남이가 정연ᄒ다.
"어서 애기씨 상제님신디 강 보라."
정수남이가 방에 들어가난
ᄌ청비가 말을 ᄒ되,
"느 이놈아!
쇠 아옵바리 물 아옵바린

어떡하여 두고 이 꼴이 되었느냐?"
"예. 소 아홉 마리, 말 아홉 마리에
신산 숲에 올라 나무를 하다 보니
문국성 문도령이 하늘 옥황 선녀들과
바둑 장기 두는 것을 구경하다 보니
소 아홉, 말 아홉은
목이 말라 모두 죽었습니다.
소 아홉, 말 아홉 가죽을 벗겨서 지고 오다가 보니
샘통에서 오리가 물에 앉아 헤엄치고 있어서
그걸 맞추려고 황구도끼를 던지니,
도끼는 참방 오리는 팔짝,
이젠 황구 도끼를 찾으려
잠뱅이 벗어두고 물에 들어가니,
물에 들어간 사이에 피차 같은 도둑놈이
소 아홉 가죽, 말 아홉 가죽,
잠뱅이까지 모두 가져가버려서
이 꼴이 되었습니다."
자청비가 말을 하기를,
"정수남아. 그러하면
문국성 문도령이 바둑장기 두는 걸
나도 가면 볼 수 있겠느냐?"
"그게 무슨 말씀이십니까?
우리 하인도 가서 구경 실컷 하고 왔는데,
상제님은 더욱 잘 구경합니다."
"그러면 나를 거기로 데려다 다오."
"예. 거기에 데려갈 수는 있습니다만
거리가 멉니다."
"정술데기야.
정수남이에게 고운 옷을 주어라."
"머슴 정수남아.
이젠 어떡하면 신산 숲으로 갈 수 있느냐?"
"상제님 먹을 점심에
참가루 닷 되에 소금 닷 되를 놓아 범벅을 하고,

종 먹을 점심에
메밀가루 닷 되에 소금 한 줌 넣느냥 마느냥 해서
범벅을 하여 가십시오."
다음날이 되니
전날 차린 점심을 가지고 나가고자 하니,
하인 정수남이가 말안장을 지우는데,
몰래 안장 곁에 소라 껍데기를 놓아서
말안장을 지우고,
"상제님은 말 타고 가십시오.
난 말고삐를 잡고 이끌어 가겠습니다."
자청비가 말을 타니
말은 소라 껍데기로 눌러서 아프니까
와들랑 와들랑 날뛰는구나.
"상제님. 이 말은 타려고 하면 예의가 있습니다."
"어떤 예의가 있느냐?"
"고사를 지내셔야 합니다."
"어떤 고사를 지내느냐?"
"예. 닭 한 마리에 술 한 동이를 차려서
고사를 지냅니다."
"그럼 그렇게 해라."
닭 한 마리에 술 한 동이를 차려놓으니
정수남이는 무엇이라고 말하는 것처럼 하니,
살짝 술잔을 말 귀에 대고 술을 들이부으니
말이 대가리를 탁탁 터는데,
"상제님, 이 말이 이젠 그만 되었습니다고
하고 있습니다."
그리하여 제물은 앞으로 당기어 놓으면서
"말머리 고사를 지낸 음식은
종이 먹는 법입니다."
하면서 닭 한 마리와 술 한 동이를
자기만 옴짝 다 먹어놓고.
"이제 말을 타십시오."
하면서 정수남이는 말고삐를 잡고 나가는구나.

어떵 ᄒᆞ영 두언 이 정체가 되였느냐?"
"예, 쇠 아옵바리 ᄆᆞᆯ 아옵바리에
신산곳을 도올르고 낭을 ᄒᆞ단 보난
문국성 문도령이 하늘옥황 선녀들쾅
바둑장귀 두는 거 귀경ᄒᆞ단 보난
쇠 아옵 ᄆᆞᆯ 아옵은
ᄆᆞᆯ 그리완 ᄆᆞ 죽어십다.
쇠 아옵 ᄆᆞᆯ 아옵 가죽은 뱃견 지연 오단, 보난
숨통에서 올랭이가 물에 앚안 히염선
그걸 마치젠 황구도칠 댓기난,
도치는 춤방 올랭이는 풋딱,
이젠, 황구도칠 춧젠
ᄌᆞᆷ뱅이 벗어두언 물에 들어가난,
물에 들어간 어이엔 피처ᄀᆞ튼 도독놈은
쇠 아옵 가죽, ᄆᆞᆯ 아옵 가죽
ᄌᆞᆷ뱅이영 매딱 ᄀᆞ져가부난
이 정체라 되였수다."
ᄌᆞ청비가 말을 ᄒᆞ되,
"정수남아, 그영ᄒᆞ민,
문국성 문도령이 바둑장귀 두는 걸
나도 가민 보아질카이?"
"거 미신 말씸이우꽈?
우리 쌍놈도 강 귀경 실피ᄒᆞ영 온디,
상제님은 더욱 잘 귀경홉네다."
"ᄒᆞ건, 나 그디 ᄃᆞᆯ아다 도라."
"예, 그딜 들어갈 순 십네다만,
거리가 머우다."
"정술댁이 종년아,
정수남이 고운 옷 ᄒᆞ여 주라."
"정이엇인 정수남아,
이제 어떵ᄒᆞ민 신산곳을 가진커니?"
"상제님 먹을 징심이랑
춤ᄀᆞ르 닷되에 소금 닷될 놓왕 범벅을 ᄒᆞ곡,

종 먹을 징심이랑
는쟁이 닷되에 소금 ᄒᆞᆫ줌 놓낭마낭 ᄒᆞ영
범벅을 ᄒᆞ영 글읍서."
붉는날은 되난
아시날 출린 징심을 지연 나가젠 ᄒᆞ난,
정이엇인 정수남이가 ᄆᆞᆯ안장을 지우는디,
슬째기 안장 쏘곱에 구젱기 닥살을 놓완
ᄆᆞᆯ안장을 지완,
"상제님이랑 ᄆᆞᆯ탕 글읍서.
난 ᄆᆞᆯ석을 심엉 이껑 갈쿠다."
ᄌᆞ청비가 ᄆᆞᆯ을 타난
ᄆᆞᆯ은 구젱기 닥살로 눌뜨러져부난, 아판,
와들랑 와들랑 들럭퀴는구나.
"상제님, 이 ᄆᆞᆯ은 타젱 ᄒᆞ민 예가 십네다."
"어떤 예가 싰느냐?"
"코시를 지내여사 홉네다."
"어떵 코시를 지내느냐?"
"예, 독 ᄒᆞᆫ머리에 술 ᄒᆞᆫ동일 출려사
코실 지냅네다."
"ᄒᆞ건, 그영ᄒᆞ라."
독 ᄒᆞᆫ머리에 술 ᄒᆞᆫ동일 출려놓난
정수남인 뭣이엥 ᄀᆞ는 것ᄎᆞ록 ᄒᆞ단,
슬째기 술잔을 ᄆᆞᆯ귀에 대연 술을 비와부난
ᄆᆞᆯ이 대가리 탁탁 터난
"상제님, 이 ᄆᆞᆯ 이젠 그만, 되었젠
ᄒᆞ염수다."
그영ᄒᆞ연, 지물은 앞데레 ᄃᆞᆼ기여 놓멍
"ᄆᆞᆯ머리 코시ᄒᆞ여난 음식은
종이 먹는 법이우다."
ᄒᆞ멍, 독 ᄒᆞᆫ마리광 술 ᄒᆞᆫ동일
지만 운짜 ᄆᆞ 머어놓고,
"이제랑 ᄆᆞᆯ을 탑서."
ᄒᆞ연, 정수남인 ᄆᆞᆯ석 심언 나가는구나.

한참 가다가 정수남이가
돌부리에 발을 차는 것처럼 하더니
"발목을 삐어서 더 못 가겠습니다."
엄살을 부린다.
자청비가 말을 하기를
"그럼 어서 이 말을 타거라."
이젠 정수남이는 말을 타고
자청비는 그 무거운 점심을 지고,
신산고을 오르는구나.
자청비는 세상에 태어나서
어깻죽지에 배 안 걸치고
엉덩이에 짐 안 놓아봐서
얼마 걷지 않아서 지치고
발은 콩 닮은 이슬처럼 부풀어간다.
자청비가 말을 하기를,
"아직도 갈 길이 멀었느냐?"
"예. 아직도 멀긴 멀었습니다만
어서 오십시오. 가야합니다."
한참을 가다가 높직한 동산에 먼저 가
발 위에서 내려 앉아 쉬면서,
"상제님도 여기서 쉬어 가십시오."
"정수남아. 이젠 낮이 되었구나.
점심이나 내어 놓아라. 먹고 가자."
점심을 내어 놓고
정수남은 제 몫만 들고 한편 동산 아래로
건들건들 내려가서 먹는구나.
"정수남아. 이리 오너라. 같이 점심을 먹자.
왜 먼 데로 가서 먹느냐?"
"종과 상제님이 같이 앉아서
점심을 먹으면
길 넘어가는 사람들이 보면
두 부부라고 합니다.
나하고 부부 되겠습니까?"

"그렇구나. 그래 착하다."
그리하여 점심을 먹는데,
자청비는 점심을 가마귀딱지 만큼 먹으니
짜서 먹을 수가 없구나.
"나, 이 범벅 짜서 못 먹겠다.
네가 먹는 범벅을 나에게 조금 다오."
"상제님. 그게 무슨 말씀이십니까?
상제님 먹던 음식을 종이 먹는 법입니다.
종이 먹던 음식은 개가 먹는 법입니다.
상제님, 개가 될 것입니까?"
"그렇지만 조금 다오. 먹어 보자."
정수님은 자기 먹던 범벅을
한 숟가락 떠다가 손바닥에 척 하며 주니,
자청비는 먹어 보니 꿀맛이라,
"맛나기도 하다!"
자청비는 먹던 범벅을 내어주며,
"짜서 못 먹겠다. 내 점심 갖다가 먹어라."
정수남은 자청비 먹던 범벅을 가져다
반찬으로 하여 그 범벅을 모두 먹었구나.
자청비는 그 범벅 짠 음식을
가마귀딱지 만큼 먹어놓으니
목이 말라 물을 찾아가는구나.
"정수남아. 목마르다. 물통이나 찾아다오."
"예. 그러십시오. 물이 나옵니다."
그럭저럭 가다 보니 물통이 나온다.
"거기 있어라. 이 물 먹고 가자."
"예? 이 물은 소가 먹는 물입니다.
저 물은 말이 먹는 물입니다."
"아이구! 목말라 죽을 지경이다.
나도 물을 빨리 다오."
"예. 이 물은 양반이 먹는 물입니다.
이 물을 먹자고 하니 여기 있습니다."
"어떻게 이 물을 먹느냐?"

ᄒᆞᆫ참 가단 정수남인
돌코지에 발을 차는 것추록 ᄒᆞ연
"귀말이 ᄀᆞ뭇간 더 못가쿠덴."
엄살을 부려간다.
ᄌᆞ청빈 말을 ᄒᆞ되,
"그겐 어서 이 ᄆᆞᆯ을 타라."
이젠 정수남인 ᄆᆞᆯ을 타고
ᄌᆞ청빈 그 밴 징심을 지고 ᄒᆞ연
신산고을 도올르는구나.
ᄌᆞ청빈 시상에
둑지에 배 아니걸쳐나고
구불에 짐 아니놓아나난
얼매 걷지 아니ᄒᆞ연 지치고
발은 콩시슬추록 붕물어간다.
ᄌᆞ청비가 말을 ᄒᆞ되,
"이제도 갈 질이 멀어시냐?"
"예, 이제도 멀긴 멀었수다마는,
ᄒᆞ정 읍서. 가집네다."
ᄒᆞᆫ참을 가단 높직ᄒᆞᆫ 동산에 몬첨 간
ᄆᆞᆯ 우티서 ᄂᆞ련 앚안 쉬멍,
"상제님도 이디서 쉬영 글읍서."
"정수님아 이젠 낮이 되었구나,
징심이나 내여놓아 먹영 가게."
징심을 내여 놓고
정수남인 지 적시만 들런 ᄒᆞᆫ펜 동산 알레레
것닥것닥 ᄂᆞ려 간 먹는구나.
"정수남아 이레 오랑. ᄒᆞᆫ디 징심을 먹게,
무사 먼 디레 간 먹엄시니?"
"종광 상제님이 ᄒᆞᆫ디 앚앙
징심을 먹으민
질 넘어가는 사름들이 보민
누살새녕 읍네다.
나영 두갈새 되쿠강?"

"기여, 게민, 착ᄒᆞ다."
그영ᄒᆞ연, 징심을 먹는디.
ᄌᆞ청빈 징심을 ᄀᆞ마귀딱지만이 먹으난
찬 먹을 수가 엇고나.
"나, 이 범벅 찬 못먹키여.
느 먹는 범벅을 나를 ᄒᆞ술 도라."
"상제님 그거 미신 말이우꽈?
상제님 먹단 음식은 종이 먹는 법이우다.
종이 먹단 음식은 개가 먹는 법이우다.
상제님 개될쿠가?"
"게나때나 ᄒᆞ술 도라 먹어보저."
정수남인 이녁 먹단 범벅을
ᄒᆞ숟가락 거려단 손바닥에 착 ᄒᆞ게 주난,
ᄌᆞ청빈 먹어 보난 청맛이란
"둠도 둘다!"
ᄌᆞ청빈 먹단 범벅을 내여주멍
"찬 못먹키여, 나 징심 ᄀᆞᆾ다당 먹으라."
정수남인 ᄌᆞ청비 먹단 범벅을 ᄀᆞ겨단
출레로 ᄒᆞ연 그 범벅을 ᄆᆞᆫ 먹었구나.
자청비는 그 범벅 찬 음식을
ᄀᆞ마귀딱지만인 먹어놓난
물그리완 물을 ᄎᆞ자가는구나.
"정수남아 물그립다. 물통이나 ᄎᆞ자도라."
"예, 글엄십서, 물이 나옵네다."
그영저영 가단 보난 물통이 나온다.
"그디 시라. 이 물 먹엉 가게."
"예? 이 물은 쇠가 먹는 물이우다.
저 물은 ᄆᆞᆯ이 먹는 물이우다."
"아이구! 물그리완 죽어지키여,
나 물 ᄒᆞ술 도라."
"예, 요 물은 양반이 먹는 뭌이우다.
이 물은 먹젱 ᄒᆞ민 예가 십네다."
"어떵ᄒᆞ영 이 물을 먹느니?"

"이 물은 바가지로 먹자 하면
바가지가 목에 걸리고,
그냥 먹자 하면 물귀신이 잡아당기나 봅니다.
상제님, 여기서 나 먹는 것 보며 드십시오."
정수남이는 위아래로 옷을 모두 벗어두고
칡넝쿨을 걷어다가 아랫도리를 걸러 매고
한 끄트머리는 산딸기나무에 가서 졸라매어서,
윗물에 엎드려서
소 물먹듯 괄락괄락 댓 허벅은 먹는구나.
정수남이는 일어서서 나와
"상제님도 나 먹는 것처럼 해서 드십시오."
옷을 훌러덩 벗어
이거 자기 거웃 졸라 매어놓은 걸로
"상제님도 거웃 졸라매어 드십시오."
자청비는 목이 말라서
옷을 벗어 칡넝쿨로 거웃 졸라매고
엎드려서 물을 먹어가는구나.
정수남은 자청비 옷을 산딸기나무 위로 던져두고
사금파리를 우물로 팡팡 바둑처럼 던지며.
"이건 하늘옥황 문국성 문도령이
삼천궁녀와 놀이하는 것입니다.
이건 문국성 문도령이 바둑장기 두는 것이요.
구경 실컷 하십시오."
자청비가 생각하니
"아하! 내가 요 놈한테 속았구나.
이놈을 달래야 쓰겠구나."
물을 먹고 나온 자청비는
"정수남아, 내 옷 가져다 다오."
"좋습니다. 상제님 젖통이나 한 번 만져 봅시다."
"내 젖통 만질 바에는 나 눕는 방에 가서 봐라.
은당병이 있느니라. 은당병에 허를 넣어 보아라.
내 젖통 만지는 것보다 더 좋다."
그러자 옷을 내려 주고,

날을 보니 저물어가는구나.
"정수남아. 저 동산으로 가자.
가서 움막이나 지어
너랑 나랑 이야기 하며 밤을 새고 가자."
정수남은 기뻐하면서 동산에 가 움막을 짓되,
억새 다섯 묶음을 들여서 지어 보니 세 칸이다.
움막 속에 자청비가 들어가 보니
벽 사이로 구멍이 뻐끔뻐끔한 것이
이 담 구멍, 저 담 구멍
허깨비도 나올 듯, 도깨비도 나올 듯
밤하늘엔 별이 송송이 보이는구나.
"정수남아.
종하고 한 집에서 같이 자면
하늘님이 보고 죄라고 한다.
이 담구멍을 막아라."
그러니 정수남이 담구멍을 막는데,
밖에서 두 구멍 막으면
자청비는 안에서 한 구멍 뚫어주고 하면서,
이 구멍도 막아라, 저 구멍도 막아라
하다가 보니 먼동 개동이 트고,
이젠 정수남이 화가 나서
자청비를 죽일 듯이 몰아간다.
자청비가 말을 하기를,
"하인 정수님아. 이리 오너라.
내가 죽기 전에 네 머리에서 이나 잡아주마."
정수남은 수풀산의 맷방석 닮은 머릴
자청비 은 같은 무릎에 거침없이 놓는구나.
자청비는 정수남의 머리를 걷어 보니
이가 떼 지어 이리 발발, 저리 발발
사뭇 볼품이 없구나.
자청비는 은같은 손으로 이를 잡아
도독독이 죽여 가니,
하인 정수남은 무정 눈에 잠이 와

"이 물은 박새기로 먹젱 ᄒ민
박새기가 목에 걸어지곡,
그냥 먹젱 ᄒ민 물귀신이 줍아댕겨붑네다.
상제님, 옙서, 나 먹는 것 보왕 먹읍서."
정수남이는 우알로 옷을 맷딱 벗어두고
끅정동을 걷어다가 원수님을 걸려매고
흔끝댕인 한탈낭게 간 졸라매연,
웃통에 엎더지여두서
쇠물 먹듯 괄락괄락 댓 허벅은 먹는구나.
정수남인 일어산 나완
"상제님도 나 먹는 것추룩 ᄒ영 먹읍서."
옷을 믄들랫기 벗엉
이 거 나 거울 졸라매여난 걸로
"상제님도 거울 졸마매영 먹읍서."
자청비는 물 그리와놓난
옷을 벗언 끅정동으로 거울을 졸라매고
업더지연 물을 먹어가는구나.
정수남인 ᄌ청비 옷을 한탈낭 우테레 지쳐두언
사그마치기로 물통데레 팡팡 바둑 틔우멍
"요 거, 하늘옥황 문국성 문도령
삼천궁녀광 노념ᄒ는 거우다.
오 건 문국성 문도령이 바둑장귀 두는 거우다.
귀경 실피 ᄒ읍서."
ᄌ청비는 생각ᄒ니,
"아하! 내가 요 놈안티 속아졌구나.
이 놈을 달래여사 씰로구나."
물을 먹고 나오란, 자청비는
"정수님아, 나 옷 ᄀ져다 도라."
"옙서, 상제님 ᄌ통이나 흔번 뭉직아 보저."
"나 ᄌ통 뭉직느니랑 나 눅는 방이 강 보라.
은당팽이 싯느니라. 은당팽에 세를 질렁 보라.
나 ᄌ봉 뭉직는 것 보단 더 좋은다."
그젠 옷을 ᄂ리와 주고,

날은 보난 ᄌ물아가는구나.
"정수남아, 저 동산데레 글라,
강 엄막이나 짓엉
느영 나영 얘개기 안앙 인밤 새영 가게."
정수남은 지꺼지연 동산이 간 엄막을 짓되,
어묵 닷못 새 닷못 들연 짓언 보난 삼칸일러라.
엄막 쏘곱에 ᄌ청비가 들어간 보난
축담새로 고망이 비룽비룽ᄒ 게
이 담 고망 저 담 고망
헛개도 남직, 도채비도 남직
하늘엔 밸이 송송이 보아졈구나.
"정수남아.
종광 한집이 흔디 자민
하늘님인들 빵 죄가 한다.
이 담고망을 막으라."
그영ᄒ연 정수남이가 축담고망을 막는디,
백기서 두 고망 막으민
ᄌ청빈 안티선 흔고망 터주우곡 하멍,
요 고망도 막으라, 저 고망도 막으라
하여가는게 먼동 개동이 들르고,
이젠 정수남이가 용심이 난에,
자청빌 죽일팔로 둘러간다.
ᄌ청비가 말을 ᄒ되,
"정이엇인정수남아. 이레 오라.
나영 죽기 전이 느 머리에 니나 잡아주마."
정수남인 수푹산이 매방석 닮은 머릴
ᄌ청비 은ᄀ을 독무립데레 허분듯이 놓는구나.
ᄌ청빈 정수남이 머릴 걷언 보난
니가 수룩짓언 이레 발발 저레 발발
ᄉ뭇 볼 춤이 엇고나.
ᄌ청빈 은ᄀ을 손으로 니를 잡아
오독똑이 죽여가난,
정이엇인정수남인 무정눈에 줌이 오라

잠을 송송 자는구나.
자청비가 말을 하기를,
"이 못된 자식.
아무려면 내 무릎에서 잠을 잘 수가 있느냐?"
담뱃대를 빼 들고 정수남의 왼쪽 귀로 찔러
오른쪽 귀로 빼 내어 죽이고
말을 잡아타면서 경문을 읽는구나.
"이 말아, 저 말아.
네가 길을 잡아서 집에 가면
너도 살고 나도 살지만,
그러지 못하면 내 칼로
너도 죽고 나는 스스로 자살을 할 것이다."
말을 타고 길을 나서 오는데,
중간에 오니 산신님이 나서서 말을 하기를,
"어찌하여 너한테서 피 냄새가 난다."
자청비가 말을 하기를,
"오는 길에 말발에 메추리가 밟혀 죽었습니다."
"어디서 헛소리 말아라.
네 뒤에 더벅머리 총각이
피를 벌겋게 흘리며 달려오고 있다."
자청비가 말 위에서 다급하게 내려서서,
"과연 잘못했습니다.
데려 간 종놈이 행실이 부족하여
죽이고 오는 길입니다. 살려주십시오."
산신님이 경을 읽어 그 생죽산이를 떨쳐내어 준다.
자청비는 집으로 돌아와서,
"어머님, 어머님.
사람이 말을 안 들을 때는 어떡하면 좋습니까?"
"욕한다."
"욕해도 안 들으면 어떡합니까?"
"죽여 버린다."

"예. 내가 하인 정수남이의 행실이
부족하여 죽여 버리고 왔습니다."
"계집년이 나기도 잘 났다. 들기도 잘 들었다.
어떻게 사람을 죽일 수가 있느냐.
어서 나가 종을 데리고 오너라."
자청비는 아버지 방에 들어가
"아버님, 아버님. 하인 정수님이
행실이 부족하여 죽여 버리고 왔습니다."
"이게 무슨 말이냐?
계집년이 나기도 잘났다. 들기도 잘 들었다.
어떻게 사람을 죽일 수가 있느냐.
그 종은 우리 식구를 먹여 살리는 종인데,
어서 가서 종을 살려오너라."
자청비는
이러면 어쩌나, 저러면 어떠나!
서천꽃밭 꽃을 따다가
하인 정수남이를 살려내자.
자청비는 남자 옷으로 갈아입고
말을 타고 서천꽃밭으로 달려간다.
가다 보니 길에서 어린 아이 둘이가
부엉이 한 마리를 놓고
"네가 주웠네, 내가 주웠네."
싸움을 하고 있구나.
자청비가 말을 하기를
"너희들 그렇게 싸울 것이 없이
그 새를 나한테 팔아라."
"그럼 그렇게 하십시오."
자청비는 돈 한 냥씩 주고,
새 가슴팍에 화살을 한 대 꽂아놓고,
서천꽃밭으로 가는구나.
서천꽃밭에 거의 가서

잠을 쏭쏭 자는구나.
ᄌ청빈 말을 ᄒ되,
"이 못된 ᄌ속.
아맹ᄒ민 나 독ᄆ립에서 ᄌᆷ을 잘 수가 있느냐?"
통설대를 빼여 들고 정수남의 왼귀로 질르고
ᄂ단귀로 빼여내연 죽여두고
ᄆ를 심어 틈명 정법을 읽는구나.
"이 ᄆ아 저 ᄆ아,
ᄂ가 질을 잽형 집일 가민
ᄂ도 살곡 나도 살주마는
그영 못ᄒ민 내 칼로
ᄂ도 죽곡 나는 날로 ᄌ살을 홀로라."
ᄆ를 타고 질을 나산 오는디,
중간에 오난 산신님이 나스고 말을 ᄒ되,
"어떵ᄒ난 ᄂ 우으로 늘핏내가 난다."
ᄌ청비가 말을 ᄒ되,
"오는 질레 ᄆ발에 순작이 볿혀 죽엇수다."
"어디서 헛소리 말라,
ᄂ 뒤에 엄부럭총각이
피 벌겅케 나멍 돌아오람다."
ᄌ청비가 ᄆ우티서 펏딱ᄒ게 ᄂ려스고
"과연 잘 못했습네.
ᄃ란 간 종놈이 행실이 부죽ᄒ연
죽여두언 오는 질이우다, 살려줍서."
산신님이 경을 읽어 그 생죽산일[10] 털어준다.
ᄌ청비는 집으로 돌아오고,
"어머님아 어머님아,
사름이 말 아니들을 땐 어떵ᄒ민 좁네까?"
"욕흔다."
"욕ᄒ여도 안들으민 어떵ᄒᆸ네가?"
"죽여분다."

"예, 나 정이엇인정수남이 행실이
부족ᄒ연 죽여두언 오랐수다."
"지집년이 남도났저, 듬도들엇저,
어떵 사름을 죽일 수가 시리,
어서 나 종으로 돌아오라."
ᄌ청빈 아방왕이 들어가고
"아바님아 아바님아. 정이엇인정수남인
행실이 부족ᄒ연 죽여두언 오랐수다."
"이게 미신 말고?
지집년이 남도났저 듬도들엇저,
어떵 사름을 죽일 수라 시리,
그 종은 우리 식굴 맥영 살리는 종인디,
어서 나 종으로 살려오라."
ᄌ청빈,
이만ᄒ민 어떵ᄒ리 저만ᄒ민 어떵ᄒ리!
서천꽃밭 꼿을 타당
정이엇인정수남일 살려내져.
ᄌ청빈 남ᄌ 입성으로 굴아입고
ᄆ를 타고 시친꼿밭데레 돌려간다.
가단 보난 질헤에서 어린 아이 둘이가
부엉새 ᄒ머릴 놓완
"ᄂ 봉갔저 나 봉갔저."
싸움을 ᄒ염구나.
ᄌ청빈 말을 ᄒ되,
"ᄂ네들 그영 싸울 게 엇이
그 생일 나신디 ᄑ라불라."
"어서 걸랑 기영 ᄒᆸ서."
ᄌ청빈 돈 흔양쏙 주어두고,
생이 가슴팍엔 쌀을 흔대 꼬자놓고,
서천꽃밭딜 가는구나.
서천꽃밭 거저 가난,

---

10 죽어서도 살아있는 사람.

새를 서천꽃밭 가운데로 핑하게 던져두고,
꽃밭 사방으로 돌아다니니 서천꽃밭 개가
들이대며 쿵쿵, 내돌며 쿵쿵 짖는구나.
서천꽃밭 주인대감이 말을 하기를
"큰딸아. 나가 보아라. 개 짖는 소리가 난다."
큰딸이 나가 보니,
어떤 청의동자가 말을 타고 왔다갔다하는데,
내 상대가 아니로구나.
"아버님, 아무것도 아닙니다."
다시 개 짖는 소리가 요란하니
"둘째 딸이 나가 보아라. 무엇이 나다니느냐?"
둘째 딸이 나가 보니
"아무것도 아닙니다. 바람소리입니다."
다시 개 짖는 소리가 요란하니
"셋째 딸이 나가 보아라.
누가 꽃으로 장난을 하고 있지 않느냐?"
셋째 딸이 나가 보니 천하일색 귀동자로구나.
첫눈에 마음에 드는구나.
"도령님, 도령님.
무슨 일로 왔다갔다합니까?"
도령이 말을 하기를
"먼 길을 가다가 이 근처에
새가 날고 있기에 화살 한 대를 쏘았는데,
새가 밭담 안으로 떨어져
화살이나 찾아 가려고 하는데
안으로 들어가지 못하고 있습니다."
"그럼, 잠시만 여기 기다리십시오.
내가 가서 우리 아버지한테
허락 받아서 오겠습니다."
"그러면 감사합니다."
셋째 딸은 아버님 앞에 가서
"아버지, 아버지.
어떤 길 가던 도령님이

우리 꽃밭 위에 새가 날고 있어서
화살 한 대를 쏘았는데,
그 새가 우리 꽃밭으로 떨어졌으니
그 화살이나 찾아 가고자 합니다."
주인대감은 그 말을 듣고
반가움에 이를 바 없어지고
"그렇지 않아도 그 부엉이 때문에
사라대왕한테 욕을 듣는데,
거참 잘 되었구나.
내가 가서 찾아보겠다."
주인대감은 서천꽃밭을 가서 둘러보니
꽃밭 한가운데 화살 꽂힌 부엉이가
나뒹굴고 있구나.
주인대감은 부엉이를 주워다가
"셋째 딸아.
나가 봐서 손님이 있거든 이쪽으로 청하여라."
"예. 그렇게 하겠습니다."
셋째 딸이 밖으로 나가 보니,
골목 바깥에 도령이 있으니,
"안으로 들어오십시오."
"예. 감사합니다."
자청비는 셋째 딸이 청하는 대로
안으로 들어가고,
주인대감과 인사를 한다.
주인대감이 말을 하기를
"서천꽃밭에 부엉이가 한 쌍이 살면서
꽃밭에 많은 재앙을 줍니다.
이제 새가 한 마리가 남았는데,
이것을 잡아주면 은혜를 갚겠습니다."
"그러면 그렇게 하지요."
그날 밤은 자청비가
이 밤, 저 밤사이가 되니
옷을 한 벌만 입고 나가 있다.

생일 서천꽃밭 가운디레 핑흐게 널려두고,
꽃밭 수방을 돌암더지 서천꽃밭 개가
들이돌아 쿵쿵, 내돌아 쿵쿵 죽꾸는구나.
서천꽃밭 주인대감이 말을 흐되,
"큰뚤애기야 나강 보라. 개주춤 소리가 난다."
큰뚤애기 나간 보난
어명흔 청의동즈가 물을 탕근 왔닥갔닥 흐염시난,
내 상대가 아니로구나.
"아바님, 아무것도 아니우다."
또시 개주춤 소리가 요란흐난,
"셋뚤애기 나고 보라. 미싱 것이 얼르느냐?"
셋뚤애기 나간 보완,
"아무것도 아니우다. 브름소리우다."
또시 개주춤 소리가 요란흐난
"말줏뚤애기 나강 보라,
누게라 꽃 자파릴 흐젠 흐염샤?"
말줏뚤애긴 나간 보난 천하일색 귀동즈로구나.
쳇눈에 무심에 드는구나.
"도령님아 도령님아.
미신 일로 왔닥갔닥 흐염수과?"
도령이 말을 흐되,
"먼 질을 가단에 요 수시에
생이가 늘암건태 쌀 흔대를 놓았는데,
생이가 밭담안트레 떨어지난
쌀이나 촛앙 가젠 흐난
안트레 들어가질 못흐염쑤다."
"흐건, 흐술만 이디 심서,
나 강 우리 아방안티
허락 받앙 올쿠다."
"게민 감수흐우다."
말줏뚤애긴 아바님전 들어가고
"아바님아 아바님아.
어떤, 질 넘어가단 도령님이

우리 꽃밭 우티 생이가 늘암선
쌀 흔대를 놓았는디,
그 생이가 우리 꽃밭데레 털어지난,
그 쌀이나 촛앙 가젠 흐염쑤다."
주인대감은 그 말을 듣고
반가움이 이를 배 엇어지고.
"그영 아니흐여도 그 부엉새 따문에
사라대왕안티 욕을 듣는디
거츰, 잘 되었구나.
내 강 촛아보저."
주인대감은 서천꽃밭을 간 둘러보난
꽃밭 한가운디 쌀꼬주와진 부엉새
나둥굴언 싰구나.
주인대감은 부엉새를 줏어단에
"말줏뚤애기야.
나강 쌍 손님이 싰걸랑 이레 청흐라."
"예, 그영흐쿠다."
말줏뚤애긴 밖으로 나간 보난
올레 백겼디 도령이 사시난,
"안트로 들어옵서."
"예, 감사흐우다."
즈청비는 말줏뚤애기가 청흐는대로
안트로 들어가고,
주인대감광 인수를 흐고,
주인대감이 말을 흐되,
"서천꽃밭디 부엉새가 흔쌍이 살명
꽃밭에 하근 재외를 줍네다.
이제 생이 흔머리가 남았는디,
요걸 잡아주민 은공을 갚으쿠다."
"게멘 아맹이나 흡주."
그날 밤은 즈청비가
이 밤 저 밤 새가 되난
옷을 흔불만 입언 나간 싰단.

부엉이가 날아오니 옷을 훌러덩 벗어
꽃밭 가운데 가서 누워있으니
부엉이가 자청비 배에 와서 앉으니,
자청비는 부엉이를 폭 잡아 화살을 꽂아
옆에 던져두고 그 길로 들어와 잠을 자는구나.
다음 날 아침에 주인대감이 말을 하기를,
"어떻게 되었습니까?"
"예. 밤중에 부엉이 소리가 나서
화살 한 대 쏘긴 쏘았습니다만,
어떻게 되었는지는
서천꽃밭으로 한 번 가 보십시오."
주인대감은 꽃밭으로 가서 보니
부엉이 한 마리가 화살을 맞아 죽어있구나.
주인대감은 죽은 부엉이를 가지고 들어와
"도령님 덕택으로 새를 모두 잡았습니다.
그 은혜를 다 갚을 수가 없습니다.
우리 집 셋째 딸에게 장가들기 어떻습니까?"
"감사한 말씀입니다마는
제가 과거 보러 가는 중이니,
과거 보기 전에는 가족 만들 생각이 없습니다."
"그러하면 장가는 가고 과거하여 와서
정을 섞어 사는 것이 어떻습니까?"
"그럼 그렇게 하십시오."
자청비는 과거하려 나가며 셋째 딸한테
꽃구경을 못하고 가니 섭섭하다고 하는구나.
셋째 딸은 주인대감한테 가서,
사위는 과거보러 가는데
꽃구경을 못하고 가게 되어 섭섭하다고 말한다.
"꽃구경 시켜주십시오."
"야. 그러면 꽃이 다치지 않을까?"
"내가 다치지 않게 조심히 구경 시켜 주겠습니다."
"그럼 원하는 대로 해라."
자청비와 셋째 딸은 꽃구경을 가서 돌아본다.

자청비가 말을 하기를
"이 꽃은 무슨 꽃입니까?"
"이 꽃은 죽은 사람 살려내는 꽃입니다.
이 꽃은 번성꽃입니다.
이 꽃은 환생꽃입니다.
이 꽃은 악심꽃입니다.
이 꽃은 말 할 수 있는 꽃입니다.
이 꽃은 웃음 웃을 꽃입니다.
이 꽃은 오장육부 그릴 꽃입니다.
이 꽃은 숨들일 꽃입니다.
이 꽃은 멸망꽃입니다.
이 꽃은 살오를 꽃입니다."
셋째 딸이 앞에 서서 가리키는 양
자청비는 톡톡 꽃을 따서
소매 속으로 담는구나.
자청비는 처부모한테 인사하고,
셋째 딸하고도 작별을 하는구나.
"부인님, 부인님.
내가 과거하여 올 때까지
부디 딴 마음 먹지 말고 잘 살고 있으면
우리가 이후에
웃으면서 살날이 올 것입니다."
"낭군님, 낭군님.
과거하여 올 때까지
나를 잊지 말고 몸 건강히 다녀오십시오."
자청비는 말을 타고 채찍을 휘둘러
하인 정수남이 죽은 곳으로 달려간다.
가보니 정수남이는 뼈만 앙상하였구나.
자청비는 정수남의 뼈 위로
환생꽃, 오장육부 그릴 꽃, 숨들일 꽃,
살오를 꽃, 말할 꽃을 차례로 놓고
때죽나무 회초리로 세 번을 살짝 때리면서
"하인 정수남아. 어서 벌떡 일어나라."

부엉새가 늘아오난 옷을 문들랫기 벗언
꽃밧 가운디 간 누어시난
부엉새가 조청비 뱃부기레 완 앚이난,
조청빈 부엉샐 폭기 심언 쌀을 꼬주완
윱데레 댓겨두고 구들로 들어완 줌을 자는구나.
붉는날 아적인 주인대감이 말을 ᄒᆞ되,
"어떵이나 ᄒᆞ여집디가?"
"예, 밤중에 부엉새 소리가 난
쌀 흔대 놓이긴 놓였수다마는,
어떵사 되어신디,
서천꽃밧디레 흔번 강 봅서."
주인대감은 꽃밧데레 간 보난
부엉새 흔머리가 쌀을 맞안 죽었구나.
주인대감은 죽은 부엉샐 ᄀᆞ전 들어오란,
"도령님 덕택으로 생일 믄 심어졌수다.
그 은공을 다 갚을 수가 엇수다.
우리집 말ᄌᆞ뚤에 장개들기 어떵ᄒᆞ우꽈?"
"감수ᄒᆞᆫ 말씸이우다마는
제가 과거보레 가는 중이난,
과거 보기전인 가속 생각이 엇수다."
"그영ᄒᆞ건 장개랑 가곡 과거ᄒᆞ영 오랑
정 섞엉 사는 게 어떵ᄒᆞ우꽈?"
"걸랑 어서 기영 흡서."
자청빈 과거ᄒᆞ레 나가멍 말ᄌᆞ뚤애기신디
꽃귀경을 못ᄒᆞ고 가난 섭섭ᄒᆞ댄 ᄒᆞ는구나.
말ᄌᆞ뚤은 주인대감신디 가고,
사원 과거보레 가멍도
꽃귀경을 못ᄒᆞ연 가게 되난 섭섭ᄒᆞ댄 굴암쑤다.
"꽃귀경 시켜줍서."
"야, 경ᄒᆞ민 꽃이 다치지 아니홀카?"
"ᄂᆞ 다치지 만게 긔양 귀경 시켜 준쿠다."
"게건 아맹이나 ᄒᆞ라."
조청비광 말ᄌᆞ뚤아긴 꽃귀경을 가고 돌아본다.

조청비가 말을 ᄒᆞ되,
"이 꼿은 미신 꼿이우꽈?"
"이 꼿은 죽은 사름 살려내는 꽃이우다.
요 꼿은 번성꼿이우다.
요 꼿은 환싱꼿이우다.
요 꼿은 악심꼿이우다.
요 꼿은 말ᄀᆞ를 꼿이우다.
요 꼿은 웃임웃일 꼿이우다.
요 꼿은 오장육부 그릴 꼿이우다.
요 꼿은 숨드릴 꼿이우다.
요 꼿은 맬망꼿이우다.
요 꼿은 술오를 꼿이우다."
말ᄌᆞ뚤이 앞이 사두서 ᄀᆞ리치냥
자청빈 톡톡 꼿을 튿단
우머니 쏘곱데레 담는구나.
조청빈 처부미신디 인새ᄒᆞ고,
말ᄌᆞ뚤신디도 작벨을 ᄒᆞ는구나.
"부인님아 부인님아.
내가 과거ᄒᆞ영 오도록 하다
튼 ᄆᆞ심 먹지 말곡 잘 살암시민
우리가 일지후제
웃임웃이멍 살 날이 돌아옵네다."
"낭군님아 낭군님아.
과거ᄒᆞ영 올 때ᄭᆞ지
나를 잊지 말곡 몸 건강히 댕경 옵서."
조청비는 물을 타고 치를 주고
정이엇인정수남이 죽은 딜로 다불려 갑네다.
간 보난 정수남인 쾅만 슬강 ᄒᆞ였구나.
조청빈 정수남이 쾅웃테레
환싱꼿, 오장육부 그릴 꼿, 숨들일 꼿,
숨ᄋᆞ른 꼿, 말ᄀᆞ른 꼿은 추례로 놓완
족낭회추리로 삼시번을 씰ᄄᆞ리멍
"정이엇인정수남아. 어서 거씬 일어나라."

하며 획 하게 갈기니
"아이고, 상제님아! 봄잠을 너무 잤습니다."
하며 화들짝 일어났다.
자청비는 정수남이를 데리고 집으로 와서
"어머님, 어머님.
하인 정수남이 살려왔으니 받으십시오."
"나기도 잘나도 들기도 잘 들었다.
사람을 어떻게 죽였다 살리느냐?
그냥 데리고 나가거라."
아버지에게 달려가
"아버님, 아버님.
하인 정수남이를 살려 왔습니다. 받으십시오."
"계집년이 나기도 잘 나고 들기도 잘 들었다.
어떻게 사람을 죽이고 살린단 말이냐?
꼴 보기 싫다. 네가 그냥 나가거라."
자청비는 세 살적에 입던 옷을 모두 챙겨 들고
집을 나서는구나.
자청비 보름달 같은 얼굴에 구슬같은 눈물이
중 얼굴에 염주지듯 다룩다룩 떨어지며
눈물로 세수하며 발 가는 대로 나가는구나.
가다 보니 청태산 마고할망의
문도령 장가갈 때 쓸
혼사 베를 짜는 집으로 들어갔구나.
"길 넘어가는 소녀가 부탁합니다.
하룻밤만 이 문 앞이나 잠시 빌려주십시오.
자고 가겠습니다."
"그럼 그렇게 하시오."
저녁때가 되어 할망은 밥을 하고,
자청비와 저녁밥을 같이 먹으며
할망이 말을 하기를
"자청비를 우리 집의
수양딸로 삼았으면 좋겠다."
자청비가 말을 하기를

"그럼 그렇게 하십시오."
자청비는 수양어머니 삼으니 기뻐서
물 심부름, 밥 심부름,
베짜는 심부름까지 하는구나.
수양어머니가 왈각찰각 베를 짜니
"어머님. 이 물품은 어디에 쓸 것입니까?"
"하늘옥황 문국성 문도령이 장가가는데
혼사 베를 짜 달라고 하여 짜는 것이다."
"어머님. 나도 짜 보겠습니다."
"음. 그럼 짤 수 있거든 짜 보아라."
자청비는 베틀 위에 올라앉아
베를 짜는데, 티끌 없이 잘도 짠다.
자청비 수양어머니 없는 사이에
그 베에 바둑을 두는구나.
"무심한 문도령아.
나를 상봉하러 오겠다고 하여 두고
삼년을 기다려도 붉은 낮 한 번 못보고
언제면 상봉할까?"
이러한 글을 놓아 베를 모두 짜니
수양어머니가 왔구나.
"자청비야, 자청비야. 아이고! 예쁜 내 아기.
베 짜 놓은 게 곱기도 곱다."
문국성 문도령한테 연락하니
문도령은 혼사 베 가지러 내려왔구나.
수양어머니가 문도령한테 혼사 베를 내어놓으니,
문도령은 쫙 펴서 보더니
"이거 누가 한 물품입니까?"
"우리 집의 수양딸."
"수양딸이 누구입니까?"
"자청비."
"자청비 어디 있습니까?"
"저 동쪽 방에 있습니다."
"나 한 번 만나게 해 주십시오."

ᄒ멍, 홧 ᄒ게 굴기난
"아이구, 상제님아! 봄줌을 너미 자졌수다."
하멍, 와들랭이 일어났수다.
ᄌ청빈 정수남일 ᄃ란 집으로 완
"어머님아 어머님아,
정이엇인정수남이 살려와시메 맡읍서."
"남도나고 듬도들었저,
사름을 어떵 죽였당 살리느냐?
느냥으로 ᄃ랑 나고가라."
아방왕이 들려가고
"아바님아, 아바님아.
정이엇인정수남이 살려왔수다. 맡읍서."
"지집년이 남도나고 듬도 들었져,
어떵 사름을 죽이곡 살린댄 말이냐?
꼴보기 싫다. 느냥으로 나고가라."
ᄌ청빈 시술 적 입단 옷광 ᄆᆫ 주워 지연
집을 나ᄉ는구나.
ᄌ청빈 보름ᄃᆯ ᄀᆮ은 양지에 주충ᄀᆮ은 눈물이
중반에 염주지듯 다륵다륵 털어지멍
눈물로 시수ᄒ멍 발가는냥 나가는구나.
가단 보난 청태산 마귀할망이
문도령 장개갈 때 씰
홍샛배 차는 집일 들어가졌구나.
"질 넘어가는 소녀가 당ᄒ네.
ᄒ룻밤만 요 무뚱이나때나 ᄒ술 빌립서,
잤당 갈쿠다."
"어서 걸랑 기영 ᄒ여."
ᄌ녁때가 되연 할망은 밥을 ᄒ고
ᄌ청비광 ᄌ녁밥을 ᄒᆫ디 먹으멍
할망이 말을 흠을,
"ᄌ청비랑 우리집이
수양ᄄᆯ로 삼아시민 졸키여."
ᄌ청비가 말을 ᄒ되,

"어서 걸랑 기영 홉서."
ᄌ청빈 수양어멍 삼으난 지꺼지고
물 부름씨, 때 부름씨,
배차는 부름씨 ᄒ는구나.
수양어멍이 왈각찰각 배를 차가난,
"어머님, 이 물품은 미싱것 홀 거우꽈?"
"하늘옥황 문국성 문도령이 장개가는디
홍샛벨 차 도랜 ᄒ연 차는 거여."
"어머님, 나 차 보쿠다."
"긍, 어서 차지건 차보라."
ᄌ청빈 배클 우티 올라앗안,
배클 차는디 툇기 엇이 잘도 찬다.
ᄌ청빈 수양어멍 엇인 어이에
그 배에 바둑을 두는구나.
"무심ᄒᆫ 문도령아.
나를 상봉ᄒ레 오키엔 ᄒ여 두언
연삼년을 지드려도 붉은 ᄂ ᄒ번 못보고
어느제민 상봉ᄒ료?"
웅ᄒᆫ 글을 놓완 배를 ᄆᆫ 차난
수양어멍이 오랐구나.
"ᄌ청비야 ᄌ청비야, 아이구! 설룬 나 아기.
배차 논 게 곰도 곱다."
문국성 문두령신디레 연통ᄒ난
문두령은 홍샛배 ᄀ지레 ᄂ려왔구나.
수양어멍은 문두령신디레 홍샛배를 내여놓난,
문두령은 쫙 패와 봔,
"이거 누게 ᄒᆫ 물품이우꽈?"
"우리집의 수양ᄄᆯ."
"수양ᄄᆯ이 누게우꽈?"
"ᄌ청비."
"ᄌ청비 어디 싯수가?"
"저 동녘 방에 싰수다."
"나 ᄒᆫ번 만나게 ᄒ여 줍서."

수양어머니는 자청비 방에 가서
"예쁜 내 딸아.
오늘 밤에 네 방에 문도령이 올 텐데,
눈 밖에 나지 않도록 대접 잘 해라.
문도령 만한 사람을 사위로 삼으면
무슨 부러울 게 있겠느냐?"
수양어머니는 자기 방으로 가 버리고,
밤중이 되자 문도령은 자청비 방을 찾아가고
"자청비야, 이 문을 열어라. 나 문도령이야."
"문도령이 틀림없거든
문틈으로 손을 내밀어 보시오."
문도령은 문틈으로 손을 내미는데,
귀신인지 산 사람인지 알아보려고
자청비는 바늘로 문도령 손가락을 찔러본다.
그리하니 문도령은
"아이고야!"
하며 손가락을 확 빼어 보니
자주 피가 발끈 난다.
"에이, 부정한 년 하고는."
문도령은 혼사 베를 가지고 옥황으로 올라간다.
수양어머니는 딸 방에서
문도령과 함께 있는가보다 하고
마침 주안상을 차리고 와 보니
딸 혼자만 앉았구나.
"문도령은 어디 갔느냐?"
자청비는 사실대로 말을 한다.
수양어머니는 화가 나고
"그러니 너를 낳은 부모도 내쫓았지.
들어오는 복을 막대기로 치는 격이니,
내 눈에도 꼴 보기 싫다.
어서 아무데나 떠나라."
자청비는 수양어머니 눈 밖에 나니
할 수 없이 집을 나와 삼거리로 나섰구나.

삼거리에서 어디로 갈까 생각하다가
상주절로 간다.
상주절에 올라가 대사님과 의논한다.
대사님과 의논을 하니
"머리 깎아 중 행세를 하십시오."
대사님이 말하는 대로
머리를 깎고 중의 행세를 하면서
인간 세상으로 시주 받으러 내려오다 보니
하늘 옥황 선녀들이 도착하는구나.
자청비가 말을 하기를
"이 선녀들, 저 선녀들.
어디로 가는 선녀입니까?"
"하늘옥황 문국성 문도령이
자청비 만나러 갔는데,
문을 안 열어줘서 화병이 나
"자청비 먹은 물이 약이오"
해서 그 물을 길러 왔습니다."
"그러하면 자청비 먹는 물은 내가 길러 줄 테니
나도 같이 데려가 주십시오."
"그렇게 하십시오."
자청비는 자기 먹는 물을 길러주니
선녀가 자청비를 허벅지에 앉혀
하늘옥황으로 올라가는구나.
하늘옥황 문도령 집에 올라가니,
자청비는 중의 모습으로 문도령 집안으로 들어가
"소승 절에서 뵙습니다.
시주 삼문 내어주십시오."
하인이 나와서
"시주 받으십시오."
하니 자청비가 말을 하기를
"시주는 명심하여 놓으십시오.
한 방울이라도 흘리면
명 떨어지고 복 떨어집니다."

수양어멍은 ᄌ청비 방에 간,
"설룬 나 ᄄᆞᆯ아,
오늘 밤에 느방에 문두령이 오랐건
눈백기 나지 말게 대접 잘 ᄒᆞ라,
문두령만쏙 ᄒᆞᆫ 사름을 사위로 삼아진우제사
미신 부러울 게 시랴!"
수양어멍은 이녁 방에 가불고,
밤중만인 문두령은 ᄌ청비 방을 ᄎᆞᆺ아가고
"ᄌ청비야, 이 문울라. 나 문두령이여."
"문두령이 뜰림엇건
문틈으로 손을 내물아 봅서."
문두령은 문틈으로 손을 내ᄆᆞᆫ,
귀신 생인을 곱갈라보젠 ᄌ청비는
바농으로 문두령 송까락을 찔러본다.
그영ᄒᆞᆫ, 문두령은
"아가기여!"
ᄒᆞ명, 송까락을 확 빼연 보난
자주피가 볼끈 난다.
"에이, 부정ᄒᆞᆫ 년 ᄒᆞ군!"
문두령은 홍샛배를 ᄀ려 옥황으로 도올라간다.
수양어멍은 ᄄᆞᆯ방이서
문두령광 ᄒᆞ디 신가푸댄
아척이 주안상을 출리고 완 보난
ᄄᆞᆯ 혼체만 앚았구나.
"문두령은 어디 가시니?"
ᄌ청빈 ᄉ실대로 말을 ᄒ다.
수양어멍은 용심이 나고,
"그영 ᄒᆞ니 느 난 부미도 내조챇지?
들어오는 복을 막게로 치는 격이니,
나 눈에도 꼴 보기 싫다.
어서 아무디나 떠나라."
ᄌ청비는 수양어멍 눈백기 나난
훌 수 엇이 집을 나완, 삼도전 거리로 나샀구나.

삼도전 거리에서 어딜로 가린 생각ᄒᆞ단,
상주절로 올라간다.
상주절에 올라간 대서님광 의논ᄒ다.
대서님광 의논ᄒᆞ난
"머리 깎앙 중의 행색을 홉서."
대서님이 ᄀᆞ는대로
머리 깎안 중의 행색을 ᄒ명
인간데레 권제 받으레 느려오단 보난,
하늘옥황 선녀들이 당ᄒᆞ는구나.
ᄌ청비가 말을 ᄒᆞ되,
"요 선녀들 저 선녀들,
어드레 가는 선녀가 됩네까?"
"하늘옥황 문국성 문두령이
ᄌ청비 만나레 간
문 아니 올아주어비난 심매뱅이 나아놓고
'ᄌ청비 먹는 물이 약이옌'
ᄒ연 그 물을 질레 오람쑤다."
"그영ᄒᆞ민 ᄌ청비 먹는 물은 내가 질어주커메
나를 ᄒᆞ디 돌아다 줍서."
"걸랑 그영 홉서."
ᄌ청빈 이녁 먹는 물을 질어주난
선녀가 ᄌ청빌 허벅바위레 앚견
하늘옥황으로 올라가는구나.
하늘옥황 문두령집 올레레 가난,
ᄌ청빈 중의 행색으로 문두령 집안으로 들어간
"소승 절이 뱁네다.
권제 삼문 내여줍서."
늦인득이정하님이 나오란,
"시주 받읍서."
ᄒᆞ난, ᄌ청빈, 말을 ᄒᆞ되,
"시주랑 맹심ᄒᆞ영 놉서.
ᄒᆞ방울이라도 헐으민
맹 털어지곡 복 털어집네다."

그리하여 시주를 받는데,
자청비가 시주 받는 자루를 오므려버리니까
쌀이 아래로 줄줄 떨어진다.
"이 중, 저 중, 괘씸한 중.
그 쌀은 당신 손으로 모두 주어가시오."
하인이 들어가고,
자청비는 앉아서 그 쌀을 방울방울 주우며,
옆 눈으로 집안을 힐끗힐끗 살펴본다.
살펴보니 문도령은 별층당에 있구나.
자청비는 날이 어둡고 하여
문도령 사는 뒷문 맞은 팽나무 위에 올라가서
노래를 지어 부르는구나.
"달아, 달아, 밝은 달아. 계수나무 밝은 달아.
저 달은 문도령을 알건마는
이 내 몸은 문도령을 모르고,
문도령도 나를 모르니
이런 답답함이 어디 있으며,
이런 답답함을 어느 누가 알겠느냐!"
이 노래를 들은 문도령은
"달도 곱긴 곱다마는 초승달이 반달이요,
저 달이 아무리 고운들 자청비만큼 고우랴!"
자청비가 이 노래를 듣고
팽나무 위에서 내려오니,
문도령은 펄쩍 마당으로 나와
자청비를 확 안고 방안으로 들어가는구나.
그날 밤부터 문도령 방에서는
몰래 자청비가 함께 사는구나.
병풍 뒤에서 사는구나.
다음날 아침은 하인이
세숫물을 가져오고 식사상도 들여온다.
그런데 이상하다.
다른 때는 세숫물도 깨끗하고
식사상도 절반은 남는데,

오늘 아침부터는 세숫물도 더럽고
식사도 사발바닥을 비우고,
그것 정말 이상하다.
이처럼 이상한 일은 매일 매일 일어난다.
하루는 하인이
문도령 어머니한테 말을 하기를
"어쩐지 도령님 방이 전에 없이 이상합니다."
"전에 없이 세숫물도 더럽고
밥도 사발바닥을 내놓습니다."
"그러면 식사 상을 들여다 두고 올 때
창구멍으로 몰래 살펴보아라.
어떤 떠돌이 여자가 들어 있느냐?"
하루는 자청비가 말을 하기를
"문국성 문도령님.
어머니한테 그냥 수수께끼 주고 오십시오."
"무슨 수수께끼를 주고 옵니까?"
자청비는 문도령한테 수수께끼 답을 말해준다.
문도령은 어머니한테 가서
"어머니, 어머니?"
"무슨 일이냐?"
"느닷없이 시장기가 납니다.
밥이나 있으면 조금 주십시오."
"식은 밥밖에는 없다."
"식은 밥도 좋습니다."
"국이 없이는 못 먹는다."
"된장도 좋습니다."
식은 밥에 된장을 내어주니
"식은 밥도 맛있습니다. 된장도 맛있습니다."
"배고픈 때는 시장이 반찬이다."
"어머님, 어머님.
옷은 새 옷이 좋습니까? 묵은 옷이 좋습니까?"
"옷은 새 옷이 반듯하니 곱긴 곱다만
어디 가서 앉으려 하여도

그영ㅎ연 시주를 받는디,
ㅈ청비가 시주 받는 찰릴 줍아부난
쏠이 알레 잘잘 헐웁네다.
"이 중 저 중 괴씸ㅎ 중,
그 쏠, 당신냥으로 믄 줏엉가소."
늦인득이정하님은 들어가고,
ㅈ청비는 앚아두서 그 쏠을 방울 방울 줏이멍,
욮눈으로 집안을 힐끗힐끗 슬펴 봅네.
슬펴 보난 문두령은 뱁충당에 있구나.
ㅈ청빈, 날은 어둡고 ㅎ연,
이젠 문두령 사는 뒷문 바른 폭낭우티 올라간
놀래를 지언 불르는구나.
"둘아 둘아 붉은 둘아. 계수낭귀 붉은 둘아,
저 둘은 문두령을 알건마는
이 내 몸을 문두령을 몰르고
문두령도 나를 몰르니
이런 답답ㅎ이 어디 시멍
이런 답답ㅎ을 어느 누게 알랴!"
이 놀래를 들은 문두령은
"둘도 곱긴 곱다마는 초싱둘이 반둘이여,
저 둘이 아맹 곤들 ㅈ청비만이사 고랴!"
ㅈ청비가 이 놀래를 들언
폭낭우티서 ㄴ려오라가난,
문두령이 펏짝 마당데레 나산,
ㅈ청빈 확 안안 방안으로 들어가는구나.
그 날 밤부떠 문두령방에는
슬쩨기 ㅈ청비가 ㅎ디 사는구나.
팽풍뒤티서 사는구나.
붉는날 아척은 늦인득이정하님이
시숫물을 ㄱ져오고 식ㅅ상도 들러온다.
ㄱ영ㅎ디 이상ㅎ다
다른 제는 시숫물도 고와지곡
식ㅅ도 절반은 남는디,

오늘 아적부떤 시숫물도 푹푹ㅎ곡
식ㅅ도 사발굽을 내우곡,
그것 춤말 이상ㅎ다.
이ㅊ록 이상ㅎ 일은 매날 매날 일어난다.
ㅎ를날은 늦인득이정하님이
문두령 어멍신디 말을 ㅎ되,
"어멍ㅎ난 도령님 방이 전이 엇이 이상ㅎ우다."
"전이 엇이 시숫물도 푹푹ㅎ곡
밥도 사발굽을 내웁네다."
"게민, 식ㅅ상을 들러다 두엉 올 때랑,
창고망으로 ㅇ사 상 보아라,
어떤 질칸나이사 들어신디?"
ㅎ를날은 ㅈ청비가 말을 ㅎ되,
"문국성문두령님,
어멍신디 강 예숙이나 줫경 옵서."
"미시거엥 예숙을 줫경 옵네까?"
ㅈ청빈 문두령신데레 예숙줫길 말을 굴아간다.
문두령은 어멍신디 간에
"어머님아, 어머님아?"
"무사 오란디?"
"연두산투엇이 시장기가 남쑤다.
밥이나 싰건 ㅎㅅ술 줍서."
"식은 밥이나우젠 엇다."
"식은 밥도 좋수다."
"국이 엇언 못먹나."
"개미장도 좋수다."
식은 밥에 개미장에 내여주난
"식은 밥도 ㄷ우다. 개미장도 ㄷ우다."
"배고픈 땐 시장이 반찬이여."
"어머님아 어머님아,
ㅇ우운 새우이 좋읍네까? 묵운 ㅇ우이 좋읍네까?"
"ㅇ옷은 새옷이 밴조롱이 곱긴 곱나마는
어디 강 앚쩽 ㅎ여도

먼지를 톡톡 털면서 앉아야하고,
묵은 옷이 수수한 게 좋다."
"그러면 장은 새 장이 좋습니까?
묵은 장이 좋습니까?"
"장은 새 장 보다는
묵은 장이 깊은 맛이 있다.
삼년 묵은 참기름과
오년 묵은 간장물이라는 말이 있다."
"어머님, 그러면 나 서수왕 셋째 딸한테
장가 안 갈 것입니다.
안에 있는 사람과 살겠습니다."
"이 놈아, 저 놈아.
어떤 떠돌이 여자를 데려다 놓고
집안 망하게 하려느냐?"
"떠돌이 여자가 아닙니다.
서울 가서 글공부도 함께 하고
나보다 글도 잘합니다.
가련하다 가령비, 자청나다 자청비입니다."
"이게 무슨 말이냐?"
문도령 어머니는 머슴을 부르고 말을 하기를
"서수왕 셋째 딸을 이리 데려오너라."
하인이 가서 서수왕 딸을 데려오니,
문도령 어머니는
백탄숯불을 섬만큼 크게 살려
그 위로 칼선다리를 놓고 말을 하기를
"아무라도 이 칼선다리를 타고
하늘옥황 문선왕에게 가서
절을 하면 내 며느리가 된다."
서수왕 딸과 자청비는
실쭉실쭉 뒤로 물러서는구나.
"서수왕 딸부터 먼저
이 칼선다리를 건너 올라가라."
"아이고, 난 죽었으면 죽었지

이 백탄숯불에 시뻘건 칼선다리를
탈 수가 없습니다."
자청비는 옥황상제님께 축수를 드리는구나.
"옥황상제님.
저를 살리시려거든 비나 한 줄기 내려 주십시오."
하니 밥고봉짝 만큼 큰 구름이
동실동실 떠 오더니만
소나기 한줄기가 오는구나.
그리하여 칼선다리가 식어
자청비는 그 칼선다리 타고
팔딱 옥황으로 올라가는 게 그만
발뒤꿈치가 약간 비어
피가 발긋 나는구나.
자청비는 뒷 치맛자락으로
발뒤축의 피를 쓱 쓸어두고
문선왕에게 가서 넙죽 절을 한다.
문선왕이 말을 하기를
"내 며느리가 분명하다. 어떡하느냐.
네 치맛자락에 피가 붙어있구나?"
"아이고! 아버님.
인간 세상에서 여자는 한 달 한 번
구실이 있습니다."
"아! 그러하면 내 며느리 기특하고 착실하다."
문선왕은 머슴을 부르고
"이제는 서수왕 딸과
사돈을 하지 않게 되었으니 가서
막편지를 찾아오너라."
"예. 그렇게 하십시오."
머슴은 막편지를 찾으러 가고,
문도령과 자청비는 혼인 입장을 하는구나.
시집장가 간 그 날 저녁에 시어머니가 말을 하기를
"자청비야.
문도령과 문선왕에게 쾌자를 지어 입혀라."

구둠을 톡톡 털멍 앚아지곡
묵은 옷이 수수흔게 좋아진다."
"게민 장은 새 장이 좋읍네까?
묵은 장이 좋읍네까?"
"장은 새 장 보단
묵은 장이 짚은 맛이 시여진다.
삼년 묵은 춤지름광
오년 묵은 근장물이엔 말이 싰저."
"어머님, 게민, 나 서수왕 말줏똘신디
장개 안가쿠다.
속안 사름광 살쿠다."
"이 놈아 저 놈아,
이떤 질칸나일 돌아다 놓고
집안 망해우젠 호염시니?"
"질칸나이 아니우다.
서월 간 글공비도 흔디 흐고
나보단 글도 느우다.
가령나다 가령비, 주청나다 주청비우다."
"이게 미신 말고?"
문두령 어멍은 두사릴 불르고 말을 흐되,
"서수왕 말줏똘애길 이레 돌아오라."
두사리가 간 서수왕 똘애길 돌아오난,
문두령 어멍은
백탄숯불을 섬만이 흐게 살란
그 우테레 칼쏜드릴 흐여놓고 말을 흐되,
"아무라도 이 칼쏜드릴 바랑
하늘옥황 문선왕에 강
허배흐민 나 매누리가 분맹흐다."
서수왕 똘애기광 주청빈
실쭉실쭉 뒤물러스는구나.
"시수왕 똘애기부띠 몬지
이 칼쏜드릴 바랑 올라가라."
"아이구, 난 죽음은 죽었주

이 백탄숯불에 짓벌겅흔 칼쏜드릴
발 수가 엇수다."
주청비는 옥황상제님께 축수를 드리는구나.
"옥황상제님아,
저를 살리커건 비나 흔주제 느리와 줍서."
흐여가난 고량착만이 흔 구름이
동실동실 터 오더니만
겁비가 흔주제 오는구나.
그영흔난 칼쏜다리가 식언,
주청빈 그 칼쏜다릴 바란
활딱 옥황으로 올라가는 게 그만
발뒤굼치가 얏식 비연,
피가 볼끗 나는구나.
주청빈 뒷치맷깍으로
발뒷치깃필 북기 쌀어두고
문선왕이 간 허붓이 허배를 흔다.
문선왕은 말을 흐되,
"내 매누리가 분맹흐다.
어떵흔난 느 치맷깍에 피가 붙어시니?"
"아이구! 아바님아.
인간서 예주는 흔들 흔번
구실이 십네다."
"아! 그영흐민 내 매누리 기특흐고 착실흐다."
문선왕은 두사릴 불르고,
"이젠 서수왕 똘애기에
사둔 아니흐게 되어시메 강
막펜질 춪앙오라."
"예, 걸랑 기영 흡서."
두사린 막펜질 춪이레 가고,
문두령광 주청비는 혼인입장을 흐는구나.
씨깁깅게 긴 그 날 흐낙은 씨이멍이 말을 흐되,
"주청비야,
문두령광 문선왕의 쾌지를 지영 입지라."

"예. 그건 그렇게 하겠습니다."
자청비는
서방님 쾌자에 시아버지 쾌자를 지어 가니
"어머님, 아버님.
아버님과 서방님 쾌자를 지어 왔습니다."
"이리 내어놓아 보아라."
쾌자를 내어놓은 걸 보니,
옷에는 모두 자수를 놓았구나.
등에는 봉황새 수를 놓고,
아래옷 섶에는 연꽃 수를 놓고,
왼쪽 소맷자락에는 소나무 수를 놓고,
오른쪽 소맷자락에는 동백나무 수를 놓았구나.
"아이고. 예쁜 내 며느리야.
이 쾌자 왼쪽 등에 봉황새 수를 놓은 것은
무슨 이유냐?"
"예. 인간 세상에서는 봉황새가 수명이 깁니다."
"아래옷에 연꽃 수를 놓은 건 무슨 이유냐?"
"인간 세상에서는 냄새 쿡쿡 나는 펄 물에서도
연꽃이 곱게 핍니다."
"그러면 소나무와 동백나무는
무슨 이유 때문이냐?"
"예. 그거 동백나무와 소나무는
사시사철 가리지 않고 늘 성성합니다.
아버님도 이처럼 건강하셨으면 하는 뜻입니다."
"내 며느리가 분명하다. 기특하고 착실하다.
네 방으로 나가거라."
자청비는 시부모한테 칭찬을 받고
편안하게 살아가는구나.
한 해 쯤 살았을 때
자청비가 시부모한테 말을 하되
"저는 이제 인간 세상에 내려가 살고 싶습니다."
"무엇을 하면서 살겠느냐?"
"물명주 짜면서 살겠습니다."

"그럼 하고 싶은 대로 해라."
자청비는 시부모한테 하직 인사를 하고
문도령과 함께 인간 세상으로 내려온다.
자청비는 인간 세상으로 내려와
비서리 초막에 살면서
남의 집 베를 짜주며 일품 받아 사는데,
자청비 착한 소문이 동서로 나아간다.
동네 청년들은 문도령이 부러워 시기하면서
문도령을 죽여 버리고
자청비와 달아나서 살 궁리를 하는구나.
하루는 아랫동네 잔치가 있어
그 동네 청년들이
"잔치 음식 먹으러 오시오."
하여 가게 되었다.
문도령이 잔치음식 먹으러 가려니까
자청비가 말을 하기를
"잔치집에 가면 술을 먹는 것처럼 하면서
옷 앞섶 속으로 모두 부어버리십시오.
옷 앞섶 속에 솜을 많이 넣어서 만들었습니다."
"그렇게 하겠소."
문도령은 말을 타고 잔칫집에 가니
동네 청년들이 나와 서서
잘 왔다면서 안으로 안내하고
술과 고기를 가지고 와서 대접한다.
문도령은 술 세 잔을 받아먹는 것처럼 하면서
앞가슴으로 다 비워 버린다.
동네 청년들은 소곤소곤 하는구나.
"빨리 저 놈을 내몰아버려라.
여기서 저 술 석 잔을 먹었으니
죽어버리면 누가 그 송장을 치우느냐?"
술상을 치우고 문도령은 말을 타고 나간다.
동네 바깥으로 오니 어떤 절뚝발이가 나오며
"문도령아. 내 술 한 잔 먹고 가라."

"예, 걸랑 기영 홉서."
ᄌ청빈
서방님 쾌지에 씨아방 쾌질 지연 간,
"어머님아 어머님아,
아바님광 서방님 쾌질 지언 오랐수다."
"이레 내여놓라 보저."
쾌질 내여놓은 걸 보난.
옷에는 매딱 수를 놓았구나.
등땡이엔 봉황새 수를 놓고,
알옷섶엔 연꽃 수를 놓고,
윈착 우머니엔 소낭 수를 놓고,
노단착 우머니엔 돔박낭 수를 놓았구나.
"아이구, 설룬 나 매누리야,
이 쾌지 윈착 등땡이에 봉황새 수를 놓은 건
미신 따문고?"
"예, 인간이선 봉황새가 수맹이 집네다."
"알옷에 연꽃 수를 놓은 건 미신 따문고?"
"인간이선 냄살 쿡쿡 나는 펄물에서도
연꽃이 곱게 핍네다."
"게민, 소낭광 돔박낭근
미신 따문인고?"
"예, 거, 돔박낭광 소낭은
ᄉ시ᄉ철 골리지 아니ᄒ영 늘 싱싱홉네다.
아바님도 이추록 건강홉센 혼 뜻이우다."
"내 매누리가 분멩ᄒ다. 기특ᄒ고 착실ᄒ다.
느 방으로 나고가라."
ᄌ청빈 씨부무안티 칭찬을 받고
펜안히 살아가는구나.
혼 해 쯤 살아지난
ᄌ청비가 씨부무신디 말을 ᄒ되,
"저는 이제 인가이 ᄂ려 살고프우다."
"미싱걸 ᄒ멍 살티야?"
"물맹질 차멍 살쿠다."

"어서 아맹이나 ᄒ라."
ᄎ청비는 씨부무안티 하직 인슬 ᄒ고
문두령관 ᄒ디 인간으로 ᄂ려온다.
ᄌ청빈 인간이 ᄂ리고
비서리초막에 살멍
놈의짓 배 차 주멍 일쿰 받앙 사는디,
ᄌ청비 착흔 소문이 동서레레 나아간다.
동니 청년들은 문두령을 불르완 게움ᄒ연
문두령 죽여두엉
ᄌ청빌 들아당 살 궁니를 트는구나.
ᄒ를날은 알동네 잔치가 시난
그 동네 청년들이
"잔치먹으레 오랜."
ᄒ연, 가게 되었수다.
문두령이 잔치먹으레 가가난
ᄌ청비가 말을 ᄒ되,
"잔치칩이 가건 술랑 먹는 것추록 ᄒ멍
옷앞섶 쏘곱데레 다 비와붑서.
옷앞섶 쏘곱에 소갤 하영 싣건 옷을 맹글았수다."
"걸랑 기영 홉서."
문두령은 물을 타고 잔치집일 가난
동니 청년들이 나아ᄉ고
잘 오랐젠 안트로 안내ᄒ고
술이영 괴기영 하영 대접혼다.
문두령은 술 석잔을 받안 먹는 것추록 ᄒ멍
앞가심데레 다 비와분다.
동니 청년들은 소곤소곤 ᄒ는구나.
"재게 저 놈 내물아불라.
이디서 저 술 석잔 먹어시난
뒈여지만 누게라 그 송장을 치우느니?"
술상을 치우고, 문두령은 물을 타고 나고가다
동니 백겼딜 오난 어떤 전태가 나오멍
"문두령아, 나 술 ᄒ잔 먹엉 가라."

"저런 불구자가 주는 술이야,
술에 독약이 없을 거야."
문도령은 그 술 한 잔 받아먹고 나오는데
정신이 아찔하구나.
말위에서 죽었구나.
말은 영물(靈物)의 말이라 문도령이 죽은 채
집으로 찾아 왔구나.
자청비는 문도령을 둘러 싸안고
방안으로 가서 눕혀두고 등에를 잡아다가
문도령 눈썹에 달아매고
문을 걸어 잠갔구나.
자청비는 예복 일감 베를 짜고 있으니
동네 청년 여남은이 와서
"문도령 어디 갔습니까?"
"어제 잔칫집에 가서 술을 많이 주어서
술 취해 자고 있습니다."
청년들은 의심스러워 창문턱에 가서 보니
"윙윙" 소리가 난다.
"아따! 그 놈 콧소리 봐라!"
등에 소리가 나니까
콧소리 나는 것으로 안
청년들은 뒷걸음질을 한다.
청년들은 자청비 베 짜는데 가서
우뚝우뚝 앉아있으니 자청비가 말을 하기를
"이 위에 무쇠 방석이 있습니다.
이 방석을 내려서 앉으시오."
청년 여남은이 들어도
그 방석을 끝내 못 내리니까
자청비가 가만히 보다가
"작심한 사람들이 그게 무슨 힘입니까?
비키시오. 내가 내려놓겠소."
자청비는 베 짜던 베틀을 막대기로
탁 건드리니까 저절로 설렁 내려온다.

그리하여 자청비는
점심을 하여 먹으려고 하여 점심을 하였다.
점심은 무쇠수제비를 한 함지 하고,
그 뒤 메밀가루 수제비를 댓 개 해서 집어넣었다.
한 함지를 떠다가 놓으면서
"이건 우리 영감님 먹는 음식입니다.
먹어 보시오."
하니 청년들은 수제비 하나 씹자
이가 부서지는 놈,
잇몸이 허물어져 피가 나는 놈이
있으니 자청비가 보다가
"거 무슨 음식을 그리 먹습니까?
이리 주시오. 내가 먹는 거 보면서 드시오."
자청비는 수제비 함지를 확 당기어 놓고
무쇠수제비는 송송 밀어가면서
메밀수제비를 가려 하나 떠서 폭삭폭삭
두 개 떠서 폭삭폭삭 먹어간다.
청년들은 겁이 나서 모두 달아나는구나.
자청비가 말을 하기를
"저 따위들이 나를 띄워가려고 왔구나."
부지깽이를 하나씩 내던지니
빠른 놈은 달아나고 느린 놈은 맞고
부리나케 후다닥 내달리는구나.
이제 자청비는 동네 청년들을 모두 쫓아내고
남자 옷으로 갈아입고 말을 둘러 타고
서천꽃밭으로 들어가는구나.
서천꽃밭에 들어가
처부모에게 문안인사 드리고 사랑으로 들어간다.
문도령은 셋째 딸 방으로 들어가
"여보, 과거 보고 왔소."
"어떻게 되었습니까?"
"그나저나 서천꽃밭을 걸으면서
그사이 꽃이 어떻게 되었는지

"저런 뱅신이 주는 술이사
술에 독약이 엇이려니"
문두령은 그 술 혼잔 받안 먹고 나오는 게
정신이 아뜩ᄒᆞ는구나.
물 우티서 죽었구나.
물은 영물의 물이라 문두령이 죽은 채
집일 촛안 오랐구나.
ᄌᆞ청빈 문두령을 두르싸안안
방안에 간 눅져두고 봉ᄋᆡᆼ이를 심어다가
문두령 눈섶에 둘아매연
문을 걸어 ᄌᆞᆷ갔구나.
ᄌᆞ청빈 전이 일체 배를 참시난
동니 청년 ᄋᆞ나문이 오란,
"문두령 어디 갔수가?"
"어제 잔치칩이 간 술 하영 주어부난
술취ᄒᆞ연 잠쑤다."
청년들은 의심스러완 창무뚱에 간 사난
"윙윙" 소리가 난다.
"읏따! 그놈 콧소리 보라!"
봉ᄋᆡᆼ이 소리가 나난
콧소리 나는 것으로 알안
청년들은 뒷컬음질을 ᄒᆞᆫ다.
청년들은 ᄌᆞ청비 배차는디 간
오독오독 앉아가난 ᄌᆞ청빈 말을 ᄒᆞ되,
"요 우티 무쇠방석이 싰수다.
요 방석을 ᄂᆞ리왕 앚입서."
청년 ᄋᆞ나문이 들어도
그 방석을 ᄂᆞ시 못 ᄂᆞ리우난
ᄌᆞ청빈 ᄀᆞ만이 보단,
"작산 사람들이 거 미싱것 흠이우꽈?
엯서 내 ᄂᆞ이와내저."
ᄌᆞ청비는 배차단 베클 막댕이로
탁 거시난 질로 성강 ᄂᆞ리와진다.

그영ᄒᆞ연 ᄌᆞ청빈
징심을 ᄒᆞ건 먹엉 갑센 ᄒᆞ연 징심을 ᄒᆞ였수다.
징심은 무쇠ᄌᆞ배길 혼 도고릴 ᄒᆞ고,
그 디 ᄂᆞᆫ쟁이 ᄌᆞ배길 댓개 ᄒᆞ연 들이쳤수다.
ᄌᆞ청빈 무쇠ᄌᆞ배기 혼도고릴 푸어단 놓멍
"이거 우리 영감님 먹는 음식이우다.
먹어 봅서."
ᄒᆞ난 청년들은 ᄌᆞ배기 ᄒᆞ나 씹엉
니가 물어지는 놈,
니염이 밀어지엉 피가 나는 놈,
하여가난, ᄌᆞ청빈 보단,
"거 미신 음식을 그영 먹엄수가?
엯서, 나 먹는 거 보왕 먹읍서."
ᄌᆞ청빈 ᄌᆞ배기 도고릴 확 둥기여 놓완
무쇠ᄌᆞ배긴 쏭쏭 밀려가멍
ᄂᆞᆫ쟁이ᄌᆞ배길 거리멍 ᄒᆞ나 거령 폭삭폭삭
두개 거령 폭삭폭삭 먹어가난.
청년들은 겁이 난에 매딱 둘아나는구나.
ᄌᆞ청비가 말을 ᄒᆞ되
"그만 따ᄌᆞ들이 나를 띄와가젠 오랐구나."
부짓땡이로 ᄒᆞ나쏙 내부찌난
잰 놈은 둣고 뜬 놈은 맞고
부영케 터젼 나돗는구나.
이젠 ᄌᆞ청비는 동니 청년들을 ᄆᆞᆫ 제추ᄒᆞ고
남ᄌᆞ 입성 골아입고 물을 둘러타고
서천꽃밭으로 들어가는구나.
서천꽃밧 들어간
처부무에 문안드려 ᄉᆞ랑으로 들어간다.
문두령은 말ᄀᆞᆺ똘애기 방으로 들어가고
"여보, 과거보완 오랐수다."
"어떵이나 ᄒᆞ여진디가?"
"게나제나 서천꽃밭드레 글업서
그새 고장이 어떵사 되여신디,

보면서 말하겠습니다."
주인대감 셋째 딸은
서방님이 오니 반가움이 이를 데가 없어져
꽃구경을 나간다.
자청비와 주인대감 셋째 딸은
꽃구경을 하며 말을 한다.
자청비가 말을 하기를
"나는 과거에 낙방했습니다.
그러니 날 믿지 말고 기다리지 마시오."
"아이고! 서방님.
한 달에 한 번만이라도
얼굴만 볼 수 있으면 좋습니다."
자청비는 주인대감 셋째 딸이
안 보는 사이에 환생꽃을 많이 땄다.
"이제 갑시다."
둘이 방으로 돌아오고,
자청비는 처부모에 인사하고
주인대감 셋째 딸에게 작별하고
말을 돌려 타고 집으로 돌아온다.
자청비는 집으로 돌아와
문도령 죽은 위로
환생꽃을 자근자근 놓고
금봉부채로 세 번을 살살 때리니
문도령이 일어나며
"아이고! 난 당신 덕분에 살아났습니다."
인사를 하는구나.
그리하여 자청비는 문 앞에 나서서
옥황에게 축수를 드리기를
"문도령과 저를 불러주십시오."
하늘옥황 문선왕은 노각줄을 내려준다.
문도령과 자청비는 노각줄을 타고 올라가는데
"아버님, 어머님 앞에 문안드립니다."
문안(問安) 인사를 드리고

지금까지 살아온 역사를 모두 이야기한다.
자청비가 말을 하기를
"아버님, 어머님.
저는 문도령을 살려내려고
서천꽃밭 주인대감 셋째 딸에게
암(暗)장가를 들었습니다.
이 일을 어떡하면 좋겠습니까?"
"아이고! 가엾은 애기야.
내 아들을 살리려고 암장가까지 들었구나.
기특하고 착하구나."
칭찬을 하여두고 아들에게 말을 하기를
"문국성 문도령아. 내 말을 들어라.
앞의 보름은 자청비와 살고,
뒤의 보름은 작은 며느리랑 살아라."
시아버지는 자청비한테
"자청비 며느리야. 내가 하는 말이 어떠하니?
이 이상 더 말을 못하겠다."
"아이고! 아버님 감사합니다."
자청비는 시아버지한테 허락을 받아
문도령과 함께 인간 세상에 내려와 살게 되는구나.
이 때 문도령이
주인대감 셋째 딸한테 갈 때 자청비는
"이리저리 합니다."
하고 궁리를 알려주는구나.
문도령은 자청비가 궁리를 알려준 대로
주인대감 집으로 갔습니다.
주인대감이 말을 하기를
"그러면 우리 셋째 딸이 내어준
증거품을 내어 놓아 보시오."
문도령은 가져 간 향나무 얼레빗 반쪽을 내어놓아
맞추어보니 딱 맞는구나.
"이젠 우리 사위 분명하다.
셋째 딸 방으로 들어가라."

보멍 골아안내쿠다."
주인대감 말줏뜰애기는
서방님이 오난 반가움이 이를 배가 읍서지고
고장구경을 나고간다.
즈청비광 주인대감 말줏뜰애긴
고장구경을 ᄒ멍 말을 ᄒ다.
즈청비가 말을 ᄒ되,
"나는 과거에 낙방이 되였수다.
그영ᄒ매 날 믿지 말곡 지드리지 맙서."
"애이구! 서방님아.
ᄒ둘에 ᄒ번만이라도
얼굴만 보아지민 좋수다."
즈청비는 주인대감 말줏뜰애기
아니ᄇ래는 어이에 환생고장을 ᄒ여 탔수다.
"이제랑 글읍서."
둘인 방으로 돌아오고,
즈청비는 처부무에 인스ᄒ고
주인대감 말줏뜰에 작밸ᄒ고
물을 들러타고 집으로 돌아온다.
즈청비는 집으로 돌아오란
문두령 죽은 우티레
환성고장을 즈근즈근 놓완
금봉도리채로 삼시번을 씰따리난
문두령이 일어나멍
"아이구! 난 당신 덕분에 살아나졌수다."
인스를 ᄒ는구나.
그영ᄒ연 즈청빈 무뚱에 나아스고
옥황데레 축수를 들이기를,
"문두령광 저를 불러주십서."
하늘옥황 문선왕은 노각줄을 ᄂ리운다.
문두령광 즈청비 노각줄을 탄 올라가난,
"아버님아 어머님전에 문안드립네다."
선신문안을 드리고

이제ᄁ지 살아온 역수를 믄 술롸간다.
즈청비가 말을 ᄒ되,
"아바님아 아바님아,
저는 문두령을 살려내젠
서천꽃밭 주인대감 말줏뜰애기신디
암창개를 들었습네다.
이 일을 어떵ᄒ민 좋구나?"
"애이구! 설룬 애기야,
나 아들을 살리젠 암창개까지 들었구나.
기특ᄒ고 축하구나."
칭찬을 ᄒ여두고 아들신디 말을 ᄒ되,
"문국성 문두령아, 내 말을 들으라,
선보름이랑 즈청비광 살고,
후보름이랑 족은매누리영 살라."
씨아방은 즈청비신디레,
"즈청비 매눌애기야. 나 ᄀᆺ는 말이 어떵ᄒ니?
이 이상 더 말을 못ᄒ키여."
"아이구! 아바님 감수ᄒ우다."
즈청빈 씨아방안티 허락받안
문두령광 ᄒ디 인간일 ᄂ려완 살게 되는구나.
이 때, 문두령이
주인대감 말줏뜰애기신디레 갈 때 즈청빈
"요영저영 흡센"
궁니를 틀어주는구나.
문두령은 즈청비가 궁니 틀어준대로
주인대감 집일 간 ᄒ였수다.
주인대감은 말을 ᄒ되,
"게민 우리 말줏뜰애기가 내여준
본매본장을 내여놓아 봅서."
문두령은 ᄀ젼 간 상낭얼기 반착을 내여놓난
맞추와보난 븟짝 맞는구나.
"이젠 우리 사위 분멩ᄒ다.
말줏뜰애기방으로 들어가라."

문도령은 주인대감의 셋째 딸과 살면서
꽃구경을 하는 데 세월 가는 줄을 모른다.
자청비는 문도령 오기를 기다려도 오지 않고,
삼 년이 되어도 소식 한 번 없구나.
하루는 자청비가 편지를 써서
제비 날개에 꽂아 보내어 두니,
문도령이 아침 세수를 하려고 하다가
제비가 내려와 떨어트려 준 걸 펴서 보니
자청비가 보낸 편지로구나.
그 편지를 읽어 보니,
"문국성 문도령아.
이리도 무심할 수가 있느냐.
선보름 살면 후보름 살고,
후보름 살면 선보름 살라고
그만큼 당부하고 보냈건만
소식 한 번 없으니
나의 팔자인가, 나의 사주인가?"
깜짝 생각난 문도령은 엉겁결에 말을 탄 것이
말안장을 거꾸로 지워서
말을 타구서 집으로 달려오면서
"자청비야. 문 열어라. 나 문도령이다."
문도령은 자청비를 불러간다 불러온다 하는데,
자청비는
"오죽이나 내가 미워서 말을 거꾸로 타고 오는구나."
하며 뒷마당으로 뛰어가
옥황에 축수를 드리는구나.
자청비가 손을 받아 옥황에 축수를 들이니
노각줄연다리가 내려온다.
자청비는 노각줄연다리를 타고 옥황으로 올라가
시아버지, 시어머니한테 인사를 드리고
"아버님, 어머님.
문도령이 주인대감 셋째 딸에게 가서
삼년이 되어도 소식 하나 없습니다.

편지를 해서 오라고 했더니
말을 거꾸로 타고 와 문을 열라고 했습니다만
나는 문을 안 열어주었습니다.
오죽이나 내가 미워서
말을 거꾸로 타고 오겠습니까?"
"그렇다 할지라도 문을 열어줄 것이지
왜 문을 안 열어주었느냐?"
"저는 정 없는 살림을 살 수가 없습니다.
아버님이 저 살 도리를 만들어주십시오."
문선왕이 말을 하기를
"어이구! 가엾은 내 며느리야.
오곡 씨를 내려 줄 테니
씨나 골라서 얻어먹으며 살아라.
어서 내려가라."
자청비는 친정으로 가서
어머니, 아버지에게
이제까지 살아온 역사를 다 말하고 나니
"아이고! 가엾은 아기야.
네가 살려온 종을 데려 가라."
하는구나.
자청비는 하인 정수남 종을 데리고
세경땅에 오곡 씨를 고르러 나가니
배가 고프구나.
저리 바라보니 어떤 늙은이 두 부부가
아홉 소에 아홉 머슴을 거느리고 밭을 갈고 있어서,
자청비가 말을 하기를
"정수남아. 저 밭가는 데 가서
점심이나 조금 달라고 하여 얻어 오너라.
우리가 먹고 씨나 골라내자."
정수남이가 일하는 밭에 가서 그렇게 말하지만
"길가는 떠돌이들 줄 점심 따위는 없다.
우리 아홉 머슴 먹을 점심도 없다."
하여 자청비는 조화를 부려

문두령은 주인대감의 말짓뜰애기광 살멍
꽃구경을 ᄒᆞ는 게 세월 가는 줄을 몰라진다.
ᄌᆞ청비는 문두령 올 딜 지드려도 아니오고
연삼년이 되어도 소식 ᄒᆞᆫ번이 엇고나.
ᄒᆞᆯ룰날은 ᄌᆞ청비가 펜지를 씨고
제비생이 젯ᄂᆞᆯ개에 줍전 보내연 놔두난,
문두령이 아적 시수ᄒᆞ젠 ᄒᆞᆫ
제비생이가 ᄂᆞ려완 털어춘 걸 배리싼 보난
ᄌᆞ청비가 보낸 펜지로구나.
그 펜지를 익어 보난,
"문국성 문두령아,
웅도 무심홀 수가 시랴.
선보름 살건 후보름 살곡
후보름 살건 선보름 살랜
그만이 당부ᄒᆞ고 보냈건만
소식 ᄒᆞᆫ번이 엇이니
나의 펠제런가 나의 ᄉᆞ주런가?"
깜짝 튼 난 문두령은 어가급절에 물을 탄 게
물안장을 거스로 지완
거스로 물을 타두서 집으로 다불려오멍
"ᄌᆞ청비야, 문 을라, 나 문두령이여."
문두령은 ᄌᆞ청빌 불러간다 불러온다 ᄒᆞ여가난,
자청빈,
"오직 날 미와사 물을 거스로 탕 오랴!"
ᄒᆞ연 뒷마당으로 퀴여간.
옥황에 축수를 드리는구나.
ᄌᆞ청비가 손을 받아 옥황에 축수를 들이난
노각줄 연두리가 ᄂᆞ려온다.
ᄌᆞ청빈 노각줄 연두릴 바람 옥황으로 올라간
씨아방 씨어멍신디 인사를 드리고,
"아바님아 아바님아,
문두령이 주인대감 말짓뚤에 가난,
연삼년이 되어도 소식 ᄒᆞ나 엇입니다.

펜지를 ᄒᆞᆫ 오라십디다마는
물을 거스로 탄 오란 문을 올랜 ᄒᆞᆸ디다마는
나 문 아니 올았수다.
오직 날을 미와사
물을 거스로 탕 올 거우꽈?"
"그영 ᄒᆞ나때나 문 올아주카푸네
무사 문 아니올아주언디?"
"저는 의정엇인 사념을 살 수가 엇수다.
아바님이 저 살을 도래를 닦아줍서."
문선왕이 말을 ᄒᆞ되,
"애이구! 설룬 나 매누리야.
오곡씨를 ᄂᆞ리와 주커메
씨나 골랑 얻어먹엉 살라.
ᄒᆞ정 ᄂᆞ려가라."
자청비는 친정으로 가서
어멍 아방왕의
이제까지 살아온 역수를 다 곳고, ᄒᆞ난,
"애이구! 설룬 애기야.
느 살려온 종 ᄃᆞ랑 가라."
ᄒᆞ는구나.
ᄌᆞ청빈 정이엇인정수남이 종을 ᄃᆞᆯ고
세경땅에 오곡씰 골르레 나고가난
배가 고프는구나.
저레 ᄇᆞ래여보난 어떤 늙은이 두 부처가
아옵 쇠에 아옵 장남 거느리고 밧을 갈암선,
자청비가 말을 ᄒᆞ되,
"정수남아, 저 밧가는 디 강
징심이나 ᄒᆞ슬 줍셍 ᄒᆞ영 빌엉 오라.
우리 먹엉 씨나 골라내게."
정수남이가 일ᄒᆞ는 밧디 간 그영 골으나,
"질가는 간나이들 줄 징심이랑말앙.
우리 아옵 장남 먹을 징심도 엇다."
ᄒᆞ연, ᄌᆞ청비는 조애를 부련,

아홉 머슴에게 미치광이 병을 주고
아홉 소에는 등에가 쏘아버리니
아홉 소는 이웃 밭을
와지끈와지끈 날뛰면서 달아나버리니
밭을 갈아놓았지만 씨를 못 고르게 되었구나.
자청비가 정수남한테
"저 밭가는 데 가서
씨나 골라내어주겠다고 말해 보아라.
아홉 소에 아홉 머슴에 흉사 타는 걸 보니
미안해서 그냥 넘어갈 수가 없다."
정수남이가 가서 그렇게 말하니,
밭주인 할머니와 할아버지는
"아이고! 감사합니다."
하면서
자청비가 좁씨를 뿌리고 고르며 말을 하기를
"강아지풀도 내리우십시오.
잡초도 내리우십시오.
우리 심심소일이나 하게."
하는구나.
그리하여 넘어가다 보니
어떤 할머니, 할아버지가
돌담 가장자리를 베거니
밭을 갈거니 하고 있어서,
정수남이가 들어가서
"아이고!
우리가 길 가다가 배가 고파서 왔습니다.
점심밥이나 있으면 조금 주십시오.
먹고 가겠습니다."
하니
"아이고! 그렇게 하시오.
우리 두 늙은이는 얼마 못 먹으니
많이 먹고 가시오."
그리하여 자청비와 정수남은

그 할머니와 할아버지가 내어 놓은
점심밥을 먹었구나.
자청비와 정수남은 그 밥을 먹어 보니,
그 밥은 닷말지기 쯤 하는데
스무남은 일 몫으로 이랑을 갈아 놓아서
자청비가 말을 하기를
"정수남아.
너는 소를 이끌어서 밭을 갈아라.
나는 씨를 고르겠다."
하여 밭을 갈고 씨를 골라가는구나.
자청비는 정수남을 부르고
"정수남아, 너는 써레질을 해라."
하고, 자청비는 부지런히 씨를 고르면서
말을 하는구나.
"강아지풀도 나게 하지 마십시오.
부사리도 되게 하지 마십시오.
깜보리도 되게 하지 마십시오.
말라죽게 하지 마십시오."
자청비는 이처럼 많은 기원을
모두 하면서 씨를 골라두고서
"할머니, 할아버지.
이 밭에서 곡식이
얼마나 나면 좋겠습니까?"
하니 할머니, 할아버지는
"그저 나는 게 입이지마는
우리 검은 암소의 등이 톡 오그라지도록 싣고
우리 두 늙은이 지어 가면 먹습니다."
자청비가 말을 하기를
"그만하면 부족한데 살아집니까?
이 밭 닷말지기에 다섯 바리 나도록
씨를 골라내었습니다."
"아이고! 감사합니다."
"할머니, 할아버지

아옵 장남에 광난이징 주고
아옵 쇠엔 붕 앵일 쐬와부난
아옵 쇤 이웃 밧데레
와짓끈와짓끈 둘럭퀴멍 둘아나부난
밧은 갈아놓았자 씨를 못골르게 되었구나.
ᄌ청비가 정수남이신디,
"저 밭가는디 강
씨나 골라내쿠댕 골아보라,
아옵 쇠예 아옵 장남에 숭시 타는 걸 보멍
미얀ᄒ연 그냥 넘어갈 수라 엇다."
정수남이가 간 그영 골으난,
밭임제 할망 할으방은
"애이구! 감수ᄒ우다."
ᄒ연,
ᄌ청비가 좁씨를 뻬연 골르멍 말을 ᄒ되,
"ᄀ랏도 ᄂ리웁서,
검질도 ᄂ리웁서.
우리 심심소일이나 ᄒ게."
ᄒ는구나.
그영ᄒ연 넘어가단 보난
어떤 할망 할으방이
담 어염을 비거니
밧을 갈거니 ᄒ염선,
정수남이가 들어가서,
"애이구!
우리 질 넘어가단 배고판 오랐수다.
징심밥이나 싰건 훗술 줍서. 먹엉 가저."
ᄒ난,
"애가! 그영 ᄒ여,
우리 두 늙은인 얼매 못먹으매
차연 머엉 갑서."
그영ᄒ난 ᄌ청비광 정수남인
그 할망 할으방이 내여 놓은

징심밥을 먹었고나.
ᄌ청비광 정수남이가 그 밥을 먹언 보난
그 밧은 닷말지기 쯤 흔디
쓰무남은은 흔 일역으로 이랑을 갈안 시연
ᄌ청비가 말을 ᄒ되,
"정수남아.
늘랑 쉴 이껑 밧을 갈라,
날랑 씰 골르키여."
ᄒ연, 밧을 갈고 씰 골라가는구나.
ᄌ청비는 정수남일 불르고
"정수남아, 늘랑 섬비질을 ᄒ라."
ᄒ여두언,
ᄌ청빈 부지런히 씰 골르멍
말을 ᄒ는구나.
"ᄀ랏도 나게 맙서.
부실이도 되게 맙서.
감비역도 되게 맙서.
지미 지게 맙서."
ᄌ청비는 이ᄎ록 하근 비념을
믄 하멍, 씰 골라두언,
"할망, 할으바님,
이 밭디 곡속 ᄒ영
얼매나 나민 좋암직 ᄒ우꽈?"
하난, 할망 할으방은
"그저, 나는 게 흔입주마는
우리 감은암쇠에 등이 톡 오그라지도록
식그곡 우리 두 늙은이 지영 가민 먹읍네."
ᄌ청비가 말을 ᄒ되,
"그영ᄒ민 족앙 살아집네까?
이 밭 닷말지기에 다숫바리 나도록
씰 곡라내여수다 "
"아이구! 감수하우다."
"할망 할으바님네

아들, 딸들이나 있습니까?"
"아기를 낳아보지를 못하였습니다."
"그렇다면 할아버지는
제석천왕으로 들어서
일 년 열두 달 고사지낼 때,
제석천왕으로 청하면 큰 상 받으며 사십시오.
할머니는 제석지왕으로 들어서 제상을 받으십시오.
세경땅에서는 밭에 농사지으러 와서
점심 먹을 때
심밥을 동서로 떠서 던지거든 고맙게 받으십시오.
제석할아버지는 고갯질하는 소를 들이면
그것을 급히 내쫓으십시오.
제석할머니는 제석사발로
그 해 농사 좋고 궂음을 마련하십시오."
자청비는 농사하는 할머니, 할아버지한테
그렇게 말하고 다른 밭으로 넘어가는구나.
문도령은 집에서 자청비를 찾아봐도
찾지를 못하는구나.
문도령은 옥황에게 축수를 드리니
옥황에서 노각줄을 내려주어
그 노각줄을 타고 옥황으로 올라가
문선왕 부모님께 사실을 아뢰어간다.
문선왕 부모님이 말을 하기를
"이 불효막심한 놈아. 전처 소박한 죄다.
이제부터 작은 며느리에게는 가지 마라."
"예. 자청비를 만나게 하여 주십시오."
"자청비는 세경땅에
오곡씨를 골라 얻어먹으러 내려갔어."
"그러면 나한테도 오곡씨를 내어 주십시오."
"너한테는 칠곡씨를 내어 주겠다."

"칠곡씨는 무슨 씨입니까?"
"콩, 팥, 녹두, 동부, 메밀, 기장, 피.
이게 칠곡 씨다."
"예."
"그리하고,
너는 앞으로 천제상을 받아먹으며 살아라."
"천제상은 어떤 상입니까?"
"천제상은 천제, 기우제, 거리도제, 도천제
지낼 때 차리는 상이다."
이렇게 상세경 문도령,
중세경 자청비,
하세경 정수남이,
세경 태우리도 정수남이가 해라.
세경 태어난 내력을 헤어 올렸습니다.
신으로 풀어 서십시오.
풀어서 번성하십시오.

기물[11] 1 : 작두

아들 뚤들이나 있수가?"
"애길 나보들 못ᄒ여수다."
"그영ᄒ여시민, 할으바님은
제석천왕으로 들어상
일년 열두둘 고ᄉ지낼 때
제석천왕으로 청ᄒ건 큰 상 받아먹엉 삽서.
할마님이랑 제석지왕으로 들어상 상을 받읍서.
세경땅에서랑 밭디 용시ᄒ레 오랑
징심 먹을 때
징심밥을 동서레레 캐우리건 응감ᄒᆸ서.
제석할으방이랑 고개질 흔 쇠 들건
그걸 다올립서.
제석할망이랑 제석사발로
그 해 시절 좋음 궂임을 마련ᄒᆸ서."
자청빈 용시ᄒ는 할망 할으방신디
그영 굴아두언 다른 밭딜로 넘어가는구나.
문두령은 집이서 ᄌ청빌 ᄎ자봐도
ᄎ질 못ᄒ는구나.
문두령은 옥황데레 축술 드련
옥황이서 노각줄을 ᄂ리우난
그 노각줄을 바란 옥황엘 올라간
문선왕 부무님께 ᄉ실을 슬라간다.
문성왕 부무님이 말을 ᄒ되,
"이 불효 막심ᄒ 놈아, 전체소박ᄒ 죄다.
이제부떤 죽은 매누리신디랑 가지 말라."
"예, ᄌ청빌 만나게 ᄒ여 줍서."
"ᄌ청비는 세경땅에
오곡씨를 골랑 얻어먹으레 ᄂ려갔저."
"그영ᄒ건 나신디도 오곡씰 내여줍서."
"ᄂ신딘 칠곡씰 내여주키여."

"칠곡씬 미신 씨우꽈?"
"콩, 풋, 녹디, 돔비, 모믈, 지장, 피.
이게 칠곡씨여."
"예."
"그영ᄒ곡,
늘랑 앞으로 천제상을 받아먹으멍 살라."
"천제상은 어떵ᄒ 상이우꽈?"
"천제상은, 천제, 기우제, 거리도제, 도청제
지낼 때 ᄎ리는 상이여."
영급ᄒ 상세경 문두령,
중세경 ᄌ청비,
하세경 정수남이,
세경태우리도 정수남이가 ᄒ라.
세경 난수생 ᄒ여 올렸수다.
신풀어삽서.
풀어 번싱을 하십서.

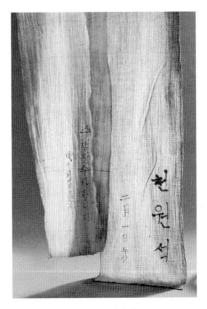

기물 2 : 명다리

2장

삶과 죽음의 한을 푸는 긴 여정

〈오구굿〉

〈오구굿〉은 일곱 째 딸이라는 이유만으로 태어나자마자 버림받았기에 바리데기라는 이름을 가진 불라국의 공주가 저승으로 가는 영혼을 안내하는 오구신이 된 내력을 소개하는 대서사로 우리나라에서 가장 널리 알려진 무속신화이다. 태어나자마자 버림받은 바리데기가 죽을 병에 걸린 아버지를 살리기 위해서 약물을 구하고자 거리조차 알 수 없는 머나먼 서천서역국을 찾아 가는 동안 검은 빨래를 하얗게 빨아야 하고, 끝 모를 밭을 갈아주고 나서야 찾아간 동두산 동두천에서 동수자에게 아들 셋을 낳아주어야 하는 역경에 부딪히기도 한다. 약물과 더부살이 꽃을 구한 뒤 불라국으로 돌아가지만 도중에 많은 위협을 받기도 하고, 도착해서도 언니들의 시기로 고난을 겪지만, 죽은 아버지를 살려내고 병도 고친 후 오구신이 되이시 죽은 이를 친도하면시 이승과 지승을 넘나드는 신이 되있다.

〈오구굿〉에서는 인간이라면 그 누구도 피할 수 없는 죽음의 길에서 혼란과 두려움으로 흔들리는 영혼에 평온을 주는 존재, 자기 생애의 슬픔과 고난을 안고 있기에 죽음의 길에 들어선 사람들을 위로하고 인도하는 오구신이 된 바리데기의 이야기를 풀어낸다.

삶과 죽음의 한을 푸는 긴 여정 〈오구굿〉

염불로 길을 닦아 가실 때, 오구문을 열어,
오구문을 열어서 극락세계로 가신답니다.
그러니 본래 영가는
오구문을 열어서 바리데기를 따라
서천서역국 좋은 극락세계로 가시는구나.

옛날에 옛적에, 갓날에 갓적에
오구대왕님 좌정하여
불라국이라 하는 곳에 오구대왕님 좌정하여,
삼천궁녀를 거느리고 만조백관을 거느리고
용상좌기 좌정하여
금관을 높이 쓰고
옥새를 거머쥐고 마음대로 했건만
십육 세에 치국을 하고,
이십 세에 장가를 들어서
삼십 세에 자식을 본다.
길대부인은 어질고 착하고 인물도 그리 좋네.
길대부인은 처음 임신을 하였구나.
첫 아기를 임신하여서
한 달, 두 달에 입맛 굳혀서
세 달에 피를 모아, 다섯 달에 반짐 걸고,
일곱 달에야 칠성터라.
아홉 달에 해산의 운을 받아서
열 달을 고이 채워
하루는 순산을 시킨다.
지금 세월에는 부부가 한 방에
한 이부자리 속에서 잠을 자지마는
그때는 길대부인과 오구대왕님은

각각 방에서 궁전 안에서는 오구대왕 자고,
내궁에서는 부인이 자는데
하루는 순산기가 있어서
혼미 중에 탄생을 하니 옥녀 같은 딸이로구나.
첫째도 딸이로구나.
둘째도 딸이로다.
셋째도 딸이로다.
넷째도 딸이로다.
다섯째도 딸이로구나.
여섯째도 딸이로구나.
한 탯줄에 여섯을 낳아 놓고 나서도
어안이 벙벙 기가 막힌다.
이때 딸 이름을 짓는다.
첫째 딸 이름은 천상금아,
둘째 딸 이름은 지상금아,
셋째 딸 이름은 해금아,
넷째 딸 이름은 달금아,
다섯째 딸 이름은 별금아,
여섯째 딸 이름은 원앙금아.
한 탯줄에 줄줄이 쌍쌍이 여섯을 낳고 나니,
여자가 남의 가문에 시집을 가게 되면
아들을 낳아야 세자를 줄 것인데,
여자가 남의 가문에 시집을 가서
한 탯줄에 여섯을 딸만 낳는다면
어이할 거나, 어이할 거나.
남자는 자식을 낳고, 여자는 자식을 기르는데,
여자가 남의 가문에 시집가서
아들자식을 못 낳고

염불루 길을 닦아 가실적에 오귀문을 열어
오귀문을 열어서루 극락세계루 가신답니다.
그러니께 본시 영가(靈駕)시는
오귀문을 열어서루 바리데기를 따라
서천서역국 좋은 극락세계를 가시는구나.

옛날에 옛적아 갓날에 정아적아
오귀대왕님 좌정하여
불라국이라 하는 곳에 오귀대왕님 좌정하야
삼천궁녀를 거나리고 만조백관을 거나리고
요상좌게(龍床坐起) 좌정하여서
금관을 높이씨고
옥새(玉璽)를 거머쥐고 맘대루 했거마는
십육세에 치국을 하구요,
이십에 장개를 가여가꾸
삼십에 자식을 본다.
길대부인은 어질고 착하고 인물도 그래 좋네
길대부인은 처음 임신을, 임신을 하였고나
첫 애기를 다 임신하여서
한달 두달에 입맛 굳혀여
석달에 피를 모아 다섯달에 반짐걸고
일곱달에야 칠성트라.
아홉달에 해운을 받아 갖고
십삭으로 고이 채와
하로날은 순산(順産) 시긴다.
지금에 세월에는 부부가에 한방에
한 이부자리 속에서 잠을 자지마는
그때야 길대부인과 오구대왕님은

각각 방에서 궁전 안에서는 오귀대왕 자시옵고
내궁에서는 부인이 자시는데
하루 날은 순산기가 있는고나
혼미중에야 탄생을 하니 옥녀같은아 딸이로구나
첫째도 딸이로구나
둘째도 딸이로다
셋째도 딸이로다
넷째도 딸이로다
다섯째도 딸이로구나
여섯째도 딸이로구나
한 탯줄에야 여섯을 낳놓고 나니야
어안이 벙벙 기가 맥힌다.
이때여 딸 이름을 짓는다.
첫째 딸 이름은 천상금아
둘째 딸 이름은 지상금아
셋째 딸 이름은 해금아
넷째 딸 이름은 달금아
다섯째 딸 이름은 별금아
여섯째 딸 이름은 원앙금아
한탯줄에 줄줄이 쌍쌍이 여섯을 낳고 나니
여자가 남에 가문에 시집을 가게 되면
아들을 노아야 세자를 줄 것인데
여자가 남에 가문에 시집을 가가주고
한탯줄에 여섯이를 딸만 놓는다면
어이할거나 어이할거나
남자는 자식을 놓고 여자는 자식을 기르는데
여자가 남에 가문에 시집가서루
아들자식을 못 낳고

한 탯줄에 딸 여섯을 낳아 놓고 보니,
일천간장이 다 녹는다.
그때 어이할 거나.
무정세월이 흘러 길대부인은
아차, 아차, 설마 했네. 팔자 한탄을 하고 있구나.
하루는 "해당금아, 옥단춘아.
후원 넘어 별당에 물 주러 가자."
꽃밭을 타고서 물을 주려고
줄배를 타고 건너간다.
이때야~ 대문 밖에서
유도 소리도, 법도 소리도 요란히도 나는구나.
"해당금아, 유도소리 나는구나.
어서 바삐 내다보아라."
대문 전을 내다보니 쾅쇠를 쾅쾅
"나무아미타불 관세음보살
시주 동냥 왔나이다."
"무엇으로 시주를 드릴까요?"
"백미 시주 왔나이다."
안으로 들어가서 백미를 가지고 나와서
바랑 속에 부어주니
스님이 돌아서며 하는 말씀이
"길대부인은 자궁 속에는 수심을 끼고,
골속에 병을 넣고 있건만
그 속을 누가 알아줄까."
"여보시오. 대사 스님.
자식의 원한을 어떻게 그렇게 잘 아시오?"
"우리 팔공사 절의 부처님이 영험하옵시기로
공양미 삼백 석을 불전에 시주하고
돈 천 냥을 불전에 시주하고,
금불 부처 도금을 해 올려 씌어 올리고,
돈도 천 냥 올리고, 소지 종이도 천 권을 올리고,
미역도 천 단을 실어 올려서
석 달 열흘 백일기도, 기도를 드리고 보면

태자를 보신다." 하는구나.
이 말을 듣고 자식이 무엇인고.
그날이야, 길대부인의 거동 보소.
후원의 별당 안을 돌아 나와
대궐전으로 찾아간다.
옷차림을 차리는구나.
은월나라 둥글별자 짝자고리야.
까칠 비단 안을 대서 반달 같으나,
섶을 달고 맹자 고름아 주머니 달고,
은줄 놋줄을 고름에 달고,
님을 그려야 다홍치마, 옆옆이 주름을 잡아
무지개 날을 달고, 실안개 끈을 달아
맵시 있게 접어 입고,
물명주 고도바지, 물명주 단속곳에
삼승에 겹버선에 꽃가죽 신을 신고
가마를 타고 들어간다.
대궐전에 들어가서 오구대왕님과 마주 앉아서
서로 의논하기를 시작한다.
자식이 무엇인고, 자식이 무엇인고.
아들이 무엇인지
석 달 열흘 불공을 드리러 올라가는구나.
돈도 올라가고, 시주도 올라가고,
초도 올라가고, 미역도 올라가서
석 달 열흘 불공을 마치고 그 길로 돌아와서
그 날 밤에 꿈을 꾸니
하늘에 상서로운 기운이 가득하다.
천지일월이 밝더니만
하늘에 올라 옥녀선녀 학을 타고
하늘에서 내려온다.
머리에는 화관이요, 몸에는 학의로다.
월패를 차고, 옥패 소리 쟁쟁하며
계화 가지 손에 들고 의연히 오는 모습이
구름달 월궁항아(月宮姮娥) 달 속으로 들어온 듯

한 탯줄에 딸 여섯을 낳 놓고 보니
일천간장이 다 녹아진다.
그때야 어이할거나
무정세월이 여류하여 길대부인은
아차 아차 설마졌네 팔자 한탄을 하고 나는구나
하룻날은 해당금아 옥단춘아
후원넘어 별당에 물 주러 가자
꽃밭을 타구서 물을 주려고
줄배를 타구서 건너 간다.
이때야~ 대문 밖에야
유도소리도 법도소리사 요란히도 나는 구나
해상금아 유도소리 나는 구나
어서 바삐 내다 보아라
대문전을 내다 보니 꽝쇠를 꽝꽝
나무아미타불 관세음보살
세주동냥 왔나이다.
무엇을 세주를 드릴까요
백미시주 왔나이다.
안으로 들어가서루 백미를 지구 나와서야
바랑 속에 부어주니
스님이 돌아서며 하는 말삼이
길대부인은 자식을 자궁속에야 수심을 끼고
골속에 병을 넣고 있건마는
그 속을 누가 알아 줄고
여보시오 대사 시님이요
자식에야 원한을 어떻게 그렇게 잘 아시오
우리 팔공사 절에 부처님이 영검하옵시기로
공양미 삼백석을 불전에 시주를 하고
돈 천양으로 불전에 시주하고
금불부처 도금을 해올려 씌올리고
돈두 천양 올리고, 소지 종이도, 천궈을 올리고
미역도 천단을 실어 올려서
석 달 열흘 백일기도 기도를 드리고 보면

태자를 보신다 하는구나.
이 말을 듣고 자식이 무엇인고
그날이야- 장두깐이야 길대부인의 거둥보소
후원에 별당안에 돌아나와
대궐전으로 찾어 간다.
옷차림을 차리는 구나
은월나라 둥글별자 짝짜고리야
까칠 비단 안을 대서 반달같은나
섶을 달고 맹자고름아 줌치달고
은줄놋줄을 고름에 달고
님을 그려야 다홍치마 옆옆히 주름을 잡아
무지개 날을 달고 실안개 끈을 달아
맵시 있게야 접어 입고
물명지 고도바지 물명지 단속것에
삼승에 겹버선에 꽃가죽 신을 신고
가마를 타구야 들어간다.
대궐전을 드러가서 오귀대왕님과 마주 앉아야
서로 의논하기를 시작한다.
자슥이 무엇인고 자슥이 무엇인고
아들이 무엇인지
석달열흘 불공을 드리러 올나가는구나
돈도 올나가고 시주도 올나가고
초도 올나가고 미역도 올나가야
석 달 열흘 불공을 마치고 그질로 돌아와야
그 날 밤에 꿈을 꾸니
하늘에 서기가 반공한다.
천지일월이 명랑하드니마는
하늘에 올라 옥녀선녀 학을 타고
하늘에서 나려온다.
머리에는 화관이요 몸에는 학의(鶴衣)로다.
월패(月牌)를 느짓 차고 옥패(玉佩) 소리 쟁쟁하며
계화(桂花) 가지 손에 들고 어연히 오는 양이
구름달 월궁항아(月宮姮娥) 달 속으로 들어온 듯

남해관음이 해중으로 들어온 듯
심신이 황홀하여 진정치 못할 때
선녀가 고운 모양으로 조용히 여쭈되
"소녀는 다른 사람이 아니라
서왕모의 딸인데,
반도(蟠桃)를 진상(進上)하러 가는 길에
옥경비자를 잠깐 만나
수작을 하다가 때가 조금 늦었기로
황제께 큰 죄를 받아 인간 세상에 정배하여
지하땅으로 보내거늘, 갈 바를 몰랐는데
태상노군 후토부인
제불보살 석가님이 댁으로 지시하여
찾아 왔사오니 어여삐 여기소서."
품에 와서 안기거늘
깜짝 놀라니 남가일몽(南柯一夢)이로구나.
달이 떨어져서 왼쪽 어깨에 앉고,
해는 떨어져서 오른쪽 어깨에 앉고,
별은 떨어져서 품안에 안기고,
이때 오구대왕님아!
달은 대왕님 직성이고,
해는 부인님 직성이고
별들은 삼신이 굽어 봤구나.
아무래도 이번에는 부처님이 감동하여
태자를 점지하시는가보다.
그날 밤을 지내려니 잠이 올 수가 있겠느냐.
이때 오구대왕님 거동 보소.
내궁을 드는구나.
간밤에 여러 궁녀들 눈을 피해가며
내궁을 들어가서
양주부처 간밤에 몽중의사를 생각하니,
태몽이 분명하니 그날 밤을 즐기고 나더니만
그날부터 태기가 들어선다.
한 달 두 달 입맛 굳혀야

석 달에 피를 모아, 다섯 달에야 반 짐 싣고,
일곱 달에야 칠성터라,
앞 남산은 높아지고, 뒷 남산은 잦아진다.
어이할거나, 어이할거나.
어이할거나 어이할꼬.
길대부인은 어이할거나.
걱정이 많고 수심도 많네.
이웃집의 안노인 불러다가
"여보시오, 안노인요.
당신은 아들 형제를 삼사형제
오륙 형제 낳아 봤으니
아들 낳는 기미를 알 수 있지만,
나는 딸만 한 탯줄에
여섯을 낳아 봤기 때문에
아들 낳는 기미를 모르겠으니,
내 배나 한 번 만져 보시오.
이번은 아들 낳겠는가?"
배를 이리 쓰다듬고, 저리 쓰다듬더니만
한 번 누워 보라고 한다.
쓰다듬고 쓰다듬더니만 남자애를 가졌노라.
아기 배꼽 머리와 어머니 배꼽머리가
깨끗하게 모양이 푹 꺼진다 하는데,
길대부인의 배꼽머리는
무슨 배꼽머리가 호박씨 튀어 올라오듯이
연상연상 더 튀어 올라오더라.
"아이고! 부인요, 부인요.
설마 이번에는 무슨 또 딸을 낳겠습니까.
걱정하지 마옵소서. 설마 아들 낳겠지요."
그런 말 한마디 던지고 나가는 것이,
한마디 던지고 나가는 것이.
길대부인 거동 보소.
아홉 달에 해운을 받아, 야! 여봐라.
아무래도 순산기가 닥쳐오니

남해관음(南海觀音)이 해중으로 들어온 듯
심신(心身)이 황홀하야 진정치 못할적에
선녀의 고운 모양 애연히 엿자오대
소녀는 다른 사람 아니옵고
서왕모(西王母)의 딸일 러니
반도진상(蟠桃進上) 가는 길에
옥경(玉京) 비자(婢子) 잠간 만나
수작을 하옵다가 때가 조금 늦었기로
황제께 특죄하고 인간에 정배하야
지하땅을 보내거날 갈 바를 몰났더니
태상노군(太上老君) 후토부인(后土夫人)
제불보살(諸佛菩薩) 석가님이 댁으로 지시하여
찾아 왔아오니 어엿비 여기소서
품에 와서 안기거날
깜짝 놀라니 남가일몽(南柯一夢)이로구나.
달을 떨어져서 왼 어깨에 안자고
해는 떨어져서 오른 어깨 안자고
별은 떨어져서 품안에 안기고
이때야 오귀대왕님아.
달은아 대왕님 직신(直星)이고
해는 부인님 직신(直星)이고
별 시낱은 삼신이 굽어 봤구나.
아무래도 이번에는 부처님이 감동하야
태자를 점지하시는 가부다.
그날 밤에 지낼라니 잠이 올수가 있겠느냐
이때 오귀대왕님 거동보소
내궁를 드는구나.
간밤에 여러 궁녀들 눈을 피해가며
내궁을 들어가서.
양주부처 간밤에 몽중의사를 생각하니
태몽이 분명하와 그날밤을 즐기고 나더니만
그달부터 태기가 들어선다.
한 달 두 달 입맛 굳혀야

석 달에 피를 모와 다섯 달에야 반짐 실고
일곱 달에야 칠성터라
앞남산은 높아지고 뒷남산은 잦아진다.
어이할거나 어이할거나
어이할거나 어이할고
길대부인은 어이할거나
걱정이 많구요 수심도 많네
이웃집에 안노인 불러다가
여보시오 안노인요.
당신은 아들 형제를 삼사형제야
오륙 형제 낳어 봤으니
아들 낳는 기미를 알 수 있지마는
나는 딸만을 한태줄에
여섯을 낳어 봤기 때문에
아들 낳는 기미를 모르겠으니
내 비나 한번 만져 보소.
요번은 아들 놓겠는가?
배를 이리 씨담고 저리 씨담드니마는
한번 누어 보라 한다.
씨담고 씨담디마는 모심애를 가져노라
알라 배꼽 머리가 어마이 배꼽버리가
깨끄뎅이 모양 푹 꺼진다 하는데
길대부인의 배꼽머리는
무슨 배꼽머리가 호박씨 튀여 올나오듯이
연상연상 더 튀여 올나오데이.
아이고- 부인요 부인요
설마 요번에는 무슨 또 달로 놓겠능교
걱정하지 마옵소서. 설마 아들 놓겠죠
그런 말 한마디 던지고 나가는 것이
한마디 던지고 나가는 것이-
길대부인 거동 보소
아홉달에 해운을 받아 야 여봐라
아무리도 순산기가 닥쳐오니

필세를 말말이 가져 오너라.
공단을 가져 오너라.
애기 포대기도 해 놓고 비단을 가져 오너라.
아기 저고리도 해 놓고, 쌀 포대기도 해 놓고,
애기 속적삼도 해놓고,
모든 시름이 아기 따른 것으로
베를 한아름 안아다 해 가지고
머리맡에다 놔두고
그 때는 거동보소.
열 달을 고이 채워 하루는 순산기가 있구나.
"아이고, 배야. 아이고, 허리야.
아이고, 배야. 배가 아파 오는구나."
삼신상을 차려 놓고,
어진 삼신아, 지황님네요.
아기 부려주는 이방석으로 사방문 열고,
금강문(金剛門) 열어서 사방문을 열어서
자그마니 욕보이지 말고 순산시키소서.
"아이고, 배야! 아이고 배야."
채운(彩雲)을 두르고 향내가 진동하더니만
혼미 중에 탄생을 하니,
상서로운 기운이 가득하구나.
이때에 오구대왕님 거동 보소.
길대부인이 자는 방안에
상서로운 기운이 가득하니
군노사령을 보낸다.
"여봐라. 군노사령. 그 부인이 자는 방 안에
오늘 아무래도 이상한 일이 있으니,
순산을 시키는가보다.
그러니 아들인지 딸인지
어서 바삐 분부를 아뢰라."
고 군노사령을 보낸다.
군노사령 거동 보소.
대문전에서 아기 순산하도록 기다릴 적에

상서로운 기운이 가득하더니
아기 응아 하는 소리,
사십에 탄생을 하다가 보니
정신을 차리지 못하고
그 자리에서 기절하는구나.
그 자리에서 기절하니
여러 각각 유모들이 애기를 받아
서로 삼을 갈라 삶을 보니
분명히 공주가 분명하다.
일곱째 공주로 낳은 자식을
딸로 낳다가보니
여러 유모들이 목욕을 시켜서
비단 저고리 입혀 공단 포대기에 싸서
아랫목에 놔 놓고 부인이 정신을 차려서
첫국밥을 다려가지고 들어오니,
"부인요, 부인요. 첫국밥을 자시옵소서."
첫국밥을 갖다가 지왕판에 놓고 권하오니,
이때야 부인이 하는 말이
"여봐라. 남녀 간에 딸이냐, 공주더냐.
아기를 여기에 데려오너라. 보자."
"아이고, 대비마마여!
공주가 탄생했나이다."
그 말을 듣더니마는
그 자리에서 기절하여 또 넘어간다.
"아이고, 답답해라. 아이고, 답답해라.
아이고, 아이고, 아이고 내 팔자야.
내 팔자, 내 신세야.
공들여 낳은 자식 딸이란 말이 웬 말이고.
소 마구간에나 갖다 버려라.
소 짐승이나 잡아먹도록.
말 마구간에나 갖다 버려라.
말 짐승이나 잡아먹도록."
짐승 마구간에 갖다 놓으니

필세를 말말이 가져 오너라.
공단을 가져 오너라.
애기 두데기도 해 놓고 비단을 가저 오너라
애기 저고리도 해 놓고 쌀 두데기도 해 놓고
애기 속적삼도 해 놓고
만단 시름에 애기 따른 것은
배를 한 아름 안아 다 해 가주고
머리맡에다 놔 놓고
그 즉세는 거동보소
십삭을 고이 채와 하룻날은 순산기가 있는 고나
아이고 배야 아이구 허리야
아이구 배야 배가 아퍼야 오는구나
삼신상을 채려 놓구요
어지나 삼신아 지황님네요
애기 부랴주는 이방석으루 사방문 열구야
금강문 열어서 사방문을 열어가꾸
자그마니 욕뵈지 말구 순산시키소서
아이구 배야- 아이구 배야
채운을 두르고 향내가 진동하드니만
혼미중에 탄생을 하니야
서기가 반공을 하는구나
이때여어- 오귀대왕님 거동보소
길대부인이 자는 방안에
서기가 반공을 하니
군노사령을 보낸다.
여봐라 군노사령 그 부인이 자는 방 안에
오늘 아무래도 이상한 일이 있어노니
순산을 시키는가 부다.
그러니 아들인지 딸인지
어서 바삐 분부를 알뢰라
ㄱ 군노사령을 보낸다
군노사령 거동보소
대문전에서 애기 순산히도록 기다릴적에

서기가 반공하드니마는
애기 응아 하는 소리
사십에 탄생을 하다가 보니
정신을 차리지 못하고
그 자리에서 기절하는구나.
그 자리에서 기절하니
여러 각각 유모들이 애기를 받아 서루
삼을 갈라 살을 보니
분명히 공주가 분명하다.
일곱 여째 공주로 낳은 자식을
딸루 낳다가보니
여러 유모들이 목욕을 시켜서
비단 저고리 입혀 공단 포대기에 싸가
아랫목에 놔 놓고 부인이 정신을 차려서
첫국밥을 달려 가지고 들오니
부인요 부인요 첫국밥을 자시옵서
첫국밥을 갖다가 지왕판에다 놓고 권하오니
이때야 부인이 하는 말이
여봐라 남녀간에 딸이냐 공주드냐
애기를 여기에 데려오느라 보자
아이구 대비마마여
공주를 탄생했나이다.
그 말을 듣더니마는
그 자리에서 기절하여 또 넘어간다.
아이구 답답해라 아이구 답답해라
아이구 아이구 아이구 내팔자야
내팔자 내 신세야
공그러 넣은 자식 딸이란 말이 웬 말이고
소 마구간에나 갖다 버려라
소짐승이나 잡아 먹게로
말 마구간에나 갖다 버려라
말짐승이나 잡아 먹게로
짐승 마구간에 갖다 놓니

아기한테서 상서로운 기운이 가득하니
눈을 뜨지 못하고
그래서 아기가 다치지 못 하는가 보더라.
그 길로 돌아오는 군노사령 거동 보소.
"문안드리오.
공주가 탄생했나이까,
태자가 탄생했나이까?"
이때 옥단춘이가 나가더니마는
"공주가 탄생했다고 분부를 아뢰어라."
이때 군노사령 그 길로 들어간다.
군노사령 거동 보소.
우루루루 들어간다.
월렁소리 월렁월렁, 방울소리
당글당글 우루루루 들어가서
대왕님전에 아뢸 적에
"오구대왕님,
대비마마 길대부인이
공주를 탄생시켰나이다."
엎드려서 훌쩍훌쩍 우니,
"여봐라. 그 말이 참말이냐?"
앉았다가 벌떡 일어서며
화랑 같은 고함을 지른다.
"야야, 이놈아. 그 말이 참말이냐?
그 말이 참말이거들랑
네가 나를 속이는 수가 있구나.
딸을 여섯을 낳고
일곱째 공들여 낳은 자식,
아들을 낳게 되면
명 길라고 원래 속이는 수가 있다만
너희가 나를 놀라게 하려고
그렇게 속일 수가 있겠느냐?
그러니 아무래도
공주를 탄생시키지 못하고

태자를 낳아 줘야 하니 아이고."
"오구대왕님 앞에 누가 감히 속이오리까."
"이놈아, 기놈아.
그 말이 진정이거들랑
아기를 포대기에 싸가지고
저 천태산에 무명 산중에 들어가게 되면
버드랑 산이 있을 터이니
거기 갖다가 버리라고 여쭈어라.
만일에 아기를 버리지 아니할 것 같으면
생벼락이 떨어진다고 여쭤라."
이 말을 듣고
천지가 아득하여 그 길로 돌아와,
"부인요, 부인요.
아기를 포대기에 싸 가지고
무명지 산속에 갖다 버리랍니다."
그러자 거동 보소.
아기를 안고서 들어간다.
대궐전으로 돌아 나와
아기를 포대기에 싸 가지고 나오는구나.
일국의 공주로 걸어갈 수 있겠느냐.
아이가 대문에 돌아 나와
가마 안으로 들어가서 가마를 타고서
산중으로 들어간다.
"내 딸이야. 내 딸이야. 아이고, 내 딸이야.
반짝반짝 눈 뜬 자식을 어디다가 버릴쏘냐.
죽은 자식을 버리러 가도
일천에 간장이 다 녹아지는데,
반짝반짝 산 자식을 어디로 갖다가 버릴쏘냐.
어지러운 사바세계(裟婆世界) 의지할 곳이 가이 없어,
모든 미속(美俗)을 다 버리고 산간벽지를 찾아 간다.
송죽 바람도 쓸쓸이 불고,
산새도 저리 슬피 운다.
잊어라, 소쩍새야. 너도 울고 나도 울고,

애기한테서 서기가 반공하니
눈을 뜨지 못하고
그래서 아기를 다치지 못하는가 부드라
그 길로 돌아와여 군노사령 거동보소
문안드리요
공주를 탄생했나이까
태자를 탄생했나이까
이때야 옥단춘이가 나가드니마는
공주를 탄생했다고 분부를 아뢰여라.
이때야 군노사령 그질로 들어간다.
군노사령 거동보소
우루루루 들어간다.
월렁소리 월렁월렁 방울소리
당글당글 우루루루 들어가여
대왕님전에 알월적에
오귀대왕님요
대비마마 길대부인이
공주를 탄생했나이다.
엎드려서 훌쩍훌쩍 우니
여봐러 그말이 참말이냐
앉았다가 벌떡 일어서며
화랑같은 고함을 지른다.
야야 이놈아 그말이 참말이냐
그말이 참말이거들랑
네가 나를 속이는 수가 있는구나.
딸을 여섯을 놓고
일곱여째 공들여 놓은 자식
아들을 놓게 되며는
명 길라고 원래 속이는 수가 있다마는
느그가 나를 놀리키느라고
그렇게 수일 수가 있겠느냐.
그러니 아무래도
공주를 탄생시기지 못하고

태자를 놓아 줘야하니 아이고
오귀대왕님 앞에 누가 감히 속이오리까
이놈아 기놈아
그 말이 진정이거들랑
애기를 두데기에 싸가지고
저 천태산에 무명 산중엘 들어가게 되면
버드랑 산이 있을터이니
거기 갖다가 버리라고 여쭈어라.
만일에 애기를 버리지 아니할 것 같으면
생벼락이 떨어진다고 여쭤라.
이 말을 듣구야
천지가 아득하야 그질로 돌아와야
부인요 부인요
애기를 두데기에 싸 가지고
무명지 산속에 갖다 버리랍니다.
이때야 거동보소
애기를 안구서 들어간다.
대궐전으로 돌아나와
애기를 두데기에 싸 가지구 나오는구나
일국의 공주로 걸어갈 수 있겠느냐
아이가- 대문에 돌아나와
가마안으로 들어시라 가마를 타구서
산중으로 들어간다.
내 딸이야 내 딸이야 아이구우 내 딸이야
반짝반짝 눈 뜬 자식을 어디다가 버릴소냐
죽은 자식을 버리러 가두요
일천에 간장이 다 녹아지는데
반짝반짝 산 자식으로 어디 갖다가 버릴소냐
어지러운 사파세계 의지할 곳이 바이없어
모든 미속을 다 버리구 산간벽지를 찾아 간다.
송주 바람도 쓸쓸이 불구요
산새도 자로 슬피운다.
잊어라- 부루기야 너도 울고 나도 울고

심야삼경 깊은 밤에
단둘이 울어 새워나 보자."
첩첩산중에 들어가서
여기다 버릴까, 저기다 버릴까,
버릴 곳이 전혀 없네.
나무에 버리자니 날짐승이 무섭고,
땅에다 버리자니 기는 짐승이 무섭고야.
여기다 버릴까, 저기다 버릴까 하다가
첩첩 산중에 들어갔구나.
첩첩 산중에 들어가서 쳐다보니
만학천봉 그 산 이름이 겨드랑산이라.
억바위야 덕바위야
물 좋고 정자 좋은 곳이 있는데,
바윗돌에 앉아서
"여봐라. 여기 잠시잠간 쉬어 가자.
이곳을 살펴보니 겨드랑산인데
아기를 어디 갖다 버리겠느냐."
아기를 품에 안고서
방성통곡 울음을 울 때,
그때 여기다 버릴까
저기다 버릴까 하다 보니
버릴 곳이 전혀 없구나.
얼마나 앉아서 울었더니,
이왕지사 버리고 가는데,
"내 딸이야 내 공주야.
마지막으로 네가 젖이나 한 번 먹어라."
젖줄을 입에 넣어 놓고 젖을 먹이니
한 번 빨고 두 번 빨더니만
잠이 들어 자는구나.
잠들어 자는 이 자식을 차마 진정
어이 버리고 가겠는가.
그때 거동 보소.
너를 버렸다가 너와 내가 이별수가 생겨

이왕지사 버리고 가는 자식,
너와 내가 죽지 않고 만날 날이 있을는지.
버렸다가 얻은 자식이라고
바리데기 이름이나 한 번 지어보자.
그때 속적삼을 내어
무명지 손가락으로 이름을
피를 내어 혈서를 쓴다.
버렸다가 얻은 자식이라 바리데기
이름을 지어 가슴 속에다 넣어 두고,
그제야 아기를 안고
방성통곡 울음을 울다 보니,
난데없이 구름이 둥실둥실 떠 오더니만
막 번개가 치고 천둥이 치더니만
비가 오기 시작한다.
사방에서 비가 오건만
아기 앉힌 자리는 햇빛이 비치거늘
이것도 하늘에서 받들어 주는 법이라.
그때 부처님이 감동하여
하늘에서는 상서로운 기운이 가득하더니만
한쪽 부리는 오색 동아 무지개,
상서로운 기운이 설 때,
한쪽 부리는 아기 있는 데다 박아 놓고,
한쪽 부리는 서쪽에다 박아 놓고.
그때 거동 보소.
서천서역에서 청학 백학이
훨훨 한 마리 날아오더니만
머리맡에 빙글빙글 돌더니만
화락 같은 바람을 호통을 치도록 하여
안고 있는 아기를 땅에 떨어트려버렸구나.
"몹쓸 놈의 이 짐승아.
아무리 네 밥이 되었을망정
사람이 있는데도 불구하고
이렇게 몹쓸 짓을 하느냐?"

심야삼경 깊은 밤에
단둘이 울어 새워나 보자
첩첩한 산중에 들어가야
여기다 버릴가 저기다 버릴가
버릴 곳이 전혀 없네
나무에 버리자니 날짐승이 무섭고
땅에다 버리자니 기는 짐승이 무섭구야
여기다 버릴가 저기다 버릴가 하다가는
첩첩한 산중엘 들어갔구나.
첩첩한 산중엘 들어가서 치어다 보니
만학천봉 그 산이름이 겨드랑산이라
억바우야 덕바우야
물 좋고 정자 좋은 곳이 있는데
바웃돌에 앉아서루
여봐라 여기 잠시잠간 쉬어 가자
이곳을 살펴보니 겨드렁산인데
애기를 어디 갖다 버리겠느냐.
애기를 품에 안고서루
방성통곡 울음을 울 적에
그때여- 여기다 버릴가
저기다 버릴가 하다 보니
버릴 곳이 전혀 없구나.
얼마만침 앉아서 울드라니
이왕지사 버리고 가는데
내 딸이야 내 공주야
마지막으로 네가 젖이나 한 번 먹어라.
젖줄을 입에 여 놓고 젖을 멕이니
한번 빨고 두 번 빨드니마는
잠이 들어 자는구나.
잠들어 자는 이 자식을 참아 진정
어찌 버리고 가겠노.
그 때야 거동보소
너가 버렸다가 너와 나와 이별수가 생겨

이왕지사 버리고 가는 자식
너와 나와 죽지 않고 만날 날이 있을라는지
버렸다가 얻은 자식이라고
바리데기 이름이나 한번 지어보자.
그 때야 속적삼을 내야
무명지 손가락으로 이름으로
피를 내야 혈서를 쓴다.
버렸다가 얻은 자식이라 버리데기
이름을 지어 가슴 속에다 여어 두고
그제서야 애기를 안고
방성통곡 울음을 울다 보니
난데 없이 구름이 둥실둥실 떠 오드니마는
막 번개가 치고 천둥이 치드니마는
비가 오기 시작한다.
사방에서는 비가 오건마는
애기 앉힌 자리는 햇빛이 비치거늘
이것도 하늘에서 받들어 주는 법이라.
그때야 부처님이 감동하야
하늘에서는 서기가 반공하드니마는
한짝 부리는 오색 동아 무지개
서기발이 설 적에
한짝 부리는 애기 있는 데다 박아 놓고
한짝 부리는 서쪽에다 박아 놓고.
이때야 거동보소.
서천서역에서루 청학 백학이
훨씬 한 마리 날아오드니마는
머리맡에 빙글빙글 돌더니마는
화락같은 바람을 호통을 치도록 마련하야
안고 있는 애기를 땅에 떨어트려 버렸구나.
몹쓸 놈의 이 짐승아
아무리 니반이 되었은망정
사람이 있는 곳에도 불구하고
이렇게 몹시 하느냐.

아기를 바짝 안고 왔다 갔다 하다 보니
아기를 땅에 떨어트렸구나.
아기를 땅에 떨어트리고 보니
한쪽 날개는 보따릴 잡고,
한쪽 날개는 아기를 잡고 어디로 날아갔는지
간 곳이 전혀 보이지 않을 때, 그때야
"내 딸이야, 어디를 갔느냐. 내 딸이야.
자식을 귀하게 여기는 이는 부모밖에 없는데,
너를 이 산중에 버리고 가니 어이할까.
어이할까. 앞이 캄캄해서 어이할까."
"부인요, 대비마마요.
동에 동산에 뜨는 해가 서산으로 기울어지니
어서 바삐 집으로 가옵시다."
가마를 타고 내궁에 도착하니
오구대왕님 거동 보소.
아기 갖다 버리라는 그 말 한마디 떨어지더니,
안으로 들어가서 월패 같은 저 방안에
네 활개를 버리고 맥없이 누웠구나.
양주 부처 목에 안고 팔자 한탄을 하고,
아들자식 못 낳은 운명을 생각하며
얼마나 울었던지 말할 수 없이 울건만.
그럭저럭 하다 보니, 오구대왕님 거동 보소.
날이 가고 해가 가니 병이 들기 시작한다.
나도 모르겠다.
어디가 아픈지, 어디가 슬픈지 모르게
병이 들기 시작할 때
이때 거동 보소.
부인이 간 자취를 알고
아기를 그 길로 데리고 돌아와 바윗돌에 눕혀 놓고
한 쪽 날개는 깔고, 한 쪽 날개는 덮어
아기 젖을 먹이고 있을 적에
하루 가고 이틀 가고 아장아장 걷는구나,
방긋방긋 웃는구나.

잔병치레 없이 고이고이 자라날 적에
한 살 먹고 두 살 먹고 세 살, 네 살 먹고 나니
공부를 하기 시작한다.
하늘에서 내려올 때는 청학 백학이 되었건만
지하 땅에 내려와서 삼일 만에
무슨 선녀가 되어서
그 산중에다 무슨 집을 지어 놓고
올라가며 따고, 내려오며 따고,
만학천봉(萬壑千峰) 밑으로 올라가며 내려가며
열매를 따가지고
물로 마셔서 아기를 키울 때
다섯 살, 여섯 살 먹고 나더니
공부를 하기 시작한다.
하늘천 따지 검을현 누르황
집우 집주 날일 찰영,
해일 달월 찰영 기울책
고를조 볕양 천자문 동몽선습(童蒙先習)이며,
이때 오늘도
삼강오륜(三綱五倫)이라 하는 것도 다 배우고,
그때 부자유친(父子有親)이라 하는 것도
다 배우고 세상 공부라 하는 것은
지금 세상에 그때 그 시절에 나오는 책에
모든 글을 다 배웠구나.
세월이 흘러
오구대왕님이 병이 들어 거의 죽게 되었는데,
방방골골의 의사가 다 와도
병을 고칠 사람이 전혀 없네.
아무리 해도 병 고칠 사람이 전혀 없어.
그때 할 수, 할 수 전혀 없어
죽는 날만 기다리고 있구나.
"아이고, 아이고. 어이할거나. 어이할고, 어이할고.
오구대왕님 죽고 나면
옥새를 어느 자식에게 주어 물려서 주오리까."

애기를 바짝 안고 왔다리 갔다리 하다 보니
애기를 땅에 떨어트렸구나.
애기를 땅이 떨어트리다 보니
한짝 날개는 보따릴 차고
한짝 날개는 애기를 차고 어디루 날아 갔는지
간곳이 전혀 없을 적에 그때야
내딸이야 어디를 갔노. 내 딸이야.
자슥이 중한 줄을 부모밖에 없는데
너를 이 산중에 버리고 가니 어이할고
어이할고 앞이 잦아여어 어이할고
부인요 대비마마요.
동에 동산 뜨는 해가 서산으로 기울어지니
어서 바삐 집으로 가옵시다.
가마를 타구야 내궁을 당도하야
오귀대왕님 거동보소.
애기 갖다 버리라는 그 말 한마디 떨어지드마는
안으루 들어가야 월패같은 저 방안에
네활개를 버리고 맥없이 누웠구나.
양주 부처 목에 안고 팔자 한탄을 하고
아들 자식 못 난 운명을 생각하며
얼마나 울었던지 말할 수 없이 울건마는
그럭저럭 하다보니 오귀대왕님 거동보소
날이 가고 해가 가니 병이 들기 시작한다.
나도 모르게스리
어디가 아픈동 어디가 실픈동 모르게끔
병이 들기 시작할 적에
각설 이때야 거동보소.
부인이 간 자취를 알고
애기를 그질로 돌아와야 바위 돌에 눕혀 놓고
한짝 날개는 깔리고 한짝 날개는 덮어
애기 젖을 먹이구 있을 적에
하루가고 이틀 가고 아장아장 걷는구나
방긋방긋 웃는구나

잔병질병 없이 고이고이 자라날 적에
한 살 먹고 두 살 먹고 세 살 니 살 먹고나니
공부를 하기 시작한다.
하늘에 내려 올 적에는 청학 백학이 되었건마는
지하 땅에 내려와여 삼일만에
무슨 선녀가 되어서
그산중에다 무슨 집을 지어 놓고
올라가며 따고 내려오며 타고
만학천봉 밑으로 올라 가며 내려가며
열매를 따가지고
물로 마셔서루 애기를 키울 적에
다섯 살 여섯 살 먹구나드니야
공부를 하기 시작한다.
하늘천 따지 감을현 누르황
집우 집주 날일 찰영—
날일 달월 찰영 기울책
고로조 볕양 천자 동몽선습이며
이때야— 오늘도
삼강오륜이라 하는 것도 다 배우고
그때야 부자유친이라 하는 것도
다 배우고 세상 공부라하는 것은
금시상에 그때 그 시절에 나오는 책에
모든 글으는 다 배웠구나.
세월이 여류하야
오귀대왕님 병이 들어 거의 죽게 되었는데
방방골곳이 의사마다 다 와도
병 고칠 사람이 전혀 없네.
아무리 해도 병 고칠 사람이 전혀 없어
그때야 헐수 헐수 젼혀 없어
죽는 날만 기다리고 있구나.
아가 아가 어이할거나 어이 할고 어이 할고
오귀대왕님 죽고 나며는
옥쇄를 어느 자식을 주어 물려서 주오리까

방방골골 의사마다 다 와도
병 고칠 사람이 전혀 없네.
팔자 한탄을 하는구나.
그때 길대부인은 하루는
할 수, 할 수 전혀 없어서
옥녀무당을 찾아간다.
옥녀무당을 찾아가서 단수를 치니,
"이승의 약은 아무리 써도 약 효과가 전혀 없으니
약수 삼천리 서천서역국 약물을 써야
고칠 수가 있지 그렇지 않으면
고칠 수가 없다." 하는구나.
그때 거동 보소.
그 말을 듣고서 약수 삼천리
약물 기르러 갈 사람이 누가 있어.
딸 여섯을 불러들여서
약물 기르러 가라 한다.
그제야 딸 여섯을 다 불러들인다.
"천상금아, 지상금아, 해금아,
달금아, 별금아, 원앙금아.
너의 부친이 병이 들어 거의 죽게 되었으니
약물 기르러 가거라."
맏딸이 하는 말씀이
"아이고, 어머니요. 별 말씀을 다 하시네.
아버지는 이왕지사 병이 들어
죽는 날짜만 기다리고 돌아가시게 되었지만,
아버지 말문 막히기 전에
옥새를 어느 사위 줄려는지
말씀이나 여쭈라 하시오."
"아이고. 요망하다. 듣기 싫다. 나가거라."
둘째 딸이 들어오더니만
"아이고, 어머니, 어머니.
나를 뭐하려고 불렀습니까.
어머니. 나에게 논 물려주렵니까.

밭 물려주렵니까.
나를 뭐하려고 불렀습니까?"
하니까
"아이고, 이년아.
들어오자마자 논 물려 달라 밭 물려 달라
하니까 내가 할 말이 없다.
너의 부친이 병이 들어 거의 죽게 되었으니
약물 기르러 가거라."
"어머니, 어머니.
아버지 말문 막히기 전에
살림살이 논밭전지 똑같이
우리 여섯이 다 나눠, 나눠 주세요."
셋째 딸이 들어오더니만
"아이고, 어머니.
날 뭐하려고 불렀습니까.
나를 뭐하라고 불렀습니까?"
하니 그때 어머니 하는 말이,
"애야, 애야. 약물 기르러 가거라.
네 부친의 약물 기르러 가라."
하니
"아이고, 어머니, 어머니.
내가 배를 한아름 안고
오늘 내일 순산하게 되었는데,
내 언제 약물 기르러 가겠습니까?
순산하기 때문에 못 가겠습니다."
"오냐. 너는 사정이 딱하여
못 가겠으니 할 수 없구나."
"아이고, 별금아. 약물 기르러 가거라."
넷째 딸이 들어오더니
"어머니, 어머니. 어머니 아시다시피
우리 시아버지가 돌아가신 지가
꼭 이년 째인데,
낼 모래 삼우제인데 내가 상복을 입고

방방골곳이 의사마다 다 와도
병 고칠 사람이 전혀 없네.
팔자 한탄을 하는구나.
그때야 길대부인은 하룻날은
헐수 헐수 전혀 없어서루
옥녀무당을 찾아 간다.
옥녀무당을 찾아 가서루 단수를 치니
이승에 약은 아무리 써도 약소리가 전혀 없으니
약수 삼천리 서천서역국 약물을 써야
고칠 수가 있지 그렇지 않으면
고칠 수가 없다 하는구나.
그때야 거동보소.
그 말을 듣고서루 약수 삼천리
약물 지르러 갈 사람이 누가 있노.
딸 여섯이 불러디려서루
약물 지르러 가라 한다.
그제서는 딸 여섯일 다 불러디린다.
천상금아 지상금아 해금아
달금아 별금아 원앙금아
너의 부친이 병이 들어 가의 죽게 되었으니
약물 지르러 가거라.
맏딸이 하는 말씀이
아이고 어머니요 별 말씀을 다 하시네
아버지는 이왕지사 병이 들어
죽는 날짜만 기다리고 돌아가시게 되었지마는
아버지 말문 막히기 전에
옥새를 어느 사우 줄라는가
말씀이나 여쭈라 하시오
아이고 요망하다 듣기 싫다 나가거라
둘째 딸이 들어오드니 마는
아이고 어무이고 어무이요
날 뭐할라고 불렀능교
어무이요 날 논 태워 줄라능교

밭 태와 줄라능교
날 뭐할라고 불렀능교
하니까네
아이구 이년아
들어오자 마자 논 태와 달라 밭 태와 달라
하니까네 내가 할 말이 없다
너의 부친이 병이 들어 가의 죽게 되었으니
약물 지르러 가거라.
어무이요 어무이요
아버지 말문 막히기 전에
살림살이 논밭전지
똑같이 우리 여섯이 다 농가 농가 주소
셋째 딸이 들어오드니마는
아이고 어무이요
날 뭐 할라고 불렀능교.
날 뭐할라고 불렀능교
하니 그때야 어머니 하는 말이
야야 야야 약물 지르러 가그라
너의 부친이 약물 지르러 가라
하니
아이고 어무이요 어무이요
내가 밸 한아름 안고
오늘 낼 순산하게 되얏는데
내 언제 약물 지르러 가겠능교
순산하기 땜에 못 가겠심더
오냐 니는 사정이 딱하여
못 가겠으니 헐 수 없구나
아이고 별금아 약물 지르러 가그라
니째 딸이 들어오디마는
어머이요 어무이요 어무이 아다시피
우리 아버지가 돌아가싴지가
꼭 이년 초군데
낼 모래 삼젠데 내가 상복을 입고

어이 약물을 기르러 가겠습니까?"
다섯째 딸이 들어오더니만
"어머니, 아시다시피
낼 모래 시누이 시집가는데
음식 준비를 내 손으로 다 준비해야 하고,
일가친척 간이 다 오는데
내가 빠질 수가 있겠습니까?
나는 못가겠습니다."
여섯째 딸이 들어오더니만
"어머니. 아시다시피 나 시집 간지가,
막내딸이 하는 말이, 나 시집간 지가
꼭 세 달째 아닙니까?
우리 신랑이 내 얼굴이라도 못 보면
잠깐이라도 못 보면 죽으려하고
나는 신랑의 얼굴을 세상에
잠깐이라도 못 보면 환장하는데,
내 사랑에 미쳐가지고 못 가겠습니다."
그러자,
"어허야, 아이고. 이이고 이년들아. 나가거라.
딸은 부모 마음을 안다는데
우리 딸 여섯은
부모 한탄밖에 나와 가지고,
오리 길도 모르고 십리 길도 모르고
호강하며 자랐다고
약물 기르러 아무도 안 가려고 하니
내가 나이나 젊었으면 약물 기르러 가려는가.
우리 영감 병구완을 누가 하면
내가 약물 기르러 갈 것을.
내가 약물 기르러 가면 누가 병구완을 할까.
아이고."
그날 밤이 되니
청천에 뜨는 보름달은 훤하게 비치건만
약을 짜 가지고 첫 사발을 들고

영감님께 권하고 난 뒤,
다리를 주물렀다가 머리를 만졌다가
"영감님, 영감님. 이 약 먹고 어서 살아 일어나시오.
어서어서 일어나시오."
그럭저럭 하다가 보니
살짝 밖에 나와서 사방을 살펴보니
옛날의 과거지시가 생각난다.
세월이 흘러 십오 년 세월이 흘렀다.
청천(靑天)에 뜬 보름달은
방방골골 약물 있는 곳을 알건마는
내 눈은 두 눈이라고 약물 있는 곳을 못 보고,
세월이 흘러 십오 년 세월이 흘렀건만
그 자식을 죽으라고 버렸는데,
그 자식이 죽었는지 살았는지
저 달은 우리 자식 있는 곳을 알건만
나는 두 눈이라도 죽으라고 버린 자식
찾아가 보지 못하고.
약물 있는 곳이 어디고
그제서는 서가지고
눈 먼 자식이 효자노릇한다고
그 자식이나 살았으면 약물 기르러 가려는가.
그냥 서서 엉엉 방성통곡(放聲痛哭) 울다가
그 길로 돌아와서
영감 앞에 앉아서 꼬박꼬박 잠이 든다.
꼬박꼬박 잠이 들더니만
꿈에 현몽(現夢)을 얻을 적에
백발노인이 꿈에 홀연히 나타나서
"대비마마."
그때 부인은 깊이 잠이 들었소.
내일 오시가 되어서,
그날 오시가 되어서
딸아기가 찾아간다.
바리데기 죽지 않고 살았다니

어에 약물 질러 가겠능교
다섯째 딸이 들어오디마는
어무이요 아시다시피
낼 모래 시누부 시집 가는데
음식 먹세를 내 손으로 다 막적거리고
일가 종당간에 다 오는데
내가 빠질 수가 있겠능교.
나는 못가겠심더.
여섯째 딸이 들어오드니마는
어무이요. 아시다시피 내 시집 갔는제가
막내이 딸이라 하는 말이 내 시집갔는지가
꼭 석달째 안나능교.
우리 신랑 내 얼굴이라도 못 보면
일시라도 못보면 죽을락하고
나는 신랑에 얼굴을 세상에
일시라도 못 보면 환장을 하는데
내 사랑에 미처 가지고 못 가겠심더.
그때야-
어히야 아이구 아이구 이년들아 나가거라
딸은아 부모 정곡 안다는데
우리 딸 여섯이는
부모 한탄밭에 나와 가지고
오리길도 모르고 십리길도 모르고
호강시럽게 자랐다고
약물 지르러 아무도 안 갈라 하니
내가 나이나 젊었음 약물 지르러 갈라는가
우리 영감 병 구난을 누가 하드면
내가 약물 지르러 갈거로.
내가 약물 지르러 가드면 누가 병 구완을 할고
아이구-
그날밤이 뇌고
청천에 뜨는 보름달은 훤하게 비치건마는
약을 짜 가지고 첫사발에 들고

영감님께 권하고 난뒤
다리를 주물렀다가 머리를 만졌다가
영감님 영감님 이 약 먹고 어서 살아 일어나소
어서어서 일어나소
그럭저럭 하다가 보니
얼풋 밖에 나와서 사방을 살펴보니
옛날의 과거지사가 생각킨다
세월이 여류하여 십오년 세월이 흘렀다
청천에 뜬 보름달으는
방방골곳이 약물 있는 곳을 알건마는
내 눈은 두 눈이라도 약물 있는 곳을 못 보고
세월이 여류하야 십오년 세월이 흘렀건마는
그 자식을 죽으라고 버렸는데
그 자시기 죽었는지 살았는지
저 달은 우리 자식 있는 곳을 알건마는
나는 두 눈이라도 죽으라고 버린 자식
찾아가 보지 못하고
약물 있는 곳이 어디메고
그제서는 서가지고
눈 먼 자식이 효자질 한다고
그 자식이나 살았으면 약물 지러러 갈라는가
마 서서 엉엉 방성통곡에 울다가
그길로 돌아 와 가지고
영감전에 앉아서 꼬박꼬박 잠이 든다
꼬박꼬박 잠이 들드니마는
꿈에 선몽을 얻을 적에
백발노인이 꿈에 어연히 나타나서
대비마마
그대 부인은 깊은 잠이 들었오.
내일 오시가 되어서루
그린데 그 닐 오시기 되이시루
딸 애기를 찾아간다
베리데기 죽지 않고 살았다니

산천초목 새벽바람 찬바람에
어련히 넘어간다. 어련히도 넘어간다.
"내 딸이야, 내 살았느냐 죽었느냐.
살았거들랑 대답을 하고,
죽었거들랑 대답을 말아라.
내 딸이야, 내 공주야."
얼마만큼 찾는구나.
아무리 울어도 대답이 없고.
울어 봐도 대답이 없네.
엎어지며 자빠지며 돌에 채여 넘어져서
무릎이 깨져가지고
피가 나도 아픈 줄을 모르고,
가시에 치마가 걸려 찢어져도
찢어진 줄을 모르고 그럭저럭 하다 보니
그때 그 산중에 신령님이
나이가 십오 세가 되어
일곱 살이 되어서 신령님에게 맡겨 놓고
무슨 선녀가 되어 하늘나라로 올라가고,
그 산중에 신령님이 하루는 부르는구나.
"공주야, 공주야.
이리 와서 내 말을 들어라.
너는 이 산중에 사는 사람이 아니고
불라국 오구대왕님의 일곱째 공주로서
부모 한탄밖에 나와 득죄를 하고
이 산중에 십오 년을 살다가
오늘 오시가 되면
너의 모친이 찾아올 것이니
모녀간에 상봉하여 불라국으로 찾아가서
아버님 얼굴을 보고
서천서역의 약물을 길러다가
병든 아버지를 고치라." 하는구나.
이 말을 들으니,
"여보시오. 노인네 말이 소녀를 어찌하여

공주라고 부릅니까?
나는 공주가 아니고 바리데기인데."
부모는 어찌하여,
어머니는 여자요, 아버지는 남자라
남녀 간에 서로 작배(作配)하여
열 달까지 서로 순산을 시켜 낳으면
여자를 낳게 되면 딸자식이고,
아들을 낳게 되면 남자를 낳게 되면
아들자식인데,
부자유친 삼강오륜이라 하는
그 책에서 배웠으니,
그 책의 글월을 살펴보라 한다.
그 책에 살펴보니 부자유친 삼강오륜이라
참 부모가 있었구나 하는 생각을 하고
얼마만큼 살펴보니 보따리를 옆에 끼고
이제 참 엄마를 찾아 내려온다.
엄마를 찾아서 내려온다.
"엄마, 엄마. 우리 엄마야.
우리 엄마는 어디 있나.
우리 아버지 찾아서 나는 갈라네.
우리 아버지 찾아서 나는 갈라네.
우리 몰랐거들랑
해주 제석거리를 살펴보시오."
얼마만큼만 가니 길대부인의 거동 보소.
"저기 가는 저 처자는
누구를 찾아서 간다는 말인가.
얘야, 수자야, 수자야. 처자야, 처자야.
너는 누구를 찾아 어느 부모를 찾아 가느냐?"
"여보시오. 부인요.
나는 불라국 오구대왕님의 길대부인과
오구대왕을 찾아 갑니다."
"얘야, 그러면 네가 바리데기라는 말이냐.
나는 너처럼 짐승 같은 딸을 안 낳았다."

산천초목 새벽바람 찬바람에
어연이두 넘어간다 어연이두 넘어간다
내 딸이야 내 딸이야 살았느냐 죽었느냐.
살았거들랑 대답을 하고,
죽었거들랑 대답을 마러라
내 딸이야 내 공주야
얼마만큼 찾는구나
아무리 울어도 대답이 없구
울어봐두 대답이 없네
엎어지며 자빠지며 돌에 채여 넘어저서
장갱이이가 깨여가지고
피가 나도 아픈 줄을 모르고
까시에 치마가 걸려 째저도
째진 줄을 모르고 그럭저럭 하다 보니
그 때야 그 산중에 신령님네
나이가 십오세가 되어
일곱 살을 멕여서루 신령님전에 매껴 놓고
무슨 선녀가 되어 하늘나라로 올라 가고
그 산중에 신령님네 하루날으는 부르는 구나.
공주야, 공주야.
이리와서 내 말 들어라.
너는 이 산중에 사람이 아니옵고
불라국 오귀대왕님의 일곱여째 공주로서
부모 한탄밖에 나와 득죄를 하고
이 산 중에 십오년을 살다가
오늘 오시가 되면
너의 모친이 찾아올 것이니
모녀 간에 상봉하야 불라국을 찾아가서
아버님 얼굴을 보고
서천서역의 약물을 질러다가
병든 아버지를 곤치라 하는구나,
이 말을 들으니
여보시오 노인네왈 소녀가 어찌하여

공주라고 부르나이까
나는 공주가 아니고 베리데긴데
부모는 어찌하여
모는 여자요, 부는 남자라
남녀간에 서로 작배하야
열달까지 서로 순산을 시겨 놓면
여자를 놓게 되면 딸자식이고
아들을 놓게되면 남자를 놓게 뵈면
아들자식인데
부자유친 삼강오륜이라 하는
그 책을 배웠이니
그 책의 글월을 살펴보라 한다
그 책에 살펴보니 부자유친 삼강오륜이라
참 부모가 있었구나 하는 생각을 하고
얼마만침 살펴보니 보따리를 옆에 찌고 이제
참 엄마 찾아 내려 온다
엄마 찾아야 내려 온다.
엄마 엄마 울 엄마야
울 엄마는 어데 있노
울 아버지 찾아서 내 갈라네
울 아버지 찾아서 내 갈라네
우리 몰랐거들랑
해주 제석거리를 살펴 보소.
얼마만침만 가드라니야 길대부인의 거동 보소
저기 가는 저 처자는
누구를 찾아서 간단 말이고
야야 수자야 수자야 처자야 처자야
너는 누구를 찾아 어느 부모를 찾아 가느냐
여보시오 부인요
나는 불라국 오귀대왕님의 길대부인에
오귀대왕을 찾아 간대내요.
야야 그러면 네가 베리데기란 말이야
나는 너의 짐승 같은 딸을 안 낳노라

"아이고, 어머니요. 아이고, 어머니요.
나를 진정 딸이라 생각이 안 들거든
이 글월을 살펴보시오."
보따리 속에서 속적삼을 내어서
어머니에게 던져 주니
그 속적삼을 받아 보고
당신이 버렸다가 얻은 자식이라
바리데기 글월을 썼던 것이 분명하다.
그제야 우루루 달려들어
"아이고, 어머니,
아이고, 어머니, 아이고 어머니.
죽으라고 버린 자식이
엄마 만날 줄 어찌 알고."
그 순간
"내 딸이야, 내 딸이야.
동지섣달 설한풍에 무엇을 입고 자랐느냐.
무엇을 먹고 자랐더냐. 아이고 죽은 줄 알았었는데,
네가 바리데기냐.
네가 일곱째 공주란 말이냐.
어디 보자. 내 딸이야. 안아 보자 내 딸이야.
업어 보자 내 딸이야."
"엄마야, 엄마야. 나는
젖도 실컷 못 먹어 봤으니
젖줄이나 한 번 먹어보세."
가슴에 젖을 내어 입에다가 들이 넣고
빨아보기도 하고,
엄마 가슴에 손을 넣고 만져 보기도 하고,
볼에 얼굴을 대고 입을 맞춰보기도 하고,
어릿광대를 쳐 보기도 하고,
이어 안았다가 업었다가 어떻게 맞대 놓고
둥글 내리 둥글 울어보고 웃어보고.
"아이고, 내 딸이야.
역력히 죽으라고 버린 자식이

부모 만나 상봉할 줄 누가 알고.
내 딸이야. 어서 가고 바삐 가자."
그제야 딸의 손을 잡고 허둥지둥 달려온다.
대궐전으로 들어간다.
대궐전으로 들어가서 두 손으로 합장하여
"아버지, 아버지. 아버지 찾아서 왔나이다.
죽으라고 버린 자식이
병든 부모 찾아 왔나이다.
아버지, 눈을 떠서 소녀를 보옵소서."
두 무릎을 꿇고 앉아 방성통곡 울음을 우니,
그때 거동 보소.
"네가 바리데기냐?"
눈을 떠서 살펴보니 죽으라고 버린 자식,
말도 초면이고 얼굴도 초면이건만
갑자 사월 초파일날 꿈에서 보던
선녀가 바로 네 얼굴이었구나.
그럴 때,
"내 딸이야. 내 공주야.
이제는 역력히 네 얼굴을 봤으니
내가 죽어도 한이 없고, 살아도 한이 없고,
죽을 때까지 내 옆에서 이제는 떠나지 말고,
이별 두 글자를 내지 말고
내 곁에 있어다오."
손길을 잡고 얼마만큼 울었던지
산 사람은 죽지 않고 살아있으면
천년만년을 가도 만날 날이 있지만
죽은 사람은 역력히 떠나가면
만날 날이 전혀 없다. 그 때는 오늘같이.
"아버지, 걱정하지 마옵소서.
서천서역 약물 길러 와서
아버님 병을 고쳐 드릴 테니
걱정하지 마옵소서."
"애야, 그런 말을 말아라.

아이구 어머니요 아이구 어머니요
나를 진정코 딸이라 생각이 안 나거들랑
이 글월을 살피보소
보따리 속에 속적삼을 내여서루
엄마를 던져 주니
그 속적삼을 받아 보고
당신이 베렸다가 얻은 자식이라
베레데기 글월을 썼는 것이 분명하와
그제서야 우루루 달려들어
아이구 어머니-
아이구 어머니 아이구 어머니 아이구 어머니
죽으라고 버린 자식
엄마 만날 줄 어이 알고
그즉세는
내 딸이야 내 딸이야
동지 섣달 설한풍에 무얼입고 자랐느냐
무엇 먹고 자랐드냐 아이고 죽은 줄 알았디마는
네가 베리데기냐
네가 일곱째 공주란 말이냐
어디 보자 내 딸이야 안어 보자 내 딸이냐
업어 보자 내 딸이야
엄마야 엄마야 나는
젖도 실컷 못 먹어 봤으니
젖줄이나 한번 먹어보세
가슴에 젖을 내야 입에다가 디려 넣고
빨아 보기도 하고
엄마 가슴에 손을 넣고 만져 보기도 하고
볼때기에 얼굴을 대 입을 맞춰 보기도 하고
어리광대를 쳐 보기도 하고
이어안었다가 업었다가 어떻게 맞대 놓고
치 둥글내리 둥글 운어 부고 웃어 부고
아이고 내 딸이야
역력히 죽으라고 버린 자식

부모 만나 상봉할 줄 누가 알고
내 딸이야 어서 가고 바삐 가자
그제서는 딸의 손을 잡고 허둥지둥 달려 온다.
대궐전으루 들어간다
대궐전으로 들어가서 두손으로 합장하야
아버지요 아버지요 아버지 찾아서 왔나이다.
죽으라고 버린 자식
병든 부모 찾아 왔나이다.
아버지 눈을 떠서 소녀를 보옵소서
두 무릎을 꿇고 앉아 방성통곡 울음을 우니
그때야 거동보소
네가 베리데냐
눈을 떠서 살펴보니 죽으라고 버린 자식,
말도 초면이고 얼굴도 초면이건마는
갑자 사월 초파일 날 꿈에서
보던 선녀가 바로 네 얼굴이었구나
그럴 때
내 딸이야 내 공주야
이제는 역력히 네 얼굴을 봤으니
내가 죽어도 한이 없고, 살아도 한이 없고,
죽을 때까지 내 옆에 이제는 떠나지 말고
이별 두 글자를 내지 말고
내 곁에 있어다오
손길을 잡고 얼마만침 울었던지
산 사람일랑은 죽지 않고 살아 있으면
천년만년을 가도 만날 날이 있지마는
죽은 사람은 역력히 떠나가면
만날 날이 전혀 없다. 그 즉세는 오늘같이
아부지요, 걱정하지 마옵소서.
서천서역 약물 질어서루
아버님 병을 고쳐 드릴테니
걱정하지 마옵소서
야야 그런 말을 말어라

힘찬 너의 언니들이 약물 기르러 못 가는데,
나이 어린 너를
약물 기르러 보낸다는 말이냐."
"아버지, 그 말하지 마옵소서.
자식의 도리로서
약물 길러 부모한테 봉양하는 것은
떳떳한 일이고,
부모가 자식한테 떳떳이 효를 받는 것은
떳떳한 일이고,
옛날에 곽가라 하는 사람도
맛있는 음식을 공경하려고 눈비 오는 날에
죽순을 얻어다가 부모 공경한 일도 있사옵고,
옛날에 제정이는 아버님 옥에 갇혀 있는데,
제 몸을 팔아 속죄한 일도 있사온데,
옛 효자만큼 못할망정
불효 소녀 자식을 말리지는 마옵소서.
약물 길러 가겠습니다."
"오냐. 그러면 네 맘이 뜻이
정 그렇다 하면
내가 붙잡을 도리가 있겠느냐만
그렇지만 이별 두 글자가 또다시 생겼구나."
길대부인의 거동 보소.
"애야, 바리데기야. 애야, 바리데기야.
너를 지금까지 이별하고 살았지만
아버님을 살리려고 약물 기르러
약수 삼천리 면면 길에 약물이 어디 있다고
네가 간다는 말이냐.
아이고, 내 딸이야, 내 딸이야.
이별 두 글자가 또 생기고
너와 내가 또다시 이별한다는 말이냐.
내 딸이야, 내 딸이야.
눈먼 자식이 효자노릇한다고
이런 경사가 어디 있겠느냐.

여봐라.
갖은 풍악에 갖은 악기를 울려서
바리데기 약수 삼천리 가는 길에
마음이라도 위로해 주고,
목욕이라도 시키시고,
좋은 옷을 입혀 갖은 음식을 장만해서
마음을 대우를 해서 보내야 안 되겠나."
이리하여 삼천궁녀 꽃밭 속에서
갖은 풍악 속에 갖은 악기 속에
바리데기 앞에 가만 앉혀 놓고 살펴보니
하늘에서 내려온 무슨 선녀 같고,
날아가는 기러기 같고,
날아가는 두견새 같고.
얼마나 자식을 사랑하는 부모 마음은
말할 길이 전혀 없는데,
내일 오시가 되면 약물 길러 간다하는
바리데기 얼굴을 살펴보니
처량하기 짝이 없고, 구슬프기 한이 없어,
갖은 풍악에 악기를 해 놓고
눈물로 흘리는 눈물을 머금고
딸아기를 한 번 들고 한 번 얼러본다.

두두우 두두 두두두두 둥게
둥둥 내 딸이야,
내 딸이야, 내 딸이야.
두우 두두 내 딸이야.
하늘에서 뚝 떨어졌나,
땅에서 불끈 솟았더냐.
어디를 갔다가 지금 왔느냐.
두우 두두 내 딸이야.
죽으라고 버렸더니만
십오 년 만에 병든 부모를 찾아서,
날 찾아 올 줄도 누가 아니

심 찬 너의 언니들이 약물 지르러 못 가는데
나이 어린 네가
약물 지르러 보낸단 말이가
아부지요 그 말하지 마옵소서
자식의 도리로서
약물 질어 부모한테 봉양하옵는 것은
떳떳한 일이옵고
부모가 자식한테 떳떳이 효를 받는 것은
떳떳한 일이옵고
옛날에 곽가라 하는 사람도
찬수공경하려고 눈비 오는 날에
죽순을 얻어다가 부모 공경한 일도 있아옵고
옛날에 제정이는 아버님 옥에 갇혀 있는데
제 몸을 팔아 속죄한 일도 있아온대,
옛 효자만치 못 할망정
불효 소녀 자식을 말리지나 마옵소서.
약물 질러 가겠너다.
오냐 그러면 네 맘이 뜻이
정 그렇다 하게 되면
내가 붙잡을 도리가 있겠느냐 마는
그렇지마는 이별 두 글자가 또다시 생겼구나.
길대부인의 거동보소.
야야 바리덱아 야야 바리덱아
너를 지금까지 이별하구서 살았드니 마는
아부님도 살릴라구 약물지르러
약수 삼천리 먼먼 길에 약물이 어디 있다고
네가 간단 말이가
아이구 내 딸이야 내 딸이야
이별 두 글자가 또 생기고
너와 나와 또다시 이별한단 말이가
내 딸이아 내 딸이야
눈 먼 자식이 효자질 한다고
이런 경사가 어디 있겠노

여봐라
가진 풍악에 가진 새면을 울려서
베리데기 약수 삼천리 가는 길에
맘이라도 위로해 지지고
목욕이라도 시키시고
좋은 옷을 입혀 갖은 음식을 장만해 가지구
맘을 대우를 해서 보내야 안 되겠나
이리하여 삼천궁녀 꽃밭 속에
가진 풍악 속에 가진 세면속에
베리데기 앞에 가만 앉혀 놓고 살펴 보니
하늘에서 내려 왔는 무슨 선녀 같고
나라 가는 기러기 같고,
나라 가는 두견새 같고
얼매나 자식에 사랑이라 하는 부모 마음은
말할 길이 전혀 없는데,
내일 오시가 되면 약물 질러 간다 하는
베리데기 얼굴을 살펴 보니
처량하기 짝이 없고 구슬프기 한이 없어
가진 풍악에 세면에 해 놓고
눈물로 흘리는 눈물을 머금고
딸 애기를 한번 들고 한번 얼워본다.

두두우 두두 두두두두 둥게
둥둥 내 딸이야
내 딸이야 내 딸이야
두우 두두 내 딸이야
하늘에서 뚝 떨어졌나,
땅에서 불끈 솟았드냐
어디를 갔다가 예 왔느냐
두우 두두내 딸이야
죽으라고 버려디마는
십오년만에 병든 부모 찾아서
날 찾어 올 줄도 누가 아나

내 딸이야, 내 공주야.
두우 둥둥 내 딸이야.
업어 볼까, 안아 볼까,
둥기 둥둥 내 딸이야.
솟아오르는 반달은
기미나 끼어서 곱기나 하고,
둥글 안에 옥녀 씨들은
청대나 띠어 곱기나 하고,
부뚜막에 금생미 안에
금자리 속에 금생미 같네.
두우 두우 내 딸이야.
동글 안에 옥녀씨들은
청띠나 띠어 곱기나 하고
동글동글 두리 둥둥 둥둥……
저리 가거라. 뒷태도 보고,
이만큼 오너라. 앞태도 보자.
우리둥둥 두두 두리 둥둥
두두 두우 두두 내 딸이야.
새벽바람에 연초롱 같고
댕기 끝에는 준주로구나.
어름 궁에 수달피 같네.
두우 두두 두리 두두 두두
두우두두 내 딸이야.
얼씨구나. 좋네. 내 딸이야,
절씨구나, 좋네. 내 딸이야.
북해 흑룡이 여의주를 물고
채운간을 넘나는 듯
남산 봉학이 죽실을 물고
오동 속으로 넘나는 듯
두리 둥둥 둥둥 두리 둥둥
둥둥 두우 두두 내 딸이야.
두다리 두다리 두두두 두우
두두 내 딸이야.

오두막 집에 서기씨인가,
불 탄 집에 화기씨인가
냄새가 나서 곱기나 하고
둥글둥글 둥글 내 딸이야,
얼씨구 좋네, 내 딸이야.
이 세상에 사람들이
아들 낳기 기다려도
살아생전에 아들자식이고,
살아생전에 딸자식인데
아무리, 아무리 시가집에
시어머니 시아버지
시누이가 좋다고 해도
마음에 소복이 가진 것은
친정 부모 밖에 못합니다.
딸자식은 아, 부모 마음 알고,
아들자식은 죽어 생전에
알뜰살뜰이 좋다네요.
두우 두두 두리 두두두
두우 두두 내 딸이야.
얼씨구나, 좋네. 내 딸이야.
사위가, 사위가 좋다고 해도
내 딸 없는 사위가 어디 좋을까.
며느리, 며느리가 좋다 해도
우리 아들 없는 며느리 어디 있을까.

그날 밤을 자고나서
아침에 날이 새니,
"어머니, 옷 한 벌 지어 주십시오.
약수 삼천리 떠나는 길에
여복을 입고 어찌 가오리까.
남복을 한 벌 꾸며 주십시오."
남복을 한 벌 지어
겹바지 저고리에 삼선버선에

내 딸이야 내 공주야
두우 둥둥 내 딸이야
업어 볼가 안어 볼가
둥기 둥둥 내 딸이야
솟아 오르는 반달 으는
기미나 끼여서 곱기나 하고
둥글 안에 옥녀씨들은
청대나 띠여 곱기나 하고
부뚜막에 금생미 안에
금자리 속에 금생미 같네
두우 두우 내딸이야.
동글 안에 옥녀씨들은
청띠나 띠여 곱기나 하고
둥글 둥글 두리 둥둥 둥둥……
저리 가거라 뒷 태도 보고
이만큼 오너라 앞 태도를 보자
두리둥둥 두두 두리둥둥 두두
두우 두두 내 딸이야
새벽 바람에 연초롱 같고
댕기 끝에는 준주로구나
어름 궁게 수달피 같네
두우 두두 두리 두두 두두
두우두두 내 딸이야
얼시구나 좋네 내 딸이야
절시구나 좋네 내 딸이야
북해 흑룡이 여의주를 물고
자룡간(彩雲間)을 넘노난듯
남산 봉학이 죽실(竹實)을 물고
오동 속으로 넘노난 듯
두리 둥둥 둥둥 두리 둥둥 둥둥
두우 두두 내 딸이야
두다리 두다리 두두두 두우
두두 내 딸이야

오두만 집에 서기씬가
불 탄 집에 화기씬가
냄새나 나서 곱기나 하고
둥글 둥글 둥글 내 딸이야
얼시구 좋네 내 딸이야
이 세상에 사람들로
아들 놓기 기대려도
살아 생전에는 아들 자식이고
살아 생전에는 딸자식인데
아무리 아무리 시가집에
시어머니 시아버지
시누이가 좋다고 해도
맘에 소복이 가진 것에는
친정 부모밖에 못하네요.
딸 자식은아 부모 정곡 알고
아들 자식은 죽어 생전에
알뜰 살뜰이 좋다네요
두우 두두 두리 두두두
두우 두두 내 딸이야
얼시구나 좋네 내 딸이야
사우가 사우가 좋다고 해도
내 딸 없는 사우가 어디 좋노
며느리 며느리 좋다 해도
우리 아들 없는 며느리 어디 있노

그 날 밤에 자구나야
아침에 날이 새니
어무이요 옷 한 벌 지어 주소
약수 삼천리 떠나는 길에
여복을 입고 어찌 가오리까
남복을 한 벌 뀌며 주소
남복을 한 벌 지여
겹바지 저고리에 삼승버선에

육날 미투리에다 바랑을 한 짊어지고
서천서역을 떠난다.
바리데기 서천서역으로 떠나는구나.
이별하고 떠나는구나.
"간다, 간다. 나는 간다.
서천서역으로 나는 간다.
아버지, 잘 계십시오.
어머니, 잘 계십시오."
이별하고 떠나는구나.
한밤중에 얼마만큼만 가더라니
동해 동녘 솟은 해는 서산으로 기울어지고
월출동녘에 캄캄한 밤에
어디로 가잔 말이냐.
낮에는 연기 나는 곳을 찾아가고,
밤에는 불이 시커먼데
어디로 가자는 말이냐.
그때 거동 보소.
얼마만큼 가더니 한밤중이 되어서
사방을 살펴보니, 인기척이 없다.
만학천봉 위에서 풍경 소리가 나는구나.
이 부근에 절이 있는가보다.
절로 찾아 올라가자.
절로 찾아 올라가서 문간에 살펴보니
수미산의 팔공사 절이 분명하다.
그 절에다가 하룻밤을 재워 달라고
스님들을 부르는구나.
그날 밤에 쾅쾅 대문을 두드리니
스님이 밤중에 잠이 들어 자는데,
서편을 살펴보니 북이 있구나.
북채를 거머쥐고 북을 쾅쾅 쳐 놓으니
스님들이 자다가 급하게 일어난다고
옷을 입다가 보니
바지를 저고리라 입고,

저고리를 바지라고 입고
그 밤을 새고 나서,
그 밤에 등불을 켜다가 보니 공주님이라.
"공주님이 오신 줄 알았더라면
오리 마중을 십리 밖으로 나갈 것이고,
십리 밖으로 오리 마중을 나갈 것을
이렇게 모시오니 죄송하옵니다."
그날 밤에 잠을 잘 적에
법당의 방안에다 모셔 놓고
먼 길을 오시느라고
오죽이나 배가 고파오리.
부처님 드시던 공양미로 밥을 차려 주니
"여보시오. 스님.
남의 절에서 하루 밤을 자고 가는 것도
죄송하온데,
부처님 드시는 공양미를
소녀가 어찌 먹겠습니까?"
못 먹겠다고 내놓으니 이때 하는 말씀이
"여보시오, 공주님.
이 밥은 절밥이 아니옵고,
공주님 댁 밥이오니
사양치 마시고 드시옵소서."
그날 밤에 그 밥을 먹고 나면
석 달 열흘 가도
배가 안 고프다고 하는구나.
그 밥을 먹고 나서, 그 때 거동 보소.
"여보시오, 스님. 이 산 이름은 무엇이며,
이 산 봉우리는 몇 봉우리이며,
서천서역으로 가자면 어디로 가옵니까?"
서천서역으로 가자면 가는 길은 몰라도
곽 처사라 하는 분이 지은 노래책에
우리 절에 있다 하는구나.
그 노래책을 살펴볼 때

육날 미트리에다 바랑을 하나 짊어지고
서천 서역을 떠난다.
바리데기 서천 서역으로 떠나는 구나
이별하구야 떠나는 구나.
간다 간다 나는 간다
서천서역을 나는 간다
아부지요 잘 계시수요
어머니요 잘 계시소
이별하구야 떠나는 구나
야밤중으로 얼마만침만 가드라니
동해 동녘 솟은 해는 서산으로 기우러지고
월출동녁(月出東嶺)에 캄캄한 밤에
어드메로 가잔말고
낮이며는 연기나는 곳을 찾어가고
밤이며는 불이 새카무니라야
어드메로 가잔 말고
그 때야 거동보소
얼마만치 가드라니 야밤 중이 되어서
사방을 살펴 보니 인기척이 걱정하다.
만학천봉 위에서루 풍경 소리가 나는구나
이 부근에 절이 있는가부다
절로 찾아 올라가자
절로 찾아 올라 가니 문간에 살펴보니
수미산에 팔공사 절이 분명하다.
그 절에다가 하루밤을 재워 달라고
여러 스님들을 부르는구나
그 날 밤에 쾅쾅 대문을 두드리니
스님이 밤중에 잠이 들어 자는데
서편을 살펴보니 북이 있는구나
북채를 거머 쥐고 북을 쾅쾅 쳐 놓니
스님들이가 자다가 급하게 일어난다고
옷을 입다가 보니
바지를 저고리라고 입고

저고리를 바지라고 입고
그 밤을 새고 나서루
그 밤에 등불을 켜 내다 보니 공주님이라
공주님이 오신 줄 알았드라면
오리 마중을 십리밖으루 나갈 것이루
십리 밖으로 오리 마중을 나갈 것이루
이렇게 모시오니 죄송하옵니다.
그 날 밤에 잠을 잘 적에
법당에 방안에다 모셔 놓고
먼 길을 오시느라고
오죽이나 배가 고파오리
부처님 자시던 공양미로 밥을 차려 주니
여보시오 시님이요
나무 절에 하루 밤을 자고 가는 것도
죄송하옵는데
부처님 자시는 공양미를
소녀가 어찌 먹사오리까
못 먹겠다고 내 놓니 이때야 하는 말삼이
여보시오 공주님이요
이 밥으는 절 밥이 아니옵고
공주 댁 밥이오니
사양치 마시고 자시옵소서
그 날 밤에 그 밥을 먹고나며는
석달 열흘 가도
배가 안 고프다 하는구나
그 밥을 먹고 나가주구 그 때야 거동보소
여보시오 시님이요 이 산 이름은 무엇이며
이 산 봉두는 몇 봉두며
서천서역으루 가자며는 어디로 가웁나이까
서천서역을 가자며는 가는 길은 몰라와도
곽처사라 하는 부이 지은 노래책에
우리 절에 있다 하는구나
그 노래책을 살펴 볼 적에

그 노래를 부르니 이렇게 쓰였더라.
고수대상에 수 잔잔하니
고수대하에 월 단단이라
수미산 높이 올라 곽 처사 죽창개 소리
천하 일공 불러내어 월궁항아 반긴다.
나포를 둥둥 내려가니 금준미주(金樽美酒)는
서천서역 약물이라 하였다.
아이고. 어디 가서 곽 처사를 만나볼까.
그 밤을 새고 나서 첫 닭으로 밥을 먹고
다음 닭으로 신발하여 서천서역으로 떠난다.
서천서역으로 떠나는구나.
얼마만큼만 가더라니
사십팔 고개를 넘어간다.
이 고개, 저 고개 어디로 가야 하나
한 고개를 도착하니
"저기 가는 저 바리데기야,
길을 잠시 잠깐 멈추어라.
부모에게 효성이 지극하니
내가 잠시 잠깐
서천서역 가는 길을 가르쳐주마."
"노인네 말씀 어디로 가오리까?"
"수양산을 넘어 노구산을 돌아가면
옛날 왕비 이비 혼비각(魂碑閣)이 있을 터이니,
그 안으로 들어가면 북씨 대왕 옛날 노름처라
선생 세 분이 육효점(六爻占) 책을 놓고
퇴각을 두고 있을 터이니 거기 가서 물어 봐라."
얼마만큼 가더라니 수양산 높은 산에 들어가니
문판이 쓰였더라.
그때 그곳을 들어가니
선생 세 분이 육효 점책을 놓고
퇴각을 두고 앉았거늘,
점책을 놓고 "너 올 줄 알았다." 하니
"노인님들.

어디로 가면 서천서역으로 갑니까?"
"유수강에 백마강중으로 건너가서
동두산 동두천에 동수자를 찾아 가라." 한다.
이리해서 가만히 생각하니
유수강 백마강중으로
수많은 모든 고개를 넘어,
강을 건너가야 된다니 큰일 났고, 야단났구나.
얼마만큼 가는구나.
얼마만큼 가더라니 앞에 비각이 서 있더라.
그 비각이라 하는 것은
송나라 부인님이 가장님 살리려고
서천서역에 갔다 오다가
약물 길러서 그 산 중에서 숨이 끊어졌네.
"송나라 부인님, 송나라 부인님.
당신은 가장님 살리려고 약수 삼천리에
약물 길러 오다가
이 산중에서 숨이 끊어져
열녀 비각을 세워, 열녀 꽃이 피었거늘
소녀는 아버지를 살리려고
약수 삼천리에 가는 길에 길을 잃었는데,
어디로 가는 길인지 가르쳐주십시오."
두 손을 합장하여 인사를 하니,
절을 꼬박꼬박하니 허공에서 말해준다.
"애야, 애야. 부모국에 효자와
가장국의 열녀와 열녀 효자는
다를 데가 있겠느냐?"
천태산 마고 할머니를 찾아가라고 한다.
천태산 마고 할머니를 찾아가서
거기 가서 물어보라고 한다.
얼마만큼만 가더라니 천태산의 마고 할머니,
검은 저고리에 검은 버선을 씻으려고 빨래한다.
"천태산 마고할머니야.
서천서역으로 가자면 어디로 가오리까?"

그 노래를 부르니 이렇게 쓰였더라
고수대상에 수잔잔하니
고수대하에 월단단이라
수미산 높이 올라 곽처사 죽창개 소리
천하 일공 불러내어 월궁항아 반기도다
나포를 둥둥 내려가니 금주메주는
서천서역 약물이라 하였노라
아이구 어데가서 곽처사를 만나 볼가
그 밤을 새구나야 첫 닭으루 밥을 먹고
가닭으루 신발하야 서천서역으루 떠난다.
서천 서역을 떠나는구나
얼마만침만 가드라니야
사십팔 고개를 넘어 간다.
이 고개 저 고개 어디메루야 가잔 말가
한 고개를두 당도하니야
저기 가는 저 베리덱아
길을 잠시 잠간 멈추어라
부모게두야 효성이 지극하니
내가 잠시 잠간
서천 서역 가는 길을 가르켜 주마
노인네왈 어디로 가오리까
수양산을 넘어 노귀산을 돌아가면
옛날 왕비 이비 혼비각이 있을 터이니
그 안에를 들어가면 북씨 대왕 옛날 노름처라
선생 삼분이 육효점 책을 놓고
튀각을 두고 있을 터이니 거기 가서 물어 봐라.
얼마만침 가드리니 수양산 높은 산에 들어가니
문판이 쓰였더라
그 때야 그 곳을 들어가니
선생 삼분이 육효점책을 놓고
튀각을 뚜고 앉았거늘
점책을 놓고 너 올 줄 알았다 하니
노인네들요

어디루 가며는 서천서역을 가오리까
유수강에 백마강중으로 건네 가서
동두산에 동두천에 동수자를 찾아 가라 한다.
이리하여서루 가만히 생각하니
유수강 백마강중으로
수많은 모두 고개를 넘어
강을 건너 가야 된다니 큰일 났고 야단났구나.
얼마만치 가는 구나
얼마만치야 가드라니야 앞에 비각이서 있드라
그 비각이라 하는 것은
송나라 부인님이 가장님 살릴라고
서천서역에 갔다 오다가
약물 지러서 그 산 중에 숨이 잦아졌네
송나라 부인요 송나라 부인요
당신은 가장님 살릴라고 약수 삼천리에
약물 길러 오다가
이 산중에 숨이 잦아지어
열여 비각을 세워 열녀 꽃이 피었거늘
소녀는 아버지를 살릴라고
약수 삼천리에 가는 길에 길을 잃었사온대
어디로 가는 길인지 가르켜 주옵소서
두 손을 합장하여 인사를 하니
절을 꼬박꼬박하니 허궁(虛空)에서 아뢴다.
야야 야야 부모국에 소자(孝子)와
가장국에 열여와 열녀 소자는
다를 데가 있겠느냐
천태산 마고 할머니를 찾아가라한다.
천태산 마고 할머니를 찾아가서
거기 가서 물어 봐라 한다.
얼마만침만 가드라니야 천태산아 마고 할머니
검은 저고리에 심은 보신에 씨끌라고 이불린다.
천태산아 마고할머니야
서천서역을 가자며는 어드메로 가오리까

"애야. 검은 저고리에 검은 빨래를
백설같이 씻어주면 내 가르쳐주마."
검은 빨래를 거머쥐고
얼음은 꽝꽝 얼어 있고
물은 찬데, 어디 가서 씻을까.
한 곳에 당도하니 옹기가 있구나.
거기 가서 씻자 하니, 씻을 도리가 없어
염불공덕 아니고는 씻을 수가 없는가보더라.
이리하여서 염불공덕을, 십자공덕을 아뢴다.

아미타불 나무아미타불
나무아미타불 나무아미타불
일자공덕 능배수면
이자공덕 천마광포
삼자공덕 성변시방
사자공덕 삼도식고
오자공덕 외성불입
육자공덕 염심불산
칠자공덕 용맹정진
팔자공덕 제불환희
구자공덕 삼매현전
십자공덕 왕세정토

극락왕생 염불을 마치고 나니
백설같이 하얘졌구나.
"천태산 마고 할머니.
백설같이 씻었으니 길 좀 가르쳐주세요."
"애야. 등 넘어 등 넘어 넘어 가가지고
논 가는 노인에게 물어봐라."
얼마만큼 가더니
논을 풀쟁기 거머쥐고
이랴 소야, 어서 가자, 논을 매고 온다.
"여보시오. 노인님.

서천서역을 가려면 어디로 갑니까?"
"애야. 끝없는 논을 한없이 갈자면
오늘 해로 다 갈아도 못 다 가는데,
내 언제 너 길을 가르쳐주고 있겠니?"
"노인님, 노인님. 논 끝이 어디 붙었습니까?"
하니,
"애야, 논 끝이야 어디 만큼 붙었는지
너는 모르지? 여기에서 저 부산쯤 붙었다."
이런다.
"그러니 내 거기 갔다 오자면
해가 안 빠질 수가 있겠느냐?"
"아이고, 노인님, 노인님.
이 논은 내가 갈아 줄 터이니
길 좀 가르쳐 주십시오."
"오냐. 그러면 논부터 갈아라.
내 가르쳐 주마."
풀쟁기를 거머쥐고
"이랴, 소야. 어서 가자. 해 넘어간다."
이 소가 가도 오도 않고
그 자리에 서 있으니,
주인을 알아보는 가보다.
"아이고, 소야. 어서 가자.
이랴, 소야 어서 가자."
풀쟁기를 언제 거머쥐어 봤나.
논두렁에 서서 운다.
커다란 뛰기가 오더니만 땅 뒤지는 뛰기가
"아가씨, 왜 그리 웁니까?"
옛날에는 짐승도 말을 했는지 그때,
"아가씨, 왜 웁니까?"
하니까
"내가 이 논을 끝없는 논을
한없이 다 갈아야 길을 가리켜 준다고 하니
어이 하면 좋겠는가?" 하니

야야 검은 저고리에 검은 빨래를
백설같이 씨겨 주면 내 가리켜 주마
검은 빨래를 거머 쥐고
얼음은 꽝꽝 얼어져가 있고
물은 찬데 어디 가서 씨끌고
한 곳을 당도하니 옹기가 있는구나
거기가서 씻자 하니 씻을 도리가 없어
염불공덕 아니고는 씻을 수가 없는가부더라
이리하여서루 염불 공덕을 십자공덕을 아뢴다.

아미타불 나무아미타불
나무아미타불 나무아미타불
일자공덕 능배수면
이자공덕 천마갱포
삼자공덕 성변시방
사자공덕 삼도식고
오자공덕 외성불입
육자공덕 염심불산
칠자공덕 용맹정진
팔자공덕 제불환희
구자공덕 삼매현전
십자공덕 왕세정토

왕세정토 염불을 마치고 나니
백설같이 희어졌구나
천태산 마고할머니여
백설같이 씨꿨스니 길 좀 가리켜 주소
야야 등넘어 등넘어 넘어 가가주구
논 가는 노인에게 물어 봐라
얼마만침 가드라니
논을 풀쟁기를 거머쥐고
이랴 소야 어서 가자 논을 매고 온다.
여보시오 노인요

서천서역을 가자며는 어디루 가옵나이까?
야야 끝없는 논을 한없이 갈자면
오늘 해로 다 갈아도 못 다 가는데
내 언제 너 길을 가르쳐 주고 있겠노
노인요 노인요 논 끝이 어디 붙었능교
하니까는
야야 논 끝이사 어디 만큼 붙었는지
니 모르제 여기에서 저 부산쯤 붙었다
이란다.
그러니 내 거기 갔다 오자면
해가 안 빠질 수가 있겠느냐?
아이구 노인요 노인요
이 논은 내가 갈아 줄 터이니
길 좀 가르쳐 주소
오냐 그러면 논부터 갈아라
내 가르켜 주마
풀쟁기를 거머쥐고
이랴 소야 어서 가자 해 넘어 간다.
이 소가 가도 오도 않고
그 자리에 서가 있으니
주인을 알아 보는가베
아이구 소야 어서 가자
이랴 소야 어서 가자
풀쟁기를 언제 거머 줘 봤나
논 두럭에 서가지고 운다.
커다마한 뛰기가 오더니만은 땅 뒤지는 뛰기가
아가씨요 왜 그리 우는기요
옛날에는 짐승도 마을 했는지 그때여-
아가씨요 와 누는가요
하니까네
내가 이 논을 끝없는 누을
한없이 다 갈아야 길을 가르쳐 준다 하니
어이 하면 좋겠능교 하니

"걱정하지 마옵소서. 우리가 갈아 줄 테니."
그래도 그것이 제일 왕튀기인 모양이라
한 번 울음을 한 번 우니,
여러 수천 마리가 오더니
저 끄트머리에서부터 시작해가지고
할머니 속곳 밑으로 다 뒤져서
그냥 여기까지 와 가지고
저 밑에까지 다 뒤져 가지고,
그냥 끝없는 논을 부산까지 그냥
창포서부터 부산까지 다 갈았다.
땅을 얼마나 잘 뒤져 났는지
푸석푸석 논을 순식간에 다 갈고 나니,
"노인님, 노인님. 이제는 논을 다 갈았으니,
이제는 길 좀 가르쳐 주십시오," 하니
"야야. 고개 넘어, 고개 넘어 가가지고
염주 밭 메는 그 스님한테 물어봐라."
얼마만큼 가더라니
여러 스님들이 내려온다.
나무아미타불 관세음보살
남짜는 남짜는 개불두하기 남짜요
무짜는 무짜는 복명비가리 무짜요
아짜는 천지일월이 아짜요
미짜는 수미더하기 미짜요
타짜는 사르드라질 타자요
중나라 중자는 불어질 불자라
생각 염자 슬플 우자 생각하고
생각할수록 슬프고 슬픈 혼시 영가시오
염불 받아야 극락세계를 가옵소서.

나무아미타불 관세음보살
아~ 위어~ 이~
나무아미타불 나무아미타불 관세음보살
준제공덕취 적정심상송 일체제대란

무릉침시인 천상급인간 수복여불등
우차여의주 정획무등등
나무 칠구지불모 대준제보살
정법계진언 옴 남
호신진언 옴 치림
육자대명왕진언 옴 마니반메훔
나무아미타불 관세음보살

"여보시오, 스님.
서천서역 가자면 어디로 갑니까."
"열두 고개를 넘어가면
유수강 백마중이 있을 테니
그 강을 건너야 통도사에 갈 수가 있다."
하는구나.
이때 얼마만큼 가더라니
열두 고개를 넘어간다.
이 고개야 저 고개야, 열두 고개를 넘어간다.

아치고개야 자치 고개,
눈이 많다 앵두 고개야,
노인 죽었다 짝지 고개,
할머니 죽어야 망령 고개,
아주머니 죽어야 그 말이 고개,
총각 죽어야 몽달 고개,
처자 죽어 보따리 고개,
양주 죽어 장군고개 장군 고개야,
무당 죽어야 신선 고개,
시아버지 죽어야 호령 고개,
시어머니 죽어야 잔소리 고개,
아들 죽어야 유세고개,
아이 죽었다 사랑 고개,
며느리 죽어야 조실 고개,
사위 죽어야 도둑놈 고개,

걱정하지 마옵소서 우리가 갈아 줄테니
그래도 그것이 제일 왕뛰기인 모양이라
한번 울음을 한번 우니
여러 수천마리가 오드니마는
저 끄트머리 시작서부터 시작해 가주구
할머니 속곳 밑으로 다 뒤져가주구
마 예꺼정 와 가지고
저 밑에꺼정 다 뒤져 가지고
마 끝없는 논을 부산까지 마
창포서부터 부산까지 다 갈았데이
땅을 얼마나 잘뒤져 났든지
푸석푸석 논을 일시에 다 갈고 나니
노인요 노인요 이제는 논을 다 갈았으니
이제는 길좀 가르켜 주소 하니
야야 등넘에 등넘에 가가주구
염주 밭매는 고 시님한테 물어봐라.
얼마만참만 가드라니야
여러 시님들이 내려 온다.
나무아미타불 관시암보살
남짜는 남짜는 개불두기 남짜요
무짜는 무짜는 복명비가리 무짜요
아짜는 천지일월이 아짜요
미짜는 수미더하기 미짜요
타짜는 사르드라질 타자요
중나라 중자는 불어질 불자라
생각염자 슬플우자 생각구
생각할수록 슬프구 슬픈혼시 영가시오
염불 받아야 극락세계를 가옵소사

나무아미타불 관세음보살
아~ 위어~ 이~
나무아미타불 나무아미타불 관세음보살
준제공덕취 적정심상송 일체제대란

무릉침시인 천상급인간 수복여불등
우차여의주 정획무등등
나무 칠구지불모 대준제보살
정법계진언 옴 남
호신진언 옴 치림
육자대명왕진언 옴 마니반메훔
나무아미타불 관세음보살

여보시오 시님이오
서천서역 가자며는 어디루 가옵나이까.
열두고개를 넘어가면
유수강 백마중이 있을테니
그 강을 건너야 통도사를 갈 수가 있다
하는구나
이때야 얼마만침 가드라니
열두고개를 넘어간다.
이 고개야 저 고개야 열두 고개를 넘어 간다.

아치고개야 자치고개
눈이 많다 앵두고개야
노인 죽었다 짝지고개
할머니 죽어야 망녕고개
아주머니 죽어야 그말이 고개
총각 죽어야 몽달고개
처자 죽어 보따리고개
양주 죽어 장군고개 장구고개야
무당 죽어야 신선 고개
시아버지 죽어야 호령 고개
시어머니 죽어야 잔소리 고개
아들 죽어야 유세 고개
아이 죽었다 사랑 고개
며느리 죽어야 조실 고개
사우 죽어야 도둑놈 고개

손자 죽었다 처실 고개,
그 고개를 다 넘어 가니,
나무 많다 청산 고개,
돌이 많다 돌산 고개,
그 고개를 다 넘어 가니,
눈이 왔다 백두산아,
비가 왔다 개골산아,
그 고개를 두 넘어가니,
꽃이 피었다 화초산아,
잎이 피었다 청산고개,
그 고개를 다 넘어간다.

모랑지, 모랑지 넘어 한 곳을 당도하니,
유수강 백마강중이 있구나.
그때 거동 보소.
수많은 고개를 넘어가고,
몇 달을 걸어서 몇 년을 갔던지,
얼마만큼 가더니 강이 하나 있더라.
여기는 강이 하나라도 무섭다는데
유수강 백마중이라니
앉아 보니 천리라네. 서서 보니 만리라네.
배도 없는 강이로구나.
어이해서 건널까. 나룻배나
배가 없이는 못 보내겠지.
본시 영가 조상님네 모시고
극락세계 가실 때는
저 배를 타고 은초롱에 불을 밝혀
나무보살 지장보살 길을 찾아 인도하고
지장보살 길을 인도하는 대로
서방정토(西方淨土) 극락세계를 가실 때에는
저 배를 타고 가시는가 보더라.
이때 거동 보소. 배 한 척이 떠내려 온다.
저 배를 타고 유수강 백마중을 건너서

동두산 동두천의 동수자를 찾아갈 때,
이때야 동수자 거동 보소.
하늘나라 옥황상제 글 한 귀를 잘못 짓고,
옥황상제 맏제자로서
글 한 귀를 잘못 짓고, 지하땅에 귀양온다.
어디로 가자는 말이냐.
동두산 동두천의 동수자를 시켜서
약수터를 지키라고 하는구나.
이때 거동 보소.
바리데기 얼마만큼 올라가더라니
동수자는 그날 오시가 되면
백년언약(百年言約)을 맺으려고 했구나.
백년언약을 만나려고
백년배필(百年配匹)을 만나려고
동두산으로 내려온다. 바리데기 거동 보소.
한 곳으로 올라가니 동수자가 내려온다.
"여보시오. 이 산중에서 동수자를 못 봤습니까?"
"내가 동수자다." 하는구나.
"당신이 동수자면
약물 있는 곳을 가르쳐 주오.
약물이 있는 곳을 가르쳐 주시오."
"여보시오. 당신은 거주성명(居住姓名)을 대시오."
하는구나.
"나는 불라국에 일곱째 태자로서
아버님 살리려고 병든 부모 약수 삼천리
약물 기르러 왔나이다." 하니
"아니, 불라국 일곱째 공주라는 말을 들었는데,
일곱째 태자라 하니
그것 참 희한한 일이로구나.
그런데 당신네들이
약물 기르기가 그렇게 쉽다 하면
어느 사람이 약물 안 기를 사람이
누가 있겠소.

손자 죽었다 처실 고개
그 고개를 다 넘어 가니야
낭기 많다 청산 고개
돌이 많다 돌산 고개
그 고개를 다 넘어 가니야
눈이 왔다 백두산아
비가 왔다 개골산아
그 고개를 두 넘어 가니야
꽃이 피었다 화초산아
잎이 피었다. 청산고개
그 고개를 다 넘구난다.

모랑지 모랑지 넘어 한 곳을 당도하니
유수강 백마강중이 있구나
그때야 거동보소
수많은 고개를 넘어 가고
몇 달을 걸어서 몇 년을 갔던지
얼마만치 가더니 강이 하나 있더라
예는 강이가 하나라도 무섭다는데
유수강 백마중이라니
앉아 보니 천리라요 서서 보니 만리라요
배도 없는 강이로구나
어이해서 건널고 나루선가
배선가 없이는 못 보내겠지
본시 영가 조상님네 모시고
극락세계 가실적에는
저 배를 타고 은초롱에 불을 밝혀
나무보살 지장보살 길을 찾아 인도하고
지장보살 길을 인도하는 대로
서방정토 극락세계를 가실 적에는
저 배를 타고 가시는가부더라
이 때야 거동보소 배 한척이 떠나온다.
저 배를 타고 유수강 백마중에 건너서루

동두산 동두천에 동수자를 찾아 갈 제
이때야 동수자 거동보소
하늘나라 옥황상제 글 한귀를 잘못 짓고
옥황상제 맏 제자로서
글 한귀를 잘못 짓고 지하땅에 귀양온다.
어디메로 가잔말고
동두산 동두천에 동수자를 마련하야
약수터를 지키라고 마련했구나
이 때야 거동보소
베리데기 얼마만치 올라 가드라니
동수자 그 날 오시가되면
백년언약을 매지러 했구나.
백년언약을 만날려고
백년배필을 만날라고
동두산으로 내려온다 배리데기야 거동보소
한곳으로 올라가니 동수자 내려온다
여보시오 이 산중에 동수자를 못 봤나이까
내가 동수자라 하는구나
당신이 동수자면
약물 있는 곳을 가르쳐 주오
약물 있는 곳을 가르쳐주오
여보시오 당신은 거주 성명을 대라
하는구나
나는 불라국에 일곱여째 태자로서
아버님 살릴라고 병든 부모 약수 삼천리
약물 지르러 왔나이다 하니
아니 불라국 일곱여째 공주란 말을 들었는데
일곱여째 태자라 하니
그것 참 희한한 일이로구나
그런데 당신네들이
약물 지르기 그렇게 쉽다 하거드면
어느 사람이 약물 안 지를 사람이
누가 있겠오

여보시오, 당신을 위해서
나는 동두산 동수자인데,
이곳의 약물탕을 지키는 사람이오.
그러니 약물 있는 곳을 가르쳐 주려고 하니,
약물을 기르려면 정신이 불손하면
기르지 못하고,
석 달 열흘 백일기도를 마쳐야
약물을 기를 수 있다." 하는구나.
그제야 그 방에 들어가니
대궐 같은 넓은 집에 월대 같은 저 방안에
각장장편 소라반자에
구비살림이 찬란하다.
용장 봉장 금찬 대뒤주며,
부엌 안에 들어가니
두 귀나는 밥상에 네 귀나도록
멋들어지게 차려온다.
올라갔다 올고사리, 내려왔다 늦고사리,
한풀 두풀 돌리나물, 청주비단 가지나물,
뺑뺑 돌아서 도라지나물,
성도이모 호박나물,
더덕 지혜 미나리 시금치
왕밤 대추 저비네 곶감에다
오이씨 같은 쌀밥에
두 귀나는 밥상에 네 귀나도록
멋들어지게 차려 와서 배고픈 차에
자꾸 그냥 밥을 퍼 먹다보니
밥 한 그릇 다 먹었다.
밥 한 그릇 다 먹고 나니
물이 막혀 견딜 수가 있나.
밤새도록 물 퍼 먹고 나니
오줌이 마려워서 견딜 수가 있나.
밤새도록 오줌 누다 보니
잠 한숨 못 자고 아침에 자고 나서

"아무래도 당신이 소변을 보는 것을 보니
여자가 분명한데."
"아니, 여보시오.
나는 방안에서 소변을 보면
소변이 안 나오고,
옷을 벗고 잠을 자면 잠이 안 오는데,
어떻게 당신이 나를 여자로 알아보오.
나는, 나는 부모한탄밖에 나와서
밖에 나가서 소변을 봐야 소변이 나온다."
하는구나.
"그러면 당신이 밤새도록 잠 한숨 안자고
오줌 누러 쫓아다녔으니까
오줌 줄기가 어디 얼마나 센지
나하고 오줌 내기를 하자." 하는구나.
동수자는 열두 담장 안에 밖에 서고,
담장 안에는 바리데기가 서서 오줌을 누니,
남작부려 양발 아래 다 흘러버려
하나도 없고,
동수자 오줌 줄기는
열두 담장 안으로 휘떡 넘어간다.
아무리 봐도 여자가 분명하고,
아무리 봐도
말에 말씨도 여자요, 얼굴 맵시도 여자라.
이때 석 달 열흘 백일기도를 드린다.
윗탕에는 아, 동수자가 목욕을 하고,
아랫탕에는 바리데기가 목욕을 하는데
하루 가고, 이틀 가고,
달이 가고, 날이 간다.
석 달 열흘에 백일기도를
동수자와 마치고 나서 그날 거동 보소.
아이고, 답답해라.
바리데기 거동 보소.
목욕을 잊어버리고 하는구나.

여보시오 당신을 위해서
나는 동두산 동수자온대
이곳을 약물탕 지키는 사람이오
그러니 약물 있는 곳을 가르켜 줄라 하니
약물을 지를려면 정신이 불손하면
지르지 못하고
석달 열흘 백일 기도를 마쳐야
약물을 지를 수 있다 하는 구나
그제서야 그 방을 들어가니
완하같은 너른 집에 월대같은 저 방안에
각장 장판 소라반자에
구비 살림이 찬란하다.
용장 봉장 금잔 대뒤지며
정지 안에 들어가야
두귀나는 밥상에 니귀나도록
멋들어지게 차려 온다.
올라갔다 올고사리 내려왔다 늦고사리
한풀두풀 돌리나물 청주비단 가지나물
뺑뺑 돌아서 도라지 나물
성도이모 호박나물
더억 지혜 미나리 수금치
왕밤 대추 저비네 곳감에다
외씨 같은 전이밥에
두귀나는 밥상에 니귀나도록
멍들어지게 차려와서 배 곱흔 차에
차꼬 마 밥을 퍼 먹다보니
밥 한 그릇 다 먹었데이
밥 한 그릇 다 먹고 나니
물이 멕혀 전딜 수가 있나
밤새도록 물 퍼 먹고 나니
오줌이 마려와 전딜 수가 있나
밤새도록 오줌 누다 보니
잠 한숨 못 자고 아침에 자고 나서루

아무래도 당신이 소변을 보는 것을 보니
여자가 불명(分明) 한데
아니 여보시오
나는 방안에서 소변을 보면
소변이 아니 나오고
옷을 벗고 잠을 자면 잠이 아니 오는데
어떻게 당신이 나를 여자로 알아 보오
나는 나는 부모 한탄밖에 나와서
밖에 나가서 소변을 봐야 소변이 나온다
하는구나
그러면 당신이 밤새도록 잠 한숨 안자고
오줌 누러 쫓아 다녀씨니까에
오줌 줄기가 어디 얼마나 신지
나하고 오줌 내기를 하자 하는구나
동수자는 열두 담장 안에 밖에 서고
담장 안에는 베리데기가 서고 오좀을 누니
남작부려 양발 아래 다 흘러 버려
하나도 없고
동수자 오좀 줄기는
열두 담장안으로 휘떡 넘어 간다.
아무리 봐도 여자 분명하고
아무리 봐도
말에 말씨도 여자요 얼굴 맵씨도 여자라
이때야 석달 열흘 백일 기도를 드린다.
윗탕에는 아 동수자가 목욕으로 하옵시고
아랫 탕에는 베리데기 목욕으로 하옵신데
하루 가구요 이틀 가구
달이 가고 날이 간다.
석달 열흘에 백일 기도를
동수자와 마치고 나서 그날이 거동보소
아이구 답답해라
배리데기 거농 보소
목욕을 잊어버리고 하는구나

오늘이 마지막 가는 날에
석 달 열흘 불공을 마치고
약물 있는 곳으로 내가 찾아가는데,
어디로 가자는 말인고.
그때 거동 보소.
동수자는 바리데기가 목욕할 동안에
얼른 나와서 옷을 갈아입고
그냥 바리데기 목욕할 동안에
옷 보따리를 싸 가지고
저 바위 뒤에 돌아가 앉아 있으니,
그때 바리데기 목욕을 하고 나와서
옷 보따리를 찾으니 옷이 있나.
그냥 벌거벗고 물 안으로 들어앉아서
나오지도 못하고 들어가지도 못하고
나오지도 못하고, 들어가지도 못하고,
이제 큰일 났다. 어찌하면 좋을까.
서편을 바라보니 동수자가
"여보시오.
같은 남자끼리 뭐 부끄러워할 것 있소.
여기 와서 옷을 입으시오." 하니
"아이고, 동수자님, 동수자님.
내 옷 주시오.
아이고, 나는 남자가 아니고 여자요.
아이고, 내가 여자요."
그냥 줄항복이 살살 나온다.
"아이고, 내 옷을 주시오."
"석 달 열흘까지 남자라고 나를 속였으니."
이젠 옷을 뺏겼으니
할 도리가 없어 전심 사정을 한다.
"당신이 여자 같으면
나와 백년언약을 맺어주면 이 옷을 주고,
그렇지 않으면 당신이 발가벗고
물 안에서 퉁퉁 불던지, 그냥 뛰어 나오던지

목욕을 하고 나오던지, 그 안에서 살던지
마음대로 하시오."
하며 그냥 옷 보따리를 지고 간다.
"아이고. 내가 여자입니다.
아이고. 내 옷 주시오."
야단났다. 그제야 돌아와서는
"여보시오, 바리데기. 당신 이름이 바리데기.
일곱째 공주라는 소문을 들었는데,
아들이라고 남자라고 속이니
당신이 석 달 열흘 불공을 드린 것은
나를 속인 죄로
나와 백년언약을 맺어야 되지,
안 맺으면 안 된다." 하는구나.
그리하여 언약을 맺었다.
청실 띄우고, 홍실 띄우고,
물 한 그릇 떠 놓고,
예하는 것도 그 법에 나는 것이다.
그날 밤을 즐기고 나서 아침에 자고 나서
"아이고, 여보시오.
이제 언약을 맺었으니
약물 있는 곳을 가르쳐 주시오."
하니, 어머나 또 동수자가 애를 달군다.
"여보시오, 부인. 당신은 그것 몰랐소.
나는 지금 세상으로 하늘나라 사람인데,
지하땅에 내려와서 지하땅 사람과
부부로 언약을 맺어서 아들 삼형제를 낳아야
내 약물 있는 곳을 가르쳐 주지
안 그러면 못 가르쳐 준다."
하니까 할 수 없이 하는 말이
"여보시오, 동수자.
아들 삼형제 낳자면
아버님이 병이 들어서 행상을 메고
땅 속에 들어가고 나면

오늘이 마지막 가는 날에
석달 열흘 불공을 마치고
약물 있는 곳으로 내가 찾아 가는데
어디에로 가잔 말고
그때야 거동보소
동수자 배리데기 목욕할 동안에
얼픗 나와 옷을 갈아 입고
마 배리데기 목욕할 동안에
옷 보따리를 싸 가지고
저 바위 뒤에 돌아가 앉아 있으니
그때야 배리데기 목욕을 하고 나와
옷 보따리를 찾으니 옷이 있나
마 밸개멋고 물 안에 들어 앉아
나오도 못하고 들어 가도 못하고
나오도 못하고 들어 가도 못하고
이자 큰 일 났더 어찌하면 좋노
서편을 바라보니 동수자가
여보시오
같은 남자끼리 뭐 부끄러워 할 것 있소
여기와서 옷을 입으라 하니
아이고 동수자요 동수자요
내 옷 주소
아이고 나는 남자가 아니고 여자요
아이고 내가 여자요
마 줄항복이 살살 나온다.
아이구 내 옷 주소
석달 열흘까지 남자라고 내가 속였으니
이젠 옷을 빼겼으니
할 도리가 없어 전심 사정을 한다.
당신이 여자 같으면
나와 백년언약을 맺어주며는 이 옷을 주고
그렇지 않으면 당신이 빨개 벗고
물안에가 퉁퉁 뿔든둥 마카 뜯구 나오던둥

목욕을 하구 나오던 둥 그안에가 살던둥
맘대로 할 한다
마 옷 보따리를 지고 간다.
아이고 내가 여자시더
아이고 내 옷 주소
야단났다. 그제서야 돌아와가지구
여보시오 배리데기 당신이 이름이 배리데기
일곱여째 공주란 소문을 들었는데
아들이라고 남자라고 속이니
당신이 석달 열흘 불공을 드린 것은
나를 속인 죄로
나와 백년언약을 맺어야 되지
안 맺임 안 된다 하는구나
그리하여서 언약을 맺었다
청실 띄우고 홍실 띄우고
물 한 그릇 떠 놓고
예 하는 것도 그 법에 나는 기라
그 날 밤을 즐기구나서 아침에 자고 나가지고
아이고 여보시오
이제 언약을 맺었으니
약물 있는 데를 가르켜 주소 하니
어머이 또 동수자 애달군다.
여보시오 부인이요 당신이 그거 몰랐소
나는 금세상에 하늘 나라 사람이거니
지하땅에 나려 와여 지하 땅 사람과
부부를 언약을 맺어서 아들 삼형제를 놓아야
내 약물 있는데를 가르쳐 주지
안그러면 못 가르켜 준다 하니까네
할 수 할 수 없어 하는 말이
여보시오 동수자여
아들 삼형제 놓자며는
아버님이 병이 들어서루 행상을 미고
땅 속에 들어가고 나며는

아버지 얼굴을 어떻게 보고,
아버지 병환을 내가 어찌 고치겠습니까?" 하니까
"도색동화 더부살이
사람 살리는 더부살이 꽃이 있는데
그 꽃을 꺾어 가면
사람을 살릴 수가 있다." 하는구나.
땅 속에서 뼈도 썩고, 살도 썩고
몇 십 년이 가도 사람을 살릴 수가 있다하니
그 마음으로 안심을 하고
아들 삼형제를 낳기 시작한다.
그달부터 태기가 들어서
한 달 두 달에 입맛 굳힌다.
세 달에 피를 모아 다섯 달에 대들더라.
다섯 달에 반 짐 실어 일곱 달에야 실성터라.
아홉 달에 해운을 받아서 열 달을 고이 채워,
이때 혼미 중에 탄생하니
금동자 아들 아기를 두었구나.
일 년에 하나씩 일 년에 하나씩
일 년에 하나씩 삼 년 만에 셋을 낳았다.
그 무렵 일 년에 하나씩 셋을 낳고 나니
"내 이제 소원을 풀었으니,
내 약물 있는 곳을 가르쳐 줄 테니
나를 따라 오라." 한다.
일곱 보, 일곱 발걸음으로 걸어 나가니
송이송이 꽃송이 오색동화가 피었더라.
오색동화 꽃이 피었거늘
그때 거동 보소.
오색동화 꽃이 피어있어
"그 꽃을 꺾어주되 흰 꽃은 어디에 씁니까?"
흰 꽃을 쓰다듬게 되면
사람이 죽어 뼈도 없고, 살도 없으면
뼈도 생겨나고,
붉은 꽃을 쓰다듬게 되면 피가 생겨나고

푸른 꽃을 쓰다듬게 되면.
오색동화 꺾어서 들고
원수하나문(門) 생사사지문(門)을 가르쳐준다.
원수하나문 생사사지문을 열어트리고
아들 삼형제는 동수자한테 맡겨 놓고,
원수하나문 생사사지문을 열어트리고
여기서 약물을 구하려면
삼천리를 들어가야 된다고 하는구나.
삼천리를 들어가야 된다니 얼마고먼가.
얼마만큼 가는구나.
약수 삼천리를 갈 때는
사십팔원(四十八願) 염불을 외우면서 가는구나.

악취무명원 무타악도원 동진금색원
형모무차원 성취숙명원 생획천안원
생획천이원 실지심행원 신족초원원
정무아상원 결정정각원 광명보조원
수량무궁원 성문무수원 중생장수원
개획선명원 제불칭찬원 십렴왕생원
임종현전원 회향개생원 구족묘상원
합계보처원 신공타방원 소수만족원
욕문자문원 보리무퇴원

사십팔원의 염불을 외우면서
쉬엄쉬엄 천리길을 오백리 길이 되는,
오백리 길이 삼백리 길이 되는
약수 삼천리를 당도하니
서기가 공중에 어리고 문에 안개가 피었구나.
아미타불 주인대에 연못 안에 연꽃은
사시장철 피어 있고,
앵무 공작 비취 두견새는
이리 날라 저리 가고, 저리 날아 이리 오고,
오며 가며 우는 소리 마디마디 설법이요,

아버지 얼굴을 어떻게 봐서루
아버지 병환을 내가 어이 고치겠능교 하니까네
오색동화 다부사리
사람 살리는 다부사리 꽃이가 있는데
그 꽃만을 꺾게 되며는
사람을 살릴 수가 있다 하는구나
땅 속에다가 뼈도 썩고 살도 썩고
몇십년이 가도 사람을 살릴 수가 있다 하니
그 맘으로 안심을 하고
아들 삼형제를 놓기 시작한다.
그 달부터야 태기가 들어서야
한달 두달에 입맛 굳힌다.
석달에 피를 모와 다섯달에 대들드라
다섯달에야 반짐실어 일곱달에야 실성트라
아홉달루 해운을 받아서 십삭을 고이 채워
이때여 혼미중에 탄생하니
금동자 아들 애기를 두었구나
일년에 하나씩 일년에 하나씩
일년에 하나씩 삼년만에 서이를 놓았다.
그 즉시는가 일년에 하나씩 서이를 놓고 나니
내 이제 소원이 풀었으니
내 약물 있는 곳을 가르켜 줄테니
나를 따라 오라 한다.
칠보칠 자죽으로 걸어 나가니
송이 송이 꽃송이 오색동화가 피었드라
오색동화 꽃이 피었거늘
그때야 거동보소
오색동화 꽃이 피어서루
그 꽃을 꺾어주되 흰 꽃은 어데 씨오.
흰 꽃을 씨담게 되면
사람이 주어 뼈두 없ㄱ 살두 없이며는
뼈두 생겨 나구
붉은 꽃을 씨담게 되면 피가 생겨나고

푸른 꽃을 씨담게 되면.
오색동화 꺾어나 들고
원수하나문 생사사지문을 가리켜 준다.
원수하나문 생사사지문을 열트리고
아들 삼형제는 동수자 한테 맥겨 놓구야
원수하나문 생사사지문을 열트리고
여기서루 약물을 구할라카면
삼천리를 들어 가야 된다고 하는구나
삼천리를 들어 가야 된다니 얼마나 멀고 머노
얼마만침만 가는구나
약수 삼천리를 갈적에는
사십팔원(四十八遠) 염불을 외우면서 가는구나

악취무명원 무타악도원 동진금색원
형모무차원 성취숙명원 생획천안원
생획천이원 실지심행원 신족초원원
정무아상원 결정정각원 광명보조원
수량무궁원 성문무수원 중생장수원
개획선명원 제불칭찬원 십렴왕생원
임종현전원 회향개생원 구족묘상원
합계보처원 신공타방원 소수만족원
욕문자문원 보리무퇴원

사십팔원의 염불을 외워시면은
수염수염 천리길을 오백리 길이 되는
오백리 길이 삼백리 길이 되어
약수 삼천리를 당도하니
서기가 반공하고 문에 안개가 피였구나
아미타불 주인대에 연못 안에 연꽃으는
사시장철 피여 있고
앵무 공자 비취 두견새는
이리 날라 저리 가고 저리 날라 이리 오고
오면 가면 우는 소리 마디마디 설법이요

굽이굽이 법성도라
만학천봉 같은 밑으로 내려다보니
억바위야 덕바위야, 거북이가 앉았구나.
거북이 입술이 떨어져야 약물이 나오거늘
거기 앉아서 석 달 열흘 백일기도를 드린다.
석 달 열흘 백일기도를 드리다가 보니
거북 입이 떨어지다 보니
거북병이 나오는구나.
얼룩얼룩 거북병을 거머쥐고
물방울 몇 방울 받는가. 열 방울을 받는다.
삼혼(三魂)은 칠백(七魄)이라 칠백은 흩어지고
삼혼을 모을 적에 열 방울을 받으니
병이 가득히 차는구나.
품에다 넣고서 얼마만큼 나올 때
법성도 넓은 길에
굽이굽이 약수 삼천리 나올 때에
법성계를 치고 나온다.

법성원륭무이상 제법부동본래적
무명무상절일체 증지소지비여경
진성심심극미묘 불수자성수연성
일중일체다중일 일즉일체다즉일
일미진중함시방 일체진중역여시
무량원겁즉일념 일념즉시무량겁
구세십세호상즉 잉불잡란격별성
초발심시변정각 생사열반상공화
이사명연무분별 십불보현대인경
능인해인삼매중 번출여의부사의
우보인생만허공 중생수기득리익
고시행자환본제 파식망상필부득
무연선교착여의 귀가수분득자량
이다라니무진보 장엄법계실보전
궁좌실제중도상 구래부동명위불

구래부동명화불 구래부동명화법
구래부동명화주 용청법사약청계
애기 용저주 삼체일체주 원만법계신
일체유심성 파육진언 옴 가라디어 사바하
청계유리 잉게수에 애기녹다두유와 옴
두하두하 바로하 사바하

법성도 넓은 들에 법성계를 치며
구불구불 나오는구나.
얼마 만에 도착하니
동수자 대궐 같은 기와집은 간 곳 없고,
억바위야 덕바위야 아들 삼형제는
억무리 같이 엄마를 보더니만
"아이고, 엄마야. 아이고, 엄마.
배고프네. 밥 좀 주게.
엄마야 젖 좀 주게."
벼룩 같이 붙어 오른다.
빈대 같이 뛰어 오른다.
이 자식을 놓아두고 가자하니
뒤가 걸려 못 가겠고, 들고 가려고하니
앞이 걸려 못 가겠고.
할 수 없이 하나는 걸리고,
하나는 엎고, 하나는 안고.
이때 동수자는 하늘로 올라가고,
아들 삼형제 데리고 얼마만큼 오더라니.
"저기 가는 바리데기는 길을 잠시 멈추시오."
"나를 어떻게 물으시오.
당신은 누구시오?" 물으니
"나는 관음보살이오니,
서천서역 극난 안에 팔금상 사보살이
이 책을 주며 전하라고 하였으니,
가다가 급한 일이 있거든
이 책의 진언(眞言)을 치면

굽이굽이 법성도라
만학천봉 같은 밑에루 내려다 보니
억바우야 덕바우야 거북이가 앉았구나
거북이 입정이 떨어져야 약물이 나오거날
거기 앉아서 석달 열흘 백일 기도를 드린다.
석달 열흘 백일 기도를 드리다가 보니
거북 입이가 떨어지다보니
거북벵(거북병)이가 나오는 구나
얼룩 얼룩 거북 벵이를 거머 쥐고
방울 방울 몇방울 받노 열 방울을 받는다.
삼혼은 칠백이라 칠백은 흩어지고
삼혼은 모을 적에 열 방울을 받으니
벵이가 가득이 차는구나
품에다가 넣고서루 얼마만치 나올적에
법성도 너른 길에
굽이굽이 약수 삼천리 나올 적에
법성계를 치고 나온다.

법성원룡무이상 제법부동본래적
무명무상절일체 증지소지비여경
진성심심극미묘 불수자성수연성
일중일체다중일 일즉일체다즉일
일미진중함시방 일체진중역여시
무량원겁즉일념 일념즉시무량겁
구세십세호상즉 잉불잡란격별성
초발심시변정각 생사열반상공화
이사명연무분별 십불보현대인경
능인해인삼매중 번출여의부사의
우보인생만허공 중생수긔득리익
고시행자환본제 파식망상필부득
무연선교착여의 귀가수분득자량
이다라니무진보 장엄법계실보전
궁좌실제중도상 구래부동명위불

구래부동명화불 구래부동명화법
구래부동명화주 용청법사약청계
애기 용저주 삼체일체주 원만법계신
일체유심성 파육진언 옴 가라디어 사바하
청계유리 잉게수에 애기녹다두유와 옴
두하두하 바로하 사바하

법성도 너른 들에 법성계를 치이며
구부구부 나오는구나
얼매만침만 당도하니야
동수자 대궐같으나 와가집은아 간곳 없고
억바우야 덕바우야 아들 삼형제
억무리 같이 엄마를 보더니만
아이구 엄마야 아이구 엄마
배 고프네 밥좀 주게
엄마야 젖좀 주게
베루디기 같이 붙어 오른다
빈대 같이 뛰어 오른다.
이 자식을 놔 놓고 자자하니
뒤가 잦아 못 가겠고 들구 갈라하니께
앞이 자저 못 가겠구
할수 할 수 없어 하나는 걸리고
하나는 엎구 하나는 안구
이때야 동수자는 하늘로 올라 가구
아들 삼형제 데리고 얼마만침 오드라니
저게 가는 배리데기 길을 잠시 멈추시오
나를 어떻게 무르시오
당신은 뉘시오 무르니
나는 관음보살 어따오니
서천서역 극난 안에 팔금강 사보살이
이 책을 주며 전하라 하였거날
가다가 급한 일이 있거들랑
이 책에 진언을 치면

알 도리가 있을 테니
책을 가지고 가시오."
그 책을 품안에다 넣고 얼마만큼 나오는구나.
얼마만큼 나오는구나.
유수강아, 백마중에 저 배를 타고 나올 때
한 곳으로만 도착하니 유수강을 건넜구나.
얼마만큼 가더라니,
"저기 가는 부인.
당신은 어디 가며,
뒤에 오는 바리데기 못 봤소?"
"내가 바리데기요. 나를 어떻게 찾으시오?"
"당신이 바리데기 같으면
우리 삼천군사가 방방곡곡에서
당신이 오도록 기다리고 있는데,
당신은 이 길로 못 가오.
방방곡곡에 면면촌촌에
당신을 잡으려하고 있는데
당신이 바리데기 같으면
약꽃과 약물을 내놓고
여기서 칼을 받으라."
하는구나.
"누구 명으로 나를 죽이려 하시오?
나는 아무 죄도 없건만,
아들 삼형제 낳고 오는 이 죄밖에 없소.
그러니 내 약물을 줄 테니
뒤로 물러서시오."
이때 관음보살이 준 책을 내어서
진언을 치기 시작한다.
진언을 쳐 놓으니

천상옥경 천사신장
이십팔수 삼십삼천
동에 번쩍 신장님넨

남에 번쩍 신장님네
서에 번쩍 신장님네
북에 번쩍 신장님네
오자룡으로 불러드려어―
태을어개 태을신장

팔도 신장을 불러들여 놓으니
들었던 칼이 땅에 뚝 떨어지며,
두 눈은 나무눈이 되었고,
나무 둥치가 되어 섰구나.
그곳을 간신히 피해서 얼마만큼 가니
"저기 가는 부인,
뒤에 오는 바리데기 못 봤소?"
"내가 바리데기요. 나를 어떻게 찾으시오?"
"당신이 바리데기 같으면
삼천 군사가 당신을 죽이지 못하면
우리 목숨이 달아나오."
이때 모든 팔도신장(八道神將)을 불러들여 놓으니,
두 다리가 땅에 붙고
눈은 나무눈이 되어서
나무둥치가 되었구나.
그때 팔만군사가 나무둥치가 되어서
그곳을 간신히 피했구나.
얼마만큼 가드라니
목동 아이가 새벽바람 찬바람에
꼴망태 옆에 끼고 울며불며 넘어간다.
새벽 바람 찬 바람에 울고 가는 저 기러기야―
네 아무리 슬피 운들 내일 오시가 되면
불라국의 오구대왕님 죽은 햇수로
삼년이 되었건만
바리데기 약물 길어 올 때까지
기다리고 바라다가 내일 오시가 되면
수미산에 장례를 지낸다네.

알도리가 있을테니
책을 가지고 가시오
그 책을 품안에다 넣고 얼마만침 나오는구나
얼마만침만 나오는구나
유수강아 백마중에 저 배를 타고 나올 적에
한곳으루만 당도하니 유수강을 건넜구나
얼매만침 가드라니야
저게 가는 부인요
당신은 아디 가며
뒤에 오는 배리데기 못 봤오
내가 배리데기요 나를 어떻게 찾으시오
당신이 배리데기 같으며는
우리 삼천군사가 방방곳곳이
당신 오도록 기다리고 있는데
당신 이길로 못 가오
방방곳곳이 면면촌촌이
당신을 잡으랴고 있는데
당신이 배리데기 같으며는
약꽃과 약물을 내 놓고
여기서 칼을 받으라
하는구나
뉘 명으로 나를 죽이라 하시오
나는 아무 죄도 없건마는
아들 삼형제 놓고 오는 이 죄밖에 없오
그러니 내 약물을 줄테니
뒤로 물러서시오
이때야 관음보살 주던 책을 내어서루
진언을 치기 시작한다.
진언을 쳐 노니

천상옥경 천사신장
이십팔수 삼십삼천
동에 번쩍 신장님넨

남에 번쩍 신장님네
서에 번쩍 신장님네
북에 번쩍 신장님네
오자룡으로 불러디려어-
태을어개 태을신장

팔도 신장을 불러디려 노니야
들었던 칼이가 땅에 뚝떨어지며
두 눈은 나무 눈이가 되었고
나무동시가 되어서 서었구나
그 곳을 간신히 피해서 얼마만치 가드라니
저게 가는 부인요
뒤에 오는 바리데기 못 봤오
내가 바리데기요 나를 어떻게 찾이시오
당신이 배리데기 같으며는
삼천 군사가 당신을 죽이지 못하며는
우리 목숨이 달아나오
이때야 모두 팔도 신장을 불러 디려 노니
두 다리가 땅에가 붙었구
눈으는 나무 눈이 되어서루
나무 등시가 되었구나
그 때야 팔만 군사가- 나무 등시가 되어서
그 곳을 간신히 피했구나
얼마만침만 가드라니
목동 아이가 새벽 바람 찬 바람에
꼴망태 옆에 찌고 울며 불며 넘어 간다.
새벽 바람- 찬바람에 울고 가는 저 기럭아-
네 아무리 슬피운들 내일 오시가 되면
불라국에 오귀대왕님 죽은 햇수로
삼년이 되었건마는
배리데기 약물 길어 올 때까지
기대리고 바래다가 내일 오시가 되면
수미산에다가 장례를 지낸다네

아이고. 이랴! 꼴망태에 꼴을 베어
꼴망태를 옆에 끼고,
모랑지 모랑지 고개고개 넘어간다.
얼마만큼 가더라니,
여러 명의 부인네들이 논을 매며 하는 말이
"여보시오. 부인네들.
오늘 스무 마지기 매어 놓고
내일 서른 마지기는 모래 뱁시다.
불라국 오구대왕님이 죽어서
큰 장례를 지내가지고
수미산에 장례를 지낸다네."
그러니 가서 떡도 얻어먹고, 술도 얻어먹고,
구경하러 가자는구나.
그 말을 듣고서 얼마만큼 가더라니
"여보시오. 그 말이 참말이오?"
"당신 어디 갔다가 그런 소문도 못 들었소?"
이때야 얼마만큼 넘어 가니
먼 곳에서 큰 행상(行喪)소리가 떠올 적에,
그 날 오시가 되니 행상소리가 떠나온다.
아들 삼형제를 들고 가려니
앞이 힘들어서 못 가겠고.
이때 할 수, 할 수 없이
"얘들아. 너희 삼형제는 언덕 밑에 앉아 있거라.
내가 저 초상집에 가서 내가 떡을 얻어 오마."
"엄마야, 엄마야. 우리 셋을 데리고 가면
우리 몫이 모두 셋이 얻으면
엄마도 배부르고, 우리도 배부르지.
우리는 왜 언덕 밑에다 놔 놓고 가려고 해?
엄마야, 우리 놔두고 도망가려고 하지?
엄마, 초상집에 가서 혼자 다 먹고 오려고 하지?"
"얘들아, 그게 아니다.
너희는 여기 있어라.
내가 초상집에 가서 떡하고 밥하고

많이 얻어 오마.
너희들 데리고 가면 거지패 왔다고
아무것도 안 준단다.
어서 너희 여기 앉아 있어라."
억장 같이 우는 자식들
아홉 폭 치마를 이리 두르고, 저리 둘러놓고
너희들 밥 얻어 온다하는 소리 남겨 놓고
행상소리 떠나오는 것을 바라다보고,
"아이고, 아버지. 아이고, 아버지!"
엎어지며 자빠지며
행상소리 나는 곳으로 찾아간다.
행상소리가 떠나오는데,
또 이렇게 처량하게 떠나온다.

널, 널, 너하오, 너가리 넘차 너하오.
간다 간다, 떠나가네. 오구대왕님 떠나가네.
너가리 넘차, 너가리 넘차, 너가리 넘차, 너하오
너가리 넘차, 구슬프네. 너가리 넘차도 구슬프네.
이 세상에 나왔을 때 빈 몸 빈 손으로 나왔다가
오구대왕님 거동 보소.
삼대독자 외동아들로 용상에 좌정하야
십육 세에 치국을 하고
이십에 장가를 가서 삼십에
딸아기 여섯을 한 탯줄에 낳아서
옥새를 거머쥐고
삼천궁녀를 거느리고, 만조백관을 모시고서
용상좌에 좌정하여
다스리는 일은 이 모양대로 했건만
자식은 이 모양대로 못해가지고
북망산천(北邙山川)을 떠나갈 때
안땀 매듭 일곱 매듭 겉땀 매듭 일곱 매듭
이칠 십사 열네 매듭을 꽁꽁 묶어서
사방상계 대틀 위에 덩그러니 얹어서

아이구 이랴 꼴망태에 꼴을 비여
꼴망태에 옆에 찌구
모랑지 모랑지 고개고개 넘어 간다.
얼매만침 가드라니
여러 모도 부인네들이 논을 매며 하는 말이
여보시오 부인네들요
오늘 스무 마지기 매 놓고
내일 서른 마지기는 모래 맵시더
불라국 오귀대왕님이 죽어서루
큰 장례를 지내가주구
수미산에 장례를 지낸다네요
그러니 까는 떡도 얻어 먹고 술도 얻어 먹고
구경하러 가자는구나
그 말을 듣고서루 얼매만치 가드라니
여보시오 그말이 참말이오
당신 어디 갔다가 그런 소문도 못 들었오
이 때야 얼매만치 넘어 가니
먼 곳에서 큰 행성소리가 떠나올 적에
그 날오시가 되니 행성소리가 떠나온다.
아들 삼형제 들구 갈라서니
앞이 잦아서 못 가겠구
이 때야 헐수헐수 없어
야들아 너그 삼형제 언덕 밑에 앉아 있거라
내가 저 초상집에 가 내가 떡 얻어오마
엄마야 엄마야 우리 서이를 데리고 가면
우리 몫이 마카 서이 얻으면
엄마도 배 부르고 우리도 배 부르지
우리는 왜 언덕 밑에다 놔 놓고 갈라 하노
엄마야 우리 놔 놓고 도망갈라 하제
엄마 초상집에 가가 혼자 다 먹고 올라하지
야들아 그게 아니다.
너그 여기 있그라
내가 초상집에가 가주고 떡하고 밥하고

많이 얻어 오마
너들 데구 가면 걸핑이패 왔다고
아무것도 안 준단다
어서 너이 여기 앉아 있그라
억무리 같이 우는 자식들
아홉 폭 치마를 이리 둘르고 저리 둘러 놓고
느그들 밥 얻어 온다 하는 소리 남겨 놓고
행성소리 떠나 오는 것을 바래다 보고
아이구 아버지 아이구 아버지
엎어지며 자빠지며
행성소리 나는 곳을 찾아간다.
행성소리가 떠나 오는데
또 이렇게 처량하게 떠나 온다.

널 널 너하오 너가리 넘차 너하오
간다 간다 떠나가네 오귀대왕님 떠나가네
너가리 넘차 너가리 넘차 너가리 넘차 너하오
너가리 넘차 구슬프네 너가리 넘차도 구슬프네
이 세상에 나왔을 적에 빈몸 빈손으로 나왔다가
오귀대왕님 거동보소
삼대 독자 외동아들로 용상좌게 좌정하야
십육세에 치국을 하고
이십에야 장개를 가여 삼십에
딸애기 여섯으로 한 탯줄에 놓아가꾸
옥쇠를 거머쥐고
삼천궁녀를 거나리고 만조백관을 모시구서
용상좌게 좌정하여
재무루 이 모양대루 했거마는
자식은 이 모양대루 못해가지구
북망산천을 떠나갈 때
안땀매끼 일곱매끼 겉땀매끼 일곱매끼
이칠은 십사 열네매끼를 꽁 꽁 묶어가꾸
사방상계 대틀위에 덩그렇게 얹어가꾸

스물네 명 상두꾼아, 서른네 명 상여꾼아
발맞추어 어서가자
널널 너호오 너가리 넘차 너하오
황천길이 멀다 마시오. 대문 밖이 황천이오.
저승길이 멀다 마시오. 내 가는 길이 저승이오.
북망산천이 멀다더니만 저기 저 산이 북망일세,
내 집이 어디인가, 무덤이 내 집이로구나.
무덤으로 집을 짓고, 송죽으로 울을 삼아
창호야 밝은 달에 화답가(和答歌)를 하려느냐.
두견새가 벗이 되어 자는 듯이 누웠건만
어느 시절에 찾아올까.
땡그랑 땡땡 땡그랑 땡땡, 너가리 넘차
너하호 너가리 넘차 너하호
오구대왕도 떠나가고 본시 영가도 떠나가네.
가네, 가네, 나는 가네. 이제 가면 언제 올까.
우리 아버지, 우리 할아버지, 할머니도 잘 계시고,
아버지도 잘 계십시오. 우리 어머니도 잘 계십시오.
시어머니도 잘 계십시오.
시어머님 앞에 어린 자식들 떼어 놓고 가는
몹쓸 년을 불효자식을 원망하지 마옵소서.
나는 가오, 나는 가오.
어린 자식들 생전 치마 끝에
저 자식을 떼놓고 간들
앞이 막혀 내 어이 가며,
뒤가 막혀 내 어이 갈고.
눈물이 가려서 어이 갈고.
앞이 막혀서 어이 갈고.
널널 너하오 너가리 넘차 너하오
우리 형제여, 잘 있으시오.
우리 언니 형부네, 내 동생아.
우리 고부간도 잘 계시고,
우리 외숙모, 우리 고모네. 우리 외삼촌
오누이, 아재도, 오촌 아지매, 육촌 아재네,

이모 이모부도 잘 계십시오.
우리 삼사촌, 오륙촌네
부디 부부간도 잘 계십시오.
창포리 대동안에 나와 놀던 친구들도
부디부디 잘 계시고, 동네 발천 노숙간에도
부디 이런 일이 다시는 없도록
만수무강 잘 계시고,
본시 영가 극락을 가네.
시왕세계를 영원히 떠나네.
뜰뜰이 뜰뜰 땡그랑 땡땡 너가리 넘차 너하오
오구대왕 가는 길과 이 세상의 사람들도
인간 백년을 살자고 추운 줄 모르고,
배고픈 줄 모르고
허리춤에 치마끈을 졸라가며
알뜰이 살뜰이 했건만
두 눈 하나를 감고 보니,
태산 같이 알뜰이 모은 재물
가슴에다 안고 갈까,
등허리에 지고 갈까,
빈손을 가슴에 얹고
빈 몸 빈손으로 가는구나.
가네, 가네. 우리 청춘이 가네.
세월 가는 줄 모르고 백발 오는 줄 모르고
이 세상 사람들은 너무나 너무나도 억울하고
너무나도 허무하네.
인간 칠십을 산다 해도
잠든 날과 병든 날과
걱정 근심을 다 빼버리고 보니,
다만 사십 년도 못 살았네.
가는 청춘 누가 잡으며
오는 백발을 누가 막을까.
백발이 제가 나를 찾아왔지
내가 저를 청했다더냐.

스물네명 상두군아 서른네명 생미꾼아
발맞추어 어서가자
널널 너호오 너가리 넘차 너하오
황천 길이 멀다 마소 대문밖이 황천이오
저승 길이 멀다 마소 내 가는 길이 저승이오
북망산천이 머다더니만 저기 저산이 북망일세
내집이가 어디멘고 무덤이가 내집이로구나
무덤으로 집을 짓고 송죽으로 울을 삼아
창호야 밝은 달에 화답가를 하려느냐
두견객이 벗이되어 자는 듯이 누웠건마는
어느 시절에 찾아올고
땡그라 땡땡 땡그라 뗄뗄 너가리 넘차
너하호 너가리 넘차 너하호
오귀대왕두 떠나가고 본시영가도 떠나가네
가네 가네 나는 가네 이제 가면은 언제 올고
울 아버지요 우리 할아버지 할머님도 잘 계시고
아부지도 잘 계시소 우리 어머이도 잘 계시소 시
어머이도 잘 계시소
시어머님전에 어린 자식을 떼어 놓고 가는
몹쓸년을 불효자식을 원망으로 마옵소서
나는 가오 나는 가오
어린자식들 생전 치마 끝에
저 자식을 떼 놓고 간들
앞이 잦어 내 어이 가며
뒤가 잦어 내 어이 갈고
눈물이 가려서 어이 갈고
앞이 막혀서 어이 갈고
널널 너하오 너가리 넘차 너하오.
우리 형제여 잘 있시소
우리 언니 형부네 내 동생아
우리 고부간도 잘 계시고
우리 외숙모 우리 고무네 우리 외삼촌
오누이 아재도 오춘 아지매 육춘 아재네

이모 이모부도 잘 계시소
우리 삼사촌 오륙촌네여
부디 부분간도 잘 계시소
창포리 대동안에 나와 노든 친구들도
부디 부디 잘 계시고 동네 발천 노숙간에도
부디 이런 일이 다시는 없도록
만수무강을 잘 계시고
본시영가 극락을 가네
시왕세계를 영원히 떠나네
뜰뜰이 뜰뜰 땡그랑 땡땡 너가리 넘차 너하오
오귀대왕 가는 길과 이 세상에 사람들도
인간백년을 살자하고 춥은줄 모르고
배 곱혼줄 모르고
허리춤에 처매 끈을 졸라가며
알뜰이 살뜰이 했건마는
두 눈 하나를 감고 보니야
태산같이도 알뜰이 모은 재물
가슴에다가 안고 갈가
등울이에다가 지고 갈가
빈 손으로 가슴에 얺구
빈 몸 빈 손으루 가는구나
가네 가네 우리 청춘 가네
세월 가는 줄 모르고 백발 오는 줄 모르고
이 세상에 사람들은 너무나 너무나도 억울하고
너무나도 허무하네
인간 칠십을 산다 해도
잠든 날과 병든 날과
걱정 근심을 따 빼버리고 보니야
다먼 사십년도 못 살았네
가는 청춘을 누가 잡으며
오는 백발을 누가 막을고
백발이 제가 나를 찾아 왔지
내가 저를 청타더냐

아이고, 백발이 올 줄 알고
청춘이 가는 줄 안다면
태산을 베어다가
내 청춘 못가라고 꼭 막아 놓지.
세월 가는 줄 모르고 늙는 줄 모르고.
답답하고 애달프구나.
불쌍하구나. 본시 영가도
이제 가면 다시 올 날이 전혀 없네.

행상 망틀 부여잡고
"아이고, 아버지. 아버지여.
바리데기 약수 삼천리 약물 길어 왔나이다.
아버지여, 정신을 차려 소녀를 보옵소서."
행상 망틀 부여잡고 방성통곡 우니,
딸년들이 좋다고 흰 덩을 타고 나오고,
사위 여섯이 좋다고 흰 덩을 타고 나오고.
그 때는 행상이 안 가고 멈추어 있으니,
바리데기가 약수 삼천리 약물 길러 왔다 하니,
"그 년이 어디 가서 서방 붙어
삼형제 낳고 왔지. 약물은 무슨 약물.
저년이 약물 길러 왔거들랑 뺏어 놓고
저년을 붙잡아서 옥에다 하옥시키라." 한다.
그 때 행상이 떠나는구나.
그 길에서 가슴 속의 진언(眞言) 책을 내어
진언을 쳐 놓으니 가던 행상이
그 자리에 그냥 딱 들어붙어 버린다.
그때 문무백관들이 깜짝 놀라,
"이것이 웬일인가. 훈수(訓手)로구나, 훈수로구나.
바리데기 훈수로구나.
이때 아무래도 이름 있고, 성 있는 자식에게
부처님이 감동 않을 수가 있겠느냐?
부처님이 벌을 주고 하늘에서 벌을 준다."
가던 행상이 모두, 행상 메고 가는 사람들의 발이

딱 붙어서 꼼짝 요동을 못하니,
그 즉시 문무백관들이
공주 앞에 와서 읍을 한다.
"죽여주시오. 살려주시오.
행상을 모시고 궁정을 들어 갈 테니,
죽여주옵소서, 살려주옵소서.
우리 죽을죄를 졌다." 하는구나.
공주 여섯이, 사위 여섯이 모두
덮어 썼던 관도 다 어디로 가 버리고 없고,
그냥 상주 도복도 다 어디 가버리고 없고,
아이고! 그냥 행여나 자기 다리가
여기 땅에 붙을까 싶어
도망가 버리고 하나도 없다.
그 즉시 행상 틀을 모시고
궁전 안으로 들어가
안땀 매듭 일곱 매듭 겉땀 매듭 일곱 매듭
이리저리 다 풀고 보니, 관 안을 살펴보니
아버지는 간 곳 없고
먼지만 한 곽이 가득 누워있구나.
그 때는 아무리 생각해도
아버지가 돌아가셔서
이 오색동화 꽃으로 아무래도
아버지를 살릴 도리밖에 없다 싶어서
오색동화 꽃을 가슴에다 넣었던
꽃을 내어 밖을 내다보니
눈에 안개가 자욱하여
여러 수천 명이 잠이 들어 자는구나.
"아버지 뼈 생겨나십시오. 아버지 살 생겨나십시오.
아버지 힘줄 생기고, 아버지 일신이 생기십시오.
삼혼은 칠백이지만 칠백은 흩어지고
삼혼은 모아주시오."
이리 쓰다듬고, 저리 쓰다듬고
아버지 모든 일신이 생겨나는구나.

아이구 백발이 오는 줄 알고
청춘이가 가는 줄 안다면
태산으로 비어다가
내 청춘 못가라고 꼭 막아 놓제
세월 가는 줄 모르고 늙는 줄 모르고
답답구두 애닲구나
불쌍구나 본시영가씨도
이제가면 다시 올 날이가 전혀 없네

행성망틀 부여잡고
아이고 아부지 아부지여
배리데기 약수 삼천리 약물 지러 왔나이다
아부지여 정신을 차려 소녀를 보옵소서
행성망틀 부여 잡고 방성통곡 우니
딸년들이 좋다고 흰 덩을 타고 나오고
사우 여섯이 좋다고 흰덩을 타고 나오고
그 즉시는 행성이 안 가고 멈추어 있으니
배리데기 약수 삼천리 약물 지러 왔다 하니
그 년이 어디 가서 서방 붙어
삼형제 놓고 왔지 약물은 무슨 약물.
저 년이 약물 지러 왔거들랑 뺏트려 놓고
저년을 붙잡아다가 옥에다 하옥시키라 한다.
그즉세서는 행성이 떠나는구나
그질루서는 가슴 속에 진언책을 내어
진언을 처 놓니 가든 행상이
그 자리에 마 딱 들어 붙어 버린다.
그때여- 문무백관들이 깜짝 놀라
이것이 웬일인고 훈수로구나 훈수로구나
배리데기 훈수로구나
이때야 아무래도 이름 있고 성 있는 자식이
부처님이 감동할 수가 있겠느냐
부처님이 벌을 주고 하늘에서 벌을 줘야
가든 행상이 모다 행성 미고 가는 사람들이

발이 딱 붙어 꼼짝 요동을 못하니
그즉세는 문무백관들이
공주 앞에 와 읍을 한다.
죽여 주소 살려 주소
행성을 모시고 궁정을 들어 갈테니
죽여 주옵소서 살려 주옵소서
우리 죽을 죄를 졌다 하는구나
공주 여섯이 사우 여섯이 모두
덮어 썼던 관도 다 어디로 가버리고 없고
마 상주 도복도 다 어디 가버리고 없고
아이구 마 행여나 지 다리가
이는 땅에 붙을까 싶어
도망 가버리고 하나도 없다.
그즉시는 행성틀 모시고
궁전 안을 들어가야
안땀매끼 일곱매끼 겉땀매끼 일곱매끼
이리 저리 다 풀고 보니 관안을 살펴보니
아버지는 간 곳 없고
먼지만 한곽이 꽉 누어 있구나
그즉시는 아무리 생각해도
아버지가 돌아가셔 가지구
이오색동화 꽃을 아무래도 가지고
아버질 살릴 도리밖에 없다 싶어서루
오색동화 꽃을 가슴에다 여었든
가슴에 꽃을 내여 밖을 내다 보니
눈에 안개가 자욱하야
여러 수천명이 잠이 들어 자는구나
아부지요 뼈 생겨나소 아부지요 살 생겨나소
아부지요 심줄 생기고 아부지요 일신이 생기소
삼혼은 칠백으나 칠백은 흩어지고
삽혼,으아 모아주소
이리 씨담구 저리 씨 담구
아부지 만 일신이 생겨 나는구나

오색동화 꽃을 놔 놓게 되면
죽은 사람 아버지도 살리고, 가장도 살리고,
자식도 살리고, 형제간도 살리고
불쌍하고 가련하네.
애초에 초목 같은 사람 다 살릴까 싶어서
서천서역국의 팔금강 지장보살님이
굽어보시고, 그 꽃을 놔두면
사람마다 살리게 되면
인간 치밀어 못 살까 싶어서
꽃은 다 시들어지고 꽃 뿌리만 남도록 했다.
이리하여 오구대왕님 한 분밖에
못 살리는가 보더라.
아버지 자는 듯이 누웠구나.
가슴 속의 거북병을 내어서
방울방울 일곱 방울을 떨어트려 넣고서
아버지 입안에 세 방울을 떨어트리니
숨터지는 소리가 발끝에서부터 시작하여
맥이 오기 시작한다.
맥이 퍼떡퍼떡 사방을 돌아다니며
맥을 전할 때에 맥이 궁그렁궁 도는구나.
빙글빙글 돌더니만 숨 터지는 저 소리가
대천(大川) 저 한 바다 쾅쾅 파도치던 소리던가?
대명천지(大明天地) 밝은 날에
노수벼락 치던 소리던가?
만학천봉 밑에 폭포 바위 밑에
쾅쾅치던 폭포수 물 치던 소리던가
번개 치던 소리던가,
남포 치던 소리던가,
대포 치던 소리던가,
총 쏘던 소리던가?
쾅 하더니만 숨이 터지는구나.
숨이 터질 때 그 즉시
수천 명 자던 사람들이 벌떡벌떡 일어난다.

아버지 숨이 터져 고이 자고 일어나더니만,
"내가 무슨 잠을 삼년 동안에
이렇게 많이 잤을까?"
사방을 살펴보니 문무백관이 분명하다.
죽었던 자기가 당신이 돌아온 것이
분명하여
이때
꽃가마를 갖다 놓고 오구대왕님 모시고
궁전 안으로 들어가 용상좌에 좌정하여
금관을 높이 쓰고,
"날 살린 사람이 그 누구냐?
어서 바삐 대령하여라."
문무백관들이 겁을 먹고 벌벌 떨고 있을 때,
바리데기 거동 보소.
거적자리에다 작두를 가져온다.
거적자리를 펴 놓고
작두에 목을 얹어놓고 하는 말이,
"아버지여, 아버지여. 나를 죽여주옵소서.
불효자식을 죽여주옵소서.
약수 삼천리 갔더니만
동두산 동두천에서 동수자를 만나
아들 삼형제를 낳고,
부모 허락 없이 청실 띄우고 홍실 띄운
불효자식을 죽여주옵소서."
그 말을 듣더니만
바리데기가 살아왔다는 말을 듣더니만
깜짝 놀라 버선발로 우루루루 달려간다.
우루루루 달려간다. 우루루루 달려간다.
우루루루 달려가더니만
바리데기 목을 안고 엎어지며,
"아이고, 내 딸이야. 내 딸이야,
내 딸이야. 죽으라고 버린 자식이
병든 부모를 찾아서 약수 삼천리

오색동화 꽃을 놔 놓게 되면
죽은 사람이 아버지도 살리고 가장도 살리고
자식도 살리고 형제간도 살리고
불쌍코 가련하네
애초에 초목같은 사람 다 살릴까 싶어 가지고
서천 서역국에 팔금강 지장보살님네가
굽어 보시고 그 꽃을 놔 놓게 되면
사람마다 살리게 되면
인간 추밀어 못 살까 싶어 가지고
꽃은 다 시들어지고 꽃뿌리만 남도록 마련한다.
이리하여 오귀대왕님 한분밖에
못 살리는가 부드라
아부지 자는 듯이 누웠구나
가슴 속에 거북뱅이를 내여서루
방울 방울 일곱 방울을 찌껴넣고
서루 아버지 입안에다가 시방울을 씨끼니
숨터지는 소리가 발 끝에서부터 시작하야
맥이 오기 시작한다.
매기가 퍼떡 퍼떡 사방을 돌아 다니며
맥을 전할 적에 매기가 궁그렁궁 도는구나
빙글빙글 도어니마는 숨 터지는 저 소리가
대천 저 한 바다 쾅쾅 나불치던 소리던가
대명 천지 밝은 날에
노수 벽락 치든 소리든가
만학천봉 밑에 폭포 바구 밑에
쾅쾅치던 폭포수 물 치던 소리던가
번개 치든 소리든가
남포 치던 소리던가
대포 치던 소리든가
총 쏘든 소리든가
쾅하드니마는 숨이 터지는구나
숨이가 터질 적에 그즉시는
수천명 자든 사람들이 뻘떡뻘떡 일어난다.

아버지 숨이 터저야 고이 자고 이러 나드니마는
내가 무슨 잠을 삼년 동안에
이렇게 많이 잤을고
사방을 살펴보니 문무백관이 불명하다
죽었는 것이 자기가 당신이 돌아 갔는 것이
불명하와
이때여—
꽃가마를 갖다 놓고 오귀대왕님 모시고
궁전 안을 들어가야 용상좌게 좌정하야
금관을 높이 씨고
날 살린 사람이 그 뉘기냐
어서 바삐 대령하여라
문무백관들이 겁을 하야 벌벌 떨고 있을 적에
바리데기 거동보소
거적자리에다 작두를 가져 온다.
거적자리를 펴 놓고
작두에다 목을 얹어 놓고 하는 말이
아부지여 아부지여 나를 죽여 주옵소서
불효자식을 죽여주옵소서
약수 삼천리 갔드니마는
동두산 동두천에 동수자를 만나
아들 삼형제 놓고
부모 허락 없이 청실 띄우고 홍실 띄웠는
불효자식을 죽여 주옵소서
그 말을 듣더니마는
배리데기가 살아 왔단 말을 듣더니마는
감짝 놀라 버선 발로 우루루루 달려 간다.
우루루루 달려 간다. 우루루루 달려간다.
우루루루 달려 가드니마는
배리데기 목을 안구 옆어지며
아이구 내 딸이-야 내 딸이야
내 딸이야 죽으라고 버린 자식
병든 부모를 찾아서 약수 삼천리

먼먼 길에 약물 길어 와서
죽었던 아비를 살렸는데,
네가 또 무슨 죄를 지었단 말이냐?"
"아버지요, 소녀를 죽여주옵소서.
약수 삼천리 먼먼 길에 약물 기르러 갔다가
동수자를 만나 아들 삼형제 낳고 왔으니
이런 못된 년이 어디 있으며,
이런 죽일 년이 어디 있겠소?"
"애야, 그 말 말아라.
친손봉사는 못할망정 외손봉사는 못하겠나.
아들 삼형제가 어디 있다 말이고?
애야. 듣던 말 중 참 반가운 일이로구나."
아들 삼형제 거동 보소.
엄마 밥 얻어, 떡 얻어 와서
배부르게 먹여 준다더니만
가버리더니 아무 소식도 없네.
배고파서 엉엉 운다.
엉엉어엉 우는구나. "배가 고파요."
맏자식 거동 보소.
조그만 동생이 우니까 뭐 먹일 것이 있나.
그냥 흙을 자꾸 집어다
입에 자꾸 집어넣어 준다.
흙을 갖다 입에 넣어 주니
눈에도 흙이고, 코에도 흙이고, 입에도 흙이고.
배가 고파 울다가,
울다가, 엄마 기다리다 못해
셋이 고개를 맞대 놓고
억무리 같이 울다가 잠이 들어 잔다.
가마를 가지고 가서 살펴보니,
억무리 같이 우는 저 자식을
차마 진정코 못 보겠네.
권씨 영가 자식 둘이 낳고 가는 마음
오죽이나 슬프며,

저 자식들, 어미 오도록
기다리는 저 자식들 오죽하며,
자식 낳아 놓고 가는 사람은 오죽하며
가마에다 하나하나씩 싣고 집으로 돌아온다.
내궁에 도착하여 목욕을 시켜 옷을 입혀 놓으니
삼태성이 분명하와.
그때 길대부인의 거동 보소.
내궁에다 빙수판을 차려 놓고
바리데기 살아 왔다는 말을 듣고
허둥지둥 달려온다.
허둥지둥 달려온다. 군노사령 문 열어라.
얼마만큼 들어가니
바리데기 우루루루 달려와서,
"아이고, 어머니."
"죽은 줄 알았더니만
네가 살아서 어머니를 부른단 말이야.
아이고, 내 딸이야. 아이고, 내 자식아.
아이고, 내 딸이야!"
그제야 거동 보소.
모녀간에 치둥글 내리둥글하다 보니,
"영감 살았지, 딸 살아왔지.
이 엉덩이가 웬 엉덩이냐.
네 엉덩이는 금엉덩이고,
내 엉덩이는 은엉덩이고,
이 엉덩이를 두었다가 밭을 살까, 논을 살까,
흔들대로 흔들어보세."
뾰족한 엉덩이를 가지고
이 엉덩이를 이리 흔들 저리 흔들,
흔들다 보니 아들 삼형제 거동 보소.
그냥 우루루루 달려오더니만
할머니 치마꼬리를 잡고 탁 떨어진다.
할머니 치마꼬리를 잡고 탁 떨어지니,
"아이고, 이것이 웬일인가?

먼먼 길에 약물 지러 와가서루
죽었든 애비를 살렸는데
네가 또 무슨 죄를 지었단 말이고
아부지요 소녀를 죽여 주옵소서
약수 삼천리 먼먼 길에 약물 질러 갔다가
동수자를 만나 아들 삼형제 놓고 왔으니
이런 못 된 년이 어디 있으며
이런 죽일 년이 어디 있겠나
야야 그 말마르라
친손 봉사는 못 할 망정 외손 봉사는 못하겠나
아들 삼형제 어디 있다 말이고
야야 듣던 말 중 참 반가운 일이로구나
아들 삼형제 거동보소
엄마 밥 얻어 떡 얻어 와가
배부르게 멕여 준다드니마는
가버리드니 아무 소식도 없네.
배 곱파여 엉엉 운다
엉엉어엉 우는구나 배가 고파여
맏자식 거동보소
조그만 동생이 우니까네 뭣을 먹일게 있노
마 흙을 자꾸 집어다
입에다 자꾸 집어 넣어 준다.
흙을 갖다 입에다 여 주니
눈에도 흙이고 코에도 흙이고 입에도 흙이고
배가 고파 울다가
울다가 엄마 기다리다 못해
서이가 고개를 맞대 놓고
엉구리 같이 우다가 잠이 들어 잔다.
가마를 가지고 가서 살펴보니
억무리 같이 우는 저 자식을
참아 진정코 못 보겠네
권씨 영가 자식 둘이 놓고 가는 마음
오죽이나 슬프며

저 자식들 에미 오두룩
기다리는 저 자식들 오직하며
자식 나 놓고 가는 사람은 오직하며
가마에다 하나씩 실고 집에 돌아 온다.
내궁을 당도하야 목욕을 시켜 옷을 입혀 놓으니
삼태성이 분명하와
그 때야 길대부인의 거동 보소
내궁에다 빙수판을 차려 놓고
배리데기 살아 왔다는 말을 듣고
허둥지둥 달려 온다.
허둥지둥 달려 온다 군노사령 문 열어라
얼마만치 드러가니
배리데기 우루루루 달려와야
아이구 어머니─
죽은 줄 알았드니마는
네가 살아서 어머니를 부른단 말이가
아이구 내 딸이야 아이구 내 자식아
아이구 내 딸이야
그제서야 거동보소
모녀간에 치둥글 내리 둥글 하다 보니
영감 살았지 딸 살아 왔지
이 궁뎅이가 웬 궁둥이고
니 궁둥이는 금궁둥이고
내 궁뎅이는 은궁뎅이가
이 궁뎅이를 두었다가 밭을 살가 논을 살가
흔들대로 흔들어 보세
뾰족한 궁뎅이를 가지고─
이 궁뎅이를 이리 흔들 저리 흔들
흔들다 보니 아들 삼형제 거동 보소
마 우루루루 달려 오드니마는
할머이들 치마 꼬리를 잡고 탁 떨어지다,
할머이를 치마 꼬리를 잡고 탁 떨어지니
아이고 이것이 웬일이고

금덩이가 날아오나, 옥덩이가 날아오나?
금수야 옥수야, 노리개가 날아오나?"
살펴보니 손자 삼형제로구나.
손자 사랑은 할머니요. 사위 사랑은 장모요.
시앗며느리 사랑은 시아버지라 했지.
처제 사랑은 형부라 했지.
얼마나 반가운지 딸 제쳐 놓고 영감 제쳐 놓고
손주 삼형제 보니 얼만 반가운지.
"아이고, 어머니요. 소녀를 죽여주옵소서."
"애야. 그런 말 말아라.
직손봉사(直孫奉祀)는 못 할망정
외손봉사(外孫奉祀)는 못 하겠나?
내가 딸 일곱을 낳은 죄로
너라도 삼형제 낳았으면
내 품은 한을 다 갚았다."
그 때 갖은 풍악을 울려라.
갖은 악기를 울려라.
딸 여섯, 사위 여섯을
저 절도섬에 귀양을 보내려고 하니
바리데기 하는 말이,
"열 손가락을 다 물어
안 아픈 손가락이 있습니까?
윗물이 맑아야 아랫물이 맑다고
언니들이 죄를 지었사온데
무슨 호강호식에, 절도섬으로 귀양을 보내고
내가 이 궁전에서 호강호식을 하오리까?
나도 대신하여 절도섬으로
귀양을 보내 주십시오."
"오냐. 네 말이 기특하구나.
말 한마디에 천 냥이 오르고
말 한마디에 천 냥이 내린다고
그를 두고 한 말이다.
얼마나 효자인지. 참말로. 애들아.

너희 모두 막내 동생을 의를 본받아라."
그리하여 모두 그 본을 받아가지고,
부모 마음에는
열 손가락을 다 물어 봐도
안 아픈 손가락이 하나도 없더라.
이리하여서 바리데기 말 한마디에
딸 여섯을 용서하고
각각 이름을 정한다.
딸 일곱은 하늘에 올라
칠성별을 마련하자,
아들 삼형제, 손주 삼형제는
하늘에 올라가 삼태성 별을 마련하자.
사위 여섯은 입을 맞대 놓고
옥새를 차지하고,
재물을 똑같이 나눠 가리려고
싸움을 하다가 하늘에 올라
저 동천으로 볼 것 같으면
새벽바람에 그 하늘에 올라 조각별,
저 좀생이 별을 마련하자.
좀생이로 찔끔찔끔 붙은
그 좀생이 별말이다.
그 조무생이 별을 마련하고,
오구대왕과 길대부인은 견우직녀가 되어서
칠월칠석날에 일 년에 한 번씩 만나도록 점지하고,
이리하여 동수자와 바리데기는
하늘나라에 칠월칠석날에
일 년에 한 번씩 만나도록 점지하고
그때 갖은 풍악을 갖은 악기를 울려서
바리데기 아버지 살렸다고
위에서 살렸는가 싶어서
방방곡곡 면면촌촌이
여러 수천 명이 구경하러 오는 사람,
배고픈 사람 밥을 주고,

금뎅이가 날아 오나 옥뎅이가 날아 오나
금수야 옥수야 노르개가 날아 오나
살펴보니 손주 삼형제로구나
손주 사랑은 할매요 사우사랑은 장모요
시앗 며느리 사랑은 시아버지라 했제
처제 사랑은 형부(兄夫)라 했제
얼마나 반가운지 딸 제처 놓고 영감 제처 놓고
손지 삼형제 보니 얼마나 반가운지……
아이구 어머니요 소녀를 죽여 주옵소서
야야 그런말 마러라
직손 봉사는 못할망정
외손 봉사는 못 하겠나
내가 딸 일곱이 나은 죄로
니라도 삼형제 나았으면
내포복을 다 갚았다 한다.
그즉세는 갖은 풍악을 울려라
갖은 세면을 울려라
딸 여섯이 사위 여섯이
저 절두섬에다 귀양을 보낼라 하니
배리데기 하는 말이
열 손가락을 다 물어
안 아픈 손가락이 있아오리까
웃물이 맑아야 아랫물이 맑다고
언니들이 죄를 지었아온대
무슨 호강호식에 절도섬에 귀양을 보내고
내가 이 궁전에서 호강호식을 사오리까
날로 대신하여 절도섬에
귀양을 보내 주옵소서
오냐 니말이가 기특하구나
말 한마디에 천량이 오르고
말 한마디에 천량이 내린다ㄱ
그를 두고 한 말이다.
얼마나 효잔지 참말로 야들아

너거모도 막내 동생의 을 본받으라
그리하여서루 다 모두 그 본을 받어 가주구.
부모 마음에는
열 손가락을 다 물어 봐도
안 아픈 손가락이 하나도 없더라
이리하여서루 배리데기 말 한마디에
딸 여섯이 용서를 하고
각각 이름을 정한다.
딸 일곱이는 하늘에 올라
칠성 별을 마련하자
아들 삼형제 손주 삼형제는
하늘에 올라가 삼태성이 별을 마련하자
사우 여섯이는 조동이 맞대 놓고
옥새를 차지하고
재물을 똑같이 농가 가질라고
쌈 하다가 하늘에 올라
저 동천으로 볼 것 같으면
새벽 바람에 고 하늘에 올라 쪼작별
저 조무생이 별을 마련하자
조무생이 고 짜죽짜죽 붙었는
고 조무생이 별말이다고
조무생이 별을 마련하고
오구대왕 길대부인은 견우 직녀가 되어서
월 칠석날에 일년에 한번씩 만나도록 점지하고
이리하여 동수자와 배리데기는
하늘나라에 칠월 칠석날에
일년에 한번씩 만나도록 점지하고
그 때야 갖은 풍악을 갖은 새면을 울려서루
배리데기 아버지 살렸다고
우에서 살렸는가 싶어가주고
방방곡곡이 며며추추이
여러 수천명이 구경하러 오는 사람,
배 고픈 사람 밥을 주고

옷 없이 오는 사람 옷을 주고,
노잣돈 없이 오는 사람 노잣돈을 주고,
그 많은 수많은 재물을 가지고
공덕을 닦는가보더라.
지금 세상에서 많은 공덕을 닦고서
후 세상 좋은 극락세계 가실 때,
바리데기 따라서
오구대왕님 따라 정배하는 대로

본시 영가도 극락세계를 가실 때,
갖은 풍악에 갖은 악기에
팔선녀 옹위하고 삼천궁녀 춤을 추는데,
내가 손자를 보고 그냥 있을 수가 있겠느냐.
하나는 업고, 하나는 안고 하나는 걸려가지고
어느 것은 직손자는 땅에다 걸리고
외손자는 치켜 업는다고
그리 두고 할 말이다.

오구신 바리데기

옷 없어 오는 사람 옷을 주고
노자돈 없어 오는 사람 노자돈을 주고
그 많은 수많은 재물을 가지고
공덕을 닦는가부더라
금세상에서 많은 공덕을 닦고서
후세상 좋은 극락세계 가실 적에
배리데기 따라서루
오구대왕님 따라 정배하는 대로

본시 영가도 극락세계를 가실 적에
갖은 풍악에 갖은 새면에
팔 선녀 옹위를 하고 삼천 궁녀 춤을 추는데
내가 손지를 보고 그저 있을 수가 있겠느냐
하나는 업고 하나는 안고 하나는 걸려 가지고
어느 것은 직 손주는 땅에다 걸리고
외손주는 치켜 업는다고
글로 두고 할 말이다.

기물 3 : 넋배

3장

삼시왕을 만든 모성

〈초공본풀이〉

〈초공본풀이〉는 저승 삼시왕이 된 초공 삼형제와 그들의 어머니인 노가단풍자지명왕 아기씨에 대한 이야기를 담고 있다. 특히 이 신화에서는 신들의 무기라고 할 수 있는 무구뿐만 아니라 악기의 신인 너사메너도령이 등장으로 북, 장구 징 등의 악기까지 등장해 신의 다양한 역할을 두루 지켜볼 수 있다.

임정국대감 부부가 백일치성을 드려서 낳은 귀하고 귀한 무남독녀 노가단풍자지명왕 아기씨는 부모가 타지로 벼슬살이를 떠난 사이에 주자선생의 도력으로 임신을 하게 된다. 이로 인해서 집에서 쫓겨나고 주자선생에게 받아둔 신표를 들고 찾아가지만, 중의 신분이라 따로 집을 지어 살게 된다. 이후 삼형제를 낳아서 글공부를 시키지만 양반의 자식들에게 온갖 학대를 받는다. 과거에서도 양반의 자식은 모두 낙방하고 삼형제는 급제하지만 중의 자식을 과거에 합격시킬 수 없다고 항의하여 급제가 쉬소뇌었나가 뛰어난 능덕으로 다시 과거급제하지만, 이글 시기한 양반의 자식들은 노가단풍자지명왕 아기씨를 가둬버린다. 삼형제는 어머니를 구하기 위해 과거를 포기하고 아버지를 찾아가 방법을 알아내고 신칼과 산판 등 무구를 받아 굿을 한다. 이때 악기의 신 너사메너도령과 의형제를 맺어 굿을 하여 어머니를 살려내고 신칼로 양반들의 목을 베어 복수를 한다.

삼시왕을 만든 모성 〈초공본풀이〉

초공 성조할아버님 석가여래,
초공 성조할머님 석가모니,
초공 외할아버님 천하 임정국대감
초공 외할머님 지하 김진국 부인,
초공 아버지 황금산 도단땅
주자대선생,
초공 어머니
"저 산줄기 뻗고 이 산줄기 뻗어
왕대월석금하늘 노가단풍 자지명왕아기씨",
초공 큰아들
구월 팔일 본명두,
초공 둘째
구월 십팔일 신명두,
초공 작은 아들
구월 이십팔일
살아 살축 삼명두, 초공 연질로 본산국입니다.

옛날 옛적
천하 임정국 대감님과
지하 김진국 부인님이
살았을 때, 논밭,
유기제물이 많고
고대광실(高臺廣室) 높은 집에
노비 모두 갖추고 태평하게 살 때,
이십 스물, 삼십 서른, 사십 마흔,

오십 쉰이 가까워도 남녀자식
하나 없어 허허 근심입니다.
하루는 하도 심심하여
삼거리로 나가 팽나무 그늘에서
바둑 장기를 두고 있더니마는
말 모르는 까막 짐승도
알을 치어 새끼를 까서 까옥까옥 울어가고,
난데없이 황천 대 웃음소리가 나니,
임정국 대감님은 황천소릴 들으며
뒤뚱뒤뚱 찾아가는 것이 가다 보니
거적문에 나무돌쩌귀 초라한 초막에서
얻어먹는 걸인이
아이를 낳고 황천 웃음을 하고 있으니,
임정국 대감이 담구멍으로 엿봤더니
거지가 말하기를,
"자식 없는 임정국 대감이
어찌 담구멍으로 눈을 쏘아 봅니까?"
이 말을 들은 임정국 대감은
"나 같은 전생팔자
살아서인들 무엇하랴!
자식 하나 없는 팔자 살아서 쓸 곳 없구나."
정신없이 허둥지둥 사랑방에 들어가
문을 잠그고 누웠더니,
느진덕정하님이 진짓상을 들고 가니,
사랑방 문이 꽁꽁 잠겨있구나.

초공 성하르방님(姓組父一) 서카여리(釋迦如來),
초공 성할마님(姓組母一) 서카무니(釋迦牟尼),
초공 웨하르바님(外祖父) 천하임정국대감(天下一大監)
초공 웨할마님 지아 짐진국부인(地下夫人),
초공 아방(父) 황금산(黃金山) 도단땅
주즈대선성(朱子大先生),
초공 어멍(母)
"저산줄이 벋고 이산줄이 벋어
왕대월석금 하늘 노가단풍 즈지멩왕아기씨",
초공 큰아둘(長男)
신구월(九月) 초으드레(初八日) 본멩두,
초공 셋아둘(次男)
신구월 여레드레(十八日) 신멩두,
초공 족은아둘(末男)
신구월 수무으드레(二十八日)
살아살축삼멩두 초공 연질로 본산국이웨다.

옛날 옛적
천아임정국대감님과
지아짐진국부인님
살아실대 논 전답(田畓)
유기 제물(鍮器財物) 조아지고
고대강실(高大廣室) 높은 집에
종하님 귀굿고 호호태평이 살 때,
이십 수물(二十) 삼십 서른 스십 마은

오십 쉰이 근당허여도 남녀즈식(男女子息)
흐나 엇어 호호 근심뒈옵데다.
흐를날(一日)은 하도 심심흐난
삼도전거리로 나간 펭즈낭 그늘에서
바둑 장귈(將棋) 두고 있더니마는
말 모른 가막중싱도
알을 치어 새낄 깨완 가옥가옥 울어가고,
난디읏인 황천(仰天) 대웃음소리가 나니,
임정국대감님은 황천소릴 들어멍
종곰종곰 촛아가는 것이 가단 보난
거적문(門)에 남돌처귀 비조리초막에서
얻어먹는 게와시(乞人)가
아일 놓고 황천(仰天) 웃음 허염시난
임정국대감님이 담고망으로 엿봠더니
게와시(乞人)가 말을 흐뒈,
"즈식 엇인 임정국대감이
어찌 담꼬망으로 눈을 쏘아 보오리까?"
이 말 들은 임정국대감은
이 내 フ뜬 전승팔즈(前生八字)
살아선들 뭣흐리야!
즈식(子息) 흐나 엇인 팔즈 살아서 쓸 곳 엇고나.
정신(精神)엇이 허둥지둥 스랑방 들어가
문잡안 누었더니
느진덕정하님[12]이 진짓상을 들러 가니
스랑방 문을 튼튼 중가지었고나.

12 하녀를 일컫는 말. 보통 '하님'이라고 함. '느진덕'은 느린 행동의 표현으로 하녀들의 행동이 대개 느린 데서 붙여
진 말인 듯 함.

하인이 김진국 부인 앞에 가서
"성전님아, 상전님아.
어떠한 일로 오늘은
큰 상전님이 문을 잠그고 누었습니다."
"이게 무슨 말이냐?"
김진국 부인이 가서 보니,
아니나 다를까
사랑방 문을 잠그고 누워있으니
"대감님아, 대감님아.
이 방문을 여십시오.
오늘은 우리도 황천 웃음
할 일이 있습니다."
그제야 사랑방 문을 열어주니
김진국 부인님이 들어가
은당병에 서단마개 막고
서단병에 은단마개 막고
참실로 목을 묶어서 유기장판에 놓고
이리 놀리고 저리 놀리고 하여 봐도
웃음이 안 나니 부부간이 앉아서
대성통곡으로 울어갈 때
먼 앞문 시군문에서
"소승 절을 합니다."
임정국 대감님이
"느진덕정하님아, 어서 나가 보아라.
어느 절의 중이냐?"
느진덕정하님이 나가서,
"아, 어느 절 대사이십니까?"
"어느 절 대사냐 할 게 있습니까?
황금산 도단땅 주자대사님의
부처를 모시는 소승입니다."
"어찌하여 이 마을에 왔습니까?"

"낡은 당도 무너지고, 헌 절도 무너져
인간 세상에 내려와 시주를 받아다
낡은 당, 헌 절을 수리하여
인간의 명 없는 자손 명을 주고
복 없는 자손 복을 주고,
자식 없는 자손 자식 환생을 주려고
시주삼문 받으러 내려 왔습니다."
"어서 가까이 들어와 시주 받아 가옵소서."
"높이 들어 낮게 사르르 비우소서.
한 방울이 떨어지면 명이 떨어지고
복이 떨어지는 법입니다."
높게 낮게 사르르 시주를 받아 놓고,
소서중이 댓돌 아래로 내려설 때
임정국 대감님을 말하기를
"소서중아,
넌 남의 쌀을 공짜로 먹고 가겠느냐?
단수육갑 가졌느냐?
오행팔괘를 가졌느냐?
원천강 사주역장을 가졌느냐?
우리 부부 간이 오십 쉰이 가까워도
남녀 자식이 없으니
원천강 사주역장이나 말해보아라."
"그럼 그렇게 하십시오."
원천강을 내어놓는다.
오행팔괄 내어 놓는다.
초장 걷어간다.
이장 걷어간다.
제삼장을 걷어놓고
"우리 절이 영험하고 수덕이 좋으니
송낙지도 구만 장,
가사지도 구만 장,

---

13 유기름 칠한 좋은 장판.

느진덕정하님이 짐진국부인아피 가서,
"상전(上典)님아, 상전님아.
어찌흔 일로 오늘은
큰 상전님이 문을 잡아 누었수다."
"이거 무슨 말일러냐?"
짐진국부인이 가고 보니,
아닐써라
스랑방 문을 중가 누어시니
"대감님아, 대감님아.
이 방문을 으옵소서.
오늘은 우리도 황천(仰天) 웃음
홀 일이 있오리다."
그제사 스랑방 문 올아주난
짐진국부인님이 들어간
은단팽(銀唐瓶)에 서단마개 막고
서단팽에 은단마개 막고
춤씰로 목을 메연 각진장판[13]에 놓안
이레 놀력 저레 놀력 허여 봐도
웃음이 아니나난 부베간(夫婦間)이 앚아둠서
대상통곡(大聲痛哭) 울어갈 때
머언 정 시군문으로,
"소승(小僧) 절이 베오."
임정국대감님이
"느진덕정하님아, 어서 나고 보라.
어느 절 중일러냐?"
느진덕정하님이 나고가,
"아, 어느 절 대섭네까?"
"어느 절 대서(大師)냐 홀 께 있소리까.
황금산 도단땅 추주대서(主特大師)님은
푼처(佛陀)를 직흐고 소서(小師)가 뒈옵네다."
"어찌혜야 이 국[14]을 근당흐옵데가?"

"헌 당(堂)도 떨어지고 헌 절(寺)도 떨어져
인간이 느려사 권제삼문(勸濟三文) 받아당
헌 당(堂) 헌 절(寺)을 수리허영
인간의 멩(命) 엇인 주손(子孫) 멩을 주곡
복(福) 엇인 주손 복을 주곡
생불 엇인 주손(子孫) 생불 환생(還生)을 주저
시권제삼문 받으레 느려 삿습네다."
"어서 가까이 들어왕 시권제삼문 받아 가옵소서."
"높이 들렁 늦이 시르르 비옵소서.
흔 방울이 털어지민 멩(命)이 털어지고
복(福)이 털어지는 법이우다."
높이 늦이 시르르 권제삼문(勸濟三文) 받아 놓고
소서중(小師僧)이 이이 알로 느려살 때
임정국대감님이 말을 흐뒈,
"소서중아,
넌 놈의 쑬 공히 먹고 가겠느냐?
단수육갑(單數六甲) 가졌느냐?
오형팔괄(五行八卦)를 가졌느냐?
원천강(袁天綱) 스주역(四柱周易) 가졌느냐?
우리 부베간(夫婦間)이 오십 쉰이 근당(近當)하여도
남녀주식(男女子息)이 엇어지니
원천강 스주역이나 굴려보라."
"어서 걸랑 그럽소서."
원천강 내여논다.
오형팔괄 내여논다.
초장(初張) 걷어간다.
이장 걷어간다.
제삼장(第三張)을 걷어 놓고
"우리 당에 영급(靈及)이 좋고 수덕(授德)이 조으메
송낙지도 구만장(九萬張)
가사지(袈裟地)도 구만장,

---

14 마을의 뜻으로 흔히 사용함.

상백미도 일천 석,
중백미도 일천 석,
하백미도 일천 석,
은도 만 냥, 금도 만 냥
백근건량 채워 넣고
우리 절에 와서
석 달 열흘 백일까지만
원불수륙 드리면
남녀자식 있을 듯합니다."
"어서 그럼 그렇게 합시다."
그날부터 임정국 대감님은
송낙지, 가사지,
상백미, 중백미,
백근건량 채워놓고,
단벌 의복 새로 입어
검은 수소에 주워 실어
황금산 도단땅으로 슬슬 올라간다.
황금산 도단땅
천년둥이 만년둥이 네 눈의 반둥개가
양반이 오면 일어서서
드리컹컹 내컹컹 짖고,
하인이 오면 누우면서
컹컹 짖는 네눈이 반둥개가
드리컹컹 내컹컹 짖어갈 때
대사님이 말하기를,
"속하니(행자승)야, 저만큼 나가 보아라.
어디 양반이 가까이 왔느냐?"
"예, 천하 임정국 대감님이
우리 절에 원불수륙 들러 왔습니다."
"어서 안으로 모셔드려라."

임정국 대감 부부를 불러놓고
그날부터 전조단발 시켜
소금에 밥 먹고, 밥에 소금 먹고,
부처님에 인사하고,
대사님은 목탁을 치고
소사님은 바랑을 치고
속하니는 북을 치고,
아침에는 아침 수륙
낮에는 낮 수륙
저녁에는 저녁 수륙 하루 앉아 삼세번
연 석달 열흘 백일을 드렸더니,
백일 되는 아침에는
"백근건량을 저울에 다십시오."
부처님 앞에서
대추나무 까마귀 주중아 같은 저울로
백근건량을 올리는데,
백 근이 못 차
한 근이 부족하여
아흔아홉 근이 되옵니다.
대사님이 말을 하기를
"임정국 대감님아.
백 근이 찼으면
남자자식이 탄생할 듯한데
백근이 못내 차서 여자자식으로 정해지니
임정국 땅을 내려가서
좋은 날 좋은 시 합궁일을 받아
천상배필을 맺으십시오."
"어서 그렇게 합시다."
부처님께 하직하고
대사, 소사 하직하여

---

15 기자(祈子)하는 불공(佛供)의 뜻.
16 단의복(單衣服). 단 한 벌밖에 없는 옷. '단'이 두 개 겹친 것은 조율을 위한 것.

상백미(上白米)도 일천석,

중백미도 일천석(一天石),

하백미도 일천석,

은(銀)도 만량(萬兩), 금(金)도 만량,

벡근건량(百斤斤量) 체와놓고

우리 당(堂)에 오랑

석둘 열흘 벡일(百日)꼬지만

원불수룩(願佛水陸)¹⁵ 드렴시민

남녀즈식 이실 듯 ᄒᆞ오리다.”

“어서 걸랑 그리ᄒᆞ라.”

그날부터 임정국대감님

송낙지 가사지(袈裟地)

상백미(上白米), 중백미,

벡근건량(百斤斤量) 체와 놓고,

단단이복¹⁶ 계주심헤야

감은 밧갈쉐 줏어 시꺼

황금산(黃金山) 도단땅으로 소곡소곡 올라간다.

황금산 도단땅

천년둥이 만년(萬年)둥이 늬눈이반둥갱이¹⁷

양반(兩班)이 오민 일어낭

드리쿵쿵 내쿵쿵 주끄곡,

하인(下人)이 오민 누어둠서

쿵쿵 주끄는 늬눈이반둥갱이

드리쿵쿵 내쿵쿵 주꺼갈 때,

대서님이 말을 ᄒᆞ뒈,

“속하니¹⁸야, 저만정 나고 보라.

어딧 양반이 근당(近當) 허여시니?”

“예, 천아임정국대감님이

우리 당에 원불수룩(願佛水陸) 드리레 오랐수다.

“어서 안(內)느로 모셔드리라.”

임정국대감 부베간(夫婦間)을 불러놓고

그 날부떠 연주단발(剪爪短髮)시켜

소곰(鹽)에 밥 먹곡 밥에 소곰 먹곡

푼처(佛陀)님에 선신허여

대서(大師)님은 목덕(木鐸)을 치고

소서님은 바랑(哱囉)을 치고

속하니는 북을 치어

아침원 아침수룩

낮원 낮수룩

저냑(夕)원 저냑수룩 ᄒᆞ를 맞아 삼ᄉᆞᆨ번(三番)

연(連) 석둘 열흘 벡일을 드렸더니,

벡일 뒈는 아침원,

“벡근건량(百斤斤量)을 저우립서.”

푼처님 앞의서

대추남이꼬까마귀저울¹⁹로

벡근건량을 저우리난

벡근이 못내 차

ᄒᆞᆫ근(一斤)이 부작(不足)허여

아은아옵근(九十九斤)이 뒈옵데다.

대서님이 말을 ᄒᆞ뒈,

“임정국대감님아

벡근이 차아시민

남즈셍불(男子生佛)이 탄셍ᄒᆞᆯ 듯ᄒᆞ 디

벡근이 못내 차난 여즈식(女子息)을 체급ᄒᆞ니

임정국땅을 느려사건

조은 날 조은 시 하꽁일(合宮日)을 받앙

천상베필(天上配匹)을 무읍서.

“어서 걸랑 그리ᄒᆞ라.”

푼처님에 하직(下直)ᄒᆞ고

대서(大師) 소서(小師) 하직헤야

---

17 개를 일컫는 말로 개의 생긴 모습으로 붙인 말인 듯.

18 심부름하는 소승.

19 대추나무로 만든 저울. 까마귀 주둥이 같은 갈퀴에 달아매게 되어 있음.

임정국 땅을 내려가서
합궁일을 받은 것이
칠월 칠석 맞은 날 받아놓고,
부부 간의 천상배필 맺었더니,
아버지 몸에서 흰 피를 불러주고,
어머니 몸에서 검은 피를 불러줘,
아홉 달 열 달 만삭 채워
세상에 태어난 것 보니
여자아이 태어나는구나.
앞이마에는 햇님이요,
뒷이마엔 달님이요,
양쪽어깨에 샛별이 오송송이 박힌 듯 한
아기씨가 태어나니,
초사흘에 첫 목욕 씻고,
초이레에 씻고,
백일잔치를 지나
김진국 부인이 말을 하기를
"대감님아, 대감님아.
이 아기씨 이름을 무엇으로 지으리까?"
임정국 대감이
"느진덕정하님이 마당으로 나가서
저 산 앞을 바라보아라.
때는 어느 때가 되었느냐?"
"나가 보니 저 산 이 산 줄줄 마다
산천초목이 구시월 단풍이 지었습니다."
"이 아기씨 이름을 저 산 줄기가 뻗고
이 산 줄기가 뻗어 왕대월석 금하늘
노가단풍 자지명왕으로 아기씨의 이름
짓는 것이 어떻겠느냐?"
"그럼 그렇게 하십시오."

"노가단풍 아기씨로 이름을 짓습니다."
한두 살에 어머님 무릎에 와서 앉고,
두세 살에 아버님 무릎에 와서 앉아,
다섯 여섯 살 지나 열다섯 십오 세 되는 해,
옥황에서 분부를 내리기를
"임정국 대감님은 천황공사 살러 오너라.
김진국 부인님은 지하공사 살러 내려오너라."
분부가 내리니 부부가 앉아서
"자, 이 아기씨를 어떻게 두고 가면 좋을까.
남자 자식이면 책실로나 데려가는데,
여자 자식이니 어찌 할 수 없는 일이로다."
업어 가지도 못하고, 데려 가지도 못하고,
부부 간이 의논한 게
일흔여덟 비계살창 고무살창 지어 놓고
아기씨를 살창 안에 놓아,
느진덕정하님 앞에서 말을 하기를
"우리가 공사 살고 올 때까지
구멍으로 밥을 주고, 구멍으로 옷을 주며
아기씨를 키우면 우리가 공사 살고 와서
노비문서를 돌려주마."
"그럼 그렇게 하십시오."
아기씨는 비새 같이 울어간다.
하는 수 없이
아기씨를 비계살창 안에 넣고,
아버님이 잠근 자물쇠를
어머님이 확인한 후 봉하고,
어머님이 잠근 자물쇠를
아버님이 확인한 후 봉하여
천황공사 지하공사 살러 나아간다.
느진덕정하님은 구멍으로 밥을 주고

---

20 치사(致謝) 메. 생후 3일, 7일 등에 산신(産神)에 올리는 멧밥.
21 미상.
22 '어린 아기가 무릎을 폈다 굽혔다 하면서 논다'는 뜻.

임정국 땅을 ᄂ려사고
하꽁일(合宮日)을 받은 것이
칠월 칠석(七夕) 제맞인 날 받아놓고
부베간(夫婦間)이 천상베필 무었더니
아방(父) 몸엔 흰 피(白血)를 불러 주고
어멍(母) 몸엔 감온 피(黑血)를 불러줘
아웁둘 열둘 준삭(準朔) 체와
금시상(今世上) 솟아난 건 보난
예궁예(女宮女) 솟아나는구나.
앞니망엔 헷님이여,
뒷니망엔 둘님이여,
양단둑지(兩端肩) 금산사별 오송송이 백인 듯ᄒ
아기씨가 솟아나니,
초사흘에 초모욕(初沐浴) 치셋메,²⁰
초일뤠(初七日)에 치셋메,
백일(百日)잔치를 지나
짐진국부인이 말을 ᄒ뒈,
"대감님아. 대감님아.
이 아기씨 일름(名)을 뭣으로 지오리까?"
임정국대감이,
"ᄂ진덕정하님아, 금마답을 나상
저 산 압을 바레여 보라.
때는 어ᄂ 때가 뒈였느냐?"
"나산 보난 저 산 이 산 줄줄마다
산천초목이 구시월(九十月) 단풍(丹楓)이 지었수다."
"이 아기씨 일름을 저 산 줄이 벋고
이 산 줄이 벋어 왕대월석²¹ 금하늘
노가단풍 ᄌ지멩왕 아기씨엥 일름
지웁기 어찌ᄒ겠느냐?"
"어서 걸랑 그리ᄒ옵소서."

"노가단풍아기씨로 일름을 지웁데다."
ᄒ두설(一二歲)에 어머님 무럽(膝)에 연조새 앚고²²
두ᄉ설(二三歲)에 아바님 무럽에 연조새 앚아
다ᄉ ᄋ섯살(五六歲) 지나 열다섯 십오세 나는혜,
옥황(玉皇) 의서 분부(吩咐)가 ᄂ리뒈,
"임정국대감님은 천앙공ᄉ(天皇公使)²³ 살레 오라.
짐진국부인님은 지아공ᄉ(地下公使) 살레 ᄂ레오라."
분부가 ᄂ리니, 부베간(夫婦間)이 앚아 놓고,
"자, 이 아기씰 어찌허여두고 가민 조으리야.
남ᄌ의 ᄌ식이민 첵실(冊室)로나 ᄃ랑가컬,
예ᄌ식(女子息)이니 어찌 홀 수 엇는 일이로다."
업엉 가도 못ᄒ고 ᄃ랑 가도 못ᄒ고
부베간(夫婦間)이 이논(議論)ᄒ 게
이른ᄋ둡(七十八) 비게살장 고무살장 무어 놓고
아기씨를 살장 안네 놓아,
ᄂ진덕정하님아피 말을 ᄒ뒈,
"우리가 공ᄉ 살앙 올 때ᄁ지
궁기로 밥을 주곡 궁기로 옷을 주멍
아기씨를 키왐시민 우리가 공ᄉ 살앙 왕
종문세(奴僕文書) 돌라주마."
"어서 걸랑 기영ᄒᄇ서."
아기씨는 비새²⁴ ᄀ찌 울어간다.
ᄒ는 수 읏이
아기씨를 비겟살장 안네 놓아
아바님이 중근 거슴통쉐
어머님이 감봉수레²⁵ᄒ고,
어머님이 중근 거슴통쉐
아바님이 감봉수레허연
천앙공ᄉ(天皇公使) 지아공ᄉ 살레 나아간다.
ᄂ진덕정하님은 궁기(孔)로 밥을 주고

---

23 천상의 관직명.
24 비가 오려고 할 때 날아다니는 제비 같은 새.
25 '잠가서 봉한 표지를 하고'의 뜻인 듯.

구멍으로 옷을 주어
아기씨를 키울 때,
하루는 황금산 도단땅에서
삼천선비가 글공부하다가 말하기를
"아, 저 달은 초승달이
반달만큼이나 곱기도 곱구나.
하지만
주년국땅 노가단풍자지명왕 아기씨
얼굴보다 더 고우랴."
주특대사승이 말을 하기를
"삼천 선비 가운데
노가단풍자지명왕 아기씨한테 가서
시주삼문 받아오는 자기 있으면
삼천선비한테서
돈 서푼씩 삼천 냥을 모아 주마."
그 때 주자대선생이
"제가 가오리다. 계약을 하여 주십시오."
주자선생이 중의 형색을 차리고
천하임정국 땅으로 내려간다.
임정국 대감님 주당 먼 정으로 들어가
노둣돌 아래로 굽어 인사하며
"소승 절을 합니다."
느진덕정하님이 나서서
"어떡하여 이 주당으로 왔습니까?"
"예, 그런 것이 아니오라
우리 법당에 와서
원불수륙 들여 탄생한 아기씨가
열다섯 십오 세
원명이 부족한 듯 하니
시주받아다 수륙 들여
원명을 잇고자
시주를 받으러 왔습니다."

느진덕정하님이 시주를 떠 가지고
대문 밖으로 나서자
주자선생이 말하기를,
"느진덕정하님아,
아기씨 원명을 잇고자 하는데,
아기씨 손으로 한사발 시주를 내보내십시오."
"주자대선생님아,
아기씨는 아버님 어머님 공사 살러 갈 때,
일흔여덟 비계살창
마흔여덟 고무살창 안에 놓아
마흔여덟 자물쇠통
감봉수레하고 갔습니다."
"그러거든 아가씨 앞에 가서
말 한마디 물어보십시오.
제가 마흔여덟 자물쇠 통쇠를 열면
아가씨 손으로 시주를 내오리까?
물어보고 오십시오."
느진덕정하님이
아기씨 상전 앞에 가서
일렀더니
"어서 그렇게 하라."
주자대선생이 그 말끝에
찬앙낙화금정옥술발 한 번을 둘러치니
고무살창문이 요동하고,
두 번을 치니 자물통쇠가 요동하고
세 번을 둘러치니
마흔여덟 자물통쇠가
절로 덜컹 열어진다.
아기씨 상전은
하늘이 볼까 청너울을 둘러쓰고
땅이 볼까 흑너울을 둘러쓰고
대문 밖으로 나온다.

궁기로 옷을 주어
아기씨를 질룰 때,
ᄒᆞᆯ날은 황금산(黃金山) 도단땅에서
삼천 선비가 글공뷔(工夫)ᄒᆞ단 말을 ᄒᆞ뒈,
"아, 저 ᄃᆞᆯ(月)은 초승ᄃᆞᆯ이
반ᄃᆞᆯ이나 곱기도 곱구나.
ᄒᆞ주마는
주년국땅 노가단풍ᄌᆞ지멩왕아기씨
얼굴보단 더고오리야."
추젯대서중(主特大師僧)이 말을 ᄒᆞ뒈,
"삼천(三千) 선비 가온디
노가단풍ᄌᆞ지멩왕아기씨안티 강
권제삼문(勸濟三文) 받아오는 자가 이시민
삼천(三千)선비안티서
돈 서푼(三分)썩 삼천량(三千兩)을 메와 주마."
그 때에, 추젯대선싱(朱子大先生)이
"제가 가오리다. 계약을 헤여 주옵소서."
추젯선싱(朱子先生)이 중의 헹착을 출련
천아임정국땅을 ᄂᆞ려삽데다.
임정국대감님 주당(主堂) 머언 정으로 들어 사
ᄆᆞᆯ팡돌 알(下)로 굽어 성천(聲喘)ᄒᆞ명
"소승(小僧)절에 뵙네다."
느진덕정하님이 나산,
"어떵허연 이 주당(住堂)을 근당ᄒᆞᆸ데가?"
"예, 그런 것이 아니오라
우리 법당에 완
원불수룩(願佛水陸) 드련 탄셍흔 아기씨가
열다섯 십오세
원멩(元命)이 부족ᄒᆞᆫ 듯 ᄒᆞ니
권제삼문((勸濟三文) 받아당 수룩(水陸)드령
원멩은 잇저
권제(勸濟)를 받으레 왔수다."

느진덕정하님이 권제를 거려아전
대문(大門) 뱃길 나사난
추젯선싱(朱子先生)이 말을 ᄒᆞ뒈
"느진덕정하님아,
아기씨 원멩을 잇저 ᄒᆞ는디
아기씨 손으로 흔 가지껭이 권제를 내보냅서."
"추젯대선싱님아,
아기씬 아바님 어머님 공亽(公使) 살레 갈 때
이른ᄋᆞ듭(七十八) 비곗살장
마은ᄋᆞ듭(四十八) 고무살장 안에 노안
마은ᄋᆞ듭 거심통쒜
감봉수레ᄒᆞ고 갔십내다."
"그러거든 아기씨아피 강
말 흔 마디 물어보옵소서.
제가 마은ᄋᆞ듭거심통쒤 올건
아기씨 손으로 권제(勸濟)를 내오리까
물어보고 오십서."
느진덕정하님이
아기씨 상전(上典)아피 간
일렀더니
"어서 걸랑 그리ᄒᆞ라."
추젯대선싱이 그 말 끗데
찬앙낙화금정옥술발 흔번을 둘러치니
고무살장문이 요동(搖動)ᄒᆞ고
두 번을 둘러치니 거심통쒜가 요동ᄒᆞ고
싀번을 둘러치니
마은ᄋᆞ듭 거심통쒜가
절로 설강 올아진다.
아기씨 상전은
하늘이 보카 청(靑)너월을 둘러쓰고
땅이 보카 흑(黑)너월을 둘러썬
대문(大門) 밧길 나오라 간다.

시주를 낼 때 주자대선생은
한 손은 소맷자락 속에 넣고,
전대 귀 한쪽은 입에 물고
한 쪽 귀는 손에 잡고,
"높이 들어 낮게 사르르 비우십시오."
노가단풍아기씨 말을 하기를
"이 중, 저 중.
양반의 집에 못 다닐 중이로구나.
한 쪽 손은 어디로 가고 전댓귀는 물었느냐?
네 어미 귀라 물었느냐?"
"예. 한쪽 손은 하늘옥황
단수육갑 짚으러 올라갔습니다."
시주를 삼세번 사르르 비울 때,
주머니 속에 넣었던 손을 내어
아기씨 상가마를
왼쪽으로 세 번,
오른쪽으로 세 번
삼세번을 쓸어가니
아기씨가 움찔움찔 놀란다.
"이 중 저 중 괘씸한 중이다."
후욕을 하니
"아기씨 상전님아.
이리 욕을 마십시오.
석 달 열흘 백일만 지나면
날 찾을 일이 저절로 나오리다."
주자선생은 먼 문 밖에 나서고
아기씨 성전은 살창 안에 앉았다.
"느진덕정하님아.
아까 이른 말이
곡절이 있는 듯 이상하다.
어서 빨리 나가서 저 중 잡아

증거를 받아두어라."
느진덕정하님은 문 바깥으로 나가서
가는 중 잡아놓고
고깔 귀도 한 조각,
장삼 귀도 한 조각 끊어서
노둣돌 아래에 파묻어
두고 아기씨 상전에 사실대로 이른다.
하루 이틀 지난 것이
달이 지나가고
아기씨 몸이 전과 같질 못하고
밥에는 밥내, 국에는 국내,
물엔 펄내, 옷엔 풀내, 장엔 칼내
음식을 못내 먹어간다.
"먹고 싶어라.
새콤새콤 연다래도 먹고 싶어라.
달콤달콤 오미자도 먹고 싶어라."
하는데
하루는 느진덕정하님이
깊고 깊은 굴미굴산에 들어가
오미자 연다래를 따려고 하다가
높은 나무 열매라서 딸 수가 없으니
열 손을 모아놓고
"명천 같은 하늘님아.
홀연한 광풍이나 한 번만 몰아주십시오.
오미자 연다래나 떨어지면
방울방울 주어다가
아기씨 상전을 먹여 살리겠습니다."
아니나 다를까
호련광풍 불어와
높은 나무 열매가 방울방울 떨어지니
주어다가 아기씨 상전에 드렸더니

26 장삼(長衫)의 소매자락이 주머니처럼 길게 만들어진 부분.

권제(勸濟)를 낼 때에 추젓대선싱(朱子大先生)은
흔 손은 우머니[26] 쏘곱에 놓고
전댓(戰帶) 흔착은 입에 물고
흔착 권 손에 심언,
"높이 들어 늦이 시르르 비웁소서."
노가단풍아기씨 말을 흐뒈,
"이 중, 저 중
양반의 집의 못뎅길 중이로고나.
흔 착 손은 어딜 가고 전댓귀는 물었느냐?
늬 에미(母) 귀라 물었느냐?"
"예. 흔착 손은 하늘옥황(一玉皇)
단수육갑(單數六甲) 짚으레 올라갔읍네다."
권제(勸濟)를 삼스번 시르르 비울 때,
우머니 쏘곱에 노았단 손을 내여난
아기씨 상가메(上族毛)를
ᄂ다(右) 스번(三番)
웨오(左) 스번
삼스번 씰어가니
아기씨가 엄마줌짝 놀래여 간다.
"이 중, 저 중 괘심흔 중이여."
후욕(詬辱)을 흐난
"아기씨상전님아.
응 욕을 마웁소서.
석 둘 열흘 벡일(百日)만 뒈염시민
날 촛일 일이 저절로 나오리다."
추젓선싱은 먼 문(遠門) 뱃기 나사고
아기씨상전은 살장 안에 앚아둠서,
"느진덕정하님아.
아까 이른 말이
피라곡절(必有曲折) 이상흐다.
어서 뺄리 나ᄀ고 가서 저 중 신언

본매나 허여두라."
느진덕정하님 문 뱃겻디 나아산
가는 중을 심어놓고
송낙 귀도 흔 착,
장삼(長衫) 귀도 흔 착
무지련 ᄆ팡돌(下馬石) 알(下)에 파묻쳐
두고 아기씨상전에 스실(事實)말을 이릅데다.
흐를 이틀 지난 게
둘(月)이 지나가난
아기씨 몸천(肉身)이 전(前)과 ᄀ트질 못흐고
밥에는 밥내(飯臭) 국에는 국내
물엔 펄내 옷엔 풀내(糊臭) 장(醬)엔 칼내
음식을 못내 먹어간다.
"먹구저라.
새곰새곰 연ᄃ래도 먹구저라.
둘콤둘콤 웨미즈(五味子)도 먹구저라."
하여가난
흐를날은 느즌덕정하님이
짚은 짚은 굴미굴산 들어가
웨미즈(五味子) 연ᄃ랠 타젠 흐난
높은 낭긔 ᄋ름이라 탈 수라 엇어지니
열 손을 몬아놓고
"멩천(明天) ᄀ뜬 하늘님아,
호련광풍(忽然狂風)이나 흔 주제[27]만 불어줍서.
웨미즈(五味子) 연ᄃ래나 털어지민
방올방올 주워당
아기씨 상전을 멕여 살리리다."
아닐세
호련광풍 불어오난
높은 낭긔 ᄋ름이 방올방올 털어지난
줏어다네 아기씨 상전은 ᄃ렸더니

---

27 비나 바람이 한바탕 지나감을 세는 단위.

한두 방울 먹으니
풀내 나서 먹을 수 없어지고
점점 사경을 당하여 가는구나.
느진덕정하님이
큰 상전, 셋상전 앞에 편지를 올리되,
"아기씨가 사경을 당하였으니
일 년에 마칠 일 한 달에 마치고
한 달에 마칠 일 하루에 마쳐
어서 바삐 돌아오십시오."
서신을 받은 부모는
"이 버슬 못살면 말지
귀한 자식 죽어 가는데
어서 바삐 가고 보자."
천황공사 지하공사 그만두고
집으로 돌아왔네.
일흔여덟 고무살창 헐렁하게 열어 보니
아기씨 배가 큰 독같이 불렀구나.
아버님 앞에 인사를 드리게 되니
소곡소곡 마음이 졸여
병풍 뒤로 가 인사드리니
"왜 병풍 뒤로 왔느냐?"
"남자 앞이니까 병풍 뒤에서 인사드립니다."
"네 말도 맞다.
어떤 일로 눈은 흘기고 가느냐?"
"아버님이 언제면 올까
살짝 구멍으로 하도 바라보다 보니
찬 공기 맞아서 눈을 흘기고 갔습니다."
"코는 어찌 말똥코가 되었느냐?"
"아버님이 보고파서 하도 울다보니
콧물이 내려서 하도 닦아놓으니

말똥코가 되었습니다."
"배는 어찌 둥그렇게 부어오른 배가 되었느냐?"
"느진덕정하님이
합 삼시 하라고 하였는데
되삼 시를 하여놓으니
식충이 되어 부어오른 배가 되었습니다."
"목은 어찌 홍두깨가 되었느냐?"
"아버님이 올까 하여
작은 키를 자구 늘리면서 바라본 게
홍두깨 되었습니다."
"어서 어머님 인사드리러 가라."
어머님은 자식에 대한 마음만을 감추고,
자작자작 인사드리러 가니
어머님이 말을 하기를,
"배는 어찌 둥그렇게 부어오른 배가 되었느냐?
분명히 이상하다.
나도 해 본 일이다."
아기씨 옷가슴을 풀어 보니
유두가 검어지고
일흔여덟 젖줄이 섰구나.
"아이고. 이 일을 어떡하면 좋으리.
양반의 집에 사당 공사 났구나.
궁 안에도 바람이 들었구나."
그때 나온 법으로
우리 인간들 집에 무슨 일을 당하면
"궁 안에 바람이 들었구나."
하는 말이 있다.
어머니가 은대야에 물을 떠
은젓가락 두 개 걸쳐놓고,
아기 앉혀서 바라보니

---

28 현신(現身). 인사.
29 옹졸한 마음으로.

흔두 방올 먹으난
풀내 나 먹을 수 엇어지고
점점 수경(死境)에 근당(近當)허여 가는 구나.
느진덕정하님이
큰상전 셋상전아피 서신(書信)을 올리뒈,
"아기씨가 수경에 근당허여시니
일년(一年)에 무칠 일 흔둘에 무치곡
흔둘에 무칠 일 흐를(一日)에 무창
어서 바삐 돌아오옵서."
서신(書信) 받은 부모는
"이 베슬 못살민 말주
귀흔 주식(子息) 죽어가는디
어서 바삐 가고 보자."
천앙공수 지아공수 그만두고
집으로 돌아와네
이른으듭고무살장 설랑흐게 울안 보난
아기씨 베(腹)가 태독マ찌 불었구나.
아바님전 선신[28]을 가게 뒈난
소곡소곡 솔무슴허여연[29]
펭풍(屛風) 뒤로 선신가니,
"무사 펭풍 뒤로 왐시니?"
"남주 앞의난 펭풍 뒤로 선신(現身)이우다."
"느 말도 맞다.
어떤 일로 눈은 흘그산이 갔느냐?"
"아바님이 어느제민 오카
살장 궁기(孔)로 하도 브레여노난
춘 느롯[30] 맞이네 눈은 흘그산이 갔수다."
"코는 어찌 물똥코가 뒈였느냐?"
"아바님이 보고파네 하고 울단보난
콧물이 느련 하도 다까노난

물똥코가 뒈였수다."
"베(腹)는 어찌 두룽베가 뒈였느냐?"
"느진덕정하님이
홉삼시(合三時) 흐랜 흔디
뒈삼시(升三時)를 허여노난
식충(食蟲)이 뒈연 두룽베가 뒈였수다."
"야겐 어찌 홍시리 뒈였느냐?"
"아바님이 오카 허연
족은 지레 야게 늘루우명 브레는 게
홍시리 뒈였수다."
"어서 어머님 선신(現身) 가라."
어머님은 주식상엣 무음만을 감치니,
자작자작[31] 선신가니
어머님이 말을 흐뒈,
"베는 어찌 두룽베가 뒈였느냐?
피라곡절(必有曲折) 이상흐다.
날로 헤본 일이로다."
아기씨 옷가슴을 클런 보난
젯머리(乳頭)가 검어지고
이른으듭(七十八) 신젯줄이 사았구나.
"아이고 이 일을 어떻흐민 좋으리.
양반이 집의 수당수공 났구나.
궁안에도 브름(風)이 들었구나."[32]
그때 내온 법으로
우리 인간델 집이 무슨 일이 당흐민
"궁안에 브름이 들었구나.
흐는 말이 있읍네다.
어멍국(母)이 은대양에 물을 떠난
은제(銀箸) 두 게 걸쳐놓고
아기 앗전 브레보난

---

30 밤이나 새벽의 쌀쌀한 바람.
31 허리를 뒤로 젖히고 걸어가는 모양.
32 '궁 안에 바람이 들었다'는 뜻은 처녀가 임신했다는 속담이다. '궁'은 여자 성기를 뜻함.

아기씨 배 안에는
중의 아들 삼형제가 소랑소랑 앉았구나.
이 일을 숨겨둘 수 없어서
아버님에게 일렀더니,
"앞밭에 베틀 걸어라. 뒷밭에 작두 걸어라."
자강놈을 불러다 칼춤을 추어가며
아기씨를 죽이려 하자
느진덕정하님이 달려들며,
"나를 죽여주십시오."
앞에 달려들어 몸부림을 하고,
느진덕정하님을 죽이려고 하면
아기씨가 달려들어,
"나를 죽여주십시오."
몸부림을 하니
"야, 이거 할 수 없다.
아기씨 죽이려 하다가
다섯 목숨 다 죽이겠구나.
어서 부모 눈 바깥에 났으니,
느진덕정하님하고 내 눈 밖으로 나가거라."
아기씨하고 느진덕정하님은
한 살적, 두 살적
열다섯 십오 세 입던 의복 걸어서
비옥 같은 얼굴에 염주 같은 눈물을
연새지듯 지어가며,
"아버님, 잘 계십시오.
전생팔자 좋게 날 낳던 어머님아,
안녕히 계십시오."
눕던 방도 하직하고 나가고자 할 때
검은 암소 내어주며,
"입던 의복 싣고 가라."
아버님의 자식에 대한 마음으로

금부채를 내어주며,
"너희들 앞이 막막할 때
금부채 다릴 놓아서 넘어가라."
검은 암소도 암컷이로다.
느진덕정하님도 암컷이로다.
아기씨도 암컷이로다.
세 암컷이 먼 문 밖을 나가니
갈 길이 어디일런고.
해지는 냥 발 가는 냥,
어서어서 가자.
느진덕정하님 앞에 서고
아기씨는 뒤에 서서
얼렁떨렁 넘어간다.
남해산도 넘어간다.
북해산도 넘어간다.
얼렁떨렁 가다보니
칼선다리가 섰구나.
"느진덕정하님아,
어떤 일로 칼선다리가 있느냐?"
"상전님아,
부모가 우릴 죽이려 할 때
칼선으로 죽이려 하면 칼선다리가 되옵니다."
칼선다리 넘어가니 애달픈다리 섰구나.
"느진덕정하님아,
어떤 일로 애달픈다리가 되었느냐?"
"부모가 자식을 내어놓을 때
애달픈 마음먹으면 애달픈다리 되옵니다."
애달픈다리 넘어가니 등진다리 있었구나.
"이건 어떠한 다리냐?"
"부모 자식 이별하여 등을 지고 나오면
등진다리 되옵니다."

---

33 칼날이 뒤를 향해 세워진 다리(橋)라는 뜻으로 무당이 신칼로 점을 칠 때 신칼을 던져 칼날이 위를 향해 서면 이를
'칼쓴다리'라고 한다.

아기씨 베 안엔
즁(承)의 아둘 삼성제(三兄弟)가 소랑소랑 앚앗고나.
이 일을 곱져둘 수 엇어지고
아바님에 일럿더니,
"앞밧디 버텅 걸라. 뒷밧디 작두(斫刀) 걸라."
자강놈 불러다 칼춤을 취와가멍
아기씰 죽이젱 ᄒᆞ민
느진덕정하님이 둘려들멍,
"나를 죽여주옵서."
앞의 들어 몸씰ᄒᆞ곡
느진덕정하님을 죽이젱 ᄒᆞ민
아기씨가 둘려들어,
"나를 죽여주옵소서."
몸씰허여가니,
"야, 이거 흘 수 엇다.
아기씨 죽이젱 ᄒᆞ당
다섯 목숨 다 죽여질로고나.
어서 부모 눈밧겻디 나시니
느진덕정하님ᄒᆞ곡 나 눈 밧긔 나고 가라."
아기씨ᄒᆞ고 느진덕정하님은
ᄒᆞᆫ 설 적, 두 설 적,
열다섯 십오세 입단 이복(衣服) 걷어설러
비옥(翡玉)ᄀᆞ뜬 양지에 주충ᄀᆞ뜬 눈물을
연새지듯 지어가멍,
"아바님아, 살암십서.
전승팔저(前生八字) 좋게 날 나던 어머님아,
살암십서."
눅던 방도 하직허여 나고가자 홀 때
감은 암쉐(黑牝牛) 내여주멍,
"입단 입성 시껑 가라."
아바님의 ᄌᆞ식상엣 ᄆᆞ슴이라
금붕체(金扇)을 내여주멍,
"느네딜 앞이 막아질 때랑
금붕체 ᄃᆞ릴 노앙 넘어가라."
감은 암쉐(黑牝牛)도 암커로다.
느진덕정하님도 암커로다.
아기씨도 암커로다.
싀(三) 암컷이 먼문 밧(遠門外)을 나고 가니
나갈 질이 어딜런고.
헤(日)지는 냥 발 가는 냥,
어서어서 나고 가자.
느진덕정하님 앞의 사고
아기씨 뒤의 사
어렁떠렁 넘어간다.
남이산(南海山)도 넘어간다.
북헤산(北海山)도 넘어간다.
어렁떠렁 가단 보난
칼싼ᄃᆞ리[33]가 섯고나.
"느진덕정하님아,
어떤 일로 칼싼ᄃᆞ리가 잇겠느냐?"
"상전(上典)님아,
부모가 우릴 죽이젠 홀 때
칼싼으로 죽이젠 ᄒᆞ난 칼싼ᄃᆞ리가 뒈옵네다."
칼싼ᄃᆞ리 넘어가난 애슨ᄃᆞ리 섯고나.
"느진덕정하님아,
어떤 일로 애슨ᄃᆞ리가 뒈겠느냐?"
"부모가 ᄌᆞ식을 내여놓 때
애슨 ᄆᆞ슴 먹으난 애슨ᄃᆞ리 뒈옵네다."
애슨ᄃᆞ리 넘어가난 등진ᄃᆞ리[34] 잇었고나.
"이건 어떠혼 ᄃᆞ릴러냐?"
"부모 ᄌᆞ식 이별(離別)허연 등을 지고 나아오난
등진ᄃᆞ리 뒈옵네다."

---

34 배반한 다리라는 뜻. 무당이 신칼로 점을 칠 때, 신칼을 던져 칼등이 마주 향하면 이를 '등진ᄃᆞ리'라고 한다.

등진다릴 넘고 가니 옳은다리 있었구나.
"이건 어떤 다리가 되느냐?"
"부모 자식 이별할 때 자식에 대한 마음이라
옳은 마음먹어서 금부채를 내어주니
옳은다리 되옵니다.
옳은다리 넘고 가니
아래에서 위로 흐르는 물이 있구나.
"이건 어떤 일로
물은 위에서 아래로 흐르건만
아래에서 위로 흐르는 물이 있겠느냐?"
"부모 자식 간에 자식이 나가니
거슬러 오르는 물이 되옵니다.
상전님, 상전님아.
어서 우리 저 산 위에 올라가서
시원한 바람에 바람 쐬고
상전님 머리나 올립시다."
"어서 그렇게 하자."
높은 오름 위에 올라가
세 가닥 땋은 머리,
여섯 가닥으로 갈랐다가 머리 올려
딴머리를 하고 보니,
이제 지금 대정 가면 건지오름이 있다.
건지오름 지나고 대정고을 들어서니
조심다리가 있어,
"상전님아, 상전님아,
조심조심 지나십시오."
그때 내온 법으로
대정고을 조심다리 있습니다.
조심다리를 지나가다 청수바다에
도착하여 금부채다리를 놓아
청수바다 지나가고

흑수바다 도착하여
금부채다리 놓아 흑수바다 지나가니
수삼천릿길에 도착하였구나.
금부채로 다리를 놓을 수 없어서
아기씨와 느진덕정하님은
대성통곡 울다보니
무정한 눈에 잠이라. 잠이 들었더니
흰 강아지 한 마리가 꼬리에 물을 적셔
아기씨 상전 얼굴을 쓸어간다.
아기씨 얼굴이 선득선득 해서
벌떡 잠을 깨고 보니,
흰 강아지 한 마리가 서 있으니,
"너는 어떤 짐승이냐?"
"상전님아, 상전님아, 나를 모릅니까?
상전님이 임정국 땅에 있을 때,
나를 사랑하게 여기다가 병들어 죽으니
사신용왕에 던져버리니
용왕국 거북사자가 되었습니다.
상전님, 염려 말고
내 등에 올라타십시오.
검은 암소도 올라타시오.
수삼천릿길을 넘겨드리겠습니다."
"어서 그렇게 하자."
흰 강아지가 용왕으로 들어가
거북사자 되어오니 거북 등에 올라 앉아
수삼천리 넘어간다.
가다 보니 어느 절의 문 밖에
도착하고
느진덕정하님이 말을 하기를
"상전님아,
저 절당 문 앞을 바라보십시오.

등진ᄃ릴 넘고가난 올은ᄃ리 이섯고나.
"이건 어떤 ᄃ리가 뒈느냐?"
"부모 ᄌ식 이별ᄒᆞᆯ 때 ᄌ식(子息)상엣 ᄆ슴이라
올은 ᄆ슴(心) 먹어네 금봉체(金扇)를 내여주니
올은ᄃ리 뒈옵네다."
올은ᄃ리 넘고 가니
알(下)로 우(上)테레 흘르는 물이 셧고나.
"이건 어떤 일로
물은 우흐로 알레레 흐르건만
알로 우테레 흐르는 물이 잇겠느냐?"
"부모 ᄌ식간에 ᄌ식이 나고가니
거은물이 뒈옵네다.
상전님아 상전님아,
옵서. 우리 저 산 우(上)의 올라상
씨원한 ᄇ람(風)에 건불리곡
상전(上典)님 머리나 올령가게."35
"어서 걸랑 그리ᄒᆞ자."
높은 오름(岳) 우의 올라산
쇠갑머리
ᄋᆞᆺ갑에 갈라다완 머리 올려
건지를 ᄒᆞ고 보니
이제 지금 대정(大靜) 가민 건지오름이 잇읍네다.
건지오름 지나고 대정고을 들어사니
조심ᄃ리가 셔,
"상전님아, 상전님아.
조심(操心) 조심이 지나옵소서."
그 때예 내온 법으로
대정고을 조심ᄃ리 잇읍네다.
조심ᄃ릴 지나가난 청수와당(靑水海)이
근당(近當)허여 금봉체ᄃ릴 노아
청수와당 지나가고

흑수와당(黑水海) 근당ᄒᆞ난
금봉체ᄃ리 노안 흑수와당 지나가난
수삼천릿질(數三千里路)이 근당허엿구나.
금봉체로 ᄃ리 놀 수 엇어지고
아기씨영 ᄂᆞ진덕정하님은
대상통곡(大聲痛哭) 울단 보난
무정눈에 ᄌᆞᆷ이라, ᄌᆞᆷ이 들엇더니
벡강셍이 ᄒᆞᆫ 머리가 꽁지(尾)에 물을 적져
아기씨상전(上典) 얼굴을 쓸어간다.
아기씨 얼굴이 선득선득허여가난
발딱 ᄌᆞᆷ을 께고 보니,
벡강셍이 ᄒᆞᆫ 머리가 사아시난,
"너는 어떤 짐승이 뒈느냐?"
"상전(上典)님아, 상전님아. 나를 모르리까?
상전님이 임정국 땅에 실 때
나를 ᄉᆞ랑ᄒᆞ게 네기단 빙(病)들언 죽으난
ᄉᆞ신요왕(四神龍王)에 데껴부난
요왕국(龍王國) 거북ᄉᆞ제(龜使者)가 뒈엿수다.
상전님아, 염녜(念慮) 말앙
나 등에 올라 탑서.
감은 암쉐(黑牝牛)도 올라 탑서.
수삼천릿(數三千里)질을 넹겨드리리다."
"어서 걸랑 그리ᄒᆞ자."
벡강셍이(白狗)가 요왕으로 들어간 게
거북ᄉᆞ제 뒈여오난 거북 등에 올라 앗안
수삼천리 넘어갑데다.
가난 보난 어느 절당(寺堂) 먼 문(遠門)
뱃길 근당(近當)ᄒᆞ고
ᄂᆞ진덕정하님이 말을 ᄒᆞ뒈,
"상전님아,
저 절당(寺堂) 문 아키 바레여봅서.

---

35 '머리를 올린다'는 것은 결혼의 표시로 딴 머리를 한다는 뜻이다.

귀 없는 고깔이 걸려있고,
귀 한 쪽 있는 장삼이 걸려있습니다."
자지명왕 아기씨가 명암 한 장 드렸더니,
주자대선생이 나와 보고,
"증거물을 내어놓아라."
송낙 귀 장삼 귀를 맞추어 보니
꼭 들어맞는다.
"날 찾아온 인간이 분명하구나.
날 찾아온 인간이면
찰벼 두 동이를 손톱으로 까서 올리면
날 찾아온 인간이 분명하다."
느진덕정하님이 찰벼 두 동이를
머리에 이어 와 절당 밖에 앉았다.
손톱으로 까자고 하니 손톱이 아파 못 까고
발톱으로 까니 발톱이 아파서 못 까고
비새 같이 울다보니
무정한 눈에 잠이라.
잠들었더니,
천황새도 모여들고
지황새, 인황새가 모여들어
오조조조 찰벼 두 동이를
새 입으로 다 까놓는다.
무정 눈에 잠이라도 새소리가 나서
벌떡 깨어나며
"이 새, 저 새, 훠이 저 새!"
포르릉 날아갈 때
앞날개로 쌀겨를 다 불어 날아가니
찰벼 두 동이가 오골오골 까졌구나.
법당 안에 이고 가니,
"날 찾아온 인간이 분명하나
중이라 한 것은

부부 간 차려 사는 법이 없으니
불도땅에 굽은 길 놓아 주면
불도땅이나 들어가라."
굽은 길 놔주니 불도땅에 들어가네.
구월 팔일에 도착하니
아기씨 상전님이,
"아야, 배야. 아야, 배야!"
큰아들 태어나는데,
어머님 아래로 나오려 하되
"아버님이 안 보이는 거뭇길입니다."
어머님 오른쪽 겨드랑이 모질게 뜯어
큰아들 태어나고,
십팔일 되니
둘째아들 태어나며
"아래로 낳습니까?
아버님 못 내본 거뭇이라
우리 형님도 안 나온 길입니다."
왼쪽 겨드랑이 모질게 뜯어 태어나고,
이십팔일
셋째아들 태어나려 하니
"아래로 낳습니까?
아버님 못 내본 거뭇이라
우리 삼형제 태어나고자 하니
어머님 가슴인들 안 답답하겠습니까."
어머님 애달픈 가슴 모질게 뜯어 태어나,
사흘 되니 목욕상잔 내어놓고
몸 목욕을 시키니
어머님이 내어준 상잔이 되옵니다.
아기바구니 세 대 차려놓고
"여드레 본명두도 자장자장,
열여드레 신명두도 자장자장,

귀 웃인 송낙이 걸어지고
귀 ㅎ착 웃인 장삼(長衫)이 걸어졌수다."
ㅈ지맹왕아기씨가 맹암(明唵) 흔 장 드렸더니,
추젓대선싱(朱子大先生)이 나고 봐,
"본매본짱 내여노라."
송낙 귀 장삼 귈 마추와 보난
똑 들어맞아간다.
"날 촛아온 인간(人間)이 분명ㅎ고나.
날 촛아온 인간이민
ㅊ나록 두 동일 손콥으로 까 올리민
날 촛아온 인간이 분명ㅎ다."
느진덕정하님이 ㅊ나록 두 동일
머리예 잉어 오란 절당(寺堂) 뱃기 앚아둠서.
손콥으로 까젠 ㅎ난 손콥 아파 못내 까고
발콥으로 까젠 ㅎ난 발콥 아판 못내 까고
비새 フ찌 울단 보난
무정 눈(無情眼)에 즘이라.
즘들었더니,
천앙새(天皇鳥)도 모다들고
지왕새(地皇鳥) 인왕새(人皇鳥)가 모다들어
오조조조 초나록 두 동일
새 입으로 다 까 논다.
무정눈에 즘이라도 새소리가 나고보니,
벌딱ㅎ게 께여나멍
"이 새, 저 새, 주어 저 새!"
프르릉 늘아날 때
젯늘개로 나록체를 다 불려둰 늘아나난
ㅊ나록 두 동이가 오골오골 까졌고나.
법당 안네 이고 가니,
"날 촛아온 인간이 적실(適實)ㅎ나
중이라 흔 것은

부베간(夫婦間) 츨령 사는 법이 엇이메
불도땅(佛道地)에 곱은 연찔 놔 주건
불도땅이나 들어가라."
곱은 연찔 놔주난 불도땅에 들어가네.
신구월(九月) 초ᄋ드레(初八日) 근당ㅎ난
아기씨 상전님이,
"아야 베(腹)여, 아야 베여!"
큰아둘 솟아나저 ㅎ는디
어머님 알(下)로 나저 ㅎ뒈
"아버님이 아니 보아난 フ뭇질이여."
어머님 ᄂ단 ᄌ드랭이 허우틀어
큰아둘(長男) 솟아나고,
여레드레(十八日) 근당ㅎ난
셋아둘(次男) 솟아나저
"알로 낳저.
아바님이 못내본 フ뭇이라,
우리 성님도 아니 나와난 질이여."
왼 ᄌ드랭이 허우틀어 솟아나고,
수무ᄋ드레(二十八日)
족은아둘(末男) 솟아나저 ㅎ니
"알로 낳저,
아바님이 못내본 フ뭇이라,
우리 삼성제 솟아나저 ㅎ니
어머님 가심(胸)인덜 아니 답답ㅎ리야."
어머님 애슨 가심 허우틀어 솟아나,
초사흘 당ㅎ니 모욕상잔(沐浴床盞)³⁶ 내여놓고
몸 모욕을 시기니
어머님이 내여준 상잔이 뒈옵네다.
서대구덕 출려놓고
"초ᄋ드레 본맹두도 윙이자랑.
여레드레 신맹두도 윙이자랑,

₃₆ 놋으로 만든 술잔 비슷한 무점구(巫占具). '천문'과 같이 '산대'에 두 개를 넣어 던져 그 엎어지고 자빠짐을 보고 점을 친다. 보통 '상잔'이라고 하는데 '산잔'의 음의 변화이다.

스무여드레 살아 살축 삼명두도 자장자장.
자는 것은 글소리요. 노는 것은 활 소리라."
한두 살이 지나가고
다섯 여섯 살이 되니
남의 자식들은 설이 되면
좋은 옷을 입어서 우레같이 놀건마는
삼형제는 더덕더덕 누빈 바지저고리에
먼 골목으로 나가면
남의 집의 아이들은 삼형제에게,
"애비 없는 호로새끼."
구박을 주어가니 비새같이 울어가며.
"어머님아, 어머님아.
우리 아버지는 어디 갔습니까?
아버지 계신 데를 가르쳐 주십시오."
"너희 아버지는 너희 삼형제 크면
찾아볼 수 있을 것이다."
여덟 살 되는 해에는
남의 자식들은
삼천서당 글공부를 가는데,
삼형제는 돈이 없어 글공부를 못하는데.
하루는 삼천서당에 들어간
선생님이 원정 들어
큰 형님은 삼천선비
벼룻물 놓기로 마련하고,
둘째 형님은 선생님 방에
재떨이 비우고 방안 치우기로 마련하고,
작은 아이는 선생님 묵는 방의
굴뚝지기로 들어서,
이들이 맡은 일을 다 하면
굴뚝 어귀에 모두 앉아
손바닥으로 재를 평평하게 골라놓고,

하늘천 따지를 쓰는 게
선발 명장(名將)이 되어간다.
글도 장원(壯元) 되어간다.
삼천선비가 삼형제 별명을 짓되
불 옆에서 공부하니
'젯부기 삼형제'로
이름 석 자 짓는다.
젯부기 삼형제 열다섯 되는 해에,
삼천선비가 서울 상시관에
과거 보러 올라갈 때,
삼형제는 옷도 없고 돈도 없으니
어머니 앞에서 대성통곡 운다.
삼형제가 삼천선비 짐꾼으로 따라가게 되었다.
젯부기 삼형제 방울땀을 흘려가며
삼천선비 짐을 지고 따라가다
몸이 지쳐 떨어지면
"빨리 걸어라 빨리 걸어라. 왜 이리 떨어지느냐?"
발길을 맞아가며
염주알 같은 눈물로 다리를 놓으며 가다보니,
삼천선비 함께 말하되
"젯부기 삼형제를 떨쳐두고 갑시다.
이놈들을 데리고 갔다가는
우리들이 과거 낙방될 테니
무슨 꾀를 내어서 떨어지게 하고 갑시다."
의논공론하여
젯부기 삼형제한테 말하기를
"너희들 돈도 없는 것 같으니
배나무 배좌수 집에 가서
저 배 삼천방울만 따오면
우리가 한 방울씩 먹고
돈 삼천 냥을 모아 줄 테니

---

37 거리에서 집으로 드나드는 골목길.

수무ᄋ드레 살아살축 삼멩두도 웡이자랑.
자는 것은 글 소리요, 노는 것은 활 소리라….”
흔두 설(一二歲)이 지나가고
다슷 ᄋ슷(五六) 당ᄒ니
놈의 ᄌ식덜은 서을이 근당(近當)ᄒ민
조은 입성(衣服) 입어아정 우레(雷)ᄀ찌 놀건마는
삼성제(三兄弟)는 덧덧 주운 두데바지 저구리예
먼 올레[37]를 나가민
놈의 집읫 아기덜은 삼성제(三兄弟)신디,
“애비 읏인 호로새끼.”
구박(驅迫)을 주어가난 비새ᄀ찌 울어가멍,
“어머님아, 어머님아.
우리 아바진 어딜 갔읍네까?
아바지 신 딜 ᄀ리쳐 주옵소서.”
“너네 아바진 느네 삼성제 커남시민
춫아볼 수 이시리라.”
ᄋ둡설(八歲) 나는 헤(年)엔
놈(他)의 ᄌ식덜은
삼천서당(山泉書堂) 글봉빌 가건마는
삼성제는 돈이 읏언 글공뷔(工夫) 못ᄒ난,
ᄒ를날은 삼천서당 들어간
선성(先生)님에 원정(元情)들어
큰성님은 삼천(三千)선비
베릿물(峴水) 놓기로 마련ᄒ고,
셋성님(仲兄─)은 선싱님 방에
젯따리 비우고 방안 칩기 마련ᄒ고,
족은아신 선성님 눅는 방의
굴묵지기[38]로 들어산,
이녁 맡은 일 다 허여지민
굴묵 어귀에 몬아앗앙
손바닥으로 불치를 펭준(平均)ᄒ게 골라놓고

하늘천(天) 따지(地)를 쓰는 게
초초멩장(初出猛將)이 뒈여간다.
글도 장원(壯元) 뒈여간다.
삼천선비가 삼성제(三兄弟) 별호(別號)를 지우뒈
불치에서 공뷔(工夫)ᄒ니
‘젯부기 삼성제’로
일름(名) 삼제(三子) 지웁데다.
젯부기 삼성제 열다섯 나는 헤예,
삼천(三千)선비가 서월 상시관(上試官)에
과거(科擧) 띠우레 올라갈 때,
삼성젠 이복(衣服)도 엇고 노수(路需)도 엇어노난
어머님 앞의서 대상통곡(大聲痛哭) 울다네.
삼성제가 삼천선비 집충으로 똘라가게 뒈옵데다.
젯부기 삼성제 방울뚬을 흘려가멍
삼천선비 짐을 견 똘라가당
몸이 지쳐 떨어지민
“흔저 글라 뻘리 글라. 웬 일로 떨어지느냐?”
발찔을 맞아가멍
주충ᄀ뜬 눈물로 드릴 노멍 가단 보난,
삼천선비 공논(共論)ᄒ뒈
“젯부기삼성젤 떨어뒝 가사주.
이 놈덜을 드려아정 갔당은
우리덜이 과거 낙방(落榜)뒐 테니
무슨 꿰를 내여도 떠러지와뒝 가자.”
이논공논(議論共論)허연
젯부기 삼성제신디 말을 ᄒ뒈,
“느네덜 노수(路需)도 읏인 것 답으니
베나무베좌수 칩(裵座首家)의 강
저 베(梨) 삼천방올만 탕 오민
우리가 흔 방울썩 먹곡
돈 삼천량(三千兩)을 모다 주커메

배 삼천 방울 따오기 어떠하냐?"
"그럼 그렇게 하겠습니다."
배나무 배좌수 집의 배나무 위에서
뒤를 받치며 삼형제를 올려놓고,
배 삼천방울 따는 사이에
삼천선비는 서울로 올라가 버리고,
삼형제는 배 삼천방울을 따 놓고
바짓가랑이에 담아놓고
올라가도 내려가도 못하고
배나무 위에서 비새같이 울어간다.
배좌수 꿈에 현몽을 드리는데,
배나무 위에 청룡, 황룡이
틀어지고 얽어진 듯해서
배좌수가 배나무 위를 올려다보니
무지렁이 총각 셋이 올라 앉아있어
배좌수가 말하기를
"어서 배나무 밑으로 내려오너라.
바짓가랑이의 배는 대님 풀어서
아래로 떨어지게 두고 내려오너라."
삼형제는 배를 떨어지게 두고
"우리 삼형제 목숨은 끝이로구나.
불쌍한 어머님도 이별이로구나."
벌벌 떨면서 배나무 아래로 내려왔더니
삼형제를 데려가서 모든 사실 물어보고
"이 아이들 삼형제는 과거 볼 아이로다."
저녁밥을 차려놓고 삼형제를 잘 먹여
돈 열 냥씩 내어주면서
"어서 가서 과거를 보아라.
종이전에 가면 종이 준다.
먹전에 가면 먹 준다."
삼형제가 반가운 김에

서울 상시관에 올라가 보니
동서남북 문이 다 닫혔구나.
삼형제는 들어갈 수가 없어져
비새같이 울었더니,
연주문 바깥에서 팥죽 팔던 할머니가
"어떤 일로 울고 있습니까?"
들으니
"우리도 과거 보러 오는데,
삼천선비와 같이 못 와서
동서 문이 닫혀버리니
입참을 못해서 비새같이 울고 있습니다."
"지금 그러면 과거를 쓰면
우리 집 딸이
삼천선비 벼룻물지기가 되니
벼룻물 길러 오면 과거를 드리리다."
삼형제가 매우 기뻐서 웃으며
붓전에 가 붓을 사고
먹전에 가 먹을 사,
벼루전에 가 벼루를 사,
붓에 먹을 적셔 발가락에 끼우고,
큰 형님은 '천지혼합'
둘째 형님은 '천지개벽'
작은 동생은 '삼경개문' 써 놓고
팥죽장사 할머니 딸에게 주었더니,
삼천선비 벼룻물을 놓다가
글 쓴 종이에 돌을 담아 팽팽 뭉쳐서
상시관 가슴에 맞췄더니
상시관이 뭉친 종일 펴서 보고
무릎 아래에 놓았습니다.
삼천선비 과거를 치렀지만
삼천선비 과거낙방 되어 간다.

---

39 머리를 풀어헤친 총각의 낮춤말.

베 삼천방올 타오기 어떠ᄒᆞ냐?"
"어서 걸랑 그리ᄒᆞᆸ서."
베나무베좌수 칩의 베낭(梨木) 우(上)의
조름 받으몡 삼성제(三兄弟)를 올려놓고,
베 삼천방올 타는 새예
삼천(三千)선비는 상(上) 서월을 올라가 불고,
삼성젠 베 삼천방올을 타 노안
바짓굴에 담아놓고
올라가도 ᄂᆞ려가도 못허연
베낭(梨木) 우의서 비새ᄀᆞ찌 울어간다.
베좌수(裵座首) 꿈에 선몽(現夢)을 드리뒈,
베낭(梨木) 우의 청룡(靑龍) 황룡(黃龍)이
틀어지고 얽어진 듯ᄒᆞᆫ
베좌수(裵座首)가 베낭 우일 나고 보니
무지럭총각[39]이 서이 올란 앞아시난
베좌수가 말을 ᄒᆞ뒈,
"ᄒᆞᆫ저 베낭(梨木) 알(下)로 ᄂᆞ려오라.
바짓굴엣 베라근 다림 클렁
알레레다 털어지와 두곡 ᄂᆞ려오라."
삼성젠 베를 털어지와 두고,
"우리 삼성제(三兄弟) 목숨은 매기로고나.
설운 어머님도 이별이로고나."
불불 털멍 베낭 알로 ᄂᆞ렷더니
삼성젤 ᄃᆞ려아전 모든 ᄉᆞ실(事實) 물어보고,
"이 아이덜 삼성젠 과거 띠울 아이로다."
저냑밥을 ᄎᆞ려놓고 삼성젤 자알 멕여
돈 열량(十兩)썩 내여주멍,
"어서 가서 과걸 보라.
종잇전(紙廛)에 가민 종이 준다.
먹전(墨廛)에 가민 먹 준다."
삼성제(三兄弟)가 반가운 짐에

서월 상시관(上試官)을 올라간 보난
동서남북문(門)을 다 잡았구나.
삼성젠 들어갈 수 엇어지고
비새ᄀᆞ찌 울엄더니
연주문(延秋門) 뱃겻디 풋죽 폴던 할마님이,
"어떤 일로 울엄수가?"
들으난,
"우리도 과걸 보레 오는디
삼천선비영 ᄀᆞ찌 못오란
동서문(東西門)을 잡아부난
입참(入參)을 못허연 비새ᄀᆞ찌 우웁네다."
"어서 계건 과거(科擧)를 쓰민
우리 집 ᄄᆞᆷ아기가
삼천선비 베릿물지기[40]가 뒈메
베릿물 질레 오민 과거를 드리다."
삼성제가 허우덩싹[41] 웃으멍
붓전(筆廛)에 가 붓을 사고
먹전(墨廛)에 가 먹을 사
베릿전(硯廛)에 가 베릴 사.
붓에 먹을 적젼 발가락에 줍저아전,
큰성님(伯兄一)은 '천지혼합(天地混合)'
셋성님(仲兄)은 '천지계벽(開闢)'
족은 아시 상경계문(三更開門) 씨어놓고
풋죽장시할마님 똘을 주었더니,
삼천선비 베릿물을 놓다네
글 쓴 종이에 돌(石)을 담앙 팽팽 몽크련
상시관(上試官) 가심(胸)을 맞쳤더니
상시관이 몽크린 종일 페와 보고
무릅 알(下)레레 놓읍데다.
삼천선비 과거(科擧)를 드리난
삼천선비 과거낙방(落榜) 뒈여 간다,

---

40 벼룻물 길어오는 사람.
41 매우 기뻐서 입을 크게 벌려 웃는 모양.

젯부기 삼형제 과거 내어놓고,
"이게 누구 과거냐?"
부르고 외쳐도
어느 선비 나오지 아니하고
연주문을 열어서 연주문 뱃길을 보니
팽나무 아래에서 삼형제가 잠을 자고 있는데,
"젯부기 삼형제 과거입니다!"
부르고 외쳐서 깜짝 깨어나 보니
장원이 되었구나.
큰형님은 장원급제,
둘째 형님은 문선급제,
작은 동생은 팔도도자원이 되었구나.
두데 바지 벗어두고 관복을 입었더니
일월이 노는 듯하는구나.
"이만 하면 우리 어머님
얼마나 반갑고 기뻐하랴!"
삼천선비 상시관에 신원하기를
"중의 아들 삼형제는 과거를 주고
삼천선비는 왜 과거 낙방시킵니까?"
"어찌 중의 자식인 줄 알겠느냐?"
"도임상을 차려 줘 보십시오.
알 도리가 있습니다."
도임상을 차려주니
주륙안주는 먹는 척하며
상 아래로 놓아두니 상시관이 와서
"젯부기 삼형제 과거낙방이오!"
삼형제가 관복을 벗어놓고
입었던 두데 바지 둘러 입고는
땅을 치며
팔목을 비틀어가며
대성통곡 울어보니
다시 상시관에서 명령이 나오기를
"삼천선비 가운데서 연주문 맞추는

자가 있으면 과거를 주겠다."
삼천선비가 활을 쏘는데
맞는 자가 없고,
큰 형님이 화살 한 대를 쏘니
연주문이 요동하고,
둘째 형님이 쏘니 연주문이 열리고,
작은 동생이 쏘니 연주문이 저절로
설컹 넘어진다.
"하늘에서 내린 과거로다.
과거를 내어 주어라.
청일산도 내주어라.
흑일산도 내주어라.
백일산도 내주어라.
벌련뒷개 쌍가마
어수화 비수화
삼만관속 육방하인
일관노 일제석 춤 잘 추는 저 광대
줄 잘 타는 저 사령 내어주어라."
"비비둥둥 비비둥둥……."
"이만하면 우리 어머님 얼마나 기뻐하랴.
어서 바삐 어머님 계신 곳으로 가자."
삼천선비 앞에 있는 느진덕정하님에게
"너희 상전 삼형제
과거낙방 시키면
종문서 돌려주마."
"그럼 그렇게 하십시오."
노가단풍 아기씨는 삼천선비의
물명주 전대(纏帶)에 목이 걸려
삼천천제석궁 깊은 궁에 가두고
느진덕정하님은 머리 풀어
짚으로 머릿목을 묶어서
아이고하며 울어가며 삼형제 앞으로 가
"상전님들아, 상전님들아.

젯부기삼성제 과거 내여놓고,
"이거 누게 과거(科擧)냐?"
부르고 웨여야
어느 선비 나사지 아니ᄒᆞ고
연주문(延秋門)을 올아서 연주문 뱃길 보난
팽ᄌᆞ낭 알에서 삼성제(三兄弟)가 잠을 잠시난,
"젯부기 삼성제 과거여!"
부르고 웨이난 파짝 께여난 보난
장원(壯元)이 뒈였구나.
큰성님은 장원급자(壯元及第),
셋성님(仲兄一)은 문선급자(文選及第),
족은 아시 팔도도자원(八道都壯元) 벌었구나.
두데바지 벗어두고 관복(官服)을 입었더니
일월(日月)이 희롱ᄒᆞ는 듯ᄒᆞ는구나.
"이만 ᄒᆞ민 우리 어머님,
언매나 반갑고 지꺼지랴!"
삼천선비 상시관(上試官)에 신원(伸冤)ᄒᆞ뒈
"중의 아들 삼성젠 과걸 주고
삼천선빈 무사 과거낙방(科擧落榜) 시깁네까?"
"어찌 중의 ᄌᆞ식(子息)인 중 알겠느냐?"
"도임상(到任床)을 ᄎᆞ려 줘 보옵서.
알 도레(道理) 있오리라."
도임상을 ᄎᆞ려주난
주육안준(酒肉按酒) 먹는 첵 ᄒᆞ멍
상(床) 알레레 노아가난 상시관(上試官)의서,
"젯부기 삼성제 과거낙방이여!"
삼성제가 관복(官服)을 벗어놓고
입었단 두데바지 둘러입언
땅을 치멍
홀목을 뒈와가멍
대상통곡(大聲痛哭) 울단 보난
다시 상시관(上試官)에서 영(令)이 나뒈,
"삼천선비 가온디서 연주문(延秋門) 맞치는

자가 시민 과거(科擧)를 주리라."
삼천(三千) 선비 활을 쏘뒈
맞는 자가 엇어지고,
큰 성님이 살(矢) ᄒᆞᆫ 데를 쏘으난
연주문이 요동(搖動)ᄒᆞ고,
셋성님이 쏘으난 연주문이 울아지고,
족은아시 쏘으난 연주문이 절로
성강 자빠집데다.
"하늘에서 태운 과거(科擧)로다.
과거를 내여 주라.
청일산(靑日傘)도 내여주라.
흑일산(黑日傘)도 내여주라.
벡(白)일산도 내여주라.
벌련뒷개(別輦獨轎) 쌍가메
어수에(御賜花) 비수에(妃賜花)
삼만관숙(三萬官屬) 육방하인(六房下人)
일갈리 일제석 춤 잘 추는 저 관대(廣大)
줄 잘 타는 저 ᄉᆞ령(使令) 내여 주라."
"비비둥둥 비비둥둥……."
"이만ᄒᆞ민 우리 어머님 언메나 지쁘리야.
어서 바삐 어머님 신 딜 가자."
삼천선비 앞의 와 느진덕정하님아피,
"느네 상전(上典) 삼성제(三兄弟)
과거낙방(科擧落榜) 시기민
종문세(奴婢文書) 돌라주마."
"어서 걸랑 그리ᄒᆞᆸ서."
노가단풍아기씨는 삼천선비가
물멩지 전대(水禾紬戰帶)로 목에 걸런
삼천전저석궁(三千天帝釋宮) 지픈궁에 가두우고
느진덕정하님은 머리 풀언
찜(藁)으로 머릿목을 무꺼네
아이고 대고 울어가멍 삼성제(三兄弟) 앞을 가,
"상전(上典)님덜아, 상전님덜아.

어머니는 죽어서 출상하였는데,
과거를 하면 무엇합니까?"
삼형제는 이 말을 듣고,
"어머님은 죽어서 세상을 버렸는데,
과거를 하면 뭣하리.
삼만관속 육방하인
일관노 일제석 다 돌아가라."
행전 벗어두고 통두건 쓰고,
아이고하며 울어가며
어머님 출병막 한 데를 가보니
아무것도 없는 헛무덤이로구나.
어머니를 찾아야 하겠구나.
어머니를 찾으려 하면
외할아버지 땅에 찾아 가야 하겠구나.
외할아버지 땅 임정국 땅에 들어가니
외할아버지가 배석(陪席) 자리를 내어주는데,
그때 나온 법으로
신의 형방 굿을 하면
첫째 신제 배석 자리를
주는 법이다.
"어머니를 찾아주십시오."
애원하니
"아버지를 찾아가라."
"아버지가 어디 있습니까?"
"황금산 도단땅에 주자대선생이
너희 아버지이다."
황금산 도단땅을 찾아가니
아버님이 말을 하기를
"어머니를 찾아가려고 하면

전승팔자를 그르쳐야
어머니를 찾을 수 있다."
"어서 그렇게 하십시오."
"가엾은 아기들,
처음 날 찾아올 때
제일 먼저 무엇을 보았느냐?"
"하늘을 보고 왔습니다."
하늘 천(天)자 마련하고,
"두 번째는 무엇을 보았느냐?"
"땅을 보고 왔습니다."
땅 지(地)자 마련하고
"세 번째는 무엇을 보았느냐?"
"골목 문을 보고 왔습니다."
골목 문자 마련하여
천지문 아버지 주던
개천문을 마련하고,
"가엾은 아기들, 과거 급제하여 올 때
첫째로 무엇이 좋더냐?"
큰아들이 말을 하되
"도임상이 좋았습니다."
"큰아들은 초감제상 받아보라."
초감제를 마련하고
"둘째 아들은 무엇이 좋았느냐?"
"벌련뒷개 쌍가마가 좋았습니다.
육방하인이 좋았습니다.
"초신맞이 받아보아라."
더군다나 좋아진다. 초신맞이 마련하고
"작은 아들은 무엇이 좋았느냐?"
"남수와지 적쾌자에 늘러 붙은

---

42 정식 매장을 하기 전에 송장을 가까운 곳에 임시로 묻어두는 일. '토롱'이라고도 함.
43 굿할 때 제상 앞에 깔아 놓은 돗자리. 무당이 이 위에서 굿을 한다.
44 '전승팔자 그르친다'는 무당이 된다는 말이다.

어멍국은 죽어네 앞의 출병⁴²만 허여둔디
과걸ᄒᄆᆫ 뭣하리까?"
삼성젠 이 말을 들언,
"어머님은 죽언 세상을 버린디
과걸 ᄒᄆᆫ 뭣ᄒ리.
삼만관숙(三萬官屬) 육방하인(六房下人)
일갈리(一官奴) 일제석 다 돌아가라."
헹경(行纏) 벗어 통두건 쓰고
아이고 대고 울어가멍
어머님 출병막 ᄒᆫ 딜 가고 보니
아무것도 엇인 헛봉본(虛封墳)이로고나.
어멍국(母)을 츷아사 홀로고나.
어멍국을 츷젱 ᄒᄆᆫ
웨하르방(外祖父) 땅일 츷아 가사 홀로고나.
웨하르방 땅 임정국 땅일 들어가난
웨하르바님이 베석(拜席) 자릴 내여주난,
그 때 내온 법으로
신의성방(神의 刑房) 굿을 가민
쳇자이 신자리(神席)⁴³ 베석(拜席) 자릴
주는 법이웨다.
"어멍국을 츷아줍서."
에원(哀願)ᄒᆫ,
"아방국을 츷아 가라."
"아방국이 어디리까?"
"황금산 도단땅에 추젓대선싱(朱子大先生)이
느네 아방(父) 뒈여진다."
황금산 도단땅을 츷아가니
아바님이 말을 ᄒᄆᆫᄃᆡ,
"어멍국을 츷아가젱 ᄒᄆᆫ

전승 팔즈르(前生八字를) 그르쳐사⁴⁴
어멍국을 츷으리라."
"어서 걸랑 그럽소서."
"설운 아기딜
체암의 날 츷아올 때
질(第一) 몬저 무스걸 보았느냐?"
"하늘을 보고 왔수다."
하늘천제(天字) 마련하고,
"두번챈 무스걸 보았느냐?"
"땅을 보고 왔수다."
따짓제(地字)를 마련ᄒᄀᆞ
"싯찻번엔 무스걸 보았느냐?"
"올레문(門)을 보고 왔수다."
올레문 제(門字) 마련하여
천지문(天地門) 아방(父) 주던
게천문(開天門)⁴⁵을 마련ᄒᄀᆞ,
"서룬 아기딜 과거 띄완 올 때
쳇자에 무스게 조아니?"
큰아돌이 말ᄒᄃᆡ,
"도임상(到任床)이 좁데다."
"큰아돌랑 초감젯상⁴⁶ 받아보라."
초감제를 마련ᄒᄀᆞ
"셋아돌은 무스게 조아?"
"벌련뒷게(別輦獨轎) 쌍가메(雙駕馬)가 조읍데다.
육방하인(六房下人) 조읍데다."
"초신맞이⁴⁷ 받아보라."
더군다나 조아진다. 초신맞이 마련ᄒᄀᆞ,
"족은 아돌(末男)은 무스게 조아니?"
"남수와지(藍水禾紬) 적쾌지(赤快子)에 늘롸ᄇ뜬

---

45 무점구(巫占具). 천문을 뜻하며 엽전모양의 놋쇠판에 '천지문(天地門)', '천지일월(天地日月)'이 새겨져 있음.
46 초감제의 제상.
47 초감제 다음에 온 신을 청(請)해 들이는 제차(祭次).

갓끈에 관복이 좋았습니다."
시왕 대를 짚어 밟아나가도 시왕이요,
밟아 들어와도 시왕이요,
시왕맞이 마련하여
"너희 어머니를 찾을 터이면
삼천천제석궁 깊은 궁에
가두어두었으니
저절로 죽은 소가죽 벗겨
울랑국 범천왕을 마련하여
드리쿵쿵 내쿵쿵 계속 울리고 있으면
어머니를 찾으리라."
"그럼 그렇게 하겠습니다."
삼형제가 불도(佛道) 땅에 들어가
너사메 아들 너도령을 만나서
어머니 입던 단속곳 한쪽 가랑이로 모두 나와
너희 형제 항렬 맺어놓고
굴미굴산 올라간
오동나무 첫 가지를 베어다가
우리나라 북통을 마련하고
둘째 도막은 끊어다가 동네북을 마련하고
셋째 도막은 끊어다가 병든 망아지 가죽 벗겨서
북을 마련하고
삼동막에 살장구 울징 마련하여서
삼천천제석궁으로 들어간다.
"불쌍한 어머님. 깊은 궁에 들어가셨거든
얕은 궁으로 살려 나오십시오."
두이레 열나흘 들여 올려 내올렸더니
삼천천제석궁에서

"밤낮 몰라 울어가고 울어오니
노가단풍 아기씨를 궁 바깥으로 내어놓노라."
어머니를 살려다가 어주에 삼녹거리
탱자나무 유자나무 벌목(伐木)을 베어다
위 높이고, 가지 높아
천하대궐 지어놓고
일천기덕 삼만 제기
연당(蓮堂) 위로 올려
너사메 너도령 연당 아래로
"일천기덕을 지켜라"
하여두고 어머님은 천하대궐을 지킨다.
동해바다 쇠철이 아들 불러다
게상잔 게천문 천앙낙화 백모래로
본틀(型)을 놓고
일월삼명두를 지어
연당 위로 올리고
일월이 희롱하는 신칼의 위력을 마련하여
양반의 원수를 갚으려고
삼시왕으로 올라간다.
양반 잡던 칼은 일흔다섯 척(尺) 칼이고
중인 잡던 칼은 서른다섯 척 칼이고
하인 잡던 칼은 홉 다섯 척 칼을 마련하여,
일흔다섯 척 칼로 신칼의 위력을 보여
삼천선비 양반의 원수를 갚았다.
그때, 아랫녘 유정승 따님아기
여섯 살 되는 해에
육한대사가 지나가다가
엽전 여섯 푼을 내어주니,

48 시왕맞이 굿 때에 시왕(十王)의 신상(神像)인 '시왕멩감기'를 졸라맨 대. 무당이 이 대를 들고 굿을 한다.
49 시왕에게 축원하는 굿. 무혼(撫魂), 치병(治病) 등을 위하여 한다.
50 악기신(樂器神). '너사메'의 아들 '너도령'이 무조(巫祖) 삼형제와 후에 결의형제하고 무악기신이 되었다.
51 세 도막으로 된 장구.
52 문맥으로 보아 '삼거리 길'인 듯.
53 모든 악기란 뜻으로 무구(巫具) 전체를 일컬음.

조심친에 관복(官服)이 조웁데다."
시왕 대(十王竹)[48]를 지퍼 발아나도 시왕(十王)이여,
발아들어도 시왕이여,
시왕맞이[49] 설연헤야,
"느네 어멍국(母)을 춫이커건
삼천전저석궁(三千天帝釋宮) 지픈 궁(宮)에
가두완 시메
질러죽은 쉐가죽(牛皮) 베껑
울랑국범천왕을 마련허영
드리쿵쿵 내쿵쿵 드리울렴시민
어멍국을 춫이리라."
"어서 걸랑 그럽소서."
삼성제(三兄弟)가 불도땅 들어간
너사메 아들 너도령[50] 만나고,
어머님 입단 단속곳 흔 가달로 모도 나완
늬성제(四兄弟) 항령(行列) 무어놓고,
굴미굴산 올라간
오동나미 쳇 가젱일 비여다네
우리나라 북통을 서련ᄒᆞ고,
둘찻 동은 그차다네 동네북(洞內鼓)을 서련ᄒᆞ고,
싯찻동은 그차단 빙(炳)든 ᄆᆞ성이 가죽 벳겨단
대제김(鼓)을 서련ᄒᆞ고,
삼동막에 살장귀(杖鼓)[51] 울쩡(鉦) 마련허여아전
삼천전저석궁(三千天帝釋宮) 들어간다.
"설운 아머님 지픈 궁(深宮)에 들었건
야픈 궁(淺宮)으로 살려옵서."
두일뤠 열나을(十四日) 디리울려 내올렸더니
삼천전저석궁에서,

"밤낮 몰라 울어가고 울어오니
노가단풍아기씨를 궁 뱃겼디 내여노라."
어멍국(母)을 살려단 어주에 삼녹거리[52]
탱ᄌᆞ남 유ᄌᆞ남(柚子木) 벌목(伐木)을 비어다
위 높고 가지 높아
천아대궐(天下大闕) 무어놓고
일천기덕(一天器德)[53] 삼만제기(三萬祭器)
연당 우으로 우올려
너사메 너도령 연당 알(下)로
"일천기덕을 직ᄒᆞ라"
허여두고 어머님은 천아대궐을 직허여,
동이와당 쒜처리 아들 불러단
게상잔[54] 게천문[55] 천앙낙화[56] 벽몰래(白砂)로
본매 놓아
일월삼멩두[57]를 지어
연당 우으로 우올리고
일월(日月)이 희롱ᄒᆞ는 시왕대반지[58]를 마련허연
양반의 원술(怨讐) 가프젠
삼시왕(三十王)으로 올라간다.
양반(兩班) 잡단 칼은 이른 닷단 칼(七十五尺刀)이고
중인(中人) 잡단 칼은 서른 닷단 칼이고
하인(下人) 잡단 칼은 홋닷단(單五尺) 칼을 마련허연,
이른닷단 칼로 시왕대반지를 무어
삼천선비 양반의 원수를 가팠수다.
그 때예, 알엣녁 유정승(柳政丞)ᄄᆞ님아기
ᄋᆞᆺ슬(六歲) 나는 헤예
육한대ᄉᆞ(六觀大師)가 지나단
엽전(葉錢) ᄋᆞᆺ푼(六分)을 내여주난,

---

54 놋쇠로 만든 술잔 비슷한 무점구(巫占具).
55 무점구인 천문. 엽전 모양이 동판에 '천지문' 또는 '천지인원'이라 새겨져 있음.
56 요령을 일컫는 말.
57 신칼, 산판, 요령의 총칭.
58 신칼(神刀)

아기씨가 장난감으로 하다가
노둣돌 아래에 놓아둔 것이
일곱 살 되는 해에
눈이 어두워 죽었다가 살아나,
열일곱 되는 해에 죽었다 살아나,
스물일곱에 죽었다 살아,
서른일곱에 죽었다 살아,
마흔일곱에 죽었다 살아,
쉰일곱에 죽었다 살아,
예순일곱에 죽었다 살아,
일흔일곱 되는 해에
대천국을 울리어
전승팔자를 그르칩니다.
그 법으로 정승의 팔자가 험악하니
전승팔자라 합니다.
아랫녘 말젯자부장자집의 외동딸이
신병이 들어 죽어
일곱 매듭으로 묶어놓으니,
유정승 따님아기가
"무슨 일로 주당은
황천 울음을 합니까?"
"집안 외동딸아기가 죽어
일곱 매듭으로 묶어놓고
대성통곡으로 울고 있습니다."
"지나가는 여성이라도
죽은 아기씨 혈맥이나 짚어보는 게
어떻습니까?"
"죽은 사람 혈맥 짚어봐야
무슨 효과 있겠습니까?"

"그리하여도 소원입니다."
혈맥을 짚고 말을 하기를
"이 아기씨는 삼시왕에 걸렸으니
백지 소지나 올려보십시오.
알 도리가 있습니다."
"그러면 이 아기가 살아날 수가 있겠느냐?"
"소지(燒紙)를 올려봐야 알겠습니다."
그때
"소지를 올리면 삽니다."
했으면 신의 신방들도
하늘 일, 땅 일을 모두 알 것인데,
"굿을 해 봐야 압니다."
해버려서 반길반흉이 되었습니다.
백지 소지를 드리니
죽었던 아기가 파릇파릇 살아난다.
"두 이레 열나흘
전새남을 하옵소서."
전새남을 하려 하니
일천기덕이 없어서
삼시왕에 신원하여
천하대궐 금법당에
"일천기덕 삼만 제기를 내어 주십시오."
하였더니
불도땅에 들어가 물명주 전대로
목을 걸러 대추나무 저울로 재어보니
유정승 따님아기 백근이 찼구나.
일천기덕 삼만 제기
모든 악기를 내어주니,
제석궁에 신소미(神小巫)가 없어,

---

59 굿을 잘하여 천하에 명성을 알린다.
60 반은 알고 반은 모른다는 뜻.
61 굿을 하기 전에 간단한 축원을 하고 소지(燒指)를 태워 굿을 하겠다는 것을 신에게 알리는 무제(巫祭).

아기씨가 방동이ᄒᆞ단
물팡돌 알(下)에 놓아두게
훗닙골설(單七歲) 나는 헤예
안멩(眼盲)이 어두언 죽억 살악,
여렐곱(十七) 나는 헤예 죽억 살악,
수물일곱에 죽억 살악,
서른일곱에 죽억 살악,
마흔일곱에 죽억 살악,
쉰일곱에 죽억 살악,
예쉰일곱에 죽억 살악,
이른일곱 나는 헤예
대천국을 지울려[59]
전승팔ᄌᆞ를(前生八字를) 그르칩데다.
그 법으로 정승(政丞)의 팔ᄌᆞ가 험악ᄒᆞ니
전승팔ᄌᆞ라 ᄒᆞᆸ네다.
알엣녁 말젯ᄌᆞ부장젯칩(長者家)의 웨뚤아기
신벵(神病)들언 죽어
일곱메예 무꺼시난
유정승(柳政丞)ᄄᆞ님아기
"어떤 일로 주당(住堂)은
황천(仰天)울미 뒈옵네까?"
"집안 웨뚤아기 죽언
일곱메예 무꺼놓고
대상통곡(大聲痛哭) 울미 뒌다."
"지나가는 여성(女性)이라도
죽은 아기씨 설멕(血脈)이나 지퍼 보는 게
어찌ᄒᆞ오리까?"
"죽은 사름 설멕 지프민
무신 소꽈(效果) 이시리오."

"경 허여도 소원(所願)이 뒈옵네다."
설멕(血脈)을 지퍼 말을 ᄒᆞ뒈,
"이 아기씬 삼시왕(三十王)에 걸려시메
벡지알대김이나 눌러봅서.
알을 도레가 있오리다."
"경ᄒᆞ민 이 아기 살아날 수가 있겠느냐?"
"대김을 누울려 봐사 알겠수다."
그 때에
"대김을 누울리민 삽네다"
허여시민 신의성방(神房)덜도
하늘 일, 땅 일을 ᄆᆞᆮ딱 알 건디
"대김을 누울려 봐사 알쿠다"
허여부난 반절반숭(半吉半凶)[60]이 뒈옵네다.
벡지알대김[61]을 누울리난
죽었단 아기가 ᄑᆞ릿ᄑᆞ릿 살아난다.
"두 일뤠 열나흘(二七日 十四日)
전새남[62]을 ᄒᆞ옵소서."
전세남을 ᄒᆞ젠 ᄒᆞ난
일천기덕(一天器德)이 엇어져
삼시왕(三十王)에 신원(伸冤)허연
찬아대궐(天下大闕) 금법당(金法堂)에
"일천기덕 삼만제길(三萬祭器) 내여줍서"
하였더니
불도땅에 들어가 물멩지 전대(明紬戰帶)로
목을 걸려 대추남이저울로 저울리니
유정승ᄄᆞ님아기 벡근(百斤)이 차았구나.
일천기덕 삼만제기
궁전궁납[63]을 내여주니,
제석궁(帝釋宮)에 신소미[64](神小巫) 엇어,

---

62 앓을 때 생명을 살려달라고 비는 굿
63 무악기(巫樂器) 전체를 일컫는 말.
64 옥황상제부터 삼공까지의 신들을 제석궁 또는 전제석궁이라 하고, 이 신들의 당클을 전제석궁당클이라 하며, 이 당클에 소속된 소무를 제석궁소미라 함.

북(鼓)선생은 조만손,
장구선생 맹철광대,
징선생 와랑쟁이,
꽹과리선생 징내손,
귀매(鬼魅)선생, 날매선생,
떡선생, 제물선생,
술선생 이태백,

보답선생 문선왕 마련하여
두 이레 열나흘 전새남을 하여
유정승 따님아기 일흔일곱
굿을 잘하여 천하를 울려
좋은 전생팔자 그르치던
초공난산국 근원입니다.

삼태성

북선성(鼓先生)은 조만소니,
장귀선성(杖鼓先生) 맹철광대,
대영선성 와랑쟁이,
설쉐선성 징내손이,
기메선성 늘메선성,
떡(餠)선성, 제물(祭物)선성,
술선성 이테백이(李太白),

보답선성[65] 문선왕(文宣王) 마련혜야
두일뤠 열나을 전새남을 ᄒ와
유전승(柳政丞) ᄯ님아기
이른일곱 대천국 저울려
좋은 전승팔ᄌ(前生八字) 그르쳐옵던
초공난산국 불리공입네다.

산분제서

---

65 보답선생(報答先生). 보답은 신의 덕으로 벌어먹은 보답으로 신에게 바치는 무명, 광목 등의 폐백(幣帛).

4장

원천강에 얽힌 이야기

〈원천강본풀이〉
〈원천강본〉

원천강에는 두 가지 이야기가 전해진다. 계절의 신이 된 오늘이가 부모를 찾아가면서 겪는 수많은 사연을 담은 〈원천 강본풀이〉에서는 어느 날 갑자기 강림들에 나타난 소녀 오늘이가 친부모가 있는 원천강으로 가다가 서천강가 별충당 장상 도령과 연화못의 연화나무, 청수바다의 이무기, 매일이와 감로정 우물물을 퍼내고 있는 선녀들을 만난 그들의 사연을 들은 뒤 드디어 부모를 만날 수 있는 원천강 문 앞에 도착한다. 하지만 문지기가 들여보내주지 않아 서럽게 통곡하자 그 울음소리를 들은 원천강 신관이 오늘이를 부르고 비로소 부모를 만날 수 있게 된다. 사계절을 만들어내는 원천강을 구경한 오늘이는 오는 동안 만난 이들에게 부탁받은 사연을 모두 알게 되고 이들을 도와준 뒤, 옥황상제의 부름을 받아 선녀가 되어서 원천강의 사계절을 세상에 알리는 일을 맡게 된다.

원천강에 또 다른 이야기인 〈원천강본〉에서는 왕이 되기 위해 몰래 도를 닦는 남편을 믿지 못하고, 나라에서 보낸 사령의 꾐에 빠져 남편을 잡혀가게 하고야 만다. 이때 남편은 부인이 입이 가벼운 덕분에 하늘의 왕이 되어 잘 살 수 있었을 것을 못하게 되었으니 원천강이나 보며 살라고 한다. 두 이야기는 서사 구조상 유사한 점이 없지만 당본풀이 나 조상신본풀이에서 원천강이 팔자를 뜻하는 단어로 나오니, 원천강이 뜻하는 것은 운명인 듯하다.

1. 계절의 신 오늘이가 만난 인연 〈원천강본풀이〉

옥 같은 계집애가
적막한 들에 외로이 나타나니
그를 발견한 이 세상 사람들이
너는 어떤 아이냐 묻더라.
"나는 강남들에서 태어났습니다."
"성이 무엇이며 이름이 무엇이냐?"
"나는 성명도 모르고 아무것도 모릅니다."
"그러면 어떻게 지금까지 살아왔느냐?"
"내가 강남들에 태어날 때부터
어떤 학이 날아와서
한 날개를 깔아주고 한 날개를 덮어주며
야광주를 물어주며,
그리저리 살려주니
오늘까지 무사히 살아왔습니다."
"연령은 얼마냐?"
"나이도 모릅니다."
이러저러한 사람들이,
"너는 낳은 날을 모르니
오늘을 낳은 날로 하여
이름을 오늘이라고 하라."
여러 백성들에게 이름을 지어 얻어
이리저리 다니다가
박이왕의 어머니 백씨부인한테 가니,
"너는 오늘이가 아니냐?"
"네 오늘이옵니다."
"네 부모를 아느냐?"
"모릅니다."
"네 부모님은 원천강이라."

"원천강은 어떻게 갑니까?"
"네가 원천강을 가려거든
흰 모래가의 별층당 위에 앉아서
글 읽는 동자가 있으니,
그 동자에게 찾아가서 물어보면
소망을 달성할 수 있을 것이다."
서천강가의 흰 모래가의 별층당을 찾아가서
문 밖에서 종일토록 서 있다가
날이 저물어 성 안에 들어가서,
"과객(過客)이 다닙니다."
하니 청의동자(靑衣童子) 하나가 나오면서,
"누구입니까?"
묻거늘,
"나는 오늘이라는 사람입니다."
"도령님은 누구십니까?"
"나는 장상이라고 하는 사람인데,
옥황의 분부가 여기 앉아서
언제든지 글만 읽어야 한답니다.
그런데 당신은
무슨 일로 이곳에 오셨습니까?"
"부모가 원천강이라 해서
그곳으로 가는 길입니다."
오늘이가 대답하니
그 청의동자가 친절한 말로,
"오늘은 날이다~ 점을 보니
올라와서 이곳에 유숙(留宿)하였다가
밤이 새거든 떠나시오."
올라가서 인사를 하고

옥 갓튼 계집애가
적막한 드를에 웨로히 낫타나니
그를 발견한 차 세상 사람들이
어는 어쩌한 아해냐 뭇더라.
나는 강님드를에서 소사낫습미다.
성이 무엇이며 일음이 무엇이냐?
나는 성명도 몰으고 아모것도 몰읍니다.
그리하여 엇찌하야 우금까지 살어왓느냐?
내가 강님드를에 소사날 째부터
어썬 학조가 날너 와서
한 날애를 쌀어 주고 한 날애를 덥허 주며
야광주를 물녀 주며,
그리 저리 살녀주니
오늘까지 무사히 살어왔습니다.
년령은 얼마이냐,
나희도 몰읍니다.
이러 저러 사람 사람들이,
너는 나흔날을 몰으니
오날을 나흔날로 하야
일음을 오날이라고 하라.
여러 백성들에게 일음을 지여 어더
이리저리 덴기다가
박이왕의 어머니 백씨부인안테 가니
너는 오날이가 안이냐?
네 오날이올시다.
너의 부모국을 아느냐?
몰읍니다.
너의 부모국은 원텬강이라.

원텬강은 엇찌하야 감니가?
네가 원텬강을 갈여거든
백사가의 별충당 우에 고좌하야
글닉는 동영이 잇스니,
그 동영의게 차저가서 문의하면,
소망을 달성할 수 잇슬 것이다.
서텬강가의 백사가에 별충당을 차저 가서
문외에서 종일토록 서 잇다가
날이 일몰하니 울성안에 들어가서
과객이 덴김니다.
하니 청의동자 하나이 나오면서,
누구임니가
뭇거늘
나는 오날이라는 사람임니다.
저 도령님은 누구시임니가?
나는 장상이라고 하는 사람인대,
옥황의 분부가 여기 안저
언제든지 글만 닑어야 한담니다.
그런데 당신은
무슨 일로 이곳에 오섯습니가?
부모국이 원텬강이라 하니
그곳으로 가는 길임니다.
오날이가 대답하니
그 청의동자가 친절헌 말로
오날은 날이다~ 점을 엇스니
올나 와서 이곳에 유숙하야다가
밤새거든 써납시오.
올나가서 치사하고

백씨부인을 만난 사실을 말하며
길을 알려주기를 간청하니
"가다보면 연화못이 있는데,
그 못가에 연꽃나무가 있습니다.
그 연꽃나무에게 물으면
알 길이 있을 것입니다.
한데 원천강에 가거든
왜 내가 밤낮 글만 읽어야 하고
이 성 바깥으로 외출하지 못하는지
그 이유를 물어다가 전해 주십시오."
날이 새어서 떠나가다 보니
과연 연화못 가에 연꽃나무 있더라.
연꽃나무를 보고,
"연꽃나무야 말 좀 물어보자.
어디로 가면 원천강으로 가느냐?"
"무슨 일로 원천강으로 가는고?"
"나는 오늘이라는 사람인데,
부모님 원천강을 찾아 가노라."
"반가운 말이로구나.
그러면 나의 팔자나 알아다 주시오."
"무슨 팔자입니까?"
"나는 겨울에는 움이 뿌리에 들고,
정월이 되면 몸속에 들었다가
이월이 되면 가지에 가고,
삼월이 되면 꽃이 되는데,
상가지에만 피고, 다른 가지에는 피지 않으니
이 팔자를 물어봐 주시오.
그리고 원천강은 가다보면,
청수바닷가에서
천하의 큰 뱀이 누워서
구슬을 굴리고 있을 터이니
가서 그 대사에게 물으면
좋은 도리가 있을 것이오."

이별하고 청수바닷가에 이르러
이리저리 구슬을 굴리고 있는
큰 뱀을 발견하고
인사를 하고 이름을 알려준 다음에
지금까지 겪은 사실을 말하고,
"어떻게 하면 원천강에 찾아갈 수 있는지
가르쳐 주십시오."
오늘이가 말하니,
"길을 알려주기는 어렵지 않으나
내 부탁도 하나 들어주시오."
큰 뱀이 말하거늘,
"그러면 그 부탁은 어떤 것입니까?"
"그것은 다름이 아니라,
다른 뱀들은 야광주를 하나만 물어도
용이 되어 승천을 하는데,
나는 야광주를 셋이나 물어도
용이 못되고 있으니
어쩌면 좋겠는가 물어봐 주시오."
이리하여 오늘이는
그 큰 뱀의 요구에 따라서
그 등을 타고 앉았다.
큰 뱀은 오늘이를 등에 태워서
헤엄을 쳐서 그 청수바다를 넘겨준 후에
가다보면 매일이라는 사람을 만날 터이니
그 사람에게 물어보시오.
여기서 작별하고 가다보니
매일이는 지난번의 청의동자 모양으로
별층당 위에 앉아서 글을 읽고 있더라.
인사를 마치고
부모가 있는 원천강으로 가는 길을
알려주기를 청하니 흔쾌히 승낙하고
원천강에 가서
자기의 항상 글만 읽고 있는 팔자를

백씨부인 맛난 사실을 말하며
길 인도하야 주기를 간청하니
가다보면 연화못이 잇는대
그 못가에 연꼿남기 잇습니다.
그 연꼿남게 물으면
알 길이 잇을 것입니다.
한데 원텬강에 가거든
웨, 내가 밤낫 글만 닑어야 하고
이성 밧그로 외출치 못하는지
그 리유를 물어다가 전하야 줍시오.
날이 새여 써나가다 보니
과연 연화못가에 연꼿남기 잇더라.
연꼿남글 보고,
연꼿남아 말 좀 물어보자.
어데로 가면 원텬강을 가느냐?
웬일로 원텬강을 가는고?
나는 오날이라는 사람인대
부모국 원텬강을 차저 가노라.
반가운 말이로구나.
그러면 나의 팔자나 알어다 주시오.
무슨 팔자이뇨?
나는 겨울에는 움이 쌔리에 들고
정월이 나면 몸중에 들엇다
이월이 되면 가지에 가고,
삼월이 나면 꼿이 되는데
상가지에만 피고, 달은 가지에는 아니 피니
이 팔자를 물어줍소.
그리고 원텬강은 가다 보면,
청수아당가에
텬하대사(天下大蛇)가 누어서
구을르고 잇을 터이니
가 그 대사에게 물으면,
조흔 도리가 잇을 것이오.

결별하야 청수아당가에 일으러
이리저리 구을르고 잇는
대사를 발견하고
인사를 통성하야,
경과한 사실을 토패하고
엇찌하면 원텬강을 차저갈 수 잇는지
인도하야 줍소서.
오날이가 말하니
길 인도하기는 어러웁지 아니하나
나의 부탁도 하나 드러주시오.
대사가 말하거늘
그러면 그 부탁은 엇떤 것입니까?
그것은 달음 아니라,
달은 베암들은 야광주(夜光珠)를 하나만 물어도
룡(龍)이 되어 승텬을 하는대,
나는 야광주를 셋이나 물어도
룡이 못되고 잇스니
엇떤면 좃켓는가 무러다 주시오.
이리하야 오날이는
그 대사의 요구에 쌀아서
그 등을 타 안젓다.
대사는 오날이를 등에 태워서
혜염을 치고 그 청수아당을 넘겨준 후에
가다보면 매일이라는 사람을 만날 터이니
그 사람에게 무러보시오.
여긔서 작별하고 가다 보니
매일이는 거번의 청의동자모양으로
별층당 우에 안저, 글을 닑고 잇더라.
인사를 맛치고,
부모국 원텬강의 길
인도를 쳥하니, 쾌로히 승낙하고,
원텬강에 가서,
자긔의 항상 글만 닑고 잇는 팔자를

물어봐 달라고 하고
오늘이에게 부탁한다.
"그곳에서 하룻밤을 유숙하고
작별할 때 가다 보면
시녀궁녀가 눈물을 흘리고 있으리니
그들에게 물어보면 소원을 성취할 것이오."
매일이가 이렇게 말한다.
그렇게 해서 앞으로, 앞으로 가다 보니
아닌 게 아니라
시녀궁녀가 흐느껴 울며 있는데
그 이유를 물으니,
그 이유는 다른게 아니라
전에는 그들이 하늘 옥황 시녀였는데
우연히 죄를 지어 그 물을 푸고 있는 바,
그 물을 다 퍼내기 전에는
옥황으로 올라갈 수가 없는데
아무리 퍼내려고 해도
푸는 바가지에 큰 구멍이 뚫어져 있어서
조금도 물을 바깥으로
퍼 낼 수가 없는 것이었다.
그래서 같이 도와주기를
오늘이에게 청하니,
오늘이는 옥황의 선녀가 못 푸는 물을,
어리석은 인간으로서
어찌 풀 수 있느냐고 거절을 하다가
정당풀을 베어 오게 하고,
베게를 만들게 하여 바가지의 구멍을 막고
거기에 송진을 녹여서
그 막은 곳을 칠하여 튼튼히 칠하고
정성을 다하여 옥황상제에게 축도를 한 후에
물을 푸니,
순식간에 그 물이 말라붙거늘
시녀궁녀는 사지에서 소생한 듯이

크게 기뻐하며 백배사례하고,
오늘이가 청하는 원천강으로 가는 길을
동행하며 알려주겠다고 하여
얼마쯤 오늘이를 데리고 가더니
어떤 별당이 보였다.
시녀궁녀는
오늘이가 가는 곳에
행복도 가게 하여 달라는 의미의 축도를 하며
제 갈 길로 가버렸다.
별당을 향해 가니
그 주위에는 만리장성을 쌓았고,
정문에는 문지기가 파수를 보고 있었다.
문을 열어 달라고 하니,
"너는 누구냐?"
"나는 인간 세상의 오늘이라는 처녀입니다."
"무슨 연고로 이곳에 왔느냐?"
"이곳이 나의 부모국이라고 해서 찾아왔습니다."
"문을 열어 줄 수 없다."
문지기의 거절은 너무나 냉정하였고,
가련한 오늘이에게는
마지막의 절망인 것 같이
하늘이 무너지는 것 같았다.
오늘이는
용기의 제일 마지막 한 점까지 상실하고
눈앞이 캄캄하여
부모국 문전에 정신이 하얗다.
땅에 엎드린 오늘이는
"수백만 리 먼 인간 세상에서
처녀가 단지 혼자 외로이
온갖 산과 온갖 물을 건너
온갖 고생 겪으면서
부모국이라고 이런 곳을 찾아왔는데
이렇게도 박정하게 하는구나.

무러다 달나하고
오날이에게 부탁하다.
그곳에서 일야를 유숙하고
작별할 쌔, 가다보면
시녀 궁녀가 락루를 하고 잇스리니
그들에게 물으면, 소원을 성취할 것이요.
매일이가 이리 말하다.
그리하야 앞으로 앞으로 가다 보니
아닌게 아니라
시녀 궁녀가 늣겨 울며 잇는데,
그 리유를 무르니,
그 리유는 달은게 아니라
전일에는 그들이 하날 옥황시녀 엿섯는데,
우연이 득죄하야, 그 물을 푸고 잇는 바
그 물을 다~ 퍼내기 전에는
옥황으로 올나 갈 수가 업는데,
아모리 풀야 하야도
푸는 박아지에 큰 구멍이 쓸버저 잇기 까닭에
족음도 물을 밧그로
퍼낼 수가 업는 것이엿다.
그리하야, 갓치 조력하야 주기를
오날이에게 청하니,
오날이는 옥황의 신인이 못 푸는 물을,
어리석은 인간으로서
엇지 풀 수 잇는야고 사퇴를 허다가
정당풀을 비여 모게 하고,
베게를 맨들게 하야 박아지의 구멍을 막고
거게다가 송진을 녹여서
그 막은 곳을 칠하야 튼튼히 잘르고
정성을 다하야 옥황상제의게 축도를 한 후
물을 푸니,
순간에 그 물이 말너붓거늘
시녀 궁녀 사지에서 소생헌 듯이

광히하며 백배사례하고,
오날이가 청하는 원련강의 길 인도는
동행하면서 하야 주겟다고 하야
얼마쯤 오날이를 데리고 가던이
엇썬 별당이 보이엿다.
시녀 궁녀는
오날이 가는 곳을
행복도게 하야 달라는 의미의 축도를 하며
제갈길로 가 바리엿다.
별당을 향하야
그 주위에는 만리장성을 싸엇고
원문에는 문직이가 파수를 보고 잇섯다.
문을 열어 달나 하니,
그것은 누구이냐?
나는 인간세상 오날이라는 쳐녀이요.
무슨 연고로 이곳에 왓는고?
이것이 나의 부모국이라 허니 찾저 왓소.
문을 열어 줄 수 업노라.
문직의 거절은 넘우나 냉정하얏고
가련헌 오날이에게는
최후의 절망인 것 갓치 하야
하날이 문허지는 것 갓텃다.
오날이는
용긔의 최의 일발까지를 상실하고
안전이 암연하야
부모국 문전에 혼도하얏다
지면에 복와한 오날이는
기백만리 인간원방에서
쳐녀 단지 혼자 외로히
왼갓 산과 왼갓 물을 건너
웬고생 격그면서
부모국이라고 이런 곳을 차저 왓는데,
이러케도 박정하게 하는구나.

이 문안에는 내 부모 있을 건만
이 문 앞에 내 여기 왔건만
매일이는 소원성취 한다더라만
원천강 신인들은 너무 무정하다.
빈들에 홀로이 울던 이 처녀
천산만하 넘을 적에
외로운 처녀 부모국의 문 앞에 외로운 처녀
부모는 다 보았나. 내 할 일 다 하였나.
강남 갈까, 무엇하리. 여기서 죽자.
팔자 부탁 어찌하나.
모든 은혜 어찌 하나.
박정한 문지기야. 무정한 신인들아.
그립던 어머님아, 그립던 아버님아!"
오늘이는 의식적, 무의식적으로
이리 말하며 흐느껴 우니,
돌같은 문지기의 염통에도
눈물의 동정이 일어났다.
문지기가 부모궁에 올라가서,
이런 사실을 말하니
벌써 부모궁에서도 알고 있었다.
그 울음소리는
부모에게까지 흘러갔던 것이다.
그리하여
문지기가 자기 책임으로서
"문을 못 열어 주었습니다만
이 사실을 여쭈어 드리려고 왔습니다."
하니
"오늘 벌써 다 알았다. 들어오게 하여라."
낙망의 극에 있던 오늘이
천만 의외의 희보(喜報)에 꿈인가 하며
부모의 앞으로 가니, 아버지가 하는 말이
"어떤 처녀가 왜 이곳에 왔느냐?"
하니

학의 날개 속에서 살던 때부터
지금까지 지난 일을 모조리 말하여 들이었다.
부모가 기특하다고 칭찬하며
그 자식이 분명하다고 하였다.
그리고 또 하는 말이
"너를 낳은 날에
옥황상제가 우리를 불러서
원천강을 지키라고 하니
어느 명이라 거역할 수 없어,
여기 있게 되었으나
항상 너의 하는 일을 다 보고 있었으며,
너를 보호하고 있었다.
이리하여 구경이나 하라."
하니, 만리장성 둘러쌓은 곳에 곳곳마다
문을 열어 보았다.
보니 춘하추동 사시절이 모두 있는 것이었다.
구경을 그치고
오늘이가 또다시 온 길을 돌아가려 할 때,
지난번의 모든 부탁을 말하니
부모가 하는 말이
"장상이와 매일이는
부부가 되면 만년 영화를 누릴 것이요,
연화동은 윗가지의 꽃을 따서
처음 보는 사람에게 주어버리면
다른 가지에도 만발할 것이며,
큰 뱀은 야광주를 한 개만 물었으면 될 터인데,
너무 욕심을 많이 가져서
세 개를 물어버리니
용이 못 된 것이다.
그러니 처음 보는 사람에게
두 개를 뱉어주어 버리면
곧 용이 되리라 하고
너도 그 야광주들과 연꽃을 가지면

이 문안에는 내 부모 잇슬연만은
이 문압헤 내 여기 왓건만은.
매일이는 소원성취 한다더라만은
원텬강 신인들은 넘우 무정타.
비인 들에 홀로이 울든 이 쳐녀
천산만하 넘을 적에
웨로운 쳐녀 부모국의 문 앞에 웨로운 쳐녀.
부모는 다 보왓나, 내 할 일 다하얏나
강님갈싸 무엇 할이, 여기서 죽자.
팔자(八字)부탁 어찌 할이.
모든 은혜 어찌 할이.
박정헌 문직이야, 무정헌 신인들아.
그리웁던 어머님아, 그리웁던 아버님아.
오날이는 의식적 무의식적으로
이리 말허며 연하야 늦겨 우니,
돌갓튼 문직이의 염통에도
눈물의 동정이 울어낫다.
문직이가 부모궁에 올나 가서,
이런 사실을 주하니
발서 부모궁에서도 알고 잇섯다.
그 비명허는 소래는
부모에게까지 흘러갓든 것이다.
그리하야
문직이가 저의 책임으로써
문을 못 열어주엇슴니다만은
이 사실을 엿주어 드리려 왓슴니다
허니,
오날 발서 다 알엇다. 들어오게 하야라.
락망의 극에 잇든 오날이
천만 의외의 히보에 쑴인가 하며
부모의 앞헤를 가니, 아버지 허는 말이
엇썬 쳐녀가 웨 이곳에 왓느냐
허니

학이 새짓 속에서 살든 쌔붓터
지금까지의 지난 일을 모조리 말하야 들니엿다.
부모가 긔특하다고 칭찬하며
자긔 자식이 분명하다고 하얏다.
그리하야 쏘 하는 말이
너를 나흔날에
옥황상제가 우리를 불러서
원텬강을 직히라고 하니
어느 영이라 거역할 수 업서,
여기 잇게 되엿스나
항상 너의 하는 일을 다 보고 잇섯스며
너를 보호하고 잇섯다.
이리하야 구경이나 하라고
허니 만리장성 둘러 싸흔 곳에 곳곳마다
문을 열어 보앗다.
보니 춘하추동 사시절이 모다 잇는 것이엇다.
구경을 슷치고,
오날이가 쏘다시 온 길을 돌아갈여 할 째
거번의 모든 부탁을 말하니,
부모하는 말이
장상이와 매일이는
부부가 되면 만년영화를 누릴 것이요.
련화동은 웃가지의 쏫을 짜서
초면하는 사람의게 주어 버리면
다른 가지에도 만발할 것이며,
대사는 야광주를 일 개만 물엇스면 할 태인데
넘우 욕심을 만히 가져서,
삼 개를 물어 바리니
룡이 못 된 것이다.
그러니 초면자에게
두 개를 바터 주어 버리면,
곳 룡이 되리라 하고.
너도 그 야광주들과 련화를 갖으면

신녀가 되리라."
돌아오는 길에 매일이를 만나
부모국에서 들은 대로 말하니
장상이 있는 곳을 모른다 하거늘,
내가 데려다 주마하고 같이 가다가
큰뱀을 만나서도 그 사실을 말하니
야광주 둘을 뱉어서
오늘이에게 주고
즉시 용이 되어
뇌성벽력(雷聲霹靂)과 아울러 승천하였다.
다음에 연꽃나무를 만나 그런 말을 하니,
윗가지를 꺾어서
즉시 오늘이에게 주었다.
그러니 가지마다 고운 꽃이 피어서
아름다운 향내를 뿜내게 되었다.
다음에 장상이를 만나니,
매일이와 장상이 부부가 되어
이 세상의 만년 영화를 누리고
오늘이는 백씨 부인을 만나서
야광주 하나를 선사하여
감사의 뜻을 표한 후
옥황의 신녀가 되었다.
이리하여 오늘이는 인간에 강림하여
절마다 다니며
원천강의 화상을 그리게 하였다.

용왕

신녀가 되리라.
돌아오는 길에 매일이를 맛나
부모국에서 들은 대로 말하니,
장상이 잇는 곳을 몰은다거늘
내가 데려다주마하고, 갓치 가다가
대사를 맛나서도 그 사실을 말하니
야광주 둘을 바터서,
오날이에게 주어 두고
즉 서룡이 되야,
뇌성 벽녁과 아울너 승텬하얏다.
다음에 연꽃낭을 맛나 그런 말을 하니
웃가지를 썩써서
즉시 오날이에게 주다.
그러니 가지가지마다 고흔 꼿이 피여서
아름다운 향내를 쏩내게 되엿다.
다음에 장상을 맛나니,
매일과 장상이 부부가 되어
차 세상에 만년영화를 누리고,
오날이는 백씨 부인을 맛나서
야광주 하나를 선사하야,
감사의 쯧을 표한 후
옥황의 신녀로 화하얏다.
이리한 오날이는 인간에 강림하야
절마다 뎬기며,
원텬강을 등사하게 하얏다.

2. 원천강 보며 살 팔자 〈원천강본〉

원천강의 남편이
왕이 되려고 하자 나라에서는
"원천강 남편네를 잡아와서 죽여 버리겠다."
사령을 보내자
원천강 남편네는 그러한 사실을 미리 알고
원천강에게,
"아무 날 아무 시에
누가 나를 찾아 와서 물으면 모르겠다고만 해라."
하여 두고,
이 사람은 장독 뒤에 가서 장독굴을 파고
거기에 독을 묻어서
그 속에 들어앉아 공부를 하고,
위에는 장독을 묻으니
사령이 원천강 남편을 잡으러 와도
절대로 찾지를 못하고 돌아가고,
돌아가고 하였다.
그러던 하루는
나라에서 꾀를 내어
여편네를 내세워
세 살 난 아기를 업혀서 보내니,
이 여편이 원천강한테 가서,
"너의 남편 어디 갔느냐?"
"나는 간 데를 모른다."
하니,
"왜 남편 간 곳을 모르겠느냐?
이놈의 자식 찾기만 하면
모가지 매달아서 죽이겠다.
이 아기 세 살 나도록 보는 척도 하지 않고,

돈 한 푼도 해주지 않고.
어서 이 아기 맡아라."
하니 원천강은
남편이 자기 모르게 어디 가서
작은 각시를 얻어 아기를 낳았는가 싶어서
장독 뒤에 가서 독을 열어 재껴버리며,
"너, 이놈아.
너 이렇게 각시를 얻어서
아기 세 살 나도록
나한테 말 한마디 아니하고,
너 이놈아. 나와라."
그러니
할 수 없이 원천강 남편이 나오니,
원천강 남편을
나라에서 바로 잡아 가버렸다.
원천강 남편은 잡혀 가면서
원천강에게 하는 말이,
"너 이년이 조용히만 했으면
사흘 뒤에 하늘에 올라가
왕이 되어 편안하게 살고,
훌륭한 사람이 되었을 건데.
입을 잘못 놀린 때문에
이제 나라에서 나를 잡아가버리면
너는 살 수가 없을 테다.
원천강이나 보며 살아라. 너의 팔자다."
하니,
부인은 그때부터 '원천강'이라고 한다.

원천강의 남펜네가
왕이 되젠 ᄒ난 나라이선
"원천강 남펜넬 잽혀오민 죽여볼키옌"
ᄉ령을 보내여가난
원천강 남펜넨 그영ᄒᆫ ᄉ실을 미리 알고,
원천강고라.
"아무날 아무시에
누게가 날 ᄎ앙 오고대라 "몰르키옝" 만 배기라."
ᄒ여 두언.
이녁은 장판뒤에 간 장황굽을 파고
그디 지새독을 싱거서
그쏘곱에 들어앚안 공비를 하고.
우티는 장황을 싱거부니,
ᄉ령이 원천강 남펜을 심으레 오라도
ᄀ딱 ᄎ지를 못하고 돌아가곡
돌아가곡 ᄒ였수다.
그영ᄒ난 ᄒ룰날은
나라이서 꾀를 내연
예펜넬 네세완.
시술난 애기를 업견 보내니,
이 예펜이 원천강신딜 가고,
"너의 남펜 어디 갔느냐?"
"나는 간 디 몰른다."
하니.
"왜, 남펜 간 곳을 몰르겠느냐?
이놈의 ᄌ속 ᄎ아만지민
얘개 눌아정 죽겠다.
이 애기 시술 나도록 배린 채도 아녀곡.

돈 흔푼도 아니당ᄒ여 주곡.
어서, 이 애기 맡으라."
하니. 원천강은
남펜이 이녁 몰르게 어딜 간
족은 각실 얻언 애길 낳시카부댄.
장황뒤에 간 지새독을 올아 제쳐불멍.
"너. 이 놈아.
너 이ᄎ록 각실 얻언
애기 시술 나도록
날ᄀ라 흔말꺼리 아녀곡.
너 이 놈아, 나오라."
경하난.
홀 수 엇이 원천강 남펜이 나오난
원천강 남펜을
나라레 오꼿 심어 가불었수다.
원천강 남펜은 잽혀 가멍,
원천강ᄀ라 ᄒ는 말이,
"너 이년이 줌줌만 해시민
사흘 후젠 하늘에 올라강
왕이 되영 펜안이 살곡,
훌륭한 사름이 될 건디
입을 잘 못들른 때문에
이젠 나라이서 나를 심어가불민
너는 살 수가 엇일 테이니.
원천강이나 빵 살라. 너의 팔ᄌ다."
ᄒ니,
부인은 글로부떠 "원천강"이영 홉네다.

원문 출처

차사본풀이 진성기, 『제주도무가본풀이사전』, 민속원, 1991.
맹감본   진성기, 『제주도무가본풀이사전』, 민속원, 1991.
손님굿   서대석, 『동해안무가』, 형설출판사.

제3부

신에 맞선 인간

1장

신과 인간을 잇는 존재

〈차사본풀이〉

차사는 이승에서의 삶이 끝난 사람을 저승으로 데리고 가는 일을 하며, 살아있는 사람들에게는 가장 반갑지 않은 신으로 알려져 있다.

〈차사본풀이〉는 강림차사 강파도가 저승차사가 된 사연과 강림차사와 얽힌 몇 가지 이야기를 다룬 신화이다. 15세까지 살지 못하는 짧은 명을 가지고 태어난 동경국 버물왕의 세 아들이 운명을 바꾸기 위해 나섰으나 과양땅 과영선이 마누라를 만나면서 타고난 운명대로 단명하고 만다. 과영선이 마누라에게 살해당한 삼형제는 꽃으로 환생하지만 불태워지고, 또다시 구슬로, 그리고 과연선이 마누라의 세쌍둥이 아들로 환생해서 15세에 과거 급제하고 돌아와 동시에 죽어버리면서 복수를 한다. 이러한 인과를 모르는 과영선이 마누라는 세 아들이 동시에 태어나 동시에 과거급제를 하고 동시에 죽어버린 이유를 알려달라고 긴치원에게 한이하고 강림에게 저승 염라대왕을 잡아오게 한다. 강림은 조강지처의 도움을 받아 염라대왕을 이승으로 오게 하고, 염라대왕은 과영선이 마누라 문제를 모두 해결한 뒤 강림을 저승차자로 데리고 가버린다. 그때부터 초상을 치르는 방법이 마련되고, 또 패지를 잃어버린 까마귀 때문에 저승으로 가는 순서가 섞여버린 사연도 들려준다.

1. 저승 도움으로 이승 문제를 해결한 차사 〈차사본풀이1〉

동경국 버물왕 아들이
삼삼구 아홉 형제 태어났습니다.
이 아들 아홉 형제 중 아무 병도 없이
한 날 한 시에 위로 삼형제가 죽고
아래로 삼형제가 죽고
가운데 삼형제만 살았다.
버물왕은 자식에 대한 마음이라
아들 삼형제를 키우며 동문 바깥에 십리 바깥에
독서당을 정하고 글공부나 시키면
없는 명과 없는 복을 지니게 하여 줄까 해서
글공부를 다니는데
하루는 글공부 하고 오다가,
정자나무 그늘에 도착하니
삼형제 책보자기 세 개 놓아두고
땀을 식히고 있는데,
동개남 은중절 부처님 모시는 대사님이
헌 당도 떨어지고 헌 절도 떨어져
시주를 받아다가
헌 당과 헌 절 수리하려 하는구나.
대사님은 한 땀 바느질한 고깔
두 땀 바느질한 얻은 장삼 열다섯 자 긴 보자기
일곱 자 자루 왼쪽으로 둘러 오른쪽으로 매고
오른쪽으로 둘러 왼쪽으로 매고
인간 세상으로 소곡소곡 내려온다.
대사님이 내려오다가
버물왕 아들 삼형제가 노는 곳에 다가오더니

"너희들 낳기는 잘 낳았어도
열다섯 십오 세에 생이 끝날 운명이로구나."
일러두고 넘어가니,
버물왕 아들 삼형제는 백옥 같은 얼굴로
주충 같은 눈물이 중 사방에 염주 쥐듯
주륵주륵 떨어지면서 비새 울 듯 울어간다.
삼형제가 울며불며 집으로 돌아와
디딤돌 위에 올라서고 책보자기 세 개 놓아두고
디딤돌 아래로 엎드려서 비새 울 듯 울어간다.
버물왕이 말을 하되,
"오늘은 훈장님한테
채찍을 들었느냐? 지적을 들었느냐?"
"훈장님한테 지적 들고 채찍을 들은 것은
서운할 것 있습니까?
우리 삼삼구 아홉 형제인데
위로 삼형제 아래로 삼형제
명이 짧아 죽어버리고,
우리 삼형제도 열다섯 십오 세가
명일 뿐이라고 합니다."
"어느 누가 이르더냐?"
"중 대사가 넘어가다가 일렀습니다."
"그 중 저 중 얼마만큼이나 가셨느냐?"
"얼마 안 갔습니다."
버물왕은 자식에 대한 마음이라
내달려서 가보니, 얼마 안 갔으니
집으로 청하고

동경국 버물왕 아들이
삼삼구 아옵성제 솟아졌습네다.
이 아들 아옵 성제 중 아무 뱅도 엇이
흔날 흔시에 우으로 삼성제가 죽고
알로도 삼성제가 죽고
세로 삼성제만 살았습네.
버물왕은 ᄌᆞ속상엣 무심이라
아들 삼성젤 키우멍 동문 뱃겼디 십리 뱃겼디
독ᄉᆞ장을 정ᄒᆞ고 글봉비나 시기민
엇인 맹광 엇인 복을 제겨줄카 ᄒᆞ연,
글봉비를 댕기는디,
ᄒᆞ를날은 글공빌 ᄒᆞ연 오단,
정ᄌᆞ낭 연그늘이 당ᄒᆞ니
삼성제 책포 시개 놓아두고
뜸을 들염시난,
동개남 은중절 푼체 직ᄒᆞᆫ 대ᄉᆞ님이
헌당도 떨어지고 헌절도 떨어지난
권제 삼몬 받아당
헌당광 헌절 수리ᄒᆞ젠 ᄒᆞ는구나.
대ᄉᆞ님은 흔침 질러 굴송낙
두침 질러 비랑장삼 열대자 진가락포
ᄒᆞᆫ일곱자 직보찰리 외우 둘러 ᄂᆞ다 매고
ᄂᆞ다 둘러 외우 매고
금시상데레 소곡소곡 ᄂᆞ려온다.
대ᄉᆞ님이 ᄂᆞ려오단
버물왕 아들 삼성제가 노는 딜 건당ᄒᆞ니,

"느네들 나기는 잘 나도
열다ᄉᆞᆺ 시오세가 사고전맹[1] 매기로구나."
일러두고 넘어가니,
버물왕 아들 삼성제는 배옥 ᄀᆞᇀ은 양지로
주충 ᄀᆞᇀ은 눈물이 중절반에 염주지듯
다륵다륵 털어지멍 비새 울듯 울어간다.
삼성제가 울멍시르멍 집으로 돌아오란
엿돌우티 올라ᄉᆞ고 책포 시개 놓아두고
엿들 알로 업더지연 비새울듯 울어간다.
버물왕이 말을 ᄒᆞ되,
"오늘날 ᄉᆞ장님안티
책지를 들었나? 논척을 들었느냐?"
"ᄉᆞ장님안티 논척 들곡 책지를 들은 것사
칭원홀 필요가 십네까?
우리 삼삼구 아옵성젠디
우으로도 삼성제 알로도 삼성제
맹이 쫄랑 죽어불고,
우리 삼성제도 열다ᄉᆞᆺ 시오세가
맹이 매기엔 홉네."
"어느 누게가 이르더냐?"
"중이대ᄉᆞ가 넘어가단 이릅디다."
"그 중 저 중 언만큼이나 가셨느냐?"
"언만큼 아니 갔습네다."
버물왕은 ᄌᆞ속상엣 무슴이라
내투리고 가고 보니 언만큼 아니갔으니
집으로 청ᄒᆞ고

---

1 死苦全命. 명이 끝나서 죽을 일.

"원천강 화상이나 가졌느냐?
화주역이나 가졌느냐?"
"부처 모신 대사가 원천강 화상이나 화주역을
안 가질 리가 있습니까?"
"그러하면 이 애기들 팔자사주나 고하라."
대사님은 원천강 화주역 시주문서를 내어놓고
첫 장 걷어서 누르고
두 번째 장 걷어서 누르고
세 번째 장 걷어서 하는 말이,
"이 애기들은 인간세상에서
세 번 죽어서 환생을 해야
없는 명과 없는 복을 가진다 하였습니다."
"그렇다면 이 애기들은 어떡하면 좋을꼬?"
"우리 절간이 영험하고 깨달음이 크니
수륙제(水陸齋)나 드려보시오."
"어떻게 수륙을 드립니까?"
"큰 아들은 은기짐 작은 아들은 놋기짐
셋째 아들은 공단 비단짐 차려놓으십시오."
버물왕이 말을 하되,
"내 재산을 가지고 그것이야 어려울까!"
버물왕은 대사중이 말하는 대로
은기짐도 차려놓고 놋기짐도 차려놓고
공단 비단짐도 차려놓으니까,
삼형제가 짐을 둘러지고
동개남의 은중절로 수륙 들이러
소곡소곡 올라갑니다.
삼형제는 절간으로 들어가
부처님전 인사를 드리고 수륙을 들이는데,
일 년 반을 수륙들이니까
부모님 생각이 나는구나.
하루는 일락서산 해는 떨어지고

월출동경 달은 솟아올라서
삼형제가 마당에 나와서 노래를 부르는구나.
"저 달은 곱기는 고와도
계수나무 그림자나 있건만
우리 부모님 얼굴만큼 아니 곱다.
저 하늘의 별은 모여서 송송 별이건마는
우리는 언제 이 원수륙을 마치고
부모님 밝은 얼굴로 상봉이나 하여 볼까!"
삼형제가 노래를 부르고 방안으로 들어가니,
중 대사가 하는 말이,
"너희들 이 절에서 삼년만 수륙을 들였으면
명과 복을 지닐 것인데,
부모님 얼굴 보고 싶어 하여
더 이상 수륙을 못 들이니, 어쩔 수 없다."
이튿날 아침 해 뜰 무렵에
은기짐도 내어주고
놋기짐도 내어주고
공단 비단짐도 내어준다.
짐을 내어주면서 대사님이 하는 말이,
"너희들 삼형제가 집으로 가는 길에
마을 마을 촌촌이 장사하면서 내려가면서
김칫골 도착하거든 명심하고.
과양땅을 도달하거든 과양땅을 조심하라."
삼형제가 마을마을 촌촌이 장사하면서 내려가다
김칫골도 도착하고 과양땅도 도착한다.
과양땅에 도착하니
난데없이 배가 고파 걸을 수가 없구나.
주천강 연하못에 가서
은기 놋기 공단비단 짐을 내려놓고
삼형제가 물을 먹고는 소곡소곡 졸고 있으니
과양땅의 과영선이 마누라는

---

2 袁天綱. 중국 당내라 때 점쟁이 이름.

"원천강²이나 ᄋ졌느냐?
화주역³이나 ᄋ졌느냐?"
"픤체 직흔 대ᄉ가 원천강 화주역
아니ᄀ질 필요가 십네까?"
"그영ᄒ건 이 애기들 팔제ᄉ주나 고남ᄒ라."
대ᄉ님은 원천강 화주역 권셋문을 내여놓고
초장 걷언 누울리고,
이장 걷언 누울리고
제삼장은 걷언 ᄒ는 말이,
"이 애기들은 인간이서
시번 죽엉 도환싱을 ᄒ여사
엇인 맹광 엇인 복을 제기라 ᄒ였습네."
"그영ᄒ민 이 애기들은 어떵ᄒ민 좋을코?"
"우리 절간이 영급ᄒ고 화련ᄒ니
수륙이나 들여봅서."
"어떵ᄒ영 수륙을 들입네까?"
"큰아들랑 은기짐, 셋아들랑 놋기짐
족은아들랑 공단 비단짐 츨려놉서."
버물왕은 말을 ᄒ되,
"나 기강을 ᄀ지고 것사 어려우랴!"
버물왕은 대ᄉ중이 ᄀ는대로
은기짐도 츨려놓고 놋기짐도 츨려놓고
공단 비단짐도 츨려놓난,
삼성제가 짐을 둘러지연
동개남이 은중절레레 수륙 들이레
소곡소곡 올라갑네.
삼성제는 절간으로 들어간
픤체님전 선신문안을 ᄒ고 수륙을 들이는디,
일년반을 수륙 들이난
부무님네 생각이 나는구나.
ᄒ를날은 일락서산 해는 털어지고

월출동경 둘은 솟아 올라서
삼성제가 마당에 나산 놀래를 불르는구나.
"저 둘은 곱기는 고와도
게수낭긔 그림새나 싰건만
우리 부무님네 얼골만인 못내곱다.
저 하늘엣 밸은 모다지난 송송 밸이건만
우리는 어느제랑 이 원수륙을 ᄆ창
부무님네 붉은 양지 지면 상봉이나 ᄒ여 볼코!"
삼성제가 놀래를 불러두언 방안트로 들어가난,
중이대ᄉ ᄒ는 말이,
"느네들 이 절에서 삼년만 수륙을 들여시민
맹광 복을 제겨줄 건디,
부무님 얼골 보구정 ᄒ연
더 이상 수륙을 못들이난, 막무관아니로다."
뒷녁날 아직 개동녁엔
은기짐도 내여주고
놋기짐도 내여주고
공단 비단짐도 내여준다.
짐을 내여주멍 대ᄉ님이 ᄒ는 말이,
"느네들 삼성제가 집으로 가는 질헤
ᄆ슬 ᄆ슬 촌촌이 장ᄉᄎ로 ᄂ려가멍
짐칫골을 건당ᄒ건 맹심ᄒ곡.
과양땅을 건당ᄒ건 과양땅을 맹심ᄒ라."
삼성제가 ᄆ슬 ᄆ슬 촌촌이 장ᄉᄒ멍 ᄂ리단
짐칫골도 건당ᄒ고 과양땅도 건당흔다.
과양땅이 건당ᄒ난
난디엇이 시장ᄒ연 걸을 수가 엇고나.
주천당 연하못딜 가고
은기 놋기 공단비단 짐을 부려놓고
삼성제가 물을 먹언 소곡소곡 졸암시난
과양땅이 과영서이 지집녀우

---

3 畵周易. 주역의 효사를 풀이하여 그림으로 나타낸 책.

허벅을 지고 물 길러 오는구나.
삼형제는 말하기를
"은기 사려면 이 은기 사십시오.
놋기 사려면 이 놋기 사십시오.
공단비단 사려면 공단비단 사십시오."
과영선이가 장사 짐을 보더니,
"우리 집으로 들어가면
은기 놋기 공단비단을 사겠습니다."
"이 마을에 술 주막이나 있습니까?
밥 주막이나 있습니까?"
"술 주막도 없어지고 밥 주막도 없어졌습니다.
우리 집으로 가면
술 주막으로 좋고, 밥 주막으로도 좋고,
이부자리도 깨끗합니다."
과영선이 마누라는
은기 놋기 공단비단에 욕심내고
삼형제를 홀려간다.
버물왕 아들 삼형제는 그 말을 듣고
과영선이 집으로 들어간다.
들어가 보니
밥 주막이 좋고 이부자리 좋다.
다음날 아침 조반 먹고 삼형제가 말하기를
"우리가 이 집의 주인과 맺어
장사차로 다니다가 올 것이니
저녁밥도 지어 주십시오."
과양선이 마누라가 말을 하기를
"그럼 그렇게 하십시오."
삼형제는 짐을 지고 나서는데,
큰형님은 동문 바깥, 둘째 형님은 서문 바깥,
셋째 아들은 남문 바깥, 제각기 장사처로 나간다.
과영선이 마누라는
참누룩에 찹쌀을 빚어놓아 술을 하고, 닦아간다.
술을 고는데 아홉 벌에 들이 고고,

아홉 불에 고은 술은 열세 솥에 들이 고았다.
열세 솥에 들이 고은 술을 단 한 솥에 들이 고았으니
고압 약주 안 될 리 있으랴.
그날 저녁은 삼형제가
장사차로 다니다 들어오니 밥을 하여 주어서
저녁을 잘 먹고 안 사랑방에서 잠을 잔다.
삼형제가 안사랑에 잠을 자고 있으니까
이 밤 저 밤 야밤 사이에는 개고양이 잠들만 하니
과영선이 마누라는
더러운 옷을 벗어두고 새 옷을 내어 입어
술상을 차려놓고
삼형제 누운 안사랑에 가 헛기침을 놓으니까,
삼형제는 말을 하되,
"귀신이 왔습니까? 산 사람이 왔습니까?"
"귀신은 무슨 귀신이 이 밤에 올 리가 있습니까?
주인아주머니입니다."
"주인아주머니가 무슨 일로 왔습니까?
"도령님네가 장사차로 나다니려고 하면
피곤하지 아니합니까?
술이나 한 잔씩 하고 누워 주무십시오."
"저기 그냥 놔두면
우리가 내일 아침에 해장술이나 하겠습니다."
"해장술도 있습니다."
과영선이 마누라는 문을 열어 들어가고
"도령님네 장사차로 다니다 보니,
어느 고을 어느 마을 어느 동네가 좋았습니까?"
"아무 고을 아무 마을 아무 동네가 좋았습니다."
"이보십시오. 우리 거기 가서는
도령님네와 장사차로 다니고
나는 거기 가서 술장사나 하는 것이
어떻습니까?"
"그럼 그렇게 하십시오."
삼형제가 한 잔 한 잔 부은 잔 술

허벅 지연 물질레 오람구나.
삼성젠 말을 ᄒ되,
"은기 살이 은기 삽서.
놋기 살이 놋기 삽서.
공단비단 살이 공단비단 삽서."
과영선인 장시 짐을 보완,
"우리 집으로 들어가민
은기 놋기 공단비단을 살쿠다."
"이 ᄆ슬에 술주객이나 시우까?
밥주객이나 시우까?"
"술주객도 엇어지고 밥주객도 엇어지우다.
우리 집으로 가민
술주객도 좋아지고 밥주객도 좋아지고
이부자리도 곱딱ᄒ네."
과영선이 지집년은
은기 놋기 공단비단에 욕심내고
삼성젤 홀려간다.
버물왕 아들 삼성제는 그 말을 듣고
과연선이 집으로 들어간다.
들어가 보난
밥주객이 좋아지고 이부자리 좋아진다.
뒷녁날 아척 조반 먹고 삼성제가 말을 ᄒ되,
"우리가 이 집이 주연 멋엉
장ᄉᄎ로 댕기당 올커메
ᄌ녁밥도 지여 줍서."
과양선이 지집년이 말을 ᄒ되
"걸랑 기영 ᄒ서."
삼성젠 짐을 지연 나산,
큰성님은 동문백겼, 셋성님은 서문백겼,
족은 아신 남문백겼, 질로지썩 장ᄉᄎ로 나간다.
과영선이 지집년은
ᄎ누룩에 ᄎ쌀을 뻿어놓완 술을 ᄒ고, 닦아간다.
술을 닦으디 아옵불에 드리닦으고,

아옵불에 닦은 술은 열시솟에 드리닦는다.
열시솟에 드리닦은 술은 단 ᄒ 솟에 드리닦으난
고압약주 아니될 리 시랴.
그 날 ᄎ냑은 삼성제가
장ᄉᄎ로 댕기단 들어오난 밥을 ᄒ연 주언
ᄌ녁을 잘 먹은 내ᄉ랑에 ᄌ을 잔다.
삼성제가 내ᄉ랑에 ᄌ을 잠시난
이 밤, 저 밤, 야밤 새엔 개고냉이 ᄌ들만 ᄒ난
과영선이 지집년은
범은 입성을 벗어두고, 게입성을 내여입언
술상을 ᄎ려놓고
삼성제 눈 내ᄉ랑에 간 지침영을 놓난,
삼성제는 말을 ᄒ되,
"구신이 옵디가? 생인이 옵디가?"
"구신이 미신 구신이 이 밤이 올 리가 시랴.
주인 아지망이 됩네."
"주인 아지망이민 미신 일로 옵디가?"
"도령님네가 장ᄉ차로 나댕기젱 ᄒ민
곤ᄒᄒ진들 아니ᄒ네까?
술이나 ᄒ잔썩 먹엉 누엉 잡서."
"저디 강 놔두민
우리가 널 아척인 해장주나 ᄒ쿠다."
"해장주도 싯수다."
과영선이 지집년은 문을 을ᄋ 들어가고
"도령님네 장ᄉᄎ로 댕기멍 보난,
어느 골 어느 ᄆ슬 어느 동네가 좁디가?"
"아무 골 아무 ᄆ슬 아무 동네가 좁디다."
"옵서, 우리 그디 강그네
도령님네랑 장ᄉᄎ로 댕기곡
날랑 그디 강 술장시나 ᄒ임이
어떵ᄒ우꽈?"
"걸랑 기영 ᄒ서."
삼성제가 일배 일배 부일배

석 잔씩 나누어 먹으니 술에 흠뻑 취하여
지식지식 잠을 자는데,
과영선이 마누라는 자기 방으로 들어가고
새 옷을 벗어두고 더러운 옷을 내어 입어
삼년 묵은 참기름을
퉁누기에 뜨끈뜨끈 끓여다가
삼형제 귀에로 소록소록 들어간다.
삼형제는 못 견뎌서 한 뜀 두 뜀을 뛰면서 죽는구나.
은깃짐, 놋깃짐, 공단비단 짐은
금동탁상으로 눌려 두고,
뒷집의 김서방한테 가서
"김서방 잡니까?"
"예. 잠잡니다. 무슨 일로 왔습니까?"
"우리 집에 얻어먹는 거지 세 개가
넘어가다 죽었는데 송장 세 개를 치워주시오."
"못합니다."
"그러면, 송장 하나에 돈 석 냥씩 줄 테니
송장 세 개 지어서 저 연하못으로 집어넣어주시오."
"그러면 그렇게나 하지요."
김서방은 돈을 받고
송장을 연하못으로 지어다 집어넣어버리는구나.
그리하여,
송장 세 개 연하못으로 집어넣고 나니
오색 꽃 세 개로 환생하는구나.
다음날 아침에
과영선이 계집년이 연하못에 가보니
오색 꽃 세 개가 피어서 방실방실 떠 있구나.
과영선이 마누라는 그 꽃한테
"나한테 인연 있는 꽃이거든 나한테 떠 오너라."
하며 손으로 물을 하올하올 저어가니
꽃 세 개가 앞으로 들어오는데,
이젠 그 꽃을 치마폭에 담아서 집에 와서
들 적 날 적 바라보려고

일문전에 하나 걸고,
쌀 뜨러 갈 적 올 적 바라보려고
안방 문에 하나 걸고,
간장 뜨러 갈 적 올 적 바라보려고
뒷문 고쟁이에 하나 걸었다.
그리하여 이 꽃이
일문전으로 나갈 때는 앞머리를 박 잡아당기고
들어올 때에는 뒷머리를 박 잡아당기고
쌀 가지러 갈 때는 앞머리를 박 잡아당기고
올 때에는 뒷머리를 박 잡아당기고 하니까,
과영선이 마누라는 화가 나서
"이놈의 꽃, 곱기는 고와도 하는 짓이 나쁘구나."
문에 걸었던 꽃들을 뽁뽁 빼 비벼서
화로에 태워 화장을 시키니,
화롯재 구슬 세 방울로 환생하는구나.
그날은 날씨가 좋아서
은기 놋기 공단비단을 내어놓고
햇볕을 쪼이는데
동네에 사는 청태산 마구할멈은 불 얻으러 왔다.
"불이나 있어요?"
"금방 돌화로에 불 피워 났으니 가서 보십시오."
마구할멈이 돌화로에 가서
불을 담아 가는 걸 보니,
재는 바람에 모두 날아가 버리고,
화롯재 구슬 세 방울이 있어.
"할멈, 그거 내 구슬입니다."
"내 구슬이고 뭣이고 본 사람이 임자야."
"할멈, 그러면 구슬 하나에 쌀 석 되씩 줄 테니
그 구슬 세 알 나 주십시오."
"그럼 그렇게 하시오."
마구할멈은 그 구슬 셋에 쌀 석 되씩을 받아서
집으로 돌아온다.
과영선이 마누라는 구슬이 고와서

술 석잔쏙 는느와 먹으니 술에 흠뿍 취ᄒ연,
지식지식 줌을 자가난,
과영선이 지집년은 지방으로 들어가고
계입성을 벗어두고 범은 입성을 내여입언
삼년 묵은 춤지름을
통누기에 뜨끈뜨끈 꾀와단에
삼성제 귀레레 소록소록 질어간다.
삼성제는 못준디연 흔뜸 두뜸 퀴멍 죽는구나.
은깃짐, 놋깃짐, 공단비단짐은
금동퀘상으로 누울려 두고,
뒷칩잇 짐서방안티 간,
"짐서방 잠쑤강?"
"예, 줌잠쑤다. 미신 일로 옵디강?"
"우리 집이 얻어먹는 개와시 시개가
넘어가단 죽어시난 송장 시갤 치와줍서."
"못ᄒ쿠다."
"게민, 송장 ᄒ나에 돈 석냥쏙 주커메
송장 시갤 지여당 저 연하못데레 드리쳐줍서."
"게건 아맹이나 홉주."
짐서방은 돈을 받고
송장을 연하못데레 지여단 드리쳐부는구나.
그영ᄒ연,
송장 시갤 연하못데레 드리치난
오색 고장 서으로 환생ᄒ는구나.
뒷녁날 아척이
과영선이 지집년은 연하못딜 간 보난
오색 고장 시개가 피여두서 방실방실 턴 싯구나.
과영선이 지집년은 그 고장신데레
"나신디 태운 고장이건 나신데레 터 오라."
ᄒ멍, 손으로 물을 하울하울 젓어가난
고장 시개가 앞데레 들어오란,
이젠 그 고장을 치맷통에 담아오전 집이 오란
들 적, 날 적 브래여 보젠

일문전에 ᄒ나 걸고,
쓸 거리레 갈 적, 올 적 브래여 보젠
안방문에 ᄒ나 걸고
장거리레 갈 적, 올 적 브래여 보젠
뒷문공쟁이에 ᄒ나 걸었수다.
그영ᄒ난 이 고장이
일문전으로 날 적인 앞살작을 복기 매곡
들 적이는 뒷살작을 복기 매곡
쓸 거리레 갈 적인 앞살작을 복기 매곡
올 적이는 뒷잘작을 복기 매곡 ᄒ여가난,
과영선이 지집년은 부회가 나고
"이놈으 고장 곱기는 고와도 행실이 부작ᄒ다."
문에 걸었단 고장들을 뽁뽁 빤 봅이연
부섭에 지던 불송장을 시기난,
화단지 구실 시방울로 환싱ᄒ는구나.
그 날은 날씨가 좋으난
은기 놋기 공단비단을 내여놓고
마불림을 ᄒ염더니
동니에 사는 청태산 마귀할망은 불담으레 오란.
"불이나 싯순?"
"ᄀᆞ새 부섭에 불살라 나시메 강 봅서."
마귀할망이 부섭에 간
불이엔 담안 가는 걸 보난,
불쳰 브름에 ᄆᆞᆫ짝 불려불고,
화단지 구실 시방울이 시연.
"할마님, 그게 나 구실이우다."
"나 구실이고 미싱거고 봉근 사름이 임제여."
"할마님, 게건 구실 ᄒ나에 쓸 석되쏙 주커메
그 구실 시을 날 줍서."
"어서 걸랑 기영ᄒ여."
마귀할망은 그 구실 싯에 쓸 석되쏙을 받아놓고
집으로 돌아온다.
과영선이 지집년은 구실이 고와지난

풀잎에도 쓸리지 마라,
손톱으로도 튕기지 마라, 하면서
손에 놓고 동글동글 놀리다가
입에 놓고 놀리지. 하면서
입에 물고 놀리다가 그만
목 아래로 슬금 슬쩍 내려간다.
과영선이 마누라는 그날부터 태기가 있어,
아홉 달, 열 달 만삭 채워
찬 짐 실어서 낳는 것이
한 날 한 시에 아들 삼형제가 태어났다.
아들 삼형제는 한 살, 두 살 자라니
기는 것도 글발이여
걷는 것도 화수의 걸음이여
우는 것도 글소리라.
열다섯 십오 세가 되어가니
일천서당 다니다 과거시험을 보게 되는구나.
"어머님아, 우리도 가서
과거 보고 오면 어떻겠습니까?"
"그렇다면 그렇게 해라."
삼형제가 과거보러 올라가는데
일천제자 일천선비는 모두 낙방을 주고
과영선이 아들 삼형제만 과거 벼슬을 줍니다.
큰아들은 문과급제, 둘째 아들은 자원급제,
셋째 아들은 팔도 올라 도장원을 내어주니,
일흔여덟 홍보상, 서른여덟 창보상
어수어나 비수어나 줄 잘 타는 재인광대
이구이청 거느리고 소리 좋은 정자궁
나팔고동, 피리, 날라리,
통소, 북 비비둥당 울리면서
과양땅으로 가마 세 개가 내려오니,
과양선이 마누라는 앞동산에 내닫고
"어느 집안의 애기들은
선조의 묘가 환하여서

과거벼슬을 하고 오건만,
우리 집의 애기들은
어느 누구 발에 밟혀 죽었는가, 살았는가?"
하며 근심하다가 보니까,
과영선이 집으로 가마 세 개가 들어오는데,
"애기들 과거 벼슬 하였으니
일문전에 큰상 차려서 문입제나 지내주자."
문입제 끝난 후에는 큰아들이 엎드려서
"저는 문과급제 하였습니다."
둘째 아들이 엎드리며,
"저는 장원급제 하였습니다."
막내아들은 엎드리며,
"저는 팔도 올라 도장원을 하였습니다."
삼형제가 엎드려서 일어날 줄을 모르는구나.
과영선이가 말을 하되,
"우리 애기들아!
얼굴이 얼마만큼이나 하여 과거 벼슬을 하였느냐?"
한 번 불러 잠잠
두 번 불러 잠잠
다시 세 번을 불러도 잠잠하니,
윗옷 멱살을 잡아서 뒤로 일으켜 보니
코에 하얀 가래침 새파랗게 죽었구나.
과영선이 마누라는
"명천 같은 하늘님아.
위로 하나, 중간으로 하나.
씨 값이나 놔두고 잡아가지마는
나 년의 사주에 나 년의 팔자야.
한 날 한 시에 아들 삼형제 낳고
한 날 한 시에 아들 삼형제 잡아먹는
나 년의 사주여 나 년의 팔자여."
울어보다가, 이 애기들 백년 장사나 치러주자.
앞밭에 시신을 내고 뒷밭에 입수하여 두고
그날부터 김칫골 김치원님한테

풀섶에도 씰리지말저
콥으로도 태우지 말저, ᄒ명,
손에 놓앙 동글동글 놀리단
입에나 놓왕 놀리저, ᄒ연,
입에 물언 놀리단 그만
목알레레 슬금슬쩍 ᄂ려간다.
과영선이 지집년은 그날부떠 태기가 시연,
아옵돌 열돌 춘삭 채완
춘짐 실언 낳는 것이
ᄒ날 ᄒ시에 아들 삼성제가 솟아진다.
아들 삼성제는 ᄒ슬 두슬 나아가니
기는 것도 글발이여
걷는 것도 화수의 걸음이여
우는 것도 글소리라.
열다슷 시오세 나아가난
일천서당 댕기단 과거시엄을 보게 되는구나.
"어머님아, 우리도 강그네
과거 보앙 옴이 어떵ᄒ쿠가?"
"어서 걸랑 기영 ᄒ라."
삼성제가 과거보레 올라가난
일천제ᄌ 일천선비는 매딱 낙방을 주고
과영선이 아들 삼성제만 과거 배실을 줍네.
큰아들은 문과급제, 셋아들은 자원급제,
족은 아들은 팔도 올라 도자원을 내여주니,
일은 ᄋ둡 홍보상, 설은 ᄋ둡 창보상
어수어나 비수어나 줄 잘 바는 재인광대
아구이청 거느리고 소리 존 정ᄌ궁
나팔고동 주내
사납 비비둥당 울리멍
과양땅데레 가매 시개가 ᄂ려오니,
과양선이 지집년은 앞동산일 내ᄐ리고
"어느 집안잇 애기들은
산천이 배롱ᄒ연

과거배실을 ᄒ영 오건만,
우리집잇 애기들은
어느 누게 발에 간 죽어신가 살아신가?"
호이 근심ᄒ단 보난,
과영선이 집데레 가매 시개가 들어오난,
"애기들 과거 배실 ᄒ여시메
일문전에 큰상 싱경 문웃제나 지내주저."
문웃제 끝난 후젠 큰아들이 업더지연
"저는 문과급제 ᄒ였수다."
셋아들은 업더지연,
"저는 자원급제 ᄒ였수다."
족은 아들은 업더지연,
"저는 팔도 올라 도자원을 ᄒ였수다."
삼성제가 업더지난 일어날 줄을 몰람구나.
과영선이가 말을 ᄒ되,
"설룬 애기들아!
얼굴이 얼만큼이나 ᄒ연 과거 배실 ᄒ연디?"
ᄒ번 불러 펀펀
두번 불러 펀펀
제삼번을 불러도 펀펀ᄒ난,
옷웃 질목을 심언 듯터레 일런 보난
코에 손님 올라 새파랑케 죽었구나.
과양선이 지집년은,
"맹천ᄀᆯ은 하늘님아.
우으로 ᄒ나이나, 세로 ᄒ나이다.
씨갑이나 놔뒁 잡아가주마는,
나년으 수주여, 나년으 팔ᄌ여.
ᄒ날 ᄒ시에 아들 삼성제 낳고,
ᄒ날 ᄒ시에 아들 삼성제 잡아먹는
나년으 수주여, 나년으 팔ᄌ여."
울어보다 이 애기들 배년 감장이나 ᄒ여주저.
앞밭디 출병ᄒ고, 뒷밭디 입수ᄒ여두고
그날부떠 짐칫골 짐치원안티

"저승 염라대왕을 잡아다 주십시오."
하루 소지 세 번씩 드리는 게
아홉 상자 반을 드려도
김치원님이 저승 염라대왕을 잡아오지 못하는구나.
하루는 돌담 위에 올라서서
"개 같은 원님아, 소 같은 원님아.
우리 같은 백성이
강답에 강나락 수답에 수나락 지극정성 하여서
소원을 들어 주십시오 하고 소지를 들어 봐도
저승 염라대왕을 못 잡아 오는
개 같은 원님아, 소 같은 원님아."
이렇게 뒷욕을 마구하니,
김치원 원님은
"그런 더러운 년한테 저 입살을 듣고
내가 원님 살아 무엇을 할까!"
문을 잡아 드러눕고 죽기로 작심하고
아침상도 안 받고 점심상도 안 받아가니
김치원 부인님은
"어떡하여
아침상 안 받고 점심상을 안 받습니까?"
"그런 것이 아니고
이 고을에 과양땅에 과영선이 마누라가
한 날 한 시에 아들 삼형제를 낳고
한 날 한 시에 삼형제가 죽으니
"저승 염라대왕을 잡아다 달라?"
하고, 소지를 세 번씩 드리는 게
아홉 상자 반이나 드려도 대답을 못하니
딱한 일이여.
어느 누가 염라대왕을 잡으러 갈 수 있으랴!"
"염려 말고 저녁상이나 받으시오.
그러하면 저승 염라대왕을 잡을 도리를

마련하겠습니다."
"어떻게 해서 염라대왕을 잡을 도리를
마련하겠습니까?"
"이 고을,
문 안에도 아홉 각시 문 밖에도 아홉 각시
모아 놓아서 열여덟 첩을 두고 사는
강림이가 영악하고 똑똑합니다.
모래는 남문 바깥의 자기네 외삼촌이 죽어
첫 제사가 돌아옵니다.
강림이가 제사 보러 가면서
퇴근령을 내어주십시오. 하거든 퇴근령을 내어주고
내일 아침에 동틀 녘에 오라고 하여서
일만 관속 육방하인이 약속하였다가
강림이를 잡어서 죽일 듯이 둘러싸고 있으면
알 도리가 있을 것입니다."
그리하여 다음날
아침 동틀 녘에 일만 관숙 육방하인이
피리 날라리 나팔 고동 단절하게 분다.
강림이는 이 고을에
무슨 국변이 뒤집어졌는가 보다고,
장안 군복 서단쾌자는 입을 사이도 없이
팔뚝에 걸친 양 장안으로 들어가니까
일만 관속 육방하인들이 나서고,
"강림이는 사관 미참이요."
하며 잡아서 결박하고,
"앞밭에 베틀 걸어라 뒷밭에는 장검 걸어라.
자강놈을 불러라. 숙정기를 꽂아라."
죽일 판으로 둘러간다.
그렇게 하면서 강림이한테,
"네가 이 고을에 목숨을 바칠 테냐?
저승 염라대왕을 잡아 올 테야?"

4 소원을 쓴 종이.

"저싱 염여왕을 잽혀다 줍센."
흐로 소지⁴ 시번쯕 드리는 게
아옵상지 반을 드려도
짐치원님이 저싱 염여왕을 잽혀오지 못흐는구나.
흐릇날은 원담 우이 올라산
"개ᄀᆞᆮ은 원님아, 쇠ᄀᆞᆮ은 원님아.
우리 ᄀᆞᆮ은 백성이
강답⁵에랑 강나록 수답에랑 수나록 지극정성흐연
소원을 들어줍센 소지를 드려봐도
저싱 염려왕을 못잽혀 오는
개ᄀᆞᆮ 원님아, 쇠ᄀᆞᆮ 원님아."
응 후욕만발하니,
짐치원 원님은
"그런 더러운 년안티 저 입살을 듣고
내가 원님 살앙 미싱걸 홀코!"
문을 심어 들어눅고 죽기로 작심먹언
아적식상 아니받고, 징심식상도 아니받아가난
김치원 부인님은,
"어떵흐연
조반식상 아니받곡 징심식상을 아니받읍네까?"
"경흔 것이 아니고,
이 고을에 과양땅에 과영선이 지집년이
흔날 흔시에 아들 삼성제를 낳고,
흔날 흔시에 삼성제가 죽으니
'저싱 염여왕을 심어다 도랭?'
흐로, 소질 시번쯕 드리는 게
아옵상지 반이나 드려도 대답을 못흐니
뜩한 일이여.
어느 누게가 염여왕을 심으레 갈 수 시랴!"
"염여 말앙 ᄌᆞ냑식상이나 받음서.
그영흐민 저싱 염여왕 심을 도릴

닦으쿠다."
"어떵흐영 염여왕 심을 도릴
닦으쿠강?"
"이 고을,
문안에도 아옵 각시, 문백기도 아옵 각시
매와놓완 열ᄋᆞ둡 도첩을 흐영 사는
강림이가 영역흐고 똑똑흡네.
모릿날은 남문백겼디 지네 외삼춘이 죽언
쳇 식게가 돌아옵네다.
강림이가 식게먹으레 가쿠댕
태력령을 내여줍센 흐건 태력령이랑 내여주곡
'널 아척이랑 개동열에 오랭'흐영
일만관숙 육방하인이 약주흐엿당
강림일 심엉 죽일팔로 둘럼시민
알을 도래 실 거우다."
그영흐연 뒷녁날은
아척 개동열에 일만관숙 육방하인이
주내 사납 나팔 고동 단절흐게 불어가난.
강림이는 이 골에
미신 국밴이 뒷사져신가푸댄,
장안 군복 서단퀴지는 입을 어가도 엇이
풀둑지에 걸친냥 장안테레 들어가난,
일만관숙 육방하인들이 나스고,
"강림이는 ᄉᆞ관 미참이여."
흐멍, 심언 절박흐고,
"앞밭디 버텅 걸라. 뒷밭디랑 장검 걸라.
ᄌᆞ강놈을 불르라 숙정기를 꼬조오라."
죽일팔로 둘러간다.
그영 흐멍, 강림이ᄀᆞ라,
"느가 이 골에 목심을 바칠티야?
저싱 염여왕을 심엉 올 티야?"

소리치니 강림이는 엉겁결에 대답이
"저승 염라대왕을 잡아 오겠습니다."
하니까,
큰 백지에 적패지를 내어준다.
강림이는 적패지를 받아놓고,
"저승길이 어디라고.
저승 염라대왕을 잡으러 갈까!"
앞길이 막막하구나.
강림은 형방청에 날려들어
"소인 과연 살려주십시오.
저는 저승 염라대왕을 잡으러 갑니다."
"상관에서 내린 명령, 중관에서도 어찌 할 수 없다.
어서 가라."
이방청에 날려들어
"소인 과연 살려주십시오."
"상관에서 내린 명령, 중관에서 어찌 할 수 없는데
하관에서는 더 할 수 없다. 어서 가라."
사령방에 날려들어
"늙도록 사신 동갑님네.
저승 염라대왕 잡아오라는 말이나
들은 일 있습니까?"
"우린 늙도록 살아도
저승 염라대왕 잡으라고 한 말은
듣지를 못하였는걸."
"나는 저승 염라대왕을 잡으러 가고 있으니,
우리 늙은 부모 죽거들랑
백년장사 잘 치러 주고
동문 바깥에 예닐곱 살 먹은 처녀
머리 건드려서 놓아두었더니
아들을 낳는 것이 나이 세 살 났습니다.
나이 열 살 나거든 사령으로 들어가게 하고
열다섯 십오 세가 되거든 도사령을 시켜주십시오.
나 다니던 자국이나 밟아보게."

"그래, 그렇게 하라.
강림이 오늘 보면 언제나 다시 볼까!
나 술 한 잔 먹고 가라."
술상이 길어서 내내리듯 내려도
술은 아무리 먹어도 술은 안 취하고
청산은 바라보니 흑산으로 보이고
흑산은 바라보니 백산으로 보이고,
문 안에도 아홉 각시 문 밖에도 아홉 각시,
열여덟 두 오첩을 버려두고
동문 바깥의 예닐곱 살 먹은 처녀
머리 건드려 아들 낳아
나이가 세 살 되도록 쳐다본 척을 안 하다가
저승 염라대왕을 잡으러 가다가
작은 각시한테 갔으니,
"강림이는 오늘은 어떡하여
저 문에 어느 누가 가시를 걷고
문을 열어 오셨습니까?"
그 말대답을 안 하고 방안으로 들어가
나이 세 살 난 아기를 무릎에 앉히고
"오늘 보면 설운 우리 애기 다시 언제 만나질까!"
보름달 같은 얼굴로 눈물이 중 방에 염주 쥐듯
다륵다륵 떨어지며 비새 울 듯 울어가니,
강림이 작은 각시는
"조금 전에 내가 그 말 한 것이 서러워서
웁니까?"
"그 말 한 것 서러워한 게 아니고
저승 염라대왕을 잡으러 갑니다."
강림이는 또 큰 각시한테 가 그 말을 하니,
"그러면 적패지 받았습니까?"
"적패지는 대백지에 받았습니다."
"저승길은 비가 오나 눈이 오나 바람이 부나
뇌성벽력 생겨도 가야만 합니다.
이거 가지고 가다가 증거품을 잃어버리면

굴아가난, 강림인 억절에 대답이.

"저싱 염여왕을 심영 올쿠다."

ᄒ난,

대백지에 젓배지를 내여준다.

강림이는 젓배지를 받아놓고,

"저싱질이 어디옝.

저싱 염여왕을 심으레 갈코!"

앞질이 와와ᄒ구나.

강림이는 성방청에 늘려들어,

"소인 과연 살려줍서.

저는 저싱 염여왕을 심으레 갑네다."

"상관에서 내인 영척, 중관에서도 ᄒᆞᆯ 수 엇다.

어서 가라."

이방청에 늘려들어.

"소인 과연 살려줍서."

"상관에서 내인 영척 중관에서 ᄒᆞᆯ 수 엇는디,

하관에선 더 ᄒᆞᆯ 수 엇다. 어서 가라."

ᄉᆞ령방에 늘려들언,

"늙도록 사신 동갑님네.

저싱 염여왕 심엉오랜 말이나

들은 일 있수과?"

"우린 늙도록 살아도

저싱 염여왕 심으렌 ᄒᆞᆫ 말은

들질 못ᄒᆞ여신걸."

"나는 저싱 염여왕을 심으레 감시메

우리 늙은 부미 죽거들랑

백년감장 잘 시겨 주곡

동문 백겼디 예릴곱술 먹은 비발이

머리것쪈 놔두니

아들이 낫는게 혼이 시슬 낫수다.

혼이 열슬 나거드 ᄉᆞ령입청 시겨주곡

열다섯 시오세가 나거든 도ᄉᆞ령을 시겨줍서.

나 댕기단 자국이나 붉아보게."

"어서 걸랑 경ᄒᆞ라.

강림이 오늘 보민 어느제나 다시 보료!

나 술 ᄒᆞᆫ잔 먹엉 가라."

술상이 질ᄒᆞ여 내ᄂᆞ리듯 ᄂᆞ려도

술은 아멩 먹어도 술은 아니취ᄒᆞ고

청산은 ᄇᆞ래여보난 흑산으로 ᄇᆞ래여지고,

흑산은 ᄇᆞ래여보난 백산으로 ᄇᆞ래여지고,

문안에도 아옵 각시, 문백기도 아옵 각시.

예레둡 두 오첩을 ᄇᆞ려두고

동문백겼디 예릴곱술 먹은 비바린

머리것쪄 아들이 낳아

혼이 시슬 나도록 배린체를 아니ᄒᆞ단

저싱 염여왕을 심으레 가단,

족은 각시안티 가시난,

"강림이는 오늘날은 어떵ᄒᆞ연

저 올레에 어느 누게라 가실 걸고,

문을 올안 옵디가?"

그 말 대답을 아니ᄒᆞ고 방안으로 들어간

혼이 시슬 나신 애기를 독ᄆᆞ립에 앚져,

"오늘 보민 설룬 애기 다시 언제 만나질코!"

보름둘 긋은 양지로 눈물이 중반에 염주지듯

다륵다륵 털어지멍 비새울듯 울어가난,

강림이 족은 각시는

"ᄀᆞᆺ새 내가 그 말 ᄀᆞᆯ은 것에 칭원ᄒᆞ연

웁네까?"

"그 말 ᄀᆞᆯ안 칭원ᄒᆞᆫ 게 아니고

저싱 염여왕을 심으레 감쑤다."

강림인 또 큰각시신디 간 그 말 ᄀᆞᆯ으난

"게난 젓배지나 받읍디가?"

"젓배지는 대백지에 받았수다."

"저싱질은 비가 오나 눈이 오나 ᄇᆞ람이 부나

뇌성백력ᄒᆞ여도 가사만 ᄒᆞᆸ네다.

이거 ᄀᆞ정 가당 본매본장을 일러불민

저승길을 못 갑니다."
홍명주(紅明紬) 석자를 내어주면서
"이것에, 가서 적패지(赤牌旨)를 받고
이레만 더 늦춰 달라 하십시오."
강림이는 홍명주 석자를 가지고 김치원한테 가니,
"여기에 적패지를 하여 주고,
이레만 더 늦춰 주십시오."
김치원님은 가만히 바라보다가
"이것을 누가 내어주더냐?"
"우리 집 큰 각시가 내어 주었습니다."
"이것이 보통이 아니로구나!"
강림이 큰 각시는 이레 동안에
"강림이 저승으로 가는 길에
살아생전 먹는 몫,
의복이나 한 벌하여 입혀 보내자."
남방사주 솜바지, 북방사주 구슬 달린 겹저고리,
장단군복 사란쾌자 열두 능방 조선 띠에
앞이마에는 날릴 용자 뒷이마엔 임금왕자
주석으로 각을 새겨 붙여놓고
'강림이 저승으로 가는 길에
점심 요기나 하여 보내자.'
떡시루 세 개 쳐놓고 매도 세 개 하여 놓고
시루떡 하나 메밥 한 그릇은 일문전에 들러놓고
다시 시루떡 하나 메밥 한 그릇은
조왕할머니에 들러 놓고,
놓고 남은 시루떡 하나 메 한 그릇은
강림이한테 들러 놓아서
강림이 각시는
향나무 삶은 물 따라서 목욕하고
굽었다가 일어섰다가 절 삼배를 드려놓고
"강림이 저승으로 가는 길을
잘 찾아 가게 하여 주십시오."
절 삼배를 드린 후에,

"강림이 어서 가십시오.
가다가 어른이나 아이나 보거들랑
절 삼배를 드리고 떡 한 층을 꺼내놓으면
알 도리가 있을 것입니다."
강림이는 저승으로 가는 길에
골목 바깥으로 나오니
백발노인 노장이 허울허울 걷고 있구나.
"저 할아버지랑 벗이나 하며 같이 걸어보자."
아무리 빨리 걸어도 따라가질 못하는구나.
길을 가다가
할아버지가 연반석 좋은 쉼돌에 가서 앉으니,
강림이가 들어가고
절 삼배를 드리고 떡 한 층을 꺼내놓으니.
"나도 점심을 먹고 가리라."
하며 할아버지가 떡을 내어놓는 걸 보니,
한 시루에 찌어내고 같은 솜씨가 나는 떡이로구나.
"어떻게 할아버님 떡하고 내 떡은
같은 시루에 찌어낸 것처럼 솜씨가 닮았습니다."
"네가 나를 모르겠느냐?
나는 너희 집 일문전이 되느니라.
네가 저승으로 가는 길을 인도하러 나왔노라.
이 고개 넘고 저 고개 넘어 가다 보면
알 도리가 있을 것이다."
강림이는 그 말 듣고 가다 보니
청태산 마구할머니가 걷고 있구나.
"저 할머니랑 벗이나 하며 가 보자."
아무리 빨리 걸어 봐도
그 할머니를 따라가질 못하니,
그 할머니는 일흔여덟
느릿느릿 걸음을 하며 가는구나.
할머니 쉼돌 위에 앉아 쉬어가니
강림이가 따라가서 절 삼배를 드리고
떡 한 층을 꺼낸다.

저싱질을 못내갑네다."
홍맹지 석자를 내여주멍
"이것에, 강 젓배지를 받곡
일뢰만 더 찬퇴ᄒᆞ영 옵서."
강림이는 홍맹지 석자를 ᄀᆞ지고 짐치원안티 간,
"이것에 젓배지를 ᄒᆞ여 주곡,
일뢰만 더 찬퇴ᄒᆞ여 줍서."
짐치원님은 ᄀᆞ만이 ᄇᆞ래여보단
"이것을 누게 내여주더냐?"
"우리 집이 큰각시가 내여줍디다."
"이것이 비멘이 아니로구나!"
강림이 큰각시는 일뢧동안에
"강림이 저싱대레 가는 질을
살아 생전 먹는 목,
이복이나 ᄒᆞᆫ불 ᄒᆞ영 입정 보내져."
남방수주 붕애바지 북방수주 구실둥이 줍저구리
장단군복 ᄉᆞ란퀘지 열두능방 조선띄에
앞니망엔 늘릴용제 뒷니망엔 임금왕제
주석으로 객을 새겨 붙여놓고
'강림이 저싱대레 가는 질헤
징심요기나 ᄒᆞ영 보니져.'
떡시릴 시개 쳐놓고 매도 시개 ᄒᆞ여 놓고
시리 ᄒᆞ나 매 ᄒᆞ기는 일문전에 들러놓고
또시 시리 ᄒᆞ나 매 ᄒᆞ기는
조왕할망에 들러놓고
놓당 남은 시리 ᄒᆞ나 매 ᄒᆞ기는
강림이신데레 들러놓완,
강림이 각신
상물 ᄄᆞᆯ롼 목욕ᄒᆞ고
굽엉일억 굽엉일억 절 삼배를 드려놓고
"강림이 저싱대레 가는 질을
잘 촛앙 가게 ᄒᆞ여 줍서."
절 삼배를 드린 후제,

"강림이 어서 갑서.
가당그네 어룬이나 아이나 봐지거들랑
절 삼배를 드리곡 떡 ᄒᆞᆫ징을 들러놓민
알을 도래 실 거우다."
강림이는 저싱대레 가는 질헤
올래백겼딜 나오난
백발노인 노장이 허울허울 걸엄구나.
"저 할으방이영 벗이나 ᄒᆞ영 ᄀᆞᆺ이 걸어보저."
아멩 재게 걸어도 ᄄᆞ라가질 못홀로구나.
질을 가단
할으방이 연반석 좋은 팡데레 간 갖안,
강림이가 들어가고
절 삼배를 드리고 떡 ᄒᆞᆫ징을 들러놓난.
"나 징심도 먹엉 가라"
ᄒᆞᆷᄆᆞ 할으방이 떡을 내여논 걸 보난,
ᄒᆞ 시리에 치여내고 ᄒᆞ 손매가 난 떡이로구나.
"어떵ᄒᆞ난 할으바님 떡 ᄒᆞ고 나 떡은
ᄒᆞ 시리에 치여내고 ᄒᆞ 손매가 닮수다."
"느가 나를 몰르커냐?
나는 느네집 일문전이 되노나.
느가 저싱대레 가는 질을 인도ᄒᆞ레 나왔노라.
요 제 넘곡, 저 제 넘엉 가당 보민
알을 도래가 실 거여."
강림이는 그 말 듣고 가단 보난
청태산 마귀할망이 걸엄구나.
"저 할망이영 벗이나 ᄒᆞ영 가 보저."
아멩 재게 걸어 봐도
그 할망을 미쳐가질 못난.
그 할망은 일은ᄋᆞᆸ
홍걸음질을 ᄒᆞ멍 가는구나.
할망이 팡돌우티 앚안 쉬여가난
강림이가 미쳐가고 절 삼배를 드리고
떡 ᄒᆞᆫ징을 들러논다.

그리하니 할머니도
"나도 점심을 먹고 가리라."
하며 떡 한 층을 꺼낸다.
강림이는 그 떡을 보면서,
"어떻게 할머니 떡하고 내 떡은
같은 시루에 찌어내고 한 것처럼
솜씨가 닮았습니다."
"나는 너희 집 조왕할머니다.
네가 저승으로 가는 길을 가르치러 나왔노라.
이 길로 가다 보면 길토래비 길감관이
석자 메운 땅을 닦고 있으니까,
점심 요기를 잘 드리고 물어보면
알 도리가 있을 것이다."
그 길로 가다 보니 길토래비가
할머니가 말해준대로 그렇게 하고 있어,
"이 길을 닦으면서 고생인들 안 되며
시장기인들 안 납니까?
점심 요기나 하고 닦으십시오."
강림이가 떡 한 층을 꺼내놓아
점심을 먹은 후에
"이 길을 이렇게 닦으면
어느 누가 다니는 길입니까?"
"저승 염라대왕이 다닐 길입니다."
그리하여
강림이가 그 길에 조금 앉아있으니까
저승 염라대왕이 내려오는구나.
강림이는 달려들어서 저승 염라대왕을 잡아
인간세상으로 내려와 김치원한테 왔구나.
저승 염라대왕은 김치원한테
"무슨 일로 잡아왔습니까?"
"이 고을에 과양땅에 과영선이 마누라가
한 날 한 시에 아들 삼형제가 죽으니
이 공사를 판결하여 주십사 하여 잡아왔습니다."

"과영선이 마누라를 불러오너라."
과영선이 마누라가 왔으니
"너네 아들 삼형제는 죽어서 어디 묻었느냐?"
"앞밭에 시신을 내놓고 뒷밭에 묻었습니다."
"그러면 가서 봉분을 가리켜라."
봉분에 가서 가리켜서 그 봉분을 파헤쳐 보니까
헛매장에 헛봉분을 했구나.
과영선이 마누라의 사족을 절박 시켜놓고
"이 고을에 남녀노소 할 것 없이
큰 바가지 작은 바가지 들고
연하당 연못으로 모두 오너라."
고을 사람들이 연하못으로 모두 모이니까
저승 염라대왕은
"이 물을 모두 퍼라."
하는구나.
그 물을 모두 퍼보니
물 아래에 버물왕 아들 삼형제가 죽어
뼈만 앙상하였구나.
이젠 서천꽃밭에 올라
살 오를 꽃, 씨 오를 꽃,
번성할 꽃, 환생할 꽃, 모두 따다 놓으면서
동으로 뻗은 버드나무가지를 꺾어다
삼세번을 살짝 때리니
버물왕 아들 삼형제가 되살아난다.
저승 염라대왕은 과영선이 마누라한테
"과영선이 마누라야, 이것이 네 아들이냐?"
"우리 아들 아닙니다."
그리하여 저승 염라대왕은
버물왕 아들 삼형제를 되살려
아버지 나라로 되돌려 보내고,
"소 아홉도 들이라, 일곱 총각놈도 불러오라."
하여서, 소 아홉에 일곱 총각이 오니까,
"과영선이 마누라를 소 아홉에 매어

동문으로 몰앙 나강
서뭉으로 몰아 들어오다."
ᄒᆞ는구나.
일곱 총각놈은 과영선이 지집년을
쇠 아옵에 매여 놓고
동문으로 몰안 나간
각산지산 몰아부난
과영선이 지집년은 아옵각에 치저지연.
굴묵낭방애에 도외낭방앳귀로
이여동동 지연 ᄀᆞ를 치연,
그 ᄀᆞ를을 허풍ᄇᆞ름에 불리는구나.

과영선이 지집년을 ᄀᆞ를 치연
허풍ᄇᆞ름에 불리난
모기로 환싱ᄒᆞ고, ᄀᆞ다귀로 환싱ᄒᆞ고
사름 해치는 각굿 중싱으로 환싱ᄒᆞ였수다.
쇠 아옵도 등장들고
일곱 총각도 등장드난,
저싱 염여왕은,
"느네들 일곱 총각놈이랑
일곱 신앙으로 들어ᄉᆞ곡,
쇠 아옵이랑 아옵 귀양으로 들어ᄉᆞ라."

기물 5 : 신칼

2. 저승으로 가는 순서 〈차사본풀이2〉

옛날 옛적 하늘 옥황
버물왕의 아들이
삼삼구 아홉 형제 태어나고
위로 삼형제 죽어버리고,
아래로 삼형제가 죽어버리고,
가운데 삼형제가 살았다.
이 삼형제가 일천서당에 글공부를 시키니까
부지런히 공부를 하였다.
하루는 휴일이 오니까 심심하고 더 심심해
뒷천당 연하못에
배 구경 좋고 물 구경이 좋아 구경을 갔는데,
거기 쉼돌이 좋아보였다.
삼형제는 고누나 두어보자고 하여서
고누를 두게 되었다.
고누판을 그려놓고 고누를 두고 있는데,
동과남의 은중절 서과남의 무광절 중이대사가
시주 삼문 받아다가
헌 당 수리 헌 절 수리하려고 내려오더니,
버물왕 아들 삼형제가 고누를 두고 있다.
중이대사가 관상을 보면서
"이 선비님, 저 선비님, 이 도령님, 저 도령님.
낳기는 잘 낳았다마는
열다섯 십오 세를 넘기시면
명도 길 듯 하다마는
열다섯 십오 세 넘기기가 험난하다."
중이대사는 아랫녘으로 넘어 가버린다.

버물왕 아들 삼형제는 울며불며 집으로 돌아오니,
버물왕이 말을 하기를
"죽다가 남은 자식들아. 묻다가 남은 자식들아.
무슨 일로 울고 있느냐?"
"아버님아, 아버님아.
오늘은 심심하고 또 심심하여
뒷천당 연하못에 연도 좋고 물도 좋아
물 구경에 배 구경을 가서 보니
쉼돌이 좋아 보여 고누나 두어보자고
고누판을 그려놓고 고누를 두고 있는데,
동과남의 은중절 중이대사 삼절중이 내려와
관상을 보더니만
"이 도령님, 저 도령님. 이 선비님, 저 신비님.
낳기는 잘도 낳았지마는
열다섯 십오 세만 넘기시면 명도 길 듯하다마는
열다섯 십오 세 넘기기가 험난하다" 했습니다."
"그러면 그 중이대사는 어디로 갔니?"
"아랫녘으로 내려갔습니다."
"늦인득이정하님아. 오리정에 나가 보아라.
중이대사가 어디로 가니?"
"아랫녘으로 내려갔습니다."
"그 대사를 모셔오너라.
대사를 모셔서 들어보자."
"대사님아, 대사님아. 안으로 들어오십시오."
대사님이 들어오니
"조금 전에 뒷천당 연하못에서

옛날 옛적 하늘옥황
버물왕의 아들이
삼삼구 아옵성제 솟아나고
우으로 시성제 죽어불고
알로도 시성제가 죽어불고
중세로 시성제가 살았수다.
이 시성제가 일천서당이 글공비를 시기난
부지런이 공비를 ᄒ엿수다.
하룰날은 공일날이 돌아오난 심심ᄒ고 야심ᄒ연
뒷천당 연하못디
배 구경 좋고 물구경이 좋완 구경을 간,
그디 연팡돌이 좋아젼.
시성제라 꼰이나 두어보겐 ᄒ연
꼰을 두게 되엇수다.
꼰이판을 그려놓안 꼰이를 두엄더니
동과남의 은중절, 서과남의 무광절 중이대ᄉ가
권제 삼몬 받아당
헌당 수리 헌절 수리 ᄒ젠 ᄂ럼더니,
버물왕 아들 시성제라 꼰이를 두엄구나.
중이대ᄉ 풍월관상을 ᄒ연,
"이 선부님, 저 선부님. 이 도령님, 저 도령님.
낳기는 잘 낮저마는
열다ᄉ 시오세를 냉겨시민
맹도 질 듯 ᄒ다마는
열다ᄉ 시오세 냉기기가 낭감ᄒ다."
중이대ᄉ 아랫녁데레 치넘엉 가부린다.

버물왕 아들 시성젠 울멍실멍 집으로 돌아오난,
버물왕이 말을 홈을
"죽당 남은 ᄌ슥들아. 묻다 남은 ᄌ슥들아.
미신 일로 울엄샤?"
"아바님아, 아바님아.
오늘은 심심ᄒ고 야심ᄒ연
뒷천당 연하못디 연도 좋고 물도 좋안
물 구경에 배 구경을 간 보난
연팡돌이 좋아지연 꼰이나 두어보겐
꼬녀판을 그려놓고 꼬녀를 두엄시난
동과남의 은중절 중이대ᄉ 삼절중이 ᄂ리고
풍월관상 ᄒ더니만
"이 도령님, 저 도령님. 이 선부님, 저 선부님.
낳기는 잘도 낫저마는
열다ᄉ 시오세만 냉겨시민 맹도 질 듯 ᄒ다마는
열다ᄉ 시오세 냉기기가 낭감ᄒ다 ᄒ옵디다."
"게난 그 중이대ᄉ 어드레 가니?"
"아렛녁데레 ᄂ럼갑디다."
"늦인득이정하님아, 오리정에 나고 보라.
중이대ᄉ가 어디레 가니?"
"아렛녁데레 ᄂ렷쑤다."
"그 대술 청발ᄒ라.
대ᄉ를 청발ᄒ영 들어보저."
"대ᄉ님아, 대ᄉ님아. 안으로 들어옵서."
대ᄉ님이 들어오난
"ᄀᆞᆺ새 뒷천당 연ᄒ못디서

---

6 고누. 민속놀이 중 하나.

일천선비보고 무엇이라 말했습니까?"
"그런 것이 아니고 풍월관상을 하여 보니
도련님 삼형제가 낳기는 잘 낳아도
열다섯 십오 세를 넘기기가 힘들 것입니다."
"그러면 어떡하면 좋겠습니까?
궂은 운수를 막을 수는 없습니까?"
"왜 없습니까.
은도 만 냥 내어놓고, 금도 만 냥 내어놓고,
은기 짐도 차려 놓고, 놋기 짐도 차려 놓고,
모단 짐도 차려 놓고, 짐 세 짐을 차려
아들 삼형제에 내어놓아서
팔도구경을 시키십시오.
팔도구경을 하고 돌아올 땐
우리 절에 와서 연 삼 년을 공부를 시키고 있으면
궂은 수난은 넘어가 명이 길어질 듯합니다.
짐을 지고 나갈 때
아랫녘의 과영선이 집에 가서 잠을 자지 말고
밥도 먹지 않으면 명이 길 듯합니다."
버물왕은 세 절 중에게
시주 삼문 잘 주어서 보내어두고,
유기 짐을 꾸려 놓고
공단 짐을 꾸려 놓고
"큰아들은 유기 짐을 지어라.
둘째 아들은 놋기 짐을 지어라.
셋째 아들은 모단 짐을 지어라."
삼형제가 어머니와 하직하고 아버지와 하직하고
짐을 지고 기가 막히게 나가는구나.
가다 보니 쉬는 쉼돌이 있구나.
삼형제는 쉼돌에 짐을 내리고 쉬면서,
"이날 밤은 누구네 집으로 가서
어두운 밤을 새며, 밥을 사 먹을까?"
앉아서 허허 근심하고 있는데,
아랫녘 과영선이 마누라는

뒷천당 연하못에 빨래를 지고 가서,
빨래를 하고 오다 보니
버물왕 아들 삼형제가 앉아
호호 근심하고 있구나.
과영선이 마누라가 말하기를
"이 선비님, 저 선비님. 이도령님, 저 도령님.
무슨 일로 이렇게 앉아서
호호 탄복을 하고 있습니까?"
"그런 것이 아니고,
우리는 하늘옥황 버물왕의 아들입니다.
우리가 삼삼구 아홉 형제로 낳아서
위로 형님들이 삼형제가 죽고
아래로 삼형제가 죽어,
우린 중간으로 삼형제가 살아있는데,
동과남의 은중절 삼절중이
우리들 풍월관상을 하여
명이 짧다고 하여
팔도구경을 시켜서 고생하면
명이 길어질 듯하다고 해서 나섰는데,
이 날 밤을 어디 가서 어두운 밤새고 갈까?
이렇게 앉아서 호호 걱정하고 있습니다."
"이 선비님, 저 선비님. 이 도련님, 저 도련님.
우리 집은 방이 좋습니다.
네 귀에 풍경 달려서 식사 자리가 좋고,
만물에 차담에 부족한 것 없이 좋으니
우리 집에 오십시오.
갑시다. 우리 집으로 가서 밤을 자고 가십시오."
"아이고! 감사합니다."
삼형제가 과영선이 마누라와 같이
과영선이네 집으로 가
툇돌에 삼형제가 짐 세 짐을 부려두고
들어가니 저녁밥을 잘 해줘서 먹고,
과영선이 마누라가 말을 하기를

일천선비ᄀ라 미싱거엥 ᄀᆯ웁니다?"
"경ᄒᆞᆫ 것이 아니고, 풍월관상ᄒᆞ연 보난
도령님 시성제라 낳기는 잘 낳도
열다슷 시오세를 냉기기가 낭감흡네다."
"게멘 어떵ᄒᆞ민 좋을쿠광?
궂인 운술 막을 수는 엇입네깡?"
"무사 엇입네까.
은도 말량 내여놓곡, 금도 말량 내여놓곡,
은깃짐도 츨려놓곡, 놋깃짐도 츨려놓곡,
모단짐도 츨려놓곡, 짐 석짐을 츨령
아들 시성제에 내여놓왕
팔도구갑을 시김서.
팔도구갑시경 돌아올 땐
우리 절에 오랑 연삼년을 공빌 시겸시민
궂인 수년은 넘어강 맹이 질 듯 ᄒᆞ우다.
짐을 지영 나갈 때랑
아랫녁히 과영선이 집이랑 강 밤을 자지 말곡
밥도 먹지 말아시민 맹이 질 듯 ᄒᆞ우다."
버물왕은 삼절중신디
권제 삼몬 잘 주언 보내여두고,
유기짐을 츨려놓고,
공단짐을 츨려놓고,
"큰아들랑 유기짐을 지라.
셋아들랑 놋깃짐을 지라.
족은 아들랑 모단짐을 지라."
시성제가 어멍국이 하직ᄒᆞ고 아방국이 하직ᄒᆞ고
짐을 지고 기가 맥히게 나아가는구나.
가단 보난 쉬는 팡이 싯구나.
시성제라 연팡돌에 짐을 부련, 쉬멍,
"이 날 밤은 누게네 집으로 강
인밤을 새명, 밥을 사먹을콘?"
앚아 호호 근심ᄒᆞ염더니,
아랫녁 과영선이 지집년은

뒷천당 연하못디 연수답을 지연 간
ᄉᆞ답 ᄒᆞ연 오난 보난
버물왕 아들 시성제라 앚안
호호 근심ᄒᆞ염구나.
과영선이 지집년은 말을 홈을,
"이 선비님, 저 선비님. 이 도령님, 저 도령님.
미신 일로 웡 앚안
호호 탄복을 ᄒᆞ염쑤과?"
"그런 것이 아니고
우리는 하늘옥황 버물왕의 아들이우다.
우리가 삼삼구 아옵성제가 낳안,
우으로 성님들이 시성제라 돌아가고
알로도 시성제가 돌아가고,
우린 중간으로 시성제가 살안 신디,
동과남의 은중절 삼절중이
우리들 풍월관상을 ᄒᆞ연
맹이 쯔르댄 ᄒᆞ명
팔도구갑을 시경근에 고생ᄒᆞ염시민
맹이 질어졈직 ᄒᆞ댄 ᄒᆞ연 나샀는디,
이 날 밤을 어딜 강 인밤 새영 가린?
웡 앚안 호호 근심ᄒᆞ염쑤다."
"이 선비님, 저 선비님. 이 도령님, 저 도령님.
우리 집인 방안이 좋수다.
늬귀에 풍경 둘련 먹거리판 좋아지고
만물에 츠담에 떨어진 것 엇이 좋아시메
우리 집이 옵서,
가게, 우리집으로 강 밤을 장 갑서."
"아이구! 감수ᄒᆞ우다."
시성제가 과영선이 지집년광 ᄒᆞᆫ디
과영선이네 집으로 간
이힛돌에 시성제가 짐을 석짐을 부려두고
들어가난 ᄌᆞ녁밥을 잘 ᄒᆞ여주언, 먹고
과영선이 지집년이 말을 홈을

"우리는 아기가 없으니 그냥 말해
선비님네 우리 집의 수양아들로 들어와
장사하고 끼니는 집에 와서 먹으시오."
"그렇다면 그렇게 합시다."
삼형제가 지었던 짐을 다시 지고
이 마을 저 마을로 다니며
장사하며 물건 팔면서 팔도구경하고 와서
동개남의 은중절에 들어가는데,
삼년을 살라고 한 걸 단 일 년을
겨우 산 버물왕 아들 삼형제는 해만 바라보며
어머니 생각, 아버지 생각만 하면서
비새 울 듯 운다.
"저 해와 달은
우리 어머니, 아버지 바라보고 있으련만
우리는 이처럼 못 보는구나."
삼형제가 노래를 불러가니
대사님이 그 말을 듣고
"그러니까 너희들은 집이 그리 그리우냐?"
"예, 어머니 생각, 아버지 생각하니까
집이 그리 그립습니다."
"아이고! 애야. 그러면 어떡할까?
일 년만 더 살았으면 좋겠다마는
어서 가기는 가 보아라.
가기는 가도 중간에
과영선이 집에서는 밤도 자지 말고,
배고파도 술이나 밥을 주더라도
먹지 말고 그냥 가라."
"그건 그렇게 하겠습니다."
삼형제가 집으로 돌아오는데,
날이 저물어가는구나.
날이 저무니 들밭에 들어가 앉아서
삼형제가 어두운 밤을 새는데,
작은 아우가 들밭에 가 앉아서

손으로 만져 보니까
왕대 가는 대나무가 있어서,
작은 칼을 빼내어 대를 잘라서
퉁소를 만들어 와 퉁소를 불어가니,
과영선이 마누라는 퉁소 소리를 듣고 나와 보니
버물왕 아들 삼형제가 앉아 있으니
"아이고! 서룬 애기들아. 여기 와 앉아있었구나."
과영선이 마누라는
삼형제를 집으로 데리고 왔구나.
과영선이 마누라는
전에 장사를 보내어 두고
담아 놓은 술을 내놓는다.
술은 참누룩 아홉 동이에 찹쌀 아홉 동이에
술을 하여 놓았는데,
초 벌 닦아, 두 벌 닦아, 세 벌 닦아, 네 벌 닦아,
다섯 벌 닦아 고압약주를 만들어 놓았다가
그 애기들 삼형제에게 먹이는구나.
"우리 애기들아. 장사 다니면
배고프지 아니하고 피곤하지 아니하겠느냐.
술이나 한 잔 씩 먹어보아라."
삼형제가 술 한 잔 씩 나눠 먹고는
푹 거꾸러진다.
형부터 또 한 잔을 먹으니,
"형님은 그 술 한 잔을 먹은 걸, 그리 취합니까?
이리 주십시오. 내가 먹어보겠습니다."
술 한 잔을 먹으니 푹 거꾸러진다.
볕 난 날에 더운 나물 시들 듯
삼형제가 거꾸러지니,
저 과영선이 몹쓸 년은
참기름을 솥뚜껑에 놓아 부글부글 끓여
삼형제 왼쪽 귀에 사르르
오른쪽 귀에 사르르 길어 넣어서,
삼형제를 모두 죽였구나.

"우리는 애기가 엇어지니 기영 말앙
선비님네 우리집이 수양아들로 들엉
장수ᄒ곡 때랑 집일 오랑 먹읍서."
"기영ᄒ건 기영ᄒ읍서."
시성제가 지였단 짐을 다시 지연
그 무슬, 저 무슬로 댕기멍
장시ᄒ멍 물건 풀멍 팔도구갑ᄒ여 오전
동개남의 은중절에 들어가난,
연삼년을 살랭ᄒ 걸 단 일년을
제우 사난 버물왕 아들 시성제라 해만 ᄇ래멍
어멍 생각 아방 생각만 ᄒ멍
비새울 듯 우는구나.
"저 해광 돌사
우리 어멍 아방 ᄇ래염건마는
우리는 이츠록 못보는구나."
시성제라 놀랭 불러가난
대스님은 그 말을 들언,
"게난 느네들 집이 가지 그리우냐?"
"예, 어멍 생각, 아방 생각ᄒ여가난
집이 가지 그립쑤다."
"애이구! 애야, 게멘 어떵ᄒ코?
일년만 더 살아시민 홀커로구나마는,
어서 가기랑 가 보라.
감이랑 가도 중간에
과영선이 집이랑근 밤도 자지 말곡,
시장ᄒ여도 술이영 밥이영 주나때나
먹지 말앙 그냥 나라."
"걸랑 기영ᄒ읍서."
시성제가 집으로 돌아오는디,
날이 ᄌ물아가는구나.
날이 ᄌ무난 드르팟디 들어간 앚안
시성제라 인밤을 새는디,
족은 아시가 드르 팟디 간 앚안

손으로 뭉직아 보난
왕대 족대 시연,
토시칼을 빼여내연 대를 그찬
퉁대를 맹글아 ᄋ전 퉁대를 불어가난
과영선이 지집년은 퉁대소리 드런 나오란 보난
버물왕 아들 시성제라 앚아시난,
"아이구! 설룬 애기들아 이디 오란 앚았구나!"
과영선이 지집년은
시성젤 집데레 돌안 오랐구나.
과영선이 지집년은
전이 장시 보내여 두언
둥간 놔둔 술을 내여논다.
술은, 춤누룩 아옵동에 ᄎᆞᆸ쌀 아옵동이에
술을 ᄒ여 놓완,
초불 닦아, 두불 닦아, 시불 닦아, 늬불 닦아,
다숫불 닦안 고압약줄 맹글안 났단
그 애기들 시성젤 먹이는구나.
"설룬 애기들아. 장시 댕기멍
시장인들 아니ᄒ멍 곤ᄒ진들 아니ᄒ랴.
술이나 ᄒ잔쓱 먹어보라."
시성제가 술 ᄒ잔쓱 ᄂᆞ노와 먹언
푹기 엉물어졌.
성으로부떠 또시 ᄒ잔을 먹으난,
"성님은 그 술 ᄒ잔을 먹은 걸, 경 취ᄒᆞᆸ네까?
엡서, 날랑 먹어보저."
술 ᄒ잔을 먹으난 푹기 엉물어졌.
뱃난 날에 데운 ᄂᆞ믈 소들 듯
시성제가 ᄒ여가난.
저 과영선이 몹씰년은
춤지름을 소두껑에 놓완 소왕소왕 꾀와단에
시성제 왼귀레레 스르르
ᄂᆞ단귀레레 스르르 질어놓완,
시성젤 매딱 죽었구나.

과영선이 마누라는 유기 짐에 놋기 짐에
모단 짐 공단 짐을 안으로 들여놓고
안사랑으로 나간다.
과영선이 마누라는 서방에게
"잡니까?"
"예. 잡니다."
"우리가 돈을 많이 벌게 되었습니다.
하늘옥황 버물왕 아들 삼형제가 들어와서
고압약주 먹고는 시들시들 시들고 있습니다.
보십시오. 우리 돈 한 냥씩 줘서 지게꾼을 빌어다
뒷천당 연하못에 그냥 저것들을 집어넣어버리게.
유기 짐에 놋기 짐에 모단 짐이랑
우리가 차지하면 천하거부 될 거 아닙니까?"
"아, 그거 그렇다면 죄 짓는 것 아닙니까?"
"죄라고?
요놈이 자식은 들어오는 복을
막대기로 치려 하는구나.
살림 나누겠다."
"아니, 살림 나누고 할 것 있어?
저 사람 하고픈 대로 어서 아무 일이나 하시오."
이제 과영선이 마누라는
세 이웃에 가서 지게꾼을 빌어
"넘어가던 거지가 우리 집에 와
세 개가 죽었으니,
그걸 연하못에 지어다 던져 줘.
돈 한 냥씩 주겠다."
"그럼 그럽시다."
지게꾼 셋이 버물왕 아들 시체를 하나씩 지고
뒷천당 연하못에 가니
물에 뜰까봐 잔등이에 돌 달아매며
물로 팡팡 던져버리는구나.
지게꾼 셋은 돈 한 냥씩 주어 보내어 두고
과영선이 마누라는 집에 와서 서방에게

"우리 돈 많이 벌었습니다.
이리 벌어서 무엇을 합니까?"
사흘 만에 과영선이 마누라는
송장이 물에 뜨나 했을까봐
연하못에 빨래하는 체하며 가보니
송장은 안 뜨고 물 한가운데로
붉은 꽃도 둥실둥실,
노란 꽃도 둥실둥실,
파란 꽃도 둥실둥실,
꽃 세 개가 떠오는구나.
저 몹쓸 년은 욕심이 세어서
꽃을 보니 탐이 나고 아까워,
"나 위해서 오는 꽃이거들랑
내 앞으로 오십시오."
하며 손으로 물을 찰랑찰랑 퉁기어가니
꽃이 둥실둥실 떠 와,
과영선이 마누라는
그 꽃 세 개를 치맛자락으로 집어넣어
집으로 돌아왔다.
집에 온 과영선이 마누라는
"붉은 꽃은 대문전에 꽂아
나가며 들어오며 바라보고,
파란 꽃은 사잇문에 걸어
나가며 들어오며 바라보고,
하나 남은 꽃은 뒷문전에 걸어
나가며 들어오며 바라보자."
하는데 대문에 건 꽃은
나가려고 하면 앞머리채를 박,
들어오려고 하면 뒷머리채를 박 잡아당기고,
사잇문에 건 꽃은 대문에 건 꽃을 본 받아
밥상 들어가면 앞머리채를 박 잡아당기고,
들어오려고 하면 뒷머리채를 박 잡아당기고,
뒷문전에 건 꽃은 셋문전 꽃을 본 받아

과영선이 지집년은 유깃짐에 눗깃짐에
모단짐 공단짐을 안테레 들여놓완
내ᄉ랑엘 나고 간다.
과영선이 지집년은, 서방신디레
"잠쑤강?"
"예, 잠쑤다."
"우리가 돈을 하영 벌게 되염쑤다.
하늘옥황 버물왕 아들 시성제가 들어오란
고압약주 먹언 소닥소닥 소들암쑤다.
옵서, 우리 돈 ᄒ냥쑥 주엉 지겟꾼을 빌어당
뒷천당 연ᄒ못디레 강 저것들 드리쳐불게.
유깃짐에 눗깃짐에 모단짐이랑
우리라 ᄎ지ᄒ민 천하거부제가 될 거 아니우꽈!"
"아, 거 경ᄒ민 죄 짓지 안ᄒ여?"
"죄랑말앙!
요놈으 즛속은 들어오는 복을
막개도 치젠 ᄒ염구나.
사념 가르겠다."
"아니, 사념 가르도록 홀게 시여?
저 사름 ᄒ고픈내로 어서 아맹이나 ᄒ여."
이젠 과영선이 지집년은
삼이웃에 간 지겟꾼을 빌언,
"넘어가단 개와시가 우리집이 오란
시개라 죽어시메
그걸 연ᄒ못디 지여당 들이쳐 주어.
돈 ᄒ냥쑥 주커메."
"걸랑 기영ᄒ서."
지겟꾼 서이 버물왕 아들 시첼 ᄒ나쑥 지연
뒷천당 연ᄒ못딜 가난
물에 틀라푸댄 준동이에 돌 돌아매멍
물레레 팡팡 들이쳐부는구나.
지겟꾼 시엔 돈 ᄒ냥쑥 주멍 보내여 두고
과영선이 지집년은 집이 오란 서방신디레,

"우리 돈 하영 버실어졌수다.
오래 버실엉 미싱건 흡네까."
사을만은 과영선이 지집년은
송장이 물에 틈이나 ᄒ영싱가푸댄
연ᄒ못딜 ᄉ답ᄒ는 체 ᄒ연 간 보난
송장은 아니트고 물 한가운딜로
붉은 고장도 동실동실
노린 고장도 동실동실,
푸린 고장도 동실동실,
고장 시개가 터오는구나.
저 몹쓸년은 욕심이 씨년,
고장을 보난 탐이 나고 아까완,
"나 우렁 오는 고장이거들랑
나 앞데레 옵센."
ᄒ멍, 손으로 물을 잘락잘락 등기여가난
고장이 동실동실 터 오란,
과영선이 지집년은
그 고장 시갤 치매통데레 들이쳔
집으로 돌아왔수다.
집이 오란 과영선이 지집년은
"붉은 고장은 대문전이 꼬시고
나가멍 들어오멍 ᄇ래저,
푸린 고장은 셋문에 걸엉
나강멍 들어오멍 ᄇ래저,
ᄒ나 남은 고장은 뒷문전에 걸엉
나가멍 들어오멍 ᄇ래저"
ᄒ난, 대문에 건 고장은
나가젱 ᄒ민 앞살작 복,
들어오젱 ᄒ민 뒷잘작 복 ᄒ고,
셋문에 건 고장은 대문에 건 고장의 본을 받고
밥상 들렁 가민 앞살작 복기 매곡
들어오젱 ᄒ빈 뒷살짝 복기 매곡
뒷문전에 건 고장은 셋문전 고장의 본을 받고

장 뜨러 가려 하면 앞 머리채를 박 잡아당기고
들어올 때는 뒷머리채를 박 잡아당기고 하니까
과영선이 마누라는
"이 꽃, 저 꽃 행실이 나쁘다."
하며, 꽃 세 개를 확 빼어
돌화로에 팍팍 집어넣어버리고,
속옷 바람에 마당에 나가
작대기로 검불을 긁고 있으니,
청태국 마구할멈이 불씨 얻으러 와서
"과영선이 마누라야, 불이나 있어?"
"예, 있습니다. 돌화로에 가서 보십시오."
그러자 마구할멈은 돌화로에 가서
부삽으로 이리 저리 휘저어 보니
고운 화단재 구슬이 세 개가 있으니,
"아이고! 여기 구슬이 있어."
과영선이 마누라는 갈수록 욕심이 세어서
"그건 내 구슬입니다.
내 것입니다. 이리 주십시오."
잽싸게 빼앗았구나.
청태국 마구할멈이 불씨 담아 가버리니
과영선이 마누라는 구슬을 손바닥에서
동글동글 놀려가다가 햇빛이 비추니
구슬이 방실방실 웃는 것 같으니까 기쁘고,
이제는 아까우니까
그 구슬 하나를 입에 물어
혀끝으로 이리저리 놀려가니
구슬이 스르륵하며 녹아
목 아래로 내려가는구나.
다시 구슬 하나 입에 물고 놀리니
다시 목 아래로 내려가고
이렇게 구슬 세 개를 모두 먹어버렸다.

구슬 세 개를 모두 먹어 놓으니
그때 태기를 가져서
아홉 달 열 달 만삭 차니,
아들 삼형제를 낳는구나.
아들 삼형제를 낳아 보니 천하문장 감이라.
걷는 것은 글발이고, 노는 것은 글소리라.
그 아이가 그럭저럭 커서 일곱 살이 되니까
서당에 들어가 공부를 하는데,
삼형제가 모두 글이 좋아.
그럭저럭 살아가는 것이
열다섯 십오 세가 되니.
하루는 아들 삼형제 서당에 가
글을 읽다 와서
"어머님아, 어머님아.
일천선비들이 모두 장안 과거하러 갔습니다.
우리 돈 백 냥씩 삼백 냥만 주십시오.
삼형제가 구경이나 하고 오겠습니다."
"그럼, 어서 그렇게 해라."
돈 삼백 냥을 내어주며
삼형제가 백 냥씩 갈라
서울로 과거하러 나간다.
과거시험을 보는데,
과거하러 미리미리 간 선비들은
하나도 과거를 못하고 모두 낙방하고,
과영선이 아들들 삼형제는
모두 급제가 되어서,
큰아들은 문과급제를 하고,
둘째 아들은 평양감사를 하고,
작은 아들은 팔도도장원(都壯元)을 하고,
삼형제가 과거를 하고 돌아오는데,
하루는 과영선이 마누라가 서방님한테

장 걸이레 가젱 ᄒ민 앞살작 복기 매곡
들어올 땐, 뒷살작을 복기 매고가, 하여가난,
과영선이 지집년은,
"이 고장, 저 고장 행실이 나쁘다."
ᄒ멍, 고장 시갤 혹ᄒ게 뼤연
부섭데레 폭폭 지더두언,
소중기[7] 바랑에 마당에 나아간
작대기로 검질을 근엄시난
청태국 마귀할망은 불담으레 오란,
"과영선이 지집년, 불이나 시여?"
"예, 싰수다. 부섭에 강 봅서."
그젠 마귀할망은 부섭게 간
불갈래로 이레 저레 휘갈안 보난
고운 화단지 구실이 시개라 시난,
"애이가! 이디 구실이 싰저."
과영선이 지집년은 갈수록 욕심이 씨연,
"그건 나 구실이우다.
나 거우다. 이레 줍서."
혹ᄒ게 뺴여앗앗구나.
청태국 마귀할망은 불담안 가부난
과영선이 지집년은 구실을 손바닥이서
동글동글 놀려가단 햇빗이 비춰난
구실이 뱅실뱅실 웃는 것 ᄀ튼난 짓뻔,
이젠 아까우난
그 구실 ᄒ나을 입에 물언
세끝으로 이레저레 놀려가난
구실이 즈르르ᄒ게 녹안
목 알레레 ᄂ려가는구나.
또시 구실 ᄒ나 입에 물언 놀리난
또시 목 알레레 ᄂ려가고
이ᄎ록 구실 시을 매딱 먹어지엇수다.

구실 시을 매딱 먹어놓단
그게 태기징을 ᄀ젼
아옵 둘 열둘 춘삭 추난
아들 시성젤 낳는구나.
아들 시성젤 난 보난 천하문장 ᄀ심이라
걷는 것은 글발이고, 노는 것은 글소리라.
그 아이가 그럭저럭 커간 혼일곱술 나아가난
서당이 들연 공비를 ᄒ는디
시성제라 매딱 글이 좋안
그럭저럭 살아가는게
열다슷 시오세가 나난
ᄒ룰날은 아들 시성제 글청에 간
글 읽단 오란,
"어머님아, 어머님아.
일천선비들이 매딱 장안 과거ᄒ레 감쑤다.
우리 돈 백냥쓱 삼백냥만 줍서.
시성제가 구경이나 강 오쿠다."
"걸랑 어서 기영ᄒ라."
돈 삼백냥을 내여주난,
시성제라 백냥쓱
갈란 서월레레 과거ᄒ레 나아간다.
과거시엄을 보는디
과거ᄒ레 미리쏙 간 선비들은
ᄒ나토 과걸 못ᄒ고 매딱 낙방이 되고,
과영선이 아들들 시성제는
매딱 급제가 되연,
큰아들은 문과급제를 ᄒ고,
셋아들은 팽양감수를 ᄒ고,
족은 아들은 팔도도자원을 ᄒ고,
시성제라 과거를 ᄒ고 돌아오는디,
ᄒ룰날은 과영선이 지집년이 서방님안티

---

7 여자들이 입는 속옷.

"과영선이, 여보시오. 오늘은 우리 길에
정자나무 아래 가서 앉아 쉬기나 합시다.
아들들 과거보러 가서 소식이 올 것입니다."
"그럼 그리 합시다."
과영선이 마누라는
방안을 깨끗하게 치워두고
정자나무 아래에 가서 앉아 놀고 있으니,
동쪽으로 채롱짝만씩한 청구름이
동글동글 떠 올라가니 과영선이 마누라는
"저거 어떤 놈의 새끼들
과거하여 오는 가 보다.
우리 아들들 삼형제 중에 하나만이라도
과거해서 왔으면 하지마는
모두야 하여질까!"
그 말 다 마치지 못 하는데,
청가마 세 개가 너울너울
마당으로 들어와 가는데
"우리 어서 안으로 들어가 버립시다."
그리하여 과영선이 마누라와
과영선이는 사랑으로 들어간다.
과양선이는 바깥사랑에 들어가고,
과영선이 계집년은 부엌으로 들어가니
앞으로 큰 아들이 과영선이한테 가서 절하고
부엌으로 간 과영선이 마누라한테
"어머님아, 어머님아.
난 문과급제 하여 왔습니다.
둘째 동생은 평양감사를 하였습니다.
작은 동생은 팔도도장원을 하였습니다."
절을 하여두고 그만 앞으로 꺼꾸러지는구나.
둘째 아들이 과영선이한테 가서 절을 하고
부엌의 어머니한테 들어가 보니,
형님이 엎어져 있어
"형님은 우리 어머니가 우리 삼형제를

한꺼번에 배어서 낳느라 공들었다고
이리 오래 절하는구나.
나도 얼른 절하고 일어나야겠소."
"어머님아, 어머님아.
형님은 문과급제를 하였습니다.
나는 평양감사를 하였습니다.
동생은 팔도도장원을 하였습니다."
그렇게 하여 절을 하고
빨리 일어서보려고 하는데
폭삭 꺼꾸러지어 일어나지를 못하는구나.
작은 아들이 들어와 보고,
형님네가 그냥 엎드려 있으니
"우리 형님네는 우리 어머니가
아들 삼형제를 배어
한 날 한 시에 낳은 것이 공들었다고
이처럼 오래 절을 하는구나.
나도 빨리 해야지!
저는 팔도도장원을 하여 왔습니다."
절을 하는데
푹 꺼꾸러져 일어서질 못하는구나.
이젠 삼형제 모두 어머니 앞에서 죽어버려,
과영선이 마누라는 장사를 치르게 되는구나.
큰아들은 앞밭에 매장하고,
둘째 아들은 뒷밭에 가서 매장하고,
작은 아들은 옆 밭에 가서 매장하고,
앉아 생각을 하니,
어처구니없고 욕심이 나는구나.
과영선이 마누라는
이제는 김칫골 김치원님한테 물으러 가서는
"우리 아들 삼형제는
한 날 한 시에 낳고
한 날 한 시에 문과급제를 하여 와서,
한 날 한 시에 모두 죽어버렸습니다.

"과영선이, 옵서. 오늘 날랑 우리 올레에
정주낭 아래 강 앚앙 쉬양이나 ᄒᆞ염시게.
아들들 과거보레 강 소식사 올티."
"걸랑 기염 ᄒᆞᆸ서"
과영선이 지집년은
방안을 쿡쿡 치와두고
정주낭강알에 간 앚안 놀암시난
동방으로 고량착만썩 ᄒᆞᆫ 청구름이
동글동글 터 오라가난 과영선이 지집년은
"저거 어떤 놈으 새끼들
과여ᄒᆞ연 오는 거 닮다.
우리 아들들 시성제 중에 ᄒᆞ나만이라도
과걸 해영 오라불민 ᄒᆞ주마는,
다사 하여지랴!"
그 말 다 ᄆᆞ지지 못ᄒᆞᆷ에
청가매 시개가 폿들폿들
마당데레 들어오라가난,
"우리랑 옵서 안테레 들어가불게."
그영ᄒᆞ연 과영선이 지집년광
과연선인 ᄉᆞ랑으로 들어간다.
과양선은 밧ᄉᆞ랑에 들어가고
과영선이 지집년은 정짓간으로 들어가난,
앞으로 큰 아들이 과양선이 신디 간 절ᄒᆞ여 두고
정짓간으로 간 과양선이 지집년신디,
"어머님아, 어머님아.
난 문과급제 ᄒᆞ연 오랐수다.
셋아시는 평양감술 ᄒᆞ였수다.
족은 아신 팔도도자원을 ᄒᆞ였수다."
절을 ᄒᆞ여두고 그만 앞서 앙몰아지는구나.
셋아들이 과양선이 신디 간 허배를 ᄒᆞ여두고
정짓간에 어멍신디 들어간 보난
성님이 엎어젼 션,
"성님은 우리 어멍이 우리 시성젤

ᄒᆞ꺼번에 배연 낳젠 ᄒᆞ난, 공들었젠
웅 오래 절ᄒᆞ염구나!
날랑 거씬 절ᄒᆞ영 일어사불저."
"어머님아, 어머님아.
성님은 문과급젤 ᄒᆞ였수다.
난 팽양감술 ᄒᆞ였수다.
아신 팔도 도자원을 ᄒᆞ였수다."
경ᄒᆞ연 절을 ᄒᆞ고
재게 일어사불젠 ᄒᆞ난
폿기 앙몰아지연 일어나질 못ᄒᆞᆫ는구나.
족은 아들은 들어완 봔,
성님네가 경 엎더젼 시난,
"우리 성님넨 우리 어멍이
아들 시성제 배연
ᄒᆞ날 ᄒᆞ시에 낳젠 ᄒᆞᆫ 게 공들었젠
이츠록 오래 허배ᄒᆞ염구나.
날랑 거씬 일어사불저!
저는 팔도의 도자원을 ᄒᆞ연 오랐수다."
절을 ᄒᆞ난
폭시 앙몰아젼 일어사질 못ᄒᆞᆫ는구나.
이젠 시성제 매딱 어멍 앞서 죽어놓난,
과영선이 지집년은 영장을 ᄒᆞ게 되는구나.
큰아들은 앞밭디 생빈ᄒᆞ고
셋아들은 뒷밭디 간 생빈ᄒᆞ고
족은아들은 욮밭디 간 생빈허고,
앚안 생각을 ᄒᆞ난,
어이엇고 구이 엇고, 용심이 나는구나.
과영선이 지집년은
이젠, 짐칫골 짐치원신디 등장을 들언,
"우리 아들 시성젤
ᄒᆞ날 ᄒᆞ시에 낳고
ᄒᆞ날 ᄒᆞ시에 문과급세를 ᄒᆞ연 오란,
ᄒᆞ날 ᄒᆞ시에 ᄆᆞ 죽어불었수다.

무엇 때문에 이리 죽어버렸습니까?"
이렇게 물어 대니,
김치원님은 영문을 몰랐다.
사람들이 살아서 걸린 죄면 알 수가 있지마는
저승으로 걸린 죄라서
무슨 때문인지를 알지 못하고
대답을 못해 주었다.
이 때문에 과영선이 마누라는
하루 한 장씩 든 소지장(所志狀)이
아홉 상자 반이나 되도록
해결을 못해주고 끙끙 걱정했습니다.
하루는 과영선이 마누라가 성 뒤로 돌아다니면서,
"김칫골 김치원. 내 아들놈.
소지 조서 아홉 상자 반이나 들여 봐도
무엇 때문인지를 말 한마디 못하는 놈.
괘씸한 놈, 김치원 놈."
하면서 성안으로 들고 돌아다니면서
욕설만발을 하는구나.
그리하고 다시
"저런 김치원이.
소지 조서 한 장 못 내어주는 원님을,
원님이라 하여 무엇을 하리!"
하니 원님은 간이 콩알만큼 되어갔다.
김치원님은 원님 소임 못하여 나갈 것이
근심이 되는구나.
김칫골 원님을 도사령에게
"이제 우리는 소지 조서를 못 내주니,
자격미달이 되어서
자리를 내어놓아야 하겠구나."
걱정하니 도사령이 하는 말이
"원님, 그럴 것이 아닙니다.
강림사제 강파도가
문 안에도 마누라 아홉,

문 밖에도 마누라 아홉인데,
우리 열두 사령(使令)들이 숨을 못 쉬게 다룹니다.
그러니 강림사제에게 저승에 가서
염라대왕을 모셔 오라고 하면 좋겠다 하십시오.
그리하여 염라대왕이 이승에 오면
그 죽은 이유를 알 것입니다."
"그러면 어떻게 염라대왕을 모시고 오라 할까?"
"그리하지 마십시오. 강림사제 강파도가
문 안에도 아홉 각시, 문 밖에도 아홉 각시
열여덟 각시니,
내일은 제일 작은 장모 담젯날(禪祭日)입니다.
강림이가 담제하여 먹고
열여덟 각시 돌아보고 오자고 하면
사관이 늦어질 것입니다.
우리 남은 사제는 시간 전에 사관을 받아버립시오.
강림사제가 사관을 드리면
늦었다는 핑계로 하여 받지를 말고
'괘씸한 놈 하고는,
늦게 오고 싶으면 늦게 오고
빨리 오고 싶으면 빨리 오고,
하니 저 놈을 형틀에 올려 부쳐라.'
하여 죽일 듯이 둘러싸면,
그 때 네가 죽을 테야?
저승 염라대왕을 잡아 올 테야?
하면 엉겁결에
'염라대왕을 잡아 오겠습니다.'
그렇게 하면,
그렇다면 빨리 그렇게 하라고 해서
패지(牌旨)를 주어버리십시오."
김치원님은 그 말을 듣고 있는데,
강림사제 강파도는 아니나 다를까
다음날이 되니
작은 장모 담제해서 먹고

미신 따문 응 죽어비였수과?"
응, 등장을 드난,
김치원은 영문을 몰랐수다.
사름들이 살앙 걸민 죄민 알 수가 있주마는
저싱으로 걸린 죄라부란
미신 따문이멍을 알질 못ᄒ고
대답을 못ᄒ여 주었수다.
이 따문에 과영선이 지집년은
ᄒ로 ᄒ장쏙 든 소지장이
아옵상지 반이나 되도록
해결을 못ᄒ여주고 끈끈 ᄌ들았수다.
ᄒ로은 과영선이 지집년이 성두으로 돌아댕기멍
"짐칫골 짐치원이. 나 아들놈.
소지제ᄉ 아옵 상지 반이나 들여 봐도
미신 따문이멍을 말 ᄒ무디 못ᄒ는 놈.
괴씸ᄒ 놈, 짐치원 놈."
ᄒ멍, 성안으로 들구 돌아댕기멍
후욕만발을 ᄒ는구나.
그영ᄒ곡, 또시.
"저런 짐치원이.
소짓제ᄉ ᄒ장 못내여주는 원님을,
원님이엥 ᄒ영 미신 것 ᄒ리!"
ᄒ여가난, 원님은 간이 콩방울만이 되어갔수다.
짐치원은 원님 소임 못ᄒ영 나갈 것이
근심이 되는구나.
짐칫골 원님은 도ᄉ령ᄀ라,
"이젠, 우린 소짓제ᄉ 못내여 주난,
낙방이 되영
이 자릴 내여놓아사 홀로구넨."
ᄌ들아가난, 도ᄉ령이 ᄒ는 말이,
"원님아, 경ᄒ을 게 아니우다.
강림ᄉ제 강파동이
문안에도 지집이 아옵,

문백기도 지집이 아옵인디,
우리 열두 ᄉ령들에 숨을 못쉬게 굶네다.
경ᄒ난 강림ᄉ제ᄀ라 저싱에 강
염여대왕을 청ᄒ영 와시민 좋기엥 ᄒ서.
그영ᄒ영 염여대왕이 이싱에 와사만
그 죽은 따문을 알 꺼우다."
"게멘 어떵ᄒ영 염여대왕을 청ᄒ영 오랭 홀코?"
"그영맙서. 강림ᄉ제 강파동이
문안에도 아옵 각시, 문백기도 아옵 각시,
예레둡 ᄀ시난,
닐 날은 매족은 가시어멍 담젯날이우다.
강림이가 담제ᄒ영 먹고
예레둡 각시 돌아방 오젱 ᄒ민
ᄉ관이 늦어질 거난.
우리 남은 ᄉ제랑 시간 전이 ᄉ관을 받아붑서.
강림 ᄉ제랑 ᄉ관을 드리건
늦인 핑계로 ᄒ영 받질 말앙
'괴씸ᄒ 놈 ᄒ고는,
늦엉 오고프민 늦엉 오곡
재게 오고프민 재게 오곡,
하니 저 놈을 성클레레 올려부치렝'
ᄒ영 죽일팔로 둘러가당,
그 땐 느가 죽을 티야?
저싱 염여왕을 심엉 올 티야?
ᄒ민 어개급절에
'염여왕을 심엉 올키엥 홀 꺼우다.'
경ᄒ민,
게건 어서 그영 ᄒ랭. ᄒ영,
패지를 주어붑서."
짐치원님은 그 말을 들언 신디,
강림ᄉ제 강파동은 아닐까
붉는날은 돌아오난
족은 가시어멍 담제ᄒ연 먹고

문안에 아홉 각시, 문 밖에 아홉 각시
모아놓으니 열여덟 각시 돌아보면서 오는 것이
그만 사관을 늦게 들어,
원님이 닦달하니,
사세부득 엉겁결에 대답하는 것이
"저승 염라대왕을 잡아 오겠습니다."
하는데, 김치원님은 패지를 내어준다.
강림사제 강파도는 그 패지를 받아 나오며
작은 각시가 착실하고 영리하니
작은 각시에게 가서
"난 이제 큰 일이 나서 죽게 되었다!
아침 사관이 늦어서
김칫골 원님이 염라대왕을 잡아 올 테냐?
그냥 죽을 테냐? 하는데 엉겁결에
염라대왕을 잡아 오겠다고 하였지."
"아이고! 당신 죽음과 같지 못합니다.
염라대왕 길이 어디입니까?"
하면서
강림사제 강파도는 아침진지 내어봐도
가슴이 먹먹하여 드시지를 못하고,
열일곱 각시한테 다 돌아다니면서 말해 봐도
다 한 놈이 한 말 같은 말을 한다.
이젠 막다른 길로,
장가가고 시집갔을 뿐이었던
부부관계도 모르는 큰 각시 집으로 들어가니,
큰 각시는 방아를 찧으며 하는 말이
"서방님은 어떡하여
오늘은 저 골목에 가시를 열어 왔습니까?"
강림사제는 그 말에 대답할 수 없어졌다.
안으로 들어가 구들에 가서 앉아
탄복만 해가니,
강림사제 큰 각시는
보리방아 찧다가 내버리고

아침식사를 지어 열두 가지 고하반상(飯床)
아홉 가지는 나물 젓갈,
안성 놋기 통영칠첩반상을
가득히 차려놓고 서방님께 드려놓고,
나와서 가까이에서 바라보았다가,
멀리서 바라보았다가 하여도
식사 상을 안 받아서
이제는 강림사제 큰 각시는 들어가
"서방님은 무슨 일로 식사 상을 안 받고
근심을 하고 있습니까?"
"부인님아, 부인님아.
나의 수심기가 있는 걸 말해본들
어떡할 수가 있습니까?"
"서방님아, 서방님아.
문 안에도 아홉 각시, 문 밖에도 아홉 각시,
창옷 섶에 붙어온 각시고,
난 조강지처(糟糠之妻) 아닙니까?
서방님이 죽어서 가도
남은 가속들은 다 달아나도
난 조강지처 수절자리 아닙니까?
서방님이 죽을 일이 있으나 살 일이 있으나
나에게 말하지 않을 수가 있습니까?"
"부인님아, 부인님아.
그 말씀 말해 보니 가련합니다.
부인님아, 부인님아.
이제 나는 죽게 되었습니다."
"무슨 일로 그리 되었습니까?"
"어제는 작은 장모 담제를 해서 먹고
아침에 사관에 늦어, 그 죄로
저승 염라대왕을 잡아 오라 하니
수심기가 됩니다."
"서방님아, 서방님아. 식사 상을 받으시오.
염라대왕 잡으러 갈 재주는

문안에 아옵 각시, 문백기 아옵 각시.
매와 놓난 예레둡 각시 돌아봔 오는 것이
그만 수관을 늦게 들언,
원님이 답도리를 ᄒ여가난,
수세부득 어개급절에 대답ᄒ는 것이,
"저싱 염여왕을 심엉 올쿠댄."
ᄒ난, 짐치원님은 패지를 내여준다.
강림수제 강파둥은 그 패지를 받안 나오멍
족은 각시가 착실ᄒ고 영역ᄒ난
족은 각시 신디 간
"난 이젠 큰 일이 난 죽게 되었고!
야척 수관이 늦이난
짐칫골 원님이 염여대왕을 심엉 올티야?
그냥 죽을티야? ᄒ건데 어개급절에
염여왕을 심엉 오쿠댄 ᄒ였주."
"어이구! 당신 죽음만 ᄀ른지 못ᄒ우다.
염여왕 질이 어디우꽝!"
ᄒ여가난,
강림수제 강파둥은 조반 진지 내여 놔도
가심이 먹먹 ᄒ연 자시질 못ᄒ고,
예릴곱 각시 신디 다 돌아댕기멍 ᄀ라봐도
다 ᄒ놈이 ᄒ말 쿳듯 ᄀ라간다.
이젠 막다른 질로,
장개가고 씨집감 뿐 ᄒ연
남녀구벨법도 몰른 큰각시 집을 들어가난,
큰각시라 방엘 지멍 ᄀ는 말이,
"서방님은 어떵ᄒ난
오늘날은 저 올레에 가실 울안 오라집디가?"
강림수젠 그 말 대답 ᄒ 수 읏서지고.
안으로 들어가고 구둘에 간 앚안
탄복만 ᄒ여가난,
강림수제 큰 각신
보리방애 짓탄 내불고

조반식술 지연 열두가지 구애반상
아옵가진 매몰적갈
안상옥 토용칠첩반상을
개ᄀ득이 동축ᄒ고 서방님께 들러놓고,
나오라서 들이드랑 ᄇ래역
나아드랑 ᄇ래역, ᄒ여도
식수상을 아니받안
이젠 강림수제 큰각신 들어가고
"서방님은 미신 일로 식수상을 아니받앙
근심을 ᄒ염쑤과?"
"부인님아, 부인님아.
나의 수심끼가 신 걸 ᄀ라본들
어떵 ᄒ 수가 십네까?"
"서방님아, 서방님아.
문안에도 아옵 각시, 문백기도 아옵각시,
창옷섶에 붙어온 각시고,
난 조강지처 아니우꽈?
서방님이 죽엉 가도
남은 가속들은 다 돌아나도
난 조강지처 수절자리 아니우꽈?
서방님이 죽을 일이 시나 살 일이 시나
날그라 아니ᄀ를 수가 십네까?"
"부인님아, 부인님아.
그 말씀 ᄀ란 보난 가련ᄒ우다.
부인님아, 부인님아.
이제 나는 죽게 마련 되었수다."
"미신 일로 경 되었수과?"
"어젯날은 족은 가시어멍 담제를 ᄒ연 먹고
아적날은 수관이 늦언, 그 죄로
저싱 염여왕을 심엉 오라 ᄒ니
수심끼가 됩네다."
"서방님이, 시방님아. 식수상을 받읍서.
염여왕 심으레 갈 제주는

내가 마련하겠습니다."
"부인님아, 부인님아. 감사합니다."
아침 식사 상을 받으며
"서방님아, 서방님아.
김칫골 김치원님한테 가서
석 달 열흘 백일만 더 여유를 주면
염라대왕을 잡아 오겠다고 하여
승낙 받아 오십시오."
"그건 그리 합시다."
강림사제가 김치원에 들어가고,
"김치원님아, 석 달 열흘 백일만
여유를 주면 염라대왕을 잡아 오겠습니다."
"석 달 열흘이고 여섯 달 열흘이고
염라대왕만 잡아 오라."
이제는 강림사제는 큰 각시한테 가서,
"석 달 열흘 백일을 여유를 받아 왔습니다."
강림사제 큰 각시는 열일곱 아우한테
모이라고 모두 기별하여 집으로 다 모이니,
강림사제 큰 각시가 하는 말이,
"아우님네, 들어보라."
"예, 형님. 무슨 말입니까?
형님 말을 안 듣습니까?"
"서방님이 사관에 늦으시고 죽게 되었으니,
우리 열여덟 형제가 명심하여
염라대왕을 잡아 오게 하여
서방님을 살리는 게 어떠하니?
서방님이 살아나면 인왕산 그늘은
만 리 만큼 있어도 비출 것이니 어떠니?"
"그럼 그렇게 합시다."
이제는 열여덟 형제가 모여들어
진창 논에 진창 나락, 무논에 물나락,
강답에 강나락, 세 논에 나락을 하니
다섯 섬 다섯 말이로구나.

이것을 가져다가
느티나무방아에 도외나무 절구공이에
동백나무 함지에 이어둥둥 소리도 좋아.
열일곱 각시가 그 나락을 찧어서 보니
세 말 세 되가 되는구나.
이 나락 쌀을 다시
단 한 말 쌀로 찧어 놓아서,
동백나무함지에 쌀을 담고,
느티나무방아에 도외나무절구공이에
이어둥둥 찧어서,
가루를 빻아서 시루할머니 하여서 떡 찌고,
큰 각시는 강림사제가 입고 갈
의복을 하여 놓고,
문전제 지내고, 조왕제 지내고,
남방사주 겹바지에 북방사주 겹저고리에
서란 쾌자에 코잽이 버선에
천포다리 대님에 물명주 통허리띠,
병주발에 야무지게 잡아매고,
미투리 신에 종이감발 야무지게 매어두고,
진지 상모 달아놓고, 앞으로 홍볏 달고,
포승줄을 옆에 달고, 관장판을 등에 지고,
패지 끈을 품에 품고, 떡을 차려서
조왕제와 문전제를 지내는구나.
문전제와 조왕제를 지내어
떡과 밥을 싸 놓아서 지고,
서란 쾌자 옷 앞섶에는
바늘 한 쌈 찔러놓고 나가는데,
큰 각시가 하는 말이
"서방님아, 김치원에 들어가서
나갑니다, 하직하고 다녀오십시오."
"그건 그리 합시다."
김치원에 들어가서
"염라대왕 잡으러 갑니다."

나가 닦으겠수다."
"부인님아, 부인님아. 감수ㅎ우다."
조반 식ㅅ상을 받으난,
"서방님아, 서방님아.
짐칫골 짐치원님 신디 강
석돌 열을 백일만 더 찬토를 주민
염여왕을 심엉 올쿠댕 ㅎ영
승낙 받앙 옵서."
"걸랑 기영 ㅎ서."
강림ㅅ제가 짐치원에 들어가고,
"김치원님. 석돌 열을 백일만
찬토를 ㅎ여 주민 염여왕을 심엉 오겠수다."
"석달 열을이고 ㅇ숫돌 열을이고
염여왕만 심엉 오라."
이젠 강림ㅅ제 큰각시 신디 간,
"석돌 열을 백일을 찬토를 ㅎ연 오랐수다."
강림ㅅ제 큰각신 예렐곱 씨왓 신디레
모다 오랜 매딱 기벨ㅎ연 집으로 다 모아오난,
강림ㅅ제 큰각시가 ㅎ는 말이,
"아시님네, 들어보라."
"예, 성님. 미신 말이우꽈?
성님 말이사 아니들업네까?"
"서방님이 ㅅ관에 늦으시고 죽게 되어서니
우리 예레딥 성제가 맹심ㅎ영,
염여왕을 심엉 오게 ㅎ영
서방님을 살리는 게 어떵ㅎ니?
서방님이 살아나민 인왕산 그늘은
만리만이 시여도 비추울 것이니 어떵ㅎ니?"
"걸랑 기영 ㅎ서."
이젠 예레딥 성제라 모다들언
풀논에 풀나록, 수답에 수나록,
강답에 강나록, 시논에 나록을 ㅎ난
닷섬 닷말이로구나.

이 걸 ㄱ껴단,
국묵낭방애에 도외낭절굇대에
돔박낭도고리에 이여동동 소리도 좋다.
예릴곱 각시가 그 나록을 지연, 보난
서말 석되가 되는구나.
이 나록쏠을 다시
단 흔말쌀로 능거놓완,
돔박낭도고리에 쏠을 컨,
굴묵낭방애에 도외낭절굇대에
이여동동 새골란
ㄱ를 ㅂ소완 시리할망 ㅎ연 떡 치고,
큰각신, 강림ㅅ제가 입엉 갈
이복을 ㅎ여 놓완,
문전제 지내고, 조왕제 지내고,
남방수주 줍바지에 북방수주 줍저고리에
서란 쾌지에 코재비보선에
천포다리 다림에 물맹지 통허릿띠,
맹지발레 ㅇ지짓기 줍아매고,
미투리 신에 종이감발 ㅇ지짓기 매여두고,
진지 상무 둘려놓고, 앞으로 홍고달 둘리고,
홍새줄을 읖이 둘리고, 관장판을 등에 지고,
패지끈을 쿰에 쿰고, 떡이영 출련
조왕제영 문전제영 지내는구나.
문전제영 조왕제영 지내연
떡 밥을 싸 논 지고,
서란쾌지 옷앞섶엔
바농 흔쏨 질르고 나가는디,
큰각시가 ㅎ는 말이,
"서방님아. 짐치원이 들어가고
나감쑤댕 하직ㅎ영 강 옵서."
"걸랑 기영 ㅎ서."
짐치원일 들어가고
"염여왕 심으레 감쑤다."

하직을 하니 물명주 한 동을 내어주며,
"가면서 발감기도 하고, 땀수건도 하시오."
하니,
열두 사제가 모두 돈을 모아서 내어주며
"이것으로 술도 사 먹고 떡도 사 먹으시오."
하니,
각시들은 배웅을 나와서
그 말 저 말 해가니까,
사시(巳時) 행차에 오시(午時) 행차 되어나니
점심때가 되었구나.
강림사제 강파도는
큰 눈을 부릅뜨고 수염을 재껴 올리고
좁은 목에 벼락 치듯,
넓은 목에 번개 치듯 하며 간다.
가다 보니 반백발 노인노장이 있어서,
강림사제가 넙죽 절을 하니까,
"어디로 가는 사장님이
우리 같은 노인네를 보고 절을 하느냐?"
"노장님아.
저희도 부모조상님을 모시고 살았습니다.
절을 안 할 수가 있습니까?
점심 진지나 드시고 가십시오."
"나한테도 있는 것이다."
점심밥을 내어놓고 보니
떡도 한 시루에 떡, 밥도 한 솥의 밥!
거참! 이상한 일이여!
식사를 하고 헤어질 때,
"사장이 나를 알겠습니까?"
"정말 모르겠습니다."
"나는 너희 집 토신이다.
너희 큰 각시 하는 정성이 지극하여
너 가는 곳 길 인도하러 왔노라."
"감사합니다."

"너 염라대왕 길 알겠느냐?"
"정말 모르겠습니다."
"가다 봐라.
반백발 노인 할머니가 가거든 절을 하여라."
이 말을 하고 바라보니
아무것도 없이 노인노장이 간 곳이 없다.
그 길로 가다 보니
대나무 지팡이 짚은 할머니가
흔들흔들 가기에 강림사제가 절을 하니,
"어디를 가는 사장님이
이런 노인을 보고 절을 하십니까?"
"저도 늙은 부모를 모시고 사는데,
노인노장 보며 절을 안 할 수 있습니까?"
"네가 날 알겠는가?"
"정말 모르겠습니다."
"너, 저승 염라대왕을 잡으러 가지?"
"예, 그렇습니다."
"나는 너희 집 문전조왕이다.
너희 큰 각시 정성이 지극하여
너 염라대왕 잡으러 가는 곳
길 알려주려고 나왔지."
"감사합니다. 점심밥이나 드시고 가십시오."
"나한테도 있어."
점심밥을 내어 놓고 보니,
한 솥의 밥이고, 한 솥의 떡이라.
음식을 드시고 할머니가 말을 하기를
"가다가 봐라.
세 갈래 길에 점쟁이가 앉았다.
거기 가거든 점을 보거라."
그 말 하고나서 할머니는
간 데 온 데 없이 번쩍 사라진다.
강림사제 그 길로 가다 보니
세 갈래 길에 점쟁이가 앉아 점을 쳐서,

하직을 ᄒᆞ난 물맹지 ᄒᆞᆫ동일 내여주멍,
"가멍, 발갱기도 ᄒᆞ곡 ᄯᆞᆷ수건도 ᄒᆞ렌."
ᄒᆞ난,
열두 수제가 매딱 돈덜 모도완 내여주멍
"요 걸로 술도 사먹곡, 떡도 사먹읍센."
ᄒᆞ난,
각시덜은 전송을 나완,
그말 저말 ᄒᆞ여가난,
ᄉᆞ시행ᄎᆞ에 오시행ᄎᆞ가 되어가난
징심참이 되염구나.
강림수제 강파동은
붕애눈을 부릅트고 삼각소를 거시리고
좁은 목에 배락치듯
넙은 목에 펀개치듯 ᄒᆞ멍 간다.
가단 보난 반백발 노인노장이 시연,
강림수제가 허붓이 절을 ᄒᆞ난.
"어드레 가는 수장님이
우리 ᄀᆞᆺ은 노인네를 보고 허배를 ᄒᆞᆫ냐?"
"노장님아.
저의도 부미조상님을 모산 살암수다.
허배 아니ᄒᆞᆯ 수가 십네까?
징심 진지나 자상 가옵소서."
"나신디도 신 거다."
징심밥을 내여놓안 보난
떡도 ᄒᆞ시리엣 떡, 밥도 ᄒᆞᆫ솥딧 밥!
거춤! 이상ᄒᆞᆫ 일이여!
식ᄉᆞ를 ᄒᆞ고 갈라살 적,
"수장이, 날 알아지카?"
"가히 몰르겠수다."
"나는 느네 집 토신이다.
느네 큰 각시 ᄒᆞ는 정성이 지극ᄒᆞ연,
느 가는 디 질 인도ᄒᆞ레 왔노라."
"감ᄉᆞᄒᆞ우다."

"느 염여왕질 알아지켜냐?"
"가히 몰르겠수다."
"가당 봐라.
반백발 노인할망이 감거든 허배를 ᄒᆞ여라."
이 말 ᄀᆞ란, ᄇᆞ려보난
펀직ᄒᆞ게 노인노장이 간 곳이 읏서진다.
그 질로 가단 보난
주랑 짚은 할망이 ᄀᆞ들ᄀᆞ들 가단에
강림수제 절을 ᄒᆞ난,
"어디를 가는 수장이
이런 노인을 보완 허배를 ᄒᆞ염신고?"
"저의도 늙은 부미를 모상 사는디
노인노장 보왕 허배를 아니ᄒᆞᆯ 수 십네까?"
"느가 날 알아지컸가?"
"가히 몰르겠수다."
"는 저싱 염여왕을 심으레 감지?"
"예, 그영ᄒᆞ우다."
"나는 느네 집 문전조왕이여.
느네 큰 각시 정성이 지극ᄒᆞ난
느 염여왕 심으레 가는 디
질인도 ᄒᆞ레 나왔저."
"감ᄉᆞᄒᆞ우다. 징심밥이나 자상 가십서."
"나신디도 싰저."
징심밥을 내여 놓완 보난,
ᄒᆞᆫ솥딧 밥이고, ᄒᆞᆫ솥딧 떡이라.
음식을 자사놓고 할망이 말을 ᄒᆞ되,
"가당 봐라.
삼도전 거리에 점쟁이가 앚았다.
그 디 가건 점을 ᄒᆞ영 가라."
그 말 ᄀᆞᆯ아두언 홀망은
간 디 온 디 엇이 펫짝 ᄉᆞ라진다.
강림수제 그 질로 가단 보난
삼도전 거리에 점쟁이가 앚안 점을 첨선,

돈 한 냥을 놓고
"점이나 한 장 쳐 주십시오."
"무슨 점이 필요합니까?"
"저승 염라대왕 잡으러 가는 점입니다."
점쟁이는 점을 톡톡 쳐 보더니,
"여기로 저리 가다가 보십시오.
일흔일곱 갈림길이 있습니다.
한 갈림길은 산신대왕 가는 길,
한 갈림길은 천지왕도 가는 길,
한 갈림길은 지부왕도 가는 길,
한 갈림길은 인앙왕도 가는 길,
한 갈림길은 혼합씨가 가는 길,
한 갈림길은 인앙만고가 가는 길,
한 갈림길은 할망왕도 가는 길,
한 갈림길은 생불할머니도 가는 길,
한 갈림길은 북서왕도 가는 길,
한 갈림길은 명도대왕 가는 길,
한 갈림길은 옥황상제도 가는 길,
한 갈림길은 대별왕도 가는 길,
한 갈림길은 소별왕도 가는 길,
다 제하다가 한 갈림길이 남으니까
거기로 가다 보면
염라대왕에게도 들어가고 합니다.
염라대왕의 길로 가다 보면
큰 대문등이 있으니,
그 큰 대문을 잡아서
문틈에 패지 글을 집어넣어서,
거기 앉아 기다리고 있으면
알 도리가 있을 것입니다."
이제는 점쟁이가 가르쳐 준대로
강림사제가 가다 보니, 아니나 다를까
염라대왕 들어가는 큰 대문을 잡고,
문틈에 패지 글을 접어서 놓아두는구나.

그 법으로 지금 세상에 제사 명절 때,
축지방 쓰는 것이
그 때 강림사제가 내온 법이다.
문사이로 패지 글을 접어서 놓아두고,
자축간(子丑間)이 되어가니까
영문 사령(使令)이 국방문을 열고 나와서 보니,
문틈에 패지 글이 꽂혀 있으니,
이제 염라대왕에게 들어가
"염라대왕님아. 오리정에 강림사제가
김칫골 원님의 부름으로
염라대왕 잡으러 왔노라고 하고 있습니다."
"그냥 저리 내버려라."
하늘옥황이
원복장의 집에 일곱 살 난 아이가 죽어가니
그 굿 구경을 가자고 청가마를 차려서
타고 열두 사제와 나서는구나.
염라대왕이 청가마를 타고 굿 구경을 나가는데
강림사제 강파도가 가마부출을 휘어잡고,
"김칫골 김치원님이 염라대왕을 청발(請發)하라
하여 청하러 왔습니다."
"아침 밥 다 먹었느냐? 너는 우리 손에 죽는다."
강림사제 강파도는
콧방귀를 한 번 '쏭'하게 내쉬자,
열두 사제가 다 '풍'하게 날아간다.
염라대왕이 말을 하되,
"강림사제 강파도야.
인간 세상에도 굿을 하느냐?
우리 옥황에 굿을 하고 있으니, 오너라.
나하고 같이 가서 굿 구경을 하러 가게."
"그럼 그렇게 합시다."
강림사제 강파도는
염라대왕 탄 청가마 부출에 매달려서
옥황으로 떠오른다.

돈 ᄒ 냥을 놓고,
"점이나 ᄒ 장 쳐 줍서."
"미신 점이 됩네까?"
"저싱 염여왕 심으레 가는 점이우다."
점쟁인, 점을 톡톡 쳐 보완,
"일로 저영 가당 가당 봅서.
이른일곱 상거림이 있수다.
ᄒ 거림은 산신대왕 가는 질,
ᄒ 거림은 천지왕도 가는 질,
ᄒ 거림은 지부왕도 가는 질,
ᄒ 거림은 인앙왕도 가는 질,
ᄒ 거림은 ᄒ 합씨가 가는 질,
ᄒ 거림은 인앙만고가 가는 질,
ᄒ 거림은 할망왕도 가는 질,
ᄒ 거림은 생불할망도 가는 질,
ᄒ 거림은 북서왕도 가는 질,
ᄒ 거림은 맹도대왕 가는 질,
ᄒ 거림은 옥황상제도 가는 질,
ᄒ 거림은 대밸왕도 가는 질,
ᄒ 거림은 소밸왕도 가는 질,
다 제ᄒ 당 ᄒ 거림이 남아시메
글로 가당 보민
염여왕도 들어가곡 홉네.
염여왕의 질로 가당 보민
큰 대문등이 시메
그 큰 대문을 심엉
문트망으로 패짓글을 드리청,
그디 앚앙 지드렴시민
알을 도래가 실 꺼우다."
이젠 점쟁이가 그리쳐 준대로
강림ᄉ 제가 가단 보난 아닐카,
염여대왕일 들어가지언, 큰 대문을 심고
문트망으로 패짓글을 줍전 놓아 두는구나.

그 법으로 금시상이 식게 멩질 때
축지방 씨는 게
그 때 강림ᄉ 제가 내운 법이우다.
문트망으로 패짓글을 줍전 놔두어시난
ᄌ 축간이 되어가난
영문ᄉ 령이 국방문을 올리고 나오란 보완,
문트망에 패짓글이 세와져시난,
이젠 염여왕이 들어가고
"염여대왕님아, 오리정에 강림ᄉ 제가
짐칫골 원님의 부름씨로
염여대왕 심으레 오고랜 ᄒ 염수다."
"그만 저만 내빌라."
하늘옥황이
원복장의 집이 일곱술 난 애기가 죽어가난
그 굿구경을 가젠 청가매를 출련 타고
열두사제영 나수는구나.
염여왕이 청가매를 타고 굿구경을 나가가난
강림ᄉ 제 강파동은 가매부출 휘여심언,
"짐칫골 짐치원이 염여대왕을 청발ᄒ 렌
ᄒ 연 청ᄒ 레 오랐수다."
"조반밥 다 먹언디야? 는 우리 손에 죽나."
강림ᄉ 제 강파동은
콧숨을 ᄒ 번 '쑝' ᄒ 게 내쉬난
열두ᄉ 제가 다 '풍' ᄒ 게 불려난다.
염여왕이 말을 홈되,
"강림ᄉ 제 강파동아.
인간에도 굿을 ᄒ 느냐?
우리 옥황에 굿을 ᄒ 염시메, 오라
나광 ᄒ 디 강 굿구경을 ᄒ 영 가게."
"걸랑 기영 홉서."
강림ᄉ 제 강파동은
염여왕이 탄 청가맷부출에 둘아지연
옥황으로 도오른다.

옥황의 원복장의 집에 가 보니
큰 굿을 하는데,
수조무(首助巫)가 나서서
오리정에 염라대왕이 도착하였구나.
삼시왕 삼처사도 내려왔구나.
애타는 가슴 세 홉 삼시 세쌀죽,
서럽던 가슴 헤엄쳐 다섯 묶음,
서 홉 삼시 세쌀죽,
청감주(淸甘酒)로 잦은 청주로
잦은 소주로 대령해서
지전도 만 냥을 은화도 만 냥을 준비하고
길에 맞는 노자(路資)도 받으시오.
명에 맞는 명전(命錢)도 받으시오.
안으로 청하여 안으로 열시왕
바깥으로 삼시왕 상당으로 떠오르시오.
상당에 떠오르니 수소무가
첫 잔은 청감주, 이 잔은 자청주, 삼잔은 자소주.
일배 일배 삼주잔, 염라대왕에게 바치니
염라대왕이 말하기를
"강림사제 강파도야.
내가 받은 술도 먹어 보아라."
술을 주니 먹는 사이에 간발에 행방이 묘연해지고,
강림이야 강파도는 염라대왕이 어디로 갔는가?
이리저리 샅샅이 파고든다.
원복장의 애기업개가 섰다가 말하기를
"강림사제 강파도는
인간 세상에서는 영악하고 똑똑하다 하여도
저승에 오고 보니 어리석고 미련하구나.
염라대왕이 대들보가 되니
찾지를 못하는구나."
강림사제 강파도는
"이 집 지은 주장(主匠)과 목수는 어디 갔느냐?"
"여기 있습니다."

"이 집에 기둥은 몇 개를 세웠느냐?"
"여든여덟 개 세웠습니다."
"네가 세운 기둥을 세어 보아라."
하나 두 개 세어간다. 일흔여덟 상기둥을 헤다가,
"예, 한 기둥이 남았습니다.
이 기둥은 내가 세운 기둥이 아닙니다."
"대톱 소톱 가져오너라. 이 기둥을 자르라."
설겅설겅 자르려고 하니
염라대왕이 팔짝 나서며 말을 한다.
"야, 내가 툇기둥은 아니고 염라대왕이다."
강림사제 강파도는 염라대왕을 잡아 놓고
쇠사슬 줄을 내어 놓아 사문결박 시켜간다.
염라대왕은 말하기를
"강림사제 강파도야,
사지결박 풀어라. 너와 같이 가마."
사지결박 풀어주니
염라대왕은 아뜩하게 간 곳을 몰라
이리저리 샅샅이 찾는구나.
원복장의 애기업개가 옆에 섰다가 말하기를
"강림사제 강파도는
인간 세상에서는 영악하고 똑똑하다고 하지만
저승에 와서 보니 미련하다.
염라대왕은 저 문등에
마당비가 되어 세워져있구나."
강림사제 강파도는
이제는 대문을 쇠사슬로 사지결박 시켜가니까
염라대왕이 말하기를
"강림사제 강파도야. 사지 결박 풀어다오.
너와 나와 술이나 한 잔 나눠 먹고 같이 가게."
사지 결박 풀어놓으니,
"이거 내가 받은 술이다.
한 잔 먹어라. 같이 가게."
술 한 잔을 먹는 사이에

옥황의 원복장의 집이 간 보난
큰굿을 ㅎ는디,
수소미가 나산
오리정에 염여왕이 당ㅎ였구나.
삼시왕 삼체수도 느렸구나.
애산 가심 서읍 삼시 시월미
실턴 가심 히여 단뭇
서읍 삼시 시월미
청감주로 ㅈ청주로
ㅈ소주로 데령ㅎ저
지전도 만량을 은화도 만량을 데령ㅎ저
질헤 맞인 질화지도 받어서,
맹에 맞인 맹쇠도 받읍서.
안으로 청내ㅎ영 안으로 열시왕
백겻딜로 삼시왕 상당으로 도올릅서.
상당일 도올르난 수소미가
초잔은 청감주, 이잔은 ㅈ청주, 삼잔은 ㅈ소주.
일배 일배 삼주잔, 염여왕이 데령ㅎ난
염여왕이 말을 ㅎ을,
"강림ㅅ제 강파도야.
나 받은 술도 먹어보라."
술을 주난 먹는 새옌 간 발이 무중ㅎ고
강림이야 강파도는 염여왕이 어딜 간고?
도리 삽삽 파고든다.
원복장의 애기업갠 샀단 말을 ㅎ을
"강림ㅅ제 강파도는
인간이선 영역ㅎ고, 똑똑ㅎ댕 ㅎ여도
저싱은 오고 보난 어리석고 미죽었구나.
염여왕은 대들포가 되어지고
춫지를 못ㅎ는구나."
강림ㅅ제 강파도는
"이 집 짓인 선장광 목쉬는 어딜 가시니?"
"어디 있수다."

"이 집이 지동은 멧개를 세왔느냐?"
"ㅇ든ㅇ듭개 세왔수다."
"느 세운 지동을 세여보라."
ㅎ나 두 개 세여간다. 일은ㅇ듭 상지둥을 세단,
"예, ㅎ지동이 남았수다.
요 지동은 나 세운 지동이 아니우다."
"대톱 소톱 ㅇ저들이라. 이 지동을 싸라."
심금실작 싸젠ㅎ난
염여왕이 펏짝 나아ㅅ고 말을 ㅎ다.
"야, 내가 탯지동은 아니고 염여왕이노라."
강림ㅅ제 강파도는 염여왕을 심어 놓고
쐬ㅅ줄을 내여 놓완 수문절박 시겨간다.
염여왕은 말을 ㅎ되,
"강림ㅅ제 강파도야.
수문절박 풀려도라. 느광 곹이 가마."
수문절박 풀려놓난
염여왕은 아뜩ㅎ난 간 곳이 몰라지연
도리 삽삽 ㅎ는구나.
원복장의 애기업갠 욯이 샀단 말을 ㅎ되,
"강림ㅅ제 강파도는
인간이선 영역ㅎ고 똑똑ㅎ댄 ㅎ여라만
저싱은 오고 보난 미련ㅎ다.
염여왕은 저 무뚱에
ㅅ라비가 되어 세와졌구나."
강림ㅅ제 강파돈
이젠 대문을 쐬ㅅ줄로 수문절박 시겨가난
염여왕이 말을 ㅎ을
"강림ㅅ제 강파도야. 수문절박 풀려도라.
느광 나광 술이나 ㅎ잔 ㅎ고왕 먹엉 곹이 가게."
수문절박 풀려놓난,
"이거 나 받은 술이여.
ㅎ잔 먹으라. ㅎ디 가게."
술 ㅎ잔을 먹는 새옌

다시 행방묘연 되는구나.
이리저리 샅샅이 뒤져간다.
원복장네 애기업개가 다시 하는 말이
"강림사제 강파도는 인간 세상에서는
영악하고 똑똑하다 하여도
저승에서는 할 수가 없구나.
염라대왕은 큰 깃대꼭지에 황지네 되어서
이리 발발 저리 발발 기고 있구나."
애기업개 하는 말을 들은 강림사제 강파도는
큰 깃대꼭지에 달려들어
쇠사슬로 사지 결박 시켜가니
염라대왕이 펄쩍 나서고
"강림사제 강파도야. 나가 있어라.
모래 사오 시에 인간 세상에 내려가마."
"인간 세상에 나만 가면
거짓 저승에 갔다 왔다고 하여
난 죽게 될 것이니, 아무리 하여도 나는
염라대왕을 청발하여 함께 가겠습니다."
"그리 말아라. 인간 세상에 내려가 있어라.
그동안 나는 너의 뜻을 알아보기 위하여
이래저래 한 것이다."
그리하여도 강림사제가 말을 듣지 않아,
이젠 염라대왕이 말을 하기를
"강림사제 강파도야.
내가 네 등짝에 모래 사오 시에 가겠다는
패지(牌旨) 글을 써 주마."
강림사제 강파도는
"그건 그렇게 하지마는
인간 길을 나고 가자고 하면
잡혀서 갈 수가 없습니다."
염라대왕은 앞발 두 개 없는 흰 강아지와

저승 염라대왕의 영문사령을 내어주면서
"서천강까지만 이 강림사제를 인도하여 줘라."
하는구나.
강림사제 강파도는
흰 강아지를 콩태기 소매에 집어넣고
영문사령과 같이 나오는데,
나오다 보니까 어떤 사람이 북을 지고
뒤에 서 있으면서 덩덩 두드리는 사람이 있어서,
강림사제 강파도는 염라대왕의 영문 사령에게
"저건 어떤 사람들입니까?"
들으니까
"저거, 근친상간한 것이다.
그건 계속 돌리면서 남들 본보기로 하는 것이다."
또 오다 보니
산딸기나무 가시덤불 밭으로 돌을 지고
가시 돋은 몽둥이로 타작질하는 사람이 있어,
"저건 어떤 것입니까?"
"저건 도둑질 한 죄를 다스리는 것이다."
또 오다 보니,
좋은 안장에 좋은 말에 좋은 의복을 잘 차리고
줄줄이 잡혀가는 사람이 있어
"저건 어떤 사람입니까?"
"거건 돈 많은 사람이야.
옛날에 과거에 문과급제한 사람이야."
또 오다 보니,
공작 깃 갓 쓰고 춤을 추면서 굿을 하는 곳이 있어
"저건 어떤 것입니까?"
하니,
"저건 인간 세상에서
죽어가는 사람을 살려내는 건데,
그 일을 하는 것은 저승 와서는 저렇게 한다."

---

8 이승과 저승의 경계까지만.

또시 간발무중 되는구나.
도리 삽삽 ᄒ여간다.
원복장네 애기업갠 도로 ᄒ는 말이
"강림ᄉ제 강파도는 인간이선
영역ᄒ고 똑똑ᄒ댄 ᄒ여도
저싱서는 홀 수가 엇구나.
염여왕은 큰댓고고리에 황주냉이 되어지고
이레 불불 저레 불불 기염구나."
애기업개 ᄀ는 말을 들어사 강림ᄉ제 강파도는
큰댓고고리에 늘려들고
쐬ᄉ줄로 ᄉ문절박 시겨가난
염여왕이 펏작 나아ᄉ고
"강림ᄉ제 강파도야 나고가시라.
모릿날은 ᄉ오시로 인간이 ᄂ려가마."
"인간이 나만 가민
그짓 저싱으로 가오랎젱 ᄒ영
난 죽게 될 거난, 아맹ᄒ여도 난,
염여왕을 청발ᄒ영 홈께 갈쿠다."
"기영 말앙 인간이 ᄂ려시라.
그동안 나는 느 뜨집 받아보기 위ᄒ연
그영저영 혼 거여."
그영ᄒ여도 강림ᄉ제가 말을 아니들어.
이젠 염여왕이 말을 ᄒ을
"강림ᄉ제 강파도야.
난 느 등땡이에 모릿날 ᄉ오시로 갈키엥
패짓글을 써 주마."
강림ᄉ제 강파도는,
"걸랑 기영 ᄒᆸ서마는
인간질을 나고 가젱 ᄒ민
질을 잽형 갈 수가 엇이쿠다."
염여왕은 앞발 두 개 엇인 백강생이광

저싱 염여왕의 영문ᄉ령을 내여주멍
"서천강⁸ᄁ지만 이 강림소젤 인도ᄒ여 주라."
ᄒ는구나.
강림ᄉ제 강파도는
백강생일 우머닛ᄉ미에 들이치고
영문ᄉ령광 ᄀ틀 나오는디,
나오단 보난 어떵ᄒ 사름이 북을 지우고
뒤티 사두서 떠덩떠덩 두드리는 사름이 시연,
강림ᄉ제 강파도는 염여왕의 영문ᄉ령ᄀ라
"저건 어떵ᄒ 사름이우꽈?"
들으난,
"거, 상피엣짓⁹ 혼 거여.
건 회성돌리멍 놈 본보랭 ᄒ는 거여."
또 오단 보난
한탈낭 전주왜기 밭으로 돌을 지우고
가시 돋은 몽둥이로 태작질을 ᄒ는 사름이 시연,
"저건 어떵ᄒ 거우꽝?"
"건 도독질 혼 죄를 다시리는 거여."
또로 오단 보난,
존 안장에 존 ᄆᆯ에 존 의복에 잘 출리고
구중 잽현 가는 사름이 시연,
"저건 어떵ᄒ 사름이우꽝?"
"건, 돈 존 사름이여.
옛날 과거, 문과급제혼 사름이여."
또로 오단 보난,
짓갓 씨고 춤을 추멍 굿을 ᄒ는 디가 시난,
"저건 어떵ᄒ 거우깬?"
ᄒ난,
"저건 인간서
죽는 사름을 살려내는 거난,
화련도모¹⁰ ᄒ는 거난 저싱 와도 저영 혼다."

---

9 가까운 친척사이의 남녀가 서로 관계하는 일.
10 죽어가는 사람을 살려내는 일.

그럭저럭 오가다보니 이승과 저승을 가르는
서천강의 경계이다.
이제까지 같이 오던 염라대왕의 영문사령이
저승왕 차자님이 말을 하기를
"강림사제 강파도는 이 흰 강아지를 앞세워
강아지가 물로 들어가면 물에 들어가고
산으로 오르면 산으로 오르고,
나무에 오르면 나무로 오르고 하면서
이 강아지 가는대로만 가면
인간 세계로 나갈 수 있습니다."
저승왕의 영문(營門) 사령 저승차사는
저승으로 가버리고,
강림사제 강파도는 강아지를 앞세워
인간 세상으로 올라간다.
인간 세상으로 오는데 어떤 우물에 도착하여
강아지와 그 우물로 도로록 떨어지는데,
그렇게 인간 세상으로 나와지니
강림사제 강파도는 큰 각시를 찾아 가는구나.
강림사제 강파도는
큰 각시 사는 곳을 들어가 보니,
강림사제 강파도가 연 삼년이 넘어도
돌아오지 않으니 죽었구나 하여,
소상 넘고 대상 넘어
다음 제사를 저녁에 올리려고 하는데,
창문밖에 들어서서
"부인님아, 부인님아.
이 문을 열어주시오. 들어가겠습니다."
큰 각시가 말하기를
"뒷집의 김서방은 서방님이 돌아가시고
다음 제삿날 저녁에 와서 이거 무슨 일입니까?"
"나는 강림사제 강파도입니다."
"서방님이 어디 있습니까?
서방님이 지금까지 살아 있을 리가 있습니까?"

"그리해도 나는 강림사제 강파도입니다."
"그러면 소란 쾌자 옷 앞섶을
창문구멍으로 내어 보십시오."
소란 쾌자(快子) 옷 앞섶을 내어들고
손으로 만져보니
염라대왕 잡으러 나갈 때
소란 쾌자 옷 앞섶에 바늘 한 쌈 실은 것이
바싹하게 삭았구나!
강림사제 강파도가 분명하구나.
문을 열어 들어오고
부부간이 손목을 부여잡고,
"염라대왕은 어떻게 하고 왔습니까?"
"부인님아, 부인님아.
염라대왕은 그리저리 가는 것이 하고 왔습니다."
"염라대왕은 언제 온다고 하였습니까?"
"모래 사오 시에 올 것이라고 했습니다."
김칫골 김치원님의 사령은
강림사제 큰 각시와 오입하려고 와서 보니
뜬금없이 강림사제 강파도랑 손목을 잡고
이야기를 하고 있구나.
살짝 창문 앞에서 엿듣고 있다가
김치원에게 가서, 원님한테 아뢰어 간다.
"강림사제 강파도는
저승 염라대왕 잡으러 간다고 하고서는
낮에는 들에 숨고
밤이 오면 열여덟 각시와 오입하면서
염라대왕 잡으러 안 갔습니다."
"이게 무슨 일이냐? 그럼 어디에 있느냐?"
"큰 각시한테 가 있습니다."
"그러하면 다른 사제가 가서 보아라.
이 말이 맞느냐 그르냐?"
다른 사제가 가보니 아니나 다를까 있다.
다른 사제가 돌아와 원님에게 아뢴다.

그럭저럭 오라가난 이싱광 저싱 굽은
서천강이 굽이우다.
이제는 흐디 오단 염여왕의 영문수령
저싱왕 체스님은 말을 흐되,
"강림수제 강파도는 이 백강생일 앞세왕,
강생이가 물레레 들건 물레레 들곡,
산데레 오르건 산데레 오르곡,
낭데레 오르건 낭데레 오르곡 흐멍
이 강생이 가는냥만 감시민
인간일 나가집네다."
저싱왕의 영문수령 저싱체스는
저싱대레 가불고,
강림수제 강파도는 강생일 앞세완
인간데레 오라간다.
인간데레 오는디 어떵흔 물통이 당흐난
강생이광 그 물통데레 도록기 털어진 게
그게 인간일 나와지연
강림수제 강파도는 큰각시를 촟아가는구나.
강림수제 강파도는
큰각시 사는 디를 들어간 보난
강림수제 강파도는 연삼년이 넘어도
돌아오질 아니흐난 죽었젠 흐연,
소상 넘고 대상 넘언,
담젯날저냑엘 오라지연,
창뭇뚱에 들어수고
"부인님아, 부인님아.
이 문 읍서, 들어가저."
"큰각시가 말을 흐되,
"뒷칩잇 짐서방은 서방님이 돌아가고
담젯날저냑 오란 이거 미신 일이우꽈?"
"나는 강림수제 강파도가 되우다."
"시빙님이 어니 시어?
서방님이 이제도록 실 리가 시여?"

"기영흐여도, 나는 강림수제 강파도우다."
"게건 서란쾌지 옷앞섶을
창곰으로 내와다봅서."
서란쾌지 옷앞섶을 내와드난
손으로 뭉직아보난
염여왕 심으레 나갈 때
서란쾌지 옷앞섶에 바농 흔쏨 식근 것이
붓싹흐게 삭았구나!
강림수제 강파도가 분멩흐구나.
문을 올려 들어오고
부배간이 흘목을 배여ㄱ견,
"염여왕이 어떵흐연 간 옵디가?"
"부인님아, 부인님아.
염여왕의 그영저영 가는 것이 간 와집디다."
"염여왕은 어느 날로 오키엔 흡디가?"
"모릿날 수오시로 올키엔 흡디다."
짐치골 짐치원의 수령은
강림수제 큰각시광 오입흐젠 오란 보난
뜬금외에 강림수제 강파도광 흘목을 베연
이왁을 흐염구나.
슬째기 창무뚱에서 으사둔단
짐치원이 돌아가고, 원임안티 술라간다.
"강림수제 강파도는
저싱 염여왕 심으레 가노랜 흐여두언
낮이는 드르로 운신흐곡
밤인 들민 예레듭 각시에 오입흐멍
염여왕 심으레 아니간 싰수다."
"이게 미신 말고? 게난 이디 시니?"
"큰각시 신디 간 앚앗수다."
"그영흐건 다른 수제가 강 보라.
이 말이 맞이냐 그르냐?"
다른 수제가 간 보난 아닐카, 시연.
다른 수제 돌아오고 원님한티 술라간다.

"강림사제 강파도는
각시와 웃음놀이만 하고 있습니다."
"강림사제 강파도를 당장 잡아오너라."
사령들이 모여들어
강림사제 강파도를 원님한테 잡아간다.
김칫골 김치원님이 말하기를
"강림사제 강파도야.
네, 이놈. 바른 말을 하라."
죽일 듯이 둘러 가는데,
"모래 사오 시까지만 기다려 주십시오."
"이 놈, 저 놈. 거짓말만."
강림사제 강파도를 형틀 위에 올려 매어
방애칼을 탁 씌워서 위아래로 묶고,
옷을 벗겨 보니 등짝에
모래 사오 시에 내려가겠다는
염라대왕의 대필이 크게 번뜩 쓰여 있구나!
이제는 형벌을 씌우고
모래 사오시가 가까워오는데
염라대왕이 안 온다.
"이 놈, 저 놈.
어디 사오 시에 염라대왕이 왔느냐?"
"조금만 여유를 주십시오.
이 시 저 시에 올 것입니다."
강림사제 강파도를 죽일 듯이 둘러싸니
동방으로 청구름이 파릇파릇 떠 오고,
천지가 진동하고, 지하가 요동하고,
하늘과 땅이 진동하니
김치원님이 겁이 나고
"문을 잠가라. 안문도 잠가라.
바깥문도 잠가라. 곁문도 잠가라."
안문, 바깥문, 곁문을 잠그니
홀연 강풍이 날아들고
잠근 문이 절로 덜컹 열어지면서

염라대왕이 청가마를 타고 마당에 들어온다.
김치원님이 겁이 나서 아궁이에 들어가 숨는다.
염라대왕은 침방전(寢房殿)으로 들어간다.
염라대왕이 말을 하는데,
"강림사제 강파도야.
너희가 모시는 사또는 어딜 가셨느냐?"
"예, 소변보러 갔습니다."
"어서 나에게 불러오너라."
강림사제 강파도는 아궁이간에 들어가
"김치원의 김치원님아. 어서 나오십시오.
이게 무슨 꼴입니까?"
손목을 잡아 일으켜 세워
침방전으로 들어가니,
염라대왕이 하는 말이,
"김치원은 이거 무슨 손목을 걸고
발발 떨고 있습니까?
이리 와서 앉으시오.
김치원 원님은 대체 무슨 일로
나를 이승으로 잡아왔습니까?"
"잡아오지 않았고, 청발했습니다."
"글쎄 무슨 일로 나를 이렇게 청발하였습니까?"
"그런 것이 아니고,
이 마을 과양골 과양선이 마누라가
한 날 한 시에 아들 삼형제를 낳고
한 날 한 시에 문과급제를 하여 오고,
한 날 한 시에 죽어버리니,
소지장이 아홉 상자 반이나 들어와도
살아서 벌어진 일이면 해주지만
죽어서 벌어진 일이 되어서
그 이유를 알 수가 없으니,
조서를 내어 줄 수가 없어서
염라대왕을 청발하여 알아보고자 하였습니다."
"그럼 과영선이 마누라는 어디 있습니까?"

"강림亽제 강파도는
각시광 웃음놀이만 ᄒᆞ염십디다."
"강림亽제 강파도를 당장 심어들이라."
이젠 사령들이 모다들언
강림亽제 강파도를 원님안티 심어간다.
짐칫골 짐치원이 ᄒᆞ는 말이,
"강림亽제 강파도야.
느, 이놈, 바른 말을 ᄒᆞ라."
죽일팔로 둘러가난,
"모릿날 亽오시만 지드려 줍서."
"이놈 저놈 그짓말만."
강림亽제 강파도를 성클 우이 올려매연
방아칼을 탁 씨완 우알로 묶으고
옷을 뱃견 보난 등땡이엔
모릿날 亽오시로 느리키엔
염여왕이 대필로 어서 번뜩 씨였구나!
이제는 해벌을 씨우고,
모릿날 亽오시가 근당ᄒᆞ여가난
염여왕이 아니오라.
"이 놈, 저 놈.
어느 것이 亽오시에 염여왕이 오왔느냐?"
"ᄒᆞ슬만 찬투를 시겨 줍서.
이 시 저 시 오람쑤다."
강림亽제 강파도를 죽일팔로 둘럼떠니
동방으로 청구름이 풋들풋들 뜨고 오라,
천지가 진동ᄒᆞ고 지하가 요동ᄒᆞ고
하늘광 땅이 진동을 ᄒᆞ니
짐치원이 겁이 나고
"문을 중그라. 안문도 중그라.
백겼문도 중그라. 곁문도 중그라."
안문 백겼문 곁문을 중그난
홀연 강풍이 늘아들고
중근 문이 질로 성강 올아지멍

염여왕이 청가매를 타고 금마당에 들어온다.
짐치원이 겁을 나고 굴목간이 들어간 곱아산다.
염여왕은 침방전으로 들어간다.
염여왕이 말을 ᄒᆞ되,
"강림亽제 강파도야.
느네 몸받은 亽도는 어딜 가시니?"
"예, 소매 보레 갔수다."
"흔저 재게 청발ᄒᆞ여라."
강림亽제 강파도는 굴목간일 들어가고
"짐치원의 짐치원님아, 흔저 나고옵서.
이게 미신 꼴이우꽈?"
홀목을 심언 일려세완
침방전으로 들어가젠 ᄒᆞ난,
염여왕이 말을 ᄒᆞ되,
"짐치원은 이거 무사 홀목 걸고
불불 털엄수과?
이디 오랑 앚입서.
짐치원 원님은 게난 무사
날을 이싱으로 심어옵디가?"
"심에오질 아니ᄒᆞ고 청발ᄒᆞ였수다."
"곌세 미신 일로 나를 이레 청발흅디가?"
"그런 것이 아니고
이 ᄆᆞ슬 과양골 영선이 지집년이
흔날 흔시에 아들 시성젤 낳고
흔날 흔시에 문과급젤 ᄒᆞ여오고
흔날 흔시에 죽어부난,
소깃장이 아옵상지 반이나 들어와도
살앙 걸어진 일이민 ᄒᆞ주마는
죽엉 걸어진 일이라부난
그 따문을 알 수 엇언,
제亽 내여 줄 수가 읍서지니
염여대왕을 청발ᄒᆞ고 알아보젠 ᄒᆞ염수다."
"게난 과영선이 지집년은 어디 싰수광?"

"미리 과영선이 마누라와 과영선이를
불러들이십시오."
이제 사령들아 나서서
과영선이 마누라를 잡아온다.
염라대왕은 과영선이 마누라에게
"과영선이 마누라야.
너희 아들이 몇 형제가 되느냐?"
"한 날 한 시에 아들 삼형제를 낳고
한 날 한 시에 삼형제가
문과급제를 하여 왔습니다.
그런데 삼형제가 한 날 한 시에 다 죽어
저승에 가니 원통하고 절통하여
김치원의 원님한테 무엇 때문에 죽었습니까?
소지원정(燒紙原情)을 아홉 상자 반이나 드려도
소지 판결문을 한 장도 안 내어주니 절통합니다."
"그 아들 삼형제 죽고 나서 어떡하였느냐?"
"큰아들은 앞밭에 묻고,
둘째아들은 뒷밭에 묻고,
작은 아들은 옆밭에 가서 묻었습니다."
"그렇거든 그 죽은 아들들
뼈라도 있느냐 없느냐?
가서 묻은 곳을 파 보자.
너희 자식이면 뼈라도 남아 있을 것이다."
염라대왕은 과영선이 마누라에게 말하되
"이 년 저 년 괘씸한 년.
하늘옥황 버물왕의 아들들 삼형제
돈을 털어먹으려고 죽이지 않았느냐?
그게 너희 아들로 아느냐?
버물왕 아들로서 너한테 원수 갚으러 온 것이다."
이제는 과영선이 마누라를 끌고 가
묻어둔 곳을 파 보니

아니나 다를까 아무것도 없구나.
"너, 이것 봐라. 너희 자식들이 어느 것이냐?"
염라대왕은 김치원에게
"소 아홉 마리 가져 오너라. 머슴 아홉 데려 오너라.
일곱 궁녀청을 불러오너라."
그렇게 하자, 그 즉시
"과영선이 마누라를 아홉 소에 매어
각각이 벌려서 고삐를 잡아 갈가리 찢어라."
하니, 아홉 머슴들은 소고삐를 잡고
갈가리 잘 찢어가니까
일곱 궁예청은 소 뒤에서 서서
소들을 때리며 짓 몰아가니
과영선이 마누라는 갈가리 찢어지고
올올이 발겨지는구나.
염라대왕이 말을 하되,
"이 고을에 집집마다
식구들이 아홉이나 열이나
식구가 있으면 있는 대로
바가지나 솔바가지나 무슨 기물이라도
하나씩 들고 뒷천당 연하못으로 나오너라."
하니 온 고을 식구가 기물을 모두 들고서
연하못으로 나서는구나.
염라대왕이 말하기를,
"이 연하못 물을 떠다가
너희가 먹어도 좋고 써도 좋으니,
아무렇게나 해서라도 이 물을 모두 퍼내라."
그렇게 해서 연하못 물을 모두 퍼 보니
물속에 삼형제가 청대기와집을 한 채씩 지어서
볕이 쨍쨍 나는 데 살고 있고,
그 위로는 청대나무 왕대나무가
위로 마구 자라 올라 옥황을 꿰뚫고 있구나.

"이레 과영선이 지집년광 과영선일
불러들입서."
이젠 수령들이 나아스고
과영선이 지집년을 심어온다.
염여왕은 과영선이 지집년ᄀ다
"과영선이 지집년아.
느네 아들이 멧 성제가 되어서니?"
"ᄒ 날, ᄒ 시에 아들 시성젤 낳고
ᄒ날 ᄒ시에 시성제라
문과급젤 ᄒ연 오라십디다.
그영ᄒ디 시성제라 ᄒ날 ᄒ시에 다 죽언
명왕을 가난 원통ᄒ고 절통ᄒ연
짐치원의 원님신디 미신 따문 죽었수겐?
소지원정을 아옵상지 반이나 들여도
소지제수를 ᄒ장도 아니내여주난 절통ᄒ네."
"그 아들 시성제 죽으난 어떵ᄒ였느냐?"
"큰아들은 앞밭디 생빈[11]ᄒ고,
셋아들은 뒷밭디 생빈ᄒ고,
족은 아들은 윹밭이 간 생빈ᄒ였수다."
"경ᄒ거든 그 죽은 아들들
꽝이라도 시냐, 엇이냐.
강 생빈눌을 팡 보자.
느네 ᄌ속이민 꽝이라도 남아 실거여."
염여왕은 과영선이 지집년ᄀ라 말을 ᄒ되,
"이 년, 저 년 괴씸ᄒ 년,
하늘옥황 버물왕의 아들들 시성제
돈을 털어먹언 죽이지 아니ᄒ였느냐?
그게 느네 아들로 아느냐?
버물왕 아들롭써 느신디 공갚으레 온 거다."
이젠 과영선이 지집년을 끗언 간
생빈눌을 판 보난

아닐카 아무것도 엇고나.
"느, 이거 봐라. 느네 ᄌ속들이 어느 것고?"
염여대왕은 짐치원ᄀ라
"아옵쇠 ᄋ져오라. 아옵 머슴 돌아오라.
일곱 궁예청을 불러오라."
그영ᄒ연, 이젠
"과영선이 지집년을 아옵 쇠에 매영
각각이 발경 석을 심엉 앞앞이 발기라."
ᄒ난, 아옵 머슴들은 쇠석 심언
앞앞이 질 발리워가난
일곱 궁예청은 쇠 뒤터 사두서
쇠들을 ᄄ리멍 짓몰아가난
과영선이 지집년은 각각이 치저지고
올올이 발겨지는구나.
염여왕은 말을 ᄒ되,
"이 골에 가가호당
집 식구들이 아옵이나 열이나
식구가 시민 신대로
박새기나 솔빡이나 미신 기물이라도
ᄒ나쏙 들러받앙 뒷천당 연하못드레 나오라."
ᄒ난, 온 고을 식구가 기물을 ᄆ 둘러받안
연하못드레 나스는구나.
염여왕이 말을 ᄒ을,
"이 연하못 물을 거려당근
느네라 먹어도 좋고 씨여도 좋메,
이멩ᄒ나때나 이 물을 ᄆ 푸라."
그영ᄒ연, 연하못 물을 ᄆ 푸언 보난
물속엔 시성제라 청대지새집을 ᄒ채쏙 짓언
뱃이 꽈랑꽈랑 나는 디 살암고,
그 우으론 청대 왕대가
옷테레 막 올란 옥황를 꿰소완 싯구나.

---

11 시신매장 택일이 잘 나지 않았을 때 임시로 소나무 잎을 덮는 가매장의 한 가지.

그제야 버물왕 아들 삼형제에게
염라대왕이 말을 하되,
"너희들 옥황으로 올라가라."
"옥황으로 떠오르려고 해도
과영선이 마누라한테 다시 죽음을 당할까봐
이렇게 물 아래에서 살고 있습니다."
"이제 염려 말고 옥황으로 떠올라라."
버물왕 아들 삼형제가
왕대줄을 타고 올라가라고 해서,
옥황으로 떠오르게 두고
염라대왕은 저승으로 가는구나.
염라대왕이 저승으로 가면서 말을 하는데,
"김칫골 김치원님아.
강림사제 강파도 혼과
김치원님이 차지한 몸을 나에게 주시오."
"그건 못합니다."
"그럼 혼은 나에게 주고
몸은 원님이 차지하시오."
"그건, 그렇게 하십시오."
그러자 염라대왕은
강림사제 강파도 상가마의 머리카락
세 개를 빼서 가버리니
강림사제 강파도는 늙은 대나무를 짚은 것처럼
멍하니 서있구나.
김치원님이 말하기를
"강림사제 강파도야.
저승 염라대왕 잡으러 갔다 온 말이나 해 보거라.
들어보자."
한 번 말해 잠잠,
두 번 말해 잠잠.
남은 사제들이 말하기를
"강림사제 강파도가
저승염라대왕 잡으러 갔다 와서는

대단한 체하며 대답을 안 합니다."
"그렇다면, 저 놈 왼쪽 귀를 잡아 당겨라."
강림사제 강파도의 왼쪽 귀를 잡고 당기자
'댕강~'하면서 엎어지는구나.
강림사제 강파도한테 가까이 가 보니
새파랗게 죽었구나.
강림사제 강파도 부인네 열여덟 각시는
모여 들어 감치원님에게 원망을 하는구나.
"김치원의 원님아.
강림사제가 무슨 일이 부족해 죽입니까?
저승 염라대왕을 잡아오라고 해서
잡아오지 않았습니까.
무슨 일이 부족해 죽입니까?
강림사제 강파도를 살려내시오."
김칫골 김치원의 원님은
"내가 죽이려 해서 죽었느냐. 이 사람들아!"
물명주 한 동을 내어주면서
"이걸로 사제님 옷 만들어 입혀라."
옷 만들어 입히니까 삼베를 한 동 내어주면서
"이걸로 시신을 감싸라."
하는구나.
삼베로 시신을 감싸고도 섭섭하여
적삼 둘러 초혼(招魂)하고,
없는 곡식 꺼내어 칠성판(七星板)을 내어놓고
"조관(朝冠)하고 입관(入棺)하라."
입관하고 섭섭하여 성복제(成服祭)나 하여볼까.
성복제하고 섭섭하여 이젠 묻으려고 하니
택일(擇日)하고 섭섭하여,
일포(日哺)하여 섭섭하여,
조관(朝冠)하여 섭섭하여
동관(動棺)하여 들어 나가
하관(下棺)하여 섭섭하여,
"초우제(初虞祭)나 지내라."

그젠 버물왕 아들 시성제 라
염여왕이 말을 한되,
"느네들 옥황으로 도올르라."
"옥황으로 도올르젱 한여도
과영선이 지집년신디 도로 죽어지카푸댕
응 물 아래서 살암쑤다."
"어서 염어말앙 옥황으로 도올르라."
버물왕 아들 시성제라
왕대줄을 바란 올라가렌 한연,
옥황데레 도올려두언
염여대왕은 저싱데레 가는구나.
염여대왕이 저싱으로 가멍 말을 한되,
"짐칫골 짐치원님아.
강림스제 강파도 혼신이랑
짐치원님이 촛이한곡 신체랑 나를 줍서."
"건 못한쿠다."
"한건, 혼정이랑 나를 주곡
신체랑 원님이 촛일 흡서."
"계건, 걸랑 기영 흡서."
그젠, 염여왕은
강림스제 강파도 상가매에 머리껍
시갤 빤 가부난
강림스제 강파돈 능경대를 짚은냥
울럿이 샀구나.
짐치원님은 말을 한되,
"강림스제 강파도야.
저싱 염여왕 심으레 강 온 말이나 글으라.
들어보저."
초번 굴아 펀펀.
두 번 굴아 펀펀.
남은 스제들은 말을 한되,
"강림스제 강파도가
저싱 염여왕 심으레 간 오라지고랜

큰 체 한연 대답을 아니한염쑤게."
"경한염건, 저 놈 왼귀 심엉 내둘르라."
강림스제 강파도의 왼귈 심언 내둘르난
"댕강~"한게 푸더지는구나.
강림스제 강파도신디 그차이 간 보난
새파랑게 죽었구나.
강림스제 강파도 부인네 예레둡 각신
모다들언 짐치원님안티 원망을 한는구나.
"짐치원의 원님아,
강림스제 미신 일이 부죽한연 죽입디가?
저싱 염여왕을 심엉 오랜 한연
아니심엉 와십디강.
미신 일이 부죽한연 죽입디가?
강림스제 강파도를 살려냅서."
짐칫골 짐치원의 원님은,
"내가 죽이젠 한연 죽여시냐. 요 아이들아!"
물맹지 흔동을 내어주멍
"이걸로 스제님 옷한영 입지라."
옷한연 입지난, 배를 흔동 내여주멍
"이걸로 매치한라"
하는구나.
매치한여 섭섭한여
적삼 들러 초혼한여,
엇인 곡속 낭조한여 칠성판을 내여놓고
"조관한곡 입관한라."
입관한고 섭섭하여 성복제나 한여볼카.
성복제한영 섭섭한여. 이젠 문젠 한난
택일한여 섭섭한여,
일포한여 섭섭한여,
조관한여 들러내여
동관한여 들렁 가나
하관한여 섭섭한여,
"초우제나 지내라."

묻고,
초우제 지내어 섭섭하여 제우제, 삼우제, 졸곡,
초하루 보름 삭망 시안상을 놓아서
아침, 점심, 저녁 식사 상을 놓는다.
"소상, 대상, 담제, 제사, 명절을 지내라."
"강림사제 큰 각시는 조강지처로 수절을 지켜라.
남은 각시와 창 옷섶에 따라온 각시는 나가라."
염라대왕은 그렇게 말하고는 다시 까마귀에게
"병문천 오자부기 며느리 잡아오라."
하여 패지 글을 써서
까마귀 작은 날개에 접어서 부치니,
까마귀는 가다가 보니까
백정이 창자를 털고 있으니
창자고비나 한 고비 얻어먹으려고
돌담 위에 턱하니 앉았다가
아래로 조르르 내려가다가
패지 글이 떨어진 줄도 모르고
이리 조르르 저리 조르르 뛰어 다니면서
창자고비를 주워 먹고는 한다.
백정이 창자를 털어두고 돌아다보니
종잇조각이 있어,
그걸 주워서 손을 박박 닦고
담배를 피우는구나.
까마귀는 창자고비 한 고비
주워 먹고 보니 패지 글을 잃어버려
어느 쪽의 누구를 잡아오라했는지
차례를 몰라 눈만 말똥말똥 하다가,
할 수 없이 그 쪽 같은 아이를 잡아가는데,
그 법으로
지금 세상에 죽어 갈 때는
아이 갈 때 어른도 가고,
어른 갈 때 아이도 가고.

양반은 죽어서 가자고 하면
까마귀가 나무 윗가지에 앉아서
까악까악 운다.
중인은 잡아가자고 하면
까마귀가 나무 가운데 가지에 앉아서
까악까악 운다.
호반은 잡아가자고 하면
까마귀가 나무 아래 가지에 앉아서
까악까악 운다.
아이는 잡아가자고 하면
까마귀가 나무 맨 작은 가지에 앉아서
까악까악 운다.
쌍놈은 잡아가자고 하면
까마귀가 돌담 위에 앉아서
까악까악 운다.
마소는 죽어 가자고 하면
까마귀가 밭고랑에 앉아서
까악까악 한다.
강림사제 강파도는 부모 형제한테 들어본다.
"저승 염라대왕 잡으러 가버린 사이에
어머님은 나에 대한 마음이 어떠했습니까?"
어머님이 대답하기를
"눈에 송송 박히더라."
"저승 염라대왕 잡으러 간 사이에
아버님은 나에 대한 마음이 어떠했습니까?"
"널 닮은 사람을 보면 생각나고,
드문드문 생각이 나더라."
"형님은 나 없는 사이에
나에 대한 마음이 어떠했습니까?"
"너처럼 한 동생 닮은 사람 보면
생각나고 하더라."
하니 그 법으로

묻엉,
초우제 지내영 섭섭ᄒ여 제우제, 삼우제, 졸곡,
초ᄒ를 보름 삭망 시안상을 놓완,
아적 징심 ᄌ뭇 식수상을 놓읍네다.
"소상, 대상, 담제, 식게 멩질을 지내라."
"강림수제 큰각시랑 조강지처로 수절을 직ᄒ라.
남은 각시랑 창옷섶에 돌롸온 각시메 나고가라."
염여왕은 그영 굴아두언 따시 가마귀ᄀ라,
"뱅문내 오자부기 매누리 잡아오라."
ᄒ연, 패짓글을 써연
가마귀 젯늘개에 줍젼 부치난,
가마귄 가단 보난
화세미가 죽밤을 털엄시난
배설고비나 흐고비 언어먹젠
담우이 조지래기 앚았단에
알레레 졸락 ᄂ려ᄉ난 패짓글을 털어지난,
가마귄 패짓글 털어진 중도 몰르고
그레 졸락 저레 졸락 쿼여 댕기멍
배설고빌 죽어먹젠 ᄒ다.
화세민 죽밤을 털어두언 돌아산 보난
종이텁이 시연,
그걸 봉간 손을 박박 씰어두언
담배를 피우는구나.
가마귀 배설고비 흐고비
봉가 먹은 보난 패짓글은 잃어부런
어느 펜이 누겔 잡아오랜 ᄒ 츠렐 몰라
눈만 펠롱펠롱 ᄒ단,
홀 수 엇이 그 즉ᄀ디 아일 잡아가난,
그 법으로
금시상에 죽엉 갈 땐
아이 갈 디 어룬도 가곡,
어룬 갈 디 아이도 가곡,

양반은 죽엉 가젱 ᄒ민
가마귀가 낭 상가지에 앚앙
까왁까왁 욺네다.
중인은 잡아가젱 ᄒ민
가마귀가 낭 중가지에 앚앙
까왁까왁 욺네다.
호반은 잡아가젱 ᄒ민
가마귀가 낭 하가지에 앚장
까왁까왁 욺네다.
아흐는 잡아가젱 ᄒ민
가마귀가 낭 젯가지에 앚장
까왁까왁 욺네다.
쌍놈은 잡아가젱 ᄒ민
가마귀가 담우티 앚앙
까왁까왁 욺네다.
물마쉰 죽어 가젱 ᄒ민
가마귀가 밭고랑에 앚장
까왁까왁 ᄒ네다.
강림수제 강파도는 부미 성제신디 들어본다.
"저싱 염여왕 심으레 가분 어이에
어머님은 날상엣 ᄆ심이 어떵홉디가?"
어머님이 대답ᄒ되,
"눈에 송송 박아지어라."
"저싱 염여왕 심으레 가분 어이에
아바님은 날상엣 마심이 어떵홉디가?"
"늘 닮은 사름 봐지민 틀나지곡,
둠신둠신 생각이 나지어라."
"성님은 나 엇인 어이에
날상엣 마심이 어떵홉디가?"
"늘츠록 ᄒ 동싱 닮은 사름 봐지민
생각나곡 ᄒ여라."
ᄒ난, 그 법으로

지금 세상에 어머니는 죽으면
가시 잦은 나무로 상주지팡이를 짚고,
아버지는 죽으면 대나무로 상주지팡이하여 짚고,
다시 형제간은 죽으면 수건도 망건 위에 쓰고,
"동생은 옷 위에 바람이라.

동생 죽음은 거른다."
합니다.
지금 세상 기일제사법이
그 때에 김칫골 원님이 낸 법입니다.

기물 6 : 신장칼

12 가시가 잦게 돋은 나무이며, 그만큼 생각이 자주난다는 뜻으로 이 나무를 상주지팡이로 쓴다.

금시상에 어멍은 죽으민
먹우낭[12] 방장대를 짚으곡,
아방은 죽으민 왕대[13]로 방장댈 ᄒ영 짚으곡,
또시, 동싱은 죽으민 두건도 망긴 우이 씨곡,
"동싱은 옷 우읏 ᄇ람이라.

동싱 죽음은 거름이라."
흡네다.
금시상 기일제ᄉ법이
그 때에 짐칫골 원님이 낸 법이우다.

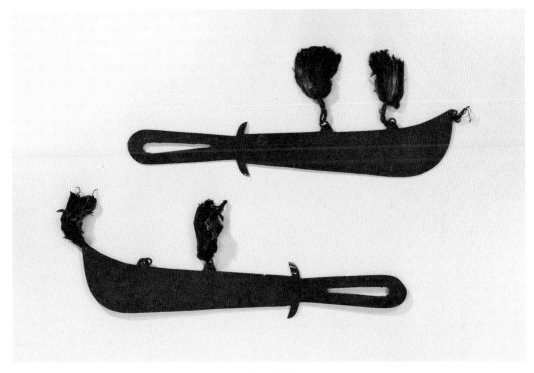

기물 7 : 대신칼

---

13 대나무 마디가 드믄드믄하기 때문에 생각이 드물게 난다는 뜻으로 이 나무를 상주지팡이로 쓴다.

2장

신을 대하는 인간의 자세

〈맹감본풀이〉

사람들의 손에 닿지 않는 풀숲에 버려진 혼을 조상으로 모셔서 30년 명줄을 4만년으로 늘인 사만이 이야기를 다루는 〈맹감본풀이〉를 통해서 우리나라 신화에서 신의 세계와 인간의 세계가 완전히 분리된 것이 아니라 서로에게 영향을 주기도 하는 유기적인 관계에 있다는 것도 알 수 있다. 염라대왕에게 속한 신이지만 때로는 마음대로 일을 수행하면서 염라대왕에게 맞서기도 하는데, 이승과 저승의 삶을 분리하는 역할을 하면서도 저승으로 데리고 가야 할 사람이 차사를 어떻게 맞이하느냐에 따라서 명을 늘이거나 단축시키는 능력을 발휘하는 사고를 치기도 한다.

저승으로 가지 못한 영혼은 조상으로 모신 가난한 사만이를 부자로 만들어주고, 수명이 다했음을 알려 저승에서 오는 삼차사를 돌아가게 하는 것뿐만 아니라 이미 끝난 수명을 아주 긴 수명을 가진 다른 사람과 바꿔주기까지 하는 호의를 베풀도록 만든다. 이로 인해서 삼차사가 형벌을 받아 죽을 운명에 처해지기도 하지만, 호기롭게 꾀를 부려 위기를 모면한다. 한편으로 저승사자에게 인정을 베풀지 않아 원래 가지고 있던 수명을 지키지 못하고 저승으로 끌려가는 이야기, 저승차사가 잡아가지 못하는 사만이를 잡아들이는 차사 중에서 최고의 차라라고 하는 강림차사가 사용한 기막힌 방법도 이야기 속에 들어있다.

1. 목숨을 사만 년 연장시킨 치성, 〈맹감본풀이1〉

송사만이가 어릴 적에
어머니, 아버지가 모두 죽어버리니
동냥을 하면서 살아간다.
사만이가 하루는 동냥 다니다가
부모 잃어버린 닮은 신세 된
여자아이 동냥아치를 만났다.
사만이는 이 여자아이와 같이
사이좋게 동냥을 한다.
사만이와 여자아이는 하루 이틀 다니면서
숟가락밥 동냥을 하는데,
열다섯 십오 세가 넘으니
여자아이가 잉태를 하여
자기들까지 결혼한 여부가 없이
"낭군님아, 부인님아."
한다. 그렇게 하면서 움막을 지어
부부 간의 정을 모아서 살아간다.
살아보니 하도 가난하여 살 수가 없이 어려우니
부인이 하는 말이,
"낭군님아, 낭군님아.
오늘 장거리나 가서 봐 오십시오."
"무엇을 가져서 장거리를 갑니까?"
그러자 부인은 쉰댓 자 감은 머리를 풀어놓고
은가위로 속속들이 잘라놓아
"낭군님아, 이 머릴 가져 가
팔아서 쌀이나 한 말 받아 오십시오."
"그럼 그렇게 하겠습니다."
하며 그 머리를 장에 가져 가
일곱 냥 닷 돈 칠 푼 오 리를 받아,

"아이고! 부인 머릴 판 것 쌀이나 받아 가
한입에 들어먹어버리면 어떡할까?"
그 돈으로 장에 가서 빙빙 돌아다니다 보니
방아쇠총 큰 총장수가 앉아 있어
"이건 뭐하는 것입니까?"
"이 총 하나 가지고 저 산 숲에 들어가면
큰 사슴도 백발백중. 한 총알로
그 사슴 몇 마리씩 잡아다 인간 세상에 내려와 팔면
쌀도 나고 돈도 나고
입을 것, 먹을 것 별 것 다 납니다."
"값은 얼마나 받습니까?"
"일곱 냥 닷 돈 칠 푼 오 리를 받습니다."
이때 사만이가 부인 머리를 판 돈을 주고
그 총을 사버리니 돈은 조금도 안 남고
날은 어두워 총을 매고 가
집에 터덜터덜 오니 부인은
"언제 낭군님이 쌀 받아 와서
이 애기들 밥하여 줄까?"
하며 서서 기다리다 보니
아무것도 아닌 나무토막 닮은 것 하나
들어 매고 오니,
염주 같은 얼굴에 옥 같은 눈물을 줄줄 흘리며,
"낭군님아, 낭군님아.
애기들 배고파서 다 죽겠습니다."
"부인님아, 부인님아.
앞집에 가서 빚지고, 뒷집에 가서 빚지어
쌀 빚져다가 밥하여 주시오.
내일은 이 물건을 가지고 저 산 속으로 올라가면

송ᄉ만이가 두린 제
어멍 아방이 ᄆᆞᆫ 죽어비난
동녕을 ᄒᆞ멍 살아갑네다.
ᄉ만이가 ᄒᆞ로은 동녕댕기단
부미 잃어분 닮은 신세 된
지집아이 동녕바칠 만났수다.
ᄉ만인 이 지집아이광 ᄒᆞᆫ디
ᄉ이 좋게 동녕을 ᄒᆞ네.
ᄉ만이광 지집아인 ᄒᆞ를 이틀 댕기멍
술밥 동녕을 ᄒᆞᆫ디
열다섯 시오세가 넘으난
지집아이가 잉태를 ᄀᆞ전
지네ᄭᅵ지 절혼홈 여비가 엇이
"낭군님아, 부인님아."
ᄒᆞ네. 기영ᄒᆞ멍 엄막을 짓언
부배간이 정릴 모완 살아갑네다.
살아보되 하두 가난ᄒᆞ연 살 수가 엇이 어려우난
부인 ᄒᆞ는 말이,
"낭군님아, 낭군님아.
오늘날 장ᄭᅥ니라 강 봥 옵서."
"뭣을 ᄋᆞ정 장ᄭᅥ릴 갑네까?"
그젠 부인은 쉰대자 방패머릴 풀어놓완
은ᄀᆞ새로 속솝드리 ᄀᆞ사놓완,
"낭군임아, 이 머릴 ᄀᆞ정 강
풀앙 쏠이나 ᄒᆞᆯ말 받앙 옵서."
"걸랑 경 ᄒᆞᆸ서."
ᄒᆞ연, 그 머릴 장에 ᄋᆞ전 간
일곱냥 닷돈 칠푼 오릴 받앙,

"아이고! 부인 머릴 푼 거 쏠이나 받앙 강
옴막 들러먹어불민 어떵홀코?"
그 돈을 장엘 ᄋᆞ전 빙빙 돌아댕기단 보난
가막쇠총 큰 총장시가 앗안 시연,
"이건 뭣ᄒᆞ는 겁네까?"
"이 총 ᄒᆞ나만 ᄋᆞ정 저 산 고질 들어가민
대강녹도 제일척 ᄒᆞᆫ 총뿌롱이에
그 깡녹 맷개쏙 심어당 인간이 ᄂᆞ리왕 풀민
쏠도 나곡, 돈도 나곡,
입을 년, 먹을 년, 뺄게 다 납네."
"깝은 얼마닐 받으쿠과?"
"일곱냥 닷돈 칠푼 오릴 받으쿠다."
이젠 ᄉ만인 부인 머릴 푼 돈을 주언
그 총을 사부난 돈은 흑꼼도 아니남고
날은 어두완 총을 매여 ᄋᆞ전
집일 덩강덩강 오난 부인은
"어느 제랑 낭군님이 쏠 받앙 오랐건
이 애기덜 밥ᄒᆞ영 주린?"
ᄒᆞ멍 산 지디리단 보난
아무것도 아닌 낭토맥이 닮은 거 ᄒᆞ나
등갈등갈 매연 오난
주충끝은 양지에 배옥끝은 눈물이 좔좔 흘리멍,
"낭군님아, 낭군님아.
애기덜 배고판 다 죽으쿠다."
"부인님아, 부인님아.
앞집이 강 장예지곡, 뒷집이 강 장예지영
쏠 빗져당 밥ᄒᆞ영 줍서.
널은 이 물건을 ᄋᆞ정 저 산 고질 올라가민

큰 사슴도 백발백중, 작은 사슴도 백발백중,
쌀도 나고 돈도 나면
살기가 편안하지 않겠습니까?"
"그러면 그렇게 하겠습니다."
부인은 여러 군데 가서
쌀을 빚져 밥을 하여 먹고,
다음날은 점심을 싸 주니
송사만이는 그것을 지고 나간다.
송사만이는 저 산 속으로 올라가고
날이 저물도록 다녀도
큰 사슴은커녕 작은 사슴도 못 보는구나.
이제는 부끄러워서 집에 들어갈 수가 없어
죽을 테면 죽어버리자고
산속 밭에서 잠을 자는데,
밤이 으쓱하니 수풀 속에서
"땡땡땡그르릉. 사만아, 사만아.
네가 나를 가져다가
너희 방안에 선반에 매어서 나를 모시면
초하루 보름을 제사 올려 다오.
마을 부자로 만들어주마. 땡땡땡그르릉."
사만이는 잠자다가 깜빡 깨어 보니 잠잠.
또 슬며시 누워 잠이 들어가는데,
"사만아, 사만아.
내가 백나라 백정승의 아들인데,
사슴 사냥을 나왔다가 이 산골에 왔다가
내가 죽고 말았다.
내 물건은 백정나라 백정승의 아들이 가져갔는데,
너 송사만이가 가졌으니, 넌 내게 내린 자손이야.
네가 이 다음 나만 잘 모셔주면
큰 사슴도 한방에, 작은 사슴도 한방에,
제일 부자, 마을 부자로 만들어주마.
땡땡땡그르릉."
깜짝 잠을 깨고 보니 잠잠, 송사만이 마음에도

"참! 이상하다."
하며 다시 잠이 슬며시 드니까
"사만아, 사만아. 네가 잠만 자지 말고,
내가 여기서 잠 잔지가 백년이 되어
백년해골인데, 백 년 만에 내 물건을 봤으니
나를 그대로 두면 네가 못 살 것이다.
땡땡땡그르릉."
오싹하여 사만이는 깨어나고
눈을 부비면서 앉아 보니
앉았던 데에서 얼마 안가
수풀이 시퍼렇게 우거져 있어
은장도를 쓱 빼내어 싹싹하게
그 수풀을 베어내고 보니
백년해골이 동그마니 나앉아있으니,
"조상님이 내게 보낸 조상님이거든
나한테로 돌아오십시오."
하니 "땡땡땡그르릉." 하며 확 돌아온다.
이제 사만이는 그 백년해골을 가져다
도시락 통에 담아 두고 거기 조금 앉아있으니
큰 사슴이 줄줄 내려와
총을 잽싸게 쏘니 덜렁 죽어,
사만이는 그 사슴을 지고, 백년해골을 지고,
총 지고 집으로 돌아오다가,
백년해골을 안으로 그냥 가져가면
부인이 놀랠까봐서
문 앞 노둣돌(下馬石)에 묻어두고 들어가는구나.
부인은 남자가 큰사슴을 잡아오니
그걸로 쌀 빚진 것 다 물어주고
쌀 받아 밥하여 먹고 누워있으니,
문 앞에 노둣돌 아래에서는
"사만아, 사만아. 나를 이런데 내버리니
개짐승도 무섭다. 고양이짐승도 무섭다.
나 있던 곳으로 날 가져다 다오. 땡땡땡그르릉."

대강녹도 제일척, 소강녹도 제일척,
쏠도 나곡, 돈도 나민
살기가 펜안ᄒ지 아니ᄒ네가?"
"게민 경 ᄒ주긴."
부인은 하간디 간
쏠을 빗젼 밥을 ᄒ연 먹고,
뒷녁날은 징심 싼 주난
송ᄉ만인 그 걸 지연 나갑네다.
송ᄉ만인 저 산 고질 올라가고
낫이 ᄌ물도록 댕겨도
대강녹이랑말앙 소강녹도 못보는구나.
이젠 부치러완 집이 들어갈 수가 엇언
죽어지건 죽어불주긴
산고지 밭드르에서 ᄌ을 자는디
밤이 이식ᄒ난 숭풀 쏘곱에서
"땡땡땡그르릉. ᄉ만아, ᄉ만아.
느가 나를 ᄀ져다가
느네 방안이 당클을 매왕 나를 모상
초ᄒ를 보름을 ᄒ여 도라.
ᄆ슨 거부를 맨들아주마. 땡땡땡그르릉."
ᄉ만인 ᄌ자단 ᄌ막 깨연 보난 펀펀.
또 지식이 누언 ᄌ을 들어가난,
"ᄉ만아, ᄉ만아.
나가 백나라 백정싱의 아들인디
깡녹사심을 마치레 이 산고질 올랏단
내가 죽어졌노라.
내 물건은 백정나라 백정싱의 아들이 ᄀ져갔는디,
느 송ᄉ만이가 ᄀ져시니, 는 내게 태운 ᄌ손이여.
느가 이 대음 날만 잘 모사주민
대강녹도 제일척, 소강녹도 제일척,
민 부제 ᄆ실 부제로 맨들아주마.
땡땡땡그르릉."
ᄌ막 ᄌ을 깨고 보니 펀펀, 송ᄉ만이 ᄆ슴에도

"참! 이상ᄒ다."
ᄒ멍 다시 ᄌ을 지식 드난
"ᄉ만아, ᄉ만아. 느가 ᄌ만 자질 말고,
내가 여기서 ᄌ자건디가 백년이 되어
백년대강인디, 백년만이 나 물건을 봐시니
나를 그대로 두민 느가 못살거다.
땡땡땡그르릉."
엄뜩ᄒ게 ᄉ만이는 깨여나고
눈부빌썰멍 앚안 보난
앚인딜로부떠 얼매 엇언
곳자왈이 시퍼렁게 짓누언
은장도를 썩 빼여내고 싹싹ᄒ게
그 자왈을 비여냉견 보난
백년대강이가 동골랫기 나아자시난,
"조상님이 내게 태운 조상님이거든
나신디레 돌아집서."
ᄒ난 "땡땡땡그르릉." ᄒ멍 확 돌아온다.
이젠 ᄉ만인 그 백년대강일 곳어단
약돌기에 담아 놓아두고 그디 조꼼 앚아시난
대강녹이 줄줄 ᄂ려오란,
총을 다라 쏘으난 댕강 죽언,
ᄉ만인 그 강녹 지고 백년대강일 지고
총 지고 집으로 돌아오단,
백년대강일 안으로 진냥 가민
부인이 놀랠카부댄
올래에 물팡돌에 묻어두언 들어가는구나.
부인은 ᄉ나이가 대강녹 심어오라시난
그걸로 쏠 빚진 디 다 물고
쏠 받안 밥ᄒ연 먹언 누어시난,
올래에 말팡돌 아래선,
"ᄉ만아, ᄉ만아. 나를 이런디 내부니
개중싱도 ᄆ습다. 괴중싱도 ᄆ습다.
나 셔난 곳으로 날 ᄋ저다 도라. 땡땅땡그르릉."

사만이 각시는
"아이고! 낭군님아! 이게 무슨 일입니까?"
"아이고, 부인님아! 그런 말을 마시오.
산에 올랐다가 이만저만 하여서
백년해골이 모셔달라고 하여
노둣돌 아래 묻었습니다."
"아이고, 낭군님아. 청하여 들이시오.
초하루 보름 제사 어렵습니까!"
세 폭 치마 둘러 입고 노둣돌 아래 가서
넙죽 절을 하면서
"조상님아, 조상님아.
내게 인연 있는 조상이면
내 치맛자락에 들어오십시오."
하며 치마를 받아 절을 하니,
"땡땡땡그르릉."
하며 치맛자락에 굴러 들어온다.
이제 안방으로 모시고 들어와
선반에 매어서 그 위에 모셔 앉혀서,
한 달 두 번 삭일을 하니
다음날부터 송사만이가
총을 가지고 산골짜기로 올라가면
큰 사슴도 한 방, 작은 사슴도 한 방에
매일 쏘아 맞혀서 파니 부자가 되어,
몇 삼년에 마을 부자가 되어가는구나.
송사만이가 갓 서른이 되는 어느 하루에
송사만이가 총을 가지고 사냥을 갔는데,
선반에서 백년해골이 울어댄다.
"땡땡땡그르릉. 송사만이야, 송사만이야.
네가 갓 서른이 명이 전부라서
너 죽어버리면 내가 물 얻어먹을 수가 없어지니,
네 발로 살아있을 때 나 있던 곳으로 옮겨다 다오.
땡땡땡그르릉."
사만이 각시가 화가 나서

불 때던 부지깽이를 가져 들어가서
"이놈의 백년해골이
나한테서 잘 얻어먹고 있으면서
무엇 때문에 흉사를 들먹이느냐?"
하며 부지깽이로 때려
보리밭으로 던져버리니,
그 날은 송사만이가 숲에서 애쓰며
사냥을 다녀도 사슴은커녕
새도 하나 못 마치니
"어쩌나. 집에서 조상이 노하셨나보다."
되돌아와서 보니, 그 모양이 되었구나.
이제 송사만이가 보리밭에 가서
"조상님아, 조상님아.
부족한 일 생각하지 마십시오."
빌면서 다시 주워 다가 선반에 모셔
"조상님아. 무슨 일입니까?"
물으니,
"그런 게 아니다.
너 송사만이 명이 갓 서른이 끝나니
서른 나는 해에 아무 달 아무 날은 명이 끝나니
네가 살아서 움직일 수 있을 때,
나를 나무숲으로 가져다 다오, 하니 이리 하였다."
송사만이 각시는
열두 폭 가는 허리 치마를 둘러 입고,
"조상님아, 조상님아.
모든 일을 아는데 송사만이 명을 이을 줄
모릅니까? 이어 주십시오."
"그럼 네가 나 말하는 대로 하겠느냐?"
"명만 이어진다면 무엇이라도 하겠습니다."
"관복 삼배 하고, 띠 삼배 하고,
흰 종이도 세 개 하고,
강명주 세 동, 물명주 세 동 차려놓고,
은 바가지 세 개씩 하고,

ᄉ만이 각신,
"아이구! 낭군님아! 이거 어떤 일이우꽈?"
"아이구, 부인님아! 그 말 맙서.
산이 올란 이만저만 ᄒ염시난
백년대강이가 모사도랜 ᄒ연,
몰팡돌 아래 묻었수다."
"아이구. 낭군님아. 청ᄒ여 들입주기.
초ᄒ를 보름이사 어려웁네까!"
시폭치맬 앞둘러 입고 몰팡돌 아래 간
허분듯이 절을 ᄒ멍
"조상님아, 조상님아.
내게 태운 조상이건
내 치매통데레 들어옵서."
ᄒ연, 치맬 받아 절을 ᄒ난,
"땡땡땡그르릉."
ᄒ멍 치매통에 둥글어온다.
이젠 안방으로 모사들연
당클 매연 그 우티 모사앗젼,
ᄒ들 두 번 삭일을 ᄒ여가난
뒷날부떤 송ᄉ만이가
총을 ᄋ젼 산고질 올라가난
대강녹도 제일척, 소강녹도 제일척,
매날 마쳐단 ᄑ난 부제로 되연,
멧 삼년을 ᄆ슬 부제가 되어가는구나.
송ᄉ만이가 ᄀ 서른이 되는 하를날은
송ᄉ만이가 총을 ᄋ젼 사농을 가분디
당클에서 백년대강이가 울어간다.
"땡땡땡그르릉. 송ᄉ만이야, 송ᄉ만이야.
느가 ᄀ 서른이 전맹이 매기라서
느 죽어불민 내가 물 얻어먹을 수가 엇이니,
느 발 산 제 나 셔난 곳으로 ᄋ젼다 도라.
띵뱅뱅ᄂ르릉."
ᄉ만이 각신 용심난

불ᄉᆷ단 부짓댕이 ᄀ젼 들어간,
"요놈으 백년대강이
나신디서 잘 얻어먹어져가난
미신 따문 숭시를 들엄시니?"
ᄒ멍, 부짓댕이로 태작ᄒ연
보리왓디레 드리쳐부난,
그 날은 송ᄉ만이가 곳디서 애씨게
사농을 댕겨도 깡녹이랑말랑
생이도 ᄒ나 못마치난,
"어떠난 집이서 조상이 노ᄒ여신가푸댄."
다불려오난 보난, 그 모냥이 되였구나.
이제 송ᄉ만이가 보리왓디 간,
"조상님아, 조상님아.
부족ᄒᆫ 일 생각 맙센."
비념ᄒ멍, 따시 봉가단 당클에 모산,
"조상님아, 어떵ᄒᆫ 일입네까?"
물으난,
"그런게 아니여.
느 송ᄉ만이 전맹이 ᄀ 서른이 매기난,
서른 나는 해에 아무들 아무날은 맹이 매기니
느가 발 살앙 오몽ᄒ여질 때,
나를 낭곳으로 ᄀ져다 도라. ᄒ니, 응 ᄒ염따."
송ᄉ만이 각시는
열두폭 금세호리 치매를 둘러입고,
"조상님아, 조상님아.
모든 일을 알 적이 송ᄉ만이 맹사 잇을 줄
몰릅네까? 잇어 줍서."
"게건 늬가 나 ᄀ는양 ᄒ여지겠느냐?"
"맹만 잇어진우제사 뭣이라도 ᄒ쿠다."
"관디 삼배 ᄒ곡, 띠 삼배 ᄒ곡,
대백지도 시 개 ᄒ곡,
강맹지 시동, 물맹지 시동 출려놓곡
은박새기가 시개쏙 ᄒ곡,

은 만 냥, 금 만 냥을 다 차려놓은 후에,
세 마을 가서 무당 세 명 부르고,
마당에 큰대 세워 두 이레 열나흘 굿을 해라.
굿하다가 송사만이 잡아가는 날에는
띠 삼배, 관복 삼배 차려서
다니는 길 좋은 동산에 가서 차려놓아서
백보(百步) 바깥으로 물러서서
엎드리어 국궁사배 드리고,
집에서는 여전히 굿을 하고 있으면
알 도리가 있을 것이다."
그리하여 말하는 대로 모두 차려놓고
백보 바깥으로 가서 절을 하고,
가만히 무릎 꿇고 엎드리고 있으니,
삼차사가 내려오며 제일 앞 차사가 하는 말이
"여, 어디서 정성을 다 하는 모양이야.
향내가 솔솔 난다."
뒤에 오는 차사는
"송사만이네 집에서 정성을 드리고 있는가보군."
마지막에 오는 처사는
"송사만이네 집에 백년해골을 모십니다.
그 백년해골이 송사만이 잡으러 오는 걸
말해버린 모양입니다."
삼차사는 쓱 들어가 보니 백보 바깥에서
송사만이가 정성을 지극히 들여가니
앞에 있는 차사가
"야, 이 정성을 받고 넘어가버릴 수가 없다."
뒤에 오는 차사는
"야, 우리 시장한테 먹자."
삼차사는 그 음식을 모두 받아먹고,
"관복 삼배, 띠 삼배 걸어놓고
사만이 정성이 지극하니

우리가 받기는 받았지만,
잡아 오라고 한 시간이 지나버렸으니
어떻게 할까?"
하니 마지막에 오는 차사가
앞에 온 차사에게 말하기를
"오랜 옛말을 관장(官長)한테 가서
많은 옛말을 들음직하게 말하십시오.
그러면 관장이 듣다가
시간이 오래가면 잠이 쓱 들 것입니다.
잠들어버린 틈에
살짝 이승문서를 싹 걷어 와서
송사만이 삼십이 명이고,
유사만인 삼천년이 명이니,
유사만이의 글자 한 자를 지워버리고,
송사만이의 글자 한 자를 살려 주면
송사만이는 삼천년을 살고,
유사만이는 삼십년을 살아 서로 명이
바뀌어 질거니 몸과 명을 바꿔 줍시다."
하니, 삼차사가
"그럼 그렇게 합시다."
같이 이야기를 하였구나.
삼차사는 관장한테 가서
"옛말이나 말하겠습니다."
하여 이야기를 꺼내었구나.
그리하여 송사만이한테 글 한자를 살리고,
유사만이한테는 글 한 자를 죽여서,
급하게 이승에 내려와
저승으로 유사만이를 잡아다,
"관장님아, 유사만이 잡아왔습니다."
관장은 자세히 보다가,
"유사만이 명은 삼천 년이고,

은 만량, 금 만량을 다 출려 놓은 후제랑
시 무슬 강 심방 시 개 걷우우곡,
마당이 큰대 세왕[14] 두 일회 열나을 굿을 ᄒ라.
굿ᄒ당 송ᄉ만이 심어가는 날랑
띠 삼배, 관디 삼배 출령
쟁길처 좋은 동산이 강 출려놓왕
백보 뱄겼딜로 문어상
업더지영 국궁ᄉ배 드리곡,
집이서랑 여전히 굿을 ᄒ염시민
알을 도래나 시기라."
이젠 기영 ᄀ는대로 맷딸 출련놓완
백보 뱄겼딜로 간 절을 ᄒ연,
ᄀ만이 꿀련 업더져두서 보난
삼체ᄉ가 노려오멍 제일 앞이 체ᄉ가 ᄒ는 말이,
"야, 어디서 정성을 되게 ᄒ는 생이여.
상내가 쿡쿡 솟인다."
뒤에 오는 체ᄉ
"송ᄉ만이네 집이서 정성을 아니드렴신가?"
말자이 오는 체ᄉ
"송ᄉ만이네 집이 백년대강이 모삼따.
그 백년대강이가 송ᄉ만이 심으레 오람젠
ᄀ라분 생이여."
삼체ᄉ 풀 들어산 보난 백보뱄겼디서
송ᄉ만이가 정성을 지극히 드려가난
앞잇 체ᄉ,
"야, 이 정성을 받고 넘어앚일 수가 엇다."
뒤에 오는 체ᄉ,
"야, 우리 시장ᄒ난 먹게."
삼체ᄉ 그 음식을 막 받아먹고,
"관디 삼배, 띠 삼배 걸어놓고
ᄉ만이가 정성이 지극ᄒ난

우리가 받음은 받았주마는,
심엉 오랜 혼 시간이 시여부난
어떵흘코?"
ᄒ난, 말자이 오는 체ᄉ가
앞이 온 체ᄉᄀ라,
"원체 옛말이 좋으메 관장신디 가건
하근 옛말을 들엄직 ᄒ게 ᄀ릅서.
경ᄒ염시민 관장이 들당
시간이 오래여가민 줌이 쑥 들 거우다.
줌들어분 틈에랑
술재기 이싱문쎌 삭삭 걷어놓왕
송ᄉ만인 삼십이 전맹이고
유ᄉ만인 삼천년이 전맹이난.
유ᄉ만이에랑 글제 혼젤 비켜불곡,
송ᄉ만이에랑 글제 혼젤 살려 주어불민
송ᄉ만인 삼천년을 살곡,
유ᄉ만인 삼십년을 살앙 서로 맹이
바꾸와정 홀거난 대신대맹을 시겨붑시다."
ᄒ난, 삼체ᄉ라,
"걸랑 그영 ᄒ겐."
공론을 ᄒ였구나.
삼체ᄉ 관장신디 간
"옛말이나 ᄀ르쿠댄."
ᄒ연, 연구를 틀었구나.
경ᄒ연 송ᄉ만이안틴 글 혼제를 살리고,
유ᄉ만이안틴 글 혼제를 죽여두언,
급성급패로 이싱에 ᄂ려오란,
저싱으로 유ᄉ만일 심어단
"관장님아, 유ᄉ만이 심어오랐쑤다."
관장은 비룽이 브래단,
"유ᄉ만이 맹은 삼천년이고,

---

14 대통기라는 큰 기를 단 깃대이며, 신은 이 대를 통해서 내려온다고 한다.

송사만이 명은 삼십 년인데,
너희들 잘못하였다."
하니 차사들은
"그런 것이 아닙니다. 문서 한 번 펴 보십시오."
하니 관장은
"문서를 펴 보나마나 유사만이가 삼천년이다."
우겨가니, 차사들은
"그리하여도 문서만 펴 보십시오."
자꾸 재촉을 하니까,
관장은 할 수 없이 문서를 펴 보는구나.
문서를 펴 보니
아니나 다를까 원래 차례로 되어있구나.
"유사만이를 저승으로 들여놓아라."
그 후에는
저승에서는 송사만이를 잡지 못 한다.
관장이 송사만이를
잡아오라고 차사를 보내어도
끝내 잡지 못하였다.
관장은 강림이가 워낙 재주가 좋으니
저승의 차사로 빼어왔다.
그리하여 관장은 강림차사에게
"강림아, 강림아.
네가 송사만이를 잡아만 오면
괴로울 일이 없다."
하니, 강림차사는 이승으로 와
송사만이를 잡으러 다녀오지만
끝내 잡지를 못하니.
하루는 꾀를 내어 우물을 파서 숯을
한가마니 가져다 물에 놓고
훌렁훌렁 씻는데. 송사만이가 말 물 먹이러 왔다가
숯 씻는 것을 보고는
"당신 하는 것이 무엇입니까?"
"숯 씻습니다."

"하! 별 놈을 다 보네.
내가 사만 삼천 년을 살아도
숯 씻는 놈은 처음 보네."
하니 강림차사는
"그러면 당신이 송사만입니까?"
홍사슬을 내어놓으며 꽁꽁 결박(結縛)하고
감옥 걸쇠를 걸어서 저승으로 잡아 갔구나.

기물 8 : 장구

송ㅅ만이 맹은 삼십년인디,
느네들 잘못ㅎ였저."
ㅎ여가난, 체ㅅ들은,
"그영ㅎ게 아니우다. 문세 ㅎ 걸 들렁 봅서."
ㅎ난, 관장은
"문셀 들렁 보나마나 유ㅅ만이가 삼천년이엔."
우겨가난, 체ㅅ들은
"그영ㅎ여도 문세만 들렁 봅센."
땅불을 놓아가난,
관장을 홀 수 엇이 문셀 들런 보는구나.
문셀 들런 보난
아닌게 아니라 원 츠례로 되였구나.
"유ㅅ만일 저싱데레 디려놓아라."
글주후젠
저싱선 송ㅅ만일 삼질 못ㅎ연, 하는디.
관장이 송ㅅ만일
심엉오랭 체슬 보내여도
느시 심질 못ㅎ였수다.
관장은 강림이가 원체 재주가 좋으난
저싱대레 처ㅅ로 빼여왔수다.
그영ㅎ연 관장은 강림체ㅅㄱ라.
"강림이야, 강림이야.
느가 송ㅅ만일 심어만 오민
괴로울 일이 웃다."
ㅎ난, 강림체ㅅ은 이싱으로 도올란
송ㅅ만일 심젱 댕겨도
느시 심질 못ㅎ난.
ㅎ로로 꿸 내연 몰통을 판 숫을
흔가맹이 ㄱ져단 물에 놓완
불강불강 싯엄시난. 송ㅅ만인 말 물멕이레 오랐단.
숫 싯는 걸 보완.
"당신 ㅎ는 거 뭐여?"
"숫 싯엄수다."

"하! 벨 놈을 다 보네.
내가 ㅅ만삼천년을 살아도
숫 싯는 놈은 처음 보네."
ㅎ난, 강림체ㅅ은
"게난 당신이 송ㅅ만이우껜."
홍쉿줄을 내여놓완 탱탱 절박ㅎ고
감옥걸쳐 걸언 저싱으로 심언 갔구나.

기물 9 : 북

2. 베푼 인정이 바꾼 명부 〈맹감본풀이2〉

주년국 소사만이 선조들은 천하거부였다.
사만이 아버지 적으로는 가난하고 삼대독자이고,
사만이를 낳은 후 한 살 때에
어머니 무릎에 앉아 젖 먹다가
어머니가 죽어버렸다.
두 살 적에는 아버지가 죽어버렸다.
세 살 적에는 친할머니가 죽어버렸다.
사만이는 친할아버지와 살다가
네 살 되니 친할아버지가 죽어버렸다.
다섯 살에는 외할머니가 죽어버렸다.
여섯 살에는 외할아버지가 죽어버렸다.
친척 간에 외척, 친척 다 없어졌다.
단 하나 외삼촌이 살아 있었다.
일곱 살 나니 외삼촌 하나도 죽어버렸다.
사만이는 갈 데 올 데 하나도 없어졌다.
이제는 작은 바가지 받아 얻어먹으러
아랫녘으로 가다 보니 천하 삼거리에서
아랫녘의 조정승 딸도 바가지 받아서
먹으러 오는데, 사만이 말하기를
"어디로 가는 아이입니까?"
"난 아랫녘 조정승 딸이오.
일곱 살인데 양쪽 집안 여섯 마을에
가족 모두 사망해버려서
얻어먹으러 윗녘으로 갑니다."
사만이는
"나도 그런 몸이라 얻어먹으러
아랫녘으로 갑니다."
가만히 서서 바라보다가 눈이 맞아

이제 사만이가 말을 하는데,
"오시오. 우리 너하고 나하고 같이 벗하면서
얻어먹으러 다니겠습니까?"
조정승 딸이 말을 하는데,
"그럼 그렇게 합시다."
이리하여 사만이와 조정승 딸은
손을 잡고 같이 얻어먹으러 다니는데.
가다 오다 날이 어두워지면
어느 말방앗집 구석에 그냥 손을 잡고
밤을 새어 가고.
그럭저럭 살다 보니 열다섯 십오 세가 되었구나.
하루는 사만이가 말하기를
"조정승 따님애기야.
난 너보고 말을 하려고 해도
황송해서 말을 하지 못한다."
"무슨 말입니까?"
"너하고 나는 일곱 살에 만나서
그 해 저 해 지나가
열다섯 십오 세가 되었구나.
그동안 너의 속은 내가 알고
나의 속은 네가 아니
이제는 부부로 살아보자."
"그럼 그렇게 합시다."
사만이와 조정승 딸은 부부 간을 삼은 후에,
"우리 평생 물방아 집에서만 밤을 샙니까?
수풀나무 비어다가 크게 말고 작게라도 지어서
초막(草幕)이라도 지어서 살아봅시다."
"그럼 그렇게 합시다."

주년국 소스만이 선들은 천하거부제우다.
스만이 아방적으로 가난흐고 삼대독신이고
스만이가 난 후젠 흐술 적인
어멍 독모립에 앚안 줏먹단
어멍이 죽어비였수다.
두슬 적인 아방이 죽어비였수다.
시슬적인 성할망이 죽어비였수다.
스만인 성할으방이영 살단
늬슬 나난 성할으방이 죽어비였수다.
다숫슬엔 외할망이 죽어비였수다.
오숫살엔 외할으방이 죽어비였수다.
친촉간이 외조외펜 성조성펜 다 엇어지였수다.
단 흐나 외삼춘이 살안 시였수다.
일곱슬 나난 외삼춘 흐나도 죽어비였수다.
스만인 갈 디 올 디가 원 엇어지였수다.
이젠 작박 받안 얻어먹으레
알녁데레 가단 보난 천하 삼도전 거리에서,
알녁이 조정싱 뚤도 백새기 받안
먹으레 오람선 스만이가 말을 홈을,
"어드레 가는 애긴디?"
"난 알녁이 조정싱 뚤이여.
혼 일곱슬인디. 양사둔 육모슬이
가구무청 스망흐여부난
얻으먹으레 웃녁데레 가노라."
사만인
"나도 그영흔 몸이란 얻어먹으레
알녁데레 가노라."
고만이 산들 브래여 보난 눈이 맞안,

이젠 스만이가 말을 흐되
"오라, 우리, 느영 나영 곹이 벗흐영
얻어먹으레 댕기게?"
조정싱 뚤이 말을 흐되.
"걸랑 기영 흡서."
옹흐연 스만이광 조정싱 뚤은
손을 심엉 곹이 얻어먹으레 댕기는디.
가당 오당 날이 어두그민
어느 물뱅이칩 구석에 강 손을 심엉
인밤을 새영 가곡.
그럭저럭 살단 보난 열다숫 시오세가 되었구나.
흐를날은 스만이가 말을 홈을,
"조정싱 뜨님애기야.
난 늘フ라 말을 굿젱 흐여도
은단팽이라 말을 굿지 못흔다."
"미신 말이 됩네까?"
"느광 나는 혼일곱슬에 만난
그 해 저 해 지나가난
열다숫 시오세가 나았구나.
그동안 느의 속은 내가 알고
나의 속은 느가 알아시니.
이제랑 부배간이나 삼아보게."
"걸랑 기영 흡서."
스만이광 조정싱 뚤은 부배간을 무운우젠.
"우린 팽싱 물뱅이 집이서만 인밤을 샘네까?
섶순낭글 비여당근 크게 말앙 족게라도
피서리초막이라도 짓입서 살아보게."
"걸랑 기영 흡서."

깊은 산으로 오르고 수풀 나무 베어내어
억새 다섯 묶음 띠 다섯 묶음 들여서
지어 보니 작은 초막,
거적문에 나무돌쩌귀에 그럭저럭 살아가다
아기 태기를 가지고,
아홉 달 열 달 찬 짐 실어 만삭 차니
하루는 해복을 하여 귀동자가 태어난다.
사만이가 말하기를
"썩은 나무도 회초리 나는 격이다.
썩은 나무에 싹이 나는 격이다."
이제 그 아기를 업고 다니며
안고 다니고 하며
얻어먹으러 다니는구나.
아기가 세 살이 되어가니,
"아버님아, 밥을 주십시오.
아버님아, 옷을 주십시오.
어머님아, 젖을 주십시오.
어머님아, 옷을 주십시오."
비새 울 듯 울어가니 사만이가 말하기를
"이 자식아. 우린 뭐같이 빌어다가
너를 먹여 봐도 모자라서
옷을 주시오 밥을 주시오 하니.
이런 가혹함이 어디 있을까?"
서러워하며 사만이가 울어가니
사만이 각시는
"가장님아, 가장님아. 장사나 하여 보십시오."
"부인님아, 부인님아.
장사를 하려 한들 본전 없이
어떤 장사를 할 수가 있습니까?"
"그리 말고,
내가 천년장자 집에 가서 보증해서

돈 백 냥만 빚져 오면
본전 삼아서 장사나 하십시오."
사만이 각시가 천년장자 집에 가서
보증해서 돈 백 냥을 빚져 오니,
사만이는 그 돈을 짊어지고 물건 사러
아랫녘으로 가다 보니
동지섣달 설한풍에 어린 아이들 둘이
눈물에 붉은 눈이 되도록 울어서
"아이고! 이 아기들. 날 닮은 아기들이로구나."
손을 잡고 주막에 들어가
밥을 사주고 옷을 사주고 신 사주고 했다.
넘어가다 보니
반백발 노인노장 두 늙은이가
한 막대기 짚으며 가는 걸 보니
춥고 배고프고 눈물콧물 다 흘리고.
아이고! 바라보니 불쌍하다.
"날 닮은 노인노장이로구나."
손을 잡고 주막에 들어가
술 사드리고, 밥 사드리고,
옷 사드리고, 신 사드리고 하다 보니
돈 백 냥은 온데간데없이 되는구나.
돈 백 냥은 간 곳 없고, 집으로 돌아온다.
부인네는 문에 서서 기다리다가
"가장님아, 가장님아.
장사가 어떻게 되었습니까?"
"부인님아, 부인님아.
본전 없이 장사할 수 없습니다."
"그 돈 백 냥은 어떡했습니까?"
"물건 사러 돈을 가지고 아랫녘에 가다 보니
지나칠 수 없는 아이들이 비새 울 듯 울어서
보니 불쌍해서 주막에 가서

신산곳을 도오르고 섶순낭글 비여내연
어욱 닷못 새닷못 들연
짓언 보난 피스리초막.
거적문에 낭돌처귀에 ㄱ럭저럭 살아가난
애기 태기점을 ㄱ지고
아홉 둘 열둘 츤짐 실어 츤삭 츠니
ᄒ를날은 해복을 ᄒ여 귀동ᄌ가 솟아진다.
ᄉ만이가 말을 ᄒ을
"석은 낭게도 회추리 나는 제격이여.
반대목에 송애 나는 체격이라."
이젠 그 애길 업엉 댕역
안앙 댕역 ᄒ멍
얻어먹으레 댕기는구나.
애기가 시술이 나아가난.
"아바님아 밥을 줍서.
아바님아 옷을 줍서,
어머님아 줏을 줍서.
어머님아 옷을 줍서."
비새울 듯 울어가난. 사만이가 말을 ᄒ을
"요 ᄌ속아. 우린 뭘ᄀᆯ이 빌어다멍
느를 구대ᄒ당 봐도 나빵,
옷을 줍서 밥을 줍서 ᄒ니.
이런 가판이 이디 시리!"
정막ᄒ연 ᄉ만이가 울어가난.
ᄉ만이 각신,
"가장님아, 가장님아. 장시나 ᄒ여 봅서."
"부인님아, 부인님아.
징실 ᄒ젱 ᄒ들 본전 엇인 걸
장시홀 수가 십네까?"
"그영 말앙
내가 천년장제칩이 강 보징 앗앙

돈 백냥만 빗정오건
본전 삼앙 장시나 ᄒ읍서."
ᄉ만이 각시가 천년장제칩이 간
보징 앗안 돈 백냥을 빗져 오라시난
사만이는 그 돈을 걸머 지고 물건 치레
알력힐 가단 보난
동지섣둘 설한풍에 어린 아이들 둘이가
눈물이 홍애되어 울엄선.[15]
"애이구! 요 애기들. 날 닮은 애기들이로구나."
손을 심고 주막에 들어간
밥을 사주구 옷을 사주구 신 사주구 해여두언.
넘어가단 보난
반백발 노인노장 두 늙은이가
흔 막댕이 짚언 가는 걸 보난
얼고 배고프고 눈물 콧물 어울어지고.
애이구! 배리여보난 불상ᄒ여.
"닐 닮은 노인노장이로구나!"
손을 심언 주막에 들어간
술 받아내고, 밥 받아내고,
옷 사내고, 신 사내고 하단 보난
돈 백냥은 간발무중이 되는구나.
돈 백냥은 간 곳 엇고, 집으로 돌아오라.
부인네는 문에 산 지드리단,
"가장님아, 가장님아.
장시가 어떵이나 됩디가?"
"부인님아, 부인님아.
본전 엇인 장시홀 수 엇수다."
"그 돈 백냥은 어떵 ᄒ읍디가?"
"물건 치레 돈을 지고 알력히 가단 보난
맬리섭섭ᄒ게 아이들이 비새울듯 울엄선.
배려보난 불쌍ᄒ연 주막에 간

---

15 '홍예다리에서 시냇물이 터져 내리듯이'의 뜻.

밥 사주고, 옷 사주었는데,
넘어가다 보니 반백발 노인노장 두 소경이
한 막대기를 짚고 눈물 콧물 흘려가며 가는 것이
하도 불쌍해서 주막에 가서
밥 사드리고 옷 사드리고 신 사드렸는데.
돈 백 냥이 온데간데없이 간 곳이 없어졌습니다."
사만이 부인은 이제는 할 수 없이
대공단 손칼로 쉰대자 참비단 머리를
쓱쓱 베어내어,
"이 머리를 장에 가지고 가서 팔아
쌀도 사고 장도 봐 오십시오."
"부인님아, 부인님아.
감태같은 검은머리 쓱쓱 베어버리니
단 서 푼도 안주게 되었습니다."
앉아 호호 탄복하니까, 사만이 각시는
"가장님아, 가장님아.
앉아 울어본들 머리 길어지지 않습니다.
이 머리를 장에 가서 팔아
쌀도 사오고 장도 봐 오십시오."
뒷머리는 놔둔들 어디 사용할 데가 있으랴.
사만이가 감태같은 검은머리를 아름가득 안고
아침 장에 나가서 머리 살 자가 없고,
점심 시장 나가서 머리 살 자가 없고,
저녁 장을 돌고 있으니 머리 살 자가 나와서,
"이 머리 팔 머리입니까?"
"예, 팔 머리입니다."
"값은 얼마나 받고자 합니까?"
"여덟 냥 여덟 돈 칠 푼 오리를 받고자 합니다."
흥정이 된 후에 돈을 받아놓고,
"이 돈 주고 쌀을 사고 장을 봐서 가면
한 사흘을 연명하면 다음은 어떡할꼬?
큰 시장이나 돌아보자.
물건이나 있거든 사 가서 장사하여

십일조(十一租)는 떼어먹고
본전은 본전대로 가지자."
큰 시장을 도는데,
한 번 돌고 두 번 돌고 또 세 번을 돌아보니
'멋 있는 납총알 귀약총'이 있구나.
"이 물건은 쇠로 만든 물건이오.
만년 장래성(將來性) 있는 물건이오.
끈을 보니 가죽끈이라 단단하구나."
"이 물건은 팔 물건입니까? 주인장?"
"예. 팝니다."
"값은 얼마나 받고자 합니까?"
"은도 백 냥, 지전도 백 냥.
금 백 냥에 삼백 냥을 받으려고 합니다."
"아이고. 좋은 물건 있지만,
빚낼 돈이 없어서 못 사겠구나."
사만이는 앉아 호호 탄복하며
중이 염주 쥐듯 눈물만 뚝뚝 흘리니,
물건주인이 하는 말이
"사만이는 돈이 얼마나 있소?"
"여덟 냥 여덟 돈 칠 푼 오리 밖에 없습니다."
"그러면 그 돈을 주고 사 가시오.
부족한 것은 종종 벌 때마다 갚으시오."
"아이고! 감사합니다."
이제는 사만이가 물건주인한테
해 정하고, 달 정하고, 날 정하여
흰 종이에 검은 먹으로 표시를 하여 잡혀두고
총을 가지고 오려고 하는데,
물건 주인이 말 하기를
"사만이. 이젠 살게 되었습니다.
사만이 대에 먹고 쓰고 남은 것은
아들애기는 만대유전(萬代流傳)시키고
딸애기는 전대전손(傳代傳孫)시킬 것입니다."
사만이가 말하기를

밥 사주구 옷 사주어 두언.
넘어가단 보난 반백발 노인노장 두 쇠경이
흰 막댕이 짚언 눈물 콧물 어울어젼 가는 것이
하도 불쌍ㅎ여. 주막에 간
밥 받아내고 옷 사내고 신 사내난.
돈 백냥이 간 발 무중. 간 곳이 엇입디다."
ᄉ만이 부인은 이젠 훌 수 엇이
대공단 곱칼로 쉰대자 춤비단 머릴
솝속들이 비여내연,
"이 머릴 장판에 지영 강 폴앙.
쏠도 받고 장도 받앙 옵서."
"부인님아, 부인님아.
감태 ᄀ튼 절복머리 솝속들이 비여부난
단 서푼도 아니주게 되었수다."
앚안 호호 탄복ㅎ여내난. 사만이 각시는
"가장님아, 가장님아.
앚안 운불로 머릴 질 배 아니우다.
이 머릴 장판이 강 폴앙
쌀도 받곡 장도 받앙 옵서."
뒷머릴 놔둔들 미신 옹처가 시랴.
ᄉ만이가 감태 ᄀ튼 절복머릴 아름ᄀ득 안고
초장도막 나아가고 머리 살 재견이 엇어지고.
이장도막 나아가되 머리 살 재견 엇어지고,
삼장도막 돌암더니 머리 살 재견이 나아ᄉ고,
"이 머린 폴 머리우꽝?"
"예, 폴 머리우다."
"금전대금은 얼매나 받젠 ㅎ염수과?"
"ᄋ듭냥 ᄋ듭돈 칠푼 오릴 받젠 ㅎ염수다."
홍성이 된지우젠 금전을 받아놓고.
"이 금전 주엉 쌀을 받곡 장을 받앙 가민
일 사흘을 기맷두서 ㅎ민 버글은 어떵ㅎ쿠?
만년 전주나 돌아보저.
물건이나 싰거든에 물건이나 치영 강 장시ㅎ영

십일주랑 떼여먹곡
본전이랑 본전대로 삼저."
만년 전주를 도는디.
초번 돌고 두번 돌고 제삼번을 돌아보난
'맛이 좋안 납늘개 귀약총'이 있구나.
"요 물건은 쐬로 맹근 물건이여.
만년 장래썽 신 물건이여.
친은 보난 가죽친이라 든든ㅎ구나."
"이 물건은 폴 물건이우꽈! 전주님?"
"예. 폴쿠다."
"대금은 얼맬 받젠 ㅎ염수광?"
"은도 백냥 지전도 백냥.
금 백냥에 삼백냥을 받쿠다."
"아이구. 좋은 물건 싰구나만.
빚나 대금 엇어 못살로구나."
ᄉ만인 앚안 호호 탄복ㅎ멍
중반에 염주듯 눈물만 다룩다룩 흘려가난.
만년전주가 말을 ㅎ을.
"ᄉ만이가 대금이 얼매나 싰수가?"
"ᄋ듭냥 ᄋ듭돈 칠푼 오리 백인 엇수다."
"ㅎ건 그 금전 주엉 상 갑서.
떨어진 걸랑 종종이 버실멍 갚읍서."
"아이구! 감수하우다."
이젠 ᄉ만이가 만년전주신디레
해젱일 둘젱일 날젱일 ㅎ연
흰종이에 검은 먹으로 표질 ㅎ연 심져두언
총을 ᄋ전 오젠 ㅎ는디.
만년전주가 말을 ㅎ을.
"ᄉ만이. 이젠 살게 되었수다.
사만이 대에 먹당 씨당 남은 건
아들애긴 만데ᄋ건 시기곡
딸애긴 전대전손 시기곡 홀 거우다."
ᄉ만이가 말을 ㅎ을

"어떡하면 우리 대에 먹고 남아
아들애기 만대유전, 딸애기 전대전손
시킬 수가 있습니까?"
"하도리에서 굽어보면
봄두더지 한방, 가을두더지 한방,
중도리에 돌아보면
큰 노루도 한방, 작은 노루도 한방,
상도리에 바라보며
큰 사슴도 한방 작은 사슴도 한방
그러면 방아쇠 한 번을 살짝 놓으면
삼천 마리도 죽고,
방아쇠 두 번을 슬쩍 놓으면
오천 마리도 죽고 하면
장자집에 실어가면
논과 밭도 주고, 옷도 주고, 간장도 주고,
쌀도 주고, 돈도 주면 먹고 쓰고 남은 것은
아들애기 만대유전
딸애기 전대전손(傳代傳孫)시킵니다."
이제는 멋있는 납총알 귀약총을 둘러매고
집으로 올라가니까,
부인은 남편이
쌀이랑 장이랑 받아 오시는가보다
문밖에 나서서 보니,
총 하나만 뎅강 메고 오고 있으니,
"가장님아, 가장님아. 어느 것이 장입니까?
어느 것이 쌀입니까?"
"부인님아, 부인님아.
우리 이제는 생전 살 도리를 찾아 왔습니다."
"어떤 것입니까?"
"부인의 감태같은 검은 머리를 팔아서
여덟 냥 여덟 돈 칠푼 오리를 받아,
그 값 주고 쌀 받고 장 받아쓰면
한 사흘밖에 먹고 살지 못 할 것이라

큰 장에 들어가
멋진 납총알 귀약총을 사 왔습니다.
우리 대에 먹고 쓰고 남으면
아들애기 만대유전, 딸애기 전대전손 시킬
물건입니다."
"어떡하면 우리 대에 먹고 쓰고 남아서
아들애기 만대유전 딸애기 전대전손
시킬 수가 있습니까?"
"깊은 산을 올라가 하도리에서 굽어보면
봄두더지 한 방, 중도리에서 굽어보면
큰 노루도 한방, 작은 노루도 한 방,
상도리에서 바라보면 큰 사슴도 한 방,
작은 사슴도 한 방,
큰 돼지도 한 방, 작은 돼지도 한 방,
총 한 방을 슬쩍 쏘면
한 총알에 삼천 마리도 죽고,
총 두 방을 살짝 쏘면
오천 마리도 죽고 하면
장자집에 싣고 가면
쌀도 주고, 장도 주고, 논과 밭도 주고,
돈도 주고, 의복도 주고
그렇게 해가면 우리 먹고, 쓰고, 남아
아들애기 만대유전
딸애기 전대전손 시킬 것입니다."
이제는 사만이 각시가
앞집에서 빌리고 뒷집에서 다달이 갚을 빚지고
쌀 두 되를 빌려다가 앉아 밤을 새고 있으니,
천왕닭은 목을 들어 울고,
지왕닭은 고개 꺾어 울고,
인왕닭은 날개를 닥닥 치면서 울고,
먼동 새벽녘이 들어가니,
쌀 두 되를 넣어 밥을 하여 점심을 싸 두고
사만이한테 식사 상을 들여놓았구나.

"어떵 ᄒ민 우리대에 먹당 남앙
아들애기 만대유전 ᄯᆯ애기 전대전손
시길 수가 십네까?"
"하도리에 굽엉 보민
봄지다리 게일천 ᄀ슬지다리 게일천
중도리에 돌아보민
대강녹도 게일천 소강녹도 게일천
상도리에 배려보민
대사심도 게일천 소사심도 게일천 경ᄒ민
가막쇠 ᄒ번을 실짝 놓민
삼천머리도 죽곡
가막쇠 두번을 실짝 놓민
오천머리도 죽곡 ᄒ민
장제칩 식그멍 가민
전보답도 주곡, 옷도 주곡, 장도 주곡,
ᄽᆯ도 주곡, 돈도 주민 먹당 씨당 남은 건
아들애기 만대유전
ᄯᆯ애기 전대전손 시깁네다."
이젠, 맛이 좋아 남늘개 귀약총을 둘러매고
집으로 오라가난.
부인넨, 남펜이
ᄽᆯ이영 장이영 받아 오람신가푸덴
뭇똥에 나아스고 보난.
총 ᄒ나만 뎅강 매연 오라가난.
"가장님아, 가장님아. 어느 건 장이우꽈?
어느 건 ᄽᆯ이우꽈?"
"부인님아, 부인님아.
우리 이젠 생전 살 도덕을 닦안 오랐수다."
"미싱 거우꽈?"
"부인네 감태 ᄀᆮ은 절복머릴 풀안
ᄋ둡냥 ᄋ둡 돈 친푼 ᄋ린 반안,
그 금 주엉 ᄽᆯ 받곡 장 받아시민
일사을뱅인 기맹도술 뭇훌커란

만년전주이 들어간
맛이 좋아 납늘개 귀약총을 산 오랐수다.
우리 대에 먹당 씨당 남으민
아들애기 만대유전, ᄯᆯ애기 전대전손 시길
물건이우다."
"어떵ᄒ영 우리 대에 먹당 씨당 남앙
아들애기 만대유전 ᄯᆯ애기 전대전손
시길 수가 십네까?"
"신산곳을 도올르고 하도리에 굽엉 보민
봄지다리 게일천, 중도리에 굽엥 보민
개당녹도 게일천, 소강녹도 게일천,
상도리에 배려보민 대사심도 게일천
소사심도 게일천
대돗도 게일천 소돗도 게일천
총 ᄒ박을 실짝 놓민
ᄒ 총뽀롱이에 삼천머리도 죽곡
총 두박을 실짝 놓민
오천머리도 죽곡 ᄒ민
장제칩이 식그멍 지멍 가민
ᄽᆯ도 주곡, 장도 주곡, 전보답도 주곡,
금전도 주곡, 이복도 주곡
기영 ᄒ여가민 우리 먹당, 씨당, 남앙
아들애기 만대유전
ᄯᆯ애긴 전재전손 시길거우다."
이젠, 수만이 각시가
앞집이 장예지고 뒷집이 월예지고
ᄽᆯ 두뒈를 빗겨다가 앗안 인밤을 새염시난
천왕둑은 목을 들러 울고,
지왕둑은 고비 꺽어 울고,
인왕 둑은 늘갤 닥닥 치멍 울고,
먼 동 계둑이 들러가난
ᄽᆯ 두뒐 놓완 밥을 ᄒ연 징심을 싸 두언
수만이 신 디 식수상을 들러놓았구나.

사만이는 아침 식사를 받아
맛이 좋아 납총알 귀약총을 둘러메고
점심을 싸들고 사냥을 나가
하도리에서 굽어보니 잠잠,
아무것도 없어
중도리에서 굽어 봐도 잠잠,
상도리에서 바라봐도 잠잠.
이제 해를 보니 서산에서 다 내려가고
산장굴에 가 윗불을 피우고 앉아
밤을 새고 있더니 이 밤 저 밤
자축 간이 가까워오는데
앞동산 앞 언덕으로 백년해골이
"땡땡땡그르릉"
굴러오면서
"주년국 소사만아! 주년국 소사만아!
주년국 소사만아!"
세 번을 불러.
"예. 무슨 일입니까?"
"너는 내일 진사시에 내 손에 죽을 명이다."
"예? 이것이 무슨 일입니까?
저는 아무 죄도 없습니다. 살려주십시오."
"나는 서울 백정승 아들인데,
백년해골이 되었노라.
내가 은도 백 냥, 금도 백 냥, 지전 백 냥,
삼백 냥을 주고, 멋진 귀약총을 사서
이 산중에 왔다.
날짐승을 맞춰 밥반찬을 하고 오니까
반대편에 세워두고 오르락내리락 누비고 있었더니
번개 같은 도둑놈이 방아쇠 한 방을 슬쩍 놓고
나의 가슴을 맞추고 두문불출이다.
그렇게된지 이제 열두 해가 되었으니
나의 눈에 띄었구나.
그 물건이 나의 물건이다.

네가 도둑놈이 아니냐?"
"아이고! 저는 도둑놈이 아닙니다.
저도 큰 시장에서
은도 백 냥, 금도 백 냥, 지전도 백 냥,
삼백 냥을 주고 제가 사온 물건입니다.
저는 정말로 도둑이 아닙니다. 살려주십시오.
정 그러하면 이건 도둑질한 물건이 아니라
사온 물건입니다만 어서 물건을 차지하십시오."
"사만이는 염치를 두고 셈도 없다."
"그러면 어떡하면 좋습니까?"
"그러지 마라.
나를 조상으로 잘 위망적선 시켜다오.
내가 너희 집의 자손창성 우마번성 오곡풍성
육곡번성 만석군 부귀영화 시켜주마."
"그러면 어떡하면 조상으로
우망적선을 시킬 수 있습니까?
어떡하면 자손창성 우마번성 오곡풍성
육국번성 만석군 부귀영화를 시킵니까?"
"그건 말이야.
나는 앞동산 앞 언덕에서 죽어서
백년해골이 되어져서 나의 입으로 나는 건
왕대나무, 작은 대나무 그루터기에
가시덤불 무성하고,
코로 나는 것은
산딸기나무 가시덤불 무성하고,
눈으로 나는 것은
눈비애기 거친 솔 얽혀져서 틀어졌으니.
내일 아침 인묘시가 되면
총 막대기로 눈비애기 거친솔 산딸기나무를
동서로 제쳐두고 대공단 손칼로
왕대나무 작은 대나무 그루터기 큰 그루터기
동서로 베어 둬
청감주로 목욕하고, 자소주로 닦아서

ᄉ만인 조반식ᄉᆞᆯ 받안
맛이 좋아 납ᄂᆞᆯ개 귀약총을 둘러매고
징심을 싸놓고 사농을 나아간
하도리에 굽언 보난 펀펀,
아무엇도 엇언
중도리에 굽언 봐도 펀펀,
상도리에 배려 봐도 펀펀,
이젠, 해는 보난 일락서산 다 ᄂᆞ려가고
산쟁이궤에 간 우밋불을 최질르고 앚안
인밤을 새염더니 이 밤 저 밤
ᄌ축간이 건당ᄒᆞ난
앞 동산 앞 굴형이로 백년해골이
"땡땡땡그릉"
둥글어 오멍
"ᄌ년국 소ᄉ만아? ᄌ년국 소ᄉ만아?
ᄌ년국 소ᄉ만아?"
시번을 불러.
"예. 미신 일이우꽈?"
"ᄂᆞᆫ 닐날 진ᄉ시에 내 손땅에 ᄉ고전멩이어."
"예? 이거 미신 일이우꽈?
저는 아뭇죄도 엇수다. 살려줍서."
"나는 서월 백정싱 아들인디,
백년 해골이 되었고라.
내가 은도 백냥, 금도 백냥, 지전 백냥,
삼백냥을 주고, 맛이 좋아 귀약총을 사고
이 산중에 오라.
늘중심을 맞청, 밥반찬을 ᄒᆞ젠 오난
반대목에 세와두고 ᄂᆞ릴 목 오를 목을 ᄌ삼더니
피처 ᄀᆞ튼 도독놈은 감악쇠 ᄒᆞᆫ박을 실짝 놓고
나의 동가심을 맞쳐두고 간발무중이다.
그영ᄒᆞ지 이제 열두해가 되엄시난
나의 눈에 걸리는구나.
그 물건이 나의 물건이다.

ᄂᆞ가 도둑놈이 아니냐?"
"아이구! 저는 도둑이 아니우다.
저도 만년전주가
은도 백냥, 금도 백냥, 지전도 백냥,
삼백냥을 주언 저가 사온 물건이우다.
저는 춤말로 도둑이 아니우다. 살려줍서.
경 지영ᄒᆞ건, 이 건 도둑질ᄒᆞᆫ 물건이 아니란,
사온 물건이우다마는 어서 물건으로 ᄎᆞ지홉서."
"ᄉ만이가 읍칠 두고 셈도 엇다."
"게민 어떵ᄒᆞ민 좁네까?"
"그영 말앙.
나를 조상으로 잘 우망적선 시겨도라.
날랑그네 느네집의 ᄌ손창성 우마번성 오곡풍성
육곡번성 만석곡 부귀영화 시겨주마."
"게민, 어떵ᄒᆞ민 조상으로
우망적선을 시길 수가 십네까?
어떵ᄒᆞ민 ᄌ손창성 우마번성 오곡풍성
육국번성 만석곡 부귀영활 시깁네까?"
"그영 말앙.
나는 앞동산 앞 굴형이에 죽어지연
백년해골이 되어지연 나의 입으로 나는 건
왕대 족대 그르코지에
ᄒᆞᆫ죄기 탕천ᄒᆞ고
코으로 나는 건
ᄒᆞ탈낭 전주여기 탕천ᄒᆞ고
눈으로 나는 건
눈비애기 거신솔 얼거지고 틀어져시니.
닐 아척 인묘시랑 건당ᄒᆞ건
총몽동이로 눈비애기 거신솔 ᄒᆞ탈낭기랑
동서레레 제쳐두엉 대공단 곱칼로
왕대 족대 그르코지 ᄒᆞᆫ코지
동서레레 비여 뒁
청감쥐로 목욕ᄒᆞ곡 ᄌ소주로 하욕ᄒᆞ곡

물명주 부대에 싸서
너희 집으로 모셔 다오.
너희 집으로 들어가서 조왕으로 들어가든
조왕으로 우망적선을 시켜라.
안으로 들어가면
비자나무 은선반 큰 선반에 매어서
참실 밧줄 곱은 선반 선반상 위에
선반 위에다
나를 조상으로 모셔
초하루 보름 삭망 기제사 하고
삼명절(三名節) 기제사(忌祭祀) 잘하여 주면
나는 너를 자손창성 우마번성 오곡풍성
육국 시름 중 만석군 부귀영화 시켜주마.”
“그럼 그렇게 합시다.”
사만이는 눈에 잠이 안 와서
앉아서 밤을 새었는데, 먼동 동이 터.
멋있는 귀약총을 둘러메고
앞동산을 가보니 아니나 다를까
입으로 나는 것은
큰대나무 작은 대나무 그루터기에
큰 뭉치가 무성하고,
코로 나는 건 산딸기나무 가시덤불
얽어지고 틀어지고,
눈으로 나는 것은
눈비애기 거친 솔 얽어지고 틀어져서
대공단 곱칼로
큰대나무 작은 대나무 그루터기,
산딸기나무 가시덤불 눈비애기 거친솔
동서로 캐어두고,
청감주로 목욕하고, 자소주로 닦아
물명주 부대에 싸고 보니

큰 노루, 작은 노루,
큰 돼지, 작은 돼지,
큰 사슴, 작은 사슴,
봄두더지, 가을 두더지가 놀고 있다.
방아쇠 한 번 슬쩍 당기니
만물 짐승이 두문불출이구나.
두문불출 간 곳이 없는데
해는 보니까 서산에 다 내려가고,
이제는 집으로 돌아가자.
백년해골을 둘러메고
멋있는 납총알 귀약총을 둘러메고
집으로 돌아오다가
정주 문에 도착하니 생각이 나는구나.
백년해골을 가지고 집안으로 들어가면
부인네가 사냥한 고기라고 할까봐
“잘 하였습니다.”
할까봐
백년해골을 노둣돌에 걸어두고
멋있는 납총알 귀약총만 메고
안으로 들어가니,
부인네는 문에 서서 기다리다가
“어느 것이 큰 노루입니까?
어느 것이 작은 노루입니까?
어느 것이 봄두더지입니까?
어느 것이 가을두더지입니까?
어느 것이 큰 사슴입니까?
어느 것이 작은 사슴입니까?
어느 것이 큰 돼지입니까?
어느 것이 작은 돼지입니까?”
“부인님아, 부인님아.
어제는 멸망일에 나가니 재수가 없어서

물맹지 푸대에 쌍그네.
느네 집으로 모사 도라.
느네 집으로랑 들어가건 조왕으로랑 들어가건
조왕으로 우망적선을 시겨라.
안으로 들어가건
비지낭긔 은당클 한당클 매영,
촘씰배로 곱은당클 연당클 매여놓왕,
연당클 우티랑
나를 조상으로 모상
초ᄒ로 보름 삭망 기지스 ᄒ곡
삼맹일 기지스 잘 ᄒ여주민
나는 느를 ᄌ손창성 우마번성 오곡풍성
육국시럼¹⁶ 만석곡 부귀영화 시겨주마.”
“걸랑 기영 ᄒ서.”
ᄉ만이는 눈에 줌이 아니오고
앚아 인밤을 새염시난 먼동 개동이 들러.
맛이 좋아 귀약총을 둘러매고
앞동산을 가고 보니 아닐카
입으로 나는 건
왕대 족대 그르코지에
한코지가 탕천ᄒ고
코으로 나는 건 한탈낭 전주여기
얽어지고 틀어지고,
눈으로 나는 건
눈비애기 거신솔 얽어지고 틀어젼
대공단 곱칼로
왕대 족대 그르코지
한탈낭 전주여기 눈비애기 거신솔
동서레레 캐여두고
청감쥐로 모욕하고 ᄌ소주로 ᄒ욕하고
물맹지 푸대에 싸고 보난

대강녹, 소강녹,
대돗, 소돗,
대사심, 소사심,
봄지다리, ᄀ슬지다리가 놀음놀이 ᄒ염선
가막쐬 ᄒ번 실짝 놓난,
만물 중심이 간발무중 되는구나.
만물 중심이 간 곳이 엇인디.
해는 보난 일락서산 다 ᄂ려가고
이제랑 집으로 돌아가저.
백년해골을 둘러매고
맛이 좋아 납늘개 귀약총을 둘러매고
집으로 돌아오단
먼 정이 오난 생각이 나는구나.
백년해골을 ᄀ진양 집안으로 들어가민
부인네라 사농ᄒ 괴길카부댕
“잘 ᄒ였젱?”
홀카부댄
백년해골을 물팡돌에 걸어두고
맛이 좋아 납늘개 귀약총만 매연
안으로 들어가난.
부인네는 문에 산 지드리단
“어느 건 대강녹이우꽈?
어느 건 소강녹이우꽈?
어느 건 봄지다리우꽈?
어느건 ᄀ슬지다리우꽈?
어느 건 대사심이우꽈?
어느 건 소사심이우꽈?
어느 건 대돗이우꽈?
어느 건 소돗이우꽈?”
“부인님아, 부인님아.
어젯날은 맬망일에 나아가난 머정 엇어

---

16 육국시럼. 삼사방 온 이웃의 시름 걱정을 뜻하는 말.

날짐승 하나 구경 못하였으나
내일은 나가면
큰 노루, 작은 노루, 큰 돼지, 작은 돼지
잡아 올 것입니다."
사냥 다니다 오니 사만이는 힘들고 지쳐
멍한 눈에 잠이 오고,
사만이 각시는 앉았다 섰다
밥을 새어 자축 간이 되어가니
문 앞 노둣돌 아래 백년해골이
"쨍쨍쨍쨍" 굴러가면서
"주년국 소사만이야.
나를 있던 곳으로 데려다 다오.
나를 조상으로 모셔다가 적선(積善)하였으면
자손창성 부귀영화 시켜줄 건데.
노둣돌 위에서
찬바람 찬이슬 맞혀 달라고 하더냐?
나 있던 청맹덩굴나무 아래로 데려다 다오."
백년해골은 사만이에게
한 번 말해 잠잠,
두 번 말해 잠잠,
세 번째 말하니
사만이 각시가 앉아서 듣다가
"가장님아, 가장님아.
어떠한 일로 백년해골이
노둣돌 위에서 아래로 떨어지면서
있던 곳으로 데려다 달라고
당신 이름 세 번을 부릅니다.
조상으로 위망적선 하였으면
자손창성 부귀영화 시켜주려고 하는데,
찬이슬 찬바람 맞고 있다고 합니다."
"아이고! 부인님아, 부인님아!
어제 나는 하마터면 죽을 뻔 했다가
살아 왔습니다."

"어떤 일이 있었습니까?"
"그런 것이 아니고,
어제 사냥을 나가서
하도리에서 바라봐도 잠잠,
중도리에서 바라봐도 잠잠,
상도리에서 바라봐도 잠잠하여,
날이 저물어 산쟁이굴에 가서
윗불을 피우고 밤을 새우고 있는데
자축 간이 되어갈 때
서울 백정승 아들 백호라는 백년해골이
나를 세 번을 부르고
이만저만 하여 노둣돌에 걸어두었습니다."
"그렇게 하였으면,
귀신 대접해서 나쁜 데 있었습니까?"
사만이 각시는 정성들여
열두 폭 가는 허리
대공단 홑단치마를 둘러 입고
미투리 신에 코재비 버선을 신고
정주 문으로 나가서 넙죽 절을 하고
"저에게 인연 있는 조상님이면 열두 폭 금새호리
대공단 홑단치마로 들어오십시오.
저에게 인연 아닌 조상님이면
정주문 밖으로 나가십시오."
한 번 두 번 세 번을 절을 드리니
백년해골이 치마폭으로 들어온다.
이제 사만이 각시는 그 백년해골을 안고
집안으로 들어와 문전에 우망적선 시키고
조왕으로 들어가니, 조왕으로 우망적선 시키고,
안방으로 들어가니 유자나무 선반,
비자나무 고운 선반, 참실 밧줄로 매어놓고
백년해골을 선반 위에 모셔놓아
차려 놓은 것은 아무것도 없이
찬물 한 그릇 떠 놓고 향촉을 하여 두고,

늘중싱 ᄒ나 귀경 못ᄒ연
닐 날은 나아가민
대강녹 소강녹 대둣 소둣
심엉 올쿠다."
사농 댕기단 오난 ᄉ만인 버치고 지쳐
무정눈에 줌이 오고,
사만이 각시는 앞악 사악
인밤 새여. ᄌ축간이 근당ᄒ난
오리정 물팡돌 아래 백년해골이
"쨍쨍쨍쨍" 둥글어가멍
"주년국 소ᄉ만이야.
날 시어난 곳으로 돌아다 도라.
나를 조상으로 모사당 적선ᄒ여시민
ᄌ손청성 부귀영화 시겨줄 건디.
물팡돌 우티서
ᄎᄂ롯 ᄎ이실 맞쳐 도랭 ᄒ더냐?
나 시어난 청맹개낭 알로 들어다 도라."
백년해골은 ᄉ만이ᄀ라
초번 굴아 펀펀
두번 굴아 펀펀
시번채 굴아가난
ᄉ만이 각신 앞안 듣단.
"가장님아, 가장님아.
어떵ᄒ 일로 백년해골이
물팡돌 우티서 알레레 털어지멍
시어난 곳으로 돌아다 도랭
당신님 밸량 시번을 부럼수다.
조상으로 우망적선 ᄒ염시민
ᄌ손창성 부귀영회 시겨주젠 ᄒ난
ᄎ이실 ᄎ나롯 맞첨젠 ᄒ염수다."
"아이구! 부인님아, 부인님아!
어젯날은 나는 ᄒ마 죽을 번 ᄒ단
살안 오랐수다."

"어떵ᄒ 일이 십디가?"
"그런 것이 아니고
어젯날은 사농을 나간
하도리에 ᄇ래봐도 펀펀,
중도리에 ᄇ래봐도 펀펀,
상도리에 ᄇ래봐도 펀펀 ᄒ연,
날이 정글언 산쟁이궤에 간
우밋불을 최질르고 인밤을 새염시난
ᄌ축간이 되어가난
서월 백정싱 아들 백호란 백년해골이
나를 시번을 불르고
이만저만 ᄒ연 물팡돌에 걸어두었수다."
"그영ᄒ여시민
귀신 대접ᄒ영 그른 디 십디가?"
ᄉ만이 각신 정성들이
열두폭 금새호리
대공대단 홑단치맬 둘러 입고
미투리신에 코재비 보선에 신언
먼 정이 나가고 허붓이 절을 ᄒ고
"절 태운 조상님이건 열두폭 금새호리
대공단 홑단치매로 들어옵서.
저에게 아니태운 조상님이건
먼 정으로 나아갑서."
초행 이행 제삼행을 절을 드리난
백년해골이 치맷통데레 들어오란.
이젠 ᄉ만이 각신 그 백년해골을 안아오전
집안으로 들어오란 문전에 우망적선 시기고,
조왕으로 들어가난 조왕으로 우망적선 시기고,
안방으로 들어가난 유ᄌ낭긔 연당클
비ᄌ낭긔 고분당클 춤씰배로 매여놓완
백년해골을 연당클 우티 모사놓난
해여 놓을 건 아무것도 엇언
찬물 ᄒ보시 떠 놓고 상촉을 ᄒ여두언

다음날은 사냥을 나가
큰 사슴, 작은 사슴, 큰 돼지, 작은 돼지,
봄두더지, 가을두더지, 수없이 나오라는
방아쇠 한 번 살짝 당기니
삼십 마리 쓰러지고
방아쇠 두 번을 살짝 당기니
오천 마리 죽어간다.
그렇게 그 날짐승들을 모두
장자집으로 싣고 가니까,
쌀도 주고, 장도 주고,
돈도 주고, 갈아입을 윗옷도 주고
논과 밭도 내어 주는구나.
사만이는 삽시에 큰 부자가 되어간다.
사만이는 자손에도 창성이요,
우마에도 번성이요, 오곡에도 풍성이요,
육곡시름 천하거부자로 고대광실 높은 집에
남전북답 쌓인 밭에 천하 거부자가 되었다.
하루는 사만이가 사냥을 나가고 나서,
사시행차 하시는데 점심준비 늦어진다.
사만이 각시는 아침을 먹는데
윗집 아주머니가 불 얻으러 왔다가
"어떻게 사만이네는 소문 기별 없이
갑자기 이렇게 큰 부자가 되었소?"
사만이 각시다 대답하기를
"우리 집에 귀신 모시고 삽니다."
"어떤 귀신을 모셨습니까?"
"우리 집 가장이 사냥을 갔다가
서울 백정승 아들 백호라고 하는
백년해골을 주워
안방으로 높은 선반 제사상에 모셔놓고
조상으로 우망적선 하니
이렇게 부자가 되었습니다."
"그러니까 어디 가서 주워 왔습니까?

우리도 가서 주워와 부자 되자."
윗집 아주머니는 그냥저냥 가버린다.
조금 있으니 백년해골이 선반 아래로
땡땡땡그릉 하면서 굴러오면서
"사만아?
네가 없이 나는 못살고
내가 없이 너 못 살 것이다.
오늘 하루 네가 없어도
사시행차 하시는데 점심참도 늦어지고
나 있던 곳으로 데려다 다오."
사만이 각시는 불 때던 부지깽이를 둘러메고
안방 위에 가서 문지방을 탁탁 두드리며
"조상은 흉사 들먹이지 마시오."
"이년아, 저년아. 나는 흉사가 아니다.
너희 남자 모레 사오시(巳午時)로
사고전명(死故全命) 아니냐?
삼차사가 내려왔다."
사만이 각시는
부지깽이로 백년해골 아가리를 콱 박고
머리빡 두드리며
윗녁 이삼월 보리밭으로 팅겨버리니
백년해골은 보리밭 가운데서
눈이 붓도록 우는구나.
사만이는 그날 사냥 가서 날짐승 하나 구경 못 하고
해는 서산에 다 내려가니
그냥 돌아오다가 보니,
윗녁 보리밭 가운데서
백년해골이 눈이 붓도록 울고 있구나.
사만이는 백년해골한테 가서,
"조상님은 이게 어떻게 된 일입니까?
어서 집으로 갑시다."
"사만아! 나 없어도 너 못 살 것이고,
너 없어도 나 못 살 것이다.

뒷녁날은 사농을 나아가난
대사심 소사심 대돗 소돗,
봄지다리 ᄀ슬지다리 수만 엇이 나오란
가막쉴 ᄒ번 실짝 놓난
삼십머리 씰어지연
가막쉴 두 번을 실짝 놓난
오천머리 죽어간다.
이젠 그 늘중싱들을 믄
장제칩데레 식그멍 지멍 가난,
쌀도 주곡, 장도 주곡,
금전도 주곡, 벗어입어 상의장도 주곡
전보답도 내여주는구나.
ᄉ만이는 ᄒ 어이에 거부제가 되어간다.
ᄉ만이는 ᄌ손에도 창성이여.
우마에도 번성이여. 오곡에도 풍등이여.
육곡시름 천하거부제로 고대광실 높은 집에
남산북답 쌓인 밧에 천하거부제가 되였수다.
ᄒ를날은 ᄉ만이가 사농을 나가부난
ᄉ시행처 ᄒ시는디 징심채비 늦어온다.
ᄉ만이 각신 조반ᄒ는디
웃녁칫 예펜이 불담으레 오랐단
"어뗑ᄒ난 ᄉ만이녠 소문 기뻴 엇이
ᄒ어이에 웅 큰 부제가 되연?"
ᄉ만이 각시가 대답ᄒ을
"우리 집인 귀신 모산 살암쑤다."
"어뗑ᄒ 귀신을 모샀손?"
"우리집 가장네라 사농을 갔단,
서월 백정싱 아들 백호영 ᄒ는
백년해골을 봉가단
안방으로 곱은당클 연당클을 매여놓고
조상으로 우망적선 ᄒ여가난
웅 부제가 되였수다."
"계난 어딜 간 봉가 오랐손?

우리도 강 봉가당 부제되저."
웃녁칫 예펜은 그영저녕 나고간다.
홋슬 시난 백년해골은 연당클 알레
땡땡땡그릉 ᄒ명 둥글어오멍
"ᄉ만아?
느가 엇엉 내 몬살거고
내가 엇엉 느 몬살거여.
오늘 ᄒ로 느가 엇어도
ᄉ시행처 ᄒ시는디 징심참도 늦어지고
나 시여난 곳으로 돌아다 도라."
ᄉ만이 각신 불숨단 부짓댕이 둘러매고
안방 무뚱에 간 지방을 닥닥 두드리멍
"조상은 숭시 들이지 맙서."
"이년아 저년아. 나는 숭시가 아니다.
느네 ᄉ나이 모릿날 ᄉ오시로
ᄉ고전맹 아니냐?
삼체ᄉ가 ᄂ렸다."
ᄉ만이 각신
부짓댕이로 백년해골 아가릴 콱 박고
대강잇박 두드리멍
웃녁히 이삼월 보리밭데레 캐우려부난
백년해골은 보리밭 가운더서
눈이 붓게 우는구나.
ᄉ만인 그 날 사농 간 늘중싱 하나 귀경 못ᄒ고
해는 일락서산 다 나려가난
그냥 돌아오단 보난,
웃녁히 보리밭 가운더서
백년해골은 눈이 붓게 울엄구나.
ᄉ만인 백년해골신디 간,
"조상님은 이게 어뗑ᄒ 일이우꽈?
옵서. 집으로 가게."
"ᄉ만아! 내 엇어도 느 몬살거고
느 엇어도 내 몬살거여.

오늘 하루 없어도 사시행차 하시는지
점심채비 늦어지고
나 있던 곳으로 돌려다 달라고 하니
너희 각시는 나를 흉사 재화 들였다고
불 때던 부지깽이로
내 아가리 박으면서 머리빡을 두드리며
부지깽이로 이렇게 던져버리니
길고 긴 삼사월 해에 하루 종일 울었노라."
"조상님아, 조상님아.
남자로 태어나면 어머니, 아버지 못 고치는 행실은
서당에 가면 훈장님이 가르칩니다.
여자는 태어나서
어머니와 아버지가 못 가르치는 행실은
시집을 가면 서방이 가르치는 법인데,
제가 제 부인네 행실을 못 가르쳐서 그렇습니다.
저의 죄입니다. 살려주십시오.
어서 오십시오. 내가 업어서 집으로 가겠습니다."
"너는 모레 사오(巳午)시면 사고전명이 끊어져.
널 잡으러 삼차사가 내려왔어."
"조상님아! 조상님아!
조상님의 힘으로 못 할 일이 있습니까?
제가 죽을 줄은 알고, 살릴 줄은 모릅니까?
살려주십시오. 어서 업어 집으로 갑시다.
집으로 가면 부인네 행실을
제가 잘 가르치겠습니다."
사만이는 백년해골을 업고 집으로 돌아간다.
선반 위로 모시고 각시에게
"이년아, 저년아. 죽일 년아. 잡을 년아.
어째서 주인님을 이리 박대하였느냐?"
"낭군님아! 눈으로 안 본 소리는 하지 마시오.
흉사재화를 얼마나 들었습니까?"

백년해골이 말하기를
"이년아, 저년아. 흉사재화가 아니다.
네 남자는 모레 사오시에 사고전명이니라."
"아이고! 조상님아. 살려주십시오.
차마 그런 일인 줄을 몰랐습니다.
소녀의 낭군님을 이번만 살려주십시오."
손을 받아 국궁 사배를 삼 세 번을 드리며,
"그러면 내 말을 들으면
네 남편이 살 수 있을 것이다."
"살려주십시오.
죽으라고 하든지 살라고 하든지
하는 말을 듣겠습니다.
마른 띠를 지고 불로 들어가라고 해도
그렇게 하겠습니다.
맷돌을 지고 물로 들어가라 해도
그렇게 하겠습니다."
"그렇다면 내가 하는 말을 들겠느냐?"
"예. 하는 말을 들겠습니다."
"그러하면 너희 집에 좁쌀 천 섬 있겠느냐?"
"예, 있습니다."
"쌀 천 섬 있겠느냐?"
"예, 있습니다."
"머리 온전한 생선 세 마리가 있겠느냐?"
"예, 있습니다."
"청감주 세 잔이 있겠느냐?"
"예, 있습니다."
"금찻물 세 동이가 있겠느냐?"
"예, 있습니다."
"갈아입을 윗옷 있겠느냐?"
"예, 있습니다."
"갈아입을 가운데 옷 있겠느냐?"

---

17 마르고 마른 띠.

오늘 ᄒᆞ로 엇어도 ᄉᆞ시행처 ᄒᆞ시는디
징심채비 늦어지고
난 시여난디 돌아다 도랜 ᄒᆞ난
느 각신 나를 숭시 제왜 들염젠
불ᄉᆞᆷ단 부짓댕이로
나를 아가리 막으ᄆᆞᆼ 골박새길 두리드ᄆᆞᆼ
부짓댕이로 이레 캐울부난
질고 진 ᄉᆞᆷᄉᆞ월 해예 ᄒᆞ로 해원 울었노라."
"조상님아, 조상님아!
남ᄌᆞ론 나민 어멍 아방 못고찌는 행실은
글청에 가민 ᄉᆞ장님이 ᄀᆞ리칩네다.
예ᄌᆞ는 나고 보민
어멍 아방 못ᄀᆞ리치는 행실은
씨집이 가민 남은낭군이 ᄀᆞ리치는 법인디,
제가 제 부인네 행실을 못ᄀᆞ리 쳐졌수다.
저의 죄가 됩네다. 살려줍서.
옵서. 나 업엉 집으로 가게."
"는 모릿날 ᄉᆞ오시민 ᄉᆞ고전맹이 매기여.
늘 심으레 삼체ᄉᆞ가 ᄂᆞ렸져."
"조상님아! 조상님아!
조상님의 심으로 못ᄒᆞᆯ 일이 시카풋과?
제가 죽을 줄은 알곡 살릴 줄은 몰릅네까?
살려줍서. 옵서 업엉 집으로 가게.
집으로 가민 부인네 행실을
제가 잘 ᄀᆞ리치겠수다."
ᄉᆞ만인 백년해골을 업어안고 집으로 돌아오라.
연당클 웃테레 모사가멍. 각시 ᄀᆞ라,
"이년아, 저년아. 죽일년아, 잡을년아.
어떵ᄒᆞ연 조상님을 옹 박접ᄒᆞ였느냐?"
"낭군님아! 눈으로 아니본 소릴 맙서.
숭시제웰 여간 들였수과?"

백년해골이 말을 ᄒᆞ되,
"이년아 저년아, 숭시제왜가 아니여.
느네 사나인 모리 ᄉᆞ오시에 ᄉᆞ고전맹이 아니냐?"
"아이구! 조상님아 살려줍서.
ᄎᆞ마 그영ᄒᆞᆫ 줄을 몰랐수다.
소녀의 낭군님을 이번참만 살려줍서."
손을 받아 국궁ᄉᆞ빌 삼시번을 드려가난,
"계민, 내 말을 들으민
느네 ᄉᆞ나이 살려질 듯 ᄒᆞ다."
"과연 살려줍서.
죽으렝 ᄒᆞ나, 살렝 ᄒᆞ나,
ᄀᆞᆺ는 말을 듣겠수다.
관관새[17]를 지영 불레레 들렝 ᄒᆞ여도
그영 ᄒᆞ겠수다.
먹돌[18]을 지영 물레레 들렝 ᄒᆞ여도
그영 ᄒᆞ겠수다."
"그영 ᄒᆞ민 내 ᄀᆞᆺ는냥 말을 듣겠느냐?"
"예, 과연 ᄀᆞᆺ는냥 듣겠수다."
"그영ᄒᆞ민, 느네 집이 송미 천섬 싯겠느냐?"
"예, 싯습네다."
"대미 천섬 싯겠느냐?"
"예, 싯습네다."
"머리 ᄀᆞ자 기지숙 시개가 싯겠느냐?"
"예, 싯습네다."
"청감쥐 삼잔이 싯겠느냐?"
"예, 싯습네다."
"금쳇물 삼동이가 싯겠느냐?"
"예, 싯습네다."
"벗어입어 상의장 싯겠느냐?"
"예, 싯습네다."
"벗어입어 중의장 싯겠느냐?"

"예, 있습니다."

"갈아입을 아래 옷 있겠느냐?"

"예, 있습니다."

"관복 삼배가 있겠느냐?"

"예, 있습니다."

"각띠 삼배가 있겠느냐?"

"예, 있습니다."

"당혜 삼배가 있겠느냐?"

"예, 있습니다."

"띠 삼배가 있겠느냐?"

"예, 있습니다."

"백마 세 필이 있겠느냐?"

"예, 있습니다."

"은도 만 냥 있겠느냐?"

"예, 있습니다."

"지전 삼천 권 있겠느냐?

"예, 있습니다."

"가는 명주 한 동이 있겠느냐?"

"예, 있습니다."

"강 명주 한 동 있겠느냐?"

"예, 있습니다."

"명에 맞는 명사슬이 있겠느냐?"

"예, 있습니다."

"목에 맞는 복실이 있겠느냐?"

"예, 있습니다."

"명에 맞는 무명 한 필 있겠느냐?"

"예, 있습니다."

"복에 맞는 복다리 있겠느냐?"

"예, 있습니다."

"길에 맞는 무명 한 길 있겠느냐?"

"예, 모두 있습니다."

"그러하면 살 수 있을 듯하다. 빨리 차려라."

이제 그렇게 차려서 영험한 산으로 가서,

"빨리 차사님한테 인정을 걸면서 제사 지내라.

일이 급하니 떡은 못해도

통누기 메밥을 지고

더운 메, 단 메 정성껏 드리네.

삼시왕에게 인정 걸면서 차리라고 한 것

모두 차려 높은 산으로 가서

백보 바깥으로 엎드려 있어라.

한 번 부르면 대답 말고,

두 번 불러 대답 말고,

세 번 부르면 대답해라."

사만이는 백년해골이 말하는 대로 차리고,

영험한 산으로 가서

만물초반상에 정성껏 차려놓고,

향불을 동쪽으로 밝혀 두고

백보 바깥으로 가서 엎드려 있으니,

삼차사가 내려온다.

앞에 오는 차사님은 명찾이,

두 번째 오는 차사님은 복찾이,

뒤에 오는 차사님은 운명찾이로구나.

삼차사가 나오면서 차례로 말하기를,

"나는 명찾이 해야 하는데

다리가 아파서 갈 수가 없으니,

말이나 한 필 주었으면

없는 명을 지니게 해줄 듯하다."

두 번째 오는 차사님은

"형님은 그게 무슨 말씀입니까?

그렇게 하다 누가 들으면 어떡하려고

그런 말을 합니까?

밤 말은 쥐가 듣고 낮말은 새가 듣는 법입니다.

그렇다 해도 누가 이런 때에

신발이나 한 벌 주었으면

없는 복을 지니게 해 줄 듯합니다.

신발이 떨어져서 갈 수가 없습니다."

“예, 있습네다.”

“벗어입어 하의장 있겠느냐?”

“예, 있습네다.”

“관복 삼배가 있겠느냐?”

“예, 있습네다.”

“각띠 삼배가 있겠느냐?”

“예, 있습네다.”

“회 삼배가 있겠느냐?”

“예, 있습네다.”

“띠 삼배가 있겠느냐?”

“예, 있습네다.”

“백매 삼필이 있겠느냐?”

“예, 있습네다.”

“은도 만량 있겠느냐?”

“예, 있습네다.”

“지와 삼천권 있겠느냐?”

“예, 있습네다.”

“물맹지 흔동이 있겠느냐?”

“예, 있습네다.”

“강맹지 흔동 있겠느냐?”

“예, 있습네다.”

“맹에 맞인 맹쇠가 있겠느냐?”

“예, 있습네다.”

“복에 맞인 복씰이 있겠느냐?”

“예, 있습네다.”

“맹에 맞인 맹드리 있겠느냐?”

“예, 있습네다.”

“복에 맞인 복드리 있겠느냐?”

“예, 있습네다.”

“질에 맞인 질하지 있겠느냐?”

“세, 맨딱 있습네디.”

“그영흐민 살려질 듯 흐다. 재게 출리라.”

이젠 그영 출련 영급흔 산으로 간,

“흔저 체스님신디 인정걸멍 제 지내라.

일이 급흐난 떡은 못흐여도

퉁누기에 매를 지고

더운 메 단메 어름긑이 드령그네.

삼시왕에 인정걸멍 출리렝 흔 거

맨짝 출령 높은 산으로 강

백보백겼디로 업더져시라.

초번 불르건 대답 말고,

두 번 불러 대답 말고,

시번 불르건 대답흐라.”

수만인 백년해골이 굿는양 출련,

영급흔 산으로 간

만물추담에 정성껏 출려놓완

삼삼영 동축흐여 두고

백보백겼디 간 업더진 시난,

삼체스가 느렸는디,

앞이 오는 체스님은 맹촛이,

버금에 오는 체스님은 복촛이,

조롬에 오는 체스님은 녹명촛이로구나.

삼체스가 나오멍 추례로 흐는 말이,

“나는 맹촛이여마는

종애 아판 갈 수가 엇어지여

물이나 흔필 주어시민

엇인 맹을 제겨질 듯 흐다.”

버금에 오는 체스님은,

“성님은 그게 미신 말씸이우꽈?

기영흐당 누게라 들으민 어떵흐젠

경한 말을 햄수까?

밤 소린 중이가 듣고 낮 소린 생이가 듣는 법인디.

흐나때나 누게라 웃흔 때에

신발이니 흔벨 주어시민

엇인 복을 제겨질 듯 흐우다.

신발이 떨어젼 갈 수가 엇구나.”

마지막에 오는 차사님은
"형님네들, 이게 무슨 말씀입니까?
밤말은 쥐가 듣고 낮말은 새가 듣는 법입니다.
그러다가 누가 들으면 어떡하려고
그런 말씀을 하십니까?
그렇지마는 난 배가 고파서 갈 수가 없으니
누가 밥이나 한 상 차려주었으면
없는 운명을 지니게 해 줄 듯합니다."
삼차사가 그 말 저 말 말하면서
이 고개 넘고 저 고개 넘으며 오다보니
향냄새가 나는구나.
"야! 향불 냄새가 납니다."
"그래?"
"아이고! 이라 와서 보시오.
열두 가지 고하반상 아홉 가지 나물젓갈
안성놋그릇 통영 칠반에 일곱 가지 칠첩반상
가득이 바치고 벌여져 있습니다."
"우리가 배고픈데 이런 음식을 보면
그냥 넘어갈 수 있습니까?
한 술씩 먹고 갑시다."
삼차사가 밥 한 술씩 떠서
"우리가 이런 주인 모르는 음식을 먹어서
어떡할까?"
"글쎄 말입니다."
맨 나중의 차사님은,
"형님들, 들어보십시오. 급히 소문을 들으니
사만이네 집에서 서울 백정승 아들
백년해골 귀신을 모시고 산다고 합니다.
큰형님이 주년국 소사만이를 불러보십시오."
"주년국 소사만아?"
잠잠.

"주년국 소사만아?"
두 번 불러도 잠잠.
마지막에 온 차사님이
"형님. 또 한 번만 더 불러보십시오.
삼판이 하나이니, 이번에 불러서 대답을 안 하면
누가 차린 음식인줄 모를 것입니다."
"주년국 소사만아!"
세 번째 부르니
"예."
대답을 하는구나.
"사만아, 사만아. 더운 밥 단 밥
맛이 좋아 금공 메밥. 누가 해서 올렸느냐?
머리가 온전한 바닷고기는 누가 하여 올렸느냐?
청감주 삼 배는 누가 하여 올렸느냐?
자소주 세 잔은 누가 하여 올렸느냐?
소주 세 잔은 누가 하여 올렸느냐?
금찻물 세 동이는 누가 하여 올렸느냐?
관복 삼배는 누가 하여 올렸느냐?
각띠 삼배는 누가 하여 올렸느냐?
당혜 삼배는 누가 하여 올렸느냐?
백마 세 필은 누가 하여 올렸느냐?
가는 명주 삼배는 누가 하여 올렸느냐?
갈아입을 윗옷은 누가 하여 올렸느냐?
갈아입을 가운데 옷은 누가 하여 올렸느냐?
갈아입을 아래옷은 누가 하여 올렸느냐?
명에 맞는 명다리는 누가 하여 올렸느냐?
복에 맞는 복다리는 누가 하여 올렸느냐?
길에 맞는 무명 실은 누가 하여 올렸느냐?
지전 삼천 권은 누가 하여 올렸느냐?
은화 삼천 권은 누가 하여 올렸느냐?
은전 삼천 권은 누가 하여 올렸느냐?"

조롬에 오는 체스님은,
"성님네들, 이게 미신 말씸이우꽈?
밤 소린 중이가 듣고 낮 소린 생이가 듣는 법이우다.
경ᄒ당 누게가 들으민 어떵ᄒ젠
경한 말씸을 홈이우꽈?
경ᄒ주마는 난 시장ᄒ연 갈 수가 엇이니
누게라 밥이나 ᄒ상 주어시민
엇인 녹맹을 제겨질듯 ᄒ우다."
삼체스가 그 말 저 말 골으멍
이 재 넘곡 저 재 넘으멍 오단 보난
상내가 나는구나.
"야! 상불내가 남쑤다."
"이?"
"아이구! 이디 오란 보난.
열두가지 고하반상 아옵가진 매물적갈[19]
안상녹 토용칠판에 일곱가지 칠첩반상
개ᄀ득이 동축ᄒ연 브련 싯수다."
"우리가 시장ᄒ디 웅ᄒ 음식을 보멍
그냥이사 넘어갈 수 있수가?
ᄒ술쏙 떵 갑주기."
삼체스가 밥 ᄒ술쏙 떤
"우리가 웅ᄒ 임제 몰른 음식을 먹어전,
어떵홀코?"
"게메 마씸!"
메 조롬에 체스님은,
"성님네, 들어봅서. 거씬 소문들언 보난
ᄉ만이네 집이 서월 백정싱 아들
백년해골 귀신 모산 살암젠 홉다.
큰성님이 주년국 소ᄉ만일 불러봅서."
"주년국 소ᄉ만아?"
편펜.

"주년국 소ᄉ만아?"
두번 불러, 핀펜.
조롬에 온 체스님이,
"성님아, 또 ᄒ번만 더 불러봅서.
삼판이 ᄒ으로 이번 불렁 대답 아니ᄒ민
누게 출린 음식인 중 몰를 꺼우다."
"수년국 소ᄉ만아?"
시번 챈 불르난
"예."
대답을 ᄒ는구나.
"ᄉ만아, ᄉ만아. 더운메 단메
맛이 좋아 금공메 누게 ᄒ연 올려시니
머리ᄀ자 기지숙은 누게 ᄒ면 올려시니?
청감쥐 삼배는 누게 ᄒ연 올려시니?
ᄌ청쥐 삼잔은 누게 ᄒ연 올려시니?
소주 삼잔은 누게 ᄒ연 올려시니?
금쳇물 삼동인 누게 ᄒ연 올려시니?
관복 삼배는 구게 ᄒ연 올려시니?
각띠 삼배는 누게 ᄒ연 올려시니?
회 삼배는 누게 ᄒ연 올려시니?
백매 삼필은 누게 ᄒ연 올려시니?
물맹지 삼배는 누게 ᄒ연 올려시니?
벗어입어 상의장은 누게 ᄒ연 올려시니?
벗어입어 중의장은 누게 ᄒ연 올려시니?
벗어입어 하의장은 누게 ᄒ연 올려시니?
맹에 맞인 맹ᄃ린 누게 ᄒ연 올려시니?
복에 맞인 복ᄃ린 누게 ᄒ연 올려시니?
질에 맞인 질하진 누게 ᄒ연 올려시니?
지화 삼천권은 누게 ᄒ연 올리시니?
은화 삼천권은 누게 ᄒ연 올려시니?
은전 삼천권은 누게 ᄒ연 올려시니?"

---

19 온갖 귀한 물건과 꼬지에 꽂은 고기 전.

"예, 삼시왕 삼차사 삼관장님이
소년을 잡으러 올 때에
길인들 안 험하겠습니까?
땀수건 손수건 마흔대자 상보석,
서른대자 중보석, 스물대자 하보석,
열대자 길닭이 천, 홑 일곱자 직보자루
석자가 발감기, 한자 두치는 땀수건
이렇게 하여서 제 인정을 드리고 있습니다.
삼신전(三神前)님이 오시는 길에
배고프지 않으며,
가슴인들 쓰리지 않겠습니까?
만족하시며 받으십시오. 풍족히 받으십시오."
만물다담상(萬物茶啖床) 차려놓은 것을
삼차사가 모두 나누어 가진 후에
사만이가 엎드리고 말을 한다.
"삼차사 관장님아. 저는 삼대독신입니다.
집에는 어리고 자라지 못한
처자식이 있습니다.
집으로 가서 하직하고 가는 것이 어떻습니까?"
한 번 사정하고, 두 번 사정하고,
세 번째 재차 말하려니 마지막 차사님이
"형님네들,
우리가 놈의 인정을 이처럼하여 받았는데
그 인정을 나몰라라 해서 됩니까?
사만이 집으로 가서 하직하고 가는 게 옳습니다."
"네 말도 들어보니 옳구나."
"백마 세 필 들어 매어라."
앞의 차사님이 말을 타고,
두 번째 차사님이 말을 타고,
마지막 차사님이 말을 타니,

사만이가 앞의 차사님이 탄 말 줄을 잡아
말 입을 들고 차사님을 모시고
집으로 돌아가니 백년해골이
"사만이 각시야.
너희 집에 삼차사 가까이 오셨다.
안으로 열시왕 바깥으로는 삼시왕
이구 십팔 열여덟 굿 제물을 차려라.
큰 깃발 작은 깃발
길쭉한 입구에서 양선기 나부껴라.
소리 좋은 열두 악단(樂團)을 거느려라."
그렇게 하여 굿을 하고 무당들이 신을 청하는데,
삼차사가 바깥 정주문에 닿는구나.
수소무(首小巫)가 나서서
청감주로 대우하자 자청주로 대우하자
"명에 맞는 명다리 받으십시오."
하며 막 인정을 걸어가니 차사님이 들어온다.
무당은 차사님께
"상당으로 들어오십시오."
하니 차사님이 상당으로 들어와 앉으니
수소무가,
"첫 잔은 청감주, 둘째 잔은 자청주,
셋째 잔은 자소주."
한 잔 한 잔 술 세 잔을 대령하고,
사만이 각시는 서울 놈의 남병,
지집놈의 대나무병,
알쏭달쏭 유리병, 초벌 고아 자소주에,
두 벌 고아 독한 소주에,
세 벌 고아 아주 독한 소주에,
억누잔에 억누대에 부엉잔에 부엉대에
안성놋기 통영칠반에 돼지고기 안주 차려놓아서

---

20 상청두리라고도 말하며, 이는 신이 내려오는 길에 펴는 무명을 일컫는 말이다. 은혜의 보답으로 바치는 '역가'이기
도 함.

"예, 삼시왕 삼체스 삼관장님이
소년을 심으레 올 적이
질인들 아니버칩네까?
똠수건 손수건 마흔대자 상보석[20]
서른대자 중보석 쑤물대자 하보석
열대자 질하제[21] 혼인곱자 직보잘리
석자가옷 발갱기 자두친 똠수건
웅ᄒᆞ연 제 인정을 들염수다.
삼신전님이 오시는 질에
시장낀들 아니나멍
가심인들 석석아니합네까?
만족히 받읍서. 풍족히 받읍서."
만물ᄎᆞ담 출려놓은 걸
삼체스가 ᄆᆞ 분배ᄒᆞ연 갈라 ᄋᆞ진우젠
ᄉᆞ만이가 업더지고 말을 ᄒᆞᆫ다.
"삼체스 관장님아, 저는 삼대독신이우다.
집인 어리고 무육ᄒᆞᆫ
처ᄌᆞ속이 있습네다.
집으로 강 하직ᄒᆞ영 감이 어떵ᄒᆞ우꽈?"
초번 수정ᄒᆞ고, 두 번 수정ᄒᆞ고,
시번첸 재일러가난 조롬엣 체스님이
"성님네들,
우리가 놈의 인정을 이추록 하영 받았는디,
그 인정을 몰랑이사 됩네까?
ᄉᆞ만이 집으로 강 하직ᄒᆞ영 가는 게 올수다."
"느 말도 굴안 보난 옳아뵈다."
"백매 삼필 들여매라."
앞잇 체스님이 물을 타고,
버금잇 체스님이 물을 타고,
조롬잇 체스님이 말을 튼난,

ᄉᆞ만이가 앞잇 체스님 탄 물석을 심고
물아가리를 들런 체스님을 모산
집으로 돌아오라가난 백년해골이,
"ᄉᆞ만이 각시야,
느네 집이 삼체스 고디 당ᄒᆞ였저.
안으로 열시왕 백겼드론 삼시왕
이구십팔 열ᄋᆞ둡굿 지물지양 출려라.
대통기 소통기
기리예기 양선기 불려라.
소리 존 열두 금제비청 거느려라."
그영ᄒᆞ연 굿을 ᄒᆞ고 심방들이 오리정을 ᄒᆞ는디,
삼체스가 먼 정에 당ᄒᆞᆫ구나.
수소미가 나산
청감쥐로 대위ᄒᆞ저 ᄌᆞ청쥐로 대위ᄒᆞ저
"맹에 맞인 맹두리 받읍서……"
ᄒᆞ명, 막 인정을 걸어가난 체스님이 들어온다.
심방은 체스님께
"상당드레[22] 도오릅서."
ᄒᆞ연 체스님이 상당드레 도올란 앚이난
수소미가,
"초잔은 청감쥐 이잔은 ᄌᆞ청쥐
제삼잔은 ᄌᆞ소쥐."
일배 일배 술 석잔을 대령ᄒᆞ고,
ᄉᆞ만이 각신, 서월놈의 남뱅,
지집놈의 죽절팽
얼쑹달쑹 유리뱅에 초불 닦아 ᄌᆞ소주에,
두불 닦아 불소주에,
시불 닦아 환한주에,
억누잔에 억누대에, 부엉잔에 부엉대에,
안상녹 토용칠판에 제육안주에 출려놓완

---

21 천(무명)을 올렸다가 굿이 끝날 무렵 태운다.
22 큰 굿때는 네 당클(선반제상)을 차리는데 이 중에서 제일 윗 제상을 말하며 높은 신을 뜻한다.

부어드리고, 부어드리고.
차사님은 술에 흠뻑 취해서
사만이 각시는 엎드려서
"삼차사 관장님아.
소녀의 남편은 삼대독신입니다.
소녀의 남편 대신 제가 가겠습니다.
소녀의 남편이 가버리면
집이 텅 비어버리게 됩니다."
굽었다가 일어서고 굽었다가 일어서고 하니,
중 방에 염주 쥐듯 눈물이 뚝뚝
비가 내리듯 내리는데,
사만이가 엎드려서,
"차사님아, 차사님아. 소년은 삼대독입니다.
저는 제 명에 가겠습니다.
소년의 부인네를 달고 가면 어린 자식
어느 누가 보살피며 키울 수가 있습니까."
중 방에 염주지듯 눈물이 뚝뚝 흘러가니,
삼차사는 술김에 바라보아도
하도 불쌍해보여서, 마지막 차사가
"형님네들. 우리가 이런 인정 많이 받았으니,
주년국 소사만이도 명이 서른셋,
오만골 오사만이도 서른셋이니,
오만골 오사만이를 대신 잡아 가고
주년국 소사만이는 놔둡시다."
술김에 말하고 보니 닮아 보이니,
"그러면 그렇게 하라.
소사만이 각시한테 인정이나 많이 받자."
이제는 차사님이
"사만이 각시야. 우리 인정이나 많이 다오.
네 남자는 살려주마."
"그렇게 하십시오."
사만이 각시는 차사님께
청감주를 대령하고, 자청주도 대령하고,

자소주도 대령하고, 불소주도 대령하고,
은도 만 냥 가져 오고, 금도 만 냥 가져 오고,
지전 삼천 권 가져 오고,
말 양식, 노자차려서 대령하니
주년국 소사만이 명부를 찢어버리고
오만골 오사만이를 데려가
저승 염라대왕에게 들어가니 문서 잡은 재판관은
삼차사에게 방애을 씌워 감옥으로 내려 앉히면서
"주년국 소사만이를 잡아오라고 했는데
오만골 오사만이를 잡아 왔구나.
주년국 소사만이는 서른셋 사고전명이오,
오만골 오사만이는
명이 사만오천육백 해를 지녔는데,
잘못 잡아왔으니 오히려 너희가 죄를 지었다."
삼사차를 방애칼 씌워 옥으로 내려 앉힌다.
모래 사오 시에 삼사차를 죽이려하자
"앞밭에 장칼 걸어라. 뒷밭에 베틀 걸어라.
자강놈을 불러라. 숙적기도 꽂아라."
죽일 듯이 서둘러대더니
저녁에는 문서 잡은 재판관의 심부름꾼
기둥통인과 몸통인이 주먹밥을 가져 와서
출입문 구멍으로 삼차사한테 주며 보니
방애칼 씌워 우뚝우뚝 앉아 있는 것이
하도 불쌍하게 있는데
삼차사가 기둥통인 몸통인에게
"기둥통인 몸통인아. 우리 삼차사를 살려다오.
우리 주년국 소사만이한테 인정을 많이 받았다.
너한테 반 나눠주마."
"어떡하면 우리가 삼차사를 살릴 수가 있습니까?"
"저녁에 가거든 문서 잡은 재판관이
너희 방으로 가서 자라고 하고,
밤잠을 잘 것이다.
그때 '예' 하면,

비와드력 비와드력.
체스님은 술에 흠뽁 물아지어,
스만이 각신 업더지고,
"삼체스 관장님아,
소녀의 낭군은 삼대독신 되우다.
소녀의 남군 대신 제가 가겠수다.
소녀의 낭군이 가고 부민
집이 텅 비여지게 되우다."
굽엉일억 굽엉일억 흐여가난,
중반이 염주지듯 눈물이 다륵다륵
비가 지듯 지여가난,
스만이가 업더지고,
"체스님아 체스님아, 소년은 삼대독신이우다.
저는 제 맹에 가겠수다.
소년의 부인네를 둘고 가민 어린 즈속
어느 누게 거념흐영 키울 수가 엇수다."
중반이 염주지듯 눈물이 다륵다륵 흐여가난,
삼체스는 술짐에 부래여보난
하도 불쌍흐여뵈연, 조롬에 체스가,
"성님네들, 우리가 이런 인정 하영 받아시니,
주년국 소스만이도 멩이 서른싓,
오만골 오소만이도 서른싓이니,
오만골 오스만이랑 대신 심엉 각곡
주년국 소스만이랑 내붑주."
술짐에 글안 보난 닮아 뵈영,
"걸랑 기영흐라.
스만이 각시신디 인정이나 하영 받으라."
이젠 체스님은
"스만이 각시야. 우리 인정이나 하영 도라.
느네 스나이 살려주마."
"걸랑 기영흡서."
스만이 각신 체스님께
청감줴를 데령흐고, 즈청줴도 대령흐고,

즈소주도 대령흐고 불소주도 대령흐고,
은도 만량 フ정 오고, 금도 만량 フ정 오고,
지전 삼천권 フ정오고,
마량 노비출령 데령흐난
주년국 소스만인 브려불고
오만골 오스만인 돌안 간,
저싱 염여왕인 들어가난 문세 심은 제판관은
삼체스 방애칼 씨완 감옥데레 느려 앚지멍
"주년국 소스만일 심어오랜 흐난
오만골 오스만일 심언 오랐구나.
주년국 소스만인 설은서이 스고전맹이여,
오만골 오스만인
맹이 스만오천육백해를 제겼는디,
잘 못심어와시니 되려 너네가 죄다."
삼체슬 방애칼 씨완 옥데레 느려 앚진다.
모릿날 스오시에랑 삼체슬 죽이젠
"앞밭디 장점 걸라, 뒷밭디 버텅 걸라.
즈강놈을 불르라. 숙적기도 꼬조우라."
죽일팔로 둘르더니만
즈냑인 문세 심은 제판관의 부름씨꾼
지동토인광 몸토인이 주먹밥을 フ젼 오란
출입문 고망으로 삼체스신디레 주멍 보난
방애칼 씨연 오득오득 앚인 것이
하두 불쌍흐연 신디
심체스가 지동토인 몸토인フ라
"지동토인 몸토인아. 우리 삼체슬 살려도라.
우리 주년국 소스만이신디 인정 흐영 받았저,
느신디 반 갈라주마."
"어떵흐영 우리가 삼체슬 살릴수가 십네까?"
"즈냑이랑 가건 문세 심은 제판관이
느네 방으로 강 침흐렝,
인밤 자랑 홀 거여.
그 때랑 '예' 흐멍,

재판관은 옛이야기를 좋아하니
한 이야기, 옛 이야기
한마디 드려두고 가겠습니다.
하면,
'그럼 그렇게 하라'고 기뻐하거들랑
너희가 양 옆에 앉았다가
먼저 기둥통인이 말하고 몸통인이 말하고,
몸통인이 말하고 나면 기둥통인이 말하고
하면서 같은 말은 빼버리면서
들을 맛이 나게 말해가면
재판관이 앉아서 듣자가
자축(子丑) 시간이 되어 가면
졸려서 앉아 꾸벅꾸벅 졸면
인명부 책을 떼어내어 몸통 뒤로 돌려놓고,
첫 장 걷어서 보면 주년국 소사만이는
서른셋에 사고전명이니까 변경을 시켜서,
소사만이는 사만오천육백 해를 지니게 해두고,
다시 세 장을 걷어 보면 오만골 오사만이가
사만오천육백 해를 지니게 되어 있으니
거기 가로줄 두 줄을 그어서 막음을 해버려라."
그러자
기둥통인과 몸통인은 재판관한테 가서,
일을 보고 날 어두우니 재판관이
"너희 방으로 가서 자거라."
하니
"네, 그렇게 하겠습니다."
대답을 하며 가까이 가서 수작을 부리는구나.
기둥통인 몸통인이 삼차사가 시킨 대로
살짝 인명부 문서를 변경시키고
살짝 놓아두고 나와,
모래 사오시가 되어가니 재판관은
"기둥통인 나서라. 몸통인 나서라.

앞밭에 장검 걸고, 뒷밭에 베틀 걸어라.
자강놈을 불러라. 삼차사를 내어 묶어라."
죽이기로 한다.
그렇게 하다가
기둥통인 몸통인이 양 옆에 서서
문서 잡은 재판관한테
"인명부를 한 번 걸어 봄이 어떻습니까?"
"왜 그 책을 걸어 보느냐?"
"그러다가 실수라도 하면 어떡합니까?
애매한 몸만 죽여 버리면 어떡합니까?"
기둥통인 몸통인이
한 번 두 번 세 번을 말하니
"그렇다면
애기업개 말도 귀담아 들어라 하였으니,
어서 책을 걸어 보아라."
그때 첫 장 걷어 보니,
소사만이가 사만오천육백 해가 새겨져 있구나.
"이거 보십시오. 사만오천육백 해가 아닙니까?"
다시 세 장을 걷어 보니,
"오사만이가, 이거 보십시오.
서른셋이 사고전명 아닙니까?"
재판관은 그제야
"아뿔싸! 기둥통인 몸통인 말 안 들었으면
애매하게 삼차사를 죽일 뻔 했구나."
재판관은 나서서 삼차사를 해벌을 시키니,
주년국 소사만이는 인정을 잘 하여 명이 길어져
사만오천육백 년을 살고,
오만골 오사만이는 인정을 안 걸어버려
원래 명을 가지지를 못하고
서른셋에 사고전명(死故全命)당하였다.
그 법으로 지금 세상 우리 인간 백성이
인정을 잘 하면 하늘이 명을 보전시켜 줍니다.

제판관은 옛말에 좋앙 ᄒᆞ메
한담 고담이나
ᄒᆞᄆᆞ디 예퍼두엉 갈쿠댕
ᄒᆞ민,
'걸랑 기영 ᄒᆞ렝' 지꺼지영 ᄒᆞ거들랑,
느네랑 양 욜이 앚았당그네
몬첨 지동토인이 골아나건 몸토인이 ᄌᆞᆺ곡,
몸토인이 골아나건 지동토인이 ᄌᆞᆺ곡,
ᄒᆞ명 궂인 말랑 떨어불명
들엄직ᄒᆞ게 새말로만 골아가민
제판관이 앚앙 듣당
ᄌᆞ축간이 되어가민
졸아왕 앚앙 식식 졸아거건
인물도성책을 테여내영 몸뚱이 뒤테레 돌려놓왕
초장 걸엉 보민 주년국 소ᄉᆞ만인 서른싯이
ᄉᆞ고전맹이난 밴경을 시경,
소ᄉᆞ만이에랑 ᄉᆞ만오천육백해를 제겨두곡
또시, 삼장이랑 걸엉 보민 오만골 오ᄉᆞ만이가
ᄉᆞ만오천육백해를 제겨져시메
그디 골은살 두 금읏 긋엉 막음을 두어불라."
이젠
지동토인광 몸토인은 제판관신디 간,
일을 보고, 날 어두구난 제판관이
"느네 방으로 강 침ᄒᆞ라."
ᄒᆞ연
"예, 그영 ᄒᆞ쿠다."
대답을 ᄒᆞ명 ᄇᆞ디게 간 수작을 부리는구나.
지동토인 몸토인 삼체ᄉᆞ가 시긴대로
술째기 인물도성책 문셀 밴경시견
톡기 놓아두언 나오란,
모릿날 ᄉᆞ오시가 되어가난, 제판관은
"지동토인 나ᄉᆞ라. 몸토인 나ᄉᆞ라.

앞밭기 장검 걸라, 뒷밭디 버텅 걸라.
ᄌᆞ강놈을 불르라. 삼체ᄉᆞ를 내여매라."
죽이기로 ᄒᆞ여간다.
그영 ᄒᆞ여가난
지동토인 몸토인은 양 욜이 사두서
문세 심은 제판관신디
"인물도성책을 ᄒᆞᆫ번 걸엉 봄이 이떵ᄒᆞ우꽈?"
"왜 그 책을 걸엉 보느냐?"
"경ᄒᆞᆼ당 몽롱이나 ᄒᆞ여지민 어떵ᄒᆞᆸ네까?
애무ᄒᆞᆫ 몸 죽여지민 어떵ᄒᆞᆸ네까?"
지동토인 몸토인
초번 이번 제삼번을 골아가난
"그영ᄒᆞ건
애기업개 말도 귀담아 들으라 ᄒᆞ여시메,
어서 책을 걸엉 보라."
이젠 초장 걸언 보난
소ᄉᆞ만이가 ᄉᆞ만오천육백해가 제겨전 싰구나.
"이거 보십서, ᄉᆞ만오천육백해가 아니우꽈?"
따시 삼장을 걸언 보난,
"오ᄉᆞ만이가, 이거 봅서.
서른싯이 ᄉᆞ고전맹 아니우꽈?"
제판관은 그제사
"어처불싸! 지동토인 몸토인 말 아니들어시민
애무ᄒᆞ게 삼체ᄉᆞᆯ 죽일번 ᄒᆞ였구나."
재판관은 나아ᄉᆞ고 삼체ᄉᆞᆯ 해벌을 시기난,
주년국 소ᄉᆞ만인 인정을 잘 거난 맹일 질언
ᄉᆞ만오천육백년을 살고,
오만골 오ᄉᆞ만인 인정을 아니걸어부난
본맹에 가질 못ᄒᆞ연
사른싯에 ᄉᆞ고전맹 당ᄒᆞ였수다.
그 법으로 금시상 우리 인간백성에
인정을 잘 걸민 천맹보전시겨 줍네다.

3장

신과 인간의 기 싸움

〈손님굿〉

〈손님굿〉은 마마신 이야기다. 강남 대왕국에서 나온 손님 중에서 가장 깨끗하고 아름답지만 가장 무서운 각시손님은 자신을 농락한 사공을 목을 쳐서 죽이고 그의 세 아들까지도 모두 목을 쳐서 죽여 버릴 정도이다. 그런 손님들도 한없이 받들어 모시면 자신들이 해줄 수 있는 모든 것을 해주는 인정 있는 신이 된다. 그런데 그 누구도 피할 수 없는 마마신을 문전박대하여 하나밖에 없는 아들을 죽음의 길로 몰고 가는 김장자의 호기와 이를 조롱하듯이 김장자의 아들을 데려가는 명신손님이 아주 흥미진진한 대결을 만들어낸다.

신과 인간의 기 싸움 〈손님[23]굿〉

모시어라.
남섬부주 대한민국 경상북도 군은
울진군 면은 평해면이고,
동네는 제정대동이라.
때는, 삼년마다
우별신(右別神) 우도동(右道洞)아,
좌별신(左別神) 좌도동(左道洞)아,
거리 별신 네거리 별신아.
이 놀이에 정성을 드리시려고
천가 천우님네, 백가 동수님네.
만가에는 구장아, 반장아, 계장 총대(總代).
밤이 되면 수잠도 많이 자고,
낮이 되면 종종 걸음을 치고 있는 것은 적고,
없는 것은 많사옵고,
개미금탑 모으듯이
중이 쇠동냥 하듯이
신라 오백년을 내려오시며
옛날식으로 안 버리고
신법 새 법을 내지 않고 있어
옛날 어른들이 하시던 본을 받아서
이 놀이 정성을 들이시는데
말이 앞뒤가 있어야만
법도도 앞뒤가 있습니다.
이 거리 잡아서 오시는 성관(星官)님은
강남 대왕국의 맑고 맑은 명신손님입니다.
제경아, 대동 안에 들어오신다.

자시(子時)에 하늘 여신 분
하늘님이 생겨나시고
축시(丑時)에 땅을 여시어
땅님이 생겨나시고
사람이 나오라 하시니
사람이 모두 다 생겨나실 적에
일월이 순지건곤(舜之乾坤)에
태평성대를 마련하실 적에
옛날이야, 저 아침에 갓 날이라
저 아침에요 아장주야 설법 시절에야
숭덕씨 말 몰든 시절에
배판두가 고리배판 하시고,
서리배판 내 배판 하실 적에
그때 그 시절에
석가여래 세존님은 불도법을 마련하시고
미륵님은 유도법을 마련하시고,
공자 맹자님은 글을 마련하시고
헌원(軒轅)씨는 배를 모아내어
물에서 아직 통하지 않을 적에
그물 망자를 지어내어
구연치수(九年治水) 맑은 물에서
고기잡이 마련하시고
신농(神農)씨는 농사법을 마련하실 적에
높은 곳에 가서 밭을 치고,
저 낮은 데는 가서 논을 쳐서
농사법을 마련하실 적에

---

23 천연두신.

모시어라.
남섬부주 대한민국 경상북도 군은
울진군 면은가 평해면이고
동네는가 제정대동 안이라
시후야 삼년은 만큼
우별손아 우도둥아
좌별손아 좌도동24아
거래별손 네별손아
이 노리 정성 드리실라꼬요,
천가 천우님네 백가 동수님네
만가에는가 구장아 반장아 계장 총대
밤이 되면 수잠도 많이 자고
낮이 되며는 종종 걸음을 치고 있는 거는 적고
없는 거는 많사옵고
개미 금탑 모우듯이
중이 쇠동냥 하듯이
신라 오백년을 내려오시며
옛적 식으로 아니 버리고
신법새법을 아니내고 이여
옛날 어른들 하시던 본을 받아서
이 노리정성을 드리시는데
말두가 선후에 있고야
법도가 성후가 있읍나이다.
이 석 잡아서 오시는 성방님으는
강남아 대왕국에야 맑고 맑은 명신손님입네
제경아 대동안에 들어 오신다.

천가자작(天開於子)하신이야
하늘님이가 생겨나시고
지벽이가 여축(地闢於丑)하니야
땅님이가 생겨나시고
일심이인(人生於黃) 하시니야
사람이 모두 다 생겨나실 적에
요조일월아 순지건곤에
태평성대를 마련하실 적에
옛날이야 직 아적에야 갓날이라
저 가적에요 아장주야 설법시절에야
숭덕씨 말 몰든 시절에
배판두가 고리배판 하시고
서리배판 내배판 하실 적에야
그 때야 그 시절에나
석가여래 세존님에는 불도법을 마련하시고
미륵님은 유도법을 마련하시고
공자 맹자님은가 글을 마련하시고
헌원씨(軒轅氏)는 베를 모아내어
몸을 이제불통 하실 적에
그물 망자를 지어내어
구연치수(九年治水) 맑은 물에야
고기 잡기 마련하시고
신농씨(神農氏)는 농사법을 마련하실 저에
높은 데는 가 밭을 치고 야
낮은 데는 가 논을 쳐서
농사법을 마련하실적에

---

24 우도동과 좌도동은 경상우도에 속하는 동네.

그때야, 그 시절에야
강남 대왕국 명신손님네
맑고 맑은 손님네요,
해와 달이 맑다 해도 손님네 같이 맑으며,
별과 달이 맑다 해도 손님 같이 맑으리요.
무수꾸시럭분 어진 손님네요.
손님네 난 곳이 본은 그 어디가 본입니까?
강남 대왕국에
아줏대, 자줏대, 왕대야, 시늘이대야.
세천산에서 손님네 나왔네.
몇 분이나 나왔던고.
세 삼분이 나와.
강남 대왕국은 연잎 같이 넓은 나라라도
음식 치레를 둘러보려고 하면
밥은 피밥이고, 조밥이고,
손가락만한 채소라.
떡개구리 탕이요, 곰배 산적이고,
옷은 공단 비단이라도 벌레 속에서 나왔다고
더럽다고 마다하시고
우리 대한민국으로 나오실 적에
대한 우리 민국은 음식 치레를 둘러보니
밥 치레를 둘러볼 것 같으면
앵두 같은 팥을 삼고,
오이씨 같은 건 쌀밥이고
나무 채소를 둘러볼 것 같으면
올라가면 올고사리고, 내려오면 늦고사리,
삼박, 이박 호박나물이고,
자주비단 가지나물이고,
너울 펄럭 일산나물에
팡팡 돌았다 도라지나물이고,
한 푼 두 푼 돈잎나물에
삼박, 이박 호박나물이고
반찬 치레를 둘러 볼 양이면

황소머리에다 도끼를 걸고
죽은 소머리에 칼을 꽂고,
앞다리 선각에 뒷다리 후각에
바나산적 양산적에 외깔님아 젓갈님아.
동해바다 널리 달려 서방에 대방이며,
입 크다 통대구며,
작은 문어야, 큰 문어야,
울고 간다 우래기며,
꽁지 넓다 널광어며,
작은 명태며, 큰 명태며,
작은 오징어며, 큰 오징어며,
이렇게 반찬도 찬란하고,
과일을 돌아보니
올라가며 산채 다래며,
들게 내려 외기다리며,
모두 다 이렇게 찬란하더라.
산에 올라 산채다리며,
들에 내려서 외기다리며,
송추 배나리, 왕밤 대추며,
제분에 곶감도 차려 놓고요,
인물적간 거래적간 나오실 때,
어떤 손님네 나오시는가.
강남 대한국은 연잎 같이 넓은 나라라도
연잎같이 넓은 나라라도,
손님네 한 분도 없으면 안 된다 하고
쉰 분은 쉬고 계시고,
다만 세 분이 나오실 때,
어떤 손님네 나오시는고.
세존손님, 호반손님, 각시손님네가 나오실 적에
세존손님네 치레를 둘러볼 때,
여보소. 세존손님네 말이지.
참말로 치레 치장을 둘러보니 이렇게 차렸다.

그때야 그 시절에야
강남 대왕국 명신 손님네
맑고 맑은 손님네요
해 달이 맑다 캐도 손님네같이 맑으리며,
별 달이 맑대캐도 손님같이 맑으리요
무수꾸시럭분 어진 손님네요,
손님네 난데가 본은가 그 어디가 본일런가
강남아 대왕국에요,
아줏대 자줏대 왕대야 시늘이대야
세천산에서 손님네 솟아났네.
몇 분이나 솟았던고,
세 삼분이 솟아나야
강남아 대왕국은 연잎겉이 너른 국이라도
음식치례를 둘러 볼작시면
밥은 피밥이고 조밥이고
노내기 채솔래라
떡개구리야 탕일래야, 곰배야 산적이고
옷은 공단 비단이라도 벌기 속으를 나왔다고
더럽다고 마다하시고
우리야 대한민국을 나오실 적에
대한 우리 민국은 음식 치례를 둘러보니
밥치례를 둘러 볼작시면
앵두겉은 팥을 삼고
외씨같은 전 이밥이고
나물 채소를 둘러 볼작시면
올라가면 올고사리고 내려오면 늦고사리
삼박 이박 호박 나물이고
자주 비단 가지 나물이고
너울 펄럭 일산나물에
팡팡 돌았다 도라지나물이고
한푼 두푼 돈잎나물에
삼박 이박 호박나물이고
반찬치례를 둘러 볼 짝시면

황소머리에다 도치를 걸고
죽은 소머리 칼을 꽂고
앞다리 선각에 뒷다리 후각에
바나산적 양산적에 외깔님아 젓갈님아
동해 바다 너리 달려 서방에 대방이며
아가리 크다 통대구며
소문에(小文魚)야 대문에(大文魚)야
울고간다 우래기며
꽁지 넓다 널광어며
소명태며 대명태며
소이까(소오징어)며 대이까며
이렇게야 반찬도 찬란하고
실과를 돌아보니
올라가며 산채 다래며
들게 내려 외기다리며
그 다 이렇게야 찬란하드라.
산에 올라 산채다리며
들에 내려서 외기다리며
송추 배나리 왕밤 대추며
제분에 곶감도 차려 놓고요
인물적간 거래적간 나오실 때
어떤 손님네 나오신고
강남아 대한 국은 연잎같이 너른 국이라도
연잎같이 너른 국이라도,
손님네 한 분도 없으믄 안된다 하고야
쉰분은 호양하시고
다면 삼분이 나오실 적에
어떤 손님네 나오시는고
세존손님 호반손님네 각시손님네 나오실 적에
세존손님네 치례를 둘러볼 때
여보소. 세존손님네 말이지
참말로 치례 치장을 둘러보니 이렇게 차릿다.

중스님이 내려온다. 중대사가 내려온다.
저 중의 거동 보소. 저 중의 호사 보소.
얼굴은 형산 백옥(白玉) 같고,
눈은 소상강 물결이라.
서리 같은 두 눈썹은 팔자로 그렸네.
두 귓밥은 축 쳐지고, 한 자 한 치 호고깔,
두 귓밥이 축 쳐져서 숙수간을 하셨는데
실구라 청감투는 두 귀 흠뻑 눌러쓰고,
백결포(百結布) 큰 장삼은 홍띠를 둘러 띄고
백팔 염주 목에 걸고, 단주는 팔에 걸고,
묘리백두(妙理白頭) 은장도는 고름에 넓게 차고
소상반죽 열두 마디는 쇠골에 길게 달아
흐늘거리고 내려온다.
석가산 봄바람에 흔들거리고 내려온다.
중의 근본이 무엇인고.
절간에 올라도 염불,
마을에 내려도 염불.
염불하고 내려온다.
염불치고 내려온다.

신모장군 대다리니 다모라 다나다라
야야남마 일약바로 기지야 세바라야
모찌 사투바야
마라 사두바야 마하가로 네가야
오옴살바 바이야 예수다라 나가라야
닷사명 나마가리 다바 계옘알약바로
계제 새바라야 다바야 가나다야
마하 하리냐야 마발타 이사미
사발타 사다남 소오반야 해여 살바
보다남 바밤마 바수다감타 야타 오옴
아루개 아롱아 마찌 로가찌 베란찌 헤에
하레마 마하모찌 사다바 사마라 하리나

여보시오. 이렇게 참말로 염불공로로 내려오시고,
그 뒤에는 말이지 호반손님네, 각시손님네
이렇게 두 분이 오신다.
에헤~ 손님네 각시야. 손님네
치레를 둘러보니
얼굴은 형산백옥이고, 얼굴은 복색이요.
삼단 같은 머리를 동백기름으로 광을 내고,
이 얼레빗으로 고이 빗어 휘휘 틀어서 바르게 얹고,
분을 얼굴에 바르고, 옷치장을 둘러보니
명명지 고두바지고, 물명주 단속곳에
대왕 비단 겹치마,
거칠비단을 일광단 안을 대고,
범나비 주름을 잡아 용구영천 마주 댕기를 달아
무지개로 말을 달아 의주 압록강에 도착하니
배 한 척이 없구나.
한 편을 바라보니 배 한 척이 있구나.
"공아공아, 도사공아. 배 잠깐 빌려 달라." 하니,
도사공이 하는 말이,
"여보시오, 손님네요.
우리나라 배 있던 것, 임진년 난리 때에
모두 배 파산하고, 다만 한 척이 남았는데,
우리나라 서자동만 타는 배입니다."
이렇게 말을 할 때,
이놈의 도사공이 우리 각시손님네 가마 문을
빼꼼이 열고 보더니,
"여보시오, 손님네요, 손님네요.
각시손님네가 내가 자는 방에서
하룻밤만 수청 들면
배 삯 없이 건네주겠소."
이렇게 말을 하니,
그 말을 듣고 손님네
화통에 불을 내고 부통에 화를 내어,
사공 도사공의 집주소를 묻고, 목을 쳐서

중시님이 내려온다. 중대사가 내려온다.
저 중의 거동 보소, 저 중의 호사 보소.
얼굴은 형산 백옥 같고
눈은 소상강 물결이라
서리같은 두 눈썹은 팔자로 그려 있네.
두 귓밥은 축 처지고 한 자 한치 호꼬갈
두 귓밥이 축 처져서 숙수간을 하셨는데
실구라 청감투는 두 귀 흑풍(흠뻑) 눌러쓰고
백결포 큰 장삼은 홍띠를 눌러 띄고
백 팔 염주 목에 걸고 담주는 팔에 걸고
묘리 백두 은장도는 고름에 넓게 차고
소상반죽 열두매는 쇠골에 질게 달아
흐늘거리고 내려온다.
석가산 봄바람에 흔들거리고 내리온다.
중의 근본이 무엇인고.
절간에 올라도 염불,
마을에 내려도 염불,
염불하고 내리온다.
염불치고 나려온다.

신모장군 대다리니 다모라 다나다라
야야남마 일약바로 기지야 세바라야
모찌 사투바야
마라 사두바야 마하가로 네가야
오옴살바 바이야 예수다라 나가라야
닷사명 나마가리 다바 계엠알약바로
계제 새바라야 다바야 가나다야
마하 하리나야 마발타 이사미
사발타 사다남 소오반야 해여 살바
보다남 바밤마 바수다감타 야타 오옴
아루개 아롱아 마찌 로가찌 베란찌 헤에
하레마 마하모찌 사다바 사마라 하리나

여봅소. 이렇게 참말로 염불공로로 내려오시고
그 뒤에는 말이지 호반손님네 각시손님네
이레 두 분이 오신다.
에헤~ 손님네 각시야 손님네는
치레를 둘러보니야
얼굴은 형산 백옥이고 얼굴은 복색이요
삼단같은 채머리를 동백지름으로 꿩을 올려
요을개로마 늘이 빗어 휘휘틀어서 옳게 얹고
분새수르마 전이하고 옷치장으로 둘러보니
명명지 고두바지고 물명주 단속곳에
대왕 비단 접처매다
거칠비단을 일광단 안을 대고
범나부 주름을 잡아 용구영천 마주 댕기 달아
무지개로 말을 달아 의주 압록강을 당도하니
배 한척이 없고야.
한 편을 바라보니 배 한 척이 있구나.
공아공아, 도사공아. 배 잠깐 빌려 도가 하니
도사공이 하는 말이
여보소, 손님네요.
우리나라 배 있던 거 임진년 난리 때에
다 배 파산 하시고 다만 한 척이 남았는데
우리나라 서자동만 파는 배올시다.
이렇게 말을 할 적에
이놈의 도사공이 우리 각시손님네 가메 문을
빼꼼씩 열고 보디마는
여보시오, 손님네요, 손님네요.
각시손님네로 내자는 방에
하룻밤만 수청들므는
선가없이 건네 주리다.
이렇게 말을 하고나.
그 말을 듣고야 손님네
화통에 불을 내고 부통에 홰를 내야
사공 도사공을 거주성명을 물어야 목을 쳐서

의주 압록강에 던져버리고
사공 집에 찾아가서 아들 삼형제 있는 것을 만나,
맏이는 목을 쳐서 죽막동을 만들고
둘째 놈은 목을 쳐서 삭막동을 만들고,
셋째 놈은 목을 쳐서 까막손을 만들고
마루문에 달고 다시 왔다.
사공 각시에게는
"너는 무슨 죄가 있나.
좋은 가문에 시집가서 또 자식 낳고 살라."
하고
그 길로 돌아 나와서 배 몰기를 시작한다.
배 몰기를 그냥 시작한다.
나무배로 모아 타려니 밑이 썩어서 못 타겠고,
흙배로 모아 타려니 풀어져서 못 타겠고
철배로 모아 타려니 자석이 붙어서 못 타겠고,
돌배로 모아 타려니 가라앉아서 못 타겠고
이 배, 저 배를 다 버리고 뒷동산에 올라가서
은도끼를 둘러메고 뒷동산에 올라가서
배닢 하나로 배를 만들어서
배를 서로 모아서 타고
이 강아, 열두 강아. 저 강도 열두 강.
의주 압록강을 건너오실 때
그 배는 돛도 없고 닻도 없고,
치목(欚木)도 없고,
염불도덕으로 건너온다.
용신가로 건너오실 때,
배고조 천년법심 비로야 잔나부
원나마 보시나 노산 나부 천백에 하실
석가보인불 동방야사 유리광불
서방 극락도산 아미타불
비우야 우마사 시래동동아
유래 가득 신고 방대 침대로 높이 달아
이산 저산 만산 중에서

개심 심심아 왕래하던 성비용신이 그 배를 타고
우리는 대한민국으로 이리 저리 건너오니,
대한민국에 건너와서 소문을 들으니
경치가 좋다는 말을 듣고,
노정기(路程記)를 밟아오는데, 이렇게 밟아온다.
노정기를 밟아온다.
서축을 다 지나 관동 오백리
소상강 팔백리 근처 육백리 악양루 고수대.
설산 가산 악양루 고수대 소백산을 돌아들어
곤륜산 구백사십 리,
한공 몽몽아 동강 마해수 지내야
설산 가신 십일 고개를 넘어 가산아 백철아,
진도 건너 청천강이 합수되고,
기자 이내야 반고 성아 비로강에 채봉이고,
나무는 문정이요, 여인은 일색이라.
평양의 백호들아 부벽루를 구경하고,
모란봉은 공덕 얻다 을밀대 굽어서
장송은 백고초하니,
닷새 엿새 일곱 칠삭 일월성신
구경하고 놀기 좋은
봉래산의 적송자 놀던 곳에서
청문을 바라보니
번계사 쇠북소리는 충심으로 나건만,
모인몰가 광산기경 두루루루 구경하고
송도 송악산에 와서 가만히 살펴보니,
제정아 대동안에 우별신 들이시려고
모두 역천하고 도문하는 일이로다.
손님네가 우리 조선으로 나와
어디 갈 곳이 딱히 없어서
서울 장안에 억만 장안에
팔만 가호(家戶)라는 말을 듣고
서울로 차차 올라 해가 져서 일몰하는데,
손님네는 집 있다고 집 있는 곳으로

의주 압록강을 던져버리고
사공 집에 찾아가서 아들 삼형제 있는거를 만나
맏이는 목을 쳐서 죽막동에 마련하고
둘째놈은 목을 쳐서 삭막동에 마련하고
셋째놈은 목을 쳐서 까막손을 마련하고
마롱문에 달아서 또 다부 왔다.
사공각시는가
니는 무슨 죄가 있나,
좋은 가문에 시집가서 또 자슥 놓고 사라
하고
그 질 돌아 나와서 배 모기를 시작한다.
배 모기를 마 시작한다.
나무배로만 모아 탈라니 밑이 썩어서 못 타겠고
흙배로마 모아 탈라니 풀어져서 못 타겠고
철배로마 모아 탈라니 지남철이 붙어서 못 타겠고
돌배로만 모아 탈라니 갈앉아서 못 타겠고
이 배 저 배를 다 버리고 뒷동산에야 올라갈 때
은기 도치를 둘러메고 뒷동산을 올라가서
배닢 하나로 배를 내서
배조 세로가 모아 타고
이강두야 열두강아 저 강도 열 두강
의주 압록강을 건너오실 적에
그 배는 돛도 없고 닻도 없고야
치목도 없고
염불도덕으로 건너온다.
용신가로 건너 오실 적에
배고조 천년법심 비로야 잔나부
원마나 보시나 노산나부 천백에 하실
석가보인불 동방야사 유리광불
서방 극락도산 아미타불
비우야 우마사 시래동동아
유래 가득 싣고 방대 침대로 높이 달아
이산 저산 만산 중에

개심 심심아 왕래하던 성비융신을 그 배를 타고
우리야 대한민국으로 이리 저리 건너오니
대한민국을야 건너와야 소문을 들으니
경치가 좋다는 말을 듣고
노정기를 밟아 오는데 이렇게 밟아온다.
노정기로야 밟아온다.
서축을 다 지나 관동 오백리
소상강 팔백리 근동 육백리 악양루 고수대
설산 가산 악양루 고수대 소백산을 돌아 들아
곤륜산 구백사십리
한공 몽몽아 동강 마해수 지내야
설산 가산아 십일령을 넘어 가산아 백철아
진도 건너 청천강이 합수되고
기자 이내야 반고 성아 비로강에 채봉이요
나무는 문정이요 여인은 일색이라.
평양은 백호드라 부벽루를 구경하고
모란봉은 공덕 얻다 을무대 굽어서
장송은 백고초하니
닷새 엿새 일곱 칠삭 일월성신
고경하고 놀기 좋은
봉래산아 적소자(赤松子) 놀던데가
청문을 바라보니
번계사 쇠북소리는 충심으로 나건마는
모인몰가 광산기경 두루루루 구경하고야
송소 송악산을 와서 가만히 살펴보니
제정아 대동안에 우별순 드리실라꼬
모두야 역천하고 도문하는 일이로다.
손님네가 우리 조선을 나와
어디를 갈 데가 정히 없어
서울장안에 억만장안에
팔만 가호란 말을 듣고
서울로 치치올라 해가 져서 일몰하는데
손님네는 집 있다고 집 있는데를

다 찾아가는 것이 아니라
손님네 마음에 드는 집으로 찾아가는데,
한 편을 바라보니
조그마한 오두막살이 집이 있구나.
그 집을 찾아가서,
"여보시오. 이 집 주인 계십니까?"
이렇게 말을 하니,
노구할머니가 나와서 손님네를 언뜻 보더니
참말로 깨끗한 손님이라.
"강남 대왕국 명신손님이라 어진 손님네요,
거기 잠깐 서 있으십시오." 해 놓고
잠깐 세워놓고 방안으로 들어가서
방 안 구석 네 구석, 부엌 구석 네 구석에
앉은 먼지 선 먼지 다 털어서
다 쓸어서, 갈아놓은
자리는 거적자리일망정 더러운 먼지 다 땅에 털고,
쓸고, 새로 깔아놓고
부엌도 이렇게 묻은 것을 다 털어서
깨끗이 해 놓고
손님네를 모시는데, 손님네 세 분을 모셔놓고.
손님은 모셔놨건만 대접할 것이 뭐가 있나.
대접할 것이 없어서
저 건너 김장자 집에 가서
나락 한 말 꿔가지고 와서
나락을 찧어서 죽사래기 받아내어
아침, 저녁으로. 저녁을 죽죽 개어
상사래기 받아내어 아침, 저녁을 맛있게 해요.
오동사라는 아침에는 밥을 적게 해도
이렇게 성의껏 하는구나.
성의껏 손님네 대접을 하니,
손님네가 살림은 없을망정
이렇게 지성껏 성의껏 대접하니
참, 그 노구할머니 은혜를 갚을 수가 없어,

거기로 이삼일 머물러서 떠나려고 하니
보은할 것이 가이 없다. 이러해서 묻는다.
"할머니, 할머니, 노구 할머니.
아들이 있소? 며느리 있소?
딸이 있소? 사위가 있소?
친손자가 있소? 외손자가 있고.
삼사촌도 있습니까? 오륙촌도 있습니까?"
이렇게 모두 물으니, 노구할머니가 말을 하네.
"아이고, 손님네요, 손님네요.
내 팔자가 기구하여 영감도 일찍 잃고,
아들도 없고 며느리도 없습니다.
딸도 없고, 사위도 없소.
손자라고 나는 없소. 나는 나 혼자뿐입니다.
나는야 이렇게 사는 것이
저 건너 김장자 댁에 김철웅이 태어났을 때,
철웅이 유모로 들어가서
철웅이를 그냥 키웠습니다.
이래 사는 것도 철웅이 덕입니다.
오두막집도 철웅이 덕이요,
먹고 사는 것도 철웅이 덕이니,
우리 철웅이 한상 후에 정구 치고,
두상 후에 앉는 딱지,
연지딱지 가벼운 딱지 되도록
정구 치고 가십시오."
이런다.
정말로 손님네가 들어도 너무도 착하더라.
살림은 없이 살아도 너무도 착하고,
참말로 그 할머니가
양심이 본 양심이기 때문에,
"그러면 그리하시오, 노구할머니요."
노구할머니를 앞세우고 손님네는 뒤를 따라간다.
뒤를 따라가니 손님네는 대문 밖에 서 있고,
노구할머니는 김장자한테 들어가서 말을 하는데,

다 찾아가는 것이 아니라
손님네 마음에 있는 집으로 찾아갈 적에
한편을 바라보니
조그마한 오두막살이 집이 있구나.
그 집을 찾아가서
여보시오. 이 집 주인 기십니까?
이렇게 말을 하니
노할마이가 나와서 손님네를 언뜻 보디마는
참말로 깨끗한 손님이라
강남 대왕국 명신 손님이라 어진 손님네요.
거기 잠간 서 있으십시오 해 놓고
잠간 시워 놓고 방안에 드가서
방 안 구석 네구석 정지구석 네구석
앉은 먼지 선먼지 다 털어서
다 쓸어 깔아놓고
자리는 거적자릴망정 더럽은 먼지 다 땅에 털고
씰고 새로 깔아놓고
정지도 이렇게 묻은 거 다 털어서
깨끗이 해놓고
손님네를 모시는데 손님네 세 분을 모시놓고
손님은 모셔놨건마는 대접 할 것이 뭐가 있노
대접 할 것이 없어야
저 건너 김장자 집에 가서
나락 한 말 꼬 가지고 와여
나락을 찧어서 죽사래기 받아내야
아칠 저녁으로 저녁을 죽 죽 개여
상사래기 받아내여 아침 저녁을 맛작게 해요.
오동사라는 아침에는 밥 적게 해여
이렇게 성의껏 하는구나.
성의껏 손님네 대접을 하니
손님네가 살림은 없씰망정
이렇게 지성껏 성의껏 대접하니
참 그 노할마이 은혜를 갚을 수가 없어야

거기로 이삼 일로 머물러서 떠날라 하니
은공 할 것이 즈이 없다. 이래해서 참 묻는다.
할마이, 할마이, 노구할맘.
아들이 있소, 며느리 있소,
딸이 있소야, 사위가 있소야.
친손재가 있소, 외손재가 있소,
삼사촌도 있나이까, 오륙촌도야 있읍니이까.
이렇게 모두야 물으니 노구할매가 말을 하네
아이구, 손님네요, 손님네요.
내 팔자가 거룩하야 영감도 일찍 잃고
아들도 없고, 며늘도 없십나이다.
딸도 없고, 사우도 없소.
손지라고 나는 없소. 나는 내 혼자뿐입니다.
나는야 이래 사는 것이
저 건너 김장자 댁에 김철웅이 났을 적에
철웅이 유모로 들어가서
철웅이로 마 키웠습니다.
이래 사는 것도 철웅이 덕이 올시다.
오두막 집도야 철웅이 덕이요,
먹고 사는 것도 철웅이 덕이니,
우리 철웅이 한상 후에 정구 치고
두상 후에 가무딱지야
연지딱지 분딱지되가
정구 치 가시오.
이란다.
참말로 손님네가 들어도 너무도 착하드라고.
살림은 없이 살아도 너무도 착하고,
참말로 그 할문네가
양심이 본양심이기 때문에
그러며는 그리 하시오. 노구할메요.
노구할메를 앞세우고 손님네는 뒤를 따라간다.
뒤를 따라가니 손님네는 대문 밖에 서 있고,
노구할메는 김장한인디 들어가서 말을 하는데,

"장자요, 장자요. 강남 대왕국 명신 손님네 나와서
우리 김철응이 한 상 후에 정구 치고,
두상 후에 오르는 모든 딱지 연지딱지를
정구 쳐 간답니다."
이렇게 말을 하니 장자가 하는 말이,
"에끼! 요년, 요망한 년.
우리 양반의 집안에
손님네가 무슨 가당키나 하냐?"
이런다.
그리하여 바삐 썩 나가라고 하는구나.
손님네가 그 말을 듣고
대문 밖에서 그 말을 듣고 생각하니
얼마나 분한가. 아이고, 다시 돌아오는데.
김장자 거동 보소. 손님네 올까봐 말이지.
온갖 닭똥과 보탕을 시키는지
온갖, 모든 더러운 것을 다 갖다놓고
문밖에는 쑥을 갖다 놓고 뜨고,
변소 똥물을 막 흩어놓고,
매운 고춧가루도 막 다니며 흩어놓고 이런다.
손님네는 말이지.
못 오라고 손님네가 그것을 겁내어
안 갈 손님네도 아니고,
그러거나 말거나 장자집에 들어가서
책방에서 공부하는 김철응에게 그만
학을 넣고 탈을 넣는다.
갑자기 공부하던 김철응이
"아이고, 머리야. 아이고, 다리야.
아이고, 배야. 아이고, 어쩔거나?"
공부를 못하고 식음을 전폐하고
계속되는 고통으로 앓는다.
"아이고, 엄마요. 아이고, 아버지요.
아이고, 나는 그만 죽겠네요."
김장자는 그것을 알고,

"아이고, 손님네가 여기 왔구나."
손님네 온 줄 알고 철응이를 그냥 업고
뒷동산의 연하사 절로 피하러 가는구나.
피하러 가서 하는 말이,
"안에 스님 계십니까. 우리 철응이
강남 대왕국에서 명신손님네 나와서
정구 쳐 갈라고 이렇게 앓아주니,
손님네가 옆으로 들어 못 들어오게 막게,
우리 철응이를 스님 자는 방에
가만히 데려다가 숨겨놓고
손님네가 오시거들랑
모르겠다 하시고 금지하시오."
한다.
손님네가 그 때는 각시손님네가
철응이 어머니 모양으로 뒤집어쓰고
뒤따라갔다.
그만 나와서는 절로 뒤따라갔어.
철응이 아버지는 철응이를 갖다 숨겨놓고
천지를 모르고 있는 순간에
각시손님은 철응이 엄마 모양으로 덮어쓰고
연하사 절로 찾아가서 밖에서 부른다.
"야! 철응아, 철응아!"
철응이 부르지.
철응이가 아무리 들어봐도
자기 엄마 목소리로구나.
밖에 우후후 쫓아나가서 두루두루 살피니
어머니는 간 곳 없고,
못된 바람만 쓸쓸히 부는구나.
철응이 살피다가 자기 어머니가 없어서
절간으로 다시 들어오는데,
각시손님네가 귀신인데
어찌 산 사람에게 보일 리가 있나?
철응이가 오는 것을 한 차례 들고 때리고,

장자요, 장자요. 강남 대왕국 명신손님네 나와서
우리 김철웅이 한 상 후에 정구 치고,
두상 후에 도래나 전부딱지 연지딱지를
정구 쳐 간답니다.
이렇게 말을 하니, 장자가 하는 말이
에끼 요년, 요망한 년.
우리 양반의 집안에
손님네가 무슨 가당하나.
이란다.
그리하야 바삐 썩 나가라 하는구나.
손님네 그 말을 듣고,
대문 밖에서 그 말을 듣고 생각하니
얼매나 분하노. 아이구, 다부 돌아오는데.
김장자 거동 보소. 손님네 오까봐 말이지.
온갖 닭이똥가 보탕을 시기는지,
온갖 모두 더럽은 거를 다 갖다놓고
삽짝 밖애야 쑥을 갖다놓고 뜨고야
변소 똥물로 막 흩여놓고,
맵은 고춧가루도 막 댕기며 흩여놓고 이란다.
손님네 말이지,
못 오라고 손님네가 그것을 겁을 내여
안 갈 손님네도 아니고
그러커나 말거나 장자 집에를 들어가서
책방에 공부하는 김철웅이를 고만
학을 넣고 탈을 넣는다.
각증에 공부하던 김철웅이
아이구, 머리야. 아이구, 다리야.
아이구, 배야. 아이구, 어짤거나.
공부를 침초하고 식음으로만 전폐하고
관격 고통으로만 앓아낸다.
아이구, 엄마요. 아이구, 아부지요.
아이구, 나는요 죽겠네요.
김장자는 그것을 알고

아이구, 손님네가 여 왔구나.
손님네 온 줄 알고 철웅이를 마 업고요,
뒷동산에야 연하사 절로 피하러 가는구나.
피하러 가서 하는 말이
안에 시님 기십니까? 우리 철웅이
강남 대왕국에서 명신손님네 나와서
정구 쳐갈라꼬 이렇게 앓아주니,
손님네로 모로들어 못 아들어만 방침하고
우리 철웅일 시님 자는 방에
가만히 갔다가 숨겨놓고
손님네가 오시거들랑
몰따 하시고 금지하시오.
한다.
손님네가 그 적새는 각시손님네
철웅이 어머니 모색을 뒤짚어 쓰고
뒤따라갔다.
고만 나와서는 절로 뒤따라갔어.
철웅이 아부지는 철웅이 갖다 숨기놓고
천지를 모르고 있는 순간에
각시손님은 철웅이 엄마 모색을 덮어쓰고
연하사 절로 찾아가서 밖에서 부른다.
야! 철웅아, 철웅아.
철웅이 부르지
철웅이가 아무리 들어봐도
저그 엄마 목소리로구나
밖에 우후후 쫓아나가서 두루 두루 살피니
어머니는 간 곳 없고
못된 바람만 쓸쓸히 부는구나.
철웅이 살피다가 지그 어무이 없기 때문에
절간으로 다시 들어오는데,
각시손님네가 귀신인데
어째 산 사람에게 뵐 리가 있나.
철웅이가 오는 거를 한 차례 들고 때리고,

한 차례로 훑고 때리니, 아이고, 다리가 아프고,
두 차례를 머리를 때리니, 머리가 아프고,
배를 때리니 배가 아파서
또 절간에서 방주 고통을 앓는다.
"아이고, 머리야. 아이고, 다리야.
아이고, 배야. 나 죽겠네.
안에 스님네 계십니까?
우리 아버지한테 알려 주시오.
내가 죽어도 집에 가서 죽고,
내가 살아도 집에 가서 살지.
나는 갈래요.
나는 우리 엄마 있는데 나는 갈래요.
아버지 있는데 나는 갈래요."
이렇게 원을 하니 김장자 집에 알려서
앓는 철웅이를 다시 데리고 간다.
그 때는 손님네가 머리맡에 앉아서
온갖 병을 다 둘러 넣는구나.
요즘은 문명이 발달해서
온갖 좋은 약도 있고, 주사도 있지만,
그때 그 시절은
손님이나 홍역이나 이렇게 아들을 받아 놓으면
그때는 약도 없고, 주사도 없기 때문에
손님네로만 모셔 놓으면
죽으나 사나 물 떠 놓고 빌고
죽으나 사나 바람 간수하고 이런다.
그래도 그때는 잘 살았지.
왜 하나 부족한 것 없이 잘 살았는데,
요즘은 약도 있고 주사도 있지만
실패하는 아기도 많다.
그런데 물 떠놓고 해야
손님네 있는데 자꾸 빌고,
더러운 것을 더러운 짓을 하지 말고
이렇게 하면 손님네도 잘 살리고,

홍역도 잘 살리는데
이놈의 김장자는
미련한 개 같은 김장자 보시오.
아이가 그렇게 앓거들랑 자꾸자꾸 빌 거 아닌가.
손님네한테 빌지는 않고,
기어코 손님네를 그냥 이기려고 빽빽 우긴다.
그래도 손님네는
김장자가 오늘은 항복할까,
내일은 항복할까 바라도 항복은 안 하고,
계속 버티고 고집을 부린다.
그런 것이 철웅이를 죽게 만든다.
"아이고, 아버지. 아이고, 엄마.
나는 죽겠네. 날 조금만 살려주세요.
아버지, 날 좀 살리세요. 엄마, 날 좀 살리세요.
나는 갑니다. 나는 가네. 손님네 따라 나는 갑니다.
뒤 창고에 있는 양식은
나 죽은 뒤에 누가 먹으며,
앞 창고에 있는 저 재물은
나 죽고 난 다음에 누구를 주렵니까?
아이고, 아버지. 나는 가네.
아, 저 언덕 너머에 내 글 배우던 선생님께
못보고 간다고 안부 전하시오.
날 좀 살려주세요."
이렇게 통곡해도 저 미련한 김장자 보시오.
미련한 김장자는 그래도 항복을 안 하고
곧 우긴다.
그 때 손님네가 그것으로 말 한다고
목에는 꺽쇠 지르고, 입에는 자물쇠를 지르고,
아무 말도 못하게 문 닫아도
그래도 김장자 빽빽 우기는구나.
에라, 참 그 철웅이가 말이지,
삼대독자 외아들인데
김장자가 그렇게 빽빽 우기고, 고집을 부리니.

한 차례로 홀고 때리니, 아이구, 다리가 아프고.
두 차례를 머리를 때리니, 머리가 아프고.
배를 때리니, 배가 아파서
또 절간에서 방주고통을 앓아낸다.
아이구, 머리야. 아이구, 다리야.
아이구, 배야. 내 죽겠네.
안네 시님네 기십니까?
우리 아부지인데 알려 주시오.
내가 죽어도 집에 가서 죽고,
내가 살아도 집에 가서 살지.
나는 갈라요.
나는 갈라요. 우리 엄마 있는데 나는 갈라요.
아부지 있는데 나는 갈라요.
이렇게 원을 하니 김장자집에 알려서
앓는 철웅이를 다부 데리고 간대이.
그적새는 손님네가 머리맡에 앉아서
온갖 병으로 다 둘러 넣는구나.
요새는 문명이 발달되여
온갖 좋은 약도 있고 주사도 있지마는
그 때야 그 시절은
손님이나 홍역이나 이렇게 아들을 받아 놓으며는
그때는 약도 없고, 주사도 없기 때문에
손님네로만 모시 놓으믄
죽으나 사나 물 떠 놓고 빌고,
죽으나 사나 바람 간수하고 이란다.
그래도 그때는 잘 시겠재,
왜 하나 여축없이 잘 시겠는데.
요시는 약도 있고 주사도 있지마는
실패하는 알라도 많다.
그런데 물 떠 놓고 해야
손님네 있는데 자꾸 빌로
더런 것을 더런 짓을 하지 말고
이렇게 하며는 손님네도 잘 시키고

홍역도 잘 시기는데.
이놈의 김장자는
미력한 개겉은 김장자 보세이.
아가 그렇게 앓거들랑 자꾸자꾸 벌거 아닌가.
손님네헌테 비지는 안하고,
기어코 손님네를 그냥 이길라꼬 빼빼 세운다.
그래여 손님네는
김장자가 오늘나 항복할까
내일나 항복할까 바래도 항복은 아니하고,
내 버티고 양밥하고 세운다.
그 적새는 철웅이를 말로 시킨다.
아이구, 아부지요. 아이구, 엄마요.
나는 죽겠네. 날 찌끔만 살리주소.
아부지요, 날 좀 살리소. 엄마요, 날 좀 살리소.
나는 갈라네, 나는 가네. 손님네 따라 나는 가요.
뒷고방에야 있는 양식,
내 죽은 뒤에 누가 먹으며,
앞고방에 있는 저 재물은
내 죽고난 다음에 누구를 줄라요.
아이구, 아부지요. 나는 가네.
아예 저 등너메 내 글 배우던 선생님 전에
못보고 간다고 안부 전하시오.
날 좀 살리주소.
이렇쿰 통곡해도 저 미련한 김장자 보소.
미련한 김장자는 그래도 항복을 아니하고
곧 세운다.
그 적새는 손님네가 그것으로 말 한다고
목에는 꺽쇠 지르고 입에는 바무쇠를 지르고이
아무 말도 못하게 믄드다이
그래도 김장자 뻑 뻑 세우는구나.
에라, 참. 그 철웅이가 말이지,
삼대독자 외아들인데,
김장자가 그렇게 뻑 뻑 세우고, 고집이 세니,

네 놈은 전생에
너는 사람이 아니고 마소보다 못하니
너 같은 사람한테는 이런 자식도 과하다 하고
그냥 철웅이를 그만 잡아서 간다.
철웅이를 그냥 잡아서 간다.
세상에 이런 변이 있나.
세상 천지에 저 모두 벼슬을 하던
어른들은 알지요.
그전에는 말이지. 그 동네에 말이지.
손님네가 들거나 홍역이 들거나 하면
홍역하다 죽으나 손님하다 죽으면,
그 동네 손님네가 떠나기 전에
모든 어른이나 아이나 묻지 않고,
뒷동산에 떡대를 해 놓고
떡대 위에 사체를 실어놓고
밤낮 주야를 거기서 지키면
다시 살려주는 일도 있는가 보더라.
그리하여 철웅이 죽었구나.
그래도 김장자는 막상
손님네가 철웅이를 완전히 데려갈까 싶어서
이렇게 있다가 철웅이 죽어 놓으니
그 때는 앞이 캄캄하고 기가 막히는구나.
저 건네 영순생이라는 분이
어떻게 아는 것이 많은지, 영순생이다.
영순생이가 하루는 일기를 구해 보니
죄도 없는 김철웅이가 손님네 따라가는구나.
그것은 정말 반드시
엄마와 아버지가 잘못해서,
잘못해서 죄도 없는 철웅이가 손님네를 따라가니
너무나 인생이 불쌍하고,
김장자 가문이 끝나기 쉬우니
내가 가서 철웅이를 살릴 수밖에 없다.
영순생이 빨리 건너와서

손님네 앞에 가서 온갖 굴복을 하면서
비는 말이
"여보시오, 손님네요. 미련한 김장자 갈구지 마시고
철웅이는 삼대독자 외동아들이며,
어머니가 잘못하고 아버지가 잘못해서
생목숨이 저리 죽었으니 어쩌든지 살려주시오."
개 같은 김장자 갈구지 말고
철웅이 살려달라고 애걸복걸 빈다.
비니 참말로 영리하고 싹싹한 마음에
손님네가 말이지 김장자를 봐서는
반드시 철웅이를 앞세우고 가야 하는데,
영순생이 와서 그렇게 애걸하고 그렇게 비니
살려준다.
"살려주는 데 철웅이 사체는 땅에 묻지 말고
뒷동산에 떡대를 해 놓고 떡대 위에 실어놓고
장자가 거기 가서 지키라 하시오.
밤낮주야로 지키라하시오.
골탕을 좀 먹이려고." 이렇게 부탁한다.
김장자가 그 때는
철웅이가 아무래도 안 죽지. 하고 믿고 있다가
죽어 버리니 기가 막힐 일이구나.
철웅이 시체를 뒷동산에 실어놓고
김장자가 밤을 낮을 삼고
거기 가서 지키고 있구나.
손님네가 한이 풀리고 참말로 이 마음이 말이지,
그 모두 다 마음이 풀린 뒤에는
철웅이를 살려주는구나. 철웅이를 참 살려준다.
철웅이를 살려주니
그 때는 철웅이 엄마는 얼마나 좋으며,
김장자는 얼마나 좋아.
그 때는 김장자가 모든 반성을 하고
손님굿을 하는데,
손님 제의를 하는데 말도 만들고

니놈으는 전생에
니는 사람이 아니고 마소보다 못하니
니겉은 사람한테는 이런 자슥도 오감타하고
마 철응이를 고만 마 잡아가주 간대이.
철응이를 마 잡아가주 간다.
세상에 이런 변이 있나.
세상 천지에 저 모두 벼슬은 하니던
어른들은 알지요.
그전에는 말이죠. 그 동네에 말이지,
손님에가 들거나 홍역이 들거나 하며는
홍역하다 죽으나, 손님하다 죽으면,
그 동네 손님네가 떠나가기 전에는
모두 어른이나 아이나 묻지 안하고,
뒷동산에야 떡대를 해 놓고,
떡대 우에야 사체를 실어놓고,
밤낮 주야를 거기서 지키며는
다시 살려주는 일도 있는가 보더라.
그리하야 철응이 죽었구나.
그래도 김장자는 막상
손님네가 철응이를 영 데려갈까 싶어서
이렇게 있다가 철응이 죽어놓으니,
그적새는 앞이 캄캄하고 기가 막히는구나.
저 건네 영순생이라 하는 분이
어떻게 아는 것이 많은지 영순생이다.
영순생이가 하루는 일기를 구해 보니,
죄도 없는 김 철응이가 손님네 따라 가는구나이.
그거는 참말로 반다시
엄마 아부지가 잘못해서이 잘못해서야
죄도 없는 철응이 손님네 따라가니,
너무나 인생이 불쌍코,
김장자 가문을 닮아메기 쉬우니,
내가 가서야 철응이를 살릴 수밖에는 없다.
영순생이 속속히 건니 와서,

손님네 앞에 가서 온겄 굴복을 하면서
비는 말이
여보시오, 손님네요. 미련한 김장자 닮지 마시고,
철응이는 삼대독자 외동아들이며,
어머니가 잘못하고 아부지가 잘못해여
생목숨이 저래 죽었시니, 어쩌든지 살려주시오.
개겉은 김장자 갈지 알고,
철응이 살려달라고 애걸복걸 빈다.
비니 참말로 영리코 싹싹한 마음에
손님네가 말이지 김장자를 봐서는
반드시 철응이를 앞세우고 가야 하는데
영순생이 와서 그렇게 애걸하고 그렇게 비니
참 살려준다.
살려주는 데는 철응이 사첼랑은 땅에 묻질 말고
뒷동산에 떡대를 해 놓고 떡대 위에 실어놓고
장자가 거기 가서 지키라 하시오.
밤낮주야로 지키라하시오.
애 좀 미길라고 이렇게 부탁한다.
김장자 그적새는
철응이 아무래도 안 죽지하고 믿고 있다가
죽어놓으이 기가 맥힐 일이구나.
철응이 사첼랑은 뒷동산에 실어놓고
김장자 밤을 낮을 삼고
거기 가서 지키고 있구나.
손님네가 한이 풀리고 참말로 이 마음이 말이지,
그 모두 다 마음이 풀린 뒤에는
철응이를 살려주는구나. 철응이를 참 살려준다.
철응이를 살려주니,
그적새는 철응이 엄마는 얼마나 좋으며,
김장자는 얼매나 좋노.
그적새는 김장자 모든 반성 하고야
손님굿을 하는데,
손님 제의를 내는데 말도 맨들고,

앞 창고 헐어서 대시루에 떡을 찌고,
뒤 창고를 헐어서 술도 빚어 넣고,
참말로 서른 세 폭 차일(遮日) 밑에
세 발 고깃대 밑에서 손님굿을 하는데,
온갖 무녀를 불러다가
하늘에 옥녀무녀, 땅에는 필녀무녀,
나라에는 궁녀무녀 골마다 고을 무녀들
모두 불러다가는 손님굿을 하는데,
찬란하게 잘하더라.

일산대 세우고, 모두 말 만들고,
중말뚝이, 상말뚝이 모두 다 부르고,
이래 손님굿을 하는데,
참 찬란하게 손님네 제를 지내고
철웅이 엄마는 얼마나 좋아.
죽은 자식을 이렇게 살려 놓으니
얼마나 기분이 좋아.

−이하 생략−

기물 10 : 꽹과리

기물 11 : 바라   기물 12 : 징, 징채

앞의 고방 헐어서 대시루에 섬떡 찌고,
뒤의 고방 헐어서 술도 빚어 넣고야
참말로 서른 세폭 채일 밑에
섯발 고짓대 밑에 손님굿을 하는데
온갖 무녀를 불러다가
하늘에 옥녀무녀 땅에는 필녀무녀
나라는가 궁녀무녀 골마다 고을 무녀들
모두 불러다가는 손님굿을 하는데
찬란하게 잘하드라.

일산대 세우고 모두 말 맨들고,
중말뚝이 상말뚝이 모두 다 부르고,
이래 손님굿을 하는데,
참 찬란하게 손님네 제를 지내고.
철웅이 엄마는 얼매나 좋노.
죽은 자식을 이래 살려 놓으이
얼매나 기분이 좋노.

—이하 생략—

기물 13 : 제웅1

기물 14 : 제웅2

원문 출처

문전본풀이	진성기, 『제주도무가본풀이사전』, 민속원, 1991.
문전본풀이	현용준, 『제주도무속자료사전』, 신구문화사, 1980.
이공본풀이	진성기, 『제주도무가본풀이사전』, 민속원, 1991.
성조푸리	손진태, 『조선신가유편』, 2012.
성주굿	현용준·김영돈, 『한국구비문학대계』, 한국정신문화연구원, 1980~.
황제풀이	현용준·김영돈, 『한국구비문학대계』, 한국정신문화연구원, 1980~.
괴네깃당	진성기, 『제주도무가본풀이사전』, 민속원, 1991.
궤네깃당	현용준, 『제주도무속자료사전』, 신구문화사, 1980.

제4부

가족과 집, 갈등 그리고 화합

1장
—
신이 된 가족

〈문전본풀이〉

〈문전본풀이〉는 집안 곳곳에 있는 신들에 대한 신화로 문신, 조왕신, 측간신, 정주목신, 오방토신이 집안에 자리를 잡고 지켜주게 되는 과정을 이야기한다.

여산고을의 남선비와 여산부인에게 일곱 아들이 있지만 너무 가난하여 먹고 살기 힘들어 남선비는 무곡장사를 떠난다. 오동나라에서 노일제대귀일의 딸(혹은 노일국의 노일저대)를 만나 모든 재산을 다 빼앗기고 겨우 끼니만 연명하며 살아가는데, 기다리다 못한 여산부인이 남편을 찾아와 모든 상황을 알게 되고 여산고을로 돌아오려 하지만, 영악한 노일제대귀일의 딸이 함께 오다가 여산부인을 죽이고 여산부인인 척하며 돌아온다. 눈치 빠른 막내아들 녹두생이 덕분에 죽음에 몰린 형제를 모두 구하고 노일제대귀일의 악행을 낱낱이 밝힌 뒤 어머니를 살려낸다. 이 과정을 통해서 녹두생이는 가장 높은 격인 문전신이 되고, 가족을 모두 집안 곳곳에 가족을 지키는 신으로 좌정하면서, 어머니 조왕신이 앉은 부엌과 새어머니인 노일제대귀일의 딸이 앉은 측간을 마주보게 하지 않는 등 집안에서 지켜야 할 것들을 내놓았다. 〈문전본풀이〉는 친어머니에 대한 복수담이 아니다. 오히려 재생의 순환을 이야기하는 색이 더 짙다. 부엌의 음식이 사람의 몸을 통해 측간으로 갔다가 농작물을 통해서 다시 부엌으로 돌아오고, 측간신이 된 노일제대귀일의 몸을 뿌려 바다에서 나오는 온갖 먹거리로 만들었으니, 결국 이 이야기는 집과 재생의 신성함을 이야기하는 것이다.

1. 가족의 갈등과 화합 〈문전본풀이1〉

안 문전(門前)은 열여덟 밖 문전도 열여덟
백인상상(百仞上上) 이르러서
대법천황(大法天皇) 일문전 하늘님,
실어 날 적 일문전, 실어 들 적 일문전
문전본풀이를 품니다.
귀신은 본을 풀면 희희낙락합니다.
산 사람은 본을 풀면 불길한 징조가 됩니다.
근본을 말하면 편하게 내리십시오.

옛날 옛적 문전본풀이는 남선비입니다.
남명복당 남선비의 각시는
토조나라 토조부인 조왕대신입니다.
남선비는 아들 일곱 형제 낳아서
가난하고 더욱 가난해서
남의 집 아이들은 글공부를 하고 있으니.
매일 늘 울어대니
"너희는 울 것 없이 일곱 형제가
나무 일곱 가지씩 다 해 오너라."
하니,
열다섯 발 정강선(船)을 지어놓아, 그러더니.
"너희들, 있어라.
물 바깥에 가서 책 일곱 통을 해서 오마.
붓 일곱 통 해서 오마. 먹 일곱 통 해서 오마."
동남풍이 부니 배를 놓아서
노일국으로 들어간다.
노일국에서는 수인이라고 맞는 선

노일제대 첩이 주인을 맞으니
이젠 배에서 배고프고 한데
주인이 저녁밥은 해 주는 것이
어디 가서 치맛자락에 겨 한 바가지 얻어서,
굵은 겨는 남선비에게 해 주고
찰진 겨는 자기 해 먹고,
한 사흘은 되어 가니
아무리 생각해도 겨범벅을 먹을 수가 없으니
입고 간 물명주 두루마기도 팔아간다.
삼백도리 진사 양 갓도 팔아간다.
타고 간 배도 팔아간다.
하여서.
한 반 년이 되어 가니까 이젠 마냥 죽게 되는구나.
토조나라 토조부인
남선비 큰 각시는 기다리다가 지쳐서,
"너희 일곱 형제가 빨리 신 일곱 켤레 삼아내라."
하여,
가는 대바구니를 지어서 바닷물 가에 가서
섬돌에 들뛰면서
"남선비야, 남선비야! 살았거든 내게 돌아오라.
죽었거든 꿈에 현몽이나 해라."
한 사흘을 그렇게 하니까, 큰아들은
"어머니가 어디 그만 서방질하러 다니고 있다."
하니까
셋째 아들은
"형님, 못할 소리 마십시오.

안문전은 열ᄋ둡 밧문전도 열ᄋ둡
백인상상[1] 일으러근
대법천황 일문전 하늘님,
실어 날 적 일문전 실어 들 적 일문전
문전본을 폽네.
귀신은 본을 풀민 흐락화학 흡네.
생인은 본을 풀민 칼ᄉᄃ리라 됩네.
본산국 히여들건 나시싱전 도ᄂ립서.

옛날 옛 적 문전본은 남선비우다.
남명복당 남선비가 각시는
토조나라 토조부인 조왕대신이우다.
남선빈 아들 일곱성제 난
가난ᄒ고 선한ᄒ연
놈의짓 애기들은 글공빌 ᄒ여가고.
날날마다 들어 울가난
"ᄂ네 울 게 읏이 일곱성제라
낭 일곱가지쏙 다 ᄒ여오랜."
ᄒ연,
열닷발 정강선을 짓어놓완, 이젠
"ᄂ네들, 시라.
물뱃곂디 강 책 일곱통 ᄒ영 오마.
붓 일곱통 ᄒ영 오마. 먹 일곱통 ᄒ영 오마"
동남풍이 부난 배를 놓완
녹일국이 들어간다.
녹일국이선 주인이엥 못는 건

노일저대칩이 주인을 뭇안
이젠 배이서 배고프고 흐디
주인이 ᄌ냑은 ᄒ여 주는게
어디간 치맷귀에 체 흔솔박 빌어단,
훌근첸 남선빌 ᄒ연 주고
줌진첸 지 ᄒ연 먹고.
흔 사흘은 되어가난
암만이라도 체범벅을 먹지 못ᄒ연 가난,
입언 간 물맹지 두루막도 풀아간다.
삼백도리 진ᄉ냥갓도 풀아간다.
탄 간 배도 풀아간다.
ᄒ연,
흔 반년이 되어가난 이젠 죽게 마련 되는구나.
토조나라 토조부인
남선비 큰각신 지드리단 버천,
"ᄂ네 일곱 성제가 매딱 신 일곱배 삼아도라."
ᄒ연,
ᄀ는대구덕에 지연 바당물ᄀ디 간
섬돌에 들럭퀴멍
"남선비야 남선비야! 살았건 재게 돌아오라.
죽었건 꿈에 선몽이나 ᄒ라."
흔 사흘을 지영 ᄒ여가난, 큰아들은,
"어멍이 어디 ᄀ만서방ᄒ레 댕염져."
하난,
말ᄌ섯아들은
"성님, 못홀 소리 맙서.

---

1 百人上床으로 추정함.

우리 하루 저녁 어머니 뒤를 쫓아 가봅시다."
그래서 어머니 가는 뒤를 쫓아 가 보니까,
어머니는 바다에 가서 섬돌에 매달려서
마구 들뛰고 있기에 몰래 집으로 돌아와서
"그거 보십시오. 우리 못 할 소리 하였습니다."
이튿날은 다시 어머니가
"신 삼아 다오."
하니까,
"어디를 가시려고 합니까?"
하니까,
"너희는 그렇게 말하고 신을 안 삼아 줄 거면
나무 일곱 가지씩 해 오너라."
나무를 해 오니까 배를 지어서
"나는 너희 아버지 찾으러 갈 것이다."
하니 아들들은,
"우리가 가겠습니다."
"내가 가겠다.
너희들은 가다가 바닷물에 빠지면
상헌제집사(上獻祭執事) 전대전손(傳代傳孫)
만대유전(萬代流傳) 소분벌초(掃墳伐草)
누가 하느냐?
나 하나 빠지는 건 그것뿐이니 내가 가겠다."
한다.
배를 타고 노일국에 들어가서
바닷가에 내려섰으니,
어떤 여남은 살 난 아이가
"훠이훠이.
요놈의 새야, 저놈의 새야,
너무 약은 체 마라.
기장 모두 훑어먹어 버리면
우리 의붓어머니 욕한다.
남선비 약은 깐에도 가난하게 살더니
책 일곱 통, 붓 일곱 통,

먹 일곱 통하여 주마고
노일국에 들어오라고 해서
오동나라 후이리딸 노일제대 꼬임에 빠져서
배도 팔아먹고 갓도 팔아먹고
물명주 도포도 팔아먹고 남선골에 앉아
겨죽단지에 불어터진 숟가락 걸치고
말똥불에 등 숙이고
이제 사흘만 있으면 죽게 되었어.
훠이훠이."
하여 두고서 잽싸게 달려간다.
남선비 큰 각시는 그 아이를 불러서
"애야, 조금 전에 무엇이라고 말했니?"
"나 뭐라고 안 그랬습니다."
"영초댕기와 고운 구슬하고 고운 주머니도 주마.
조금 전에 한 말 다시 말해 다오."
"내 기장 밭에 새가 다니는 얘기입니다.
남선비 약은 깐에도 겨죽단지 옆에 차고
말똥불에 등 숙이고 있다고 말했습니다."
"애야, 어느 게 남선비 사는 집이고?"
"요 재 넘고 저 재 넘어 가 보세요."
남선비 큰 각시가 가다 보니까
조그마한 보잘 것 없는 오막살이에
사뭇 죽을 것처럼 되었구나.
"집문 밖이나 잠시 빌려주십시오."
"노일제대 오면 욕합니다."
"그런들 밖으로 나다니는 사람이
집을 지어서 나다닙니까?
밭을 지어서 다닙니까?
잠시 빌려주십시오. 밥이나 해서 먹지요."
"어서 조금 빌어서 밥이나 해 먹고 가시오."
남선비 큰 각시는
남선비를 보아도 아는 척도 안 하고,
밥하려고 솥을 보니까 겨 닷 말은 눌어붙어서

우리 흐륵츠냑 어멍조롬을 종가 봅시댄."
흐연, 어멍 가는 조롬을 종가 보난,
어멍은 바당에 간 섬돌에 들아지연
들어 들럭퀴염선, 슬째기 집이 돌아오란,
"그거 봅서, 우리 못홀 소리 흐여졌쑤게."
뒷녁날은 도로 어멍이
"신삼앙 도랜"
흐난,
"어딜 갈쿠겐?"
흐난,
"느네 경 말앙그네 신 아니삼아 줄커거드네
낭 일곱가지쪽 흐여 오라."
낭글 흐여 오난, 밸 짓언,
"나 느네 아방 츠시레 갈키여."
흐난, 아들들은,
"우리가 갈쿠다."
"내가 갈키여.
느네들 가당 바당물에 빠지민
삼한 제집수 전대전손
만대유전 소본금초
누게라 흐느니?
내 흐나 빠진 건 것 뿐이난 내가 갈키여."
흐멍.
배를 탄 노일국에 들어간
깃디 느련 사시난
어떤 으나믄슬 난 애기라
"후어후어.
요놈으 생이 저놈의 생이
너미 옥을 체 말라.
지장 믄 홀타먹어불민
우리 다심어멍 욕흔다.
남선비 옥은깐에도 가난흐게 살아지난
책 일곱통, 붓 일곱통,

먹 일곱통 흐여주멘
노일국에 들어오란
오동나라 후이리뚤 노일저대 훌림에 들언
배도 폴아먹고, 갓도 폴아먹고,
물맹지도폭도 폴아먹고, 남선골에 앚안
체죽단지에 족숫그락 걸치고
물똥불에 등 숙이고
이제 사흘만 시민 죽게 마련이여.
후어후어."
흐여 두언, 호록기 기여든다.
남선비 큰각신 그 애길 불르고
"애기야, 굿새 멋이엔 ᄀ란디?"
"나 멋이엔 안 ᄀ랐수다."
"곤댕기영 곤구실이영 곤주멩기도 주마.
굿새 굴은 말 다시 굴아 도라."
"나 지장밧디 생이 ᄃ리는 애기우다.
남선비 옥은깐에도 체죽단지 읓이 츠고
물똥불에 등 숙였젠 굴았쑤다."
"애기야, 어느 게 남선비 사는 집고?"
"요 재 넘곡, 저 재 넘엉 강 봅서."
남선비 큰각신 가단 보난
흑곰은 흔 비저리초막살이에
ᄉ뭇 죽게 마련 되였구나.
"집뭇똥이나 ᄒ슬 빌립서."
"노일저대 오민 욕흐여."
"겐덜 외방나는 사름이
집을 지영 남네까?
밧을 지영 댕깁네까?
ᄒ슬 빌립서. 밥이나 흐영 먹저."
"어서 ᄒ슬 빌엉 밥이나 흐영 먹엉 갑서."
남선비 큰각신
남선빌 보아도 아는츠록도 안흐고,
밥흐젠 솥딘 간 보난 체 댓말은 눌런

날카로운 조개껍질로
두 번 세 번 씻어서 밥을 해
안성녹기 통영칠반 나주영산 하얀 쌀에
모래갯기름나무 신김치에
옥돔 생선 미역국에 차려 들고서
남선비 방으로 가서
"할아버지, 이 밥 먹어보십시오."
하니까,
"아이고, 나 예전에 먹던 밥하고 비슷하다.
먹다가 한술 남겨서
우리 노일제대나 주었으면."
"아이고, 헛걱정 말고 드시오.
내가 할아버지 큰 각시입니다."
"아이고! 우리 큰 부인네가 왔구나!"
할아버지는 반가움에 이를 바가 없고,
할머니는 물을 데워
앞밭에 수세미 뒷밭에 수세미 걷어다가
할아버지 몸을 깨끗이 목욕시켜서,
남방자주 저고리에 북방사주 솜바지,
한산모시 벌집 같은 행전, 물명주 도포에
잘 차려 입히고,
"어서 갑시다."
차리고 있으니까,
노일제대가 양쪽 치맛귀에 겨를 싸서
쪼르르 달려오면서
"난 모처럼 겨라도 얻어다가
짓 먹여 놓으니까 집에 있으면서
떠돌이 여자를 다 들여놓았구나."
욕을 마구 하는구나.
"이 사람아. 우리 큰 부인이오!"
"아이고, 그러니까 형님이로구나! 형님!
위 큰길로 오셨습니까?
아래 큰길로 오셨습니까?

나도 같이 갑시다."
노일제대는 자기도 같이 가겠다고
따라 나서는구나.
큰 부인은 속이자고 하니
그년을 떨쳐버릴 건데 같이 실어서 오다가,
여러 나라 여러 섬 모두 들어와 가니까
바닷물 가운데, 외딴 섬 중에서
좋은 샘물이 있으니,
"오십시오. 형님. 목욕하고 갑시다."
"난 싫다. 아이들이 기다리고 있다.
빨리 가야 한다."
"아이고, 형님아.
이 샘물에 목욕하면 온갖 병이 없어집니다."
그리하여 배를 매어두고서
"형님이 먼저 들어가세요."
쉰대자 수패건지며, 옷이며 모두 벗겨두고서
"등에 물을 놓아드리겠습니다."
하면서 저리 떠밀어버려서
큰 부인이 물 위로 나오려 하면 꼭 누르고
나오려 하면 꼭 누르고 하여,
그만 물 속에 가라앉아 죽어버리니,
노일제대는 샘물에서 나와 남편에게
"노일제대는 죽어버렸소."
"날 겨죽 쑤어서 준 거 잘 죽어버렸어."
노일제대는 큰 각시 입던 옷을 입고,
머리도 큰 각시처럼 얹어서
배를 놓아서 바닷가에 오니,
큰아들은 망건 벗어서 다리를 놓고,
둘째 아들은 갓 벗어서 다리를 놓고,
셋째 아들은 두루마기 벗어서 다리를 놓고,
또 넷째 아들은 행전 벗어서 다리를 놓고
또 다섯째 아들은 신을 벗어 다리를 놓고,
막내아들은 칼선다리를 놓아버리니

늣신 조갱이 ᄒ여단에
두불 시불 밀어두언 밥을 ᄒ연
안상놋기 토용칠판 나주영산 희영쏠에
모살방풍 신짐치에
오통 생성 매역국에 출려 들런
남선비방으로 간
"할으방, 요 밥 먹어봅서."
ᄒ난
"아이구, 나 옛날 먹단 밥 닮다.
나 먹당 흔적 냉기건
우리 노일저대나 주어주민?"
"읏다, 헛걱정 말앙 먹읍서.
내 할으방 큰각시우다."
"아이구! 우리 큰부인네라 왔구나!"
할으방은 반가움이 이를 배가 웃어지고,
할망은 물을 데완
앞밭디 삼수세 뒷밭디 삼수세 걷어단
할으방 몸을 ᄆᆞᆨ짝 금전,
남방수주 저구리에 북방수주 붕애바지
한산모시 벌통행경 물맹지도폭에
잘 출려 놓완,
"옵서 가게"
출렴시난
노일저댄 양 치맷귀에 챌 싼
조로로 도르오멍
"난 멋글이 체라도 빌어다멍
짓멕여 놓난 집이 들어두서
질넘어가는 간나일 다 드려났구나."
후욕만발 ᄒᆞᆫ는구나.
"애가, 우리 큰부인걸!"
"애이고, 게난 성님이로구나! 성님!
웃한길로 옵디가?
알한질로 옵디가?

나도 흔디 가져."
노일저댄 이녁도 흔디 각키옌
돌란 나스는구나.
큰부인 속젠 ᄒᆞᆫ난,
그년을 떨어불컨디 흔디 식건 오단,
제국제섬 ᄆᆞᆫ 들어오라가난
바당물 가운디, 튼 섬중이
좋은 습통이 시난,
"옵서 성님 몸ᄀᆞ망 가게."
"난 말다, 애기들 지드렴져
흔저 가사 ᄒᆞ주."
"아이구, 성님아.
이 습통에 몸ᄀᆞᆷ으민 각긋 뱅이 엇어집네다."
그영ᄒ연, 배 매여두언,
"성님이랑 몬저 들어삽서."
쉰대자 수패건지영 옷이영 맨딱 뱃겨두언
"등어리에 물이나 놓아 안네쿠댄."
ᄒ연 절락 걱밀여불언,
큰부인이 물우터레 나오젱 ᄒᆞ민 꼭 눌으뜨곡
나오젱 ᄒᆞ민 꼭 눌으뜨곡 ᄒᆞ난,
오꼿 ᄀᆞᆯ라앚안 죽여부난,
노일저댄 습통서 나오란, 스나이ᄀᆞ라
"노일저댄 죽여불어신걸"
"날 체죽 쑤언 준 거 잘 죽여불어서"
노일저댄 큰각시 입어난 옷 입고,
머리도 큰각시추록 예진양
밸 놓완 ᄀᆞᆺ데레 오라가난,
큰아들은 망근벗언 ᄃᆞ릴 놓고,
셋아들은 갓벗언 다릴 놓고,
큰말젯아들은 후리매벗언 다릴 놓고,
또 말젯놈은 행경벗언 ᄃᆞ릴 놓고,
또 말젯놈은 신벗언 ᄃᆞ릴 놓고,
매말젯놈은 칼손ᄃᆞ릴 놓아부난,

배가 돌아오려고 하다가 맴돌고,
돌아오려고 하다가 맴돌고 하니,
큰아들은
"막내 아우야. 칼선다리 걷어라. 배 들어오게."
칼선다리를 걷으니 배가 빠르게 들어온다.
멍하니 바라보던 큰아들은
"어머니는 어머니이지만,
아버지는 아버지가 아니다."
둘째 아들은
"아버지는 맞다.
물 바깥에 가서 많은 고생을 한 모양이다."
셋째 아들은
"아무리 봐도 어머니는 아니요.
큰형님한테 열쇠를 맡겨두고 갔으니,
열쇠를 찾는걸 보면 안다."
그리하여 배를 대고 집으로 돌아왔구나.
집에 오니,
노일제대가 집안에 재빨리 들어온다.
제 어머니는 열쇠를 큰아들에게 맡겼는데
"셋째 놈아, 열쇠 다오. 둘째 놈아 열쇠 다오.
넷째 놈아 열쇠 다오."
그렇게 하며 두리번거린다.
"이제 밥상 놓는 걸 보면 알게 됩니다."
하며 밥상을 놓는 걸 보니
아버지 밥상은 셋째 놈을 차려 주고,
둘째 아들 먹는 밥상은 큰 놈을 차려 주고,
셋째 놈 먹는 밥상은 막내 놈을 차려 주고
한다.
노일제대는 밥상 차례를 차리지 못하여
부끄러우니까
"나는 울화병이 나온다."
하며 드러누워 버린다.
이들 일곱 형제가 길가로 나가 모여서

비옥 같은 얼굴 절반에 비가 내리듯
눈물 세수를 하면서 마구 울어댄다.
노일제대는 아이들이 어떻게 저리 비슷한지,
"아이고, 이 어른아.
이렇게 갑갑해서 어떻게 갈까.
어디 가서
문복(問卜) 단점, 점이나 하여 보시오."
이 근처에는 무당이 없다고 하니까,
"저쪽 윗녘에 잘 아는 무당이 있다고 합니다.
요쪽으로, 윗녘 작은 길로 가보시오."
남선비 할아버지가 길을 찾아 가는 사이에,
노일제대는 바구니를 쓰고
샛길로 깡충깡충 가서 길고랑에 앉아서
남선비가 찾아오는 것을 멍하니 보고 있다가,
남선비가
"일 아는 어른입니까?"
하니
"난 잘 모릅니다."
"그리해도 말해주십시오.
집 사람이 아파서 왔습니다."
그러니까 노일제대는
손가락을 오그렸다 폈다 하다가,
"아들 일곱 형제
간을 내어 먹이면 좋겠구나."
남선비가 집으로 어기적어기적 오는 사이에
노일제대는 샛길로 팔짝팔짝 돌아와 누워서
"아이고 배야, 아이고 배야."
사뭇 죽는 시늉을 아주 한다.
남선비가 들어오면서
"점을 봤어."
"뭐라고 말했습니까?"
"아들 일곱 형제 간을 내어
먹으면 좋겠다고 하더군."

배라 돌아오젱 ᄒ당 감장돌곡
돌아오젱 ᄒ당 감장돌곡 ᄒ난,
큰아들은
"매말젯아시야, 칼쓴ᄃ릴 걷우우라 들어오게."
칼쓴다릴 걷우우난 배가 쏴ᄒ게 들어온다.
비룽이 ᄇ래단, 큰아들은,
"어멍은 어멍이여마는
아방은 아방이아니여."
셋아들은,
"아방은 기여.
물뱃곁디 간 막 고생을 친 모양이여."
말줏아들은
"아맹ᄒ여도 어멍은 아니여.
큰성님신디 을쒤 맽겨두언 가시난,
을쇠 촛는 걸 보민 안다."
그영ᄒ연, 배붙젼 집으로 돌아왔구나.
집인 오난,
노일저대가 집안에 화르릇기 들어오란.
져멍은 을쒤 큰아들을 맽겼건마는
"말줏놈아, 을쇠 도라. 셋놈아, 을쇠 도라.
큰말줏놈아, 을쇠 도라."
경ᄒ여가난, 펀펀ᄒ연,
"이제랑 밥상 놓는 걸 보민 앎네덴"
ᄒ연, 밥상을 놓는 걸 보난
아방 밥상은 말줏놈을 출련 주고,
셋아들 먹는 밥상은 큰놈을 출련 주고,
말줏놈 먹는 밥상은 매말줏놈을 출련 주고,
ᄒ연.
노일저댄 밥상 출렐 출리지 못ᄒ연
부치러우난,
"난 심뎃벵이 나옵."
ᄒ연, 늘어누어산나.
아들 일곱성제라 질레레 간 모다산

배옥곹은 양지레 중이 절반 비라지듯
눈물이 사수ᄒ멍 들어 울어간다.
노일저댄 아흐덜 어디레 고쪄 산 것 닮으난,
"아이구, 요 어른아,
웅도 극급ᄒ영 어떵 살리,
어디 강
문복단점, 점이나 ᄒ여 봅서."
이 세계엔 심방 웃뎅 ᄒ멍,
"저디 웃녁히 잘 아는 심방이 오랐젠 ᄒ디다.
요영, 웃녁 질고랑쳉이에 강 봅서."
남선비 할으방은 질을 추산 가는 새예,
노일저댄 바구리 씨연
셋질로 졸락졸락 간 질고랑쳉이에 앚아두서
남선비가 추산 오라가난 비룽이 ᄇ래여가난,
남선비가
"일안 어룬이우꽝?"
ᄒ난,
"난 잘 몰릅네다마는."
"아맹ᄒ여도 ᄀ라줍서.
집이 사름이 아판 오랐수다."
그젠 노일저댄
송까락 오그력 패와 ᄒ단,
"아들 일곱 성제
간내영 맥이민 졸로구나."
남선비가 집으로 웃상웃상 오는 새예
노일저댄 젯질로 졸락졸락 돌아완 누워두서
"아여 배여, 아여 배"
ᄉ뭇 죽는 시늉울 ᄆᆞᆫ ᄒ여간다.
남선비가 들어오멍
"점ᄒ여 봐서."
"뭣이엔 ᄀ릅디가?"
"아들 일곱 싱제 긴 내엉
먹으민 좋키엔 ᄒ여고."

"한 배에 셋씩 여섯 형제 낳고,
또 막내 하나면 일곱 형제이지만
아기 간을 어떻게 먹습니까?"
다시 이번에는
"저기 자루 쓴 중이 근처에 왔다고 합니다.
한 번 더 가서 보시오."
할아버지는 길로 어기적어기적 가는 사이에
노일제대는 자루를 쓰고
샛길로 팔짝팔짝 넘어가 앉아 있으니
"일 아는 어른을 닮았습니다."
"뭣이라 말할 줄도 모르고, 알지도 못합니다."
"그래도 집사람이 아파서 왔으니
점을 봐 주십시오."
"그 아들 일곱 형제
간을 내어 먹으면 좋겠구나."
남선비가 돌아오면서,
"한 괘가 나오긴 나온다."
노일제대는 샛길로 돌아와
자루를 벗어두고 톡 드러누워,
"아이고, 아이고."
하고 있으니, 할아버지가 들어와서
"한 괘가 나오더군."
"그러면 저것들 간을 내어주면 먹고 일어나
한 배에 셋씩 두 번 낳고,
막내 하나 낳아 키웁시다."
할아버지는
"아무렇게나 하지."
하며 황구도끼를 내어 와서
박박 갈고 있으니,
막내 아들은 눈치를 채고,
"아버님은 늙은 어른이니
우리에게 하라고 시키시오.
우리가 해 오겠습니다."

하니,
"아니다. 너희 잡아서 간 내어
너희 어머니 먹일 것이다."
"아버님 힘으로 못합니다.
형님네 여섯 형제 간을 내가 내어 올 테니,
그 도끼는 저에게 주십시오.
저는 나중에 아버님이 잡아서 먹이십시오."
그러자 남선비가 막내 아들한테
황구도끼를 내어준다.
막내 아들은 밖으로 간 일곱 형제와
이야기를 하고
"우리 길 끝나도록 산 속으로 올라가자."
하며 산중으로 올라가다 보니
널찍한 잔디밭이 있으니,
아주 지치고 배고프고 하여 거기 앉아서 울다가
볕이 쨍쨍 나니 비실비실 모두들 졸려가니
무정한 눈에 잠이 들었구나.
잠이 들어있는데 막내 아들은 잠결에,
제 어머니의 혼으로
"저기 소만한 돼지가
새끼 일곱을 데리고 내려오니
씨앗할 거 하나만 남겨두고
여섯 마리만 잡아서 간을 꺼내어
도기사발에 들고 가라."
하여 깨어보니 꿈이다.
"그것 참 이상하다."
조금 있으니까 아니나 다를까.
새끼 일곱 마리를 데리고 돼지가 내려오니
잠자코 있으니 그놈의 돼지들이
나릇나릇 박혀지니
그렇게 그 돼지를 하나씩 잡아
간을 내어 도기사발에 넣어 가니,
막내 놈이

"흔 배에 싯쑥 ᄋᆞᆺ성제 낳콕,
또 말자인 ᄒᆞ나민 일곱성제주마는
애기간을 어떵 먹읍네까?
또시, 이번은
저디 차디 씬 중이 그 ᄌᆞᆨᄀᆞᆮ디 오랐젠 ᄒᆞᆸ디다.
흔공에 지느냐 강 봅서."
할으방은 질흐로 웃상웃상 가는 새예
노일저댄 차디 씨연
셋질로 졸락졸락 넘어간 앚안 시난
"일안 어룬 닮수다."
"펭이엥 ᄀᆞ를 충도 몰르고, 알지도 못ᄒᆞᆸ네다."
"계구대라 집잇사름 아판 오라시메
단점을 ᄒᆞ여 줍서."
"그 아들 일곱 성제
간 내영 먹으민 졸로구나."
남선빈 돌아오멍,
"흔공에 지긴진다."
노일저댄 셋질로 돌아완
차디 벗어두언 톡 들어누언,
"아여, 아여."
ᄒᆞ염시난, 할으방은 들어오란,
"흔공에 지여고."
"계건, 저것덜 간 내여주민 나 먹영 일어낭
흔 배에 싯쑥 두 번 나곡
말짜이 ᄒᆞ나 낭 키우쿠다."
할으방은,
"아멩이나 ᄒᆞ주."
ᄒᆞ연, 황기도칠 내여놓완
북북 긁암시난,
말젓아들은 눈치 알아지난,
"아바님은 늙은 어룬이
지들캐 ᄒᆞ레 칼쿠과?
우리가 ᄒᆞ여 오쿠다."

ᄒᆞ난,
"웃다. 느네 잡앙그네 간내영
너멍 멕이키여."
"아바님냥으로 못ᄒᆞᆸ네다.
성님네 ᄋᆞᆺ 성제 간을 나가 내영 오커매,
그 도칠 날 줍서.
날랑 말자이랑 아바님이 잡앙 맥이곡."
그젠 남선비가 말젓아들신디
황기도칠 내여주난,
말젓아들은 올레레 간 일곱성제라
공논을 ᄒᆞ되,
"우리 질 매기도록 산중으로 올라가게."
ᄒᆞ연, 산중으로 올라가단 보난,
번번흔 태역밧이 시난,
막 버치고 배고프고 ᄒᆞ연 그디 앚안덜 울단
뱃이 과랑과랑 나난 지식지식 매딱들 졸아가난
무정눈에 ᄌᆞᆷ이 들었구나.
ᄌᆞᆷ이 들어신디, 말젓아들은 ᄌᆞᆷ절에,
저멍 혼정으로
"저디 쇠만이흔 돗이
새끼 일곱을 ᄃᆞ란 ᄂᆞ렴시니
씨앗일 거 ᄒᆞ나만 냉겨두엉
ᄋᆞᆺ 머리만 잡앙 간내영
독사발에 들렁 가라."
ᄒᆞ영 깨연 보난 꿈이란,
"것도 이상ᄒᆞ다."
ᄒᆞᆺ슬 시난 아닐카라
새끼 일곱머리 ᄃᆞᆫ 돗이 ᄂᆞ려오란,
심젠 ᄒᆞ난 그놈의 도새기들이
ᄂᆞ롯ᄂᆞ롯 박아지연
이젠 그 돗을 ᄒᆞ나쑥 잡안
간 내연 독사발에 들언 간,
말젓놈이

"형님들은 대문에 서 있으십시오."
하며 자기만 방으로 들어가서
"어머님, 형님 여섯 형제 간을 내어 왔습니다.
이것을 드십시오."
하니까 노일제대는 자리에 누워서,
"네가 한편으로 옮겨 서라.
아이 간을 너 앞에서 어떻게 먹느냐?"
"예, 그러면 옮겨 서면 드십시오."
막내 놈은 바깥으로 나와
창구멍을 손가락에 침 발라서
살짝 터서 보니까
간 내어 온 건 입술에 비벼 피만 발라두고
모두 자리 아래로 묻어버리는구나.
막내 놈은 속으로 생각하길
"그걸 먹었으면 시원이나 하지.
아이고, 내다버릴 나쁜 년!"
하며 문을 열고 들어가,
"어떻습니까?"
하니,
"하나만 더 먹었으면 좋겠다."
"그러십시오.
제가 어머니 머리에 이나 잡고서,
아버지에게 날 잡아 간을 내라 하십시오."
"애야, 중병 들었을 때 이 안 잡는다."
"그렇게 하십시오.
그러면 자리나 치우겠습니다."
"중병 들었을 때, 자리도 안 치운다."
그러자 막내 놈이 노일제대를 확 안아서
벽장 위로 던져버리고 보니
자리 아래에 간이 깔려 눌러져버려
피가 빠지고 붉은 점, 흰점 모두 박혀 있으니

"요년 나쁜 년, 이게 간 먹은 것이냐?"
하니까
노일제대는 얼떨결에 변소 디딤돌에 가서
쉰대자 수패건지에 목매어져서 죽어가니,
막내 놈은
"형님들, 여섯 형제 다 나오십시오."
하며 목매달은 노일제대 들고 와 놓고
모가지는 자르고 입은 찢어서
돼지밥통 만들어버리고,
양쪽허벅다리는 잘라서
디딤돌 만들어버리고,
머리털은 뽑아서 던져버리니까
저 바다의 해초가 되고,
입은 잘라서 던져버리니까 각다귀가 되고,
발톱과 손톱은 잘라서 던져버리니까
쐬굼벗, 돌굼벗이 되고,
배꼽은 잘라서 던져버리니까 군소가 되고,
하문은 잘라서 던져버리니까
대전복 소전복이 되고,
똥구멍은 잘라서 던져버리니까
말미잘이 되고.
자르다가 남은 건 불태워서
허풍바람에 불려버리니까
독한 년 몸 불태운 것이니
이도 되고, 벼룩도 되고, 모기도 되고,
각다귀도 되도, 뱀도 되고, 지네도 되고,
일만 독한 짐승이 모두 되고.
이제 남선비가 와 서서
멍하니 보다가 부끄러우니까
후딱 나가려고 하다가
마루 대문의 못에 눈이 걸려 우두커니 서고,

"성님네랑 먼 문에 상 십서."
흐연, 지만 구둘에 들어간
"어머님아, 성님네 ㅇ숫성제 간 내연 오랐수다.
요거 먹읍서"
흐난, 노일저댄 자리에 누워두서,
"느가 흐펜데레 고쪄 사라.
애기 간을 느 앞이서 어떵 먹으니."
"예, 흐건 나 고쪄 사불건 먹읍서."
말줏놈은 뱃곁으로 나완
창고망을 송까락에 꿈 불란
슬째기 터주완 브래여보난
간 내여 온 건 입바위에 부비멍 피만 불라두언
문딱 자리알레레 묻어부는구나.
말줏놈은 쏘곱으로 생각흐길,
"거, 먹어시민 씨원이나 흐주.
아이구, 나들놈의 몽근년!"
흐멍, 문 울안 들어간,
"어떵흐우꽈?"
흐난,
"흐나만 더 먹어시민 조키여."
"옙서,
나 어머님 머리에 니나 잡아두엉
아바지ᄀ라 날 잡앙 간 냅셍 흐저."
"애야, 중뱅 든 디 니 아니잡나."
"옙서
게건 자리나 치우져."
"중뱅 든 디 자리도 안치운다."
그젠 말줏놈이 노일저델 확 안안
백장웃테레 드리댓견 보난
자리 아랜 간이 쌀안 누어지어부난
피가 빠지고 붉은 점 흰 점 믄 백연, 시연,

"요년 몽근년, 요거 간 먹은 것가?"
흐여가난,
노일저댄 엇저레 통지 드딜팡에 간
쉰대자 수패건지에 목ᄃ라지연 죽어가난,
말줏놈은,
"성님네 ㅇ숫성제 다 나삽서."
흐연, 목ᄃ라진 노일저대 들러다놓완,
얘개긴 그찬 아구리 체연
돗도고리 맹글아불고,
양허벅다린 그찬
드딜팡 맹글아불고,
머리털은 뽑안 널져부난
저 바당의 패가 되고,
입은 그찬 널녀부난 손치가 되고,
발콥광은 송콥은 그찬 널져부난
쐬굽벗, 돌굽벗이 되고,
뱃동은 그찬 널려부난 굴맹이라 되고,
하문은 그찬 널려부난
대줌복 소줌복이 되고,
똑고망은 그찬 널려부난
물미줄이라 되고,
그치단 남은 건 술안
허풍브름에 불려부난
독흔 년 몸 슨 거난
니도 되고, 배록도 되고, 모기도 되고,
ᄀ다귀도 되고, 배염도 되고, 주냉이고 되고,
일만 독흔 중싱이 믄 되고.
이젠, 남선빈 오란 산
비룽이 브래단 부치러우난
줄락 나가젠 흐단
대문공쟁이[2]에 눈 걸언 우두갱이 스고,

---

2 마룻대문의 못.

또 큰 아들은 부끄러워서
대문으로 주르르 하게 간 정주목이 되고,
막내 아들은 아버지 눈이랑 떼놓으면서
하는 말이,
"아버님은 문전 남선비로 들어서십시오.
이제 큰형님은 정낭이 되었어도
영혼은 우리와 같이
옥황 일곱 칠성으로 올라가서
계성군, 목성군, 강성군, 수성군,
바국성, 이십달, 견우성별
일곱성군으로 들어서서,
이제 북두칠성에 제 올리면
얻어먹으며 살겠습니다."
하면서 옥황으로 오르려고 하니까,
문에 까마귀가 와서
까옥깍깍 까옥깍깍 울어대니,
막내 아들이
"형님, 저 까마귀가 뭐라고 말합니까?"
"뭐, 깍깍 하고 있지. 무엇 때문에 그러느냐?"
"어머니 죽은 곳에 가보라고 하고 있습니다."
그제야 까마귀가 말해주어
어머니 빠져 죽은 곳을 알게 되니,
궁녀청들, 신녀청들 거느리고
모두 함지박, 쪽박들을 들고
모든 배를 잡아서
한 천여 명이 몰려가 보니,
물이 가득하였구나.

함지박 쪽박 들어서 그 물을 막 퍼내어 보니
제 어머니 뼈가 앙상해져 있으니
때죽나무 회초리를 하여,
"어머님에게 매를 놓는 것은
죄가 깊어집니다마는."
하면서 두 일곱, 열네 번을 때리니까
"아이구! 내 아기. 너무 잤구나."
하며 일어나는데.
어머니 등허리에 흙은 깨끗이 털어서
시루 만들어,
일곱 구멍 뚫어서,
"늘 물에 살아서 추웠을 테니
조왕할머니로 앉으십시오.
시루떡 칠 때는
시루할머니로 들어앉아서
불이나 쪼이십시오."
가슴에 흙을 털어다가
고리동반 방울떡 만들어
굿하는 곳마다 놀리면서,
"우리 애닯은 가슴이나 열리십시오."
그렇게 하니까 그 법으로
노일국 노일제대는 동티의 신,
토조나라 토조부인은 조왕할머니,
남명복당 남선비는 문전할아버지,
큰 아들은 저 문 위의 정주목신,
나머지 여섯 형제는 큰형 혼정을 빼앗아
하늘에 올라가서 북두칠성으로 들어섰다.

---

3 집의 올레에 세워 '정낭'을 걸쳐두는 '정주목'으로 집지킴이를 상징함.

또, 큰아들은 부치러우난
올레레 주르르 ᄒ게 간 정주먹[3]이 되고,
말줏아들은 아방 눈이랑 테여놓멍
ᄒ는 말이,
"아바님이랑 문전 남선비로 들어삽서.
이제 큰성님이랑 정살낭그[4]로 되어서도
혼이랑 우리광 굳이
옥황 일곱칠성으로 올라상
계성군, 목성군, 강성군, 수성군,
바국성, 이십달, 견우성벨
일곱성군으로 들어상,
이제 북두칠성에 제ᄒ민
얻어먹엉 살쿠덴."
ᄒ멍, 옥황으로 올르젠 ᄒ난,
올레레 가마귀가 오란
가웅각각 가웅각각 울어가난,
말줏아들이
"성님, 저 가마귀 뭣이엔 ᄀ람쑤가?"
"뭐, 각각 ᄒ염주. 뭣이엔 ᄀ람샤?"
"어멍 죽은 디 강 보렌 ᄒ염쑤게."
그젠, 가마귀가 굴아주언
어멍 빠젼 죽은 딜 알아지난
궁예청들 신예청들 거느리고
문 함박 족박들을 들런
전배독선ᄒ연,
혼 천여명이 울러간 보난
물이 금금ᄒ였구나.

함박 족박 들르멍 그 물 막 푸언 보난
저멍 꽝이 슬그랑 ᄒ여시난
족낭회추리 ᄒ연,
"어머님, 우티 매 부침은
제저퍼지우다마는."
ᄒ멍, 두일곱 열늬번을 패난,
"아이구! 나 아기. 너미 자졌져."
ᄒ연, 일어나난.
어멍 등태엣 흑은 쿡클 돌란
시리 맨드란,
일곱 고망 똘란,
"니리 물에서 살안 얼어시메서란
조왕할망으로 앚입서.
시리떡 칠 때랑
시리할망으로 들어앚앙
불이나 춥서."
가심엣 흑을 돌라당
고리동반 방울떡 맨드란
굿ᄒ는 디마다 놀리멍,
"우리 애산 가심이나 울립서."
경ᄒ난, 그 법으로
노일국 노일저댄 동토지신.
토조나라 토조부인은 조왕할망,
남명복당 남선빈 문전할으방,
큰아들은 저 올레에 주먹대신,
남은 ᄋᆢᄉ 성젠 큰성 혼정을 빼앗안
하늘에 올라간 북두칠성으로 들어샀수다.

---

4 정주목에 끼우는 나무막대기.

2. 집안을 지키는 신 〈문전본풀이2〉

옛날 옛적 남선고을 남선비와
여산고을 여산부인이 살았을 때,
집안은 가난하고
아들은 일곱 형제가 태어난다.
하루는 여산부인이 말하기를
"우리가 이렇게 해서는
자식들도 많아서 살 수가 없으니
곡물 장사나 해 보기 어떻습니까?"
"좋소, 그렇게 합시다."
남선비는 배를 따로 잡아놓고
처와 어린 자식과 헤어져서
남산고을을 떠나 바람 부는 대로
물결 일어나는 대로 가다가
오동나라 오동고을에 들어간다.
오동나라 오동고을 노일제대귀일의 딸이
남선고을 남선비가 배를 따로 잡아서
곡물장사 왔다는 소식을 듣고,
하루는 오동나라 선창가에 가 보니
남선비가 배 한척을 타고 와 있는 것을 보고
없는 아양을 사뭇 내면서
"남선비야, 남선비야. 어서
우리 심심한데 바둑 장기나 두면서
놀음놀이나 해 봅시다."
"좋소, 그렇게 해 봅시다."
남선비가 바둑 장기를 벌여놓고
이리 두고 저리 두고 놀다보니

빌려온 배는 다 팔아먹고
노일제대귀일의 딸과
나무돌쩌귀 거적문, 수수깡 외기둥,
아주 작은 초막에 앉아
겨죽 단지를 옆에 차고
"이 개야, 저 개야 저리 가라."
쫓으며 꾸벅꾸벅 졸고 있다.
그 때에 여산부인은
삼년을 기다려도
남선비의 소식이 없으니,
아들 일곱 형제를 불러 말하기를
"너희 아버지가 곡물 장사를 갔는데,
여태 지금까지 안 오는 걸 보니
무슨 일이 있는 것이 분명하다.
매우 깊은 산에 올라가 곧은 나무를 베어다
배 한척을 지어주면
너희 아버지를 찾아오마."
일곱 형제가 어머니 말하는 대로
깊은 산에 올라가 곧은 나무를 베어서
배 한척을 지어 놓으니
여산부인도 일곱 형제와 이별하고
남선고을을 떠나 바람 부는 대로,
물결 이는 대로 가다보니
오동나라 오동고을에 배가 도착했다.
오동나라 오동고을에 들어가니
기장 밭에 새를 쫓는 아이들이

옛날옛적 남선고을 남선비와
여산고을 여산부인이 살아실 때,
집안은 간곤(艱困)ㅎ고
아들은 나는 게 일곱성제(七兄弟) 솟아나옵데다.
ㅎ를날은 여산부인이 말을 ㅎ뒈,
"우리가 영 허영은
ㅈ식(子息)덜토 하지고 살 수가 엇이니
무곡장ᄉ(貿穀商)나 허여보기 어쩝네까?"
"어서 걸랑 그리ㅎ라."
남선비는 전베독선(全船獨船) 잡아놓고,
처가속(妻家屬) 어린 ㅈ식 이별(離別)허여
남선고을을 떠나 ᄇ람(風) 부는 냥,
절 이는 냥 가는 게
오동나라 오동고을 들어가옵데다.
오동나라 오동고을 노일제대귀일의 뚤이
남선고을 남선비가 전베독선 잡아아전
무국장ᄉ(貿穀商) 오랐젠 소식 듣고,
ㅎ를날은 오동나라 성창(船艙)ᄀ(邊)일 가고보니
남선비가 전베독선 타고 와시난
엇인 언강 ᄉ뭇 내멍,
"남선비야, 남선비야, 옵소.
우리 심심소일(一消日)로 바둑 장기(將棋)나 뛰멍
노념놀이나 하여보게."
"어서 걸랑 그럽소서."
남선비가 바둑 장길 버려놓고
영 뛰곡 저영 뛰곡 놀단보난

전배독선은 다 풀아먹고
노일제데귀일의 뚤광
남돌쩌귀 거적문 대축낭 웨지동(單柱)
비조리초막에 앚아
체죽(糠粥) 단지 읖에 차고
"이 개 저 개 주어 저개."
ᄃ리멍 숙숙 졸암십데다.
그 때예 여산부인은
연삼년(連三年)을 지드려도
남선비님이 종무소식 허여지난
아들 일곱성젤 불러 말을 ㅎ뒈,
"느네 아바지가 무국장ᄉ 갔는디,
여테 지금 아니오는 걸 보난
피라곡절(必有曲折) 이상ㅎ다.
굴미굴산[5] 올라강 곧은 낭(木)을 비여당
전베독선(全船獨船) 무어주민
느네 아바지나 촛아오마."
일곱성제가 어머님 곧는 대로
굴미굴산 올라간 곧은 낭(木) 비여단
전베독선 무어 노난
여산부인도 일곱성젤 이별ㅎ고
남선고을 하직(下直)허여 ᄇ름(風) 부는 냥,
절(波) 이는 냥 가는 것이
오동나라 오동고을 베를 부칩데다.
오동나라 오동고을 들어가난
지장밧(黍田)디 새 ᄃ리는 아이덜이,

5 매우 깊은 산.

"이 새, 저 새 너무 약은 체 말아라.
남선비 약은 깐에도 노일제대귀일 딸의
꾐에 들어서 배 한 척을 다 팔아먹고
아주 작은 초막에 앉아 겨죽 단지 옆에 놓고
이 개, 저 개, 저리 가, 개 하면서.
이 새, 저 새, 저리 가라. 새!"
여산부인이 그 말을 듣고
기장 밭에 새 쫓는 아이한테 말하기를
"지금 너희들이 한 말이 무슨 말이냐?
지금 한 말을 알려주면
영초댕기를 달아주마."
"아무 말도 안 했습니다."
"그러지 말고 한 번 말해 다오."
"방금 이 새, 저 새, 너무 약은 체 말아라.
남선비 약은 깐에도 노일의 딸 홀림에 빠져
배 한 채 다 팔아먹고
겨죽단지 옆에 차고 앉아
이 개, 저 개, 저리가라 하면서라고
말했습니다."
"여기 얘들아, 남선비 어디 사니?
남선비 사는 데를 가르쳐 다오."
"여기 고개 넘어 가세요.
저 고개 넘어 가세요.
이 고개 넘고 저 고개 넘어 가다 보면
거적문에 나무돌쩌귀 단
아주 작은 초막에 살아요."
여산부인은 기장 밭의 새 쫓는 아이한테
영초댕기 달아주고,
이 고개 넘어 저 넘어 가다보니
남선비 사는 집 근처에 닿았다.
여산부인이 들어가며 말하기를
"길 넘어가는 사람이오.

날이 다 저물었는데
손님이나 맞아줄 수 있습니까?"
남선비 말을 하기를
"아이고, 여기 부인님아,
우리 집은 집안도 좁고
손님 맞을 데가 없습니다."
"그게 무슨 말입니까?
사람이 밖으로 나다니면 집을 지고 다닙니까?
부엌이라도 빌려주시오."
남선비가 허락하여,
여산부인이 부엌에 들어가 솥을 열어 보니,
겨죽이 바짝 눌러 붙어있어
한 번 두 번 세 번을 닦아놓고,
나주영산 은옥미 쌀을 꺼내
저녁밥을 지어내어 남선비 앞에 가져가니
남선비가 첫술을 들면서
눈물을 주르륵 흘린다.
"여기 부인님아, 이게 어떤 일이랍니까?
나도 옛날에는 이런 밥을 먹었습니다.
나도 본래는 남선고을 남선비입니다.
곡물 장사를 하러 왔다가
노일제대귀일의 딸에게 홀려
배 한 척을 다 팔아 먹고
죽지도 살지도 못하는 이 지경이 되었습니다."
여산부인이 말을 하기를
"여기 남선비님아, 나를 모르겠소?
내가 여산부인입니다."
남선비가 여산부인 손목을 부여잡고
밀린 이야기를 다정하게 나누고 있었는데,
노일제대귀일의 딸이 어디 가서
남의 품팔이를 팔아 치맛자락에

"이 새 저 새 너미 옥은 체 말라.
남선비 옥은 깐에도 노일제대귀일의 뚤
호탕(豪宕)에 들언 전베독선 다 풀아먹고
비조리초막에 앚안 체죽(糠粥) 단지 옆의 놓고
이 개 저 개 주어 저 개 드렴저.
이 새 저 새 주어 저 새!"
여산부인이 그 말을 듣고
지장밧디 새 드리는 아이신디 말을 ᄒᆞ뒈,
"ᄀᆞᆺ사 느네덜 ᄀᆞᆯ은 말이 무슨 말고?
ᄀᆞᆺ사 ᄀᆞᆯ은 말 일러주민
영추(英綃)댕기나 허여주마."
"아무 말도 아니 ᄀᆞᆯ았수다."
"기영 말앙 ᄒᆞ쓸 ᄀᆞᆯ아 도라."
"ᄀᆞᆺ산 이 새 저 새 너미 옥은 체 말라.
남선비 옥은 깐에도 노일의 뚤 훌림에 들언
전베독선 다 풀아 먹고
체죽 단지 옆의 차 앚안
이 개 저 개 주어 저 개 다렴서라
일렀수다."
"설운 아기야, 남선비 어디 살암시니?
남선비 신 딜 ᄀᆞ리쳐 도라."
"요 제(嶺)넘엉 갑서.
저 제 넘엉 갑서.
요 제 넘고 저 제 넘엉 가당 보민
거적문에 남돌처귀 든
비초리초막에 살암수다."
여산부인은 지장밧디 새 드리는 아이신디
영추댕기 들아줘 두고,
요 제 넘어 저 제 넘어 가단보난
남선비 사는 집의 근당(近當) ᄒᆞ옵데다.
여산부인 들어가멍 말을 ᄒᆞ뒈,
"질 넘어가는 사름

날이 믄 정그라져
소님(客)이나 멎혀주기 어쩝네까?"
남선비 말을 ᄒᆞ뒈,
"아이고, 설운 부인님아.
우리 집원 집안도 좁고
소님 멎일디 없읍네다."
"그게 무슨 말입네까?
사름이 난 디 나민 집을 정 뎅깁네까?
정짓간이라도 빌려줍서."
남선비가 허락ᄒᆞ난,
여산부인이 정짓간을 들어가고 솟을 올안 보니,
체죽은 ᄇᆞ짝 눌어시난 솟을
초편(初番) 이편 제삼편(第三番)을 다까놓고
나주영산(羅州靈山) 은엉미쏠(銀玉米)을 놔네
저냑밥(夕飯)을 지어아전 남선비아필 가져가난
남선비가 쳇술을 들르멍
눈물을 다르륵기 흘립데다.
"설운 부인님아, 이게 어떤 일이 뒈옵네까?
나도 엿날에는 이런 밥 먹어났수다.
나도 본레(本來)는 남선고을 남선비가 뒈옵네다.
무국(貿穀) 장쏠 오랐단
노일제데귀일의 뚤 훌림에 들언
전베독선(全船獨船) 다 풀아 먹고
죽도 살도 못허연 이 지경이 뒈였수다."
여산부인이 말을 ᄒᆞ뒈,
"설운 남선비님아, 날 몰르쿠가?
내 여산부인이 뒈옵네다."
남선비가 여산부인 홀목을 비여잡고
만단정화(萬端情話)를 일럼더니
노일제데귀일의 뚤 어디 간
놈의 품팔이 폴안 치멧각에

겨 한 바가지를 싸서 골목길로 들어서면서
"이 놈, 저 놈, 죽일 놈아.
난 어디 가서 죽듯 살 듯
겨 한 바가지라도 빌어 와 죽을 쑤어
배 불리 먹여 놓으면
길 넘어가는 년들 맞아서
다정한 이야기를 나누고 있구나."
욕을 하면서 들어오니,
남선비가 말을 하기를,
"여기 부인님아.
그리 욕을 하지 말고 어서 들어와 보시오.
어서 들어오면 모든 말을 저절로 알게 되오."
노일제대귀일의 딸이 방으로 들어가니
남선비가 말을 하기를
"여산 고을 큰 부인이 나를 찾아왔구나."
그 말을 들은 노일제대귀일의 딸은
"아이고, 우리 형님이
오뉴월 한 더위에 우릴 찾아오느라
얼마나 고생을 하셨습니까?
어서 우리 시원한 목욕이나 하고,
같이 저녁밥이나 지어 먹고 놀면 어떻습니까?"
참말로 안 여산부인은
"그래. 그렇다면 그리 하자."
주천강 연못에 목욕을 같이 가는데
노일제대귀일의 딸이
"우리 형님아. 옷을 벗으시오.
등에 물이나 부어 드리지요."
여산부인은 웃웃을 벗어 굽으니
물 한 줌 주면서 미는 척 하다가
앞으로 바락 떠밀어버리니,
여산부인 감태같은 머리 산발로 흩어놓고

주천강 연못에 수중영장(水中永葬)되었다.
노일제대귀일의 딸이
여산부인 입은 옷을 벗겨 입고
남선비에게 가서
"우리 낭군님아,
노일제대귀일의 딸 행실이 괘씸하여서
주천강 연못에 가서 죽여 버리고 왔습니다."
남선비가
"하하, 그 년 잘 죽었다. 내 원수를 갚았구나.
갑시다. 우리 고향으로 돌아가게."
배 한 척 잡아서
오동나라를 떠나
남선고을 수평선에 가까워오니,
남선비 아들 일곱 형제가
아버님 어머님 온다고 선창으로 마중 나와,
부모님 오시는데 무엇으로 다리를 놓으리.
큰 아들은 망건 벗어 다릴 놓고,
둘째 아들은 두루마기 벗어 다릴 놓고,
셋째 아들은 적삼 벗어 다릴 놓고,
넷째 아들은 중의 벗어 다릴 놓고,
다섯째 아들은 행경 벗어 다릴 놓고,
여섯째 아들은 버선 벗어 다릴 놓고,
똑똑하고 현명한 녹두생이는
칼선다리를 놓았다.
형님들이 말을 하기를
"어떤 일로 부모님 오시는데
칼선다리를 놓느냐?"
"형님. 아버님은 우리 아버님이지마는
어머님은 우리 어머님 아닙니다."
"어떡하면 알아낼 수 있지?"
"어머님이 우리 어머님이 아닌지 맞는지

체(糠) 흔 솔빡6 싸 앚어네 먼 올레로 들어사멍,
"이 놈 저 놈 죽일 놈아.
난 어디 강 죽둣 살 둣
체 흔 솔박이라도 빌어당 죽을 쑤엉
베 불리 멕여 노민
질 넘어가는 년덜 멎혀놓고
만단정화(萬端情話)만 일럼구나."
후욕(詬辱)ᄒ멍 들어오난,
남선비가 말을 ᄒ뒈,
"설운 부인님아,
기영 후욕(詬辱) 말앙 어서 들어왕 보라.
어서 들어오민 모든 말을 저질리 일르리라."
노일제데귀일의 ᄄᆞᆯ이 방으로 들어가니
남선비 말을 ᄒ뒈,
"여산고을 큰부인이 나를 찾아왔구나."
그 말을 들은 노일제데귀일의 ᄄᆞᆯ,
"아이고, 설운 성님이,
오뉴월(五六月) 한 더위예 우릴 춫아오저
흔 게 언매나 고셍을 ᄒᆞᆸ데가?
옵서 우리 시원이 몸ᄋ욕(一沐浴)이나 허영오랑
저녁밥(夕飯)이나 지어 먹어 놀기 어쩝네까?"
춤말로 안 여산부인은,
"어서 걸랑 그리 ᄒ자."
주천강(酒泉江) 연못(蓮池)디 몸모욕 ᄀ찌 가난
노일제데귀일의 ᄄᆞᆯ이,
"설운 성님아, 옷을 벗읍서.
등에 물이나 좌 드리저."
여산부인은 웃옷을 벗언 굽으나네
물 흔 좀 줴여놔 미는 첵 ᄒ단
앞데레 자락 경밀어부니,
여산부인 갑대(甲苔) ᄀᄄᆞᆫ 머리 만제줌 허터놓고

주천강 연못디 수중영장(水中靈葬) 뒈옵네다.
노일제데귀일의 ᄄᆞᆯ,
여산부인 입은 입성(衣服) 벳겨 입고
남선비 앞의 들어가서,
"설운 낭군(郎君)님아,
노일제데귀일의 ᄄᆞᆯ 헹실(行實)이 괘씸ᄒᆞᆫ테
주청강 연못디 간 죽여두고 오랐수다."
남선비가,
"하하, 그 년 잘 죽였저. 나 원수 가팠구나.
글라, 우리 고향으로 돌아가게."
전베독선(全船獨船) 잡아아전
오동나라를 하직(下直)헤야
남선고을 물ᄆᆞ를(水平線)을 근당ᄒᆞ니,
남선비 아들 일곱성제(七兄弟)가
아바님 어머님 온댄 성창ᄀ(船艙邊)의 마중 나와,
부모님 오시는데 무스걸로 ᄃᆞ릴 노리.
큰아들(長男) 망근(網巾) 벗어 ᄃᆞ릴 놓고,
셋아들(次男) 두루막 벗어 ᄃᆞ릴 놓고,
쉿챗 아들(三男) 적삼 벗어 ᄃᆞ릴 놓고,
늿채 아들(四男) 중의 벗어 ᄃᆞ릴 놓고,
다섯챗 아들(五男) 헹경(行纏) 벗어 ᄃᆞ릴 놓고,
ᄋᆞᆺᄎᆞᆺ 아들(六男) 보선 벗어 ᄃᆞ릴 놓고,
똑똑ᄒᆞ고 역력(歷歷)ᄒᆞᆫ 녹디셍인
칼ᄊᆞᆫᄃᆞ릴 노옵데다.
설운 성님덜이 말을 ᄒ뒈,
"어떤 일로 부모님 오시는디
칼ᄊᆞᆫᄃᆞ릴 놊시니?"
"설운 성님아, 아바님은 우리 아바님이로고나마는
어머님은 우리 어머님 아니 답수다."
"어떵허연 알아질티?"
"어머닙이 우리 어머님이 아니 중 기 중

6 한 되 들이만큼 되도록 나무를 파서 만든 둥근 그릇.

알 수 있는 건,
배 아래로 내려 집을 찾아가는 거 보면
알 도리 있을 겁니다."
아니나 다를까.
부모님이 선창가에 내려 부모 자식 간에
고생한 많은 이야기를 나누고,
"어서 아버님 어머님, 집으로 가십시오."
집을 찾아가는 것이
노일제대일의 딸 이리 배꼼 저리 배꼼,
이 골목으로도 들어가고
저 골목으로도 들어가고 하니,
일곱 형제는
"우리 어머님이 아니로구나."
당연히 알고,
집으로 들어가 밥상을 차려 놓는 걸 보니,
아버님 앞에 가던 상은 자식한테 가고,
자식이 받던 상은 아버님 앞에 가고는 하는데,
더군다나 일곱 형제는
"우리 어머님이 아니로구나."
했다.
그날부터 일곱 형제는
"우리 어머님은 어느 고을에 가셨는가."
어머님 그리워 눈물로 세월을 보낼 때,
하루는 일곱 형제가 삼거리에 나가
어머님 생각하면서 비새같이 우는데,
노일제대귀일의 딸,
갑자기 배 아픈 병을 일으켜서
구들 네 구석을 팽팽 돌면서,
"아야 배야, 아야 배야."
죽을 사경 되어간다.
남선고을 남선비 겁을 집어 먹고,
"어찌하면 좋으랴."
노일제대귀일의 딸 말을 하되,

"이 남자야, 날 살리려거든
이리 요리 가다 보면
큰길 노상에 멱서리를 쓰고 앉아서
점을 치고 있을 거니
점이나 보아 주시오."
남선비가 문 밖으로 나가니
노일제대귀일의 딸은
뒷담 넘어 작은 길로 지름길을 잡아
큰길에 달려가 멱서리를 쓰고 앉았더니,
남선비가 와 말을 하되,
"점이나 봐주십시오."
"어떤 점이 필요합니까?"
"우리 부인이 갑자기 병이 생겨
사경을 헤매니,
어느 신령의 죄명인지 점을 봐 주시오."
손가락을 오그렸다 폈다 하네.
"남선비님, 아들 일곱 형제 있소이까?"
"예, 있습니다."
"일곱 형제 간을 내여 먹으면 병에 좋으리다."
남선비가 그 말 듣고 집으로 돌아와 보니,
노일제대귀일의 딸은 지름길로 잡아서
먼저 돌아왔네.
"아야, 배야, 아야 배야."
더 사경을 당하고 있구나.
남선비가 방안으로 들어가니,
"점을 치니 뭐라고 했습니까?"
"일곱 형제 간 내여 먹으면
병에 좋다고 했네."
"아이고, 남자야. 이게 무슨 말입니까?
이리이리 가다 보시오.
이번은 종이 바른 바구니를 둘러쓰고 앉아
점치는 사람이 있을 겁니다.
거기 가서 점을 쳐 보시오.

알커건
베 알에 느령 집을 촛아가는 거 보민
알 도레(道理) 실 거우다.”
아닐세,
부모님이 성창ㄱ의 느련 부모 ᄌ식간에
고셍(苦生)ᄒ 만단정화(萬端情話) 일르고,
“어서 아바님 어머님아, 집으로 걸읍소서.”
집을 촛아가는 것이
노일제데귀일의 ᄄ 이레 주왁 저레 주왁,
이 골목데레도 들어사고
저 골목데레도 들어사젠 ᄒ난
일곱성젠
“우리 어머님이 아니로고나.”
적실(適實)이 알고,
집의 들어간 밥상을 출려 놓는 걸 보난,
아바님아피 가단 상(床)은 ᄌ식(子息)신디 가곡,
ᄌ식이 받단 상은 아바님아피 가곡 허여 가난,
더군다나 일곱성제
“우리 어머님이 아니로고나.”
하옵데다.
그날부떠 일곱성젠
“우리 어머님은 어느 고을 가아신고.”
어머님 그려 눈물로 세월(歲月)을 보낼 때,
ᄒ를날은 일곱성제(七兄弟)가 삼도전거리예 나간
어머님 생각ᄒ멍 비새ㄱ찌 우는디,
노일제데귀일의 ᄄ,
삽시(霎時)예 베(腹) 아픈 신벵(身病)을 일루와
구들 늬 구석을 펭펭 돌멍,
“아야 베여, 아야 베여.”
죽을 ᄉ경(死境) 뒈여간다.
남선고을 남선비 혼겁을 집어먹고,
“어찌ᄒ민 조리야.”
노일제대귀일의 ᄄ 말을 ᄒ뒈,

“설운 남인(男人)님아, 날 살리키건
욜로 요레 가당 보민
대로 노상(大路路上)에 멕을 써 앚앙
문복(問卜)을 허염실 거메
문복이나 지어나 줍서.”
남선비가 먼문 뱃기 나아가난
노일제데귀일의 ᄄ은
뒷담 넘어 소로(小路)로 ᄀ른질 잡아아전
대로노상(大路路上) 들려가고 멕을 썬 앚았더니,
남선비가 간 말을 ᄒ뒈,
“문복(問卜)이나 지어줍서.”
“어떤 문복이 뒈옵네까?”
“우리 부인님이 삽시예 신벵(身病) 일루완
ᄉ경(死境)에 당헤시니,
어느 도에 줴망(罪網)이멍 문복을 허여줍서.”
손까락을 오그력 펴와 ᄒ다네,
“남선비님아, 아들 일곱성제 있소리까?”
“예, 있읍네다.”
“일곱성제 애를 내여 먹어사 신벵 조으라다.”
남선비가 그 말 들언 집으로 돌아완 보난,
노일제데귀일의 ᄄ은 ᄀ른질 잡아아전
앞의 돌려와네,
“아야 베여, 아야 베여.”
더군다나 ᄉ경(死境)에 당허였구나.
남선비가 방안의 들어가니,
“문복(問卜)ᄒ난 무스거옌 ᄒ옵데가?”
“일곱성제 앨 내여 먹어사
신벵 좋기옌 허여라.”
“아이고, 남인(男人)님아, 이게 무스 말입네까?
욜로 요레 가당 봅서.
이번은 ᄇ른바구리 둘러써 앚앙
문복(問卜)ᄒ는 사람이실 거우다.
그디 강 문복을 지어봅서.

아야, 배야. 아야, 배야."
남선비가 먼저 길로 나가니
노일제대귀일의 딸은 지름길을 잡아서
앞에 가서 종이 바른 바구니 둘러쓰고 앉았으니
남선비가 달려와,
"점이나 봐 주시오."
"어떤 점입니까?"
"우리 부인이 갑자기 병에 들어서
죽을 사경을 당하고 있습니다."
손가락을 오므렸다 폈다 하더니,
"아들 일곱 형제 간 내어 먹이면
병이 나을 것이오."
남선비가 집으로 돌아올 때,
귀일의 딸은 지름길로 앞에 와서
더군다나,
"아야 배야, 아야 배야.
여기 내게 뭐라고 했습니까?"
"일곱 형제 간 내어 먹으면 낫는다고는 했소."
"이 낭군님아.
그러면 일곱 형제 간 내어 주면,
내가 살아나 한 매에 셋 씩
세 번만 나면 형제가 더 붙어
아홉 형제가 될 거 아닙니까?"
남선비가 은장도를 실금실금 갈더니,
뒷집의 청태산 마구할멈이
불 빌리러 왔다가,
"남선비야, 무슨 일로 칼을 가느냐?"
"우리 집의 부인님이 갑자기 병에 들어
죽을 사경 당하여서
한두 번 밖에 가 점을 보니
일곱 형제 간 내어 먹으면
낫는다 하여 내가 칼을 갈고 있습니다."
그 말을 들은 청태산 할멈은 겁이 나서

먼저 길로 나서네.
네거리를 바라보니
남선비 아들 일곱 형제가 있으니,
"여기 아기들아.
너희 집에 가보니 너희 아버지는
너희 일곱 형제 간 내려고 칼을 갈더라."
이르니, 일곱 형제가
더불어 대성통곡 울다가,
똑똑한 녹두생이가 말을 하기를
"여기 형님들아, 그리 울지 마라.
여기 서있으면 아버님 가는 칼을
어떡하든지 내가 빼앗아 오겠습니다."
형님들 네거리 세워 두고 녹두생이는 들어가,
아버님에게 이르기를
"아버님아, 아버님아. 어떤 일로 칼을 갑니까?"
"그런 것이 아니라,
너희 어머님이 병들어 사경에 이르니,
어디 가서 점을 보니
너희 일곱 형제 간 내여 먹으면 좋다고 해서
간 꺼낼 칼을 갈고 있다."
"아버님아. 그건 좋은 일입니다.
아버님. 아버님 손으로
우리 일곱 형제 간 내면 우리 육신을
흙 한 삼태기씩 끼얹으려고 해도
일곱 삼태기가 아닙니까?
그 칼을 날 주면 여기 형님네
깊은 골짜기 깊은 골 돌아가
여섯 형님네 간 내여 와
어머님 먹여 봐서 사력이 있거든
나 하나는 아버님 손으로 간을 내십시오."
"그래. 그럼 그리 하자."
칼을 내어주니
서룬 형님을 데리고 깊은 산 올라가는데

아야 베여, 아야 베여."
남선비가 먼 올레를 나가난
노일제데귀일의 딸 소롯질(小路一) 잡아아전
앞의 간 브른바구리 둘러썬 앚아시난
남선비가 들려가고,
"문복이나 지어줍서."
"어떤 문복 뒈옵네까?"
"우리 부인님이 삽시예 신벵(身病) 일루완
죽을 수경(死境) 당허연 오랐수다."
손가락을 오그력 폐왁 ᄒ단,
"아들 일곱성제 애 내여 먹어사
신벵 조으리다."
남선비가 집으로 돌아올 때,
귀일의 딸은 소롯질(小路一)로 앞의 오란
더군다나,
"아야 베여, 아야 베여,
설운 날 무스거옌 ᄒ옵데가?"
"일곱성제 애 내여 먹어사 좋기옌 허여라."
"설운 낭군(郎君)님아,
경ᄒ건 일곱성제(七兄弟) 애 내여주민,
나가 살아낭 흔 베(一腹)예 싓(三)썩
싀번만 나민 성제(兄弟)가 더 부떵
아옵성제(九兄弟)가 뒐 게 아니우꽈?"
남선비가 은장두(銀粧刀)를 실금실금 글암더니,
뒤칩(後家)의 청태산마구할망
불 밤으레 오랐다네,
"남선비야, 어떤 일로 칼을 글암시니?"
"우리 집읫 부인님이 삽시예 신벵 일롼
죽을 수경 당허여네
흔두밧디 간 문복(問卜)을 ᄒ난
일곱성제 애 내여 먹어사
좋기옌 허연 내젠 칼 글암수다."
그 말 들은 청태산할망은 혼겁이 난

먼 올레예 나사네,
수도전거릴 브레여보난
남선비 아들 일곱성제가 시난,
"설운 아기덜아,
느네 집의 간 보난 느네 아바진
느네 일곱성제 애 내젠 칼을 글암서라."
일르니, 일곱성제가
더군다나 대상통곡(大聲痛哭) 울다가,
똑똑한 녹디셍인이 말을 ᄒ뒈,
"설운 성님덜아, 기영 울지 말앙.
이디 사아시민 아바님 ᄀ는 칼을
어떵 허여실값에 저가 빼여 오리웨다."
성님네 수도전거리 세와 두고 녹디셍인 들어가,
아바님전 일르뒈,
"아바님아, 아바님아, 어떤 일로 칼을 굽네까?"
"그런 것이 아니라,
느네 어머님이 신벵 들어 수경(死境)에 이르니,
어디 간 문복을 ᄒ난
느네 일곱성제 애 내여 먹어사 좋기옌 허연
애 내젠 칼을 ᄀ노라."
"아버님아, 그건 좋은 일이우다.
아버님아, 아버님 손으로
우리 일곱성제 애 내민 우리 몸천(肉身)을
흑(土) 흔 골체썩 지치젱 허여도
일곱 골체가 아니우까?
그 칼을 날 주민 설운 성님네
굴미굴산 깊은 곳(藪) 돌앙 강
ᄋᆞᆺ 성님네 애 내영 오라
어머님 멕여방그네 수력(效力) 싯건
나 ᄒ나랑 아바님 손으로 애 내옵소서."
"어서 걸랑 그리 ᄒ라."
칼을 내여주니
설운 성님네 돌아아전 짚은 굴산 올라가단

배도 고프고
양지바른 곳에 앉아서 졸다 보니,
아득한 곳으로 가던 어머님이
현몽을 드리는데
"불쌍한 아들들아.
어서 바삐 눈을 뜨고 주변을 보아라.
산중에서 노루 한 마리가 내려오고 있으니
그 노루를 잡아서
죽일 듯이 휘두르고 있으면
좋은 방법이 생길 것이다."
일곱 형제 눈을 떠 주변을 살펴보니,
아니나 다를까. 노루 한 마리가 내려오고 있으니,
그 노루를 잡아서 죽일 듯이 둘러서니,
"여기 도령들아.
날 죽이지 말고 내 뒤에 보면
멧돼지 일곱이 내려오니
어미는 씨 전종(傳種)으로 놔주고
새끼 여섯 마리의 간을 내어 가십시오.
"거짓말 아니냐?"
노루 꼬리를 끊고 백지 한 조각을 내어와
노루 꽁무니에 붙였더니,
그때 나온 법으로
노루 몸뚱이가 아롱다롱하는 법이고,
노루 꼬리가 짧은 법이다.
아니나 다를까.
멧돼지 일곱이 내려오니
어미는 씨 전종 놔두고
새끼 여섯 마리의 간을 내어
오장삼에 뚤뚤 싸서 네거리에 도착하고,
"여기 형님네는 동서남북 중앙으로
떨어져 있으십시오.

내가 큰 소리를 내거든 동서로 달려드십시오."
형님네 사오방으로 다 벌여 세워 두고,
녹두생이는 간 여섯을 안고 들어가서,
"어머님아, 이걸 잡숴 보시오."
"여기 아기야.
중병 든 데 약 먹는 거 안 본다.
너는 나가 있어라."
녹두생이는 바깥으로 나올 때,
손가락에 침 발라서 창구멍 뚫어두고
바깥으로 나와 거동을 보니,
간 여섯 먹는 척하며
자리 아래로 소롱소롱 묻고,
피는 입술에 바르는 척 마는 척 하는데,
녹두생이가 들어가서 말을 하기를
"어머님아, 약 다 먹었습니까?"
"응, 다 먹었다."
"어머님, 병이 어떻습니까?"
"조금 나은 것 같다마는 하나만
더 먹으면 아주 활짝 좋아질 듯하다."
"어머님, 이리 하십시오.
마지막으로 어머님 머리에
이나 잡아드리겠습니다."
"중병 든 데, 이 안 잡는다."
"그러면 방안이나 치워 드리지요."
"중병 든 데, 방 안 치운다."
그때 녹두생이는 화를 발딱 내면서
노일제대귀일의 딸 쉰대자 머리채를
좌우로 핑핑 감아
한편으로 잡아 재껴두고,
한쪽 손에 간 세 개씩 여섯 개 쥐어 가지고
지붕 뒤 상마루 꼭대기 높은 곳에 올라가,

시장에도 풀려지고
해남석 앞안 졸단 보난
멩왕(冥往) 가던 어머님이
꿈에 선몽(現夢) 드리뒈,
"설운 아기덜아,
어서 바삐 눈을 팅 브레여 보라.
산중(山中)으로 노리(獐) 흔 머리가 ᄂᆞ려오람시니
그 나릴 심엉
죽일 팔로 둘럼시민
알 도레(道理) 이시리라."
일곱성제 눈을 턴 브레여 보난,
아닐세 노리 흔 머리가 ᄂᆞ려왐시니,
그 노릴 심언 죽일 팔로 둘러가난,
"설운 도련(道令)덜아,
날 죽이지 말곡 나 뒤예 보민
산톳(山猪) 일곱이 ᄂᆞ렴시니
에미랑 씨전종(一傳種)으로 놔두곡
새끼 ᄋᆞᄉᆞᆺ(六)이랑 앨 내여 가옵소서."
"그짓말 아니냐?"
"노리 꼴릴 ᄁᆞ치고 벡지(白紙) 흔 톱 내여 놔
노리 조롬에 부쪘더니,
그 때예 내온 법으로
노리 몸뗑이가 아리롱 다리롱 ᄒᆞ는 법이옵고,
노리 꼴리가 쫄르는 법이웨다.
아닐커라.
산톳(山猪) 일곱이 ᄂᆞ렴시난
에미(母)는 씨전종(一傳種) 노아두고
새끼 ᄋᆞᄉᆞᆺ(六) 애를 내여
오장삼7에 톨톨 싸아전 ᄉᆞ도전거릴 당ᄒᆞ고,
"설운 성님네랑 동서남북 중왕(中央)으로
벌려삽서.

나 큰 소리 나건 동서(東西)으로 둘려듭서."
성님네 ᄉᆞ오방(四五方)으로 다 벌여 세와 두고,
녹디셍인, 애 ᄋᆞᄉᆞᆺ(六)을 앚언 들어간,
"어머님, 이걸 잡수와 봅서."
"설운 아기야,
중벵(重病) 든 디 약 먹는 거 아니본다.
늘랑 나강 시라."
녹디셍인 벳겻딜로 나올 때,
상손가락에 춤 볼란 창공기 똘롸두고
벳겻딜로 나오란 거동(擧動)을 보난,
애 ᄋᆞᄉᆞᆺ 먹는 첵하멍
자리(席) 알레레 소롱소롱 묻고,
피는 입바위예 브르는 첵 마는 첵 허여가난,
녹디셍인이 들어가고 말을 ᄒᆞ뒈,
"어머님, 약 다 먹읍데가?"
"ᄋᆞ, 다 먹고라."
"어머님 신벵이 어떠ᄒᆞ우까?"
"ᄒᆞ꼼 나사베다마는 ᄒᆞ나만
더 먹어시민 아주 활짝 조아질 듯ᄒᆞ다."
"어머님, 영ᄒᆞᆸ서.
마주막으로 어머님 머리옛
늬(蝨)나 잡아드리쿠다."
"중벵(重病) 든 디, 늬 아니 잡나."
"영 ᄒᆞᆸ서. 경ᄒᆞ건 방안이나 치와 드리저."
"중벵 든디, 방 아니 칩나."
그때, 녹디셍인이 성식을 발딱 내멍
노일제데귀일의 똘 쉰대자(五十五尺) 머릿고빌
웨오ᄂᆞ다(左右) 핑핑 감아
흔펜데레 잡아 업질러 두고,
흔착 손에 애 ᄉᆞ개(三個)썩 ᄋᆞᄉᆞᆺ갤 줴여아전
지붕상상 조추ᄆᆞ를 높은 곳 올라간,

---

7 띠나 짚 한 줌으로 양쪽 끝을 묶어 그 속에 고기 따위를 담을 수 있도록 만든 물건.

"이 동네의 어른들아. 저 동네의 어른들아.
계모 계자 있는 사람들아.
날 보아 주십시오."
"여기 형님네야, 동서로 달려드시오."
동서로 와라락 달려드니,
남선비 달아날 길 잃고 맨 위에 내닫다가
정살에 목 걸려 죽고,
노일제대귀일의 딸은 바람벽 쥐어뜯어
구멍을 뚫어서 뒷간에 들어가
쉰대자 머리채를
디딜팡에 목을 매여 죽고,
일곱 형제 달려들어
죽은 이의 원수를 갚고자
양각을 뜯어서 디딤돌을 마련하고,
머리를 잘라서 돼지 밥그릇 마련하고,
머리카락은 잘라서 던져 버리니
저 바다에 해초가 되고,
입을 잘라서 던져 버리니 솔치가 되고,
손톱 발톱을 잘라서 던져 버리니
쇠굼벗 돌굼벗 되고,
배꼽을 잘라 던져 버리니 굼벵이 되고,
하문은 잘라 던져 버리니
대전복 소전복이 되고,
육신은 독독 빻아
바람에 날려버리니
각다귀, 모기 몸으로 환생시켜 보내두고,
일곱 형제 서천꽃밭 올라가
황세곤간 달래어 도환생꽃을 따다가
오동나라 주천강 연못에 달려가
"명천(明天) 같은 하늘님이시여!
주천강 연못이나 마르게 하여 주십시오.

어머님 몸이나 찾으리다."
주천강 연못이 갑자기 잦아지니,
어머님 죽은 뼈는 고스란히 있으니
차례차례 모아 와
도환생꽃을 놓고 금부채로 후리니,
감태같은 머리 풀어 치면서
"아이고, 봄잠이라 늦게 잤구나."
어머님이 인간 되살아 왔구나.
"어머님 누웠던 자리인들 내버리랴."
흙을 차례차례 모아놓고
여섯 형제 돌아가며
손주먹으로 한 번씩 찍은 게
여섯 구멍이 터지고,
녹두생이가 화를 벌떡 내면서
뒤치기로 한 번을 찍은 게
상고망이 터집니다.
그때 나온 법으로
시루 구멍 일곱을 냅니다.
어머님을 살리고 집으로 돌아오니,
"어머님은 춘하추동 사시절
물에만 살았으니 몸인들 안 시립니까?
어머님은 하루 종일
삼 세 번 더운 불을 쪼이며
조왕신으로 앉아 얻어먹기 하십시오."
어머니를 삼덕조왕으로 모시고
"아버님은 정살에 걸려 죽었으니
위의 주목 정살지신으로 들어서고,
큰 형님은
동방청대장군으로 들어서고,
작은 형남은
서방백대장군으로 들어서고,

"요 동넷 어른덜아, 저 동넷 어른덜아,
다슴어멍(繼母) 다슴아기(繼子) 신 사름덜아.
날 보앙 정다십서."
"설운 성님네야, 동서으로 돌려듭서."
동서으로 와라치라 돌려드니,
남선비 둘을 질 이어 먼 올레예 나둔단
정살에 목걸려 죽고,
노일제데귀일의 딸 벡브름(壁) 허우틀언
벡브름 궁기 뚤롸네 통시예 들어가
쉰대자(五十五尺) 머릿고비
드릴팡에 목을 메여 죽고,
일곱성제(七兄弟) 돌려들어
죽은 우(上)의 포시ᄒ저
양각(兩脚)을 뜰언 드릴팡을 서련ᄒ고,
데가린 그찬 둣도 고리 서련ᄒ고,
머리터럭은 그찬 데껴 부난
저 바당이 페가 뒈고,
입은 그찬 데껴부난 솔치가 뒈고,
손콥 발콥 그찬 데껴부난
쒜굼벗 돌굼벗 뒈고,
벳똥은 그찬 데껴부난 굼벵이 뒈고,
하문(下門)은 그찬 데껴부난
대접복(大殿服) 소접복이 뒈고,
몸천(肉身)은 독독 ᄈᆞᆺ안
허풍브름(虛風一)에 불려부난
ᄀᆞᆨ다귀 모기(蚊) 몸에 환생(還生)시켜 보내두고,
일곱성젠 서천꼿밧(西天花田) 올라가
황세곤간[8] 지달레여 도환셍꼿(還生花)을 타다네
오동나라 주천강(酒泉江) 연못(蓮池)딜 간,
"멩천(明天)ᄀᆞ뜬 하늘님아,
주천강 연못이나 뿔게 허여줍서.

어머님 신체(身體)나 춫으리다."
주천강 연못이 삽시예 춫아지난,
어머님 죽은 뻬(骨)는 슬그랑 허여시니
도리도리 모다 놘
도환셍꼿(還生花)을 놓고 금풍체(金扇)로 후리니,
감태(甘苔)ᄀᆞ뜬 머리 허붕치멍,
"아이고, 봄ᄌᆞᆷ(春眠)이라 늦게 잤저."
어머님이 인간(人間) 도살아 오랐구나.
"어머님 누어난 자린덜사 내불리야."
흑(土)을 도리도리 도마놓고
ᄋᆞᆺ성제(六兄弟) 돌아가멍
손주먹으로 ᄒᆞᆫ 번썩 찍은 게
ᄋᆞᆺ 고망이 터지고,
녹디셍인 성식을 발딱 내멍
뒤치기로 ᄒᆞᆫ번을 찍은 게
상고망(上孔)이 터집데다.
그 때예 내온 법으로
시릿고망 일곱을 서련홉데다.
어머님을 살리고 집으로 돌아오란,
"어머님은 춘화추동(春夏秋冬) 亽시절(四時節)
물에만 살젠 ᄒᆞ난 몸인덜사 아니 실립네까?
어머님이랑 ᄒᆞ를앚앙
삼ᄉᆞᆨ번(三番) 더운 불을 초멍
삼덕조왕으로 앚앙 얻어먹기 서련홉서."
어멍국(母)은 삼덕조왕으로 서련ᄒ고,
"아바님은 정살에 걸려 죽어시니
올레 주목 정살지신으로 들어사곡,
큰성님이랑
동방청대장군(東方靑帝將軍)으로 들어사곡,
셋성님이랑
서방벡대장군(西方白帝將軍)으로 들어사곡,

---

8 서천꼿밭의 주재신.

셋째 형님은
남방국 적대장군으로 들어서고,
넷째 형님은
북의 흑대장군으로 들어서고,
다섯째 형님은
중앙황대장군으로 들어서고,
여섯째 형님은 뒷문전으로 들어서십시오."
녹두생이는 일문전으로 들어선다.
그때 나온 법으로
삼명일 기일제사 때,
문전제 지내면서

윗 제반은 지붕 위로 올리고,
아랫 제반은 어머니 삼덕조왕으로 올린다.
노일제대귀일의 딸 측도에 가 죽었으니,
측도부인으로 마련하고,
그 때 내온 법으로
변소와 조왕이 마주보면
좋지 못한 법이라,
조왕의 것 변소에 못 가고,
변소의 것 조왕으로 못 가는 법입니다.
헤어 나가도 문전, 헤어 들어도 문전,
일문전 난산국이 되옵니다.

오방신장

---

9 제(祭)를 지낸 뒤 제상 위의 각 제물을 조금씩 처음 걷어 모은 것.

쉿찻성님이랑
남방국(南方國) 적대장군(赤帝將軍)으로 들어사곡,
닛찻성님이랑
북(北)의 흑대장군(黑帝將軍)으로 들어사곡,
다섯찻성님이랑
중왕황대장군(中央皇帝將軍)으로 들어사곡,
ᄋᆞᆺ찻성님이랑 뒷문전(後門前)으로 들어삽서."
녹디생인은 일문전(一門前)으로 들어삽데다.
그 때예 내온 법으로
삼멩일(三名日) 기일 제소(忌日祭祀) 때,
문전제(門前祭) 지나나민

웃제반⁹은 지붕상상(上上) 우올리곡
알제반¹⁰은 어멍국 삼덕조왕으로 우올립네다.
노일제대귀일의 똘 칙도(厠道)에 간 죽어시니,
칙도부인(厠道夫人)으로 마련ᄒᆞ고,
그 때 내온 법으로
벤소(便所)광 조왕(竈王)이 맞사민
좋지 못ᄒᆞ는 법이라,
조왕읫 거 벤소에 못가고
벳소엣 거 조왕의 못 가는 법입네다.
시여나도 문전(門前) 시여 들어도 문전,
일문전(一門前) 난산국이 뒈옵네다.

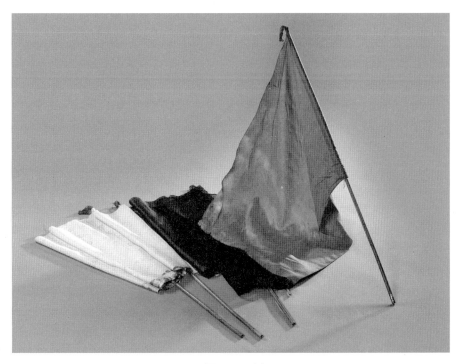

기물 15 : 오방기

---

10 웃제반을 걷은 후 다시 조금씩 걷어모은 것.

2장

서천꽃밭 꽃감관 가족의 여정

〈이공본풀이〉

생명의 근원이 되는 환생꽃은 다른 신화에도 종종 등장을 한다. 삼승할망본풀이, 세경본풀이, 문전본풀이에서 등장하여 죽은 사람을 살리는데 환생꽃을 사용하는데, 이 생명의 꽃이 있던 곳이 서천꽃밭이다. 〈이공본풀이〉는 환생꽃뿐만 아니라 삶과 죽음에 관련된 수많은 꽃이 자라는 생명의 근원지인 서천꽃밭을 지키는 신 꽃감관에 대한 이야기이다. 사라국 김정국과 임정국은 40살이 되어 수륙불공을 들인 뒤 각각 아들 사라도령과 딸 원강아미를 낳는다. 사라도령과 원강아미가 결혼하여 첫 아이를 낳을 무렵 서천꽃밭 꽃감관으로 오라는 명령을 받아 함께 떠나지만, 만삭의 몸으로 따라갈 수 없었던 원강아미는 천년장자의 하녀로 남는다. 천년장자의 흉악한 횡포에도 셋째 딸의 도움을 받으면서 아들 한락궁이를 낳아 키운다. 친아버지를 찾아서 한락궁이가 떠나고 고난 끝에 아버지를 찾아가지만, 천년장자의 손에 어머니가 죽었다는 소식을 듣고, 아버지의 도움을 받아 서천꽃밭의 꽃을 가지고 가서 도움을 주었던 셋째 딸을 제외한 극악무도한 천년장자의 가족을 몰살하고 어머니를 살려서 서천꽃밭으로 온다. 한락궁이는 아버지가 하던 일을 물려받아 꽃감관이 되고, 사라대왕과 어머니는 저승 아버지와 저승 어머니가 되어 그때부터 아버지가 하던 일을 아들이 물려받는 법이 마련된다.

서천꽃밭 꽃감관 가족의 여정 〈이공본풀이〉

김정나라 김정국은 윗녘에 살고
임정나라 임정국은 아랫녘에 살고.
임정국은 천하 거부자이고
김정국은 가난하여도
이웃 간에 서로 의좋게 살았다.
하룻날은 임정국이 김정국과
바둑장기를 두면서 놀음놀이를 하다가,
말을 하기를
"우리가 근 삼십이 넘도록
일신 자식이 없으니,
보십시오. 사라나라 신령한 산으로 가서
수륙불공을 들여서 자식이나 봅시다."
하니 김정국이 말을 하기를
"난 돈이 없어서
수륙불공 드리러 갈 생각이 없습니다."
임정국이 말을 하기를
"그러지 말고 그 사이 가서
먹을 양식이나 들이면
수륙불공 들이는 비용은 내가 들이겠습니다."
"아이고 감사하고 고마운 말씀입니다."
이렇게 김정국이 집으로 돌아와
부인네보고 말을 하기를
"임정국이 수륙불공을 들여서
생불을 받자고 하고 있습니다."
"이게 무슨 말입니까?
한 끼니 두 끼니 먹어서 살아날 수가 없는데,
어떻게 하여서 수륙불공을 들입니까?"
"부인님아, 그런 것이 아니고.

우리는 먹을 양식만 준비해서 가면
수륙불공을 들여 주겠다고 하고 있습니다."
"아이고! 감사합니다.
이런 일이 어디 있습니까!"
그날부터 먹을 양식을 장만하여서,
김정국과 임정국은 같이
수륙불공을 들이러 갔구나.
수륙불공을 들이러 가서
석 달 열흘 백일을
수륙불공 들이고 돌아오면서
임정국이 말을 하기를
"우리가 한 날 한 시에 같이 가서
수륙불공을 들여서 오고 있으니
서로 낯 바꾸어서 아기를 낳으면
다른데 허혼을 말고, 구덕혼사를 합시다."
"그러면, 그렇게 합지요."
집으로 돌아온 김정국과 임정국은
한마음을 먹고 살아가는데.
둘 다 태기가 있어서
아홉 달, 열 달 만삭이 차서 출산을 하는구나.
출산을 한 것을 보니
김정국은 남의 비용에 수륙불공을 들여서
아들을 낳고
임정국은 자기 비용으로
남의 비용까지 대면서
수륙불공을 들여도 딸을 낳았구나.
이름들을 '사라도령'과 '원강아미'로 지었구나.
열다섯 십오 세가 되어가니까

짐정나라 짐정국은 웃녁히 살고
임정나라 임정국은 아랫녁히 살고.
임정국은 천하 거부제고
짐정국은 가난ᄒ여도
이웃간이 서로 의좋게 살앗쑤다.
ᄒ를날은 임정국이 짐정국광
바둑장귈 두멍 노념을 ᄒ단,
말을 흠을
"우리가 근삼십이 당ᄒ도록
일신 서륙이 엇이니
옵서 사라나라 영급ᄒ 산으로 강
수륙들영 생불이나 보게"
ᄒ난 짐정국이 말을 ᄒ되,
"난 돈이 엇이난
수륙들이레 갈 생각이 엇수다."
임정국은 말을 ᄒ되,
"경, 말앙 그 새 강
먹을 양속이나 당ᄒ민
수륙채는 내가 당ᄒ쿠다."
"아이구 감수ᄒ고 고마운 말씀이우다."
이젠, 짐정국이 집으로 돌아오고
부인네ᄀ라 말을 흠을,
"임정국이 수륙을 들영
생불을 타겐 ᄒ염쑤다."
"이게 미신 말이우꽈?
ᄒ때 두때 먹엉 살아날 수가 엇인디,
어떻ᄒ영 수륙을 들입네까?"
"부인님아, 그런 것이 아니고.

우린 먹을 양속만 당ᄒ영 가민
수륙을 들여주키옌 ᄒ염쑤다."
"아이구! 감수ᄒ우다.
이런 일이 어디 싯쑤가!"
그날부떠 먹을 양속을 장만ᄒ연,
짐정국광 임정국은 ᄒ디
수륙을 들이레 갓구나.
수륙들이레 간
석둘열흘 백일을
수륙들이고 돌아오멍
임정국이 말을 흠을
"우리가 ᄒ날 ᄒ시에 ᄀ치 강
수륙을 들연 왐시니
서로 닛바꾸왕 애기랑 낳건
뜬디 허혼을 말고 구덕혼술 흡시다."
"ᄒ건, 경 흡주기."
집으로 돌아오고 짐정국광 임정국은
ᄒᄆ심을 먹고 살아가는디.
둘 다 태기가 시연
아옵둘 열둘 촌삭이 찬 해복을 ᄒ는구나.
해복을 ᄒ 건 보난
짐정국은 놈의 채비에 수륙을 들연
아들을 낳고
임정국은 이녁 채비로
놈의 채비꼬지 당ᄒ멍
수륙을 들여도 똘을 낳았구나.
일흠들을 '사라도령'광 '원강아미'로 지왓구나.
열다숫 시오세가 되어가난

김정국은 임정국에게 구덕혼사 하였던 말을
간절히 말하고 싶어도
자기는 돈이 없고, 임정국은 부자이니까
죄가 깊어서 말을 못하여서
그 날 저 날 속으로만 걱정하였다.
하루는 김정국이 임정국한테
놀음놀이를 가서 바둑장기를 두면서
"결혼을 하자"
말하려 하여도
자기한테는 돈이 없으니까 미안해서,
끝내 그 말을 말하지 못하여서 나오고,
다시 그 말을 말하러 갔다가도
끝내 입 밖에 그 말이 안 나와서,
갔다가 오고 갔다가 오고 하니까
임정국의 따님아기가 눈치가 이상하여 보여서,
"아버님은 어떻게 해서 김정국 나리님은
아버지한테 무슨 말을
말할 듯 말할 듯 하다가 가십니까?"
"서른 애기야, 너 들을 일 아니다."
"아버님아, 어디 아들이 있습니까?
죽으나 사나 겨우 나 하나뿐인데
아버님이 죽을 일이 있으나, 살 일이 있으나
나한테 아니 말할 일이 있습니까?"
"예쁜 애기야. 그런 게 아니다.
나도 애기 없고, 김정국도 애기가 없어서
같이 간 수륙불공을 들여서 돌아오면서
내가 말을 하기를
'한 날 한 시에 가서 수륙불공을 들여서
오고 있으니 후에 아기를 낳건
다른데 허혼을 말고 우리 구덕혼사를 합시다.'
말해서 놓아두니까,
이제는 너희가 크니 혼사를 하자고
말하고 싶어도 말을 못하는 것 같다."

"점잖은 어른이
오라는 말을 하지 못하고 있으니까
오죽 속이 상하고 있겠습니까?
딸자식 하나 안 낳은 셈 치고
허혼하여 버리십시오."
"에이구! 예쁜 애기야 감사하다.
애기한테 분부를 받아서!"
다음은 김정국어른이 오니까,
"근본 하였던 말대로 해서
이제는 혼사를 합시다."
"아이고, 고맙고 황송합니다."
그렇게 날짜를 받아 택일을 하여,
혼사를 하여 살아가는데,
첫 자식을 임신하였구나.
그렇게 있는데, 서천 꽃밭에서는
"김정국 아들 사라국 사라도령이
서천꽃밭으로 와서 꽃을 지키어라."
연통이 왔구나.
연통이 초번 오라, 이번 오라,
제 삼번을 오라고 해도
가질 아니하여서 앉아서 있는데,
하루는 사라국 원강아미가 물동이를 지어서
물 길러 삼거리에 나가니까
서천꽃밭에서 삼차사가 내려서 오는데,
원강아미에게 사령차사가 말하기를
"말 묻겠습니다."
"예, 무슨 말입니까?"
"이 고을에 사라국 사라도령이 어디쯤 삽니까?"
"아이고, 거긴 가려고 하면 멉니다.
거긴 가려고 하면 저렇게 가야 합니다."
원강아미는 삼차사를 멀찌감치 보내어 두고서,
물도 아니 긷고 그냥 집으로 돌아와서,
"아이고, 사라국 사라도령님아.

짐정국은 임정국그라 구덕혼ᄉᆞ ᄒᆞ인 말을
ᄋᆞ붓지 ᄀᆞ찌 그리와도
이녁은 돈이 엇고 임정국은 부제난
제짐언 말을 못ᄒᆞ연
그 날 저 날 쏘곱으로만 ᄌᆞ들았수다.
ᄒᆞᄅᆞ은 짐정국이 임정국신디
노념을 가고 바둑장궐 두멍
"혼ᄉᆞᆯ ᄒᆞ겡"
ᄀᆞ쩽 ᄒᆞ여도
이녁신딘 돈이 엇어부난 엄ᄒᆞ연,
ᄂᆞ시 그 말을 ᄀᆞ찌 못ᄒᆞ연, 나오고,
ᄯᅩ시 그 말을 ᄀᆞ르레 갔당도
ᄂᆞ시 입뱍이 그 말이 안나완,
갔당 오곡 갔당 옥곡, ᄒᆞ난,
임정국의 ᄯᆞ님애기가 눈치가 이상ᄒᆞ여 뵈연,
"아바님은 어떵ᄒᆞᆫ 짐정국 나라님은
아바지안티 미신 말을
ᄀᆞ를듯 ᄀᆞ를듯 ᄒᆞ당 그냥 감ᄊᆞ광?"
"설룬 애기야, 느 들을 일 아니여."
"아바님아, 어느 아들이 있수강?
죽으나 사나 제우 나 ᄒᆞ나매긴디
아바님이 죽을 일이 시나, 살 일이 시나,
나신디 아니토패홀 일이 있수강?"
"설룬 애기야 그런게 아니여.
나도 애기 엇고, 짐정국도 애기가 엇언
ᄀᆞᇀ이 간 수룩들언 돌아오멍
내가 말을 ᄒᆞᆷ을
'ᄒᆞ날 ᄒᆞ시에 강 수룩들연
오람시니 후제 애기랑 낳건
ᄯᆞᆫ디 허혼을 말앙 우리 구덕혼ᄉᆞᆯᄒᆞᆸ시덴',
ᄀᆞ란 놔두난,
이젠 느네가 율으니 혼ᄉᆞᆯ ᄒᆞᆸ시댕
ᄀᆞ찌 그리와도 말을 못하는 것 ᄀᆞᆮ으다."

"점작지아니ᄒᆞᆫ 어룬이
오란 말을 ᄀᆞ쩽ᄒᆞ당 못ᄒᆞ영 감시난
오직 속이 상ᄒᆞ염쑤광?
지집ᄌᆞ속 ᄒᆞ나 아이난 셈 치영
허혼ᄒᆞ여붑서."
"애이구! 설룬애기 감수ᄒᆞ다.
애기신디 분불 맡앙!"
버금을 짐정나라가 오난,
"근본 ᄒᆞ인 말대로 어서
이제랑 혼ᄉᆞᆯ ᄒᆞᆸ시다."
"애이구, 고맙고 황송ᄒᆞ우다."
이젠, 일ᄌᆞ를 받아 택일을 ᄒᆞ여,
혼ᄉᆞᆯᄒᆞ여 살아가는디,
쳇ᄌᆞ식이 배였구나.
경혼니, 서천 꽃밭디선
"짐정국 아들 사라국 사라도령이
서천꽃밭딜로 오랑 꽃을 직ᄒᆞ라."
연통이 오랐구나.
연통이 초번 오라, 이번 오라,
제삼번을 오라도
가질 안ᄒᆞ연 앚안 신디.
ᄒᆞᄅᆞᆯ날은 사라국 원강암이가 허벅지연
물질레 삼유전 거리에 나가난
서천꽃밭디서 삼체ᄉᆞ가 ᄂᆞ련 오는디,
원강암이ᄀᆞ라 ᄉᆞ령 체ᄉᆞ가 말ᄒᆞ되,
"말 물으쿠다."
"예, 미신 말이우꽈?"
"이 고을에 사라국 사라도령이 어느만쯤 삶네까?"
"애이구, 그 딘 가쟁ᄒᆞ민 머우다.
그 딘 가쟁ᄒᆞ민 저영 가사 ᄒᆞ네."
원강암인 삼체ᄉᆞᆯ 멀찍어니 보내여 두언,
물도 안질고 그냥 집으로 돌아오란,
"애이구, 사라국 사라도령님아,

서천꽃밭에서 삼차사가
도령님을 잡으러 오고 있습니다."
"그러니까 어디로 갔습니까?"
"저리로 가야 합니다고
멀리 아랫목으로 보내버렸습니다."
"그거 왜 데리고 오지 않았습니까.
아무렇게 하면 아니 갈 길입니까?"
"아이고, 도령님아!
오면 점심식사 해서 놓아야 할 것 아닙니까?
점심 쌀이나 꾸어올 시간 벌자고
다른 데로 보내었습니다."
"아이고, 그렇게 하였으면 어떻게 할까?"
원강아미는 말을 하기를
"사라도령님아,
이제는 어머님한테 가서
쌀이나 있으면 얻어 오십시오."
사라도령은 어머니한테 가서
"어머님아, 어머님아.
날 잡으러 서천꽃밭에서
삼차사가 내려왔습니다."
"에이고, 불쌍한 애기야, 이게 무슨 말이냐!"
"어머님아. 쌀 두 되만 있으면 주십시오.
점심이나 차려서 놓아야 하겠습니다."
"에이고, 불쌍한 애기야. 쌀이 어디 있니?
두 되는커녕 한 되도 없다."
사라도령은
"이만하면 어찌할까!"
그냥 되돌아오고, 원강아미에게 말을 하며
"부인네는 살고 있으면 나는 서천꽃밭에 갑니다.
차사님이 오는데 안 갈 수가 있습니까?"
"에이고, 이거 무슨 말입니까.
나도 같이 가겠습니다.
나만 있으면 살아집니까?"

"임신 되어서 가지를 못합니다.
여기 살고 있으십시오."
"아닙니다.
나는 죽으나 사나 같이 가겠습니다."
거세게 막아 보아도 할 수 없이
신발 단속하여서 같이 차려서
삼거리에 나서니 차사님이 도착하는구나.
차사님이 말을 하기를
"말 묻겠습니다."
"예, 무슨 일입니까?"
"이 고을에 사라국 사라도령이
어디쯤 삽니까?"
"나입니다."
"그러니까 어디로 가려고 나섰습니까?"
"차사님이 오는데, 같이 가려고 나왔습니다."
"이 놈, 저 놈. 괘씸한 놈.
우리 가면 밥 한 상하여 놓아질까 해서
미리 나왔구나."
차사님은 쇠몽둥이로
사라도령 윗 어깨뼈를 힘껏 내갈기니까
사라도령은 기를 못 쓰고 거꾸러지어서
정신이 흐릿하여 기절해버리고,
부인 원강아미는
"에이고, 삼차사님아. 살려주십시오.
가난하고 더욱 가난하여
차사님네가 우리 집에 가면
밥 한 상하여 놓질 못할 형편이라서
이렇게 나왔습니다."
"그렇게 하더라도 차려서 가자."
사라도령은 이를 붙들고 기절하여 버리니
부인이 물을 떠 놓으면서
이를 떼어 놓으니까 정신이 돌아오고
차사와 같이 서천꽃밭에 가는데,

서천꽃밭이서 삼체수가
도령님을 심으레 오람쑤다."
"게난, 어드레 갑디가?"
"저영 가사 흡네덴.
멀리 알목데레 보내여불었쑤다."
"게, 무사 ᄃᆞ랑 올카푿괴.
아맹ᄒᆞ민 아니갈 질이웃과?"
"애이구, 도령님아!
오민 징심식ᄉᆞ나 ᄒᆞ영 놓아사 홀 거 아니웃광?
징심쓸이나 빗질 시간 벌젠
다른 디레 보내였쑤다."
"애이구, 기영ᄒᆞ여시민, 어떻홀코?"
원강암인 말을 ᄒᆞ되,
"사라도령님아,
이제랑 어머님신디 강
쓸이나 싰건 빌엉 옵서."
사라도령은 어멍신디 간,
"어머님아 어머님아,
날 심으레 서천꽃밭디서
삼체수가 ᄂᆞ려오랐쑤다."
"애이구, 설룬애기야, 이게 미신 말고!"
"어머님아, 쓸 두되만 싰건 줍서.
징심이나 출려 놔사 홀쿠다."
"애이구, 설룬애기야. 쓸이 어디 시니?
두되랑말앙 ᄒᆞ되도 엇다."
사라도령은
"이만ᄒᆞ민 어떻ᄒᆞ린!"
그냥 되돌아오고, 원강암이ᄀᆞ라 말을 흠을,
"부인네랑 살암시민 날랑 서천꽃밭디 가져,
체수님이 오는디 아니갈 수가 십네깡?"
"에이구, 이거 미신 말이우꽝.
나도 ᄀᆞ찌 갈쿠다.
나만 시민 살아집네까?"

"놈으우 되여 놓난 가질 못흡네다,
살암십서."
"아니우다.
난 죽으나 사나 ᄀᆞ찌 갈쿠다."
강히 막아보되 홀 수 엇이
신발단속ᄒᆞ연 ᄀᆞ찌 출련
삼도전 거리에 나ᄉᆞ시난 체ᄉᆞ님이 당ᄒᆞ는구나.
체ᄉᆞ님이 말을 ᄒᆞ되,
"말 물으쿠다."
"예, 미신 일이우꽈?"
"이 고을에 사라국 사라도령이
어느만쯤 삶네까?"
"나가 기우다."
"게난, 어디레 가젠 나습디강?"
"체ᄉᆞ님이 나오는디, ᄀᆞ찌 가젠 나왔쑤다."
"이 놈 저 놈 괴씸ᄒᆞᆫ 놈,
우리 가민 밥 ᄒᆞᆫ상 ᄒᆞ여 놓아지카푸댄
미리 나왔구나."
체ᄉᆞ님은 쐬몽둥이로
사라도령 웃둑지꽝을 몰록 내부찌난
사라도령언 풋기 앙끌아지여,
아망지망 줌미쳐불고,
부인, 원강암인
"애이구, 삼체ᄉᆞ님아 살려줍서.
가난ᄒᆞ곡 선한ᄒᆞ연
체ᄉᆞ님네가 우리 집일 가민
밥ᄒᆞᆫ상 ᄒᆞ여 놓질 못홀 가남이란,
웅 나왔쑤다."
"그영ᄒᆞ건 출령 글라."
사라도령은 니 붙고 줌미쳐부난
부인이 물을 거려 놓멍
닐 떼여 놓난 정신이 돌아오고,
체ᄉᆞ광 ᄒᆞᆫ디 서천꽃밭딜 가는디,

차사님은 앞에 나서서 가버린다.
사라도령은 부인과 둘이 가는데,
가다가 해가 떨어져서 밤이 되니
길에 억새풀이 한아름이 있으니까
그 억새풀을 기둥을 삼아서 밤을 새는데,
부인네는 억새풀의 억새줄기를 보며
"이건 날 닮은 억새풀이로구나."
하며 그리저리 억새풀을 안아서
기둥 삼아서 앉았으니까
천황닭이 꼬끼오 하니,
"에이고, 사라도령님.
저게 누구 집 닭입니까?"
"천년장자 집 닭입니다."
조금 있으니까 인황닭이 꼬끼오 우니까,
"저건 누구 집 닭입니까?"
"천년장자 집 닭입니다."
또 조금 지나 인황닭이 울어,
"저건 누구 집 닭입니까?"
"천년장자 집 닭입니다."
조금 지나 개가 멍멍 짖어서,
"저건 누구 집 개입니까?"
"천년장자 집 개입니다."
"그러면 그 집에 가서
나를 종으로 팔아두고서 가십시오."
"이거 무슨 말입니까?"
"아무리 하여도
나는 길이 겨워 갈 수가 없습니다."
"그러니까 사전에
나서지 말라고 아니 하였습니까."
"아무리 하여도 나는 이제는
발이 부릅뜨고 걷지를 못하겠습니다."

"그러면 무엇이라고 말해서 종으로 팝니까?"
"천년장자 집에 가서 요리저리 하여서 팔고,
나 이름이랑 원강댁이로 변경을 하십시오."
먼동이 터가니까
천년장자 집 앞 골목에 들어가니까,
개가 멍멍 짖는다.
사라도령이 말을 하기를
"앞이마에는 햇님이고, 뒷이마에는 달님이고,
양어깨에 옥새별이 오송송이 그린 듯 한
종을 사십시오."
하니까 천년장자는 말을 하기를
"큰딸아기 나가서 보라.
너 마음에 들면 사주마."
큰딸아기는 나와서 보고
"나는 싫습니다.
어떤 길 떠돌이를 사서 놔두었다가는
집안 망하게 합니다."
다시 조금 있으니까
"앞 이마엔 햇님이오, 뒷 이마엔 달님이오,
양어깨에 옥새별이 오송송이 그린 듯 한
종이나 사십시오."
"둘째 딸아기 나가서 보라.
너 마음에 들면 사 주마."
나와서 보고
"나는 싫습니다.
어떤 길 떠돌이를 사서 놔두면
집안 망칩니다."
조금 있으니까 다시
"앞 이마엔 햇님이오, 뒷 이마엔 달님이오,
양어깨에 옥새별이 오송송이 그린 듯 한
종이나 사십시오."

체스님은 앞이 나산 가분다.
사라도령은 부인광 둘이 가는디,
가단 해가 털어젼, 밤이 되난
질혜에 어욱푹이 흔푹이가 시난
그 어욱푹일 어질 삼안 밤을 새는디,
부인넨, 어욱푹이에 둘가지¹¹가 시난,
"이건 날 닮은 어욱푹이로구나."
흐멍, 그리저리 어욱푹이 앚안
어지 삼안 앚아시난
천앙독이 고기욕 흐니,
"애이구, 사라도령님,
저게 누게짓 독이우꽈?"
"천년장제칫 독이우다."
족곰 시난 인왕독이 고기욕 우난,
"저건 누게짓 독이우꽈?"
"천년장제칫 독이우다."
또, 족곰 시난 인왕독이 울어,
"저건 누게짓 독이우꽈?"
"천년장제칫 독이우다."
족곰 시난 개가 쿵쿵 주꿘,
"저건 누게짓 개이우꽈?"
"천년장제칫 개이우다."
"기영흔건 그 집이 강
나를 종으로 폴아두엉 갑서."
"이거 미신 말이우꽈."
"아맹해도
난 질이 버쳐 갈 수가 엇수다."
"거메, 아시에
나스지 말렌 아니흅디까."
"아맹흐여도 난 이젠
발이 붕물고 걷질 못흐쿠다."

"게멘 뭣이엥 フ랑 종으로 폽네까?"
"천년장제칩이 강 요영저영 흐영 풀곡,
나 일흡이랑 원강댁이로 밴경을 흅서."
먼 둥이 들러가난
천년장제칫 먼 올래에 들어가난,
개가 쿵쿵 주꿘.
사라도령이 말을 흐되,
"앞니망엔 햇님이고, 뒷니망엔 둘님이고,
양둑지에 옥새벨이 오송송이 그린듯흔
종이나 삽서."
흐난 천년장잰 말을 흐되
"큰똘애기 나강 보라.
느 모심에 들민 사주마."
큰똘애긴 나오란 봔,
"난 마우다.
어떤 질칸나이산디 상 낳당은
집안 망해웁네다."
또시, 흑곰 시난,
"앞이망엔 햇님이요, 뒷이망엔 둘님이요.
양둑지에 옥새벨이 오송송이 그린듯흔
종이나 삽서."
"셋똘애기 나강 보라.
느 모심에 들민 사 주마."
나오날 봔,
"난 마우다.
어떤 질칸나이 상 놔두민
집안 망해웁네다."
후곰 시난 또시
"앞니망엔 햇님이요, 뒷이망엔 둘님이요,
양둑지에 옥새벨이 오송송이 그린듯흔
종이나 삽서."

---

11 억새줄기에 씨방처럼 뭉뚱그려진 것.

하니까 이번엔
"셋째 딸아기야. 나가서 보라.
너 마음에 들면 사 주마"
나와서 보고
"아버님, 사 주십시오.
종은 종이라고 집안에서 다스렴직 합니다."
"그러면, 아기야 이리 불러라."
셋째딸아기는 골목으로 나가서
"오라고 하고 있다 이리 들어오라."
안으로 들어오니까
"그러니까 값은 얼마나 받으려 하고 있느냐?"
"임신된 아기는 삼백 냥만 주고,
어미는 단백 냥만 주십시오."
이제는 돈 사백 냥을 내어놓으니까
돈을 헤어서 묶더니, 그리고는
"이름은 무엇이냐?"
"원강댁입니다."
이 말 저 말 말하다가
원강댁과 사라도령은 갈라서게 되는구나.
원강댁이 말을 하기를
"이 댁 법은 어떻게 해야 하는지,
우리 댁 법은 종을 주인이 팔아서
갈라설 적에는 식사상을 차려줍니다."
"그래. 그것은 그렇게 하라."
열두 가지 구애반상에 아홉 가지 나물전,
안성녹기, 토용칠첩반상을 차려서
사라도령한테로 들어 놓고,
원강댁에게는 바가지에 보밀을 타서
홍합조개껍질로 떠먹으라고 주니까,
원강댁은 밥 먹을 생각은 없고
눈물이 홍예에서 물이 쏟아져 흐르듯

제비새울 듯 울다가 말다가 하기를
"이 댁 법은 어떻게야 하는지,
우리 댁 법은 주인이 종을 팔아서
갈라서려고 하면
한상에 밥을 차려서 마주 앉아서 먹습니다."
"그러면 너의 댁 법대로 하라."
이제는 원강댁이는 사라도령과 같이
마주 앉아서 밥을 먹자고 하니까
사라도령도 기가 막혀서
밥을 먹을 수가 없어,
연주당에 홍예다리에서 물이 쏟아져 내리듯
파초잎에 비가 오듯 눈물이 흘려가니
밥상을 눈물로 밋밋 넘쳐간다.
사라도령은 밥을 먹을 수가 없어,
돈도 갖지도 아니하고
빈손에 그냥 잽싸게 나가니까
원강댁이 말을 하기를
"이 댁 법은 어떻게 하는지,
우리 댁 법은 종과 주인이 갈라서 나갈 땐
먼 문으로 나가서 잘 가십시오.
치성을 합니다."
"그러하면 너희 댁 법대로 어서 하여 보라."
원강댁은 먼 문에 나가고
"사라도령님아, 사라도령님아.
이 베인 아기는 낳으면
무엇으로 이름을 짓습니까?"
"아들을 낳으면
신산만산 한락궁이로 이름을 지어라.
딸을 낳으면 한락댁이로 이름을 지어라."
"증거물은 무엇으로 줍니까?"
그러자 주머니를 확 풀어놓아서,

12 家內.

ᄒ연, 이번엔
"말못뜰애기야, 나강 보라.
느 ᄆ심에 들민 사 주마."
나오란 봔,
"아바님, 사 줍서.
종은 종이라도 가내[12]나 다시렴직 ᄒ우다."
"게건, 애기야 이레 불르라."
말못뜰애긴 올레레 나간
"오랜 ᄒ염쩌 이레 들어오라."
안으로 들어오난,
"게난 금진 얼매나 받젠 ᄒ염시?"
"배인 애기랑 삼백냥만 주고,
어시에랑 단백냥만 줍서."
이젠 돈 ᄉ백냥을 내여놓난
돈을 새연 묶언, 이젠,
"일흠은 뭣이냐?"
"원강댁이우다."
이 말 저 말 ᄀ숫단
원강댁이광 사라도령은 갈라사게 되는구나.
원강댁이가 말을 ᄒ을,
"이 댓법은 어떵사 ᄒ는디,
우리 댓법은 종광 한집이 풀앙
갈라살 적인 식ᄉ상 출려줍네다."
"어서 걸랑 기영 ᄒ라."
열두가지 구애반상 아옵가지 매물적
안상녹 토용칠첩반상에 출련
사라도령신데레 들러놓고,
원강댁이신데렌 쿨락박새기에 보밀 칸
홍합조갱이로 거려먹으렌 주난
원강댁인 밥먹을 생각은 엇고
눈물이 홍애지듯[13]

비새울듯 울단 말을 ᄒ음을
"이 댓법은 어떵사 ᄒ는디
우리 댓법은 한집이 종을 풀앙
갈라사젱 ᄒ민
ᄒ상에 밥을 출령 맞앚앙 먹읍네다."
"게건 느네 댓법대로 ᄒ라."
이젠 원강댁인 사라도령광 ᄀ틀이
간 맞앚안 밥을 먹젱 ᄒ난
사라도령도 기가 맥혀
밥을 먹을 수가 엇어.
연주당에 옹애지듯
반춧닢에 비가오듯 눈물이 흘려가니
밥상을 눈물로 밋밋 넘어간다.
사라도령은 밥을 먹을 수가 엇언,
돈도 ᄀ숫도 아니ᄒ곡
빈손에 그냥 훅ᄒ게 나가난
원강댁이가 말을 ᄒ음을
"이 댓법은 어떵사 ᄒ는디,
우리 댓법은 종광 한집이 갈라상 나갈 땐
먼 정으로 나강 잘 갑셍
치송을 ᄒ네다."
"그영ᄒ건, 느네 댓법대로 어서 ᄒ여 보라."
원강댁인 먼 정에 나가고
"사라도령님아 사라도령님아,
이 밴 애기는 낳민
멋으로 일흠을 지웁네까?"
"ᄉ나이랑 낳건
신산만산 할락궁이로 일흠을 지우라.
예자랑 낳건 한락댁이로 일흠을 지우라."
"본매본장은 멋으로 줍네까?"
이젠, 주멩기를 확ᄒ게 클러놓완,

---

13 홍예에서 물이 쏟아져 흐르듯이.

얼레빗 하나 놨다가 내어 놓아서
가운데로 뚝 꺾어서 주고
참실 한 묶음을 놨다가 반으로 잘라서 주고,
말을 하니,
"아들로 낳으면 이걸 주라."
"예."
원강댁은 그 참실과 얼레빗을 받아서
집안으로 들어오고,
사라도령은 서천꽃밭으로 나서서 가고,
사라도령은 서천꽃밭으로 가는 것이
한 발자국을 앞으로 나가면
두 발자국을 뒤로 물러서면서
서천꽃밭 들어간다.
원강댁은 집안으로 들어오며
"이 댁 법은 어떻게 하는지,
우리 댁 법은 종을 사서 살리려고 하면
집을 짓던지 사던지 하여서
울타리 안에 아니 살게 하고
울타리 바깥으로 살게 합니다."
종의 얼굴이 천하일색이라
안 살고 달아나 버릴까 싶어
천년장자는
"그래. 그러면 너의 댁 법으로 하여 보라."
울타리 바깥에 집을 지어서
원강댁을 살게 하고.
천년장자는 종이 너무도 얼굴이 고우니까
도둑이나 들까보다고
울타리 바깥을 늘 돌아보다가
하루 저녁에는 먼 문에 서서 보니까
방에 앉아서 불을 밝히고 바느질하는 걸 보니,
원, 그냥 쳐다볼 수가 없어서
비신에 철각철각 지팡이를 짚으며 들어가서
툇마루에 질칵 올라서니까

원강댁은 몽둥이를 놓아두었다가
"요 개, 저 개.
지나간 밤도 조반 쌀 놔뒀더니 먹었던데
오늘 저녁도 또 조반 쌀 먹으러 왔구나."
하며 몽둥이로 확 내어갈기니까
"야, 난 개가 아닌 천년장자로다."
"아이고, 상제님! 어떤 일로 오셨습니까?"
"먼 골목에 서서 보니까 네 모습이 좋아져서
네 불등잔이나 벗으려고 왔구나."
"아이고, 상제님아.
이 댁 법은 어떻게야 하는지
우리 댁 법은 베인 아이를 낳아서
기어 놀아 가야 남녀구별법을 합니다."
"그러면 어서 너희 댁 법대로 하여 보라."
천년장자는 그만 나간다.
그 애기가 달 차서 낳아서
기어 다니며 놀아 가니
하룻밤은 천년장자가 지팡이를 짚고
툇마루에로 잘칵 올라서니까
원강댁은 몽둥이를 놔두었다가 다시
"요 개, 저 개.
지나간 밤도 조반 쌀 놔뒀더니 먹었던데
오늘 저녁도 또 조반 쌀 먹으러 왔구나."
하며 몽둥이로 내려 후리니까,
"아! 난 개가 아닌 천년장자로다."
"아이고, 상제님은 무슨 일로 오셨습니까?"
"너 근본 하였던 말이 없느냐?"
"상제님아, 상제님아.
이 댁 법은 어떻게 하는지,
우리 댁 법은 이 애기가 커서는
책가방을 둘러메고 일천서당에 다녀가야
남녀구별법을 합니다."
"그럼 너희 댁 법대로 하라."

용얼래기 ᄒ나 났단 내여놓완
가운딜로 똑기 꺽언 주고
춤씰 ᄒ줴 났단 반드기 그찬 주고,
말을 흠을,
"ᄉ나이랑 낳건 이걸 주라."
"예."
원강댁인 그 춤씰광 용얼래길 말안
집안으로 들어오고,
사라도령은 서천꽃밭딜로 나산 가고,
사라도령은 서천꽃밭딜로 가는게
ᄒ자국은 앞데레 내클민
두자국은 뒤테레 물러ᄉ명
서천꽃밭 들어간다.
원강댁인 집안으로 들어오명
"이 댓법은 어떵사 ᄒ는디.
우리 댓법은 종을 상 살리젱 ᄒ민
집을 짓이나 사나 ᄒ영
우레안네 아니살령
우레밧겻디레 살립네다."
종이 얼굴이 천하일생이난
아니살앙 돌아나부카푸댄
천년장젠
"어서, ᄒ건, 느네 댓법으로 ᄒ여 보라."
우레밧겻딜로 집을 짓언
원강댁일 살련,
천년장젠 종이 하도 얼굴이 고난
도둑이나 들카부댄
우레밧겻딜 늘 돌아보단,
ᄒ를처냑은 먼 정에 사고 보난
방에 앚안 불을 붉히고 침질ᄒ는 걸 보난,
원, 그냥 ᄇ릴 수가 엇언,
진신에 철각철각 철죽대를 짚고 들어간
난간데레 질칵 올라ᄉ난,

원강댁인 몽둥이를 났단,
"요 개, 저 개.
지나간 밤도 조반쌀 놔둬시난 먹어선게
오늘처냑도 또 조반쌀 먹으레 오랐구나."
하멍 몽둥이로 확 내여굴기난.
"야, 난 개가 아닌 천년장제노라."
"아이구, 상제님! 어떤 일로 오십디가?"
"먼 정에 ᄉ고 보난 네 미신이 좋아전
네 불등판이나 벗ᄒᄀ젠 오랐노라."
"아이구, 상제님아.
이 댓법은 어떵사 ᄒ는디
우리 댓법은 배인 애이가 낭
기놀아 가사 남녀구별법을 흡네다."
"ᄒ건 어서 느네 댓법대로 ᄒ여 보라."
천년장젠 그만 나고가고.
그 애기가 들 찬 난
기놀아 가난.
ᄒ를 밤은 천년장제가 철죽대를 짚고
난간데레 질칵 올라ᄉ난,
원강댁인 몽둥일 났단, 또시
"요 개, 저 개.
지나간 밤도 조반쌀 놔둬시난 맨딱 먹어선게
오늘밤도 닐 조반쌀 먹으레 오랐구나."
ᄒ멍 몽둥이로 내려 후리난,
"아! 난 개가 아닌 천년장제노라."
"아이구 상제님은 미신 일로 오십디가?"
"느 근본 ᄒ인 말이 엇느냐?"
"상제님아 상제님아.
이 댓법은 어떵사 ᄒ는디
우리 댓법은 이 애기가 컹그네
책가반을 둘러매영 일천서당에 댕여가사
남녀구별법을 흡네다."
"게겐 어서 느네 댓법대로 ᄒ라."

원강댁이 너무도 얼굴이 고우니까
억지로 잡으면 달아날까 봐.
그 애기가 커서 예닐곱 살 되어서
책가방 둘러메고 글공부를 다녀가니
하루 저녁은 천년장자가
지팡이를 짚고 툇마루로 질칵 올라서니까
"요 개, 저 개.
지나간 밤도 조반 쌀 놔뒀더니 먹었던데
오늘 저녁도 또 조반 쌀 먹으러 왔구나."
창문을 열면서 몽둥이로 내어 후리니까.
"야, 난 개가 아니고 천년장자로다."
"아이고, 상제님아. 상제님아.
이 댁 법은 어떻게 하는지,
우리 댁 법은 이 애기가 커서 용잠 때 지어서
세경땅에 밭을 갈러 다녀가야
남녀구별법이 있습니다."
"에, 이 년 저 년 괘씸한 년!
그 번 저 번 사람을 속이고
넘기기로만 하니 죽여 버리겠다.
앞밭에 가서 장검 걸라.
밭에 가서 형틀 걸라.
숙적기도 내세워라 자강놈도 불러라."
원강댁을 죽이기로 막 다스려가니
천년장자 셋째 딸아기가
"아버님아, 이거 어떤 일입니까?"
"야! 그런 것이 아니다.
그 번, 저 번 사람을 속이기만 한다."
"아이고, 아버님아.
자기 종이라도 죽이면 역적 아닙니까.
사람이 죽음과 삶이 맞섭니까.
그렇게 말고 그것들 벌역이나 시키십시오."

"무슨 벌역을 시키느냐?"
"한락궁이는 낮에는
나무 쉰 바리 하여서 오라고 하십시오.
밤에는 새끼줄 쉰 동 꼬라고 하십시오.
한락궁이 어머니는
낮이랑 물명주 닷 동 매라고 하십시오.
밤에는 가는 명주 두동을 짜라고 하십시오."
"네 말도 말해 보니까 가련하다.
그것은 어서 그렇게 하라."
그날부터 한락궁이 어머니는
낮에는 가는 명주 닷 동을 매고,
밤에는 가는 명주 두 동을 짰는데,
가는 명주 석 동을 매면
두 동은 저절로 매어지고,
가는 명주 두 동은 저절로 짜지고,
한락궁이는
낮에 나무숲에 가서 한 바리 쯤 하고 있으면
마흔아홉 바리는 저절로 하여지고,
묶으면서 마소에 실으면서 와서 바치고,
밤에는 새끼줄 한 동 꼬면,
마흔아홉 동은 저절로 삭삭 꼬아져서
감겨져 있으면 바치고.
이처럼 말썽이 없이 바치면서
벌역하며 살아가는데. 하룻날은 비가 온다.
천년장자집 셋째 딸아기가
"아버님아, 저것들 불쌍 아니하십니까?
오늘은 비가 오고 있으니 쉬라고 하십시오."
"그래, 그것들 쉬라고 해라."
그때 한락궁이 어머니는 심심하니까
헌옷을 내어놓아서 깁고,
한락궁이는 심심하니까 짚신을 삼고 하는데,

---

14 사형 신호기.

원강댁이가 하도 얼굴이 고난
억질로 심으면 둘아날카부댄,
그 애기가 컨 예실곱슬 되연
책가반 둘러매연 글공빌 댕겨가난
흐를처냑은 천년장제가
철죽대를 짚으로 난간데레 질칵 올라스난
"요 개, 저 개.
지나간 밤도 조반쑬 놔둬시난 믄 먹어선게
오늘처냑도 널 조반쑬 먹으레 오랐구나."
창문을 올멍 몽둥이로 내여후리난
"야, 난 개가 아니고 천년장제노라."
"아이구, 상제님아, 상제님아.
이 댓법은 어떵사 흐는지,
우리 댓법은 이 애이가 컹 용쟁기 지영
세경땅에 밧을 갈레 댕여가사
남녀구별법이 십네다."
"에. 이 년, 저 년. 괴씸흔 년!
그 번, 저 번 사름을 쐬기고
냉기기로만 흐니 죽여불키여.
앞 밭티 강 장검 걸라,
뒷 밭디 강 버텅 걸라.
숙적기¹⁴도 내세우라. ᄌ강놈¹⁵을 불르라."
원강댁일 죽이기로 막 다시러가난
천년장제 말ᄌ뚤애기가
"아바님아, 이거 어떤 일이우꽈?"
"야! 그런 것이 아니여.
그 번 저 번 사름을 냉기기로만 흔다."
"아이구, 아바님아.
이년 종이라도 죽이민 역적이 아니우꽈.
사름이 죽뭉광 삶이 맞습네까.
그영말앙 그것을 버력이나 시깁서."

"미신 버력을 시기느니?"
"할락궁이랑, 낮이랑
낭 쉰바리 흐영 오랭 흡서.
밤이랑 숫기 쉰동 꼬랭 흡서.
한락궁이 어멍이랑,
낮이랑 물맹지 닷동 매랭 흡서.
밤이랑 물맹지 두동을 차랭 흡서."
"느 말도 ᄀ란 보난 가련흐다.
걸랑 어서 그영 흐라."
그날부떠 한락궁이 어멍은
낮인 물맹지 닷동을 매고
밤인 물맹지 두동을 차는디.
물맹지 석동을 매민
두동은 질로 매여지곡
물맹지 두동은 질로 차지곡.
한락궁인,
낮인 낭고질 강 흔바리 쯤 흐염시민
아흔아홉바린 질로 흐여지민
묶으멍 ᄆ쉬에 식그멍 왕 바찌곡,
밤인 숫기 흔동 꼬민
마흔아홉동은 질로 삭삭 꼬왕 수려지영
시민 바찌곡.
이ᄎ록 말일 엇이 바찌멍
머력흐멍 살아가는디, 흐를 날은 비가 오라.
천년장제칫 말ᄌ뚤애기가,
"아버님아, 저것들 불쌍 아녀우꽈?
오늘은 비가 오람쑤게 쉬랭 흡서."
"기여, 것딜 쉬랭 흐라."
그젠, 할랑궁이 어멍은 심심흐난
헌옷을 내여놓완 줍고,
한락궁인 심심흐난 신을 삼고, 흐는디,

---

15 사형 집행자.

낮이 되어가니까 한락궁이가
"어머님아, 콩이나 볶아주십시오 먹어보게."
"아이야, 콩이 어디 있겠느냐?"
"어머님은 간세로구나.
장자집의 콩깍지를 떨어서 보십시오.
콩 한 섬이 없겠습니까?
팥깍지를 털어 보면 팥 한 섬 없겠습니까?
녹두깍지를 털어 보면 녹두 한 섬 없겠습니까?
조깍지를 털어 보면 조 한 섬이 없겠습니까?
나락깍지를 털어 보면 나락 한 섬이 없겠습니까?
산도깍지 털어 보면 산도 한 섬 없겠습니까?
메밀깍지 털어 보면 메밀 한 섬 없겠습니까?"
그때 할락궁이 어머니가
천년장자집 셋째 딸아기보고
"아이가 원, 콩을 볶아달라고 하고 있습니다."
"볶아달라고 하고 있으면 볶아주지 그래."
"콩이 어디 있느냐고? 말하니까 장자집에
콩깍지 털어서 보면 콩 한 섬이 없겠습니까?
팥깍지를 털어 보면 팥 한 섬 없겠습니까?
녹두깍지를 털어 보면 녹두 한 섬 없겠습니까?
조깍지를 털어 보면 조 한 섬이 없겠습니까?
나락깍지를 털어 보면 나락 한 섬 없겠습니까?
산도깍지 털어 보면 산도 한 섬 없겠습니까?
메밀깍지 털어 보면 메밀 한 섬 없겠습니까?
그렇게 말하고 있습니다."
"볶아주어요. 볶아주어요."
한다. 그때 한락궁이 어머니가
콩깍지를 털어 보니 콩이 한 섬,
소복이 있으니까 서너 되 걸러다가 키질하여 두고,
솥에 놓아서 볶아지는 소리 내며 볶아가니까,
한락궁이가
"어머님아, 상제님이 부르고 있습니다."
한락궁이 어머니는 콩 볶다가 내버려두고

문 밖에 나가버린 사이에
콩 볶는 죽젓개를 잽싸게 숨겨두고서
"어머님아, 콩이 타고 있습니다. 저으십시오."
한락궁이는 상제님이
부르지도 아니한 어머님을 부르고 있다고 하여서
밖에 나가버린 사이에
콩 볶던 죽젓개를 숨겨두고서,
같이 찾는 것처럼 하면서
"어머님, 콩이 모두타고 있지 않습니까.
빨리 저으십시오."
재촉하여가니까
"애야, 금방 젓던 죽젓개는 어디를 갔느냐?"
"손으로라도 저으십시오.
콩이 타고 있지 않습니까."
한락궁이 어머니는 황급하게
손으로라도 저으려고 하여가니까,
한락궁이가 달려들어서
어머니의 손을 꼭 누르니까 어머니는
"앗, 뜨거워라. 이거 손을 놓아라."
"어머니. 우리 아버지가 누구입니까?"
"천년장자가 너의 아버지 아니냐."
"천년장자가 우리 아버지라면
나를 왜 이처럼 벌역을 시킵니까?
우리 아버지를 찾아주십시오."
"저 문에 정주목이 너 아버지다."
"정주먹이 내 아버지라면 왜,
나 그렇게 울면서 나가고 울면서 들어와도
너 울지 말라고 하는 소리를 아닙니까?
우리 아버지, 아무리 하여도 찾아주십시오."
"아이고, 아기야!
너의 아버지 성준성편은 김정나라 김정국이고,
너 아버지는 저승 꽃감관이다.
외조외편은 임정나라 임정국이다.

낮인 되여가난 할락궁이가,
"어머님아, 콩이나 볶읍서 먹어보게."
"야야, 콩이 어디 싯느니?"
"어머님은 간세로구나.
강제칩이 콩깍막을 털엉 봅서.
콩 혼섬이 엇입네까?
풋깍막을 털엉 보민 풋 혼섬 엇입네까?
녹디깍막 털엉 보민 녹디 혼섬 엇입네까?
조깡막을 털엉 보민 조 혼섬이 엇입네까?
나록깍막 털엉 보민 나록 혼섬 엇입네까?
산듸깍막 털엉 보민 산듸 혼섬 엇입네까?
모물깍막 털엉 보민 모물 혼섬 엇입네까?"
이젠, 할락궁이 어멍이
천년장제칫 말젯뚤 애기ᄀ라,
"야인, 원, 콩을 볶아도랜 ᄒ염쑤다."
"볶아도랭 ᄒ염껜게 볶아주주기."
"콩이 어디 시닌? ᄀ르난 장제칩이
콩깡막 털엉 보민 콩 혼섬이 엇입네까?
풋깍막을 털엉 보민 풋 혼섬이 엇입네까?
녹기깍막 털엉 보민 녹디 혼섬 엇입네까?
조깡막을 털엉 보민 조 혼섬이 엇입네까?
나록깍막 털엉 보민 나록 혼섬 엇입네까?
산듸깍막 털엉 보민 산듸 혼섬 엇입네까?
모물깍막 털엉 보민 모물 혼섬 엇입네겐?
그영 ᄀ람쑤다."
"볶아주어, 볶아주어."
ᄒ난 이젠, 한락궁이 어멍이
콩깍막을 털언 보난 콩이 혼섬,
수두라기 시난 서녁되 거려단 푸어두고,
솟디 놔 ᄇ드득 ᄒ게 볶아가난,
할락궁이가,
"어머님아, 상제님이 불럼쑤다."
할랑궁이 어멍은 콩볶으단 내비여두언

무뚱에 나가분 새엔
콩볶으는 배수길 혹기 곱져두언,
"어머님아, 콩이 캄쑤다. 젓입서."
할락궁인, 상제님이
불르지도 아니흔 어명을 불럼젠 ᄒ연
밖이 나가분 새엔
콩볶으단 배수길 곱져두언,
흔디 춫는 것츠록 ᄒ명
"어머님, 콩이 몬 캄쑤게.
흔저 젓입서."
다울러가난,
"애야, ᄀ새 젓단 배수긴 어딜 가니?"
"손으로라도 재게 젓입서.
콩이 캄쑤게."
한락궁이 어멍은 어가급절에
손으로라도 젓젠ᄒ여가난
할락둥이가 둘려들언
어멍손을 풀기 눌뜨난, 어멍은
"엇, 떠불라. 이거 손을 내빌라."
"어명? 우리 아방이 누게우꽈?"
"천년장제가 느네 아방 아니가."
"천년장제가 우리 아방인우제
날 무사 이츠록 버력을 시깁네까.
우리 아방을 ᄎ사줍서."
"저 올래에 정주먹이 느 아방이여."
"정주먹이 나 아방인우제 무사,
나 기영 울멍 나가곡 울멍 들어와도
느 울지말랭 소릴 아니ᄒᆞᆸ네까.
우리 아방, 아맹ᄒ여도 ᄎ자줍서."
"아이구 설룬 아기야!
느네 아방, 성준성펜은 김정나라 김정국이고
느 아방은 저싱 꽃감관이여.
외조외펜은 임정나라 임정국이여.

사실이 이만저만 하여서 이렇게 되었다."
"그러니까 우리 아버지 증거물이 있습니까?"
"있다."
용얼레빗 한 쪽에, 참실 절반 묶음을
내어놓아서 주면서
"너의 아버지 갈 적에 이걸 주어두고 가면서,
너 이름도 지었다."
"어머님아. 전에 이것을 날 줄 거 아닙니까?
전에 주었으면
나 우리 아버지 찾아서 갈 것 아닙니까?
나는 이제 우리 아버지 찾아서 가겠습니다.
메밀쌀을 맷돌질하여서는
가루 닷 되에 소금 닷 되 놓아서
범벅을 하여 주십시오.
콩도 서너 되 볶아주십시오.
가면서 먹겠습니다."
콩 볶아서 싸놓고
범벅 하여서 놓고 하니까, 나가면서
"어머님. 나 가버리면
어머님은 이번에는 죽습니다.
죽어질지라도 나 간 데를 말하지 마십시오."
하직하고 나가서 조금 있으니까 천년장자가
"한락궁이야, 마소 먹이 줘라"
잠잠.
또 조금 있으니까 천년장자가
"한락궁이야. 마소 먹이 줘라."
잠잠.
또 조금 있으니까
"한락궁이야, 마소 먹이 줘라."
해서 원강댁이 말을 하기를
"일찍 소 먹이 주러 나갔습니다."
하니까 천년장자 화를 내고,
"언제 나갔느냐?"

"아이고! 상제님아. 일찍 나갔습니다."
"이 년, 저 년. 평생 거짓말만 하지.
살아 넘길 계산만 하지. 이 년, 죽일 년.
앞밭에 가서 장검 걸라.
뒷밭에 가서 형틀 걸라.
숙적기도 꽂아라. 자강놈을 불러라."
죽이기로 결정하여
원강댁을 형틀에 매어서 첫 형틀을 틀면서
"바른 말을 하라."
"말해도 그 말입니다."
두 번째 형틀을 틀어서
"바른 말을 하여라."
"그래도 그 말입니다."
세 번째 틀어서
"바른 말을 하여라."
"그래도 그 말입니다."
그제는 환도로 모가지를 확 틀어서 잘라서,
청대밭에 넣어버리고, 천리통이 개보고,
"천리통아, 신산만산 한락궁이를 물어서 와라.
죽여 버리자, 이제 간들 천리 더 갔느냐?"
한락궁이는 가다가 보니
물이 발등에 떠서 넘어가려고 하다가 보니까
개가 쫓아와서,
"아이고! 천리통아 왔구나. 범벅이나 먹어라."
범벅을 조금 잘라 주니까 개는
그 범벅, 짜디 짠 것을 먹어 놓으니
물 먹고 싶어서 물 먹으러 간 사이에
한락궁이는 그 고비를 넘어가고,
개가 집에 돌아오니까, 천년장자가
"아! 그놈의 자식 천리를 더 갔구나.
이번에는 만리통아, 만리 더 갔겠느냐.
가서 한락궁이 물어서 와라. 죽여 버리자."
한락궁이는 가다가 보니 물을 무릎에 차는데,

스실이 이만저만 ᄒᆞ연, 웅 되였져."
"게난 우리 아방 본매본장이나 싰쑤가?"
"싰져."
용얼래기 ᄒᆞ착에, 춤씰 반죌
내여놓안 주멍
"느네 아방 갈 적이 이걸 주어두언 가멍,
느 일홈도 지왔져."
"어머님아, 전이 이걸 날 줄커 아니우꽈.
전이 주어시민
나 우리 아방 춫앙 갈커 아니우꽈.
난 이젠 우리 아방 ᄎᆞ상 갈쿠다.
모믈쏠을 ᄀᆞᆯ앙그네
ᄀᆞ로 닷되에 소금 닷되 놓왕
범벅을 ᄒᆞ여 줍서.
콩도 서넉되 볶아줍서.
가멍 먹으쿠다."
콩볶안 싸놓고
범벅ᄒᆞ연 놓고 ᄒᆞ난 ᄀᆞ전 나아가멍
"어머님 나 가불민
어머님 이번은 죽읍네다.
죽어지나때나 나 간 디랑 ᄎᆞ지 맙서."
하직ᄒᆞ연 나아간 족곰 시난, 천년장제가
"할락궁이야, ᄆᆞ쉬 출 주라"
펀펀.
또 족곰 시난, 천년장제가
"한락궁이야. ᄆᆞ쉬 출 주라."
펀펀,
또 족곰 시난,
"할락궁이야, ᄆᆞ쉬 출 주라."
ᄒᆞ연, 원강댁이가 말을 ᄒᆞ되
"인칙 쇠출주레 나갑디다."
ᄒᆞ난 천년장젠 홰를 내고,
"어는제 나가시니?"

"아이구! 상제님아, 인칙 나갑디다제."
"이년, 저년. 팽싱 그짓말만 ᄒᆞ주,
사름 낸길 구기만 ᄒᆞ주. 이년 죽일 년,
앞밭디 강 장검 걸라.
뒷밭디 강 버텅 걸라.
숙적기도 꼬조오라. ᄌᆞ강놈을 불르라."
죽이기로 다시리여,
원강댁일 성틀에 매연, 초드렐 틀언,
"바른 말을 ᄒᆞ라."
"ᄀ라도 그말이우다."
이드렐 틀언
"바른 말을 ᄒᆞ여라."
"ᄀ라도 그말이우다."
삼드렐 틀언,
"바른 말을 ᄒᆞ여라."
"ᄀ라도 그말이우다."
그젠 환도로 얘개질 확 틀언 그찬,
청대왓드레 드리쳐불고 천리통이 개ᄀ라,
"천리통아, 신산만산 한락궁일 물엉오라.
죽여불게. 이제 간들 천리 더 가시냐?"
한락궁인 가단 보난
물이 발등어리에 떤, 넘어가젠 ᄒᆞ단 보난
개가 조차간,
"아이구! 천리통아 오랐구나. 범벅이나 먹으라."
범벅을 훗슬 그차 주난 갠
그 범벅, 츤츤ᄒᆞᆫ 걸 먹어 놓난
물그리완 물먹으레 간 새예,
할락궁인 그 고빌 넘어가고,
갠 집이 돌아와시난, 천년장젠,
"아! 그놈으ᄌᆞᆨ 천릴 더 갔구나.
이번이랑 만리통아, 만리 더 가시랴.
강 할락궁이 물엉오라. 죽여불게."
한락궁인 가단 보난 물이 독ᄆᆞ립에 떤,

거기에 만리통이 쫓아오니,
"어머나! 만리통이 왔구나.
요 범벅이나 먹어보라."
그 짜디짠 범벅을 조금 잘라서 주니까,
물먹고 싶어서 물먹으러 가버린 사이에
그만 거기를 넘어간다.
만리통이 그냥 집으로 돌아오니까
천년장자는,
"아! 그놈의 자식 어딜 갔는고?
만리를 넘어갔구나."
할락궁이는 다가다 보니까
물이 자개미까지 떠서,
그렇게 하여도 거기로 넘어가니까
까마귀가 앉아서 "까옥까옥"한다.
"요 까마귀야.
왜 앉아서 까옥까옥 울고 있느냐?
날 닮은 까마귀로구나!"
그래도 굿작 굿작 넘어가다 보니
물을 잔등이에 떠서
이젠 차차 팔위로 물이 올라와 가니.
서편으로 쳐다보니까
하얗게 차린 어떤 여자가 앉아서
빨래를 하고 있다.
"말 묻겠습니다."
"……."
두 번 다시
"말 묻겠습니다."
"잠잠."
이제는 거기를 넘어가는데
물을 모가지에 찬다.
물 가운데는 보니까 배나무가 있어서
이젠 그 배나무 위에 올라앉아
참실로 큰손가락을 뚝 잘라서 피를 내며

배나무 잎에 글을 써서 물위로 띄워간다.
그 위에서는 꽃감관이 꽃을 지키면서 있고,
두세 살 난 애기들은 꽃 장난을 하면서 놀고,
대여섯 살, 예닐곱 살 난,
열다섯 십오 세 안 된 애기들이
꽃에 그 물을 길어다가는 주어 봐도
꽃은 가뭄을 타서 시들어가니까
꽃감관이 말을 하기를,
그 가운데 제일 큰 아이에게
"너, 이것 보아라.
꽃에 물을 줘도 어떻게 하여
꽃이 가뭄을 타서
이렇게 시드는 꽃이 되고 있느냐?"
"무슨 귀신인지 사람인지,
어떤 도령이 배나무 위에 앉아서
별의별 마술을 모두 하고 있습니다."
"물어봐라. 귀신이냐 사람이야?"
"거기 배나무 위에 앉은 것이 귀신입니까?
사람입니까?"
"귀신이 어떻게
이러한 곳에 올 수가 있겠느냐?
사람이다."
그러자 제일 큰 아이가 꽃감관한테 와서
그 말을 하니까,
꽃감관은 그 아이한테,
"그러면 이리 불러오라."
제일 큰 아이가 그 도령을 불러서 오니까
꽃감관이 말을 하기를
"너 여봐라, 어떠한 자가 되느냐?
성준성편은 어디며 외조외편은 어디냐?"
"예, 나의 성준성편은 김정나라 김정국,
외조외편은 임정나라이고,
우리 아버지는 사라도령입니다.

그디서, 만리통은 조차가단,
"아마! 만리통이 오랐구나.
요 범벅이나 먹어보라."
그 춘춘훈 범벅을 홋술 그찬 주난, 먹언,
물그리완 물먹으레 가분 어이엔
그만 그딜 넘어간다.
만리통은 그냥 집으로 돌아오난,
천년장젠,
"아! 그놈으 주속 어딜 간고?
만릴 넘어갔구나."
할락궁인 가단 보난
물이 주곰태기에 떤,
경해도 글로 넘어가난,
가마귀라 앚안 "까옥까옥" ᄒ연,
"요 가마귀야.
무사 앚안 까옥까옥 울엄시니?
날 닮은 가마귀로구나!"
경해도 굿작 굿작 넘어가단 보난,
물이 준동이에 떤,
이젠 추추 폴 우테레 물이 올라오라가난,
서펜데레 ᄇ래여보난
해영케 출린 어떤 예주라 앚안
ᄉ답을 ᄒ염선,
"말 물으쿠다."
"속솜."
두번 다시
"말 물으쿠다."
"펜펜."
이젠 그딜 넘어가는 게,
물이 애기에 떤,
물 가운딘 보난 배낭기 시연,
이젠 그 배낭 우티 올라앚안
춤씰로 상송까락을 딱 그찬 피를 내멍

배낭섶에 글을 씨멍 물레레 티와가난,
그 우티선 꽃감관이 꼿을 직ᄒ멍 싰고,
도시술 난 애기들은 고장 방둥일 ᄒ멍 놀고,
대ᄋ숫술, 예실곱술 난,
열다섯 시오세 안넷 애기들은
꽃데레 그 물을 질어가멍 주어봐도
꼿은 한길 탄 율어가난
꽃감관이 말을 홈을,
그중 수두 된 아이즈라,
"느, 여봐라,
꼿에 물은 주어봐도 어떵ᄒ난
꼿이 한길 탄 응
율꼿이 되염시니?"
"뭔 구신산디 생인산디,
어떤 도령이 배낭 우티 간 앚안
밸놈으 부술을 믄 햄씹네다."
"물어봐라, 구신이냐 생인이냐?"
"거기 배낭 우티 앚인 게 구신이우꽈
생인이우꽈?"
"구신이 어떵
웅흔 고단에 올 수가 싰겠느냐?
생인이 올타."
이젠 수두된 아이가 꽃감관신디 완
그 말을 ᄒ난,
꽃감관은 수두된 아이신디레,
"게건 이레 불렁오라."
수두된 아이가 그 도령을 불런 오난,
꽃감관이 말을 ᄒ길,
"느 여봐라, 어떵흔 즈가 되느냐?
성준성펜은 어디고 외조외펜은 어디냐?"
"예, 나는 성준성펜은 김정나라 김정국,
외조외펜은 임정나라이고,
우리 아방은 사라도령이 올십네다.

서천꽃밭 꽃감관입니다.
어머니는 임정나라 임정국의 원강아미인데,
천년장자집의 원강댁이가 됩니다.
나는 신산만산 한락궁입니다.
부친을 찾아온 길입니다."
"그러면 네가 증거물이 있느냐?"
"예, 있습니다."
"내어놓아라. 보겠다."
내어놓은 걸 보니까
용얼레빗 한 쪽에, 참실 반 묶음에,
대님 한 쪽이어서,
맞추어서 보니까 바짝 붙어서 맞아진다.
그제야 꽃감관은
"네가 내 자식이 분명하다."
하녀를 부르고
"내 자식이 왔으니
내 먹듯 이리 식사상을 차려서 오라."
한다. 이 말을 들은 한락궁이는
"아버님아, 아버님아!
아버님의 식사상을 차려서 온들
아버님 무릎에 한 번 앉아보지도 못하였는데
갖추어진 상을 받을 수가 있습니까?"
"그러하면 내 무릎에 앉아보라."
한락궁이는 바로 아버지 무릎에 앉아서,
오줌을 누는 체, 똥을 누는 체,
일천 어리광 모두 하여 두고서
식사상을 받아 놓고,
"이제 너희 어머니는
너와 갈려 서서 올 적에 죽었다."
"예? 거 무슨 말씀입니까?"
"네가 이리로 올 때
발등에 물이 아니 뜨더냐?"
"떴습니다."

"그거 너의 어머니 초다짐의 눈물이다.
오다가 보니까 물이 무릎에 아니 뜨더냐?"
"떴습니다."
"그건 두 번째 다짐의 너의 어머니 눈물이여.
오다가 보니까 노랗게 된 물이
자개미에 아니 뜨더냐?"
"떴습니다."
"그거 너의 어머니 세 번째 다짐의 눈물이다.
다시 잔등이에 빨간 물이 아니 뜨더냐?"
"떴습니다."
"그거 너의 어머니 목을 베일 때 물이다.
오다가 보니까 까마귀가 까왁까왁 아니하더냐?"
"예, 하였습니다."
"그거 너의 어머니 잡아간 차사이다."
"그런 줄 알았으면 돌멩이로 맞춰 버릴걸."
"그거, 그러한 게 아니다.
인간혼신 잡아가면
까마귀가 까왁까왁 하는 것이다.
오다가 보니까
윗물에 하얗게 차린 어떤 여자가
빨래를 아니 하고 있더냐?"
"하고 있었습니다."
"그건 너의 어머니 영혼이다."
"그런들 어머니 영혼인바에야 말 묻겠습니다
하여도 대답을 아니 합니까?"
"인간혼신 목숨이 떨어지면
말을 하지 못하는 법이다."
"너 벌역 시킬 적에 나무 한 바리하면
마흔아홉 바리를 하여지고
마소 쉰 바리에 실어지고 아니하더냐?"
"그렇게 하였습니다."
"그건 내가 인간 세상에
장남들 머슴을 내려 보내면서

서천꽃밭 꽃감관이 올십네다.
어멍은 임정나라 임정국의 원강암인디
천년장제 칩의 원강댁이가 됩네다.
나는 신산만산 한락궁입네다.
부친을 추사온 질입네다."
"게멘 느가 몬매본장이 싯느냐?"
"예, 싯습네다."
"내여놓아라. 보져."
내여논 걸 보난
용얼래기 흔착에, 춤씰 반쪽에,
다림 흔착이란,
맞추완 보난 붓작 붙언 맞아간다.
그제사 꽃감관은
"느가 내 주속이 분멩ᄒ다."
하님년을 불르고
"내 주속이 와시니
내 먹듯, 이레 식ᄉ상을 출령오라."
흔다. 이 말을 들언 할락궁인,
"아바님아, 아바님아!
아바님의 식ᄉ상을 출령온들
아바님 독ᄆ립에 흔번 앚아보도 못ᄒ곡 흔디
그진 상을 받을 수가 십네까?"
"경ᄒ건 나 독ᄆ립에 앚아보라."
할락궁인, 이젠 아방 독ᄆ립에 앚안,
오좀 누는 체, 똥누는 체,
일천 조새 문 ᄒ여두연,
식ᄉ상을 받아놓고,
"이제는, 느네 어멍은
느영 갈라 상 올 적이 죽었져."
"예? 거 미신 말씸이우꽈?"
"느가 이레 올 때
발등어리에 물이 아니떠냐?"
"뜹디다."

"거 너네멍 초대김에 눈물이여.
오단 보단 물이 독ᄆ립에 아니떠냐?"
"뜹디다."
"건 이대김에 너멍 눈물이여.
오단보단 누리롱흔 물이
즈금태기에 아니떠냐?"
"뜹디다."
"거 너멍 삼대김에 눈물이여.
또시 즌동이에 벌겅흔 물이 아니떠냐?"
"뜹데다."
"거 너멍 목을 굴을 때 물아니야.
오단보난 가마귀가 가왁까와 아니ᄒ더냐?"
"예, 흡디다."
"거 너멍 심어간 체시여."
"경흔 중 알아시민 돌째기로 마쳐불컬."
"거, 경흔 게 아니여.
인간혼신 심어가민
가마귀라 까왁까와 ᄒ는 거여.
오단 보난
웃물에 해양케 출린 어떤 예주가
ᄉ답을 아니ᄒ염서냐?"
"ᄒ염십디다."
"그건 너멍 혼정이여."
"기영ᄒ불로 어멍 혼정인우제사 말 물으쿠댕
ᄒ여도 대답을 아니흡네까?"
"인간혼신 목심이 털어지민
말을 ᄒ지 못ᄒ는 법이여."
"너 버력시길 적이 낭 흔바리 ᄒ민
마은아옵바릴 ᄒ여지고
ᄆ쉬 쉰바리에 식거지곡 아니ᄒ여냐?"
"경 흡디다."
"그건 내가 인간백성에
장남들 느리완 보내멍

그렇게 하라고 한 것이다."

"예."

"그때 천년장자가 새끼줄 쉰 동 꼬라고 할 때,
한 동 꼬는 사이에 마흔아홉 동을 꼬아서
자기 냥으로 사려지지 아니하더냐?
그건 내가 새끼줄을 꼬아서 사려준 것이다."

"너의 어머니 벌역할 적에
명주 석 동 매면
닷 동은 저절로 매어지지 아니하였더냐?"

"예, 그렇게 하였습니다."

"그것은 나의 신령으로 그처럼 매여 주었다."

"예."

"명주 한 동 짜면 한 동은 저절로 짜진 것도
나의 신령으로 그렇게 한 것이다.
너의 어머니는 죽어서 이젠 뼈만 앙상하였다.
너의 어머니 가서 뼈라도 찾아서 오너라."

꽃감관 사라도령은
아들 한락궁이를 데리고 가서
서천꽃밭 꽃구경을 시켜주면서
꽃을 따 주는구나.

"요것은 뼈오를 꽃이다.
요것은 살오를 꽃이다.
요것은 요장육부 간과 쓸개 만들 꽃이다.
요건 웃음 웃을 꽃이다.
요건 말할 꽃이다.
요것은 시들을 꽃이다.
요것은 생불 꽃이다.
요것은 불붙을 꽃이다.
요것은 멸망꽃이다.
요것은 악심꽃이다."

꽃감관이 가리키는 대로
한락궁이는 그 꽃을 모두 땄다.
나중에는 때죽나무 회초리를 하나 해 주면서,

"이걸 가지고서 어머니한테 가라.
가지고 가되,
천년장자집으로 바로 가지를 말고
청태국 마구할멈한테 먼저 가서
천년장자집 셋째 딸아기를 불러주십시오
하여서 너의 어머니 시체를 찾아 살려내라."

"예."

"그리고 이 꽃으로 이리저리 하여 보라."

한락궁이는 아버지 말하는 양 하여
마구할멈 집으로 들어가니까.

아닐까,

"너 왜 왔느냐?
천년장자집에서는 너를 찾아서
죽이려고 하고 있다. 어서 달아나버려라."

"그렇게 하지요마는
천년장자집 셋째 딸아기를
이리로 불러주십시오."

"그래. 그렇게 해라."

천년장자집 셋째 딸아기를 불러오니까,

"에이고! 너 왜 왔느냐?
우리 아버지는 너를 죽이지 못하여서
오죽하고 있느냐. 어서 달아나버려라.
너의 어머니도 우리 아버지가 죽여 버렸다."

"그렇게 하지만은
난 인정 은공의 보답할 돈이 많이 있으니까,
그 사이 돈 많이 벌어서 왔습니다."

한락궁이가 셋째 딸과 집으로 들어가니까
천년장자가,

"이놈 어디 갔다가 왔느냐?
앞밭에 장검 걸라 뒷밭에 형틀 걸라
자강놈을 불러라."

죽일 일로 둘러가니,

"상제님아, 상제님아.

그영흐렌 흔 거다."

"예."

"그 때, 천년장제가 숫기 쉰동 꼬랭 흔 때,
흔동 꼬는 새예 마은아옵동을 꼬완
지냥으로 스려지지 아니흐여서냐?
그건 내가 숫길 꼬완 스려준거다.
너멍 버력흘 적이,
맹지 석동 매민
닷동은 질로 매여지지 아니흐였더냐?"

"예, 그영 흐여십다."

"그것은 나의 신령으로 그츠록 매여 주었져."

"예."

"맹지 흔동 츠민 흔동은 질로 차진 것도
나의 신령으로 경흔 거여.
너멍은 죽언, 이젠 꽝만 슬그랑 흐였져.
느어멍 강 꽝이나 촛앙오라."
꽃감관 사라도령은
아들 할락궁일 드란 간
서천꽃밭 꽃귀경을 시겨 주멍
꼿을 탕 주는구나.
"요건 꽝오를 꼿이여,
요건 슬오를 꼿이여,
요건 오장육부 간담 거릴 꼿이여,
요건 웃임웃일 꼿이여,
요건 말ㄱ를 꼿이여,
요건 금유울 꼿이여,
요건 생불꼿이여,
요건 불붙을 꼿이여,
 요건 맬망꼿이여,
요건 악심꼿이여."
꽃감관이 ㄱ리치는냥
할락궁인 그 고장을 믄 타난
말자인 종낭회추릴 흐나 흐연 주멍,

"이걸 ㄱ정 어멍신디 가라.
ㄱ정 가되,
천년장제칩데레 바로 가질말앙.
청태국 마귀할망신디 몬첨 강
천년장제칫 말줏뚤애길 불러줍생
흐영 너멍 시첼 츠상 살려내라."

"예."

"그영흐곡, 이 꼿으로 아맹아맹 흐여 보라."
할락궁인 아방 굿는냥 흐연,
청태국 마귀할망집일 들어가난.
아닐카,
"느 무사 오란디?
천년장제칩이선 늘 촛앙
죽이젠 흐염져. 흔저 돌아나불라."

"경흡주마는
천년장제칫 말줏딸애길
이레 불러줍서."

"걸랑 기영흐라."
천년장제칫 말줏뚤애긴 불러오난,
"애이구! 느 무사 오란디?
우리 아방은 늘 죽이지 못흐연
오즉해염샤. 흔저 돌아나불라.
느네 어멍도 우리 아방이 죽여부난 죽었져."

"경흡주마는
난 인정 역개 돈이 하영 시난,
그 새 돈 하영 버실언 왔쑤다."
할락궁인 말줏딸이영 집으로 들어가난
천년장제가,
"이놈 어디 간 와시?
앞닫디 장검 걸라. 뒷밭디 버텅 걸라.
즈강놈을 불르라."
죽일팔로 둘러가니,
"상제님아, 상제님아.

죽기야 이제 죽을 놈입니다만은
인정 은공의 보답품, 돈 많이 벌어서,
저 바다에 실어서 왔으니 저 돈이나 퍼서
받아놓고서 날 죽이십시오."
그러자 천년장자는 돈에 탐나서,
"그래? 그러면 어떻게 하면 배에 돈을
가서 퍼서 올 수 있니?"
"삼족일가를 모두 모여서 앉히십시오.
삼족일가가 모두 가야
돈을 가지고 올 수가 있습지요.
그전에는 돈 가져 올 수가 없습니다."
그렇게 해서 삼족일가가 모두 모여 앉으니까,
한락궁이는 웃음 웃을 꽃을 내어 놓으니까,
삼족일가가 모두 해삭해삭
창자가 끊어지도록 웃어간다.
이제는 멸망꽃을 내어 놓으니까
모두 멸 쓰러지듯
삼족일가가 모두 죽어가는구나.
그젠 천년장자 셋째 딸이 와서
"한락궁이 상제님아. 날 살려주십시오."
하니까 한락궁이는
"네가 상제지, 내가 상제냐?"
큰 딸아기와 둘째 딸아기는 나오라 해서
불붙는 꽃을 내어놓으니까
모두 불 붙어서 죽고.
한락궁이는 셋째 딸아기보고,
"우리 어머니 죽은데 가서 가리켜라."
해서 가서 가리키는 데를 보니까,
뼈만 앙상히 남아 있고,
머리빡 위에는 오동나무가 울창하고,
손앞으로는 대나무가 울창하였으니.
은장도로 밑으로 베어내고.
뼈를 차곡차곡 주어 놓아서

살오를 꽃,
뼈오를 꽃,
말말할 꽃,
숨쉴 꽃,
오장육부 만들 꽃을 모두 주어 놓아서,
때죽나무 회초리로 삼세번을 쓸어 때리니까
부스스 일어나면서,
"아이고, 서른 아기야. 봄잠을 난 너무 잤구나."
한락궁이는 어머니가 죽어서
뼈를 놓았었던 곳의 흙을 파다가
"어머니 살 썩은 흙이로구나."
하여서 고리동반을 만들고,
어머니 모시고
천년장자집 셋째 딸과 같이
서천꽃밭을 들어가고 보니,
애기들이 꽃장난 하면서 놀고 있다.
조금 큰 우두머리가 된 애기들은
꽃에 물을 주고 있고,
그 애기들 중에도 인간 세상에서
놋 사발에 밥 먹던 애기는
죽어서 와도 놋 사발로 물을 떠다가
꽃밭에로 주려고 하면 손이 시려서 울고,
사기사발로 밥 먹던 애기는
사기사발로 물 떠다가
손 힘 놓아서 사기사발이 깨어지면
비새울 듯 울고 있고,
바가지에 밥 먹던 애기는
바가지로 물을 사뿐사뿐 잘 들고서 가서
꽃밭에 물을 잘 주면 칭찬을 받고,
다시 채그릇에 밥 먹던 애기는
채그릇으로 물을 들면 주르르하니
모두 빠져버리면 꽃밭에 물을 못주어서
꽃감관한테

죽음이사 이제 죽을 놈입주마는
인정 역가, 돈 하영 버실언,
저 바당이 신건 와시메 저 돈이나 푸엉,
받아놓앙 날 죽입서."
그젠 천년장제는 돈에 탐흐연,
"이? 게멘 어떵흐민 배엣 돈을
강 푸엉 올 수 시니?"
"삼족일룬을 믄 메와 앚집서.
삼족일룬이 믄 가사
돈 구경 올 수가 십주,
그전인 돈 구경 올 수가 엇입네다."
이젠 삼족일룬이 믄 메와 앚이난,
할락궁인 웃음웃일 꼿을 내여 놓난,
삼족일룬이 믄 해삭해삭
배설이 그차지도록 웃어가난,
이젠 맬망꼿을 내여 놓난
믄 멜씰어지듯
삼족일룬이 믄 죽어가는구나.
그젠 천년장제 말줏뚤이 오란
"할락궁이 상제님아 날 살려줍서."
하난, 할락궁인
"느가 상제지, 내가 상제냐?"
큰뚤애기영 셋뚤애긴 나오라가난
불붙은 꼿을 내여놓난
매딱 불붙언 죽고.
할락궁인 말줏딸애기구라,
"우리 어멍 죽은디 강 구리치라."
하연, 간 구리치는 딘 보난,
꽝만 슬그랭이 남고,
머리빡 우은 머구낭이 탕천흐고,
손 앞으로 왕대 족대가 탕천흐여시난
은장도로 속솝드리 비여내고,
꽝을 주근주근 줏어놓완

술오를 꼿,
꽝오를 꼿,
말구를 꼿,
숨쉴 꼿,
오장육부 그릴 꼿을 믄 주워놓완,
족낭회추리로 삼시번을 씰뜨리난,
와들랑이 일어나멍,
"아이구, 설룬애기야. 봄줌을 난 너미 자졌져."
할락궁인, 어멍 죽언
꽝스려난 딧 흑은 파단,
"설룬 어멍 술석은 흑이로구나."
흐연, 고리동반을 맹글고,
수단 어멍 모시고
천년장제칫 말줏뚤광 흐디
서천꼿밭딜 들어가고 보니,
애기들이 꼿방뒤흐멍 놀암고,
홋술 욱은 수두가 된 아기들은
꼿에 물을 주엄고,
그 애기들 중에도 인간이서
놋사발에 밥먹단 애긴
죽엉 와도 놋사발로 물을 들러당
꼿밭데레 주젱 흐민 손이 실령 울고,
사기사발에 밥먹단 애긴
사기사발로 물 들르당
손짐놓왕 사기사발이 벌러지민
비새울듯 울엄고,
쿨락박새기에 박먹단 애긴
쿨락박새기로 물을 으긋으긋 잘 들렁 강
꼿밭디 물을 잘 주민, 치셀 맡으곡,
또시, 차롱착에 밥먹단 애긴
차롱착으로 묾을 들르민 좌르르흐게
믄 세여 불민 꼿밭디 물을 못주엉
꼿감관안티

때죽나무 회초리로 매를 맞아서 웁니다.
그때부터 원강댁은
종의 신분에서 풀려 놓으니까
원강아미가 되어서
서천꽃밭에서 어린 애기들에게
밥 주고 물주고 하면서
어린 것을 기르면서 살고,
한락궁이는

아버지 앉았던 방석에 앉아서
꽃감관을 하고,
사라국 사라대왕은 저승 아버지가 되고,
원강아미는 저승 어머니가 되옵니다.
그 법으로
이 세상에 할아버지 살던데 아버지가 살고,
아버지가 살던데 아들이 대물림하면서
차차 전대전손 합니다.

기물 16 : 요령1

족낭회추리로 매를 맞앙 웁네다.
이젠, 원강댁이가
종을 풀려놓난
원강암이가 되연
서천꽃밭서 어린 아기들
밥주곡 물주곡 하멍
어린 것을 그늘르멍 살고,
한락궁인

아방 앚아난 방석에 앚안,
꽃감관을 ᄒ고,
사라국 사라대왕은 저싱 아방이 되고,
원강암인 저싱 어멍이 되옵네다.
그 법으로
금시상이 할으방 살단디 아방이 살고,
아방이 살단디 아들이 물리멍
ᄎ̄ᄎ̄ 전대전손 홉네다.

기물 17 : 요령2

3장

집을 지키는 신들

〈성조풀이〉
〈성주굿〉
〈황제풀이〉

가택신에 대한 이야기는 두 가지가 전해진다. 경기 지방에서 전해지는 집을 짓는 성주신의 유래에 대한 〈성조풀이〉와 부산 동래에서 전해지는 집과 가족을 지키는 성주신에 대한 〈성주굿〉과 〈황제풀이〉 등이다.

〈성조풀이〉는 훌륭한 집을 짓기 위해 노력하여 신의 인정을 받고, 가택신이 된 성조신의 출생과 성장, 고난과 극복을 이야기하는 일생담으로 영웅신화라고 할 수 있다. 신인이 등장하여 출생의 특별함을 알려주는 태몽을 가지고 태어나 비범한 성장기를 거쳐 18세에 결혼을 하지만, 처를 박대하고 주색에 빠진 죄로 황토섬에 귀향을 가고 잘못을 뉘우치고 혈서로 자신의 곤경을 알리니 비로소 귀양살이가 풀린다. 돌아와서 부인과 정을 나누고 5남5녀를 낳아 키워서, 나이 70세가 되어 예전에 심은 나무를 베고 온갖 연장을 마련하여 집을 지어 자신은 입주 성조신, 부인은 몸주 성조신으로 앉고 다섯 아들은 오토지신, 다섯 딸은 오방부인이 되게 했다.

〈성주굿〉은 천하궁과 지하궁 사이에서 태어난 하후왕(황우양)에게 황산뜰로 성주이룩 가야 한다는 소식이 오자 연장이 없어 고민하는 것을 하후왕부인이 해결해 문제없이 천하궁으로 가던 중, 소진앵의 잔꾀에 넘어가 허튼 시간을 보내고 있는 사이에 소진앵이 하후왕부인을 찾아가 겁탈하려고 한다. 하후왕부인은 자신의 몸에 귀신이 들었으니 개똥밭에서 구메밥을 먹으며 기다려야 한다고 시간을 빌어놓은 사이에 하후왕은 꿈을 꾸고 해몽을 하니 집안에 큰 문제가 생겼다는 풀이가 나온다. 한 달 할 일을 보름하고, 보름 할 일을 하루에 끝내고 급히 집에 돌아오니 집은 풍비박산이고 부인은 소진뜰로 잡혀가고 없다. 당장 소진뜰로 달려가 소진앵과 그 가족을 서낭신으로 만들고 하후왕부인을 구한다. 그리고 하후왕은 성주신이 되고 양잠과 베 짜는 기술을 배웠다는 하후왕부인은 터주신이 된다.

1. 가택신의 유래에 대한 노래 〈성조풀이〉

1
홀연히 천지개벽한 후에
삼황오제(三皇五帝) 그 시절에,
천황씨 처음 나시어, 목덕(木德)으로 임금 되어
일월성신 비춰오니, 해와 달이 밝아지고
지황씨 뒤에 나시어, 토덕(土德)으로 임금 되니,
풀과 나무도 돋았더라.
인황씨 다시 나시어 형제 아홉 사람이
아홉 마을을 나누어 다스려
모두 인간 세상으로 나올 때,
인간 문물을 마련하고.
수인씨 뒤에 나시어
처음으로 나무를 뚫어 불을 내어
사람에게 화식(火食)을 가르치고.
유조씨 다시 나시어 나무를 엮어 집을 만들고,
나무 열매를 먹을 때, 나무를 얽어 집을 삼고,
추운 겨울을 피하더라.

헌원씨 뒤에 나시어, 높은 산의 나무를 베어
서너 척 배를 만들어, 만경창파에 띄워놓고,
억조창생(億兆蒼生)을 두루 다스려서
그물 맺고 그물 지어, 고기잡이 마련하고.
신농씨 뒤에 나시어 역산의 나무를 베어
극젱이와 쟁기를 만들어서 농사법을 가르치고,
온갖 풀을 맛보며 약을 지어, 치병생활 다스리고.
복희씨는 성군이라,
창해(滄海)같은 의견으로
하도낙서(河圖洛書)를 풀어내고,
낮에 제자를 모아
만물의 사고 파는 것을 가르치고,
처음 팔괘를 그려 음양을 가르칠 때,
남자가 아내를 얻는 법과 여자가 출가하는 법을
반드시 예로서 가르치시어, 부부를 정했다.
여와씨가 뒤에 나시어
오색 돌을 고이 갈아, 하늘을 수놓은 후에

---

16 고대 중국의 제왕(帝王)들. 삼황(三皇)은 천황씨, 지황씨, 인황씨 혹은 수인씨, 복희씨, 신농씨 또는 복희씨, 신농씨, 황제를 말한다는 여러 가지 설이 있음. 오제(五帝)는 소호(少昊), 전욱(顓頊), 제곡(帝嚳), 요(堯), 순(舜)의 다섯 성군을 말하나, 사기(史記)에서는 소호 대신 황제를 넣는다.

17 십팔사략(十八史略)의 '천황씨는 목덕으로 임금이 되었다.(天皇氏 以木德王)'라는 구절에서 유래. 천황씨는 중국 고대의 삼황(三皇)의 한 사람.

18 십팔사략의 '지황씨는 화덕으로 임금이 되었다.(地皇氏 以火德王)'라는 구절의 변형. 지황씨는 중국 고대 삼황의 한 사람.

19 십팔사략의 '인황씨는 형제가 아홉 사람으로 아홉 주를 나누어 각각 우두머리가 되었다[人皇氏 兄弟九人 分長九州].'라는 구절에서 유래. 인황씨는 중국 고대의 삼황의 한 사람.

20 십팔사략의 '수인씨에 이르면 비로소 나무를 뚫어 불을 피워서 사람에게 화식을 가르치니[去 燧人氏 始鑽樹 敎人火食]'라는 구절에서 유래. 복희씨 이전의 인물로 불을 가르쳤고 식물의 조리법을 처음 가르쳤다고 전함.

一 家神由來歌

忽然 天地 開闢 後에,

三皇五帝[16] 그 時節에,

天皇氏 처음 나셔 木德으로 임군되어,[17]

日月星辰 照臨하니 날과 달이 발가 잇고.

地皇氏 後에 나셔 土德으로 임군되니,[18]

풀과 남기 도닷드라.

人皇氏 다시 나셔 兄弟 九人이

分掌九州[19]하야,

皆出於 人生할제,

人間文物 마련하고.

燧人氏 후에 나셔

始鑽樹 불을 내여

敎人火食 마련[20]하고.

有巢氏 다시 나셔 構木 爲巢하고,

食木實할[21] 새 남글 얼거 집을 삼고,

雪寒을 避하더라.

軒轅氏[22] 後에 나셔, 高山의 남글 비여,

三四 隻 배를 모와, 萬頃蒼波 씌여 놋코,

億兆蒼生 統攝하며,

罔 맷고 그물지여, 고기잡기 매련하고.

神農氏[23] 후에 나셔 歷山[24]에 남글 비여,

홀정 쟁기 만드러셔, 農事法 가러치고,

嘗百草藥을 지여, 治病 生活 다사리고.

伏羲氏[25] 聖君이라,

滄海 갓탄 意見으로,

河圖洛書[26] 풀어내고,

날 가온데 제자 모와,

萬物賣買 가러치고,

始劃八卦하여, 陰陽을 가로칠 제,

男子의 娶妻 法과 女子의 出嫁 法을

禮必로 가르치셔, 夫婦를 定하드라.

女媧氏 후에 나셔

五色돌 고이 가라, 以補天 하신 後에

---

21 십팔사략의 '유소씨가 있어서 나무를 얽어서 둥지를 만들고 나무 열매를 먹었다[有巢氏 構木爲巢 食木實].'라는 구절
    에서 유래. 시기상으로 수인씨에 앞서나 여기서는 순서가 바뀌어 있다. 유소씨는 중국 고대의 성인. 새가 둥지를
    만들어 사는 것을 보고 사람에게 집 짓고 살 것을 가르쳤다고 함.
22 황제(皇帝)라고도 함. 고대 중국 전설 상의 왕. 복희씨, 신농씨와 함께 삼황이라 일컬어짐. 기원전 2700년 경 천하
    를 통일하여 문자, 수레, 배 등을 만들고, 도량형, 역법, 음악, 잠업 등 많은 문물제도를 확립하여 인류에게 문명
    을 가져다 준 최초의 제왕으로 숭앙되었음.
23 반인반수(伴人半獸)였다고 알려진 고대 중국의 전설상의 왕. 영농과 약초의 신으로 알려져 있음.
24 중국 산동성 제남부에 있는 산. 순임금이 밭을 갈아 먹고 살던 곳이라고 알려져 있음.
25 중국 고대의 제왕. 팔괘(八卦)를 처음으로 만들고 그물을 만들어 어렵(漁獵)을 가르쳤다고 함. 여기서는 복희씨와
    헌원씨 간에 약간의 혼동이 있는 듯 하다.
26 '하도(河圖)'는 복희가 황하(黃河)에서 얻은 그림으로 이것으로 복희는 역(易)의 팔괘(八卦)를 만들었다고 한다. '낙
    서(洛書)'는 하우(夏禹)가 낙수(洛水)에서 얻은 글로, 이것으로 우(禹)는 천하를 다스리는 대법(大法)으로 홍범구주
    (洪範九疇)를 만들었다고 한다.

여자에게 바느질과 김쌈을 가르치며,
남녀 의복을 마련하고.
법주씨 법을 내고, 도당씨 역서(曆書)를 내어,
춘하추동 사계절,
가을 추수와 겨울 저장법을 마련하고,
공자님 출생하여
시서백가(詩書百家) 삼강오륜(三綱五倫),
인의예지(仁義禮智), 선악반상(善惡班常),
유식무식(有識無識)을 가르치니,
그때 그 시절에 성조본이 어디인가?
중원국도 아니오. 조선국도 아니요
서천국이 정본이라.
성조부친 천궁대왕, 성조모친 옥진부인,
성조조부 국빈왕씨, 성조조모 월명부인.
성조님 외조부는 정반왕씨 아니시며,
성조님 외조모는 마야부인 아니시며,
성조님 실내부인 계화부인 아니신가?

2

성조부친 천궁대왕 나이 서른일곱이요,
성조모친 옥진부인 나이 서른아홉이라.
두 분 나이 마흔에 가깝도록
슬하에 혈육 하나 없어, 매일 부부가 한탄하는데,

하루는 점쟁이를 청하여 점을 치니,
그 점쟁이가 점지하기를
서른 살 전의 자식은 팔자로 두거니와,
마흔 살 전의 자식은 선한 마음으로 공을 들여,
불전에 정성을 들이면
아들을 낳고 부귀를 얻는다 하니
부인이 그 말을 듣고, 온갖 공을 다 드리는데,
높은 산에 송죽을 메어 하늘에 기도하고,
땅에 금토를 뿌리고,
금은비단 갖추어서 수레에 높이 싣고,
운문사로 찾아 들어가 지성으로 공을 들이니,
명산대천의 영신당과 고미축수 석가산,
제불보살 미륵님 전 지성으로 발원하며,
칠성불공, 나한불공, 백일산제, 제석불공,
대해마다 용왕제며, 천제당에 천제 드리기,
신중마다 가사 시주, 다기 시주,
연등 시주, 노구 마중 집짓기며,
길거리 송장 초상 치루기,
가난한 사람 해산할 때, 미역 양식 시주하며,
조왕세존, 후토신령 당산, 처용, 지신제를
지극정성 빌었더니
공든 탑이 무너지며, 심은 나무가 꺾어질까.
부왕과 부인이 길일을 간택하여,

27 중국의 성군이었다고 전해지는 요(堯)임금을 말함. 희씨(羲氏)와 화씨(和氏) 일족에게 계절의 구분에 따라 농사의
   적기를 가르쳐주도록 하였으며, 1년을 366일로 정하고 백관들을 정비하였다.
28 원문에는 地塲으로 되어 있으나, 기자정성을 드리고 있는 본문의 맥락에 따라 塲은 場으로 써야 '신을 모시는 곳'이
   라는 의미가 된다.
29 조선 남부지방에서 어떤 종류의 기도—특히 정성을 들이는 기도 또는 제사를 지낼 때 3일 전부터 문 앞에 금줄을
   치고, 문 앞에 황토를 뿌렸다. 이것은 부정한 자—상중에 있는 자, 임산부, 무녀, 백정 등 모르는 사람, 가족 이외
   의 자, 악귀잡신 등의 출입을 금하기 위해서였다. 지장은 출입구의 지면이고, 흩뿌려진 황토를 '금토'라고 한다.
   부정한 것을 정화하는 의미의 재차(第次)로서 황토를 뿌리는 행위나 그 흙을 금토(禁土)라고 한다.
30 영험한 신을 모신 신당.
31 〈적벽가〉 '조조군사 타령'이나 〈심청가〉의 기자정성 대목에 정성을 드리는 장소로 언급되는 '고묘(古廟)총사(叢祀)
   석왕사'의 와음인 것으로 보이는데, 이 때 '고묘'는 오래된 사당, '총사'는 잡신을 제사하는 사당을 의미한다. 다만,
   '고미(姑未)'를 '마고할미'로 볼 여지가 있는데, 이렇게 해석하면 '마고할미가 돌로 쌓은 산'이라는 뜻으로, 마고할
   미의 전설에서 유래한 구절이 된다.

女工諸技 가로치며,

男女衣服 마련하고.

法主氏 法을 내고, 陶唐氏[27] 曆書 내여,

春夏秋冬 四時節과,

冬藏秋收 마련하고.

孔子님 出生하야,

詩書百家 三綱五倫,

仁義禮智 善惡班常,

有識無識 가로치니,

그새 그 時節에 成造本이 어듸매뇨.

中原國도 안이시오, 朝鮮國도 안이시오,

西天國이 正本이라.

成造父親 天宮大王, 成造母親 玉眞夫人,

成造祖父 國飯王氏, 成造祖母 月明夫人.

成造님 外祖父는 淨飯王氏 안이시며,

成造님 外祖母는 摩耶夫人 안이시며,

成造님 室內夫人 桂花夫人 안이신가.

二

成造父親 天宮大王 나히 설흔일곱이오,

成造母親 玉眞夫人 나히 설흔아홉이라.

兩主 나히 年當 四十 近하도록

膝下에 一點 血肉이 업서, 每日 夫婦 恨歎할제,

한날은 卜師를 請하야 問卜하니,

具卜師点指 曰,

三十 前 子息은 八字로 두거니와,

四十 前 子息은 善心으로 修功하고,

佛典에 致誠하면,

生男 富貴한다 하니,

婦人이 그말 듯고, 왼갓 功을 다드릴제,

高山에 松竹 비혀, 天門에 祈禱하고,

地場[28]에 禁土[29] 놋코,

金銀彩緞 갖추와셔, 수래에 놉히 실고,

雲門寺로 차자 들어 至誠으로 功 드릴제,

名山大川 靈神堂[30]과, 姑未築修 석가산,[31]

諸佛菩薩 彌勒님 前 至誠으로 發願하며,

七星佛功, 羅漢佛功, 百日山祭, 帝釋佛功,

大海마다 龍王祭며, 天祭堂 天際하기,

신중[32]마다 袈裟 施主, 茶器 施主,

燃燈 施主, 路口[33]마중 집짓기며,

街里 송장 初喪치기,

貧한 사람 解産時에 매윽 粮食 施主하며,

竈王世尊,[34] 后土神靈 堂山,[35] 處容,[36] 地神祭를,

至極精神 비럿더니,

功든 塔이 문허지며, 심든 낭기 썩거질가.

大王과 婦人이 吉日을 簡擇하야,

---

32 여승(女僧)을 지칭하는 경우가 많으며, 여승들에게 가사를 지수했다는 해석이 가능하다.

33 '길의 입구'라고 할 수 있으며, '길에 있는 입'으로 본다면 떠돌이나 거지라고 생각할 수도 있다.

34 조왕세존은 세존을 가리키는 것이 아니라 '조왕' 즉 조신을 불교적으로 말한 것이다.

35 한 마을을 수호하는 산신이 소재하는 산을 가리키는 것이 본래 의미이다. 그러나 풍속에서는 산신 그 자체를 당산님
     이라 부르는 경우도 있고, 산신을 모시는 산신당, 혹은 산신이 거주하는 곳으로 알려진 난석단을 가리키는 경우도
     있다. 산신당, 산지당, 국사당, 국시당, 국수당 등으로 불리며, 난석단도 같은 이름처럼 불린다.

36 예부터 악마의 침입을 막는 문신으로 문 앞에 붙였던 그림 신이며, 『삼국유사』 '처용랑망해사(處容郎望海寺)'조에
     나오는 신격의 이름으로 동해 용왕의 아들로 헌강왕을 따라 서라벌로 와서 왕을 도왔고, 아내와 동침하고 있는 역
     신(疫神)을 향해 「처용가」를 불러 설복시킴으로써 문신(門神)이 되었다. 그러나 기자정성을 드리는 상황임을 생각
     해보면 '처용'이 아니라 가정신앙 차원의 재물신인 '천룡'으로 볼 가능성도 있다.

동방화촉(洞房華燭)으로 바른 잠 잘 때,
초경(初更)에 꿈을 꾸니,
검정새 두 마리, 푸른 벌레를 물고
베개 좌우편에 앉는 것이 보이고,
국화꽃 세 송이가 베개 위에 피었거늘.
이경(二更)에 꿈을 꾸니,
삼태육경 자미성, 부인 앞에 내려오시고,
금쟁반에 붉은 구슬 셋이
구르는 것이 보이거늘.
삼경(三更)에 꿈을 꾸니,
공중 방안에 오색구름이 모여들고,
어떤 선관(仙官)이 황학을 타고
빛 고운 구름에 싸여서 문을 크게 열고
부인 곁에 앉으며 말하기를
"부인은 놀라지 마십시오.
나는 도솔천 천궁의 왕이라.
부인의 공덕과 정성이 지극해
천황이 감동하고 부처님이 지시하여
자식을 주려고 왔습니다."
일월성신 정기를 받아, 동자를 마련하여
부인에게 주시며 말하기를
"이 아기 이름은 안심국이라 지으시고,
별호는 성조씨라 합니다."
한없이 기뻐할 때,
무정한 바람 소리에 부인의 깊이 든 잠
홀연히 꿈을 깨고 보니,
선관은 간 곳 없고, 촛불만 밝히고 있었다.
부인이 꿈꾼 일을 왕에게 이야기하니,

국왕도 기뻐하더라.

3

다음날 밝을 때에 해몽가를 급히 불러
꿈 이야기를 하였더니,
"초경의 검정새 두 마리,
푸른 벌레를 물고 있는 것은,
왼쪽은 대왕의 직성이고,
오른쪽은 부인의 혼령이라.
푸른 벌레 두 마리는
원앙비취의 즐거움일뿐더러,
국화 꽃 세 송이는
나라에 삼태육경(三台六卿)이 날 꿈이요.
이경에 얻은 꿈은 삼태육경 자미성은
삼신제불(三神諸佛)이 대왕을 모신 형상이요.
금쟁반에 붉은 구슬 셋은
나라에 득남(得男)할 꿈입니다.
삼경에 얻은 꿈은
선관이 부인의 침실에 좌정한 것은
이는 곧 지양이라.
성신의 정기를 받아 동자를 마련하여
부인에게 주신 것으로 나라에 왕자가 태어나면
높이 이름을 떨칠 것이니
꿈 걱정은 생각하지 마십시오."

4

과연 그 말처럼 그 달부터 잉태하여,
한두 달에 이슬 맺고,

---

37 삼태육성(三台六星큰)의 와음, 곰자리 중에서 자미성(紫微星)을 지키는 별. 상태성(上台星) 두 개, 중태성(中台星) 두 개, 하태성(下台星) 두 개의 여섯 개로 되어있어서 '삼태육성'이라고 하며, 흔히 그냥 '삼태성(三台星)'이라고도 한다. 자미성은 자미원(紫微垣)에 있는 별의 이름. '자미원'은 옛 중국 천문학에서 하늘을 삼원 이십팔수로 나눈 가운데, 태미원(太微垣), 천시원(天市垣)과 더불어 삼원의 하나인 별자리. 작은곰자리를 중심으로 170여 개의 별로 이루어져 있으며, 천제(天帝)가 거처하는 곳이라고 알려져 있다.

三四朔에 人形 생겨,

다섯달 반짐 싯고,

六朔에 六腑 생겨,

七朔에 骨肉 맷고,

八九朔에 男女 分別,

三萬八千四 血孔과 四肢手足 骨格이며,

智慧聰明 마련하고,

십삭을 배살하야,[39] 지양이 나려 왓셔

婦人의 품은 아히, 世上에 引導할 제,

命德王은 命을 주고,

福德王은 福을 주고,

分接王은 가래 들고,

금탄王은 열스대 들고,

婦人을 侵노하니,

婦人이 昏迷中에 金光門[40] 고이 열어,

아기를 誕生하니, 쌀이라도 방가운데,

玉가튼 貴童子라.

婦人이 精神 차려,

枕衾에 依支하고 아기 모양 살펴보니,

얼골은 冠玉[41] 갓고,

風采는 杜牧[42]之라.

五

婦人이 大吉하야

觀相客을 급히 불너, 아히 觀相 매련할 제,

雪花 上白 簡紙에 黃毛筆[43] 덥벅 써셔,

紅硯에 먹을 갈아, 階 下에 伏地하고,

初中末年 富貴功名 興亡盛衰 吉凶禍福,

個個히 記錄 하니,

그 글에 하엿시되,

天庭[44]이 놉핫시니 少年功名할 거시오,

準頭가 놉핫시니 富貴功名 如一이라,

兩眉間이 집헛시니 前妻 소박할 거시오,

日月角[45]이 나자시니 二十 前 十八歲에,

無山 千里 無人處에

黃土섬에 三年 기양 마련하엿거늘.

觀相客이 보기를 다한 後에

相書[46]를 올니거늘, 婦人이 살펴보고,

肝臟이 썩거지기 해음 업시 셜니 운다.

前功이 可惜이라.

이러할 줄 아랏시면 생기지나 마랏실스 걸,

너의 八字 庸劣하고 내 福祚 그 쑌이라.

내 年當 四十에 至極히 功을 드려,

獨子 너를 어들 적에 富貴榮華 하잣더니,

二十 前 十八歲에 三年 귀양가단 말가.

諸佛菩薩 야속하고, 三神지양 無情하다.

뉘다려 怨望하며, 허물한들 무엇하리.

放聲哀痛 셜니우니,

侍衛하는 侍女들과, 胎 가려는 모든 婦女

눈물을 難禁이라.

婦人을 달내면서 조흔 말노 勸請하니,

婦人이 哀痛타가,

夢事를 生覺하고, 눈물을 긋치시며,

아히 일홈 定命할제,

이 아히 일홈을 安心國이라 定하시고,

別號는 成造라 부러더라.

---

43 족제비의 꼬리털로 만든 붓. 붓 가운데 가장 고급이다.
44 관상에서 두 눈썹 사이나 이마를 가리키는 용어.
45 정면에서 보아 앞이마의 약간 오른쪽과 왼쪽 부분.
46 관상 본 결과를 기록한 글.

6

성조 무병장수하여 날로 달로 자라나
두 살 먹어 걸음 하니 못 가는 곳이 없고,
세 살 먹어 말을 하니
소진(蘇秦)과 장의(張儀)의 말솜씨 같고,
네 살 먹어 예를 행하니
효제충신(孝悌忠信) 본을 받고,
다섯 살에 서당에 들어가니
예민하고 총명하다.
세월이 흘러 어느덧 장성하니,
성조 나이 십오 세라.
시서백가 만권서책,
통하지 않고 모르는 것 없는지라.
하루는 성조가 속으로 생각하기를
장부로 세상에 나와서 무슨 공을 얻어서
천추에 빛나는 이름, 벽상에 올리리오.

7

그때 마침 지하궁을 살펴보니,
새와 짐승도 말을 하고,
까마귀와 까치도 벼슬을 하고,
나무와 돌도 굽혔다 일어서고,
옷 나무에 옷도 열리고,
밥 나무에 밥이 열리고,
쌀 나무에 쌀이 열리고,
국수 나무에 국수 열리고,
온갖 과일이 다 열려서
세상에 있는 사람들 궁핍할 이 없는지라.
사람이 생겼으되, 운명은 풍족하나

집이 없어서 수풀에 의지하고
유월 염천(炎天) 더운 날과
백설한풍(白雪寒風) 추운 계절을
힘들게 피하거늘 성조님이 생각하기를,
내 지하국에 내려가서
공산의 나무를 베어 사람의 집을 지어,
추위와 더위를 피하게 하고,
신분의 높낮이를 가르치면
성조의 빛난 이름, 수만 년 전하리라 생각하고,
부모 두 분 앞으로 가서
사람의 집이 없음을 가엽게 여김을 고하니,
부모 두 분 허락하시거늘,
허락 받아 지하국에 내려가서
무주공산 다다르자 온갖 나무 다 있으되,
어떤 나무를 바라보니
산신이 좌정하여 그 나무는 못 쓰겠고,
또 한 나무를 바라보니
당산 지키는 나무가 되어 그 나무도 못 쓰겠고,
또 한 나무를 바라보니
오작짐승 집을 지어 그 나무도 못 쓰겠고,
또 한 나무를 바라보니
국사당 지키는 나무라서 그 나무도 못 쓰겠고,
나무 한 그루도 쓸 수 없어서,
나무 없는 사정을 낱낱이 기록하여,
상소 지어 손에 들고,
입은 은혜에 절을 하고, 천은을 사례하여,
천상옥경 높이 솟아
옥황님 앞에 엎드려 상소를 올리니,
옥황님이 상소를 받아 살펴보시고,

---

47 중국 전국시대의 유명한 변설가. 소진은 합종책(合從策)을 주장하고 장의는 연형책(連衡策)을 주장했다.
48 귀가 예민함. 중국 진나라의 악사(樂士) 사광이 음조를 듣고 잘 판단하였다는 데서 유래한다.
49 통하여 알지 못함이 없음.

六

成造 無病長壽하야 日就 月將 잘아날 제,

두 쌀 먹어 거럼 하니 못 갈 바 정히 업고,

세 쌀 먹어 말삼하니

蘇秦張儀[47]口辯 갓고,

네 쌀 먹어 行禮하니

孝悌忠信 쏟을 밧고,

다섯 쌀에 書堂에 入學하니

師曠의 聰明[48]이라.

歲月이 如流하야 어느닷 長成하니,

成造 나히 十五 歲라.

詩書百家 萬卷書冊,

無不通知[49] 하는지라.

一日은 成造內念 生角하되

丈夫 出世 하엿다가, 무삼 功을 어더,

千秋에 빗난 일홈, 壁上에 올니리요.

七

그째 맛참 地下宮을 살펴보니,

새, 즘생도 말삼하고,

가막간치벼살 할 제,

나무 돌도 굼니러고,[50]

옷남게도 옷도 열고,

밥남게 밥이 열고,

쌀남게 쌀이 열고,

국수 남게 국수 열고,

온갖 果實 다 여러서,

世上에 생긴 사람, 窮迫하리 업는지라.

人間이 생겻시되, 運命은 豊足하나,

집이 업셔 숨풀을 依支하고,

六月炎天 더운 날과

白雪寒風 차운 節을

困々히 避하거날, 成造님 生角하되,

내 地下國 나려가셔,

空山에 남글 비어, 人間에 집을 지어,

寒熱을 避키하고,

尊卑를 가라치면,

成造의 빗난 일홈, 累萬年 傳하리라 生角하고,

父母兩位 傳에

人間집 업심을 懇懇히 來告하니,

父母兩位 許諾 하시거늘,

許諾 바다 地下國 나려가셔,

無主空山 다々러매, 왼갓 남기다 잇디되,

엇든 남글 바라보니

山神이 坐定하야 그 나무도 못 씨겠고,

쏘 한 남글 바라보니

堂山[51] 직한 남기 되야 그 나무도 못 씨겠고,

쏘 한 남글 바라보니

烏鵲짐생 집을 지어 그 나무도 못 씨겠고,

쏘 한 남글 바래보니

국수 직힌 남기 되야 그 나무도 못 씨겠고,

나무 一株도 씰 남기 업는 고로,

나무 업는 沙汀[52]을 歷々히 記錄하야,

上疏 지어 손에 들고,

荷恩을 再拜하고, 天恩을 謝禮하야,

天上玉京 놉히소사,

玉皇님 前 伏地하고, 上疏를 올니시니,

玉皇님이 上疏를 바다 權察하시고,

---

50 굼닐다. 몸을 굽엇다 일어섯다 하거나 몸을 굽혔다 일으컸다 하다.

51 토지나 마을의 수호신이 있다고 믿는 곳. 우리나라의 중부 이남에 많으며, 대개 마을에서 가까이 있는 산이나 언덕이 됨.

52 원문 그대로 보면 '나무 없는 모래사장'의 뜻이 되나 문맥을 살펴보면 '査定'의 뜻으로 보인다.

성조를 보아 기특히 여기시고,
제석궁에 내리시니
솔씨 서 말, 닷 되, 칠 홉 오작을 내리시거늘,
성조님이 솔씨를 받아 지하궁에 내려와서
무주공산에 도착해 여기저기 심어놓고,
환국할 때 머지않은 삼년 안에
성조 나이 십팔 세라.

8
대왕과 부인이
성조의 장성함을 기특하게 여기시고,
하루는 만조제신을 모아 국사를 의논한 후에,
성조의 혼인을 위한 간택령을 내리시거늘
좌정승이 엎드려 아뢰기를
"황휘궁에 한 공주가 있는데,
여자로서의 솜씨가 뛰어나고,
아름답고, 숙녀의 기상을 갖추었으니,
그곳에 청혼하소서."
대왕이 그 말씀을 옳게 여겨
황휘궁에 청혼하니,
황휘궁에서 허혼하시거늘,
사주단자 날을 받아
황휘궁에 보낸 후에 납패를 봉하시고,
혼인날이 되니,
성조의 위엄 있는 모습을 볼 양이면,
금관조복을 단정히 입고 사모관대 높이 쓰며,
옥교에 좌정하고,
삼태육경 모든 신하, 좌우로 시위하고,
밖에 삼천, 안에 팔백이 앞뒤로 나열해 서서

황휘궁에 들어가서 옥교를 놓으시고,
그때 성조님은 정례석에 들어서서
복희씨가 만드신 법대로 오리를 전하고
북향사배 하신 후에 금실로 인연 맺어,
여필종부하며 정례를 마치더라.
그때 성조님이 상방에 들어가니
해가 서산으로 져서 황혼이 되니
부인을 영접하여 상방으로 모시어 들여
술과 안주로 잔을 나누고,
화촉동방에서 백년 인연을 맺고
그날 밤을 보낼 적에
하늘이 정해준 바가 통하지 않고,
연분이 부족하여 계화씨를 소박하고
박대가 점점 심하다.

9
그때 성조님이 주색이 방탕하고
화류에 빠져 나랏일을 모르더라.
서너 달이 지나가니
조정의 간신들이 왕에게 아뢰거늘,
대왕이 하릴없이 대전통편(大典通編)을 들여놓고
법전을 찾아보니,
그 글에서 말하였으되,
삼강오륜 모르는 놈, 부모에게 불효하는 자,
현처를 소박 놓고, 이웃에 정이 없고,
친척 간에 화목하지 못한 자는
낱낱이 진실을 파헤쳐 국법으로 시행하되,
산 없는 천리, 사람 없는 황토섬에
삼년 귀양이 정해졌거늘

53 사수(四柱). 사람의 생년, 생월, 생일, 생시의 간지(干支)를 쓴 것. 혼인을 정할 때 신랑의 것을 써서 신부집으로 보냄.
54 전안(奠雁). 대례를 치르기 전에 신랑이 신부에게 나무로 만든 기러기를 전하는 의식.

成造를 보와 奇特히 넉이시고,
帝釋宮에 下敎하샤,
솔씨 서 말 닷 되 七合 五勺를 許給 하시거늘,
成造님이 솔씨 바다, 地下宮 나려왓셔,
無主空山 다々러셔, 여게 져게 심어 놋코,
還國할 새, 不遠間 三年 中에,
成造 나히 十八 歲라.

八

大王과 婦人이
成造 長成홈을 奇特히 넉이시고,
一日은 滿朝諸臣을 모화, 國事를 議論 後에,
成造 娶婚 簡擇令이 나리시거늘,
左政丞 伏地奏 曰,
皇輝宮에 한 公主 잇시되,
女工姿質이 아름답고,
淑女의 氣象이 되오니,
그곳을 請婚하소서.
大王이 그 말삼을 올히 넉여,
皇輝宮에 請婚하니,
皇輝宮이 許婚 하시거늘,
四星[53] 擇日 갈히 바다,
皇輝宮에 보낸 後에, 納幣를 봉하시고.
娶婚 日이 當到하니,
成造 威儀 보량이면,
金冠朝服 正히 입고, 紗帽冠帶 놉히 시며,
玉轎에 坐定하고,
三台六卿 모든 臣下, 左右로 侍衛하고,
外 三千, 內 八百이, 前後로 羅列하야,

皇輝宮을 드러가셔, 玉橋를 노어시고,
그째 成造任은, 定禮席에 드러서々,
伏羲氏 내신 法을, 오리를 바[54]을 하고,
北向四拜 하신 後에, 금실로 因緣 매져,
女必從夫하며 定禮를 畢하드라.
其時 成造任은 上房에 入侍하니
日落 西山 黃昏되매,
室內를 迎接하야 上房으로 모시드려,
酒肴로 相盃하고,
花燭洞房에 百年을 因緣 맺고,
그날 밤을 보낼 적에,
天定이 不利하고,
緣分이 不足하야, 桂花氏를 소박하고
薄待가 滋甚하며.

九

그째에 成造任이 酒色에 放蕩하고,
花柳[55]에 潛身하야 國事를모로더라.
四五朔 지내가니
朝廷에 諫臣[56]들이, 榻前奏達 하옵거늘,
大王이 헐일업셔, 通編[57]을 드려 놋코
法典을 相考하니,
그 글에 하엿시되,
三綱五倫 모로는 놈, 父母不孝하는 者,
賢妻 소박, 이웃 不誼,
親戚 不睦하는 者는,
這々히 査實하야 國法을 施行하되,
無山千里 無人島 黃土섬에
三年 귀양 마련하엿거늘,

---

55 '화가유항(花街柳巷)의 준말로 갈보나 기생 또는 유곽을 일컫는 말.
56 간관(諫官), 언관(言官), 산간원(司諫院)이나 사헌부(司憲府)의 관원.
57 정조8년 김치인 등에게 명해 전대의 법전인 경국대전과 속대전을 합하고, 새로운 법령을 증보(增補)하여 편성한 법전인 대전통편.

대왕이 생각하니,
천지가 아득하고 일월이 빛을 잃고,
국법을 시행하고,
성조를 급히 불러 귀양 가라고 재촉하니
성조님이 하릴없이 부왕의 명을 받아
남별궁에 들어가서
어머니 앞에 하직인사를 하는데,
"불효자 안심국이 부왕 앞에 죄를 지어
천리 산도 없고 사람도 없는 황토섬에
삼년 귀양을 가나이다.
어머님은 존체무양 하옵소서.
소자 다행히 귀양 살고 돌아오면
대왕대비 모시옵고, 백세까지 봉양하려니와
소자 만일에 황토섬에서 죽으면,
오늘이 모자 간에 영영 이별하는 날입니다."
목 놓아 통곡하며 슬피 우니,
부인이 듣고 기절하여
엎드려서 손을 잡고 이별에 통곡하며
"국아~안심국아.
너의 팔자 용렬하고, 내 복이 그뿐이랴.
대왕님도 무정하고, 조정 간신 야속하다.
무슨 죄가 그리 중하기로,
이십 전 어린 것을
인척도 닿지 않는 곳에 삼년 귀양 웬 말이냐.
천지일월성신님, 밝은 하늘이 감동하여
우리 태자 안심국이 사정을 살피시고
무사히 귀양 살고 돌아오게 하옵소서.
국아~ 안심국아.
너 대신 삼년 귀양 내가 살고 돌아오마."
아무리 만류하나 국법이 중한지라
성조 모친을 달래어 말하기를

"부모 대신 자식이 가는 법은
예로부터 있지만,
자식 대신 부모가 귀양 가는 법은
천추에 없사오니,
모친은 존체무양(尊體無恙)하옵소서."
눈물로 하직하고, 궐문 밖으로 나가니
삼태육경 모든 신하, 잘 가라고 하직하며,
멀고 가까운 친척일가들도
잘 가라고 하직하며,
삼천궁녀 나인들도 잘 가라고 하직하고
울음소리 낭자하니.
그때 무사들이 성조를 모셔내어
수레 위에 높이 싣고,
장안의 큰 길에 행색 없이 떠나가시어
강변에 다다르니,
성조를 모셔다가 경강선(船)에 실어놓고,
삼년 먹을 양식과 의복을 이물에 실어놓고
순금 비단 돛을 다니
양 돛을 갈라 달고, 닻 감고 배 띄우니,
그때 성조님은 고물 높은 곳에 앉아
좌우 산천을 살펴보니
이리지척 저리지척, 저 물 가운데로 떠나간다.
가면서 바라보니, 서천국은 멀어가고
황토섬은 가까워 온다.
"무정하다. 동남풍아.
경강선을 독촉하지 마라.
산도 예보던 산이 아니요,
물도 예보던 물이 아니로다.
날짐승과 들짐승 흔한 곳에,
인적은 닿지 않는 곳이라.
삼년 귀양 누구를 바라며 살아날까.

58 귀한 몸에 탈이 없음.

大王이 生角하니,

天地가 아득하고, 日月이 無光 하되,

國法을 施行하고,

成造를 急히 불너, 귀양 가라 催促하니,

成造任이 할 일 업시 父王의 命을 바다,

南別宮을 드러가서

母親 前에 下直할 제,

不孝子 安心國이, 父王任 前 得罪하고,

無山千里 無人島 黃土섬에

三年 귀양 가나니다.

母親任은 尊體無恙 하옵소서.

小子 多辛히 귀양살고 도라오면,

大王大妃 모시옵고, 百歲 奉養 하련이와,

小子 만일 黃土섬서 죽어지면,

오날이 母子間 永 離別이로소이다.

放 聲 哀痛 설니우니,

부인이 듯기를 다한 後에 氣絶하야

업더저서, 握手 相別 痛哭하며,

국아~ 安心國아,

너의 八字 庸劣하고, 내 福이 그 쑨이랴.

大王任도 無情하고, 朝廷 諫臣 야속하다,

무삼 罪至 重키로,

二十 前 어린거슬

人跡도 不到處에 三年 귀양 왼말인야.

天地日月星辰님과, 明天이 感動하사,

우리 太子 安心國이 情狀을 살피시고,

無事히 귀양 살고 도라오기 하옵소서.

국아~ 안심국아,

너 代로 三年 귀양, 내가 살고 도라오마.

아모리 挽留하나 國法이 重한지라,

成造母親을 달내여 曰,

父母代로 子息가는 法은

예로부터 잇거니와,

子息代로 父母 귀양가는 法은

千秋에 업사오니,

母親은 尊體無恙[58] 하옵소서.

눈물노 下直하고. 闕門 박 내다러니,

三台六卿 모든 臣下, 잘 가라고 하직하며,

遠近 親戚一家들도

잘 가라고 하직하며,

三千宮女 나인들도, 잘 가라고 하직하고,

哭聲이 浪籍하니.

其時에 武士들이 成造를 모시내여,

수래 우에 놉히 실고,

長安大道 上에 行色 업시 써나가서,

江邊에 다々 러매,

成造를 모시다가 經廣船에 실어 노코,

三 年 먹을 糧度 衣服, 이물에 실어 놋코,

純金비단 돗틀 다니

兩 돗틀 갈나 달고, 닷 감고 배 씌우니,

其時에 成造任은 고을에 놉히 안자,

左右山川 살피보니,

이리지척 져리지척, 泛々中流[59] 써나간다.

가며서 바라보니, 西天國은 머러 가고,

黃土섬은 가차 온다.

無情하다 東南風아,

經廣船을 督促마라.

山도 예보든 山이 아니요,

물도 예보든 물이 아니로다.

飛禽走獸 흔한 고제,

人跡은 不到 處라.

三 年 귀양 뉘를 바라 살아날고,

---

59 범피중류(泛彼中流)의 와음. '저 물 가운데로 떠간다.'의 뜻.

대왕님도 무정하고, 조정 간신 야속하고,
나의 팔자 용렬하다.
내 무슨 죄가 이리 커서 이십 전 십팔 세에
황토섬 무인도에 삼년 귀양 웬 말인고."
산천초목 날짐승과 들짐승도 눈물을 흘리는 듯,
선인들도 통곡하며 성조를 위로하고,
몇 날 며칠 배질하여 황토섬에 도착하고,
삼년 먹을 양식과 의복을
섬 가운데 내려놓고, 선인들이 하직할 때,
"여봐라. 선인들아.
고국에 돌아가서 불행한 짓 하지 말고,
삼강오륜 인의예지 선악을 생각하고,
평생을 평안하게 살아가면
내 삼년 귀양 살고, 고국으로 돌아가면
다시 상봉하려니와
내 운이 불길하여 이곳에서 죽게 되면
너희들도 영영 이별이라."
성조님이 하늘을 보며 탄식하며 슬피 우니,
배에 있던 선인들도 목 놓아 통곡하며,
성조를 위로하고,
"삼년 정배에 몸 평안히 환국하옵소서."
거수재배(擧首再拜)하고
배를 띄워 고국으로 돌아갈 때,
성조님 하릴없이 선인들과 하직하고.

10
눈물을 친구 삼고, 새와 짐승을 벗 삼아
하루 이틀, 한 달 두 달,
일 년이 잠간이라. 이년 이태 귀양 사니

세월이 흘러, 삼년 귀양 잠간이라.
오늘이나 소식 올까, 내일이나 풀려날까.
고국을 생각하고, 부왕 소식을 기다리니,
답답한 마음으로 곧 사년이 되었는데,
소식이 끊겼다.
삼년 입어 옷이 부족하니,
쓸쓸한 동풍 찬바람에
흰 눈도 어지러이 날리는데,
옷 없는 저 인생이 추워서 어이 살며,
삼년 양식 떨어지니 배가 고파 어이 살까.
한 때 굶고 두 때 굶어도
모진 목숨에 죽지는 않고,
배고픔과 추위가 점점 심해 견딜 수 없어.
해변 청산에 올라가서 소나무 껍질을 벗겨 먹고,
바닷가에 내려가서
해초와 산나물을 캐어서 연명은 겨우 하는데,
여러 달 여러 날을 익혀서 먹지 않으니,
온 몸에 털이 나서
짐승인지 사람인지 분간할 수 없는지라.

11
그때는 어느 때냐, 갑자년 춘삼월이라
불탄 속잎 새로 나며 온갖 화초 만발한데,
촉나라 두견새며
농산앵무(隴山鸚鵡) 오작(烏鵲) 짐승,
만경창파 푸른 물 위,
서로 사랑하지 못하는 것을 원망하는 원앙새,
왕사당(王師堂) 앞 저 제비며,

---

60 평안하게 몸을 보존함.
61 삼 년의 귀양.
62 손을 들어 두 번 절함.

大王任도 無情하고, 朝廷 諫臣 야속하고,
나의 八字 庸劣하다.
내, 무삼 罪 至重큰대, 二十 前 十八 歲에
黃土섬 無人島에 三年 귀양 외인 말고.
山川草木 飛禽走獸, 눈물을 흘니는 듯,
船人들도 痛哭하며, 成造를 慰勞하고,
몇 날 몇 칠 배질하야 黃土섬에 到泊하고,
三 年 먹을 粮度 衣服,
섬 中에 下陸하고, 船人들을 下直할제,
여바라 船人들아,
故國에 도라가서, 不行한 짓 하지 말고,
三綱五倫 仁義禮智 善惡을 생각하고,
平生을 平步[60]하면,
내 三年 귀양 살고, 故國을 도라가면,
다시 相逢 하련이와,
내 身運이 不吉하야 이곳서 죽게 되면,
너희들도 永離別이라.
成造任이 仰天歎息 설니우니,
諸船 船人들도 失聲하야 痛哭하며,
成造를 慰勞하고,
三年正配[61]에 安身 還國하옵소서.
擧手再拜[62]하고,
배를 씌야 故國으로 도라갈 새,
成造任 할 일 업서, 船人들을 下直하고,

十
눈물을 친구 삼고, 새 즘생을 벗을 삼어,
하로 잇틀 한 달 두 달,
一年이 暫間이라, 二年 잇해 귀양사니

歲月이 如流하야, 三年 귀양 잠ㅅ간이라.
오날이나 消息 올ㅅ가, 來日이나 解配할ㅅ가,
故國을 生角하고, 父王 消息 기다리니,
답ㅅ한 心恨 中에 將迎 四年 되얏스되,
消息이 頓絶하다.
三 年 입을 衣服 不足하니,
蕭瑟寒風 찬바람에
白雪도 紛紛한데,
衣服 없는 져 人生이, 추어 어이 사라나며,
三年 粮食 써러지니, 배가 곱하 어이 살냐.
한 쌔 굼고 두 쌔 굴며
모진 목숨에 죽든 아니하고,
飢寒이 極甚하야 견딀 수 업는 고로,
海邊 靑山 올나가서, 松皮 벗겨 위럽하고,
海水에 나려가서,
海菜 山菜 캐여 내여 運命은 겨우 하되,
여러 달 여러 날을 火食 먹지 아니하니,
왼 몸에 털이 나서
짐생인지 사람인지 分間할 수 업는지라.

— —
그쌔는 어너 쌔냐, 甲子 春三月이라,
불탄 속닙 새로 나며, 왼갓 花草 滿發한데,
蜀나라 杜鵑鳥며,
隴山 鸚鵡[63] 烏鵲즘생,
萬頃蒼波錄水上,
怨不相思 鴛鴦[64]새,
王師堂 前 저 재비며,

---

63 잠삼(岑參)의 시 〈부북정도농산사가시(赴北庭度隴山思家詩)〉의 '농산의 앵무새는 말을 잘하니 집 사람에게 전하여 편
   지를 부탁해 주게'라는 구절에서 유래.
64 〈새타령〉에 나오는 구절. '한 없이 넓은 바다 푸른 물 위에, 서로 통하지 못함을 슬퍼하는 원앙새'를 의미.

끼이끼익 길게 우는 백학이며,
나를 위해 고향사람에게 자주 편지하랬다더니,
소식 전하던 청조새가 성조 앞에서 우짖으니,
그때 성조님이 고국을 생각하고,
"슬피 우는 두견새야.
나도 이곳에서 죽으면 저런 넋이 아니 될까."
홀로 탄식하고 통곡하다가, 청조새를 바라보고,
"반갑다. 청조새야. 어디 갔다가 이제 왔느냐.
인적도 없는 곳에 봄빛 따라 왔거든,
편지 한 장 전해다가,
서천국 돌아가서 명월각에 부쳐 주게.
명월각 계화부인 나와 백년님이로다."
부탁하여 던져놓고
편지를 쓰자하니 지필묵(紙筆墨)이 없는지라.
떨어진 관대 자락 떼어서 앞에 놓고,
무명지를 깨물어서 피를 내어 혈서를 쓸 때,
그 글에 쓰여 있기를,
'두 분 부모님 옥체무양하옵시며,
부인은 헤어진 지 여러 해에
부모님 모시옵고 귀체안녕하십니까?
가군(家君)은 황토섬 정배 후로
곤란이 극심한 가운데,
삼년 먹을 양식과 의복, 전후로 다 떨어지니
배고픔과 추위가 심하'는 말을

설움으로 기록하여 쓰기를 마친 후에
청조(靑鳥)에게 부탁하니,
저 청조 거동보소.
편지를 덥석 물고, 두 날개를 훨훨 치며,
서천국을 바라보고 둥둥 떠 높이 날아,
만경창파 훌쩍 건너, 장안 큰길로 날아들어,
명월각을 바라보고 훨훨 날아 들어가니.
그때 계화부인이 봄빛을 구경하려고
봉황루에 높이 오르니 좌우산천 구경할 때,
나무에서 속잎 나고, 가지마다 봄빛이라.
못에 가득한 가을물 속의 홍련화,
은근히 향기 풍기는 월계화며,
소식 전하던 단명화며,
삼월 춘풍 해당화며,
도리화 목단화며, 두견화 만발하여
좌우 산천에 어리었고,
남쪽 뜰 풀밭에는 나비들이
꽃을 보고 반기는 듯 쌍쌍이 날아들고,
동쪽 뜰의 복숭아꽃, 오얏꽃이
잠시 봄빛을 띠니, 곳곳마다 봄빛이라.
또 한편을 바라보니,
청강녹수(淸江綠水) 원앙새는
비취(翡翠)와 짝을 지어 음양(陰陽)으로 떠 있고,
기산조양(箕山朝陽) 봉황새며,

---

65 소동파의 〈후 적벽부〉 중 '알연장명 약여주이서야(戛然長鳴 掠予舟而西也)', '날카롭고 긴소리로 울면서 나의 배를 스
    치듯 서쪽으로 날아가네'에서 인용된 구절.
66 잠삼(岑參)의 〈부북정도농산사가시(赴北庭度隴山思家詩)〉의 '위보가인수기서(爲報家人數奇書)', '집 사람에게 전하여
    편지를 부탁해 주게'라는 구절에서 가인이 고인으로 바뀐 형태, 의미를 추론하면 '집 사람'이 '고향 사람'으로 바뀐
    형태라 할 수 있다.
67 서왕모(西王母)의 먹을 것을 마련해 준다는 전설상의 새. 이 새를 보내어 서왕모가 주(周) 목왕(穆王)을 인도했다고
    함.
68 힘들이지 않고 가볍게 건너뛰거나 올라서는 모양새.
69 못에는 가을 물이 가득하고.

憂然長鳴白鶴[65]이며,

爲報故人數奇書,[66]

消息 傳튼 靑鳥[67]새가 成造 압헤 우지〃니,

그째에 成造님이 故國을 生角하고,

슯히 우는 杜鵑새야,

나도 이곳 죽어지면 저른 늑시 아니 될스가.

홀노 歎息 痛哭타가, 靑鳥새를 바라보고,

반갑다 靑鳥새야, 어데 갓다 인제 왓나,

人跡도 不到 處에 春光 싸라 너 왓거든,

片紙 한 장 傳해다가,

西天國 도라가서, 明月閣에 붓처쥬게,

明月閣 桂花夫人, 날과 百年 任이로다.

付託하야 더져 놋코,

片紙를 씨자 하니, 紙筆墨이 업는지라,

써러진 官帶ㅅ자락, 씌여서 압헤 놋코,

無名指를 터주어서 피를 내여 血書할 제,

그 글에 하엿시되,

父母 兩位生님 玉體無恙 하옵시며,

夫人은 相別 數年에

父母님 모시옵고 貴體安寧 하심닛가.

家君은 黃土섬 正配 後로

困難이 莫甚 中에,

三 年 먹을 粮度 衣服, 前後로 乏絶이라,

飢寒이 滋甚한 말,

설음으로 記錄하야, 씨기를 맛친 後에

靑鳥 前 付托하니,

저 靑鳥 擧動 보소,

片紙 封을 덥석 물고, 두 하래를 훨〃치며,

西天國을 바라보고 둥〃 써 놉히 나라,

萬頃蒼波 섭적[68] 건너, 長安大道上에 나러 들어,

明月閣을 바라보고, 훨〃 나라 드러가니.

그째에 桂花夫人, 春色으 귀경차로

鳳凰樓에 놉히 올나, 左右 山川 求景할제,

나무〃 속닢 나고, 가지 마당 春色이라.

滿塘秋水[69] 紅蓮花,

暗香浮動[70] 月桂花며,

消息 傳튼 短命花며

三月 春風 海棠花며

桃李花 牧丹花며 杜鵑花 滿發하야

左右山川 어리엇고,

南園綠草胡蝶[71]들은

꼿틀 보고 반기는 듯, 雙去雙來 나라 들고,

東園桃李便是春[72]은,

곳곳 마당 春色이라.

쏘 한편 바라보니,

淸江錄水 鴛鴦새는

翡翠로 싹을 지어, 陰陽으로 써서 잇고,

箕山朝陽[73]鳳凰鳥[74]며

---

70 그윽한 향기가 떠다님. 중국 송(宋)대의 시인 임포(林逋)의 〈산원소매(山園小梅)의 '암향부동황혼월(暗香浮動黃昏月)', '그윽한 향기가 저녁 달빛으로 떠 다니네'라는 구절에서 매화의 향기를 표현한 것을 빌어온 것.

71 이갭의 시 〈사변(思邊)의 '남원녹초비호접(南原綠草飛蝴蝶)', '남쪽 동산 푸른 풀밭에 나비들이 날아다닌다'라는 구절에서 온 표현.

72 동원도리 편시춘(東園桃李 片時春)의 오기로 보임. '동쪽 뜰의 복사꽃과 오얏꽃이 잠시 봄빛을 띤다'는 의미.

73 기산의 아침볕에. '기산'은 중국 섬서성 봉상부의 동쪽에 있는 산. 주 무왕(武王)의 선조 고공단보가 이곳으로 와서 기슭에 주실(周室)의 터를 열었고, 문왕(文王) 때는 여기서 봉황이 울었다고 전해진다.

74 상상 속의 신비한 새. 닭의 머리와 뱀의 목, 제비의 턱과 거북의 등, 물고기의 꼬리를 지니고 6척 키에, 오색 빛을 띠고 오음(五音)의 소리를 낸다고 전한다. 오동나무에 깃들어 대나무 열매를 먹으며 예천(醴泉)을 마심. 성천자(聖天子)가 날 때에 나타나는데, 뭇 짐승이 따라 모인다고 한다. 수컷을 봉(鳳), 암컷을 황(凰)이라고 하며 용, 거북, 기린과 함께 사령(四靈)을 이룬다.

임 그리워하는 기러기며,
끼익끼익 길게 우는 백학이며,
나뭇가지에서 울지 못하게 해야 할 꾀꼬리며,
소리마다 피울음인 두견새며,
작지작난 오작이며,
어여쁜 채란새며,
강왕명월 저 황새며,
구만장천(九萬長天) 대붕새,
왕사당 앞 저 제비며,
호반새와 뻐꾹새며,
적벽화전(赤壁火戰) 저 원한의 새들
봄빛 따라 날아드니,
작년 가을에 이별한 왕사당 앞 저 제비는
이번 춘삼월 삼짇날에 옛 주인을 찾건만,
슬프다. 성조님은 황토섬에 귀양간지 지금
사년이 지나도록 명월각에 못 오시는고.
눈물을 흘리고 탄식하며 슬피 우는데,
서왕모 청조새가 하늘에서 우짖는다.
계화부인이 바라보고,
"새야, 청조새야. 정이 있는 짐승이라.
천하를 두루 다니다가 황토섬에 들어가서
가군태자 성조님이 죽었는지 살았는지,
생사존망 알아다가 나에게 부쳐주게."
말을 마치기 전에 청조새가
입에 물었던 편지봉투를
부인 무릎에 뚝 떨어뜨리고 날아가니,

계화부인이 괴히 여겨 편지를 받아 열어보니,
가군의 필적은 분명하나,
눈물이 흘러 글자를 살피지 못하고,
겨우 그친 후에 편지봉투를 집어 들고,
남별궁으로 들어갈 때,
성조 모친 옥진부인은 나이 사십에
온갖 큰 공을 들여 공자 성조 두었으니
사랑스럽고 귀하게 길러
밤낮으로 사랑스레 여기시더니,
문득 조정의 참소를 만나 황토섬 정배 후로,
성조를 생각하고 나날이 탄식하니
병이 들지 않으리?
시름에 상사병이 들어 침석에 의지하여,
눕고 일어나지 못하더라.
인삼녹용 고량진미,
아무리 공경한들 회춘할 수 없는지라.
그때 계화부인이 편지봉투를 집어 들고
부인 곁에 앉으며 말하기를
"시모님은 정신을 차리고,
태자 편지를 살펴보옵소서."
부인이 들으시고 놀라며 하는 말이,
"이것이 무슨 말이냐?
꿈이거든 깨지 말고, 생시거든 변치 마시오."
하늘이 지시하여 태자 편지를 얻어 보니,
슬프고 즐거워라.
편지를 뜯어 열어보니,

---

75 아름다운 사람을 그리워함.
76 소식을 알려주는 새로 알려져 있음.
77 당(唐) 시인 김창서(金昌緒)의 시 〈춘원(春怨)〉에서 요서에 있는 님을 꿈에서라도 만나기 원하는 화자의 원망이 꾀꼬리를 향한 것에 착안하여 빌어온 구절.
78 소리소리 피나게 운다. 주로 잡가나 가사 등에 '성성제혈염화지(聲聲啼血染花枝)', '소리소리 피나는 울음 꽃가지를 물들이고'라는 구절이 쓰인다.
79 미상. 까마귀와 까치에 대한 구절인 것을 감안하면, 까마귀와 까치의 움을소리를 표현한 것으로 추측됨.

佳人相思[75] 기러기[76]며

嘎然長鳴 白鶴이며

莫敎枝上 쇠꼬리[77]며

聲々啼血[78] 杜鵑鳥며

작지작난[79] 烏鵲이며

어엽분 彩鸞鳥며

강왕[80] 明月 저 황새며

九萬長天 大鵬[81]새,

王師堂 前 저 재비며,

호반새·북굼새며,

赤壁火戰 저 怨鳥[82]들

春色 싸라 나라드니,

去年 秋에 離別하든 王師堂 前 저 재비는

今 春 三月 三吉日에 옛 主人을 찾것마는[83],

슯허다 成造任은 黃土섬에 귀양간 지

于今 四年 지내도록, 明月閣을 못 오신고.

落淚 歎息 슯히 울제,

西王母 靑鳥새가 空中에서 우지진다.

桂花夫人 바라보고,

새야 靑鳥새야, 有情한 즘생이라,

周遊 天下 다니다가, 黃土섬 드러가서,

家君 太子 成造任이 죽엇는지 살앗는지,

生死 存亡 아라다가, 나의게 붓처 주게.

말이 맛지 아니하야 靑鳥새

입에 물엇든 片紙 封을

夫人 무럽혜, 뚝 써러치고 나라가니,

桂花夫人 고히 녁여, 片紙 바다 開坼하니,

家君의 筆跡은 分明하나,

눈물이 헐너 글ㅅ발을 살피지 못하고,

곤곤히 건친 後에 편지 封을 집어 들고,

南別宮을 드러갈 제,

成造母親 玉眞夫人, 年當 四十에

왼갓 大功을 드려, 獨自 成造 두엇시매,

사랑코 귀히 길녀,

晝夜로 사랑히 녀기 시드니,

문득 朝廷 讒訴[84] 맛내, 黃土섬 正配 後로,

成造를 생각고, 나날이 勞歎하니

炳 안 들고 무엇되리.

시름 相思病이 드러, 寢席에 依支하야,

눕고 이지 못하더라.

人蔘鹿茸 膏粱珍味,

아무리 恭敬 한들, 回春할 수 업는지라.

그쌔에 桂花夫人, 片紙 封을 집어 들고,

夫人 겻테 안지며 曰,

媤母任은 精神을 鎭定하와,

太子 書簡 鑑察[85]하옵소서.

부인이 드러시고, 놀나며 하는 말이,

이거시 외인 말이냐,

슴이거든 깨지 말고, 生時거든 變치 마소.

하늘이 指示하사, 太子 書簡 어더 보니,

슯하고 즐거와라.

書簡 씌여 개탁하니,

---

80 일문 표기와 서대석·박경신의 『서사무가』Ⅰ에서도 강안(江岸)으로 보고 있다.

81 상상속의 큰 새. 『장자(莊子)』소요유(逍遙遊) 편에, 곤(鯤)이 변해서 된 새로서 날개 길이가 삼천리나 되며, 한 번에 구만리를 날아간다고 함.

82 『삼국지』에 나오는 적벽대전(赤壁大戰)에서 죽은 조조의 군사들이 원혼(冤魂)으로서 새(鳥)로 화한 것.

83 〈새타령〉의 구절을 부분 인용.

84 남을 헐뜯어서 죄를 꾸며 임금에게 고해 바치는 것.

85 감시하여 살핌. 여기서는 '감정하고 살핌'의 뜻.

종이 가득 글을 썼는데, 글자마다 설움이라.
옥진부인이 통곡하며,
"대왕님도 무정하고 조정간신도 무심하다.
우리 태자 성조씨가 귀양 간 지 수삼 년에
해배할 줄을 모르시는고?
옷이 없는 저 인생이
엄동설한 찬바람에 추워서 어이 살았으며,
양식이 떨어지니 삼사월 긴긴 해에
배가 고파 어찌 했는지.
참혹한 경과로다."
이렇게 슬피 우니
삼천궁녀들도 같이 눈물을 지으니,
곡성이 분분하더라.
그때 천궁대왕이 용상에 앉으시고,
모든 신하를 모아 국사를 의논하다가,
곡성이 들리거늘
"이 곡성이 어떤 곡성이냐?"
노신이 엎드려 말하기를,
"황토섬 귀양 가신 태자의 편지가 왔나이다."
대왕이 들으시고
편지를 급히 올려 사연을 살펴보니
글자마다 설움이라, 대왕이 마음이 아려,
눈물을 흘리며 후회하며,
"간신을 멀리 유배 보내고,
금부도사에게 명령하여 좌우승상 모시고,
황토섬 태자 성조의 귀양을 풀어 입시하라."

재촉령을 내리시니,
금부도사 명을 받아 일등목수 불러들여
황장목 베어내어 여덟아홉 칸 배를 만들어
순금비단 돛을 달고,
스물네 명 선인들과 도사공에게 호령하기를,
"황토섬이 어디냐? 얼른 바삐 행선하라."
도사공이 명을 듣고,
짐대 끝에 국기를 달고,
격군들을 총독하여 황토섬으로 들어갈 때,
바람도 순하게 불고 물결도 잠잠하니,
만경창파 대해 가운데 물 가운데로 떠나간다.

12

그때 태자 성조씨는 청조에게 편지 전한 후로
계화부인 답장 오기를 아침저녁으로 바라더니
난데없는 경강선이 국기를 높이 달고
강위에 둥둥 떠서 어딘가로 향하거늘
성조님이 바라보고,
"어허! 그 배 반갑구나.
지나가는 과선인지, 장사하는 상선인지,
시절이 요란하니 군량 싣고 가는 배인지,
십리장강 벽파상, 왕래하는 거룻배인지,
태백이 기경비상천하니 풍월 싣고 가는 배인지,
동강칠리탄에 엄자릉의 낚싯배인지,
적벽강 가을밤에 소자첨이 놀던 배인지,
만경창파 욕모천에 천어환주하던 배인지,

---

86 종이 가득 길게 씀.
87 사공들의 우두머리.
88 판소리 〈적벽가〉의 한 대목을 인용한 것. '십리 긴 강의 푸른 물결 위를 오가는 거룻배'를 의미한다.
89 조선시대 문신 이후백(李後白)이 중국의 '소상팔경(瀟湘八景)'을 노래한 연시조의 한 대목을 인용한 것으로 '이백(李白)'이 기경비상천하니 풍월 실러 가노라'라는 구절에서 유래.

滿紙長書[86] 하엿스되, 字々히 서름이라.

玉眞夫人 痛哭하며,

大王님도 無情하고, 朝廷 諫臣 無心하다.

우리 太子 成造氏가, 귀양간 지 數 三年에

解配할ㅅ줄 모로신고.

衣服 업는 저 人生이

嚴冬雪寒 찬바람에, 추어々이 사랏스며,

糧食이 써러지니, 三四月 진 해에,

배가 곱아 엇지 할고,

慘酷한 經過로다.

이럿키 설니 우니,

三千宮女들도 갓치 눈물 지어 우니,

哭聲이 紛々터라.

그째에 天宮大王 龍床에 坐起하고,

諸臣을 모와 國事를 議論타가,

哭聲이 들니거늘,

이 哭聲이 엇진 곡성이냐.

老臣이 伏地奏 曰,

黃土섬 귀양가신 太子 書簡이 왓나이다.

大王이 들어시고,

書簡을 急히 올녀, 事緣을 살펴보니

글字 망당 서름이라, 大王이 마음이 알니여,

落淚 後悔하며

諫臣을 遠竄하고,

禁府都事 命令하야, 左右丞相 모시시고,

黃土섬 太子 成造, 귀양 풀어 入侍하라,

催促令이 나리시니,

禁府都事 命을 듯고, 一等 木手 불너드려,

항장목 비여 내야, 八九 間 배를 모와,

純金 비단 돗틀 달고,

二十四 名 船人들과 都沙工[87]을 號令하되,

黃土섬이 어데매냐, 얼는 밧비 行船하라.

都沙工이 命을 듯고,

짐ㅅ대 씃테 國旗달고,

적군들을 총독하야 黃土섬을 드러갈 제,

바람도 順히 불고, 물ㅅ질도 잠々하니,

萬頃蒼波 大海 中에 泛々中 流 써나간다.

一二

그째 太子 成造氏는 靑鳥에게 편지 傳한 後로

桂花夫人 答書 오기를 朝夕으로 바라드니,

난대업는 經廣船이 國旗를 놉히 달고,

江上에 둥둥 써서 어데메를 向하거늘,

成造任이 바라보고,

어허 그 배 반갑고나.

지내가는 過船인지, 장사하는 商船인지,

時節이 요란하야 軍粮 실ㅅ고 가는 밴지,

十里 長江 碧波上, 往來하는 거루ㅅ밴지,[88]

太白이 騎鯨飛上天하니 風月 실ㅅ고 가는 밴지,[89]

桐江 七里灘에 嚴子陵의 낙시ㅅ밴지,[90]

赤壁江 秋夜月에 蘇子瞻의 노든 밴지,[91]

萬頃蒼波 欲暮天에 穿魚換酒하든 밴지,[92]

---

90 판소리 단가인 〈강상풍월(江上風月)〉의 '동강 칠리탄(桐江七里灘) 엄자릉(嚴子陵)의 낙싯배인가'라는 대목을 인용한 구절이다. 동강칠리탄은 엄릉탄(嚴陵灘엄), 즉 엄자릉이 낙시하던 여울.

91 판소리 〈춘향가〉 '적벽강(赤壁江) 추야월(秋夜月)의 소동파(蘇東坡)도 놀아 있고'라는 대목을 인용한 구절.

92 작자 미상의 당시 한 구절을 인용한 것. '만리창파욕모천(萬頃蒼波欲暮天) 천어환주유교변(穿魚換酒柳橋邊)', '넓은 바다에 하늘은 어두워지려 하는데, 버드나무 다리 가에서 고기를 꿰어 술과 바꾸도다'라는 구절에서 유래. 이 시조는 『병와가곡집』 등 27개 가곡집에 실려있다.

기산영수 맑은 물에 소부 허유 놀던 배인지
알기가 어렵구나. 일러라. 어느 배냐?
거기 가는 선인들게
고국소식 전해달라고 해볼까?"
가장 높은 봉우리에 높이 올라
소리를 크게 하며,
"저기 가는 선인들아.
배고픔과 추위가 점점 심해
죽게 된 이 인생을 구원하고 돌아가시오."
선인들이 바라보니
모양은 짐승이나 음성은 사람이라.
사공이 대답하기를,
"네가 짐승이냐 사람이냐?"
성조님이 말씀한다.
"여봐라, 선인들아.
나는 다른 사람이 아니라
서천국 태자 성조이니
부왕님 앞에 죄를 짓고 귀양 온지 수삼 년에
양식을 먹지 못해서 몸에 털이 나서
알아볼 수 없지만,
나도 틀림없는 사람이다."
금부도사가 그 말을 듣고 황황급급하며,
좌우승상은 군신의 예를 차려,
금관조복(金冠朝服) 사모관대(紗帽冠帶),
일신을 정제하고,
스물네 명 격군들은 배를 돌려
황토섬에 배를 대고,
성조를 모셔다가 높은 자리에 앉히니

성조 아득한 정신을 차리시고
승상을 돌아보며,
국가흥망과 부모의 존망이며
모든 신하의 안부를 낱낱이 물은 후에
성조님을 공경할 때,
인삼녹용과 고량진미를 나날이 봉양하니,
온 몸에 났던 털이 순식간에 다 빠지고,
정화수에 목욕시켜 의복을 갖추어 입으시니,
남중호걸이 분명하다.
청삼옥대 어사화를 머리에 꽂으시고,
배 가운데에 앉으시니 선관이 분명하다.
출항일이 다다르니 도사공의 거동 봐라.
고사를 차리는데,
어동육서(魚東肉西) 남과북채(南果北菜)
차례대로 차려놓고,
큰 돼지 잡아 수족 묶어 산 것 같이 차려놓고,
온갖 제수 갖추어서 지성으로 제를 할 때,
북채를 갈라 잡고 북을 둥둥 울리면서,
"사해용왕, 사두칠성, 오악산령, 일월성신,
명명한 천지간에 내려와 밝게 비추소서.
헌원씨 배를 만들어
통하지 못한 곳 모두 다닌 연후에
후손이 본을 받아 모두 각기 위업을 이루니
막대한 공이 아닌가?
하우씨 9년 치수(治水),
배 아니면 어찌 다스리며
서천국 태자 성조, 황토섬에 들어올 때
배 아니면 어찌 오며,

---

93 작자 미상의 잡가인 〈유산가〉의 한 대목을 인용한 것. 기산은 중국 고대 성군 요순(堯舜) 시대에 소부와 허유라
는 절개 높은 은자가 현실을 떠나 살았다는 산. 영수는 바로 그 산 밑을 흐르는 강.
94 조선시대에 의금부에 속해 임금의 특명에 따라 중한 죄인을 신문(訊問)하는 일을 맡던 종5품 벼슬이다.
95 조선시대 문무백관이 입던 공복(公服)으로 의(衣), 상(裳), 중단(中單), 폐슬(蔽膝), 패옥(佩玉), 대대(大帶), 혁대(革
帶), 후수(後綬), 말(襪). 혜(鞋), 홀(笏)과 금량관(金梁冠 또는 金冠)의 일습으로 되어 있다.

箕山潁水 말근 물에 巢父 許由 노든 밴지,[93]
알기가 어렵고나, 일너라 어늬 배냐
거게 가는 船人들ᄉ게
故國 付托 傳해ᄉ가.
上상峰에 놉히 올라
소래를 크게 하며,
져게가는 船人들아,
飢寒이 滋甚하야
죽게 된 이 人生을 救援하고 돌아가소.
船人들이 바라보니
模樣은 짐생이나, 音聲은 사람이라.
沙工이 對答하되,
네가 짐생이냐 사람이야.
成造任이 말삼한다,
여봐라 船人들아,
나는 다른 사람이 아니라,
西天國 太子 成造ᄅ너니
父王任 前 得罪하고 귀양온 지 數 三 年에
火食 먹지 못한 고로, 一身에 털이 나서
아라볼 수 업지마는,
나도 일ᄉ정 사람이라.
禁府都事[94] 그 말 듯고 煌煌急急하며,
左右丞相은, 君臣之禮로 차려,
金冠朝服[95] 紗帽冠帶,[96]
一身을 整齊하고,
二十四 名 적군들은 배를 둘녀
黃土섬에 到泊,
成造를 모셔다가, 高床에 坐定하니,

成造 困0한 精神을 차리시고
丞相을 도라보며,
國家興亡과 父母의 存亡이며,
諸臣의 安否를 낫낫치 무른 後에
成造任을 供敬할 제,
人蔘鹿茸 膏粱珍味, 나날히 奉養하니,
왼몸에 낫든 털이 一時에 다 싸지고,
井華水에 沐浴 식켜, 衣服을 갓추어 입어시니,
男中豪傑이 分明하다.
靑衫玉帶 御授花[97]로 머리에 쓰스시고,
船 中에 坐定하니, 仙官이 분명하다.
發船日이 當到하니, 都沙工의 擧動 바라,
告祀를 차리는데,
魚東肉西 南果北菜,[98]
차례되로 차려 놋코,
큰 돗 자바 手足 묵거, 산 것 갓치 차려 놋코,
왼갓 祭需 갓추求해, 至誠으로 祭 만할 제,
북채를 갈나 잡고, 북을 둥둥 울니면서,
西海龍王, 四斗七星, 五嶽山靈, 日月星辰,
明明한 天地間에 下 降輝 明 하옵소서.
軒轅氏 배를 모와,
以濟 不通한 然後에
後生이 쏟을 바다, 다 各其 爲業하니,
莫大한 功이 아니며.
夏禹氏 九年治水,[99]
배 아니고 다시리며,
西天國 太子 成造, 黃土섬 드러올 제
배 아니고 어이오며,

---

96 벼슬을 상징하는 복장으로 사모(紗帽)에 관복(冠服)을 입고 띠를 띠며, 검은 신을 신는다.
97 '어사화(御賜花)'의 와음. 옛날 과거 급제자들에게 임금이 내리던 꽃.
98 제물을 진설하는 방법. 생선을 동쪽에 고기를 서쪽에 차리고, 과일은 남쪽에 나물은 북쪽에 차림.
99 중국 하나라 우임금 시절에 일어난 대홍수로 9년 동안 우임금이 황하의 물길을 다스려 홍수를 진압했을 만큼 큰
   홍수였다.

삼년 귀양 후에 다시 환국 하오시니,
바람도 순하게 불고, 물길도 잔잔하여,
무사히 도달하기 천만 번 엎드려 빕니다.
광풍도 막아주고, 난파 없도록 점지하옵소서."
빌기를 다한 후에
배를 띄워 고국으로 돌아올 때,
닻 감고 돛을 달아,
어기여차 소리하며 북을 둥둥 울려대니,
어찌 원포귀범(遠浦歸帆)이 아니냐?
그때 성조님은 황토섬을 바라보고,
해변청산 잘 있거라, 나무 돌도 잘 있거라.
일희일비(一喜一悲) 하직하며 고국으로 돌아올 때,
그때는 어느 때냐. 가을 칠월 보름이라.
백로는 희었는데 달빛은 명랑하다.
강 위에 갈매기들이 오락가락 왕래할 때,
청풍은 천천히 불고, 물결은 잔잔하다.
백빈주(白蘋洲) 갈매기는
홍요(紅蓼) 안으로 날아들고,
삼산의 기러기는 한수로 돌아들 때,
심양강에 도착하니 백락천(白樂天)이 떠난 후에
비파소리 끊어지고, 적벽강 지나오니
소동파 놀던 자취

옛날같이 한가히 노는 나그네는 있건만,
조맹덕(曹孟德)과 같은 일세의 영웅은
지금 어디 있는가.
달이 지고 까마귀 우는 깊은 밤에
고소성(姑蘇城)에 배를 매니,
한산사(寒山寺) 종소리가 객선에 들려온다.
고기 낚는 어부들은 강태공의 낚싯대 빌리고,
엄자릉(嚴子陵)의 긴 줄 얻어 범여의 배를 빌려 타고
오락가락하며 외로운 밤 먼 곳에서 온 손님,
겨우 든 잠 깨우고,
탑 앞의 노승들은 팔 폭 장삼에 고깔을 쓰고
꾸벅꾸벅 읍을 하니
한산사 저녁 종 풍경이 아니냐.
소상야우(瀟湘夜雨), 동정추월(洞庭秋月),
평사낙안(平沙落雁), 어촌낙조(漁村落照),
황릉애원(黃陵哀怨), 원포귀범(遠浦歸帆)이 아니냐?
팔경을 지나오며,
수궁의 아름다운 경치를 다 본 후에
며칠 동안 배를 저어 서천국에 다다를 때,
고국산천 반가워라.
선창에 배를 대고,
그때 성조님이 궐 안으로 입시할 때,

---

100 중국 호남성(湖南省)의 동정호(洞庭湖) 남쪽에 있는 소수(瀟水)와 상강(湘江)이 합류하는 지점의 대표적인 경치인 '소상팔경(瀟湘八景)'의 하나로 가을 저녁 먼 포구로 돌아오는 배의 모습이다.
101 흰꽃 핀 평초(萍草) 가득한 강가의 삼각주(三角洲).
102 홍요안(紅蓼岸). 단풍이 들어 붉은 대만 남은 여뀌꽃 핀 언덕. 판소리 〈심청가〉 중 '범피중류'의 대목.
103 판소리 〈심청가〉 중 '범피중류'의 '삼상의 기러기는 한수로 날아든다'라는 대목.
104 백거이(白居易). '낙천(樂天)'은 자(字), 호는 향산거사(香山居士). 중국 당나라 때의 시인. 대표작인 〈장한가(長恨歌)〉와 〈비파행(琵琶行)〉 등이 애송된다.
105 백거이의 시 〈비파행〉에 '심양강두야송객(潯陽江頭夜送客)', '심양강 어귀에서 밤에 손님을 배웅하려니'라는 구절이 있어 이런 표현이 나오게 됨.
106 조조(曹操). '맹덕'은 자. 후한 말기에 황건의 난을 평정하여 공을 세우고, 동탁(董卓)을 죽인 후 실권을 장악하지만, 적벽에서 유비와 손권의 연합군에 크게 패함.
107 중국 강소성 오현 서남쪽에 있는 고소산에 있는 성.

數三年 귀양 後에 다시 還國하오시니,
바람도 順히 불고, 물ㅅ질도 잔々하야,
無事히 到達하기 千萬 伏祝 發願이요.
狂風도 막아 주고, 致破 엄시 점지하옵소서.
빌기를 다한 後에
배를 씌아 故國을 도라올 째,
쌋 감고 돗틀 다라,
어기여차 소래하며, 북을 둥々 울녀내니,
遠浦歸帆[100] 이이 아니냐.
그째에 成造任은 黃土섬을 바라보고,
海邊靑山 잘 잇거라, 나무 돌도 잘 잇거라.
一喜一悲 下直하며, 故國을 도라올 제,
그째는 어는 째냐, 秋 七月 望間이라.
白鷺는 희엿는데, 月光은 明朗하다.
江上에 白鷗들은 오락가락 往來할 제,
淸風은 徐來하고, 水波는 不興이라.
白蘋州[101]에 갈미기는
紅蓼[102]로 나라 들고,
三山에 기럭이는 漢水로 도라들 제,[103]
潯陽江 當到하니, 白樂天[104] 一去 後에
琵琶聲 쓴어지고,[105] 赤壁江 지내오니,
蘇東坡 노든차취,

依舊閒客 잇것마는,
曹孟德[106] 一世之 雄은
以今 安在아.
月落 鳥啼 깁푼 밤에
姑蘇城[107]에 배를 매니,
寒山寺[108] 쇠북 聲이 客船에 들니 온다.[109]
고기낙는 漁父들은 姜太公[110]의 낙대 빌고,
嚴子陵의 긴 줄 어더, 范蠡船[111] 빌여 타고,
오락가락 徐來하며, 외로운 밤 千里 遠客,
겨우 든 잠 쌔와 내고,
塔 前에 老僧들은 八幅長衫 싯갈 쓰고,
쑤벅~ 揖을 하니,
寒寺暮鐘[112]이 아니며,
瀟湘夜雨, 洞庭秋月,
平沙落雁, 漁村樂酒,
黃陵哀怨, 遠浦歸帆이 아니냐.
八景을 지내오며,
水宮 景佳 다 본 後에,
幾日 間 배질하야, 西天國을 當到할 제,
故國 山川 반가와라.
船艙에 到泊하고,
그째 成造님이, 闕內에 入侍[113]할 제,

---

108 중국 강소성 오현의 성 서쪽, 풍교 가까이 있는 절.
109 장계(張繼)의 시 〈풍교야박(楓橋夜泊)〉에서 온 구절.
110 태공망(太空望). 중국 주나라 초기의 정치가이며 성은 강(姜), 이름은 상(尙). 위수(渭水)가에서 낚시를 하다가 문왕(文王)을 만나 그의 스승이 됨. 낚시꾼의 대명사.
111 범여의 배. 범여는 중국 춘추시대 초나라 사람으로 월나라 제상이 되었음. 월왕 구천(句踐)을 잘 도와 오왕 부차(夫差)를 이겨 회계(會稽)의 치욕을 씻게 함. 오나라를 멸하고 나서 부차에게 보냈던 서시(西施)를 배에 태우고 강호로 사라졌다는 이야기가 전해짐.
112 1경 산시청람(山市晴嵐)-산간 마을의 맑은 기운이 감도는 풍경, 2경 연사만종(煙寺晩種)-연무에 쌓인 산사의 저녁 종소리, 3경 소상야우(瀟湘夜雨)-소상강에 밤비 내리는 풍경, 4경 원포귀범(遠浦歸帆)-멀리 포구로 돌아오는 돛단배들, 5경 평사낙안(平沙落雁)-모래밭에 내려앉은 기러기 떼, 6경 동정추월(洞庭秋月)-동정호에 비치는 가을 달, 7경 어촌석조(漁村夕照)-저녁노을이 물든 어촌 풍경, 8경 강천모설(江天暮雪)-저녁 때 강변에 눈 내리는 풍경의 8개 경승을 말한다.
113 대궐로 들어가 임금을 뵙는 것.

좌우 승상들이 부축하여 호위하며,
육조 제신(諸臣)들이 나와서 맞이하고
전후좌우로 어전사령, 앞뒤로 내려서서,
삼현풍악(三絃風樂) 권마성(勸馬聲)은
큰길 위에 진동하고,
태자의 행렬 놀라워라.
이래저래 성조님이 궐 안으로 입시하여
부왕님 앞에 가서 절을 하니,
대왕님이 부자의 애정과 군신간의 절개로
일희일비 기특히 여기시고,
감옥에 갇힌 죄인, 수 삼년 귀양 죄인,
백방 석방 하옵시며, 큰 잔치를 베풀더라.
그때 옥진부인,
성조 귀양 판단 말씀 들으시고,
수 삼년 깊이 든 병이 몇 달 만에 완치하여,
옥경루에 높이 올라
성조 들어오심을 고대하더니,
문득 성조씨가 남별궁으로 들어오거늘,
부인이 급히 내려가 성조의 손을 잡고,
수 삼년 고생함을 만 번이나 위로하더라.
어머니 앞에 그동안의 일을 설명한 후에,
이날 밤 삼경에 성조님이 명월각을 찾아들어
계화부인 삼사년 못 보던 애정을
낱낱이 풀어 말할 때,
술과 안주를 나누며, 말로 서로 통하며,
원앙침, 비취금에 음양을 희롱하며,
만단수회 위로하며 그 밤을 지낼 적에,
도솔천궁 지양님이 성조의 집으로 들어와서

열 자식을 마련했다.
일남자 탄생, 이남자 탄생, 삼남자 탄생,
사남자 탄생, 오남자 탄생하니
아들 다섯 분명하고,
일녀 탄생, 이녀 탄생, 삼녀 탄생,
사녀 탄생, 오녀 탄생하니
딸 다섯 분명하거늘,
남녀 열 자식이 충실하게 자라난다.
일취월장 장성할 제.

13
그 무렵 성조님이 일흔이 되어 백발이라.
정월에 성조님이 과거사를 생각하니
오호라 슬픈지라.
하루살이와 같은 삶을 천지에 기탁하고,
아득히 넓은 바다 속의 작은 쌀알 같은 인생이라.
어화 청춘소년들아.
어제 소년이 오늘 백발인 것을
내 어이 모르리오.
서산에 지는 해는 내일 아침에 다시 돋건마는
동해로 흐른 물은 다시 오기 어려워라.
홍안이 백수 되니, 다시 젊어지지 못하리라.
내 소년 시절에 천상궁에 올라가
솔씨 얻어 심은
햇수를 헤아려보니 사십구 년이 되었구나.
그 사이에 어떤 나무, 다 자라서 숲을 이루었는지,
구경하러 내려가서 집이나 지어볼까.
성조님은 아들 다섯, 딸 다섯,

---

114 임금이나 높은 벼슬의 관료들이 말이나 가마를 타고 행차할 때 그 위세를 더하기 위해 사복이나 역졸이 행렬 앞에 서서 크게 외치던 소리를 말한다.

左右丞相 擁衛하며,

六曹諸臣 나와 맞고,

前後 左右 御前使令, 압뒤로 나러서서,

삼인風樂 勸馬聲[114]은

大道上 振動하고,

太子 기구 놀라와라.

그렁저렁 成造님이, 闕 內에 入侍하야,

父王任 前 肅拜하니,

大王任이 父子의 愛情과 君臣之節로,

一喜一悲하며 奇特히 녁이시고,

典獄에 갓친 罪人, 數 三 年 귀양 罪人,

白放 解配 하옵시며, 大宴을 配設터라.

그째에 玉眞夫人,

成造 귀양 푼단 말삼 드러시고,

數 三 年 깁피 든 炳, 歲 月 間에 完快하야,

玉瓊樓에 놉히 올나,

成造 드러오심을 苦待터니,

문득 成造氏가 南別宮을 들어오거늘,

夫人이 急히 나려, 成造의 손을 잡고,

數三年 苦生함을, 萬 番이나 慰勞터라.

母主 前에 大綱 說話하신 後에,

이날ㅅ밤 三更 時에, 成造任이 明月閣을 차저드러,

桂花夫人 三四 年 못 보든 愛情을

낫ㅅ치 叙懷할 제,

酒肴로 相盃하고, 言語로 相通하며,

鴛鴦枕, 翡翠衾에 陰陽을 히롱하며,

萬端愁懷[115] 위로하며, 그 밤을 지낼 적에,

兜率天宮 지양님이 成造 家門 드러왔서

열 子息을 마련하다.

一男子 誕生, 二男子 誕生, 三男子 誕生,

四男子 誕生, 五男子 誕生하니,

아달 다섯 分明하고,

一女 誕生, 二女 誕生, 三女 誕生,

四女 誕生, 五女 誕生하니

쌀 다섯 分明커늘,

男女 間 十 子息이 充實하게 자라난다.

日就月將 장성할 제.

一三

그째에 成造任이 年當 七十 白髮이라.

一月은 成造任이 過去事를 生角하니,

嗚呼라 슲흔지라,

寄蜉蝣於天地하고,

渺滄海之一栗이라,[116]

어화 靑春少年들아,

어제 少年 오날 白髮,

내 어이 모로리오,

西山에 지는 해는 明朝라 돗것마는,

東海水 허른 물은 다시 오기 어려와라.

紅顔이 白首 되니, 다시 젊들 못 하리라.

내 少年 時節에 天上宮 올나 가서,

솔씨 어더 심은 제가,

해 數를 헤여 보니 四十九 年 되얏고나.

其間에 엇든 남기, 다 成 林 하얏는지,

玩景次로 나려가서, 집이나 지여볼ㅅ가.

成造님 아달 다섯 쌀 다섯,

---

115 온갖 근심과 회포.
116 적벽부의 구절을 인용한 것으로 '기부유어천지(寄蜉蝣於天地)'는 '하루살이와 같은 삶을 천지에 기탁함'을 의미하고,
　　묘창해지일속(渺滄海之一栗)은 '아득히 넓은 바다 속의 좁쌀'을 의미함. 인생의 허무함을 표현한 것.

열 자식을 거느리고 지하궁으로 내려와서
종남산 높이 솟은 나무들을 살펴볼 때,
철쭉과 진달래나무, 늘어진 장목이며,
휘어진 고목이며, 객사청청 버드나무며,
촘촘한 박달나무, 군자절 소나무며,
일출봉 부상목,
달 속의 계수나무와 노가지 향나무며,
목질 좋은 오동나무와
음양 상충 살구나무와 잣나무,
석류나무가 장성하여 서 있으나,
연장 없는 저 나무를 누가 베어내리.
성조가 한 꾀를 생각하고,
열 자식을 거느리고 시냇가에 내려가서,
왼손에 함지박이며, 오른손에 쪽박 들고,
첫 철을 일어시되, 사철이라 못 쓰겠고,
두 번째 다시 일어
상쇠 닷 말, 중쇠 닷 말, 하쇠도 닷 말이라.
열 닷 말을 일어내어,
대등에 대풀무며, 중등에 중풀무며,
소등에 소풀무며, 풀무 세 채를 차려놓고
온갖 연장을 장만한다.
대도끼, 중도끼, 소도끼,
대자귀, 중자귀, 소자귀,
대톱, 중톱, 소톱이며,
대집게, 중집게, 소집게며,
대끌, 중끌, 소끌이며,
대망치, 중망치, 소망치며,
대칼, 중칼, 소칼이며,

대대패, 중대패, 소대패며,
대송곳, 중송곳, 소송곳,
대자, 중자, 소자이며,
괭이, 호미, 낫 연장과
대중못, 소중못까지
온갖 연장 갖추어 각각 쓸 곳을 마련하고,
목수를 골라서 집짓기를 할 때,
서른세 명의 목수들이 금도끼를 둘러메고,
대산에 대목 베고, 중산에 중목 베고,
소산에 소목 베어, 굵은 나무 작게 다듬고,
작은 나무 굵게 깎아
집 지을 나무로 만든 후에,
주과포혜(酒果脯醯) 갖추어서
천지성신께 제를 올리고,
상목은 국궁 짓고, 중목은 관사 짓고,
남은 나무를 골라내어 부귀빈천 백성들의
집을 지어 맡기시는데, 집터를 살피시고,
용머리에 터를 닦고 학머리를 꼬리 삼아,
역군들을 다스려, 꿩의 머리 돌 치우고,
삽머리 흙 고르는데,
높은 데 낮게 하고, 낮은 데 높게 하여,
평평하게 터를 닦아 집을 한 칸 짓기 시작한다.
오행으로 주춧돌 놓고, 인의예지 기둥 세워,
삼강오륜 들보 얹고,
팔괘로 서까래 걸고, 구궁으로 박공 걸고,
팔조목 도리 얹고,
육십사괘의 법으로 서까래를 얹고
삼백팔십사효(爻)의 법으로 기와 얹어,

---

117 중국 섬서성 남부에 있는 산. 우리나라에서는 서울의 남산을 종남산이라 부르기도 했다.
118 모래가 섞인 쇠.
119 문맥상 제를 올릴 때 사용하는 음식을 의미하는 주과포혜(酒果脯醯)로 해석된다.

열 자식을 그나리고, 地下宮을 나리왓서,

終南山[117] 놉피 소사, 나무마당 적간할 제,

倭躑躅·진달木, 느러진 長木이며,

휘어진 古木이며, 客舍靑청 柳木이며,

세답한 박달木, 君子節 松木이며,

日出奉 扶桑木

月中 桂樹木과, 노가지 상木이며,

몸ㅅ질 조흔 梧桐木과,

陰陽相沖 杏子목木과,

柏子木, 石榴木이, 長成하기 서이시나,

연장 업는 저 남글, 누라서 비여 내리.

成造 한 計교를 생각하고,

열 子息을 그나리시고, 시내ㅅ가에 나려서,

左手에 함박이며, 右手에 쪽박 들고,

첫 鐵을 일엇시되, 沙鐵[118]이라 못 시갯고,

두 분채 다시 이러,

上쇠 닷 말, 中쇠 닷 말, 下쇠도 닷 말이라.

열닷 말 이러 내여,

大等에 大불미며, 中等에 中불미며,

小等에 小불미며, 불미 세 채 차려놋코,

온갖 연장 ㅅ만한다.

大독기, 中독기, 小독기,

大짜구, 中짜구, 小짜구며,

大톱, 中톱, 小톱이며,

大찍개, 中찍개, 小찍개며,

大끌, 中끌, 小끌이며,

大맛치, 中맛치, 小맛치며,

大칼, 中칼, 小칼이며,

大大鉋, 中大鉋, 小大鉋며,

大송곳, 中송곳, 小송곳,

大자, 中자, 小자이며,

광이, 호망, 낫연장과,

大中못, 小못까지,

온갖 연장 갓초지어, 各각 用處 마련하고,

木手를 고로아서, 집짓기 마련할 제,

서른세 名 木手들이, 金독기 둘너매고,

大등에 大木비고, 中등에 中木비고,

小등에 小木비여, 굴근 남근 잣 싸듬고,

자즌 남근 굴ㅅ게 싹가,

집 남글 만든 後에

酒果脯醢[119] 갓추어서,

天地精神 祭 만하고,

上木은 國宮 짓고, 中木은 官舍 짓고,

餘 木을 골나내야, 富貴貧賤 百姓들의

집을 지어 맛기실 제, 집터를 살피시고,

龍頭에 터를 싹고, 鶴頭를 꼬리 삼아,

役軍들을 총독하야, 꽁의 머리 돌 치우고,

가래머리 흙 골울제,

놉흔대 낫게 하고, 나진대 놉게 하야,

高下 업시 터를 싹가, 집을 한 간 始作한다.

五行으로 柱礎 놋코, 仁義禮智 지동 세와,

三綱五倫 들ㅅ보 언ㅅ고,

八卦로 椽木 걸고, 九宮을 밧궁[120] 걸고

八條木 도리[121]언ㅅ고,

六十四卦之法을 알매[122]언ㅅ고,

三百八十四 爻之法을 蓋瓦 언저,

---

120 박공(牔栱). 뱃집 양편에 八자 모양으로 붙인 두꺼운 널을 말하는데, 이 중 박공지붕은 지붕면이 양쪽 방향으로 경사진 지붕을 말하며, 박공벽은 박공지붕의 측면에 생기는 삼각형 벽을 말한다.

121 기둥과 기둥 위에 들러 얹히는 나무. 그 위에서까래를 얹게 되어 있다.

122 기와를 이을 때 산자 위에 이겨서 까는 흙.

하도낙서(河圖洛書)의 산자널을 얽고,

일월(日月)로 창호 내고,

태극(太極)으로 단청하고,

음양(陰陽)으로 널빤지 짜고,

만권 서적 마루 놓고,

오십토(五十土)로 벽을 바르고,

오채(五彩)로 영창 달아 고대광실 높은 집에,

생남생녀 부귀공명 갖춰지게 지으시고

삼팔목으로 동문 내고,

이칠화(二七火)로 남문 내되,

그때 성조님이 패철을 내어놓고

이십사방을 조화롭게 할 때,

동쪽을 바라보니

청룡산이 화답하여 화재의 신 막아내고,

황조, 벼, 콩과 팥, 기장과 조,

곡간이 찰 것이요.

남쪽을 바라보니

주작산이 화답을 하여,

관재구설(官災口舌) 막아내고,

삼정승 육판서며,

조관(朝官)과 사대부가 날 것이오.

서쪽을 바라보니

백호산이 화답을 하니,

백호는 산신이라 이 집지어 맡기시면

아들은 장성하고 지식이 넉넉하여

정부대신 지낼 거요.

딸은 장성하면 숙녀의 질개로서

다른 집으로 출가하면 정렬부인 될 것이오.

북쪽을 바라보니

현무산이 화답을 하여,

실물손재(失物損財) 막아내고

금은전(金銀錢)과 논과 밭을 해마다 불려가고

물처럼 재물이 늘어나,

취해도 금할 사람 없고,

써도 마르지 않으니 소원성취할 것이라.

그때 성조님이 집과 터를 칭찬하고

입춘을 써 붙이실 때,

문을 여니 온갖 복이 오고,

마당을 쓰니 만금이 나온다.

하늘이 세월을 더해 사람은 나이를 먹고,

하늘과 땅에 봄이 가득하고 집에 복이 가득하라,

요임금과 순임금 때의 시대와 세상이라,

태평성대요.

대청 위의 머리 흰 부모님 천 년을 사시고,

자손들은 만세의 영화를 누리리라.

상량문에 이르시길 해와 달과 별의 빛이요,

인간의 오복이 갖춰질 것이라.

입춘을 붙인 후에

성조님이 입주 성조신이 되시고,

계화부인, 몸주 성조되시며,

---

123 산자(橵子). 서까래나 고물 위에 흙을 메꾸기 위하여 나무개비 등으로 엮은 것.
124 '빈지'의 방언. 널빈지. 한 짝씩 끼웠다 떼었다 하게 만든 문. 가게 앞에 문 대신 흔히 사용했다.
125 오행과 숫자를 맞춘 짝. 오행 중 '토(土)'는 숫자 '오(五)'와 '십(十)'으로 나타낸다.
126 다섯 가지 색. 오행을 나타내는 오방색(五方色)인 청(靑), 황(黃), 홍(紅), 백(白), 흑(黑).
127 오행과 숫자를 맞춘 짝. 오행 중 '목(木)'은 숫자 '삼(三)'과 '팔(八)'로 나타낸다.
128 오행과 숫자를 맞춘 짝. 오행 중 '화(火)'는 숫자 '이(二)'와 '칠(七)'로 나타낸다.
129 지관이 사용하던 나침반으로 한가운데에 나침반이 있고 그 주위로 팔괘와 천간(天干), 십이지(十二支)가 그려져 있다.
130 관재(官災)와 구설(口舌)을 아우르는 말로 법적 송사의 시비와 흉흉한 소문 위에 오르는 것을 의미한다.
131 실물수(失物數)와 손재수(損財數). 물건을 잃어버리는 운수와 재물의 손해를 보는 운수.
132 소동파의 〈적벽부〉에 나온 구절.

河圖洛書 산지[123] 얽고,

日月노 窓戶내고,

太極을 丹靑하고,

陰陽을 빈주[124] 싸고,

萬卷書冊 마루 놋코,

五十土[125]로 塗壁하고,

五彩[126]로 映窓달아, 高臺廣室 놉흔 집에,

生男 生女 富貴功名, 갓게 지어 맛기시고,

三八木[127]을 東門 내고,

二七火[128]로 南門 내되,

그째에 成造님이, 佩鐵[129]을 내여놋코,

二十四方 가리실 제,

東便을 바래보니

靑龍山이 應을 하야 火災之神 막아내고,

黃祖正祖豆太黍栗,

穀間이 찰 것이요.

南便을 바라보니

朱雀山이 應을 하야,

官災口舌[130] 막아내고,

三政丞六判書며,

朝官四夫 날 것이요.

西便을 바라보니

白虎山이 應을 하니,

白虎는 山神이라, 이 집 지어 맛기시면,

男子는 長成하야, 智識이 넉々하야,

政府 大臣 지낼거요.

女兒는 長成하면, 淑女의 節槪로서,

他門에 出家하면 貞烈夫人 될 것이요.

北便을 바라보니

玄武山이 應을 하야,

失物損財[131] 막아내고

金銀錢田 與沓을 年々히 부라가고,

生財如水하야,

取之無禁用之不渴,[132]

所願成就할 것이라.

그째에 成造님이, 집과 터를 稱讚하고,

立春 써 붓치실 제,

開門하니 萬福來요,

掃地하니 萬金出이라,

天增歲月人增壽요,

春滿乾坤福滿家라,

堯之日月[133]이요,

舜之乾坤[134]이라,

堂上鶴髮千年壽요,

膝下兒孫萬歲榮[135]이라.

上梁文[136]에 하엿시되, 應天上之三光이요,

備人間之五福이라.

立春을 붓친 後에,

成造任 입주 成造되야시고,

그 室內 桂花夫人, 몸人주 成造 되야시며,[137]

---

133 요임금 때의 일월. 태평성대를 말함.

134 순임금 때의 하늘과 땅. 태평성대를 말함.

135 '슬하자손만세영(膝下子孫萬歲榮)'의 와음.

136 집을 새로 건축하여 상량식을 할 때 상량을 축복하는 글을 말한다.

137 입주성조와 몸주성조에 대해 구연자는 바깥주인 즉 남주인으로 후자는 안주인 즉 여주인 같은 것이라고 답했다. 만간에서 전자를 바깥성조 즉 남성가신, 후자는 안성조 즉 여성가신이라고 칭하며 양자는 부부신으로 여겨진다. 그리고 성조의 부인이 몸주가신이 되었다고 하는데 이는 아마도 몸주가신 즉 정침을 지배하고, 혹은 정침에 기거하는 아내인 가신을 말하는 의미이고, 입주의 의미는 판단하기 어렵지만 대체로 사랑에 기거하는 남편되는 가신이라는 의미로 볼 수 있다.
서대석·박경신의 『서사무가』Ⅰ에서는 '몸주'에 대해 "몸주, 몸을 주관하는 존재. 강신무들의 경우 자신이 모시는

성조 아들 다섯은 오토지신(五土之神) 되시고,
성조 딸 다섯은 오방(五方)부인 되신 후에,
그때 대도목은 용린봉갑(龍鱗鳳甲) 투구 쓰고,
장창을 높이 들어
천재만액(天災萬厄) 일백겁살(一百劫煞)
오방해살(五方害煞)을 막아내니라.

성조님 어진 성덕과 신령한 높은 식견으로
인간 세상에 내려오시니,
수많은 백성들에게 집을 지어 맡기시니,
하해와 같은 덕이요, 태산과 같은 공이라.
삼가 비오니,
성조님은 이 상량식을 받으옵소서.

대별상

가장 중요한 신을 '몸주신'이라고 함. 여기서는 '집을 주관하는 존재'의 뜻이다.
138 오토(五土)의 신. 오토는 산림(山林), 천택(川澤), 구릉(丘陵), 분연(墳衍), 원습(原隰)의 다섯 가지 토지를 말한다.
139 대목의 우두머리. 목수의 우두머리.
140 용린갑(龍鱗甲)과 봉(鳳)투구. '용린갑'은 용의 비늘 모양으로 비늘을 달아 만든 갑옷이며, '봉투구'는 봉의 깃털 모양으로 장식한 투구이다.

成造 아달 다섯튼 五土地神[138] 마련하고,
成造 쌀 다섯튼 五方夫人 마련 後에,
其時 都大木[139]은 龍鱗鳳甲[140] 투구 쓰고,
長槍을 높이 들어,
千災萬厄 一白怯殺
五方害殺[141] 막아내니.

成造님이 어진 聖德과 神靈한 明鑑[142]으로
人間에 下降하사,
億兆蒼生에 집을 지어 맛기시니,
如何海之聖德[143]이요, 如泰山之報功[144]이라.
謹祝[145]
成造는 上梁[146]에 應接하옵소서.

기물 18 : 성수부채

---

141 천재만액은 온갖 재난과 액, 일백겁살은 백 가지의 겁살.
142 높은 식견.
143 하해(河海)와 같은 성스러운 덕(德).
144 갚아야 할 공이 태산과 같음.
145 축원함.
146 대들보를 올리는 행위. 혹은 대들보 그 자체를 이르는 말.

2. 집과 가족을 지키는 성주신 〈성주굿〉

성주로다, 성주로다. 성주본이 어디요?
경상도 안동 땅 제비원이 본입니다.
가지고 나오실 보물 없어
솔씨 서 말, 서 되, 서 홉을 받아내어
조선 전체에 다 뿌리고
서 말, 서 되 남은 것은
서쪽과 동쪽에 던져 놓아
그 솔이 점점 자라난다.
작은 소나무 되고, 큰 소나무 되었구나.
낮이면 태양을 쐬고,
밤이면 밤이슬 맞아 청장목과 황장목이 되어
이 터 명당이 적당하니 집이나 지어보세.
"천하궁 땅 하후왕님,
성주이룩하시려고
하후왕님 모시러 왔습니다."
하후왕님이 어려서 자랄 때에
장난으로 놀아도 나무 깎아 집 짓는 장난,
나무를 깎아 집짓는 장난,
흙을 돋아서 집을 돋아
집짓는 장난으로 노는데,
하후왕님 거동 봐라.
인물이 도저(到底)하고 재주가 비상하여
만고일색 되었는데
하후왕님, 이름은 하후왕님 이름을 가져놓아
아버지 땅은 천하궁이 다 땅이고,

어머니 땅은 지하궁이 다 땅인데,
"하후왕님, 하후왕님.
삼년 말미 손에 들고
하후왕님 모시러 왔습니다."
삼년 말미 멀다하고, 석달 말미 멀다하고
삼일 말미 짧다하고, 하후왕님 성주이룩 하자하니,
하후왕의 부인네 거동 봐라.
하후왕씨 거동 보소.
"무슨 일로 그러오? 하후왕님."
달게 주무시던 잠도 아니 주무시고,
달게 잡수시던 떡도 아니 먹으시고.
걱정 중에 누웠는데, 저 부인네 거동 봐라.
"하후왕님. 무슨 일로
걱정을 하며 누워있습니까?"
황산 뜰에 성주이룩을 가야 하는데,
연부 연장이 없어서 성주이룩 못 간다고
여쭈어 놓았으니
저 부인네 거동 보소.
인물이 도저하고, 재주가 비상하여
베틀 연장 대령하고,
도포장삼 내어놓고 수를 놓으니,
앞에는 청학백학이
날아드는 듯하게 수를 놓고,
뒤에는 청룡황룡이 머리를 풀어
하늘로 올라가는 것처럼 수를 놓고,

성주로다 성주로다, 성주본이 어디메요.
경상도 안동땅 제비원[147]이 본일러라.
가지고 나오실 보물 없어
솔씨 스말 스되 스홉을 받아내어
만조선에 다 띄우고
스말 스되 남은 것은
서편동편 던져놓아
그 솔이 점점 자라난다.
소부뎅이 되고 대부뎅이 되었구나.
낮이면은 태양을 쐬구
밤이면은 밤이슬 맞아 청장목 황장목 되어 놀제
이 터 명당이 착박하니 집이나 지어보세.
천하궁 땅 하후왕님
성주 이룩 하오랴고
하후왕님 모시러 왔씁니다.
하후왕님 어려서 클 적에
장난을 놀아여도 나무 꺾어 집짓는 장난
나무를 깎어 집짓는 장난
흙을 돌아서 집을 돌어
집짓는 장난을 놀어 놓니
하후왕님 거동 봐라.
인물이 도자하구 재주가 비상하야
만고일색 되었는데
하후왕님 이름은 하후왕님 이름을 가져놓아
아버지 땅은 천하궁이 다 땅이구,

어머니 땅은 지하궁이 다 땅인데,
하후왕님, 하후왕님.
삼년말미 손에 들고,
하후왕님 모시러 왔씁니다.
삼년 말미 멀다 하고, 석달 말미 멀다 하고,
삼일 말미 짧다하고, 하후왕님 성주이룩하자하니
저 부인네 기동 봐라.
하후왕씨 거동보소.
무슨 사로 그러하오. 하후왕님.
달게 주무시던 잠도 아니 주무시고,
달게 잡수시던 메도 아니 감하시고,
걱정 중에 누었는데. 저 부인네 거동 봐라.
하후왕님, 무슨 사로
걱정 중에 누워 있씁니까?
황산뜰에 성주 이룩을 간다하니
연부연장 없어서 성주 이룩 못 간다고
여쭈어 놓았으니
그러면은 저 부인네 거동 보소.
인물이 도자하구 재주가 비상하야
베틀연장 대령하고
도포장삼 내어놓고 수를 놓으니
앞에는 청학백학이
날어드는 듯게 수를 놓고
뒤에는 청룡황룡이 머리를 풀러
하늘루 등천하는득키 수를 놓고

---

147 경북 안동시 서북방 약 6km 지점에 이천동 연미사라는 작은 절 옆에 돌미륵이 있는 일대를 말한다. 이 미륵의 오른쪽 어깨 위에 소나무 한 그루가 있는데 이 나무에서 솔씨가 전국으로 퍼져 성주가 되었다는 전설이 있다.

관대 속대를 떼어놓고 나가보니
해는 한나절 반이 되었구나.
하후왕님 거동 보소.
"무슨 연장을 가지고서 성주이룩을 가오리까?"
모두 사해용왕의 공으로
석가탑에 펴 놓고 빌고 나니,
난데없는 풀무쟁이가 풀무독을 걸머지고
땜쟁이는 땜통을 걸머지고 동구 밖에 도착했네.
바깥마당을 둘러보니
참쇠 다섯 말, 구리쇠 다섯 말, 무쇠 다섯 말,
열에 열다섯 말이 되었구나.
큰 마당에 대풀물독 묻어 놓고,
소 마당에 소풀물독을 묻어 놓고,
대끌소끌 장만해 큰 칼도 마련하고,
대톱실톱을 장만하여
꼴미망태기 늘어놓고 행장을 재촉한다.
적토마를 집어타고 황산뜰에 성주이룩 한다하니
"여보시오. 우리 하후왕님.
반찬도 만들어 놨습니다. 밥도 지어놨습니다.
메산잔상 감하시고,
부인 말이라고 허사로 듣지 말고
황산뜰에 성주이룩 가시거든
아이가 말을 묻나 어른이 말을 묻나
그 말에 대답을 하시다가는 생명이 위태로우니
그 말 대답을 하지 말고
돈단무심(無心) 가십시오."
우리 하후왕님, 거동 봐라.
꼴미 망태기를 마소에 실어 놓고
적토마를 집어타고 황산뜰로 가노라니
난데없는 소진양이의 거동 봐라.

겹치마에 겹배자 겹치마에
그 모두 다가서 겹치마에다
나무개를 신으시고
댕댕이 저고리에 댕댕이 바지를 입고서
다가와서 하는 말이,
"저기 가는 저 처사님, 저기 가는 저 하후왕님.
보기에는 황산뜰에 성주이룩을 가시는데
가시는 자취는 있어도 오는 자취는 없을 것이니
하후왕님 입던 옷은 제가 입고,
제가 입던 댕댕이 저고리
댕댕이 바지에 겹치마는
하후왕님 입으시고, 조약돌을 석 삼년 쌓으시오."
"그러면 모두 다 내가 이 길을 가서
죽는다는 말이 아니냐?"
"황산뜰 성주이룩하시면
나무에서 목살이 퍼지면
머리가 깨져 죽을 것이요,
돌에서 석살이 퍼지면 다리가 터져 죽을 것이니
하후왕님, 제가 입던 겹치마 입으시고,
하후왕님 입던 의관(衣冠)은
저를 주시고 가옵소서."
말도 서로 바꿔 타고 의관을 바꿔서 타니
소진앵이 거동 봐라.
황산뜰로 하후왕이 가던 길을 멈추고,
"여보시오. 하후왕님은
여기서 조약돌을 석 삼년 쌓으시오."
하후왕님 입던 옷을 입고
황산뜰에 성주이룩을 간다더니
성주이룩은 아니하고
하후왕님 집안에 당도하여 놓았구나.

---

148 '끌'은 재목에 구멍을 파거나 다듬는데 사용하는 연장.
149 자루를 한 쪽에만 박아 혼자 당기며 켜는 톱.

관디 송디 띠어놓고 나가보니
해는 한나절반이 되어놓았구나
하후왕님 거동 보소.
무슨 연장 가지구서 성주 이룩을 가오리까.
모두 사해용왕의 공.
석가탑 피여 놓고 빌구 나니,
난데없는 풀무쟁이 풀무독을 걸머지구
땜쟁이는 땜통을 걸머지구 동구 밖에 당도했네.
바깥마당에를 둘러보니
참쇠 닷 말, 구리소 닷 말, 무쇠 닷 말,
열에 열닷 말이 뇌였구나
대마당에 대풀물독 묻어놓고,
소마당에 소풀물독을 묻어놓고,
대끌소끌148 장만해야 거도149두 마련하고,
대톱 실톱을 장만해야
꼴미 망태기 느어 놓고 행장을 재촉한다.
적두마를 집어타고 황산뜰에 성주이룩 한다 하니
여보시오, 우리 하후왕님.
찬도 걸러났습니다. 메도 지어났습니다.
메산잔상 감하시구,
부인 말이라고 허사로 아지 말구
황산뜰에 성주 이룩 가시거든
아히가 말을 묻나 어른이 말을 묻나
그 말 대척 허시다가 생명이 위태허오니
그 말 대척을 하지 말고
돈단무식150 가오소서.
우리 하후왕님, 거동 봐라.
꼴미 망태기 마 우에 실어 놓고
적두마를 집어타고 황산뜰에 가노라니,
난데없는 소진양이 거동 봐라.

집치마에 집버개, 집치마에
그 모두 다가서 집치마에다
나무개를 신으시구,
댕댕이 조고리에 댕댕이 바지에다 입구서
썩나시어 허는 말이
저기 가는 저 채사님, 저기 가는 저 하후왕님.
보암 직슨 황산뜰에 성주 이룩을 가시는데,
가시는 자최는 있어야두 오는 자최는 없을 꺼니
하후왕님 입던 옷은 제가 입구
제가 입던 댕댕이 조고리
댕댕이 바지에 집치마는
하후왕님 입으시구, 조약돌을 석 삼년 쌓으소사.
그라면은 다 모두 내가 이 길을 가가지구
죽는단 말이 아니냐.
황산뜰 성주 이룩하시면은
낭구에서 목살이151 퍼지면은
대구리가 깨져 죽을 것이요.
돌에서 석살이 퍼지면 다리가 터져 죽을 꺼니,
하후왕님, 제가 입던 집치마 입으시구,
하루왕님 입던 의관 중전은
저를 주시구 가오소서
말도 서루 바꿔 타구, 의관 중전을 바꿔 타니,
소진앵이 거동 봐라.
황산뜰에 하후왕 가시는 길을 몸쳐
여부시오. 하후왕님은
여기서 조약돌을 석 삼년 쌓으시구,
하후왕님 입던 옷은 입구
황산뜰에 성주 이룩을 간다더니,
성주 이룩은 아니하고
하후왕님 집안을 당도하여 놓았구나.

그러면서 다 가서는 황산뜰에서 집안으로 도착하니
인가에 집이 비어 기둥에 좀이 먹어
방산주초(柱礎)가 물러놓았는데,
하후왕님 집안에 도착하여 놓았구나.
하후왕씨 부인의 거동 보소.
자기 남편네를 모두
황산뜰에 성주이룩 보내놓고
궁금하고 궁금하니
화류산 구경 올라가 집안을 둘러보니
난데없는 방울소리가 들려오는구나.
요령 소리가 들려오는구나.
"문지기 문 닫아라. 쇠지기야 쇠 닫아라."
문지기는 문을 닫고, 쇠지기는 쇠를 닫고,
정광철쇠 구리쇠 광중문
들이덜컹 채워놓고 나니, 소진앵이 하는 말이
"여보시오. 부인이라 하는 것이 요망도 떠는구나.
남자가 하루 저녁 없었기로
열어놓은 문 닫는 법은 무슨 법입니까?"
"여보시오. 거기 있는 당신이 하후왕님이거든
입던 옷을 벗어 쉰 길 담 너머로 던져 보시오.
여보시오, 여보시오.
우리 하후왕님은 황산뜰 성주이룩 가셨는데
어째서 닫아놓은 문을 열어 놓으라 하오십니까?"
소진앵이 거동 봐라.
모두 하후왕님 옷으로 빌려 입고 바꿔 입고,
하후왕씨 부인을 겁탈하러, 겁탈을 하려고 왔으니
쉰 길 담 너머에 옷을 던져,
옷을 벗어서 던져 놓으니
"깃 달린 모양새, 바느질은

내 솜씨라고 하거니와
땀내는 우리 하후왕님의 땀내가 아닙니다.
도적의 땀내가 되었으니 여보시오.
우리 하후왕님은 황산뜰에
성주이룩을 가셨는데,
난데없는 도적이 드는구나.
여보시오. 우리의 친정이 무해여서
이승공사를 하는데
오늘은 친정의 아버지 기구를 들여놓고
내일은 친정의 어머니 기구를 들여놓아
양 이틀 부모님 기구를 모셔놓고
옛날부터 부부각각 내외 각방을 하였는데
어찌 물어 객을 문전에 유색을 하오리까?"
"여보시오, 여보시오.
땀내가 우리 하후왕님 땀내가
아니라 하오시니."
밖에 있는 소진앵이 하는 말이,
"땀내가 변해도, 밤이면 이슬을 만나
인내도 변하고 땀내도 변해 놓았소."
"그러면 여보시오.
내 몸에는 일곱 가지 귀신이
범접이 되어 놓았는데
이 몸이 귀신을 떼어내자면
개똥밭에 지함을 파고, 가실성을 둘러쌓고,
구메밥 석 삼년 먹여놓아
마지막 가는 길에 백일 제사 지내놓고
그대 시중을 하오리다.
그대 시중을 할 것이오.
그대 부인 노릇을 할 것이니,

---

152 옷깃을 예쁘게 잘 단 솜씨.
153 두루마기나 저고리 자락의 끝 둘레.
154 제사를 받들 자손이 없어서.
155 남의 집에서 묵음.

그러면은 다가서는 황산뜰에 집안을 당도하니,
인가에 집이 비어 기둥에 좀이 먹어,
방산주추가 물러놓았는데,
하후왕님 집안을 당도하여 놓았구나.
하후왕씨 거동 보소.
자기 남편네를 모두
황산뜰에 성주 이룩 보내놓고
궁금하구 궁금하니,
화류산 귀경 올라가 집안을 둘러보니,
난데없는 방울소리가 들려오는구나.
요령소리가 들려오는구나.
문지기 문 닫아라, 쇠지기야 쇠 닫아라.
문지기 문을 닫구 쇠지기는 쇠를 닫구
정광철쇠 구리쇠광중문
더리딜컹 채와 놓고 나스니 소진앵이 하는말이
여보시오. 부인이라 허는 것은 요망두 떠는구나.
남자가 하루저녁 없사기루
열어 논 문 닫으는 법은 무슨 법입니까.
여보시오. 가서는 당신이 하후왕님이거든은
입던 옷을 벗어 쉰 길 담 넘어로 던져 봅소사.
여보시오, 여보시오.
우리 하후왕님, 황산뜰 성주 이룩 가셨는데
으짠 닫어 논 문을 열어 놓으냐 하오시니라.
소진앵이 거동 봐라.
모두 하후왕님 옷을 빌려 입구 바꿔 입구,
하후왕씨 부인을 겁탈하러 겁탈을 하려고왔으니,
쉰길 담너머에 옷을 던져
옷을 벗어서 던져노니,
깃달이[152]에 도련세[153] 수침질은

내 솜씨라고 허거니와
땀내는 우리 하후왕님 땀내가 아닙니다.
도적에 땀내가 되었으니. 여보시오.
우리 하후왕님은 황산뜰에
성주 이룩을 가셨는데
난데없는 도적이 드는구나.
여보시오. 우리에 친정이 무해여서[154]
이승공사를 허는데,
오늘은 친정에 아버지 기구가 들어놓고
내일은 친정에 어머니 기구가 들어놓아
양이틀 부모님 기구를 모셔놓고,
옛날부터 부부각각 내우각방을 하였는데
어찌물어 객을 문전에 유색[155]을 하오리까.
여보시오, 여보시오.
땀내가 우리 하후왕님 땀내가
아니라 하오시니
밖에 있는 소진앵이 하는 말이
땀내가 변해구 밤이면 이슬을 만내어
인내두 변해구 땀내도 변해여 놓았으니
그러면은 여보시오.
내몸에는 칠가지 귀신이
범접[156]이되어놓았는데,
이 몸이 귀신을 떼자하면
개똥밭에 지함파고 가실성[157]을 둘러 쌓구
구메밥[158] 석삼년 멕여 놓아
마주막 가는 질애 백일제사 지내놓고
그대 시응을 하오리다,
그대 시응을 할 것이오.
그대부인 노릇을 할 것이니,

---

156 가까이 범하여 접촉함.
157 가시나무로 둘러싸인 성.
158 옥문의 구멍으로 죄수에게 주는 밥.

여보시오. 어서 바삐 뒷동산에 올라가
개똥밭에 지함파고
마지막 가는 길에 백일 제사 지내놓고
모두 가는 길에 꼬리에 모두
백년치분 그대 부인 노릇을 할 것이라."
하오시니,
소진앵이 거동 봐라.
얼마나 좋았던지 뒷동산에 올라가
개똥밭에 지함을 파니
하루만 파도 여든 길씩 파는구나.
아흔 길 씩 파는구나.
저놈의 거동 봐라.
그날 저날 하다 보니
연 이레가 되어 놓았는데,
한편 하후왕님의 거동 보소.
하루는 모두 다 조약돌을 쌓으시다가
난감한 꿈을 꾸어 놓았구나.
무슨 꿈을 꾸셨나.
"여보아라. 이곳이라 하는 데는
꿈 해몽 하는 사람도 없느냐?
법사도 없느냐?
모두 엊그저께 꿈을 꾸니
간밤에도 꿈을 꾸니
먹던 수저 부러지고,
쓰던 갓이 부서지고
신던 세자가 흙 함에 묻혔으니
이 꿈이 무슨 꿈인가?
법사한테 찾아가서 꿈 해몽을 하여봐라."
"먹던 수저 부러진 꿈은
하후왕님 부인을 이별한 괘요,
신던 세자가 흙 함에 묻힌 꿈은
하후왕씨 부인이 남의 품 안에 들어갈 수요,
쓰던 갓이 부서진 꿈은

집안이 뒤집힌 형상이니,
하후왕님 모든 조약돌을 쌓지 말고
어서 바삐 집안으로 당장 돌아가십시오.
성주이룩을 가시면 성주이룩을 가시지
길에서 소진앵이 말을 듣다가
집안에 변고가 났으니
하후왕님, 하후왕님.
어서 집안으로 당장 돌아가십시오."
그러자 하후왕님 말귀를 돌려놓고
적토마를 집어타고
겹치마에 댕댕이 저고리에
댕댕이 바지를 입고서
집안으로 들어와 보니,
인가의 집이 비어 기둥이 좀이 먹어
방산주초가 물러나 놓았는데
안마당을 둘러보니
거울같이 파놓은 연못에
대접 같은 금붕어도 물이 없어
건궁에 뛰다가 마른 걸 보니
심정이 미어져서 못 보겠고
뒤뜰 아래 심어둔 것
물이 없어 겉까지 마른 걸 보니
심정이 미어지니
갖은 화초도 아침저녁에 물을 주었는데,
화초도 다 말랐으니,
그것도 보니 심정이 미어지고
부인은 간 곳 없고,
방성통곡을 하다가 상기둥을 붙들고서
방성통곡을 하다가 잠이 홀연 듯이 들었구나.
무슨 꿈을 꾸셨는가?
방산주추가 물러나 놓았는데,
그러면 상기둥을 붙들고서 방성통곡을 하다가
홀연 듯이 잠이 들어 놓았구나.

여보시오. 어서 바삐 뒷동산에 올러가
개똥밭에 지함파고
마지막 가는 질에 백일지사 지내놓고
다 모두 가는 길에 꼬리에 모두
백년치분 그대 부인 노릇을 헐 것이라
하오시니
소진앵이 거동 봐라.
얼마나 좋았든지 뒷동산에 올라가
개똥밭에 지함 파니
하루만 파여두 여든 길씩 파는구나,
아흔 길씩 파는구나.
저늠에 거동 봐라.
그날 저날 허다 보니
연 이레가 되어놓았는데,
하후왕님 거동 보소.
하루는 모두 다 조약돌을 싸시다가
난감하게 꿈을 꾸어 놓았구나.
무슨 꿈을 꾸으셨나.
여보아라, 이곳이라 허는 데는
꿈해덕 하는사람두 없느냐,
법사두 없느냐.
모두 엊그제께는 꿈을 꾸니,
간밤에두 꿈을 꾸니
먹던 수저 부러지구,
쓰던 갓이 부서지구,
신던 세자가 흙함에 묻혔으니
이 꿈이 무슨 꿈인가.
법사한테 찾아가서 꿈해덕을 하여봐라.
먹던 수저 부러진 꿈은
하후왕님 부인을 이별한 쾌요.
신던 세저가 흙함에 묻힌 꿈은
하후왕씨 부인이 남에 품안에를 들어갈 수요.
씨던 갓이 부서진 꿈은

집안이 두집힌 형상이니
하후왕님, 다 모두 조약돌을 싸지 말고
어서 바삐 집안으루 돌떠 회장을 하오소사.
성주 이룩을 가시면은 성주 이룩을 가시지
노중에서 소진앵이 말을 듣다가
집안에 변고가 났으니,
하후왕님, 하후왕님.
어서 집안으로 들떠서 회장을 하오소사.
그러면은 하후왕님 말귀를 돌려 놓구,
적토마를 집어타구,
집치마에 댕댕이 조고리에
댕댕이 바지를 입구서
집안으루 들어와 보니
인가에 집이 비어, 기둥이 좀이 먹어,
방산주추가 물러나 놓았는데
안마당을 둘러보니
거울같이 파논 연못에
대접 같은 금붕어두 물이 없어
건궁에 뛰다가 말른걸 보니
금챔이 며져서 못 보것구.
뒤뜰 아래 숨어두
물이 없어 겉에야 말른 걸 보니
금챔이 메어지니
갖은 화초두 아침 저녁에 물을 주었는데
화초두 다 말랐이니
그것두보니 심정이 미어지구
부인은 간곳 없구
방성통곡을 허다가 상기둥을 붙들구서
방성통곡을 허다가 잠이 홀연 듯이 들었구나.
무슨 꿈을 꾸셨는가.
방산주추가 물러나 놓았는데,
그러면은 상기둥을 붙들고서 방성통곡을 허다가
홀연 듯이 잠을 들어 놓았구나.

꿈을 꾸었는데 무슨 꿈을 꾸었는가?
먹던 수저 모두 다
"여보시오, 하후왕님.
무슨 잠을 이리 고이 주무시오리까?"
하늘에서 하얀 옥황님네가 내려와서
하시는 말이
"여보시오, 하후왕님.
무슨 잠을 고이 주무시오리까?
노짓돌 밑을 파 보면 부인 표적이 있을 거요.
노짓돌 밑에 상기둥 밑을 파 보면
부인표적이 묻혀 있을 테니,
이 꿈을 어서 바삐 해몽을 하시오."
노둣돌 밑을 파고 보니,
하후왕님 잡숫던 식기는
덮개를 덮어 놓았는데 속을 열어 들어 보니,
속적삼이 하우왕씨 부인의
속적삼이 착착 개어 들었구나.
활활 털어 펴서 보니,
왼손 무명지에 혈서를 써 놓았구나.
우리 하후왕님 살았으면
부인 표적이 들었구나.
접숫돌 식기는 덮개를 덮어 놓았는데,
이게 다가서는 뚜껑 곁을 열고 보니
모두 다 하후왕씨 부인의 속적삼이 들었구나.
활활 털어 툭툭 털어 펴서 보니
우리 하후왕님 살아있으면
소진뜰 장자나무 우물에서 만나자고
혈서를 쓰고 죽었으면
황천에서 만나자고 혈서를 써 놓았는데
혈서를 쓴 것을 주머니에 집어넣고
적토마를 집어타고 소진뜰에 도착하니,

소진앵이 모두 다 거동 봐라.
남의 부인 겁탈을 하려고
저런 꾀를 부려 놓았는데
모두 다 저 놈은 꾀를 받게 하려고
개똥밭에 지함파고 가지산 둘러쌓고
내 몸에는 일곱 가지 귀신이 범접해
구메밥 석 삼년 먹어 놓고
마지막 가는 길에 백일 제사 지내 놓고,
그래 시중을 한다 하니
거 놈의 거동 봐라.
모두 마음 가라앉혀 주자 하니
없는 정이 있는 듯하게 저 부인 거동 보소.
등도 긁어 주는 체,
어깨도 만져주는 체로 하다 보니
하후왕님이 적토마를 집어타고
소진뜰 정자나무 있는 곳에 도착해 놓았구나.
'잠시 잠깐 살아도 우리 하후왕님 살았으면
소진뜰 정자나무 우물로 만나자'고
모두 공석 가져다 펴 놓고,
사해용왕에 빌고 나니,
그러면 모두 하후왕님 거동 보소.
모두 저 부인을 상봉을 해 놓았구나.
하후왕씨 부인은
밥이면 백가지 풀을 뜯어
음식을 먹고 살게 마련을 하여 놓고
하후왕님 안당으로 들어
성주지신 되실 적에
안은 합작궁을 떨치고
삼각수 거느리고
경기도 안성 땅으로 들어가
성주지신 되실 때,

159 마루 밑에 있는 네모 반듯한 돌.

꿈이 뀌였는데, 무슨 꿈이 꾸였는가.
먹든 수저 모두 다
여보시오, 하후왕님.
무짠 잠을 이리 고이 주무시오리까.
하늘에서 하얀 옥황님네가 내려와서
허시는 말이
여보시오, 하후왕님.
우짠 잠을 고이 주무시오리까.
노짓돌¹⁵⁹ 밑을 파구 뵈면 부인표적이 있을꺼요.
노짓돌 밑에 상기둥 밑을 파구 뵈면
부인 표적이 묻혀 있을테니,
이 꿈을 어서 바삐 해몽을 하소사.
노짓돌 밑을 파구 보니
하후왕님 잡숫던 식기는
개를 덮어 놓았는데 속을 열어 들어보니
속적삼이 하우왕씨 부인의
속적삼이 착착 개어 들었구나.
활활 털어 페구 보니
왼손무명지에 혈서를 써놓았구나.
우리 하후왕님. 살았이면은
부인표적이 들었구나.
접숫돌 식기는 개를 덮어 놓았는데
이게다가서는 속뚜껑 겉을 열구 보니
모두 다 하후왕씨 부인의 속적삼이 들었구나.
활활 털어 툭툭 털어 페구 보니
우리 하후왕님. 살었이면은
소진뜰 정자낭구 우물루 만나자구
혈서를 쓰구 죽었이면
황천으루 만나자구 혈서를 써놓았는데,
혈서를 씬 것을 주머니에 집어놓고
적토마를 집어타구 소진뜰을 당도하니

소진엥이 모두 다 거동 봐라.
남으 부인 검탈¹⁶⁰을 허랴하구
저런 꾀를 머허 놓았는데.
모두 다 저 높은 꾀를 받게 하니라구
개똥밭에 지함파고 가지산 둘러쌓고
내 몸에는 칠가지 귀신이 범접 되야
구메밥 석삼년 먹어 놓구
마조막 가는 길에 백일지사 지내 놓구
그래 시용을 헌다하니,
저 높에 거동 봐라.
모두 맘깔아 앛혀 주자하니
없는 정이 있는 듯허게. 저 부인 거동 보소.
등두 긁어 주는 체
어깨두 만자 주는 추로 허다 보니
하후왕님이 적토마를 집어타고
소진뜰 정자낭구 있는 곳을 당도해야 놓았구나.
잠시 장깐 세래두 우리 하후왕님 살았이민
소진뜰 정자낭구 우물루 만나자구
모두 공석 갖다 피여 놓구
사해요왕에 빌구 나니,
그러면은 다 모두 하후왕님 거동 보소.
모두 저 부인을 상봉을 해여 놓았구나.
하후왕씨 부인은
밥이면은 백불백초 뜯어
음식을 먹구 살게 마련을 하여 놓구,
하우왕님 안당으로 들어
성주귀신 되실 적에
안은 합작궁을 떨치구,
삼각수 거스리구,
경기도 안성땅으루 들어가
성주지신 되실 적에

160 폭력으로 빼앗음.

당산은 터를 눌러 터주마누라가 되시고
하후왕님은 안당으로 들어서서
성주지신 될 때에,
이 터 명당에 어른이 없어 쓸 수 있나?
성주목을 마련하고 성주님을 보셔봄세.
이 집은 집이 척박하니 집을 한 채 지어보세.
경기도에 올라가, 강원도 올라가,
강원도 금강산 둘러보니
금띠 띠고, 은띠 띠고
이 집이 성주목이 분명하구나.
충청도는 난병목, 강원도는 금강목 베어내어
금띠 띠고, 은띠 띠니
이 집의 성주목이 분명한데
아랫말 역군들, 웃말에 금붕들
술에 밥에 잔뜩잔뜩 먹여놓아
거도대도를 메고서 양구화천을 들어가니
초 한 장에 술 한 잔을 정히 부어
산신제를 모실 때에
양구화천에 들어가
여기서 땅땅, 저기서 땅땅 와지끈 끊어내어
대산에는 대목 내고,
소산에는 소목 내어
상상봉으로 올라가니
뿌리는 한 뿌리에 다섯 가지 뻗었구나.
동으로 뻗은 가지, 부모기둥 세워놓고,
서로 뻗는 가지는 자손 기둥을 세워 놓고,
남으로 뻗는 가지는 효자 기둥 마련하고,
북으로 뻗은 가지는
부귀공명 부유하게 마련하고,
가운데 뻗은 가지는 만수받이로 베어낼 때,
여기서 땅땅 저기서 땅땅 모조리 끊어내어

충청도는 난병목, 함경도는 난병목,
모두 다 가서 재목을 마련해 놓았구나.
그러면 양구화천에 들어가서
이 덤불 저 덤불 칡을 끊고
양구화천 흐르는 물에 어기여차 뗏목지어
천년 묵은 칡을 끊어
만년 되묵은 싸리를 베어
양구양천 흐르는 물에 어기여차 뗏목이요,
어기영차 뗏목이요.
뗏목뗏목 뗏목이요, 여기두영차 뗏목이요.
뗏목에다가 저 재목을 실어
제물에 덩실 띄웠으니
서울 강으로 도착해야
이거 모두 서울역으로 보냈으니
기차 전차 곡간 차에 화물차에 실어가다
안성 땅으로 보냈으니 그러면
열 바퀴에 여섯 바퀴의 제무시(GMC 트럭)에
모두 마차로 저 재목을 실어오는구나.
그러면 저 재목을 실어다가
이 집의 바깥마당에 와지끈 풀었으니
끝부분은 베어 모두 다 모두
중간 부분은 베어 중기둥 상기둥 마련하고
밑둥 베어서 상기둥
중간부분 베어서 중기둥
끝부분 메어서 보와 들보를 마련하기로 하고
수원으로 들어가 김 목수,
인천은 이 목수,
서울은 박 목수에
삼 목수 대목수를 불렀구나.
궤눈 같은 약주술에
합주 술에 대접을 해 놓는데,

당산은 터를 눌러 터주마누라가 되시구
하후왕님은 안당으루 들어서서
성주지신 될 적에
이 터 명당에 으른이 없어 씰 수 있나
성주목을 마련하구 성주님을 모셔봄세.
이집이 집이 착박하니 집을 한 채 지어보세.
주기도에 올라가, 강안두 올라가,
강안두 금강산 둘러보니
금띠 띠구 은띠 띠니,
이 집이 성주목이 분명쿠나.
충청도는 난병목, 강안도는 금강목 띠어내야
금띠 띠구 은띠 띠니,
이집에 성주목이 분명한데
아랫말 역꾼들 웃말에 금붕들,
술에 밥에 진뜩 잔뜩 멕여 놓아
거도대도를 미구서 양구화천을 들어가니
초 한 장에 술 한 잔을 정히 부어
산신지를 위성할 적에
양구화천을 들어가
여기서 땅땅, 저기서 땅땅, 와자리 끊기어 내어
대산에는 대목내구,
소산에는 소목내야
상상봉에를 올라가니
뿌리는 한 뿌리에 다섯 가지가 뻗었구나.
동으로 벋은 가지 부모기둥 세워놓고,
서로 벋는 가지는 자손기둥을 세워놓고,
남으로 벋는 가지는 효자기둥 마련하고,
북으루 벋은 가지는
부귀공명 가멸 마련하고,
가운데 벋은 가지는 만수받이¹⁶¹로 베어낼 적어
여기서 땅땅 저기서 땅땅 와저리 끊기어 내야

충청도는 난병목, 함경도는 난병목
모두 다 가서 재목을 마련해야 놓았구나.
그러면은 양구화천을 들어가서
이 덤풀 저 덤풀 칡을 끊구,
양구화천 흐르는 물에 에기여라, 뗏목질제,
천년묵은 칡을 끊구,
만년 되묵은 싸리를 베어
양구양천 흐르는 물에 여기여라, 뗏목이요.
어기영차, 뗏목이요.
뗏목뗏목, 뗏목이요. 여기두영차, 뗏목이요.
뗏목에다가 저재목을 실어
제물에 덩실 띄웠으니,
서울 강으루 당도해야
이거다 서울역에다가 부렸으니,
기차전차 고깐차에 화물차루다 실어다가
안성 땅에다 뿌렸으니. 그래면은
십바리에 육바리에 제무시에
모두 마차루 저 재목을 실어오는구나.
그래면은 저 재목을 실어다가
이집이 배깥 마당에 와자지끈 뿌렸으니,
끝단목은 베어 모두 다 모두
중둥 베어 중기둥, 상기둥 마련할 적에
밑둥 베어 상기둥,
중동 비어 중기둥,
끝단목은 비어 보와 들보를 마련하기루 장만하구
수원으로 들어가 김지우,
인천은 이지우,
서울은 박지우에
삼지우 대목수를 불렀구나.
궤눈 같은 약주술에,
합주술에 대접을 해여 놓았는데,

---

161 무당이 굿할 때 한 무당이 소리를 하면 다른 무당이 따라서 소리를 받아하는 일.

약주술에 모두 대접을 해 놓았구나.
합주 술에 꿰눈 같은 약주술에
대접을 해 놓았는데,
저 목수들 거동 봐라.
먹통자를 내어놓고
육십사괘 용목 걸고
효자충 목에 기둥을 깎아
재목 준비가 다 되어 있구나.
굽은 나무 굽 다듬고,
젖은 나무 젖 다듬어,
옹이 마디들 모두 다듬어
그러면 다 모두 옹이 마디 모두 다듬어
다 모두 재목을 다 깎아 준비를 해 놓고
장 서까래 기 서까래 곱 서까래
부연 까래도 다 장만해 놓았구나.
이 터 명당 잡을 때에 어느 지관 불러댈까.
한국 땅에 아무리 모든 목수가 좋다고 해도
옛날 지관이 전혀 없네.
강남에서 나오신
부황나귀 무학이라 하신 중생,
단걸령 쇠 띄워 놓고,
기둥 쇠는 품에 품어 아래 대궐, 위 대궐
경복궁 서대궐에
동문 안청 안대궐을 잡아 놓고
남문 밖으로 내달리니
앞뒤 당산 바라보니 관우 장비 춤을 추고
뒤쪽 주산 바라보니 석가모니 잠을 자고
좌청룡은 우백호 터전 잡고,
우청룡은 좌백호 터전 잡고,
만리재 백호 되고,
동적강은 수구 막고,

한강수 적벽수라 이 터 명당 둘러보니
아들 자(子)자 놓여 놓아 자손창생이 날 것이요,
문필쟁이가 붓대를 들은 형국이니
대대전손 장원급제도 날 것이라,
충성 충(忠)자, 효도 효(孝)자 분명하니
열녀충신 날 것이요.
이 터 왼쪽을 둘러보니
부귀공명 분명하니
일산봉은 떠나가고 안상봉이 가로질러
대대전손 부귀공명 날 것이요.
이 터 명당 둘러보니
다 모두 편안 안(安)자 네 귀에 붙었으니
만대유전 자손창생 안과태평 할 것이요.
동녘을 둘러보니
칠천석 노적봉에 조그맣던 청애동자
오복을 안고 들어오는 형상인데
이 터 명당이 분명하구나.
아무쪼록 지경 한 번 다져보세.
어떤 지경을 다져볼까.
이 터 명당에 지경이 한 번 다져볼까.
재목 준비는 다 되어 있는데,
지경을 다져주세.
지경을 다질 준비를 하여 봅시다.
우리 지주님.
인심 좋고 솜씨 좋아
수수팥떡은 아홉 말을 빚어 놓고,
찹쌀은 모두 세 가마에 술을 빚어
아랫마을 역군들에 윗마을 금봉들
술에 밥에 잔뜩 잔뜩 먹여 놓아
오늘 저녁에 지경 한 번 다져주세.
동쪽에 낡은 역군들아.

---

162 보에서 도리로 걸친 서까래.
163 장연 끝에 덧얹는 네모지고 짧은 서까래.

약주술에 모두 대접을 해야 놓았구나.
합주술에 궤눈 같은 약주술에
대접을 해야 놓았는데,
저 목수들 거동 봐라.
먹통자를 내어 놓구,
육십사괘 용목 걸구,
효자충목에 기둥을 깎어
재목에 준비가 다되어 놓았구나.
굽은 나무 굽다듬고,
젖은 나무 젖다듬어
욍이 마디들 죄따드머.
그러면은 다 모두 욍이마디 죄따듬어
다 모두 재목을 다 깎어 준비가 되어 놓구.
장서까래,[162] 기서까래, 곱서까래,
부연까래[163]두 다 장만하여 놓았구나.
이 터 명당 잡을 적에 어느 지관 불러델까.
한국 땅에 아무리 다 지우가 좋다 하여봐도
옛날 지관이 전연 없네.
강남서 나오신
부황나귀 무학이라 허신중생
단걸령쇠 띄워놓고
기두쇠는 품에 품어 아랫 대궐, 웃 대궐,
경복궁, 서 대궐에
동문 안청 안 대궐을 잡어 놓구
남문 밖을 내달르니
앞뒤당산 바라보니 관운 쟁비 춤을 추고,
뒤두주산[164] 바라보니 서가모니 잠을 자구,
좌청룡은 우백호 터전잡고,
우청룡은 좌백호 터전잡고,
만리재 백호 되구,
동적강은 수귀 막고,

한강수 적벽수라 이 터 명당 둘러보니,
아들 자짜 놓여 놓아 자손창생이 날것이요,
문필쟁이가 붓대를 들은 형국이니
대대전손 장원급제두 날것이라.
충성 충짜 효도 효짜 분명하니,
열녀 충신 날 것이요.
이 터 좌향 둘러보니
부귀공명 분명하니,
일산봉은 떠나가구. 안산봉이 가루질러
대대전손 부귀공명 날것이요,
이 터 명당 둘러보니
다 모두 편안 안짜 네 구에 붙었으니
만대유전 자손창생 안과태평 할 것이요,
동녀흘 둘러보니
칠천석 노적봉에 조그마던 청애동자
오복을 안고드는 형상인데
이 터 명당 분명쿠나.
아무쪼록 지점[165] 한 번을 다져봄세.
어떤 지점을 다져볼까.
이 터 명당에 지점이 한 번 다져볼까.
재목에 준비는 다 되어 놓았는데,
지점이를 다자 줌세.
지점이 닦을 준비를 하여 봄세.
우리 지주님,
인심 좋구, 솜씨 좋아.
수수팥떡은 아홉 말을 빚어 놓구,
찹쌀은 다 세 가마에 술을 빚어
아랫말 역군들에, 웃말에 금봉들,
술에 밥에 진뜩 잔뜩 멕여 놓아,
오늘 저녁에 지점 한 번을 다져줌세.
동방에 닦는 역군들아,

---

164 뒤에 있는 주산. 터의 뒤쪽에 있는 산.
165 지경. 땅을 다지는 일.

가만 가만이 다져주게.
여기두영차 지경이요,
동쪽에 닦는 역군 되라.
청학 한 쌍이 묻혔으니
그 업의 머리 다칠세라.
여기두영차 지경이고,
저기두영차 지경이요.
서쪽을 닦는 역군들아.
백학 한 쌍이 묻혔으니
그 업의 머리를 다칠세라.
여기두영차 지경이고,
저기두영차 지경이요.
남쪽을 닦는 역군네들.
적학 한 쌍이 묻혔으니
그 업의 머리 다칠세라.
여기두영차 지경이요,
저기두영차 지경이요.
북쪽을 닦는 역군들아.
흑학 한 쌍이 묻혔으니
그 업의 머리를 다칠세라.
여기두영차 지경이고,
저기두영차 지경이요.
전라도 김제 들, 만경 들, 넓은 들에
업구렁이 한 쌍을 모셔다가
수멍 통에다 모셔놓고
만경대 구름 속에
학선이 업을 모셔다가 닭장에 모셔주세.
여기두영차 지경이고,
저기두영차 지경이요.

한강수 깊고 깊은 저 물 속에
용마 업은 모셔다가 큰 동이에 모셔놓으세.
족제비 업은 모셔다가
장작더미에 모셔놓고
강원도 금강산 인 업은 모셔다가
쌀독에 모셔놓고
그러면 지경 다져 놓았으니
어떤 주춧돌을 풀어줄까.
서울은 다 모두 일등시장에 올라가
금파주추 은파주추 청옥주추 백옥주추,
안산은 모말주추 여기도 놓고 저기도 놓고
청옥주추 백옥주추 금파주추 은파주추,
모두 다 주춧돌 대령을 해놓았구나.
이게 다 먼저 쓴 것은 상기둥
두 번 쓴 것은 중기둥
허공보에 중보에 가로대보를 올려놓아
깃 서까래, 굽 서까래, 장 서까래 올려놓아
대들보 상량을 올릴 때
백두산 광목은 열두 통에
삼팔 명주도 열두 필에
스물네 필을 풀고 보니,
장안시내가 훤하구나.
일월 얽어 새를 받아
맞벽 재벽을 정히 하고,
금기와 은기와 모두 올려놓고
안채는 목숨 수(壽)로 퇴를 달고,
행랑채는 복 복(福)자로 퇴를 달아
그러면 다 모두
고무래 장자 시 살 장자 입 구자로 집을 짓고

---

166 한 집안에 있어 그 집안의 복이 그에 의해서 늘어난다는 가상적인 동물이나 신.
167 업왕으로 모신 구렁이. 업구렁이.
168 논에 물을 대거나 빼기 위해 방죽 같은 곳에 뚫어놓은 물구멍.
169 주춧돌.

가만 가만이 다져주게.
여기두영차 지점이요.
동방에 닦는 역군 되라.
청학 한 쌍이 묻혔으니,
그 업[166]에 머리 다칠쎄라.
여기두영차 지점이고,
저기두영차 지점이요.
서방에 닦는 역군들아,
백학 한 쌍이 묻혔으니,
그업에 머리를 다칠소라.
여기두영차 지점이구,
저기두영차 지점이요.
남방에 닦는 역군네들.
적학 한 쌍이 묻혔으니
그업에 머리 다칠소라.
여기두영차 지점이요.
저기두영차 지점이요.
북방에 닦는 역군들아,
흑학 한쌍이 묻혔으니
그 업에 머리를 다칠소라.
여기두영차 지점이구,
저기두영차 지점이요.
전라도 징게뜰 멩게뜰 외계뜰에
긴업[167] 한 쌍을 모셔다가
수명[168]통에다 모셔놓고,
만경대 구름 속에
학선이 업을 모셔다가 닭이 홰장에 모셔줌세.
여기두영차 지점이구,
저기두영차 지점이요.

한강수 깊고 깊은 저 물 속에
용마업은 모셔다가 두멍에다가 모셔 놈세.
족제비 업은 모셔다가
장작가리에 모셔놓고,
강완도 금강산 인업이는 모셔다가
쌀독에다가 모셔놓고,
그러면은 지점 다져 놓았으니
어떤 주추[169]를 풀어줄까.
서울은 다 모두 일등시장에 올러가
금파주추 은파주추 청옥주추 백옥주추
안산에는 모말주추[170] 예두 놓구, 제두놓고,
청옥주추 백옥주추 금파주추 은파주추
모두 다 주추들 대령을 해놓았구나.
이게 다 먼저 쓴 거는 상기둥,
두 번 쓴 거는 중기둥,
허공보에 중보에 가로보[171]를 올려놓아
깃서까래, 굽서까래, 장서까래 올려놓아
대들보 상량[172]을 올릴 적에
백두산 광목은 열두 통에,
팔명주두 열두 필에
스물네 필을 풀구 보니,
장안시내가 흰허구나.
일월 얽어 새를 받어,
맞벽재벽[173]을 정히하구,
금기와 은기와 모두 올려 놓구.
안채는 목쉼수로 퇴를 달구,
행랑채루는 복복자루다가 퇴를 달아
그래면은 다 모두
고무래장짜 시살장자 입구짜루 집을 짓구

---

170 네모 반듯한 주춧돌.
171 가룻대보.
172 上樑. 마룻대.
173 벽의 안쪽에 먼저 초벽(初壁)을 하고 마른 뒤에 겉에 마주 붙이는 일.

팔십 구역에 풍경 달아
동남풍이 넘실 불면
여기서 뎅그렁 저기서 뎅그렁
이러면 아주 좋을까.
지주님이 풍경 값을 안 주면
쥐 풍경을 달아 놓는다.
버석 소리에 동네 쥐가 모여들 것이요.
주추 값을 많이 놓고
풍경 값을 많이 놓으면
만년풍경도 달아놓을 것이고
이 터 명당 이 마전에 백룡으로 안벽하고,
청룡으로 담을 둘러,
와룡으로 띠를 둘러놓았구나.
안방, 건넌방 가로닫이에
만(卍)자 무늬에 국화새김에
쌍굴장지 미장지에 올려다보니
소라반자 내려다보니
각장장판에 샛별 같은 요강대야는
발치 발채에 놓여 있고
그러면 다 모두
모본 담요에 수금단 이불에
원앙금침 잣베개에
샛별 같은 요강대야 청동화로 백동화로
대청 세간을 둘러보니
전라도라 나주판에 쉰 말 들이
고목 뒤주 여든 말 뒤주 대 뒤주요,
황두머리 화초 병에 청두머리 어항이며
그러면 다 모두 인물 병풍, 손 병풍에
화류 병풍에다 쌍쌍이 죽죽이도 불어넣고
시렁을 둘러보니
혼자 머어 일인반, 둘이 먹이 이인반,

셋이 먹어 삼인반 넷이 먹어 사인반,
다섯이 먹어 오인반, 여섯이 먹어 육첩반상,
칠첩반상, 은행나무 통판이냐.
잣나무 행자판에 여기도 놓고, 저기도 놓고
드문듬성 쌍쌍이 죽죽이도 불어주지.
성주님 덕이로다.
부엌세간을 둘러보니
큰 가마솥은 밥솥이고, 가마솥은 국솥이요.
왜철솥에 찌개솥을
큰 양푼에 중간 양푼에 뱅뱅둘이 합이며
연잎주발, 대합주발, 스텐주발,
관자수저도 죽죽이 쌍쌍이 다 불어주니
이것인들 아는가, 누구 덕이요.
무쇠 두멍은 어루쇠 받쳐 고여 있고
반찬광의 세간을 둘러보니
황금 같은 된장에 곶감 같은 고추장에
말뚝 같은 오이장아찌, 황새기젓에,
굴비젓에 육젓이며, 추젓이며,
오월에 담은 오젓이며,
유월에 담은 육젓이며,
갖은 젓도 장만하고 그러면 다 모두
아무쪼록 이렇게 다 살림살이
이룩하여 놓았구나.
이층장에 삼층장에 머릿장에다
새금들미 반닫이에
용봉금장(龍鳳金裝) 귀뒤주요.
재개함 농 반닫이요.
여기도 놓고 저기도 놓고
드문듬성이 불어주니
쌍쌍이 죽죽이다 불어주니
이것인들 아는가.

---

174 은행나무로 만든 소반.

팔십 구역에 풍경 달어
동남풍이 넌치 불면,
여기서 왱그렁 저기서 뎅그렁
인들 아니 장히 졸까.
지주님이 풍경 값을 아니노면
쥐풍경을 달어 논다.
버석 소리에 동네 쥐가 모여들 것이요.
주추 값을 많이 놓고
풍경 값을 많이 놓으면,
만년풍경도 달어놓을 것이고,
이 터 명당 이마전에 백룡으루 안빽하구,
청룡으로 담을 둘러
와룡으로 띠를둘러놓았구나.
안방 건너방 가루다지에,
완자무늬에, 국화 새김에,
쌍굴장지 미장지에 올려다보니
소라반자 내려다보니,
각장장판에 샛별같은 요강대야는
발치 발채루 놓여 있구.
그러면은 다 모두
모분 단요에, 수금단 이불에,
원앙금침 잣버개에,
샛별 같은 요강대야, 청동화리 백동화리
대청세간을 둘러보니
전라두라 나주판에 쉰말들이
고목두지 여든말두지 대두지요,
황두머리 화초병에, 청두머리에 어항이며.
그라면은 다 모두 인물평풍 손평풍에
화류평풍에다 쌍쌍이 죽죽이두 불어 놓구,
실겅 가래 둘러보니,
혼저 먹어 일인반, 둘이 먹어 이인반,

셋이 먹어 삼인반, 넷이 먹어 사인반,
다섯이 먹어 오인반, 여섯이 먹어 육첩반상,
칠첩반상, 은행낭구 통판이냐.
잣나무 행자판[174]에 예두 놓구, 제두 놓구.
드문 듬성 쌍쌍이 죽죽이두 불어주지.
성주님 덕이로다.
부엌 세간을 둘러보니,
용가마 솟은 밥솟이구, 가마솟은 국솟이요.
왜철솟에, 찌개솟을,
말양푼에, 중양푼에, 뱅뱅둘이 합이며.
연잎주발, 대합주발, 스뎅주발,
관자 수저도, 죽죽이 쌍쌍이다 불어 주니,
인들 아니 뉘덕이요,
무쇠 두멍은 와리쇠[175] 받쳐 고여 있고.
찬광 세간을 둘러보니,
황금 같은 된장에, 곶감 같은 고초장에,
말뚝 같은 오이장아치, 황새기젓에,
굴비젓에, 육젓이며, 추젓이며,
오월에 담은 오젓이며,
유월에 담은 육젓이며,
가진 젓두 장만하구. 그러면은 다 모다,
아무쪼록 이게 다 살림살이
이룩하여 놓았구나.
이칭 장에, 삼칭 장에, 머릿장에다
새금들미 반다지에,
용봉금장 귀두지요,
자개함농 반다지요.
예두 놓구, 제두 놓구,
드문듬성이 불어주니,
쌍쌍이 죽죽이다 불어주니,
인들 아니

---

175 어루쇠. 쇠붙이를 닦어서 만든 거울이나 구리 거울.

누구 덕이요.
삼만 육천에 성주대감님,
성주지신님 덕이 옳습니다.
말이 천 필이면 우마 한 쌍 점지하고,
소가 천 필이면 대마 한 쌍 점지하고,
쌍쌍으로 네다섯 마리 장만하고,
돼지가 천 마리면 수레 한 쌍 점지하고,
개가 천 마리면 다 모두 이게 아니,
누구 덕이요. 성주님네 덕이로다.
성주판관의 성주님 덕인데,
검둥이는 노적봉을 지키고 있고,
누렁이는 안채를 지키고 있고,
바둑이는 행랑채를 지키고 있고,
메리는 창고를 지키고 있고.
갖은 짐승도 다 먹여놓고,
초가성주 기와성주, 업 성주 아니신가.
삼만 육천 성주판관 대도감님
대활례로 놓으시고,
먹고 남게 마련을 하시고,
쓰고 남게도 마련을 하시고,
억천 석에 억만 석에 수천 석에
수만 석도 도와주시고,
낮이면 물이 맑고, 밤에는 불이 밝아
수화상극(水火相剋)을 갖춰주시고,
삼만 육천 성주판관 성주님
이 정성 받아 놓고,
영화 나고, 벼슬 나고,
충성 나고, 강령 나게 도와주시고,
안과태평(安過太平)에 만수무강 저를 재워
점주 발원(發願)을 하오소서.
세 집은 일촌이요,

다섯 집은 큰 동네인데,
기와집 성주님 대궐 성주님 ○○ 성주인데,
성주판관 성주님네
낮이면 태양을 마다하시고,
밤이면 밤이슬을 마다하시니,
오늘은 참나무 석자 세 치를 깎아내어
백지 한 장을 써서 상조름, 중조름, 하조름,
버선본도 어여쁘게 오려놓아
성주님 쌀을 바쳐놓고
독시루도 독반에 찬시루 다고를 바쳐놓고,
금줄목에 목돈 쾌돈을 바쳐놓고,
이 정성을 드리오니
우환 질병도 다져 쳐주시고,
근심걱정도 다져 쳐주시고,
영원하고 경사 나게 만들어 주시고,
이 터 명당 이 마전에 소실대문에
구리쇠광중문 청광철쇠 금거북쇠장에
쇠지기는 쇠를 닫고 문지기는 문을 닫아
정광철쇠 다 모두 맵시 좋게 하시고,
이게 다 소실대문에 내외중문에 달아놓고
이 터 명당 이 마전에
앞들 논도 천석지기, 뒷들 논도 천석지기,
명에 노적 구수 노적 쌓아
노적 덤불덤불 생겨주니
밑의 곡식 싹이 나고,
위의 곡식은 좀이 먹어
오다가다 봉학이 앉아 상봉에 깃을 딛고
중봉에는 알을 품어
여기서 이 날개를 풍땅 치면 저리 만석 쏟아지고,
저기서 저 날개를 뚝딱 치면 이리 만석 쏟아지고
믹고 남세, 쓰고 남게 점지를 하시고,

뉘덕이요.
삼만육천에 성주대감님,
성주지신님 덕이 옳씹니다
말이 천 필이면, 우마 한 쌍 점주하고,
소가 천 필이면은 대마 한 쌍 점주하고,
쌍쌍 울러 사륙바리 장만하고,
돼지가 천 마리면은 수레 한 쌍 점주하고,
개가 천 마리며는 다 모두이게, 아니
뉘덕이요. 성주님네 덕이로다.
성주판관에 성주님 덕일런데,
껌둥이는 노적봉을 지켜 있구,
누렁이는 안채를 지켜 있구,
바둑이는 행랑채를 지켜있고,
메리는 창구를 지켜있구.
갖인 김성두 다 멕여 놓구,
초가 성주, 와가 성주, 업 성주 아니신가.
삼만육천 성주판관 대도감님,
대활례루두 놓으시구
먹구 남게, 마련을 하시구,
쓰구 남게두 마련을 허시구.
억천 석에, 억만 석에, 수천 석에,
수만 석두 도와주시구.
낮이면은 물이 맑구, 밤이루는 불이 밝아,
수화상극을 갖춰주시구.
삼만육천 성주판관 성주님
이 정성 받아 놓구,
영화 나구, 베실 나구,
충성 나구, 겡령 나게 도와주시구
안과태평에 만수무강 저를 재퉈
점주발원을 하오소사.
삼가는 일촌이요

오가는 대동인데,
와가 성주님 대궐에 성주님 [　] 성준데,
성주판관 성주님네.
낮이면은 태양을 마다시구,
밤이면은 밤니실을 마다하시니,
오늘은 참나무 석자 세 치를 깎아내야,
백지 한 장을 썩오리어 상조름 중조름 하조름[176]
버선뽄두 어여쁘게 오려놓아
성주님 마령을 바쳐 놓구.
독시루두 독반에, 찬시루 차담을 바쳐 놓구
금줄목에 목돈을 쾌돈을 바쳐 놓구,
이 정성을 디리오니
우환질병두 다져 처주시구,
근심걱정두 다져 처주시구,
영원하구 경사나게 반들어주시구.
이 터 명당 이마전에 소실대문에
구리쇠광중문 정광철쇠 금거북쇠장에
쇠지기는 쇠를 닫구 문지기는 문을 닫어
정광철쇠 다 모두 맵세 좋게 하시구.
이게다 소실대문에 내우중문에 달아놓고
이 터 명당 이마전에
앞들 논두 천석지기, 뒷들 논두 천석지기,
명에 노적 구수 노적 쌓아
노적 덤불덤불 생겨주니,
밑에 곡석 싹이 나구,
위에 곡석은 좀이 먹어,
오다가다 봉학이 앉아 상봉에 깃을 딛구,
중봉에는 알을 품어,
여기서 이 날개를 뚱땅치면 저리만석 쏟아지구,
저기서 저 날개를 툭딱치면 이리만석 쏟아지구,
먹구 남구, 씨구 남게 점주를 하시구,

---

176 성주굿을 할 때 깨끗한 창호지로 오려 성주대에 매달아놓는 물건.

만복을 주오소사.
비로 쓰니 황금이 쏟아져
문을 여니 만복이 들어오고,
입춘대길(立春大吉) 건양다경(建陽多慶),
당상부모(堂上父母)는 오래도록 사시고,
세가자손(世家子孫)은 만세영.
오늘은 다 성주판관 성주대감님
다 모두 안당으로 들어 대활례로 놀으시고
만복을 주오소서.
성주판관 성주님 대명당 대들보에
용상에 좌기좌정(坐起坐定) 하오시고
명당경으로 안위완벽(安危完璧) 하오소서.
천황대제는 쉬명장 지황대제는 증복수
인황대제 인수멸 제석천황 관재멸
대두천황 오행멸은 동방세성 안심지
남방화성 멸화지는 서방금성 부구지
북방수성 누구지는 중앙진성 장엄지
계수좌우 별금지 일상월상 애후지요
탐랑거문 창자손 녹존문곡 홍인구

염전무곡 성소원 파군개성 만예의
칠성구로 강림의 이십팔수 환희지는
일백이혹 만세재 삼벽사누 의복지
구자지신 득우마 오행육필 천재멸
칠적팔벽 진재물 구자지신 득우마
오방용왕 환희지 북악산악 조묘호
금귀대덕 칠보진 복당현무 수명장
청룡백호 득기린 천사대을 만장고
승광소길은 입재물 은현신우 상수호
부동안쥐 금방지 천뢰천형 악퇴산
공죄택지 의복지 승광소길은 입재물
은현신우 상수호 부동안쥐 금방지
여시여시 우여시 만세만세 만만세
성주판관 성주는 대감님
대명당 대들보에 용상에 좌개를 하시고,
대주님 재수 열어 도와주시고,
자손은 충신 나고, 부귀는 공명하고,
해로 백년 유자생녀(遺子生女) 만복을 주오소서.

만복을 주오소사.
소지하니 황금출에,
개문하니 만복래요.
입춘대길 건양대길,
당상부모는 천년수요,
세가 자손은 만세영.
오늘은 다 성주판관 성주대감님
다 모두 안당으로 들어 대활례루 놀으시구
만복을 주오소사.
성주판관 성주님, 대명당 대들보에
용상에 좌기좌정 하오시구,
명당경으루 안우완벽 하오소사.
천황대제는 쉬명장 지황대제는 증복수
인황대제 인수멸 제석천황 관재멸
대두천황 오행멸은 동방세성 안심지
남방화성 멸화지는 서방금성 부구지
북방수성 누구지는 중앙진성 장엄지
계수좌우 별금지 일상월상 애후지요
탐랑거문 창자손 녹존문곡 홍인구

염전무곡 성소원 파군개성 만예의
칠성구로 강림의 이십팔수 환희지는
일백이혹 만세재 삼벽사누 의복지
구자지신 득우마 오행육필 천재멸
칠적팔벽 진재물 구자지신 득우마
오방용왕 환희지 북악산악 조묘호
금귀대덕 칠보진 복당현무 수명장
청룡백호 득기린 천사대을 만장고
승광소길은 입재물 은현신우 상수호
부동안쥐 금방지 천뢰천형 악퇴산
공죄택지 의복지 승광소길은 입재물
은현신우 상수호 부동안쥐 금방지
여시여시 우여시 만세만세 만만세
성주판관 성주는 대감님,
대명당 대들보에 용상에 좌개를 하시구,
대주님 재수 열어 도와주시구,
자손은 충신나구 부귀는 공명하구,
해로백년 유자성류 만복을 주오소사

3. 가택신의 재주 〈황제풀이〉

성주님아, 성주님아.
초년은 초년 성주,
이년에는 이년 성주,
삼년에는 삼년 성주,
오년에 다섯 해,
일곱 해 칠년 성주,
아홉 구년 성주,
십년에는 대도감덕 성주님.
쓰고 남은 퇴물에,
먹고 남은 잔물에 맨 나중에 오십니까.
천하궁에 천달애기, 지하궁에 지탈부인
혼인매탁(婚姻媒託) 맺을 적에
두세 달에 피를 모아,
오 개월 반짐 재워, 열 달 십 색 베어서
천지문 화병에 물 쏟듯이 그 아기 탄생한다.
인물이 도자하고, 재주가 비상하여
얼굴을 둘러보니 만고일색 귀남자인데
어려서 놀아도 나무 깎아
집 짓는 장난을 한다.
이름은 하우왕이라 지어주자.
천하궁 세동풍이 불어 대성주 이룰 일 없어,
만조백관 다 모여도 이 성주 이룰 일 없다.
동문 밖에 심판사 말씀이
황산뜰 하우왕을 잡아 와서
이 성주 이루옵기에
키 그고 날쎈 치시에게 분부하네.

하우왕을 잡아오면 만금으로 상을 줄 것이요,
네가 못 잡아오면 군법으로 시양할 것이다.
이 차사 거동 보소.
방짜 바지, 섭숙 쾌자,
나밀광은 안을 받쳐 흠뻑 눌러쓰고
독배자, 청배자 손에 들고
이런들 저런들 소진들 지나
황산들에 도착하네.
하우왕 그날 저녁
꿈자리 몽사가 좋지 않아
철갑투구를 두르고 봉에 눈을 부릅뜨고
대청 큰 마루에 앉아있으니
이 차사 거동 보소.
한 번 잡아들이러 들어갔으나
엄장이 엄중해서 못 잡고
조왕할아버지, 조왕할머니가
소에서 어느 공차사가 우리를 반기랴?
이 차사가 하는 말이,
"일천지달애기 질천난강 자달애기 사옵더니
천하궁에 난데없는 세동풍이 불어
대성주 이루려하는데,
동으로 기울어져 팽군팽성주요,
서로 기울어져 패군패성주요.
조왕할머니 소에서
하우왕씨 죄단 죄목을 들어봐라.
어니 샀다 오면

성주님아 성주님아.
초연은 초연성주,
이연에는 이연성주,
삼연에는 삼연성주,
오연에 다섯 해,
일곱해 칠연성주,
아홉 구연성주,
십연에는 대도감덕 성주님
씨구 나문 테물에,
먹구 나문 즌물에 맨 야중에 오심니까.
천하궁에 천달애기, 지하궁에 지탈부인
혼인매탁 매질 적에,
두슥 달에 피를 모아,
오 개월 반짐 재워, 열달 십 색 배 실너
지문에 화병에 물 쏟듯 그 애기 탄생 한다.
인물이 도자하고, 재주가 비상하여
얼굴을 둘너 보니 만고일색 귀남잔데,
어려서 노러도 나무 깍꺼
집진는 장난을 논다.
이름은 하우왕이라 지어주자.
천하궁 세동풍이 불어 대성주 이루 리 없어,
만조백관 다 모여도 이성주 이루 리 업다.
동문 박께 심판사 말씀이
황산뜰 하우왕을 잡어 와야
이 성주 이루옵기에
키크고 날샌 채사 분부하네

하우왕을 잡어 와야 만금으로 상금할 것이요.
네가 못잡어 오면 군법으로 시양할 것이다.
이채사 그동 보소.
방자바지, 섭숙캐자,
나밀광은 안을 바처 흐흠벅 눌너 씨고,
독배자 청배자 손에 들고,
이런들 저런들 소진들지나,
황산들을 당도하네.
하우왕 그날 저역
꿈자리 몽사가 어지런하여,
철갑투구를 봉투고, 봉에 눈을 부릅뜨고
대청 한마루에 안저쓰니,
이채사 그동 보소.
한 번 잡아드러 드러갈쓰니,
엄장이 엄중해서 못 잡고,
조왕하라버지, 조왕할머니
소에서 어니 공채사가 우릴고 반리너야.
이사채사 하는 말리
일천지달애기 질천난강 자달애기 사옵더니
천하궁에 난데 업는 세동풍이 부러
대성주 이루러하는데
동으로 기우려져 팽군팽성주요,
서로 기우러져 패군패성주요.
조왕할머니 소에서
하우왕씨 제단제목을 드러봐라.
어디 갔다 오면

길목에서 조왕을 위로 던져 올리고,
초하루 보름이면
주걱 밥 한 번 올려놓는 법이 없고
조왕에 식칼 던지기가 일쑤고,
내일 아침 정마정시에 잡아가라."
하우왕씨가 그 이튿날 아침 정마정시에 나오니
이 차사 바람같이 달려들며
독배자, 청배자 떨어트리며
하우왕씨 깜짝 놀라
"천하궁 우리 아버지 땅이요,
지하궁은 우리 어머니 땅이요.
어느 궁에서 날 잡으러 왔소?"
"천하궁에 세동풍이 불어
그 성주 이룰 이 없어 만조백관이 의논하여,
하우왕씨 잡으러 왔으니 어서 바삐 갑시다."
하우왕씨 하는 말이,
"그전에 쓰던 구연장 석 달 말미만 주십시오.
석달 말미 멀다하고 삼일말미만 주십시오."
"그럼 그리하오."
차사는 거들먹거리며 천하궁으로 올라가고,
하우왕은 오시더니
달게 주무시던 잠도 안 주무시고,
달게 잡수시던 진지도 안 잡수시고,
걱정 중에 누웠구나.
부인이 말씀을 물으시니,
"천하궁으로 성주이룩을 하러 갈 텐데,
그 전에 쓰던 구연장이 없어서 어떡하오?"
부인 말씀이,
"장부장부 똘장부요."

저 부인 거동 보소.
"사내대장부가 무슨 걱정이요.
달게 주무시고, 진지도 달게 잡수시오."
저 부인 거동 보소.
천하궁으로 소지 한 장 올리고,
지하궁으로 소지 한 장 올리고 나니
난에 없는 놋쇠 다섯 말,
무쇠 다섯 말, 시우쇠 다섯 말,
열에 열다섯 말이 놓였구나.
대산에 대풀무독,
소산에 소풀무독 묻어놓고,
대 자귀며, 소 자귀,
큰 끌, 작은 끌,
오비 칼 먹통자 꼴미,
망태기에 호호도돔 실어놓고
군왕님의 행장을 재촉한다.
"밥도 지어 났습니다.
반찬도 걸어났습니다.
밥반찬 챙겨가지고,
도포장삼 입으시고 길을 떠나시오."
깜짝 놀라 깨고 보니,
동쪽 창문에 해가 벌겋게 솟았구나.
소산어귀에 오르실 때 부인이 이른 말씀이,
"내가 말을 물으나 어른이 말을 물으나
절대 대답 하지 말고, 돈단무심 가셔야지
만약에 인구대척 하시면
생명이 위험할 것이오."
하우왕씨 이런뜰 저런뜰 황산뜰 지나자니
소진뜰에 도착하네.

---

177 먼 길을 갈 때 신는 허름한 버선.
178 무쇠를 불려서 만든 쇠붙이의 한 가지.
179 자귀는 나무를 깎아 다듬는 연장의 한 가지.

질목¹⁷⁷ 버서 조왕에 체띠리고
초하루 보름이면
주걱메 한번 돌려 논법이 업고
조왕에 식칼 던끼가 일수고
내일 아침 증마 증시에 잡어가라.
하우왕씨 그 이튿날 아침 증마 증시에 나오니
이채사 푸랑 같이 달려들며
독배자 청배자 떠트리며
하우왕씨 깜짝 놀나
천하궁 우리 아버지 땅이요,
지하궁은 우리 어머니 땅이요.
어니 궁에서 날 잡으러 왔소.
천하궁에 세동풍이 불어
그 성주 이루리 없어 만조백관이 의론하데
하우왕씨 잡으러 왔으니 어서 바삐 갑시다.
하우왕씨 하는 말이
그전 쓰던 구연장 슥달 말미만 주압소사.
슥달말미 멀다하고 삼일말미만 주옵소사.
그람 그리하오.
채사는 그드럭거리고 천하궁으로 올나가고
하우왕은 오시더니
달게 지무시던 잠두 안니 지무시고
달게 잡수시든 진지도 안 잡수시고
걱정 중에 누었구나.
부인이 말씀을 물으시니
천하궁으로 성주 이룩을 하러 갈턴대,
그전 쓰던 구연장이 없어 어떡하오.
부인 말씀이
장부, 장부, 똘장부요.

저부인 그동 보소.
사내대장부가 무슨 걱정이요.
달게 지무시고, 진지도 달게 잡수소사.
저 부인 그동 보소.
천하궁으로 소지 한 장 올니고,
지하궁으로 소지 한 장 올니고 나니,
난데 업는 놋세 닷 말,
세 닷 말, 시우세¹⁷⁸ 닷 말,
열에 열닷 말 노였구나.
대산에 대풀무독,
소산에 소풀무독 묻어노코,
대자귀¹⁷⁹며, 소자귀,
큰끌, 작은끌,
오비칼, 먹통자, 꼴미,
마에기에 호호도돔 실어 노코
군왕님에 행장을 재축한다.
메두 지어 놨습니다,
잔두 걸 놨습니다.
메쌍 잔쌍 감하시고
도포장삼 입우시고 길을 떠나소서.
깜짝 놀나 깨고 보니
동창 문에 해가 볼구래 솟아꾸나.
소산나귀¹⁸⁰ 오르실 제 부인이 이른 말씀이
애가 말을 물으나 으른이 말을 물으나
인구대척 하지 말고 돈단무심 가셔야지
만약에 인구대척¹⁸¹ 하시면
생명 위태할 것이요.
하우왕씨 이런뜰, 저런뜰, 황산들 지나자니
소진뜰을 당도하네.

---

180 중국에서 나는 좋은 말의 한 가지.
181 물음에 응하여 거침없이 대답하는 것.

소진양이 거동 봐라.
집바지, 저고리에 댕댕이 망근을 숙여 쓰고
빌어먹은 말에 올라오며,
"어디로 가는 군왕님이요."
한 번 불러도 대답 없고,
두 번 불러, 세 번 불러도 대답이 없으니,
소진양이 하는 말이,
"애비 없는 호로자식이구나."
하우왕씨 가던 길을 멈추고,
"그 누가 날 찾았소?"
하우왕씨 하는 말이,
"나는 천하궁으로 대성주 하러 가는 길이요."
"앞으로 봐도 군왕이요, 뒤로 봐도 군왕인데,
성주이룩 가시면 사각법이나 아십니까?
모사각에 집을 지으면 어머니가 돌아가시고,
자사각에 집을 지으면 아들이 죽고
잠사각에 집을 지으면 본인이 죽는 법입니다.
주술박꿈 도박꿈, 도박꿈이나 하여 봅시다."
"하우왕 말씀이, 당신은 누구요?"
"저는 소진뜰의 소진양입니다."
"무엇을 하러 가는 사람이요?"
"지하궁에 조약돌 석 삼년 성을 쌓은
소진양이요.
구실 바꿈 도(道) 바꿈을 합시다."
구실 바꿈 도 바꿈은 못하여도
하우왕씨 입던 청량도포는 소진양이가 입고
소진향이가 입던 집바지, 저고리, 댕댕이 망근은
하우왕씨 입으시고 천하궁으로 올라가고
소진양이는 하우왕씨 부인이
재주가 비상하고, 인물이 도저하여
문필이 좋다하기에

하우왕씨 집으로 자리동품 가는데,
하우왕씨 부인 거동 보소.
군황님 떠나보내시고 뒷동산 꽃놀이, 잎놀이
물명주 단속곳 거듬거듬 안고 꽃놀이할 때,
난데없는 말방울 소리가 나니,
들오라기 둘러보고 살펴보고 살펴봐라.
"우리 군왕님 오실 때가 못 되는데
거리의 수작이 분명하구나.
문지기는 문을 채우고, 세지기는 쇠를 채워라."
엉그렁 정그렁 들어와 소진향이 화를 내며,
"나갔던 군왕님 오시면
닫은 문도 열어놓는 법인데,
열어놓은 문을 닫는 법이 무엇이요?"
저 부인 말씀이,
"음성 소리가 우리 군왕님이 아니오니
무슨 말씀입니까?"
소진양 놈이 화를 내며,
물명주 속적삼, 버선을 길담 너머로 던져서
받아들고 보니,
"깃달이 도련세는 내 솜씨건만
땀내는 남의 땀내가 분명합니다.
그만 멀리 가십시오."
소진양이 화를 내며,
왼손 무명지 손가락을 깨물어
열 개(開) 석자를 써서 잠긴 문에 대고서
적구야, 적구야, 삼 세 번을 불러보니
잠겼던 문이 꿍지러꿍 열렸구나.
한 손에는 칼을 들고,
한 손은 부인 멱살을 추켜들고
자리동품 하자하니 하우왕씨 부인이,
"오늘 저녁은 시아버님 기고(忌故)고,

소진향이 그동 봐라.
집바지 조고리에 댕댕이 망근에 숙여쓰고,
빌어먹은 말게 올라오며
어디로 가는 군왕님이요.
한번 불너도 대답 업고
두 번 불러, 세 번 불너도 대답이 업쓰니
소진향이 하는 말리
애비 업는 홀여자식이구나.
하우왕씨 말길을 뭄처
그 누가 날 차졌소.
하우왕씨 하는 말리
나는 천하궁으로 대성주 하러 가는 길이요.
앞으로 봐도 군왕이요, 뒤로봐도 군왕인대,
성주 이룩 가시면 사각법이나 아심니까.
모사각에 집을 지면 어머니가 돌아가시고,
자사각에 집을 지면 아들이 죽고,
잠사각에 집을 지면 본인이 죽는 법임니다.
주술박꿈 도박꿈 도박꿈이나 하여 봅시다.
하우왕은 말씀이 당신은 누구요.
저는 소진뜰에 소진향 올심니다.
무엇을 하러 가는 사람이요
지하궁에 조약돌 슥삼연 성을 쌓은
소진행이요.
구실 박꿈 도박꿈이 합시다.
구실 박꿈 도박꿈은 못하여도
하우왕씨 입든 칭량도포는 소진행이가 입고
소진행이가 입든 집바지 조고리 댕댕이망근은
하우왕씨 입으시고 천하궁으로 올나 가고,
소진앵이는 하우왕씨 부인이
재주가 비상하고 인물이 도자하여
문필이 조타하고기도

하우왕씨 집으로 자리동품[182] 가는데,
하우왕씨 부인 그동 보소.
군황님 떠내 보내시고 뒤동산 꽃노리 입노리
물명주 단속곳 거듬거듬 안고 꽃노리할 제
난데없는 말요랑 소리가 나니,
들오라기 둘러보고, 살펴 뵈기 살펴봐라.
우리 군왕님 오실 때가 못 되는데
거리에 수제기 분명쿠나.
문지기는 문을 채고, 세지기는 쇠를 채라.
엉그렁 정그렁 드러와 소진행이 홰를 내여
나갔든 군왕님 오시면은
닫은 문도 열어놓는 법인대,
열어논 문 닫는법이 무엇이요.
저 부인 말씀이
음성 소리가 우리 군왕님이 아니오니
무지테송 하옵소서.
소진향늠 홰를 내며
물명주 속적삼 버서선 길담 넘어로 최띠리니
받어 들고 보니,
깃다리 도련세는 내 솜씨건만
땀내는 남이 땀내가 분명쿠려.
멀리테송 하옵소서.
소진향이 홰를내여
윈손무명지 손고락을 깨무러
열 개짜 슥자를 써서 잠긴문에 대구서
적구야, 적구야, 삼세 번 불너 보니
잠겨든 문이 꿍지러꿍 열었구나.
한 손에는 칼을 들고,
한 손은 부인 멱살을 추켜들고,
자리동풍 하자하니 하우왕씨 부인이
오늘 저녁은 시아버님 기구고,

내일 저녁은 시어머님 기고고,
모래는 시할아버님 기고요.
사흘 말미만 주시오."
소진양이 좋아라고 좌불안석 하는데
사흘이 지난 후에,
"내 몸에 일곱 가지 귀신이 붙었는데,
그대 궁으로 나가서 개똥밭에 지암 파고,
구메밥 석 삼년 먹은 후에 자리동품 합니다."
소진향이 좋아라고
세간살이 다 싣고 소진들로 내려간다.
구메밥 석 삼년 먹을 때,
하우왕씨는 천하궁에 올라가
대성주를 이룰 적에
능한 나무 어리다고 먼데 나무 가져올 때,
경상도 안동 땅의 제비원에 들어가서
솔씨 세 말, 세 되, 서 홉을 받아
전체 조선에 다 뿌리고,
세 되, 서 홉 남은 것은
동편서편으로 던져버려
그 솔이 밤이면 이슬 맞고,
낮이면 태양 쏘여 대부동이 되었네.
창장목이 되었구나.
충청도는 안변목, 함경도는 원산목,
금강산 금띠 띠고, 은띠 띠어
이 집이 성주목이 분명하구나.
굽은 나무 굽 다듬고,
젖은 나무 젖 다듬어
육십사괘 용목 걸고,
효자충목 기둥 깎아,
밑동 베어 상기둥,
중동 베어 중기둥,

끝단목은 베어 보아 들보 마련했네.
술 한 잔, 포 한 장, 정이 부어
산신제를 정리하고,
양구양천 흐르는 물에 어기여라 뗏목이요,
양구화천 들어가 이 덤불 저 덤불
칡을 끊고 만년대 묵은 싸리를 베고,
천연 묵은 칡을 끊어 어기여라, 뗏목이요.
어기영차 뗏목일세.
김정식 네 잡우실 둥덩섬붓 실어다가
이집 마당 뿌렸구나.
안채 좌향 둘러보니
한양 잡을 적에 서울을 둘러보니
옛날 지관이 전혀 없어
강남서 나오신 부항나귀
무학이라 하신 중생 단골용세 띄워 놓고,
귀도세 품에 품어 이 터 왼쪽을 둘러보고,
앞머리 당산 바라보니,
관우와 장비가 춤을 추고,
뒷머리 주산 바라보니
석가모니 잠을 자는 형국이요.
동녘을 둘러보니 칠천석 노적봉에
조그마한 청애동자 오복을 안은 형상이요.
이 터 왼쪽을 바라보니,
문필쟁이 붓대를 들은 형국이니
대대전전 장원급제가 날 것이요.
이 터 명당 둘러보니
충성 충자, 효도 효자, 아들 자자,
부유할 부자, 반드시 필자 여기저기 놓였으니,
효자충신도 날 것이요.
노인봉 비쳤으니 백수상수 할 것이요.
안채는 사십 칸

내일 저녁은 시어머님 기구고,
모래는 시하라버님 기구고요,
사흘 말미만 주옵소서.
소진향이 조와라고 좌불안석 하는데,
사흘이 지난 후에
내몸에 칠가지 귀신 붙들었는데,
그대 궁으로 내가서 개똥 밭에 지암 파고
굼에 밥 슥삼연 먹은 후에 자리동품 합니다.
소진향 조와라고
세간사리 다 실코 소진들노 네려 간다.
굼에 밥 슥삼연 먹을 적에
하우왕씨는 천하궁에 올나가
대성주를 이룰적에
능한나무 어리다고 먼데 낭구 가저올 제
경상도 안동 땅에 제비원 들어가서
솔씨 스말 스데 스홉을 밭어래
만조선에 다 뻬우고
스데 스홉 나문 것은
동편서편으로 던저뜨리.
그 솔리 밤이면 이슬 맏고,
낮이면 태양 쏘여 대부동이 데였네,
창장목이 데었구나.
충청도는 안변목, 함경도는 원산목,
금광산 금띠 띠고 은띠 띠어
이 집이 성주목디 분명쿠나.
굽은 나무 굽다듬고,
저은나무[183] 젔다듬어
육십사괘 융목걸고,
효자충목 기둥 깍꺼,
밑둥 비어 상기둥,
중둥 비어 중기둥,

끝단목은 비어 보아 들보 마련했내.
술 한잔 포 한장 정이 부어
산신제를 정리하고
양구양천 흐르른 물에 어기여라 떼목이요.
양구화천 들어가 이 덤풀 저 덤풀
칙을 끈코 만연 대묵은 싸리를 비고,
천연묵은 칙을 끈어 어기여라 떼목이요,
어기영차 떼목일세.
김정식네 잡우실 둥덩섬붓 실어다가
이집 마당 뿌려꾸나.
안체좌향 둘러보니
한양 잡을 적에 서울을 둘더보니
옛날 지관이 전여없어
강남서 나오신 부항나귀
무학이라 하신중생 단골용세 띠워 노코
귀도세 품에 품어 이 터 좌향을 둘러보니
앞두 당산 바라보니
관운 쟁비 춤을 추고,
뒤두주산 바라보니
석가문이 잠을자는형국이요,
동역을 둘러보니 칠천석 노적봉에
조금한 청애동자 오복을 안은 형상이요.
이 터 좌향을 바라보니
문필쟁이 붓대를 드른 형국이니
대대전선 장원급재가 날 걸이요.
이 터 명당 둘러보니
충성충자 효도효자 아들자자
부할부자 반들필자 여기저기 노여 쓰니,
효자충신도 날것이요.
노인봉 비처 쓰니 백수상수 할 걸이요.
안체는 사십칸

---

183 젖혀진 나무.

행랑채는 오십 칸 지었구나.
하우황씨 한 달 할 일 보름하고,
보름 할 일 일일하고,
군왕님 꿈자리가 어지러워
문복법사 찾아가서
문복쟁이 거동 보소.
"추알추알 천하 언제며, 지하 언제시며,
상통천물 하달지, 재미신통 하옵소서.
하우왕님, 썼던 수저가 부서지고,
신던 묵화가 흙함에 묻히고
잡수시던 수저가 부러졌으니
자기 터는 남의 터가 되고,
뺑밭 쑥밭이 되었구려.
먹는 우물에는 청이끼 홍이끼가 끼었으니
어서 바삐 가옵소서."
하우왕씨 기가 막혀 가로 달려 푸달려
장부 한숨이 절로 난다.
자기 다니던 길배랭이는 산지사방 다 뻗었네.
뺑밭 쑥밭이 되었구나.
우물에는 청이끼 홍이끼가 끼어
올챙이 가득하네.
부인은 간 곳 없고
장부 한숨이 절로 난다.
하우왕씨 상기둥 붙들고 방성통곡을 하다가
잠이 홀연 듯이 들었구나.
꿈을 꾸니,
"노둣돌 밑을 파고 보면
부인 표적이 있을 것이요."
꿈을 깨고 보니 노둣돌 밑을 파보니
잡수신 식기에
속적삼에 혈서가 써 있구나.
군왕,
사셨으면 소진정자 우물에서 만나시고,

죽었으면 황천에서 만나자고
혈서를 보내셨네.
저 부인 거동 보소.
허공에 솟은 물 한바가지 떠서 던지고
군왕님 살아있으면 허허 웃어 내리시고,
돌아가셨으면 황천에서 만나세요.
부인은 그 새를 못 참아서,
"나비궁을 챙겨 꾸려
우리가 여러 말이 많으면
한 칼에 죽을 테니,
청새 홍새가 되어서
주리 폭폭 안겨 그 원수를 갚읍시다."
부인이 '자리 동품' 하자 하니,
소진양이 좋아라고 좌불안석 하시는데,
하우왕씨 와락 달려들어
정수리를 꽉꽉 물고
소다끼 소집게 양다리를 꽉 물었구나.
소진양이 육시처참 하는구나.
소진양의 자식은
동네 안 장승으로 세워놓고
소진양의 부인은
거리서낭 행인 침을 받아먹고 살게 하고,
둘이는 산천 좋은 경계로 올라가서
치마 벗어 행장치고,
속곳 벗어 깔아놓고,
둘이서 잠을 잘 때에
"부인은 무슨 재주를 배웠소?"
"군왕 떠나보내시고
누에를 한 잠, 두 잠, 세 잠, 다섯 잠 재워
명주실 만들 때
점심 광주리가 왔다 갔다 하옵니다.
군왕님 도포 마련할 때,
앞으로는

행낭체는 오십칸 지였구나
하우황씨 한 달 할 일 보름하고
보름할일 일일하고
군왕님 꿈자리가 어지런하여
문복법사 찾아가서
문복쟁이 그동 보소.
추알추알 천하언재며, 지하언재시며,
상통천문 하달지 재미신통 하옵소서.
하우왕님 썼든 같이 부서지고,
신든 묵화가 흑함에 무치고,
잡수시든 수저가 부러저쓰니
자기 터는 나미 터가 데고
뺑밭쑥밭이 데였구려.
먹는 움물에는 청미홍미끼가 끼어서
어서 밥비 가옵소서.
하우왕씨 기가막혀 가로 달려 푸달여
장부 한숨이 절로 난다.
자기 댕기든 길 배랭이는 산지사방 다 벌었네.
뺑밭쑥밭이 데였구나.
움물에는 청미끼홍미끼 끼어
올챙이 달박하네.
부인은 간곳 업고
장부 한숨이 절로 난다.
하우왕씨 상기둥 붓들고 방송통곡을 하다가
잠이 호연 듯이 들었꾸나.
꿈을 꾸니
노지돌 및을 파고 보면
부인표적 있을 것이요.
꿈을 깨고 보니 노지돌 및을 파고 보니
잡수신 식기에
속적삼에 혈서가 써있구나.
군왕
살으셨으면 소진정자 움물 만나시고,

죽읐쓰면 황천으로 만나자고
혈서를 보내셨내.
저부인 그동 보소.
허공에 소신 물 한 바가지 떠서 던지고
군왕님 살으셨으면 허허 우서 나리시고,
돌아가셨쓰면 황천으로 만나셔요.
부인은 그새를 못 참어서
나비궁을 생겨 꾸려
우리가 여러 말이 만으면은
한 칼 죽을 테니,
청새 홍새가 데여서
주리 폭폭 앵겨 그름 원수를 갑품시다.
부인이 자동품 하자 하니
소진향이 조와라고 좌불안석 하시는데,
하우왕씨 와르륵 달려들어
정수리를 꽉꽉 물고,
소다끼 소직께, 양다리를 꽉 무러꾸나.
소진향이 육시츠참 하는구나.
소진향이 자식은
동네 안 장승으로 세워 노코,
소지향이 부인은
거리서낭 행인침을 받어 먹고, 살게 마련하고
우리는 산천조은 경계로 올나 가서
치마 버서 해장치고,
속곳 버서 깔어 노코,
우리가 잠을 이룰 적에
부인은 무슨재주를 배웠소.
군왕 떠내 보내시고
누애를 한잠 두잠 세잠 다섯 잠재워
명주실 만들 적에
즘슴 광우리가 왔다 갔다 하옵니다.
군왕님 도포 미련할 제
앞으로는

청학백학이 날아드는 듯하게 수를 놓고
뒤에는
청룡황룡이 하늘로 승천하는 듯이
수를 놨지요."
성주가 떠나자면
지긋지긋 눌러서 경사영화로 도와주시고,
지신님 떠나자면

지긋지긋 눌러서 도와주옵소서.
초가성주 기와성주 군왕님
성주님이 계시고
부인은 터에 토주마누라가 되옵소서.
철연지덕 만연유택 잘 재워,
점주발원 하옵소서.

기물 19 : 삼지창

청학백학이 나러드는듯 하계수를 노코
뒤에는
청룡황룡이 하늘로 등천하는 득끼
수를 낳네.
성주가 떠나자면
지긋지긋 눌너서 경사영화로 두와 주시고,
지신님 떠나자면,

지긋지긋 눌너서 도와주옵소사.
초가 성주, 와가 성주, 군왕님
성주님이 데시고
부인은 터에 토주 마눌아가 데옵소사.
철연지덕 만연유택 절 재워
즘주 발원 하옵소사

기물 20 : 산대, 상잔

4장

신의 귀향

〈궤네깃당〉
〈괴뇌깃당〉

〈궤네깃당〉은 가정의 안전과 풍요를 비는 돗제가 생긴 유래를 만든 궤네깃또에 대한 이야기이다. 〈궤네깃당〉에서는 사냥 중심의 토착신과 농사 중심의 이주신의 결합이라는 면에서도 흥미롭지만, 이들의 갈등을 유발시킨 궤네깃또가 강남천자국을 평정한 영웅담이야말로 가장 큰 우리 신의 이야기가 될 듯하다.

제주 알손당 소천국과 강남천자국 백주또가 부부가 되어 여섯째 아이를 가졌을 때, 백주또는 소천국에게 농사를 지으라고 한다. 점심 밥 아홉 동이, 국 아홉 동이를 중이 모조리 먹고 달아나자 소천국은 밭 갈던 소를 잡아먹고도 모자라 이웃 소까지 잡아먹었다. 백주또가 소 도둑과 살 수 없으니 살림을 분산하자고 하여 소천국은 헤낭곳 굴밭으로 가서 사냥을 하면서 살았다. 여섯 째 아들이 세 살이 되자 소천국에게 데리고 가니, 아버지 무릎에 앉아 수염을 뽑고 가슴팍을 치자 소천국은 불효자식이라며 무쇠석함에 넣어 동해에 띄웠다.

무쇠석함이 동해 용왕국에 들어가 산호가지에 걸리자, 용왕 막내딸이 내려 용왕을 만나고, 천하 명장이라 생각하며 막내딸과 결혼시킨다. 그런데 엄청난 사위의 식성에 용왕국이 망할 것 같아 막내딸 부부를 석함에 넣어 육지로 내보낸다. 강남천자국에 다다른 이들은 강남천자국의 전쟁을 해결해 주고 제주로 돌아온다. 이를 본 소천국은 알손당 고부니 물로 도망가 죽어 당신이 되고, 백주또는 웃손당 당오름으로 도망가 죽어 그곳의 당신이 된다.

궤네깃또는 김녕리에 좌정해 인간의 대접을 기다렸지만 아무도 찾아오지 않아 갖은 조화를 부리자 이를 안 사람들이 당신으로 모시기로 하고, 가난한 백성이라 소는 잡지 못하고 돼지를 잡아 위하겠다고 하여 그때부터 매년 돼지 한 마리를 바치고 있다.

1. 소천국과 백주또가 버린 아들 〈궤네깃당〉

가운뎃당 소천국 신께서는
아랫송당 고부니마루에서 태어나시고,
백주또 마누라 신께서는
강남천자국 흰모래밭에서 태어나셨다.
인간으로 탄생하여 천기를 짚어보니
천상배필 될 배우자가
조선국 제주도 송당리에
탄생해야 하는 듯하여,
백주가 제주에 들어가 송당리를 찾아가서
소천국을 만나
천상배필이 됩니다.
아들을 낳는데 우선 오형제가 탄생하고,
여섯 째 아들은 뱃속에 있는데,
백주님이 말씀하기를
"소천국님. 아기는 이리 많이 탄생하는데
놀아서 살 수 있겠습니까?
이것을 어떻게 하면 좋겠습니까?
농사를 지으십시오."
오붕이굴을 돌아보니 볍씨도 아홉 섬지기,
피씨도 아홉 섬지기 있으니,
소를 몰고 쟁기를 지어서 소천국이 밭을 간다.
백주님이 점심을 차리는데,
국 아홉 동이와 밥 아홉 동이,
이구십팔 열여덟 동이를
밭을 가는 데로 가지고 가시니,

"점심은 소길에 덮어두고 내려가시오."
백주님은 집으로 돌아오고
소천국이 밭을 가는데
"밭가는 선관님아."
태산절 중이 넘어가다가
"잡숫던 점심이나 있으면 한 술 주십시오.
시장기나 면해서 가겠습니다."
먹은들 다 먹을까.
"그러하면 소 길마를 둘러보아라."
둘러보니
국 아홉 동이, 밥 아홉 동이 있으니,
태산절 중이 모두 먹어버리고 달아나버린다.
소천국이 밭을 갈다가 배가 고파서
점심이나 먹으려고 보니
한 술도 없이
모두 둘러먹고 달아나버렸구나.
소천국은 시장하여서 할 수 없이
밭 갈던 소를 때려 죽여 잡아가지고
찔레나무 꼬지에 고기를 꿰어 구워 먹는데,
첫 요기를 못 면해
묵은 각단 밭으로 바라보니
검은 암소가 있으니,
그놈을 잡아와서 잡아먹으니
요기가 면하였다.
소머리도 두 개요, 소가죽도 두 개요,

가온딧도[184] 소천국

알손당(下松堂理) 고부니ᄆ를 솟아나시고,
강남천제국(江南天子國) 벡몰레왓(白沙田)디서
솟아나신 백줏도마누라.
인간 탄생(誕生)헤야 천기(天機)를 집떠 보니
천상베필(天上配匹) 뒐 베위(配位)가
조선국(朝鮮國) 제주도 손당리(松堂理)
탠생헤야 사는 듯ᄒ니,
벡주가 제주 입도(入島)헤야 손당릴 촛아가서
소천국을 상멘(相面)헤야
천상베필(天上配匹)이 됩데다.
아들을 낳는데 우선 오형제(吾兄弟)를 탄생ᄒ고
으숫챗 아들(第六男)은 복중(腹中)데 있는디,
벡주님이 말씀ᄒ뒈,
"소천국님아. 아긴 웅 많이 탄생ᄒ는디
놀아서 살 수 이십네까?
이것을 어찌ᄒ민 질릅네까?
농ᄉ(農事)를 지읍소서."
오붕이굴왓 돌아보니 논씨도 아읍섬지기(九石落)
피씨(稷種)도 아읍섬지기 시니
쉘 물고 잠대를 지와서 소천국이 밧을 간다.
벡주님이 정심(點心)을 출리는디,
국 아읍동이, 밥 아읍동이,
이구십팔 여레둡(十八)동이
밧 가는 디 가지고 가시니,

"정심이랑 쇠질메 덕거뒹 ᄂ려갑서."
벡주님은 집으로 돌아오고
소천국이 밧을 갈더니
"밧가는 선관(仙官)님아."
태산절 중이 넘어가단,
"잡수던 정심이나 이시민 ᄒ 술 줍서.
시장을 멀허영 가겠수다."
먹은덜 다 먹으리옌,
"그러ᄒ건 쉐질멜 들러두고 보아라."
들러두고 보니
국 아읍동이, 밥 아읍동이 이시난
태산절 중이 다 들러먹고 돌아나분다.
소천국이 밧을 갈단 베(腹)가 고프난
정심이나 먹저 보니
ᄒ술도 읏이
믄짝 들러먹고 돌아나부렀구나.
소천국은 시장허여노니 홀 수 읏이
밧갈던 농웨(農牛)를 ᄯ려 죽여 잡아가지고
새비남 적고지예 괴기를 꿰멍 구워 먹뒈
초요길(初療飢) 못 멀려
묵은 각단 밧데레 바레여 보니
가망ᄒ 암쉐(牡牛)가 기염시니
그 놈을 심어다가 잡아먹으니
요기를 멀렸더라.
쉐머리(牛頭)도 두게요, 쉐가죽(牛皮)도 두게요,

---

184 가운데 쪽에 좌정(坐定)한 당신(堂神). 한 당 내에서 당신의 좌정 위치 또는 한 마을 안에 있는 여러 당의 위치에 따라 '웃도', '가운딧도', '알도'로 나타낸다.

배때기로 밭을 갈고 있으니
백주님이 와서 보고
"아, 거, 소천국님아.
어떻게 배때기로 밭을 갑니까?"
"그런 것이 아니고 태산절 중이 넘어가다가
그만 국 아홉 동, 밥 아홉 동
이구 십팔 열여덟 동을
다 둘러먹고 달아나버리니,
할 수 없이 밭 갈던 소를 잡아먹고
남의 소까지 두 마리를 잡아먹어
요기를 면하였노라."
백주님이 말씀하기를
"당신 소를 잡아먹은 것은 떳떳한 일이나
남의 소를 잡아먹었으니
소도둑놈이 아니냐?
오늘부터 살림을 나누자."
백주님은 바람 위로 올라서고,
소천국은 바람 아래로 내려와서,
백주는 당오름에 좌정하고,
소천국은 아랫송당 고부니마루에 좌정한다.
소천국이 배운 것은 총질 사냥질을 배웠으니,
조준이 잘 되는 마상총에
귀약통 남날개 둘러메고 산천으로 올라가서
큰 사슴, 작은 사슴,
공작, 노루 사슴,
큰 돼지, 어린 돼지 많이 맞춰
헤낭곳 굴밭에서
정동갈 집의 첫 딸을 소첩으로 삼아
고기를 삶아 먹고 산다.
백주님 배의 아기가 태어나서 세 살이 되니,
걸렛배로 아기를 둘러메고

소천국을 찾아 헤낭골 굴밭으로 들어가 보니,
농막 안에서 연기가 나서 바라보니
소천국이 있다.
백주님이 아기를 내려놓으니,
아버지 수염을 잡아당기며
아버지 가슴을 짓두드리는구나.
"이 자식, 베고 있을 때도 운이 없어서
살림을 나누게 하더니,
나와서도 이런 나쁜 행동을 하니,
죽이자 해도 차마 죽일 수는 없고,
동해바다로 띄워 버려라."
무쇠석함에 세 살 난 아들을 담아
통자물쇠로 채워가지고 동해바다로 띄운다.
용왕국으로 들어가니 산호나무 윗가지에
무쇠석함이 걸려있으니,
무쇠석함에서 풍문조화가 나온다.
여러 가지 변이 세어지니
용왕국 대왕이 말씀하시기를
"큰딸아기 나가 보아라.
여러 가지 변이 세어지느냐?"
"아무것도 없습니다."
"둘째아기 나가 보아라.
여러 가지 변이 세어지겠느냐?"
"아무것도 없습니다."
"작은아기 나가 보아라.
든변 난변이 세어지느냐?"
작은 딸아기 나가 보니,
"산호나무 윗가지에
무쇠석함이 걸려있습니다."
"큰딸아기 내려라."
"한 귀퉁이도 달싹 못하겠습니다."

벳부기로 밧을 갈암더니,
벡주님이 완 보고,
"아, 거, 소천국님아,
어떻ㅎ난 벳부기로 밧을 갑네까?"
"그런 것이 아니고 태산절 중이 넘어가단
그만 국 아옵동, 밥 아옵동,
이구십팔 여레둡동을
다 들러먹고 둘아나부니
훌 수 읏이 밧갈단 쉘 잡아 먹고
놈의 쉐(牛)ㄲ지 두머리(二頭)를 잡아먹어
요기를 멀렸노라."
벡주님이 말씀ㅎ뒈,
"당신 쉐 잡아 먹은 건 떳떳ㅎ 일이나
놈이 쉐 잡아 먹어시니
쉐도둑놈(牛盜賊)이 아니냐?
오늘부터 살렴을 분산(分散)ㅎ자."
백주님은 ㅂ름 우으로 올라사고
소천국은 ㅂ름 알(風下)로 ㄴ려사서,
벡주는 당오름 좌정(坐定)하고
소천국은 알손당(下松堂) 고부니무를 좌정ㅎ뎁다.
소천국이 베운 것은 총질 ᄉ농질을 베와시니
지리바른 마상총(馬上銃)에
귀약통 남늘개 둘러메고 산천(山川)의 올라가서
대각록(大角鹿) 소각록(小角鹿)
공작(孔雀) 노리(獐) 사심(鹿),
대돗(大猪) 애돗(兒猪) 많이 맞혀
헤낭곳 굴왓디
정동칼쳇 뜰을 소첩을 삼아서
괴기(肉)를 ᄉᆢㅁ아 먹고 삽데다.
벡주님이 베인 아기가 나서 ᄉ설(三歲) 나니
홈 걸레로 얼애(幼兒)를 들러메어

소천국을 춧젠 헤낭골굴왓들 들어가 보니,
농막(農幕) 쏘곱에서 네가 나난 바레여 보니
소천국이 있었더라.
벡주님이 아기를 부려노니,
아바지 삼각쉬(三角鬚)를 심어 둥기멍
아바지 가심(胸)을 짓두드리는구나.
"이 ᄌ식 벤 때예도 석신이 바웨여[185]
살렴을 분산(分散)허연게
나도 이런 낫분 헹동을 ㅎ니,
죽일려 ㅎ뒈 츠마 죽일 수는 엇고
동이와당데레 띠와 불라."
무쉐설캅(鐵石匣)에 ᄉᆞ설(三歲) 난 아들을 담안
통쉐를 체와가지고 동이와당으로 띠웁데다.
요왕국을 들어가니 무우낭(珊瑚樹) 상가지(上枝)에
무쉐설캅이 걸어지니
무쉐설캅에서 풍문조홰(風雲造化)가 나온다.
든변 난변이 쩨여지니
요왕국대왕(龍王國大王)이 말씀ㅎ뒈,
"큰뚤아기 나고 보라.
든변난변이 쩨여지느냐?"
"아무것도 없읍네다."
"셋뚤(次女)아기 나고 보라.
든변 난변이 쩨여지느냐?"
"아무것도 없읍네다."
"족은뚤(末女)아기 나고 보라.
든변 난변이 쩨여지느냐?"
족은뚤아기 나고 보니,
"무우낭(珊瑚樹) 상(上)가지에
무쉐설캅이 걸어졌읍네다."
"큰뚤아기 ㄴ리우라."
"혼긔 들짝 못ㅎ쿠디."

---

185 무슨 일이 기회가 맞지 않아 그르치다.

"둘째아기 내려라."
"한 귀퉁이도 달싹 못하겠습니다."
"작은 딸아기 내려라."
작은 딸아기는 가뿐히 들어내려 놓으니,
"큰딸아기 문 열어라."
못 연다.
"둘째아기 문 열어라."
못 연다.
"작은 딸아기 문 열어라."
작은 딸아기는 꽃당혜 신은 발로
삼 세 번을 돌아가며 둘러차니
저절로 스르륵 열린다.
옥 같은 도령님이
책을 한 상 가득이 받고 앉아있구나.
용왕국 대왕이 말씀하시기를,
"어느 나라에 사느냐?"
"조선 남방국 제주도에 삽니다."
"어떻게 왔느냐?"
"강남 천자국에 국난이 났다고
하여 세상의 변을 막으러 가다가
풍파에 쫓겨서 용왕국으로 들어 왔습니다."
용왕국이 생각하기를,
천하명장인 줄 알고,
"큰딸 방으로 들어가시오."
대답이 없고,
"둘째 딸 방으로 들어가시오."
대답이 없고,
"작은 딸 방으로 들어가시오."
작은 딸 방으로 들어간다.
작은 딸이 상을 차리는데,
칠첩반상을 차려 들여가 드리니,
눈을 거들떠 보지 않는다.
작은 딸이 말씀하기를

"조선국 장수님아.
무엇을 잡숫겠습니까?"
"내 나라는 작아도
돼지도 통으로 먹고,
소도 통으로 먹고 한다."
아버님 앞에 여쭈오니
용왕국 대왕이 말씀하시기를,
"내 기구를 가져서
사위 손님 하나 못 대접하겠느냐?"
날마다 돼지를 잡고 소를 잡아가니,
동창, 서창이 다 비어간다.
용왕국이 생각하니
사위 손님을 두었다가는 용왕국이 망할 듯하다.
"여자라는 건 출가외인이니
남편 따라 가거라."
그 사이에 아이를 가졌는데,
오누이 같이 두 사람을
무쇠석함에 들여 놓아서
물 바깥으로 내띄운다.
강남천자국 흰 모래밭으로 가서
무쇠석함이 걸려 풍문조화를 부리니,
밤에는 초롱횃불이 밝혀지고,
낮에는 글 읽는 소리가 하늘까지 들려,
천자국 안에 풍문조화가 자꾸 들려
천자님이 말씀하시기를
"어찌 궁궐에 풍문조화가 넘치느냐?
하인에게 명령하여
해변을 돌아보아라."
"돌아보니 무쇠석함이 떠올랐습니다.
이 무쇠석함 안에서 풍문조화가 일어납니다."
"황봉사를 불러라."
봉사에 점을 치니
무쇠문을 열자고 하면

"셋뜰아기 느리우라."
"흔귀 둘싹 못흐쿠다."
"족은 뜰아기 느리우라."
족은뜰아긴 오곳 들런 느리와 노니,
"큰뜰아기 문 올리라."
못 올린다.
"셋뜰아기 문 올리라."
못 올린다.
"족은뜰아기 문 올리라."
족은뜰아긴 꽃댕여 신은 발로
삼시번을 돌아가명 둘러차니
절로 설강 올려진다.
옥(玉)ᄀᆞ뜬 도령님이
책(冊)을 흔 상(床) ᄀᆞ득이 받고 앚았고나.
요왕국대왕이 말씀흐뒈,
"어느 국(國) 사느냐?"
"조선(朝鮮) 남방국(南方國) 제주도 삽네다."
"어찌흐니 왔느냐?"
"강남천제국(江南天子國)의 국난(國難)이 났젠
흐ᄀᆞ테 세벤(世變) 막으레가단
풍파(風波)에 쫓겨서 요왕국을 들어 왔읍네다."
요왕국이 생각흐뒈,
천하맹장(天下名將)인 줄 알고,
"큰뜰 방으로 듭서."
데답(對答)이 전무(全無)흐고,
"셋뜰 방으로 듭서."
데답이 전무 흐고.
"족은뜰 방으로 듭서."
족은뜰 방으로 들어간다.
족은뜰이 상(床)을 출리뒈
칠첩반상궐 출려 들어가 드리니
눈을 거듭떠 바레질 아니흔다.
족은뜰이 말씀흐뒈,

"조선국(朝鮮國) 장수(將帥)님아,
뭣을 잡숩네까?"
"내 국(國)은 소국(小國)이라도
돗(豚)도 전머리를 먹고,
쉐(牛)도 전머리를 먹고 흔다."
아바님전에 여쭈오니
요왕국대왕(龍王國大王)이 말씀흐시뒈,
"내 기구를 가져서
사위손 흐나 못 데접흐겠느냐?"
날마다 돗(豚)을 잡고 쉐(牛)를 잡아가니
동창(東倉) 서창(西倉)이 다 비여간다.
요왕국이 생각흐니
사위손을 두어뒀당 요왕국이 망홀 듯흐다.
"예ᄌᆞ(女子)란 건 출가웨인(出嫁外人)이니,
냄편(男便) 딸롸 가거라."
그 어간(於間) 유테(有胎)가 뒈였는디,
오누이(男妹) ᄀᆞ찌 양인(兩人)을
무쉐설캅(鐵石匣)에 들여 놓아서
물 뱃겻으로 내띄운다.
강남천제국 벡몰레왓(白沙田)디 가
무쉐설캅이 걸어져 풍문조홰(風雲造化)를 부리니,
밤의는 초롱쳇불(燭籠燭火)이 등성(登盛)흐고
낮의는 글 읽는 소리가 탕천(撐天)헤야
천ᄌᆞ국(天子國) 안에 풍문조홰를 자꾸 들여,
천ᄌᆞ님이 말씀흐시뒈,
"어찌 궁궐에 풍문조홰가 만흐느냐?
하인(下人)을 멩령(命令)헤야
헤벤(海邊)을 돌아보라."
"돌아보니 무쉐서랍이 올랐읍네.
이 무쉐설캅 쏘곱에서 풍문조홰가 일어납네다."
"황봉ᄉᆞ를 불르라."
봉ᄉᆞ(奉事)에게 줌(占)을 치니
무쉐문을 열젱 흐민 천ᄌᆞ(天子)님이

천자님이 모대각대(帽帶角帶)를 차리고
촛불을 밝히고
북방사배(北方四拜)를 드려야
문이 열린다고 한다.
할 수 없이 천자님이 모대각대를 차리시고
북방 사배를 드리니 무쇠문이 열린다.
옥 같은 도령님과 아기씨가 앉았거늘
"어느 나라에 삽니까?"
"조선 남방국 제주도에 삽니다."
"어찌하여 오셨습니까?"
마침 그때 북쪽의 적이 강해져서
천자국을 치자고 하는 중인데,
"소장은 여기 오기를
남북에 있는 적을 격파하고
세 번의 변을 막으러 왔습니다."
하니 천자가 손목을 잡으시고
궁 안으로 들어오게 하여,
무쇠투구 갑옷에 언월도,
작두, 나무활, 보래활,
기치창검 내어주시고,
억만 대병을 내어주시니
싸움하러 나간다.
처음에 들어가서 머리 둘 달린 장수를 죽이고,
두 번째 들어가서 머리 셋 달린 장수를 죽이고,
세 번째 들어가서 머리 넷 달린 장수를 죽이니
다시는 대항할 장수가 없어
세변도원수를 막으니,
크게 기뻐하며
"이런 장수는 천하에 없는 장수로다.
땅 한 쪽, 물 한 쪽을 떼어 주니
땅세 국세 받아먹으면서 사시오."
"그건 싫습니다."
"천상금에 만호후를 봉하라."

"그것도 싫습니다."
"그러면 소원을 말하라."
"소장은 본국으로 가겠습니다."
관솔을 베어서 전투배 한 척을 묶어
산호나무 양식을 한 배 싣고,
백만 군사를 대동하여
조선국으로 나온다.
경상도라 칠십칠관,
전라도라 오십삼관으로,
일제주, 이거제,
삼남해, 사진도,
오강화, 육관도로 해서
제주로 들어온다.
제주 바다에 베를 놓으니 들물은 떨어지고
썰물을 만나서
우도 진질깍으로 배를 대어가니,
우도의 좌우에서
섭선이 나와 가지고 그 배를 끌어다가
우도 모살내기로 끌어 올리니
궤눼깃 한집이 예물 와서 영기를 세워
우도를 둘러보니
말과 소만 가두어서 먹일 곳이다.
뭍섬으로 들어가자.
종달리 두머니개 소금만하여
팔아먹을 곳이다.
붉은 작지로 한 작지로 멀미오름, 징겡이오름,
웃다랑쉬, 아랫다랑쉬, 비자나무숲 올라가
천하운동하고, 지하요동하게
방포일성 탕천하자
소천국과 어머니 백주님이
하녀에게 말을 하기를,
"어찌 이렇게 방포일성이 크게 나느냐?"
하인이 말씀하기를

모데각띠(帽帶角帶)를 츨리고
상촉(香燭)을 혜야
북방절(北方拜) 스베(四拜)를 드려사
물 올려진다 흔다.
홀 수 웃이 천즈님이 모데각띠를 츨리시고
북방스베(北方四拜)를 디리니 무쉐문을 올려진다.
옥즈뜬 도령님과 애기씨가 앗았거늘,
"어느 국(國) 삽네까?"
"조선 남방국 제주도 삽네다."
"어찌허여 오셨읍네까?"
마침 그 때 북적(北賊)이 강성(强盛)헤야
천즈국을 치젠 흐는 중인디,
"소장(小將)은 이디 오기를
남죽적(南北賊)을 첩파(捷破)흐고
세벤(世變)을 막으레 왔읍네다."
흐니 천즈가 흘목을 잡으시고
궁안(宮內)에 입시(入侍) 시겨,
무쉐투구 가보옷(甲衣)에 어녈도(偃月刀)
비수금(比首劍) 나모활 보레활
기치창금(旗幟槍劍) 내여주시고
억만대벵(億萬大兵)을 내여주시니
싸옴흐레 나간다.
체얌에 들어가서 머릿박 둘 돈은 장쉴 죽이고
두번채 들어가서 머릿박 싯 돈은 장쉴 죽이고,
싀번채 들어가서 머릿박 닛 돈은 장쉴 죽이니,
다시는 데양(對抗)흘 장수가 엇어
세벤도원수(世變都元帥)를 막으니,
대히(大喜)헤야,
"이러흔 장수는 천하에 엇는 장수로다.
땅 흔착 물 흔착을 베여 주건
땅세(地稅) 국세(國稅) 받아 먹엉 삽서."
"그도 마웨다."
"천금상(千金賞)에만호후(萬戶侯)를 보(封)흐라."

"그도 마웨다."
"그레민 소원을 말흐라."
"소장(小將)은 본국(本國)으로 가겠읍네."
관관솔을 베여가지고 전선(戰船) 흔 척을 무어
무나무(珊瑚) 양석(糧食)을 흔베 시끄고
백만군스를 데동(帶同)허여
조선국(朝鮮國)을 나온다.
정상도(慶尙道)라 칠십칠관(七十七館)
전라도라 오십삼관으로,
일제주(一齊州) 이거저(二巨濟)
삼남에(三南海) 스진도(四診島)
오광화(五江華) 육관도(六寬島)로 헤야
제주로 들어온다.
제주바당 베를 노니 들물(滿潮)은 떨어지고
쓸물(干潮)을 만나서
소섬(牛島) 진질깍으로 베를 대여가니,
소섬(牛島)서 좌우(左右)에서
섭선이 나와가지고 그 베를 끗어다가
소섬 모살내기로 끗어 올리니
궤눼깃한집이 예물 와서 영기(靈旗)를 세와
소섬을 둘러보니
"물광 쉐(牛)만 가쳐서 멕일 디로다.
뭍섬으로 들어가자."
종달리(終達里) 두머니개 소곰(鹽)만 하여
픎아 먹을 디로다.
붉은 작지로 한작지로 멀미오름 징겡이오름
웃드랑쉬 알드랑쉬 비즈남곳(榧子林) 올라사
천아운동(天下運動)흐고 지아요동(地下搖動)흐게
방포일성(放砲一聲)이 탕천(撑天)흐니
아바지(父) 소천국과 어머니 벡주님이
하님(下女)보고 말을 흐뒈,
"어찌 이렇게 방포일성(放砲一聲)이 크게 나느냐?"
하님이 말씀흐뒈,

"세 살 적에 죽으라고 무쇠석함에 띄워 보낸
상전님이 아버지를 찾아 들어옵니다."
"에, 이 년, 고약한 년이라.
그 사이에 무쇠석함이
다 녹아 없어졌을 텐데,
여섯째 아들이 살아오기가 만무하다."
하더니 방포일성하며
여섯째 아들이 들어오니,
아버지도 무서워서 아랫송당
고부니마루로 가서 죽어 좌정하고,
어머니는 공작머리 짊어지고 겁이 나서
도망가다가 당오름에 가서 죽어 좌정하여
정월 열사흘 날 대제일 받아먹고.
아버지 생신 때
사냥질을 잘 하시고, 사냥고기를 좋아 했으니,
각 마을로 각 리마다 사통 돌려
일포수들을 다 불러가지고
사냥질을 한다.
큰사슴, 작은 사슴, 공작, 노루,
배오 사슴, 큰 돼지, 작은 돼지
많이 잡아서 아버님 앞으로 제사를 지내어 두고,
방광오름에 가서 방광을 세 번 쳐서
백만 군사를 흩어두고,
"백만 군사는 본국으로 돌아가라."
작별하고,
"한라영산이나 구경 가자."
꿩앚인존제, 매앚인존제, 복오름, 체오름,
다리앞벵 뒤 뒷곳으로 알소남당, 웃소남당,
태역장오리 가서 물 먹고 좌우 자리를 둘러보니,

여기가 이름난 장수가 날 듯하다.
바람 위로 찾아가자. 바람 위가 어디이냐.
김녕리가 바람 위로다.
웃소남당으로 알소남당으로 다리앞벵뒤로
지레기뒌밭 백해골밭, 서리밭,
오름새끼, 한가름, 어대오름, 씰곳,
만젱이거멀, 남산거멀, 어욱돋은못,
희연못, 화수리, 지미산전, 성시물에 와서
좌정하려고 하지만,
옷 벗은 여자가 목욕을 했으니
더러워서 못쓰겠다.
앉아서 좌우를 살펴보니
김녕 입산봉은
두 일산 심은 듯,
괴살미는 영산 홍산으로 불린 듯하다.
아끈다랑쉬, 한다랑쉬, 초초일산 불린 듯하다.
웃궤네기를 들어가니
위로 든 바람 아래로 나고,
아래로 든 바람 위로 나고,
알궤네기를 굽어보니
별 송송, 달 송송해서
좌정할 만하겠다.
좌정할 터를 정해두고
사장을 내리달아 보니,
시월동당 과거 줄만 하다.
만민 거자들이 시월동당 과거 볼만하다.
나마리는 매우 조용하여, 젱핌은 말빨이 세어,
당올레 인빨이 세어,
식닥빌레 개짐승이 세다.

---

186 시왕맞이 때 죽은 영혼이 저승에 잘 가게 기원하는 한 재차명(祭次名). 방광을 칠 때는 징을 치면서 창(唱)을 하므
로 징을 치는 것을 방광친다고도 한다. 여기서는 후자의 뜻이다.
187 미상

"싀설(三歲)적 죽으롄 무쉐설캅(鐵石匣)에 띄운
상전(上典)님이 아방국을 치젠 들어옵네다."
"에, 이 년, 고약흔 년이라.
그 어간(於間)이 무세설캅이
다 녹안 엇어져실 텐디,
ᄋᆞᆺ챗 아돌(六男)이 살아오기가 만무ᄒᆞ다."
ᄒᆞ더니 방포일성(放砲一聲)ᄒᆞ매
ᄋᆞᆺ챗 아돌이 들어오니,
아바지도 ᄆᆞ수와서 알손당(下松堂)
고부니ᄆᆞ를 가 죽어 좌정(坐定)하고,
어머님은 공작머리 짊어지고 겁나 돌단
당오름 가 죽어 좌정헤야
정월 열사흗날(十三日) 대제일(大祭日)받아먹고,
아바지 생신 때,
사농질을 잘 ᄒᆞ시고 사농괴길 조와 헤시니,
각 ᄆᆞ을로 각리(各里)마다 ᄉᆞ통(四通) 돌려
일포수(一砲手)덜을 다 불러가지고
사농질을 한다.
대각록(大角鹿) 소각록 공작(孔雀) 노리(獐)
베오 사심(鹿) 대돗(大猪) 애돗(兒猪)
많이 잡아서 아바님 전 제(祭)를 지네여 두고,
방광오름 가 방광[186]을 싀번 쳐서
벡만군수(百萬軍士)를 허터두고,
"벡만군수는 본국(本國)으로 돌아가라."
작벨(作別)헤야
"한라연산(漢拏靈山)이나 구경가자."
꿩앗인존제 매앗인존제 복오름 체오름
ᄃᆞ리앞뱅 뒤 뒷곳으로 알소남당 웃소남당
테역장오리 가서 물먹고 좌우석을 둘러보니,

여기가 멩난장수만 날 듯ᄒᆞ다.
보름 우로 촛아가자. ᄇᆞ름 우히 어딜러냐.
짐녕리(金寧里)가 ᄇᆞ름 우히로다.
웃소남당으로 알소남당으로 ᄃᆞ리앞뱅뒤로
지레기뒌밧 벡캐골왓 서리왓
오름새끼 한가름[187] 어대오름[188] 씰곳
만젱이거멀 남산거멀 어욱돋은못
희연못 화수리 지미산전 정시물 와
좌정(坐定)ᄒᆞ저 ᄒᆞ니,
옷 벗은 예ᄌᆞ(女子)가 모욕을 헴시니
더러와 못쓰겠다.
앚아서 좌우(左右)를 술펴보니
짐녕(金寧) 입산봉(立傘峯)은
누 일산(日傘) 싱근 듯
괴살미(猫山岳)는 영산[189] 홍산 불린 듯ᄒᆞ다.
아끈ᄃᆞ랑쉬 한ᄃᆞ랑쉬 초초일산 불린 듯ᄒᆞ다.
웃궤네기를 들어가니
우흐로 든 ᄇᆞ름(風) 알(下)로 나고,
알로 든 ᄇᆞ름 우흐로 나고,
알궤눼길 굽어보니
벨(星) 솜솜 돌(月) 솜솜헤야
좌정(坐定)ᄒᆞᆯ 만 하겠다.
좌정ᄒᆞᆯ 터를 정허여 두고
사장(射場) ᄂᆞ리돌아 보니
시월동당 과거(科擧) 줄만 ᄒᆞ다.
만민거ᄌᆞ(萬民擧子)덜이 시월동당[190] 과거 볼만ᄒᆞ다.
ᄂᆞᄆᆞ리는 궤궤잔잔허여 젱핌은 물빨이 쎄여,
당 올레 인빨(人足)이 쎄여,
식닥빌레 개중싱 씨다.

188 미상
189 양산의 오기인 듯.
190 서월동당의 오기인 듯. '서월'은 서울, '동당'은 타악기(打樂器)를 두드리는 소리.

망태목 천포단 군막을 둘러치고,
사흘 이레 동안을 좌정해서
마흔여덟 상단골,
서른여덟 중단골,
스물여덟 하단골,
열두 풍운조화를 불러주니,
고려 때 무당들은
상통천문하고 하달지리해야
"소천국 여섯째 아들이
옥황의 명령을 받아
김녕리 신당으로 상을 받아
만민백성에게 풍운조화(風雲造化) 줍니다."
하니,
"그러면 어디로 좌정하겠습니까?
좌정할 땅을 말씀하옵소서."
"나는 알궤네기로 좌정하겠다."
"무엇을 잡숫습니까?"
"소도 통으로 먹고,
돼지도 통으로 먹는다."

하니 만민백성이 말씀하기를,
"가난한 백성이
어찌 소를 잡아서 위할 수가 있겠습니까?
집집마다 돼지를 잡아
위로하겠습니다."
"어서 그리하라."
"한동지를 불러라.
문동지를 불러라.
문좌시를 불러라."
알궤네기에서 자리를 고르고
당반 설립과 제청을 잘 차려가지고,
만민은 일 년 일도에 남도리 아래에
청룡 돼지, 백호 돼지, 검은 돼지, 흰 돼지
네발 공상, 흑색출물 백근 무게 재어서
수육으로 삶아가지고
열두 뼈 상을 나누고,
열두 설반 물 한 점도
안 떨어지며 위하여 섬기는 신당입니다.

---

191 제상을 방의 벽 높이 선반처럼 매어 놓은 것.
192 '남도리'는 변소에서 변을 볼 때 밟고 있는 얇고 긴 돌. '알'은 아래. 변소는 돼지 사육을 겸하는 변소임.
193 청룡(靑龍) 돗. 큰 돼지를 일컫는 말.

망태목 천포단 군막(軍幕)을 둘러치고,
사을(三日) 일뤠간(七日間)을 좌정(坐定)해서
마은ᄋ듭(四十八) 상단골(上丹骨)
서른ᄋ듭(三十八) 중단골
시물ᄋ듭(二十八) 하단골
열두 풍문조회(十二風雲造化)를 불러주니,
고레(高麗) 때 심방(神房)은
상통천문(上通天文)ᄒ고 하달지리(下達地理)헤야,
"소천국 ᄋᆞᆺ챗 아들(六男)이
옥황(玉皇)의 멩령(命令)을 받아
짐녕리(金寧里) 신당(神堂)으로 상(床)을 받젠
만민벡성(萬民百姓)에 풍문조ᄒᆞᆸ네다."
하니,
"계멘 어디로 좌정ᄒ겠읍네까?
좌정지(坐定地)를 말씀ᄒᆞ옵서."
"나는 알궤네기로 좌정ᄒᆞ겠다."
"뭣을 잡숩네까?"
"쉐(牛)도 전머리를 먹고
돗(豚)도 전머리를 먹나."

ᄒ니, 만민벡성이 말씀ᄒ뒈,
"가난ᄒ 벡성이
어찌 쉐를 잡아서 위ᄒᆞᆯ 수가 있었읍네까?"
가가호호(家家戶戶)의 돗(豚)을 잡아
위로(慰勞)ᄒ 겠읍네다."
"그리ᄒ라."
"한동지(韓同知)를 불러라.
문동지(文同知)를 불러라.
문좌시(文座首)를 불러라."
알궤네기에 좌(座)를 골르고
당반설립[191]과 제청(祭廳)을 잘 출려가지고,
만민(萬民)은 일년일도(一年一度)에 남도리알에[192]
청룡도리[193] 백호도리[194] 가믄 족바리[195] 흰 족바리[196]
늬발공신 흑서추물 벡근근량(百斤斤量) 저울려
수욕(水肉)으로 숢아가지고
열두뻬 감상(監床)ᄒ고,
열두 설반(設盤) 물 ᄒ줌(一點)도
아니 떨어서 위ᄒ는 신당(神堂)입네다.

---

194 백호(白虎) 돗. 큰 돼지를 일컫는 말.
195 검은 돼지를 일컫는 말.
196 흰 돼지를 일컫는 말.

2. 자식사랑 없으면 효심도 없다 〈괴뇌깃당〉

아버지는 웃손당,
어머니는 셋손당,
알손당은 소로소천국 금백주.
아들아기 열여덟, 딸아기 스물여덟,
손자 친척 일흔여덟
조카는 삼백일흔여덟
제주 천하 아래에 거기가 뿌리 궁이라서,
모두 이 당 아래로 나왔다.
그 조상이 아들이 사형제요,
딸이 삼 형제인데,
일곱 아기 공부를 못 시키고 하니
농사가 천하지대본이라,
다리 하비기골 밭에 좁씨도 아홉 섬지기,
피씨도 아홉 섬지기,
도합 열여덟 섬지기를
밭갈이 소를 차려놓고, 용잠대 차려놓고,
퉁누기에 점심밥을 지어놓고
밭을 갈고 있는데,
삼배절 중이 삼신산 돌아보고 내려오다가
배가 고파 오니 밭가는 태자님한테
"밥이나 조금 주면
시장기나 물러 갈 것 같습니다."
삼배 중이 그중 세 숟가락을 걷어 가고,
낮에 점심때가 되어 생각하니,
"중 먹던 음식을 먹으랴!"
그 소를 매어 쳐서 죽여서 은장도로 잡아
썩은 나무 윗불을 마구 피워서
찔레나무 꼬지 가득 꿰어 구워 먹어

배때기에 용쟁기를 대고,
소 없이 그 밭을 모두 갈고 집으로 들어오니
어머님에게
"사실이 이만하고 저만하여
중이 음식을 먹어버려서
내가 중 먹던 음식을 먹을 수가 있습니까?
소를 잡아먹고 밭을 갈아 왔습니다."
하니 어머니 말씀하시기를
"양반의 집에 장새국새 가까운데,
국간에 변이 나겠구나."
아버님 앞에 가서 이르니
"양반의 집이 정거로다."
무쇠 석함장이를 불러다 무쇠석함을 짜놓고
무쇠석함 속에 집어넣고
서른여덟 자물통으로 채워
용왕의 바다로 띄워버리니
용왕 황제국에 들어가
산호나무 동정개 윗가지에 걸려서
낮에는 옥퉁저를 불고
밤에는 신불을 켜고 하니,
용왕 황제국이 나와서 보니 조화 같아,
딸 삼형제를 불러내고
"저게 무슨 조화냐? 무쇠석함을 내려오너라."
무쇠석함을 내려다가
큰딸, 둘째 딸이 열려고 하니 못 열고,
셋째 딸이 여니
무쇠석함 속에 옥 같은 선비가 있어.
"어느 곳에 삽니까?"

아방국은 웃손당
어멍국은 셋손당
알손당은 소로소천국 금백주.
아들애기 예례덥 딸애기 쑤물ᄋ덥
손지 방상 일은 ᄋ덥
질소싱 삼백일은 ᄋ덥
제주 천하알에 그디가 블히공이란,
ᄆ 이 당 알로 솟아났수다.
그 조상이 아들이 ᄉ형제요
딸이 삼성젠디
일곱 애기 공비 못시기곡, 하니,
용시가 천하지대본이라,
ᄃ리 하비기골왓, 좁씨도 아옵 섬직이
피씨도 아옵 섬직이
도합 예례덥 섬직일
밭갈쇠 출려 놓고, 용쟁기 출려 놓고,
퉁누기에 징심밥 지여놓고,
밧을 갈암더니
삼배절 중이 삼신산 돌아 보완 ᄂ려오단
시장이 ᄀ흐시난 밭가는 태ᄌ님신디
"밥이나 훗술 주민
시장이나 물령 갈쿠다."
삼배중이 제반 삼술 걷어 건나가고,
낮인 징심 때가 되난 생각하니,
"중 먹단 음식을 먹으랴!"
그 쇠를 매여부쳐서 죽연 은장도를 잡아
석은남 울밋불울 최질르고
새비낭 고지ᄀ득 꿰멍 구워 먹언.

뱃부기에 용쟁기 대연
쇠 웃이 그 밭 ᄆ 갈안 집이 들어오란,
어머님전이
"ᄉ실이 이만ᄒ고 저만ᄒ여
중이 음식을 먹어 부난
내가 중 먹단 음식을 먹을 수가 있습네까?
쇠는 잡안 먹언 밧을 갈안 오랏수다."
하니, 어머님이 말씀ᄒ되,
"양반의 집이 장새국새 ᄇ딘디
국간이 빈이 날로구나."
아바님전이 간 이르난,
"양반의 집이 정거로다."
무쇠 설캅쟁이 불러단 무쇠설캅 차놓고
무쇠설캅 쏘곱에 드려 놓안
서른 ᄋ덥 주쇠통쇠 체완
요왕으로 바당으로 틔와부난,
요왕 황제국에 들어간
무으낭 동정개 상가지에 걸어젼,
낮이는 옥통절 불고
밤이는 연불을 싸고, 하난,
용왕황제국이 나산 보니 조애 굴아,
딸 삼성젤 불러내고
"저게 뭔 조애냐? 무쇠설캅을 ᄂ리와 오라."
무쇠설캅을 ᄂ리와난
큰똘, 셋똘이 올라 ᄒ니 못올고,
말줏똘이 ᄋ난
무쇠설캅 쏘곱에 옥ᄀ튼 선부가 이서.
"어느 곤데 삶네까?"

"제주도에 삽니다."
"왜 여기에 왔습니까?"
"강남천자국에 전쟁이 나서 장수로 나갑니다."
"큰딸 방으로 드시오."
"둘째 딸 방으로 드시오."
눈을 거들떠도 안 보고,
"셋째 딸 방으로 드십시오."
서른여덟 잇몸이 훤히 보이도록 웃으며 들어가
안성놋기 통영칠반을
나는 듯이 차려 기는 듯이 들어가니
눈도 뜨지 않고,
셋째 딸이 말을 하기를
"이 진지상을 잡수십시오."
"아무리 우리가 작은 나라에서 산들
이걸 먹고 사느냐?
우리는 밥도 장군, 떡도 장군, 고기도 장군,
술도 장군, 이렇게 먹고 산다."
셋째 딸은 아버지한테 가서 말하기를
"황자국 기구를 가지고 와서
장수 하나 못 먹이느냐?"
하며 석 달 열흘, 백일을 먹이니,
동창고가 비어간다. 서창고도 비어간다.
황자국은 셋째 딸을 부르고
"너로 인해 얻은 시름이다.
사위를 데리고 나가거라."
내쫓으니 태자님은 배를 둘러 타고
강남천자국에 들어간다.
강남천자국에 들어가니
아니나 다를까 전쟁 중이라.
머리 아홉 돋은 장수를 다 베어버리고,
화를 세 번 막으니,

강남천자국에서는
"무슨 벼슬을 하겠느냐?"
하니,
"나대로 벼슬소임을 합니다.
전라남도 땅도 한 쪽 베어 주십시오.
물도 한 쪽 베어 주십시오.
나라도 한 쪽 베어 주십시오."
하니 그렇게 베어 주니까,
태자님은 용왕 패도선을 둘러 타고
제주로 향하여,
제주도 종다리 수푸니개로 배를 붙여서,
아버지에게 향하여 보고,
어머니에게도 향하여 보고,
아랫송당을 향해서 들어가니
자식이라도 어른이 되니,
무서워서 놀라며 당오름 허리고 달아나고.
윗송당 아버지를 향하니까, 무섭더라.
고부니마루 중틱으로 치달아 달아나버려서
"부모가 아기에게 사랑이 없는 것을
아기인들 부모에게 효심이 있으랴!"
태자님은 한라영산 백록담에 올라가
용왕 황제국 셋째딸아기를 대부인으로 삼고,
한라영산 외동딸아기를 소부인으로 정하여,
하루는 심심해서 바둑 장기를 두려고 하니,
김녕 큰당 한집에 아기가 없어
한라영산 소천국한테 양자법(養子法)으로
아들 데리러 가는데.
거 있어, 거기 모자가 내려온다.
한라영산에서 태역장오리로,
오백장군으로,
다리곳으로,

---

197 입을 썩 벌리고 좋아 웃는 모양.

"제주도 삶네다."
"무사 이디 오십디가?"
"강남 천ᄌᆞ국이 뱅난지중이라 장수로 나가노라."
"큰ᄯᆞᆯ방으로 듭서."
"셋ᄯᆞᆯ방으로 듭서."
눈 아니 거두뜨고.
"말ᄌᆞᆺᄯᆞᆯ방이 듭서."
서른ᄋᆞᆸ 이빠디 허우 덩쌱197 웃언 들어가,
안상녹이 토용칠판을
ᄂᆞ는듯지 출려 기는 듯지 들러가난,
눈도 아니 뜨고,
말ᄌᆞᆺᄯᆞᆯ이 말을 ᄒᆞ되,
"이 진지상을 잡수십서."
"암만 우리가 소국이 산들
이걸 먹고 사느냐?
우리는 밥도 장군, 떡도 장군, 괴기도 장군,
술도 장군, 웅 먹고 산다."
말ᄌᆞᆺᄯᆞᆯ은 아방신디 간 굴으난
"황ᄌᆞ국 기굴 ᄋᆞ정
장수 ᄒᆞ나 못먹이느냐?"
ᄒᆞ연, 석들 열흘 일백일을 멕이난,
동창궤가 비여간다. 서창궤도 비여간다.
황ᄌᆞ국은 말ᄌᆞᆺᄯᆞᆯ을 불르고
"늘로 얻은 시름이여
사월 ᄃᆞ랑 나고가라."
내조치난 태ᄌᆞ님은 시폭걸리 둘러타고
강남천ᄌᆞ국에 들어간다.
강남천자국에 들어가난
아닐카 뱅난지중198이라.
머리 아옵 돋은 장술 다 비여대껸,
세밴 막으난,

강남천자국이선
"뭔 배실을 홀틴?"
ᄒᆞ난,
"날로 배실소임 흡네다.
전라남도 땅도 흔착 비여줍서,
물도 흔착 비여줍서,
국도 한착 비여줍서."
ᄒᆞ난 그영 비여주난
태ᄌᆞ님은 요왕 패도선을 둘러 타고
제주로 상ᄒᆞ여,
제주도 종다리 수푸니개로 배를 부천,
아방국도 상ᄒᆞ영 보저,
어멍국도 상ᄒᆞ영 보저.
알손당을 상ᄒᆞ연 들어가난
ᄌᆞ속이라고는 어룬이 되난,
ᄆᆞᄉᆞ완, 노래연, 당오름 허리로 치돌안.
웃손당 아방국을 상ᄒᆞ난, ᄆᆞ습더라.
고부니ᄆᆞ를 허리레 치돌아부연,
"부미가 애기에 ᄉᆞ랑이 엇인 걸
애긴들 부미에 소심이 시랴!"
태ᄌᆞ님은 할로영산 백록담에 올라간
요왕 황제국 말ᄌᆞᆺᄯᆞᆯ애긴 대부인 삼고
할로영산 단ᄯᆞᆯ애긴 소부인을 정ᄒᆞ여,
ᄒᆞ를날은 심심ᄒᆞ연 바둑 장궐 두노랜 ᄒᆞ난,
짐녕 큰당한집은 애기가 엇언
할로영산 소천국신디 양젯법으로
아들 둘레 가난,
시여, 이젠 ᄋᆞᆫ새끼가 ᄂᆞ려온다.
할로영산에서 태역장오리로,
오백장군으로,
ᄃᆞ리콧으로,

서늘곶 돌타리로 하여,
모자가 김녕으로 내려오는데,
고살미 입산봉으로 와서 앉아서,
어느 누가 찻물 하나 가져가는 바 없으니,
태자님이 말하기를
"조화를 부리겠다."
이리하여서 김녕마을에만 구시월이 와서
모든 곡식이 단풍이 무성히 들어,
손에는 거둘 게 없고, 비바람이 크게 일고,
대흉년이 들었다.
부락민은 원집에 모여 회의를 열었는데.
"고살미란 곳에 전에 없이
무서운 신이 나앉았습니다.
그 신을 잘 대접하면
공사 결판이 나서 편안하겠습니다."

이래서 개탁 현 씨가 무당을 데려다
굿하면서 말하기를,
"태자님, 좌정할 데로 좌정하시면
만민백성이 대접해 드리겠습니다."
그리하여 태자님이 바다 쪽으로 내려오니
도깨비신 나와 좌정하지 못하고,
동네 안을 들어오니까
사람 냄새가 나서 좌정 못하고,
저 동산의 팽나무 아래로 하여
괴노기로, 소리엉으로 좌정하여서
소를 받아먹자고 하면
백성들이 걱정할 것이고,
나무다리 아래 네발이 튼튼한
흑돼지를 삼년에 한 마리씩
백근 채우면서 상을 받아먹는다.

199 十月萬穀.
200 公事決判.

서늘곳 돌트리로 ᄒ연,
으새끼가 짐녕으로 ᄂ려오란,
고살미 입산봉으로 오란 앚아야,
어느 누게 연쳇물 ᄒ나 감 ᄒ는 배 읍서지니,
태ᄌ님이
"조앨 부리겠다"
하연, 짐녕 ᄆ을만 구시월이 당하니
시만국¹⁹⁹이 단풍들어 무성ᄒ여,
수무적난ᄒ고 풍우대작ᄒ고
판숭년이 되여,
원칩으로 일롯상될 매여,
"고살민 전이 엇이
ᄆᄉ운 임신이 나앗수다.
그 임신을 잘 대위ᄒ여시민
공ᄉ절판²⁰⁰이 나 펜안ᄒ겠습네다."

옛날 개탁선씨, 심방 돌아다가
굿을 하민 골으난
"좌정홀 디로 좌정ᄒ민
만민백성이 대우ᄒ기로 홉네."
그영ᄒ연 태ᄌ님은 해각으로 ᄂ려오난
개로육솟또 난 못좌정ᄒ고
가름안은 들어오난
인물내가 난 못좌정ᄒ고,
저 동산이 폭낭알로 ᄒ연
괴노기로, 소리엉으로 좌정ᄒ여서,
쇠는 받아먹젱 ᄒ민
백성들이 ᄌ들꺼고,
남도리알²⁰¹ 늬발공상²⁰²
흑ᄉ추물 삼년일체 흔머리쏙
백근 체우멍 상을 받아 먹읍네.

---

¹⁹⁹ 변소의 디딤돌을 뜻함.
²⁰² 상처럼 네 발이 꿋꿋한.

원문 출처

도랑선베 청정각씨   손진태, 『조선신가유편』, 2012.
도랑선비   김태곤, 『한국무가집』, 집문당.
서홍리본향   진성기, 『제주도무가본풀이사전』, 민속원, 1991.
허궁애기본   진성기, 『제주도무가본풀이사전』, 민속원, 1991.
궁상이굿   김태곤, 『한국무가집』, 집문당.

제5부

신들의 사랑

1장

영원한 사랑

〈도랑선비 청정각시〉
〈도랑선비〉

결혼 장애와 시련, 극복 이후에 재회로 이어지는 〈도랑선비와 청정각시〉는 비극적인 사랑의 대명사라고 할 수 있는 로미오와 줄리엣에 결코 뒤지지 않는다.

결혼식을 올리기 위해 신부 집으로 들어오던 중 병을 얻어 죽어 버린 도랑선비를 만나기 위해 청정각시는 살아있는 사람이라면 참을 수 없는 고통을 기꺼이 참아낸다. 하지만 세 번의 큰 시련을 겪고 나서도 이어질 수 없는 운명이기에 영원히 함께 하기 위해 끝내 자신의 생명을 끊고 저승으로 갔다. 조상이 저지른 죄로 인해서 이승과 저승을 가르는 고난을 겪고 난 후에도 살아서는 결코 이어질 수 없는 사랑이었기 때문이다. 남편을 만나고자 하는 청정각시의 치성에 감농한 옥황상제의 도움으로 도랑선비와 청강각시는 환생하여 부부로 살다가 나중에 신으로 좌정하여 조상신을 돌보고, 지키고, 심판하는 말명신이 된다.

이 이야기에서는 가부장제 사회에서도 남편을 만나 애정을 표현하고자 하는 자신의 욕망을 이루기 위해서 신이 요구하는 모든 시련을 거뜬히 극복하는 당당한 여성상도 함께 찾아볼 수 있다.

1. 죽어서야 맺은 사랑 〈도랑선비 청정각시〉

청정각시의 아버지는 화덕 중군황청사요,
어머니는 구토부인이었다.
각시는 어떤 양반의 집으로
시집을 가게 되었다.
그 신랑은 도랑선비라는 사람이었다.
신랑은 성대한 혼수와 많은 하인을 데리고,
위풍당당하게 신부의 집에 이르렀다.
대문을 들어가려고 하였을 때,
신랑은 무엇이
뒤통수를 내려치는 것 같았다.
그는 대례식(大禮式)을 겨우 마치고,
큰 상을 받았으나
먹으려고도 하지 않고,
가로 누웠다.
대반과 신부 집안의 사람들은
신랑을 거만한 자라고 생각하였다.
말을 걸어 보았으나
신랑은 대답을 하지도 않았다.
"아무리 자기가 양반의 자식일지라도,
저리 무례할 수가 있나?"
하고 신부 집안의 사람들은
속으로 분해하였다.
밤이 되어 신랑은
"내 색시를 보게 하여 주시오."
하고 말하였다.

신부의 어머니는 딸을 차려 입히고
신방에 들여보냈다.
신랑은 그래도 보고 못 본체하고
누워 있었다.
신부는 돌아앉고,
장모는 배알이 나서 신방에서 나가면서
"아무리 양반의 자식인들,
이런 법이 있을까보냐."
하고 골을 내었으나,
신랑의 대답은 없었다.
한참 있다가 신랑은
"각시님, 손을 빌려주시오."
하고 색시의 손을 잡고,
가는 소리로 말하였다.
"내가 아까 대문을 들어서려고 하였을 때
이러~하야 한참동안,
정신이 혼미하였소.
그러나 때때로 돌아오는 일도 있소."
신부는 곧 '정짓방'으로 달려가서
그것을 어머니에게 말씀드렸다.
신부의 부모는 크게 놀라서
즉시 큰 무당을 불러, 점을 처보니
큰 무당의 말이
"혼수 중에 부정한
삼색이 있었던 때문이오.

---

1   손진태는 '화덕중군황철사'에 대한 일문번역 부분에서 '하덕중군황첨사(下德中軍黃僉使)'라고 한역하여 해석하고자
    하였지만, '화덕중군'은 도가에서 불을 다스리는 신인 화덕진군과 그 의미가 유사해 보인다. 한편 김태곤은 '구토
    부인'에 대해 각주에서 땅을 다스리는 신의 일종인 후토부인(后土夫人)이 와전된 것으로 설명했다.

청정 각씨의 아버지는 화덕 中軍黃철사요,
어머니는 구토夫人이엇다.[1]
각씨는 엇든 兩班의 집으로
시집을 가게 되엿다.
그 新郎은 도랑선베라는 이엇다.
新郎은 盛大한 婚需와 만흔 하인을 다리고,
威風堂堂하게 新婦의 집에 이르럿다.
大門을 드러갈나고 하엿슬 째,
新郎은 무엇이
뒷곡지를 내려 집는 것 갓헷다.
그는 大禮式을 겨우 맛치고,
큰 床을 바덧서나,
먹어려고도 하지 안코,
가로 누엇다.
對伴[2]者와 新婦家의 一同은,
新郎을 高慢한 자라고 생각하엿다.
말을 걸어 보앗서나
新郎은 對答을 하고저도 안이 하엿다.
"아모리 제가 兩班의 子息일지라도,
저리 無禮할 수가 잇나"
하고, 新婦家의 일동은
속으로 憤해하엿다.
밤이 되어, 新郎은
"내 색씨를 보게 하여 주소"
고 말하엿다.

新婦의 어머니는 쌀을 盛裝 식혀
新房에 드려 보냇다.
新郎은 그래도 보고 못 본체하고
누어 잇섯다.
新婦는 도라안스고,
丈母는 배앨이 나서 新房에서 나가면서
"아모리 兩班의 子息인들,
이런 法이 잇을가 보냐"
고 골을 내엿너서나,
新郎의 對答은 업섯다.
한참 잇다가, 新郎은
"각씨님, 손을 빌녀주시오"
하고, 색씨의 손을 잡고,
가는 소리로 말하엿다.
"내가 악가 大門을 들냐고 하엿슬 째
이러~하야, 한참ㅅ동안,
精神이 昏迷하엿소.
하나 째때로 도라오는 일도 잇소."
新婦는 곳 '정지ㅅ방'으로 달녀가서
그것을 어머니에게 告하엿다.
新婦의 父母는 크게 놀나서
卽時 큰巫당을 불너, 占을 쳐 보니
큰巫당의 말이,
"婚需 中에 不精한
三色綵緞 잇슨 째문이오.

---

2   전통혼례에서 신랑이나 신부 또는 후행(後行) 온 사람을 옆에서 접대하는 일. 또는 그 일을 맡은 사람.

즉시 전체 혼수를 모두 태워버리면
나을 것이오." 하였다.
혼수는 모두 태워버렸다.
그래서 신랑의 병은 조금 나았으나,
여전히 혼미하여 정신을 차리지는 못하였다.
밤중이 되어 신랑은
"내가 타고 온 말을 내어 주시오."
하고 청하여,
데리고 왔던 하인들과 함께
집으로 떠나고자 하므로
신부는 물론
신부 집안의 모든 사람들은
울며불며 하였다.
떠나고자 하였을 때,
신랑은 신부를 향하여
"내일 오시(午時)에,
저 너머 불칠고개로
단발한 놈이 넘어오거든,
내가 죽은 줄 아시오."
하고 정표로 대모 살쩍밀이를
색시에게 주었다.
색시는 옥반지를 신랑에게 주며 통곡하였다.
신랑이 떠난 뒤,
신부는 첫날밤에 폈던 이부자리는 편 채로,
꾸민 새 방은 꾸며진 그대로 두고
정화수를 길어 와서,
신랑의 무사를 하늘님과 부처님에게
지성으로 기도하였다.
그는 다음날 사시까지 빌기를 계속하였다.
사시가 되어도 단발한 자는
고개 너머로 보이지 않았다.

오시가 되어도 보이지 않았다.
해시가 되니,
고개 너머로 단발한 사람이 숨을 헐떡이면서
달려와서 대문 앞에서 주인을 청하였다.
신부는 빌기를 그치고,
신부 옷을 입은 채 나가서 사자를 맞았다.
그리고
"서방님의 병은 어떠하냐?" 하고 물었다.
사자는 정화수를 청하여
그 앞에서 소지를 올리고 두 번 절을 한 후에
부고를 전했다.
그것을 들은 신부 집안은
한순간 통곡소리가 일어나고,
산천초목도 슬픔을 머금은 듯하였다.
신부는 검은 머리를 풀어 산발하고
시가로 가게 되었다.
시가로 간 각시는
삼일 동안 오직 물만 마시며
슬피 울고 있었다.
삼일 만에 신랑의 시체는 매장하였다.
각시는 밤낮으로 울기만 하였다.
그 곡성은 하늘의 옥황상제에게까지 들렸다.
옥황상제는 그 슬픈 곡성을 들으시고,
"나는 지금까지 이렇게 처량한
여자의 울음소리를 들은 적이 없다.
이것이 어디서부터 들리는 소리인지
조사하여 올려라."
황금산에 있는 성인에게
명령하였다.
황금산 성인은 그것을 알려고,
폐의파립으로 방방곡곡을 돌아다녔다.

---

3   쌀쩍(밀이), 망건을 쓸 때에 귀밑머리를 망건 속으로 밀어 넣는 물건. 대나무나 뿔로 얇고 갸름하게 만든다.

卽時全部의 婚需를 모도 태워버리면
나을 것이오" 하엿다.
婚需는 모다 태워버렷다.
그래서 新郞의 병은 조곰 나앗스나,
如前히 昏迷하여, 精神을 차리지는 못하엿다.
밤中이 되여, 新郞은
"내가 타고 온 말을 내여 주시오"
하고 請하야,
다리고 왓든 下人들과 함긔,
집으로 써나고저 함으로,
新婦는 勿論,
新婦家의 一同은
울며 불며 하엿다.
써나고저 하엿슬 째
新郞은 新婦에게 向하야
"來日 午時에,
저 넘어 불칠고개로
斷髮한 놈이 넘어 오거든,
내가 죽은 줄 아시오"
하고 情表로 玳瑁 쌀작³을
색씨에게 주엇다.
색씨는 玉指環을 新郞끠 주면서 痛哭하엿다.
新郞이 써난 뒤,
新婦는 첫 날밤에 펏든 이부자리는 편 채로,
꾸민 새 房은 꾸며진 채 그대로 두고,
精華水를 씨러 와서,
新郞의 無事를 한울님과 부체님끠
至誠으로 祈禱하엿다.
그는 잇튼날 巳시까지 빌기를 繼續하엿다.
巳時가 되여도 斷髮한 者는
재넘으로 보이지 안이 하엿다.

午時가 되여도 보이지 안이 하엿다.
亥時가 되니,
재넘으로 單發한 者가 숨을 허덕이면서
다라와서 大門 압헤서 主人을 請하엿다.
新婦는 빌기를 것치고,
新衣를 입은 채 나가 使者를 마젓다.
그리고
"書房任의 병은 엇더하냐"고 무럿다.
使者는 精華水를 청하야
그 압헤서 燒紙再拜한 後,
訃告를 傳하엿다.
그것을 드른 新婦家에는
一時에 痛哭聲이 이러나고,
山川草木도 슬품을 먹음은 듯하엿다.
新婦는 검은 머리를 푸러 散髮하고
媤家로 가게 되엿다.
시가로 간 각씨는,
三日ㅅ동안 오즉 물만 마시며
슬피 울고 잇섯다.
三日만에 新郞의 屍體는 埋葬하엿다.
각씨는 밤나즈로 울기만 하엿다.
그의 哭聲은 한울의 玉皇上帝에게까지 들넛다.
玉皇上帝는 그 슬픈 哭聲을 드르시고,
"나는 아즉 이러케 凄凉한
女子의 울음소래를 드런 적이 업다.
이것이 어데로부터 들니는 소래인지
査實하영 올니어라"고,
黃金山에 잇는 聖人(神 쏘는 神僧을 가러침)끠
命令하엿다.
黃金山 聖人은 그것을 알녀고,
弊衣破笠⁴으로, 方ㅅ谷ㅅ을 도라다엿다.

---

4 폐포파립과 같은 뜻으로 해진 옷과 부서진 갓이란 뜻으로 초라한 차림새를 비유적으로 이르는 말이다.

그래서 나중에 경상도 어떤 곳에,
길 위의 쌍 대문집이요,
길 아래는 외 대문집이오,
석자 세치 검은 머리를 풀어 산발하고
슬피 우는 한 여자를 찾아내었다.
성인은 중의 모습을 하여,
그 문 앞에서 동냥을 빌었다.
때는 삼구월 사십월이었다.
여자는 버선발로 나와 맞으며,
땅에 엎드려 말했다.
"동냥이면 얼마든지 드리겠습니다.
말로 달라면 말로 줄 터이오,
되로 달라면 되로 줄 터이니, 성인님.
아무쪼록 도우셔서
우리 남편
한 번 만나게 하여 주십시오."
"얻어먹는 중이
어찌 그런 일을 할 수 있겠소."
하고 중은 거절하였다.
그러나 여자는 재삼 땅에 엎드려 애걸하였다.
그러니 중은 됫박을 내어 낭자에게 주며
"그러면 이것으로 정화수를 길어,
묘 앞에 가서
첫날밤의 이부자리를 거기에 펴고,
첫날밤 입었던 옷을 입고,
혼자서 삼일 간 기도를 하시오."
하고 종적을 감추었다.
됫박은 신령한 것이요.(호시애비의 삽화)
낭자는 중이 가르친 대로
삼일 동안 기도를 계속하였다.
과연 삼일 만에 남편의 모습이 나타났다.

낭자는 너무 좋아서 남편의 손을 쥐려고 하니,
남편은 화난 얼굴로
"나는 인간과 다르니 어찌 이러오."
하고 사라져버렸다.
거기서 낭자는 소리 높여 스님을 불렀다.
그런 즉 어디에서 오는지
스님이 앞에 나타났으니,
그는 다시 스님 앞에 엎드려,
남편과 또 한 번 만나게 해 달라고
애걸하였다. 그러자
"그러면 너의 머리를 하나씩 뽑아,
삼천 발, 삼천 마디가 되게 줄을 꼬아,
안내산 금양절에 가서
그것의 한 끝은 법당에 걸고,
또 한 끝은 공중에 걸고
두 손바닥에 구멍을 뚫어,
그 줄을 손바닥에 꿰어,
삼천궁녀가 죽을 힘을 다하여
올려 훑어 내려 훑어,
아프다는 소리를 안 해야
만날 수가 있으리라."
하고 스님이 말하였다.
낭자는 스님의 말대로 하였다.
유혈이 내를 이루었으나
낭자는 결코 아프다고 하지 않았다.
과연 남편의 모습이 다시 나타났다.
낭자는 아하고 남편을 안고자 하였을 때,
남편의 모습은 다시 사라졌다.
낭자는 땅에 엎드려 울며, 또 스님을 불렀다.
스님은 세 번째 낭자 앞에 나타나서 말했다.
"네가 그렇게 남편을 만나고 싶거든,

---

5 의미 미상.

그래서 乃終으로, 慶尙道 엇든 고제,
질 우에 쌍차집이요.
질 알에는 외차집이오.
석자 세치 검은 머리를 푸러 散髮하고
슬피우는 한 사람의 女子를 차저내엇다.
聖人은 중의 모양이 되어,
그 門前에서 동영을 빌엇다.
쌔는 三九月 四十月이라.
女子는 보선ㅅ발노 나와 마지며,
쌍에 엄더려 말하엿다.
"동영이면 얼마든지 드리겟습니다.
말노 달나면 말노 줄 터이오,
되로 달나면 되로 줄 터이니, 聖人님,
아모ㅅ조록 하드래도
우리 男便
한 번 맛나게 하여 주시오."
"어더 먹는 중이
엇지 그런 일을 할 수 잇겟소"
하고 중은 拒絶하엿다.
그러나 娘子는 再三 伏地哀乞하엿다.
그러니, 중은 되지박을 내어서 娘子께 주며,
"그러면 이것으로 정화수를 찔어,
뫼압페 가서,
첫날밤의 이부자리를 거ㅅ긔 펴고,
첫날밤 입엇든 옷을 입고,
함자서 三日間 祈禱를 하시오"
하고 踪跡을 감추엇다.
되지박은 神靈한 것이지오. (호시애비의 揷話)[5]
娘子는 중의 가러친대로,
三日ㅅ동안 祈禱를 繼續하엿다.
果然 三日 만에 男便의 樣資[6]가 나타낫다.

娘子는 너머 조아서 男便의 손을 쥘냐고 한 즉,
男便은 嚴한 얼골노,
"나는 人間과 다르니, 엇지 이러오"
하고, 살아저 버렷다.
거귀서 娘子는 소래를 놉피하야 僧을 불넛다.
그런 즉, 어듸서 오는지
僧이 압페 낫타낫슴으로,
그는 다시 承前에 업뒤려,
男便과 쏘 한 번 맛나게 하여 달나로
哀乞하엿다. 한즉,
"그러면, 너의 머리를 하나씩 쏩아,
三千 발 三千 마듸가 되게 노를 쏘아,
안내山 金詳절에 가서
그것의 한 귯튼 法堂에 걸고,
쏘 한 귯튼 空中에 걸고,
두 손바당에 궁글 쑬어,
그 줄에 손바당을 쒸여,
三千 童女가 힘을 다하야
올니 훌터, 내리 훌터,
압푸단 소리를 안 하야
맛날 수가 잇서리라,"
하고 僧은 말하엿다.
娘子는 僧의 말대로 하엿다.
流血이 成川하엿서나
娘子는 決코 압푸다고 안이 하엿다.
果然, 男便의 양자가 다시 낫타낫다.
娘子는 아하고 男便을 안고저 하엿슬 째,
男便의 樣資는 다시 사라젓다.
娘子는 伏地痛哭하고, 쏘 神僧을 불넛다.
僧은 세 번째 娘子 압페 낫타나서 말하엿다.
"네가 그러케 남편을 맛나고 십거든,

6 겉으로 나타난 모양이나 모습.

참깨 다섯 말, 들깨 다섯 말,
아주까리 깨 다섯 말로 기름을 짜서,
그 기름에 손을 적셔,
찍어 말리고, 말려 찍고 하여,
그 기름이 없어지거든,
열손가락에 불을 붙여
그 불로 불전에 발원하면 되리라."
낭자는 또 그렇게 하였다.
열손가락은 피이~하고 탔다.
그래도 낭자는 아픈 줄도 모르고,
그 불로 불전에 발원(發願)하였다.
그때 염라왕은
금상절에 불이 난 줄 알았다.
그래서 도랑선비에게 명하여,
그것을 끄고 오라고 하였다.
거기서 두 사람은 다시 만나게 되었다.
도랑선비가 부처님 뒤에서 나타났을 때,
낭자는 또 남편을 안고자 하였으므로,
남편 모습은 다시 사라져버렸다.
낭자는 다시 스님을 불려 애걸하였다.
스님은 네 번째 이렇게 말하였다.
"그러면 안내산 금상절에 가는 고갯길을
기물 안 가지고 이쪽까지 길을 닦으면
만날 수 있으리라."
낭자는 타고 남은 손가락으로
풀을 뽑고 돌을 치우고,
흙을 고르면서
길을 닦기 시작하였다.
고개 꼭대기에 이르렀을 때,
낭자는 오랫동안의 피로로 인하여
거기에서 기절하여 버렸다.
한참 지나 겨우 정신이 돌아왔을 때,
낭자는 비로소

자기의 주위를 보고 놀랐다.
인적 없는 깊은 산 중에
홀로 누워 있었다.
낭자는 지금까지 옆 눈도 안 팔고,
무서움도 두려움도 잊고 한 마음으로
길만 닦고 있었든 까닭이었다.
낭자는 다시
나는 길을 닦아야겠다고 생각하고,
이어서 흙을 고르고 풀으며
돌을 걷어치우기 시작하였다.
한참 그런 뒤,
무심히 고개 밑을 내려보니,
거기서도 초립을 쓴 한 소년이 역시
길을 닦으면서 올라왔다.
점점 가까이 와서 보니,
그것은 틀림없는 도랑신비였으므로
낭자는 속으로 이렇게 생각하였다.
"이번에는 모른 체하고 있다가
옆에 오거든 꼭 껴안고
놓치지 않도록 하리라."
그렇게 하여 그는 남편을 껴안았다.
그 남자는 깜짝 놀라며,
"남녀가 유별한데,
당신은 대체 누구입니까?"
하고 물었다. 하나 자세히 본 즉
첫날밤에 본 그의 처가 분명하므로
그는 이렇게 말하였다.
"그대의 지성은 하늘이 감동하여
염라왕이 나로 하여금,
이 고개의 길을 닦게 하여,
이것이 다 되면 부처님 덕으로
인간으로 환생할 수 있게 되었소.
이제는 길도 다 닦았으니

참새 닷 말, 들새 닷 말,
아죽새 닷 말로 기름을 짜서,
그 기름에 손을 적셔,
씌어 말니고, 말녀 씌고 하야,
그 기름이 업서지거든,
열 손까락에 불을 붓처,
그 불노 佛前에 發願하면 되리라."
娘子는 또 그러케 하엿다.
열 손까락은 피이~하고 탓다.
그레도 娘子는 압흔 줄도 모러고,
그 불노 佛前에 발원하엿다.
그 새, 閻羅王은
金詳절에 불이 난 줄알엇다.
그래서, 도랑선베에게 命하야,
그것을 쩌고 오라고 하엿다.
거긔서 두 사람은 다시 맛나게 되엿다.
도랑선베가 부체님 뒤에서 낫타낫슬 새,
娘子는 또 男便을 안고저 하엿슴으로,
男便 양자는 다시 사라저 바럿다.
娘子는 다시 神僧을 불너 哀乞하엿다.
僧은 네 번째 이러케 말하엿다.
"그러면, 안내山 金詳절에 가는 고개길을,
器物 안이 가지고, 이쪽까지 治道하면
맛날 수 잇스리라."
娘子는 타고 남은 손까락으로,
풀을 쏩고 돌을 치우고,
흙을 고루고하면서
治道를 시작하엿다.
고개쏜댕이에 이러럿슬 새,
娘子는 오랫동안의 疲勞로 因하야
거긔 昏絶하야 바럿다.
한참 지나, 겨우 精神이 도라왓슬 새,
娘子는 비로소

自己의 周圍를 보고 놀낫다.
人迹 없는 深山 中에
홀노 누어 잇섯다.
娘子는 지금까지 엽 눈도 안이 파고,
무서움도 두려움도 잇고, 一心으로
길만 닥고 잇섯든 싸닭이엇다.
娘子는 다시
나는 길을 닥거야 쓰겟다 생각하고,
이어서 흙을 고루고, 풀으며
돌을 거더 치우기 시작하엿다.
한참 그러한 뒤,
無心히 고개 밋을 내려 보니,
거긔서도 한 사람의 草笠쓴 少年이 亦是
治道를 하면서 올나왔다.
漸漸 갓가히 와서 보니,
그것은 틀님업슨 도랑선베이엇슴으로,
娘子는 속으로 이러케 생각하엿다.
"이번에는 모러는 체하고 잇다가
잣테 오거든, 쏙 쩌안고
놋치 안도록 하리라."
그러케 하야 그는 男便을 쩌안엇다.
그 男子는 쌈짝 놀나며,
"男女가 有別한대,
당신은 大體 누구임닛가?"
하고 무럿다. 하나, 仔細 본 즉
첫날밤에 본 그의 妻가 分明함으로
그는 이러케 말하엿다.
"그대의 至誠은 한울이 感動하야
閻羅王이 날노하여곰,
이 고개의 治道를 하게 하야,
이것이 다 되면 부체님 德으로
人間에 再生할 수 잇게 되엿소.
인재는 치도도 다 되엿스니

지금부터는 둘이 함께 살 수 있소."
둘은 서로 손을 마주잡고 산을 내려,
집으로 돌아가는 길에
다리를 건너게 되었다.
그것은 위태한 다리였다.
거기서 도랑선비는 처를 향하여
이렇게 말하였다.
"이것은 강한 다리니 그대가 먼저 건너시오.
나는 뒤에 건너가겠소."
둘은 서로 사양하다가
낭자가 먼저 건너게 되었다.
낭자가 다리를 건너 뒤를 돌아보았을 때,
홀연히 북쪽에서 검은 구름이 일어나며,
큰 바람이 불어오자
그 바람은 도랑선비를 휘휘 감아
다리 아래 물속으로 처 넣어버렸다.
낭자는 거의 실신하여 아~하고 소리를 쳤다.
그때 도랑선비는 물속에서 손을 치면서
높은 소리로 말하였다.
"나하고 같이 살려거든
집에 돌아가서 석자 세치 명주실로
오대조가 심은
노가지 향나무에 한 끝을 걸고,
한쪽 끝은 네 목에 걸고 죽어라.
죽어 저승에서라야
우리 둘이 잘 살 수 있다.
나는 우리 할아버지 재물 탐한 죄로
이렇게 되었소."
낭자는 비로소 죽는 법을 깨달아,
크게 기뻐하며 집으로 돌아가서

가르친 대로 목을 걸고 자결하였다.
낭자는 저승문 앞에 서서
"나는 청정각시오.
내 도랑선비를 보게 해주시오."
하였다. 그때 마침,
금상절 부처님이 염라왕께 편지를 보내
그것이 염라대왕 문 앞에 떨어져,
염라왕이 그것을 펴 본 즉,
그 중에
"각시는 아무 일도 시키지 말고,
좋은 곳에 있게 하라.
각시는 이 천하에 제일 지성한 사람이라."
고 쓰여 있었다.
그때 도랑선비는 저승 서당에서
아이들에게 그림을 가르치고 있었다.
낭자는 그 초당문(草堂門)을 열고,
안으로 달려 들어갔다.
그는 크게 기뻐하며 처를 맞아
두 사람은 거기서 무한한 즐거움을 받았다.
뒤에 둘은 다시 인간 세상에 환생하여,
신으로 모시게 되었다.
속가에서 망묵굿을 할 때에
올리는 세 상(床) 가운데
양쪽의 두 상은 도랑선비, 청정각시 부부가
받으시는 것이고,
또 절간에서 제사를 지낼 때
올리는 제상 중에서
첫 상은 부처님이 받으시는 것이고,
뒷상은 도랑선비와 청정각시가
함께 받도록 마련했다.

지금부터는 두리함긔 살 수 잇소."
둘은 서로 손을 마주 잡고 산을 내려,
집으로 도로 가는 길에,
다리를 건너게 되엿다.
그것은 危殆한 다리이엇다.
거긔서 도랑선베는 妻에게 向하야
이러케 말하엿다.
"이것은 弱한 다리니, 그대가 몬저 건너시오.
나는 뒤에 건너가겟소."
둘은 서로 辭讓타가
娘子가 몬저 건너기 되엿다.
娘子가 다리를 건너, 뒤를 도라보앗슬 째,
忽然히 北쪽에서 검은 구름이 이러나며,
큰 바람이 불어오자
그 바람은 도랑선베를 휘々 감아
다리 아래 물속으로 처너허 버렷다.
娘子는 거의 失神하야 아ー하고 소래를 첫다.
그 째, 도랑선베는 물속에서 손을 치면서
놉픈 소래로 말하엿다.
"날과 갓치 살냐거든,
집에 도라가서, 석재 세치 明紬로,
五代祖가 심은
노가지 香나무에 한 긋를 걸고,
한 긋은 너 목에 걸고 죽어라.
죽어 저성에서라야,
우리 둘이 잘 살냐.
나는 우리 할아바니 貪財殺民한 죄로
이러케 되엿소."
娘子는 비로소 죽는 法을 깨달어,
크게 깁버하며 집에 도라가서,

가러친 대로 목을 잘나 自決하엿다.
娘子는 저 성 문전에 서々,
"나는 청정각씨요.
날 내 도랑선베를 보게 하소."
하엿다. 그 째 맛참,
金詳절 부체님이 閻羅王께 片志를 보내
그것이 閻羅王門 前에 써러젓슴으로,
閻羅왕이 그것을 펴본 즉,
그 中에
"각씨는 아모 일도 식히지 말고,
조흔 고제 잇게하라.
각씨는 이 天下에 第一至誠한 사람이라."
고 쓰여 잇섯다.
그 째, 도랑선베는 저 성 書堂에서,
아이들에게 그림을 가러치고 잇섯다.
娘子는 그 草堂 門을 열고,
안으로 다라 드러갓다.
그는 크개 깁버하야 妻를 마저,
두 사람은 거긔서 無限한 樂을 바덧다.
뒤에, 둘은 다시 人世還生하야,
神으로 모시게 되엿다.
俗家에서 막묵[7](죽은亡靈爲하는祭)할 째에
올니는 세 床(祭床)중에
兩싹의 두 床은 도랑선베, 청정각씨 夫婦가
바더시는 것이오,
쏘 절ㅅ간에서 祭할 째에
올니는 祭床中,
첫 床은 부처님이 바더시는 것이오,
後床은 도랑선베와 청정각씨가
함긔 밧도록 매련하엿다.

---

7 망묵이 굿의 방언으로 함경도지방에서 죽은 사람의 넋을 저승으로 인도하기 위해 베풀어주는 망자천도굿이다. '망
묵굿'이라고도 하며 지역에 따라 새남굿, 진오기굿, 씻김굿 등으로 다양하게 불린다.

2. 선정을 닦아 만난 부부의 연 〈도랑선비〉

옛날에 옛적에 내려오는 역사다.
도랑선비는 어렸을 적에
양부모가 세상을 떴소.
외갓집에서 외삼촌이 데려다가 길렀소.
그럭저럭 지나가니 열 살이 되었다.
열 살을 먹고 보니 혼삿말이 온다.
오고 보니 외삼촌은 재산이 없구나.
일 년 지나니
도랑선비 청천각시가 혼사를 하오신다.
청천각시와 도랑선비가 혼사를 위해
예단과 편지를 보냈다.
혼사일은 제일 좋은 날은 물려 놓고
나쁜 날을 받았소.
집에 홍초롱으로 불 켜고,
청초에다가 불을 켰소.
기미(己未) 축시(丑時)부터는
편지를 보내고 보니
천불이 내에 붙고,
지하의 불이 올려 붙소.
그 불이 땅으로 자리 잡아 내려앉을 때에도
짐을 지는 그 양반이 죽어 가고 보니,
그 함에서 든 것은 다 타고 만 빈 함입니다.
그러니 그 양반의 집에서 다시 좋은 연락은
말이 많으면 일이 틀어진다고
말 안하고 있다.
옛날 옛적에는 땅나들이라는 것이 있다.
남자가 여자 집으로 먼저 장가를 드는 법이다.
그 날을 받아 가지고

기미 축시부터는 바깥출입을 못하는데,
말 위에 앉아서 한 고개를 넘어가니
대신님이,
"오늘밤에는 날이 없을까?"
한 고개를 넘어가니 용이라는 짐승이,
"도랑선비, 오늘밤에는 날이 없나?"
세 고개에 달아 드니 까마귀, 까치가,
"오늘밤에는 날이 없나?"
말 위에서 대문 밖에 들어서니,
하마석이 여기 있어 딛고 내리고 보니,
제물 갖추어 큰 상을 받아 놓고 보니,
"두통이야. 열 오른 머리야!"
열 올라 오니 정신을 차리지 못한다.
그렇게 몸이, 전신이 아파지고 있으니
그 날 낮에 들어가니
들어가자마자 자리에 그냥 누우니
그 외삼촌댁에서 신부를 데리고 와서,
"아무리 어린 신랑이라도
그래도 신부가 들어오면
일어나는 법이지 누워서 그렇게 있으니……."
여러 말이 있지만
하도 정신을 차리지 못해서
누워서 아프단 말도 못하고 누웠는데,
신부는 가만히 앉아서
행여나 어쩔까 하고 앉아서
그냥 그대로 누우니
그 신부가 가서 간절한 손으로
그 허리를 흔들흔들 흔들며,

옛날이 옛적이 내리오는 역삽니다.
도랑선비는 어렸을 적이
양부모가 세상을 떴소.
외갓집이요, 외삼촌이가 데리다가 길렀소다.
일낙절낙 데려가오니요 열 살이 되었습니다.
열 살을 먹구 보니 혼삽말(婚談)이 올습니다.
오구 보니 외삼촌이는 재산(財産)없구가
일년 나시며넌
도랑선비 칭천긱씨가 혼사(婚事)를 하오십니다.
청천각씨가 도랑선비가 혼사를 구시
예단님으루 글봉으루 보냈습니다.
낫정기는 제일 존날이 물레 놓고
나쁜날을 받았소.
집이 홍초롱으가 불 키시고
청초(靑燭)부다가 불을 켰소.
기미(己未) 축시(丑時)부터는
글보와를 보내고 보니
천불(天火)이 내를 붙고
지하(地火)이 불이 올리 붙소.
그 불이 땅으로 지정이 내리 앉을 적이두
짐을 지는 그 양반이 죽어 가구 보니
그 함(函)이서 그루는 다타굼 미나 빈 함입니다.
그러서나 그 양반으 집이서 다시 좋은 열낙(悅樂)이
말이 많으면 의사 틀린다고
말 안하고 있습니다.
옛날 옛적이는 땅나들이라는 거 있습니다.
남자가 여자잡으루 만저 장개를 드는 법입니다.
그 날을 받아 가지구

기미 축시여 부터는 바깰 출입을 못 하는데
말(馬)석이 앉아서 한 고개를 넘어가니
대신님이
오늘 배끼는 날이 없을까
한 고개를 넘어가니 용이라는 짐승이
도랑선비 오늘 바끼는 날이 없나
세 고개로 달아 드니 가막 까치
오늘 배끼는 날이 없나
말석(馬席)이여 대문 밖이 들어서니
말부단이 요딧서무 디디구 내리구 보니
제물 갖차 큰상 받아 놓고 보니
두통이야 열기 머리여
열기 올려 놓고 정신을 가답지 못 합니다.
그래 몸이가 정신(全身)이 아파 가주구 있으니
그 날 나조에 들어가니
들어 가자마자 자리에 그냥 누브니
그 외삼촌댁이여 신부를 데리구 와서
아무리 어린 신랑이로서
그래두 신부가 들어오면
일어나는 법이지 누버서 그렇구니꺼니
그 여러 말 있지만
해도 정신이 가답지 못해서
누버서 아프단 말도 못하고 누벘는데
신부는 가만히 앉아 가지구
행여나 어쩌까 하구 앉아 하이
그냥 그대루 누브니
그 신부 가서 간절 같은 손에다
그 허리를 흔들흔들 흔드룽

"여보시오, 여보시오. 아무리 고단해도
오늘 낮에는 그렇다고 하겠지만
조금만 일어나십시오."
하니 일어나지 못하겠으니까,
하여간 누우라고 그래 놓고
밤을 그 밤을 밝히느라고
그냥 누워서 그냥 깨어가지고 있어.
아침에 일어나서 하는 말이,
"나는 오늘 집으로 돌아가겠으니,
그냥 그대로 섭섭하지만 그냥 있으십시오."
"이게 무슨 말씀이오?
사흘 만에 가는 법이지
하루 만에 가는 법이 어디 있소?"
"그러나 내 몸이 아파서 가니까,
그러면 언제나 올까?
올 것이 있을 것 같으려니까,
오동나무에 백까마귀 백비둘기 앉아서 울 때
그 때 그곳으로 나가면 그것이
편지를 한 장 물고 들어오면
양 치마 옆에다가
치마를 펼쳐서 받아가지고 들어오면
그 때 가르쳐 줄 테니까 그것만 아십시오."
이러고 가는 것이었다.
가고 보니 그 길이,
가고 보니 다시 오지 못하게
이 세상을 떴다. 거 참,
신랑이 가고 세상을 버리고 가고 보니
외삼촌 말이 신부 집에 알려 줄까 말까 하니
"거 참, 신부 집에 알려 주기는
뭘 알려 줘. 알려 주지 마라."
그러나 여러 동네 모든 사람이
그 자리에 앉아서,
"그래도 신부 집에 알려 줘야지.

그런 법이 어디 있나?"
안 알려 주고 있는데, 어디서 알았는지
백까마귀가 그와 같은 편지 한 장 물고
백비둘기 앉아서 울기에
나가 보니 편지 한 장 물었는데,
종잇장을 물고 들어오니
그 여자가 치마폭에 받아가지고 들어오니까
남편이 저 세상 갔다는 편지다.
퍼런 청치마를 둘러 입고 백봉하고
시댁이라고 오는데, 가마타고 오는 길이다.
오니, 들어서서 오고 보니
신부 온다고 야단치니까
어디다 모실까 하니까
외삼촌이 말하기를,
"무슨 빛나고 빛난 사람이라고
어디다 모실까 어디다 모실까
말할 거 있느냐?"
하면서
"바닥문으로 허리문으로 모시면 되지."
그때 앉아서 그 여자가 하는 말이,
"미안하오다만 그래도 그럴 수 있소?
나는 첫걸음이니까 방문으로 모셔 주시오."
그대로 방문으로 모셔 주니까,
거 방문에 내려서
삼단 같은 머리를 풀어서 발상하고 앉아서
발 벗어 버리고 앉아서
남편의 이름을 부르며,
"어리고 어린 도랑선비야, 불쌍한 도랑선비야.
그지없이도 갔느냐, 세상에."
하며 눈물을 흘리며 앉아서 울고불고 한다.
계속 울고불고 하고 있으니,
그 남편은 사흘 만에 출두를 하고 보니
그 밤에 그냥 그대로 앉아서

여보시오 여보시오 아무리 고단하기서
오늘 나조사 그렇기꺼증영 하겠읍다.
조끔만 일어나라고 하니
일어 못 나겠으니까 하이간
누브라고 그레 놓고 하고
밤으루 그 밤을 밝히느라구
그냥 누버서 그냥 깨와치구 있어.
아침이 일어나서 허는 말이요.
나는 오늘 집으루 돌아가겠으니
그냥 그대루 섭섭하지만 해두 있으라구.
이게 무슨 말씀이요.
사흘만에 가는 법이지
단일 날으루 가는 법이 에디 있오.
그러나 내 몸이 아파서 가니까
그러면 언제기나 오까.
올 것이 있을 거 같으려니까디
오동나무여 백까마귀 백비들기 앉아서 울 때
그 때 가가가라 나가면 거
펜질 한 장 물구 들오믄
양 치매 옆이다가
치마버버리구 받아가주구 들오머는
그 때 알으켜 줄테니까 그거만 알으라구
허 갔읍니다.
가구 보니 그 질이
가구 보니 다시 오지 못하게
이 시상(世上)을 떴읍니다야. 거여,
신부는 가구 세상 바리구 가구 보니
외삼춘 말이 신부집을 알으켜 주까 말까 하니
거어 신부집을 알으켜 주기는
뭘 알으켜 줘. 알으켜 주지 말라.
그러나 여리 동네 모두
그 자석네 앉아서
그래두 신부집에 알으켜 주야지.

그런 법이 이딨냐.
안 알으켜 주고 잇으면 어디서 알았던지요.
백까마기 그와 같은 편지 한 장 물구
백비들기 앉아서 울면서
나가 보니 편지 한 장 물었는디
종이짝을 물구 들어니
그 여자가 치마폭이 받아가지구 들오니까디
남편이 세상 갔다는 편집니다.
퍼런 청치마를 둘너 입구서리 백봉하구서리
시댁이라구 오는데 가매 타구 오는 길입니다.
오니, 들어서서 오구 보니
신부 온다구 야단치니까디
어디다 모시까 하니까디
외삼춘이
무슨 빛나고 빛난 사람이기다가
어디다 모시까 어디다 모시까
말할 거 있느냐
하니까디
바닥문으루 허리문으루 모시야지.
그 때 앉아서 그 여자 하는 말이
미안하오다만 그레두 그럴 수 있소.
나는 첫걸음이니까디 방문으루 모셔 주시오.
그대루 방문으루 모셔 주니까
거 방문이 네려서
삼단 같은 머리를 풀어서 발상하구 앉어서
발버더 버리구 앉어서
남편으 이름 부르므
야 어리구 어린 도랑선비야 불쌍한 도랑선비야.
그지없이두 갔느냐 세상이
하구 낙누라구 앉아서 울구 불구 합니다.
거이 울구 불구 하구 있으니
그 남편으는 사흘만에 출두를 하구 보니
그 밤이 그냥 그대루 앉아서

저 세상으로 모셔 달라고 하니까
"야, 저 세상으로 못 모신다.
이 장가 전에 죽었는데,
어떻게 행복으로 널 모셔 주겠니?"
"그래도 행복으로 모셔 주시오.
그래. 그 작년이 우제(虞祭)를 했습니다."
"내 가서 제사가 끝나고
아침저녁으로 들어서 모셔 주시오."
그래서 지성껏 그 제상을 모셔 주고
그 자리를 해서 밤낮 자나 깨나 자나 깨나
"도랑선비만 보게만 해 주오.
도랑선비만 보게만 해 주오.
내 남편만 보게만 해 주시오."
원하는 소원을, 자꾸 앉아서 소원하니까
하루는 중이 내려오며,
"야, 너는 앉아서,
애기씨. 애기씨는 무엇을 원하느냐?"
"예. 첫날밤부터 서로 이별을 하여서
홀로 갔습니다.
그래서 도랑선비를 보자고 그럽니다."
"그래. 도랑선비를 보자면 선정이 많아야
도를 닦아야 도가 나타나야 도랑선비를 본다."
"그러면 그걸 어떡하면 볼까요?"
"외 대나무 심어서, 둘이 쌍쌍이는 못 쓴다.
외 잎이 올라가는 것을 훑어서
기름을 서 말 서 되 내어 가지고
불 켜 가지고 밤낮 공을 들이면
그 때 되면 나타난다."
"그러면 어떻게 나타날까요?"
"그렇게 불을 켜는 것도 다른 게 아니다.
손바닥에다 조금 찍어 말리고,
찍어 말리고, 찍어 말리고 해라.
찍어 말리고 찍어 말리고 하다가

마지막에 손바닥에다
불을 갖다가 새발심지를 꼬아 가지고
거기에다 놓고 불을 켜고 앉아서
뜨겁다는 말을 안 하면
거기서 남편을 만나리라."
청천각시는 그와 같이 했다.
대나무 속을 서 말 서 되를 가져다가
훑어서 기름을 짜가지고
찍어 말리고 찍어 말리고
손바닥에다 찍어 말리고
찍어 말리고 하다가
마지막에 없어질 때에
새발심지를 꼬아서 양쪽에다 놓고 있어도
그 뼈가 바짝 바짝 타도
뜨겁단 말 안 하고서 했다.
그리고 있으니 남편이 왔다.
그와 같이 그것을 찍어 바르고, 바르고 하니
손은 지금은 다 타서
빠작빠작 뼈만 남아서
빠작빠작해도 뜨겁다는 말을 안 하니까
공중에서 말발굽 소리가 들린다.
공중에서 말발굽소리 나서 바라보니
노릇노릇 청도복이
파릇파릇 청도복을 입고서 패랭이를 쓰고서
말을 타고 가는 것이 빛깔이 비쳐 보니
도랑선비 공중으로 날아간다.
남편도 소용없다
도랑선비 살아오는가 하였더니
잠시 모습만 보고는 그만이었다.
대신이 들어서서
"애기씨, 애기씨. 무슨 눈물을 그리 흘리느냐?"
"그런 것이 아닙니다.
거, 대나무 속을 서 말 서 되를 훑어서

시상(世上)으루 모셔 달라구 하니까디
야 시상(世上)으루 못 모신다.
이 쟁개 전이 죽었넌디
어떻게 행복(幸福)으루 널 모셔 주겠니.
그래두 행복으루 모셔 주시오.
그레 그 작년이 오제를 했습니다.
내 가서 제가 끝나자
조석을 디릴께시리 모셔 주시오.
그래서 너물 아당하여서 그 제상을 모셔 주구서리
그 지상을 해서 밤낮 자믄 깨믄 자믄 깨믄
도랑선비만 보기만해 주오.
도랑선비만 보기만 해 주시오.
이 남편만 보게만 해 주오.
원(願)으는 원 자꾸 앉어 원하니까디
하루는 중이 내려오며
야 너는 앉어서
애기씨 애기씨는 무슨 원을 하느냐
예 첫날밤부터 서루 이별을 하구서리
홀누만 갔습니다.
그래 도랑선비를 보자구 그럽니다.
그래 도랑선빌 보자면 선정이 많어야
도를 닦아야 도가 나타나야 도랑선비를 본다.
그러면 거 어떻거면 보까요.
외대(竹) 섬겨 가서 둘이 쌍쌍이는 못 쓴다.
외잎이 올나가는 거 훑어서
지름을 서말 서되 내 가주구
불켜 가주구 밤낮 공을 드리면
그 때 이제 나타난다.
그러면 어떻게 나타날까.
그렇게 불켜는 것도 다른 게 아니다.
손바닥이다 지금 찍어 말리구
찍어 말리구 찍어 말리구 해라.
찍어 말리구 찍어 말리구 하다가

마감번이 손바닥이다
불을 갖다가 새발심지를 까 가주구
고기다가 놓구서리 불키구 앉어서
딱다말을 아니 하믄
거 남편을 만나리라.
청천각씨는 그가 같이 했어.
댓(竹) 속이를 서만 서되를 갖다가 훑어서
지름을 짜가지구리
찍어 말리구 찍어 말리구
손바닥이다 찍어 말리구
찍어 말리구 하다가서
마감번이 없어질 적이요
새발심지를 까가주고 양짝이다 놓고 있어도
그 뼈가 바짝 바짝 타도
아프단 말 안 하구서리 했습니다.
이러구 되어 선존이 오다.
그와 같이 거 찍어 바르구 바르구 허니
손으는 지금은 다타 가주구
빠작빠작 뼈만 남아서
빠작빠작하니 뜨겁단 말 안 하니까디
공중에서 마(馬)발굽 소리 나오신다.
공중에서 마발굽소리 나서 치떠 보니
노릿노릿 청도복이
파릿파릿 청도복을 입구서리 패링일 쏘구서리
말을 타구 가는 게 빛깔이 비쳐 뵈니
도랑선비 공중으로 나라갑니다.
선진도 소용없다.
도랑선비 살아오는가 헤였더니
전니야 선모로 하오실전니다.
대신이 들어서서
애기씨 애기씨 무슨 낙노를 그리 하느냐
그런 것이 아닙니다.
거 댓속이 씨를 서말 서되를 훑어서

기름 내 가지고
찍어 말리고 찍어 말리고 말려 가지고
새발심지를 가지고 불 당기면
거기 그것이 타서 뼈가 빠작빠작 해도
뜨겁다는 말을 안 하면
남편을 본다고 해서 그대로 하니
비켜가기에 멀리 공중에서 보았습니다."
"그래도 그것만이 네 정성 때문이다."
"그러면 한 번을 붙들고 하소연하게
만나게 해주시겠습니까?
만나자면 어떻게 만납니까?"
"응. 그런 것이 아니다.
네가 가서 높은 도를 닦아라.
높은 산에 길을 닦아 보아라.
아흔아홉 굽이다.
그 굽은 아흔아홉 굽이니까
도랑선비도 아흔아홉 굽을 지금 올라오고
너도 아흔아홉 굽의 길을 닦아야 된다.
굵은 돌은 뽑아 내뜯고 잔돌은 배겨 놓고
아흔아홉 굽을 닦아야지만 만난다."
"그것을 못 하겠습니까?
도랑선비 남편을 만자나면 그것을 못 하겠습니까?"
애기씨가 나가 앉기를,
아흔아홉 굽을 산이 굽이굽이 되는 산을
고개 높은 고개 낮은 고개, 이 고개를 닦느라고
잡은 것도 없이 손으로 그 돌을 뽑아서
굵은 돌은 뽑아내 던지고 잔돌은 박아두며
그 아흔아홉 굽을 자꾸 찾아 올라간다.
아흔아홉 굽을 찾아 올라가니
도랑선비도 그와 같이 아흔아홉 굽을 따라서
돌아온다고 하니 보겠다고
거기 아흔아홉 굽을 다 돌아서 보니

도랑선비도
아흔아홉 굽을 닦아 가지고 올라온다 하니
어디 가서 볼까 하고 앉아있으니까,
그때 말을 타고 벼락같은 소릴 지르며
"야, 거기 앉은 것은 누구시냐?
거기 앉아서 도를 닦는 건 누구시냐?"
말도 않고 있다가 보니 모를 리 있겠는가?
바라보니 도랑선비다.
"예. 청천각시는 도랑선비를 보자고
지금 이 도를 닦아 가지고 들어옵니다."
그렇게 붙들고 하소연을 하니
"야, 아직은 멀었다. 너도 세상을 나와서
신선으로 승천하겠으니
죽어야 만나지 살아서는 못 만난다."
살아서는 못 만나다고 하니,
그때 도랑선비는 말을 서너 마디하고 갔다.
가실 때에,
"이 도를 닦아서 도랑선비를 만났구나."
하고서.
이렇게 옛날에는
양쪽 부부를 맞춰 놓으면
백년 기러기에 천년 의탁하고서도
다시 못 가고서
그 가문 안에서 시조 할머니 역할을 하면서
늙어 가면서 대대로 이어가지고 나가는데
그때부터 이 도랑선비 자리에 들어가서
지금도 그렇다.
외삼촌이 혼사에 나서서
아들이나 딸이나
외삼촌이나 외아저씨 나서서
혼사에 간섭하지 못한다.
간섭하면 둘이 영원히 살 수가 없다.

지름 내 가주구
찍어 말리구 찍어 말리구 말래 가주구 서리
새발심질 가주구서 불 당기우면
그기그것이 타서 뼈가 빠작빠작 해도
딱단말 아니 하면
남편을 본다구 해서 그대루 하니
비끼에 약가무 공중이서 보았읍니다.
그레두 기 네 선정이다.
그러면 한번을 부뜰구 하시연 하게
만나게 하까요.
만나자면 어떻게 만납니까.
응 그런 것이 아니다.
늬 가서 높은 도를 닦아라.
높은 산으여 길을 닦아 봐라.
아흔아홉 굽이다.
그 구부는 아흔아홉 굽이니까디
도랑선비도 아흔아홉 구블 지금 조사 올나오고
너도 아흔하홉구블 도를 닦아야 된다.
구근 돌으는 뽑아 내뜰고 잔돌으는 배겨 놓고
아흔아홉 구블 닦아야지만 만난다.
그거 못 하겠는가.
도랑선비 냄편을 만나자면 그거 못 하겠는가.
그가 같이 앉아서 나가서
아흔아홉 구브를 산이 두리두리 되는 산을
고개 높은 고개 낮은 고개 이 고개를 닦느라고
잡은 것두 없이 손을누 그 돌을 뽑아서
구근 돌으는 뽑아내뜰구 잔돌을 박아 내뜰며
그 아흔아홉 구블 자꾸 조사 올나갑니다.
아흔아홉 구블 조사 올나가니
도랑선비두 그가 같이요 아흔아홉 구블 조사서
돌아온다고 하니 보겠다구
거 아흔아홉 구블 다 돌아서 보니

도랑선비도
아흔아홉 구블 닦아 가주구 올라 온다 하니
어디 가서 볼까 하구 앉았으니까디
그때여 말을 타구 베락 같은 소릴 지르며
야 거기 앉은건 누구시냐.
거기 앉아서 도를 닦는건 누구시냐.
말도 않구 있다가서 보니 모르겠느냐.
치떠보니 도랑선빕니다.
예. 청천각씨는 도랑선비를 보자구
지금 이 도를 닦아 가주구 들옵니다.
그레 붙뜰구 하소연 하니
야. 안주근 멀었다. 너두 이 시상(世上)에 나서
선간(仙間)으루 승천하겠으니
죽어 만나지 살아지비 못 만난다.
살어 못 만난다고 하니
그때여 도랑선비는 말을 서너 마디 하구 갔어.
가실 적이요
이것두 도를 닦아서 도랑선비를 만났구나
하구서.
이렇게 옛날이는
양주(兩主)의 부비(夫婦)를 맞춰 놓면
백년 기러다 천년 의탁허구서두
다시 못 가구서리
그 가문(家門) 안이 시조(始祖) 할미질 하구서리
늙어 가문서리 대루대루 잇겨 가주구 나가는데
그 때부터 이 도랑선비 굿 석(席)이 들어가서
지금도 그러습니다.
외삼춘이는 혼사에 나서서
아들이나 딸이나
외삼춘이나는 외아지비 나서서
혼사에 비치시 못합니다.
이것이 비치면 둘이 영영이 사는 길이 없습니다.

2장

사랑의 배신과 복수

〈서홍리본향〉

믿음은 사람을 살리기도 하고 철저하게 부수기도 한다. 〈서홍리본향〉의 '바람운과 고산국' 이야기에서는 믿고 있던 남편에 처절하게 배신당한 고산국이 자신의 여동생과 눈이 맞아서 도망을 가버린 남편 바람운에게 복수하기 위해 제주도까지 쫓아오지만 죽여도 풀리지 않을 것 같은 분을 참고 끝내 둘을 응징하지 않는다. 동생의 성을 지가로 바꾸게 하고 인연을 끊어버린 뒤 한라산 아래 서홍리에 좌정하고, 바람우과 동생 지산국이 좌정한 서귀와 동홍리에 좌정하지만 이 마을 사람들은 서로 인연을 맺을 수 없으며 서로 사이가 좋지 않다고 한다.

인간뿐만 아니라 신들에게도 사랑과 믿음, 배신, 질투 등 감정이 존재하고 감정을 누를 수 있는 이성도 가지고 있다. 신이라고 해서 그들이 가진 직능으로 인간을 다스리는 모습만 보이는 것이 아니라 신들 간의 다양한 감정과 사고를 만들어내어 보다 풍요로운 신들의 이야기를 만들어 내고 있다.

사랑의 배신과 복수 〈서홍리본향〉

아버지 나라는 홍토도,
어머니 나라는 비우도.
중국에서 여기 제주에 들어온 신입니다.
처음에 일문관 바람웃도라는
서울 대사의 자식이 중국으로 유람을 갔는데,
일반 사람의 집으로 갈 수가 없어,
대신(大臣)의 집으로 주인을 정했다.
주인 대신하고 바둑을 두다가
대변이 마려워서 대변보러 가는 도중에
예쁜 처녀가 눈에 보였다.
방으로 돌아보니 바둑 둘 정신이 없구나.
그 예쁜 처녀는 그 집안 딸인데,
대신님께
"그 딸을 달라고 요청하면
모가지가 없을 것이고."
하여 대신 없는 때에
편지로 글을 쓰고 바둑판 아래에 넣어두고
"잠깐 어디 갑니다."
하고 나갔다.
사흘 만에 들어와 보니,
주인 대신이 그 편지를 보고
"왜 입으로 말하지 못하고 편지를 했느냐?"
"엄중해서 입으로 말하지 못했습니다."
"허락한다."
그렇게 그 대신의 집에서 모두 차려서

결혼을 시켜주었다.
결혼을 시키는 날은
신부된 사람은 너울을 쓰고
얼굴을 감추어버리니,
그날 밤 야삼경에
너울을 벗고 누워 잘 때 보니,
얼굴이 볼 나위가 없는 박색이라.
처음 볼 때의 얼굴이 아니다.
한자리에 들어 잠을 잘 수가 없어,
책상에 엎드려서 글만 봤다.
그날이 새어,
다음날 아침에 하인이 밥상을 들여왔다.
"거기 있거라. 이 집에 처녀가 둘이냐?"
"예, 둘입니다."
"나와 결혼한 처녀는 몇 째 딸이냐?"
"제일 큰 딸입니다."
"어이쿠야!
내가 본 처녀는 내 부인보다 아래로구나."
그리고는
"언제쯤 요 처제의 얼굴을 볼까!"
하다가 기회 좋게 얼굴을 보았다.
서로가 눈이 맞아, 언약(言約)이 되었다.
언약이 된 후에는
"부모가 이 일을 알면
우리 둘의 모가지가 없을 것이니, 도망치자."

---

8   상상의 나라인 듯.

아방국은 홍툿도[8]
어멍국은 비웃도.[9]
중국서 이 제주에 들어온 신이다.
체얌이 일문관 부름웃도란
서월 대〻의 주식이 중국으로 유람을 갔는디,
일반 사름의 집으로 갈 수가 엇어,
대신의 집으로 쥐연을 헸다.
쥐연 대신헹고 바둑을 두다가
대밴이 무르와서 대밴 보레 가는 도중
예쁜 처녀를 눈에 걸렸다.
방으로 돌아오니 바둑 둘 정신이 엇었구나.
그 예쁜 처녀는 그 집안 똘인디,
대신님께
"그 똘을 줍셍 요청을 하민
모가지가 엇일거고"
헹연, 대신 엇인 때에
서신으로 글을 씨고 바둑판 알로 질러두언,
"조금 어디 가옵네다."
하고, 나고 갔다.
사흘만은 들어오고 보니,
쥐연 대신이, 그 서신을 보고,
"왜 입으로 못 굴아서 서신을 했느냐?"
"엄중해서 입으로 못 굴았두다."
"허가흔다."
이제는, 그 대신의 집에서 맬짱 출려서,

결혼을 시겨 줬다.
결혼을 시기는 날은
신부된 사름은 너울[10]을 씨고
얼굴을 금추어부난,
그날 밤 야삼경인
너울을 베풀고 누워 잘 적인 보니,
얼굴이 볼 나위가 엇이 박새기라.
체얌 본 때의 얼굴이 아니다.
흔자리에 들고 줌을 잘 수라 엇어,
책상에 업드려져서 글만 봤다.
그날이 새여,
뒷녁날 아척인 하남이 밥상을 들러왔다.
"거기 있게라. 이 집이 처녀가 둘이냐?"
"예, 둘입네다."
"내 결혼흔 처녀는 멧 챗 똘이냐?"
"제일 큰 똘입네다."
"어처불상!
내가 본 처녀는 내 부인 보단 알이로구나."
이제는,
"어느제랑 요 체아지망 얼굴을 보린!"
흔단, 기회 좋게 얼굴을 보았다.
서로가 눈이 맞아, 언약이 되었다.
언약이 된 지 후젠,
"부미가 이 일을 알민
우리 둘을 애개기가 엇일 거난, 도망치자."

---

9 상상의 나라인 듯.
10 조선시대 궁중이나 양반 집안의 부녀자들이 외출할 때 얼굴을 가리기 위해 쓰던 쓰개의 하나.

"어디로 도망치랴?"
"당신이 있던 고향으로 도망치자."
고향으로 도망치는 것이 제주도에 도착하였다.
큰 부인은 다음날 아침에
세수를 하고 하늘의 별자리를 보니,
"이런 역적 놈이 어디 있으랴?
내 서방이 내 동생을 유혹하고
도망을 치는구나."
화가 나서 방으로 들어가,
입고 있던 예복을 벗어두고
남자 옷으로 갈아입고
천근 들이 무쇠 활,
백근 들이 무쇠 화살을 둘러들고
옥황에 축수를 했다.
뭔 축수를 했는가 하니,
"역적이 도망치는 방향을 알려 주십시오."
대축기를 내어다니
제주도로 대축기가 불려온다.
그러자 대축기가 불려가는 냥 좇아갔다.
좇는 큰 부인은 제주는
뭔 제주를 가졌는가 하니,
축지법(縮地法)을 하는 기술이 있다.
백리 길을 오리에 달리며 좇았다.
적은 뒤를 바라보니 곧 죽을 지경에 당했다.
일문관 바람웃도는
제주는 뭔 제주를 가졌는가?
풍운조화를 부리고, 동서남북이 캄캄하고,
안개가 끼고, 비가 오고 하니.
뒤에서 잡으러 좇아온 부인이
동서남북을 몰라
그 자리에 멈추고 앉아서 보니

층암절벽 곁에 올라있구나.
심심해서 일부러 보려고 하는 것은
아니었으나,
층암절벽 중턱을 바라다보니
죽은 구상나무가 있었구나.
자세히 보니 모양이 단단한 나무로구나.
그리고 일어서서 그 나무를 끌어내어서
썩은 것을 떨어내버리고 보니
배만 남은 것이
어떻게 하다 보니 닭 모양이 되었구나.
그리고 처음에 있었던
원래 자리에 갖다 놓으니,
자축(子丑) 야삼경(夜三更)이 되어가니
목을 들어 울고 날개를 치고 소리를 쳤다.
그 소리를 치는 바람에 짙은 안개가 걷혀져서
정신을 차리고 보니
저 끝에 둘이 앉아있구나.
"에잇, 나쁜 역적 놈아. 화살 받아라."
그러자 둘이 엎드리고
"살려주십시오."
사정하며 빈다.
생각을 해 보니 역적이지마는
나의 남편인데 죽일 수가 없구나.
마음을 진정시키고자
화살 두 개를 앞으로 문질러 놓아두고,
앉아서 생각을 하니 마음이 진정되었다.
"인간처나 찾아보자."
고산국 혼자만 떠났구나.
죽으려고 하던 사람도 좇았다.
말도 할 필요가 없니 내려왔다.
산중 바깥에 풀밭에 와서

---

11 大祝旗.

"어딜로 도망치랴?"
"당신님 이신 고양으로 도망치자."
고양으로 도망치는 것이 제주도를 당ᄒ였다.
큰부인은 뒷녁날 아척
시수를 ᄒ고 천기운간의 밸자릴 보니,
"이런 역적이 어디 시랴.
내 서방이 내 동싱을 요인ᄒ고
도망치염구나."
화가 나고 방으로 들어가,
예복 입성 벗어두고
남복 입성 주워입고
천근드리 무쇠활
백근드리 무쇠쌀 둘러받고
옥황에 축술했다.
뭔 축술 했는고, ᄒ니,
"역적이 도망치는 방향을 발견ᄒ여 줍서."
대축기11를 불리니
제주도로 대축기가 불려온다.
이젠 대축기 불리는 냥 좋았다.
좇이는 큰부인은 제주는
뭔 제주를 ᄀ졌는가 ᄒ니,
축지법을 ᄒ는 기술이 있다.
백리질을 오리에 등기멍 좇았다.
적은 뒤테레 ᄇ리니 곧 죽을 수경이 당했다.
일문관 ᄇ름웃드는
제주는 뭔 제주를 ᄀ졌는가?
풍원조애를 불리고, 동서남북이 쿰쿰ᄒ고,
안개가 찌고, 비가 오고, ᄒ난.
뒤에 심으레 좇아온 부인은
동서남북을 몰르난
무르디뎌 앚안 보난

칭암설백 에염일 오라졌구나.
배심심ᄒ연 보젠치
아녀연
층암설백 중칭데레 ᄇ레여보난
죽은 구상낭이 이섰구나.
돈돈이 보난 서늉이 된남이로구나.
이젠, 일어산에 그 남을 끗어내연
석은 걸 털어불언 보난
배만 남은 게
어떵사 득 모양이 되었구나.
이젠, 체얌이 시여난
원중치기에 굿다 놓난,
ᄌ축12 야삼은 되어가난
목을 들러 울고 늘갤 ᄄ리고 소릴 쳤다.
그 소릴 치는 ᄇ름엔 도실안개가 걷어견,
정신을 출련 보난
저 끝댕이에 둘이가 앚았구나.
"아나, 나쁜 역적 놈아. 쌀 받아라."
그젠 둘이 엎드리고
"살려줍서"
ᄒᄉ 빌어.
생각을 ᄒ여 보니 역적이지마는
나의 남펜인디 죽일 수가 엇고나.
회심이 돌아오란
화살 동갤 앞데레 문질러 놓아두고,
앚안 생각을 ᄒ니 회심이 돌아왔다.
"인간처나 ᄎ사보저."
당신 흔제만 떠났구나.
죽이젱 ᄒ던 사름도 좋았다.
말도 ᄀ를 필요가 엇이 ᄂ려왔다.
산중 밖겼디 풀밭디 오라서

---

12 子표.

동서남북을 바라보니,
인간과 말하고 새소리도 안 난다.
할 수 없이 나침반을 내어놓고,
"내 길 길을 찾아보자."
혈기를 짚으니
살오름으로 소독으로 혈기를 비춘다.
살오름 소독으로 뛰어들어 보니
앞에는 해각도 비친다.
차차 앉아서 생각을 해니,
지치기도 하고 해서
청제(靑帝)를 치고 앉았다.
그 동쪽으로는 백제(白帝)를 치고
남편 된 이가 앉았다.
남편 된 이가 앉은 자리 동쪽으로는
그 못된 동생이 흑제(黑帝)를 치고 앉았다.
고산국이라 하는 신은
인간만 차지하려고 살피다 보니,
남쪽으로 개 둘 데리고 있는 인간이 올라온다.
고산국은
"인간이면 내 곁으로 오라."
인간은 어디서 소리가 나니
사방을 자세히 살펴보니
살오름 소득에 심신관 백관이 앉아있구나.
그러자 엎드려서 절 삼배를 드렸다.
"어떤 인간이냐? 빨리 오너라."
인간이 말을 하기를
"어떤 신입니까?"
"나는 중국에서 들어온 고산국이다."
고산국은 여기까지 온 역사를 부끄러워서
말을 꺼내지 못해 말하지 못하고,

그냥 유람차로 왔다고 말을 한다.
"어디 인간처나 있겠느냐?"
"예. 있습니다."
"그러면 인간처 있는 곳으로
길을 인도하여주면 너 살 일을 시켜주마."
그 인간이 생각하여 보니
김봉태라는 인간이다.
무엇을 하러 갔던가? 사냥을 갔구나.
사냥 가던 김봉태는 고산국의 명령을 받고,
"저 오는 대로만 오시면
인간처를 찾아 드리겠습니다."
고산국은 김봉태 가는 대로만 뒤를 따라갔다.
서호리, 가시마루 외돌 앞에 오라고 정하자,
"사방을 살펴보십시오."
"인간이 많이 사는 곳이로다."
"이 동쪽에 있는 마을의 이름은 무엇이냐?"
"동홍리라고 합니다."
"서쪽에 있는 마을의 이름은 무엇이냐?"
"서홍리라고 합니다."
"저 바다 쪽에 있는 마을은 이름이 무엇이냐?"
"하서귀입니다."
그제야 고산국은
남편 된 양반한테 말을 하는데
"아무리 열백 번 생각을 해도
당신하고 살 수가 없으니,
부부 간 정이라 해도
내 손으로 한 밥은 다 잡쉈소."
하니
"따로 갈라 살자."
그리고

---

13 오방신장(五方神將)의 하나. 봄을 맡고 있는 동쪽의 신이다.
14 서동동과 동홍동 경계에 있는 산.

동서남북을 배려보니,
인간이랑 말고도 새소리도 아니난다.
홀 수 엇이니 지남철을 내여놓고,
"내 갈 질을 츠사보자."
설길 집더니.
슬오름 소독으로 설길 비춘다.
슬오름 소독으로 퀴여들어 보난
앞인 해간도 비추운다.
츠츠 앚안 생각을 흐여가니,
지침도 흐고, 흐연,
청제13를 치고 앚았다.
그 동쪽으로는 백제를 치고
남펜 된 이가 앚았다.
남펜 된 이가 앚은 좌석 동펜으로는
그 못된 동싱이 흑제를 치고 앚았다.
고산국이라 흐는 신은
인간만 츠지흐젠 슬피단 보난,
남쪽으로 개 둘 드린 인간이 올라온다.
고산국은
"인간이며는 내 족끝일로 오라."
인간은 어디서 소리가 나난
스방을 든든이 슬펴보난
슬오름14 소독15에는 삼신관 백관16이 앚았구나.
이젠, 업더지연 절 삼뱁 드렸다.
"어떵흔 인간이냐? 빨리 오라라."
인간이 말을 흐되,
"어떤 신온네까?"
"나는 중국서 들어온 고산국이다."
고산국은 이끄지 온 역수를 비치러완
믄 풀질 못흐고, 곳질 못흐연,

그냥 유람츠로 오랐노랭 말을 흔다.
"어디 인간처나 있겠느냐?"
"예, 있습네다."
"그리흐민 인간처 이신 딜로
질 인도를 흐여주민 너 살을 매를 시겨주마."
그 인간을 생각흐여 보니
짐봉태라는 인간이로다.
뭇흐레 갔던고? 사농을 갔구나.
사농가던 짐봉태는 고산국의 맹녕을 받고,
"제 오는냥만 왐시민
인간처를 츠자 드리겠습네다."
고산국은 짐봉태 가는냥만 조롬에 종갔다.
서호리, 가시므리 외돌 앞이 오라 정흐여,
"스방데레 슬펴 봅서."
"인간이 하영 사는 디로다."
"이 동쪽으로 신 부락은 어떤 지명이냐?"
"동홍리라고 흡네다."
"서쪽으로 신 부락은 지명이 뭣이냐?"
"서호리라 흡네다."
"저 바당 쪽으로 신 무슬은 지명이 뭣이냐?"
"하서귀입네다."
그제사 고산국은
남펜 된 양반신디 말을 곳다가도
"암만 열백번 생각을 흐여도
당신흐고 살 수가 엇이메,
부배간 정이랑 뒈도
내 손에 밥은 다 자샀소."
흐니,
"또로 갈라 살자."
이젠,

15 所得.
16 三神官 百官.

"인간도 가르자. 땅도 가르자. 물도 가르자."
하니 남편은
"명령에 복종합니다."
하고
"부인부터 먼저 땅을 가르시오."
고산국은 활을 쏘아 땅의 경계를 가르니
남편 갈 데가 없구나.
막대기에 돌을 끼워 뿅개로 휘두르니
돌이 흙담으로 가는구나.
"이 위로는 인간도 내 것이다.
땅도 내 것이요, 물도 내 것이요,
산에 있는 나무도 내 것이요,
산짐승도 내 것이다.
이제부터는 이제 나다니는 일을 하지 마라."
일문관이 화살을 쏘니
서귀포 문섬 큰섬으로 가서
화살이 서니 하서귀 차지로다.
나쁜 동생 갈 곳은 없다.
"내 갈 곳은 형님이 가르쳐 주십시오."
"네가 갈 곳은 나는 모른다."
그때 혼사를 잘못한 사과를 올리니
고산국이 생각하여 보니, 동생이 불쌍하여
"그렇다면 네가 성을 바꾸어라.
그러면 내가 너 갈 길을 가르쳐 주마."
"성은 무엇으로 바꿉니까?"
"왜 내가 알려줄 필요가 있겠느냐?
네 입으로 일러라."
"예. 그러면 지가로 하겠습니다."
"아무렇게나 해라.
그건 네가 알지 난 모른다."
"이제부터 동홍리 가서 인간을 차지하라."

고산국은 땅의 경계를 갈라놓고 하는 말이,
남편 되는 어른하고 동생 되는 사람한테,
"너희들이 차지한 인간은
내가 차지한 인간과 결혼 못한다.
너희가 차지한 인간까지 내게는 적이다.
너의 인간이 내가 차지한 곳의
나무를 베어다가 집도 못 짓는다.
만일 너의 인간이 내 명령을 복종하지 않고
나무를 베었다가는 멸망을 시킬 테니
그리 알아라."
그리고 그 발로 세 시왕이
제 갈 곳으로 갈라섰구나.
고산국의 서방과 동생은
인간이 와서 보니 살 집이 없어
걱정하고 있으니까 명령을 어기고
"너희들 산에 가서 나무를 베어다가
집어 지어서 살아라."
하니 인간 백성들이 기뻐하면서
나무를 베러 나갔구나.
도끼를 메고,
소리를 한 번, 두 번, 세 번을 치고,
나무를 찍으니 영험이 있어서
한 날 한 시에 즉사하고 다 죽었다.
생각해 보니, 서방과 동생은 겁이 나서
서홍리 고산국한테 와서
잘못했다고 사과를 올렸다.
"나하고 당신하고야 적이 됐지만
분수 모르는 인간이 무슨 죄가 있소?"
고산국 한집은 그 말을 듣고 생각을 해 보니,
"분수 모르는 인간은 죄가 없구나.
허가하여 주자."

---

17 끈이나 막대기에 돌을 고정시켜 휘둘러 던지는 것.
18 남편 일문관 바람운.

"인간도 갈르자. 땅도 갈르자. 물도 갈르자."
ᄒ난, 남펜은
"명영 복종ᄒᆸ네다."
ᄒ연,
"부인부떠 모녀 땅을 갈르소."
고산국은 활을 쏘와 지경을 갈르며는
남펜 갈 디가 엇구나.
대막댕이에 돌을 잽져 뽕개[17]로 후리니
돌이 흑탐으로 간 졌구나.
"이 우이는 인간도 나게다.
땅도 나게요, 물도 나게요,
산에 있는 남도 나게요,
산중승도 나게라.
이제부띠랑, 이제랑 바립을 말아라."
일문관은 쌀을 쏘우니
서귀포 문섬 한도로 가
쌀이 지니, 하서귀 ᄎ지로다.
나쁜 동싱 갈 딘 엇다.
"내 갈 디를 성님이 ᄀ리쳐 줍서."
"너는 갈 디 나는 몰른다."
그젠 혼ᄉ 잘 못ᄒᆫ 굴복을 올리니,
성님이 생각은 ᄒ연 보니, 아시가 불쌍ᄒ여,
"기영ᄒ건, 너가 성을 개부해라.
경ᄒ민 내가 너 갈 질을 ᄀ리쳐 주마."
"성은 무엇으로 개부ᄒᆸ네까?"
"왜 내가 이를 필요 있겠느냐?
네 입으로 일러라."
"예, 게멘 지가로 흘구다."
"아멩이나 ᄒ여라.
건 네가 알지, 난 몰른다."
"이제랑 동홍리 강 인간을 ᄎ지ᄒ라."

고산국은 지경을 갈라놓완 ᄒ는 말이,
남펜 되는 어른 ᄒᆞ고 아시 되는 사름신디,
"너네들 ᄎ지ᄒᆫ 인간은
내 ᄎ지ᄒᆫ 인간광 혼ᄉ 못ᄒᆫ다.
네 ᄎ지ᄒᆫ 인간ᄁ지 내게는 적이다.
너의 인간이 내 ᄎ지ᄒᆫ 디
낭글 비여당 집도 못짓는다.
만일 너의 인간이 나의 명영을 복종 아녀고
낭글 비여갔당은 맬망을 시길 테니
그리 알아라."
이젠, 그 발로 시 씨왕이
제 갈 딜로 갈라샀구나.
고산국의 서방국광 아시국은
인간이 오란 보닌 살 집이 엇인
즈들아가는 맹영을 어기고,
"느네들 산일 강 낭글 비여당
집짓엉 살라."
ᄒ난, 인간백성 지꺼지어
낭글 비레 나갔구나.
도칠 매고,
소리 ᄒᆞᆫ번, 두 번, 시번을 치고,
낭글 직으니, 영급이 이서서
ᄒᆞᆫ날 ᄒᆞᆫ시에 즉ᄉᄒᆞ고. 다 죽었다.
생각ᄒ여 보니, 서방국[18]광 아시국[19]은 겁이 나고
서홍리 고산국신딜 오란
잘 못ᄒ인 ᄉ괄 올렸다.
"나 ᄒᆞ고 당신 ᄒᆞ고사 적이 됐거마는
분쉬 몰른 인간이 무신 죄가 있소?"
고산국 한집은 그 말을 듣고 생각을 ᄒ여 보니,
"분쉬 몰른 인간은 죄가 엇고나.
허가ᄒ여 주자."

---

19 동생 지산국.

허가를 하고,
"어서 가서 베어가라마는
나무를 베어갈 때는 나한테 먼저 알리고
나무를 베어가라.
내가 차지한 인간과 네가 차지한 인간은

결혼을 하지 마라."
그 법으로 서홍리와 동홍리와 서귀리는
지금도 결혼을 하지 않고,
해도 잘 되는 법이 없다.

서낭신

허가를 ㅎ고,
"어서 강근 비여가라마는
낭글 비여갈 때랑 나신데레 간가를 ㅎ고
낭글 비여가라.
내 츠지흔 인간광 느 츠지흔 인간광이랑

혼스를 ㅎ지 말라."
그 법으로 서홍이광 동홍리광 서권
이 지금도 혼술 아녀곡,
ㅎ여도 잘 되는 법이 엇입네다.

서낭당

3장

저승과 이승을 넘나든 모정

〈허궁애기본〉

신화시대에는 인간이 이승과 저승을 오갈 수 있었고, 동물과 사물이 말을 하기도 했다. 그런데 이승과 저승을 오갈 수 있도록 해 준 저승 염라대왕의 분부를 거역하고 이승에 숨었다가 강림차사에게 끌려 간 이후로 이승과 저승이 완전히 분리되어 버린 콩데기의 이야기를 〈허궁애기본〉에서 찾아볼 수 있다.

콩쥐팥쥐 설화가 큰 흐름을 차지하고 있는 가운데, 후반부에서 이승과 저승을 왕래할 수 있었던 허궁애기(허웅애기)가 이승을 더 좋은 곳으로 여기는 사람들로 인해서 염라대왕의 뜻을 저버리게 되고, 그 이후로 이승과 저승이 명확하게 구분되어 죽은 사람은 다시는 이승으로 오지 못하고, 산 사람은 절대로 저승에 가지 못하게 되었다. 또 시어머니와 며느리가 사이가 좋지 못한 내력도 소개한다.

저승과 이승을 넘나든 모정 〈허궁애기본〉

옛날 사람이
아버지의 큰 부인이
딸 하나 두고 죽어버리는 다음
후처는 허궁애기를 얻어
다시 딸 하나를 낳았다.
허궁애기는
전 처의 딸은 콩만 항상 삶아서 주니까
매끈하니 곱고,
후처가 낳은 딸은 팥만 항상 삶아 주니까
박박 얽고 궂었다.
허궁애기가
"큰딸은 소 먹이면서 삼 삼아라."
자기가 낳은 딸은
"집에서 돼지 먹이 가려주며 삼 삼으라."
하는데,
하루는 큰딸이 소 먹이러 가니
소가 곡식밭으로만 들어가니,
"이 소야, 이 소야.
그리 곡식만 먹으려 하지 마라.
삼 못 삼고 집에 가면
새어머니가 욕 하면서 날 때리면 어떡하니?"
하니 소가,
"이리 가져 와라.
내가 먹어서 삼 삼아주마. 삼 삼아주마."
하여 가져다주니
소가 삼을 우걱우걱 먹는다.
"아이고! 이 소야.
삼은, 그거 다 먹으면 집에 가서

'삼 어디에 버렸어?'
날 때리면 어떡할 거야?"
하니.
"내 뒤에 도시락짝 받아라. 도시락짝 받아라."
해서 소 뒤꽁무니에서 도시락짝을 받으니,
도시락짝으로 삼이 삼아져
줄줄이 사려져서 나온다.
집으로 오니 허궁애기가
"어떻게 해서
삼을 이렇게 곱게도 삼았을까?"
팥대기는
"아따! 형님은 어떻게 해서 이렇게도
삼을 삼았습니까?"
들어보니.
풀 먹이러 간 소가
곡식밭으로만 자꾸 들어가려 해서
못 들어가게 막으니
"이리 가져오너라. 삼 삼아주마."
해서, 소 앞으로 가져다주니 먹어서
"아이고! 삼을 먹어버려서
집에 가면 욕 들어먹으며 때리면 어떡하니?"
하니,
"뒤로 도시락짝 받으라."
하여
"소 뒤꽁무니로 도시락짝을 받으니
이리 고운 삼이 사려져서 나오더라."
"그러면 내일은 형님이
집에서 돼지 먹이 주면서 삼 삼으면

옛날 사름이
아방이 큰각시에
뚤 ᄒ나 낳 된 죽어부난 버금
후체는 허궁애기 얻언
또로 ᄯᅩᆯ ᄒ나를 낳았수다.
허궁애긴
전체의 ᄯᅩᆯ은 콩만 시상이 숨안 줘부난
뒹글랫기 곱고
임제 난 ᄯᅩᆯ은 풋만 시상에 숨안 줘부난
복복 얽고 궂었수다.
허궁애기가
"큰ᄯᅩᆯ은 쇠 멕이멍 삼 삼으라."
임제 난 ᄯᅩᆯ은
"집이서 도새기 것 거려주멍 삼 삼으라."
난,
ᄒ로은, 큰ᄯᅩᆯ이 쇠멕이레 가난
쇠가 곡속밧데레만 들어가난,
"이 쇠야, 이 쇠야.
경 곡속만 먹젱 ᄒ지 말라.
삼 못삼앙 집이 가민
한집안티 욕들으멍 날 ᄯᅡ리민 어떵홀디?"
ᄒ난 쇠가,
"이레 ᄋ져 오라.
나 먹엉 삼 삼아주마. 삼 삼아주마."
ᄒ연, ᄒ져다 주난
쇠가 삼을 모큰모큰 먹언.
"애이구! 이 쇠야.
삼은, 경 ᄆ 먹언. 집이 강

'삼 어드레부련딩?'
날 ᄯᅡ리민 어떵홀틴?"
ᄒ난.
"나 조롬에 고량착 받으라. 고량착 받으라."
ᄒ연. 쇠로롬데레 고량착 받으난.
고량착데레 삼은 삼아전
맷맷 수련 나오난,
집으로 오난 허궁애긴
"어떻ᄒ난
삼을 ᄋᆯ 곱게도 괴양 삼아지어니?"
풋애긴
"ᄋᆺ따! 성님은 어떠난 괴양 ᄋᆯ도
삼을 삼아집디가?"
들언.
쇠멕이레 간 쇠가
곡속밧데레만 하도 들젠 ᄒ연
못들게 막으난
"이레 ᄋ져오라. 삼 삼아주마"
ᄒ연, 쇠앞데레 ᄋ져다 주난 먹언
"애이구! 삼은 먹어부연,
집이 강 욕들어멍 ᄯᅡ리민 어떵ᄒ느닌?"
ᄒ난,
"조롬데레 고량착 받으렌"
ᄒ연
"쇠로롬데레 고량착 받으난
ᄋᆯ 곤 삼이 수려전 나오와라."
"게민 닐랑 성님이랑
집이서 돗 것 주멍 삼 삼으민

나는 소 먹이러 가서 삼 삼겠어요."
"그런 것이야 그렇게 해라."
그리하여 다음날은 팥대기는 소 먹이러 가서
풀 먹이면서 삼 삼고,
콩대기는 집에서
돼지 먹이 주면서 삼을 삼고 하는데.
그 날은 소가 들에서
곡식밭으로 들어가지도 아니하고
꼴만 박박 뜯어먹는 걸. 그러자
"이 소야, 이 소야.
그리 곡식밭에 들어가지 마라.
집에 가면 삼 안 삼았다고
날 욕하면 어떡할 거야?"
곡식밭에 들어가지도 않은 소를 그렇게 하니,
소는
"그러면 내 앞으로 가져와라.
내가 삼 삼아주마."
하여 소 앞으로 삼을 가져다 놓으니,
질겅질겅 다 먹는다.
"이 소야.
삼을 그렇게 모두 먹어버리면
집에 가서 너 주인한테
욕 들으면서 매 맞으면 어떡할 거야?"
하니,
"그러면 내 뒤꽁무니에서
치맛자락으로 받아라. 치맛자락으로 받아라."
해서 치맛자락을 받으니
물소똥을 착착착 내갈겨낸다.
"요놈의 소. 집에 가면 잡아먹을 거다!
잡아먹어버릴 거다."
"어서 날 잡아먹어라. 어서 날 잡아먹어라."
하여 팥대기는 소를 몰아
집으로 들어와 어머니한테

"풀 먹이러 간 소가
곡식밭에 하도 들어가려고 해서
삼 못 삼으면 어떡하느냐.
걱정하니까 삼 가져오라고 해서 가져가니
먹더니 치맛자락에 물똥만 갈기고.
저 소 잡아먹어라. 저 소 잡아먹어라."
"어서 잡아먹어라. 어서 너 잡아먹어라."
하여, 다음날은 팥대기가
"콩대기와 소 먹이러 가면
나는 가서 백정 데리고 오지."
하니 소 먹이러 가는 콩대기가 소한테,
"팥대기는 널 잡아먹으려고
백정 데리러 갔어."
하니 소는
"날 잡으면 자기 모녀는 살코기를 먹고,
너한테는 삶았던 국물하고 빈 뼈만 줄 거야.
뼈를 주거든 먹는 것처럼,
먹는 것처럼 하다가
청대밭으로 가서 부어버려라.
국물을 주거든 먹는 것처럼,
먹는 것처럼 하다가
찬장으로 가서 부어버려라."
그렇게 팥대기가
백정을 데려다가 소를 잡으니,
아니나 다를까
자기네는 살코기로만 먹고
콩대기는 국물과 빈 뼈만 주는데,
국물은 먹는 것처럼, 먹는 것처럼 하다가
찬장으로 가서 부어버리고
뼈는 청대밭으로 가서 부어 버렸다.
다음날은 하늘옥황 원복장네 집에
큰굿을 한다고 하여
굿 구경을 자기 모녀가 곱게 차려입고

날랑 쇠 멕이레 강 삼 삼으커라."
"어서 걸랑 기영 ᄒ라."
기영ᄒ연 뒷녁날은 풋대긴 쇠멕이레 간
쇠멕이멍 삼 삼고,
콩대긴 집이서
돗것 주멍 삼을 삼고, ᄒ는디.
그 날은 쉰 드르에서
곡속밭디 들두 아녀연
촐만 복복 뜯어먹는 걸, 이젠
"이 쇠야, 이 쇠야.
경 곡속밭에 들지 말라.
한집, 가민 삼, 아니삼았젱
날 욕ᄒ민 어떵홀틴"
곡속밭티 들지도 아녀는 쉴, 셍ᄒ난.
쉰
"게건 나 앞데레 ᄀ져오라.
나 삼 삼아주마."
ᄒ연 쇠 앞데레 삼을 ᄀ져다 놓난.
모큰모큰 다 먹언.
"이 쇠야
삼은 그츠록 믄딱 먹어불민
집이 강 느 한집안티
욕들으멍 매 맞이민 어떵홀틴?"
ᄒ난,
"게건. 나 조롬데레
치매통 받으라. 치매통 받으라."
ᄒ연, 치매통을 받으난
물쇠똥을 착착착 부시대기난.
"요놈의 쇠. 집일 가민 잡아먹으렷!
잡아먹으렷!"
"어서 날 잡아먹으라. 어서 날 잡아먹으라."
ᄒ여 풋대긴 쇠 물안
집일 들어오난 어멍신디,

"쇠멕이레 간 쇠가
곡속밭디 하도 들젠 ᄒ연
삼 못삼으민 어떵ᄒ린,
ᄌ들아가난 삼 ᄀ져오랜 ᄒ연 ᄀ져가난
먹언 치매통데레 물똥만 굴기곡.
저 쇠 잡아먹커라. 저 쇠 잡아먹커라."
"어서 잡아먹으라. 어서 느 잡아먹으라."
ᄒ연, 뒷녁날은 풋대기가
"콩대기랑 쇠멕이레 감시민
날랑 강 목쟁이 돌앙 오저."
하연, 쇠멕이레 가멍 콩대기가 쇠신디,
"풋대긴 늘 잡아먹젠
목쟁이 둘레 갔저."
ᄒ난, 쉰.
"날 잡으민 지네 의똘은 슬쾌기로 먹곡,
늘은 숢아난 국물이나 ᄒ곡 빈 꽝만 줄 거야.
꽝이랑 주건 먹는 것츠록
먹는 것츠록 ᄒ당,
청대왓디레 강 비와불라.
국물랑 주건 먹는 것츠록
먹는 것츠록 ᄒ당,
살레레 강 비와불라."
이젠 풋대기가
목쟁일 돌아단 쉴 잡으난,
아닐카
지넨 슬쾌기로만 먹곡
콩대긴 국물광 빈 꽝만 주난,
국물은 먹는 것츠록 먹는 것츠록 ᄒ단
살레레 간 비와불고
꽝은 청대왓데레 간 비와불었수다.
뒷녁날은 하늘옥황 원복장네 집이
큰 굿을 해염젠
굿구경을 지네 의똘이 곱게 출령

나가면서
"콩대기는 기장 다섯 말 찧어두고 오너라."
기장을 내어 놓으며
기름을 묻혀서 주며 하는 말이
"물 항아리 하나를 가득 채워두고 오너라."
하는데 콩대기가 기장을 찧으려고 하니
미끄덩미끄덩 해서 끝내 찧지를 못하니,
볕에 널어서
조금 볕이나 맞혀서 찧자고 널어두었다.
기장 마르는 동안에
물이나 길어다 항아리나 가득 채워 두자고
허벅에 물을 지어 오다가 보니,
멍석에 새가 와서 한 멍석 앉아 있으니,
"후워~.
그리 기장 모두 먹어버리면 주인이 와서
기장 모두 먹었다고 하면 어떡하니?"
하며 쫓으니
그만 그 새들이 모두 날아가고,
물은 항아리에 길어다 부어 봐도 차지 않고,
물을 길러오다 보면
새는 멍석으로 한가득 가득하고
"휘~이~ 이 새가, 저 새가.
기장 모두 먹어버리면
주인 오면 날 욕먹게 할 새들아. 휘이~"
물은 길어다 놓아 둬 봐도
그만은 하고, 그만은 하고. 까마귀가 와서
"항아리를 굽어봐라. 항아리를 굽어봐라."
하여 항아리를 굽어보니
항아리는 굽 터진 항아리고,
땅 속으로 굴을 파 놓아서
물을 길러오면

그 굴 속으로 모두 들어 가버린다.
그때 물지게 벗어서 물항아리를 받쳐 놓고
물 한 항아리 길어다 놓으니 가득 가득 차.
이제는 기장이나 찧어서
굿 구경을 가자고 보니
새가 앉아서 기장을 모두 까놓아.
이 하나 안 가르게 겨만 고스란히 남으니
불려서 항아리에 놔두고.
팥대기와 팥대기 어머니가 굿 보러 갈 때,
콩대기는 팥대기 어머니에게
"그럼 굿 보러 갈 때 무엇을 쓰고
난 굿 보러 갑니까?"
하니
"창구멍 막은 누더기를 씨고 오너라."
하니
그때 말해두고 간 누더기를 찾으려고
창구멍으로 가니 까마귀가
"청대밭을 굽어봐라. 청대밭을 굽어봐라."
하여서 청대밭으로 가서 굽어보니,
고운 상자가 있어서 그 상자를 열어 보니
고운 옷들이, 바지, 저고리, 코제비버선,
치마, 태사혜가 들어 있어.
가져다가 모두 차려 입고 있으니
까마귀가 다시
"찬장 아래로 굽어보아라.
찬장 아래로 굽어보아라."
하여 찬장 아래로 굽어보니,
땋은 머리에 궁초댕기 달리고 걸려있다.
그렇게 그 옷을 입고 땋은 머리 얹고,
코제비버선에 태사혜를 신고
옥황으로 굿 구경을 살랑살랑 가는데,

---

20 물건을 조금만 건드려도 굴러 떨어지며 미끄러지는 모양.

나가멍
"콩대기랑 지장 닷말 지여뒁 오라."
지장을 내여놓완
지름을 문천 주멍 ᄒᆞ는 말이.
"황데레 물 ᄒᆞ나를 ᄀᆞ득여두엉 오라."
ᄒᆞ연, 콩대긴 지장을 짓첸 ᄒᆞ난
문들락문들락[20] ᄒᆞ연 ᄂᆞ시 짓칠 못ᄒᆞ난
뱉디 널엉
ᄒᆞ술 뱃이나 맞청 지센 널어두언.
지장 ᄆᆞ르는 동안이랑
물이나 지여당 황이나 ᄀᆞ득여 두젠
허벅에 물을 지연 오란 보난
멍석엔 생이라 오란 흔멍석 앚안,
"후워~,
기영, 지장, ᄆᆞ 먹어불민 한집이 오랑
지장 쓸 ᄆᆞ 먹었젱 ᄒᆞ민 어떵ᄒᆞ느니?"
ᄒᆞ멍, ᄃᆞ리난,
그만 그 생이들이 ᄆᆞ 늘아나고
물은 황데레 질어당 비와봐도 아니ᄀᆞ득고
물은 질엉오랑 보민
생인 멍석으로 ᄒᆞ나 ᄀᆞ득고 ᄀᆞ득고 ᄒᆞ연
"주~어~ 요 생이 저 생이.
지장 ᄆᆞ 먹어불민
한집 오민 날 욕들릴 생이여, 주~어~."
물은 질어당 놔 둬 봐도
그만은 ᄒᆞ고, 그만은 ᄒᆞ고 가마귀가 완
"황데레 굽으라, 황데레 굽으라."
ᄒᆞ연, 황에 굽언 보난
황은 굽 터진 황이고
땅소곱엔 굴 판 놔부난
물을 질어오민

그 굴 쏘곱데게 ᄆᆞ 들어감선
이젠 무지게[21] 벗언 물황굽데레
톡기 놓완 솜빡 ᄀᆞ득안.
이제랑 지장이나 지영그네
굿 구경을 가주긴 보난.
생이라 앚안 지장을 ᄆᆞᆯ딱 까 놓완.
니 ᄒᆞ나 아니ᄀᆞ르게 체만 보그라니 남으난.
불련 황데레 놔 두언.
풋대기광 풋대기어멍이 굿 보레 갈 땐
콩대긴 풋대기어멍ᄀᆞ라
"게, 굿 보레 갈 땐 무싱 걸 씨영
난 굿 보레 감네까?"
ᄒᆞ난
"창고망 막은 주럭을 씨영 오라."
ᄒᆞ난
그때 ᄀᆞ라두언 간 주럭을 봉그젠
창굼데레 감시난 가마귀가
"청대왓데레 굽엉 보라. 청대왓데레 굽영 보라."
하연 청대왓데레 간 굽언 보난,
고운 부담이 시연 그 부담을 올안 보난
고운 옷들이, 바지, 저고리, 코제비보선,
치매, 가막창신이 들언 시연.
가져단에 ᄆᆞᆯ딱 출련 입언 시난.
가마귀가 다시
"살레 알레레 굽엉 보라.
살레 알레레 굽엉 보라."
ᄒᆞ연, 살레 알레레 굽언 보난.
튼머리가 공치댕기 들리고 걸어지연 이젠,
그 옷 입고 튼머리 옛고,
코제비보선에 감악창신에 신언
옥황데레 굿 구경을 허울허울 가가난,

---

21 제주도 여자들이 짐을 질 때 옷을 더럽히지 않도록 조끼같은 등받이로 입는 것.

팥대기가
"저기 오는 게 콩대기 닮았소."
팥대기 어머니는
"이 애가.
콩대기가 뭐가 있어서 저리 차리느냐?"
"음! 아무리해도 콩대기 닮았소."
그렇게 하고 있으니
콩대기가 굿하는 곳에 가,
가서 보니 콩대기라. 팥대기는
"형님.
어디 있어서 그리 고운 것을 입었습니까?"
팥대기 어머니도
"콩대기야.
어디 있어서 그리 고운 옷 입었니?"
콩대기는
"사실이 이만하고 저만하여 입고 왔소."
콩대기가 굿 구경을 하고 있으니,
청의도령이 태사혜를 한 켤레 가지고 가서
"아무라도 이 신이 발에 맞는 자는
우리 부인이라."
하여 콩대기 발에 신으니 바짝 맞고,
팥대기는 신으니 신이 크고,
"내 발에 바드득 바드득."
팥대기 어머니가 신으니 작아서 못 신어.
이제 청의도령이
콩대기를 부여잡고 데려다가 청기와 집에
네 귀에 풍경을 단 집에 가 잘 살아가는데.
하루는 가장이
어디 볼 데가 있어서 밖으로 나가면서
"부디 팥대기나 팥대기 어머니가 와서
문 열라고 해도 문 열지 마시오."
부탁하고 나가는데.
콩대기는 문을 잠그고 비단을 짜고 있으니

팥대기가 와서
"형님, 오세요.
문 안에만 앉아있으니 갑갑하지 않습니까?
문 밖에도 나와서 잠깐 살 수양을 하시오."
"난 싫다. 너희 형부가 밖으로 가면서
절대로 문 열지 말라고 했다."
"형님. 갑갑하지 않습니까?
이렇게 합시다. 연하못에 가서 몸이나 감게."
"너희 형부가 가면서
더우면 은동이에 물 떠 놓고 몸을 감고,
절대로 나가지 말라고 했다."
"에휴! 그래도 오십시오, 형님!
시원하게 가서 몸을 감게."
"난 싫다.
더우면 시원히 은동이에 물을 떠 놓고
몸을 감을 것이다."
"형님! 날 보십시오."
해서 쳐다보니까
물개통을 담다가 얼굴에 착착 발라가면서
"아이고! 형님도 더럽기는!
저런 물개통을 은동이에서 몸을 감자고?
아이고! 투-투투-. 오세요.
연하못에 가서 몸 감게."
하도 그렇게 하니까 이제 문을 열고
사정에 지쳐서 연하못으로 가니
"오세요. 여기 옷 벗고 몸 감게."
"난 썰렁하니 추우니 몸 안 감을 것이다."
"아이고! 형님! 이게 무슨 말입니까?
그럼 이렇게 합시다. 등에 물이라도 붓지."
"난 썰렁하고 추워서 등에 물도 안 붓겠다.
너나 부어라. 내가 부어 주겠어."
"아이고! 형님이 물에 몸을 감으면
삼년 먹을 양식 십년도 먹고,

폿대기가
"절로 오는 건 콩대기 닮수다."
폿대기어멍은,
"요 애야.
콩대기가 어디 시영 저영 출리느니?"
"해! 아맹해도 콩대기 닮수다."
경ᄒ염시난
콩대기가 굿ᄒ는 디 간,
간 건 보난, 콩대기라. 폿대긴
"성님
어디 시난 경, 곤 거 입읍디가?"
폿대기어멍도
"콩대기야.
어디 시난 경, 곤 옷 입언디?"
콩대신
수실이 이만ᄒ고 저만ᄒ연 입연 오랐수다.
콩대기가 굿 구경을 ᄒ염시난,
청의도령이 가막신 창신을 ᄒ배 ᄀ지고 가서
"아무라도 이 신, 발에 맞는 즈는
우리 부인이라."
ᄒ연 콩대긴 발에 신으난 붓작ᄒ고,
폿대긴 신으난 신이 커도,
"나 발에 ᄇ드득 ᄇ드득."
폿대기 어멍은 신으난 족아 못신어.
이젠 청의도령이
콩대기를 베여잡아 돌아단 청지애집이
늬귀에 풍경 둔 집이 가 잘 살아가난.
ᄒ로은 가장네가
어디 볼 디가 시연 외방을 나아가멍.
"하다 폿대기나, 폿대기어멍이 오랑
문 올랭 ᄒ여노 문 올지 말라."
부탁ᄒ고 나가난.
콩대기는 문을 줌간 비단을 참시난

폿대기가 오란
"성님, 옵서.
문안에만 앚이난 ᄀᆨ급ᄒ지 아녀우꽈?
문밖이도 나오랑 홋 솔 수양을 흡서."
"난 말다. 느네 아지망 외방데레 가멍
하다 문올지 말랜 ᄒ여라."
"성님. ᄀᆨ급 아니ᄒ우꽈?"
"옙서 연하못디 강 몸이나 ᄀᆷ게."
"느네 아지방 가멍
덥거들랑 은동이에 물 떠 놓왕 몸을 ᄀᆷ곡
하다 나가지 말랜 ᄒ여라."
"에가! 게도 옵서, 성님!
씨원이, 강 몸을 ᄀᆷ게제."
"난 말다.
더우민 씨원히 은동이에 물을 떠 놓왕
몸을 ᄀᆷ으키여."
"성님! 날 베립서."
하연 배래여가난
물개통을 담아단 ᄂᆞ스데레 착기 부시기대긴
"애이구! 성님도 더러움도!
저영흔 물개통도 은동이에 몸 ᄀᆷ젠?
애이구! 투~투투~. 옵서.
연하못디 강 몸 ᄀᆷ게."
하두 기영ᄒ여가난. 이젠 문을 올고
수정에 버천 연하못디 가난
"옵서. 이디 옷벗엉 몸ᄀᆷ게?"
"난 시즈렁이 얼고 몸 아니ᄀᆷ으키여."
"애이구! 성님! 이게 무신 말이우꽈?
게건, 옛서. 등에 물이라도 놓게."
"난 시즈렁이 얼언, 등에 물도 아니놓기여.
느나 놓라. 나 놔 주키여."
"아이구! 성님이 물에 몸을 ᄀᆷ으민
삼년 먹을 양속 십년도 먹곡,

하루 먹을 양식 삼년도 먹고 합니다.
오세요. 등에 물 붓게!"
"난 싫다니까. 썰렁하다.
너부터 먼저 물을 부어라."
"아이고! 형님도! 물도 차례가 있습니다.
어서 형님부터 부으시오."
하며 하도 그렇게 하니까.
사세부득(事勢不得) 등에 물을 부으려 하는데.
"머리에 물 부으니 머리도 벗으시오.
저고리도 벗으시오. 바지도 벗으시오.
치마도 벗으시오. 버선도 벗으시오.
수건 하나만 입고 물 부으시오."
하며 다 벗겨두고
"엎드리시오. 물을 붓게."
물을 한 줌 떠서 부으며 미는 척,
두 줌 떠서 부으며 미는 척,
세 번째는 떠서 붓는 척 하며
갑자기 떠밀어버리니
연하물로 그만 가라앉았다.
팥대기는 바로
콩대기 입었던 옷을 다 주워 입고,
그 머리, 그 버선 할 것 없이
모두 주워 입고 집으로 오더니
비단틀에 앉아 비단을 짜는 척 하고 있으니
가장이 들어와서,
"에이그! 팥대기가,
그 년 생긴 년 오라고 몸 감으러 가게,
몸 감으러 가자고 해도
원, 문을 안 열었소.
팥대기 어머니가 와도 문 안 열었소."
가장은 콩대기가 그리 말해도 속으로
끼니 하여 오는 것이나
얼굴을 봐도 콩대기와 닮지 않았는데.

하루는 가장이 말 물 먹이러
연하못에 가니
푸른 나비가 말 위로
올랐다가 아래로 내렸다가
말 물 먹이는 가장 위로
올랐다가 내렸다가 하는데.
"아따! 이 나비가 이렇게 고운 나비가
오르락내리락 하고 있는가?"
나비가 아까워서 나비를 톡 잡으니
잡아서 집으로 가져 와
대문 앞 집 처마에 쑥 찌르니,
팥대기가 나가려고 하면
나비가 앞 머리채를 박 당기고,
들어오려 하면 다시
뒷머리채를 박 당겨서
"이 나비, 저 나비 괘씸한 나비.
불에 넣어 태워버리자."
그러더니 나비를 뽑아다가 봉덕화로에 넣으니
파르릇 죽어가는 게 그만 구슬이 되어.
"아이고! 이거 고운 구슬이다.
내 아기 낳으면 옷고름에 매달고."
하며 궤짝 속으로 가져다 놓으니.
어디 아무도 사람이 없는 때는 구슬이 나와서
"저년의 팥대기를 죽여주시오."
하는데.
하루는 가장이 어디 갔다가 와서 보니
"하늘님께 저 팥대기를 죽여주시오."
하는데, 사람이 보였다가
궤짝 속으로 파르르 기어들어가니
궤 속을 열어 보아도 아무것도 없어.
"그것도 이상하다."
하루는 어디 가는 것처럼 하고
몰래 서서 들어보니,

ᄒ로 먹을 양속 삼년도 먹곡 흡네다.
옵서, 등에 물 놓쳐!"
"난 말다게, 시즈렁이!
느부떠 몬저 물을 놓마."
"아이구! 성님도! 물도 ᄎ례가 십네다.
옛서 성님부떠 놓게."
ᄒ명, 하두 경ᄒ여가난.
ᄉ세부득 등에 물을 놓젠 ᄒ난.
"머리에 물 ᄒ메 머리도 벗입서.
저고리도 벗입서. 바지도 벗입서.
치매도 벗입서. 보선도 버십서.
수견 ᄒ나만 입엉 물 놉서."
ᄒ영. 다 뱃겨두언
"업더집서 물을 놓쳐."
물을 ᄒ 좀 죄여놓완 미는 체
두 좀 죄여놓완 미는 체.
시 번 첸 죄여놓는 체 ᄒ명
자락기 정밀리난
연하물레레 그만 굴라앗안.
풋대긴, 이젠
콩대기 입어난 옷을 다 주워 입언.
그 머리, 그 보선 흘거 엇이
매딱 주워입던 집으로 오란.
비단클에 앉안 비단을 차는 체 ᄒ젠 ᄒ염시난,
가장네가 들어오란,
"얘가! 풋대긴,
그 년 생긴년 오란 몸곰으레 가게,
몸곰으레 가게 ᄒ여도
원, 문 안올앗수다.
풋대기 에미가 오라도 문 안올앗수다."
가장넨 콩대기가 경 ᄀ라도 속으로
때 ᄒ여 오는 거나
얼굴이나 봐도 콩대기 닮질 아녀연 신디.

ᄒ를날은 가장네가 말 물 먹이레
연하못딜 가난
청내비가 물 우테레
올랏닥 알레레 ᄂ렸닥
물 물 멕이는 가장네 우테레도
올랏닥 ᄂ렸닥 ᄒ여가난,
"웃따, 요 내비가 올 곤 내비가
올락 ᄂ력 ᄒ염신곤?"
내비가 아까완 내빌 톡기 심으난
심어지언, 집으로 ᄀ견 오란
대문 발레 집가지레 쏙기 질르난.
풋대긴 나가젱ᄒ민
내비가 앞살작을 박하게 매여,
드러오젱 ᄒ민 또시
뒷살작을 박ᄒ게 매연
"이 내비 저 내비 괴씸ᄒ 내비여.
불레레나 지더붙저."
이젠, 내빌 빠단 봉덕화리에 지드난
바르룻기 죽어가는 게 그만 구실이 되연.
"아이가! 이 거 곤 구실이여.
나 애기 낳민 곰에 체우곡!"
ᄒ명 궤쏘겁데레 간 놓완.
어디, 아무두 사름이 웃인 땐 구실이 나오랑
"저년의 풋대길 죽여줍셍."
ᄒ여가난.
ᄒ로은 가장네라 어디 갓단 오란 보난
"하늘님께 저 풋대길 죽여줍셴"
ᄒ단 사름을 봐지난
궤쏘곱데레 화르룻기 기여들언,
궤쏙을 올안 보난 아무것도 웃언.
"것도 이상ᄒ덴."
ᄒ를날은 어디 가는 ᄎ록 ᄒ연
ᄋ사두서 들어보난,

궤 속에서 처녀가 나오고
"저 팥대기를 죽여주시오.
하늘님아, 하늘님아."
하며 손을 마주 비비고 있으니,
몰래 오는 것처럼 하지 않고 가서
뒷머리채를 덥썩 잡아서
"너는 귀신이냐, 산 사람이냐?"
하며 물으니,
"나 콩대기요"
"콩대기 너 어떡해서 이렇게 되었느냐?"
이러러 한 역사를 모두 말하고
"이젠 다시 사람으로 환생하여 살려고 해도
저년한테 죽임 당할까봐 이리하고 있소."
"그것은 염려 말아라."
그러더니 팥대기를 잡아
소금젓을 항아리에 담아
팥대기 어머니를 불러
팥대기 잡은 고기를 삶으며 밥하여서 먹어.
막 먹어가다가 손톱, 발톱이 나오니.
"아이구! 이건 내 아기 손톱도 닮았다.
이건 내 아기 발톱도 닮았다."
"삶아낸 고기가 그러합니다.
별 소리 말고 드시오."
모두 먹으니,
"너 몸으로 낳고
너 몸으로 너희 아이 고기를
모두 먹었으니 나가거라."
"억새 잎도 울긋불긋 수수 잎도 울긋불긋."
이렇게 살아나니 콩대기는
딸 형제를 낳고 그럭저럭 지나가니,
한 살 난 아기에,
두 살 난 아기에,
세 살 난 아기가 되어 가는데,

저승에서
"콩대기를 데려오너라"
하니 할 수 없이
저승 염라대왕이 오라고 한 일이라
안 갈 수가 없어.
저승을 가니,
밥 먹으려 해도 울고 하여,
아기 생각하며 수심 근심으로 울어가니,
저승 염라대왕이
"어찌하여 너는 밥도 안 먹고
성을 못 올리느냐?
무슨 걱정이 있느냐?"
하니,
"말도 말고 이르지도 마시오.
어린 애기도 한 살 난 아기,
두 살 난 아기,
세 살 난 아기에,
부모 초상 백발 노장도 모시고 있고,
아기들 생각하는 모든 것이
수심이 되고 근심이 됩니다."
"그렇다면 낮에는 저승에 들어오고
밤에는 인간 세상에 나가서
그렇게 부모들 공경하고
아기들 보살펴라."
"그러면 감사합니다."
그 후로부터는
콩대기는 밤에는 인간 세상에 나와
한 살 난 아기는 젖 주고,
두 살 난 아기는 밥 주고,
세 살 난 아기는 옷 하여 주고
머리 빗어 땋아주고.
그렇게 하는데
어머니 없는 아기들 같지 않아,

궤소곱으로 처녀가 나오고
"저 풋대기 죽여줍서.
하늘님아, 하늘님아."
하멍 손 마주 부비염시난,
슬쩨기 오는추록 아녀연 간에
뒷살작을 폭기 심언에
"너 귀신이냐 생인이냐?"
호연, 물으난,
"나 콩대기우다."
"콩대기가 너 어떵해서 울 호느냐?"
아맹아맹 호인 역수를 믄 굿고
"이젠 난 또로 사름으로 환싱호영 살젱 호여도
저년안티 죽어지카푸댄 울 호염쑤다."
"걸랑 여부 말라."
이젠 풋대기를 잡아
소금젓을 황에 담안
풋대기 어멍을 불런
풋대기 잡은 괴기 삶으멍 밥호멍 멕연.
막 먹어가난 송콥 발콥이 나오란.
"아이구! 요 건 나 애기 송콥도 닮다.
요 건 나 애기 발콥도 닮다."
"배여기괴기가 경 홉네.
벨 소리 말앙 먹읍서."
믄 먹으난,
"너 멩으로 낳고
너 멩으로 너네 아기괴기
막 먹어시매 나고가라."
"어욱닢도 불긋불긋 대죽닢도 불긋불긋."
이젠 살암시난 콩대기가
똘 성젤 낳고 그럭저럭 지나가난,
호살 난 에기에,
두슬 난 애기에,
시슬 난 애기가 되어가난,

저싱선
"콩대길 돌아오랜"
호니 홀수 읏이
저싱 염여왕이서 오랜 흔 일이라
아니갈 수가 읏언.
저싱을 가난,
밥 먹젱 호여도 울어지곡 하간,
애기 생각호는 게 수심 근심으로 울어가곤,
저싱 염여왕이선
"어떠난 너, 밥도 아니먹어지곡
성을 못올람시닌?
무신 수심기가 시닌?"
호난,
"궂도 말곡 이르도 맙서.
어린 애기도 흔슬 난 애기,
두슬 난 애기,
세슬 난 애기에,
부모 초상 백발노장도 모사 있고,
아기딜, 하간 생각을 호는 게
수심이 되곡, 근심이 됩네."
"기영 호거든에 낮이랑 저싱에 들어오곡
밤이랑 인간에 나강그네
경, 부모덜 공경호고
애기덜 그늘루라."
"게민 감수호우다."
글지후제부터
콩대긴 밤인 인간일 나오란
흔슬 난 애긴 줏 주곡,
두슬 난 애긴 밥 주곡,
시슬 난 애긴 옷호여 주곡
머리 빗엉 뚷수곡.
기영 호여가난
어멍 읏인 애기 닮지 아녀연,

아기들이 잘 큰다.
하루는 동네 사람들이 놀러 들어와서
아기 보는 할머니보고
"어떡해서 이 아이들은 어머니 없는 아기라도
고아 같지 않게
이렇게 머리며, 옷이며 곱게 하고 있을까?
할머니가 이렇게 해 줍니까?"
하니 조금 큰 아기가 옆에 있다가
"왜 우리 어머니가 없소? 우리 어머니 있소."
"어디 있니?"
"밤에 와서 우리 옷 하여 주고, 밥하여 주고,
머리 빗겨 주다가 낮에는 갑니다."
그렇게 하니 동네 사람은 가 버리고
아기 돌보는 할머니는 손자에게
"그러면 너희 어머니는 밤에 오느냐?"
"예, 옵니다."
"오늘 저녁에 너희 어머니 오거든
나한테 말해라. 너희 어머니 못 가게 하게."
"어떻게 할머니에게 말합니까?"
"네 손목에 참실 졸라매고
내 손목에 참실 졸라매어
어머니 오면 종긋종긋 참실을 잡아당기면
어머니 온 줄 알고 오마."
"할머니, 할머니.
손목에 참실을 졸라매면
문에 걸려서 당길 수가 없습니다."
"그러면 오줌 마렵다 하고,
오줌 누는 핑계를 해서 당겨라."
그날 저녁은 어머니가 들어오니
"어머니, 나 오줌 마렵습니다."
"저 요강에 그냥 누어버려라."
"냄새가 나서 안에서는 눌 수가 없습니다."
"어머니, 똥이 마렵습니다."

"그러면 변소에 가서 누어 버려라."
그렇게 똥 누러 나가는 핑계를 하고
자기 할머니한테
참실을 종긋종긋 당기니
할머니가 나와서,
"아이고! 서룬 아기, 너 왔구나!
다시 가지 마라. 다시 가지 마라."
"안 갈 수 있습니까? 아무래도 가야 합니다."
"가지 마라. 가지 마라."
"어떻게 안 갈 수 있습니까?"
"너는 문 안에 앉아 문을 잠그고,
우리는 먼 골목에 가시 쌓으면
차사들이 못 온다.
우리가 못 오게 하마."
그리하여 다음날은 문을 잡고 앉는다.
큰 딸 아이는 방 쓸어서 불사르고,
마루 쓸어서 불사르고,
부엌 쓸어서 불사르고,
시어머니는 바깥으로 자물쇠를 채워 걸어두고,
먼 골목에 가시 베어다 쌓고 하여
그 날, 저 날 여러 날을
안 가고 견디고 있으니,
저승 염라대왕은 기다리다가 안 오니
잡아오라고 하니.
차사님은 나와서
"여기 허궁애기가 어디 있습니까?"
시어머니가 나와
"그년 안 가려고
골목에 가시 쌓고 문 잠그고 들어앉았습니다."
"그러면 어떡하면 그년 잡아갈 수 있습니까?"
"지붕 상마루로 가서 혼이나 뽑아서 가시오."
그렇게 차사가 지붕 상마루로 가서
혼을 빼 가버리니 그만 죽어버리고,

애기들이 잘 컨.
ᄒᆞ룰날은 동닛 사름들이 놀레 들어오란
애기 두는 할망ᄀᆞ라.
"어떵ᄒᆞ난 야네들은 어멍 읏인 애기라도
우리 닮지 아녀게
을 머리영 옷이영 곱게 ᄒᆞ여점쑤꽝?
할망네라 을 ᄒᆞ여집네깡?"
ᄒᆞ난, 흑곰 읏은 애긴 읏이 샀단.
"무사 우리 어멍 읏손? 우리 어멍 싯수다."
"어디 시니?"
"밤인 오랑 우리 옷ᄒᆞ여 주곡 밥ᄒᆞ여 주곡,
머리 빗져 주어두엉 낮인 갑네다."
경ᄒᆞ연, 동닛 사름은 가불고
애기 두는 할망은 손지ᄀᆞ라.
"게난, 느네 어멍 밤인 오느냐?"
"예, 옵네다."
"이제낙이랑 느네 어멍 오거들랑
날ᄀᆞ라 골으라. 느네 어멍 못가게 ᄒᆞ게."
"어떻ᄒᆞ영 할망ᄀᆞ라 골 읍네까?"
"느 홀목에 촘씰 즐라매곡
나 홀목에 촘씰 즐라매영
어멍 오건 종긋종긋 촘씰을 잡아댕기민
어멍 온 줄 알앙 오마."
"할마님아, 할마님아.
홀목에 촘씰을 즐라매민
문에 걸어지영 등길 수라 읏입네다."
"게건, 오줌 ᄆᆞ릅다 ᄒᆞ영,
오줌 누는 핑계 ᄒᆞ영 등기라."
그날 처낙은 어멍이 들어오니
"어머님아, 난 오줌 ᄆᆞ립수다."
"저 요강에 강 누어불라."
"내가 나곡 안네서는 눌 수가 읍습네다."
"어머님아, 똥이 ᄆᆞ립수다."

"ᄒᆞ건 통시에 강 누어불라."
이젠 똥누레 나가는 핑계 ᄒᆞ연
지 할망신데레
촘씰을 종긋종긋 등기난
할망이 나완,
"아이구! 설론 애기 느 오랐구나!
다시 가지 말라. 다시 가지 말라."
"아이강 됩네까? 아맹해도 가사 ᄒᆞ네다."
"가지 말라. 가지 말라."
"어떵ᄒᆞ영 아이가집네까?"
"늘랑 문안에 읏앙 문을 중그곡,
우리랑 먼 올레에 가시 쌓민
체스들이 못온다.
우리가 못오게 ᄒᆞ마."
경ᄒᆞ연, 뒷녁날은 문을 잡아ᄋᆞ진디.
큰뚤애긴 구들 씰언 불 살르고,
마리 씰언 불 살르고,
정지 씰언 불 살르고,
씨어멍은 뱃겼들로 통쇠 체완 걸어두고,
먼 정에 가시 비여단 쌓고 ᄒᆞ연
그 날, 저 날, ᄋᆞ라 날을
아니간 즌디염시난,
저싱 염여왕은 지드리단 아니오난
심어오랜 ᄒᆞ난.
체스님은 나오란
"이디 허궁애기가 어디 싯수가?"
씨어멍이 나오란
"그년 아니가젠
올래에 가시 쌓고 문 중간 들어앚았수다."
"게엔, 어떵ᄒᆞ민 그년 잡아가질 수가 십네까?"
"지붕 상ᄆᆞ르로 강 혼이나 빵 갑서."
그젠 체스가 지붕 상ᄆᆞ르로 간
혼을 빵 가부난 그만 죽어지연

다시는 허궁애기가
이승으로 돌아오지 못하니.
그 법으로 지금 세상에서

인간이 죽으면 다시 안 오고,
시어머니와 며느리 사이가 나빠졌다.

기물 21 : 칠성방울   기물 22 : 대신방울

다신 허궁애기가
이싱을 돌아오지 못ᄒᆞ연.
그 법으로 금시상이

인간이 죽으민 다시 아니오곡
씨어멍 매누리 스이가 궂어집네다.

기물 23 : 고리짝

기물 24 : 고리짝채

4장

어리석은 남편을 살린 현명한 아내

〈궁상이굿〉

좋아하는 장기와 내기를 하면서 하루하루를 편하게 살아가던 궁상이는 많던 재산과 예쁜 아내를 배선이에게 모두 빼앗기고 강에 빠져 죽게 되었다가 학과 거북이의 도움으로 살아난다. 여자의 말이라고 듣지도 않으려던 어리석은 남자가 현명한 아내 덕분에 잃었던 모든 것을 되찾고, 집에서 키우던 개와 고양이가 훔쳐온 장자의 구슬 덕분에 다시 부자가 편하게 살아간다. 하지만 귀한 구슬을 개인이 가질 수 없는 것이라고 나라에서 빼앗아 갔다가 불태워 버리고, 이후 궁상이의 개와 고양이는 고씨 성을 가진 사람으로 태어났다는 이야기가 〈궁상이굿〉이다. 〈일월노리푸념〉, 〈돈전풀이〉 등에서 비슷한 내력을 이야기하지만 신으로 좌정되는 부분에서는 각기 다른 이야기를 풀어낸다. 〈궁상이굿〉에서는 궁상이와 아내가 선간으로 돌아갔다고 하며, 〈일월노리푸념〉에서는 일월신이 되었고, 〈돈전풀이〉에서는 돈을 관리하는 신이 되었다고 한다.

어리석은 남편을 살린 현명한 아내 〈궁상이굿〉

옛날부터 내려오는 역사다.
구석으로 들어가시오.
궁상이가 옛날에는 많은 일에 재주가 있었다.
궁상선비는 신선세계 사람이다.
궁상이에게 재물은
장자의 수륙같이 재산이 많았다.
배선이는 궁상이를 만나서
친구를 삼았다.
궁상이는 어질고 충신 같지만,
배선이는 아주 마음이 험하고 험하다.
재산은 많고
그 부인은 인물이 절색이다.
그 인물이 절색인 궁상이 부인을 탐해 가지고
배선이는 마음이 아주 험악하고 험악하지만,
그래도 궁상이가 자꾸 앉아서 친절히,
친절히 하고서 노름판에 앉아 논다.
호패 말을 떼어 놓고,
바둑 말을 떼어 놓고
그저 한 치, 두 치 하면서 밤낮 놀고 한다.
놀고 보니까
궁상이는 재산이 자꾸 설렁설렁 나가고 하니
하루는 들어와서
부인이 앉아서 보니 꿈을 꾸어서
몽사가 궁상이 식기 대접에 곰팡이가 피고
가지고 있는 금부채가 부러지고
몸체가 부서지고
이런 꿈을 꾸었으니 일어나서,
"여보시오.

여자 말이지만 그래도 미안합니다.
대감님께 여쭈옵니다."
"무슨 말이냐?"
"꿈입니다."
"꿈같은 이야기는 하지도 말아라."
"그러나 한 번 들어 보시오."
"하지도 말아라. 여자 말은 듣지 않는다."
하고서는 나가서 그때 가서 재산이 다 나간 뒤
다 부어 넣고서는 재산이 없다고 하니까,
배선이 말이
"그러면 여자를 가지고서 여자 내기를 하자."
그래 지면 여자를 줄 내기를 하고서는
노름인 줄 알고 했어.
한 치, 두 치 앉아서 떼고 보니까
또 져서 여자 내기를
궁상이가 져서 들어오는 게
맥이 풀려서 들어와서
삼년 묵은, 묵은 방 안에 들어가서
불도 켜지 않고 낙심하고 있으니
그 부인이 들어와서,
"무슨 일입니까? 그래도 알기는 해야지.
가장이 들어와서
좋은 일이나 궂은 일이나 이야기를 해야지.
이야기를 하지 않고
밤낮 그렇게 있으니 어쩌겠어요?
그러니 그런 것이 아닙니다."
"한 치씩 우리 가서
바둑놀이, 곱패놀이 하고 나니까

옛적이 내려오는 역사기요다.
구석으로 들어가오시요.
궁상이가 옛날적이는 만상이가 재수가 있읍니다야.
궁산선비는 선간 사람이오다.
궁상이가 재물으는가
장자(長者)의 수록같이 재산이 많은 궁상입니다.
거, 배성이는 궁상이를 만나서
친구를 삼았읍니다.
궁상이 어질구 충신 같은
배선이는 아주 맘이 험하구 험합니다.
거어, 재산(財産)으는 많구
그 부인으는 인물이 결색(絶色)입니다.
그 인물이 결색으는 궁상이 부인을 탐해 가주구
배선이는 맘이 아주 험악하구 험악하지만 헤도
궁상이가 자꾸 앉아서 친절이
친절이 하구서리 노름판에 앉아 놉니다.
호패말을 띠어 놓고
바둑말을 띠어 놓고
그저 한 치 두 치 하구서리 밤낮 놀구합니다.
놀구 보니까니
궁상이는 재산으는 자꾸 설능슬넝 나가구 하니
하루는 들어와서
부인이 앉아서 보니 꿈이어서
몽사가 궁상이 식기 대접이 풍이 피고
기자에 금봉채 불너치고
몸수세기 다 마사지고
이런 꿈을 끼었으니 일어나서
여보시오.

여자 말이지만헤도 미안합니다.
대감님귀다 여쭈옵니다.
무슨 말이냐.
꿈입니다.
꿈 같은 얘기는 하지두 말어라.
그러나 한번 들어 보시오.
하지두 말어라. 여자 말은 듣지 않는다
하구서리 나가서 그 때 가서 재산이 다 나간 뒤
다 불어 녀쿠서리 재산이 없다구 하니까디
배선이 말이
그러면 여자를 가지구서 여자 내기를 하자
그래 지면 여자를 줄 내기를 하구서리
노름은 줄 알구 헷어
한 치 두 치 앉아서 떼구 보니까
또 져서 여자 내기
궁상이 저서 들어오는 게
낙맥이 풀어져서 들와서
삼년 묵은 묵은 방안이 들어서
불두 때지 않은데 낙심하구 있으니
그 부인 들어서
무슨 일삽니다. 그래두 알기와야지.
가중이 들어서
좋은 일이나 궂은 일이나 얘길 해야지.
얘길 하잖구
밤낮 그렇게 있으니 어쩌겠어.
그러니 그런게 아닙니다.
한 치씩 우리 가서
바둑눌이 곱패놀이 하구 나니까

재산이, 내 재산이 다 들어갔다.
다 들어가니 오늘은
배선이 말이 부인 내기를 합시다.
그래. 부인 내기를 해 본 즉, 결국 내가 졌으니
남은 것은 글로 쓰고 말로 한다고 말해 놓고서
그럴 수밖에 없게 되었다."
그러니까.
"걱정 마시오.
그것은 내가 해결하겠습니다.
그래. 어느 날에 오자고 했습니까?"
"7일 만에 오겠단다."
"7일 만에 오겠다니,
하녀가 인물이 아주 예쁩니다.
이 하녀를 데려다가 제 옷을 입혀서 단장해서
꽃방석에 앉혀 놓고
저는 헌 옷을 입고서 세수도 하지 않고
얼굴에다 기미줄을 이리저리 쓸어서
먼지를 치면 돌아갑니다."
배선이란 것이 들어서서
슬렁슬렁 슬렁슬렁 슬렁 슬렁슬렁
들어서서 보고 보니까
아무리 허튼 맵시라고 해도
그 부인이 제 얼굴이 인물이 귀하지요.
그러니 인물이 귀하니,
"여보시오. 내 아무리 내기를 했지만,
그래도 남의 부인을 데려가겠습니까?
그 먼지 쓴 여자로 그러면 바꿔 주시오."
그게 아니라고 할 수도 없고, 알릴 수도 없어,
그 여자가 나가서,
"그런 것이 아닙니다.
남의 부인을 데려가자면
어떻게 바로 데려갈 수 있단 말입니까?
살던 정리(情理)를,

백년을 살자 천년을 살자,
그 정리를 모두 내려놓고 간다는 말이오.
그러고서 내가 가겠습니다.
석 달 열흘만 참아 주시오.
석 달 열흘을 참아서 오시오.
그때는 우리 가겠습니다."
그렇게 석 달 열흘을 기다리고 하고
배선이는 돌아갔다.
돌아간 다음에, 남편에게 말하기를,
"아주 좋은 소만 한 마리 사 주시오."
"소 한 마리 사서 주면 어쩌자고 그러느냐?"
"그저 소만 한 마리 사서 주면
내가 다 할 것입니다."
그 소를 한 마리 사 주니까
자기 손으로 고기를 점점이 다 떠다 주고
밤낮 앉아서 포육을 뜬다.
전골을 떠서 내다 말리고
그렇게 자꾸 포육을 뜨고 나니까
소 한 마리가 이렇게 솜이 됐다.
그게, 솜 같이 되니까
남편의 가져다가 옷을 다 가져와 솜처럼 넣고
행낭을 열두 개를 기워서
여기저기, 여기저기 열두 개를 다 기워가지고 지어,
행낭에다가 낚시를 후려 넣고,
낚싯대를 후려 놓고,
낚싯대를 후려 넣고서 있으니까
석 달 열흘을 채워서 들어오니
배선이는 부인을 데리러 온다.
안 가자니 안 갈 수도 없고
여자가 떠나가면서 물명주 한·필을
자기 첫날 입었던 옷을 다 걷어서
나삼, 족두리 다 걷어 가지고
함에다 넣어서

재산으는 내의 재산이 다 들어갔다.
다이 들어가나 오늘으는
배선이 말이 부인 내길 합시다.
그래 부인 내길해 본즉 결국이 내가 졌으니
남으게다 글쓰구 말한다구 말을 헤 놓구서리
그럴수 있느냐.
그러니까디.
걱정 마시오.
그거는 내가 담당하겠으니까디 합시다.
그레 어느날에 오자구 하겠습니다.
이레 만에 오겠단다.
이레 만에 오겠다니
식모가 인물이 아주 이쁩니다.
이 식모를 갰다가 제 옷을 입혀서 단장해서
곳 방석에 앉혀 놓고
저는 흔 옷을 입구서리 세쉬도 하지 않구
얼굴이다 거미줄을 이리저리 쓰구서리
재깨질 치믄 돌아갑니다.
거 배선이란 게 들어서
슬넝슬넝 슬넝슬넝 슬넝 슬넝슬넝
들어섯 보구 보니까디
아무리 허턴 맵씨라지만 헤도
그 부인이 제 얼이 인물이 귀하던요.
그러니 인물이 귀하니
여보시요. 내 아무리 내길 했지만 헤도
나무 부인을 데려가겠습니다.
저 재갯치는 여자를 그러면 돌려 주시오.
그거 아니라구 헐 수도 없고 얼릴 수도 없어
그 여자가 나가서
그런 것이 아닙니다.
나무 부인을 데려 가자며는
어떻게 이레만며구 데려 가겠습니다.
그러니까 사던 정리를

백년을 사자 천년을 사자 사던 정리를
내 메리구서 간다는 말이 무슨 말이오.
그러니까 내가 가겠습니다.
석달 열흘만 참어 주시오.
석달 열흘을 참아서 오시오.
그 때는 우리 가겠습니다.
그래 석달 열흘을 기달리느라구
배선이는 둘아갔습니다.
둘아간 담이요, 남편 하구서리 말하기를
아주 억대어 같은 소만 한 마리 싸 주시오.
소리 한 마리 싸서 주면 어쩌자구 그러느냐.
그저 소만 한 마리 싸서 주면
내가 다 헐꺼시니까.
그 소를 한 마리 싸 주니까
자기 손을노 고기를 점점이 다 떠다주고
밤낮 앉아 보육을 뜹니다.
전골을 떠서 내 말리구
그렇게 자꾸 보육을 뜨구 나니까디
소 한 마리 지금 소캐가 됐습니다.
거어, 솜 같이 되니까
남편이 게다가 옷을 다 거기다 솜처 넣구
험낭을 열 두개를 집어서
여기저기 여기저기 열두개를 다 지워가주구
지어, 험낭에다가 낚시를 후려 넣구
낚시대를 후려 넣구
낚시대를 후려 넣구서리 있구 보니까
슥달 열흘이 채와서 들어오시니
배선이는 부인을 데릴러 옵니다.
아니 가지니 아니 갈 수도 없구
여자가 떠나서 가믄서리 물명지 한필을
자기 첫날 입었던 옷을 다 걷어서
나삼 쪽도리 다 걷어 가지구
함에다가 녀어서

물명주 한 필을 넣어서 가지고 가면서,
"여보시오, 어찌 살던 정을 걷어 가나?
불쌍한 궁상이를 저렇게 두고 가겠습니까?
그러니까 우리 데려다가
마당 뜰이라도 쓸게 데리고 갑시다."
그래서 그 배선이는 여자 말에 혹해서
데리고 가는구나.
가다가 다시 생각해보니까
"물 가운데 넣어서 버리고 가면 어떻겠어?"
물 가운데 가서 바다에다 집어넣겠다고 하니
그 부인님은,
"그럴 수 있겠습니까?
인간인데, 데리고 가서 마당 뜰도 쓸게 하고
종처럼 부리지, 그럴 수 있습니까?"
안 된다. 너무 안 된다고 하니 할 수 없이
"그럼 그 배 조각 하나 떼어서
앞에서 알아서 내 띄워 넣읍시다.
그러면 어느 갯가에 걸리든지
갈대밭에 걸리든지 걸리면
고기밥이라도 되게 합시다."
그래 놓고서 살며시 일어서서,
물명주를 척 들어서 공중으로 던지면서,
"하느님, 오늘 궁상이는 이 배에서 떨어져서
이 물의 밑바닥에 들어가서 고기밥이 되니
이것을 알아주시오.
이렇게 지금은 이별하고 가는 길입니다.
이제는 궁상이는
불쌍한 궁상이는 고기밥이 됩니다."
하고는 하늘땅에 엎드리고 있으니
그때 배 한 쪽을 떼서 그 물명주를 가지고
배쪽을 허리에다 동동동동 감아서
물에다 집어넣으니까
거북이라는 짐승이 등에다 혹 받아 가지고

거북이가 업어 가지고
너울너울 떠 가지고 가고,
배선이와 같이 그 배를 타고 갔습니다.
가서 보니까 간 날, 그 때부터는
여자는 앉아서 속앓이를 한다고
밤낮 속이 아프다고 그저 끙끙 끙끙 앓고
이 배선이라는 사람은
밤낮 사기를 치고 하느라고
밤이면 여기 넘어가는 사람에게 사기를 치고,
밤이면 떠나고 한 것이
여자를 지금 먼저 데려다 놓은
여자가 하나 있는데
방에다가 열쇠 채우고
그 여자에게 열쇠를 주며
소변이나 보겠다면 열어 주고,
열어주지 말아라하고 줬거든.
주니까 그 여자 말이,
"아가씨, 아가씨. 아가씨는 어떡하다 붙잡혔소?"
"그런 것이 아니다.
나는 이렇게 무슨 일로 해서
여기 오게 되었다.
그러니까 저기,
내가 이제 주인이 들어오면 말 할 테니
내가 하라는 대로 신을 신고
그저 무조건 가거라. 빨리 가거라.
이제는 올 시간이 되니 빨리 가거라."
그렇게 보내고 뒷구멍으로 달아나라 하면서
그 여자를 열어 줬거든.
열어 주고 갈 때
옛날에는 집에 갔다가 모개를 따서
모개신을 꼭 끼는 것을 신고 갔거든.
그저 그 산으로
허겁지겁 뒤도 안 돌아보고 지금 가는데

물명지 한 필을 녀어서 가주구서 가믄서리
여보시오, 어찌 사던 정이를 거저 가나
불쌍한 궁상이를 저렇게 두고 가겠읍니다.
그러니까 우리 데려다가
마당 뜰이라두 쓸기여 데리구 갑시다.
그레서 그 배선이 여자 말이 혹해서
데리구 가누라.
가다나가 되 생각 헤보니까디
하바닥이 들어가서 베리구 가믄 어쩌겠어.
하바닥이 가서 바다에다 집어 넣겠다 하니
그 부인님은
그럴 수 있겠읍니다.
인간인데 데리구 가서 마당 뜰두 쓸기구
종처럼 부리지 그럴 수 있읍니다.
안 된다. 너무 안 된다 하니 할 수 없어
그럼 그 배쪼각 하나 떼서
앞이다가 알아서 내 뛰워서 여습시다.
그러믄 어느 불녁이 걸리든지
갈발이 걸리든지 걸리믄
고기밥이라두 되게 합시다.
그레 놓구서 그저기 일어서서
물명지를 척 들어서 공중이루 던지면서리
하느님이 오늘날이 궁상이는 이 배여 떨어져서
이 물이 하바닥이 들어가서 고기밥이 되니
이것을 알아 주시오.
이렇게 지금으는 이별하구 가는 길입니다.
언저는 궁상이는
불쌍헌 궁상이는 고기밥이 됩니다.
하구는 하눌 땅 개복하구 있으니
그때여 배를 한 쪽 떼서 그 물명지를 가지구
배쏙을 허리여다 농농농농 삼아서
물이다 집어 여니까디
거북이란 짐상이 등이다가 혹 받아 가지구

거북이 업어 가지
너울너울 떠 가주구 가구
배선이가 같이 그 배를 타구 갔읍니다.
가구 보니가 간 날 그 시부터는
여자는 앉아서 속앓이를 한다고
밤낮 속이 아프다고 그저 매감조감 매감조감하구
이 배선이란 사람으는
밤낮 탕귀질을 하느라구
밤이며는 여 너머가는 사람 탕귀질하고
밤이면 떠나고 한게
여자를 지금 만저 데려다 논
여자 하나 있는데
고만에다 쇠 채구
그 여자게다 댈댈 주머
소변이나 보겠다머는 열어 주고
열어 주지 마라라 하구 줬거든.
주니까디 그 여자 말이
아가씨 아가씨 아가씨는 어떻거다 불찌기었소.
그런 것이 아니다.
나는 이렇게 무슨 일루 해
여기 왔는지 왔다
그러니까 저기
내가 이제 쥔이 들오며는 말 할게
내가 하라는 대로 신을 신구
그저 무한객으로 가거라. 빨리 가거라.
언저는 올 시간이 되니 빨리 가거라.
그레 보내구 뒤꾸멍에 델레 하마
그 여자 열어 줬거든.
열어 주구 갈 적이
옛날이는 집을 갖다가 모개로 따서
모개신을 꼭 끼는 것을 신구서리 갔거든.
그저 그 산으로
허지망 지지방하구서리 지금 가는데

배선이는 숱한 방탕한 짓거리 해 가지고
산으로 야야, 저야 하면서 넘어오니
산 밑에서 잠깐 앉아서 수풀에서 쉬었다가
넘어와 달아나 온 것이
길 가에 큰 우물이 있으니
아무래도 집이 가까우니까,
가다보면 금방 따라오겠으니
어쩔까 하다가 우물에다가
모개 신을 가지런히 벗어놓고
하염없이 갔다.
집에 가서 보니까
여자는 간 곳 없고 하니까 그 여자에게
"여기 있던 여자 어떡했냐?"
고 하니까
"그런 것이 아니요.
그 대변 소변보겠다며 열어 달라니까
내가 열어 주었소.
열어 주면 들어오겠다고 하더니
어디로 갔는지 없다."
고 그러니까
범의 머리처럼 해 가지고 와서
그 우물을 들여다 바라보고 보니
깊은 물을 동네 사람 다 불러다
그 우물을 치자고 하였으나
물은 청수바다로 자꾸 나오니.
자꾸 나오고 하니
신선세계 사람인데 되겠소?
그것 청수바다처럼
자꾸 나오고, 나오고 하니까
치느라고 하는 사이에
사람들은 모두 모아 놓고 치느라고
물은 줄어드나 해도 물은 줄어들지 않고
점점 더 올라오고 하니까

지고, 지고 막대를 가져다가 넣어서
계속 주어 넣으니
좁은 우물이 어찌 되겠는가?
그거 가지고 그 일을 할 시간에
그렇게 들어가서 산중에 들어가서
깊은 산중에 들어가서
절에, 절간에 들어가서 숨어 가 있었다.
절에 가 숨어 있고 보니,
들어가 그 예법으로 지금 여자가 홀로 가면
어느 절에 들어가서 어느 시주하자 한다.
절에 들어가, 절에 가서 있고 보니,
거기서 삼년이 되도록 그럭저럭 있는데
궁상이는 그 배쪽을 가지고서
그 거북이가 업어다 어디다 두었는가 하면
갈밭에, 참대 밭에 업어다 났다.
업어다 놓고 보니 배는 고프고 쓸쓸하고,
참대는 갈래처럼 우그러져서
스름스름 우는 소리를 내고
마음은 슬프고 하니까
참대를 칼로 깎아다가 주머니 안에,
이 주머니, 저 주머니에 넣으니까
고기 낚시도 다 있고,
고기 낚시 줄도 다 있거든.
참대를 베어 가지고, 배는 고프고 하니까
저고리 섶을 갖다가 뚝 입에다 물고서
질근질근 씹으니까
맛이 돋아나는 게 떼어서 먹어보니
솜은 아니고
포육을 뜬 것 가지고 옷을 지었다.
그것을 뜯어 먹으면서
퉁소를 만들어 가지고 앉아서
구슬프게 자꾸 앉아서 불거든.
낚시 묶어서 물에다 집어넣고

배선이는 숱한 탕지 디리 해가지구
산으로 어야 저야하구 넘어 오니
산 밑이 작깐 앉어서 수풀이 쉬었다가
넘어온 거 달아 온 즉
질 가에 큰 우물이 있으니
아무레두 집이 가추운
가깐 가믄 이제 따라오겠으니
어쩌까 하구서리 우물이다가
모개 신을 가즈러 벗어놓구서리
하염 없이 갔습니다.
집이 가 가꾸 보니까디
여자는 간디 없구 하니까디 그 여자 허구
여기 있는 여자 어떠하이
하디까디
그런 것이 아니오.
그 대변 소변 보겠다구 하니 열어 주라까니
내 열어 주었소.
열어 주구 섰지 않구 들오겠다구하니
어디루간지 없다구
그러니까
범으 머리처럼 헤 가주구 와서
그 우물이 디리 바다 보구 보니
짚은 물이 동네 사람을 다 불너다
그 우물을 치다구 하니
물은 창수 바다루 자꾸 나오.
자꾸 나오구 하니
선간 사람인디 되겠소.
거 창수 바다처럼
자꾸 나오구 나오구 하니까디
치느라구 지금은 사이여 사
사람은 다 모다 놓구 치느라구
물으는 쪼라드는가 헤두 물으는 쪼라드지 않구
점점 더 올나오구 하니까디

지구지구 막대를 갖다 여서
네이여 주수 저서
좁은 우물이 어찌 하겠읍니다.
그거 가주구 역새(役事)를 할 시간에
그담 들어가서 산중이 들어가서
짚은 하적이 들어가서
절이 절간이 들어가서 숨거 가 있었읍니다.
절이 가 숨겨 있구 보니
들어어 그 예법을누 지금 여자가 홀누가 나면
어느 절땅이 들어가서 어느 시조하자굽니다.
절이 들어가 절이 가서 있구 보니야
거 삼년이 들어서 이럭저럭 있는데
거 궁상이는 그 배쪽을 가주구서리
그 거북이는 업어다 어디다 두었는가 하머는
갈밭이 참대밭이 업어다 놨습니다.
업어다 놓구 보니 배는 고푸구 쓸쓸은 하구
참대는 지륙 같이 우구러져서
스름스름 우는 소리 나고
마음으는 슬프구 하니까
야 참대를 칼을 갖다가 주먼 안에
이 주머니 저 주머니 여니까데
고기 낚시두 다 있구
고기 낚시 줄두 다 있거든.
참대를 비어 가지구 배는 고프구 하니까디
조고라서풀 갯다가 뚝 입이다 물구서
질글질근 씹으니까디
맞으는 돌아나는 게 떼어서 먹어 보니
소캐는 아니구
포욕을 뜬 거 가지구 옷을 지었읍니다.
그것을 뜨으며 먹으면서리
통쇠를 만들어 가지구 앉어서
슬아지게 자꾸 앉어서 불거든
낚시 매서 물에다 집어 여쿠

고기를 잡아 놓고, 고기를 잡아 놓고 하니까
학이라는 짐승이 다가와서
자꾸 와서 목을 길게 빼고, 짧게 빼고 하니
그 고기를 주워서 주니까
새끼를 다섯 마리를 쳐 가지고
먹일 것이 없으니까
자꾸 고기 잡은 것을 달라고
자꾸 그러는 것을
그래 글을 쓰라고 하니
모래 위에다 부리로 글을 쓰는데
"이 고기를 잡아서 우리를 주면
신세를 갚을 게, 고기를 달라고."
그래. 그 고기를 주니
그저 학이라는 짐승이 둘이 와서
자꾸 주워서 새끼에게 먹여 놓고서
새끼에게 먹여 놓고 와서
또 모래에다 부리로 글을 쓰며
"소원을, 무슨 소원을 해 달라느냐,
당신 소원대로 해 줄 것이니
소원대로 글을 써 달라."
궁상이 있다가 학에게 진다.
신세를 진다.
"나는 다른 소원이 아닙니다.
이 물에 빠져 죽자면 죽겠는데,
부인을 저 강에 다 넘겨버렸으니
저 강을 넘어가게 해 줬으면
내 신세대로 다 됩니다."
학이 둘이 서서 암컷, 수컷 둘이 서서
궁상이 다리를 갖다가
하나 한 짝으로 떼어서
하나가 하나씩 넘기고
학이 둘이 가지런히 서서
"이 등을 엎드려서

날개 쪽지에다 손을 넣고서
딱 붙들고 있으면 저기에다 넘겨주마."
넘겨줬다.
잠시 잠깐 날아서
그 강 옆에다가 갖다 놓고서
학이라는 짐승이
목을 길게 빼고 짧게 빼고 하고,
다리를 둘이 꿰어 가지고서 딱 맞춰 가지고서
정강이뼈로 딱 맞춰,
그때부터 다리에 정강이뼈가 있다.
그래서 다리가 여기에 있다는 것이오.
부인은 앉아서
"궁상이만 보게 되라.
궁상이만 보게 되라."
하니,
"궁상이를 어디서 보겠습니까?"
배선이가 밤에 앉아서 말하기를
배선이 앞에 다시 잡혀 들어와서
배선이하고 자리 갖춤을 들자 하니
"잠자리하는 것은 절대로 못합니다.
자식 키우고,
우리가 백년해로하고 천년만년을 살겠는데,
남에게 알리고 해야지 알리지 않고 살면
남의 부인하고 산 것을 내려다가
살자면 둘이 다 못 살고, 우리 이내 죽으니까
죽어서 이별이 되는 것 아닌가.
삼년 석 달 동안 거지 잔치를 해야 됩니다.
거지 잔치를 해야지 모두 알게 합니다."
그 이야기를 배선이가 들어 거지잔치를 한다.
거지 잔치를 차려 놓고 하는데,
이 배선이라는 양반은
재산이 많은 것은 그냥 놓아두고,
남의 소를 갖다가 어디다 패서

고기를 잡아 놓고 고길 잡아 놓고 하니까디
학이라는 짐생이 들어서서
자꾸 와서 목을 지르게 빼구 짜르게 빼구 하니
그 고기를 주워서 주니까
새끼를 다섯을 쳐가지구
메길 게 없으니까
자꾸 고기 잡은 거 달라구
자꾸 그러는 거
그레 글을 쓰라구 하니
모래 수이다 부을루 글을 쓰는데
이 고기를 잡아서 우리를 주며넌
신세를 갚을 게 고기를 달라구
그래 그 고기를 주워니
그저 학이란 즘생이 둘이 와서
연방엘 주워서 새끼를 양해 놓구서
거 새끼를 양해 놓구서 와서
또 모래에다 부빌루 글을 쓰며
소원을 무슨 소원을 해 달라느냐
당신 소원대루 해 줄 거시니
소원대루 글을 써 달라
궁상이 있다가 학(鶴)이 집니다.
신세를 집니다.
나는 다른 원이 아닙니다.
이 물이 빠저 죽자먼 죽겠는데
부인을 저 강이 다 넘궜으니
저 강을 넘어가게 해 줬으면
내 신세대루 다 됩니다.
학이 둘이 서서 암컷 수컷 둘이 서서
궁상이 다리를 갖다가
하나 한짝으루 떼서
하내 하나씩 넘구구
학이 둘이 가즈란이 서서
이 등때기 엎드려서

날개쭉다 손을 여쿠서리
딱 붙들구 있으면 저기다 넘겨 주마.
넘거 줬읍니다.
잠시 잠깐 나라서
그 강 옆이다가 갖다 놓구서리
학이라는 짐생이
목을 지르게 빼구 짜르게 빼구 하구
다리를 둘을 꿰워 가주구서리 딱 맞춰 가지구서리
장기뻬로 딱 마쵀
그 때부터 다리여 장기뻬 있읍니다.
그레서 다리 여기 있다는 기요.
부인으는 앉아서
궁상이만 보게 되라.
궁상이만 보게 되라
하니
궁상이 어데가 보겠읍니다.
배선이가 밤나 앉어 말하기를
배선이 앞이 다시 잡혀 들어와서
배선이더라 재비갖춤을 들으자 하니
재비 자는 건 절대루 못합니다.
자식지키구
우리여 백년에 해로라구 천년 만년을 살겠는데
남으게 선전하구야지 선전 없이 사구먼
남으 부인으루 산 거 내려가다
사자며는 둘이 다 못 살구 우리 이내 죽으니까
죽어 이별이 되는 거 아니까디
삼년 슥달이 거지 잔치를 해야 됩니다.
거지 잔치를 해야지 다 선전 가꾸 합니다.
고 때에 배선이가 들어서서 거지 잔치를 합니다.
거지 잔치를 다리때 놓구 하는데
이 배선이라는 양반으는
재산은 많은거 그냥 놓아 두구
남으 쇠(牛)를 갖다가 어디다 페매나

전부 사기를 쳐서
삼년 석 달을 거지잔치를 소 잡고 하는데,
풍류를 잡히고 밤낮 두드리고 놀고 하는데,
부인은 큰상을 아주 크게 크게 차려놓고
가만히 앉아서 갈아 놓고 갈아 놓고 주면서
아래를 보니
세상 거지는 다 오는데 궁상이는 안 온다.
죽기는 죽었는가 보이지 않고,
그렇게 석 달이 되어 가지고 열흘을 놔두고
하루는 들어오는 것이, 궁상이 들어온다.
궁상이 들어오니
"오늘은 상을, 나가는 상을
위로 올려 챙겨 내려 챙겨, 챙겨라."
가운데다 한 상을 빼고
올려 챙겨 내리니 어디서 상을 받겠는가?
못 받고 또 나가고 이튿날 또 들어와서
"위 끝에 앉아, 오늘은 위 끝으로
아래에서부터 내려 차려라."
아래서부터 내려 차렸다.
아래서부터 내려 차리니
또 한 상이 모자라 또 내보낸다.
궁상이는 또 그냥 갔다.
사흘 만에 들어와서 아래로부터 내리 앉혔다.
내리 받으러 아래에 앉았다.
또 위로 내리 차리고,
아래 한 상이 모자라니 또 내보냈다.
못 받으니 그 때 궁상이가 나가서 운다.
울면서,
"야, 우리 여기 삼년 석 달을 거지 잔치해서
거지에게 좋게 하고자 하는데,
한 거지를 울려 보내서야 되겠는가?
그 거지 왜 우는지
너 나가 물어 보라."

물어 보니까,
"다른 것이 아닙니다.
부끄러운 말이지만 날도 춥고 배고픈데
여기 거지잔치를 삼년 석 달 한다하니
지금까지 안 오다가 내가 와서 사흘 와도
한 상도 못 받게 됐습니다."
그래. 그렇게 갖다 여쭈오니 그 부인 말이,
"여기 앉았다가 삼년 석 달 우리 공 들였는데
공이 나타나지 못하면 되나?
그 거지를 들어오라고 해라.
그 거지를 들어오게 해서
내상에 그냥 주어라."
그냥 주니까 배고픈 김이라 먹고서
한 짐을 지고서 떠나간다.
떠나가니 길 밖에 거지들이 있어서,
"우리는 한 상만 받았는데,
너는 잔뜩 먹고 한 짐을 지고 가느냐?"
하고 서로 뺏어서 먹으며 치며 때리며 하고,
그래 이제는 싸움이 나서
이 사이에 다 모이고 모여든다.
그때 그 부인이 나가서,
"우리가 삼년 석 달 동안
거지잔치를 챙겨 준 것은
이렇게 싸움이 나라고 한 일이 아니다.
이거, 이럴 것 없이
여기 의문이 있는 일이니
의문대로 일을 풀어보자."
어서 의문대로 해보자고 하오시니,
"의문이 무슨 의문이냐?"
"의문 있지요."
무슨 의문이냐 하니까,
"내가 구슬 옷을 지어서 두었는데,
구슬 옷을 깃을 잡아 입는 사람은

전부 탕귀질해서
삼년 슥달을 거지 잔치를 쇠 잡구 하는데
풍유를 잽히고 밤낮 두드리고 놀고 하는데
부인은 큰상을 아주 크게 크게 채려놓고
가만이 앉아서 갈아 놓고 갈아 놓고
줄왕반이 아래서 보니
세상 거지는 다 오는데 궁상이 아니 옵니다.
죽기는 죽었는기구나 보지 아니하구
그러다니 슥달이 되 가지구 열흘을 놔 두고
하루 들어오는 게 궁상이 들옵니다.
궁상이 들오니
오늘은 상을 하는 상을
우루 올리 챙계 내리 챙계 챙계라.
가운데다 한 상을 빼다
올리 챙계내리 어디가 상을 받겠습니다.
못 받아 또 나가다 이튿날 또 들어와
우끝이가 앉아 오늘의 우끝으로
아래서부터 내리적거라.
아래서부터 내리 적었습니다.
아래서부터 내리 적으니
또 한 상미 모자르니 또 내보냅니다.
궁상이 또 그냥 갔습니다.
사흘만에 들와서 아래로부터 내리 앉혔습니다.
내리 받아닌 아래가 앉았습니다.
또 우루 내리 접구
아래 한상이 모자르니 또 내보냈습니다.
못 받으니 그 때 궁상이 나가서 웁니다.
울면서
야 우리 여 삼년 슥달으 거지 잔치 생겨 가지구
거지게 좋게 하느라 하는데
한 거지를 울려 보내서 될 수 있니.
그 거지 우는가
너 나가 물어

물어 보니까
다른 것이 아닙니다.
부끄러뿐 말이지만 해도 칩구 배고프니
여기 거지 잔치를 삼년 슥달 한다 하니
이저까지 아니 오다가 내가 와서 사흘 와서
한 상두 못 다루게 됐습니다.
그레. 그렇게 갖다 여쭈오니 그 부인 말이
여 앉았다가 삼년 슥달 우리 공(功)디려서
공이가 나타나지 못하면 되나.
그 거지를 들오라구 해라.
그 거지를 들오게 해서
내상에 그냥 주라.
그냥 주니까디 배고픈 짐이라 먹구서리
한 짐을 지구서리 떠나갑니다.
떠나가니 거름 밖이 거지들이 있어서
우리는 한 상만 받았넌데
너는 잔뜩 먹구 한 짐을 지구 가느냐 하구
서루 빼뜨려서 먹으며 치머 빠머 하구
그래 언저는 쌈이 나서
이 사이에 다 모다서 사이여 모들 적이요.
그 때 그 부인이 나가서
우리여 삼년 슥달이
거지잔칠 챙겨 가주구
이렇게 쌈이 나라구 한 일이 아니니까
이거 이러할 거 없이
여기 으문(疑問)이 있는 일이니까디
의문대루 우리 하자.
어세- 으문대루 하오자구 하오시니
으문이 무슨 으문이냐.
으문 있지요.
무슨 의문이냐 하니까디
내가 구슬옷을 지어서 두었는데
구슬옷을 짓을 잡아 입는 거는

누구든지 물론하고, 내 남편이 되겠으니
구슬 옷을 잡아 입어보시오."
거기 함 안에서 구슬 옷을 내 놓고,
그것을 입어 보라고 하니,
바쁘게 바쁘게 배선이가 들어가서
입으려고 하니 그것을 어찌 입겠는가?
못 입고.
이 거지도 못 입고, 못 입고
다 입어보려고 해도 하나도 그것을 못 잡는다.
그때 궁상이는 입던 옷이라 척 쥐면서,
"어어! 보던 옷이로구나. 입던 옷이로구나."
하고 그것을 척 잡아서 입고서
등에 지고 하니
그때 가서 궁상이 부인이
"이 사람이 내 남편입니다."
하고 말하고 보니 어느 일이라고 틀리겠는가?
그리고 둘이 다시 노를 잡아서
배 타고서 건너 왔다.
와서 살자고 하니
이 궁상이는 신선 같은 양반이
밤낮 앉아서 무슨 일을 하지 않는다.
그 궁상이 부인이 바느질해서 품팔이 하는데
하도 답답해서
돈을 모아 가지고 남편에게 돈을 주면서,
"여보시오. 내가 무슨 작패를 놀겠나?"
이제 작패를 놀자니 무섭고 무서워서
작패도 못 놀고
밤낮 집안에 가만히 있으니
늙은 소 같아져 있으니
"내가 작패를 놀던지 뭘 치면서 놀던지,
아무 것이든 걸리는 것을 가지고
장사를 좀 해보시오."
아무리 어른이래도 장사를 해 봐야지 하고

돈 십 원을,
옛날 돈 십 원이면 여러 수천만 원 같다.
십 원을 주니,
장에 가지고 나가서 빙빙 돌다가
저녁에 들어오며
무엇을 가지고 들어왔느냐 하면
고양이를 하나 사 가지고 들어와서
앉아서 바느질 하는데다
고양이를 하나 훌쩍 들여보내니
기가 막혀서 아무 말도 하지 않고
가만히 있다가
이것도 인간이라고 사온 것이니
그거 좋다.
또 하루,
이 옛날에는 장이 7일 장이다.
7일 있다가 또 돈을 모아서,
"오늘 장에 가서는
그저 걸리는 대로 아무거나 사 가지고
가서 장사를 해보시오."
또 주니까 또 나가서 저녁에 들어와서
오늘은 일을 보는가 했더니
강아지 하나 사 가지고 왔다.
강아지를 사 가지고
또 부인이 앉아 일하는 방에다
혹 들이뜨리니 기막히고 기막혀서,
그래, 그 남편과 말 한마디도 못 하고
그 강아지가 고양이와 들어앉아서
사랑스럽게 자라고, 자라니
그 고양이와 강아지가
삼년이 되니 고양이 말이 그러거든
"강아지야, 강아지야.
우리가 이렇게 자라서 신세를 갚아야지
신세만 져서 어쩌겠니?

누구나 물논하구 내 냄편(男便)이 되겠으
구슬옷을 짓어 입읍죠.
거이 함 안에 구슬옷을 내 놓고
것을 지어 입으라구 하이
바쁜구 바쁜이가 배선을 들어다가
입자구 하니 것을 지어 어찌 입겠습니까.
못 입고
야 거지 못 입고 못 입고
다 입어도 하나도 것을 못 잡아 있습니다.
그 궁상이는 입든 옷이라 척 쥐머는
어어- 보던 옷이로구나. 입던 옷이로구나
하고 것을 척 잡아서 입구서리
등지리 지구 하니
그 때 가서 궁상이 부인이
이건 내이 냄편입니다.
하구 지구 보니 어느 일사라구 틀리겠습니까.
그리구서리 둘이 지금 그 노리잡아서
배 타구서리 건너 왔읍니다.
와서 사자구 하니
이 궁상이는 신선같은 양반이
밤낮 앉아서 무스 거 두 겹이 없습니다.
그 궁상이 부인이 바느질 해서 품팔너 하는데
하두 답답해서
돈을 모다 가주구 남편으 돈을 줘서
여보시요. 나가 무슨 작개루 노지
언저 작개루 노자니 무섭구 무서워서
자깨두 못 놀구
밤낮 집안에 가만 있으니
쑴쑴 같아지니까
나가 자깰 놀던지 무스거치놀던지
아무거든지 걸린 지 기주구
장살 좀 해 보시오.
아무리 어른 이라두 정살 해 봐야지

하구 돔 십원을
옛날돈 십원이면 여러 수천 만원 가탑니다.
십원을 주니
장에 가지고 나가 빙빙 돌다가
저물 역이 들어다가
무슨 지 가주구 들왔느냐 하면
고양이를 하나 싸 가주구 들어와서
앉어서 바느질 하는디다
고양이를 하나 휘울디려 보내
기가 맥혀서 아무 말두 하지 않구
가만 있다가
이것두 인간이라구 싸왔는 게다
그거 좋다.
또 하루 장이
옛날이넌 장이 이렛만이 장입니다.
이레 있다가 또 돈 모다서
오늘 장이 가서는
그저 걸리는대로 아무게나 싸 가지구
가서 장살 헤보시요.
또 주니까디 또 나가서 주물어서 들어와
오늘은 이사를 보는가 했더니
강아지하나 싸 가지구 왔읍니다.
강아지를 싸 가지고
또 부인이 앉아 일하는 방에다
후울 드리띠니 기맥히구 기맥혀서
그래 그 남편과 말 한마디두 못 하구
그 강아지가 고양이 들이 앉아서
사랑스럽게 자리우구 자리우니
그 고양이가 강아지가
삼년이 되 가주구 고양이 말이 그러거든
상아시야 강아지야
우리매 이렇게 자라 가지구 신셀 갚어서
신세 없이 어쩌겠니.

그러니 저 건너 강자 집에
팔방야광주가 있는데,
팔방야광주를 가지고 올 수 없으니
어쩌나.
건너에 가서 가지고 오지.
나는 물에 못 들어가니까
강아지야, 네가 가서 가지고 오너라.
나는 물에 못 들어간다.
그러면 고양이는 내 등에 업혀라.
업혀서 우리가 가서 가지고 올 때
소리 안내고 있어라."
강아지 등에 업혀서
한강으로 그 개는 물을 헤쳐 건너갔어.
장자집에 가서 팔방야광주를 물어다가
그 집 방문에 갖다가 떡 세워 놔.
그 팔방야광주를 갖다 놓고 보니
자고 나면 쌀이요, 자고 나면 돈이요.
밤낮 자꾸 앉아서 생겨 주고 생겨 주고 하니,
나라에서 그거
"어디서 궁상이 재산이 그리 많아서
밤낮 앉아서 먹고 앉아서
학 같이 앉아서 옷 잘 입고 돈 잘 쓰느냐?"
"그런 것이 아니요.
우리는 팔방야광주를
고양이가 가서 물어 와서
밤에 자고 나면
그 재산이 자꾸 불어 가지고 있습니다."
"그거 그러면 네 가서 바쳐라.
나라에다 바쳐야지 네가 써서 되겠니?"
그냥 그대로 갖다 바쳤습니다.

그걸 나라에다 바치니까
거기서는 밤에 자고 나면
잔등이 썩은 박만 자꾸 밤이면
거기 채워지고, 채워지고 합니다.
채워지고 하니
밤낮 두어 봐야 생기는 것이 없고.
그래서 거기에 불을 놔서 태워 버리고.
그 옛적에 다시 궁상이에게 다시 돌려 줬으면
재산이 다시 불어 가지고
크게 크게 되겠는데, 불에 태워서 없어졌어.
이것이 그래서 인간이,
사람이 살아서 죽으면 다시 돌아오지 못하고
태우고 보면 다시 돌아오지 못하는 겁니다.
그러니 부부 둘이서 살다가
이 세상을 떠날 때는
그 때에 신선 세상에서
신선이 데리려 내려와 인간 세상에 내려와
죄 지은 것을 벗어 가지고
신선 세상으로 갑니다.
그 고양이와 강아지는 둘이 살아서,
둘이 부부처럼
인간의 삼년으로 해서 있으니까,
그래서 고양이와 개는 십년을 못 삽니다.
십년을 살아서 보니까
둘이 합쳐서 사람이 되어서,
그 고가라는 성은
개와 고양이가 환생해서
낳은 성이 되어서 고가 되어서
고가라는 성은 가슴에 털이 있습니다.

그러니 저 건데여 장지 집이여
팔방야광주 있는데
팔방야광주 가 가주구 올 수 없으니
어찌 하겠나
건네에 가서 가주구 오지.
나는 물 못 들어 가니까
강아지야 늬 가서 가주구 오너라
나는 물을 먹는다 못 온다.
그러면 고양이를 갖다가 내 잔등이 엎이어라.
업히서 우리 가서 가주구 볼게
소리 말구 있어라.
강아지 잔등이 업히어서
한강으루 그 개는 물을 헤서 건너 갔어.
장자집이 가서 팔방야광주를 물어다가
그 집 바당문이 갖다가 떡 세워 놔
그 팔방야광주 갖다 놓구 보니
자구나면 쌀이요, 자구 나면 돈이요.
밤낮 자꾸 앉아서 생겨 주구 생겨 주구 하니
나라에서 그거
미서세 궁상이 어떠하니 재산이 그리 많에
밤낮 앉아 먹구 앉아서
학(鶴)이 같이 앉아서 옷 잘 입구 돈 잘 쓰느냐
그런 것이 아니요.
우리는 팔방야광주를
고양이 가서 물어 왔으니
밤 자고나면
그 재산이 자꾸 물어 가주구 있읍니다.
그거 그러면 네 가서 바쳐라.
나라다 바쳐야 되지 네 가서 써서 되겠니.
그냥 그대루 갖다 바쳤읍니다.

그 나라에다 바치니까
거기서는 밤 자고 나면
잔영이 썩은 고지박만 자꾸 밤이면
거기 채와지구 채와지구 합니다.
체와지구 하니
밤낮 두어 둬야 생기는게 없구.
그레서 그지 불을 놔서 태워 버리구
그옛적이 다시 궁상이게 다시 돌려 줬으믄
재산이 다시 불어 가지구
크게 크게 되겠는데 태와서 불에 었어졌어.
이것이 그래서 인간이
사람이 살아서 죽으머는 다시 환도 못 하구
태우구 보면 다시 돌아 못오는 겁니다.
그러니 양주 둘이서 살다가
이 세상을 떠날 적이
그 떼에 선간이서
선간이 데려서 하강 해서 인간 세상이 내려서
득죄(得罪) 진 거 벗어 가지구
선간에 가서 선간 사람입니다.
그 고양이가 강아지는 둘이 살아서
둘이 부비(夫婦)처럼
인간으 삽년으 감해서 있으니까
그래서 고양이나 개나 십년 아니 합니다.
십년을 양해서 보니까디
둘이 쌍합이 돼서 사람이 돼서
그 고개(高哥)라는 성(姓)은
개가 고양이가 한능해서 낳는
성이 돼서 고개 돼서
고개라는 성으는 가슴이 털이 있읍니다.

원문 출처

삼공본풀이	진성기, 『제주도무가본풀이사전』, 민속원, 1991.
칠성본풀이	진성기, 『제주도무가본풀이사전』, 민속원, 1991.
지장본풀이	진성기, 『제주도무가본풀이사전』, 민속원, 1991.
저승본	진성기, 『제주도무가본풀이사전』, 민속원, 1991.
숙연랑, 앵연랑 신가	손진태, 『조선신가유편』, 2012.

제6부

신들이 지켜주는 것들

1장

복을 주는 운명의 신

〈삼공본풀이〉

자신의 운명을 적극적으로 받아들이고 자신의 운명을 주체적으로 이끌어나간 가믄장아기가 나중에 운명신이 된다는 전상신화가 〈삼공본풀이〉이다.

구걸로 살아가던 부모에게서 가믄장아기가 태어난 이후 부자가 되어 살다가 "누구 덕에 사느냐"는 질문에 두 언니처럼 부모의 기대에 맞춰줄 수 있었지만, 자신의 삶을 개척하는 주체로서 "내 배꼽 아래 선실금 덕분"이라고 말을 한다. 가믄장아기의 삶에 시련을 제공한 두 언니는 청지네와 말똥버섯이 되고, 부모는 봉사가 되어 모든 것을 잃고 떠도는 신세가 되어 버리고, 자신의 운명으로 집을 나간 가믄장아기는 마퉁이와 결혼을 하고 부자가 된다. 부모가 걸인으로 떠돌아다닌다는 것을 알게 된 가믄장아기는 거지 잔치를 열어서 부모가 자신을 찾아오게 하고, 눈을 뜨게 한 뒤 함께 산다. 이렇듯 가믄장아기는 나쁜 운을 물리치고 복을 주는 운명의 주체로서 자리 잡게 되었다.

〈삼공본풀이〉에서는 운명의 주체적 삶을 사는 신의 모습뿐만 아니라 어떤 상황에서도 강인한 여성으로서의 삶을 살아가는 주체적인 여성으로서의 모습도 함께 볼 수 있다.

복을 주는 운명의 신 〈삼공본풀이〉

올라가 윗상실은 아버지 나라이고,
내려가 아랫상실은 어머니의 나라이고,
이 두 부부가 하루는
아랫녘에 시절 좋은데 얻어먹으러 가다가
길에서 서로 만나서 천상배필(天上配匹)이 된다.
처음 낳은 것이 은장아기
두 번째 낳은 것이 놋장아기
그 딸 형제 태어나니까
아침에는 밥을 먹고 저녁에는 죽을 쑤어
동냥하기를 그만두어서
그 아기 형제를 키워두고서
낳은 것은 감은장아기로구나.
이 아기가 커가면서
집안이 차차 부자가 되어서
기와집도 몇 채, 밭도 몇 판, 논도 몇 판의
천하거부로 살아가게 되었는데.
들어간 밭 종도 아홉이요,
나온 밭 종도 아홉이요, 마소가 수천 필이라,
잘 살고 있는데. 하루는 비가 온다.
윗상실과 아랫상실은 심심하니까
"큰딸아기 이리 오너라. 말이나 물어보자.
너는 누구의 덕분에 사느냐?"
"하느님의 덕입니다. 지하님의 덕입니다.
아버지의 덕입니다. 어머니의 덕입니다."
"내 자식이 분명하다. 너의 방으로 들어가라."
"둘째 딸아기 어서 오너라. 들어보자.

둘째 딸아기는 누구 덕에 사느냐?"
"하느님의 덕입니다. 지하님의 덕입니다.
아버지의 덕입니다. 어머니의 덕입니다."
"내 자식이 분명하다. 너의 방으로 들어가라."
"감은장아기 들어오너라. 물어보자.
너는 누구 덕에 사느냐?"
"하느님의 덕입니다. 지하님의 덕입니다.
어머니, 아버지의 덕택인들 없겠습니까마는
하온데 나는 배꼽 아래 선실금이 덕입니다."
"내 자식이 아니다. 나가라."
어머니와 아버지는
검은 암소에 입던 옷을 모두 놓고
늦인득이 정하님과 같이 가라고 내쫓으니,
비가 줄줄 오고 있는데도 나간다.
감은장아기는 염주알 같은 눈물이
연주반에 비가 지듯 울면서
아버지와 이별하고, 어머니와 이별하고 나간다.
어머니와 아버지는 감은장아기를 내쫓고서도
어이없고 밑도 끝도 없어서[1]
"은장아기야 저 문에 나가보아라.
네 동생 골목에 있거든
식은 밥에 물이라도 말아먹고 가라고 해라."
은장아기는 골목에 나가 보니 있으니까,
"어서 빨리 가버려라.
아버지가 너 때리러 나오고 있고,
어머니도 너 때리러 나오고 있다. 어서 가라."

---

1 밑도 끝도 없어서의 뜻인 듯.

올라 웃상실은 아방국이고
느륵 젯상실은 어멍국이고
이 두 부체가 흐르는
아랫녁히 시절 존 디 얼어먹으레 가단
질헤에서 서로 만난 천상배필이 됩네다.
체얌 난 게 은장애기
버금쳇 난 게 놋장애기
그 뚤 성제 솟아나난
아침인 밥을 먹고, 즈녁인 죽을 쑤난
동냥흠을 설러두언
그 애기 성젤 키와두언
난 것은 감은장애기로구나.
이 애기가 커가난
집안이 추추 부제로 되연에
지새집도 멧 커리, 밭도 멧 판이, 논도 멜 판이
천하거부로 살아지연.
든밭 종도 아옵이여,
난밭 종도 아옵이여 물마쉬가 수천바리라,
잘 살아지난 흐룰날은 비가 온다.
웃상실광 젯상실은 심심흐난
"큰뚤애기 이레 오라. 말이나 물어보져.
느는 누게 덕에 사느냐?"
"하늘님의 덕이우다. 지애님의 덕이우다.
아방왕의 덕이우다. 어멍왕의 덕이우다."
"내 즈속이 분맹흐다. 느방으로 들어가라."
"셋뚤애기 어서 오라 들어보져,

셋뚤애기는 누게 덕에 사느냐?"
"하늘님의 덕이우다. 지애님의 덕이우다.
아방왕의 덕이우다. 어멍왕의 덕이우다."
"내 즈속이 분맹흐다. 느방으로 들어가라."
"감은장애기 들어오라. 물어보져.
느는 누게 덕에 사느냐?"
"하늘님의 덕이우다. 지애님의 덕이우다.
어멍광 아방 덕택인들 웃소리까마는,
흡데 나는 뱃똥 아래 선그뭇이 덕이우다."
"내 즈속이 아니로다. 나고가라."
어멍왕광 아방왕은
감은암쇠에 입단이장 모 놓고
늦인득이 정하님광 흐디 가랜 내조치난
비가 잘잘 오람서도 나고 간다.
감은장애긴 주춤긑은 눈물이
연주반에 비가지듯 흐옵시멍
아방왕도 이벨흐고 어멍왕도 이벨흐고 나고 간다.
어멍왕광 아방왕은 감은장애길 내뚤아두언
어이웃고 시매웃언[1]
"은장애기야. 저 올레에 나고보라.
느 아시 올래에 싯거든
식은 밥에 물즈미[2]라도 흐영 가량 흐라."
은장애긴 올레레 나간 본 시난,
"흔저 재게 가불라.
아방왕도 느 뜨리레 나오람져.
어멍왕도 느 뜨리레 나오람져. 어서 가라."

---

2 물에 밥을 말아서 먹는 것을 말함.

하고서 노둣돌로 올라서니
청지네가 되어버린다.
어머니와 아버지는 큰딸아기가 오지 않으니까
"둘째 애기야, 저 골목에 가 보아라.
네 형하고 네 아우가 안 오고 있다.
나가 봐서 있으면
식은 밥에 물이라도 말아먹고 가라고 해라."
둘째 딸애기 나가서 보니
제 아우만 우물우물하고 있으니까
"빨리 가버려라. 어머니하고 아버지하고
너를 때리러 오고 있다."
하여 두고서 잿더미의 움막 위로 올라서니까
말똥버섯이 되어버린다.
어머니는
"어째서 이 애기가 하나도 안 오는가?"
나가려고 하다가,
부엌문 문살이 갑작스레 닫히고 쏘여서
장님이 되는구나.
아버지는
"이거 어떻게 애기들 소식이 없는가?"
밖으로 나오다가
대문 문살에 자락 쏘여서 장님이 되는구나.
이젠 이 두 부부가
정판수, 정봉사 두 소경으로
한 막대기 짚고서 얻어먹는 신세가 되는구나.
감은장애기는 눈물이 앞을 가려
청산이 흑산 되고, 흑산이 청산 되고
울며불며 머물 곳도 못정하고 가다가 보니까
마퉁이가 마를 파내는 데가 있어
"늦인득이 정하님아, 저기 가서 보아라.
언제면 머물 곳이나 보이겠는가?"

그리하면서 들어 가보니,
"그년의 십에 남은 년 때문에
마의 머리만 잃어버렸다.
돌멩이로 닥닥 맞춰버릴까!"
돌아와서 다시 가다가 보니까,
마를 파내는 데가 있어서
"저기 가서 또다시 들어보아라."
그렇게 하여서 가니까
다시 그렇게 욕질만 하여서 돌아오고
가다가 보니까 다시 마파는 데가 있어서
감은장아기는 다시 말을 하기를,
"늦인득이정하님아, 다시 저기 가 보아라.
언제면 머물 곳이 보일까."
"나는 안 가겠습니다. 가면 욕만 하고.
어서 마누라님처럼 가서 들어보십시오."
할 수 없이
감은장아기가 마를 파내는 데를 가서
"어디로 가면 사람이 머물 곳이 있습니까?"
"요쪽으로 저렇게 가다가 보십시오.
머물만한 작은 집에 있습니다.
가서 집을 빌려달라고 하고,
안 빌려주거든 문 밖에라도 앉아 있으십시오."
가다 보니까 오막살이가 있어서,
들어가 보니까 어떠한 할머니가 있구나.
"여기 길 넘어가는 여자아이들이
날 저물어서 밤이나 새고 가야겠습니다.
집이나 조금 빌려주십시오."
"아이구! 우리 큰 마퉁이 마 파서 오면
집 빌려줬다고 욕해요."
"그러면 문 밖에라도 있다가 가겠습니다."
"아무렇게나 해요."

ᄒᆞ여 두언, 물팡돌레레 올라스난
청주쟁이 몸이 되여간다.
어멍왕광 아방왕은 큰ᄄᆞᆯ애기 아니 오라가난
"셋ᄄᆞᆯ애기야. 저 올레레 가고 보라.
느 성 ᄒᆞ고 느 아시라 아니왐져.
나강 ᄫᅡᆼ 싯건
식은 밥에 물ᄌᆞ미라도 ᄒᆞ영 가랭 ᄒᆞ라."
셋ᄄᆞᆯ애기 나간 보난
지 아시만 ᄆᆞᆼ캐염시난
"ᄒᆞ저 가불라. 어멍이영 아방이영
늘 ᄯᆞ리레 오람져."
ᄒᆞ여두언 불쳇막 웃테레 올라스난
물똥버섯이 되여분다.
어멍왕은
"어떵ᄒᆞ난 이 애기가 ᄒᆞ나토 아니왐신곤?"
나가젠 ᄒᆞ난,
정짓문 입쟁이에 자락³ 쏘완
눈봉ᄉᆞ가 되는구나.
아방왕은
"이거 어떵ᄒᆞ난 애기들 소식이 엇인곤?"
밖으로 나오단에
대문 입쟁이에 자락 쏘완 눈봉ᄉᆞ가 되는구나.
이젠 이 두 부체가
정판ᄉᆞ 정봉ᄉᆞ 두 쇠경이
ᄒᆞᆫ막댕이 짚언 얻어먹는 신세가 되는구나.
감은장애긴 눈물이 앞을 ᄀᆞ려,
청산이 흑산 되고, 흑산이 청산 되고,
울멍시르멍 인간처도 못ᄃᆞᆼ기고 가단 보난
마퉁이가 마파는 디가 시난
"늦인득이 정하님아, 저디 강 들어보라.
어느제민 인간처나 보아집네껭."

그엉ᄒᆞ연 들으레 가난,
"그년느 씹에 난 년 때문에
마댕맹이만 잃어부려라.
담돌로 닥닥 마쳐부리럇!"
돌아완에 다시 가단 보난,
마파는 디가 시연
"저디 강 또시 들어보라."
경ᄒᆞ연 가시난
또시 경 욕질만 ᄒᆞ연, 돌아오고
가단 보난 또시 마파는 디가 시연
김은장애긴 또시 말을 홈을,
"늦인득이 정하님아. 또시 저디 강 들어보라.
어느 제민 인간처나 보아집네껭"
"난 아니가쿠다. 가민 욕질말 ᄒᆞ곡.
어서 마누라님냥으로 강 들어봅서."
홀 수 엇이
감은장애기가 마파는 딜 강
"어딜로 가민 인간철 가집네까?"
"욜로 저영 가당 봅서.
인간처이 흑곰은 ᄒᆞᆫ 집이 싯쑤다.
강 집이나 빌립셍 ᄒᆞ영
아니 빌리건 무뚱에라도 앚아십서"
가단 보난 막사리가 시연,
들어간 보난 어떵ᄒᆞᆫ 할망이 싯구나.
"우리 질 넘어가는 지집아이들,
날ᄌᆞ물안 인감이나 새영 가쿠다.
집이나 ᄒᆞᆺ술 빌립서."
"아이구! 우리 큰 마퉁이 마 ᄑᆞᆼ 오민
집 빌렸쟁 욕ᄒᆞ여."
"우리 게멘 무뚱에라도 살앙 가쿠다."
"아맹이나 ᄒᆞ여."

---

3 갑작스럽게 다치는 모습.

그렇게 하여서 앉아서, 날이 저물어가니까
'왈크릉 왈크릉' 소리가 난다.
"할머님아, 할머님아. 저건 무슨 소리입니까?"
"우리 큰 마퉁이
마를 파서 굴러오는 소리입니다."
큰마퉁이 들어와서 하는 말이
"여편네는 꿈을 꾸어도 간사한 것인데
망하겠구나.
여편네들이 와서 앉겠다니."
조금 있으니까 '왈크릉 왈크릉' 소리가 난다.
"할머님아, 저건 무슨 소리입니까?"
"우리 둘째 마퉁이 마를 파서 굴러 오는 소리야."
둘째 마퉁이도 들어오면서 그렇게 욕을 한다.
조금 있으니까
다시 이번에는 '사르릉 사르릉' 소리가 난다.
"저건 무슨 소리입니까?"
"그건 우리 작은 마퉁이
마 파서 오는 소리야."
작은 마퉁이는 문으로 들어오면서,
"좋다! 우리 집에는 소도 없나보다 했는데
소도 매어져있으니 부자 되겠구나.
아이구!
우리 집에는 여편들도 없나보다 했는데
부군들이 들어오니 부자 되겠구나."
이제는 큰 마퉁이가 마를 삶아서,
머리는 어머니를 주고, 꼬리는 나그네를 주고,
가운데 잔동이는 자기가 먹고.
둘째 마퉁이도 마를 삶아서
큰 마퉁이와 꼭 같은 행실을 하고.
작은 마퉁이는 마를 삶아서
꼬리 쪽으로는 나그네를 주고,

한가운데의 잔동이는 어머니를 주고,
머리는
"오늘 종일 날 못 견디게 하였으니
나나 먹자."
한다.
감은장애기는 저녁을 해서 먹으려고,
솥을 빌려 밥을 하고,
밥상을 차려서 큰 마퉁이한테 들고 가니까,
"우린 조상 적부터 그런 굼벵밥은
먹어 본적 없어 안 먹겠다."
둘째 마퉁이한테 가져가도 또 그렇게 하여,
작은 마퉁이한테 들고 가니까,
"아이구! 고맙습니다.
주인이 나그네한테
저녁을 하여서 주는 것이 당연하건마는
나그네가 주인한테 저녁을 하여서 놓으니까
이런 고마움이 어디 있습니까!"
작은 마퉁이가 그 쌀밥을 받아서
먹음직스럽게 먹어가니까, 큰 마퉁이는
"아이구! 맛있냐?"
"맛있고 말고."
"한술 다오. 먹어보자."
바짝 뜨거운 데로
한 숟가락 떠서 손바닥에 착 발라주니까
"앗 뜨겁다, 앗 뜨겁다.
거참! 달긴 달다.
놔뒀으면 우리 아버지 제사하고 먹을 것을!"
둘째 마퉁이도 큰 마퉁이처럼 그렇게 하고,
밤에 누워있으니까, 감은장애기가
"할머님, 어느 아들 하나 보내주십시오.
나 발 시려서 발이나 따스하게 하겠습니다."

그영ᄒ연 앚안, 날이 ᄌ물아가난
"왈크릉 왈크릉" 소리가 난다.
"할마님아, 할마님아. 저건 미신 소리우꽈?"
"우리 큰마퉁이
마판 둥그러오니 소리라."
큰마퉁이 들어멍, ᄒ는 말이,
"예펜은 꿈에 시꾸와도 새물⁴인디
망홀로구나.
예펜들이 오란 앚안."
흑곰 시난 "왈크릉 왈크릉" 소리가 난다.
"할마님아, 저건 미신 소리우꽈?"
"우리 셋마퉁이 마판 둥그러 오는 소리라."
셋마퉁이도 들어오멍 그영 욕질 혼다.
흑곰 시난
또시 이번은 "스르릉 스르릉" 소리가 난다.
"저건 미신 소리우꽈?"
"그건 우리 족은 마퉁이
마판 오는 소리라."
족은 마퉁인 올래로 들어오멍.
"흡다! 우리집인 쇠도 웃언 ᄒ단보난
쇠도 매여지연 부제 될로구나.
아이구!
우리집인 예펜들도 웃언 ᄒ단보난
부군들이 들어오난 부제 될로구나."
이젠 큰마퉁이가 마을 숢안,
데강이는 어멍을 주고, 꼴랭이는 나그네를 주고,
가운디 준동은 지가 먹고.
셋마퉁이도 마을 숢만
큰마퉁이광 꼭 같은 행실을 ᄒ고.
족은마퉁인 마을 숢안
꼴랭이 펜데렌 나그넬 주고,

한준동은 어멍을 주고,
데강인,
"오늘 해원 날 ᄌ들라시메
나나 먹저."
한다.
감은장애긴, ᄌ녁을 ᄒ영 먹젠,
솟을 빌언 밥을 ᄒ고,
상을 출련 큰마퉁이신디 들러가난,
"우린 초상적부떠 그런 굼벵이밥을
먹어본디 웃어. 아니먹크라."
셋마퉁이신디 들러가도 또 기영ᄒ여,
족은마퉁이신딘 들러가난,
"아이구! 고맙수다.
주인이 나그네신디
ᄌ녁을 ᄒ영 준다ᄒ건마는,
나그네가 주인신디 ᄌ녁을 ᄒ연 놓난,
이런 고마움이 어디 싯수꽈!"
족은마퉁이가 그 곤밥을 맡안
먹엄직이 먹어가난, 큰마퉁인
"아이구! 두냐?"
"들곡말곡."
"ᄒ쭉 도라 먹어보저."
붓싹 지저운딜로
ᄒ숙가락 펀에 손바닥에 착 부시대기난
"엇떠바라 엇떠바라,
거츰! 둘문 둘다.
놔둬시민 우리 아방 식게ᄒ영 먹을 껄!"
셋마퉁이도 큰마퉁이추룩 경ᄒ고,
밤인 누어시난, 감은장애기가.
"할마님, 어느 아들 ᄒ나 보냅서.
나 발실려완 발이나 맨돈구져."

---

4 邪物. 간사한 인간이라는 뜻.

할머니는 아들들을 부른다.
"큰 마퉁아, 저기 나그네 발 시렵다 한다.
누구 하나 보내어 달라고 한다.
네가 가 보아라."
"마 파다가 잘 먹여 놓으니까
저런 길 가던 여자 있는데 보내어서
날 죽여 먹으려고?"
하면서 말고,
둘째 아들에게 말해도 그렇게 하고,
작은 아들은,
"그렇게 하겠습니다.
죽어도 내가 가겠습니다.
어머님 하는 말을 안 듣겠습니까."
이젠 감은장아기와 작은 마퉁이는
천상배필 두 부부가 되는구나.
감은장애기는 작은 마퉁이의
마 파던 몸을 깨끗하게 씻겨주고
줄누비 바지에, 코누비 저고리에,
태사신에, 코잽이 버선에,
외올망건에, 숫불리 당줄에,
동곳에 갓에, 삼백두루마기에,
한산모시중치막에, 막 차려서
새벽녘 대명천지 밝아가니까,
"낭군님아,
저 문에 노둣돌에 가서 서 있으십시오."
작은 마퉁이가
그리 곱게 차리고 나가 서있으니까.
큰 마퉁이는 작은 망태기에 호미 집어넣고
마 파러 나가다가 보니까
어떤 신선이 서있어서,
"어디 신선님이십니까."
절을 꾸벅꾸벅 하니까

"형님아, 날 모르겠습니까?
나 작은 마퉁이 아닙니까."
"허, 그거 내가 갈 것을!"
하고. 둘째 마퉁이도 똑같이 하면서
그렇게 형님네가 마 파러 모두 가버린다.
그 곱게 차려서 입은 옷들은
모두 벗겨두고서 갈옷으로 갈아입혀서
감은장애기는 작은 마퉁이에게
"마팠던 구멍을 가리키십시오."
하여서 가서 보니까,
큰 마퉁이 마 파던 구멍에는 물개똥만 가득하고,
둘째 마퉁이 마 파던 구멍에는 쇠똥만 가득하고,
작은 마퉁이 마파던 구멍에는
던져버린 돌덩이가 은덩이로 되어 있어
"이걸 멱서리에 모두 주워 놓으십시오."
"돌 주워 가서 뭐하려고?"
"돌이고 아무 것이고 말하는 대로
이 멱서리 모두 주워 놓으십시오."
한 짐 잔뜩 주워서 지어 와서,
이튿날부터는 작은 마퉁이에게
"팔만들 제장오리 들어가서
이 걸 팔아 오십시오."
하니까 작은 마퉁이가
"돌 팔러 가서 무엇이라고 말해?"
"그저 지어 가서 얼마나 받겠느냐? 하면
줄만큼 주십시오 하고 받아 오십시오."
하여서 그 은덩이를 모두 팔아다가
없던 큰 집 없든 큰 밭이 다 생기니
천하거부가 된다.
크디 큰 밭 가운데 가서 청기와장은 덮고
암기와장은 깔고 하여서 밤이 지나니
이튿날은 없는 종, 없는 밭이 마구 생기고,

할망은 아들들을 불러간다.
"큰마퉁아, 저디 나그네 발실렵댄
누게 ᄒᆞ나 보내여 도랜 ᄒᆞ염져.
느나 강 보라."
"마파단 짓멕여 놓난
그런 질카단년신디 보내영
날 죽여먹젠?"
ᄒᆞ명 말안,
셋아들ᄏᆞ라 ᄀᆞ라도 그영ᄒᆞ고,
족은아들은,
"기영ᄒᆞᆸ주.
죽어져도 나 가쿠다.
어머님 ᄀᆞᆺ는 말 아니들읍네까."
이젠 감은장애기광 족은마퉁인
천상배필 두 부체가 되는구나.
감은장애긴 족은마퉁일
마파단 몸을 ᄏᆞᆯᄏᆞ게 금져두고
줄누비 바지에 콩누비 저구리에
낙낙창신에 코제비보선에
외올망긴에 숫불리당줄에
대염이동곳에 삼백도리월통양에
한산모시중치막에, 막 출련,
먼동금동 대명천지 묽아가난,
"낭군님아.
저 올레에 물팡돌에 강근에 사십서."
족은마퉁이가
그영 괴양 출련 나간 사시난.
큰마퉁인 맬망탱이에 굴게 드리치고
마파레 나가단 보난,
어떤 신선이 사선,
"어딜 시서님이우껜."
절을 구박구박 ᄒᆞ난,

"성님아. 날 몰르쿠가겐.
나 족은마퉁이 아니우꽈."
"허, 그거 내가 갈컬!"
ᄒᆞ고, 셋마퉁이도 경ᄒᆞ연.
이젠 성님네가 마파레 맨딱 가부난,
그 괴양 출려 입은 옷들은
멘딱 베껴두언 갈옷으로 골아입젼,
감은장애긴 족은마퉁이ᄀᆞ라
"마파난 궁길 강 ᄀᆞ리칩센."
ᄒᆞ연, 간 보난,
큰마퉁이 마파단 궁기엔 물개똥만 착착ᄒᆞ고,
셋마퉁이 마파단 궁기엔 쇠똥만 착착ᄒᆞ고,
족은 마퉁이 마파단 궁기엔
네껴분 돌덩이가 은덩이로 되어시난
"이제랑 이걸 맥데레 ᄆᆞᆫ딱 줏서놉서."
"돌 줏어놓앙 강 뭣ᄒᆞ여?"
"돌이고 아무거고 ᄀᆞᆺ는냥
이 멕데레 ᄆᆞᆫ딱 줏서놉서."
ᄒᆞᆫ짐 잔뜩 줏어놓완 지연 완,
뒷녁날부떤, 족은마퉁이ᄀᆞ라,
"팔만드르 제장오리 들어강
이 걸 풀앙 옵서."
하난, 족은마퉁인
"돌 풀레 강 미시거엥 ᄀᆞ라?"
"그ᄌ 지영 강 언마니 받을딩? ᄒᆞ건,
줄만이만 줏서 ᄒᆞ영, 받앙 옵서."
ᄒᆞ연. 그 은덩일 ᄆᆞᆫ짝 풀아단
옷인 큰 집 옷인 큰 밭이 다 나난.
천하거부가 되여 온다.
큰큰ᄒᆞᆫ 밭가운디 간 청지왓장은 덮고
삼치잇깅을 끌고 ᄒᆞ연 빔자나난,
뒷녁날은 옷인 종, 옷인 밧이 창창 솟아지난,

말마소와 밭과 봇논 재산이 쏟아지고,
종들은
"어느 밭 갈러 갑니까? 어느 논 갈러 갑니까?"
하면
"갈던 밭 갈아라, 갈던 논 갈아라."
하면서 살아간다.
이렇게 편안히 살아도
감은장아기는 끝내 잇몸을 드러내며 웃지 않고
세상에 부족한 것이 없는데,
하루는 작은 마퉁이가 말을 하기를
"우리가 이렇게 잘 살고 있는데
왜 부인님은 얼굴을 펴는 날이
한시도 없습니까?"
감은장아기가 말을 하기를
"우리가 천하거부로 잘 살고 있으니,
이제는 세 읍
모든 얻어먹는 사람들을 모아서
두이레 열나흘 걸인잔치를 하면
내가 잇몸을 드러내면서
웃을 일이 생길 것입니다."
"그것인들 어려우랴."
그날부터 차리는 것 모두 차려서
걸인잔치를 하는데, 열나흘 째
두 소경이 한 막대를 짚고 골목으로 온다.
"늦인득이 정하님아.
저 올레로 들어오는 할머니와 할아버지에게
절대로 밥을 주지 마라.
앞으로 가서 밥을 먹이다가
저 할머니와 할아버지한테 가게 되면
떨어졌다고 하고,
가운데로 가서 앉거들랑

양 끝으로 가서 밥을 먹이다가
저 할머니, 할아버지한테 가면
"에이고! 밥이 떨어졌다" 하여서,
날 저물도록 밥을 주지 마라."
날이 저물어가니까 할머니와 할아버지는
"아이고! 아이고!
두 이레 열나흘 째 왔건마는
밥도 한술 못 얻어먹는 팔자."
하며 울며 나가려고 하니
감은장아기가 말을 하기를
"가지 마십시오.
오늘 종일 밥이 부족하여 못 먹였으니
밤에는 잘 하여서 먹이겠습니다."
할머니와 할아버지를 사랑방으로 부른다.
늦인득이정하님은 등불 들고
감은장아기는 밥상을 차려서 들고 가는데
두 소경은
"개가 오고 있다"
하며 지팡이로 왕창 때리니까
차려 놓은 밥상은 다 부서졌구나.
"아이고! 우리 어머니, 아버지는 팔자가 그래서
밥 한상도 못 받아먹고 있구나."
이제는 물밥을 바가지로 하나 차려가서
"오늘 종일 못 먹었으니 잘 먹으십시오.
이건 술입니다, 이건 밥입니다."
하면서 잘 먹여 놓고 나앉아서
"할머니네는 늘 동냥을 합니까?
전에는 잘 살았습니까?
살았던 이야기나 하십시오."
"들은 말도 본 말도 없습니다.
주인이나 말하십시오."

물 무쉬여 전보답 가지전답⁵이 솟아지고,
종들은
"어느 밭 갈레 갑네까? 어느 논 갈레 갑네까?"
ᄒᆞ민
"갈단 밭 갈라, 갈단 논 갈라."
ᄒᆞ멍, 살아간다.
ᄋᆞᆼ 펜안이 살아져도
감은장애기가 ᄂᆞ시 니염들런 웃질 아니ᄒᆞ곡
시상에 풀어진 때가 웃이난
ᄒᆞ를날은 족은마퉁이가 말을 ᄒᆞ되
"우리가 ᄋᆞᆼ 잘 살아지는디
무사 부인님은 꼴 패울 때가
ᄒᆞᆫ시 웃어집네까?"
감은장애기가 말을 ᄒᆞ되,
"우리가 천하거부로 잘 살아졈시난,
이제랑 삼업의
모든 언어먹는 사름들을 매왕
두일뢰 열나흘 걸인잔치를 ᄒᆞ여시민
내가 니염들렁
웃일 일이 날 거우다."
"그건들 어려우랴."
그날부터 츠리는 게, 막 출련.
걸인잔칠 ᄒᆞ는디 열나흘 첸
두 쇠경이 ᄒᆞᆫ 막댕일 짚언, 저 올래로 오라간다.
"늦인득이 정하님아.
저 올래로 들어오는 할망 할으방이랑
하다 밥을 주지 맙앙.
머리로 강 밥을 멕이당
저 할망 할으방신디 가건
매기엥 ᄒᆞ곡,
가운딜로 강 앚거들랑

양 끝댕이로 강 밥을 맥이당
저 할망 할으방신디 가건
"애이고! 밥은 매기앵." 하영,
날 ᄌᆞ물도록 밥을 주지 말라."
날이 ᄌᆞ물아가난 할망 할으방은
"아이고! 아이고!
두 일뢰 열나흘 채 오랐구나마는
밥도 ᄒᆞᆫ적 못얻어먹는 팔제."
ᄒᆞ멍, 울멍 나가젠 ᄒᆞ난,
감은장애기가 말을 ᄒᆞ되,
"가시 맙서,
오늘 해원 밥 부족ᄒᆞ연 못 맥여시매
밤인 잘 ᄒᆞ영 멕이쿠다."
할망 할으방을 ᄉᆞ랑데레 청ᄒᆞᆸ네다.
늦인득이 정하님은 등불 들르고
감은장애기는 밥상을 출련 들러가난,
두 쇠경은
"개 오람젠."
ᄒᆞ멍 주랑으로 왓싹 부찌난
출료 놓은 상은 다 부서졌구나.
"애이구! 우리 어멍 아방은 팔ᄌᆞ가 기영ᄒᆞ연
밥 ᄒᆞᆫ상도 못받아먹엄구나."
이젠 물밥으로 박새기로 ᄒᆞ나 출려 간,
"오늘 해원 못먹어시매 잘 먹읍서.
요건 술이우다. 요건 밥이우다."
ᄒᆞ멍, 잘 맥여 놓완, 나아잔,
"할망넨 느량 동녕을 ᄒᆞᆸ디가?
전인 잘 살아납디가?
살아난 말이나 ᄒᆞᆸ서."
"들은 말도 본 말도 웃수다.
주연이나 ᄀᆞᆸ서."

---

⁵ 家資田畓. 집, 재물, 논밭 등의 재산.

"오늘, 오늘, 오늘이며 매일 장삼 매일이면
성도 얼마나 가실쏘냐.
옛날 옛적에 윗상실과 아랫상실이 있는데,
아버지는 윗상실, 어머니는 아랫상실
길에서 마주쳐서 가족부부 되었습니다.
첫 자식은 은장아기,
둘째자식은 놋장아기,
셋째자식은 감은장아기 태어났는데,
부자로 잘 살다가 하루는 비가 오니까
부족함이 없는 살림에 겨워서
나를 부르고 누구 덕에 사느냐?
듣고 나더니 나를 내쫓아버렸구나.
내가 감은장아기, 딸입니다."

두 소경은
"이게 무슨 말인가? 눈이나 밝았으면 볼 것을!"
하면서 양손 주먹으로
양 눈을 마주 치니까 눈이 밝아져서,
딸집에서 살게 되는구나.
윗상실과 아랫상실은
감은장아기, 딸집에서 사는데
이 할아버지와 할머니는
얻어먹으러 다닌 습관 때문에
손도 검고 깨끗함이 없으니,
사위한테 이가 나서 못 살아
감은장아기는 어머니, 아버지를 모시며
따로 나와서 잘 살았습니다.

맹인

"오늘 오늘 오늘이여. 매일 장삼 매일이민
성도 얼만 가실서냐.
옛날 옛적 ᄂᆞ려스민 웃상실광 제상실이
아방국은 웃상실, 어멍국은 제상실.
질레에서 맞컬으고, 가ᄌᆞ부처 되옵네다.
쳇ᄌᆞ속은 은장애기,
둘쳇ᄌᆞ속은 놋장애기,
싯쳇ᄌᆞ속은 감은장애기 솟아지난
부제로 잘 살안. 하를날은 비가 오난
야기⁶ 제완
나를 불르고 누게 덕에 사는딘?
들언 나를 내조차불었구나⋯⋯
나가 감은장애기, ᄄᆞᆯ이우다."

두 쇠경은
"이게 미신 말고? 눈이나 붉아시민 볼컬!"
ᄒᆞ명 양손주먹으로
양눈을 마주 치난 눈이 붉아지연,
ᄄᆞᆯ집이서 살게 되는구나.
웃상실광 제상실은
감은장애기, ᄄᆞᆯ집이서 사는디
이 할망 할으방은
얻어먹으레 댕겨난 전상으로
손도 검고⁷ 겡경이 웃이난,
사위신디 니가 난, 못살인,
감은장애긴 어멍 아방을 모산
ᄄᆞ로 나완 잘 잘았쑤다.

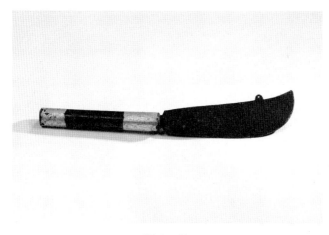

기물 25 : 월도

---

6 부족함이 없는 상태.
7 도둑질 행실이 있다는 뜻.

2장

번성과 풍요의 신

〈칠성본풀이〉

〈칠성본풀이〉는 번성과 풍요를 담당하는 뱀신에 관한 이야기이다. 송성군과 장성군 부부가 칠성제를 잘 지내고 딸을 하나 낳았는데, 아이 일곱 살이 되자 벼슬살이를 떠나게 되었다. 아이를 하녀에게 맡기고 떠나는데 몰래 부모를 따라가던 아이가 길을 헤매다가 중의 보호를 받게 되고, 후에 벼슬사이를 끝낸 부모가 돌아와 아이를 찾는다. 찾은 아이는 임신을 하고 있어 석함에 넣어 바다에 띄워버린다. 석함이 바다를 떠다니다가 제주 조천으로 들어가니 일곱 해녀가 서로 가지려고 싸우다가 열어보니 뱀 여덟 마리가 들어있었다. 임신한 딸이 뱀으로 변하여 일곱 뱀을 낳아 신이 되어있는데, 사람들은 더럽다고 침을 뱉었더니 모두 병이 났다. 점을 보니 남의 나라 칠성부군에게 해코지를 한 탓이라며 굿을 하라고 한다. 그러자 해녀들은 모두 병이 낫고 바다에서 많은 수확을 하여 부자가 되었다.
이후 여덟 신은 헤어져서 자신이 머물 곳을 정하여 각각의 능력을 가진 칠성신이 되었다.

번성과 풍요의 신 〈칠성본풀이〉

칠성이,
강남천자 드넓은 밭 송핏골로
소왕소왕 솟아지던 부군칠성 마누라.
난산국이 어디이냐 하거든
송씨 나라 송씨 부인 송성군,
장씨 나라 장씨 부인 장성군.
근본이 가난하고 선하여
아기도 없이 사는데,
하루는 잘 아는 점쟁이가
어떻게 났나 하고 점을 보는데,
"칠성단을 모셔서 칠성제를 하였으면
없는 돈도 나고, 없는 자식도 나고
부귀영화 하겠구나."
"그러면 칠성제를 어떻게 합니까?"
"칠성단을 모셔놓고
밥도 일곱, 떡도 일곱,
쟁반에 고여 놓고,
무명도 일곱 필,
불도 일곱 개를 켜 놓고,
잔도 일곱, 쌀도 일곱 놓고,
칠성제를 지냈으면 좋겠구나."
집으로 돌아와 칠성제 하려고 차려가니
바깥으로는 대안칠성, 칠성원군, 일곱칠성인데,
그중 넷째 목성군이 너무 재주가 좋아
인간의 죄목에 빠져서 죄인으로 내려섰다.
목성군은 아이들 일천선비를 모아서

글을 가르치는데,
하루는 어두워 가는데
마당에 나서서 천기운을 짚어보니
여섯 성군이 모두
강남천자 송핏골 드넓은 밭
장씨 나라 장씨 부인,
송씨 나라 송씨 부군한테 가려고 하는구나.
목성군은 아이들 글 가르치다가
여섯 형제들과 같이 가려고
아이들을 일찍 다 보내고 차려간다.
글공부하던 일천제자들이
기꺼이 모두 가버리는데,
수제자 하나 있다가
선생이 멀리 출장을 가려 하는 것 같으니
자기도 차려 선생 뒤를 쫓아보려고
막 군복을 차려서 골목으로 나간다.
수제자는 먼 발로 선생 뒤를 쫓아 보니
선생이 송씨 나라 송씨 부인,
장씨 나라 장씨 부인네 집으로 들어가
칠성단을 모셔 놓고 칠성제를 지내는데,
처음 간 성군님네는 상을 받아 앉았구나.
목성군 앞을 자리는 비어있으니
안으로 들어가 상을 받아 앉아
음식을 다 마쳐 놓은 후에는
성군들이 말을 한다.
"송씨 부인, 장씨 부인이

---

8   여기서는 뱀을 말하며 집안의 부를 상징하는 뱀신을 가리킴.

칠성이[8]
강남천주[9] 짓넙은밭 송핏골로
소왕소왕 솟아지든 부군칠성 마누라.
난산국이 어딜러냐 ᄒ거든에
송씨나라 송씨부인 송성군,
장씨나리 장씨부인 장성군.
근본이 가난ᄒ고 선한ᄒ연
애기도 엇이 사는디,
ᄒᄅ은 잘 아는 점쟁이가
어디 났젠 ᄒ난 간 점을 ᄒ난,
"칠성단을 무어근 칠성젤 ᄒ여시민
엇인 돈도 나곡 엇인 즈식도 나곡
부귀영회 홀로구나."
"게민, 칠성젤 어떵ᄒ영 홉네까?"
"칠성단을 무어놓고
밥도 일곱 떡도 일곱
정반에 괴여놓고
미녕도 일곱빌
불도 일곱갤 싸놓고
잔도 일곱, 쏠도 일곱 놓곡
칠성젤 지내여시민 좋로구나."
집으로 돌아오란 칠성제 ᄒ젠 출려가난
뱃곁드론 대안칠성 칠원성군 일곱칠성인디,
그중 늬첻 목성군이 하도 제주라 좋아도
인간의 죄목에 빠지연 죄인으로 나려샀수다.
목성군은 아이늘 일천선비를 모완

글을 ᄀ리치는디,
ᄒᄅ은 어두와가난
마당에 나산 천기운간을 짚어보니
옷숫성군이 매딱
강남천주 송핏골 짓넙은밭
장씨나라 장씨부근
송씨나라 송씨부군신데레 가젠 ᄒ염구나.
목성군은 아이들 글ᄀ리치단
옷숫성제들쾅 ᄒ디 가젠
아이들을 인칙 다 놓이고 출러간다.
글공비ᄒ단 일천제즈들이
지꺼지연 매딱 가부는디,
수제즈 ᄒ나이 있단
선싱이 멀리 출장을 가젠 ᄒ는 것 ᄀᄋ난
지도 출련 선싱 조롬을 조차보젠
막 군복을 출련 올레레 나고갑네다.
수제준 먼 발로 선싱조롬을 종간 보난
선싱이 송씨나라 송씨부인
장씨나라 장씨부인네 집으로 들어간
칠성단을 무어놓고 칠성제를 지내는디,
몸첨 간 성군님넨 상을 받아 앚았구나.
목성군 앚일 자린 비여시난
안트로 들어간 상을 받아 앚안
음식들을 다 필ᄒ여 놓은
후젠, 성군들이 말을 ᄒ다.
"송씨부인 장씨부인이

9   江南天子(중국을 뜻하는 듯).

우리 상에 마음을 먹어서
이리 잘 차려 놓았으니
어떻게 치사합니까?"
목성군이 말을 하기를
"난 마지막에 와서 상을 받고
형님네는 먼저 와서 상을 받았으니
먼저 말을 하십시오."
대성군이 말을 하기를
"나는 이들에게 복을 줄 것이다."
강성군이 말을 하기를
"나는 말과 소를 나누어 주겠다."
기성군이 말을 하기를
"난 가지전답을 주겠다."
다시 한 성군이 말을 하기를
"요것들이 자식 없이 있으니,
난 자식을 나누어 주겠다."
목성군이 말을 하기를
"나는 갈 때는 저것들
정판사 정봉사 시켜두고 가겠습니다."
"아이고! 거 무슨 말이냐.
그런 일이 어디 있느냐?"
"그래도 마지막에는
알 도리가 있을 것입니다."
하며 모두 빨리 일어나 나오고.
다음날은 목성군이 글을 가르치는데
수제자가 나와서,
"선생님 지난밤에 어딜 다녀왔습니까?"
"이 자식, 괘씸한 자식.
아이놈의 자식이 왜 내 뒤를 좇았느냐?"
"선생님, 그게 무슨 말씀입니까?
선생님만 다니다가

급한 병이 들거나 도둑을 만나거나,
숙적(宿敵)을 만나나 할까봐 좇았습니다."
"아! 내 제자가 분명하다.
우리나라 충신 감이로구나.
부모에게는 효자 감이라구나.
너 그러면 내가 갔던 집을 알아내겠느냐?"
"거기 알지요. 왜 모릅니까?"
"그러면 간밤에 내가 어떡하였느냐?"
"남은 성군님은 상을 모두 물려서 나오는데,
선생님은 떡 두 개를
소매 자락에 넣어 왔습니다."
"그 떡을 가져서는
내가 입었던 청사도폭 둘러 입고
그 집에 다시 가서
"여기 심부름하는 아이 다닙니다."
하고 그냥 오너라."
수제자는 선생이 말씀대로 그 집에 가서
"지나간 밤 무슨 칠성제를 지냈습니까?"
"지냈지. 어디서 들었느냐?"
"뭐, 없어진 것 없습니까?"
"없어진 것 없다."
"떡을 세어보십시오."
떡을 세어보다가,
"목성군 몫의 떡 두 개가 없구나."
아, 요놈 듣는 모양이 도둑놈이로구나.
"여기 놔둔 것을 훔쳐갔구나."
주인집에서는
그 수제자를 잡아 닦달하여가니,
"풀어주면 바른 말 하겠습니다."
주인이 잡았던 손을 놓으니
수제자는 가져간 외성을

우리상에 무심먹은
옹 잘 출려 놓아시니
어떵 치세흡네까?"
목성군이 말을 흐되,
"난 말자이사 완 상을 받고
성님넨 몬저 오란 상을 받아시니
몬저 말을 흡서."
대성군이 말을 흐되,
"난 요것들신디 복을 주쿠다."
강성군은 말을 흐되,
"난 물무쉴 태우쿠다."
기성군은 말을 흐되,
"난 가지전답을 주쿠다."
또시 흔 성군은 말을 흐되,
"요것들이 즈식 엇인 흐난,
난 즈식을 태우쿠다."
목성군은 말을 흐되,
"난 갈 땐, 저것들,
정픈사 정봉수 시겨두엉 가쿠다."
"아이구! 거 미신 말아,
그런 말이 있수가?"
"경흐여도 말자인
알을 도래가 실거우다."
흐멍, 매딱들 부영케 터쪈 나둣고.
뒷녁날은 목성군이 글을 フ리치는디
수제즈가 나산,
"선싱님 지나간 밤 어딜 간 옵디가?"
"이 즈식 괴씸흔 즈속
아으녀느 즈속이. 왜 내 조롬을 종갔느냐?"
"선싱님, 거, 미신 말씀이우꽈?
선싱님만 댕기당

급흔 빙이 드나 도둑을 만나나,
수적을 만나나 홀카부덴 조찼수다."
"ㅇ, 내 제즈가 분뎅흐다.
우리나라 충신 フ심이로구나,
부미전 소즈 フ심이로구나.
느 게니 나 가난 집이 알아지켜냐?"
"드디, 얾주, 몰릅네까?"
"게난, 간 밤이 나 어떵 흐여니?"
"남은 성군님은 상을 믄딱 물령 나오는디,
선싱님은 외성 두갤
우버니레 드리쪈 옵디다."
"이 떡을 フ정그네
나 입어난 청새도폭 둘러입곡
그 집일 다시 강
"어디 외방 아이 당깁네다"
흐영, 강 오라."
수제즌 선싱 말씀대로 그 집이 간
"지나간 밤 미신 칠성제나 지니납디가?"
"지나났저, 무사 들엄디?"
"뭐, 실물흔 거나 엇수강?"
"실물흔 거 엇다."
"외성[10]이나 세여봅서."
외성을 세여보단,
"목성군 적시 외성 두 개라 엇구나."
아, 요놈 듣는 모냥이 도둑놈이로구나.
"요년 난 거 들러갔구나."
주인집이선
그 수제줄 심언 답달흐여가난,
"내빌민 바른말 흐쿠다."
주인이 심었단 손 내비난
수제즌 フ저간 외성을

양손에 잡아서 보이니까,
주인집 부부가 멍하니 바라보다가
그 떡으로 눈에 불이 나도록
잽싸게 쏘아버리니
그만 부부가 봉사가 되었구나.
봉사가 될 뿐만 아니라
몸에는 부스럼이 모두 나고
용달 몸이 되어 버리니,
"아이고, 내 노릇이여!
아이고, 내 노릇이여!
누가 칠성제 하라고 그랬는고?"
하며 사흘 만에 앉아있으니
백만 군사가 덤벼들어서는
"이것들. 송성군, 장성군 벼슬 할 때
놈의 돈도 많이 털어먹었으니
배 밟아두고 가자."
하며 집안으로 들어가 보니
봉사에 용달 몸에
그 모양이 되어 있으니,
"내버려두면 그냥 얼마 못 살아서
자기대로 죽겠구나."
하며 다시 돌아간다.
목성군은 수제자를 불러
푸른 명주 석자를 내어주며
"이거, 다시 거기 가서 그 봉사를 주면서
너울너울 붙이고 있으면 눈도 밝고,
물비리 당비리 같은 병도 다 좋아진다고 해라."
하여
수제자가 목성군 시킨 대로 하니,
봉사는 눈도 밝아지는구나.
봉사는 그러니

"이게 다 그 때 칠성제 한 덕택이로구나.
다시 그길로 가서 칠성제를 해야겠구나."
그리하여 칠성제를 한 뒤로는
몸에 태기 가져, 아이를 배어서
아홉 달, 열 달, 찬 짐 실어서 낳는 것이
예종보살 태어난다.
이 애기가 일곱 살 나는 해엔
"성군벼슬 살러 오시오."
편지회답 오는구나.
성군벼슬 살러 가려고 차려가니
애기가 황급히 따라오며
"어머님아, 나도 같이 가겠습니다."
"남자 같으면
책실로나 따라 가지마는 못 간다.
늦인득이정하님과 살고 있어라."
"늦인득이정하님아.
이 애기 돌보면서 잘 살고 있으면
성군벼슬 살고 와서
종문서 불태워 없애주마."
그렇게 하니
애기는 아버지에게 가서
"난 아버지와 같이 갈 것이다."
"남자 같으면
책실로나 따라 가지마는 못 간다."
다음날은 붉은 독교 타고
성군벼슬 살러 가는데,
애기가 울며불며 어머니, 아버지 모르게
독교 손잡이에 달려서
하늘로 동동 올라가는구나.
올라가다가 애기가 팔 힘이 빠지니
독교 손잡이를 더 잡을 힘이 없어서

양손에 심언 배우난,
주인집 갓세라 벤조롱케 부래여가난
그 떡으로 눈저리일게
자락 마처부난
그만 갓세라 봉수가 되었구나.
봉수가 될 뿐만아니라
몸엔 부시럼지가 믄 나고
용달몸이 되어부난,
"아이고, 나 노릇이여!
아이고, 나 노릇이여!
누게 칠성제 흐렌 그란고?"
흐멍, 사을만에 앗아시난,
백만군수가 대여들언,
"요것들 송성군 장성군 배실 살 때에
놈으 돈도 하영 털어먹어시난
배 볼라두영 가게."
흐연, 집안으로 들어간 보난
봉수에 용달몸에
그 서늉이 되어시난,
"내빌면 지냥으로 얼매 못살앙
지냥으로 죽을로구나."
흐멍, 다시 돌아간다.
목성군은 수제즈 불런
푸린맹지 석자 내여주멍
"이거, 다시 그디 강 그 봉수를 주멍
풋딱풋딱 풍검시민 눈도 붉곡
물비리 당비리도 다 좋곡 흔댕 흐라."
흐연,
수제즈가 목성군 시긴대로 흐난,
봉순 눈도 붉아지는구나.
봉은, 시영흐난,

"이게 다 그 때 칠성제 흔 덕택이로구나.
다시 그딜로 강 칠성제를 흐여사 홀로구나."
그영흐연 칠성제를 흔 뒤론
몸에 유태 구전, 아일 매연,
아읍둘 열둘 춘짐 싱건 난는 것이
예종보살 솟아진다.
이 애기가 혼 일곱술 나는 해엔
"성군배실 살레 오렌"
펜지회답 오는구나.
성군배실 살레 가젠 출려가난
애기가 버룩이 돌르멍
"어머님아, 나도 흔디 가쿠다."
"남즈 긑으민
책실로나 두랑 가주마는, 못간다.
늦인득이정하님이영 살암시라."
"늦인득이정하님아,
이 애길 거념흐멍 잘 살암시민
성군배실 살앙오랑
종문세 불천소애 시겨주마."
경흐여가난,
애긴 아방왕이 간,
"난 아바지광 긑이 가쿠다."
"남즈 긑으민
책실로나 두랑 가주마는 못간다."
뒷녁날은 벌건 뒷개 타고
성군베실 살레 가가난
애기라 울멍시르멍 어멍 아방 몰르게
뒷개부출[11]에 돌아지연
하늘로 동동 올라가는구나.
올라가단 애기가 풀심이 빠지난
뒷개부출을 더 심을 심이 읏이난

11 독교의 가장자리 나무

바람 잦은 밭 작은 소나무밭에
아무도 없는 곳에 가서
소나무가지에 걸려 떨어지니,
애기는
"어머니, 아버지."
울며불며 다니다가 보니
동개남이 은중절 삼배중이
절도 헐고 당도 무너져 시주 받으러
인간 세상으로 내려와 가다가
앞에 오는 대사님에게
"어머니에게 날 데려다 주십시오."
"우린 중이라서
당초 그런 여자는 안 돌아다닌다."
두 번째 오는 대사도 그러하고,
세 번째 오는 대사님께
"어머니, 아버지한테 날 데려다 주십시오."
엉엉 울어대니까
아무 말 없이 짐짝으로 집어넣어 다니는데,
밤에는 데려다 누워 일천 부적 다 하고,
낮에는 데리고 다니면서 시주를 받는구나.
그리하는데
어머니와 아버지는 성군벼슬 살고 오니,
"늦인득이정하님아.
어서 애길 데리고 오너라.
얼마나 컸는지 보자."
"그때 같이 갔습니다."
"아이고! 이게 무슨 일이고.
아이고! 이게 무슨 말이고?"
어머니, 아버지는 애기 찾으려
일만 사람을 모두 내어놓아
찾아봐도 못 찾는구나.
하루는 밤에 꿈에 현몽(現夢)이 들어온다.
"불쌍한 어머님아.

내 얼굴을 보려거든
내일 아침에 먼동이 밝아올 때
저 골목 노둣돌에 나서서
저 큰길로 바라보십시오.
삼배 중이 넘어갈 때,
맨 뒤에 가는 대사중에게
"예쁜 애기 잃었으니 운세를 봐달라고
말하면 내 얼굴 볼 것입니다."
하여
다음날 아침에 노둣돌에 서서 보니까
대사중이 넘어간다.
뒤에 가는 대사에게
"열일곱 살 난 애기를 잃은 지가
석 달 열흘 백일인데,
운세나 봐주십시오."
"오늘 낮 사시 만 되면
딸 얼굴을 보겠습니다."
"요 중, 저 중, 괘씸한 중,
요게 흉험(凶險)을 들인 중이로구나."
어머니와 아버지는 중을 잡아
닦달하면서 흔들어대니까
지었던 자루를 던져두고
부리나케 달아나버리는데,
그 자루를 풀어보니 딸이 있었구나.
딸은 배도 한 자, 길이도 한 자,
모두 한 자가 되었구나.
"왜 우리 애기가 이 모양이 되었느냐?"
"중이 밥을 얻을 때는 많이 주고,
못 얻은 때는
조금 줘서 이렇게 되었습니다."
"머리는 왜 맷방석이 되었느냐?"
"중이니까 얼레빗, 참빗이 없어
머리를 안 빗어서 이렇게 되었습니다."

ᄇ름잔밭 즌소낭밭디
인무처도 웃인디 간
소낭가젱이에 걸린 털어지난,
애긴
"어멍아 아방아"
울멍시르멍 댕기단 보난
동개남이 은중절 삼배중이
절도 헐고 당도 허난 권제 받으레
인간데레 ᄂ려오라가난
앞이 오는 대ᄉ님전이
"어멍왕이 날 ᄃ라다 줍서."
"우린 중이난
당추 그런 예존 아니 ᄃ랑 뎅긴다."
버금 오는 대ᄉ도 기영ᄒ고,
시번체 오는 대ᄉ님께,
"어멍 아방신디 날 ᄃ라다 줍센."
앙작ᄒ여가난
속심ᄒ연 짐짝데레 줍아놓완 뎅기는디,
밤인 ᄃ랑 누엉 일천부작 다 ᄒ곡
낮인 ᄃ랑 뎅기멍 권제를 받는구나.
그영ᄒ는디
어멍 아방은 성군베실 살안 오란,
"정인득이정하님아,
흔저 애길 ᄃ랑 오라
언매나 커시니 보저."
"그제 흔디 갔수다게."
"아이구! 이게 미신 말고,
아이구! 이게 미신 말고."
어멍 아방은 애기 촛젠
일만 사름을 ᄆ 내여놓완
촛아봐도 못촛는구나.
ᄒ를날 밤인 꿈에 선몽을 들어온다.
"설룬 어머님아,

나 얼골을 보커근
널 아칙이랑 먼 동 금동 붉아가건
저 올래 ᄆ팡돌에 나상근
저 한질레레 ᄇ래여봅서.
삼배중이 넘어갈 때
매매조롬에 가는 대ᄉ중ᄀ라
"설룬 애기 이어시매 문복단점 지어도랭."
ᄀ람시민 나 얼골을 볼거우다."
ᄒ연
뒷녁날 아칙은 ᄆ팡돌에 ᄉ고 보난
대서중이 넘어간다.
조롬에 가는 대ᄉᄀ라
"혼일곱술 나신 애기 잃건디가
석둘 열을 백일이메
문복단점이나 지어줍서."
"오늘 낮 ᄉ시만 되어가민
ᄯ 얼골을 보겠수다."
"요 중 저 중 괴씸흔 중,
요 게 승험을 들인 중이로구나."
어멍 아방은 중을 심언
답달ᄒ멍 홍글쳐가난
짓구찰릴 드르쏴두언
부영케 터젼 나들아나부난,
그 찰릴 클런 보난 ᄯᆯ년이 시엇구나.
ᄯᆯ년은 배도 흔자, 지러기도 흔자,
모도 흔자, 되었구나.
"무사 설룬 애기 이 정체라 되어시니?"
"중이, 밥은 빌어진 땐 하영 주고,
못 빈 땐
ᄒᆺ술은 주난 ᄋᆼ 되었수다."
"머린 무사 매방석이 되어시니?"
"중이난 얼레기 췟빗 엇어부난
머리 안 빗지난 ᄋᆼ 되었수다."

애기가 그렇게 말하고 있지마는
아무래도 의심스러워서
가슴을 확 헤쳐서 보니까 젖꼭지가 검구나.
"아이고! 내 노릇이야!
양반의 집에서 이런 자식
찾아놓아도 쓸 데가 없구나.
이런 구차가 어디 있으랴!"
아버지는 딸을 곧 죽이기로 하는구나.
"앞밭에 가서 베틀 걸어라.
뒷밭에 가서 장검 걸어라.
자강놈을 불러라."
죽일 듯이 몰아가니까,
어머니가 말을 하기를
"어떻게 자기가 낳은 자식을
죽일 수가 있습니까?
무쇠석함 짜 놓고
일흔여덟 쇠사슬 통자물쇠를 채워
서해 용신물에 남 몰래 띄워버리십시오."
"말하고 보니 그것도 옳은 말입니다."
대장장이 불러다가
무쇠석함을 짜놓고 턱하니,
그래 놓고
일흔여덟 용두 자물쇠 단단히 잠가다가
서해 용신으로 띄워버린다.
무쇠석함은 물 아래로 둥실둥실
물 위에도 둥실둥실
강남 천자국으로 넘어든다.
일본 주년국도 넘어든다.
우리나라 효자국으로 떠 온다.
조선에 들어와
여덟도 팔관장도 세어져서 못 든다.

영의 금성 대모관은
팔십열이 대모관 세어져서 못 든다.
대정 이십칠도
옥녀탄금성 세어져서 못 든다.
이제는 정의로 토산개 강당할망한테로
사정해서 들어보자.
토산개 강당할망한테 가서 아무리 사정해도
"내 물이다.
내 자리라서 못 든다. 나가라."
할 수 없이 그 길로 나와서
대정으로 올라가 정월로 들어가려고 하니까
본향할망이
"당초 여기로는 못 든다."
하면서 쫓아내어버리니
본향할망 세어져 못 들고 나간다.
산방으로 들어가려 하니
산방구절 세어져 못 들고 나간다.
모슬포로 들어가려 하니
돈지 세어져 못 들고 나간다.
날뢰로 들어가려 하니
장밭할망 세어져 못 들고 나간다.
어찌어찌하면서 오는 게
차귀 당산봉으로 오는데
법사용궁 본향 할망개할망이 세어져서
못 들고 나간다.
두밋개로 들어가려 하니
거머들 본향할망 세어져서 못 들고 나간다.
버렝이로 가서 들어가려 하니
수왕물할망이 세어져서 못 들고 나간다.
섭지로 가서 들어가려 하니
진도할망 세어져서 못 들고 나간다.

애기가 그영 フ람주마는
암만이라도 미안ᄒ여뷔연,
가심을 확 헤천보난 짖머리가 검었구나.
"아이구! 나 노릇이여!
양반이 집이 이런 즈식
춫아놔도 씰디가 엇구나.
이런 구체가 어디시랴!"
아방왕은 똘년을 ᄀᆞ 죽이기로 ᄒ는구나.
"앞 밭디 강 버텅 걸라,
뒷밭디 강 장검 걸라,
ᄌᆞ강놈을 불르라."
죽일팔로 둘러가난,
어멍왕은 말을 ᄒ되,
"어떵 이년 낳은 즈식을
죽일 수가 십네까?
무쇠곽을 차 놓고
일은ᄋᆞ듭 상거심 통쇠 체왕
ᄉᆞ해 용신물에 놈 몰르게 픠와붑주."
"ᄀᆞ란 보난 것도 올은 말이우다."
야쟁이 불러단에
무쇠곽을 지어놓고 톡기,
그레 놓완
일은ᄋᆞ듭 용두걸쒜 진공쟉각 ᄌᆞᆼ가다가
ᄉᆞ해 용신데레 픠와분다.
무쇠곽은 물아래도 공글공글
물우이도 공글공글
강남 천ᄌᆞ국도 넘어든다.
일분 주년국[12]도 넘어든다.
우리나라 소ᄌᆞ국데레 트고 온다.
조선 들어
ᄋᆞ듭도 팔권징도 쒜어젼, 못내든나.

영이 금성 대모관은
팔십열이 대모관 쒜여지연 못내든다.
대정 이십칠도
옥예탄금성 쒜여젼 못내든다.
이젠, 정이로 토산개 강당할망신딜로
ᄉᆞ정하영 들어보저.
토산개 강당할망신디 가난 아맹 ᄉᆞ정ᄒ여도
"나 물이여,
나 개여 못내든다. 나고가라."
홀 수 엇이 그 딜 나완,
대정 오란 정월이로 들젠 ᄒ난
본향할망이
"당추 일론 못든덴."
ᄒ멍, 짓내몰아부난
본향할망 쒜여젼 못내들고, 나고간다.
산방으로 들젠 ᄒ난
산방구절 쒜여젼 못내들고 나고간다.
모실포로 들젠 ᄒ난
돈지 쒜연 못내들고 나고간다.
날뢰로 들젠 ᄒ난
장밭할망 쒜여젼 못내들고 나고간다.
어떵어떵ᄒ멍 오는게
차귀 당산봉으로 오난
법ᄉᆞ용궁 본향할망 개할망이 쒜여지고
못내들고 나고간다.
두밋개로 들젠 ᄒ난
거머들 본향할망 쒜여젼 못내들고 나고간다.
버렝이로 강 드젠 ᄒ난
수왕물할망이 쒜여젼 못내들고 나고간다.
섭지로 강 들젠 ᄒ난
신도할망 쒜여지연 못내들고 나고간다.

---

12 일본을 일컫는 말.

자물개로 들어가려 하니
영등할망 세어져서 못 들고 나간다.
애월로 들어가려 하니
코지할망 세어져서 못 들고 나간다.
도두리로 들어가려 하니
도들봉이 세어져서 못 들고 나간다.
산짓개로 들어가려 하니
산지할망 세어져서 못 들고 나간다.
별돗개로 들어가려 하니
별도진장 세어져서 못 들고 나간다.
김영개로 들어가려 하니
앞개로는 끝내 못 들고,
뒷개로 가서 민물고비로
작은 바위마당 큰 바위마당으로 올라간다.
해녀 일곱이 물에 들어가려고 하다가
눈에 반짝하니까
"은괴다. 금괴다.
네가 주웠다. 내가 주웠다."
하면서
서로 머리를 잡고 몸싸움을 한다.
때마침 가시오름 강당장이
물때가 좋아 볼락 낚으러
낚싯대를 들고 멸바구니 메고
으쌍으쌍 내려오다 보니
해녀 일곱이 마구 싸우고 있으니,
"이거, 무슨 일이냐?"
"아이고, 할아버님아.
사실이 이만저만 합니다.
이 공사를 조절하여 주십시오."
"이년들. 그게 싸울 일이냐?
그 속에 금이 있냐? 은이 있냐?

해녀 일곱이 다 나눠 가질 것이지
싸울 게 뭐 있느냐?
그리하고 그 상자는
나에게 주면 담배상자나 하겠다."
"그러면 그렇게 하십시오."
하지만 해녀 일곱이 상자를 열려고 해도
끝내 열지를 못하니,
강당장은 동솥 같은 주먹으로
세 번을 때리니 저절로 설렁 열어진다.
상자를 여니
그 안에서 나오는 것을 보니
은은커녕 금은커녕
눈은 반짝이며 혀를 내밀고,
뱀이 올망졸망 나오는구나.
"이년들아, 이것이 은이냐?
이것이 금이냐? 이것을 받아가라."
하면서 강당장은 돌맹이로 힘껏 던져버리니까
뱀도 겁나고 사람도 놀래고.
해녀들은
"퉤퉤, 더럽다."
하며 물로 첨벙첨벙 뛰어드니
손치도 쏘고, 미역치도 쏘아서,
해녀들은
"아이고야, 아이고야"
하면서 집으로 가는데 그날부터
일곱 해녀들의 온 몸이
부었다가 나았다가 매일 아파가고
가시오름 강당장도 매일 아파서,
입이 부어가는 병이 나고 하니
점을 쳐서 본다.
무당 어른 찾아가서 점을 쳐 보니,

ᄌ물캐론 들젠 ᄒ난
영등할망 쎄여지연 못내들고 나고간다.
애월론 들젠 ᄒ난
코지할망 쎄여지연 못내들고 나고간다.
도두리론 들젠 ᄒ난
도들봉이 쎄여지연 못내들고 나고간다.
산짓개론 들젠 ᄒ난
산지할망 쎄여지연 못내들고 나고간다.
밸돗개론 들젠 ᄒ난
밸도진장 쎄여지연 못내들고 나고간다.
짐년개론 들젠 ᄒ난
앞개론 ᄂ시 못들언
뒷개론 간 든물고개로
가문빌래 한빌래로 올라간다.
ᄌ수 일곱이 물에 들레ᄂ려가단
눈에 핀찍ᄒ난
"은괴여, 금괴여,
ᄂ가 봉갔저, 나가 봉갔저."
ᄒ멍,
서로 머리 심언 범벅싸움 ᄒ여간다.
ᄀ리에 가시오름 강당장은
물때 좋난 불락 낚으레
ᄎᆷ대 들고 멜파구리 매고
으쌍으쌍 ᄂ려오단 보난
ᄎᆷ수 일곱이 드러 싸왐시난,
"이거, 어떤 일이냐?"
"아이구, 할으바님아.
ᄉ실이 이만저만 ᄒ우다.
요 공ᄉ 절체ᄒ여 줍서."
"요 년들, 그거 싸울 일이냐?
그 속에 금이 시나 은이 시나

ᄌ수 일곱이 다 갈랑 ᄀ질거지
싸울게 뭐 있느냐?
그영ᄒ곡 그 괴랑
나를 주민 담배곽이나 ᄒ키여."
"어서 걸랑 기영 ᄒ서."
이젠 ᄌ수 일곱이 괫문을 을ᄄ려도
ᄂ시 을질 못ᄒ난,
강당장은 동솟ᄀᇀ은 주먹으로
삼시번을 씰ᄄ리난 절로 싱강 을아진다.
괫문 ᄋ난
그 쏘곱으로 나오는 건 보난
은이랑마랑 금이랑마랑
눈은 힛득 새는 맬록,
배염이 오망오망 나오는구나.
"요년들아, 요거 은가?
요거 금가? 요것들 맡아나라."
ᄒ멍 강당장은 담돌로 다랏기 마쳐부난
배염도 겁나고 사름도 놀래고.
ᄌ수들은
"투투 덜럽다"
ᄒ멍 물레레 팡팡 빠지난
손치도 쐬왁 매역치도 쐬왁,
ᄌ수들은
"아여기여 아여기여"
ᄒ멍, 집데레 가난 그날부터
일곱 ᄌ수들이 온 몸이
부석ᄂ작 부석ᄂ작 매날 아파가고
가시오름 강당장도 매날 아판,
입에 하메[13]도 나고 ᄒ여가난
문복단점ᄒ여온다.
일안어룬 촛안 간 문복단점 ᄒ연 보난,

---

13 입술이 부르트는 병의 한 가지.

"어떻게 남의 나라 칠성부군을 건드렸구나.
남의 나라 칠성부군을 본 죄로구나.
칠성부군을 발로 밟은 죄목이로구나.
칠성부군을 입으로 욕을 한 죄목이로구나."
"그러면 어떡하면 좋습니까?"
"해녀 일곱이 모여서
그 개펄로 가서
두이레 열나흘 굿을 해라."
"어떻게 차려서 굿을 합니까?"
"무명도 일곱 필, 종이도 일곱 천,
떡도 일곱, 밥도 일곱, 불도 일곱,
모두 일곱씩 차려서 해라."
그렇게 차려서
두이레 열나흘 굿을 하고,
굿 마쳐갈 때 수심방이 하는 말이
"이 조상은
어디 가지도 오지도 아니하여
주워온 사람 뒤에 조상으로 들어서
얻어먹겠다고 하는구나."
"병에만 좋으면, 그것이 어렵겠습니까?"
하여 조상으로 하여 칠성으로 위하니
다른 사람은 못해도
칠성으로 위하는 일곱 해녀는
미역이며, 전복이며 짐을 가득 하여가니
남은 해녀들은
"그 조상 우리도 조금 나눠달라.
우리도 모셔서 미역, 전복 많이 하자.
너희만 모두 해버리니 우리 할 것이 없겠다."
하니 종이 한 장식 쌀 한 줌씩 하면서
이 조상을 나눠주니
모두 칠성으로 가서 모셔서 잘 되었구나.

뱀들은 어디로 갈까?
"그 담구멍 저 담구멍."
며서
"그 마름 저 마름."
하면서 넘는 것이 성안으로 와서
"산짓물 홍예 아래로 가서 보자."
하여 뱀 어머니는 새끼에게
"너 가라, 나 가라."
하여도 끝내 안 가니
제 어머니가 홍예물 아래로 가서
구경하다가 풍당 빠져서,
이젠 제 어머니는 팡돌 위에 나왔는데,
아기 업은 아이가 거기에 있다가
"아이고, 이것이 무엇입니까?"
하니 빨래하던 할망은
"아이고! 그거 물할망이로구나,
물할망이로구나.
비가 오려고 하니 나왔구나.
디딤돌 아래로 기어 들어가십시오.
아이들 놀랍니다."
그렇게 말하니까 그만 제어머니는
물할망이 되어서 기어들어가고,
일곱 딸만 남았구나.
일곱 딸은
별이 송송 칠성굴로 들어가자,
송대감 집 먼 골목의 대문간에
소랑소랑 누워있으니,
그 집 큰딸이 물 길러 나가다가
버럭 겁이나.
"아이고! 어머님아, 와 보십시오.
어서 와서 보십시오.

"어떵ᄒ난 놈이나라 칠성부군[14]을 거셨구나.
놈이나라 칠성부군을 본 죄로구나.
칠성부군을 발로 불른 죄목이로구나.
칠성부군을 입으로 속담지죄목[15]이로구나."
"게메, 어떵ᄒ민 좁네까?"
"좀수 일곱이 돈 매왕
그 개맡딜로 강
두일뢰 열나을 굿을 ᄒ라."
"어떵 출령 굿을 ᄒ네까?"
"미녕도 일곱빌, 종이도 일곱천,
떡도 일곱, 밥도 일곱, 불도 일곱,
매딱 일곱쏙 출령 ᄒ라."
그영 출련
두일뢰 열나을 굿을 ᄒ고,
굿 ᄆ차갈 땐 ᄒ는 말이, 수심방이
"이 조상은
어디 가도 오도 아니ᄒ영
봉근 사름 뒤에 조상으로 들엉
얻어먹으키엔 ᄒ는구나."
"빙만 좋민! 그것사 어려웁네까?"
ᄒ연, 조상으로 가 칠성으로 위ᄒ난
다른 사름은 못ᄒ여도
칠성으로 위ᄒ는 일곱 좀순
매역이여 좀복이여 짐이 ᄀ득 ᄒ여가난
남은 좀수들은
"그 조상 우리도 ᄒ꼼 갈라도라.
우리도 위ᄒ영 매역 좀복 하영 ᄒ저.
느네만 ᄆ딱 ᄒ여부난 우리 홀 건 읏일로구나."
하난, 종이 ᄒ장쏙 쓸 ᄒ줌쏙 ᄒ명
이 조상을 갈라주난
매딱 칠성으로 간 위ᄒ난 잘 되였구나.

배염들은 어딜 갈코?
'그 담고망 저 담고망'
ᄒ명
'그 ᄆ름 저 ᄆ름'
하명 넘는 것이 성안을 오란,
"산짓물 홍애 알로 강 보겐"
ᄒ연, 어시 배염 저멍은 새끼ᄀ라
'느 가라 나 가라'
ᄒ여도 ᄂ시 아니가난
저멍에 홍애물로 알로 강
구경ᄒ젠 풍당 빠지연,
이젠 저멍은 팡돌 우이 나누난
애기업은 아인 그디 샀단,
"아이구 이거 뭣이우꽝?"
ᄒ난 ᄉ답ᄒ단 할망은
"애가! 그거, 물할망이로구나
물할망이로구나,
날우치젠 ᄒ난 나누었구나.
팡돌 알레레 기여들어붑서.
아으들 놀랩네다."
기영 입씨부난 오꼿 저멍은
물할망이 되연 기여들어불고,
일곱의ᄯᆞᆯ만 남았구나.
일곱의 ᄯᆞᆯ은,
밸이 송송 칠성꿀로 들어가자,
송대감칩 먼 올래에 이문간이
소랑소랑 누어시난
그 집이 큰ᄯᆞᆯ애긴 물질레 나가단
버락 겁나난,
"애구! 어머님아 오랑 봅서.
ᄒᆞᆫ정 오랑 봅시

---

14 七星副君. 뱀신.
15 俗談之罪目. 속된 말로 풀어낸 죄.

큰일이 났습니다. 큰일이 났습니다."
송대감집 어머니는
딸이 말하는 곳으로 나가 보니
뱀 일곱 마리가 소랑소랑 있으니,
"우릴 살릴 조상님이거든 어서 오십시오."
하니 뱀들이
졸졸졸졸 일곱 딸이 들어오는데,
뒤쪽으로 청하여 칠성담에 모셔놓고
그 안으로 다 기어들어가니,
청뚜껑, 청이엉 씌워
덮어서 모시니 잘 되는구나.
이리하여,
우마번성 자손창성 오곡풍성 육국시렴
시켜주던 일곱 딸은
송대감 부인이
"거기 가만히 앉아있으십시오."
말을 안 하니 말을 풀어서 나와
"우리 내동헌에 가서 구경하자."
하여 나와서
외줄방석 같이 사려서 누워있으니,
사람들이 넘어가며 넘어오며
침 탁탁 뱉으며
"더럽다, 이거 무엇이냐?"
하니 뱀들이 나와서
"이제는 배부른동산에 가서 구경하자"
나와서 거기 가도 더럽다고
침만 탁탁 뱉어가니까,
"이제는 우리 저 방석
차지해야 하지 않겠는가.
큰딸아기 어디 가겠느냐?"
"난 내동헌으로 가겠습니다."

"뭐가 좋아서 거기로 가겠니?"
"삿이 들어서 돌림상 받고,
일만 제자 일만 관속
다 내 차지 아닙니까?"
"둘째 딸아기는 어디로 가겠느냐?"
"환상창고로 가겠습니다."
"뭐가 좋아서 거기로 가겠니?"
"일만 백성들이 환상 바치면
서창고도 일천 석, 동창고도 일천 석,
되를 쓸다가 남으면
그거 모두 내 차지 아닙니까."
"거기로 잘 가라. 너는 부자 되겠구나."
"셋째 딸아, 너는 어디로 가겠느냐?"
"칠성골의 염색할망에게 가겠습니다."
"무엇이 좋아서 거기로 가겠느냐?"
"물감염색이 좋아서 가겠습니다."
"너는 고운 것을 탐내던데, 잘 가고 있다."
"작은 딸아기는 어디로 가겠느냐?"
"난 사령방으로 가겠습니다."
"무엇이 좋아서 거기로 가겠느냐?"
"많은 죄를 저지른 사람이
풀릴 때가 되면
돈과 돼지 다리 여러 가지 많이 가져 오면
모두 내 차지 아닙니까?"
"너는 상놈은 되겠지만
잘 먹을 데로 가고 있다."
"더 작은 딸은 어디로 가겠느냐?"
"난 과수원으로 가겠습니다."
"무엇이 좋아서 거기로 가겠느냐?"
"많은 과일이 좋습니다.
나라에 바치고 남은 것은 내 차지 아닙니까?"

큰일이 났수다. 큰일이 났수다."
송대감칩 어멍은
똘 궂는양 나간 보난
배염이 일곱 개라 소랑소랑 ᄒ여시난,
"우릴 살릴 조상님이거든에 어서 옵서."
ᄒ난, 배염들이
졸졸졸졸 일곱의똘이 들어오난
뒷테레가 청발ᄒ여단 칠성담을 무어놓고
그 쏘곱데레 다 기여듭센 ᄒ연,
청주젱이 청ᄂ람지 씨와
덖언 위ᄒ난 잘 되는구나.
웅 ᄒ연,
우마번성 ᄌ손창성 오곡풍딩 육국시렴
시겨주던 일곱의똘은,
송대감 부인이
그디 ᄀ마니 앚아십센
말 아니ᄒ난 마풀림ᄒ레 나오란
"우리 내동안일 강 구경ᄒ게"
ᄒ연, 나완
외줄방속 곹이 ᄉ련 누어시난
사름들이 넘어가멍 넘어오멍
춤 탁탁 밭으멍
"더럽다, 이거 뭣고?"
ᄒ여가난, 배염은 나오란,
"이제랑 배부른동산이 강 구경ᄒ겐"
나완, 그디 가도 더럽덴
춤만 탁탁 밭아가난,
"이제랑 우리 제 방석
ᄎ지쏙 ᄒ여사 ᄒ주 아니되키여,
큰똘애기 어디 갈티?"
"난 내농안¹⁶으로 갈쿠다."

"뭣이 좋안 글로 갈티?"
"숫디 들엉 도임상 받곡
일만 제ᄌ 일만 관속
다 나 ᄎ지 아니우꽈."
"셋똘애긴 어딜 갈티?"
"환상창괴로 갈쿠다."
"뭣이 좋안 글로 갈티?"
"일만 백성들이 환상 바치민
서창괴도 일천석, 동창괴도 일천석,
뒷굽씰당 남으민
ᄀ거 맨딱 내 ᄎ지 아니우꽈."
"글로 잘 감저, 는 부제 될로구나."
"큰말쩟똘은, 는 어딜 갈티?"
"칠성꼴에 염색할망으로 갈쿠다."
"뭣이 좋안 글로 갈티?"
"물애물색 좋안 감쑤다."
"는 곤 것에 튀영 ᄒ는게 잘 감저."
"족은똘애긴 어딜 갈티?"
"난 ᄉ령방으로 갈쿠다."
"무싱게 좋안 글로 갈티?"
"하근 죄에 걸어진 사름
풀릴 때민
돈이영 돗다리영 하근거 ᄀ져오민
그거 ᄆ딱 내 ᄎ지 아니우꽈?"
"는 쌍놈은 될로구나마는
잘 먹을 틸로 잘 감저."
"매족은똘은 어딜 갈티?"
"난 가원으로 갈쿠다."
"미싱게 좋앙 글로 갈티?"
"하근 실과들 좋왕.
나라에 바치당 남은 건 내 ᄎ지 아니우꽈?"

---

16 내동헌(內東軒).

"너는 잘 먹으러 잘 가고 있다."
"어머니는 어디로 가겠습니까?"
"나는 처음 들어왔던 곳,
해녀들 주은 데로 들어가서
자손창성 우마번성 육조번성
다섯 적국, 오곡풍성,
열두 달 기망삭을 받으러 갈 것이다."
그리하여
지금 세상에 그 법으로
열두 달 고사를 지냅니다.
다시 딸들은 어머니에게
"그러면 어머니는 어느 날에 만날 수 있습니까?"
"잘 좋은 날 받아서 오너라."
"좋은 날에 여러 사람들이 고사하면
어머니 혼자 다 먹을 수 있습니까?"
"바늘 가는 데 실 아니 가며,
어머니 가는 데 아기 아니 가겠느냐?
그 때는 너희들 모두 오라는 소리 들으면
일곱 딸과 같이 먹자."
그 때 그러한 법으로
일곱 칠성 고사할 때,
메밥 한 그릇을 담아도
산호젓가락 일곱 개 꽂아서
칠성님께 명을 비는 법입니다.

칠성신

"는 잘 먹으레 잘 감저."
"어멍은 어딜 갈쿠가?"
"난 체체얌 들어와난디
줌수들 봉근딜로 들어강
주손창성 우마번성 육조번성
다슷 적국 오곡풍등
열두둘 기망삭을 받으레 가키여."
경흐난,
금시상에 그 법으로
열두둘 코시를 흡네다.
다시 뚤들은 어멍ᄀ라.
"게난, 어멍은 어느 날로 만나질커우꽈?"
"날 좋은 날 발리왕 오라."
"좋은 날에 오라 사름들이 코시흐민
어멍 흔체 다 먹어지쿠가?"
"바농 간 디 씰 아니가멍
어멍 간 디 애기 아니가랴?
그 때랑 느네들 모다오랑 소리 들으멍
일곱 의뚤이 갈랑 먹게."
"그 때 그영 흔 법으로
일곱 칠성 코시흘 땐
매 흔기에 거려도
무남제 일곱개 실렁
칠성님께 맹을 비는 법이우다.

3장

질병과 재앙을 막는 신

〈지장본풀이〉

인간의 액운을 막아주는 지장신의 내력을 소개하는 〈지장본풀이〉는 기구한 운명을 극복하고 불공을 드려 새의 몸으로 환생한 지장아기의 고통을 이야기한다. 살아있을 때 얼마나 고통이 심했는지 머리에는 두통새, 눈에는 공방새, 코에서는 코주리새, 입에서는 악심새, 가슴에서는 이열새가 나왔다고 한다. 새로 환생한 지장아기는 신으로 좌정하고 자리를 차지하는 다른 신직과는 달리 전새남굿과 후새남굿을 하여 죽은 가족과 자신의 업을 풀지만 결국에는 사람들이 쫓아내야 하는 새가 된다. 그렇지만 마음이 착한 지장신은 치성을 들여 빌면 병도 없애주고, 집안에 든 액도 없애준다. 그래서 지장신을 액을 막아주는 액막이 신으로 받들고 있다.

질병과 재앙을 막는 신 〈지장본풀이〉

지장아, 지장아, 지장의 본이여.
남산국 본이다, 여산국 본이다.
남산과 여산은 아이가 없으니
후사없다 하더라.
동개남 삼동절 절 수륙 드리니,
생불화 내리고
여자아이가 태어나고,
한 살이 되는 해에
어머니 무릎에 앉아서 온갖 어리광을 피우고,
두 살 되는 해에
아버지 무릎에 앉아서 어리광을 피우고,
세 살이 되는 해에
할머니 무릎에서 어리광을 피우고,
네 살이 되는 해에
할아버지 무릎에 앉아서 어리광을 피운다.
다섯 살 되는 해에
그 어머니 뚝 죽어버리고,
여섯 살 되는 해에
그 아버지 뚝 죽어버리고,
일곱 살 되는 해에
그 할아버지, 할머니 뚝 죽어버리는구나.
외삼촌댁으로 들어가 사는데,
개 먹던 접시에 쥐 먹던 접시에
술밥을 주더라.
죽으라고 삼거리에 던져버리는구나.
옥황에서 부엉이가 내려온다.

한 날개를 깔고 한 날개를 덮어라.
한 살, 두 살, 열다섯 십오 세가 되니,
착하다는 소문이 동서로 나는구나.
서수왕 서편의 문수 댁에서 문운장이 온다.
팔자사주 말하니 좋아서 가는구나.
시집을 가는구나.
열일곱 되는 해에
서른 시어머니 뚝 죽어버리고,
열여덟 나는 해에
시아버지 뚝 죽어버리고,
열아홉 나는 해에
시할머니, 시할아버지 뚝 죽어버리는구나.
갓 스물 되는 해에
서른 낭군님 뚝 죽어버리는구나.
나의 팔자여, 나의 사주여.
어디로 가리오.
시누이 집으로 들어가 사는데,
죽일 듯 말하고,
잡을 듯 말하는구나.
태워죽일 듯 말하는구나.
벼룩이 다섯 되고,
이가 다섯 되인데 어디로 가리오.
삼거리로 나가니
동으로는 대사가 오고,
서에서는 무당이 오는구나.
내 팔자 말해주시오.

지장아 지장아 지장의 본이여,
남산국 본이여 여산국 본이여,
남산광 여산은 애기가 엇이난
무이스 ᄒᆞ드라.
동개남 삼동절 절수룩 드리난
생불고장 ᄂᆞ리고
예ᄌᆞ생붓이 솟아나고
ᄒᆞᆫ술이 나는 해예
어멍 독ᄆᆞ립에 온조새 ᄒᆞᆫ는고,
두술이 나는 해예
아방 독ᄆᆞ립에 온조새 ᄒᆞᆫ는고,
시술이 나는 해예
할망 독ᄆᆞ립에 온조새 ᄒᆞᆫ는고,
늬술이 나는 해예
할으방 독ᄆᆞ립에 온조새 ᄒᆞᆫ는고.
다ᄉᆞᆺ술 나는 해예
설룬 어멍 똑 죽어가는고,
ᄋᆞᄉᆞᆺ술 나는 해예
설룬 아방 똑 죽어가는고,
일곱술 나는 해예
설룬 할으방 설룬 할망이 똑 죽어가는고.
외삼춘 댁으로 비방을 나는고,
개먹단 줍시에 중이 먹단 줍시에
술밥을 주더라.
죽으랭 삼두전 거리에 늘여사부는고.
옥황이서 부엉생이 ᄂᆞ린다.

흔늘개랑 끌 리라 흔늘개랑 덮으라.
흔술 두술 열다ᄉᆞᆺ 시오세 나가나난
착ᄒᆞᆫ댄 ᄒᆞᆫ 소문이 동서로 나는구나.
서수왕 서펜이 문수의 댁[17]이서 문운장 오든고.
팔제ᄉᆞ주 글리난 좋아서 가는고
씨집을 가는고.
예릴곱 나는 해예
설루운 씨어멍 똑 죽어가는고.
예레둡 나는 해예
서루운 씨아방 똑 죽어가는고,
열아옵 나는 해예
씨할망 씨할으방 똑 죽어가는고.
ᄀᆞᆺ쑤물 나는 해예
설루운 낭군님 똑 죽어가는고.
나년의 팔제여, 나년의 ᄉᆞ주여,
어딜로 가리요.
씨누이 방으로 비방을 나는고,
죽일 말 ᄒᆞᆫ는고,
잡을 말 ᄒᆞᆫ는고,
ᄀᆞ울 말 ᄒᆞᆫ는고.
배록이 닷되여,
니가 닷되여, 어딜로 가리요.
삼두전 거리로 나아사 가는고
동으로는 대ᄉᆞ가 오는고.
서으로는 심방이 오는고.
나 팔제 글립서,

---

17 세경본풀이에서 서수왕 셋째 딸과 문수왕 아들 문도령의 약혼이 파혼되는 비극의 두 집안.

내 사주 말해주시오.
원천강의 팔자 사주 말하고 가는데.
초본은 좋아도 중본은 궂다.
중본은 궂어도 말본은 좋다.
강명주, 물명주 일천동 하시오.
시어머니, 시아버지, 친어머니, 친아버지,
서룬 낭군님,
초새납 하시오.
이새납 하시오.
삼새납 하시오.
천장판에 연가를 붙이시오.
누애씨 청한다.
누애씨 따온다.
떨어서 가는구나.
아기잠 재우는구나.
두 벌 잠 재우는구나.
세 벌 잠 재우는구나.
네 벌 잠 재우는구나.
한 밤을 먹는구나.
올 내어서 가는구나.
고치를 짓는구나.
따서 가는구나.
실 엮어서 가는구나.
감아서 가는구나.
날아서 가는구나.
매어서 가는구나.
짜서 가는구나.
한 새, 두 새, 열두 새어, 보름 새어.

강명주도 일천동이,
물명주도 일천동이.
시어머니, 시아버지,
어머니, 아버지,
서룬 낭군님.
초새납하는구나.
이새납하는구나.
삼새납하는구나.
천장판에 연가를 붙이니
새 몸으로 환생하는구나.
지장의 애기는 좋은 일 하였다.
새 몸으로 환생하더라.
천왕새 달자.
지왕새 달자.
인왕새 달자.
열두시만국. 흉험을 알려주는 새.
조화를 주는 새.
이 집안의 가운데에서
흉험조화(凶險造化)를 알려주는 새를 낱낱이 달자.
서수왕 딸아기 문수의 집에
시집을 못가니까 문 닫힌 방안에서
문 걸고 앉아서 말라서 죽는구나.
자청비하고 싸움을 하는구나.
눈으로 나는 것은 공방새 보이고,
코로 나는 것은 코주리새요,
입으로 나는 건 악심새요.
열두시만국 흉험을 주는 새와 낱낱이 알리자.
장궁장새 휘이휘이.

---

18 병굿에서 환자를 살려달라고 비는 첫 대목. '사납'은 '살아남'의 뜻이다.
19 병굿에서 환자를 살려달라고 비는 두 번째 대목
20 환자의 목숨을 살려달라고 비는 굿을 하고 비는 세 번째 대목.

나 ᄉ주 글립서,

원천강의 팔제 ᄉ주 글려사 가는고.

초본은 좋아도 중본은 궂쑤다.

중본은 궂어도 말본은 좋쑤다.

갱맹지 물맹지 일천동 ᄒ십서,

씨어멍 씨아방 원어멍 원아방

설루운 낭군님.

초새납18 ᄒ십서,

이새납19 ᄒ십서,

삼새납20 ᄒ십서.

천장판에 연ᄀᄅ21 붙입서.

누애씨 청ᄒ다.

누애씨 탕온다.

털어서 가는고,

애기줌 재우는고,

두불잠 재우는고,

시불줌 재우는고,

늬불줌 재우는고,

ᄒ밤을 먹는고,

올ᄋ사 가는고,

고치를 짓는고,

탕근 가는고,

씰조상 가는고,

감아서 가는고

눌아서 가는고,

매여서 가는고,

차서 가는고.

ᄒ새 두새 열두새여, 보름새여

갱맹지도 일천동이,

물맹지도 일천동이,

씨어멍 씨아방,

원어멍 원아방

설루운 낭군님.

초새납 ᄒ는고,

이새납 ᄒ는고,

삼새납 ᄒ는고,

천장판에 연ᄀᄅ 붙이난

새몸에 나는고

지장의 애기는 좋은 일 ᄒ였저.

새몸에 나더라.

천왕새 ᄃ리자,

지왕새 ᄃ리자,

인왕새 ᄃ리자,

열두시만국22 숭험을 주는 새

조왜를 주는새,

이간이 정중에

숭험조왜 주는 새랑 낱낱이 ᄃ리자

서수왕 똘애기 문수의 집이

씨집을 못가난 문ᄀ진 방안에

문걸엉 앚서 ᄌ서 죽는고

ᄌ청비 ᄒ고 새움을 ᄒ는고

눈으로 나는 건 공방새23 나는고.

코으로 나는 건 코주리새여

입으로 나는 건 악심새여

열두시만국 숭험을 주는 새랑 낱낱이 ᄃ리자.

장궁장새 주어헐쭈.

---

21 사후에 그 영혼이 무엇으로 환생되는지 알아보는 것으로, 일명 '연ᄀᄅ'라고 말한다.
22 열두 新萬穀. 가을에 거두어 들이는 모든 새 곡식.
23 부부 사이의 나쁘게 만들 일을 주는 새(邪).

4장

망자를 극락으로 인도하는 저승의 신들

〈저승본풀이〉

〈저승본풀이〉는 크게 다섯 부분을 이야기한다. 먼저 저승을 차지한 '열 명의 시왕'과 이 시왕이 차지하고 있는 지옥, 각 시왕에 매여 있는 육갑을 소개하고, 다음으로 지옥에서의 형벌과 앞에서 설명하지 못한 저승 왕들과 저승사자들을 소개한 뒤 축원으로 마무리한다.

망자를 극락으로 인도하는 저승의 신들 〈저승본풀이〉

첫째 진강왕, 칼도제 도산지옥.

이 왕 차지는

갑자(甲子) 을축(乙丑) 병인(丙寅) 정묘(丁卯)

무진(戊辰) 기사(己巳)생 차지입니다.

둘째 소간왕, 검은흑제 끓일탕제 흑탕지옥.

이 왕 차지는

정오(丁午) 신미(辛未) 임신(壬申) 계유(癸酉)

갑술(甲戌) 을해(乙亥)생 차지입니다.

셋째는 손계왕, 금서지옥.

이 왕 차지는

병자(丙子) 정축(丁丑) 무인(戊寅) 기묘(己卯)

경진(庚辰) 신사(辛巳)생 차지입니다.

넷째는 오간왕, 한빙지옥, 얼음한제 얼음빙제.

이 왕 차지는

임오(壬午) 기미(己未) 갑신(甲申) 을유(乙酉)

병술(丙戌) 정해(丁亥)생 차지입니다.

다섯째는 오간왕, 빠일빨제 발련지옥.

이 왕 차지는

무자(戊子) 기축(己丑) 경인(庚寅) 신묘(辛卯)

임진(壬辰) 계사(癸巳)생 차이입니다.

여섯째 빙신왕. 배연사제 독자지옥 차지입니다.

일곱째 태산대왕, 지을작제 바름풍제 풍두지옥.

이 왕 차지는

경자(庚子) 신축(辛丑) 임인(壬寅) 계묘(癸卯)

갑진(甲辰) 을사(乙巳)생 차지입니다.

여덟째에는 평등대왕, 톱거제 거외지옥.

이 왕 차지는

병오(丙午) 정미(丁未) 무신(戊申) 기유(己酉)

경술(庚戌) 신해(辛亥)생 차지입니다.

아홉째는 도시대왕, 철상지옥.

이 왕 차지는

임계(壬癸) 계축(癸丑) 갑인(甲寅) 을묘(乙卯)

병진(丙辰) 정사(丁巳)생 차지입니다.

열시왕은 흑감지옥.

이 왕 차지는

무오(戊午) 기미(己未) 경신(庚申) 신유(辛酉)

임술(壬戌) 계해(癸亥)생 차지입니다.

첫 번째 진강왕은 칼도제.

인간백성 잡아다가

점점이 썰어서 다스리는 왕입니다.

두 번째 소간왕은

죄가 많은 영혼을 가마솥에 물을 끓이면서

집어넣었다가 꺼냈다가 하면서

형벌을 주는 지옥입니다.

세 번째 손계왕은

죄가 많은 인간을 형틀 위에 올려 묶어

정강이를 때리다가

귀양정배 보내는 왕입니다.

네 번째 오간왕은

죄가 많은 인간을 동지섣달 설한풍에

옷을 벗겨 얼리고,

죄가 없는 백성은

백탄숯불 피워 줘 따뜻하게 하여

형벌을 주는 왕입니다.

다섯 번째 염라대왕은

빼고 빼는 혀 빼는 곳인데,

초제 진강왕, 칼도제 도산지옥.
이 왕 춫인
갑즈 을축 뱅인 정묘
무진 기스생 춫이우다.
제이 소간왕, 가매혹제 끓릴탕제 혹탕지옥.
이 왕 춫인
정오 신미 임신 계유
갑술 을해생 춫이우다.
제삼은 손계왕, 금서지옥.
이 왕 춫인
뱅즈 정축 무인 기묘
경진 신스생 춫이우다.
제늬엔 오간왕, 한빙지옥, 어름한제 어름빙제.
이 왕 춫인
임오 기미 갑신 을유
빙술 해생 춫이우다.
제다슷엔 오간왕 빠일빨제 발련지옥.
이 왕 찿인
무즈 기축 경인 신묘
임진 계소생 춫이우다.
제으슷엔 빙신왕 배염슷제 독사지옥 춫이우다.
제일곱엔 태산대왕, 지을작게 브름풍제 풍두지옥.
이 왕 춫인
정즈 신축 임인 계묘
갑진 을스생 춫이우다.
제으듭엔 팽등대왕, 톱꺼게 기외지옥.
이 왕 춫인
뱅오 정미 무신 기유

경술 신해생 춫이우다.
제아옵은 도시대왕 철상지옥.
이 왕 춫인
임제 계축 갑인 을모
빙진 스생 춫이우다.
열시왕은 흑감지옥.
이 왕 춫인
무우 기미 경신 신유
임술 계해생 춫이우다.
초제 진강왕은 칼도제.
인간백성 심어당
점점이 썰엉 다시리는 왕이우다.
이제 소간왕은
죄가 한 혼신은
가매솥디 물을 꾀우명 들이첫닥 내첫닥 흐멍
성벌 씨는 지옥이우다.
제삼 손계왕은
죄가 한 인간을 성클 우이 올려매영
성문삼체 뜨리당
귀양정배 마련흐는 왕이우다.
제늬 오간왕은
죄가 한 인간을 동지섯들 설한풍에
옷을 뱃겅 실리우곡
죄가 웃인 인간백성은
백탄숫불 피와 줭 뜻뜻흐게 흐영
성벌 씨는 왕이우다.
제다슷 염여왕은
빠일빨제 세알제.

인간이 죽은 곡식을 남을 주고
여문 곡식으로 받아오고,
없는 사람한테 돈을 주고
돈에 이자 많이 받고,
못할 일을 한 많은 백성은 잡아다가
큰 집게로 혀를 빼는 지옥입니다.
여섯 번째 빙신왕 독사지옥은
인간 백성 잡아다가
죄가 많은 혼은
굵은 뱀, 굵은 지네, 굵은 도마뱀한테
같이 가둬서 굶기는 지옥입니다.
일곱 번째 태산대왕은
인간 혼 잡아다 죄가 많으면
절구방아에 박박 빻아서
허풍바람에 불려버리면
죽어서도 살아있는 이로 다닙니다.
여덟 번째 평등대왕이
인간 혼을 잡아다
상가마로 대톱 걸어서
짝을 쪼개어서 간을 내어
연못에 가서 훌렁훌렁 씻어다가
열두 말마소에 환생하는 왕입니다.
아홉 번째 철상지옥은
인간 혼을 잡아다 옷을 벗겨
나뭇가지에 거꾸로 매달아서
형벌을 씌우는 왕입니다.
열 번째 흑감지옥.
인간 혼을 잡아다 죄 없는 백성은
석효산 상마을로 보내고,
죄가 많은 혼은 해도 달도 못 보는 곳
신펄날로 하옥시키고

산천 좋은 곳에 묘를 써도
산천발복(山川發福) 못하게 하는 왕입니다.
붓끝으로 허가문을 쓰면
큰 죄 작은 죄 구분하는 왕입니다.
성은 무엇이고, 나이는 몇 살,
불쌍한 이 주인, 불쌍한 영혼님이
중문에 걸리게 하지 마십시오.
열하나는 지장대왕,
열둘은 상부왕,
열셋은 우두영기,
열넷은 좌두영기,
열다섯은 동제판관,
열여섯은 사제왕,
일곱신은 아홉귀양,
천왕차사 월직사제,
지왕차사 일직사제,
옥황차사 황금역사,
용왕차사 거북사제,
저승차사 이원사제,
이승차사 강림도령 강파도.
이 주인의 나이는 몇 살,
아무 영혼 데리고 가던 차사님,
저승길은 험해서
작은 다락, 큰 다락이 길입니다.
산딸기나무 가시덤불
눈비애기 거친 솔 없는 곳으로
영혼님을 곱게 곱게 데려가서
극락세계 상마을로 보내십시오.
청새 몸으로 환생시켜 주십시오.
백새 몸으로 환생시켜 주십시오.
청나비로 환생시켜 주십시오.

인간이서 죽은 곡속을 놈을 주엉
음은 곡속으로 받아오곡,
웃인 사람안되 돈을 주엉
돈에 밸리 하영 받곡
못홀 일을 ᄒ영 혼 백성은 심어당
대집게로 셀 빼는 지옥이우다.
제ᄋᆞᆺ은 빙신왕 독새지옥.
인간백성 심어당
죄가 한 혼신은
굵은 배염 굵은 주냉이 굵은 독다귀영
혼디 갇청 늘피 들피 굶유는 지옥이우다.
제일곱 태산대왕.
인간혼신 심어당 죄가 하민
남방애에 독독 ᄈᆞᆼ상
허풍ᄇᆞ름에 불려불민
죽산이²⁴로 낭 댕깁네다.
제ᄋᆞᆸ은 팽등대왕.
인간혼신 심어당
상가매로 대톱 걸엉
짝을 벌렁 애를 내엉
연못디 강 허우렁케 싯어당
열두 ᄆᆞᆯ무쉬에 환싱ᄒᆞ는 왕이우다.
제아옵은 철상지옥.
인간혼신 심어당 옷을 벳경
낭까지에 거꾸로 돌아매엉
성벌 씨는 왕이우다.
제열은 흑감지옥.
인간혼신 심어당 죄엇인 백성은
석효산 상ᄆᆞ을로 지부치고,
죄라 한 혼신은 해도 돌도 못보는디
신벌늘로 하옥시기곡

산천 존 디 산 씨여도
산천발복 못ᄒ게 ᄒ는 왕이우다.
붓끗으로 허문ᄒᆞ명
큰 죄 족은 죄 마련ᄒ는 왕이우다.
성은 아무가이 나은 선슬
불쌍혼 이 주당이 불쌍혼 영혼님
이 중문에 걸게 맙서.
열ᄒ나랑 지장대왕
열둘이랑 상부왕
열싯이랑 우두영기
열넷이랑 좌두영기
열다ᄉᆞᆺ이랑 동제판관
열ᄋᆞᆺ이랑 ᄉᆞ제왕,
일곱신앙 아옵귀양
천왕체ᄉᆞ 월직ᄉᆞ제
지왕체ᄉᆞ 일직ᄉᆞ제
옥황체ᄉᆞ 황금역ᄉᆞ
요왕체ᄉᆞ 거북ᄉᆞ제
저싱체ᄉᆞ 이원ᄉᆞ제
이승체ᄉᆞ 강림도령 강파제.
이 주당전 나은 선슬
아무 영혼 돌고 가단 체ᄉᆞ님,
저싱질은 험로ᄒᆞ영
악진ᄃᆞ락 한ᄃᆞ락이 질이우다.
한탈낭 전주억이
눈비애기 거신솔 엇인딜로
영혼님을 괴양괴양 ᄃᆞ랑근에
극낙세계 상ᄆᆞ을로 치부칩서.
청새몸에 환싱 줍서.
백새몸에 환싱 줍서.
청나비에 환싱 줍서.

---

24 죽어서도 살아있는 이.

백나비로 환생시켜 주십시오.
부모 조상 가신 곳으로 보내주십시오.
좋은 곳에 보내거든
이 주당전(住堂前)이랑 자손가지에로
자손창성, 우마번성(牛馬繁盛),
오곡풍등(五穀豐登), 육국만발(六國滿發)
시켜주십시오.
먹을 복, 입을 복을 내려 주십시오.
날로 날액(厄) 막아주십시오.
달로 달액 막아주십시오.
관송(官訟) 입송(立訟) 한란 상귀 막아주십시오.
장사에 재수(財數) 대통(大通) 시켜주십시오.

저승 시왕

백나비에 환싱 줍서
부미 조상 가신 딜 지부칩서.
좋은 곳에 지부치건
이 주당전이랑 즈손가지레레
즈손창성 우마번성
오곡풍등 육국만발을
시겨줍서.
먹을 년 입을 년을 나스와 줍서.
날로 나력 막아줍서,
둘로 드력 막아줍서,
관송 입송 한란 상귀 막아줍서,
상업에랑 제수대통 시겨줍서.

5장

병을 막아주는 형제신

〈숙연랑 앵연랑 신가〉

〈숙연랑 앵연랑 신가〉는 열다섯 살에 결혼하고도 오랫동안 잉태를 하지 못한 숙연선비와 앵연각시 부부가 부처에게 치성을 드려 아들 형제를 낳았으나 불구로 태어나 갖은 고생을 하다가 부처에게 다음을 다해 공양을 드린 뒤 병을 고치고 조선으로 와서 여든 한 살까지 살다가 혼수 성인이 된 형제신 이야기이다. 병굿에서 불리는 무가라는 특징이 있으며, 거북이와 남생이라는 이름도 장수와 치병의 능력을 암시한다. 함경 함흥지역에서만 전해지는 것으로 혼수굿 혹은 횡수막이를 하거나 어린아이의 병을 고치고자 할 때 부르는데, 전해지는 신화 가운데서도 유독 부처의 영험함이 강조되고 있다.

병을 막아주는 형제신 〈숙영랑 앵연랑 신가〉

1.
숙영선비, 앵연각시, 나이를 돌아보니,
열다섯 살이 소년이오,
앵연각시는 열네 살이 청춘이오.
혼인방에 혼인을 맺어,
근원방에 근원을 맺어,
마루 저쪽에 주인아비,
마루 이쪽에 주인어미,
첫 말을 붙이니 허사로다.
두말 붙이니 또 허사로다.
세말 붙이니 반허락이 났구나.
고개 한가운데, 산마루 한 가운데,
저쪽에 핀 꽃이 이쪽으로 숙여지고,
이쪽에 핀 꽃이 저쪽으로 숙여지고,
그러니 참 허락을 받았다.
숙영선비 궁합 가리려 가는 때에,
아랫녘의 선생에게 가니,
중원에서 나온 책을 펼쳐놓고,
날을 골라 궁합 가리니,
숙영선비와 앵연각시 궁합이
갑자을축(甲子乙丑)은 바다 속의 금이오,
병인정묘(丙寅丁卯)는 화로 속의 불이라.
무진기사(戊辰己巳)는 큰 숲의 나무요,

경오신미(庚午辛未)는 길가의 흙이요,
임신계유(壬申癸酉)는 칼날 끝의 금이오,
갑신을유(甲申乙酉)는 샘 속의 물,
무인기묘(戊寅己卯)는 성 근처의 흙이요,
경진신사(庚辰辛巳)는 백납의 금이요,
임오계미(壬午癸未)는 버드나무라, 궁합 좋아라.
날을 받아서 떠나는데,
납채(納采)는 삼월삼짇날이오,
장가가실 날은
갑인년 사월초여드렛날이오,
시집은 유월 유두날이라.
만재기물은 억십만재(億十滿載)를 싸와서,
산 범 눈썹까지 부족한 것이 없사와.
납채 가실 날은 차차 다가오니,
중원에서 나오신 철천 자주비단,
납채를 봉할 때는
밤에 짠 월공단, 낮에 짠 일공단이라.
납채 가실 때
다섯 짐은 신부 몫이요, 세 짐은 예물이오.
그렇게 글을 봉해
장가간다 한 삼년, 시집온다 두 삼년,
친가간다 세 삼년, 나이 이십 살이 청춘이오.
삼십이 골객이라.

---

25 너무 빈번하게 왕래해 고개 위가 평평하게 되고, 저쪽의 꽃이 마침내 이쪽의 것이 되었다는 의미이다. 그러나 꽃이 피고 지는 과정을 통해 시간의 흐름을 의미하거나, 혹은 혼사를 진행하는 과정에서 의견을 조율하는 모습을 형상화한 것으로 이해할 수도 있다.
26 살아있는 범 눈썹까지 가져왔다는 것은 사람의 힘으로 구하기 어려운 진기한 것까지 없는 것 없이 준비했음을 의미한다.

一.
숙영선비 앵연각씨, 年歲를 도라보니,
열다섯이 少年이오,
앵연각씨는 열네살이 靑春이오,
婚姻방 婚姻무어,
根源방 根源무어,
마루 접작에 主人 아비,
마루 입작에 主人 어미,
첫 말을 붓치니 虛事로다,
두 말 붓치니 쏘 虛事로다,
세 말 붓치니, 半許諾이 낫소아.
고개 한 판에, 마리 한 판에,
재 접작에 핀 숯치, 재 입작에 숙어지고,
재 입작에 핀 숯치, 재 접작에 숙어지고,25
그러니 참 許諾을 바덧다.
숙영선베 구합가리려 가는 째에,
아랫녁혜 先生손데 가니,
中原서 나온 冊을 펼처 놋코,
나를 고나 宮合 가리니,
숙영선베와 앵연각씨 宮合이,
甲子乙丑은 海中金이오,
丙寅丁卯은 爐中火라,
戊辰己巳는 大林木이오,

庚午辛未는 路傍土,
壬申癸酉는 劍鋒金이오,
甲申乙酉는 泉中水,
戊寅己卯는 城頭土요,
庚辰辛巳는 白鑞金이요,
壬午癸未는 楊柳木이라, 宮合 조아라.
날전기를 바더서 써나는데,
納采는 三月 三辰날이오,
장개 가실 날은
甲寅年 四月 初여드랫날이오,
시집은 六月 流頭ㅅ날이라.
器物은 億十萬財를 싸와,
산 범 눈섭에, 그릴 것 업시 사와.26
納采 가실 날은 기엄~ 當前하옵시니,
中原서 나오신 철천 자지 비단,
納采를 封하 되는,
밤에 짠 月공단이, 나제 짠 日공단이라,
納采 가실 적에,
닷 동산은 그라치오,27 석 동산은 禮物이오,
글직에 글을 封해.
장개간다 한 三年, 시집온다 두 三年,
親家간다 세 三年, 나희 二十살이 靑春이오,
三十이 골객28이라,

27 일문표기에서 '五梱は新婦のもの'로 표기되어 있다. 梱는 포장한 짐짝의 개수를 나타내는 단위이자 특히 생사(生絲), 견사(絹絲)의 개수 또는 수량을 표시하는 말이다. 이에 다섯 짐은 신부의 몫임을 의미한다.
28 건강한 청년이 장년이 되었다는 뜻으로 골격이 갖추어졌다는 의미로 볼 수도 있고, 골병이 지난 몸이라는 의미로 볼 수도 있다.

사십 줄에 들어도 자식이 없어.
하루는 날씨가 좋거늘
대감님이 소풍을 떠날 적에
시종과 몸종을 세우고
소풍을 떠나 앞산에 올라가
사방을 살펴보니
진달래와 만달래, 철죽꽃, 봉선화 만발하고,
석양산림에
강남 갔던 제비가 새끼를 쳐 가지고
앞에 새끼 뒤에 세워, 뒤에 새끼 앞에 세워
구지하고 나오거늘.
삼년 묵은 낡은 둥지에 그 새끼를 앉혀놓고,
벌레를 물어다가 너 먹어라, 나먹어라.
그것을 바라보니
대감님이 처량하기 그지없다.
집에 도로 돌아왔소.
대감님이 자리에 누워
진지도 안 잡숫고 심사가 쓰다.
부인님이
"대감님. 꽃구경 나비구경 갔다 와서
어찌 눈물을 흘리십니까?"
부인님과 나는
남은 낳는 아이를 어찌 못 낳는가.
어머니, 아버지 소리를 듣지 못하고,
날아가는 짐승도
앞에 새끼 뒤에 세우고,
뒤에 새끼 앞에 세우고,
구지~하고 하는 것이 부럽다.
대감님, 들으시오.

내가 이 집으로 올 때,
경상도 아랫녘에 묘한 점쟁이가 있답디다.
거기 가서 팔자궁합이나 물어보오.
생금 한 봉을 가지고
대감님이 건마라는 말을 타고,
종자래기 정매들이,
영청 둘이서 청광으로 갔소.
궁합을 가리니
덕을 쌓고 공덕을 드려야
자식을 보겠다고
안내산 금상절에
석 달 열흘 기도정성을 드리되,
대감님과 부인님이
그날 위 논의 물 아래 논에 대고,
아래 논물은 위 논에 대고,
그날 벼를 심어, 그날 키워서,
그날 베어서, 그날 찧어서,
백미를 서 말 서 되를 찧어라.
황초 다섯 근, 소초 다섯 근,
대초 다섯 근, 황종이 다섯 근,
작은 종이 다섯 근, 큰 종이 다섯 근,
열다섯 근을 갖추어서
안내산 금상절에 찾아가서
인왕불 부처, 금강불 부처,
인간 지도하는 생불성인,
거기 가서 석 달 열흘을 기도하시오.
기도를 하고, 집에 와서
방 안에 인물병풍, 화초병풍 펼쳐놓고,
물색 비단 홑이불,

---

29 젓하인은 곁하인으로 주인 곁에서 여러 가지 심부름을 하는 시종을 말하며, 몸하인은 잔심부름을 하던 여자 종인
   몸종을 의미한다.
30 종자와 말을 잡고 끄는 경마잡이로 예상됨.

四十 줄에 드러도 男女間 업서,
할날은 日氣 좃커늘,
大監님 消風을 써날 적에,
젓下人 몸下人²⁹ 시우고,
消風을 써나 압山에 올나가,
四方을 살펴보니,
진달내·만달내·철죽花·鳳仙花 滿發하고,
夕陽 山林에,
江南 갓든 舊 재비, 색기를 처가지고,
압헤 색기 뒤에 세워, 뒤에 색기 압헤 시워,
구지~하고 나오거늘,
三年 묵은 구성통에, 그 색기를 안처 놋코,
벌기를 물어다가, 너 먹얼, 나 먹어라.
그것을 바라보니,
大監님이, 凄凉하기 測量 업다.
집에 도부 도라왓소아,
大監님이 寢席에 누어,
진지도 안이 잡숫고, 心思를 쓰와.
夫人님이,
"大監님 꽂구경·나뷔구경 갓다 와서,
엇제 落淚 하심닛가."
夫人님과 날과는,
남 낫는 씨에 엇제 못낫는가,
어마 아바 소리 듯지 못하고,
나라가는 즘생도,
압헤 색기 뒤 씨우고,
뒤에 색기 압씨우고,
구지~하고 가는 게 불부다.
大監님 들어시오,

나의 이 宅으로 올 적에,
慶尙道 아랫 역혜, 妙한 占術이 잇답듸다.
거긔가 八字宮合이나 무러 보오.
生金一封을 가지고,
大監님이 건마라는 말을 타고,
종자래기 정매들이,³⁰
영청³¹ 둘이 사 청광에 갓소아,
宮合을 가리니,
積德을 드리고, 功德을 드려야,
子息 보겟다고,
안애山 금상(金祥)절에,
석 달 열흘 祈禱精誠을 드리 되는,
大監님과 夫人님과,
대날노 웃 논엣 물 아랫 논에 대이고,
아랫 논물 웃 논에 대이고,
대날노 베를 심거, 대날노 자리 와,
대날노 비여서, 대날노 바시서,
白米를 서말 서되를 찌어라.
黃초 닷 斤, 소최³² 닷 斤,
대최 닷 斤, 黃紙 닷 斤,
소지³³ 닷 斤, 大紙 닷 斤,
열닷 斤 갓초아 가지고,
안애山 金祥절에 차저 가서,
이망 佛부체, 그망 佛부체,
人間指導하는 生佛聖人,
거긔가 석 달 열흘을 祈禱하소.
祈禱를 하고 집 쌍에 와서,
房 中에서, 人物屛風, 花草屛風, 펼처놋코,
무새(物色) 비단 핫이불을,

---

31 미상.
32 꾸미거나 물을 들이지 않은 흰 초.
33 염색이나 무늬를 넣지 않은 한지.

원앙침, 잔물 베개, 돋워 베옵시고,
청룡황룡이 어우러져서,
하나같은 기를 품어, 두 몸이 한 몸이 되고,
그 달부터 태기가 있소.
부인님의 나이 사십이 되어,
석 달 되니 밥에서 겨 냄새요,
떡에서 가루 냄새요,
장에서 누룩냄새요.
천 가지 만 가지 다 잡숫고 싶어요.
그러니 그 아기 다섯 달 반 짐 지나,
여덟 달이 찬 짐이오,
아홉 달 만에 문을 닫아,
열 달 만에 탄생하니,
발그레한 남자아이가 태어났소.
잘 나기도 잘 났소.
한 쪽 옆에 해가 돋고, 한쪽 옆에 달이 돋고,
천하일색 이 아기,
잘 나기도 잘 나고, 귀하기도 귀하오.

2.
그 아기 삼일이 되어도 눈을 안 뜨고,
첫 이레가 되어도 눈을 안 떠,
세 이레가 되어도 눈을 안 떠,
석 달이 되어도 눈을 안 떠서
그때 대감님과 부인님이
빗질 같은 손길로 땅을 땅땅 치며,
산천도 무정하다, 성인도 애정 없다.
인간영화를 보려했더니
앞 못 보는 판수 자식 무엇 하겠니.
이 아기 이름을 짓는데, 거북이라고.
유모 불러 유모 주고.

아기가 세 살이 되었소.
대감님과 부인님이
또 하나 같은 기를 품으니
또 아기가 생겨서,
세 달 만에 완전히 모양을 이루니,
밥에서 겨 냄새요,
떡에서 가루 냄새요,
장에서 누룩 냄새요.
천 가지 만 가지 다 잡숫고 싶어요.
깊은 산골짜기에 있는 신배, 돌배도 드려라.
어머니 얼굴에 거미줄이
이리 슬고 저리 슬고.
다섯 달이 반 짐 지나,
여덟 달이 찬 짐이오,
아홉 달에 문을 닫아,
열 달 만에 또 남자아기가 태어났다.
잘 나기도 잘 나라, 귀하기도 귀하다.
먼저 아기에 혼이 나서,
낳자마자 눈부터 보니,
샛별 같은 눈이 똘똘 굴러다닌다.
사흘 만에 아기를
향물에 목욕 시키자고,
등을 만지니, 곱사등이요,
다리를 만지니 한쪽 다리 짧고, 앉은뱅이오.
대감님과 부인님이 심사를 막 쓰다가
유모를 불러 줄 적에 이름을 남생이라고.
재산은 넘치고 넘치는데,
부모들이 화병이 들어 다 죽었소.
아이들이 그 재산을
놓고 먹고, 놓고 쓰고,
오래지 않아 가난뱅이가 되었구나.

---

34 잘게 누벼 무늬를 만든 베개.
35 선천적이거나 후천적인 요인으로 시각에 이상이 생겨 앞을 보지 못하는 사람을 낮잡아 이르는 말.

鴛鴦枕, 잔물베개,³⁴ 도々로 베옵시고,
靑龍黃龍이 엇트러저서,
一氣同品 하야, 두 몸이 한 몸이 되고,
그달부터 胎氣 잇소아,
夫人님의 나히 四十이 되여,
석달 되니, 밥에서 씨겟내요,
썩에서 가로쌔요,
장에서 덕내요.
千 가지 萬 가지 다 잡숫고 십허요,
그러니, 그 아기 다섯 달 半짐 지내,
여듧 달이 찬 짐이오,
아홉 달 만에 문을 다더,
열 달 만에 誕生하니,
발가한 男子가 낫소아,
잘낫기도 잘낫소,
함짝 엽혜 해가 돗고, 함짝 엽혜 달이 돗고,
天下一色 이 아기,
잘낫기도 잘나고, 貴하기도 貴하오.

二.

그 아기 三日이 되여도, 눈을 아이 써와,
첫 일해 되여도 눈을 안이 써와,
세 일해 되여도 눈을 안이 써와,
석 달이 되여도 눈을 안이 써와,
그적에 大監님과 夫人님이,
빗질 가튼 손ㅅ질로 쌍을 쌍々치며,
山川도 無情하다, 聖人도 고이 업다,
人間榮華를 보렷더니,
압 못보는 판수³⁵ 子息 무엇하겟니.
이 애기 이름을 짓되는, 거북이라고,
乳母 불너 乳母 주고.

애기 세 쌀이 되엿소아,
大監님과 夫人님이,
쏘 一氣同品 하니,
쏘 아기 서럼하와,
석 달에 올모새(貌色) 이루와,
밥에서 씨겟내요,
썩에서 가로ㅅ내요,
장에서 덕내요.
千 가지 萬 가지 다 잡숫고 십허요,
심구 深山에 씬배, 돌배도 드려라,
어마니 양지 황거믜 줄이³⁶
이리 슬고 저리 슬고.
다섯 달이 半 짐 지내,
여듧 달이 찬 짐이오,
아홉 달에 門을 다더,
열 달 만에 쏘 男子가 낫소라.
잘낫기도 잘나라, 귀하기로 귀하다.
먼저 애기에 魂이 나서,
나자마자 눈부터 보니,
샛별 가튼 눈이 쏠々 구불어 단인다.
사흘 만에 애기를
香물에 沐浴 식히자고,
등을 만지니, 등곱쟁이오,
다리를 만지니, 함짝 다리 싸르오, 안즌뱅이오.
大監님과 夫人님이 心思를 처 쓰다가,
乳母를 불너 줄 적에, 일흠을 남생이라고,
器物은 億十萬財ㄴ데,
父母들이 火病이 들어 다 죽소아,
가애들이 그 器物을
놋코 먹고, 놋코 쓰고,
未久에 가난뱅이 되엿소아,

---

36 얼굴에 거미줄을 쳤다는 것은 기미가 생긴 것을 의미한다. 실제로 임신 중에는 여성호르몬의 분비가 갑작스럽게
변화하여 피부에 많은 변화를 가져 온다.

할 수 없이 둘이 손목을 붙들고
밥 빌어먹으러 갔으나,
그 집에서 병신 둘을, 어찌 거저 거두어 먹이랴.
다시 오지 마라.
남생이와 거북이 대문 밖에 나와서,
둘이 우는구나.
곱사등이 말이
우리 생기게 한 안내산 금상절에 가서
인왕불 부처, 금강불 부처,
인간 지도하는 생불성인 찾아가자.
거북이 말이,
"나는 앞이 어두운데 어찌 가겠니."
다리뱅이는
"나는 어찌 걸어가겠소."
곱사등이 말이
"형이 나를 업으시오.
형이 쥐던 지팡이를 내가 쥐고,
똑똑 소리 나는 대로 가시오."
업고, 삼거리로 나서니
하늘에 무지개 내려 뻗쳐,
동쪽은 청 대로에 푸른 길이오,
남쪽은 적 대로에 붉은 길이오,
서쪽은 백 대로에 흰 길이오,
절 어귀에 들어가니 연꽃 늪이 있어.
그 늪에 복개 같은 생금이 둥둥 떠다닌다.
남생이 눈이 밝으니
"거북이 형님.
이 늪에 복개(覆蓋) 같은 생금이 있으니,
그것을 건지자."
판수 형이

"우리가 무슨 복을 가져
그것을 건지면 쓸 수나 있겠느냐.
본체 말고 들어가자."
절에 들어가니 불목하니가 달려 나오며
부처님께 이르니, 부처 말이
"그 아이들이 생기느라고
우리 절에 생금 탑을 쌓고 했으니,
아이들을 남간초당에 들여앉혀라.
글공부를 시켜라.
하루에 흰 쌀밥을 세 번씩 지어 먹여라."
불목하니는 일이 너무 많아져서
부처 몰래 두들겨 패주었다.
아이들 말이
"우리 올 때,
늪에 생금이 있었으니 그것을 건져 가져라."
삼천 중이 나가보니 생금이 금구렁이가 되어서
한 쪽은 하늘에 붙고 한 쪽은 땅에 붙어 있어.
아이들을 더 두들겨 패주었다.
아이들이 나가서 보니, 역시 본래 금이거늘
그 금 안고 들어왔구나.
불전에 안고 들어오니, 절이 움슬~ 춤을 추어.
부처를 도금하고, 절 안을 도금하니,
부처님 말이
"거북아, 눈을 떠 주마."
감았던 판수가 눈을 떴소.
얼싸 좋소. 정절궁아. 절싸 좋소. 정절궁아.
곱사등이도 등을 펴고, 다리도 폈소.
아이들이 조선으로 나와서
끔찍이 잘 살다가 여든한 살까지 살다가
죽어서 혼수성인(聖人)으로 제를 받게 되었소.

---

37 각기 다른 방향의 물줄기나 길 등이 합쳐지는 곳을 뜻한다.
38 혼시성인. 어린 아이가 병이 들었을 때 제를 올림으로써 병을 낫게 해주는 어린 아이의 몸을 관장하는 신.

헐 수 업시, 둘이 손목을 붓들고,

밥 비러 먹어려 갓서나,

그 宅에서 病身 둘을 엇제 그저 거더 먹이랴,

다시 오지 말어라.

남생이와 거북이 大門 밧게 나와서,

둘이 울엇소아,

곱쟁이 말이,

우리 생긴 안애山 金祥즐에 가서,

이망 불부체·금앙 불부체,

人間指導하는 生佛 聖人.

거북이말이,

「나는 압히 어두어, 엇지 가겟니.」

다리뱅이는

「나는 엇지 거러 가겟소.」

쏩쟁이 말이

「兄이나를 업소새,

兄이 막대 진걸 내 쥐고,

쑥々 소리 난 대로 가새.」

업고, 三질 어부럼[37]에 나서니,

한을에 무지게 내리 벗치와,

東싹은 靑大路에 풀은 질이오,

남싹은 赤大路에 붉은 질이오,

서싹은 白大路에 흰질이오,

절어구에 드러 가니, 蓮塘 눕히 잇소아,

그 눕헤, 북개 가튼 生金이 둥 써 댕긴다,

남생이 눈이 밝어니,

「거북이 성님,

이 눕헤, 북개 가튼 生金이 잇서니,

그것 건지자.」

판수성이

「우리 무슨 福趾를 가저,

그것을 건지면 쌕이겟 너냐,

본치 말고 드러 가자.」

절에 드러가니, 불목이 냇더서며,

부체님씌 일어니, 부체 말이,

「가이들이 생기너라고,

우리 절에 生金 塔을 쌋코 햇서니,

가이들을 南間草堂에 드려 안처라,

글공부를 식혀라.

한 날에 白飯을 세 번씩하여 먹여라.」

불목이 너머 甚해서,

부체 몰어기 쑤더려 주엇다.

아이들 말이,

「우리 올 적에,

눕헤 生金이 잇섯서니, 그것을 건저 가지라.」

三千 중이 나가 보니, 生金이 金구리 되여서,

한 닥지 한을에 붓고, 한 닥지 쌍에 붓고,

아々들을 더 두들겨 주엇다.

아々들이 나가서 보니, 亦是 本來金이어늘,

그 金 안고 드러 왓소아,

佛前에 안고 드러 오니, 절이 움슬~ 춤을 추아.

부체를 鍍金하고, 절안을 鍍金하니,

부체님 말이

「거북아, 눈을 써 주마.」

감앗든 판수 눈을 썻소.

얼사좃소, 정절궁아, 절사좃소, 정절궁아,

쏩쟁이도 등도 펴고 다리도 폇소.

가이들이 朝鮮 나와서,

씀직이 잘 살다가, 여든한 쌀까지 살다가,

죽어 혼수성인[38]으로 밧기 마련하엿소.[39]

---

39 한국의 무속신앙에 따르면 신으로 좌정하는 경우 제를 통해 음식을 받아먹는 것으로 인식된다. 따라서 '혼수성인
으로 받는다'라는 것은 혼수성인으로서의 신직을 부여받았음을 의미한다.

원문 출처

백두산설화	최인학, 『백두산설화』, 밀알.
해와 달이 된 오누이 설화	현용준·김영돈, 『한국구비문학대계』, 한국정신문화연구원, 1980~.
아기장수설화	현용준·김영돈, 『한국구비문학대계』, 한국정신문화연구원, 1980~.
홍수설화	현용준·김영돈, 『한국구비문학대계』, 한국정신문화연구원, 1980~, 손진태, 『조선설화집』, 민속원.
주몽신화	『세종실록지리지』.

제7부

그 밖의 다른 신들의 이야기

1장

일월신 남매의 모험

〈해와 달이 된 오누이〉

천지개벽 때에 두 개씩 있었던 해와 달이 하나씩으로 정리 된 이후, 해와 달의 신이 되는 이야기는 몇 가지가 있지만 그 중에서 가장 대표적인 이야기로 하늘에서 내려준 노각성자부줄을 타고 하늘로 올라 해신과 달신이 된다.

어머니를 잡아먹은 호랑이(혹은 늑대)에게 쫓겨 나무 위로 달아난 이야기도 여러 가지로 나타나며, 산속에서 어머니를 기다리는 남매, 조개를 캐러 가서 늦게 돌아다가 길을 잃어 호랑이 소굴로 들어가게 되는 남매, 세 명이 함께 있다가 막내는 어머니처럼 호랑이에게 잡아먹히는 이야기도 있다. 모든 이야기에서 나무 위로 올라오는 방법을 동생이 알려주고 잡히기 직전에 하늘에서 내려온 줄을 타고 올라가 해신과 달신이 되며, 도랑이 또는 늑대는 줄을 타고 올라가는 중간에 수수밭으로 떨어져 수숫대를 빨갛게 물들인다는 점이 공통적으로 나타난다.

일월신 남매의 모험 〈해와 달이 된 오누이〉

자기 엄마하고 아들딸이 어느 산골에 살았는데.
엄마가 매일 떡 장사를 해.
떡 장사를 해가지고 떡을 팔아서 오면
아이들 먹을 것을 사는데.
어느 날은 엄마가 떡을 팔러 가면서,
"오늘 저녁에는
내가 가면 누가 와도 문을 열어주지 말아라.
엄마가 얼러줄게."
하는데, 호랑이가 그 소리를 들었어.
엄마가 저기 지금 떡을 팔러갔다가 오는데
호랑이를 만났어. 호랑이를 만나서는
"어흥. 떡 한 개 주면 안 잡아먹지."
그러는데.
그래서 떡을 한 개 주고 한 고개를 넘어갔어.
또
"어흥. 떡 한 개 주면 안 잡아먹지."
이래서 또 떡을 주고 또 갔어. 그런데 또
"어흥."
떡을 이제 세 번을 다 주고 없어.
없으니까 이제 어쩔 거야.
또 한 고개를 넘어가니까
떡이 있나, 뭐가 있나.
또 지금 한 고개 넘어가니까.
"어흥. 네 다리 한 개, 팔 한 개
떼어주면 안 잡아먹지."
그러더랍니다.
그래서 팔을 한 쪽만 뚝 떼어주니까
안 잡아먹더랍니다.

이런 것, 저런 것 다 떼어주고
다 잡혀 먹혀버렸어.
호랑이가 저희들 엄마 옷을 딱 입고
둔갑을 해가지고 갔단 말이야. 가서는
"애들아, 문 열어라."
그러니까
"에. 우리 엄마 목소리가 아닌데."
그러니까
"왜 너희 엄마 목소리가 아니야?"
그래서 이제 호랑이 이것이
딱 저희 엄마 소리로
문 열어라 그러니까
"손 한 번 넣어보면 알지.
우리 엄마인지 아닌지."
그래서 손을 푹 넣으니까
호랑이가 털이 푹 났거든.
"우리 엄마 손은 털이 안 났는데."
그러니까. 왜 안나?
그래서 또 어떻게 이 손을 푹 넣어.
그래서 문을 열어줬는데,
호랑이라 어떡해. 둘이서 죽을 건데.
그래서 나무 위로 올라갔어.
먼저 나무 위에 올라가 있으니까,
호랑이가
"너희 어찌어찌 올라갔어?"
하니까
"뒷집에 가서 참기름을 바르고 올라갔다."
참기름을 바르니까 미끄럽거든.

저거 엄마하고 아들딸이 어느 산골에 살았는데.
엄마가 맨날 떡 장사를 해.
떡 장사를 해가지고 떡을 팔아가지고 오며는
아이들 먹을 걸 사고 하는데.
어느 날은 엄마가 떡을 팔러가면서.
"오늘 저녁에는
내가 가면 누가와도 문을 열어주지 말아라.
엄마가 열어줄게"
하는데. 호랑이가 그 소리를 들었어.
엄마가 저 인자 떡을 팔러갔다가 오는데
호랑이를 만났어. 호랑이를 만나가지고
"어흥. 떡 한 개주면 안 잡아먹지."
그런게.
그래서 떡을 한 개 주고 한 고개를 넘어갔어.
또
"어흥. 떡 한 개 주면 안 잡아먹지."
이래가. 또 떡을 주고 또 갔어. 근데 또
"어흥."
떡을 이제 세 번을 다 주고 없어
없어놓으니까 이제 우짤 거야.
또 한 고개를 넘어가니까
떡이 있는가 뭐가 있는가.
또 인자 한 고개 넘어간게.
"어흥. 니 다리 한개 팔 한 개
떼어주면 안 잡아먹지"
그러더랍니다.
그래서 팔을 한쪽만 뚝 떼주니까
안 잡아 먹더랍니다.

이런 거 저런거 다 떼주고
다 잡혀 먹어버렸어.
호랑이가 즈그 엄마 옷을 딱 입고
둔갑을 해가지고 갔단말이야. 가가지고
"얘들아. 문 열어라."
그러쿤게
"에. 우리 엄마 목소리가 아닌데."
그러쿤게
"왜 너네엄마 목소리가 아이라."
그래가 인자
호랑이이기 딱 저그메 소리로
문열어라. 글쿤게
"손 한 번 넣어보면 알지.
우리 어멘가 아인가"
그런게. 손을 푹 넣으니까
호랑이가 털이 푹 났거든
"우리 엄마 손은 털이 안 났는데."
그러쿤게. 와 안나여.
그래가 또 우째 요 손을 폭 여.
그래갔고. 문을 열어줬는데.
호랑이라 우쩔끼고 둘이서 죽을낀데.
그래가지고 나무 위를 올라갔어.
먼저 나무 위에 올라가서 있으니까.
호랑이가
"너네 우찌우찌 올라갔게."
하니까
"뒷집에 가서 참기름을 바르고 올라갔다."
참기름 바르니까 미끄럽거든.

또 넘어지고, 또 넘어지고,
남자아이는 그렇게 말했는데, 여자 아이가,
"뒷집에 가서
도끼로 가서 자근자근 쪼아서 올라갔다."
그게 맞거든. 그래서 하느님한테 그리 말해.
"하느님, 하느님.
우리를 살리려면 동아줄을 내려주시고
우리를 죽이려면 썩은 새끼줄을 내려주세요."
그래놓으니까,
동아줄을 내려줘서 하늘나라로 올라가서
해님 달님이 됐는데.
호랑이 이것도 그 말을 듣고 올라가서
"하느님, 하느님.
나를 살리려면 썩은 새끼줄을 내려주고
죽이려면 동아줄을…."
거꾸로 해 놓으니까
새끼줄을 타고 올라가니까
반쯤 올라가다가 뚝 떨어졌거든.
하필이면 수수밭에 떨어졌어.
수숫대에 짝 꽂혀놓으니
요즘 수숫대가 뻘건 그게
호랑이 피가 묻어서 그런 거야.
그게 이야기 끝이야.

옛날에 오누이가 살아요. 오누이 둘이 사는데,
오누이가 둘이서 바다에
지금 조개를 캐러 갔어요. 조개.
바지락 캐러 갔는데, 바지락이 안 나와서.
캐고, 캐도 안 나와서,
이제 해가 까무룩 지는데,
바지락 캐는데, 바지락이 하나씩 나와서
"누나, 가자."

하면
"한 마리만 더 캐고 가자."
그렇게 말해. 또 한 마리 더 캐고 가자고
"누나, 가자."
하면
"한 마리 더 캐고 가자.
하다가 그만 해가 져서 어두워져 버렸어.
그런데 길을 몰라서, 마구 헤매다 이제 위로,
산으로, 산으로 기어 올라갔는데
불이 빼꼼하니 있어서
그 집을 찾아 가서 보니,
호랑이 집을 찾아간 거지.
"아이고, 내 딸 오냐. 내 아들 오냐."
하면서 막 방으로 딱 데려다 놓고,
밥이라고 주는 것은 사람 살이고,
파래라고 주는 것은 사람 머리카락이고.
그렇게 줘서,
이제 그걸 먹지도 않고 앉았다가
문을 딱 잠가놓고 나가는데.
들어보니까, 저희들 잡으려고
칼 가는 소리가 나고 이래서,
"누나, 이제 죽었다. 어쩔 거야.
이렇게 여기서 어떻게 살아 나갈래."
그러니까, 그래서 이리 쳐다보니까,
여기 작은 칼이 하나 있어서
이것을 가지고 벽을, 벽을 팠어요.
죽기 살기로 파보니까
사람 겨우 하나씩 나갈 그걸 그만큼
구멍을 뚫었어. 요리 뚫어가지고,
"누나, 너부터 빨리 나가라."
하면서 밀어 넣어놓고.
그 다음 동생 나가고.
뒤에 큰 나무가 한 개 있었어요.

또 자빠지고 또 자빠지고.
머스마는 그리했는데 가스나가
"뒷집에 가서
도찌로 가서 조근조근 쪼사서 올라갔다."
그게 맞거든. 그래서 하느님한테 그리해.
'하느님 하느님.
우리를 살리려면 동아줄을 내려주고
우리를 죽일라면 썩은 새끼줄을 내려주세요.'
그래놓으니까
동아줄을 내려줘서 하늘나라 올라가서
햇님달님이 됐는데.
호랑이도 이것도 그 말 듣고 올라가서
'하느님 하느님
내를 살리려면 썪은 새끼줄을 내려주고
죽이려면 동아줄을'
거꾸로 해 놓으니까.
새끼줄을 타고 올라가니까
반쯤 올라가면 뚝 떨어졌거든.
하필이면 쑤시밭에 떨어졌어.
쑤싯대에 짝 꼽히논게
요새 쑤싯대가 뻘건 그게
호랑이 피가 묻어서 그런거야.
그게 이야기 끝이라.

옛날에 오누가 살아요. 오누 둘이 사는데.
오누가 둘이서 바다에
인자 조개를 캐러 갔어요. 조개.
반지락 캐러 갔는데 반지락이 안나서.
캐고 캐고 안나와서.
인자 해가 거무럭케 지는데.
반지락 캐는데 반지락이 한나썩 나와갔고.
"누나 가자"

하몬
"한마리만 더 캐고 가자"
그래. 또 한 마리 더 캐고 저저
"누나 가자"
하면
"한 마리 더 캐고 가자"
하면 그마 해가 져서 어더버졌뻤어.
그런데 길을 몰라서. 막 헤매고 인자 오리로
산으로 산으로 기올라간게.
불이 빼꼬롬해가 있어서.
그 집을 찾아 가서 간게.
호랑이 집을 찾아간거지.
"아이고 내 딸 오냐. 내 아들 오냐"
함스로 막 방에다 딱 갔다 놓고,
밥이라고 주는 거는 사람 살이고
파래라고 주는 거는 사람 머리고.
그리 조서 인자
그래 묵도 안아고 앉잤다가.
문을 딱 잠가놓고 나가는데.
들어보니까. 저거 잡을라고
칼 가는 소리가 나고. 이래사서.
"누나 인자 죽었다. 우짤꼬.
이래 요기서 우찌 살아 나갈래."
그런게. 그래 요래 차라본게.
요 때기칼이 한나 있어갔고.
이거를 갔고 배리박을 배리박을 팠어요.
죽고 살고 파본게.
사람 매우 한나썩 나갈 그걸 그만치
구멍을 뚧었어. 요리. 뚧었갔고.
"누나 니부터 빨리 나가라."
하면서 밀어 여놓고.
그담 동생 나가고.
뒤에 큰 나무가 한개 있었어요.

커다란 나무가 있어.
어두워서 가지도 못하고, 오가지도 못하니.
형제끼리 나무 위에
저 꼭대기 올라 앉아 있어.
그래 들어와 보니, 호랑이가.
사람이 없거든.
그래. 뒷날 어디로 갔는가.
찾다가, 찾다가 못 찾아서
뒷날 찾아보니
나무 꼭대기에 올라 앉아 있어서.
그래. 거기, 거기서.
"너희 아가들아. 너희 어찌어찌 올라갔니?"
하니까
"뒷집에 가서 참기름 얻어다
발라가지고 올라왔다."
그러는데, 참기름으로 올라갈 수 있어요?
못 올라가지.
올라가다 쭉 미끄러지고, 올라가다가
"아가들아, 어찌어찌 올라갔니?"
하니까
"뒷집에 가서 소똥을 발라서 올라 왔다."
그러는데, 또 올라가니까 쭉 미끄러지거든.
그런데, 그래서 못 올라가니까,
"아가들아, 어찌어찌 올라갔니?"
"뒷집에 가서
도끼를 얻어 와서 콕콕 쪼아가며 올라왔다."
똑바로 그만 가르쳐 줘 버렸어.
그렇게 쪼아가며 올라가거든.
자기들한테 이렇게 까칠까칠하게 올라간 것이
이제 갈 데, 올 데가 없으니까 하는 말이
"하느님, 하느님, 하느님.
우리를 죽이려하면 헌 줄을 내려주고
살리려하면 새 줄을 내려주세요."

하니까, 그래놓으니까.
그래 이제 줄이 이렇게 내려왔어.
하늘에서 줄이 내려온 것이
그만 새 줄이 되어서 타고 올라가버리고,
호랑이도 그랬어. 호랑이도.
"하나님, 죽이려고 하면 헌 줄을 내려주고
살리려고 하면 새 줄을 내려주세요."
하니까 줄을 내려줘서,
타고 올라가다 헌 줄을 내려줘서 뚝 끊어졌어.
그 수숫대. 옛날에 그 수숫대가 있는데,
수숫대 여기를 보면,
우리가 수숫대를 수수를 갈아 가지고 보면
그 수숫대 끄트머리에 좀 빨간 것이 있거든.
그게 호랑이 피랍니다.
똥구멍 쑤셔서, 떨어져서. 떨어져서.
그 수숫대가 거기 그 똥구멍을 팍 쑤셔서
떨어져 죽었는데, 그게 호랑이 피랍니다.
그래서 이제, 하늘까지 올라가긴 올라갔는데,
어떻게 됐느냐. 그래서 뭐, 천사가 나와서
"너희 중 하나는 달이 되고,
하나는 해가 되고, 하나는 달이 되어라."
그리 하더랍니다.
그래서 딸은, 누나는
"해가 되면 세상 사람이 다 쳐다봐서
부끄러워서 못 되고
달이 되면 무서워서 못 되겠다."
하니까.
그래서 햇빛 쳐다보면 못 쳐다보지요.
사람이요.
그래 이제 바늘 같은 걸 딱 주면서
"사람이 쳐다, 사람이 쳐다보걸랑
이것으로 광을 이렇게 비춰라."
이것이 해다.

커다란 나무가 있어.
어두버서 가지도 못하고. 오가지도 몬한게.
성지꺼서 나무위에
저 꼭대기 올라 앉아있어.
그래 들어와 보니 호랑이가
사람이 없거든.
그래 뒷날 오디로 갔는고.
찾다가 찾다 못찾아서
뒷날 찾아보게
나무 꼭대기에 올라 앉아있어서.
그래 그. 그게서
"너거 아가들아. 너거 우찌우찌 올라갔네?"
한게
"뒷집에 가서 참지름을 얻어다
볼라갔고 올라왔다."
그런게 참지름으로 올라갈 수 있어요.
못 올라가지.
올라가다 쪽 미끄러지고 올라가다.
"아가들아 우찌우찌 올라갔네?"
한게.
"뒷집에 가서 소똥을 볼라가지고 올라 왔다."
그런게. 또 올라가니까 쪽 미끄러지거든.
그런데 그래서 못올라가니까.
"아가들아 우찌우찌 올라갔네?"
"뒷집에 가서
짜구를 얻어갔고 와서 콕콕 쪼사갔고 올라왔다."
바리로 고만 갤차조뺐어.
그런게 쪼신게 올라가거든.
저거한테 요리 가칠가칠하게 올라간게.
인자 갈 때 올 때가 없인게 하는 말이
"하나님예. 하나님. 하나님.
우리를 직일라카면 헌줄을 내려주고
살릴라카면 새줄을 내려주세요."

한게. 그래논게.
그래 인자 줄로 이래 내려왔어.
하늘에서 줄이 내려온게.
그만 새줄이 되서 타고 올라가삐고.
호랑이도 그랬어. 호랑이도
"하나님 죽일라카던 헌줄을 내려주고
살릴라카던 새줄을 내려주세요."
한게. 줄로 내라주서.
타고 올라가다 헌줄을 내려줘서 뚝 끊어졌어.
그 쑤싯대. 옛날에 그 쑤싯대가 있는데.
쑤싯대 이 보면
우리가 쑤싯대를 쑤시를 갈아 갔고 해 노모는.
그 쑤싯대 끄트머리 좀 빼 빨간기 있거든.
그기 호랑이 피랍니다.
똥구녀 쑤시서 떨어져서. 떨어져서.
그 쑤싯대 그기 그 똥구녕이 팍 쑤시서
떨어져 죽었는데. 그게 호랑이 피랍니다.
그래 인자. 하늘까지 올라가긴 올라갔는데
우떻게 됐느냐. 그래서 뭐이 천사가 나와서
"너그 한나는 달이 되고
한나는 해가 되고 한나는 달이되라."
그리 하더랍니다.
그래서 딸은 누나는
"해가 되면 세상사람 다 쳐다바서
부끄러워서 못되고
달이 되면 무서워서 못되겠다."
하니까
그래서 햇빛 쳐다보면 못 쳐다보지요.
사람이요.
그래 인자 바늘 같은 걸 딱 주면서
"사람이이 져다 사람이 져다보설랑
이걸랑 꽝을 요리 비차라."
이리 해라.

그래서 그렇게 해서 해가 되고
달이 되었답니다.
그렇게 잘 살았답니다.

예전에 아버지는 죽고 없고
어머니가 딸 하나, 아들 하나,
남매를 데리고 사는데,
어머니 혼자 벌어가지고
아들, 딸 그것들을 먹여 살리는데,
이웃집에 베 매러 갔대요.
베 매러 가니까 베를 다 매고는
팥죽을 끓여가지고 한 동이 퍼 주더래요.
그렇게 이제 팥죽을 이고,
아들, 딸 남매는 집에 놔두고
그걸 먹이려고 서둘러 가는데, 호랑이가 나왔어.
"할머니, 할머니. 그게 뭐요?"
"팥죽이요."
"나 한 그릇만 주면 안 잡아먹지."
하더래요.
또 한 그릇 퍼주고, 또 한 고개 넘어 가니까
"할머니, 할머니. 그게 뭐요?"
"죽이요."
"나 한 그릇만 주면 안 잡아먹지."
그래. 그렇게 하다 보니
팥죽은 다 주고 없고 또 한 고개 넘어 가니까,
"할머니, 할머니.
그 팔 하나 날 떼어주면 안 잡아먹지."
하더래요. 그렇게 팔 하나 떼어주고,
또 한 고개 넘어가니까,
"할머니, 할머니.
팔 그것까지 날 떼어 주면 안 잡아먹지."
(그렇게 떼어 주고 아파서 어떡해요. 하하하)

그렇게 다 떼어주고,
그렇게 이제 다 떼어주고. 어.
그래 또 이제 다리가 멀쩡하니 가다보니,
"할머니, 할머니. 그게 뭐요?
그 다리 하나 날 떼어주면 안 잡아먹지."
또 다리 하나 떼어주고, 또 한 고개를 넘어가니,
"할머니, 할머니.
그 다리 하나 나한테 마저 떼어 다오."
하더래요.
그래 이제 다 떼어 주니까 죽을 거 아닌가?
그래 그만 죽고.
어머니는 그만 그렇게
호랑이가 다 잡아 먹고는,
이놈의 호랑이가 형제끼리,
남매 있는데 왔더래요. 와 가지고는
"아가, 아가. 문 열어라."
이렇게 하더래요. 아이가
"우리 어머니 소리 안 같은걸."
이렇게 말하니까,
"비를 마신거지. 마셔서 그렇다."
이러더래. 그래서
"손을 들이 밀어봐."
이러니까, 손이, 호랑이가 들이미니까
껄끄럽고 머 그러하잖아?
"아이, 우리 어머니 손이 아닌 걸."
이러니까,
"벼를 매고 풀을 잘라서 그렇다."
이러더래. 그래가지고, 들어와 가지고,
아이, 그만 이 아이들이 호랑이가 들어오니까,
아이고, 무서워가지고.
"아이고. 나, 나는 오줌 마려워요."
이러니까,
"여기 윗목에서 누어라."

그래서 그래갔고
해가 되고 달이 되었답니다.
그래 잘 살았답니다.

예전에 아버지는 죽고 없고
어머이가 딸 하나
남매를 델고 사는데.
어머이 혼차 벌어가이고
아들 딸 고걸 믹이 살리는데,
이웃집에 베 매로를 갔대여.
베 매로를 간께, 베를 다 매고는
팥죽을 끼리가이고 한움카지 퍼 주더래여.
그래 인자 팥죽을 여고
아들 딸 남매는 집에 놔두고
그걸 믹일라고 여어 가단께, 호래이가 나왔어.
"할머이 할머이, 그기 뭐요?"
"팥죽이요."
"나 한 그릇 주만 안 잡아 묵지."
컸더래여.
또 한 그릇 퍼주고, 또 한 고개 넘어 가단께,
"할마이 할마이, 그기 뭐요?"
"죽이요."
"나 한 그릇 주만 안 잡아 묵지."
그래 그카다 보이
팥죽은 다 주고 없고 또 한 고개 넘어 가단께,
"할무이 할무이
그 팔 하나 날 떼주만 안 잡아 묵지."
카더래여. 그래 팔 하나 떼 주고,
또 한 고개 넘어 가단께,
"할머이 할머이,
팔 그거 마자 날 떼 주만 안 잡아 묵지."
(그렇나 떼 주고 아파서 우째 여. 하하하.)

그래 다 떼 주고,
그래 인제 다 떼 주고. 어.
그래 또 인제 대리 성한께 가단께,
"할무이 할무이, 그기 뭐요?
그 대리 하나 날 떼주만 안 자아 묵지."
또 대리 하나 떼주고, 또 한 고갤 넘어간께,
"할마이 할마이,
그 대리 하나 나 마자 떼 돌라."
카더래여.
그래 인자 다 떼 준께 죽을 거 아이라?
그래 고만 죽고.
어무이는 고만
그래 호래이가 다 자아 묵고는,
이노무 호랭이가 동상찌리
남매 있는데 왔더래여. 와가이고는,
"아가 아가 문 열어라."
이카더래여, 아이 그래,
"우러 어머이 소리 안 같은걸."
이카인께,
"비를 매샌거치 매시서 그렇다."
이카더래. 그래,
"손 디리 밀어봐."
이카단께. 손이 호래이가 디리민께로
꺼끄럽고 머 거 하잖아?
"아이 우리 어머이 손이 아닌 걸."
이칸께,
"비를 매고 풀이 발러 그렇다."
이카더래. 그래가이고 들와가이고,
아이 고만 이 아들이 호래이가 들온께
아이고 무서와가이고.
"아이구, 나 나는 소죰 누루와여."
이칸께,
"여 웃목에 노라."

이러니까,
"똥마려워요."
이러니까,
"윗목에 눠라."
이러더래요.
"아이, 똥을 어떻게 윗목에서 눠."
하면서 나가야 된다 하니,
"그러면, 얼른 여기 가서 눠라."
하더래요.
그렇게 형제끼리가 그만 나가가지고
저 노송나무가 있는데
그만 노송나무에 올라가서 앉았다니까.
이놈의 호랑이가 아무리 기다려도 안 오니까
나와 볼 것 아닌가.
나와 보니까, 나와서 쳐다보니까,
노송나무에 둘이 형제끼리 올라앉았거든.
그래, 거기 어떻게 올라갔는가 묻더래요.
물으니
이웃집에 가서 기름 얻어다 발라가면서
그렇게 올라왔다 했거든.
그러니까 이놈의 호랑이가
기름을 발라가지고 올라 가려고하니
미끄러워 통 떨어지고, 통 떨어지고 이래.
아, 그렇게 어찌 삐거덕거리면서
올라오려고 하더래요.
이래가지고 죽을 것 같다 싶어,
안 되겠다 싶어
"하느님, 하느님.
하느님이 우리 형제를 살리려면
새 동아줄을 내려주고,
죽이려면 헌 동아줄을 내려주세요."
이러니까,
새 동아줄이 하늘에서 주르르 내려 왔더래요.

그렇게 동아줄을 타고 하늘로 올라갔단 말이야.
남매가 그렇게 남매가 올라갔는데,
아, 이놈의 호랑이가 그렇게 어찌
삘떡 거리고 올라 와서, 올라 와서.
"하느님, 하느님.
날 살리려면 새 동아줄을 내리고,
죽이려면 헌 동아줄을 내려 주세요."
그러더래요.
(호랑이도 그러더래요?)
그러니까 헌 동아줄을 하느님이 주르르 내려줘,
그만 그 동아줄을 타고 올라 가다가
퉁 떨어져가지고 그렇게 죽었네.
호랑이는 죽고,
이 아들, 딸 남매가 하늘에 올라가서
해가 되고, 달이 되고,
그렇게 이제 딸은 해가 되고,
아들은 달이 되고.
이제 무서움 안탄다고
이제 아들은 달이 되고
이제 딸은 해가 되고
그렇게 지금 해와 달이 그렇게 됐대요.
하늘에 해, 달이.
아이, 그렇게 그 남매를 데리고 사는데
그, 다 잡아 먹었으니.
그 하느님이 은혜를 베풀었지.
어째서 그래?
그 하느님이 살렸잖아. 하느님이.

예전에, 딸네 집에,
논둑 밑에서 똥을 누고 앉아있으니,
거기에 늑대가 한 마리 와서,
"할머니, 할머니. 뭐 하는고?"

이칸께,
"똥 누루와여."
이칸께,
"웃목에 노라."
이카더래여.
"아이 똥을 우째 웃목에 노냐."
카민성 나가야 된다 캐미,
"그러만, 얼른 요 가서 누라."
카더래여.
그래 동상찌리가 고만 나가가이고
저 노송나무가 있는데
고만 노송나무에 올라가서 앉았단께.
이노무 호랑이가 암만 바래도 안 온께
나와 볼 거 아이라.
나와 본께, 나와서 치다본께
노송나무에 둘이 동상찌리 올라 앉았거던.
그래 그를 우째 올라갔는가 묻더래여.
문걸랑
이웃 집에 가서 지름 얻어다 발라가이
그래 올라왔다 캤거던.
그란께 이놈의 호랑이가
기름을 발라가이고 올라 갈라카이
미끄러와 통닐쪄고 통 닐쪄고 이래.
아 그래 오째 뻐더덕거리 가이고
올로 올라 카더래여.
이래가이고 죽을 상 싶어
안돼서,
"하나님요, 하나님요,
하나님이 저이 남매를 살릴라만
새 동애줄을 내라주고,
직일라만 헌 동애줄을 내라주소."
이칸께,
새 동애줄이 하늘에서 주르르 내려 왔더래여.

그래 동애줄을 타고 하늘로 올라 갔단 말이라.
남매가 그래 남매가 올라 갔는데,
아 이놈의 호랑이가 그래 오째
뻘떡 거리고 올라 와가이고, 올라 와가이고,
"하나님요, 하나님요,
날 살릴라만 새 동애줄을 내루고,
직일라만 헌 동애줄을 내라 주소."
그카더래여.
(호래이도 거카더래여?)
칸께 헌 동애줄을 하나님이 주르르 내라주,
고만 그 동애줄을 타고 올라 가다가
통 닐쪄가주 그래 죽었네.
호랑이는 죽고,
이 아들 딸 남매가 하늘에 올라가서
해가 되고 달이 되고,
그래 인제 딸은 해가 되고,
아들은 달이 되고.
인제 무섬 안 탄다고
인제 아들은 달이 되고
인제 딸은 해가 되고
그래 시방 해 달이 그래 됐대여.
하늘에 해 달이.
아이 그래 그 남매를 델고 사는데
그 다 자아 먹었으이,
그 하나님이 돌리 줬지.
우째여 그래?
그 하나님이 살렸잖아, 하나님이

이전에, 딸네집에,
논둑 밑에 똥을 누고 앉았은께,
그서 늑대가 한 바리 와서,
"할마이, 할마이 뭐 하는고?"

이러니까

"똥이 마려워서 똥 눈다."

하니까, 거기서 엉덩이를 꽉 물어서,

"할머니, 어디까지 간다고?"

하니, 말해.

"딸네 집에 베 짜러 간다."

하니, 등 너머에서.

그렇게 늑대가 따라 온 것이란 말이다.

따라 와 가지고 그래.

얘기가 더 나중에 나올 것이 더 먼저 나왔나?

데굴데굴 뒹굴 때는 마지막인데,

딸네 집에 베 매러 갔는데,

팥죽을 한 항아리 이고 오니까

아이들 주려고 이고 오니까,

"할머니, 할머니. 뭐야?"

이러더래요. 그래,

"팥죽일세."

이러니까,

"나 한 그릇 주면 안 잡아먹지."

그 또 한등성이 와서,

"할머니, 할머니. 뭐야?"

"팥죽일세."

또 한 그릇 주거든.

한 그릇 주면 안 잡아먹는다고 해서.

또 넘어 오다가 또,

"할머니, 할머니. 뭐야?"

"항아리일세."

그러니까,

항아리조차 남은 것을 다 줬잖아.

모두 다 주고, 잡아 먹힐까봐.

또 넘어 오다가,

"할머니, 할머니. 흔들고 가는 게 뭐야?"

"젖일세."

"그래. 젖 한 통 안 떼어 주면 잡아먹지."

하니 또 젖도 베어 주고.

또 오려고 하니까 또,

"딜렁딜렁 하는 게 뭐야?"

또 젖도 다 떼어 주고,

이제 두 팔을 흔들며 오니까,

"그거 흔드는 게 뭐야?"

이러더래요.

"팔일세."

이러니까,

"팔 안 떼어주면 잡아먹지."

언덕 너머 베 매어주고

딸네 집에 오려고 하는데

또 팔도 하나 떼어 줬지.

또 넘어 오다가, 또

"딜렁딜렁 하는 게 뭐야?"

그렇게 말해,

"다리일세."

하니까, 다리도 또 떼어 줬지. 마지막으로 그래.

(조사자 : 다리를요?)

응. 옥남이, 판남이가 집에서

어머니가 팥죽 이고 올까봐 기다리는데

지금 그렇게 그냥 돌돌돌 요 해골만,

다 떼어 주고 굴러 오고 있으니까,

"콩인가, 팥인가?"

이러면서, 그냥 날름 주워 먹네. 늑대가.

재를 넘어 오려고 하니까.

팥죽을 이고, 그래가지고 딸네 집에 가

매어주고 오다가, 베를.

예전에 여기 바디집 짜는 걸.

그래가지고 이제

어, 데굴데굴 굴러 오니까,

콩인가 팥인가 하며 날름 주워 먹었지. 해골도.

이칸게,

"똥이 매려워 똥눈다."

칸게, 그래 궁딜 꽉 물골랑,

"할마이 어데꺼지 간다?"

카이, 그래,

"딸네집에 비 매러 간다."

카이, 등넘에.

그래 늑대가 따라 왔는 기라 말이라.

따라 와 가지고 그래,

얘기가 더 냉중 나올 기 더 머여 나왔나?

또굴또굴 구불 때는 마지막인데

딸네집에 비 매러 갔는데,

팥죽을 한 판재기 여고 오단께,

아들 줄라꼬 여고 오단께,

"할마이, 할마이 뭔가?"

이카더래여. 그래,

"팥죽일세."

이칸게,

"나 한 그릇 주면 안 자 먹지."

그 또 한 등성에 와서,

"할마이, 할마이 뭔고?"

"팥죽일세."

또 한 그릇 주골랑,

한 그릇 주면 안 자 먹는다 캐서러,

또 넘어 오다가 또,

"할마이, 할마이 뭐라?"

"판재길세."

칸게,

판재기 종창 남았는 걸 다 줬잖아.

그만에 주고, 자아 맥히까봐.

또 넘어 오디 히이,

"할마이, 할마이 흔들고 가는게 뭐가?"

"젖일세."

"그래 젖 한 통 안 띠 주면 자 먹지."

카이 또 젖도 비 주고. 또 오라 하이께 또,

"덜렁덜렁 겄는 기 뭔가?"

또 젖도 마지막 띠 주고,

인제 둘 다 팔을 흔들며 오단께,

"그거 흔드는 게 뭔가?"

이카드래여.

"팔일세."

이칸게,

"팔 안 띠주면 자 먹지."

등넘어 비 매주고 딸네집에,

그래 오다 하이께,

또 팔도 하나 띠 줬지.

또 넘어 오다 한께, 또,

"덜렁덜렁 한게 뭐라?"

그래,

"대릴세."

칸게, 대리도 또 띠 줬지. 마지막으로 그래.

(조사자 : 다리를예?)

응.

옥남이 판남이가 집에서

어무이 팥죽 여고 오까봐 기다리는데

시방 그래 고만 똘똘똘 요 해골만,

다 띠 주고 구불러 오다 한께,

"콩인가, 팥인가?"

이카민, 고만 날름 주우 먹네, 늑대가.

재를 넘어 오다 하이께.

팥죽을 여고, 그래가지고 딸네집에 가,

매주고 오다가 비를.

이전에 여 바디집 짜는 걸.

그래가시골랑 인제

어 또굴또굴 구불러 오단께,

콩인가 팥인가 하며 날름 주먹었지, 해골도.

또 그래, 집은. 옥남 판남이 집을 보는데
와서 어, 손가락을 들이밀면서,
"옥남아, 판남아. 문 열어라."
그래,
"우리 어머니 소리 아닌걸!"
이러니까,
"엄마 소리 맞다."
이러니,
"손을 내밀어 봐."
이러니까,
그래 늑대가 여기다가 무슨 칠을 해가지고,
털이 숭숭 하더래요.
"엄마 손이 아닌걸!"
이러니까,
"엄마 손이다. 베를 맨 풀칠이다."
이러더래요. 꺼끌꺼끌 해서는,
"그래도 엄마 손이 아니다."
이러니까, 그래,
"엄마 손이라니까."
하니까,
그래가지고 늑대인줄 알아 가지고.
그만 겁이 나서 큰 고목나무 있는데,
옥낭샘이 하나 있고, 거기에.
이전에 옥낭샘이.
그 둘이 판남이하고, 남자 아이인데,
옥남이가 올라가서는,
그래 늑대가,
"하느님, 하느님. 새줄 내려주면."
아이참, 그 옥남이 판남이가,
"헤헤."
그러니까,
"어떻게 올라갔어?"
"뒷집에 가서 참기름 얻고,

앞집에 가서 들기름 얻어서 발랐다."
이러더래요. 그래 웅덩이를 들여다보니
그림자가 아롱아롱 한데, 달밤에.
그래 그러니까,
"어떻게 올라갔니?"
"기름 바르고 그렇게 올라왔다."
하니까,
기름을 얻어서 늑대가 발라 가지고,
수숫대에 툭 떨어졌네.
떨어져가지고 피가 난,
긴 수숫대에 묻은 것도 늑대 피라고 해. 지금.
그거, 수숫대, 속에,
수수에 묻은 줄기에 피가.
그런데 오늘날까지 그 얘기, 이전 얘기 있잖아.
그래, 하느님께서 옥남이 판남이 올라오라고
새 줄을 탁 내려줘서 그만
옥남이 판남이는 하나님이 줄을 내려 줘서,
둘이 타고 올라가서 그래,
하나는 해가 되고, 하나는 달이 되고,
하늘에 올라가서.
옥황선녀가 그렇게 해 줬어.
그래 가지고 그렇게 하느님한테 가서
잘 됐잖아.
예전에 베 매러 가서,
팥죽을 가지고 오다가 그랬어.

호랑이? 호랑이 얘기가
자기 어머니가 저 산 너머로 저걸 갔대.
남의 베를 매러 갔대.
이제 아이를 둘을 두고,
그리고 갓 낳은 걸 두고 이제
그렇게 사 너머로 베를, 베를 매러 갔는데,

또 그래 집은 옥남 판남이 집 보는데
와가지골랑 어, 손가락을 디리밀민,
"옥남아 판남아, 문 열어라."
그래,
"우리 어무이 소리 아닌걸!"
이카인께,
"엄마 소리 기다."
이카미,
"손을 내밀어 봐."
이카이께,
그래 늑대가 잇다가 머언 칠을 해 가이고,
터리기가 숭숭하더래여.
"엄마 손이 아닌걸!"
이칸께,
"엄마 손이다. 비를 매 풀칠이다."
이카드래여. 꺼끌꺼끌 해서러,
"그래 엄마 손이 아이라."
이칸께, 그래,
"엄마 손이라."
캐민,
그래가지고 늑댄줄 알아 가지고.
고만 겁이 나서러 큰 고목 남기 있는데,
옥낭샘이 하나 있고 고게.
이전에 옥낭샘이.
그 둘이 판남이하고 남자 머스만데,
옥남이가 올라가가이고,
그래 늑대가,
"하나님요, 하나님요. 새줄 내려주면."
아이참 그 옥남이 판남이가,
"헤헤."
그런께,
"우째 올라갔노?"
"뒷집에 가 참기름 얻고,

앞집에 가 들지름 얻고 발랐다."
이카더래여. 그래 웅디를 들다보이
그릉지가 알릉알릉 한께, 달밤에.
그래 그칸께,
"우째 올라갔노?"
"지름 바르고 그래 올라왔다"
카이,
지름을 얻어가 늑대가 발라 가이고,
쑤꾸대비에 툭 널쪘네.
널쩌가지고 피가 난,
질때가 쑤꾸대이에 묻은 거도 늑대 피라 캐여, 시방.
그옥, 쑤꾸대이, 쑤꾸에,
수수에 묻었는 대공에 피가.
그런데 오늘날까지 그 얘기, 이전 얘기 있잖아.
그래 하나님께서 옥남이 판남이 올라 오라고
새줄을 탁 니카가이골라, 고만
옥남이 판남이는 하나님이 줄을 니라 줘서,
둘이 타고 올라 가서 그래
하나는 해가 되고 하나는 달이 되고
하늘에 올라 가서러.
옥황선녀가 그래 해 줬어.
그래 가이고 그키 하나님한테 가가
잘 됐잖아.
이전에 비 매러 가가지고,
팥죽을 가이고 오다가 그랬어.

호랭이? 호랑이 얘기가
즈 어머니가 저 산 너머로 저걸 갔대.
남의 베를 매러 갔대.
인제 아이를 둘을 두구
그르구 갓난 걸 두구 인제
그렇게 산 너머로 베를 매러 갔는데,

거기 갔다가 ○○산 넘어서
호랑이가 집으로 왔더래.
집으로 와서는,
"얘들아, 문 열어다오. 문 열어다오."
그러더래. 그래서
"아니, 우리 엄마 목소리가 아닌데요."
그러니까,
"아니야. 내가 가서 일을 해서 목이 쉬었다.
문 열어다오."
그렇게 말해.
그래서 문을 열어주지 않고.
"엄마, 우리 엄마 손은 깨끗한데,
어디 손을 좀 문구멍으로 집어넣어 달라."
그러니까 문구멍으로 손을 집어넣었는데,
털이 수두룩하더래.
"아이고, 우리 엄마 손은 깨끗한데
왜 이렇게 털이 많아. 우리 엄마 아니야."
그러니까,
"아니야. 가서 베를 매서
그 베 털이 붙어서 그렇다.
그러니까 그냥 열어다오. 열어다오."
자꾸 그러거든.
그래서 할 수 없이 이제 문을 열어줬대.
문을 열어줬더니 들어와서는
"너희들은 윗방으로 가거라.
난 여기 안방은 조그마한 애기 데리고 자겠다."
아, 가만히 앉았으니까
어, 뭐 바작바작 소리가 나더래.
그래 보니까 그 놈이
저희 동생을 잡아먹더래. 호랑이가.
동생을 잡아먹는 것을 보고서 할 수 없어서,
그 다음에는 이제, 자기들은 가만히,
"엄마, 나 대변봐야겠어. 화장실에 갈 거야."

도망 나가려고. 그러니까,
"아휴, 부엌에 가서 화장실 해라."
그렇게 말해.
"부엌에 냄새 나서 안 간다."
그렇게 하니까,
"그럼 나가라."
그러더래. 나가서 가만히 보니까
우물 옆에 큰 정자나무가 있더래.
그래. 이리 보고 거기에
동생을 데리고 기어 올라갔대.
기어 올라가서 이제 보니까
그 다음에는 우물에 그렇게 그림자가 생기지?
달이 환하니까.
그림자가 있으니까 이게 아무리 봐도
들어올 때가 되었는데도 안 들어오거든.
호랑이가, 그래서 그 다음에 또 나왔대.
나와 보니까 없더래. 아이, 큰 아이들이.
그래서 할 수 없어서 돌아다니며 찾다가
우물에 가서 이렇게 들여다보니까,
나무에 앉은 그림자가
우물의 맑은 물에 비치지.
달이 있어서 그래.
보니까, 그 다음에는 이제 우물이 있거든.
그러니까 호랑이가 하는 소리가,
"아휴, 저것들을 어떻게 건져 잡아먹나.
바가지로 뜰까, 조리로 건질까?"
이제는 완전히 이러면서 그러거든.
그러니 할 수 없어서
이제 그렇게 하니까 쳐다보니 우습더래.
애들이 깔깔 웃으니까
"어휴, 저기 있는데, 저걸 어떻게 올라가나."
그 아이들이 할 수 없이,
"아휴, 저기 저 우리 부엌에 기름이 있으니,

거 갔다가서루 *ㅇㅇ* 산 넘어서
호, 호랭이가 집으로 왔더래.
집으로 와서는,
"애들아 문 열어다오. 문 열어다오."
그러더래. 그래서,
"아니 우리 엄마 목소리가 아닌데요."
그르니까,
"아니야, 내가 가서 거시키니 해서 목이 쉬었다.
문 열어다오."
그 그래.
그래서 문을 열어주지 말고,
"엄마, 우리 엄마 손은 빤빤헌데
어디 손을 좀 문구녕으로 집어넣어 달라구."
그르니까 문구녕으로 손을 집어넣었는데,
털이 수부룩 허드래.
"아이고 우리 엄마 손은 빤빤헌데
왜 이렇게 털이 많으냐고. 우리 엄마 아니라구."
그르니까,
"아니야. 가서 베를 매서
그 베털이 붙어 그렇다.
그니깐 그저 열어다오. 열어다오."
자꾸 그리거든.
그래서 할 수 없이 인제 문을 열어줬대.
문을 열어줬더니 들어와서는,
"느이들 웃방으로 가거라.
나 여기 안방은 쪼그만 애기 데리고 자겠다."
아 가만히 앉았으니까
어 뭐 바작바작 소리가 나더래.
그래 보니깐 그놈의
즈 동상을 잡아먹더래, 호랭이가.
동상을 잡아먹어서 부구서 헐 수 없어서
그담에는 인제 즈이는 가만히,
"엄마 나 대변봐야 것어. 화장실에 갈 거야."

쫓겨 나갈라구. 그르니깐,
"아휴 부엌에 가서 화장실 해라."
그래.
"부엌에 냄새 나서 안간다구."
그러구 허니까,
"그럼 나가라구."
글드래. 나가서 가만히 보니깐두루
우물 옆에 큰 정자낭구가 있드래.
그래 이래 보고 거길
동상을 데리고 기어 올라갔대.
기어 올라가서 인제 보니깐
그 담에는 우물에 인제 그림자가지지?
달이 환허니까.
그림자가 있으니깐두루 이게 암만 봐도
들어올 때만 해도 안 들어오거든.
호랭이가? 그래서 그담에는 또 나왔대.
나와보니깐 읍더래. 아이 큰아들이.
그래서 할 수 없어서 돌아댕이며 찾다가
우물을 가 이렇게 디다보니까,
낭구 앉은 그림자가
우물에 밝은 물이니까 비치지,
달이 있어서, 그래.
보니깐두루 그담에는 인제 우물에 있거든.
그르니까 호랭이 허는 소리가,
"아휴, 저것들을 어떻게 건져 잡아먹나.
바가지로 뜨까, 조리로 건지까?"
이젠 완전히 이러면서 그리거든.
그래서 할 수 없어서
인제 거시키 허니까 치다봐서 우습드래,
애들이. 깔깔 웃으니까,
"이휴, 지깄는데 찌낄 으득세 올라나."
그 애들이 할 수 없이,
"아휴, 저기 저 우리 부엌에 지름이 있으니

그 기름을 갖다가 바르고
올라오면 올라온다고."
그러니까
부엌에 가서 기름을 가지고 와서는
나무에다 둘러 바르니
이놈의 애들이 말하는 대로 하니까
더 미끄러워서 못 올라가겠지?
못 올라가겠으니 그 다음에는
"아휴, 얘 못 올라가겠다. 어떡하면 좋으냐?"
그러니까 그 다음에는
저기 우리 뒤꼍에 도끼가 있으니까 이쪽저쪽,
작은 아이가 그러더래.
큰 아이는 기름을 일러, 일러줬는데.
작은 애가 모르고서는 그렇게,
"저 우리 뒤꼍에 도끼가 있는데,
그 도끼를 가지고 와서 이쪽저쪽 쪼면서
올라오면 올라오죠."
그래, 호랑이가 그 소리를 듣고,
이제 바로 부엌에서 찾아가지고
이쪽저쪽 거의거의 올라갔거든.
올라갔으니까 이제 할 수 없지?
이제 결국은, 이제 호랑이한테
둘이 그렇게 되겠다고 하고 있으니까,
그 다음에는 큰 아이가 하는 소리가,
"하느님, 하느님.
우리를 살리려면 산 동아줄을 내려주시고,
우리를 죽이려면 썩은 동아줄을 내려주세요."
이제 그러고 하늘에 대고 빌었거든.
비니까 그 다음에는
하늘에서 산 동아줄이 내려오더래.
그래, 이들 둘이 그걸 타고
하늘로 올라갔잖아.
응, 하늘로 올라가서,

"너희는 무엇이 소원이냐?
여기 하늘에 왔으니."
"우리는 엄마도
호랑이가 다리, 팔을 다 잘라먹고,
동생 하나도 잡아먹고,
우리가 거기를 피해서 왔어요."
그랬대.
"그럼 무엇이 소원이냐?"
그랬더니,
"우리는 여기서 살겠으니까
여기서 어떡하면 사느냐."
그러니까 그 저 남자아이 남동생은
"나는 여기서 살겠다고."
그러고, 여자애도 살겠다고 그러니까,
그 여자아이는
"나는 사람들이 쳐다보면
어떻게 여기서 살겠느냐."
"너는 바늘을 한 쌈 줄 테니
쳐다보는 사람을 바늘로 찔러라."
그리고 또 그 남자아이는
"그럼 나는 여기서 살겠으니까
나도 하늘의 달이나 되게 해,
온 세상을 밝게 해주게
달이 되게, 달이 되게 해주세요."
그래서 여자아이는 해가 되고,
남자 아이는 달이 되고,
그래 하늘에서 살았어. 그 전에.
끝났어.
(조사자 : 아휴, 호랑이는요?
호랑이는 뭐 하늘로 올라갔고요?)
호랑이는 그거 잡아먹고 헐 수 없어서
산으로 갔지, 그럼.
(조사자 : 그게 해가 막 눈 부신 게

그 지름을 갖다가 발르고서 올라오믄
○○ 올라온다고."
그르니까
아 부엌에 가 지름을 가지고 와서는
낭구에다 돌려 발르니
이놈의 애들허는 대로 허니깐
더 미끄러서 못 올라가겠지?
못 올라 가것어서 그담에는,
"아휴, 애 못 올라가겠다. 어뜩허면 좋으냐?"
그러니까 그담에는
저기 우리 뒤꼍에 도끼가 있으니까 이쪽저쪽,
작은 아이가 그르더래.
큰 아이 지름을 일러 일러줬는데.
작은 애가 몰르구서는 그렇게,
"저 우리 뒤꼍에 도끼가 있는데
그 도낄 가지구 와서 이쪽저쪽 쪼면서
올라오면 올르오죠."
그래 호랭이가 그 소릴 듣구
인제 바로 부엌에 찾아가지구
이쪽저쪽 *○○* 거진거진 올라갔거든.
올라갔으니까 인제 헐 수 없지?
인제 결국은 인제 호랭이
둘이가 거시기허겠다 하구 있으니까,
그담에는 그 큰아이가 허는 소리가,
"하느님 하느님
우리를 살구래믄 산 동아줄을 내려주시구,
우리를 죽일래믄 썩은 동아줄을 내려줍시사."
인제 그르구 하늘에 대고 빌었거든.
비니까두루 그담에는
하늘에서 산 동아줄이 내려오드래.
그래 애들 둘이 그걸 타구
하늘로 올라갔잖아.
응, 하늘로 올라가서,

"느이는 뭐가 원이냐?
여기 하늘에 왔으니."
"우리는 엄마두
호랭이가 다리 팔을 다 잘라먹구,
동상 하나두 잡아 먹구,
우리가 여길 피해서 왔어요."
그랬대.
"거 뭐가 원이냐?"
그랬더니,
"우리는 여그서 살겠으니까두루
여그서 어뜩허면 사느냐."
그르니까 그 저 남자아이 남동상은,
"나는 여그서 살겠다고."
그르구. 여자애도 살겠다고 그르니까,
그 여자아이는,
"나는 사람들이 치다보믄
어떻게 여그서 살겠느냐."
"너는 바늘을 한 쌈 주게
치다보는 사람 바늘로 찔러라."
그리구 또 그 남자아이는,
"그럼 나는 여그서 살겠으니까
난두루 하늘에 달이나 되게 해,
원 *○○* 밝게 해주게
달이 해주, 달이나 되게 해줍서."
그래 여자아이는 해가 되구,
남자아이는 달이 되구
그래 하늘에서 살았어. 그 전에.
끝났어.
(조사자 : 아휴, 호랑이는요?)
호랑이는 뭐 하늘로 올라갔고요?
호랑이는 그거 잡아먹고 헐 수 없어서
산으로 갔지, 그럼.
(조사자 : 그게 해가 막 눈 부신 게

바늘로 찌르는 거예요?)
그럼. 거 이렇게 쳐다보면,
해 날 때 이렇게 따끔따끔하지 않아?
그게 호랑이한테 쫓겨 올라간
여자아이가 해가 되고,
남자아인 달이 돼서
이 세상을 밝게 해줬어.

일월신

바늘로 찌르는 거예요?)
그럼. 게 이렇게 치다보믄
해 날 때 이렇게 따끔따끔허지 않아?
그게 호랭이한테 쫓겨 올라간
여자아이가 해가 되구
남자아인 달이 돼서
이 *ㅇㅇ*을 밝게 해줬어.

2장

좌절당한 비운의 영웅

〈아기장수 우투리〉

아기장수 설화는 영웅의 운명을 가진 아이가 가난한 평민의 집에 태어났다가 꿈을 펼쳐보기도 전에 날개가 잘려 일찍 죽는다는 내용을 담고 있는 우리나라 대표 설화이다. 이야기 속에 신화소를 담고 있어서 애초에는 더 많은 신이담을 가진 신화였다가 전승과정에서 상당한 부분이 아기장수 우투리의 운명처럼 사라져버렸을 가능성도 생각해 볼 수 있다. 또 아기장수뿐만 아니라 이야기를 풍부하게 해 줄 수 있는 능력자가 주변 인물 등으로 상당히 많이 등장하는데, 장수를 태울 운명이었던 용마가 울부짖다가 죽어버린 이야기, 콩과 밭으로 군졸을 키우며 장수가 될 날을 기다리고 있었는데 실패하고 만 이야기, 아기장수가 태어난 것을 안 태조 이성계 혹은 발해를 세운 대조영이 찾아와서 죽여서 나라를 세울 수 있었다는 등 지역마다 조금씩 다른 수많은 이야기를 들을 수 있는데 전국에 두루 분포되어 있으며 유형도 100여 가지가 넘는다.

좌절당한 비운의 영웅 〈아기장수 우투리〉

내 선대에 말이여,
저 소월할아버지가 거기에 강장군 났다고,
옛날에 이런, 그런 말이 있었어.
그런데 그래,
그때 아이를 떡- 낳아놓으니까
그냥 여기 천장에 딱 붙어,
붙어버렸단 말이지.
그래가지고 딱 붙어버리니까,
이거 그 때는,
옛날에는 기운 센 사람 장군이 나면 말이야,
그 뭐, 집안이 전부 몰살, 멸손(滅孫)되거든.
그래, 이제 그 자식, 그 아이한테
(청중 : 역적 된다고 그랬던 모양이래?)
그래. 그래서 아이를 말이야,
다듬잇돌로 눌러 가지고 죽였거든.
죽였는데, 그게 그때.
어, 그날 저녁에
용마가 말이야,
와서 울고 이래가지고
그래 울음을 울었다 하는 말이 있는데.
그런데 그게 이제는, 그러 우리 집안의
저 위에 저 삼회라는 동네에
거기 어디에 묘를 썼는데.
거기 어디 묘를 썼는데,
윗대 할아버지가 강장군이래요.
(청중 : 거기 저저, 어린애가, 죽은 그 사람을
거기에 묻어 놨다는 말이지.)
(일동 : 강장군이 그……)

(청중2 : 그 어린애가 장군, 장군인 모양이지?)
(청중3 : 장군이 될지, 뭐 커봐야 알지.
강장군이 뭐…….)
그것은 아직 커 봐야 알지만.
(청중2 : 용마, 그런 이야기를 하니까.)
(용마가 났다는 이야기로 봐서 그 어린아이는 장
군이 틀림없다는 말이다.)
용마가, 그래 글쎄 용마가 나왔어. 나왔어.
글쎄 그런 전설이 있다네.

강씨 네 이전에 참,
지금 보면 묘도 잘 써 놨거든.
강씨 네가 득세했던가보네?
노비 종이, 강씨네 종이야.
종이 이제 거기 있는데,
(청중 : 구룡골에 있는데?)
응. 구룡골에 있는데,
(청중 : 강씨 네가 구룡골에 살았는가?)
응. 살았는데, 아이를 낳았는데,
아이를 낳았는데 말이지.
종이 낳은 그 아이가 범상치 않아.
그만 일어나서 이 모양이 되는 거야.
그런 일을 이웃에서 모를 리가 있나 말이야.
강씨 네들이 이제 그것으로 알았단 말이지.
알아가지고 나라에다 상소를 했단 말이다.
나라에다가,
"이러 이러한 일이 있다."

내 앞에(先代에) 말이여,
저 소월할배 거 강장군 났다고,
옛날에 이런. 그런 말이 있었어.
그런데 그래
인제 아를 떡- 나노이께네.
고마 여 천자아 떡 붙어,
붙었붓다 말이지.
그래가줄라 떡 붙어부러노이께네,
이거 글 때는,
옛날에는 기운 신 사람을 장군이 나만 말이여,
그 머 집안이 전부 마 몰살, 멸손되그던.
그래 인제 그 식, 그 아를 갖다가
(청중 : 역적된다고 그랬는 모얘이래?)
그래. 그래가줄라 아를 말이여
서답돌로 눌러 가주골라 죽였그던.
죽였는데, 그게 인제
어 그날 저녁에
용마가 말이여,
와가주 울고 이래가주골라여
그래 울음을 울었다 카는 말이 있는데.
그런데 그게 인제, 그거 우리 집안에
저 우에 저 삼회 카는 동네에
그 어데 묘를 썼는데.
거 어데 묘를 썼는
웃대 할배가 강장군이래요.
(청중 : 그 저저 어린애가,
죽은 그 사람 거 묻어났단 말이지.)
(일동 : 강장군이 그······)

(청중2 : 그 어린애가 장군이 장군인 모얘이지 ?)
(청중3 : 장군이 될런지 머머 커봐야 아지.
강장군이 머······)
그거는 안주 커봐야 아지마는
(청중 : 용마 그런 이 얘기를 하이께네)
(용마가 났다는 이야기로 봐서 그 어린이는 장군
이 틀림없다는 말이다.)
용마가, 그래 글쎄 용마가 나왔어. 나왔어.
글쎄 그런 전설이 있드메.

강씨(姜氏)네 이전에 참,
지금 보몬 모(摹)도 잘 써 났거덩.
강씨네가 득세했던갑네.
뇌비(奴婢)종이, 강씨네 종이라.
종이 인자 거어(거기) 있는데,
(청중 : 구룡골에 있는데?)
응, 구룡골에 있는데,
(청중 : 강씨네가 구룡골에 살았는가?)
응, 살았는데, 아이가 낳는데,
아이가 났다 말이지,
종이 놓은 기 아아가 범상치 안해.
그만 일나서고 이 모양이 되는기라.
그런께나 이웃에서 모를 택이 있나 말이라.
강씨네들이 인자 그거로 알았다 말이지.
알이기지고 니리디가 싱쇼로 헸다 밀이다.
나라다가,
"이러 이러한 일이 있다."

이전에는 왜 큰사람이 나면 죽이냐 말이다.
이전에는 인재가 나면 왜 죽였느냐 말이다.
나라에서 내려와서 아이를 데리고 나가서
사형을 시킨다는 말이다.
딱 사형을, 딱 사형을 시키고 나니까
구룡이라는 거기에서 용마가
용마가 아이 숨이 딱 떨어지고 나서
거기 찬샘에 빠져 죽었다.
(조사자 : 그 마을의 찬샘에요?)
그 마을에, 동네 앞에.
(조사자 : 그러니까 내려오기는
어디서 내려와요?)
그 뒤 구룡산에서 내려왔어.
(조사자 : 구룡산에서 내려와서
찬 샘에 빠져 죽었다는 말이지요?)
우물이 아니고, 그 앞에 가면 늪에 둠벙이 있어.
찬샘이라고.

다음에는 용마산에 관한 이야기를 해드릴게요.
마산 아까 선생님들이 가셨던 거기서 바라보면
아주 산 중간에 작은 야산이 하나 있는데,
아까 그 문화원 가셨던 동네가
공설 운동장 있는 그 쪽이었잖아요.
그쪽에서 한 세시 방향 쪽으로 쳐다보면
용마산이라는 산이 하나 있어요.
거기 보면 산이 옛날에는 이 산을
용마산이라고도 하고
오산이라고도 했거든요.
용마산이 마산이라는 지명이 여기서 왔다는
이런 전설도 이야기도 가지고 있는 산인데요.
용마산의 모습이 말같이 생겼다고 해서
이제 용마산이라는 이름도 지어졌고요.

그리고 이 말이 물도 먹고
먹이도 먹어야 되잖아요.
그렇게 해서 그 산 앞쪽에
자그마한 연못도 있고 그랬다고 했는데,
지금은 도시가 막 개발이 되다보니까
그런 거는 이제 안 남아져 있고,
그리고 그 용마산에서 마주보는
지금 마산 문학관이 어디 있는가 보셨어요?
(조사자 : 예. 무슨 터널 올라가는 길에 있던데
오른쪽에. 장복터널인가요 그게?)
장복터널은 진해에서 마산.
진해로 넘어가는 터널이 장복터널이고요.
지금 마산 문학관에 있는 그 산을
제비산이라고 그러거든요.
제비산인데, 그 옛날에는 이게
노비가 말을 몰고 가는 형태라고 해서
원래는 노비산이었대요.
이 제비산하고 용마산하고 연결이 되어
산이 이렇게 연결이 되어있었는데
도시를 개발하고 일제 강점기 때
철도를 놓고 하다가 보니까
그게 인제 떨어져서 자그마한 산이지만,
이쪽 산하고 저쪽 산하고
떨어져 있게 되었지만은 지금은
그게 인제 떨어져있지만
예전에는 붙여져있었다고 합니다.
그런데 이 용마산에 어떤 전설이 있는데요.
옛날에 한 부부가 있었는데
오랫동안 자식을 낳지 못해서
자식을 얻기 위해서
산 바위 같은 이런데 들어가서
정성을 드리고 해서
드디어 아들을 하나 얻게 되었답니다.

이전에는 와 사람(大人)이 나몬 쥑이노 말이다.
이전에는 인재가 나몬 와 쥑이느냐 말이다.
나라에서 내려와서 아아로 갖다가
덮고 나가가 사형을 시긴다 말이다.
딱 사형을, 딱 사형을 시기고 난께
구룡이라는 거게 용마(龍馬)가,
용마가 아아 숨 딱 떨어지고 나서
거어 찬샘에 빠져 죽었다.
(조사자 : 그 마을에 찬샘예요?)
그 마을에, 동네 앞에.
(조사자 : 그러니까 내려오기는
어데서 내려와요?)
그 뒤 구룡산에서 내려왔어.
(조사자 : 구룡산에서 내려와서
찬샘에 빠져 죽었단 말이지요?)
새미가 아이고 그 앞에 가문 늪에 듬덩이 있어.
찬샘이라고.

다음에는 용마산에 관한 이야기를 해드릴게요.
마산 아까 선생님들이 가셨던 거기서 바라보면
아주 산 중간에 작은 야산이 하나 있는데,
아까 그 문화원 가셨던 동네가
공설 운동장 있는 그 쪽이었잖아요.
그쪽에서 한 세시 방향 쪽으로 쳐다보면
용마산이라는 산이 하나 있어요.
거기보면 산이 옛날에는 이 산을
용마산이라고도 하고
오산이라고도 했거든요.
이 용마산이 마산이라는 지명이 여기서 왔다는
이런 전설도 이야기도 가지고 있는 산인데요.
이 용마산의 모습이 말같이 생겼다고 해서
인제 용마산이라는 이름도 지어졌구요.

그리고 이 말이 물도 먹고
먹이도 먹어야 되잖아요.
그렇게 해서 그 산 앞쪽에
자그마한 연못도 있고 그랬다고 했는데,
지금은 도시가 막 개발이 되다보니까
그런 거는 이제 안 남아져 있고,
그리고 그 용마산에서 마주보는
지금 마산 문학관이 어디 있는가 보셨어요?
(조사자 : 예. 무슨 터널 올라가는 길에 있던데
오른쪽에. 장복터널인가요 그게?)
장복터널은 진해에서 마산.
진해로 넘어가는 터널이 장복터널이고요.
지금 마산 문학관에 있는 그 산이
제비산이라고 그러거든요.
제비산인데 그 옛날에는 이게
노비가 말을 몰고 가는 형태라고 해서
원래는 노비산이었대요.
이 제비산하고 용마산하고 연결이 되어
산이 이렇게 연결이 되어있었는데
도시를 개발하고 일제시대 때
철도를 놓고 하다가 보니까
그게 인제 떨어져서 자그마한 산이지만
이쪽 산하고 저쪽 산하고
떨어져 있게 되었지만은 지금은
그게 인제 떨어져있지만
예전에는 붙여져있었다고 합니다.
그런데 이 용마산에 어떤 전설이 있는데요.
옛날에 한 부부가 있었는데
오랫동안 자식을 낳지 못해서
자식을 얻기 위해서
산 바위 같은 이런네 들어가서
정성을 드리고 해서
인제 아들을 하나 얻게 되었답니다.

이 아들을 하나 얻게 되었는데
이 아들은 태어난 지 일주일도 안 되서
방 선반 위에 올라가기도 하고
이렇게 보통의 어떤 애들하고는
좀 다른 범상한 아들이 태어났다고 합니다.
그렇게 해서 그렇게 해서 자라는데
이 아이가 성장할수록
밤이 되면 어디론가 혼자 사라지는 거예요.
그러니까 이 엄마 아버지는
아이가 어디로 가는지 궁금했을 거 아니에요.
거기서 이 아이가 밤에 나갈 때
따라 나가 보니까
어떤 굴 속 사이로 사라지고 없더랍니다.
그렇게 해서 바위 사이로 이렇게 들어가는데
그걸 보고 다른 사람들한테는 비밀로 했지만
세상에는 비밀이란 게 없잖아요.
이렇게 비밀로 했는데도
이 아이가 장수라는 소문이
암암리에 다 퍼졌다고 해요.
그렇게 해서
관가에서도 이 소식을 들어서 알고 있어서.
어느 날 관군들이 이 집으로
이 아이를 잡으러 온 거예요.
자기 부모를 이렇게 추궁을 했겠죠.
(조사자 : 부모는 못 잡아간다고 또 그랬을 테고)
아이가 간 곳을 말하라고 했는데,
보통의 부모들이 이렇게 하면
안 대줬으면 아무 일이 없을 건데,
이 관군들이 그렇게 하니까
자기 아이가 간 곳을 일러줬답니다.
네, 그렇게 해서 관군들에게
그 바위로, 바위 속으로 들어갔다 알려줘서
관군들이 그 바위를 부수고 들어가니까

이 아이가 장수가 되어서
큰 대군을 이끌고 밖으로 나오려고 하는 찰나에
관군들이 들이닥쳐서
이 아이는 장수가 되어서 나오지는 못하고,
그렇게 해서 거기서 잡혀서 죽었다고 합니다.
그렇게 해서 이 마산의 관한 전설이
그런 전설이 전해져 내려오고 있어요.
용마산에도 마산 시립도서관에
제일 먼저 세워졌거든요.
그렇게 해서 시의 거리도 형성되었고
(조사자 : 마산 문학관 옆에 박물관도 있던가요?)
마산 문학관 옆에는 박물관이 없고
(조사자 : 아이 착각했네. 아이 아깝다.
굴 안에서는 나와 가지고)
네. 그렇게 했으면 나라를 세웠거나
무슨 큰 일이 일어났을 건데.
전쟁이 일어났으면
그 전쟁 중에 영웅이 생기잖아요.
그것도 얘기가 또 꼬리를 무는 건데
담엔 그 나온 얘기로 이어가세요.
할 거 많으시네.
아주 뭐 그만하겠습니다.

옛날에 저 소전부네라 하는데, 거기 살았는데
그 강변에서 장수가 났대요.
장수가 났는데, 아기가 나오더니
윗목에 툭 뛰어올라 안더래요.
금방 낳아 놓은 것이.
윗목에 올라 간 것을
그래, 모두 여럿이 달려들어서
다듬잇돌을 아이 위에 올려놓고,
어머니, 아버지가 올라가 눌러 잡았다 그래요.

이 아들을 하나 얻게 되었는데
이 아들은 태어난 지 일주일도 안 되서
방 선반위에 올라가기도 하고
이렇게 보통의 어떤 애들하고는
좀 다른 범상한 아들이 태어났다고 합니다.
그렇게 해서 그렇게 해서 했는데
이 아이가 성장할수록
밤이 되면 어디론가 자기 혼자 사라지는 거에요.
그러니까 이 엄마 아버지는
이 아이가 어디로 가는지 궁금했을 거 아니에요.
거기서 이 아이가 밤에 나갈 때
따라 나가 보니까
어떤 굴 속 사이로 사라지고 없더랍니다.
그렇게 해서 바위 사이로 이렇게 들어가는데
고걸 보고 다른 사람들한테는 비밀로 했지만
세상에는 비밀이란 게 없잖아요.
이렇게 비밀로 했는데도
이 아이가 장수라는 소문이
암암리에 다 퍼졌다고 해요.
그렇게 해서
관가에서도 이 소식을 들어서 알고 있어서.
어느 날 관군들이 이 집으로
이 아이를 잡으러 왔는 거에요.
자기 부모를 이렇게 추궁을 했겠죠.
(조사자 : 부모는 못 잡아간다고 또 그랬을 테고)
아이가 간 곳을 대라고 했는데,
보통의 부모들이 이렇게 하면
안 대줬으면 아무 일이 없을껀데
이 관군들이 그렇게 하니까
자기 아이가 간 곳을 일러줬답니다.
이 그렇게 해서 관원들이
그 바위로 바위 속으로 들어갔다 알려줘서
관군들이 그 바위를 부수고 들어가니까

이 아이가 장수가 되어서
아주 대군을 이끌고 밖으로 나오려고 하는 찰나에
관군들이 들어닥쳐서
이 아이는 장수가 되어서 나오지는 못하고,
고렇게 해서 거기서 잡혀서 죽었다고 합니다.
그렇게 해서 이 마산의 관한 전설이
고런 전설이 전해져 내려오고 있어요.
용마산에도 마산 시립 도서관에
제일 먼저 세워졌거든요.
그렇게 해서 시의 거리도 형성되었고
(조사자 : 마산 문학관 옆에 박물관도 있던가요?)
마산 문학관 옆에는 박물관이 없고
(조사자 : 아이 착각했네. 아이 아깝다.
굴 안에서는 나와 가지고)
네. 그렇게 했으면 나라를 세웠거나
무슨 큰 일이 일어났을 껀데.
전쟁이 일어났으면
그 전쟁 중에 영웅이 생기잖아요.
그것도 얘기가 또 꼬리를 무는 건데
담엔 그 나온 얘기로 이어가세요.
할 거 많으시네.
아주 뭐 그만하겠습니다.

옛날에 저- 소전 부네라 그는 데, 거 살았는데.
그 갱변에서 장수가 났대요.
장수가 났는데, 아가 나디마는
웃묵에 툭 튀 올라 앉이드라네요.
금방 놔논 게.
웃묵에 올라 갔는 거,
그래 모두 여러이 달겨 들어서
방칫돌을 아 우에 올려놓고,
어마이 아바이 올라가 눌려 잡았다 그래요.

잡기를 그만하고 사흘 만에
용마가 도골 용소에 났어.
거기서 약 5리 되는데,
나가서 사흘 울다가 죽었는데.
그 부근 강변에 거기 올라가면
거기를 햇고개라 하는데,
거기에 가 본 사람은 알겠지만,
돌이 돌 위에 이런 것이
큰 함 같은 것이 올라앉았는데
사흘 울었다 합니다.
갑옷을 입고.
그런 얘기는 우리 클 때에
어른들이 듣고 그 이야기를 했어.
장수가 났는데 왜 부모들이 눌러 죽입니까?
옛날에는 잡아야 돼요. 역적이 되거든요.
장수 나면 역적이 됩니까?
임금 안 되면 역적 된다는 소리 못 들었습니까?
예. 그래서 그렇게 잡았다 그러고,
어른들이 매일
저 바위에 장수 갑옷이 있다고 그러는데.
갑옷이 우는데,
그냥 저렁저렁 그러더라, 그래요.

장수바위라고 여기 안 있습니까?
그런데 장수 나고, 용마 났다는 이 이야기는
영주에 가면 이 이야기 있지.
그 이야기 한 번 들어봅시다.
영주가, 영주 그 저, 송 씨에서
송 씨에서 이제 참 장군이 났다 말이지.
나가지고 밤에 내외간에 자다 보니까,
좌우간에 잃어버렸단 말이야.
내외간에 자다가 보니까,

아기가 감쪽같이 없어졌다는 말이야.
어디 갔는지도 모르고 잃어버린 것이,
어디로 갔는지도 모르게 잃어버리니.
아이, 며칠 저녁을 그 모양을 하니까
그 다음에 뒤를 밟았단 말이야.
뒤를 밟으니 삼대를 한주먹 꺾어서 가더니
영주 모래강변에 나가더니,
삼대는 모두 군사래.
군사하고, 송 씨의 그 분이 참 장군인데.
군사를 풀어가지고 진법을 놓아.
그래서 그 이야기를 시어른한테 했다 말이야.
해가지고,
아니, 우리 민촌에 장군이 나오면
역적 된다고?
그만 관에 넣고는 그만 못을 쳤어.
관에 넣고 못을 치는데,
어떻게 받았든지 못이 구부러져 버렸어.
어쩌다 뇌수에 하나 들어갔어.
관을 뚫고 들어오는 못을 다 받아서
굽혀 버렸는데,
그 중 하나가 어쩌다
뇌에 하나 들어와서 죽긴 죽었어.
죽었는데, 그래 장군을 박아버리니까
용마가 막 소리치고 들어오거든.
없던 용마가 나와 들이 받더라는군.
소리를 지르고. 그런데 거기서
지금 저- 독바위라는 바위는 아직 있어.
독바위라는 바위, 독 모양으로 생긴
바위라고 해서 붙여진 이름이다.
독이 아주 크고, 또 뚜껑이 있거든.
있는데, 그 말인즉 갑옷이 들었다는 거래.
그래, 저 일제강점기에 일본 사람이 와서
그 바위를 거, 치려고 하다가

잡으이 고만에 사흘만에
용매(龍馬)가 도골 용소(龍沼)서 났어.
고서 한 5리 되는데,
나가 사흘 우다 죽었는데.
그 부네 갱변에 그 올라 가믄
그 햇고개라 그는데,
거 가본 사람은 모르지만,
돍이 돌 우에 이른 게
큰 함 같은 게 올라 앉았는데
사흘 울었다니 더,
갑옷을 입고.
그른 얘기는 우리 크는 데서
어른들이 듣고 그 이야기를 해.
장수났는데 왜 부모네들이 눌러 잡니껴?
옛날에는 잡아이 돼요. 역적이 되그던요.
장수 나면 역적 되니껴?
임금 안 되면 역적 된다 소리 못 들었니껴?
예. 그래 그 잡았다 그고,
어른들이 만날
저 바우에 장수 갑옷 있다 그던데.
갑옷이 우는데
마 저렁 저렁 그드라 그래요.

장수바우라고 여 아 있니껴?
그런데, 장수 나고 용마났다고 이 얘기는
영주(榮州)가 그 이 얘기 있지.
그 이야기 한 번 들어보시더.
영주가, 영주 그 저 송(宋)씨에서,
송씨에서 인제 참 장군이 났다 말이지.
나가주고 밤에, 내외간에 자다 보이께네,
양우간에 잃어분다 말이래.
내외간에 자다가 보니,

아기가 감쪽같이 없어졌다는 말이래.
어딘가도 잃어분 게,
어디 갔는지도 모르게 잃어버리니.
아이, 며칠 저녁 그 모양 하이께,
그 다음 뒤를 밟았단 말이래.
뒤를 밟으이 재릅을 주먹 꺾어가주 가디이,
영주 모래 갱변에 나가디,
마구 재릅은 마커 군사래.
군사하고, 송씨의 그 분이 참 장군인데.
군사를 풀어가주고 진법(陳法)을 놀아.
그래가주 그 이야기 시어른한테 했다 말이래.
해가주,
아이, 우리 민촌(民村)에 장구이 나오면
역, 역적된다?
고만 널(관)에 옇고는 고만 못(못)을 쳤어.
널에 옇고 못을 치는데,
어이 받았든 동 못을 굽혀 부렀어.
어예 뇌수(腦髓)에 하나 드갔어.
널을 뚫고 들어오는 못을 다 받아서
굽혀 버렸는데,
그 중 하나가 어쩌다.
뇌에 하나 들와가주 죽긴 죽었어.
죽었는데, 그래 장군을 박았부이께,
용마(龍馬)가 막 소리치고 들오그던.
없든 용마가 나서 들어 빼드라눈구만,
소리 지르고. 그른데 거기서
시방 저- 독바우라는 방구 맹 있어.
독바우라는 방구, 독 모양으로 생긴
바우라고 해서 붙여진 이름이다.
독이 아주 있고, 이 두겁이 있그던.
있는네 거 말인즉 깁옷이 들었디는 개래.
그래 저- 제국시대 때 일본 사람이 와가주고
그 방우 거 칠라다

그만 벽력을 내리치고, 벼락을 치려고.
그래서 못 만졌다는 거래.
여기서 독바위라는 게 기차역에서 보면 보여.

또 용마를 잘 얻었어.
장군은 말이 잘해야
장군 노릇을 제대로 한 것이지.
말을 잘 못 얻으면 거, 저 몹쓸 것을 얻으면
적한테 자꾸 당하기만 하지.
싸움을 제대로 못 해.
말 위에서 이렇게 활 쏘고
칼로 전쟁 할 때 아닙니까. 그 때는.
용마를 잘 얻었어.
하늘에서 내려준 말을 잘 얻은 것은.
광주 지금 구 시청자리가
광주시 구 시청자리가 경양방죽 자리요.
거기를 메워서 지금 구 시청을 지었는데,
이제 저리 또 어디로 또 이전 했다고.
시청을.
그 자리가 경양방죽 자린데,
방죽이 엄청나게 커.
거기를 이제, 장군이 나가니까
말이 한 마리 그 저기 소에서 나와서 있어.
그냥 반갑게 말이 달려들어. 주인을 만나놓으니.
하늘이 정해준 말이라서.
그렇지. 그럴 수밖에.
그러니 그 말을 사랑하고 그렇게 이용해보니
아주 사람보다 더 영리하고,
'아주 말을 제대로 천마를 얻었다.'
고 생각이 들었어.
아-. 그런데 장군이
이제 운이 없어서 안 되려고 그랬던가.

별의별 짓을 다 해. 사람보다 영리해.
뭐, 어디 가서 물어오라고 하면 물어오고.
어디 가서 심부름, 저 편지를 갖다 주라고 하면
가져다주고 오고. 별짓을 다 한단 말이야.
사람보다 더 영리해.
하루는 저- 경양방죽 가에 가서는
이제 말하고 둘이 놀다가,
"활을 이렇게 내가 쏠게.
하늘에다 대고 활을 쏠 테니
이놈을 꼭 땅에 떨어트리지 말고
네가 그놈을 받아서 물어라."
하고 명령을 내려서는
어떻게 자기 기세대로 쏘았던지
이놈의 활이 별나라로 갔는지 어디를 갔는지
하여간 갈 때까지 날아가서
한- 요새 시계로 말하자면
한 오 분 있어야 떨어질 정도로 쏘았으니까.
장군은 장군이지.
그 활 쏘라고 쐈는데,
이놈의 활이 살이 떨어지지도 않아.
그 오 분이라면 상당히 긴 시간인데,
이놈의 말은
하늘만 쳐다보고 입만 떡- 벌리고 자빠졌고.
아- 이, 환장하네.
이 빌어먹을 놈의 말이 화살을 물어오라니까
하늘만 쳐다보고 입만 벌리고 있으면서
모가지를 자기 누나 치듯이 딱 쳐버려
말을 죽여 버렸으니.
아, 장군 신세는 어긋난 신세 아니겠소.
(조사자 : 그러겠네요. 예.)
아, 그저 탁!
모가지가 땅에, 말 모가지가 떨어지자마자
이놈의 화살이 그제야 떨어져.

고만 벽력을 디릇코 벼락을 칠라
그래, 못 만졌다는 게래.
거 요새 독바우라는 게 기차역에서 보만 보이.

또 용마를 잘 얻었어.
장군은 말이 잘해야
장군 노릇을 지대로 헌것이제.
말을 잘 못얻으믄 거 저 몹쓸 것을 얻어놓믄
적한테 자~꾸 당허기만 허제.
쌈을 지대로 못혀.
말 우게서 요로고 활 쏘고
칼로 전쟁헐 때 아닙니까 그 때게는.
용말을 잘 얻었어.
하늘에서 내려준 말을 잘 얻은 것은.
광주 지금 구 시청자리가.
광주시 구 시청자리가 경양방죽자리요.
거기를 메워갖고 시방 구 시청을 지었는디.
인자 쩌~리 또 어디로 또 저 이전 했다든마.
시청을~
그 자리가 경양방죽 자린디.
방죽이 겁~나게 커.
거그를 인자 장군이 나간게로
말이 한 마리 그 저 쏘에서 나와서 있어.
그 마 반갑게 말이 달라들어. 주인을 만나놔서.
하늘이 정해준 말이라서.
해 그 밖.
근게 그 말을 사랑하고 그 이용을 히본게
아주 사람보다 더 영리하고,
'아주 말을 지대로 천마를 얻었다.'
ㄱ 생각이 들어났어.
아~ 그런데도 장군이
인자 운이 없어갖고 안될라고 그랬던가.

별~롬의 짓을 다혀. 사람보다 영리혀.
머 어디가 물어오라믄 물어오고.
어디가 심부름 저 편지갖다 주라허믄
갖다주고 오고. 별짓을 다헌 말이여.
사람보다 더 영리혀.
하루는 저~ 경양방죽 가상에 가서는
인제 말허고 둘이 놀다가,
"활을 요로고 내가 쏠게.
하늘에다 대고 활을 쏘게.
요놈을 꼭 땅에다 떨치지 말고
니가 고놈을 받아서 물어라~."
허고 명령을 내리갖고는
어~떻게 자기 기세대로 쏘았던지
이놈의 활이 별나라를 갔던가 어디를 갔던가
하여튼간 갈 때 까지 가갔고.
한~ 요새 시계로 말허믄
한 오분 있어야 떨어질 정도로 쐈은께.
장군은 장군이제.
그 활 쏘라고 쐈는데.
이 놈의 활이 살이 떨어지도 안혀.
거 오분이라믄 솔찬히 진 시간인디.
이 놈의 말은
하늘만 쳐다보고 입만 떡~ 벌리고 자빠졌고.
아~이~ 환장 속이네.
이 빌어묵을 놈의 말이 활살이 물어오란게로.
하늘만 쳐다보고 입만 벌리고 있담서
모가지를 지기 누나 치댔끼 딱 쳐부러
말을 죽여부렀으니.
아 장군 신세는 어긋난 신세 아니것소.
(조사자 : 그러것네요. 예.)
아 그 저 타
모가지 땅에 말 모가지 떨어지자마자
이~놈의 화살이 그제사 떨어지.

얼마나 머~얼리 멀리 쏘아버렸던지.
그러니까 사람이 운이 없어서
안 되려면 뭔 일이든지 그렇고,
어쨌든 안 되고.
잘될 운을 타고난 사람은
친구랄지 옆 사람이
"저거 해서 좀 붙이자. 저거 어떻게 하면."
그것을 해 붙이는 것이 복이 되어 버리고.
이제 그런 것입니다.

(조사자 : 옛날에 뭐, 아기장수가 났다거나,
힘센 장수 이야기, 뭐.)
예. 있어요, 있어.
(조사자 : 예. 그 이야기 한 번 해주세요.)
응. 그 전에, 그 전에 뭐,
했을 것, 했을 것인데.
특별히 뭐, 요청을 하니까 아는 대로 하지.
거기에 지금 세지면, 먼, 그건 모르겠고,
세지면인가 그런데.
여기서 보면 그 산도 보이고, 바위도 보여.
여기서 보면 밝은, 이제 청명한 날,
거기 가서 그 아랫동네 가서,
도강 김 씨라고 김 씨가 살아.
김 씨 집에서, 남자 아이 하나 낳는데,
이놈이 크는데,
참 일취월장이라더니.
어쩌다가 장마에 뭐, 외부에서
무엇을 한다더니, 벌컥벌컥 커. 아기가.
일곱 살 쯤 되었는데,
아기가 하는 것이 아이가 아니야.
그, 왜 벼락 바위라고
줄줄이 밑에 길게 늘어섰다고 해서는

100미터? 여기서, 멀리서 볼 때는 그런데,
가까이 모면 몰라. 200미터가 될는지 몰라.
그 정도가 여기서 보여. 청명한 날에.
이렇게 층암절벽이 있었는데,
그 긴, 긴 절벽에 바위가 있어.
그것을 보고 벼락 바위라고 해.
일곱 살 아이가 그런 데를 가서는
홀쩍 뛰어서 올라가고 뛰어 내려오고 마구, 마구,
자유롭게 마음대로 다녀.
그런데 이것을
"큰 이, 큰 인물이 났다."
하는데 그때 세상은 그런 사람이 나면,
나라에서 알면 가만히 안 둬. 없애버려.
왜 그래. 역적 될까. 응. 반역할까 무서운 거야.
집안에서 고민이야.
"저것이 어떻게 되나."
저것을 살려 뒀다가 만약에 저것이
역적 도모를 한다고 하면,
성공을 하면 되는데, 패배해 버리면 그것이. 응,
자기 집안 문중이 망하거든.
삼족이 뭐, 삼족을 멸한다고 하던가, 삼족을.
삼족이 뭔, 무엇을 삼족이라 하는가. 삼족.
(조사자 : 삼족이면.)
삼족이면 세 가지 족인데,
그 무엇을 보고, 무엇, 무엇이 삼족인가?
그 말이야. 아이, 그것도 몰라?
(조사자 : 저한테, 저한테 물어보셨습니까?)
아이, 다 해봐. 무엇을, 삼족이라 하는지.
삼족을 멸해버려. 다 죽여 버려. 그 족속을.
삼족을 무엇을 보고 삼족이라 하냐면
첫째 나, 외갓집, 처갓집. 이게 삼족인 것이야.
다 관련 있는 집안 아닌가.
그러니까 역적이 나면

어떻게 몰 몰 멀리 쏘아부렀던지.
근게 사람이 운이 없어갖고.
안될라믄 먼~ 일이든지 그렇고
어기쩌갖고 안되고.
잘될 운을 타고난 사람은
친구랄지 옆에 사람이,
'저거 해 좀 붙이자. 저거 어떻게 하므는.'
고거이 해 붙이는 거이 복이 되아불고.
인자 그런 것입니다.

(조사자 : 옛날에 뭐, 아기 장수가 났다거나,
힘 쎈 장수 이야기, 뭐.)
에, 있어요, 있어.
(조사자 : 예, 그 이야기 한 번 해주세요.)
응. 그 전에, 그 전에 뭐,
했을 것, 저, 했을 것인디.
특별히, 뭐, 요청을 헌게, 아는 대로 허제.
거가 지금, 세지면, 면, 그건 모르겠고,
세지면인가, 그런디.
여그서 보믄, 그, 산도 뵈이고, 바우도 뵈여.
여그서 보믄, 밝은, 인자, 청명헌 날.
거 가서, 그 밑에 동네 가서,
도강김씨라고 김씨가 살아.
김씨 집에서, 남, 머이매 아이 한나 낳는디.
이놈이 큰디.
참, 일취월장이라더니,
혹간에 장마에 뭐, 외부서 이,
뭔, 헌다드니, 벌컥벌컥 커, 애기가.
일곱 살 쯤 먹었는디.
애기가 허는 것이, 애기가 아니여.
그, 왜, 벼락 바우라고,
조르라니, 밑이 길게, 미었다고 해서는,

백 메타? 여그서, 멀리서 볼 때, 그런디.
가까지 보믄, 몰라, 이백 메타 될란가 몰라.
그 정도가, 여그서 뵈여, 청명헌 날.
이렇게 층암 절벽이 있었는디,
그, 진, 진, 절벽이, 바우가 있어.
그것 보고 벼락 바우라 해.
일곱 살 애기가 고런 데를 가갖고는,
훌떡 뛰어서 올라가. 뛰어 내려오고. 막, 막,
자유로, 맘대로 댕겨브러.
그런게 이것이,
'큰, 이, 큰, 이, 인물이 났다.'
헌디. 그때 세상은 그런 사람이 나믄,
나라에서 알믄 가만 안 둬. 없애브러.
왜 그래, 역적 헐까, 응, 반역헐까 무서운게.
집안에서 고민이여.
'저것이 어치게 되냐.'
저거 살려 됐다가, 만약에 저것이,
역적 도모를 해갖고 헌다 그믄은,
성공을 허믄 쓴디, 패해블믄 그것이, 응,
느그 집안 문중이 망허거든.
삼족이 뭐, 삼족을 멸헌다고 헌가, 삼족이.
삼족이 뭔, 뭣을 삼족이라 헌가. 삼족.
(조사자 : 삼족이면.)
삼족이믄. 세 가지 족인디.
그, 뭣 보고, 뭣, 뭣이 삼족인가
그 말이여. 아이, 그것도 몰라.
(조사자 : 저한테, 저한테 물어보셨습니까?)
아이, 다 해 봐, 뭣 보고, 뭣 보고 삼족이라 헌가.
삼족을 멸해브러. 죽, 다, 죽여브러. 그 족속을.
삼족을 뭣 보고 삼족이라 허냐믄.
첫째, 나, 외갓집, 저갓집. 이게 삼족인 것이어.
다 관련 있는 집안 아닌가.
근게, 양, 양, 역적이 나믄.

자기 관련, 그 집안이 다 죽어, 다 망해버려.
그 삼족을 멸했다는 것이야.
그러니 이것은 상식적인 말인데.
알아 둬야 해. 누가 삼족이 멸한다 그러면
무엇, 무엇, 무엇이냐. 물어보면,
거 물어볼 만한 사람한테 물어보면 되는데,
교수님 같은 양반들이 물어보면,
그거 좀, 음, 그러니까 내가 알아야지.
모르면 물어봐야 하는데.
아무리 창피해도 물어봐야 하는 것이야.
그렇고 그렇다 그 말이야.
잘 기억해 달라. 그 말이야.
문중에서, 그 문제가 생겼어.
"이것을 어쩌나. 키우느냐. 없애 버리느냐."
없애기로 결론이 났어. 없애기로.
그러니까 없앨 때는
아이가 열두어 살 먹을 때야.
그런데 없애버렸지.
죽여 버린 날로부터 한 닷새나 지나니까,
뜬금없이 망아지가
큰 망아지가 와서 뛰어 다녀.
앞을 긁어. 막.
그 벼락바위 밑에서 뛰어 다녀. 그것이 용마야.
장군이, 장군이 탈 용마가 나타났어.
탈 사람이 없어져버렸거든.
그렇게 악을 쓰고 돌아다니다가,
작은 고랑에 거꾸로 빠져 죽어버렸어.
응. 그런 얘기가 있어요.
그 성이 도강 김 씨였어.
지금도 거기 사는지 모르는데.
그 삼족이 뭔지는 알겠지?
삼족이. 그것이 삼족이야.
(조사자 : 그 용마가 빠져 죽은 데가 어디예요?)

그, 거기 그런데,
작은 개울에 빠져 죽었겠지.
어디 멀리 갔을 것인가.
그, 이제 내가 그렇게
얘기를 들었으니 말인데.
그러니 그것이 그런, 응, 말하자면
그 큰 장수가 났다는 것은 사실이야.
얘기가 조금 틀릴지언정, 틀려도
틀린 말을 썼을지언정, 났다는 것은 사실이야.
하여튼 전혀 근거 없는 소리는 안 하거든.
그러니까 먼저, 그 장흥군 유가,
거기도 인재를 죽여 버리려다가 살려 놨어.
그런데 유가,
그 사람이 옥과 군수만 할 것인가.
아니, 훨씬 높은 벼슬을 할 것인데.
집안이 못 가, 못 하게 했어. 눌러버렸어.
너무 큰 데 올라갔다가,
저놈이 무슨 일을 저지를지 모르니까.
역적놈 할지도 모르니까.
옥과만 해 먹고 말라고, 못 가게 해버렸어.
집안에서.
그래서 그 옥과에, 옥과 벼슬에
그 선, 뭐, 멈추고 말아버린 것이야.

옛날에 장사가 나오면 삼족을 멸했다는 거예요.
(청중 : 거기, 거기 등밑터라고,
등밑터라고 그러지, 노인네.)
집안을, 집안을 전부 없애 버린대.
여기 아래 가면 인늪이라는 동네가 있는데,
거기서도 그 장사가 났대요.
장사가 나가지고 하는데,
삼일 만에 그 앞집에서

즈그, 관련, 그 집안이 다 죽, 다 망해브러.
그 삼족을 멸했단 것이여.
근게, 요거는 상식적인 말인디.
알아 둬야 써. 누가 삼족이 멸한다 그믄,
뭔, 뭔, 뭔, 뭣이냐, 물어보믄,
그, 물을만헌 사람헌테 물으믄 쓴디,
교수님같은 양반들이 물어보믄,
그거 쪼깐, 이. 근게, 내가, 알어야제.
모르믄 물어봐야 쓴디.
아무리 챙피해도 물어봐야 쓴 것이여.
근디, 그런다 그 말이여.
잘 기억해 도라 그 말이여.
문중에서, 그, 문제 났어.
"이거를 어쩌냐. 키워두냐, 키우냐, 없애브냐."
없애기로 결론이 났어. 없애기로.
근게, 없앨 때는,
아이가 열두어 살 먹을 판이여.
근데, 없애브렀제.
죽여븐 날로부터서, 한 닷새나 지낸게,
뜬금없는 망아지가,
ㅇㅇ 큰 망아지가 와서, 뛰어 댕겨,
앞을 긁어 막.
그 벼락바우 밑에서 뛰어 댕겨. 그것이 용마여.
장군이, 장군이 탈 용마가 나타났어.
탈 사람이 없어져브렀거든.
그런게 악을 쓰고 돌아다니다가,
고랑창에 거꾸로 빠져 죽어브렀어.
응, 그런 얘기가 있어요.
그, 성이 도강김씨였어.
지금도 거가 산가 모른디.
그, 삼족이 뭔지 알겠세.
삼족이. 그거이 삼족이여.
(조사자 : 그 용마가 빠져 죽은 데가 어디냐요?)

그, 거, 거, 그런데,
개, 개골창에 빠져 죽었것제.
어디 멀리 갔을 것인가.
그, 인자, 나 그렇게
얘기를 들었은게 말인디.
근게, 그것이, 그런, 응, 말허자믄,
그, 큰 장수가 났, 났다는 것은 사실이여.
얘기가 조까, 틀릴지언정, 틀려어,
틀린 말을 썼을지언정, 났다는 것은 사실이여.
허튼, 전혀, 근거 없는 소리는 안 하거든.
근게 몬저, 그, 장흥군 유가,
거그도 인재를 죽여블라다가 살려 놨어.
근디, 유가,
그 사람이, 거, 옥과 군수만 헐 것인가.
아니, 훨씬 높은 벼슬을 헐 것인디.
집안이 못 가, 못 허게 했어. 눌러브렀어.
너 큰 데 올라갔다가,
저놈이 뭔 일을 저질를지 모른게.
역적놈 헐지도 모른게.
옥과만 해 먹고 말라고, 못 가게 해브렀어,
집안에서.
그래서, 그 옥과에, 옥과 벼슬에,
그 선, 뭐, 멈추고 말아븐 것이여.

옛날에 장사가 나믄 삼족을 멸했대는 거예요.
(청중 : 거기, 거기 등밑터라고,
등밑터라고 그러지, 노인네.)
집안을 집안을 전부 *ㅇㅇㅇ* 헌대.
여 아래 가믄 인늪이래는 그런 동네가 있는데,
거기서도 그 장사가 났대요.
장사가 나가지곤 허는데,
삼일 만에 그 앞집에서

아기가 자니까 눕혀 놓고서는
자기 생일, 생일을 먹으러 갔는데 와보니까
아기가 없더래요.
그래서 어디로 갔나 하고 아기를 찾아보니까
옛날에는 이런 것이 없고 뭘 얹어놓으려면
나무를 베어다 이렇게 해서 부엌 선반에
이렇게 해서 거기다 얹었는데,
선반 꼭대기에 올라가서 아기가 놀더래.
그래서 꺼내 보니까
겨드랑이 밑에 날개가 돋았더래요.
그래서는 아, 이거 장사가 나면
삼족을 멸한다는데, 이거 큰일 났다고.
우리가 다 죽게 생겼다고.
광석불을 켜가지고 날개를 지져버렸대.
그러니까 아기가 죽었대요.
죽었는데 아기 죽은 뒤로 사흘 만에
절에서 도사, 중이 와가지고는
이 댁에 아기 낳았는데
아기를 내놓으라 하니까
아 그냥, 겨드랑이에 날개가 나서
지져서 죽였다고 그러니까
아, 그 동안을 못 참아서 죽이느냐고 말이야,
우리가 데려다가 기를 건데,
그 동안을 못 참았느냐고.
그렇게 야단을 치고 갔는데,
그 뒤로 일주일 만에
그 늪에서 그냥 용마가 나와서
마구 울면서 뛰고 돌아다니면서
그리고는 인늪의 뒷산에
바위가 있는데, 말 발자국이 있다는 거예요.
지금도.
(조사자 : 아, 지금도요?)
예. 그래서 그 인늪이, 그 늪에서

용마가 나와서 뛰고,
그걸 살렸으면 큰 장사가 될 건데 죽였다는 거죠.
그걸 오래 뒀으면 그 아기를 뒀으면
자기네가 기르는 것이 아니고,
절에서 그냥 그 아이를 데려다 공부도 시키고,
그 저, 술법도 가르치고 이렇게 기를 건데.
그 동안을 못 참아서 죽였다고
그런 얘기가 있고 그런데.
그 인늪이라는 늪에서
그 용마가 나와 가지고 뛰어다녔다는 것,
지금도 전설인데,
그게 발자국이 있대요. 말 발자국이.
(청중 : 아, 말발자국이 있대, 지금도? 거기에?)

저 건너섬에 가서 사람 한 가구가 살았는데,
아이를 낳아놓으면 그만 뉘어놓은 자리가 있어.
이틀 사흘 된 아기가
그래, 문지방을 열고 가만히 보니까
천장에 가서 붙었다가 땅으로 내려왔다가
아기가 그러거든. 그러니까
"이것이 별 것이 생겼다. 죽이자."
자기 내외 쇠몽둥이를 가지고
사흘을 쳐서 죽였다 그러거든.
그런데, 이것이 장정이 생겼던 모양인데,
그래, 그 사흘을 부부가 두드려서 죽여가지고
묻어 버렸는데, 묻은 뒤로 사흘 만에
그 옆에 샘에 용추가 있어요. 용추가.
용이 산다는 것인데,
거기서 말이 나와서 사흘 만에,
사흘을 울고는 죽어버렸다.
그런 소리 하나가 있어요.
그래. 그 말도 거기서 죽어버리고.

애기를 자니까 눕혀 놓고서는,
저 생일 생일을 먹으러 갔는데 와보니까
애기가 없더래요.
그선 어디로 갔나 허구 애길 찾아보니깐,
옛날엔 이런 게 없고 뭘 얹질려면
낭굴비에다 이렇게 해서 실, 실경이라고
이렇게 해서 거기다 얹었는데,
실경 꼭대기에 올라가서 애기가 놀더래.
그래서 끄내보니깐
○○○ 겨드랑이 밑에 날개쭉지가 돋았더래요.
그래선 아 이거 장 장사가 나면
삼족을 멸헌대는데, 이거 큰일났다구.
우리가 다 죽게 생겼다구.
광석불을 캐가지고 날개쭉지를 지져버렸대.
그러니깐 애기가 죽었대요.
죽었는데 애기 죽은 뒤로 사흘 만에 절에,
저 도사, 중이 와가지고는
이 댁에 애기 낳대는데
애기 내노라고 그러니깐,
아 광, 에 겨드랑에 날개쭉지가 나서
지져서 죽였다고 그러니깐,
아 고동안을 못 못 참아서 죽이느냐고 말이야,
우리가 데려다가 기를 건데,
고동안을 못 참았느냐고.
그래가지곤 야단을 치고선 갔는데,
그 뒤로 일주일 만에
그 늪에서 그냥 용마가 나가지고
그냥, 울면서 뛰서 돌아댕김서,
그래가지고 인늪이 뒷산으로다가
바우가 있는데, 말 발자구가 있대는 거에요,
지금도.
(조사자: 아, 지금도요?)
예, 그래서 그 인늪이 인늪이가

그 늪에서 용마가 나와 가지고 뛰고,
그걸 살렸으면 큰 장사가 될건데 죽였대는 거죠.
고걸 오래 뒤두면은 그 애길 뒤두면
자기네가 기르는 게 아니고,
절에서 그냥 그걸 갖다가 공부도 시키고,
그 저, 술법도 가르치고 이래가지고 기를 건데.
고동안에를 못 참아서 죽였다고
그런 얘기가 있고 그런데.
그 인늪이 늪에서
그 용마가 나가지고 뛰어댕겼다는
그 지금도 전설인데,
그게 발자구가 있대요, 말발자구가.
(청중: 어, 말발자구가 있대, 지금도? 거기에?)

저 건네 섬에 가서 사람 한 가구가 살았었는데,
어린이를 나 노면 고만 뉘여논 자리가 안 있어.
이틀 사흘 된 애기가.
그래 문지방을 열고 가만히 본께,
천장애가 붙었다가 땅에가 내려왔다가
애기가 그래싸커든. 그런께,
"이것이 별것이 생겼다. 죽이자"
자기 내외 쇠몽둥이를 가지고
사흘을 쳐서 죽였다 그러거든.
그런디 이것이 장정이 생겼든 모양인디.
그래, 그 사흘을 내외 뚜드러서 죽여가지고
묻어 부럿는디, 묻은 뒤로 사흘만에
그 옆에 샘가 용추가 있어요. 용추가.
용이 산다는 것인디,
거그서 말이 나와서 사흘만에,
사흘을 울고는 죽어부럿다.
그런 소리 하나가 있어라.
그래, 그 말도 거그서 죽어버리고.

그래, 옛날 용마를 탈 장수다, 그 말이야.
거기서 시기를 잘못 타서
쌍놈한테 생겨 가지고 죽어버렸다.
그래, 그런 집터가 있었다는 말이오.
저 건너섬에 가서 그 사람이 살았다
이런 소리가 있었어.

어느 마을에 부부가 살았는데,
아기를 못 낳아가지고, 아기를 못 낳아가지고,
하루는 밤중에 엄마가 아기를 낳는데
이상하게 -몸뚱이만 낳아가지고,
다리는 없어 가지고, 무섭게 생겨가지고
아버지가 엄마한테 이렇게 말했어.
"우리가 이 아기 낳았다는 사실을 만하고
아기가 이렇게 됐다는 사실을
아무한테도 말하지 말자."
고 그랬어.
하루는 엄마가 일하러 나가는데
어떤 아줌마가
"애기 낳았다며, 애기 잘 크냐?"
고 물어봐. 그럭저럭 대답했어.
하루는 아기 젖 먹이러 가는데,
아기 젖 먹이러 가는데,
하루는 방에서 쿵쿵 소리가 나기에
문구멍으로 구멍을 찢어서 보니까, 음.
장난감만한 군사들이 마구,
아기는 가운데서 자고 있는데,
그 가에서 백 명 군사들이
막 훈련을 하고 있는데,
아기는 조용히 잠자고 있어.
그래서 엄마가 기침을 하고 방으로 들어가니,
그 군사들은 콩나물 속으로 쏙 들어갔어.

그런데 이제 아기 젖을 먹이러 가는데,
이상하게 아기가 말을 해.
말도 안하던 아기가 이제 아기가 이래.
"나 이렇다는 사실을 백 일 동안
아무에게도 말하지 않으면
내가 다리까지 다 나올 수 있을 테니
걱정 말라."
고 그래.
그래서 제 이름은 여기 윗도리만 났으니까
우투리라고 지었대.
그래가지고
밤중에 돌아온 아빠에게 의논을 해 봤더니
그 아기가 또 이래, 아기가 또 이래.
"나를 어디다 어느 산에 묻어 달라."
고 이래.
그래서 그 산으로,
밤중에 으스스한 곳으로 가서
그 땅은 이상하게도 다른 땅은 파지고 그런데
그 땅은 평평해.
그래서 거기 묻었는데,
쌀 한 말과 그 아기를 같이 묻었어.
그리고 그 다음날 큰 소동이 벌어졌어.
나라의 어느 나라에 대조라는 사람이
왕이 되기는 되어야 하는데,
'우투리'라는 아기가 나오면 죽여야 한대.
그래서 그 아기에 대해
그 신하들이, 아니 대조가
대조가 점쟁이한테 찾아가서 물어봤더니,
어느 마을인지 물어 봤더니,
어느 마을에 있다고 말해.
그래서 신하들을 시켜서 그 마을에 가 봤더니
아무도 모른다고 해.
어느 아줌마가

그래, 옛날 용말을 탈 장수다 그말이여.
거그서 시기를 잘못 타서
상놈헌테 생겨 가지고 죽어버렸다.
그래, 그런 집 터가 있었단 말이요.
저 건너 섬에 가 그 사람이 살았다
이런 소리가 있었어.

어느 마을에 부부가 살았는데,
애기를 못 낳아가지고 애기를 못 나가지고,
하루는 밤중에 엄마가 애기를 낳는데
이상하게 몸뚱이만 나가지고,
다리는 없어 가지고, 무섭게 생겨가지고
아버지가 엄마한테 이렇게 말했어.
"우리 이 애기 났다는 사실을 말하고
애기가 이렇게 됐다는 사실을
아무한테도 말하지 말자."
고 그랬어.
하루는 엄마가 일하러 나가는데
어떤 아줌마가,
"애기 낳았다, 애기 잘 크냐?"
고. 물어봐. 그럭 저럭 대답했어.
하루는 애기 젖을 멕이러 가는데
애기 젖을 멕이러 가는데,
하루는 방에서 쿵쿵 소리가 나기에.
문꾸먹으로 구멍을 찢어서 보니깐 음.
장난깜만한 군사들이 막,
아기는 가운데서 자고 있는데,
그 가상에서 백 명 군사들이 막
훈련을 하고 있는데
애기는 조용히 잠자고 있어.
그래서 엄마가 지침을 하고 방으로 들어간데,
그 군사들은 콩나물 속으로 쏙 들어갔어.

그런데 인자 애기 젖을 멕이러 간데,
이상하게 애기가 말을 해.
말도 안하던 애기가 이제 애기가 이래.
"나 이렇다는 사실을 백 일 동안
아무에게도 말하지 않으면
내가 다리까지 다 나올 수 있을테니
걱정 말라."
고 그래.
그래서 제 이름은 여그 우뚜리만 났으니깨
우뚜리라고 지게진대.
그래가지고
밤중에 돌아온 아빠께 의논을 해 봤더니
그, 그 애기가 또 이래, 애기가 또 이래.
"나를 어디다 어느 산에 묻어 달라."
고 이래.
그래가지고 그 산을,
밤중에 으시시한 곳을 가가지고,
그 땅은 이상하게 다른 땅은 파지고 그랬는데
그 땅은 판판(平平)해.
그래가지고 거기 묻었는데,
쌀 한 말과 그 애기를 같이 묻었어.
그래가지고 그 다음날 큰 소동이 벌어졌어.
나라, 어느 나라에 대조라는 사람이
왕을 돼긴 돼야하는데
'우뚜리'란 애기를 나면 죽여야 한대.
그래가지고 그 애기가
그 신하들이, 아니 대조가,
대조가 점쟁이한테 찾아가 가지고 물어봤더니,
어느 마을, 물어 봤더니
어느 마을에 있다고 그래.
그래 가지고 신하들을 시켜서 그 마을 가 봤더니
아무도 모른다고 그래
어느 아줌마가,

"그 아기, 그 집에 아기가 있었는데
하루는 어찌됐는지 없어졌다."
마을 사람이 그래.
그래서 그렇게 그 사람을 따라
아줌마를 따라 가 보니까
엄마하고 아버지하고 일을 나가고 없어.
그래서 물어보니까
아기가 없어졌다고 말해.
그래서 그 사람은 이상해서
다시 신하가 대조란 사람한테
다시 점쟁이한테 물어보라고 말해.
그래서 다시 대조가 점쟁이한테 물어서
대조가 실제로 확인을 했어.
나중에는 하도 대답을 안 하니까
대조가 아버지를 죽이고
나중에는 엄마 혼자만 남아서
엄마도 막 성가시게 구니까,
이제 구십구 일이 왔어.
하루만 지나면 돼.
그래, 하루만 지나면 다리가.
아기가 다리가 나서
완전히 될 수 있게 되었는데,
아이 엄마가,
"하루면 괜찮겠지."
하고 그만 말을 해 버렸어.
그래서 나중에는
그 대조하고 대조 신하들이 산에 가서
그 시체를 파보니까,
여기 발목까지는 나오고 발은 안 나왔어.
그래서 아기가 빳빳이 서 있어.
그래서 대조가 단숨에 칼을,
칼로 아기를 찔러 죽였어.
그 대조가 발해라는 나라를 세우고

그 어머니도 죽여 버렸어.

옛날, 옛날, 옛날 옛날에
소금장수가 소금을
옛날에는 이렇게 지고 다니면서 팔았대요.
지고 다니면서 팔았는데,
음, 저 동네 다니면서 팔다가
이제 재를 넘어가다가 캄캄해져서
어느 산소에서 잠이 들어서 잤대요.
그랬더니 옛날에
이 태조가 거기 산제를 모시는데,
음, 저 건너에서
그 자는 그 묘소에서 잤는데,
저 건너에서
그 묘소에 있는 그 양반을 부르더래요.
뭐냐, 무엇이, 무엇이, 무엇이 부르니까
왜 그러고 있냐고 대답을 하는데
그 사람이 저 쪽으로 산지 모신다는데
우리 산지 먹을 모신데
우리 술 얻어먹으러 가자고.
(조사자 : 그러니까 저쪽 무덤 귀신이?)
응, 저쪽 무덤 귀신이
술 얻어먹으러 가자고 하니까
그 무덤 귀신이 나는 손님이 와서 못 가니
자네나 갔다 오시오. 그러고 있는데
그리고 또 얼마나 자고 또 그렇게 있으니
또 갔다 와서는 전화를 해.
또 전화가 아니라 친구를 또 부르더래요.
부르니까 난 저기 갔다가 어떤가.
잘 먹고 잘 얻어먹고 왔는가?
그런데 먹기는 잘 얻어먹고 참 잘 하는데
산제를 잘 모시는데,

“그 애기 그 집에 애기가 있었는디
하루는 어찌됐는지 없어졌다.”
고 마을 사람이 그래.
그래서 어떻게 그 사람을 따라
아줌마를 따라가 보니까
엄마하고 아버지하고 일을 나가고 없어.
그래 가지고 물어보니깐
애기가 없어졌다고 그래.
그래 그 사람은 이상해 가지고
다시 신하가 대조란 사람한테
다시 점쟁이 한테 물어보라고 그래.
그래서 다시 대조가 점쟁이한테 물어가지고
대조가 실제로 확인을 했어.
나중에는 하도 대답을 안 하니까
대조가 아버지를 죽이고
나중에는 엄마 혼자만 남아가지고
엄마도 막 성가시게 구니까,
인제 구십 구 일이 왔어.
하루만 지나면 돼.
그래 하루만 지나면 다리가.
아기가 다리가 나서
완전히 될 수 있게 되었는데,
거시기 엄마가,
‘하루면 괜찮겠지’하고
그만 말을 해 버렸어.
그래 가지고 나중에는
그 대조하고 대조 신하들이 산에 가가지고
그 시체를 파보니까,
여기 발목까지는 나오고 발은 안 나왔어.
그래 가지고 애기가 빳빳이 서 있어.
그래가지고 대조가 단숨에 칼을,
칼로 애기를 찔러죽였어.
그 대조가 발라라는 나라를 세우고

그 어머니도 죽여 버렸어.

옛날 옛날, 옛날 옛날에
소금장시가 소금을
옛날에는 이릏게 지 지고 다님서 팔았대요.
지고 대님서 팔았는데
음, 저 동네 대님서 팔다가
인자 재를 넘어가다가 캄캄해져갖고
어느 산소에서 잠 잠이 들어서 잤대요.
그릸더니 옛날에
이 태조가 게 산제를 모신디,
음 저 건네서
그 잔 그 뫼 뫼소에서 잤는디,
저 건네서
그 뫼소에 있는 그 양반을 불르드래요.
뭣이야, 뭣이 뭣이 뭣이 불른게로
왜 그냐고 이냐 대답을 허는디
그 사람이 저 저짝으 산지 모신단디
우리 산지 먹을 모신 데
어 우리 술 얻어먹으러 가자고
(조사자 : 근게 저쪽 무덤 귀신이?)
응, 저짝 무덤 귀신이
술 얻어먹으러 가자고 헌게로
그 무덤 귀신이 나는 손님이 와서 못 가건게
자네나 갔다 오소, 그러고 긌는디
그 인자 그 얼매나 자고 또 인제 있은게
또 갔다와가지고 전화를 허
또 전화가 아니라 친구 또 불르드래여.
부른게로 난 저 갔다 어쩐가
잘 믹고 질 일이먹고 왔는기?
그런디 먹기는 잘 얻어먹고 참 잘 허는디
산제를 잘 모시는디

한 가지가 뭐 좀 틀린 것이 있다고 그러더래.
거기서 무엇이 틀리는가 하는 것이
우투리 때문에 틀렸다고 하더래.
그러니까 우투리 때문에 틀렸다고 그러는데
그 소금장사가 참 이상스럽더래요.
어떻게 우투리 네가 무엇인데
우투리 때문에 틀렸다고 그러는가 싶어서
이제는 소금을 이제 골골마다 다니면서 파는데,
골골마다 다니면서 파니까 이제
나는 이만저만해서
소금 팔다가 이렇게 산소에서 잤는데,
이만저만해서 그러더라고 그렇게.
(조사자 : 누구를 찾아갔어요?)
응. 아니 이게 동네 다니면서
그렇게 소금 장사를 하고 다니니까
그런 걸 다니면서 이제 그런 소리를 했어.
그러니까 이거, 저 이태조가,
이태조가 산제를 모셨는데
이태조 그때 막 들어갔어. 그 소리가.
그 소리가 들어간 것이
이태조가 부하들을 다 무섭게 마구 풀어가지고
그렇게 지금 우투리를 잡으라고
그렇게 부하들을 풀어놨는데,
그러니까 부하들이 몇 날 며칠 일을
그 우투리를 찾으려고 다 다녀도 없더래.
그런데 어디를 가니까 하루는
어디를 어느 동네를 가니, 밭의 베를 매는데
베를 매는데, 점심때가 되었는가.
아이, 우투리네 어머니가 밥 먹고 하라 그래.
그래서 아, 여기가 이제 우투리가 있는
우투리가 여기 있구나. 그러고는 이제
거기서 이제 좌정을 하고서는
점심을 그 집에서 조금 얻어먹고

거기서 이제 어떻게 이제 거기에다
이제 밤이 돌아와서
그 집에서 조금 자자고 하고
우투리네 집에서 잤어.
우투리네 집에서 자서
여자가 우투리네 엄마가 혼자였어.
혼자였는데, 이제 우투리네 엄마를 얻었어.
어떻게 잠자다가 얻은 거야. 자다가 얻었어.
그래서 이제 한 삼 년을
몇 년을 살았는데, 삼 년째 되면서
이제 거기서 아기를 하나 만들어서 낳았어.
낳고 나서도 우투리가 어째서
우투리 생겼냐고 해도 죽어도 안 알려주더래.
(조사자 : 엄마가?)
죽어도 안 알려주는데,
우리 둘이 이렇게 자식까지 낳고 사는데
안 알려줄 이유가 뭐 있냐고
알려달라고 하니까 그제, 그때야 알려주면서
우리 아들이 이만저만해서
그렇게 낳기 낳았는데, 윗도리만 낳았는데,
(조사자 : 윗도리, 그러니까 위에만 낳아?)
위에만 낳았다는 거야. 위에만, 위에만 낳았는데
어디로 그렇게 어느새 어디로 가버리고 없더래.
아기가 어디로 가 버리고 없는데
그놈이 이제 몇 년이 되어서 커 가지고
한 번 찾아와서는 좁쌀 한 되를 달라고
엄마, 좁쌀 한 되만 달라고 해서 줘서,
그래서 줬는데 내가 만일 나 보러 오려면
억새풀을 하나 끊어가지고
물을 탁 쳐서 길이 쭉 나면
그때 나를 보러 오라고 하면서
(조사자 : 우투리가 어디 있어요?)
그 물속에 있는 거요. 물속에 바다 속에.

한 가지가 뭐 쫌 틀린 것이 있다고 그더래야.
그서 뭣이 틀리는가 헌게
우투리 때문에 틀렸다고 허드래야.
근게 우투리 땜에 틀렸다고 그리 갖고는
그 소금장시가 참 이상스럽드래야.
어떻게 우투리 니가 뭣이가
우투리 땜에 틀렸다고 그런고 싶어갖고
인게 소금을 인자 골골마다 대님서 파닌게,
골골마다 대님서 판게로 인제
나는 이만저만해서
소금 팔다가 이렇게 산소에서 잤는디
이만저만해가 그러드라고 그렇게.
(조사자 : 누구를 찾아갔어요?)
응, 아니 인게 동네 대님선
인제 소금장시 파닌게로
그런 걸 댕임서 인자 그런 소릴 힜어.
그니까 이거 저 이태조가
이태조가 산제를 모싰는디
이태조 그 인자 들어갔어, 그 소리가.
그 소리가 들어간게
이태조가 부하들을 다 겁나게 걍 풀어가지고
그 인제 우투리를 잡으라고
인제 부하들을 풀어놨는데.
근게 부하들이 몇 날 몇 일을
그 우투리를 찾으라고 다 댕겨야 없드래야.
근디 어디를 가니까 하루는
어디를 어디 동네를 가닌게, 밭을 베를 매는디
베를 매는디 점심때가 되았는가
아이 우투리네 어매 밥 먹고 히여 그드래.
그서 아 여가 인자 우투리가 있는
우투리가 여가 있구나 그러고는, 인제
거기서 인제 좌정을 히갖고는
점심을 그 집이서 조께 얻어먹고

거그서 인자 어떻게 인자 거시기다
인자 밤이 돌아와갖고
그 집이서 조께 자자고 히갖고
우투리네 집에서 잤어.
우투리네 집에서 자가지고
여자가 우투리네 엄마가 혼자드리야.
혼차였는디 인자 우투리네 어매를 얻었어.
어떻게 잠오다가 얻은 거야, 자다가 얻었어.
그래갖고 인자 한 삼년을
몇 년 살았는디 삼 년째 남서
인자 거서 아기를 애기를 하나 맨들어서 낳았어.
낳고 근디도 우투리가 어째서
우투리 생깄냐고 히도 죽어도 안 알켜주드래야.
(조사자 : 엄마가?)
죽어도 안 알켜준디,
우리 둘이 이렇게 자식끄장 낳고 사는디
안 알켜줄 거시기가 뭐 있냐고
알켜도라고 해싸는게 그제 그때야 알켜줌선
우리 아들이 이만조만히서
그릏게 남선 낳는디 웃두리만 낳는디.
(조사자 : 웃두리 그니까 위에만 낳는?)
위에만 낳다는 거여. 우에만 우에만 낳는디
어디로 그렇게 어느새 어디로 가버리고 없드리야.
애기가 어디로 가버리고 없는디
그놈이 인자 몇 년이 되야서 커가지고
한 번 찾아와가지고 서숙쌀 한 되를 도라고
엄마 서숙쌀 한 되만 도라고 금서 줌선
그서 주었는데 내가 만일 나 보러 올라면
새때기를 하나 끊어가지고
물을 탁 치먼은 길이 쭉 나먼은
그때 나를 보러 오라고 험선
(조사자 : 우투리가 어디 있가디?)
그 물속이가 있는 거여. 물속에가 바다 속이가.

(조사자 : 바다 속에서.)

바다 속에서 우투리가 있는데 그거 가지고는.

(조사자 : 그러니까 억새,

보러 오려면 억새풀로 이제.)

응. 억새풀을 끊어가지고 쳐, 물을 치면

그 갈라진데 물이 길게 난 게.

(조사자 : 이런 데도 억새풀이 있어요?)

억새풀이 겁나지.

저 바다에 저런 저 냇물 가에 그 풀.

(조사자 : 풀, 손 비는 거?)

응. 억새풀이 풀 베는 거여. 손부터 베어.

그리 가지고 그렇게 이제 알려 줬더니

절대 이런 걸 엄마만 알지

절대로 남은 알려주지 마라 그랬는데

이놈의 할머니가 알려줬어.

그래서 한 번, 이제 그 아저씨가

우리 한 번 가보자고

자네하고 나하고 둘이 같이. 하.

(조사자 : 이성계가?)

응. 아, 이게 이성계가 그러잖아. 그 부하가.

(조사자 : 부하가.)

부하가.

자. 같이 함께 한 번 같이 가 보자고.

그래서 이제 대처 둘이 같이 가서

물, 억새풀을 하나 끊어서 물을 탁 치니까

길이 쭉 나더래.

(조사자 : 음. 물 속에서?)

응. 물 속으로 길이 쭉 나서 가서 보니까

좁쌀 한 되 갖고 간 놈이

모두 다 무릎을 꿇었더래요.

(조사자 : 뭐가 되어서?)

사람이 되고 말이 되려고.

무릎을 다 그새 완전히 살이 다 생겨서

무릎을 꿇고 있더래.

거기 우투리가 그놈 부하를 데리고 나오려고.

(조사자 : 음, 좁쌀이?)

그래서 음, 그래서 우투리가.

우투리가 이제 왕이 되려고 그랬는데

그래 가지고 그렇게 길이 나서 들어가니까

그냥 사르르 다 사그라지더래.

(조사자 : 그 사람이 되고, 말이 됐던 것이?)

말 됐던 것이 전부 다 사그라져 버렸더래.

그래서 이태조가

오백 년을 살아먹었다고 그러더라고.

오백 년을 이태조가

이씨 조선 오백 년 살아 먹었다. 그래.

(조사자 : 바다 속에가.)

바다 속이가 우투리가 있는디 그리 갖고는.

(조사자 : 그니까 쇠,

보러 올라믄 새때기가 인제?)

응, 새때기를 끊어가지고 처 물을 치면은

그 갈라진데 물이 길이 난 게.

(조사자 : 이런 데도 새때기가 있어요?)

째때기 겁나지,

저 바다에 저런 저 냇물 가에 그 풀.

(조사자 : 풀 손 비는 거?)

응, 새때기가 풀 비는 거여. 손부터 비어.

그리 가지고 그렇게 인제 알켜 줬더니

절대 이런 걸 엄마만 알지

절대 넘은 알켜주지 마라 그러는디

이 놈으 할마니가 알켜줬어.

그리갖고 한 번 인자 그 아저씨가

우리 한 번 가보자고

자네하고 나하고 둘이 산디 하.

(조사자 : 이성계가?)

응, 아 이게 이성계가 그런잖이 그 부하가.

(조사자 : 부하가.)

부하가.

자 같이 산디 한 번 같이 가 보자고 보자고.

그래서 인자 대처 둘이 같이 가갖고

물 새때기를 하나 끊어서 물을 탁 친게

길이 쪽 나드리야.

(조사자 : 음, 물 속으서?)

응, 물속으로 길이 쿠 나서 가서 본게로

서숙쌀 한 되 갖고 간 놈이 죄다

다 무릎을 꿇었드래야.

(조사자 : 뭐가 돼갖고?)

사램이 되고 말이 될라고.

무릎을 다 새 완전히 살이 다 생기갖고

무릎을 꿇고 있더래.

게 우투리가 그놈 부하를 데리꼬 나올라고,

(조사자 : 음, 서숙쌀이?)

그리갖고 음 그래갖고 우투리가

우투리가 인자 왕을 살아먹을라고 그렸는디

그리 가지고 그렇게 질이 나서 들어가니까

걍 사르르 다 사그라 들었드리야.

(조사자 : 그 사람 되고 말 됐던 것이?)

말 됐던 것이 전부 다 사그라져 버렸드래야.

그래갖고

이태조가 오백년을 살아먹었다고 그드라고.

오백년을 이태조가

이씨조선 오백년 살아먹었댜. 그서

3장

새로운 인류의 기원

〈장자못 설화〉
〈벼락소 이야기〉
〈목도령 설화〉
〈남매혼 설화〉

세계 200여 민족에 홍수설화가 전해지고 있으며, 우리나라에도 홍수설화가 있다. 다만 성경의 노아의 홍수처럼 세상 전체를 물로 징치하는 홍수가 아니라 일정 지역을 물에 잠기게 하는 홍수라는 점, 신이 직접 등장하지 않는다는 점이 특징이며, 이는 배넘실 마을처럼 지역의 명칭에서도 찾아볼 수 있다. 홍수설화에서는 대체로 신의 악인에 대한 징치와 남매의 혼인 혹은 최후에 겨우 남은 사람을 통한 새로운 인류의 시작을 이야기한다.

〈장자못 설화〉은 태백의 황지연못처럼 독특한 의미를 부여받은 물에서 찾아볼 수 있는데, 신물神佛이 악인을 징벌하고, 〈남매혼 설화〉은 근친혼의 윤리문제가 등장하지만 이는 하늘의 허락으로 남매혼이 성립되고 인류가 다시 시작된다는 점을 강조한다. 〈목도령 설화〉에서는 목도령이 목신의 아들이지만 신으로서의 모습은 생략되어 있고, 결론은 인류의 시작에 핵심을 두고 있다.

1. 물로 벌한 악행 〈장자못 설화〉

이, 저, 장, 아 저, 저기, 황지에 있는 거,
지금 있는 연못.
그 연못은 봤지?
(보조조사자 : 네. 가 봤어요.
거기는 가서 사진 찍었어요.)
그런데 거기 가서 보면
물이 지금 고여 있는데,
세 군데 있지?
(보조조사자 : 네. 맞아요.)
어, 거기 세 군데.
거기 있는데, 그게 어떻게 됐느냐면.
옛날에는 '누를 황(黃)'자, 황씨가 거기 살았어.
청중 : 왜 세 군데 만들라 하려고……
'누를 황', 황씨가 거기 살았는데,
그 영감이 소를 치다가,
마구라 하는 것은
이제 그 소를 먹여가지고,
소를 먹이는데,
소똥으로 이제 퍼내는 것을 가지고
이제 '마구친다' 하는데.
그래, 마구를 치다 보니까 중이 와서
"시주를 좀 달라." 이러니까
"우린 시주가 없으니,
이 거름이나 한 삽 가지고 가라."
그렇게 말해.
그 전에는 시주 받는 바랑,
중의 바랑이 왜 한쪽을 이렇게 열면
짐처럼 한 쪽으로 돌리면 벌어져.

그래, "바랑만 벌려라" 하니까,
벌리니까 거름을 거기에 푹 퍼 줬어.
그러니까 그 집,
황씨 집의 며느리가 내다보니까
영감이 그런 짓을 하고,
며느리가 보니 딱하잖아.
그러니,
"이 쪽으로 나오시오."
해 놓고,
그 똥, 소똥 처넣은 것을 다 털어내고,
그, 그 당시 이제 좁쌀이겠지,
여기는 뭐 쌀은 없으니.
그래, 그것을 이제
한 바가지 받아서 부어 주었어.
그래, 그 대사가 이렇게- 보니까.
"당신, 아무 소리도 하지 말고,
지금 나 따라서 오너라."
"나 따라 와야지, 안 오면 안 된다."
"날 따라 오너라."
"오다가 무슨 소리가 나더라도
뒤를 돌아보지 말고 바로만 오너라."
그러니까 그, 그 들어보니,
대사가 그런 이야기를 하니까
'따라 오라니, 무슨 일인가'하고
아주머니가 재를 몇 개 넘어서
이 구사리에 들어가면
지금 거기가면 미륵 바위가 이 돌에서 보여요.
(보조조사자 : 음-.)

이- 저- 장, 아 저, 저게, 황지에 있는 거,
시방있는 연못.
그 연못은 봤지?
보조조사자 : 네. 가 봤어요.
거기는 가 사진 찍었어요.
근데 거 가 보면은
물이 시방 고였는데,
세 군데 있지?
보조조사자 : 네, 맞아요.
으, 거기 세 군데.
그기 있는데, 그게 어트게 됐냐므는.
옛날에는 '누르 황(黃)'자, 황씨가 거 살었어.
청중 : 왜 세 군델 맨들라 할라구….
'누르 황', 황씨가 거 살았는데,
그- 영감이 마구를 치다가.
마구라 하는 거는
인제 그 소를 믹여가주구,
소를 믹이는데,
소똥으로 인제 퍼 내는 거 갖다
인제 '마구친다' 하는데.
그래 마구를 치다 보니깐, 중이 와가주구,
"세주를 좀 돌라." 이래니까.
"우린 세주가 없으니,
이 거름이나 한 삽 가주가라구."
그래
그전에는 세주 이 바낭,
중 바랑이 왜 한 짝 이래 열므는
짐 맨치로 한 짝으로 돌리므는 벌어져.

그래, "바랑만 벌리라." 하니까네.
벌리니까는, 거름을 갖다 거다 푹 퍼 줬어.
그래니까 그 집,
황씨 집에 며느리가 내다보니까
영감으는 그런 짓을 하고,
며느리보니 딱하잖아.
그래니,
"이 짝으로 나와라."
해 놓고.
그 똥, 소똥 치난거를 다 털어내고,
그- 그 당시 인제 좁쌀이겠지,
여는 뭐 쌀은 없으니.
그래 그거를 인제
한 되박 받아, 뭐 줜기라.
그래 그 대사가 이래- 보니까.
"당신 아무 소리도 하지 말고,
시방 내 따라서 오너라."
"내 따러 와이지, 안오믄 안된다."
"내 따러 오너라."
"오다가 뭔 소리가 나더래도
뒤를 돌아보지 말고 바루만 오너라."
그러니까 그, 그 들어보니,
대사가 그런 얘길하니까
'따라 오라니 뭔 일인가'하고
아주머니가 재를 몇 개 넘어서
요 구사리에 들어가믄.
시방 거기가믄 미륵 바우가 이 돌에서 보여요.
보조조사자 : 음-.

돌 위에서 보이는데,
그냥 뒤가 컴컴해 오더니만,
그냥 천둥을 막 치며,
뭐 벼락이 치는 판이라.
그래, 돌아오는 길에,
돌아보지 마라 했는데,
하도 뒤가 막 벼락 치는 소리가 나니까
돌아봐 가지고.
그래. 그것을 보면, 아기를 업고 갔는데,
아기도 돌이 돼. 붙어 있고,
개도 따라 갔는데, 개도 돌아봐가지고,
사람 돌아볼 때 개도 돌아보니,
개도 미륵이 되고.
그래, 이제 그 벼락에 미륵이 됐는데.
그래서 거기서 뭐 연못이 된 거지.
그런데 그게 왜 그 세 개냐 이러면.
(보조조사자 : 네.)
지금 큰 것은 큰집에 있던 집,
우리 가정집처럼 이렇게 붙은 집터이고,
(보조조사자 : 네.)
그 옆에는 옛날에는
큰집 옆에 방앗간으로,
디딜방앗간으로 만든 방앗간이 있고,
그쪽 또 자그마한 것은,
옛날에,
어- 요즘은 간이 화장실이라 하지만
그 전에는 변소가
거기다가 대소변 보는 변소가 있는데.
그 왜 저기를 했느냐,
옛날에 이쪽 변소는 그 구멍을 깊이 파잖아.
(보조조사자 : 네, 네.)
파야 이제 변소가 되니까.

그래서 그로인해 그런 건지,
거기가 제일, 물이 제일 깊고,
(보조조사자 : 아-.)
그 다음 마구고, 그 다음에 집터가.
(보조조사자 : 음.)
그때는 바닥이 훤하게 보였어.
나머지는 바닥이 안 보여. 컴컴했다고.
(보조조사자 : 아-.)
우리가 어릴 때,
지금은 거기를 잘 해놨지.
우리 초등학교 다닐 때는
소풍으로 거기에 갔는데,
여기 철암초등학교에서
황지로 걸어서 우리가 소풍을 갈 때,
그때는 가면
그 가에 보면 늪이 되어서
밟으면 물치를 밟으면
물치풀이라고 풀이 올라오는 것이 있어.
그걸 밟으면 울렁울렁울렁 했지.
그때는 거기에 고기도 보이고,
지금은 요즘은 뭐,
연못 위에 뭐
쇠기둥 같은 것을 올려놨더라고.
옛날에 진짜 여기 토종 버들내기,
이런 고기도 있었어.
(보조조사자 : 그럼 어르신 어렸을 때,
보면 정말 기와집이 보였어요?)
기와집은 모르겠고,
그 전에 보니까 뭐,
서까래 같은 것은 보였는데,
그 집 서까래인지
뭔지는 모르지. 뭐.

돌 위에서, 보이는데.
마 뒤가 컴컴해 오더니마는,
마 천둥을 막 하미
뭐 벼락이 치는 판이라.
그래, 돌어오는 길에,
돌어 보지마라 했는데,
하두 뒤가 막 벼락치는 소리 나니까는
돌아봐 가주.
그래 그 보믄 애기를 업고 갔는데,
애기도 돌 돼 붙어 있고,
개도 따라 갔는데 개도 돌아봐가주고,
사람 돌아볼 때 개도 돌아보니,
개도 미륵이 되고.
그래 인제 그 벼락에 미륵이 됐는데.
그래서 거서 뭐 연못이 된기라.
그런데 그게 왜서 그 세 개냐 이래면은.
보조조사자 : 네.
시방 큰거는 큰집에 있던, 집,
우리 가정집매로 이래 붙은 집 터이고.
보조조사자 : 네.
고 옆에는 옛날에는
큰집 옆에다 방앗간으로,
디딜방앗간으로 맨든 방앗간이 있고.
그쪽에 또 쪼만한 거는,
옛날에
어- 요새는 간이 화장실이라 하지마는
그전에는 변소가
그다가 소, 소대변 보는 변소가 있는데.
그 왜 저길했느냐,
옛날에 이짝에 변소는 그 구뎅이를 깊이 파잖아.
보조조사자 : 네, 네.
파야 인제 변소가 되니까.

그래서 글로인해 그런동,
거가 젤, 물이 길이 젤 깊으고.
보조조사자 : 어-.
고담 마구고, 고 다음에 집터가.
보조조사자 : 음.
그땐 바닥이 흰-하게 보였어.
나머진 바닥이 안보여. 컴컴했다고.
보조조사자 : 아-.
우리가 어려서.
시방에는 거 가, 잘 해놨지.
우리 국민학교 댕길 때는
소풍으로 그리 갔는데.
여 철암국민학교서
황지로 걸어서 우리가 소풍으로 갈 때,
그땐 가믄
그 가에 보믄 늪이 돼 가주고,
밟으므는 물치 밟으므는
물치풀이라고 풀이 올라오는 게 있어.
거 밟으믄 울렁울렁울렁 했지.
그, 그땐 그 고기도 보이고,
시방이나 요새 뭐 저-,
소 우에 뭐
쇳가래하는 거, 거 올려놨더라고.
옛날에 진짜 여 토종 버들내기,
이런 고기도 있었어.
보조조사자 : 그럼 어르신 어렸을 때
보면은 정말 기와집이 보였어요?
기와집으는 몰래고,
그 전에 보니까는 뭐
서까래겉은 거 보였는데,
그 집 서까랜동
뭔동 모르지 뭐.

2. 악인을 벌한 홍수 〈벼락소 이야기〉

(조사자 : 벼락소 이야기를
할아버님에게 어렸을 때부터 들으셨지요?)
그런데 벼락소 이야기도.
그런데 스스로 그렇게 됐는지는 모르지만
듣기는 그렇게 들었어요.
(조사자 : 그 점을 이야기 좀 해 주세요.)
청중 : 전설에 나오는 이야기지.
(조사자 : 해 주세요.)
그런데 벼락, 벼락소,
이 댐 속에
지금 벼락소가 들었는데요.
그 마을은 안동 마을에 가면
연못이 있는데,
거기서 이 전설이 나왔는데,
옛날에 장자가
그 연못 그 자리에서 살고 있었는데요.
그런데 중이 동냥을 오면,
옛날에 그 옹기장군,
그것을 마루 밑에다가 떡 넣어놓고는,
모시 덤불 발라서 장군 속에다 넣고는
그저 한 주먹씩만 내가라고 하더래요.
그런 식으로 그렇게 행사를 해 나왔는데
그 이제 도사가
그 버릇을 고치려고 그랬던지
그곳으로 왔었어요.
한 번은 와서는
"동냥을 좀 달라."
하는데, 또 그와 같이

"마루 밑에 있는 것 옹기장군 속에서
처진 나락 한 주먹만 내 가라."
고 그랬다고 뭐라고 하니까
또 대퇴를 매라. 뭐, 대퇴를 매라.
또 그 야단을 내거든요.
(조사자 : 대퇴를 매라. 대퇴를 매라?)
대퇴, 뭐, 저 대퇴라는 것은
타작해서 콩을 담아가지고
머리에 딱 둘러가지고 물을 주면
콩이 막 불어 버리면 그걸 건질 거예요?
그리고 또 뭐 대퇴라면
옛날에 그대로 따라하고 그랬잖아요.
그 식으로 대퇴를 맨다는 것을
옛날에는 벌을 주려면
그런 식도 있었다고 그럽니다.
그런 식으로 하거든요. 그때는,
"아미타불."
하고는 그냥 떠나버리거든요.
응. 그러니까
그 장자 며느리가 그것을 보니까
사람치고는 그럴 수가 없거든요.
그걸 그렇게 괄시할 수 없어요.
그래서 자기 시부모 몰래
딱 한 말을 잘 담아가지고
밖으로 몰래 가서는
"대사님! 대사님!"
불렀어요.
그렇게 그 대사에게 가서

(조사자 : 벼락소 얘기를
할아버님에게 어렸을 때부터 들으셨지요?)
그런게 벼락소 얘기도,
근디 스스로 그렇게 됐는가는 모르지만은
듣기는 그렇게 들었어요.
(조사자 : 그 점을 얘기 좀 해 주시요.)
청중 : 전설에 나오는 얘기지.
(조사자 : 해 주세요.)
그런디 벼락, 벼락소,
이 띰 속에가
지금 벼락소가 들었는데요.
그 부락은 안동 부락에 가서
소가 있는디.
거기서 이 전설이 나왔는디,
옛날에 장자가
그 쏘 그 자리에서 살고 있는디요.
그런게 중이 동냥을 오면은,
옛날에 그 옹기장군
그것을 마루 밑에다가 떡 넣어놓고는,
모시덤불 발러서 장군 속이다 넣고는
그저 한 주먹씩만 내가라고 허드래요.
그래서나 그렇게 행사를 해 나왔는디
그 인제 도승이
그 버릇을 고칠라고 그랬던지
그곳을 왔드라만은요.
한번은 와가지고느,
"동냥을 좀 달라."
닌개. 또 그와 같이,

"마루 밑에 있는 것 옹기장군 속에서
처진 나락 한 주먹만 내 가라."
고, 그랬다고 뭐라고 헌게
또 대퇴를 매라 뭐, 데퇴를 매라.
또 그 야단을 내거든요.
(조사자 : 대퇴를 매라. 대퇴를 매라?)
태퇴, 뭐 져 태퇴란 것
타작해다 콩을 담아가지고
머리에 딱 둘려가지고 물을 주면은
콩이 막 불어 자치면 그것 전딜거예요?
그리고 또 뭐 대퇴라면
옛날에 거대로 종금(?)허고 그랬잖아요.
그 식으로 대퇴를 맨다는 것을
옛날에는 벌을 줄라면
그런 식도 있었다고
그럽디다. 그런 식으로 허거든요. 그제는,
"아미타불."
허고는 그냥 떠나버리거든요.
응 그러니께
그 장자 며느리가 그것을 본게
사람치고는 그럴 수가 읎거든요.
그것 그렇게 괄시헐 수 읎어요.
그래서 나 즈그 시부모 몰리
딱 한 말을 잘 되어가지고
밖으로 몰리 가서는,
"대사님! 대사님!"
불렀드라요.
그래가지고 그 대사를 가서

공손이 부어주니까
참 돌아보더니 '아미타불' 하더니,
"내 말만 듣고 당장 집에 돌아가서
아기를 업고, 이 뒷산으로 도망하는데,
별소리, 집터에서 별소리가 나도
돌아보지를 말고 떠나시오."
그렇게 말하고 떠났어.
그리고 즉시 집에 와서 아기를 업고
그 뒷산으로 그냥 올라가니까
저희 집에서 벼락, 벼락 치는 소리가 나지요.
(조사자 : 벼락치는……)
그래서 이렇게 돌아보니까 연못이 되어, 되어,
여기가.
(조사자 : 연못이.)

집도 없어져 버리고
벼락을 맞아가지고 연못이 됐어. 여기가.
그리고 거, 돌아보지 않고 도망쳤으면
살았을 텐데.
그 아기 업고 아기 바위가 되어버렸어.
(조사자 : 아기 바위가.)
바위가 되어 버렸어.
아기 업고. 그냥 아기 바위가.
청중 : 그, 저문제에서 그랬다고.
그런 전설을 들었어요.
(조사자 : 아기 바위도 있습니까?)
모르지. 그런 이야기만 들었어요.
청중 : 저물제 애기 바위라고, 저 뒷산.
(조사자 : 안동마을 뒷산에 저물제.)

공손이 붓어준게
참 돌아보더니 만은 '아미타불' 허더니,
"내 말만 듣고 당장 집에 돌아가서
애길 업고 이 이 뒷산으로 도망허는디,
별소리, 집터에서 별소리가 나도
돌아 보지를 말고 떠나시오."
그러고 떠났어.
그러고 즉시 집에 와서 애기를 업고
그 뒷산으로 그냥 올라가닌게
저그 집에서 벼락 벼락치는 소리가 나지요.
(조사자 : 벼락치는…]
그래서 이렇게 돌아본께 쏘가 되야, 되야.
야가(여기가),
(조사자 : 연못이.)

집도 읖어져 버리고
벼락 맞아가지고 쏘가 되야 야가.
그러고 거 돌아보지 않허고 도망쳤으면
살았을란지.
그 애기 업고 애기 바위가 되야버렸어.
(조사자 : 애기 바위가.)
바위가 되야버렸어.
애기 업고. 그냥 애기 바위가.
청중 : 그, 저문제에서 그랬다고.
그런 전설을 들었어요.
(조사자 : 애기 바위도 있습니까?)
모르지. 그런 이약만 들었어요.
청중 : 저물제 애기 바위라고, 저 뒷산.
(조사자 : 안동마을 뒷산에 저물제.)

3. 목신의 아들 목도령 〈목도령 설화〉

예. 진해에 사람하고 결혼하는 이야기인데,
진해 어느 마을에
교량으로 쓰는 교목이 있습니다.
(조사자 : 교목?)
예. 교목이 있는데,
그 나무에 이제 하늘에서 신선이 내려와서
거기서 놀다가 가게 되는데,
이 선녀를 보고,
하늘에서 노는 선녀를 보고
목신이 반하게 됩니다.
그래서 이제 그 하룻밤을 보내게 되죠.
이 선녀와.
그래서 선녀는 결국 목신의 정기를 받고,
태기를 느끼게 돼서
열 달 만에 옥동자를 낳게 됩니다.
그래서 이 옥동자가 목신의 아들이다 해서
목도령, 목도령하고 부르게 되는 거죠.
그런데 목도령이 여덟 살이었을 때,
선녀는 하늘나라로 올라가 버립니다.
올라간 뒤로 갑자기 굉장히 큰 비가 내리고
몇 달 동안 계속해서
세상을 그만 바다로 만들게 되는 거죠.
그러다 보니까 그 큰 교목도 쓰러지고
나무가 쓰러지니까
목도령이 물에 떠내려가게 된 거죠.
그 나무가 쓰러질 만큼 비가 많이 왔잖아요.
막 휩쓸려가는 중에 그 교목이
목도령에게 말합니다.

빨리 내 등에 타라. 올라탔죠.
그래서 그 물결 따라서 막 떠내려가는데,
갑자기 뒤를 탁 돌아보니까
굉장히 많은 개미떼들이
졸졸졸졸 아우성을 치고 오는 거예요.
그런데 목도령이 보기에
"아이고, 저 불쌍한 개미도 좀 태워주자, 어쩌나."
그러니까 이 교목이
"그럼 어쩌겠어. 올려줘라. 살려줘, 살려줘"
하는 소리를 듣고는 태워주는 거죠.
그러다보니까 아이, 또 뭐 휩쓸려 가는데,
또 뭐 에엥하는 소리가 들리는 거예요.
그래서 보니까 이번에는
모기가 달려 붙어서
"살려 달라, 살려 달라"하는 거죠.
그래서 이제 교목에게 어떻게 할까 하니까
태워주라고 해서 그걸 타고 같이
개미랑 모기랑 같이 떠내려가게 됩니다.
한참 떠내려가다 보니까 이제는
사람 소리가 들리는 거예요.
"사람 살려, 사람 살려."
이러는데 굉장히 다급하게
숨넘어가는 소리가 들려서 보니까
웬 소년이 물에 빠질 듯이 허우적거리며
살려달라는 거죠.
"아이고, 저 아이는 어떻게 할까?"
이러니까 그 교목이
"저 애는 구하지 마라. 저 아이는 안 된다."

예. 진해에 사람하고 결혼하는 이야긴데
진해 어느 마을에
교량으로 쓰는 교목이 있게 됩니다.
조사자 : 교목?
예 교목이 있게 되는데,
그 나무에 인제 하늘에서 신선이 내려와서
거기서 놀다가 가게 되는데,
이 선녀를 보고
하늘에서 노는 선녀를 보고
목신이 반하게 됩니다.
그래서 인제 그 하룻밤을 보내게 되죠
이 선녀와.
그래서 선녀는 결국 목신의 정기를 받고
태기를 느끼게 돼서
열달만에 옥동자를 낳게 됩니다.
그래서 이 옥동자가 목신의 아들이다 해서
목도령 목도령 하고 부르게 되는거죠.
그런데 목도령이 8살이었을 때,
선녀는 하늘나라로 올라가버립니다.
올라간 뒤로 갑자기 굉장히 큰 비가 내리고
몇 달동안 계속해서
세상을 그만 바다로 만들게 되는거죠.
그러다보니까 그 큰 교목도 쓰러지고
나무가 쓰러지니까
목도령이 물에 떠내려가게 된거죠.
그 나무가 쓰러질만큼 비가 많이 왔잖아요.
그 막 휩쓸려가는 중에 그 교목이
목도령보고 말하게 됩니다.

빨리 내 등에 타라. 올라탔죠.
그래서 그 물결 다라서 막 떠내려가는데,
갑자기 뒤를 탁 돌아보니까
굉장히 많은 개미떼들이
졸졸졸졸 아우성을 치고 오는거에요.
그런데 목도령이 보기에
아이고 저 불쌍한 개미도 좀 태워주자 어짜꼬
그러니까 이 교목이
그럼 우짜겠나 올려주라 살려줘 살려줘
하는 소리를 듣고는 태워주는거죠.
그러다보니까 아이 또 뭐 휩쓸려가는데
또 뭐 에엥 하는 소리가 들리는거에요.
그래서 보니까 이번에는
모기가 달려붙어서
살려주라 살려주라 하는거죠.
그래서 인제 교목보고 우짜꼬 하니까
태워주라 해서 그걸 타고 같이
개미랑 모기랑 가고 떠내려가게 됩니다.
한참 떠내려가다 보니까 인제는
사람 소리가 들리는거에요.
사람 살려 사람 살려
이러는데 굉장히 다급하게
숨넘어가는 소리가 들려서 보니까
왠 소년이 물에 빠질 듯이 허우적 거리며
살려달라는거죠.
아이고 자는 어짜꼬
이러니까 그 교목이
저 애는 구하지 마라 쟤는 안된다

그런데 그, 뭐, 미물도 구했는데,
어떻게 그래서 안 되겠다 싶어서는
너무 애절해서,
"내 저 아이는 제발 저 아이는 구해주자."
그래서 그 아이를 구하게 됩니다.
그런데 세상에 물에 빠졌으니
살아남은 것이라고는
그 교목에 올라탄 소년하고 목도령하고
(조사자 : 개미하고 모기)
네. 그 개미랑 모기죠.
그렇게 죽 떠내려가다가
대홍수로 평지는 뭐 다 잠겨버리고
꼭대기만, 산꼭대기만 남게 되었는데,
그 봉우리에 누가 살고 있었냐면,
아주 조그마한 허름한 집에
노파가 살고 있는 거예요.
그래서 그 불빛을 찾아
소년과 목도령이 찾아가게 됩니다.
교목에게는 고맙다 인사를 하고
찾아가게 되는 거죠.
가보니까
노파와 딸이, 딸 그 다음에 수양딸이,
친딸과 수양딸이 같이 살고 있는 거예요.
그래서 이제 모든 곳이 물에 잠겼으니
그들이 힘을 합쳐서 이제 뭐,
남자들은 나무 해오고 힘든 일 하고,
또 노파와 여자는 집안을 돌보며 살았는데,
세월이 흘러서
소년이 열여덟 살이 되었을 때
드디어 결혼을 하게 됩니다.
결혼을 하게 되는데,
참 희한하게도 목도령하고 소년이 둘 다
누구를 좋아했을까요.

(조사자 : 친딸)
예, 친딸만 좋아하는 거예요.
수양딸은 놔두고 그러니 어떻게 하겠는가.
누가 누구와 결혼할 것인가.
그런데 이 소년이 이간질을 하는 거야.
할머니보고 뭐라고 이야기 하냐면,
"목도령이 세상에 둘도 없는 재주를 가졌소.
그런데 그게 바로 뭐냐면
한 가마니의 좁쌀을 모래밭에 팍 뿌려두면
불과 한, 한식경에 가마니의 좁쌀을
모래 다 빼고 좁쌀을 싹 모을 수 있다."
그런 재주가 있다고 말합니다.
"그런데 이거 아무한테도 안보여주니까
굉장히 귀한 사람한테만 보여 줬답니다.
할머니가 굉장히 친하니까
또 보여 달라고 해봐라."
이렇게 이간질을 하는 거죠.
목도령이 그런 재주가 있겠습니까? 없죠.
그래 할머니가 이야기를 하는 거예요.
"이보게, 목도령.
자네가 참 신기한 재주가 있다고 하니
나에게 좀 보여 다오."
그런데 보여줄 게 없는 거죠.
이간질이니까. 그러니까, 그래서
"할머니 사실은 그런 게 없습니다."
그랬더니
"이런 나를 어찌 보고,
너와 내가 그런 사이였나?"
이제 그렇게 마음이 상하게 된 겁니다.
그래서 어쩔 수 없이 목도령이
그럼 내가 어찌 보여 주겠다하고는
뒤를 돌아서 한숨을 쉬고
고민을 하게 됩니다.

근데 그 뭐 미물도 구했는데,
우찌 그래서 안되겠다 싶어서는
너무 애절해서
내 저 아이는 제발 저 아이는 구해주자
그래서 그 아이를 구하게 됩니다.
그런데 세상에 물에 빠졌으니까
살아남은거라고는
그 교목에 올라탄 소년하고 목도령하고
(조사자 : 개미하고 모기)
네. 그 개미랑 모기죠.
그렇게 죽 떠내려가다가
대홍수로 평지는 뭐 다 잠겨버리고
꼭대기만 산꼭대기만 남게 되었는데,
그 봉우리가 누가 살고 있었냐면,
아주 조그마한 허름한 집에
노파가 살고 있는거에요.
그래서 그 불빛을 찾아
소년과 목도령이 찾아가게 됩니다.
교목에게는 고맙다 인사를 하고
찾아가게 되는거죠.
가보니까
노파와 딸이 딸 그 다음에 딸의 수양 딸이
친딸과 수양딸이 같이 살고 있는거에요.
그래서 인제 다른 다 물에 잠겼으니
그들이 힘을 합쳐서 인제 뭐
사내들은 나무 해오고 힘든 일 하고
또 노파와 여인네는 집안을 돌보며 살았는데,
세월이 흘러서
소년이 18살이 되었을 때
드디어 혼인을 하게 됩니다.
혼인을 하게 되는데
참 희한하게도 목도령하고 소년이 둘다
누구를 좋아했을까요.

(조사자 : 친딸)
에 친딸만 좋아하는거에요.
수양딸은 냅두고 그러니 어떻게 하겠는가.
누가 누구와 결혼할 것인가,
근데 이 소년이 이간질을 하는거야.
할머니보고 뭐라고 이야기하냐면
목도령이 세상에 둘도 없는 재주를 가졌소.
그런데 그게 바로 뭐냐면
한 가마니의 좁쌀을 모래밭에 팍 뿌려두면
불과 한 한 십경에 가마니의 좁쌀을
모래 다 빼고 좁쌀을 삭 모을 수 있다고
그런 재주가 있다라고 합니다.
그런데 이거 아무한테도 안보여주니까
굉장히 귀한 사람한테만 보여줬답디다.
할머니가 굉장히 친하니까
또 보여달라해봐라
이렇게 이간질을 하는거죠.
목도령이 그런 재주가 있겠습니까. 없죠
그래 할머니가 얘기를 하는거에요.
이보게 목도령
자네가 참 신기한 재주가 있다카이
내 좀 보여도.
그런데 보여줄 게 없는거죠.
이간질이니까 그러니까 그래서
할머니 사실은 그런게 없습니다.
그랬더니
이런 내를 어찌보고
니랑 내랑 그런 사이였나
인제 이렇게 마음을 상하게 된 겁니다.
그래서 어쩔 수없이 목도령이
그럼 내가 어찌 보여주겠다하고는
뒤를 돌아서 한숨을 쉬고
고민을 하게 됩니다.

그때 누가 오느냐? 개미가 오는 거죠.
"목도령아, 왜 그리 고민이 많냐."
"이렇고 여차저차 그냥 이렇다."
이러니,
"기다려 봐라."
그래서 개미들이 친구들을 불러와서는
좁쌀과 모래를 다 나누어서
가마니로 모았다고 합니다.
그러니 목도령이 그걸 딱 보여주니,
할머니가
"한참 신출귀몰한 범인이 아니로다."
하면서 딸을 주게 됩니다.
"딸을 줘야 되겠다."
이 소년이 "절대 그렇게는 못한다.
그런 것이 어디 있나.
나는 친딸이 아니면 안 되겠다."
고집을 부리는 거죠.
그래서 할머니한테, 노파한테
아이고 어쩌면 좋겠느냐
하면서 그럼 이렇게 하자고 합니다.
"두 방이 있는데,
각각 한 처녀를 넣어놓고

너희들이 선택해서 문을 열어라.
그 순간에 보이는 처자가 네 배필이다.
그것은 하늘이 맺어준 인연이니까
뒤집을 수 없다.
너 스스로 선택한 것이다."
아이고, 어쩌나 하고 있는데,
그때 모기가 와서 목도령에게
"동쪽 방이다. 동쪽 방이다."
하고 친딸의 방을 알려 주게 됩니다.
그래서 이제 결국 목도령은 친딸과 결혼하고
소년은 수양딸과 결혼해서
이 세상의 자손을 이루었다라고 하는
그런 이야기가
(조사자 : 소년이 수양딸과 결혼한 이후에
친딸을 어떻게든,
그게 갈등이 좀 더 있어야 하는데.
두 쌍 다,
그 부부의 자손이 지금 진해 사람들,
그렇게 이야기가 된 거죠.
(조사자 : 진해 사람들 조상이네요.)
그렇죠. 결국에는 갈등을 해소하니까.

그때 누가 오느냐 개미가 오는거죠.
목도령아 왜그리 고민이 많냐.
이렇고 여차저차 마 이렇다
이러니
기다리 봐라
그래서 개미들이 친구들을 불러와가지고는
좁쌀과 모래를 다 갈라서
가마니로 모았다고 합니다.
그러니 목도령이 그걸 딱 보여주니
할머니가
한참 신출귀몰한 범인이 아니로다
하면서 딸을 주게 됩니다.
딸을 줘야되겠다
이 소년이 절대 그렇게는 못한다.
그런게 어딨나
나는 친딸이 아니면 안되겠다고
꼬장을 부리는거죠.
그래서 할머니한테 노파한테
아이고 우짜면 좋겠노
하면서 그럼 이렇게 하자 합니다.
두 방이 있는데,
각각 한 처녀를 넣어놓고

느그들이 선택해서 문을 열어라
그 순간에 보이는 처자가 니 베필이다.
그거는 하늘이 맺어준 인연이니까
뒤집을 수 없다.
니 스스로 선택한거다.
아이고 우짜노 하고 있는데,
그때 모기가 와서 목도령에게
동쪽방이다 동쪽방이다
하고 친딸의 방을 알려주게됩니다.
그래서 인제 결국 목도령은 친딸과 결혼하고
소년은 수양딸과 결혼해서
이 세상의 자손을 이루었다라고 하는
그런 얘기가
(조사자 : 소년이 수양딸과 결혼한 이후에
친딸을 어떻게든
그게 갈등이 좀 더 있어야하는데)
두 쌍 다
그 부부의 자손이 지금 진해사람들
그렇게 얘기가 된거죠.
(조사자 : 진해 사람들 조상이네요.)
그렇죠. 결국에는 갈등을 해소하니까

4. 인류의 시조가 된 남매 〈남매혼 설화〉

옛날, 대홍수가 일어나
세상은 모두 바다에 잠겨
인간은 모두 전멸한 적이 있었다.
그때 단 두 남매만이 살아남아
백두산과 같이 높은 산 최고봉에
도착한 일이 있었다.
이윽고 홍수가 물러갔고,
오누이는 세상으로 내려와 보았으나
사람은 그림자도 찾을 수 없었다.
만일 이대로 두고 있으면
인간의 씨가 끊어질 수밖에 없었지만
그렇다고
오누이가 결혼할 수도 없기 때문에
오누이는 오랜 세월 동안
여기저기 인간을 찾아 헤맸다.
하지만 그렇게 하는 동안
점점 나이를 먹어가니
할 수 없이 저들은
각각 맷돌을 한쪽씩 가지고
서로 마주보고 서 있는
두 봉우리 꼭대기에서
각자가 올라가 서서
누이는 암맷돌을
(맷돌 위 부분으로 중앙에 구멍이 있다)

들고 굴리고,
오빠는 숫맷돌을
(맷돌의 밑 부분으로
중앙에 도드라져 나온 부분이 있다)
들고 굴렸다.
그리고 나서
저들은 하느님을 향해서
기도를 했다.
그런데 한 쪽씩의 맷돌은
골짜기에서 합쳐져
마치 사람이 맞춘 것처럼
하나가 되어 붙었다.
오누이는 그곳에서
하느님의 뜻이 무엇인지 알고,
둘은 결혼하여 인간의 씨를 퍼트렸다.
이들 오누이는 실로
오늘 인류의 조상이 된 것이다.
그리고 또 저들 오누이는
두 개의 봉우리에서
청솔을 각각 태운 관계로
그 연기가 이상하게도
공중에서 하나로 합쳐졌다.
그래서 하느님의 뜻인 줄 알고
오누이가 결혼한 것이라고도 한다.

옛날, 대홍수가 일어나
세상은 모두 바다에 잠겨
인간이 모두 전멸한 적이 있었다.
그때 단 두 남매만이 살아남아
백두산과 같이 높은 산 최고봉에
표착한 일이 있었다.
이윽고 홍수가 물러갔으므로
오누이는 세상으로 내려와 보았으나
사람 그림자도 찾을 수 없었다.
만일 이대로 두고 있으면
인간의 씨는 끊어질 수밖에 없으므로
그렇다고
오누이가 결혼할 수도 없기 때문에
오누이는 오랜 세월 동안
여기저기 인간을 찾아 헤맸지만
그렇게 하는 동안
점점 나이는 먹어가므로
할 수 없이 저들은
각각 한쪽씩 맷돌을 가지고
서로 마주보고 서있는
두 봉우리 꼭대기에서
각자가 올라가 서서
누이는 암맷돌을
(맷돌 위 부분으로 중앙에 구멍이 있다)을

들고 굴리고,
오빠는 숫맷돌
(맷돌의 밑 부분으로
중앙에 도드라져 나온 부분이 있다)을
들고 굴렸다.
그리고 나서
저들은 하느님에게 향해
기도를 했다.
그런데 한쪽씩의 맷돌은
골짜기에서 합쳐져
마치 사람이 맞춘 것처럼
하나가 되어 붙었다.
오누이는 그곳에서
하느님의 뜻이 무엇인지 알아
둘이는 결혼하여 인간의 씨를 번식하게 했다.
이들 오누이는 실로
오늘의 인류의 조상이 된 것이다.
그리고 또 저들 오누이는
두 개의 봉우리에서
청솔을 각각 태운 관계로
그 연기가 이상하게도
공중에서 하나로 합쳐졌으므로
하느님의 뜻인 줄 알고
오누이가 결혼한 것이라고도 한다.

4장

백두산의 신들

〈백두산 설화〉

〈백두산설화〉에서는 백두산과 천지를 만들고 지금까지도 지키고 있다는 신들에 대해서도 수많은 이야기다. 백두산과 천지를 지키는 백도령과 흑룡의 불꽃 튀는 전쟁, 천궁의 말썽꾼으로 백두산에 유배를 갔다가 백두산마저 혼란에 빠트린 흑룡에 대한 이야기, 홍수에 모든 사람이 모두 죽어버리고 단 한 사람만 남았을 때 세상의 인류를 지키기 위해서 신이 한 일, 의형제를 맺은 동해용왕과 흑룡강용왕, 천지용왕이 한 명의 미녀로 인해서 전쟁을 일으키고 그 싸움이 지금까지도 백두산의 천기에 영향을 미치고 지금까지도 그 누구도 예측할 수 없다는 사연을 소개한다. 무엇보다 바다가 아닌 천지 속에 용궁이 있고 그 곳에서 산다는 용왕, 흑룡과의 싸움에서 지지 않는 엄청난 영웅, 인류의 멸종을 막기 위해 신이 자신의 후손을 인간세상으로 보냈다는 등의 이야기는 우리 설화에도 풍요롭고 다양한 신들의 이야기가 존재한다는 것을 보여준다.

*4장에서는 현대문만 있음

1. 천지를 만든 장수 백도령

밭에서는 오곡이 무르익고,
강에서는 고기 떼가 헤엄치고,
산에서는 새와 짐승이 득실거렸다.
옛날 이렇듯 풍요롭고
살기 좋은 곳이 있었으니,
그 고장이 바로
백두산 일대에 자리 잡은
오붓한 마을들이었다.
그런데 세상일은 복잡하게 마련이고
길흉은 서로 다투게 마련이어서
평화롭고 행복하던 여기에
일대 재난이 덮쳐들었다.
하늘에 심술 사나운 흑룡이 나타났다.
검은 구름을 타고
동에 번쩍 서에 번쩍하는 흑룡은
불칼을 휘둘러 이 골 저 골의
계곡을 말려놓았다.
곡식들이 노랗게 말라들었고
나뭇잎이 쪼글쪼글해졌다.
밭이란 밭은 갈라져서
거미줄을 늘인 듯하였다.
사람들은 성이 백가라는
장수를 모시고 큰 가뭄과 싸웠다.
샘물줄기를 찾느라고
숱한 사람들이 함께 나섰다.
괭이소리, 삽질소리, 메질소리가
낮에 밤을 이어서 울려 퍼졌다.
지성이면 감천이라고

마침내 샘물줄기를 찾아내었다.
콸콸 솟구쳐 오르는 샘물을 보고
사람들은 너무 기뻐서 덩실덩실 춤을 추었다.
그들이 금방 헤어져 집으로 돌아갔을 때였다.
청청하던 하늘에 먹장구름이 덮쳤다.
번쩍번쩍 번개치고 우릉우릉 우레 울고
쏴쏴 광풍이 휘몰아쳤다.
샘물줄기를 찾아놓은 뒷산 벼랑이
갑자기 무너져 내렸다.
광풍은 집채 같은 바윗돌들을
가랑잎 날리듯 하여 샘물줄기를 덮어놓았다.
날이 개자 남녀노소가 달려 나왔다.
햇볕에 등허리를 휘며
이를 악물고 파놓은 샘물터가
눈 깜박할 사이에 돌산으로 변한 것을 보고
여인들은 눈물을 머금었고
장년들은 한숨을 내쉬었다.
"아이유, 못살 때를 만났구려!"
"흑룡의 조화를 무슨 수로 막는단 말이오.
기가 딱 막히오."
여기저기에서
실망에 찬 한탄 소리가 터져 나왔다.
그때 바윗돌에 걸터앉은 한 사람만은
입을 꾹 다물고 있었다.
몸집이 떡 구유처럼 우람찬 그는
키가 구 척이나 됐다.
'헤이 씨!'
하고 그는 울분을 토하며 일어나서

제 앞에 있는 바윗돌을 툭 찼다.
바위 같은 돌이 고무공처럼 채여 나갔다.
그가 바로 백장수였다.
"백장수님!"
부름 소리를 듣고 돌아서니
짐을 꾸린 이사꾼들이었다.
"아무리 생각해도
살길을 찾아 떠나야겠수다."
백장수는 눈물이 글썽해서
그들의 손을 잡고 말을 하였다.
"좋을 대로 하소이다.
이 백가가 이렇듯 맥을 못 추니
더는 만류할 수 없나이다.
사람들은 하나 둘 떠나가기 시작하였다.
백장수는 바위에 털썩 주저앉으며
"아아! 이를 어쩌나?"
하고 머리를 싸쥐었다.
이때 그의 앞에 아리따운 공주가 나타났다.
"공주님께서 어이하여
이 위험한 곳으로 오셨나이까?
어서 피하소서."
백장수는 허리를 굽혀 절을 올렸다.
공주는 봄바람처럼
부드러운 목소리로 말하였다.
"그대가 물을 찾자고 싸우는
일편단심에 감천하였나니
적은 힘이라도 보태려고
찾아왔나이다."

이렇게 허두를 뗀 공주는
지난밤에 꿈을 꾼 이야기를 하였다.
"지난밤에 금방 잠들었을 때였나이다.
하늘에서 칠색 무지개를
정원이 드리우지 않겠나이까.
무지개에 취하여 멍하니 서 있는데
하얀 옷을 입은 늙은이가
금지팡이를 짚으며 오셨나이다.
"안녕하옵나이까?"
하고 공손히 인사를 드렸더니
"난 하늘의 신선으로서
그대에게 전할 일이 있어서 왔노라.
지금 흑룡이 백두산 일대의 물줄기를
막아 놓아서 큰 가뭄이 들었노라.
백장수가 백성들을 거느리고
우물을 파며 물줄기를 찾고 있노라.
그런데 그의 힘이
아직 흑룡을 당할 수 없노라.
그가 흑룡을 이기려면
백두산에 있는 옥장천의 샘물을
석 달 열흘 마셔야 하느니라.
이건 너희 나라의 일이므로
네가 알려야 하노라."
신선은 금지팡이를 휙 젓더니
사라졌나이다.
깨어나니 꿈이었나이다.
그래서 백장군을 찾아왔나이다."
"공주님, 고맙소이다.

소인에게 옥장천이 어디에 있는지
알려주길 바라옵니다."
"우리 함께 갑시다."
그리하여 공주는 백장수를 데리고
옥장천을 향하여 떠났다.
공주는 책이나 보고 그림이나 그리고
거문고 따위나 뜯는 아가씨가 아니었다.
길을 가다가 깊은 계곡을 만나면
훌훌 날아 넘었다.
백장수는 공주의 재간에 탄복하면서
그를 따라 사흘 동안 걷고 걸었다.
얼마나 많은 산을 넘고 강을 건너왔는지
아무도 몰랐다.
깎아지른 벼랑이 앞길을 막아서서
백장수네는 걸음을 멈추었다.
벼랑 밑에서는
옥 같은 샘물이 퐁퐁 솟아오르고 있었다.
"이 샘물이 옥장천이오이다."
백장수는 옥장천이라는 말을 듣자마자
샘물가에 엎드렸다.
그는 단숨에 다 마시기라도 할 듯이
꿀꺽꿀꺽 들이켰다.
물을 기껏 마시고 백장수가 일어서자
공주는
"석 달 열흘이 차는 날 다시 오겠나이다."
하고 표연히 사라졌다.
공주가 떠나가자
백장수는 벼랑 가에다 작은 막을 치고
쉴 새 없이 샘물을 마셨다.
과연 석 달 아흐레를 마시고 나니
힘이 마구 솟구쳤다.
집채 같은 바윗돌도 공깃돌처럼 다룰 수 있었고
하늘 찌르는 노송도 밭고랑 넘듯 하였다.

그날 저녁에 말과 같이 공주가 왔다.
백장수는 너무도 반가워서 "공주님!"하고
그의 손을 덥석 잡았다.
"그간 고생이 많았겠나이다."
이렇게 말하는 공주의 얼굴에는
친절한 웃음이 남실거렸다.
이튿날까지 석 달 열흘 동안
옥장천의 샘물을 마신 백장수는
백두산 마루에 올라가서
삽으로 땅을 파헤치기 시작하였다.
그 삽이 얼마나 컸던지
한 삽을 파내서 던지면
하나의 산봉우리가 우뚝우뚝 일어섰다.
그가 열여섯 삽을 떠서
동서남북으로 버렸더니
열여섯 기봉(奇峯)이 생겨났고
움푹하게 패인 밑바닥에서는
지하수가 강물처럼 솟구쳐 올라왔다.
백장수와 공주는 너무도 기뻐서
서로 부끄러운 줄도 모르고 포옹하였다.
잠시 후 계면쩍은 생각이 든 백장수는
공주를 풀어놓으며 말을 하였다.
"공주님! 소인이 너무 경솔하였으니
용서하길 바라옵니다."
공주는 생긋 웃으며,
"아니, 무릎은 왜 꿇고 있나이까?
어서 일어나셔요."
하고 귀밑을 살짝 붉히었다.
그때였다.
졸지에 광풍이 일며
먹장구름이 삽시에 하늘을 덮었다.
동해에 나가서 용왕의 딸을 희롱하던 흑룡은
백두산에 큰물이 났다는 급보를 듣고

부랴부랴 날아왔던 것이다.
"웬 놈이 게서 물줄기를 열었느냐?
당장 내 칼을 받아라!"
흑룡은 불칼을 휘두르며
땅이 들썩하게 울부짖었다.
백장수는 추호의 겁도 없이
흰구름을 잡아타고
만근도를 휘두르며 응전하였다.
흰구름과 검은 구름이 마주치자
뇌성이 울부짖고 하늘이 진동하였다.
공주는 기회를 엿보며
그들의 싸움을 쳐다보았다.
불칼을 휘두르는 흑룡은
하나의 불덩어리 같았고
만근도를 휘두르는 백장수는
하나의 은덩어리같았다.
백장수와 흑룡은 아무리 싸워도
좀처럼 승부가 나지 않았다.
그들이 싸움에 여념이 없을 때
공주는 흑룡을 향하여 연속 단검을 뿌렸다.
단검들이 꼬리를 물고
유성처럼 흑룡을 향하여 날아갔다.

그렇지 않아도
백장수를 당하기 어렵겠다고 여기던 흑룡은
단검까지 연속 날아들자
당황하기 시작하였다.
백장수는 기회를 놓치지 않고
만근도로 흑룡의 불칼을 힘껏 내리쳤다.
'쟁강!'
소리와 함께 불칼이 뭉청 끊어져 땅에 떨어졌다.
더는 버틸 수 없게 된 흑룡은
삼십육계에 줄행랑이 제일이라고
동해로 꼬리 빳빳이 쳐들고
도망치는 수밖에 없었다.
흑룡을 전승한 백장수와 공주가
백두산에서 다시 만났을 때에는
흙구덩이에 맑은 물이 꽉 차서 넘실거렸다.
그것이 바로 오늘의 천지가 되었다 한다.
백장수와 공주는
흑룡이 다시는 백두산에 와서
물줄기를 말리지 못하도록
천지 속에다 수정궁을 지어놓고 살았다고 한다.

2. 백두산을 혼란에 빠트린 트릭스터 흑룡

흑룡은 하늘의 천궁에서
사방으로 쏘다니며 사고를 쳤다.
과원에 들어가
주렁주렁 열린 천도복숭아도
마음대로 따먹고
복숭아 나뭇가지에 앉아서
널뛰듯 하다가 부러지게도 하고
꽃밭에 들어가서 데굴데굴 구르며
꽃밭을 여지없이 짓밟기도 하였다.
배짱이 조금만 맞지 않으면
진귀한 기물도 둘러메치어 박살내고
지어놓은 경비 칸에 슬그머니 들어가서
경보를 울려
온 천궁을 소란스럽게 굴기도 하였다.
옥황상제는 대노하여
흑룡을 붙잡아 들이라고 분부하였다.
"네 이 무지막지한 놈아.
오늘 너에게 엄벌을 내린다."
옥황상제는 흑룡을 꾸짖고 나서 명을 내리었다.
"여봐라. 저놈에게 곤장 백 대를 안겨라!"
곤장수들이 달려들어서
흑룡에게 북치듯 곤장을 안기었다.
"아이구! 아이구!"
흑룡은 새된 소리를 질렀다.
형벌이 끝나자 옥황상제는,
"저 자식을 백두산에 보내어 죄를 씻게 하라."
하고 호령하였다.
흑룡은 눈물을 흘리면서

천궁에서 백두산으로
쫓겨나지 않으면 안 되었다.
백두산에 와 보니
천궁에서 생각하던 것처럼
그렇게 못살 곳은 아니었다.
산에는 피둥피둥 살찐 짐승들이 있었고
천지에선 크고 작은 물고기들이 노닐었고
마을에선 꽃다운 여인들과
끌끌한 장정들이 늙은이들과 아이들을 돌보며
화목하게 살아가고 있었다.
"어허, 여기도 살아볼 만한 낙원이렷다!"
흑룡의 가슴에는
딴 세상에 와서 사는 기쁨이 벅차올랐다.
제 버릇을 개를 주냐고
곰상곰상해진 흑룡의 성격은
며칠 가지 못하였다.
조포하고 우악스럽고 무지막지하게 행동하는
그의 성질은 날이 갈수록 머리를 쳐들었다.
흑룡은 천지 속을 마음대로 쏘다니며
맛나는 물고기들을
하루에도 몇 백 마리씩 넙적넙적 삼켜버렸다.
물을 툭툭 털고 천지 기슭에 나선 흑룡은
둔갑을 써서 사람으로 변장하였다.
그는 이 골목 저 골목을 지키다가
숫처녀만 나오면 훌쩍 안고 으슥한 곳에 가서
마음이 내키는 대로 희롱하였다.
총각이나 장정들을 만나면
죽신하게 두들겨 패지 않으면

목을 쭉쭉 뽑아서 아무 곳에나 뿌려 던졌다.
수림 속에 들어가서는
짐승들을 닥치는 대로 붙잡아서
먹고 싶으면 먹고,
먹고 싶지 않으면 나무둥치를 분질러놓고
거기에다 배를 쭉쭉 꿰어서 달아놓았다.
아늑하고 화기애애하던 백두산은
발칵 뒤집히고
세상 만물이 공포 속에서 떨었고
비명소리와 울음소리가 그칠 사이 없었다.
날이 흐리면 산짐승들이
천궁에다 흑룡을 공소하였고
비가 오면 물고기들이 빗줄기를 타고
천궁에 올라가 흑룡의 죄악을 밝히었고
날이 개이면 사람들이 무지개에다
흑룡의 죄악을 알리는 편지를 띄웠다.
흑룡의 죄악을 공소하는 소식이
날마다 날아들어서 옥황상제는
하루도 마음이 편안할 사이가 없었다.
옥황상제는 꼭 문제가 있으리라 단정하고
흑룡을 천궁으로 불러들였다.
영을 받은 흑룡은 낯빛이 잿빛이 되고
가슴이 두근두근 뛰었다.
이번에 올라가 죄를 승인하는 날이면
천길 지옥에 떨어질 것은 물론이고
목숨을 부지하기조차 어려울 것이었다.
흑룡은 옥황상제 앞에서
흑백을 뒤집고 시비를 흐리는 방법을 써서

발뺌을 하리라 마음먹었다.
"흥, 누가 이기나 보자."
스스로 자신을 달랜 흑룡은
이렇게 콧방귀를 뀌며
빈틈없이 흉계를 짜고 나서
천궁으로 올라갔다.
천궁에 들어선 흑룡은 옥황상제에게
절을 올리고 무릎을 꿇고 말하였다.
"옥황상제님, 흑룡이 왔나이다."
옥황상제는 흑룡을 쏘아보며 말하였다.
"지상에서 너를 고발한 사건들이
연해 연속 날아드니 이실직고하여라."
옥황상제의 목소리는 여느 때 없이 엄엄하였다.
흑룡의 등때기에는 식은땀이 쭉 내배였다.
그는 몸서리치는 위축감을 가까스로 누르고
눈물을 흘리며 가련하고 억울한 상을 지었다.
"옥황상제님! 억울하나이다.
백두산의 나쁜 놈들이 사실을 날조하고
시비를 뒤섞고 있나이다.
소인이 천지에 이르러 물속에 들어 가보니
대어 몇 놈이 작은 물고기 떼를 쫓아다니며
못살게 굴기에 그놈들을 처단하여
수많은 물고기들을
자유롭게 살아가게 하였나이다.
백두산의 마을들을 돌아보는데
몇 놈의 불량배들이
평민들의 재물을 약탈하고
색시들과 유부녀를 제 기분대로

희롱하고 겁탈하더이다.
그래서 그놈들을 붙잡아놓고
일일이 문초하였고
연중물증이 있는 자들은
당장에서 처단하여
평민들의 원을 풀어주었나이다.
수림 속에 들어가니 흉포한 짐승들이
마음이 어진 뭇짐승들을 해치기에
그놈들을 잡아서 나무에 꿰어놓았나이다.
소인이 혼자서 이러한 일을 처사하다보니
아직도 그물에서 빠진 망나니들이 있나이다.
그놈들이 천궁을 시끄럽게 구오니
현명하신 옥황상제님께서
밝은 시비를 하신다면
죽어도 원이 없겠나이다."
흑룡은 그럴 듯하게 꾸며내면서
술술 엮어 내려갔다.
흑룡이 백두산으로 내려가기 전에는
지상에서 천궁에다 공소하는 일이
별로 없었던지라 흑룡의 구슬림에
그저 넘어갈 옥황상제가 아니었다.
"네, 이놈! 일후에 지상총감을 파견하여
사실의 진상을 밝힐 터인즉
그때 만약 거짓말이 드러나면
능지처참을 면치 못할 줄 알아라."
흑룡은 먼저 살고 볼 판이었다.
"네. 소인의 말에 거짓이 섞였다면
능지처참이 아니라
지옥의 펄펄 끓는 기름 가마에 볶아낸다 하여도
그 처분을 달갑게 받겠습니다!"
흑룡은 머리까지 조아려
자신의 청백함을 나타내려 애를 썼다.
"지상총감은 들으라.

백두산에 내려가서 이 일을 조사하고
그릇됨이 없게 하라."
"예!"
지상총감은 흑룡이 제일 무서워하는
옥황상제의 신하였다.
사리 밝고 침착하고 무예가 뛰어난 지상총감은
흑룡 같은 것은 강아지 다루듯 하였다.
흑룡은 천궁에서 지체하다가는
일이 잘못될까봐 마음이 초조해졌다.
진상이 까밝혀지는 날이면
죽음을 면하지 못할 것이 뻔했다.
그는 한시 급히
천궁을 벗어나야겠다는 생각이 들어
이렇게 말하였다.
"소인이 회궁한 후 남은 악당들이
무슨 일을 저지를지 알 수 없나이다.
이 길로 백두산에 내려가
불쌍한 어족과 산수,
그리고 인간들을 보살펴주어야 하겠나이다."
흑룡은 비실비실 천궁에서 나와
걸음아 날 살려라하고 줄행랑을 놓았다.
백두산으로 부랴부랴 내려온 흑룡은
자기의 죄악을 고자질한 것들을 단김에
칼부림을 치지 못하는 것이 한스러웠다.
지상총감이 내려오는 날이면
모든 죄악이 백일하에 드러나겠으니
어떻게 한단 말인가?
아무래도 죽을 바엔
백두산을 휘딱 뒤집어엎어서 피바다로 만들고
증거가 될 만한 것들을
모조리 없애 치우리라 하고
이를 뿌드득 갈았다.
흑룡은 천지 속으로 뛰어 들어갔다.

사나운 물길이 일으키며
천지는 태풍을 만난 바다처럼 설레었다.
흑룡은 물고기를 만나는 족족
물어 죽이기도 하고
꼬리로 쳐 죽이기도 하고
몸으로 깔아 죽이기도 하면서 난리를 쳤다.
물고기들은 죽는 것들은 죽고
쫓기는 것들은 천지를 따라서 내려와
폭포로 떨어졌는데
태반이 생명을 부지하지 못하였다.
학살을 당한 고기들이 흘린 피는
폭포수를 뻘겋게 물들였다.
천지에다 전례 없던 재앙을 들씌운 흑룡은
흉흉한 기세로 마을에 덮쳐들었다.
흑룡은 마구 날치며 시뻘건 불을 토하여
가옥을 불살랐다.
불길이 활활 타오르는 마을에서는
아우성 소리, 비명 소리가 귀 아프게 울렸다.
이번 길에서는
집집마다 사람들이 그 자리에서 몰살당하였다.
그런 중에 흑룡은
제일 예쁜 처녀 셋을 골라내는 일만은
잊지 않았다.
두었다가 희롱하기 위하여
흑룡은 그 세 처녀를
용문봉의 18층 동굴에다 가두어놓았다.
불질, 물질, 바람질을 할 줄 아는 흑룡은
불로 태우고 물로 씻어 버리고
바람으로 날려 보내어서
웬만해서는 그 자취도 찾아보기 어려웠다.
흑룡이 수림 속으로 늘어가니
짐승들은 진작 소식을 듣고
뿔뿔이 도망쳐서 그림자도 보이지 않았다.

흑룡은 하루 사이에 이 모든 일을 해놓고
"하하하!" 하고
하늘이 떠나갈 듯한 너털웃음을 쳤다.
백두산이 피비린내 나는 진압을 당한 지
이틀 만에 지상총감이 내려왔다.
흑룡은 얼굴에 웃음을 지으면서
지상총감을 추켜세우며
산해진미 진수성찬을 마련하였다.
흑룡은 비상을 풀어 넣은 불로주를
지상총감에게 부어주었다.
그런데 흑룡의 아부가
지상총감의 의심을 자아낼 줄이야
누가 알았으랴.
지상총감은 들었던 잔을 놓고
어족, 인간, 산수의 대표들을
불러 오라고 하였다.
흑룡은 울상이 되어,
"그 악당들이 내가 천궁으로 올라간 후에
모조리 죽이고 쫓아버렸나이다.
이 일을 어찌하면 좋겠나이까?"
라고 수다스럽게 떠들어대며
난감한 표정을 지었다.
"이 상을 즉시 물려!"
지상총감은 자리를 차고 일어섰다.
그는 천지로부터 백하수로 내려왔다.
물기슭을 따라 내려가던 그는
바위 곁에서 거의 죽어가는
정장어, 이면수, 가재들을 발견하였다.
지상총감이 흑룡의 소행이 어떠냐고 물으니
그들은,
"밀도 마십시오.
그놈의 피비린 진압으로 하여
천지에 있던 우리 족속들은 끝장났습니다.

우리들만이 겨우 목숨을 건져냈습니다.
옥황상제도 참 무정하지."
라고 하며 자기들이 재앙을 입던 일을
처음부터 끝까지 다 말하였다.
"이제 흑룡을 치죄할 터이니
시름 놓고 살아가거라."
지상총감은 이렇게 이야기하고
천문봉 기슭으로 발길을 돌렸다.
갑자기 사람 냄새가 풍겨왔다.
그 냄새를 따라가니
커다란 굴이 나왔는데 굴 입구에는
집채 같은 바위들이 쌓여 있었다.
굴 안에 산 사람이 갇혀 있음이 분명하였다.
지상총감은 천지 가로 나와서 흑룡을 불렀다.
"네가 지은 죄를 이실직고하여라."
흑룡의 가슴은 꿈틀해졌다.
그는 땅에 납작 엎드리어
"아무 일도 없었나이다."
하고 기어들어가는 소리를 쳤다.
"아직도 속이려 드느냐?"
지상총감은 추상같이 호령하며
발로 땅을 '탕!' 굴렀다.
그 소리에 18층 동굴 문 입구에 쌓였던
집채 같은 바위들이 와르르 무너져 내리고
동굴 속에서 세 처녀가
화들화들 떨면서 나왔다.
지상총감은 그들을 불러다가
어찌하여 18층 동굴에 갇혔는가 하고 물었다.
지상총감의 앞에서
사시나무 떨 듯 떠는 흑룡을 본 처녀들은
눈물을 흘리며 흑룡을 공소하였다.
그때야 흑룡은

지상총감의 다리를 붙잡고 애걸복걸하였다.
"지상총감님!
죽을죄를 졌으니 목숨만 살려주옵소서!"
지상총감은 그의 애원은 듣는 체도 하지 않고,
"네 이놈, 백두산에 내려와서
자기 죄를 씻는 대신
만물이 공노하는 죄악을 저질렀고,
또 옥황상제까지 기만하려 한즉
하늘이 너를 용서하지 못하리로다."
지상총감의 목소리는
백두산에 쩡쩡 울려 퍼졌다.
지상총감은 흑룡을 붙잡아다가
화개봉 중턱에 우뚝 솟은 돌기둥에다
꽁꽁 묶어놓고
햇볕에 말리우고
추운 밤에 얼리면서
석 달 열흘을 두고 죽이는 형벌을 내렸다.
그리고 세 처녀한테는
한쪽 끝이 뾰족한 잣대를 내주었다.
"이 끝이 가리키는 곳을 따라가면
살아 있는 친족들을 만나게 될 것이다."
잣대를 지니고 떠난 세 처녀는
일가친족을 찾고 행복하게 살아갔다.
백여 년 전까지만 해도
화개봉의 돌기둥에는
흑룡이 말라붙은 얼룩덜룩한 용 껍질이
감겨 있었다 한다.
이 돌기둥을 옛날에는
용을 동여맨 돌기둥이라 일컬었고
지금은 하늘을 떠받든 기둥과 같다면서
천지일주(天池一柱)라 부르고 있다.

3. 백두산 홍수와 새로운 인류

먼 옛적 어느 한 해에
백두산에 비가 석 달 열흘이나 내렸다.
그래도 하늘은 그냥 새까맣게 흐려 있었고
우레는 그냥 울부짖고
소나기는 그냥 퍼부었다.
산골짜기마다에 산홍수가 터졌다.
산홍수는 검은 용마냥 꿈틀거리면서
푸른 숲을 냉큼냉큼 삼켰다.
엎친 데 덮치기로
백두산 천지의 물도 벌창하였다.
하늘을 메우며 그냥 쏟아지는 폭우는
홍수를 거느리고 집을 삼켜버리고
사람과 짐승들을 삼켜서 고기밥으로 만들었다.
살기 좋던 백두산 천리 수림은
눈 깜짝할 사이에 바다가 되었다.
어디로 가나 물천지여서
사람의 그림자라곤 찾아볼 수 없었다.
그런데 아주 높은 한 산마루에선
연기가 피어올랐다.
그 산꼭대기에서
어머니와 유복자(遺腹子)가 살고 있었다.
먹을 것이 다 떨어졌건만
물은 그냥 줄어들지 않아서
모자는 겨우 연명해가고 있었다.
앞을 보아도 뒤를 보아도
온통 물천지라
식량이 떨어져가도
쌀 한 알 얻어올 곳이라곤 없었다.

쌀독은 밑바닥이 드러나기 시작하였다.
어머니는 아들을 하루라도 더 살리기 위하여
멀건 죽을 쑤어서는
아들만 먹이고 자기는 먹네 마네 하였다.
철부지인 아들은
먹을 것을 주지 않는다고
울며불며 야단을 치다가도
맥이 다하면 널브러지곤 하였다.
어머니는 생각다 못하여
옛날에 하늘을 기웠다는
여와씨에게 빌고 빌었다.
"하늘을 기워 인간의 운명을 구해주신
거룩한 여와씨여!
지금 천지물이 넘쳐흘러
백두산 일대의 인종이
멸종되고 있사옵니다.
천만다행으로 우리 모자만 남았으나
살아갈 길이 없사옵니다.
내 같은 것은 죽는 것은 한이 없사오나
귀한 유복자가 죽을 것을 생각하니
죽은들 어찌 눈을 감으오리까!
전지전능한 여와씨여,
백두산에 남아 있는 이 유일한 유복자를
가긍히 여기시고 구하여 주신다면
구천에 가서라도
그 은혜를 꼭 갚겠사옵니다."
그 후 며칠이 지나지 않아서
어머니는 더 지탱하지 못하고 눈을 감았다.

저승에 간 어머니는 여와씨에게
아들을 살려달라고 그냥 빌었다.
이 소식은 마침내 구중천에 계시는
여와씨에게 전해졌다.
여와씨는 일가식솔들을 모아놓고 한탄하였다.
"지금 백두산에 홍수가 터져서
짐승들은 물론 사람들까지 몰살되었다 한다.
한 산마루에 철부지 유복자만이
겨우 목숨을 부지하고 있다 한다.
오, 내 늙은 것이 한이로구나!
백두산에 이런 참혹한 일이 생긴 줄
어찌하여 인제야 알았던고!"
여와씨가 한참 눈물을 흘릴 때에
한 나이 어린 소녀가
앞으로 나서며 말하였다.
"할머니, 염려하지 마옵소서.
이 소녀가 한번 다녀오겠나이다."
여와씨가 눈물을 씻고 보니
귀여운 증손녀였다.
"네 어린 나이에 해낼 만하겠느냐?"
"할머니께선 지상에 계실 때
하늘도 기우셔서
인간 세상의 재앙을 물리쳤사온데
이 손녀가 백두산의 홍수쯤이야
다스리지 못하겠습니까!"
"음!"하고 여와씨는 고개를 끄덕이며
당장 떠나라고 분부하였다.
증손녀는 인차 백두산으로 내려왔다.
천지가 사면팔방으로 넘쳐나서
망망한 바다밖에 보이지 않았다.
그는 먼저 유복자를 구하러 갔다.
팔다리가 마른 나무처럼 앙상해진 유복자는
숨이 거의 지고 있었다.

증손녀는 궁궐에서 가져온 감로수를
유복자의 입에다 떨구어 넣었다.
유복자는 천천히 눈을 떴다.
증손녀는 또
죽는 사람을 구하는 약을 넣은 약병을
유복자에게 주었다.
굶주림에 지칠 대로 지친 유복자는
병 속의 약물을 꿀꺽꿀꺽 마셨다.
그는 바로 정신을 차렸다.
증손녀가 두 손바닥을 맞비비니
입쌀이 주르르 떨어졌고
두 손등을 맞비비니
기장쌀이 주르르 떨어졌다.
먹을 것을 장만해 놓은 증손녀는
백두산으로 다시 돌아왔다.
증손녀는 백두산의 바윗돌을 쑥 뽑아내어
3일 동안 밤낮으로 갈고 갈아서
바늘을 만들었다.
그는 산더미 같은 바윗돌을 날라다가
바느질로 한데 기워
물이 넘쳐나는 곳을
한 곳 한 곳 막아놓고
한 골로만
물이 빠져나갈 수 있게 하였다.
그러자 백두산의 홍수는
점차 가라앉기 시작하였다.
그때 여와씨의 증손녀가
기워 놓은 바윗돌이 16개였는데
지금의 천지주변의
16기봉으로 되었다고 한다.
그때 틔워놓은 물길은
지금도 흐르게 되었고
그가 쓰던 돌바늘은

물이 흘러나오는 어구에
휘어지듯 널려 있는 바위무지라고 한다.
천지를 기워서 홍수를 제거한
여와씨의 증손녀는
구중천(九重天)으로 돌아가서
희소식을 전하였다.
"너야말로 나의 후손답구나!"
여와씨는 증손녀의 어깨를 다독이며
칭찬해주고,
"그래 유복자는 구했느냐?"
"예, 분부대로 하였나이다."
"백두산에 유복자만 남았으니
얼마나 외롭겠느냐?
내가 너를 인간으로 만들어줄 테니

다시 가서 유복자를 잘 길러라.
그가 크거들랑 그와 배필을 맺고
백두산에서 행복하게 살아가거라."
증손녀는 할머니 말씀을
한마디도 거역하지 않고
그대로 하겠노라고 하였다.
그는 인간이 되어
백두산에 다시 내려와서
유복자를 알뜰히 키웠다.
그 후 유복자는 억센 젊은이로 자라나서
여와씨의 증손녀와 혼례를 이루었다.
그리하여 백두산 일대에는 또다시
사람들이 점차 늘어나게 되었다 한다.

4. 미녀를 차지하기 위한 세 용왕의 전쟁

아득한 옛날에
동해용왕, 흑룡강용왕, 천지용왕은
의형제를 맺고
서로 오고가면서 의좋게 지냈다.
그들 중에서
제일 나이 많은 동해용왕이 맏이였고
버금으로는 흑룡강용왕이고
막둥이로는 천지용왕이었다.
여름철이 돌아오면
동해용왕과 흑룡강용왕은 동생을 찾아서
백두산에 와서 놀다가곤 하였다.
그러던 어느 해 여름이었다.
동생의 안내를 받으며
두 형은 천지로부터 폭포에까지 내려왔다.
그날따라 날씨가 유난히 맑아서
폭포를 구경하기가 아주 좋았다.
수십 명의 용녀들이
폭포에서 노니는 것은
실로 아름답기 그지없었다.
용녀들은 흰 날개를 활짝 펼치고
천길 벼랑에서 뛰어내렸다가는
폭포에서 튕기는 물줄기를 잡아타고
외무지개와 쌍무지개 사이로
너울너울 춤을 추며 오고갔다.
기절할 지경으로 매혹적인 광경에
정신을 홀딱 빼앗기고
군침을 삼키며 구경하는 자는
흑룡강용왕이었다.

그를 황홀케 한 용녀는
남달리 파란 옷을 입은 용녀였다.
치렁치렁 태머리를 등허리에 드리우고
날씬하고 가는 허리를 절주 있게 움직이며
너울너울 춤추는 모습은
흑룡강용왕을 홀딱 반하게 만들었던 것이다.
"야! 세상에 저렇듯 예쁜 용녀도 있었단 말인가!
한 번만 사귀어 보았으면
평생에 딴 소원이 더 있으랴."
이런 생각에 포옥 취한 흑룡강용왕은
동생에게 넌지시 물었다.
"저 파란 옷을 입은 용녀의 이름은 무엇이오?"
"하하……. 그가 바로 이 동생의 애첩입니다.
이름은 미홍이라 부릅니다."
흑룡강용왕은 천지용왕의 애첩이란 소리를 듣고
입만 쩝쩝 다셨다.
참 맹랑한 일이었던 것이다.
하필이면 막둥이 애첩이 될 건 뭐란 말인가!
밤이 깊었다.
동생이 차려주는 진수성찬에다
맛좋은 술까지 한껏 마신 흑룡강용왕은
미홍의 아름다운 자태가
눈앞에 자꾸 가물거려
도저히 잠을 이룰 수가 없었다.
술에 얼큰하게 취한 그는 동생에게 사정하였다.
"동생, 미홍이를 나한테 넘겨주게."
"아니 형님도, 제수를 달라는 법이 있어요."
"우린 서로 다른 핏줄을 타고난 형제이니

안 된다는 법이야 없지 않소?"
옆에서 듣고 있던 동해용왕이 둘째를 꾸짖었다.
"야, 형제간의 의리를 버리고
이치에 맞지 않는 생각을 하지도 말아라.
그런 고약한 궁리는 아예 걷어치워라."
흑룡강용왕은 형이 꾸짖는 바람에
다시 입을 열지 못하였지만
속은 그대로 새파랗게 살아 있었다.
그 후 유두(流頭) 명절에 두 형은
또 백두산으로 놀러 왔다.
하루는 온천에 와서
몸을 시원하게 씻고 낮잠을 청하였다.
잠결에 용녀들의 기겁한
아우성 소리가 들려오기에
동해용왕과 천지용왕이 눈을 번쩍 떴다.
그들 가운데 누워서 자던
흑룡강 용왕이 보이지 않았다.
천지용왕은 짐작이 가는지라
쪽빛 용검을 꼬나들고 뛰어나갔다.
흑룡강용왕이 미홍이를 덮쳤는데
미홍이는 물고 뜯으며
죽기내기로 반항하고 있었다.
"이놈아 내 칼을 받아라!"
천지용왕이 벽력같은 소리를 지르며 달려드니
흑룡강요왕은 검은 용검을 들고
동생에게 빗내들났다.
동해용왕이 뒤쫓아서 가보니
두 동생이 대판으로 칼부림을 하고 있었다.

둘이 다 두 눈을 부릅뜨고
진짜 싸움을 벌이고 있어서
기세가 이만저만이 아니었다.
땅에서 어울릴 때에는 성난 사자들 같고
하늘에서 빙글빙글 돌아갈 때는
독수리처럼 날랬다.
검과 검이 맞부딪치는 소리는
뇌성이 우는 듯하였고
칼이 맞부딪칠 때마다
불꽃은 번개처럼 번쩍였다.
둘 중에서 어느 하나가
피를 흘릴 것만 같아서
동해용왕은 은빛 용검을 휘두르며
그들의 어간에 들어가서 싸움을 들었다.
"둘째야, 네가 도대체 무슨 지랄이냐?
너희 둘은 당장 용검을 거두어라."
맏형이 가운데서 대성질호하는 바람에
둘째와 셋째는 용검을 거두는 수밖에 없었다.
"어서 동생한테 사죄하지 못할꼬?"
동해용왕이 눈을 부라리며
둘째를 다그쳐 세웠다.
흑룡강용왕은 마지못하여
무릎을 꿇고 동생에게 빌었다.
칠월칠석날,
동해용왕과 흑룡강용왕은
또다시 백두산으로 놀러왔다.
술에 취한 흑룡강용왕은
또 파란 용녀가 생각나서

사고를 치고야 말았다.
이번에는 맏형도 크게 노하였다.
타일러도 말을 듣지 않는
둘째가 밉광스러웠던 것이다.
의리도 없고 체면도 없고 우정도 없는
흑룡강용왕을
당장 혼쭐을 내지 못하는 것이 분하였다.
흑룡강용왕과 천지용왕은
서로 죽일 놈 살릴 놈 하면서
결사전을 벌이었다.
동해용왕은 천지용왕을 두둔해 나서서
흑룡강용왕을 쳤다.
그는 하늘 높이 올라가서
룡강용왕에게 펄펄 끓는 물을 퍼부었다.
흑룡강용왕은 천지용왕을 견제하면서
차디찬 입김을 내뿜었다.
뜨거운 물은 우박이 되어서
땅에 와르르 쏟아져 내렸다.
동해용왕과 천지용왕이 좌우에서
흑룡강용왕을 협격하자
흑룡강용왕은 적수들의 머리 위로

휙 날아 올라가서 얼음을 와르르 토하였다.
동해용왕은 뜨거운 입김으로
얼음덩이들을 녹여서 소나기가 되게 하였다.
천지용왕이 토하는 불길은
흑운을 가르는 번개가 되었고
그가 휘두르는 용검은
광풍을 휘몰아치게 하였다.
아무리 싸워도 그들은 승부가 나지 않았다.
그 후로부터 흑룡강용왕은
형제들과 사이가 멀어지게 되었는데
지금까지도 화해를 하지 못하였다고 한다.
그들은 지금도 걸핏하면
마주 붙어서 싸운다고 한다.
그들 사이에 작은 싸움이 벌어지면
가랑비가 내리고
치열한 싸움이 벌어지면
우레가 울며 소나기가 퍼붓는다고 한다.
그들의 싸움이 잦기에
백두산의 천기는
누구도 헤아리기 어렵게
천변만화(千變萬化)한다고 한다.

나라를 세운 천제의 아들

〈주몽신화〉

우리나라 문헌설화로서 건국신화인 〈주몽신화〉는 동명왕이 하늘과 물의 도움을 받아 탄생한 위대한 영웅이 고구려의 건국 과정을 그린 이야기이다. 신의 후손이라는 고귀한 혈통으로 신이한 출생을 하며, 탁월한 능력을 가지고 있어 위기를 맞지만 이를 극복하고 위대한 승리를 하며 나라를 세워 왕이 된다는 개국 영웅담이다. 일반적으로 건국신화는 국가의 문명의 기원을 다루는 특성을 지니는데, 신화 발전단계로 보면 여러 신화 중에서 가장 나중에 나타난 신화의 형태라 할 수 있다.

*5장에서는 현대문만 있음

나라를 세운 천제의 아들 〈주몽신화〉

신령스럽고 이상한 일.
『단군고기』에 이르기를,
상제 환인에게 서자가 있으니,
이름이 웅인데,
세상에 내려가서 사람이 되고자 하여
천부인 세 개를 받아 가지고
태백산 신단수 아래에 강림하였으니,
이가 곧 단웅천왕이 되었다.
손녀에게 약을 마시게 하여
사람이 되게 하여,
단수의 신과 더불어 결혼해서
아들을 낳으니, 이름이 단군이다.
나라를 세우고 이름을 조선이라 하니,
조선, 시라, 고례, 남·북 옥저, 동·북 부여,
예와 맥이 모두 단군의 다스림이 되었다.
단군이 비서갑 하백의 딸에게 장가들어
아들을 낳으니, 부루이다.
이를 곧 동부여 왕이라고 이른다.
단군이 당요와 더불어
같은 날에 임금이 되고,
우가 도산에서 모임을 맞이하여,
태자 부루를 보내어 조회하게 하였다.
나라를 누린 지 1천 38년 만인
은나라 무정 8년 을미에
아사달에 들어가 신이 되니,
지금의 문화현 구월산이다.
부루가 아들이 없어서
금색 와형아를 얻어 기르니,

이름을 금와라 하고 세워서 태자를 삼았다.
그때 정승 아란불이 아뢰기를
"일전에 하느님이 나에게 강림하여 말하기를,
'장차 내 자손으로 하여금
여기에다 나라를 세우도록 할 것이니
너는 다른 곳으로 피하라.
동해 가에 땅이 있는데,
이름은 가섭원이며,
토질이 오곡에 적당하여 도읍할 만하다'
고 하였습니다."
하고 이에 왕을 권하여 도읍을 옮겼다.
천제가 태자를 보내어
부여 고도에 내리어 놀게 하니,
이름이 해모수이다.
해모수가 하늘에서 내려오는데
오룡거를 타고,
종자 1백여 명은 모두 흰 고니를 탔는데,
채색 구름이 그 위에 뜨고,
음악소리가 구름 가운데에서 울렸다.
웅심산에서 머물러
10여 일을 지내고 비로소 내려왔다.
머리에는 까마귀 깃털 관을 쓰고,
허리에는 용광검을 찼는데,
아침이면 일을 보고,
저녁이면 하늘로 올라가니,
세상에서 이르기를, '천왕랑'이라 하였다.
성 북쪽 청하의 하백이 세 딸이 있으니,
큰딸이 유화,

둘째 딸이 훤화,
막내 딸이 위화인데,
자태가 곱고 아름다웠다.
세 딸이 웅심연 위에 가서 노는데,
왕이 좌우의 신하들에게 이르기를,
"저 여자를 얻어서 비를 삼으면,
가히 자손을 두리라."
하니, 그 딸들이 왕을 보자 곧 물로 들어갔다.
좌우의 신하들이 말하기를,
"대왕은 어찌하여 궁전을 지어,
저 여자를 맞아 방에 들이고
문을 꼭 닫지 아니합니까."
하니,
왕이 옳게 여기어 말채찍으로 땅을 그으니,
구리 방이 잠깐 사이에 이루어졌다.
방 가운데에 세 자리를 베풀고
잔과 술을 두었더니,
그 여자들이 서로 권하여 크게 취하였다.
왕이 나아가 막으니,
그 여자들이 놀라서 달아났는데,
유화가 왕에게 잡히었다.
하백이 크게 노하여 사신을 보내어 고하기를,
"너는 어떤 사람이기에 내 딸을 붙잡아 두느냐."
하니, 왕이 대답하기를,
"나는 천제의 아들인데,
이제 하백 집안과 결혼하고자 하노라."
하매,
하백이 또 사신을 보내어 고하기를,
"네가 만일 구혼하려거든
마땅히 매파를 보낼 것이지,
이제 덮어놓고 내 딸을 붙잡아 두니,
어찌 그리 예를 모르느냐."
하였다.

왕이 부끄러워서
장차 하백에게 가 보려고 하나
하백이 있는 곳에 들어갈 수가 없고,
또 그 딸을 놓아주려고 하나,
그 딸이 이미 왕과 더불어 정을 통하였는지라,
떠나려 들지 아니하고 왕에게 권하기를,
"만일 용거가 있으면
하백의 나라에 갈 수 있습니다."
하니, 왕이 하늘을 가리키며 고하매,
조금 있더니 오룡거가 하늘로부터 내려왔다.
왕이 그 여자와 함께 수레를 타니,
풍운이 갑자기 일어, 대번에 그 궁에 이르렀다.
하백이 예를 갖추어 맞이하여
좌정하고 이르기를,
"혼인의 예는 천하의 예법이거늘,
어찌 이렇듯 실례하여
우리 문중을 욕되게 하느뇨.
왕이 천제의 아들이면
어떠한 신이함이 있느냐."
하니, 왕이 대답하기를,
"오직 시험해 보면 알 것이오."
하더니
이에 하백이 뜰 앞의 물에서 잉어로 변하여
물결을 따라 노는지라,
왕이 물개로 변하여 잡으려 하니,
하백이 또 사슴으로 변하여 달아나므로,
왕이 승냥이로 변하여 쫓으니,
하백이 꿩으로 변하니,
왕이 매로 변하여 쫓았다.
하백이 그제야 진실로
천제의 아들이라 생각하고 예로서 성혼하였다.
왕이 그 딸을 거느릴 마음이 없을까
두려워하여,

풍악을 베풀고 술을 마련하여
왕에게 권해서 크게 취하게 하고,
딸과 더불어 작은 가죽 가마에 넣어서
용거에 실어 승천하게 하려 하였는데,
그 수레가 물에서 나오기 전에,
왕이 곧 술이 깨어
그 딸의 황금비녀를 빼서 가마를 찌르고,
그 구멍으로 혼자 나와서 승천하니,
하백이 노하여 그 딸에게 이르기를
"네가 내 가르침을 좇지 아니하여
우리 가문을 욕되게 하였다."
하고, 좌우로 하여금 그 딸의 입을 얽어
잡아당기게 하니,
그 입술이 늘어나 길이가 3척이 되매,
노비 2인과 함께
우발수 가운데로 내치었다.
고기잡이가 금와에게 고하기를,
"근래 어살 가운데 있는 고기를
훔쳐 가는 것이 있는데,
어떤 짐승인지 알지 못하겠나이다."
하매, 왕이 곧 고기잡이로 하여금
그물로 끌어내게 하니,
그 그물이 찢어지므로,
다시 쇠 그물을 만들어 끌어내니,
그제야 비로소 한 여자가
돌 위에 앉아서 끌려 나왔는데,
그 여자가
입술이 길어서 말을 하지 못하므로,
세 번 그 입술을 끊어내니,
그제야 비로소 말을 하였다.
왕이 천제의 아들의 비임을 알고
별실에 거처하게 하였는데,
그 여인이 창 가운데로 들어오는

햇볕을 품어서 아들을 배어,
한나라 신작 4년 계해 4월 여름에
주몽을 낳으니,
우는 소리가 매우 크고, 생김새가 비범하였다.
처음에 왼쪽 겨드랑이로부터 큰 알을 낳았는데,
5되 들이만 하니,
왕이 괴상하게 여겨 말하기를,
"사람이 새알을 낳았으니 상서롭지 못하다."
하고, 말먹이는 데에 갖다 버리게 하였더니,
말들이 밟지 아니하고,
깊은 산에 버리니, 온 짐승이 보호하며,
구름이 낀 날에도
알 위에는 늘 햇빛이 있으므로,
왕이 알을 도로 갖다가
어미에게 보내어 기르게 하였다.
한 달 만에 그 알이 열리며
한 사내아이가 나왔는데,
난 지 한 달이 안 되어
말을 능히 하며, 어머니에게 이르기를,
"파리들이 눈을 건드려
잘 수가 없으니, 어머니는 나를 위하여
활과 화살을 만들어 주십시오."
하므로, 그 어머니가 갈대로
활과 화살을 만들어 주었더니,
스스로 물레 위에 앉은 파리를 쏘아
번번이 맞히매, 민간에서 이르기를,
"활 잘 쏘는 이는 주몽이다."
하였다.
나이가 들자, 재주와 능력이 아주 뛰어났다.
금와가 아들 7인이 있는데,
늘 주몽과 함께 사냥을 다녔다.
왕자와 종자 40여 명이
겨우 사슴 한 마리를 잡는데,

주몽은 사슴 여러 마리를 잡으니,
왕자가 이를 시기하여,
주몽을 잡아 나무에 매어 놓고
사슴을 빼앗아 갔다.
주몽이 나무를 뽑고 돌아가니,
태자가 왕에게 말하기를,
"주몽은 영검하고 날랜 무사입니다.
눈빛이 이상하니
만일 일찍 도모하지 아니하면
반드시 후환이 있을 것이다."
하매,
왕이 주몽으로 하여금 말을 먹이게 하여,
그 뜻을 시험하고자 하였다.
주몽이 한을 품고 어머니에게 이르기를,
"나는 천제의 손자인데
마소를 치는 사람이 되었으니,
사는 것이 죽는 것만 같지 못합니다.
남쪽 땅으로 가서 나라를 세우고자 하오나,
어머님이 계시기 때문에
감히 스스로 결단하지 못합니다."
하니, 그 어머니가 말하기를,
"이것이 내가 밤낮으로 속 썩이는 바이다.
내가 들으니,
무사가 먼 길을 떠나려면 모름지기
준마에 의지하라 하였으니,
내 능히 말을 가리어 주리라."
하고 드디어 마구간에 가서
곧 긴 채찍으로 말들을 마구 후려치니,
뭇 말들이 모두 놀래어 달아나는데,
붉누런 말 한 마리가
2길이나 되는 난간을 뛰어넘어 날아나고 있었다.
주몽이 그 말이 뛰어남을 알고,
몰래 바늘을 말의 혀뿌리에 찔러 박으니,

그 말이 혀가 아파서 몹시 여위었다.
왕이 마구간에 순행하여,
뭇 말이 모두 살찐 것을 보고
크게 기뻐해서,
그 중의 여윈 말을 주몽에게 주었다.
주몽이 그 말을 얻어 가지고,
그 바늘을 뽑고 더욱 잘 먹여서
몰래 오이, 마리, 협보 등 3인과 짜고
남쪽으로 가다가 범람한 강에 이르렀는데,
건너려 하여도 배는 없고,
쫓는 군사는 급히 따라오므로,
채찍으로 하늘을 가리키면서
몹시 분개하여 탄식하기를,
"나는 천제의 손자요, 하백의 외손인데,
지금 난리를 피하여 여기에 이르렀사오니,
황천후토께서는 저 외로운 아들로 하여금
빨리 다리를 이루게 하여 주소서."
하였다.
말을 마치고 나서 활로 물을 치니,
물고기와 자라 떼가 떠올라 다리를 만들어
주몽이 곧 건넜다.
한참 있다 쫓는 군사가 강에 이르니
물고기와 자라 다리가 갑자기 없어져서,
이미 다리에 올랐던 군사가 모두
물에 빠져 죽었다.
주몽이 그 어머니를 이별할 때
차마 떠나지 못하니, 그 어머니가 말하기를,
"너는 이 어미 때문에 염려하지 말라."
하고,
오곡의 씨앗을 싸서 주어 보냈는데,
주몽이 어찌나 생이별하는 마음이 간절하였던지
그 보리씨를 잊어버리고 떠났다.
주몽이 큰 나무 아래에서 쉬는데,

비둘기 두 마리가 날아오자, 주몽이 말하기를
"아마도 이것은 어머니가 보내 주시는
보리씨리라."
하고 활을 당기어 쏘았다.
한 화살에 모두 떨어져서,
목구멍을 열고 보리씨를 꺼내고,
물을 비둘기한테 뿜으니,
다시 소생되어 날아갔다.
왕이 졸본천에 이르러 비수 위에 집을 짓고,
나라 이름을 고구려라 하며,
이 때문에 고를 성으로 삼고,
풀더미 위에 올라앉아서
대략 군신의 자리를 정하였다.
비류왕 송양이 사냥하러 나왔다가,
왕의 얼굴이 비상함을 보고,
인도하여 함께 앉아서 말하기를
"궁벽한 바다의 모퉁이에 있어서
일찍이 그대 같은 사람을 만나보지 못하였는데,
오늘 우연히 만났으니,
어찌 다행하지 아니하리요.
그대는 어떠한 사람이며, 어디에서 왔나이까."
하니, 왕이 대답하기를
"과인은 천제의 손자로서 서국의 왕입니다.
감히 묻노니,
군왕은 누구의 뒤를 이었습니까."
하매, 송양이 대답하기를
"나는 본디 선인의 자손이라,
여러 대로 왕이 되었노라.
이제 땅이 작으니,
나누어서 두 임금이 될 수 없으며,
또한 그대는 나라를 세운 지 며칠 안 되니,
나를 따름이 마땅하다."
하니, 왕이 말하기를

"과인은 하느님의 뒤를 이었고,
지금 왕은 신의 맏자손이 아니면서
억지로 왕이라 하니,
만일 나에게 귀부하지 아니하면,
하느님이 반드시 죽일 것이오."
하였다.
송양이 왕으로서
늘 하느님의 자손이라 칭하였는데,
속으로 의심을 품고서
그 재주를 시험하고자 하여 말하기를
"왕과 더불어 활쏘기를 원합니다."
하고,
사슴을 그리어 1백 보 안에 놓고 쏘니,
그 화살이 사슴의 배꼽에
들어가지 않아
손을 거꾸로 놓은 것같이 되었다.
왕이 사람을 시켜 옥가락지를
1백 보 밖에 달아 놓게 하고 쏘매,
와해되듯이 부수어지니,
송양이 크게 놀랐다.
왕이 말하기를
"나라를 새로 세웠기 때문에
북과 뿔피리가 위엄이 없어서,
비류의 사자가 왕래할 때에,
내가 왕의 예로서 맞을 수 없으므로,
나를 가벼이 여기게 된다."
하니, 신하 부분노가 나아와 아뢰기를,
"신이 대왕을 위하여
비류의 북과 뿔피리를 가져오겠나이다."
하였다. 왕이 말하기를
"남의 나라의 장물을
네가 어찌 가져온다 하느냐?"
하니, 대답하기를

"이는 하늘이 주는 물건이온데,
어찌 가져오지 못하오리까.
무릇 대왕이 부여에서 고생하실 때,
누가 대왕께서 능히
이곳에 이를 것이라 하였겠습니까.
이제 대왕께서 죽을 위기에서 몸을 떨쳐
먼 곳에까지 이름을 높이 올리셨으니,
이는 천제께서 명하여 하셨음이온데,
무슨 일인들 이루어지지 아니하오리까."
하고, 부분노 등 3인이
비류에 가서 고각을 가지고 왔다.
비류왕이 사신을 보내어 고하기를,
왕이 와서 볼까 염려하여,
고각의 색을 어둡게 하여
헌 것같이 해 놓으니, 송양이 와 보고
감히 다투지 못하고 돌아갔다.
송양이 도읍을 세운 날로 선후를 정해
속국을 삼으려고 하매,
왕이 궁실을 짓기를,
썩은 재목으로 기둥을 해서
천년이나 묵은 것같이 하니,
송양이 와서 보고 마침내
감히 도읍을 세운 선후로서 다투지 못하였다.
왕이 서쪽으로 사냥 가서 흰 사슴을 잡아
해원에 거꾸로 매달고 저주하기를
"하늘이 만일 비를 내려서
비류왕의 도읍을 수몰시키지 아니하면,

내가 결코 너를 놓아주지 아니하리라.
이 어려움을 면하려거든
네가 능히 하늘에 호소하라."
하니 그 사슴이 슬피 울어
그 소리가 하늘에 닿아,
장맛비가 7일 동안 내리어
송양의 도읍을 수몰시켰다.
왕이 갈대로 만든 새끼를 옆으로 치워버리고
말로 누르며 타니,
백성들이 모두 그 새끼를 잡은지라,
왕이 채찍으로 물을 그으니, 물이 곧 줄어들매,
송양이 나라를 들어다 항복하였다.
검은 구름이 골짜기에 일어나서,
사람들이 그 산을 보지 못하는데,
오직 수천 사람의 소리만 들리며
토목공사를 일으키니, 왕이 말하기를
"하늘이 나를 위하여 성을 쌓는 것이다."
하였다.
7일 만에 구름과 안개가 스스로 걷히고,
성곽과 궁궐이 저절로 이루어지니,
왕이 황천께 절하고 나아가 살았다.
9월에
왕이 하늘로 올라가서 내려오지 아니하니,
그 때의 나이가 40살이었다.
태자는 왕이 남긴 옥채찍으로
용산에서 장사를 지냈다.

원서별 한국신화 출처

손진태, 『조선신가유편』, 박이정, 2012.
창세가, 성조푸리, 도랑선배 청정각씨, 숙영랑, 앵연랑 신가

손진태, 『조선설화집』, 민속원, 2009.
남매혼설화

장주근, 『제주도 무속과 서사무가』, 역락, 2001.
삼승할망본풀이

최인학, 『백두산설화』, 밀알, 1994.
신화, 전설

현용준 · 현길언, 『제주설화집성』, 제주대학교 탐라문화연구소, 1982.
천지개벽 이야기, 설문대할망

현용준, 『제주도무속자료사전』, 신구문화사, 1980.
베포도업침, 천지왕본풀이, 초공본풀이, 문전본풀이, 궤네깃당

진성기, 『제주도무가본풀이사전』, 민속원, 1991.
천지왕본, 맹진국할망본, 저승할망본, 할망본, 세경본풀이, 원천강본, 차사본풀이, 맹감본풀이, 문전본풀이, 이공본풀이, 괴뇌깃당,
서홍리본향, 허궁애기본, 삼공본풀이, 칠성본풀이, 지장본풀이, 저승본

현용준 · 김영돈, 『한국구비문학대계』, 한국정신문화연구원, 1980~.
설문대할망, 마고할미, 성주굿, 황제풀이, 홍수설화, 아기장수설화, 해와 달이 된 오누이 설화

현용준, 『제주도 전설』, 서문당, 1977.
설문대할망

서대석, 『동해안무가』, 형설출판사, 1974.
오구굿, 손님굿

赤松智城 · 秋葉隆, 심우성 역, 『조선무속의 연구』, 동문선, 1991.
원천강본풀이

김태곤, 『한국무가집』, 집문당, 1980.
궁상이굿, 도랑선비

『세종실록지리지』.
주몽신화

김태곤, 『한국무신도』, 열화당, 1989.
맹인, 바리공주, 별상, 산신, 서낭당, 서낭신, 옥황상제, 용궁부인, 용왕, 일월신, 칠성신, 화덕진군

김태곤, 『남강 김태곤 수집자료』 2권 유물편 한국 문화의 원본을 찾아서, 국립민속박물관, 2014.
만신말명

국립민속박물관 · 원광대박물관, 『무 - 인간의 염원을 하늘에 잇다』, 2016.
굿청, 삼불제석, 삼신할머니도, 제석상, 고리짝, 고리짝채, 넋배, 대신방울, 대신칼, 동다리, 명다리, 바라, 북, 산대상잔, 삼지창, 성수부채, 신장칼, 신칼, 오방기, 요령, 작두, 장구, 제웅, 징, 칠성방울, 꽹과리

홍태한, 『한국의 무신도』, 민속원, 2008
삼태성, 시왕(십대왕), 오방신장, 토인성수

원문대조
한국신화

초판1쇄 발행 2017년 3월 2일

엮은이 이복규·양정화
펴낸이 홍기원

총괄 홍종화
편집주간 박호원
편집·디자인 오경희·조정화·오성현·신나래
　　　　　　이정희·이상재·남지원
관리 박정대·최기엽

펴낸곳 민속원
출판등록 제18-1호
주소 서울 마포구 토정로 25길 41(대흥동 337-25)
전화 02) 804-3320, 805-3320, 806-3320(代)
팩스 02) 802-3346
이메일 minsok1@chollian.net, minsokwon@naver.com
홈페이지 www.minsokwon.com

ISBN 978-89-285-1000-9 93810